Patrick White
Im Auge des Sturms

SERIE PIPER
Band 1128

Zu diesem Buch

Im Mittelpunkt des Geschehens steht die reiche, einst unwiderstehliche Elizabeth Hunter, die das Sterben so souverän und aufwendig zelebriert, wie sie das Leben genossen hat. Ein letztes Mal ziehen die Jahre an ihrem inneren Auge vorüber, während ihre Kinder – der geadelte englische Starschauspieler Sir Basil und ihre durch Heirat zur französischen Prinzessin avancierte Tochter Dorothy – bereits um ihr Erbteil streiten. Gegenwart und Rückschau fügen sich zu einer faszinierenden Biographie; noch angesichts des Todes triumphiert die Leidenschaft des Lebens.

Patrick Victor Martindale White, geboren 1912 als Sohn australischer Eltern in London, gestorben 1990 in Sydney. Mit sechs Jahren zog er zu seinen Eltern auf eine Farm in Australien. 1925 kehrte er nach England zurück, besuchte dort das College und studierte ab 1935, nach einem erneuten Aufenthalt auf der Farm seiner Eltern, Sprachen in Cambridge. Während des Zweiten Weltkriegs arbeitete er für den britischen Nachrichtendienst in Griechenland und im Nahen Osten. 1948 ließ er sich endgültig in Australien nieder und schrieb dort zahlreiche, auch auf deutsch erschienene Romane. 1973 erhielt White den Nobelpreis für Literatur für seine »epische, psychologische Erzählkunst, durch die der Literatur ein neuer Erdteil zugeführt worden ist«.

Patrick White

IM AUGE DES STURMS

Roman

Aus dem Englischen
von Matthias Büttner

Piper
München Zürich

Die Originalausgabe erschien 1973 unter dem Titel
»The Eye of the Storm« bei Jonathan Cape Ltd., London.

Von Patrick White liegen in der Serie Piper
außerdem vor:
Der Maler (1094)
Der Lendenschurz (1126)
Die Twyborn-Affäre (1127)

ISBN 3-492-11128-9
Juli 1992
R. Piper GmbH & Co. KG, München
Lizenzausgabe mit Genehmigung
der claassen Verlags GmbH, Düsseldorf

Umschlag: Federico Luci,
unter Verwendung des Gemäldes »Das rote Halstuch«
(um 1890) von James McNeill Whistler
Hunterian Art Gallery, Universität Glasgow
Satz: Druckerei Gebr. Rasch & Co., Bramsche
Druck und Bindung: Clausen & Bosse, Leck
Printed in Germany

Für Maie Casey

Der Zufall gab mir diesen Menschenkörper,
der so schwer zu tragen ist.

Nō-Spiel

Er verspürte etwas,
das vielleicht ein Nachzittern der ureigenen,
launischen Liebe des Himmels gewesen war.

Kawabata

Menschen und Zweige brechen;
Preise das Leben,
Da du noch schreitest und wachst;
Es ist nur geliehen.

David Campbell

I

Der Kopf der alten Frau drückte kaum merklich gegen das Kissen. Vielleicht hatte sie ein wenig gestöhnt.
»Was ist?« fragte die Krankenschwester und kam aus dem Schatten auf sie zu. »Liegen Sie nicht bequem, Mrs. Hunter?«
»Überhaupt nicht. Ich liege wie auf lauter Knoten. Sie tun mir weh.«
Die Krankenschwester glättete den Nierenschoner, das Gummituch, und zog das Bettlaken straff. Sie arbeitete auf eine Art, die nicht mehr ganz berufsmäßige Unbeteiligtheit war, doch auch noch nicht menschliches Mitgefühl. Vielleicht war sie ein Mensch, der sich bestimmten Ritualen unterwarf. Sie brauchte keine Lampe einzuschalten: Weißliches Licht flutete bereits durch das offene Fenster herein, und auf dem dunklen Gehölz der Möbel blühte es wie der Schimmer von Mondsteinen.
»O je, wird es denn niemals Morgen?« So gut sie konnte, hob Mrs. Hunter den Kopf aus den dampffeuchten Kissen.
»Es ist Morgen«, sagte die Schwester, »können Sie es – können Sie es nicht *fühlen*?« Ihr Schleier schien transparent geworden, während sie sich um diese ihr anvertraute, fast einer Schmetterlingspuppe gleichende Gestalt bemühte. Die Schwingen ihres Haares andererseits, dem strengen Batist der Haube entschlüpft, hätten nicht schwärzer sein können.
»Ja. Ich kann es fühlen. Es ist Morgen.« Die alte Kreatur seufzte. Dann öffneten sich die Lippen und die blassen Gaumen mit dem Lächeln eines riesenhaften Säuglings. »Welche sind Sie?« fragte sie.
»De Santis. Aber das wissen Sie doch. Ich bin die Nachtschwester.«
»Ja. Natürlich.«
Schwester de Santis packte die Kissen und schüttelte sie auf – alle bis auf eines. Aber obwohl dieses eine Kissen sie noch stützte, sah Mrs. Hunters Gestalt recht platt aus.
»Ich hoffe, daß dies einer von meinen guten Tagen wird«, sagte sie, »ich möchte so gern intelligent *klingen*. Und – annehmbar aussehen.«
»Das werden Sie auch – wenn Sie nur wollen.« Schwester de Santis schob die Kissen zurück an ihren Platz. »Ich habe es noch nie erlebt, daß Sie einmal einer Situation nicht gewachsen waren.«
»Mein Wille ist manchmal wie verrostet.«
»Dr. Gidley kommt auf alle Fälle. Ich habe ihn gestern abend angerufen. Wir müssen daran denken, Schwester Badgery Bescheid zu sagen.«
»Der Wille hängt nicht von Ärzten ab.«
Obwohl sie dem vielleicht zugestimmt hätte, zog es Schwester de Santis vor, diese Bemerkung zu überhören. »Liegen Sie jetzt bequem, Mrs. Hunter?«

Wie die alte Dame dalag auf dem faltenlos glattgestrichenen Kissen, sah sie fast aus wie einbalsamiert. Unter dem Kinn hielt die gerade Linie des Lakens den Körper auf dem Bett fest. »Ich habe schon seit Jahren nicht mehr bequem gelegen«, sagte ihre Stimme. »Und warum müssen Sie gehen? Warum muß ich mich mit Badgery abfinden?«
»Weil sie morgens übernimmt.«
Eine Salve von Taubenschwingen prasselte irgendwo unten im Garten.
»Ich hasse Badgery.«
»Aber nicht doch. Sie wissen doch, wie nett sie ist.«
»Sie redet zuviel – immer und immer über diesen Ehemann. Sie kommandiert zuviel herum.«
»Sie ist nur ein praktischer Mensch. Das muß man sein, am Tage.« Ein Grund, warum sie selbst den Nachtdienst vorzog.
»Ich hasse alle diese anderen Frauen.« Mrs. Hunter hatte heute morgen ihre ganze Hartnäckigkeit aufgeboten. »Nur Sie liebe ich, Schwester de Santis.« Ihr milchiger Blick, der sich hin und wieder noch immer zu furchterregender, edelsteinklarer Bläue öffnen konnte, richtete sich auf die Krankenschwester.
Schwester de Santis machte sich mit langgeübter Diskretion im Zimmer zu schaffen.
»Wenigstens kann ich Sie heute morgen sehen«, erklärte Mrs. Hunter. »Sie sind nicht zu übersehen – Sie sehen aus wie eine Art – großer – *Lilie.*«
Die Schwester konnte nicht verhindern, daß sie sich wie von selbst in die Falten ihres Schleiers duckte.
»Hören Sie mir zu?«
Natürlich hörte sie zu: Dies waren die Augenblicke, die sie beide belebten.
»Ich kann auch das Fenster sehen.« Mrs. Hunters Gedanken wanderten weiter. »Und etwas – wie etwas Wässeriges – o ja, der Spiegel. Das alles sind gute Vorzeichen! Heute ist einer von den Tagen, an denen ich besser sehen kann. Ich werde *sie* sehen können.«
»Ja. Sie werden sie sicher sehen können.« Die Schwester ordnete die Haarbürsten. Ihre elfenbeinernen Griffe mit den schleifenförmigen Verzierungen aus Gold und Lapislazuli hatten sie schon immer fasziniert.
»Das ist das schlimmste an der Liebe zwischen menschlichen Wesen«, richtete sich die Stimme vom Bett her wieder an sie, »wenn man bereit ist, sie zu lieben, dann wollen sie nicht geliebt werden. Und wenn sie es wollen, dann kann man selbst den Gedanken nicht ertragen.«
»Sie haben einen anstrengenden Tag vor sich«, warnte Schwester de Santis. »Sie sollten sich lieber nicht aufregen.«
»Ich habe mich schon immer aufgeregt, wenn es eine Gelegenheit dazu gab. Ich kann jetzt nicht damit aufhören – niemandem zuliebe.«

Wieder war da dieser Moment aus zersplitterten Saphiren, ehe die Augenlider, wie Schuppen herabsinkend, ihn auslöschten.
»Aber Sie haben natürlich recht. Ich werde alle meine Kraft brauchen.« Die Stimme bekam etwas Einschmeichelndes. »Wollen Sie nicht ein wenig meine Hand halten, liebe Mary – so heißen Sie doch? – de Santis?«
Schwester de Santis zögerte ein wenig, den gestrengen Prinzipien ihrer Ausbildung zuliebe. Dann zog sie einen kleinen, in ausgebleichtem Salbeigrün gepolsterten Hocker heran. Sie rückte ihre üppigen Brüste zurecht, die bei ihrer sonst so strengen Figur überraschten, und ergriff Haut und Knochen von Mrs. Hunters Hand.
Wie sie so dasaßen, waren sie auf das vollkommenste miteinander vereint. Dem Licht nach war es weder Tag noch Nacht, und sie wohnten zusammen in einer Welt des Vertrauens, zu der ihre Körper und ihr Geist eigentlich nicht mehr waren als nur Eingangstore. Natürlich konnte Schwester de Santis nicht wirklich wissen, wie es um den Geist ihrer Patientin bestellt war: so alt und unberechenbar und oft einfach schwachsinnig nach dem Schlaganfall; aber es gab Augenblicke wie diesen, an denen sie beide einen eigenartigen Höhepunkt des Miteinander-Fühlens zu erreichen schienen. Vielleicht hätte die Schwester gewünscht, sich an diesem Zustand der Vollkommenheit festklammern zu können, wenn sie nicht im Laufe ihres Berufslebens einen Glauben – nein, stärker: eine Religion – des ständig fortschreitenden Werdens entwickelt hätte. Sie sah gut aus, ihre Haltung hatte auch etwas von Autorität, und deshalb hätten ihre Kolleginnen das, was sie merkwürdig und tadelnswert an ihr fanden, niemals als ›frömmlerisch‹ zu bezeichnen gewagt. Wenn sie über sie lachten, dann nur hinter ihrem Rücken. Und doch war es vielleicht dieser Hauch von Spott gewesen, der Schwester de Santis dazu veranlaßt hatte, die Nachtstunden zu wählen, um die tiefere Welt ihrer Überzeugung zu durchstreifen – und nicht nur die Handreichungen ihrer erklärten Berufung, sondern auch die Rituale ihres geheimen Glaubens praktizieren zu können.
›Warum aber dann Mrs. Hunter?‹ hätten nun vielleicht weniger hingebungsvolle oder vernünftiger denkende Menschen fragen können, und Mary de Santis wäre darauf die Erklärung schuldig geblieben; nur, daß diese Ruine einer überreichlich genossenen, herrlichen Jugend, die vor Boshaftigkeit nur so knisterte, wenn sie sich nicht gerade so brutal erpresserisch aufführte, wie es nur der Erfindungsreichtum des Alters fertigbringt, daß diese Ruine auch gleichzeitig eine Seele war, die den Körper bald verlassen wollte, der ihr Gewand gewesen war. Und sie war imstande, sich bereits so weit von menschlichen Gefühlen zu befreien, daß sie manchmal so erlösend sein konnte wie das Wasser, so klar wie das Licht am Morgen.
An diesem Morgen aber öffnete die alte Mrs. Hunter nun ihre Augen und fragte ihre Pflegerin: »Wo sind die Puppen?«

»Wo Sie sie zuletzt gelassen haben, nehme ich an.« Da aber diese linkische Antwort keine von beiden befriedigte, trat in die Augen der Schwester ein schmerzlicher Ausdruck.

»Aber das sagen sie immer alle! Warum bringt sie denn niemand!« protestierte Mrs. Hunter.

Die Schwester konnte nichts weiter tun, als sich auf die Lippen zu beißen. Die Hand war ihr entzogen worden.

»Natürlich wissen Sie auch von den Puppen. Sagen Sie nur, ich hätte Ihnen nichts erzählt.« Die alte Frau drohte jetzt wirklich rachsüchtig zu werden. »Wir wohnten an – oh, an irgendeinem – irgendeinem Fluß aus der *Geographie*. Mein Vater hatte mir hundert Puppen geschenkt. Denken Sie – hundert! Manche habe ich überhaupt nicht angesehen, weil sie mich nicht interessierten, aber ein paar habe ich geliebt, bis zum Wahnsinn.«

Mrs. Hunter drehte plötzlich ihren Kopf mit einem so puppenhaften Ruck, daß Schwester de Santis den Atem anhielt.

»Sie wissen, daß das alles nicht stimmt«, beschwerte sich das greisenhafte Kind. »Kate Nutley war es – die hatte die Puppen. Sie war so verwöhnt. Ich hatte nur zwei – ziemlich abgenutzte noch dazu. Und nicht einmal die hatte ich beide gleich lieb.«

Schwester de Santis war beunruhigt von der Verwickeltheit einer Welt, in die sie sich zu schnell zurückgezwungen sah.

»Der einen habe ich das Bein abgerissen«, gestand Mrs. Hunter. Es war beneidenswert, wie sie ihre Ruhe zurückgewonnen hatte.

»Aber jemand hat sie doch wieder ganzgemacht?« wagte die Schwester zu fragen.

»Ich kann mich nicht erinnern.« Mrs. Hunter wimmerte leise. »Und dabei muß ich mich heute an alles erinnern. Die Leute versuchen, einen dabei zu erwischen – einen zu beschuldigen –, daß man sie nicht genug liebt.«

Sie starrte in das heller werdende Licht, wild fast, beinahe furchterregend.

». . . und so gut aussehen, wie möglich. Bringen Sie mir meinen Spiegel, Schwester.«

Schwester de Santis holte ihn: er gehörte zu derselben Elfenbein-Garnitur wie die Bürsten mit den Schleifen aus Gold und Lapislazuli. Sie hielt ihn an seinem geriffelten Griff und neigte ihn so, daß ihre Patientin sich sehen konnte. Sie selbst war froh, daß sie das Spiegelbild nicht auch betrachten mußte: Spiegelbilder können schlimmer sein als Gesichter.

Mrs. Hunter keuchte. »Jemand muß mich zurechtmachen.«

»Schwester Badgery wird das tun.«

»O, Badgery! Die ist schrecklich. Wenn nur die kleine Manhood hier wäre – die weiß, wie man das richtig macht. Die möchte ich dafür haben.«

»Schwester Manhood wird nicht vor dem Mittagessen hier sein.«

»Warum kann man sie nicht anrufen?«

»Sie wird noch schlafen. Und später muß sie wahrscheinlich noch ein paar Einkäufe erledigen.«
Mrs. Hunter ließ völlig fassungslos ihren Kopf einfach in die Kissen zurückfallen: Aus ihren halbgeschlossenen Augen strömten plötzlich Tränen.
Schwester de Santis bemerkte, daß ihre Stimme viel ruhiger klang, als sie tatsächlich war. »Wenn Sie sich ausruhen, dann werden Sie sicher viel hübscher aussehen, so wie sie von Natur aus sind. Und so wollen sie Sie auch sehen.«
Aber die alte Frau schloß ihre Augen ganz fest. »Nicht jetzt. Schließlich – meine Augenbrauen sind weg – und mein Teint. Und ich kann die Sommersprossen *fühlen*, sogar auf den Augenlidern, ohne daß ich erst nach ihnen suchen muß.«
»Jetzt übertreiben Sie ganz bestimmt, Mrs. Hunter.« Ein schwacher Trost; aber die Füße der Krankenschwester schmerzten, und ihre Sinne wie ihre Augen hatten sich noch nicht dem Tageslicht angepaßt: Der Rückzug der Dunkelheit hatte sie kurzatmig und wie einen Nachtfalter zurückgelassen.
Sie bemerkte, daß Ihre Patientin sie geradezu wie besessen anstarrte. »Ich möchte, daß Sie mir etwas zu trinken bringen. Und noch etwas –« eine Hand streckte sich aus, schwächer und älter als je zuvor – »ich möchte, daß Sie mir verzeihen, Mary. Bitte?« Und das Streicheln war nicht mehr das Streicheln von Knochen, sondern das von Daunenfedern.
Schwester de Santis' Gefühl war kaum sinnlich zu nennen, und sie empfand auch nicht jenes Emporgehobenwerden in ein Stadium der Körperlosigkeit, das sie und Mrs. Hunter manchmal miteinander teilten. Dennoch war es beunruhigend.
Zu ihrem eigenen Schutz überhörte sie die eine Hälfte der Bitte und stimmte dafür um so eifriger der anderen zu. »Also gut! Worauf haben Sie denn Lust?«
»Nichts mit Milch.« Mrs. Hunter machte ein schmatzendes Geräusch, denn die klebrigen Hautstreifen ihrer Lippen wollten sich nicht so leicht voneinander trennen lassen. »Etwas Kaltes und Reines«, setzte sie hinzu, nachdem sie etwas Milchbrei aufgestoßen hatte.
Schwester de Santis mußte nachgeben; sie mußte hinsehen; und sofort kamen zu dem federleichten Streicheln die Augen hinzu, war da wenigstens etwas von ihrem ursprünglichen Edelsteinfeuer und glühte durch den milchigen Film, hinter dem Alter und Krankheit es zu verbergen versuchten. »Ich möchte ein Glas Wasser«, sagte Mrs. Hunter.
Schwester de Santis fühlte sich jetzt nur noch unsicher und hilflos. »Kalt wird es sicher sein«, versprach sie, »direkt aus dem Kühlschrank. Aber über die Reinheit kann ich nichts sagen. Es ist eben so, wie es das Wasserwerk liefert.«
Als sie den Raum verließ, sprang es grell von den Möbeln und einer Bett-

pfanne, nur halb mit einem Handtuch zugedeckt, sprang die Hohepriesterin an und raubte ihr die Illusionen ihres Amtes, ihre nächtlichen Gedanken, die Spekulationen einer mystischen Neigung, deren Existenz wenige je vermutet und die, ganz gewiß und Gott sei Dank, niemand mit ihr teilte – außer vielleicht eine launenhafte alte Frau. In ihrer für den Tag bestimmten Form hätte Schwester de Santis mit der gewaltigen Büste und den ausgeprägten Schenkeln ebensogut auf dem Wege zu einem Basket-ball-Spiel sein können.

Alleingelassen – und allein sein wollte sie ja schließlich vor allem, bei allem Respekt für die arme, sinnierende, treue de Santis – lag Mrs. Hunter mit geschlossenen Augen und lauschte auf ihr Haus, ihre Gedanken, ihr Leben. Überall rings um sie tickten Uhren, das gedämpfte Metronom nicht zu erwähnen, das wohl ihr Herz war. In mancher Beziehung war es ein Vorteil, das zu sein, was man als ›halbblind‹ bezeichnet. Sie hatte immer zu klar gesehen, wie es schien: Dümmliche Freundinnen waren darüber erschrocken; ein Ehemann und eine Reihe von Liebhabern hatten es übelgenommen; am schlimmsten aber die Kinder – sie hätten deswegen morden können. Mrs. Hunter kramte nach dem Taschentuch, aber eine Schwester hatte es versteckt; so mußte sie ohne Taschentuch weinen. *Ich habe dich niemals weinen sehen, Elizabeth, es sei denn, wenn du etwas wolltest.* Alfred pflegte sein Kinn herunterzudrücken, als ritte er gegen einen gepanzerten Gegner an. Und sie stieß ihres nach vorn, nahm die Herausforderung an. *Das war mir noch nicht aufgefallen. Muß aber wohl stimmen, wenn du es bemerkt hast.* Sich einem Ehemann widersetzen mit der Waffe des Profils: Sie hatte vollendet geformte Nasenflügel, das hatte man ihr gesagt; im Spiegel hatte sie es auch selbst gesehen. Nur Alfred hatte nie davon gesprochen; ob aus Zartgefühl? Seine Freunde nannten ihn alle nur ›Bill‹. Den größten Teil seines Lebens hatte er mit dem Versuch verbracht, sich in der Rolle eines der verschlossenen, schwer zwischen den Beinen tragenden Männer zu verbergen, die zusammenkamen, um über Wolle und Fleisch zu reden: so langsam und gewichtig wie Hammel, die ihr Geschlecht durch ein Luzernenfeld schleifen. Auch die anlehnungsbedürftigen Weib-lichkeiten waren da, die sich an ›Bill‹ heranmachten, ohne zu merken, wie unschuldig er war.
Mrs. Hunter lachte.
Weißt du, Betty, du bist der einzige Mensch, der mich noch nie mit einem netten Namen angeredet hat. Aber doch nicht ›Bill‹: Der Versuch allein gab ihr das Gefühl, die Lefzen zu schütteln wie ein Bluthund. *Wie kann ich das? Wo doch ›Alfred‹ der Name ist, den man dir gegeben hat. Ich meine, das ist eben dein NAME, so wie meiner ›Elizabeth‹ ist.* Sie hob ihre Stimme und zog den Mund etwas nach unten, um ein Grübchen

erscheinen zu lassen, das sie immer in Reserve hielt. Aber in diesem Falle konnte auch das ihn nicht überzeugen.

Obwohl er ihr nie vorgeworfen hatte, kalt zu sein, hatten andere mit Andeutungen in dieser Richtung nicht zurückgehalten: anhängliche alte Jungfern, die hofften, ihre Schulmädchenschwärmereien beibehalten zu können; Ehefrauen, die ein Gefäß brauchten, in das sie alles angestaute Unrecht ergießen konnten; ein Mann wie Athol Shreve (das hatte sie nur als Übung in Sensualität getan; das Haar allein war ihr schon widerlich); und dieser junge Norweger – nein, der nicht. Oder doch? (Hatte der nicht was mit Fisch zu tun?) – auf der Insel der Warmings.

Nicht jeder ist eine Insel: Sie liebten ›Bill‹, Elizabeth dagegen bewunderten sie. Und Kinder bewohnen die unwirtlichsten und ungastlichsten Inseln, obwohl man dort ein Feuer anmachen kann, wenn man nur weiß, wie man das dazu Nötige zusammenkratzen kann.

Sie saugte an der Ecke eines Kissenbezuges und erinnerte sich an die Kinder. Wie waren ihre Namen? Do-ro-thy? und Bsl? Ba-sil! Worte der Liebe zu ihrer Zeit, häßlich und anmaßend am Ende.

Mrs. Hunter nickte ein, als sie sich an etwas anderes zu erinnern versuchte, das sie entdeckt hatte – nicht in irgendeiner haarigen Umarmung, auch nicht, während andere Frauen sie mit feuchten Küssen bedrohten, und auch nicht unter den Schmetterlings-Küßchen der Kinder, die mit Beschuldigungen abwechselten. Während sie in ihr leichtes Dösen verfiel, hätte sie zu gern einen Geisteszustand erlebt, von dem sie wußte, daß es ihn gab – der aber so subtil war, daß es besonderer Gnade bedurfte, ihn zu erreichen.

Die Nachtschwester suchte ihren Weg nach unten durch das Gebäude, das eigentlich das Haus ihrer Arbeitgeberin war – es war häßlich und protzig. Das durfte sie nicht vergessen. Es fiel ihr jetzt leichter, daran zu denken, da das Tageslicht durch die Spalten der Vorhänge hereindrang. Sie durfte ihr gerahmtes Zeugnis nicht vergessen, das neben dem Diplom ihres Vaters hing, und auch nicht ihre zweiunddreißig Berufsjahre als Krankenschwester (in ein paar Monaten wurde sie fünfzig). In Mrs. Hunters Haus verstopften die Möbel sogar Flure und Treppen: Wäscheschränke, Regale und Vitrinen, die sich nicht mehr in die Räume zwängen ließen. Teppiche, einst dicht und elastisch, zeigten dünne und abgetretene Stellen, die die Eigentümerin nicht mehr sehen konnte. Und wer sie sonst sah, der kümmerte sich nicht darum; warum auch? Man erwartete ihren Tod.

Auf dem Treppenabsatz zerrte die Schwester an einem Vorhang und ließ noch mehr grelles Licht herein. Es prallte geradezu auf eine Vase voller Silberblatt, die in einer Nische stand: Die silbernen Medaillen an den trockenen Stengeln schienen zu klirren, als sie ihre Hand zurückzog. Staub

hing im Licht, wie Weihrauch ohne Duft, trotz Mrs. Cush: *Wenn da nur eine Person putzt un' ganz allein un' nur zwei Vormittage die Woche, dann muß man schon mit ein paar Staubkörnern rechnen.*
Eine Gänsehaut überlief Schwester de Santis; sie schauderte. Denn im gleichen Augenblick hatte sie sich selbst gesehen, wie sie feuchte Wattebäusche auf die sommersprossigen Lider legte, nachdem das letzte Zittern verebbt war. Und nun sollte sie lieber daran denken, wie so etwas zu erklären war, statt sich von ihrem Gewissen erdrücken zu lassen; sie sollte sich lieber daran klammern, daß ein unangenehmer Pflegefall die eigenen Gefühle viel weniger in Anspruch nimmt – jedenfalls nach der Meinung einiger Kolleginnen.
Die Schwester ging die Treppe weiter hinunter, die Hand am Geländer, als benötigte sie einen Halt. Nachts schwebte sie hier fast nach oben oder nach unten, ohne Stütze, und ihr gestärkter Rock berührte kaum die schützende Hecke, deren Wirrwarr aus eisernen Zweigen mit Früchten aus den Gärten der Hesperiden überladen war. Nachts kamen kaum Zweifel auf, denn Liebe und tägliche Gepflogenheiten verleihen auch dem ungeistigsten Haus überirdische Formen und Bestimmungen, aus deren Mitte heraus die Gedanken des Eingeweihten wie vielfarbige Anrufungen emporschweben.
An diesem Morgen jedoch wurde Schwester de Santis, während sie immer weiter in diesen dumpfen Brunnen hinabstieg, wie unsinnig von Fäkaliengerüchen verfolgt und von dem sich überall einschleichenden Geruch von Urin aus einer alten Blase; und das Licht, das Licht selbst krallte sich tückisch in sie hinein, vielleicht aber auch waren es eiserne Dornen oder alte, durchscheinende Fingernägel.

Sie würde daran denken müssen und durfte nicht vergessen, daß kein Patient nur bösartig oder unvernünftig ist.

Es mußte fünfzehn Jahre her sein, daß Mr. Wyburd seine Warnung ausgesprochen hatte. »Ich sollte Ihnen doch mitteilen, Miß de Santis, daß Sie hier etwas übernehmen, was ich einen *schwierigen* Fall nennen würde.«
Der Rechtsanwalt formte eine Pyramide aus seinen Händen, Fingerspitze auf Fingerspitze, das Konventionell-Juristische fast übertreibend. Sie versuchte, sein Alter zu berechnen: nicht wirklich alt, aber in gewisser Weise doch (wahrscheinlich schon mit ältlichen Gewohnheiten geboren). Seine Haut begann bereits zu vertrocknen, so daß auf den formellen Händen ein Relief von Adern sichtbar war. Am kleinen Finger der einen Hand steckte ein Siegelring, dessen Blau zur Farbe dieser Adern paßte.
»Nicht eigentlich launenhaft – ich würde eher sagen, ›wandelbar‹ «, betonte er mit vorsichtiger Stimme.
Während er die Krankenschwester ansah, überlegte er vielleicht einen

Augenblick lang, ob er sich wirklich mit seinem Ruf als Rechtsanwalt hinter sie stellen und sie mit der Betreuung eines seiner wichtigsten Klienten beauftragen könnte. Aber das war wirklich nur ein Augenblick: Im Grunde hatte er viel zuviel Respekt vor allen, die einen ernsthaften Beruf erlernt hatten.

Nach außen jene Gelassenheit zeigend, die ihr von Bekannten immer wieder vorgeworfen wurde, lehnte Schwester de Santis sich nach vorn, innerlich zumindest, um die Schwierigkeiten und die Launen besser zu erfassen, mit denen ihr der Rechtsanwalt drohte. Etwas an der ganzen Situation löste ein Kribbeln bei ihr aus, obwohl ihr höfliches Murmeln und ihr langsames, weiches Lächeln nur freundliche Unbeirrbarkeit auszudrücken schienen.

Eine attraktive Frau: träge, aber zuverlässig. Ihre Zeugnisse waren ausgezeichnet; ein alter Oberst hatte ihr sogar eine jährliche Rente hinterlassen.

Mr. Wyburd hüstelte. »Mrs. Hunter war zu ihrer Zeit gewissermaßen eine Schönheit. Oh, sie sieht auch heute noch gut aus. Viele bewundern sie. Und viele haben sich auf sie verlassen – auf ihren Rat und auf ihre Meinung.« Mr. Wyburd lachte; er nahm seine Hände auseinander und verbarg sie unter dem Schreibtisch. »Sie liebt auch geistige Auseinandersetzungen.«

Mary de Santis zeigte ein Lächeln, das Anerkennung bedeuten sollte. Sie hatte das Gefühl, daß sie wahrscheinlich ziemlich dumm aussah, aber sie mußte ihre Emotionen verbergen: ihre Aufregung und ihre Erwartung. Sie hoffte vor jedem neuen Fall, daß er wiederum zur Bewährung für sie werden möge – aber noch nie hatte sie das so sehr gehofft wie jetzt, während sie sich mit diesem Bild einer zersplitternden Schönheit auseinandersetzte. Und so blickte sie, immer noch lächelnd, über die Schulter des Rechtsanwalts auf die säuberlich gefalteten Dokumente, die einheitlich mit rosa Bändchen zusammengebunden waren: Auch diese Bänder faszinierten sie mit ihrer mystischen Anonymität.

Mr. Wyburd wandte sich einem Thema zu, das ihm Schwierigkeiten bereitete: »Wie ich schon erwähnt habe, leidet Mrs. Hunter – also, von einem Zusammenbruch könnte man kaum sprechen – leidet Mrs. Hunter an einer leichten nervösen Störung. Ihre Tochter ist vor kurzem nach Frankreich zurückgekehrt – sie lebt dort, seit sie einen Franzosen geheiratet hat.« Mehr denn je zögerte Mr. Wyburd, sich einfach auszusprechen. »Den betreffenden Herrn sollte ich wohl lieber nicht als ihren ›Ehemann‹ bezeichnen. Man könnte sagen, daß er ›wiedergeheiratet‹ hat, nach einer *gewissen Art* von Scheidung. Und der Glaube, den Dorothy Hunter angenommen hat, erlaubt ihr nicht, diese *gewisse Art* von Scheidung anzuerkennen.«

Rechtsanwalt und Krankenschwester bedachten vereint und mit gebührendem Ernst die Bedeutung dieser biographischen Einzelheiten.

Mr. Wyburd empfand Beruhigung bei der Feststellung, daß Schwester de Santis wahrscheinlich in gewisser Weise beschränkt war: kein Nachteil im Umgang mit Elizabeth Hunter; und ihr Pflichtbewußtsein beeinflußte es sicherlich auch nicht. Er warf einen raschen Blick auf den Schleier, der hinter ihrem modisch zeitlosen Hut schwebte – einem Hut, den seine Töchter wahrscheinlich ›schrullig‹ gefunden hätten.
»Wann werde ich erwartet, Mr. Wyburd?«

In den fünfzehn Jahren seit ihrer ersten Begegnung mit Elizabeth Hunter war Mary de Santis in Abständen immer wieder ins Haus gerufen worden – manchmal, um das Bedürfnis nach freundschaftlichem Kontakt zu erfüllen, einige Male, um bei der Dramatisierung geringfügiger Krankheiten behilflich zu sein, und dann schließlich, um beim großen Finale ihres Amtes zu walten. Unter diesen Umständen konnten sich die Krankenschwestern Badgery und Manhood sowie Mrs. Lippmann und Mrs. Cush ohne Einbuße an Selbstwertgefühl mit einem geringeren Rang in der Hierarchie abfinden. Keine bezweifelte die Tüchtigkeit der über ihnen stehenden Krankenschwester, und die eine oder andere sah in ihr vielleicht sogar eine seelische Autorität, die Mary de Santis einen tiefergehenderen Zugang zum Herzen jenes Geschöpfes gab, um das sich ihrer aller Leben drehte und dem sie alle mehr oder weniger ergeben waren.
Und hier war nun die Erzpriesterin an diesem Morgen, eine schwerfällige Frau, die die Treppe hinunterstampfte und auf der letzten Stufe stolperte. In ihrem augenblicklichen Zustand ärgerte sie sich doppelt über ihre Ungeschicklichkeit, und nun mußte sie auch noch feststellen, daß sich die Befestigungsstange losgerissen hatte und der Treppenläufer ins Rutschen gekommen war. An einem so wichtigen Tag wie heute brachte sie das ins Schwitzen. Sie spürte, wie ihr die Tropfen den Rücken hinabrannen; die Poren auf ihrer Nase sahen sicher übergroß aus; die Nacht hatte sie von sich geworfen als etwas Zerknittertes, Schmutziges, Klebriges.
Wäre sie nicht ein so sanfter Mensch gewesen, dann hätte es Zorn sein können, was sie nun im Vorbeigehen nach Vorhängen greifen, Riegel zurückschieben und Fenster aufreißen ließ: Die Luft um sie war so erstickend wie ein Flanelltuch. Ohne wirklichen Grund hätte sie jetzt über die Haushälterin herfallen können, wenn das möglich gewesen wäre. Aber Mrs. Lippmann war sicher noch im Bett: Das war ihr einziger Fehler und ihr einziger Luxus. *(Mein halbes Leben lang, Miß de Santis, also bevor ich selbst zum Dienstboten wurde, war das Mädchen gerade immer erst beim Aufstehen, wenn ich nach Hause kam.)*
(Ob es dir also gefällt oder nicht, Mary, auch das ganze Haus ist noch für ein Weilchen deiner Obhut anvertraut, wenn nicht der große Spiegel mit dem Goldrahmen hier jetzt dich und alles andere dazu unter dem Klirren

von Meißner Porzellan und dem Splittern von Intarsien in sich hineinschluckt.)

Sind Spiegel schon schlimm, dann sind es Porträts erst recht. Schwester de Santis konnte auf dem Wege zur Speisekammer dem Salon nicht widerstehen. Ob die Porträts dort irgendeinen Wert besaßen, das hatte sie noch nie beurteilen können. Sie erriet nur, daß sie eine Menge Geld gekostet haben mußten. Neben ihrer flüchtigen Eleganz und modischen Unwahrhaftigkeit strahlten sie darüber hinaus noch jenes gewisse Pathos aus, das die Besitztümer sehr reicher Leute umgibt: Ohne den Glanz des Firnisses und den Schutz des vergoldeten Rahmens war Basil trotz seiner geschwungenen Wimpern und golden schimmernden Wangen einfach ein bösartiger kleiner Junge und Dorothy ein simples, griesgrämig dreinblickendes Mädchen. An Mrs. Hunters Porträt hätten vielleicht die Diamantenkaskaden an Handgelenken und Schultern harmlose oder pflichtschuldige Betrachter in Wogen der Bewunderung versinken lassen, aber Mary de Santis ließ sich von Edelsteinen nicht beeindrucken. Nur das Gesicht war echt, das hatte sie schon vor langer Zeit entschieden – ohne daß dies jedoch ein Verdienst des Malers gewesen wäre. Vielmehr war es so, daß das wahre Gesicht die Vulgarität der oberflächlichen, schlüpfrigen Malerei durchdrang, sich aus ihr heraushob und eine Beziehung zum Betrachter herstellte – wie das auch manche Halbedelsteine tun, oder Blumen oder Musiktakte oder bestimmte Passagen wechselnden Lichts.

Die Kinder waren es, die die Krankenschwester aus ihren Gedanken rissen, denn bei ihrer Betrachtung wurde sie an einen ausgemergelten Körper erinnert, braungefleckt, mit gelben Striemen und vernarbt von Messerschnitten: an den Körper, aus dem diese Kinder entsprungen waren, um dem Leben die eigenen Vorstellungen und Absichten aufzuzwingen. An diesem Morgen machte der Anblick ihrer Bilder Schwester de Santis schaudern. (*Ich liebe alle Kinderchens; Sie nicht auch, Schwester?* Wenigstens wartete Schwester Badgery gar nicht erst ab, bis andere vielleicht auch ihre Meinung äußerten.)

Schwester de Santis hielt sich nicht damit auf, im Speisezimmer die Vorhänge zu öffnen, sondern eilte gleich weiter durch seine braunsamtene Stille, vorbei am Porträt Alfred Hunters (›Bill‹ für seine Freunde). Mr. Hunters Porträt war kleiner als das seiner Frau; sicher hatte es auch sehr viel weniger gekostet – der Signatur in der unteren Ecke nach zu schließen aber wohl immer noch eine ganze Menge. Für einen Mann von Vermögen sah Mr. Hunter reichlich schüchtern aus: Den Maler hatte er wahrscheinlich enttäuscht, bis auf die Tatsache, daß er einen Scheck von ihm erhielt. Die Schwester mäßigte ihren Gang und schritt mit der Ehrerbietung dahin, die man jenen Menschen erweist, welche man zu ihren Lebzeiten zwar nicht persönlich gekannt hat, aber doch hätte kennen können. Und aus Respekt versah sie Mr. Hunter mit Tugenden, die sie von ihrem eigenen Vater in Erinnerung hatte.

Ich habe mir so gewünscht, meinen Mann lieben zu können, Schwester – sogar auch dann noch, als ich schon wußte, daß ich es nicht konnte – oder jedenfalls nicht ausreichend genug. Mrs. Hunters Geständnisse waren anfangs fast peinlich gewesen: Man mußte sich immer erst klarmachen, daß man kein ungebetener Lauscher war.

Schwester de Santis drückte gegen die mit grünem Fries bespannte Türfüllung, hinter welcher der Eingang zur Speisekammer lag. Die Tür seufzte wie ein menschliches Wesen; wer weiß, vielleicht hatte sie auch Gefühle – wenn man sich einen solchen Gedanken erlauben wollte.

Gerade hatte die Schwester einen kleinen Kristallkrug aus dem Kühlschrank in der Speisekammer zur Hälfte gefüllt, als sie dumpfe Geräusche nebenan in der Küche hörte. Sie trat ein. Es war die Haushälterin, die wild mit den Armen fuchtelte, während sie sich in eine Schürze zwängte. Ihr Gesicht war hinter dem Schürzenlatz verborgen, und ihre Verrenkungen wirkten geradezu grotesk: Wahrscheinlich war sie noch völlig schlaftrunken.

»Sie sind früh dran, wie?«, bemerkte die Schwester, während die Haushälterin noch untergetaucht war.

»*Ach*, aber ich bin so – *nervös*!« Sie kämpfte sich ins Freie, und dabei wurde das Bild noch grotesker: Die vorgeschobenen, starren Lippen in ihrem steinernen Gesicht hätten ausgereicht, um sich bei einem Wolkenbruch unter ihren Schutz zu flüchten. »So nervös!«, seufzte sie. »Wegen dem Besuch. Und Mr. Wyburd kommt zum Frühstück.«

»Weil er sich um die Besucher kümmern will.«

»Ja, aber es ist doch noch so früh. Und ich komme gar nicht leicht aus dem Bett. Übrigens«, und Mrs. Lippmanns Miene heiterte sich bei dieser Feststellung sichtlich auf, »– ist es bei Ihnen nicht ein bißchen später als sonst, Schwester?«

»Nur wegen meiner schändlichen Neugierde.«

Die Haushälterin nahm sogleich wieder ihren gequälten Gesichtsausdruck an. Die Knöchel ihrer zusammengepreßten Finger schienen schneller gealtert zu sein als ihr Gesicht, das bei fast jedem bewußt angenommenen Ausdruck eine Miene vorgetäuschter Jugendlichkeit zeigte. »Oh, das ist immer diese schreckliche Zeit! Warum können Sie nicht jeden Morgen hierbleiben, Miß de Santis, bis Schwester Badgery erscheint? *Diese Badgery kann nie pünktlich kommen* – nie! Und was ist, wenn *sie* vielleicht aus dem Bett fällt, während ich mit ihr allein bin? Oder noch einen Schlaganfall bekommt?« Mrs. Lippmann begann ein langes Lamento, das sie bis in die innersten Bezirke der Tragödie führte – Töne, von denen Badgery und Manhood schockiert waren, die aber für Schwester de Santis und ihre ausländische Herkunft eher erträglich waren.

Aber die ausländische Abstammung allein half ihr nicht immer, diese kleine, unglückliche Jüdin zu trösten. »Bestimmt wird nichts von alledem passieren, was Sie sich da vorstellen« – das war alles, was sie heute morgen anzubieten hatte. »Übrigens, Mrs. Lippmann – über den Schlaganfall sprechen wir nie. In jedem Fall war es ja auch nur ein ganz leichter: Irgendwo hinter einem ihrer Augen ist ein Blutgefäß geplatzt.«
Trotz der Zurechtweisung schien Mrs. Lippmann von diesem Hauch an Vertraulichkeit auf medizinischem Gebiet wie beflügelt: Sie tanzte ein paar Schritte durch die beachtlich große Küche, schwenkte ihre Hinterbacken und wackelte mit dem Kopf. Dann blieb sie wieder stehen, jeder Teil ihres Körpers übertrieben angespannt.
»So ist das! Und unsere Besucher werden Leben ins Haus bringen. Ich bin fast außer mir, daß sie kommen. *Auch ein wirklicher Künstler!* Ich habe die Betten bezogen. Ich habe Blumen hingestellt, wie sie das wollte.«
»Die Blumen wären nicht nötig gewesen.«
»Aber wenn sie in ihrem Rollstuhl sitzt, könnte sie sich doch vielleicht von jemandem hereinfahren lassen.«
»Sie würde nichts sehen.«
»Mrs. Hunter kann durch Wände sehen, wenn sie nur will.«
»Ich hätte lieber sagen sollen: Für die Besucher haben Sie ihre Blumen umsonst verschwendet. Die werden nicht hier wohnen. Nicht hier im Haus.«
»Aber ich habe die Betten überzogen! Das hat sie so angeordnet.«
»Aber sie bleiben nicht.«
»Das muß ihr aber jemand sagen.«
»Mr. Wyburd wird das tun müssen. Er hat viel Erfahrung in diesen Dingen.« Es wurde ihr plötzlich bewußt, daß sie ihre Pflicht vernachlässigt hatte, und mit gerunzelter Stirn blickte sie auf den kleinen Krug in ihrer Hand.
Mrs. Lippmanns Augenbrauen schoben sich aufeinander zu wie zwei glänzende, zuckende Raupen. »Ich werde niemals verstehen, warum die Angelsachsen die Wärme des Familienlebens ablehnen.«
»Sie haben Angst, daß sie verschlungen werden. Familien können einen auffressen.«
»Irgend etwas verschlingt dich immer: Wenn es nicht die Familie ist, dann ist es der Verbrennungsofen«, seufzte Mrs. Lippmann.
Auf dem ganzen Weg nach oben klirrte das Glas gegen den Krug, den Schwester de Santis vorsichtig auf einem Tablett vor sich hertrug. Wie alles Silber im Haus, trug auch das Tablett ein fremdes Wappen.
Als sie wieder vor dem Bett stand, stellte sie fest, daß ihre Patientin eingeschlafen war: Die geöffneten Lippen wurden ab und zu gegen die Gaumen gesaugt; die kreideweißen Krallen, im Saum des Lakens verhakt, hoben sich im Takt regelmäßiger Atemzüge.

Schwester de Santis stellte das Tablett so geschickt auf den Nachttisch, daß auch nicht das geringste Kristallklirren, nicht das leiseste Silberklappern zu hören war.

»Ich schlafe nicht, Schwester«, teilte Mrs. Hunters Stimme mit. »Das schlimmste Symptom meines – Zustandes –: ich schlafe praktisch kaum jemals.«

Schwester de Santis füllte das Glas. Nachdem sie die Schultern ihrer Patientin aufgerichtet hatte, begann der alte Hals zu arbeiten: Die Lippen streckten sich häßlich vor und gierten nach dem Wasser. Sie erinnerten an irgendeine niedrigere Lebensform, diese Lippen, vielleicht an so etwas wie ein Meerestier, das aus dem Wasser mehr als nur Wasser herauszieht. Aber da Menschlichkeit von Elizabeth Hunter nicht zu erwarten war, brauchte auch niemand enttäuscht zu sein.

Als Schwester de Santis schließlich alle ihre Aufgaben erledigt hatte, wetteiferte die in das Rosenholz der Bettstelle eingelegte silberne Sonne bereits mit der echten Sonne am Himmel. Die Pflegerin flüchtete sich auf kurze Zeit in das Zimmer, das Schwester Badgery gern als den ›Schwestern-Ruheraum‹ bezeichnete, das aber in Wirklichkeit nur eine Garderobe war, vollgestopft mit dem Großteil der Kleider, die Mrs. Hunter im Laufe ihres Lebens gekauft hatte. Vor dem Spiegel sitzend, zog Mary de Santis die Klammern aus ihrem Haar. Was, versuchte sie sich zu erinnern, was hatte sie je erwartet? Lange Zeit konnte sie sich nicht von ihrem Gesicht im Spiegel lösen.

Vielleicht schlafend, vielleicht wachend – eigentlich war ihr Leben ja zu einem einzigen, langen Wachtraum geworden – glitt Mrs. Hunter zurück in den Traum, aus dem sie emporgetaucht war. Es fiel ihr leicht, diese Wachträume wieder aufzunehmen, aus denen sich ihr Leben zusammensetzte; manchmal konnte sie sogar jene tiefen, schrecklichen Träume manipulieren, die dem Schlaf zugehörten, den sie sich nicht zugestehen wollte.

Jetzt half ihr das Wasser, das ihre pflichtbewußte, wenn auch vielleicht zu stark zum Grübeln neigende Pflegerin gebracht hatte, zu jener anderen, oberflächlicheren Art von Traum oder Erlebnis zurückzukehren: Sie und Kate Nutley gingen, die Arme voller Puppen, an einem gewaltigen Fluß entlang. Nein, das stimmte natürlich nicht: Es war das flache, oft von Austrocknung bedrohte Flüßchen, das sich durch alle Besitzungen wand, nämlich durch die der Salkelds, der Nutleys und der Hunters – ein braunes Band, das über Steine und unter Weiden dahinkräuselte. In seinen besten Zeiten war der Fluß nichts als fröhliche Bewegung, aber auch dann bildete sich in seinen weniger erfreulichen, toten Seitenarmen Schaum auf der Wasserfläche, zwischen dem manchmal ein aufgetriebener Schafskadaver dahinschwamm. Es war immer Elizabeth und niemals Kate, die mit einem Stock nach dem aufgetriebenen Schaf stochern mußte. Als sie einen bestimmten Punkt erreichten, an dem das Wasser tiefer und eiliger um eine Biegung quirlte, blieben Elizabeth Salkeld und Kate Nutley stehen. Elizabeth warf eine Puppe nach der anderen in den Fluß. Manche tanzten auf der Oberfläche des Wassers dahin; bei anderen sogen sich die Gliedmaßen voll und zogen sie auf den Grund. Kate begann zu weinen. Sie war ein ernsthaftes Kind und dazu ein einfaches Gemüt – das hatte Elizabeth von Anfang an gespürt. *Warum weinst du denn, wo du doch so viele hast? Ist es denn nicht interessant, zu sehen was passiert?* Kate hatte eine ganz bestimmte Art, vor sich hin zu schluchzen: *Ich weine ja nicht wegen der Puppen, sondern wegen dem, was mit meiner Schwester passiert ist. Weißt du denn davon nichts?* Elizabeth knurrte, um ihre Beschämtheit zu verbergen; die Salkelds senkten ihre Stimmen sorgfältiger als die meisten Eltern in der Gegend, und deshalb hatte sie noch nicht herausfinden können, was mit Lilian passiert war, der älteren Schwester von Kate. Aber Kate erzählte nun bereitwillig alles: *Lilian ist mit jemandem durchgebrannt, einem Russen oder so.* Ach, und das hast du alles gewußt! *Und jetzt ist sie ermordet worden.* Aber wie kann man da so sicher sein? Die Leute werden doch nicht einfach so ermordet, verstehst du. Aber Kate schien mit einem Male viel erwachsener geworden zu sein: Sie war sogar noch ernster als zuvor. *Man hat Lilians Leiche am Ufer irgendeines gewaltigen Flusses gefunden – in China, oder Sibirien.* Also *gab* es diesen anderen, gewaltigen Fluß! *An ihrem Hals war vertrocknetes Blut.* Kate konnte nicht weiter erzählen, weil sie wieder weinen mußte. Aber Elizabeth Salkeld konnte keine Tränen für Schwester Lilian vergießen, die da an den Ufern eines gewaltigen asiatischen Stromes wild ihrem Tod entgegengalloppierte. Im Vergleich dazu wurden ihr das eigene oberflächliche Leben, die sich dahinschleppenden Tage einfach unerträglich. Elizabeth Salkeld hätte ihre Freundin dafür ohrfeigen können, daß sie das Donnern der Hufe nicht hören und das Großartige an Lilians gestrecktem Gallopp nicht sehen konnte. Aber sie begnügte sich, mit einer Weidenrute das Wasser zu peitschen.

»Was war ich doch für ein schreckliches kleines Mädchen!« murmelte Mrs. Hunter. »Alle kleinen Kinder sind schrecklich. Nur in der Theorie sind sie es nicht.«

Sie wußte auch, daß sie nicht sterben wollte, ganz gleich, wie sehr ihr Leben ins Stocken geriet: Sie hoffte ständig, daß es ihr beschert werden möge, wieder jenen Zustand des reinen, lebendigen Glücks zu *erreichen*, den zu *erleben* ihr manchmal verstattet war. Wie sie ihn erreichen könnte, das war ihr nicht klar. Vielleicht hing das von Schwester de Santis ab; sie brauchte Mary, damit sie ihre Hand hielt.

Als sie ihre Augen öffnete und nach der kleinen Handglocke zu suchen begann, um ihre Pflegerin zu beschuldigen, sie böswillig verlassen zu haben, stand da eine andere Gestalt in der Tür – größer und schmaler, aber so undeutlich in den Umrissen, daß sie nicht raten konnte, wer es war. Nur meinte sie, daß es nach Mann röche.

»Bist du es, Liebling?« versuchte sie es. »Wie lange habe ich schon gewartet.«

Eine trockene Stille sagte ihr, daß sie sich verraten hatte.

Dann eine Stimme, »ich bin es – Wyburd«. Er zögerte, weil er so sehr damit beschäftigt war, seine Antwort zu formulieren; seine Enkelkinder und manchmal sogar seine Töchter, lachten über seine grammatikalische Überkorrektheit.

»Ach so! Nun, sicherlich bin ich froh, Sie zu sehen, Arnold. Ich wußte ja, daß Sie kommen würden. Natürlich freue ich mich.« Sie gab ihrer Stimme etwas mehr Klang als es bei der Begrüßung eines Rechtsanwalts sonst üblich ist, denn Arnold Wyburd war: etwas mehr als nur der Rechtsanwalt; nach dieser langen Zeit ging das gar nicht mehr anders.

Keemis schickt die Papiere durch Arnold Wyburd, seinen jungen Sozius, um sicher zu sein, daß uns niemand anders den Besitz wegschnappt, auf den du ein Auge geworfen hast. Das war in jenem Jahr gewesen, in dem Elizabeth und Alfred (›Bill‹) Hunter einander angesehen und endlich offen zueinander gewesen waren. Alfred blickte sie länger an, als sie ihn – weil er der ehrlichere war. Das hatte sie schon damals zugestanden: nicht, daß sie un-ehrlich gewesen wäre; es fehlte ihr einfach nur seine Reinheit des Herzens. *Es geht doch darum, Alfred, daß du mir erlauben mußt, unseren Kindern das zu geben, was wir ihnen schuldig sind; das hier ist kein Leben für sie; was soll mit ihrer Bildung werden?* Die Erwähnung des Wortes ›Bildung‹ trieb Alfred wie jedesmal zur Aktivität. Also kauften sie jetzt diesen Besitz in Sydney, am Centennial Park, und der *junge Springinsfeld* brachte den Vertrag zur Unterschrift. Elizabeth Hunter hatte Arnold Wyburd für einen *angenehmen* und im übrigen harmlosen *jungen Mann* gehalten. Das war am Abend gewesen, nachdem er wieder abgereist war. Sie gingen auf der Veranda auf und ab, und Alfred blickte auf ihren Ausschnitt: Sie trug ein sehr hübsches, dabei einfaches weißes Spitzenkleid, das zusammen mit der von den Hügeln herabwehenden Brise das Gefühl erfrischender Kühle vermittelte. Es wurde ihr klar, daß sie Alfred heute abend zu sich lassen mußte: An seinem Atem konnte sie hören, daß er es erwartete; aber er war gutmütig, und die Abende in ›Kudjeri‹ waren unendlich lang.

Und nun war dieser alte Mann namens Arnold Wyburd an ihr Bett herangetreten – nun, eigentlich war er nicht alt, nicht so alt wie sie selbst jedenfalls, niemand war so alt – eher ältlich. Er roch alt. Er klang vertrocknet. Er hatte ihre Hand ergriffen, und sie spürte etwas wie Papier, wie feines

Seidenpapier, auf ihrer Haut. Vielleicht hätte sie ein wenig mit seiner Hand gespielt, wenn es ihr nicht zu mühsam erschienen wäre.
»Alles in Ordnung?« fragte der Rechtsanwalt mit lauter, doch ein wenig zittriger Stimme.
»Warum nicht?«
Das war die Art von Fragen, die Männer immer stellen; und jetzt Arnold mit dieser Stimme einer alten Frau. Vielleicht war Lal der Mann gewesen; jedenfalls hatten die beiden miteinander ein paar Mädchen auf die Welt gebracht.
»Wie geht es Lal?«
»Sie leidet – betrüblicherweise kann ich nichts anderes sagen – an ihren rheumatischen Schmerzen.«
»Ich wußte gar nicht, daß sie welche hat.«
»Schon seit Jahren. Allerdings nur ab und zu.«
»Dann sollte sie dankbar sein. ›Ab und zu‹ ist gar nichts. Ich werde auch schon seit Jahren von der Artritis gequält, und zwar pausenlos.«
»Oh?«
Vergiß nicht, ihm ein Geschenk für Lal mitzugeben: die unscheinbarste Frau, die man sich nur denken kann; Sommersprossen. (Mrs. Hunter hob die Hände zu ihrem Gesicht, um es kurz zu berühren.) Lal hatte schon als junges Mädchen Tränensäcke unter den Augen gehabt.
Der Rechtsanwalt räusperte sich. »Ich muß Ihnen eine Enttäuschung bereiten, allerdings nur eine ganz kleine.«
»Sagen Sie es mir lieber – nicht.«
Sie hatte ihre Augen geöffnet. Arthur Wyburd entschloß sich, sie nicht anzusehen.
»Basil ist in Bangkok aufgehalten worden. Er kommt heute abend.«
»Warum – warum? *Bangkok!*« Mrs. Hunters Mund arbeitete sich über die Traurigkeit weg hin zur Beschimpfung. »Basil hat schon immer besser als jeder andere gewußt, wie man – enttäuscht«, stieß sie hervor. »Ich frage mich, ob er mich nicht auch als Schauspieler enttäuscht hätte.«
»Er hat sehr viele Bewunderer. Lal hat ihn gesehen, wenn Sie sich erinnern, als sie mit Marjorie und Heather drüben in London war. Ich glaube, es war in *Macbeth*. Marjorie hat gelesen, daß nur die größten Schauspieler mit der Rolle fertigwerden: Die anderen haben nicht genug Stimme dafür. Sehr anstrengend, scheint es.«
Arnolds winziger Informations-Schnipsel, so trocken er auch war, hätte ihrem Stolz neuen Auftrieb geben können, wenn sie sich im Augenblick nicht völlig ausgelöscht vorgekommen wäre. Sie verabscheute sich im Moment so sehr, daß sie nur noch wünschte, Arnold Wyburd möge gehen.
Etwas von diesem Wunsch, wenn auch nicht genug, mußte er gespürt haben, denn er hatte sich zu einem der Fenster hinüberbegeben, die den

Blick über den Park freigaben. Der Sommer hatte das Gras gelb und den See fast eingetrocknet hinterlassen; nur die Säulen hatten es fertiggebracht, einen gewissen Schein zu wahren: Aus einem bürgerlich geordneten Stickereigewebe von Canna und Schmucklilien emporragend, boten sie sich wie immer als Gelegenheitskauf europäischer Bildhauerkunst dar.

Warum hatte er in seiner Beziehung zu Mrs. Hunter niemals dieses Gefühl der Unterlegenheit überwinden können? Er hätte eigentlich eine Abneigung entwickeln müssen; statt dessen hatte er nie seine Bewunderung verloren – zuerst für die Frau seines Klienten, dann für die Witwe. Natürlich war Lal da, um die Wunden zu heilen: *In so vieler Hinsicht eine wundervolle Frau, diese Mrs. Hunter; Fehler müssen wir ihr vergeben, selbst wenn sie dafür sorgt, daß wir die unseren nicht vergessen.*

Er drehte sich um, vielleicht weil er über die verspätete Ankunft Basils hinwegtrösten helfen wollte: *Nach der letzten Auskunft vom Flughafen wird Dorothy pünktlich ankommen.* Aber sie lag wieder da mit offenem Mund, ohne direkt zu schnarchen, und saugte Luft ein, saugte Leben.

Ohh, stöhnte sie tief innen und stand gleichzeitig außerhalb einer der vielen fleischlichen Hüllen, die sie ihrer Erinnerung nach einmal getragen hatte. Sie sah ihren schlafenden Mann. Er war ganz sicherlich nicht tot, er wußte nur nichts von den anderen Leben, die sie neben ihm in diesem Hause führte, während sie mit so praktischen Dingen wie Obst einkochen und Zwiebeln einlegen – wenn die Köchin ihr das erlaubte – beschäftigt schien und nicht gerade Erzieherinnen beaufsichtigte oder hinauswarf oder Dienstmädchen drangsalierte. Er hatte es gern, wenn sie mit ihm zusammen über die eingezäunten Weiden ritt. Aber auch bei diesen gemeinsamen Ausritten war ihm nicht klar, daß sie niemals der Mensch war, den er sich vorstellte. Auch dann nicht, wenn sein lederbekleideter, fülliger Schenkel so dicht an ihr entlangstrich, daß das Eisen der Steigbügel gegeneinanderklirrte. Sie trug meist den alten Veloursuhut mit dem schweißfleckigen Band, und das verstärkte noch den falschen Eindruck. Und Rinder schoben sich vorbei mit dem Geräusch von abgewetztem, steifem Leinen; Mutterschafe quirlten durcheinander oder tollten umher; und Hammel stampften vorbei, hustend und schnaubend. Es gab ein Bild von ihr, auf dem sie einen Hammel bei den Hörnern hielt und das Band einer Auszeichnung auf seinen preisgekrönten Schultern glattstrich. Mehr als alles andere hatten die Hammel dazu beigetragen, das zu zerbrechen, was eigentlich eine Ehe für immer hätte werden sollen.

Oh, Liebling, stöhnte und stöhnte sie; von nun an auf immer wollte sie ihn lieben. Sie hatte ihn als den Jungen von Hunters nebenan gekannt, – ›Bill‹, Alfred, gütiger Ehemann, Moloch erstickender Nächte unter dem Moskitonetz – und eigentlich hätte es daher keine Situation geben sollen, die sie nicht auf gleiche Art gemeinsam meistern konnten: Aber dann verhinderten ihre Körper das, einfach nur ihre Körper – oder so schien es jedenfalls, wenn er tastete, streichelte, fühlte, mit seinen Händen nach irgendeiner Art von Bestätigung suchte, ehe er hinauf in ihr Inneres stieß, um das Geheimnis zu erlangen, das sie ihm vorenthielt.

Die Wollhändler und Viehexperten, die seinen Rat einholen wollten, näherten sich ihm mit durch Prahlerei verdeckter Dienstfertigkeit. Ihr wurde nur bewußt, wie klein er war, wenn er dann schlaff und schwitzend dalag, mit den beträchtlichen Fettpolstern an seinen Schultern, während seine erschöpften Lungen noch immer weiter auf ihre praktisch schon zerquetschten Brüste einrammten. In seinen herrischsten Momenten krampften sich seine Zehen in die Bettücher zu beiden Seiten ihrer langen Beine, als habe er damit den Angriffspunkt gefunden, sie tiefer zu beeindrucken als je zuvor. Einmal, erinnerte sie sich, hatte sie nicht seinen Schweiß gespürt, der an der Seite ihres Halses herabrieselte, sondern seine Tränen. Aber dann hustete er und riß sich abrupt von ihr los: Die Haut ihrer Körper gab ein Geräusch von sich wie beim Abreißen von klebrigem Pflaster. Sie versuchte, sich zu fangen, und es gelang ihr schließlich zu fragen, was ihn so außer Fassung gebracht hätte. Sein ›Glück‹, in jeder Hinsicht, sei mehr als er verdient habe; wie undeutlich die Antwort auch war – das kam jedenfalls dabei heraus.

Wenigstens hatte sie ihm ihre Kinder geboren. Daran mußte sie denken, mußte sich ihre Gesichter neu vergegenwärtigen: flackernd vor dunklem Hintergrund Dorothys kleine Maske, niemals ganz transparent und doch auch noch nicht undurchsichtig, jenen silbrigen Scheiben an den trockenen Stengeln in der Vase im Treppenhaus nicht unähnlich; und dann Basil der Prächtige, der es vorzog, vor fremden Leuten zu spielen oder für leichtgläubige Unschuldige wie Lal Wyburd. Ihre Kinder. Eigentlich kaum auch Alfreds Kinder, abgesehen vom Zufall der Blutsverwandtschaft.

Also hatte sie etwas wiedergutzumachen. Mit ihrem schlanken, kühlen Körper ging sie nicht ohne Großzügigkeit um: Es war nicht seine Schuld, daß er nicht rechtzeitig genug gekommen war, um das Leben ihres Vaters zu retten. Tragik und die Elastizität des erwachten Fleisches kamen zusammen, um sie in diesen frühen Jahren einander nahezubringen. Das glaubten sie jedenfalls. Was sie ihm sonst noch hätte geben können, das wußte sie nicht. Sie bemühte sich immer mehr, ihm aus dem Weg zu gehen, und hoffte, daß die Einsamkeit ihr Einblick in das Geheimnis verschaffen könnte, von dem sie selbst vielleicht der geringste Teil war. Es war leicht genug, sich den gemeinsamen Ritten über die Weiden zu entziehen: Haushaltsangelegenheiten; ein krankes Kind; unzählige einfache und überzeugende Gründe. Aber sie blieb weiter eingeschlossen, nicht nur von der sichtbaren Landschaft der Hügel und Buschgruppen, sondern auch von der

Landschaft ihres Gemütes. *Ich bin oberflächlich und leichtfertig*, brach es verzweifelt aus ihr heraus; *es gibt keinen Beweis, und am allerwenigsten sind diese Kinder einer, daß ich nicht trocken und unfruchtbar bin.* Im Licht des Frühlings hatten die Hügel der Umgebung geschimmert wie Juwelen, die brutalere Hitze des Sommers schmolz sie zu Haufen blauen Metalls: In jedem Fall sahen sie aus wie tot. Ihr eigener Gemütszustand entsetzte sie immer mehr.

Wieviel von alledem er erriet oder vielleicht sogar verstand, das konnte sie nie feststellen; er konnte einfach nicht derartig männlich gefühllos sein, als daß er nicht verletzt gewesen wäre. Und er war es: Hatte sie nicht seine Tränen gespürt? Darüber hinaus verbarg er seine Empfindungen hinter einem Zartgefühl, das ihr eigenes Verhalten nur noch schockierender erscheinen lassen mußte: nicht direkt selbstsüchtig, wie manche es ohne Zweifel nannten, obwohl es niemand jemals wagte, sie dessen zu beschuldigen – einfach deswegen nicht, weil sie alle dazu herausforderte und sich alle vor ihr fürchteten. Dienstmädchen hatten ihr natürlich die Schuld gegeben – schweigend: Dienstmädchen sind offener mit, den Gedanken, die sich in ihren Augen spiegeln, denn sie hören Telefongespräche mit und sie leben mit einem durch alle täglichen Kopfschmerzen und kleinen Leiden. Freunde kann man sich mit gesellschaftlichen Konventionen vom Leibe halten – und mit Hilfe von Dienstmädchen. Und im übrigen hielten sich die Frauen, wenn sie nicht einfach zu dumm waren, im Gedanken an ein vielleicht in der Zukunft einmal nötiges Bündnis wohlweislich zurück. Männliche Freunde andererseits waren entweder zu begriffsstutzig, um überhaupt etwas zu erfassen, oder sie waren zu ehrenhaft, um etwas zu sagen: wie Arnold Wyburd, der mehr gesehen haben mußte als die meisten. Arnold war ein ehrenhafter Mann, im Gegensatz zu seinem Eheweib – die war eine ehrliche Frau. Lal ließ sich nicht oft blicken; aber wenn man ihr begegnete, dann bedeuteten ihre knappen Antworten, zusammen mit einer gewissen Gespanntheit in ihrem Verhalten, daß sie ihr Urteil gefällt hatte. Natürlich mußte Lal Wyburd jeden auch noch so ungeschickten Versuch, sich aus einer Zwangsjacke zu befreien, für Selbstsucht halten. Für sie mußte es Egoismus sein, jenen Zustand geistiger Gesundheit wieder erlangen zu wollen, den sie beide im Anfang doch besessen haben mußten und den sie vielleicht am Ende wieder ihr eigen nennen würden. Blieben die langen Jahre dazwischen, in denen man in seinem Wahn nach Liebe, nach Geld, nach gesellschaftlicher Geltung und nach Besitztümern jagte, während irgendwo hartnäckig eine Ahnung zurückblieb und sich sogar manchmal zu einem Gefühl der Sicherheit verdichtete: daß es eine Stille gab, in der das Selbst, wenn auch auf schmerzliche Weise, von seinen menschlichen Unzulänglichkeiten befreit ist.

Mrs. Hunter seufzte, und der Anwalt am Fenster wandte sich zu ihr um. Die königliche Haltung, in der sie so lange unter den Laken ausgeharrt hatte, begann sich aufzulösen.
»Das gehört zu den Dingen, die Lal Wyburd niemals verstehen könnte: Sie ist einfach zu *normal*«, sagte – oder keuchte – sie vielmehr vor sich hin.
Da der Anwalt auch gerade an seine Frau gedacht hatte, brachte ihn dieser unheimliche Gedankensprung seiner Klientin zum Stottern. »Wie – was ist? Haben Sie Schmerzen? Ka-kann ich irgend etwas für Sie tun? Sie – sie vielleicht umdrehen oder so etwas?« und das, wo er doch sonst gar nicht stotterte und auch eigentlich sehr gerne eine gewisse zärtliche Besorgtheit ausgedrückt hätte, ganz gleich auf welch rostige Weise.
Was Mrs. Hunter anbetraf, so schien sie eine Antwort nicht für nötig zu halten: Ihre Lippen preßten sich schon wieder fest gegen die Gaumen.
So blieb der Anwalt am Fenster stehen, nach wie vor der junge Sozius einer Firma, deren Seniorchef schon vor vielen Jahren gestorben war.
Im Park hatte sich der Morgen endgültig festgesetzt. Die Blässe des Herbstes verlieh dem toten Gras und den erschöpften Blättern ein fast überzeugendes Leben. Aus der Ferne nicht erkennbare Gestalten wandelten hier und da an den Rändern der Zierteiche oder bewegten sich zielstrebiger irgendeiner Arbeit zu. Ein Mädchen auf einem Mietpferd konnte gerade noch ihr Gleichgewicht halten, als ihr Gaul vor einem Grasbüschel scheute.
Als junger Mann sah Arnold Wyburd sich am liebsten in einem flachen Strohhut mit gestreiftem Band. Dazu trug er dann – und fand das ungemein schick – einen blauen Blazer mit Messingknöpfen. Er hatte das aber alles bald aufgegeben, weil es – klar gesagt – nicht zu dem paßte, was die Leute von ihm erwarteten. Plötzlich fand er sich dann als Familienoberhaupt wieder, verheiratet mit Lal Pennecuick, einer durch und durch vernünftigen, zwar nicht hübschen, aber angenehmen jungen Frau, mit der er zwei kleine Mädchen hatte, die sie Marjorie und Heather tauften. Inzwischen sah er nur noch wenig von Lal, aber das war verständlich, denn Enkelkinder nehmen nun mal viel Zeit in Anspruch, und überhaupt schien alles immer mehr geworden zu sein, seit sie selbst begonnen hatten, langsamer zu werden.
Obwohl die Familienverpflichtungen überhandnahmen – so erfreulich sie auf ihre Art auch waren – und trotz der ebenso erfreulichen, wenn auch anstrengenden Sorge um eine zwar beschränkte, aber durchaus respektable Praxis, trafen er und Lal sich nach wie vor jeden Abend im Bett. Beide waren sie wahrscheinlich so glücklich, wie sie nur sein konnten, wenn sie miteinander über die Ereignisse des Tages sprachen. Er konnte sich auf Lals Verschwiegenheit verlassen und erzählte ihr manchmal von den unerfreulichsten Launen auch seiner angesehensten Klienten; sie andererseits war bei ihren Enthüllungen ebenso offen und sprach beispielsweise

über die Symptome von Bösartigkeit, die sie an ihrem Schwiegersohn Oscar Hawkins entdeckt hatte, und von Heathers Schwierigkeiten mit den Wechseljahren. Wenn er bis jetzt dabei noch nie seine geheime Leidenschaft für Marjories mittlere Tochter Jenny enthüllt hatte, dann nur deshalb nicht, weil er das Gefühl hatte, damit den anderen Enkelkindern gegenüber unloyal zu sein.

Arnold Wyburd gestattete sich fast nicht, etwas in sein Ohr aufzunehmen, das nichts anderes sein konnte als der Klang eines langgedehnten, weichen Furzes, der vom Bett seiner Klientin herübertönte. Er konnte sich nicht erinnern, daß er je zuvor eine Frau beim Windlassen gehört hätte. Ob Mrs. Hunter selbst das Geräusch bemerkte, war nicht festzustellen: Sie schien zu schlafen oder tief in Gedanken versunken zu sein.

In Wirklichkeit maß sie ihren eigenen körperlichen Äußerungen keine Wichtigkeit mehr bei, es sei denn, sie taten ihr weh. Gerüche allerdings sagten ihr gar nicht zu: Diese schrecklichen, immer häufiger werdenden kleinen Mißgeschicke! Aber sie gaben immerhin den Schwestern etwas zu tun.

Und Anwälte? Was hatte Arnold Wyburd zu tun? Es war zu bezweifeln, ob seine Vormittage mehr Inhalt hatten als den, in seinem altmodischen Büro den *Herald* zu lesen. Nur gut, daß er den Krankenschwestern und Mrs. Lippmann ihre Gehälter auszubezahlen hatte. Sonst hätte sie kleine Aufgaben für ihn erfinden müssen, wie zum Beispiel pensionierte ehemalige Dienstmädchen zu besuchen, um zu sehen, ob sie nicht finanzielle Hilfe brauchten, oder Erhebungen anzustellen über die Ankunftszeit von Flugzeugen.

Ankunft – war seine Ankunft auf ›Kudjeri‹ mit den Papieren für den Landbesitz, den Alfred für sie in Sydney gekauft hatte und auf dem sie jetzt zu sterben entschlossen war – keine Pflegeheime, bitte, und ganz bestimmt auch nicht in dieses Dingsda-Village, dankeschön! –, war diese Sache mit den Besitztiteln die erste Gelegenheit, bei der sie den jungen Arnold gesehen hatte? Sie konnte sich an keine andere erinnern. Er hatte so dünn und so pedantisch ausgesehen und auch so blaß, neben dem gröberen, kräftigeren Alfred. Er verkörperte alles, was sie sich unter einem Anwalt vorstellte. Weil sie glaubte, daß ihm in seinem dunklen und so unglaublich städtischen Anzug sehr heiß sein müßte, hatte sie ihn aufgefordert, seine Jacke auszuziehen. Aber er hatte geantwortet, er wolle das nicht.

Dann aber, nachdem er über die Angelegenheit vernünftig nachgedacht hatte, änderte er seine Auffassung. Und als er seine Jacke vom Sofa wegnahm und über eine Stuhllehne hängte, verspürte sie einen leichten Geruch feuchter Wärme, nicht einmal so stark, daß man von Transpiration reden konnte: auf jeden Fall nicht zu vergleichen mit dem Katergestank männlichen Schweißes.

(Warum fällt mir das alles jetzt ein, wo ich mich doch nicht einmal immer erinnern kann, was ich zum Mittagessen, oder ob ich überhaupt gegessen habe? Die Vergangenheit ist in mich eingebrannt, wahrscheinlich, genauso wie man dem Vieh Zeichen aufbrennt.)
War Arnold damals schon verheiratet? O ja, er mußte es wohl schon gewesen sein, denn beim Dinner an diesem Abend ergab sich ein höflich-formelles Gespräch über Kinder. Ja. Die wackere Lal hatte ihr erstes produziert und erwartete das nächste. Nach dem Essen kamen Dorothy und Basil herein: Dorothy sah immer noch schmal aus nach ihrer Bronchitis im letzten Winter (der offizielle Grund, aus dem Alfred plante, ein Haus in Sydney zu bauen); Basil andererseits war noch nie in seinem Leben krank gewesen, und in seinem Körper fand sich kein einziger schwacher Nerv. Die Kinder hatten sich nichts aus Mr. Wyburd gemacht: Er langweilte sie, ohne daß dies überraschend gewesen wäre. Später entwickelte Dorothy eine leidenschaftliche Zuneigung für seine Frau: Wenn sie sich, was nur sehr selten vorkam, alle miteinander zusammenfanden, ließ sie Lal einfach nicht in Frieden, legte ihre Arme um diesen sommersprossigen Hals, wollte sich anschmiegen – völlig lächerlich. Aber auch Basil unterhielt sich immer mit Mrs. Wyburd, in einem Alter, in dem er sich sonst vor jedermann verschloß; er zog die Anwaltsfrau in irgendwelche Ecken und erzählte ihr von seinen Plänen. Man konnte nur dankbar dafür sein, daß er wenigstens ein kultiviertes Benehmen hatte.
Aber Arnold war in der Gesellschaft von Kindern ebenso steif, wie er es auch in fast jeder anderen war. An jenem Abend auf ›Kudjeri‹ hatte er ihr Feuer für ihre Zigarette gegeben, und seine Hand hatte dabei gezittert. Sie hatte nach seinem Handgelenk gegriffen, um die Flamme ruhig zu halten, und war erstaunt gewesen, wie sehnig es sich anfühlte. Vielleicht könnte sie ihm Mut beibringen. Ja – das war etwas, was sie vielleicht allen geben konnte: Mut. Sie selbst hatte sich noch nie gefürchtet.
Es war ein qualvoller Abend. Alfred schlief ein, nachdem er von den Hammeln erzählt hatte und auch seine Geschichte von der nichtsnutzigen Stute, die am Abend zuvor ihr Füllen verlor. Und dieser junge Arnold Wyburd saß unglücklich da mit seinen unbequemen, langen weißen Ärmeln und sah zu, wie man selbst mit den Beinen wippte bei dem Versuch, sich ein Thema auszudenken, mit dem sich diese endlose Agonie vielleicht beenden ließ. (Lal machte ihre Röcke erst dann kürzer, als es schon niemandem mehr auffiel.) Am nächsten Morgen fuhr er ab, ohne daß man ihn nochmal sah: Es gab keinen Grund dafür; Alfred brachte ihn mit dem Bentley nach Gogong zum Zug, und das war als Höflichkeitsgeste völlig ausreichend.
(Alle Abende auf dem Land sind langweilig. Die Leute fangen erst dann von ihnen zu schwärmen an, wenn sie ihnen entkommen sind und die

Einzelheiten vergessen haben. Wie seltsam, sich jetzt an die Sehnigkeit von Arnolds glatten, haarlosen Handgelenken zu erinnern.)

Als das Haus fertig war – die Boshaften und alle, die in irgendeiner Weise zu radikalen Auffassungen neigten, sprachen von einem ›Herrenhaus‹, das war es aber nicht: Nur vier Wohnräume und ebenso viele Schlafzimmer, die Dienstbotenzimmer nicht mitgerechnet –, beschloß sie, den Klatsch auf keinen Fall dadurch herauszufordern, daß sie mit zuviel Begeisterung einzog. Abgesehen davon, daß hier alles von Grund auf neu eingerichtet werden mußte, nicht wie ›Kudjeri‹ mit allen seinen ererbten Monstrositäten. Am Moreton Drive wimmelte es von Schreinern, Dekorateuren und so weiter in solchem Maß, daß man die Geduld wirklich zu einer Tugend entwickeln mußte. Die ständigen Verzögerungen und dazu die nicht gerade herrschaftliche Lage des neuen Hauses hätten eigentlich die meisten Zungen verstummen lassen müssen. Aber manche redeten immer noch, die Schwätzer und die Oberflächlichen. *Aber Elizabeth, wirst du dich da nicht isolieren, wenn du am Centennial Park wohnst? Du kommst aus dem Busch – und läßt dich hier praktisch auch wieder im Busch nieder! Wir haben noch nie jemanden gekannt, der am Moreton Drive gewohnt hat.* Darauf konnte sie nur antworten, *dann werdet ihr eben jetzt jemanden dort kennen, nicht wahr?* Die Gegend war allerdings ziemlich sandig, fast dünenartig dort, wo keine Häuser standen; die Zweige der Lampenputzerbäume raschelten trocken, wenn der Wind blies – und das tat er ununterbrochen. Schlecht für den Garten und die Frisur. Aber sie wollte es diesen seichten Bekannten schon zeigen.

Sie hatte volles Vertrauen in ihre eigene Originalität und ihren eigenen Geschmack; alle hatten ihr schon immer zugestanden, daß diese beiden Eigenschaften zu ihren Tugenden zählten. An Besitz war sie nicht um des Besitzes willen interessiert, sondern sie konnte schönen und oft teuren Gegenständen einfach nicht widerstehen. Wer sie der Extravaganz beschuldigte, dem antwortete sie, *wahrscheinlich werden sie mit der Zeit immer noch wertvoller;* niemals war sie materialistisch, auch nicht einen Augenblick lang. Ihr Grundsatz war: wenn ich euch nicht so beeindrucken kann, daß es euch den Atem verschlägt, wenn ich euch nicht aus dem Stumpfsinn eurer eigenen, häßlichen Häuser erwecken kann, dann habe ich versagt. Sie wollte ganz ernsthaft ihre Bekannten ebenso sinnestrunken machen wie sich selbst.

Oh, und heute sanken ihre Augen noch tiefer in die Höhlen zurück bei dem Gedanken, daß sie ihren langgestreckten Salon nie wieder sehen würde, nie wieder erleben, wie seine Kupfertöne, sein Scharlachrot und sein Smaragdgrün hinter den die Nachmittagssonne dämpfenden Vorhängen miteinander verschmolzen.

Seht ihr, sagte sie, *man kann doch nicht von extravagant sprechen, wenn*

etwas so schön ist, oder? Und sie stand auf der Treppe, breitete die Arme aus, um dieses Kunstwerk, ihr Haus, zu umarmen; sie war sich dabei der Gegenwart ihres Mannes, ihrer Kinder und einiger Dienstboten als Publikum wohl bewußt. Wenn sie ein wenig übertrieb, dann deswegen, weil in ihr etwas von einer Schauspielerin steckte. (Später pflegten die Leute über Basil zu sagen, *man kann sehen, woher er es hat.)*
Nur ist es jetzt Alfred, der spricht. *Reg' dich nicht zu sehr auf, Betty, wir alle hier sind voller Bewunderung.* Armer lieber Alfred, sie hätte ihn manchmal auffressen können vor Dankbarkeit. Obwohl er doch zärtliche Ergebenheit viel lieber gehabt hätte. Immer versuchte sie ihn einzuschließen in das, was sie tat. *Komm und sieh dir dein Zimmer an – das Studierzimmer – du wirst es benutzen, hoffe ich – wenn du kommst, um bei uns zu sein – ich hoffe, daß dir das zur Gewohnheit werden wird, Liebling – denn du wirst uns sehr fehlen, nicht wahr, Dorothy?* Sie zog Alfred, nur Alfred, an der Hand mit sich, deren Haut dadurch rauh geworden war, daß er auf ›Kudjeri‹ manchmal bei der Arbeit mit anpackte – um den Männern eine Freude zu machen –: einer eckigen, zurückhaltenden Hand, die mannhaft versuchte, der Begeisterung seiner Frau durch merkwürdiges, kurzes, ermunterndes Drücken Tribut zu zollen. (Ihr ganzes Eheleben hatten sie damit verbracht, sich gegenseitig in ihren – dem anderen völlig uninteressanten – Interessen zu ermuntern.) *Was soll ich denn in diesem Studierzimmer studieren?* Er gab ein halbes Lachen von sich. *Wenn ich es je benutze.*
Und doch – Alfred las, wie sie entdeckte: Er hatte unerwartet eine ganze Bibliothek von Büchern zusammengetragen, gebrauchten Büchern, wie man an Flecken und an den Krümeln zwischen den Seiten erkennen konnte. Das hatte sie in den schmerzlichen Monaten kurz vor dem Ende herausgefunden, als sie wieder auf ›Kudjeri‹ zusammen waren.
In den Zeiten vorher hatte er sich auf Kinobesuche verlegt, wenn er herunter in die Stadt kam und sich am Moreton Drive aufnehmen ließ. Obwohl Basil sich nicht vorstellen konnte, was Dad eigentlich an den Filmen fand, die er sich da ansah. Er lachte darüber mit seiner unsicheren Übergangsstimme (sein lieblicher, klarer Kindersopran war gerade dem Stimmbruch zum Opfer gefallen). Basil war am abscheulichsten, wenn er unter der Maske der Schönheit seine Härte ausspielte: Wie bei einer noch nicht ausgereiften Frucht hätte es demjenigen den Mund zusammengezogen, der ihn vielleicht angebissen hätte. Aber mit diesen ordinären Filmen hatte er recht; nachdem sie einmal oder zweimal mitgegangen war, konnte Elizabeth sich die Sache nur so erklären, daß der arme Alfred sie so interpretierte, wie es ihm selbst gefiel – er lachte, wo es eigentlich nichts zu lachen gab und weinte (mußte man vermuten) über eine gewöhnliche Schauspielerin mit Korkenzieherlocken, die ihr uneheliches Kind zur Taufe

gerade in jene Kirche brachte, die auch die unversöhnliche Familie des betreffenden jungen Mannes jeden Sonntag besuchte. Zugegeben – man schluckte auch selbst ein bißchen, wider besseres Wissen. Oder auch deswegen, weil Alfred mit seiner Hand im Dunkeln nach deiner Hand tastete und seinen Schenkel gegen den deinen preßte. (Man stelle sich vor – wenn jetzt das Licht anging und irgendwelche Bekannte waren im ›Kino‹!)
Mrs. Hunters Augenlider waren so hart wie Walnußschalen, aber es quollen Tränen unter ihnen hervor: Tränen aus alten, fleckigen zurückgestauten, zurückliegenden Augen.
Selbst in der Zeit nach der (inoffiziellen) Trennung entzog sie sich ihm niemals, wenn er von ›Kudjeri‹ nach Sydney kam. Sie war entschlossen, ihre Dankbarkeit zu zeigen und mit Zuneigung für das zu zahlen, was ihr die eigene Freiheit bedeutete. (Auch er müßte ja schließlich anerkennen, daß Zuneigung viel weniger Unruhe verursacht als Leidenschaft.) Sie gab dann immer irgendein Zeichen, hustete ein wenig zu dramatisch, knallte eine Schublade zu oder rief mit unnatürlich hoher Stimme, *Deine Wyburds da, deine Freunde – glaubst du, daß sie weiß, wie man mit ihm umgehen muß?* und dann kam Alfred herüber zu ihr, barfuß, aus dem Zimmer nebenan, und beide ließen sie sofort ihre Verkleidung fallen. Wäre er noch am Leben – sie würde wünschen, daß er sich an das Angenehme dieser ruhigeren, fast therapeutischen Beziehung mit derselben Freude erinnern würde wie sie selbst.
Nicht, daß das andere nicht notwendig, nicht wünschenswert gewesen wäre: Das Zweckvolle ist notwendig. Und ihre Kinder waren ein Zweck. Niemals würde sie aufhören, von den stachligen Pfeilen zu träumen, die er in ihren Schoß gepflanzt hatte.
Aber war Arnold Wyburd notwendig?
Zunächst hatte sie ihn kaum gesehen, nach dem Umzug an den Moreton Drive. Der alte Keemis war einfach zu besitzergreifend: bekannt als Schwerenöter seit urdenklichen Zeiten, mit seidenem Zylinder und schmaler weißer Krawatte, zusammengehalten von etwas, das wie ein Ehering aussah. Verheiratet mit Millicent, einer Frau, die man nie sah: Sie war leidend, hieß es. Der Alte war ungemein korrekt in seinem Benehmen: lutschte Pfefferminz, zum Beispiel, um seinen Mundgeruch zu vertreiben. Ihr wäre der starke Tabakgeruch lieber gewesen, der sich auch so nur halb hinter dem Pfefferminz-Aroma verbarg. Blumen zum Geburtstag von Keemis: gelbe Rosen; zu Weihnachten eine Packung französischer Likörpralinen. Archie Keemis war ein Mann, durch den man zu dem Glauben gelangen konnte, daß das Leben nie endet: Und dann ging er und starb auf der Straße, in der Pitt Street, auf dem Weg zu seinem Klub. Ihre Trauer um diesen alten Mann, der ihr schließlich gar nicht so viel bedeutet hatte, war so spontan wie nur wenig Vergleichbares, das sie in ihrem Leben

erfahren hatte. Das mußte die Plötzlichkeit gewesen sein, der Schock, das augenblickliche Verschwinden von etwas Solidem, Zuverlässigem. Eine fast ausschließlich männliche Beerdigungsgesellschaft beobachtete sie scharf und versuchte gleichzeitig, es nicht zu zeigen. Sie war froh, daß sie daran gedacht hatte, einen Schleier zu tragen. Alle wollten feststellen, was ›Bill‹ Hunters Frau für ihren Anwalt und Vermögensverwalter gewesen war. Die Abwesenheit seiner Frau, ganz gleich, wie leidend sie sein mochte, schien die eigene Anwesenheit leichter kalkulierbar für Männer zu machen, die an ihre Kalkulationsfähigkeit fest glaubten. (Ehrliche Zuneigung, das hatte sie festgestellt, erscheint oft viel zweifelhafter als direkte Untreue: Niemand hatte wahrscheinlich – oder fast niemand, jedenfalls – jemals ihre tatsächlichen Seitensprünge erraten; es gab natürlich noch andere, die niemals wirklich stattgefunden hatten, nicht stattfinden konnten, denn man kann untreu sein, seelisch untreu, wegen eines Juwels, wegen eines Hauses, eines Kindes oder einer Frau – mit einer Frau hätte es nie bis zum äußersten kommen können, nicht über ein Flirten mit den Händen hinaus.) Wer hatte das gesagt – irgendein lange vergessener Rohling – *ihre einzigen wahren Ehebrüche sind die, die sie mit sich selbst begeht?* Sie mußte versuchen, sich daran zu erinnern.

Jedenfalls nicht Archie Keemis: Was immer sein Ruf als Ladykiller auch bedeutet haben mochte, er hatte sich immer respektvoll betragen. Zu alt. Zu ehrenwert. Genau wie sein junger Sozius, Arnold Wyburd. Archie hatte ihr seinerzeit vorgeschlagen, ein Testament zu machen – nur ein paar Wochen, ehe sie ihn tot in der Pitt Street aufhoben. (Tot: Sie war zuerst immer vor diesem Wort zurückgescheut, es war wie ein Stein für sie; aber dann wurde es eher zu einer Idee, die den Körper wie ein Dunst umschwebt, in unzusammenhängenden Gedankenfetzen durch den Schädel weht, aber niemals furchterregend, und auch nicht persönlich.) Und hier war nun Archie und verlangte von ihr unglaublicherweise, daß sie sich zum Glauben an ihren eigenen Tod bekehren sollte, jetzt, da sie Vermögen zu hinterlassen hatte: Das Haus am Moreton Drive gehörte ihr; ihre Juwelen; und die Aktien, die Alfred auf sie überschrieben hatte, gleich nach der Hochzeit. Sie hatte noch niemals an so etwas gedacht. Vielleicht hätte es ihr sogar ein angenehmes Gefühl der Wichtigkeit gegeben, wenn da nicht dieses ein wenig unangenehme Gefühl im Magen gewesen wäre. Das Dokument selbst war ungemein lächerlich: all die aufwendigen Phrasen, die er unbedingt um ihre simplen Wünsche herumwickeln mußte! Seine ernsthafte Kavaliershöflichkeit brachte sie zum Lächeln, wie sie dasaß, an ihren Ringen drehte und alles besah, was es in diesem staubigen Büro nur zu sehen gab. Um ihr die Mühe zu sparen, deswegen noch einmal in die Stadt kommen zu müssen – eine Fahrt, die sie jeden Tag in ihrem kleinen Elektromobil unternahm, auch wenn es kaum einen Vorwand dafür gab –,

schlug er vor, ihr den Testamentsentwurf zur endgültigen Genehmigung ins Haus zu bringen.
Dann kam ein Telefonanruf, daß Mr. Keemis sich nicht wohl fühle: Er wäre heute auch nicht im Büro gewesen; Mr. Wyburd würde nach dem Mittagessen den Entwurf bringen.
Arnold Wyburd war dieses Mal ganz in Grau: Ein großer Fortschritt gegenüber dem schweißtreibenden Schwarz, das er in ›Kudjeri‹ getragen hatte. Als sie ins Zimmer trat, stand er am Fenster und blickte hinaus. Sie überraschte sich selbst bei dem Gedanken, daß sie Lust dazu verspürte, den Linien seines Rückens mit den Fingern nachzufahren, ihre Arme um seine Taille zu schieben und immer weiter nach vorn und nach oben, bis sich ihre Hände auf der anderen Seite zusammenfanden und vor der Brust verknoteten; und sich ganz nahe an diese so außergewöhnliche, schlanke, sich ihrer selbst noch unbewußte graue Gestalt anzuschmiegen.
Obwohl er sich doch seiner selbst deutlich bewußt gewesen sein mußte. Denn als er sich nicht gleich umdrehte, spürte sie sehr bald, daß er den Moment nur weiter hinausschieben wollte, in dem sie einander ansehen mußten. Sie fühlte, wie sie rot wurde, und biß die Zähne zusammen, um zu verhindern, daß das, was sie bis jetzt nur als Wärme in ihrer Kehle verspürte, vielleicht als etwas noch Unschicklicheres offen herausströmte. Es war ein warmer, aber nicht heißer Tag, und der Duft des Seidelbasts auf dem Beet draußen schwebte als Hauch in der Luft. Als er es nicht länger aufschieben konnte und sich schließlich umdrehen mußte, waren es nicht seine Augen, die sie anzogen, sondern es waren die Schweißtröpfchen, die in der Schale seiner Schläfe lagen.
Sie verfielen in Töne des Willkommens und der Entschuldigung: gesellschaftliche Geräusche, wenn man so will. Er trug das zusammengefaltete Testament bei sich, die Garantie für ihren sicheren Tod. Sie bemerkte, daß das steife Papier mit einem Bändchen verschnürt war: Dieses Bändchen gab ihm einen Anflug von Koketterie.
Du brauchst dich nicht zu fürchten, sagte sie; und das hätte noch überraschender geklungen, wenn es nicht Teil eines Planes oder einer Theorie gewesen wäre, die sich, wie sie den Verdacht hatte, schon auf ›Kudjeri‹ unbewußt zu entwickeln begonnen hatte, als sie das weiße und doch so sehnige Handgelenk ergriff, um eine zitternde Flamme zur Ruhe zu bringen. Sie machte Anstalten, sich ausführlicher auszudrücken – Mrs. Hunter lachte bei der Erinnerung, *du mußt dir nur klarmachen, daß ich viel älter bin als du – daß ich spät geheiratet habe: ich war zweiunddreißig – und daß es keinen Grund gibt, sich zu fürchten.* Die Bedeutungslosigkeit dieser ganzen Rede ließ sie merkwürdig idiotisch klingen, selbst heute noch, in der Erinnerung. (Muß ich wohl schon gleich von Anfang an der Auffassung gewesen sein, daß Arnold ein dümmlicher junger Mann war.) Sie selbst – zu-

nächst kühl, weil unsicher; aber die Kühle blieb: Immerhin mußte sie ihn wenigstens mehr beeindruckt haben als Lal Pennecuick und die beiden kleinen Mädchen, Marjorie und Sonstwie. Die eigenen Kinder, Dorothy und Basil, waren nicht vergessen: Sie gingen draußen im Park mit dem Kindermädchen spazieren. Nora – man kannte ihre Gewohnheiten – war inzwischen sicher wieder bei ihrer kurz vorher unterbrochenen Romanlektüre; Gertrude schlief in ihrem Korbsessel nach einem Lunch mit Tee und vielen Buttersemmeln.

So stark war die Wirkung dieser gesammelten Kühle, die sich auch auf Arnold Wyburd übertrug: Noch nie war ein Mund in noch kürzerer Zeit so vertraut geworden.

»O mein Gott!« Mrs. Hunter wurde im Augenblick so von Schuldgefühlen gepeinigt, daß der ältliche Anwalt am Schlafzimmerfenster wieder überlegte, ob er nicht an das Bett eilen und auf irgendeine Art versuchen sollte, den Schmerz mit ihr zu teilen, oder was immer es war, worunter sie litt.

Sich am hellen Tag zu lieben: es war das erste Mal, soweit sie sich erinnern konnte; und – ja, es mußte auf jeden Fall auch das erste Mal gewesen sein, daß Arnold Wyburd sich vor den Augen anderer ausgezogen hatte. Es schien leichter zu gehen, nachdem er erst einmal die Schuhe los war. Ihr Bett fühlte sich so köstlich kühl an, daß sie erschauerte; noch nie hatte es so blendend weiß ausgesehen. Sie schloß ihre Augen, natürlich auch aus Anstand, und hoffte, daß sie es auf diese Weise für Arnold leichtermachen könnte, den Mut zu finden, den in ihm zu erwecken sie sich geschworen hatte. Nur sah es schließlich so aus, daß Arnold gar keine Erweckung benötigte. Sein schwerer Atem ließ ihre Theorie in Scherben zerfallen. Also öffnete sie die Augen und blickte auf seinen weißen, fast haarlosen, sehnigen Körper. Und als Arnold den Kopf hob, um Atem zu schöpfen, da waren es seine Augen, die sich fest zupreßten. Um sie auszuschließen, weil sie nicht Lal war? Sie konnte wenigstens sagen, ob ihre Augen nun offen waren oder nicht, daß er nicht Alfred war; das hier war weder Liebe noch die fast mehr befriedigende Zuneigung. Bei ihr war es nur Begierde und für Arnold eine Art von sich lösender Frustration. Sie war so erleichtert, daß sie fast in Gelächter ausbrach. Aber er konnte unmöglich auch nur das geringste Zittern davon gespürt haben: Er war viel zu konzentriert, und sie wiegte ihn tiefer und immer tiefer, so schien es, in diese Konzentration hinein. Als der Höhepunkt für ihn kam, nahm sie seinen Kopf zwischen beide Hände und versuchte, die Bewunderung in seinen Mund hineinzupressen, von der sie geradezu überflutet wurde: daß es ihm gelungen war, eine Hürde zu überspringen – und mit ihrer Hilfe.

Und dann riß Arnold Wyburd sich förmlich von ihr los, machte sich hastig frei und stieß sich die Zehen an einem Möbelfuß. *Werde mir niemals verzeihen Mrs. Hunter eine derartige Vertrauensposition und so viele andere betroffen.* Armer Mann. *Aber wir lieben uns doch nicht Arnold und ich bin schuld ich liebe dich nicht aber ich wollte das und es war schön und es mußte sein und du wirst es vergessen und ich werde mich immer mit Vergnügen daran erinnern.* So dumm von ihr, anzudeuten, daß sie überhaupt eine Entschuldigung brauchten, und sei es auch nur eine halbe. Sie würde sich immer an seine Hosenträger und an seine Sockenhalter erinnern, die ihr eine Ungeheuerlichkeit aufzuprägen versuchten. Männer sind am eingebildetsten, wenn sie sich mit ihren Hosenträgern und Sockenhaltern beschäftigen. Nun ja – besser ein eingebildeter Anwalt als ein lüsterner, sollte man vielleicht sagen.

Sie konnte sich nicht erinnern, wie Arnold Wyburd weggekommen war. Nach einem Taxi hatte er nicht telefoniert; mußte also zur Tram-Haltestelle gelaufen sein. Als sie nach unten ging, gerade als die Kinder aus dem Park zurückkamen, fand sie den Testamentsentwurf. Sie hätte sich gewünscht, daß es schon die endgültige Fassung gewesen wäre. So fuhr sie am nächsten Morgen mit dem Elektromobil in die Stadt und übergab den genehmigten Entwurf irgendeiner jungen Frau im Büro von Keemis & Wyburd: Arnold ließ sich nicht sehen; und der arme Archie war zu Hause und sah seinem Sturz in der Pitt Street entgegen.

»Wer möchte wohl ein feines, kleines Frühstück?« Zuviel Klappern, Kratzen, Glucken: unerträglich rüde die Unterbrechung der Stille und ihrer Gedanken.

»Wer sind Sie?« fragte Mrs. Hunter.

»Ich bin Ihre Pflegerin – Schwester Badgery. Und hier ist ein schönes, weichgekochtes Ei.«

»Ich hatte gehofft, daß Sie die andere wären – Mary. Sie ist mir doch nicht davongelaufen – oder?«

»Sie ist unten und trinkt eine hübsche Tasse Kaffee. Sie hat jetzt dienstfrei. Diesen Morgen ist sie nur länger geblieben, weil sie hoffte, einen Blick auf die – auf Ihre Tochter werfen zu können.«

»Ach ja. Die beiden haben sich ja nie kennengelernt. De Santis kam zu mir – jenes eine Mal –, als ich gerade von irgendeiner Insel zurückgekommen war – und da war Dorothy gerade nach Frankreich zurückgeflogen, in einem ihrer Anfälle von Beleidigtsein.«

»Hier kommt das köstliche Ei, Liebste! Mund auf, Mrs. Hunter!«

Mrs. Hunter schob ihr Kinn vor. »Frühstück hat mich noch nie interessiert – seit ich verheiratet war. Ich mag einen guten Lunch – ›Dinner‹ sagen sie anscheinend heutzutage dazu – und dann am Abend nichts Schweres.« Und damit schlossen sich ihre zahnlosen Gaumen.

»Nur einen ganz kleinen Löffel!« Mrs Hunter konnte spüren, wie Schwester Badgery versuchte, ihr den Eierlöffel zwischen die Lippen zu schieben. »Sie wollen mich doch nicht enttäuschen. Oder Mr. Wyburd, hier. Niemandem liegt Ihr Wohlergehen so am Herzen wie Mr. Wyburd.«

»O ja, mein Anwalt. Ja. Haben Sie ihn schon kennengelernt?«
Schwester Badgerys Erscheinen mit dem verhaßten Ei hatte Mrs. Hunter verwirrt: jetzt erfüllte sie der Gedanke mit Schrecken, daß ihr Geist versagen könnte, ehe Dorothy kam, und erst recht bis Basil da war, der sich verspätet hatte.
»O ja, wir kennen uns schon. Nicht wahr, Mr. Wyburd?« Schwester Badgery kniff ein Auge zusammen und befeuchtete ihre sowieso naß schimmernden Zähne.
Er kannte sie nur zu gut. Als sie sich seitwärts mit dem Tablett zur Tür hereinschob, hatte sie ihn angesehen und mit dem Kopf geschüttelt, wie immer an eine weiße Leghorn-Henne erinnernd: neugierig, wichtigtuerisch, geschäftig, dümmlich, leicht in Entrüstung zu versetzen. Jeden Freitag kam sie nach Dienstschluß im Büro vorbei, und er händigte ihr den Umschlag mit ihrem Lohn aus. (Das war von Mrs. Hunter für ihr gesamtes Personal so eingeführt worden, nicht um ihm mehr Arbeit zu machen, sondern um den Leuten das Gefühl zu geben, daß sie eine persönliche Beziehung zu ihrem Arbeitgeber hatten.) Schwester Badgery blieb immer eine Weile sitzen und gab ihre anmaßenden Auffassungen zum besten, die sich auf ihre Ausbildung am *Royal Prince Alfred* und eine allzu kurze Ehe mit einem Teepflanzer im Ruhestand aus Ceylon gründeten.
Mit fast sichtbar sich sträubenden Lippen murmelte Mr. Wyburd: »Schwester Badgery und ich sind alte Freunde.«
Mrs. Hunter schluckte den dritten Löffel mit ekelerregendem Ei. Sie hatte das Gefühl, daß etwas davon über ihr Kinn gelaufen war und Schwester Badgery sich so sehr von Arnold geschmeichelt fühlte, daß sie es gar nicht bemerkte. »Mr. Wyburd«, brachte sie schließlich mühsam heraus, »sollte auch frühstücken. Es ist alles vorbereitet. Ich hoffe, daß es ein richtiges Männerfrühstück ist, Arnold. Ausländische Frauen verstehen nicht, daß die – Kraft eines Mannes von seinem Frühstück abhängt.«
Schwester Badgery lachte über den Scherz; das Geschirr auf dem Tablett klapperte.
»Ich habe keine Zweifel, daß es ein völlig ausreichendes Frühstück sein wird«, sagte Mr. Wyburd, und Schwester Badgery lachte von neuem, als ob auch er einen Scherz gemacht hätte.
»Ich verstehe nicht, warum Sie nicht schon eher gegangen sind«, sagte Mrs. Hunter in tyrannischem Ton: Närrisches Benehmen von einem ihrer Untergebenen ließ ihre Lungen jedesmal sofort zu ledernen Blasebälgen werden.
»Sie haben so ruhig geschlafen«, protestierte er, »und da wollte ich Sie nicht stören.«
»Ich habe nicht geschlafen. Nur nachgedacht. Ich hoffe, daß Mrs. Lippmann Ihnen ein Kotelett gebraten hat – oder eine schöne Portion gepfefferte

Nieren. Alfred nahm immer *kalte* Koteletts mit, wenn er zum Viehtreiben oder zum Schafesortieren ritt. Schrecklich! Aber das mögen die Männer nun mal. Führen Sie ihn – zeigen Sie ihm den Weg, Schwester!«

»Ich glaube, Mr. Wyburd kennt ihn genau. Ich möchte sogar sagen, daß er mir ein paar Ecken in diesem Haus zeigen könnte, die ich selber noch nicht kenne.« Schwester Badgery lachte noch lauter, und Mr. Wyburd ging außerordentlich gedemütigt nach unten.

»Jetzt können sie dieses schreckliche Ei beiseite stellen. Sie müssen ein paar Dinge für mich tun – dringend.«

»Wirklich? Aber der Kaffee. Sie haben Ihren Kaffee vergessen, Mrs. Hunter.«

Das hatte sie, in der Tat. »Haben Sie den Brandy hineingetan?«

»Ach du lieber Gott, ja, Sie würden mich ja kaum am Leben lassen, nicht wahr? wenn ich den Brandy vergessen hätte.«

Mrs. Hunter langte nach der Tasse, bekam sie zu fassen, und ihre Lippen suchten nach dem Rand. Sie fand ihn, und durch den Trichter ihres Mundes kehrte die Kraft in einem atemberaubenden Strom in ihren Körper zurück, bis hinunter zu den eiskalten Zehen.

Schwester Badgery betrachtete diesen alten, blinden Säugling mit Wohlwollen, wenn nicht sogar Zuneigung. Sie war grundsätzlich gegen Alkohol, mit Ausnahme von Mrs. Hunters Brandy. Sie bewunderte die Reichen und arbeitete gern in ihren Häusern, denn das gab ihr ein Gefühl der Sicherheit, des Dazugehörens, wenn es auch nur nachempfunden war. Ihren Freunden gegenüber erwähnte sie ihre wohlhabenden Patienten immer nur mit dem Vornamen; sie kannte auch Fremde ganz genau, von denen sie in den Klatschspalten gelesen hatte: Wenn man nur oft genug von ihnen liest, dann sind sie keine Fremden mehr.

Mrs. Hunter schlürfte ihren mit Brandy versetzten Kaffee; bald würde sie geistesabwesend werden und einschlafen.

»Ich möchte, daß Sie mir ein Make-up machen, Schwester«, schmatzte sie zwischen dem letzten Schluck heraus, »für die Ankunft meiner Tochter.«

»Ein Make-up? Sie wissen, daß ich so was nicht kann. In meinem ganzen Leben hat nichts als Wasser und anständige Seife mein Gesicht berührt.«

»Das habe ich befürchtet.« Es klang eher resigniert als verbittert. »Wenn nur die kleine Manhood da wäre. Die könnte das für mich tun.«

»Ganz ohne Zweifel. Schwester Manhood hat ja auch eine ganz andere Herkunft.«

»Na und? Sie stammt von einer Bananenplantage, und Sie sind die Tochter eines Lokomotivführers.«

»Mein Vater war Ingenieur im Regierungsdienst. Auch meine drei Brüder stehen im öffentlichen Dienst, und zwei von ihnen sind dazu noch im Vorstand der presbyterianischen Kirche.« Mrs. Hunter war davon nicht so beeindruckt wie Schwester Badgery selbst. »Meine Erziehung war sehr streng. Sogar noch während meiner Schwesternausbildung am P. A. verlangte mein Vater von mir genaue Rechenschaft über jede Minute meiner Freizeit. Was Schwester Manhood anbelangt – die tanzte um diese Zeit mit jedem jungen Assistenzarzt herum, der sie nur ansah. Das ist eine Tatsache, das weiß ich. Oh – ich habe nichts *gegen* Schwester Manhood, das können Sie mir *glauben!* Sie ist ein so charmantes Mädchen – so lebensfroh und vital. Ich mag sie in Wirklichkeit sehr, ich wünschte nur, sie würde sich nicht so anmalen. Das gibt fremden Leuten einen völlig falschen Eindruck.«

Mrs. Hunter sagte: »Ich würde gerne das Gefühl haben, daß ich zurechtgemacht bin. Es gibt mir eine – Illusion – von Schönheit. Es ist natürlich möglich, daß ich eigentlich überhaupt nie schön war: Auch in meinen besten Tagen war ich mir dessen nie ganz sicher – man kann nur nach dem gehen, was sich in den Augen der anderen Leute widerspiegelt – und jetzt kann ich nicht einmal mehr genau sehen.«

»Tut mir leid, meine Liebe, wenn es um Kosmetik geht, dann kann ich nicht helfen.« Schwester Badgery zeigte beinah Reue, als sie die Tasse aus den Händen des alten Wesens nahm. »Kann ich sonst noch etwas für Sie tun?«

Die Schwester wartete mit fast angehaltenem Atem: Wenn ihre Patientin vielleicht die Bettflasche verlangte, dann war das schon schlimm genug – aber sie eventuell sogar auf den Nachtstuhl heben zu müssen, dabei verrenkte sie sich jedesmal den Rücken.

»Ja. Noch etwas. Meine Schmuckschatulle. Dann fühle ich mich nicht ganz so nackt.

Schwester Badgery rauschte wichtig durch das Haus. Der Schmuck spielte im Leben seiner Eigentümerin eine so wesentliche Rolle, daß das Selbstgefühl jedes Haushaltsmitglieds gehoben wurde, das gerade bei der Zeremonie assistieren durfte.

Mrs. Lippmann riskierte natürlich sofort die Bemerkung: »Man sollte ihr nicht erlauben, mit diesen Juwelen vor jedem herumzufunkeln, der nur kommt: vor dem Elektriker, also ich muß schon sagen, und sogar noch vor den Fensterputzern!« Aber die Haushälterin war notorisch eifersüchtig.

»Die arme alte Seele, es ist eben alles, was sie vorzuzeigen hat«, antwortete Schwester Badgery, »und auch alles, was sie liebt.«

»Irgend jemand wird sie noch stehlen – oder *sie* deswegen umbringen.«

»Das wird doch kaum einer wagen.«

Mrs. Lippmann stimmte zu, daß das vielleicht niemand riskieren würde.

Dann brachte Schwester Badgery die Schatulle und fragte: »Soll ich sie vielleicht nicht lieber für Sie aufmachen?«

»Nein, danke.« Der Verschluß gab viel weniger leicht nach, wenn beweg-

liche, eilige Hände an ihm fingerten: Sie kannte seine Eigenheiten genau. Sie kannte überhaupt jeden einzelnen Quadratzentimeter der schäbigen, samtbezogenen Schatulle.
Ihr Schmuck.
Schwester Badgery, die glaubte, daß sie jedes einzelne Stück kannte, oder fast jedes – denn das war das seltsame: Nicht alle wurden offen vorgezeigt – und ebenso die Geschichte jedes einzelnen, obwohl auch hier wieder nicht alle, denn Geschichten erzeugen immer neue Geschichten – war jedesmal regelrecht wie in Trance, wenn die Pracht aufs neue entschleiert wurde; aber heute morgen fühlte sie sich fast betrogen, weil Mrs. Hunter schon hastig durch die samtenen Einsatzfächer gekramt und sich bereits ein halbes Dutzend Ringe aufgesteckt hatte, ehe sie sich noch umdrehen konnte.
»Heute geht es Ihnen aber *gut*! Sind *Sie* aber aktiv heute!« Die Schwester war wirklich beeindruckt. »Nun, heute kommt ja auch Ihre Tochter.«
»Oh, Juwelen und ihre Geschichte!« Mrs. Hunter wußte, daß ihre Helfer sie so manchesmal dabei ertappt haben mußten, wie sie ihre einst glühend schimmernden, doch jetzt ganz stumpf gewordenen Perlen wie einen Rosenkranz durch die Finger gleiten ließ.
Was immer ihre eigenen Gefühle sein mochten, Schwester Badgery hätte sich nie bei irgendeiner pfaffenhaften Handlung ertappen lassen: Kein Mensch hatte eine Ahnung, wie sie zum Beispiel den Taubenblut-Rubin verehrte, oder daß sie imstande war, ein uraltes Idol um seiner Schätze willen anzubeten.
Um jetzt den Zorn ihrer puritanischen Vorväter abzulenken, kehrte sie ihr professionell-praktisches Benehmen heraus und erklärte: »Wir werden Sie jetzt ein bißchen aufstützen, nicht wahr? Hoppla – hopp, Mrs. Hunter!« Und dabei schob sie ihr Kissen in den Rücken.
Und da saß nun das Idol, gegen die Kissen gelehnt, die ringüberkrusteten Finger gespreizt, als wolle sie auf dem Saum des Lakens eine komplizierte Tonleiter spielen.
Um etwas menschlicher und wärmer zu erscheinen, fragte die Schwester: »Möchten Sie Ihre Maribu-Jacke, Liebste? Oder vielleicht die Wollstola?«
»Danke schön. Die Stola.« Mrs. Hunter atmete kaum: Die körperliche Anstrengung hatte sie völlig erschöpft.
Schwester Badgery legte ihr sorgfältig die Stola um: Nicht einmal einen Heiligen hätte sie mit größerer Ehrerbietung behandeln können, obwohl sie natürlich nicht an Heilige glaubte, zumindest nicht an diese römisch-katholischen: *puh!*
»Soll ich Ihnen nicht vielleicht eine Halskette heraussuchen, wo es doch ein so großer Tag ist?«

»Keine Halskette. Nicht vor dem Lunch. Nicht für Dorothy.«
Schwester Badgery war bereit, den Tadel hinzunehmen. »Gordon hat mir einen Amethyst-Anhänger geschenkt.«
»Gordon?«
»Mein Mann. Können Sie sich nicht erinnern, daß ich Ihnen von ihm erzählt habe?«
»Ich sollte es sicherlich.«
»Eben, also Gordon hat mir diesen Anhänger geschenkt. Er ist fabelhaft geschmackvoll. Ich trage ihn immer noch – natürlich nur, wenn ich Freunde besuche, oder zum Schwesternball jedes Jahr.«
Obwohl Mrs. Hunter den Hals von Schwester Badgery niemals richtig gesehen hatte, besaß sie doch eine genaue Vorstellung – dünn, weiß und sauber gewaschen: eine passende Aufhängung für den Amethyst-Anhänger.
»Vielleicht habe ich Ihnen nie erzählt« – Schwester Badgery bewegte sich nun auf vertrautem Boden –, »ich habe Mr. Badgery – Gordon – auf meiner Fahrt zum Tempel des Heiligen Zahns kennengelernt. Ich war auf einer Vergnügungsreise in Ceylon – also, zwischen zwei Pflegefällen, natürlich. Was haben Sie gerade gesagt, Liebste? Mrs. Hunter?«
Mrs. Hunter ließ sich nicht dazu verleiten, ihre Bemerkung zu wiederholen, aber das war es, was man zu ihrer Zeit sagte – ›Fischgeschwader‹: nämlich die australischen Frauen, die auf Urlaub nach Ceylon fuhren, um dort ihre Netze auszuwerfen. Sie verlegte sich lieber darauf, eine ihrer eigenen Schwächen zu gestehen. »Jahrelang habe ich die Milchzähne meiner Kinder in einer Flasche aufgehoben. Und dann habe ich sie eines Tages, aus irgendeinem Grund, einfach fortgeworfen.«
»Ich wollte Ihnen von meiner Reise nach Kandy erzählen. Das Auto meiner Freundin hatte eine Reifenpanne, und ein Teepflanzer, der gerade vorbeikam, holte einen Eingeborenen, um das Nötige zu erledigen. Der Pflanzer war Mr. Badgery. Er lud uns freundlicherweise zu einer Erfrischung ein – und so fing alles an. Kurz danach zog er sich vom Teegeschäft zurück und reiste mir mit der P.&O.-Linie nach Sydney nach.«
»Er starb dann, nicht wahr?« Als ob sie das nicht wüßte; aber die Witwe von Mr. Badgery hörte die Frage immer wieder gern.
»Ja, er ist dann gestorben. Aber erst, nachdem wir geheiratet hatten. Da hat er mir den Amethyst-Anhänger geschenkt.«
Mrs. Hunter überlegte einen Augenblick, ob sie wohl Mrs. Badgery etwas aus ihrer Schmuckschatulle schenken sollte; es war leichter, Geschenke zu machen, als Gefühle für irgendeine mögliche emotionelle Szene katastrophaler Art aufzusparen; die Zeit schritt fort, und sie wußte nicht, was ihr noch alles bevorstand.
»Was ist das für ein komischer Ring, den ich noch nie gesehen habe?« fragte Schwester Badgery. »Ich meine den an Ihrem rechten Daumen.«

Das uralte Mädchen lag wie faul zurückgelehnt, ihre glitzernden Finger schienen kaum ein Teil ihrer selbst zu sein, und an dem einen Daumen war ein goldgeflochtenes Nest um etwas herum, das ein Kreuz hätte sein können, aber aus Blei; die Wirkung war ganz und gar heidnisch.

»Das ist ein äthiopischer Ring«, erklärte Mrs. Hunter. »Das einzige, was mir mein Sohn je geschickt hat – außer Briefen mit der Bitte um Geld.«

Schwester Badgery fuhr sich mit der Zunge über die Zähne. »Und dabei ist Sir Basil doch ein großer Mann! So liest man es wenigstens in der Zeitung.«

»Ich glaube, wenn sie sich nicht gerade mit Groß-Sein beschäftigen, sind große Männer ebenso schwach wie unwesentliche.«

Dieser Anflug von Verdrehtheit und auch Trauer ließ Schwester Badgery das Thema wechseln. »Ich nehme an, daß Ihre Tochter – Dorothy – eine Menge wunderschönen Schmuck hat: eine Dame in ihrer Stellung.«

»Sie ist gar nicht gutgefahren, als ihr Mann sie verlassen hat – obwohl sie der schuldlose Teil war. Immerhin hat sie es wohl fertiggebracht, aus der widerlichen Familie ihres Mannes das eine oder andere Schmuckstück herauszuholen.«

Schwester Badgery war begeistert von diesem materiellen Erfolg. Sie holte eine Bürste und begann, die Haare ihrer Patientin zu striegeln.

»Ich glaube, Sie wissen gar nicht, wie meine Tochter heißt.»

»Nun ja – ›Dorothy‹ – nicht wahr? Diese ausländischen Namen kann ich gar nicht gut behalten.«

»Ich werde Ihnen den Namen beibringen«, sagte Mrs. Hunter. Ihre Lippen belebten sich, als probierten, testeten sie eine köstliche Speise, und ihre Nüstern füllten sich wie mit zartem Parfüm. *»Princesse de Lascabanes«;* für Schwester Badgery legte sie den französischen Akzent besonders dick auf. »Jetzt sagen *Sie* es mal.«

Die Schwester tat es, so gut oder so schlecht sie es konnte. »Aber wie soll ich sie *anreden*?« jammerte ihre Stimme verzweifelt.

»Mit nichts Umständlicherem als einfach nur ›Madame‹.«

»›Mad-damm, Ma-damm‹«, flüsterte Schwester Badgery, wobei sie sorgfältig die französische Aussprache imitierte, und dann lauter und zuversichtlicher: »›Ma-*daam*‹«

Mrs. Hunter spürte, daß sie ihre Pflegerin wieder im Griff hatte, und das war auch ihre Absicht gewesen; sie hatte nebenher den Verdacht, daß Schwester Badgery in Zukunft von ›Prinzessin Dorothy‹ sprechen würde, zu ihrem eigenen Vergnügen und um ihre Freunde zu beeindrucken.

»›Mad-damm, Ma-*daam*!‹« Glücklich über die neue Errungenschaft, gakkerte die Stimme hin und her durch den goldenen Morgen.

Mrs. Hunter war vom Uhrenticken und vom Brandy so eingelullt, daß ihr irgendwelcher Besuch inzwischen ganz unwahrscheinlich erschien; und

wenn jemand käme, dann wäre das vielleicht gar nicht mehr wünschenswert: Ihr Leben war genau geplant.
»Mund auf! Mrs. Hunter?« Das war wieder diese Badgery. »Was auch passiert, wir müssen doch Fieberchen messen, nicht wahr?«
Wie nannten sie das Zeug? *Dettol?* Kühl jedenfalls. Sterilisierend. Das wäre vielleicht der bessere Weg: sich einfach aus der Existenz hinwegsterilisieren zu lassen. *Ich habe nichts gegen das Sterben, Dr. Gidley, aber ich erwarte von meinen Pflegerinnen, daß sie mich gegen Schlimmeres als den Tod beschützen:* wie zum Beispiel gegen Besuche, die man sich nicht selbst herbeiwünscht. Ganz besonders mitfühlende.
»Ob ich wohl stark genug sein werde? Ich weiß nicht.«
Die Schwester hatte das Handgelenk ihrer Patientin zwischen ihren Fingern und hielt es nicht für nötig, zu antworten: Der Puls war bemerkenswert kräftig.
Beide erschraken, ja waren geradezu alarmiert, als ihre feierliche Handlung jäh unterbrochen wurde:
Die Tür öffnete sich.
»Schwester, kann sie jetzt Besuch empfangen?« Es war Mr. Wyburd mit einer Stimme, die etwas zu laut für ein Flüstern war und auch nicht ganz seiner üblichen korrekten Redeweise entsprach. »Die Prinzessin ist angekommen. Ihre Tochter.«
Als ob das noch nicht genug gewesen wäre, schob sich eine zweite Gestalt raschelnd an dem in der Tür stehenden Umriß des Anwalts vorbei: für Mrs. Hunter ein Augenblick von Geräusch, Parfüm, Freude, Verzweiflung; Schwester Badgery dagegen sah eine große dünne Frau ohne Hut so um die fünfzig (wenn man nachsichtig sein wollte), mit einem uninteressanten Kleid, außer daß es sehr einfach war und daß Perlen um ihren Hals hüpften und über ihren Busen, wie sie halb in den Raum lief und halb stolperte.
Eine Prinzessin sollte nicht so schnell laufen; Schwester Badgery hatte sich bereits soweit gefaßt, daß sie das mißbilligte. Und sie sollte auch nicht ein Gesicht wie ein Pferd haben.
Aber ohne jeden Blick für ihre Umgebung wankte Dorothy durch das Zimmer. *»O mon Dieu, aidez-moi!«* hauchte sie, wechselte dann über auf ein anderes Selbst oder eine andere Stimme und murmelte: »Mutter!« und noch leiser: »Mum!«
Und dann geschah es durch eine besondere Gnade, daß ein Vorhang vor dem Gesichtsausdruck herunterging, den der Eindringling angesichts dieser alten *Mumie Mammie* zeigte, die hier im Bett von Kissen gestützt aufgerichtet lag, mit einem Fieberthermometer, das ihr aus dem Mund herausragte; wenn an ihr ein Zeichen von Leben war, dann nur das Lebendige am Funkeln der Juwelen, mit denen die steifen Krallen der Hände überladen waren.

Die Prinzessin fiel vor dem Bett nieder und grub sich durch den Geruch von Dettol und Kinderpuder hindurch, um, mehr noch als ihre Mutter, ihre eigene Kindheit zu umarmen.
Mrs. Hunter spuckte das Thermometer aus – es war nur Glück, daß es dabei nicht zerbrach – und lächelte. Ob vor Glück oder vor Angst, das war schwierig zu sagen.
Bis sie dann durch die herabrinnenden Tränen plötzlich kicherte. »Zuviel Aufregung! Ich glaube, jetzt habe ich mich naß gemacht.«

Madame de Lascabanes spürte, wie ihre Spannung, zusammen mit einem geradezu erniedrigenden Verlangen, sich selbst akzeptiert zu sehen, in Wut überging, als sie die Demütigungen des Flughafens über sich ergehen lassen mußte.
Der Mann betrachtete ihren Paß und sagte: »Prinzessin Dorothy de Lascabanes, ha? Französische Staatsangehörigkeit. Geboren in Gogong, Australien. Na, sieh mal einer an!«
Die Prinzessin erwiderte seinen Blick entrüstet, genau am Rücken ihrer bleichen Nase entlang. Ihre ziemlich flache Brust wogte unter dem unkomplizierten, schlichten Kostüm, das sie für die Reise gewählt hatte: ihr getreues von Chanel. Was sollte sie nur tun, wenn es eines Tages abgetragen war?
»Geht es Sie etwas an, wo ich geboren bin?« Die ungewohnte Sprache machte, daß sie geradezu fauchte.
»Ich lese nur, was im Paß steht.«
»Ich hätte eigentlich gedacht, daß mein Geburtsort keine Rolle spielt, unter den gegebenen Umständen.« Bei ihrem rostigen Englisch klang das noch gröber, aber das war ja schließlich ihre Absicht gewesen.
»Das hat man nun davon, wenn man freundlich sein will. Aber wir werden es Ihnen nicht übelnehmen, meine Dame. Herzlich willkommen in Ihrem Geburtsland!« Der Mann lachte und gab ihr den Paß zurück.
»Ich werde mich beschweren«, fing sie an; aber bei wem? Und weshalb?
Sie fühlte sich inzwischen von ihrer eigenen schlechten Laune mehr gedemütigt als von den angeblichen Unverschämtheiten, die der Paßbeamte möglicherweise gar nicht so gemeint hatte.
Beim Zoll hätte es noch schlimmer werden können, aber sie war entschlossen, jede Frage so kurz und sachlich zu beantworten, wie sie es gewohnt war: mit französischer Ökonomie, genau gesagt.
Der mißgelaunte junge Mann in seiner Beamtenuniform, der daranging, die zwei von ihr eigenhändig und mit soviel praktischer Erfindungsgabe gepackten Koffer umzuwühlen, stellte sie sofort auf die Probe. Schon indem er in ihrem Make-up-Koffer herumkramte, zwischen Papiertaschentüchern, ein paar Schmuckstücken und allem anderen, forderte er sie her-

aus; aber das gelang ihm nicht, nicht einmal, als er den Schmuck mit zynischem Auge durch die Finger gleiten ließ, als ob er seinen Wert bezweifle. (Doch es war wirklich eine eindrucksvolle Sammlung: Einige Stücke schimmerten matt, andere widerum glitzerten im schmutzigen Licht des Flughafens mit beherrschendem Glanz.) Ihre Beute. Wenn sie nicht so gut über alle Einzelheiten von Huberts Privatleben informiert gewesen wäre, hätte sie den Kampf um den Schmuck leicht verlieren können; aber *cette créature vulgaire, cette infecte Australienne* wußte einfach zuviel, als daß ihre ehemalige *Belle-mère*, die alte Prinzessin Etienne, eine erfolgreiche Gegenoffensive hätte ansetzen können.
Wenigstens drückte sich der Mangel an Respekt von Seiten des Zollbeamten nicht in Worten aus; andernfalls hätte sie es vielleicht nicht ertragen können. Schweigend verbarg sie ihre Erbitterung, als er wortlos ein paar von ihren Schlaftabletten auf seinen Handteller schüttelte; und dann seine Fingerabdrücke in ihren Büchern hinterließ, die Seiten zerknitterte, wie ein Wiesel herumsuchte und ihrer kostbaren Ausgabe der *Chartreuse de Parme* fast das Rückgrat brach.
Den Mund öffnete er nur, während er einen Plastikstreifen auf ihr geschändetes Gepäck klebte: »Schätze, daß Sie in Ihren französischen Büchern ein paar hübsche Stellen mit viel Spaß haben.«
Einen Augenblick lang bedauerte sie, daß sie darauf bestanden hatte, nicht abgeholt zu werden und daß sie mit Absicht nicht mit der Fluglinie gereist war, mit der Basil höchstwahrscheinlich fliegen würde. So konnte sie jetzt nichts weiter tun, als alles um sich herum zu ignorieren, ihre diskret angemalten Augenlider zu senken, den Staub aus dem Mantel über ihrem Arm zu schütteln (aus ihrem mit Würde gealterten Persianer) und hinter dem Karren herzustöckeln, auf dem ihre Koffer davongefahren wurden. Ein kurzer Blick in irgendeine reflektierende Fläche müßte eigentlich ihr Selbstbewußtsein wieder herstellen, falls es schwinden sollte. Was es jetzt tat. Und ihr makelloses Spiegelbild ließ sie im Stich.
Dorothy Hunters Mißgeschick war es, daß sie sich in Australien so französisch wie sonst nie fühlte und umgekehrt in Frankreich als Australierin. Manchmal wünschte sie sich, daß sie als Finnin geboren worden wäre: Dann wären ihre Gefühle vielleicht nicht so stark beteiligt gewesen. Finnen kannte sie nur wenige; aber die Australier – hier waren sie, es wimmelte nur so von ihnen ringsum, die älteren Männer wie Matratzen, aus denen die Füllung herausquoll, und die jüngeren, viel beunruhigender, ohne Hüften, und im Selbstausdruck überspitzt; die Frauen, entweder in schreienden, fast einheitlichen Fetzen, offensichtlich ohne etwas darunter, oder eingezwängt in steife Machwerke aus Spitzen, kreischten einander monoton aus offenen Wunden an. Manche von ihnen sahen so aus, als ob sie auch beim Sterben den Hut nicht abnehmen würden.

Die Prinzessin de Lascabanes drückte sich zwischen all den Körpern hindurch, indem sie ihre unter dem zusammengelegten Mantel wie zum Gebet gefalteten Hände benutzte. Im Schutz dieses pelzigen Prellbocks schob sie sich weiter, bis sie schließlich an einer Schlange sich ständig hereinschiebender Taxis anlangte. Dort zahlte sie erst einmal ein überreichliches Trinkgeld (eine der prinzipiellen Gesten des ›Arm-Seins‹) an ihren Träger, Dienstmann oder wie immer das auch hieß: Sie hatte ihre Muttersprache eigentlich so gut wie vergessen.
Als sie in das Taxi einstieg, war sie einem Tränenausbruch nahe. Ein paar Tropfen rannen sogar schon herab, während sie sich zuerst den Kopf anstieß und dann die Adresse angab: »Zum Queen Victoria Club.«
Diese untadelige Institution, zu der sie jetzt fahren wollte, hatte die Prinzessin mit einem Minimum an erforderlicher Korrespondenz zum Ehrenmitglied ernannt. Zum Haus der Mutter später; erst ausruhen. Sie war im Augenblick zu *écoeurée,* um sich dem Risiko auszusetzen, von den emotionellen Beanspruchungen einer herrschsüchtigen alten Frau aus dem Gleichgewicht gebracht zu werden. Während sie auf einer unpersönlichen Schnellstraße vom Flughafen hinweggetragen wurde, gestattete sie sich keinen Gedanken an ihre Mutter und schon gar nicht an ›Mum‹. War sie vielleicht wirklich *rapace,* wie das ihre *Belle-mère* so fest behauptet hatte? War sie ein SNOB? was jeder zweite Australier ihr vorzuwerfen schien: Die platzenden Matratzen, die schmalhüftigen Gary Coopers wie aus der eigenen Jugend, und nicht zu vergessen die Weib-lichkeit, bläulich starrend aus verwundeter Lederhaut.

Dorothy Hunter hätte wirklich von Herzen gerne geweint, wenn sie nur, nachdem sie die falsche Reisetasche aufgemacht hatte, ihre Papiertaschentücher hätte finden können. *Es ist mir nie gelungen, diesem Ding zu entfliehen, das ICH SELBST heißt.*
Statt dessen wandte sie sich an den Hinterkopf des Fahrers, *»Voyez –«* und dann ein Husten, um das Versehen zu überspielen, »ich habe es mir anders überlegt. Würden Sie mich zum Moreton Drive fahren, bitte?« und sie fügte, seltsamerweise, und ganz unnötig hinzu: »Zum Haus meiner Mutter.«
Der Fahrer schien nichts Ungewöhnliches dabei zu finden. »Sind Sie lange weggewesen?«
»Oh, jahrelang – *Jahre* lang!« Sie hörte, wie ein Pfeifen von ganz tief unten her in ihre Antwort drang, und hustete wieder.
Aber sie glaubte sich erlöst, am Ziel ihrer Wünsche: Es war so, wie sich in ein Baumwollkleid zurückziehen, zwischendurch an einer Eistüte lecken, während ringsum gleichmäßige Stimmen summen, die vom Wetter reden, von der Schafschur und vom Kommen und Gehen der Verwandten.

»Ach du Lieber, ach du Lieber! Ist das nicht ein Pech? Immer diese schrecklichen Mißgeschicke.« Schwester Badgery war an das Bett geeilt, um ihre Patientin aus dieser zu aufregenden Umarmung zu befreien; wenn es um berufliche Pflichten ging, war eine Prinzessin ihre geringste Sorge.
Und inzwischen grinste Mrs. Hunter, seitlich zu einer Art embryonaler Haltung zusammengerollt – zu ihrer Tochter empor. »Mach dir keine Sorgen, Dorothy, es ist nicht so schlimm, wie du dir jetzt vielleicht vorstellst. Das Gummituch ist ja da.« Erleichterung spiegelte sich auf ihrem Gesicht, während der Urin durch ihr Bett floß: Für den Augenblick jedenfalls brauchte sie sich keine Gedanken zu machen, worüber sie mit dieser Fremden sprechen sollte; lieber sich mit dem Körper Schande machen als mit dem Geist.
Sie seufzte und sagte: »Geh doch ins Kinderzimmer, Kate, und spiel' mit den Puppen – aber meine sind natürlich nicht so schön wie deine«; und dann lauschte sie mit listigem Gesichtsausdruck auf das Pochen von Kates Stiefeln auf den Dielenbrettern.
Kate Nutley war einfach zu schlicht (dumm). Betty Salkeld hatte ihre Freundin eigentlich nie gemocht, und ebensowenig ihre Knopfstiefel aus Glacé-Leder; die Nutleys waren reicher als die Salkelds.
Dorothy Hunter kam sich auseinandergerissen vor, als die Krankenschwester mit einer zu schnellen Bewegung die Bettdecke zurückzog und damit auch ihr Säugling-Sein aufdeckte. Der Geruch von jämmerlichem Flanell und das schmerzhafte Jucken von Ausschlägen drang mit viel rücksichtsloserer Wucht wieder in ihr Bewußtsein als die Erinnerung an jene Qual als Erwachsener: die Wanderung durch eine Kette von eisigen *Salons* zu den *Cabinets* in Lunegarde; die Tür, die sich erst nicht öffnen ließ und dann nicht zuging, um das Kreischen des Urins zu dämpfen, während die *Belle-mère* schnarchte und Onkel Amédée mit seiner Schere die Nacht und die Zeitungen zerschnitt, unentwegt Berichte von Vorfällen herausschnippelnd, die sich vielleicht als kommunistische Verschwörungen auslegen ließen.
Sie war verwirrt von diesem plötzlichen Zusammenstoß zwischen ihrem immer noch in ihr schlummernden Säuglings-Dasein und einigen der schmerzhaftesten Schritte, die sie in der Zeit getan hatte, die auch heute noch nichts weiter war als die Ehe eines ungeschickten Schulmädchens. Und deshalb empfand sie es als ungemein erleichternd, daß sie jetzt eine männliche Stimme hörte. »Wir lassen die beiden jetzt besser allein, glaube ich. Ich würde als sicher annehmen, daß man Sie wieder ruft, wenn alles in Ordnung ist.« Sie hatte den Anwalt ganz vergessen.
Arnold Wyburd führte sie den Flur entlang zum Treppenabsatz. Er gehörte zu den Menschen, die man einfach als gegeben hinnimmt; nett und langweilig; so vernünftig und ehrlich, daß man sich ihm gegenüber über-

haupt nicht in acht zu nehmen brauchte. Sie empfand plötzlich Reue bei dem Gedanken, daß sie ihm, der seit Jahren die Familienangelegenheiten in Ordnung hielt, noch nicht einmal irgendwann eine Neujahrskarte geschickt hatte. Er schien nüchtern genug zu sein, sentimentale Aufmerksamkeiten von seinen Klienten nicht zu erwarten. Jedenfalls hoffte sie das jetzt.

Andererseits hatte er sie auch als ihr anderes Ich gekannt: als Dorothy Hunter.

Er ging so behutsam mit ihr um, daß es fast schien, als ob er sie für einen nach irgendeiner Krankheit erholungsbedürftigen Patienten hielt. »Ich nehme an, daß Sie sich ein bißchen im Haus umsehen wollen – in aller Ruhe – und für sich allein.«

Die Prinzessin de Lascabanes war es, die sich zuerst erholte, obwohl es doch eigentlich Dorothy Hunter hätte sein sollen.

»Natürlich«, antwortete sie und erwiderte seine Freundlichkeit mit einem ebenso freundlichen Lächeln. »Ist das nicht lächerlich von mir – ich kann es einfach nicht erwarten, mein altes Zimmer wiederzusehen.« Mit geübter Hand schob sie ihre Perlen zurecht. »Ich glaube, Zimmer bedeuten mir sogar mehr als Menschen.« Das war nicht ganz richtig, und sie hoffte, daß es für einen so guten Menschen wie den Anwalt nicht zu schockierend geklungen hatte.

Er sah sie an und hatte das Gefühl, daß wahrscheinlich mehr von ihrer Mutter in ihr steckte, als man ihr gemeinhin nachsagte: Eine pferdegesichtige Ausgabe von Elizabeth Hunter.

»Ihr Zimmer ist für Sie vorbereitet – falls Sie möglicherweise Ihre Pläne ändern wollten.«

»Oh nein«, sagte die Prinzessin in ihrer höchsten Stimmlage, »das wäre doch wirklich eine zu starke Belastung – für die gute Frau, die hier den Haushalt führt. Und im übrigen hält der Klub ein Zimmer für mich bereit. War es nicht nett von den Leuten, mich für die Zeit meines Besuches zum Ehrenmitglied zu ernennen?«

Sie sahen einander an. Vielleicht betrachtete er ihren Aufenthalt gar nicht als Besuch, sah vielmehr, wie sie, verwickelt in ein Netz aus wehmütigen Erinnerungen, gleichzeitig gezwungen war, als Zeuge dem großen Zauberkunststück beizuwohnen, in dem ihre Mutter wohl bald mitwirken mußte. Wieder überkam sie Panik, und sie beschloß, sich lieber an ihr zwar auch nicht ganz zufriedenstellendes Leben in Paris zu klammern: Das sparsam möblierte Appartement in Passy; die unter Vorspiegelung falscher Tatsachen auf einem leckenden Gaskocher zubereiteten Mahlzeiten; ihre Fähigkeit, einstmals teure Kleider immer weiter teuer aussehen zu lassen; das genau bemessene Mitgefühl von praktisch denkenden Freunden (ihr Fehler war gewesen, die Freundschaft gerade derjenigen zu kultivieren,

die Respekt vor *rentes* hatten). Alles das würde sich natürlich vielleicht ändern – aber wie bald? Ihr Flug an das Krankenbett hier konnte darüber entscheiden. Sie war niemals ein geübter Bettler gewesen, vielleicht weil es erst ziemlich spät in ihrem Leben dazu gekommen war, daß sie es nötig hatte; die zweite Lösung war etwas, woran sie gar nicht denken durfte – obwohl sie es dennoch oft und bis in die schrecklichsten Einzelheiten hinein tat.
Außerordentlich bemüht und immer noch beträchtlich distanziert, fragte Madame de Lascabanes: »Wie geht es der lieben Mrs. Wyburd?« Und sofort hoffte sie, daß ihr mit dem geborgten Adjektiv verbundenes Lächeln dem Anwalt nicht als falsch und übertrieben erscheinen möge; aber wenn man es genau betrachtete, dann hatte sie sich wirklich eine aufrichtige Zuneigung für seine Frau bewahrt; als Kind hatte sie Lal sogar geliebt.
»Danke sehr, sie hält sich recht gut. Wir hoffen, daß Sie mal zu Besuch kommen.«
»Das wäre wirklich charmant – wirklich charmant.« Doppelt dumm: die Worte, die sie hier benutzte, waren zur Hälfte überhaupt nicht ihre eigenen; aber man gleitet leichter dahin, wenn man mit Platituden beschuht ist. »Die Kinder wiedersehen – und die Enkelkinder.«
Der Anwalt fühlte sich so angeregt, daß er begann, sich in Wyburd'schen Familiengeschichten zu ergehen; aber er hörte wieder auf, als er merkte, daß sie nicht daran interessiert war.
Dabei war sie es doch, sie war interessiert: Sie erinnerte sich an ein Picknick, und das roch nach niedergetrampeltem Gras, und sie hatte ihr Gesicht an einem sommersprossigen Hals versteckt und gedacht, wie gerne sie doch Mrs. Wyburd als Mutter hätte; bis Basil ihr die Frau des Anwalts stahl, wie er das mit allen Leuten tat. *Ich habe Lady Windermeres Fächer gelesen, aber erzählen sie meiner Mutter nichts davon, Mrs. Wyburd.* Basil machte immer Eindruck, und niemand schien jemals erkennen zu können, wann er unehrlich war. *Wirklich, Basil, und gibt es eine bestimmte Rolle, die du gerne spielen würdest?* Wie konnte Mrs. Wyburd das nur alles schlucken; oder war sie auch unehrlich, auf ihre Art? *O nein, nichts in Lady Windermere, das interessant genug wäre; ich will überhaupt später mal nur die großen Rollen spielen, ganz besonders Lear.* Und Mrs. Wyburd sagte ernsthaft: *Dafür wirst du lange Zeit brauchen, bis es soweit ist, aber ich glaube, daß du es schaffen wirst, wenn du so entschlossen bist.* Sie haßte Mrs. Wyburd dafür fast so sehr wie ihren Bruder, der sie überhaupt nie ansah, wenn er ihr nicht gerade Gesichter schnitt oder ihr klarmachen wollte, daß sie blöd wäre.
»Es gibt ein paar geschäftliche Angelegenheiten, die wir miteinander besprechen müssen. Nicht jetzt in den ersten Tagen, natürlich«, erinnerte sie der Anwalt. »Aber da Sie jetzt erst mal wieder hier sind, hat es ja keine Eile.«

Warum nahm er das als so selbstverständlich an? Sie blickte ihm mißtrauisch ins Gesicht.

»Ihr Bruder hat sich verspätet – wissen Sie schon? In Bangkok. Er kommt heute abend an, dem Telegramm nach.«

»Wie *merkwürdig*!« Sie verfiel in den Ton, den sie sonst im allgemeinen gesellschaftlichen Umgang einsetzte. »Bangkok! Wo ich umgestiegen bin. Aber ihn habe ich nirgendwo gesehen«, setzte sie hinzu und kicherte anschließend, als ihr die Unsinnigkeit ihrer Bemerkung klar wurde.

Sie war froh, daß der Anwalt fast ihr Vater hätte sein können, freute sich aber gleichzeitig auch darüber, daß er nicht so alt war wie ihre Mutter. Sie wünschte, daß sie ihren Vater besser gekannt hätte; wahrscheinlich hatte ihre Mutter das verhindert: Mutter war das Sprachrohr, durch das sie sich alle miteinander verständigten (sogar Basil fiel darauf herein) *– alle so hilflos – wie würdet ihr nur zurechtkommen, überlege ich mir, wenn ich nicht da wäre?*

Dorothy Hunter, langbeinig und schüchtern, fast von derselben Größe wie der Anwalt, gestand mit einer für ihn völlig überraschenden Plötzlichkeit: »Irgendwann möchte ich einmal mit Ihnen über meinen Vater sprechen.«

Er reagierte ebenso abrupt, gab seiner Meinung Ausdruck, daß Alfred Hunter ein wunderbarer Mann gewesen sei, und erklärte dann unvermittelt, daß er jetzt ins Büro gehen müsse, um zu sehen, was dort los sei.

Wer von beiden zuerst den Rückzug antrat, war schwer zu entscheiden, aber die Prinzessin de Lascabanes hatte jedenfalls nun die Freiheit, sich in Dorothy Hunters Zimmer einzuschließen.

Das hatte sich sehr wenig verändert, schien es zunächst: Ein tugendhaftes Jungmädchenzimmer, ziemlich schmal und hauptsächlich in Weiß gehalten. Dort war der Spiegel, in dem sie versucht hatte, ihr Gesicht zu einer ansprechenden Form umzukneten. Der Schrank öffnete sich und gab Leere und Naphtalingeruch von sich. Immer noch auf Regalbrettern geordnet standen Bücher, an die sie sich erinnerte, oder wenigstens an ein paar von ihnen: *The Forest Lovers; Salammbò; A Man of Property; Winnie-the-Pooh; Confessions of an English Opium Eater* (ein Buch in grauem Einband, wo sie doch damals erwartet hatte, er müßte mindestens violett sein).

Über das Bett war eine Decke gebreitet, die sie aus ihrer eigenen Jugend kennen mußte, der Zeit der buntbedruckten Kattunbezüge, an die sie sich aber nicht mehr erinnern konnte; sie war anscheinend aus irgendeiner Art von einheimischem Fell zusammengenäht: flickenhaft, bescheiden, und doch weich, beruhigend sanft, auf der Wange und dem Körper verführerisch schmeichelnd, überraschenderweise sogar durch Kleid und Doppelzug-Elastikmaterial hindurch. Sie räkelte sich auf dieser Decke und verschwendete kaum einen Gedanken darauf, wie sie wohl wirken mußte –

hier auf diesem Fell ausgestreckt und seine Weiche mit jeder Faser ihres Körpers genießend. Und dabei war sie normalerweise gar keine besonders sinnlich empfindende Frau.
Selbst in den längst vergangenen Tagen, als ihre Ehe noch offiziell als glücklich galt, hätte sie die sexuelle Liebe aufgeben können, wenn nicht das Gefühl der Dankbarkeit gewesen wäre, das ein seltener Höhepunkt dann und wann in ihr hervorrief. So liebte sie einen Mann, der fast alt genug war, ihr Vater zu sein; sie bewunderte und fürchtete gleichzeitig den Zyniker und den Dandy in diesem Mann, den sie sich mit so großen Opfern erkauft hatte; gelegentlich erlaubte sie sich das Eingeständnis, daß sie ihn körperlich anziehend fand – den Farbton der Haut, die spiraligen Rosetten der Brustwarzen unter den ganz leicht durchscheinenden, monogrammbestickten Hemden, die sie ihm bei Sulka kaufte. Aber sie hatte Angst vor vielen seiner Entgegnungen, vor dem Zucken in seinem Mundwinkel, vor der Augenbraue, die deutlich sichtbar höher hinaufgezogen war als die andere. *Nein, mein Liebling, ich lache nicht, ich finde es nur interessant, daß sich Australierinnen genauso verrückt aufführen können wie alle anderen Leute auch.* Sie brütete dann niedergeschlagen vor sich hin. Kritik zwang sie zum Blinzeln: Als ob die Sonne auf sie herabbrannte, während sie unter staubigen Streitkolbenbäumen müde nach Hause wanderte; dabei war sie doch hier in ihrer eigenen, weißen Haut, mit dem strengen Helm ihres gelackten Haares und der Saphirbrosche, welche die alte Prinzessin während der Verlobungszeit als Aufmerksamkeit für *notre petite Australienne hergegeben hatte.*
Aber trotzdem war sie niemals eine der ihren geworden. Sie war nicht *la Petite Australienne*, war vielleicht überhaupt nicht einmal eine Australierin, außer an durchdringend feuchten kalten Abenden in Lunegarde oder in Augenblicken der verzweifelten Heimatlosigkeit, allein in ihrem Pariser Appartement. Manchmal hatte Dorothy Hunter das Gefühl, daß sie möglicherweise überhaupt nur in den Romanen von Balzac, Stendhal und Flaubert existierte oder in den Theaterstücken von Racine.
Naturellement la littérature Française est un héritage considérable. Sie wäre so gerne jemandem begegnet, dessen Einstellung zu Büchern leidenschaftlich war und nicht nur pflichtschuldigst respektvoll. War es doch vielleicht sogar möglich, daß ihre französische ›Familie‹, ihr ›Ehemann‹, eine Art von unmoralischem Verhalten darin erblickten, daß sie in den Bücherschränken der Bibliothek herumkramte. Alle wußten um die Existenz dieser überreichlich gefüllten Schränke, aber man zog es vor, sie geschlossen zu halten – zumindest Ausländern gegenüber.
So hatte sie sich denn auch verschlossen, ob es nun in der Pariser Wohnung war, wo sie und Hubert ihr mehr persönliches Leben führten, oder im Flügel des Schlosses in Lunegarde, von wo aus sie an den Familien-

ritualen der Lascabanes teilnahmen. (So jedenfalls in der Theorie; in Wirklichkeit hatten sie beide an nichts Anteil, wobei sich jeder auf seine Weise zurückzog.)

Mon fils adore la chasse, hatte die *Belle-mère* ihrer Schwiegertochter gesagt und es dabei auf ein Mißverständnis ankommen lassen.

Fast alle Abende in Lunegarde schienen in Dunst und Nebel zu versinken. Wo immer ein Feuer angezündet wurde, qualmte es. Die alte Prinzessin ließ ihre Bronchitis rasseln, während sie ihre Patiencen legte und man auf die Rückkehr der Jagdgesellschaft wartete: Zuerst der Klang von Männerstimmen, so präzise wie das Klappern von Schreibmaschinen, dann ihre Stiefel in den steinernen Korridoren. Sollte man hinauslaufen, um sie zu begrüßen? Die *Belle-mère* blickte von ihrer Patience nicht auf; sie wartete darauf, daß man das Falsche tat. Also leidest du noch ein wenig unter deiner Gänsehaut, bis er dann eintritt, die angebotene Hand küßt, ein Auge zukneift und hofft, dich zu irgendeinem Sakrileg zu verführen (an dem er dann aber höchstwahrscheinlich seine Teilnahme verweigert), hier im *Salon* seiner Mutter, zwischen bemalten Möbeln, ausgeblichenen Gobelins und dem Schimmel des Alters. Und als Gegensatz dazu Huberts Geruch nach Thymian, nach Holzrauch, nach gesunder sportlicher Betätigung und, wenn sie sich das vielleicht auch nur einbildete – nach Blut. Wenigstens wurden ganze Bündel von blutigen Federn und lose hängendem Fell in den Schloßhof getragen, um dort sortiert zu werden – ein Teil für die von Gewölbe überspannte Küche, die minderwertigeren Sachen für die Hütten der Landarbeiter.

Einmal war Dorothy de Lascabanes im Finstern auf den Pflastersteinen ausgerutscht, auf einem dunklen Fleck, den sie hinterher als Blut identifizierte, und hatte sich das Knie aufgeschlagen. Sie legte sich selbst einen Verband an; und beschloß, es keinem Menschen zu erzählen – auch wenn sie, wie anzunehmen, an Blutvergiftung starb.

Es gab vieles, was sie verbarg, und ihre verschwiegene Art wurde manchmal als Weltgewandtheit mißverstanden. *Elle est admirable, vous savez – votre femme,* sagten die Tanten, die Cousinen und die wenigen Freunde, alle gleich eisig und gleich exaltiert, die sich in Lunegarde zusammenzufinden pflegten. Es wurde ihr bald klar, in welcher Hinsicht sie *admirable* war: Geld läßt sich verzeihen, wenn nur genug davon vorhanden ist, und ein sprechender Hund bietet vorübergehende gesellschaftliche Zerstreuung. Ein paar Gäste versuchten zwar hin und wieder ihre Englischkenntnisse an ihr, aber die meisten zogen es vor, ihr Französisch auf die Probe zu stellen – und das blieb immer mangelhaft genug, um als amüsant, als exzentrisch, sogar als schick zu gelten, eben als Teil der exotischen ›Do-rô-ti‹. Sie hatte auch die Begabung, ältere Männer zu unterhalten; eine Fähigkeit, welche die meisten jungen Mädchen bei sich gar nicht erst entwickeln, während die selbstsicheren schönen Frauen nicht daran denken, sie unnötig zu verschwenden. Durch weiter nichts als einfaches Zuhören vollbrachte sie etwas wie das Auftragen einer unsichtbaren, lindernden Salbe und erweckte in Greisen eine Illusion von Jugend. Sie waren dankbar für das, was sie als Freundlichkeit empfanden, und dabei war sie gar nicht freundlich oder jedenfalls nicht sehr. Geschützt vom Panzer einer glücklichen Ehe, hätte sie ihnen vielleicht allen von vornherein die kalte Schulter gezeigt. Statt dessen wehrte sie, nachdem Hubert sie verlassen hatte, nur höchst ungeschickt die vier oder fünf vor Steifheit knirschenden Langweiler und gichtbrüchigen alten Schildkröten ab, die ihr alle als Liebhaber zur Verfügung gestanden hätten, wenn das ihr Geschmack gewesen wäre.

Der Name, den sie rechtmäßig trug, blieb ihr als Ausgleich – zusammen mit gelegentlich wiederkehrenden Reflexionen über diese Ehe, in der es ihr nicht gelungen war, Beifall zu finden. Am schlimmsten waren jene Abende gewesen, die sich die *Belle-mère* für sie ausgedacht hatte: *Do-rô-ti und Hubert wollen sicher allein sein*. Sie selbst in einem Zustand geradezu übelkeiterregender innerer Spannung, er mit glitzernden Augen und vorgespielter Forschheit, flohen sie dann aus dem kleinen, unordentlich mit Sachen vollgestopften *Salon*, in dem sich die Familie meist aus Bequemlichkeit aufhielt; und die *Belle-mère* kehrte wieder zu ihrer Patience zurück, Onkel Amédée zu seinen Zeitungsausschnitten, Tante Eulalie (die ehrenwerte Mrs. Scrymgeour-Talbot: *er hat mich verlassen in der Zeit, in der die Männer ihren Johannistrieb haben, meine Liebe)* wandte sich wieder ihren astrologischen Studien zu und Tante Daisy de Pouges ihren Stirnhöhlen, die sie quälten und dabei ihr ganzer Daseinsinhalt waren. Aber gleichzeitig waren alle Augen im Zimmer unter wie desinteressiert gesenkten Lidern scharf beobachtend auf sie beide gerichtet; nachdem sie den Raum verlassen hatten, verlegte sich die ganze Versammlung ohne Zweifel aufs Lauschen, über echohallende Korridore hinweg und durch Wandvertäfelungen, in denen nicht nur der Holzwurm tickte.

In ihren eigenen Zimmern war ein Wandschrank als Kochnische hergerichtet worden. *Le Butagaz*, hatte die alte Prinzessin erklärt, *est si commode – et vraiment pas cher*. Der Wille zum Erfolg machte eine brauchbare Köchin aus der Braut, obwohl es Abende schrecklicher, gespannter Erwartung gab, und dann war ihr *Omelette truffée* doch in der Pfanne festgebacken; ihre Saucen hatten immer eine gewisse *manque de liaison;* und dazu der nach Selbstmord riechende Gestank des *Butagaz*. Hubert schien das jedoch gleichgültig: *Tu es si gentille ma chère petite de te donner tant de peine*. Und was ein Beweis für ihre ernsthaften Bemühungen hätte sein sollen, wurde von ihm nur auf eine Art betrachtet – wie es sich auf die horizontale Ebene verlagern ließ: durch Schmeicheln mit den Lippen,

den Händen, und was es sonst an unehrlichen Methoden gab. Schlimmer als seine Gleichgültigkeit war seine Lüsternheit: *Ton omelette bien baveuse m'inspire – dieses Mal, Dorothy, werden wir die Sache auf eine interessantere Weise machen.* Und ihre steife Hingabe war eine Qual, außer in halb verschwommener, halb überraschter und eigentlich ganz und gar dankbarer Rückerinnerung. Aber sich ›interessant‹ zu benehmen – das überstieg ihre Möglichkeiten: *Non Hubert je ne veux je ne peux pas.*
Manchmal beim Einschlafen furzte ihr Prinz wie aus Verachtung.
Vielleicht hatte sie Hubert nie geliebt: Das würde alles erklären; sie war einfach fast in Bewunderung ertrunken, Bewunderung für seinen Titel, seine Hautschattierungen, seine anmaßende Selbstsicherheit, sein Französisch-Sein und seine weiß-silbernen Koteletten, die in immer noch schwarzes, glattes Haar übergingen, in dem das Licht zu schimmern begann, wenn er es mit *Eau de Portugal* benetzt und dann zu einer Frisur eher gepeitscht als gebürstet hatte.
Mon fils adore la chasse; wo es die alte Prinzessin bei ihrer Bemerkung nur auf ein Mißverständnis hatte ankommen lassen, da hatte es *la Cousine Marie-Ange* auf sich genommen, Huberts *zweite* Frau in direkter Form auf dem Laufenden zu halten: Denn es gab eine erste (niemand hatte sie zu verbergen versucht: Ganz im Gegenteil) *la pauvre Madeleine cette fille si douce qui est morte en couches on n'a pas pu sauver l'enfant non plus.* (Klassisches Zwischenspiel im Leben eines Mannes, der gleichzeitig zufällig der eigene Ehemann ist.) Hubert war verzweifelt gewesen. (Warum nicht? Warum nicht?) Die Zähne Marie-Anges, gelb und brüchig, genossen noch den Nachgeschmack von Huberts Trauer: um so rührender, als Hubert von Natur aus doch ein solcher *coureur de jupons* war – *et pas difficile!* Die Cousine hatte ein Lachen, das genau zu dem paßte, was sie als seine weniger geschmackvollen Dummheiten bezeichnete. *Aber du verstehst doch Do-rô-ti; ich erzähle dir das nur aus Ehrlichkeit und aus – amitié. Eine Frau kann ihren Mann so viel besser an sich binden, wenn sie seine mœurs versteht.*
Marie-Ange selbst war unverheiratet geblieben. Die Reiherfeder, die sie auf ihrem ewig gleichen Hut trug, hatte erwartungsvoll gebebt an jenem Tag, an dem sie der Australierin die Neuigkeit von der Amerikanerin brachte: *Une personne très commune née à Cincinnati le père a fait fortune dans le margarine.* Dabei glänzten ihre Lippen, nicht von Margarine natürlich, sondern von der dieser an Fettigkeit weit überlegenen normannischen Butter. *Comme je vous plains ma pauvre amie.* Der warme schwarze Handschuh streichelnd auf der Haut. *Mais sa ne durera peut-être pas vous savez bien qu' Hubert a toujours eu besoin de distractions on a même raconté qu'il avait tâté des garçons.* Die Cousine konnte das Gift ihrer spitzen Zunge kaum zurückhalten. *Il parâit qu'il a eu une aventure avec un gondolier l'année passée ...*

Dorothy Hunter grub ihre Wange in das weiche, unbekannte Fell (vergiß nicht, Mutter zu fragen) und versuchte, den Großen Geist Des Spiels anzurufen, der ihr vielleicht hätte sagen können (wenn auch zu spät), wie man das Interesse eines so schlüpfrigen Ehemanns wachhält.
Bis dann jemand von außen an ihre Gedanken klopfte. »Madamm? Ma-*dam?*« Das mußte diese dümmliche Krankenschwester sein.
»Ja?« Ihre eigene Stimme deprimierte sie, schon bei einer einzigen Silbe.
»Mrs. Hunter – Madame – ist so weit, Sie in ihrem Zimmer empfangen zu können.« Man konnte richtig sehen, wie die Krankenschwester dienstfertig die andere Seite der geschlossenen Tür anlächelte, auf die sie da so umständlich einsprach.
»Sagen Sie ihr, daß ich komme. Danke schön. Ich bin gleich da, Schwester.« Oder hieß es ›Schwesterin‹?
Hinter dem Fenster ihrer Mädchenzeit stieg ein ebenso altes wie neues Panorama auf: Unter den Silhouetten von Klosterschulen und Schirmtannen eine geometrische Anordnung aus Beton und Ziegeln, die sie sich nicht erinnern konnte, jemals zuvor gesehen zu haben. Sie stand eine Weile da und überlegte, ob ihr das nicht noch mehr Grund zur Verbitterung gab.

Dorothy Hunter schloß die Tür ihres Refugiums hinter sich und ging den altgewohnten Weg, den Gang entlang und über den Treppenabsatz zum Zimmer ihrer Mutter. Sie war froh, daß sie die Lascabanes-Perlen als Stütze hatte. Vor die Notwendigkeit gestellt, irgendeine Art von vernünftiger Bemerkung zu machen, konnte sie nur auf die Eingebung des Augenblicks hoffen. Und die ließ sie fast immer im Stich. In ihren besten Momenten schauspielerte sie nie: Dann begann einfach das Praktische und Nötige in ihr wirksam zu werden; aber jetzt, als sie das Zimmer betrat, war sie völlig von einer Rolle beherrscht, die sie nach langer und genauer Übung wohl zu spielen wußte. Und sie sagte automatisch: »Du siehst großartig aus, Liebling! Das muß man dir lassen. Ist sie nicht ein Wunder, Schwester?« Auf Französisch hätte das vielleicht überzeugender geklungen.
Denn der auf den Kissen balancierende Mumienkopf, die Struktur der sorgfältig unter den Tüchern arrangierten knochigen Glieder straften jedes menschliche Wunder Lügen; und der Geist begann bereits, sich loszulösen, wie die Prinzessin mit Unbehagen spürte.
»Wunder wieso?«
»Ich glaube, Ihre Tochter – Prinzessin Dorothy – will sagen: Wir finden alle, daß Sie eine wunderbare alte Dame sind.«
»Wunderbare alte Dame – puh!« Mrs. Hunter preßte ihre zahnlosen Gaumen zusammen. »Wunderbarer alter Dudelsack!«
»Was sagtest du gerade, Liebste?« Dorothy zitterte, als sie diesen Gegenstand da berührte: Das Handgelenk ihrer Mutter.

Mrs. Hunter hatte sich noch nicht entschieden, wie sie ihrer armen Kleinen, ihrer Dorothy, ihrer Tochter antworten sollte, als sie in eine Richtung geführt – ja, wirklich *geführt* wurde, die sie nicht vorausgesehen hatte.
»Damals an dem Tag, als ich mit deinem Vater diese Mrs. – Mrs. Hewlett besucht habe. Sie wohnte in – Wilberforce? Ja, da war ein Fluß dort, der immer wieder das Land überschwemmte, aber die Hewletts wohnten weiter oben. Dein Vater trank seinen Cocktail, und da kam ein Vogel geflogen und setzte sich auf seine Schulter. Es war ein – ein – was war es für ein Vogel, Dorothy?«
»Ein Kanarienvogel?« Die Prinzessin hatte sich auf einen schiefen Stuhl gesetzt, den die Krankenschwester für sie herangeschoben hatte.
»Ich weiß es nicht. Ich müßte mich erinnern. Heute kann ich es nicht. Oder nur beinahe. Gestern hatten wir Kohl zum Essen. Das war schrecklich: Sie hatte irgend etwas hineingetan – Kum – Kümml . . .?«
»Ich weiß es nicht, Mammi. Aber erzähl' mir von dem Vogel. War es ein Singvogel?« Die Tochter lehnte sich nach vorn, den Hals in besorgter Haltung vorgestreckt, sie selbst ein erwartungsvoller Schwan: Sie wollte unbedingt, daß dieses Wiedersehen ein Erfolg wurde.
»Ach, Du *weißt* schon – es war ein *Liebes*vogel!«
Die Prinzessin de Lascabanes entblößte ihre Zähne und kicherte wie das Schulmädchen, das sie eigentlich bei jeder Gelegenheit immer noch war.
Mit gedämpfter Stimme bot die Schwester an: »Kann ich Sie vielleicht überreden, ein Gläschen hiervon zu trinken?« Gleichzeitig goß sie eine milchige Flüssigkeit aus einem Glaskrug. »Es ist so erfrischend. Das Lieblingsgetränk Ihrer Mutter: Gerstenlimonade.«
»Danke – gerne, Schwester.«
»Das stimmt nicht, und Sie wissen das ganz genau. Sie zwingen mir das Zeug nur auf«, beschwerte sich die Patientin.
»Danke schön. Ja, Schwester, ein Glas Gerstenlimonade wäre jetzt geradezu anbetungswürdig. Erzähl' mir doch weiter, Mammie, von Mrs. Hewletts Liebesvogel. Das ist eine Art Papagei, nicht wahr?«
»Davon rede ich ja. Er setzte sich auf Alfreds Schulter – kletterte den Arm hinunter – bis zu einem Finger seiner freien Hand – und dann wieder hinauf. Ich kann es ganz deutlich vor mir sehen.« Und Mrs. Hunter blickte wirklich angestrengt geradeaus, in das feucht beschlagene Glas hinein und durch es hindurch. »Mrs. Hewlett hatte solche Angst um ihren Vogel, daß sie draußen vor dem Fenster einen Gärtner mit Gewehr postierte.«
»Wirklich? Warum denn, um Himmels willen?«
»Du läßt mich ja nicht ausreden. Sie hatte Angst, daß der Vogel vielleicht aus dem Fenster in den Obstgarten fliegen und daß dort im hohen Gras eine Katze lauern könnte – sprungbereit.«
»Also wer hätte das jetzt gedacht – ein Gärtner mit Gewehr! Da kann er

ja nicht viel Zeit für den Garten gehabt haben, wenn er immer aufpassen mußte, daß die Katze das Vögelchen nicht erwischte. Meinen Sie nicht auch, Miß Dorothy – *Mad-dame?*
Dorothy nippte an ihrer Gerstenlimonade. Eigentlich erwartete ja niemand von ihr, daß sie ihre Meinung sagte – gerade so, wie man ein Kind nach seiner Meinung fragt, aber die Antwort einfach überhört. Das und dazu das kühle, unschuldige Getränk in ihrem Glas, gab der Prinzessin eher ein Gefühl der Zufriedenheit, der Erfüllung, anstatt der Langeweile.
»Aber immerhin ist es doch eine ungewöhnliche Geschichte«, gab Schwester Badgery zu.
Und inzwischen schwebte Mrs. Hunter schon wieder auf einer anderen Ebene, außerhalb ihrer Schädelhülle wahrscheinlich, wo der Blick klarer wird, oberhalb des langen Grases im Obstgarten.
»Mrs. Hewlett liebte ihren Liebesvogel einfach. Deswegen machte sie so viel drumherum. Und sie war ein bißchen eifersüchtig, glaube ich – wie der Vogel so mit Alfred flirtete.«
»Und was ist dann passiert, Mutter? Ist der Vogel aus dem Fenster geflogen?«
»Nein.« Die Augen starrten, und die Gedanken gruben sich noch weiter in die Vergangenheit. »Jedenfalls nicht damals. Ich weiß aber, daß er es – oh, irgendwann später getan hat.«
»Ich möchte wetten, daß sich Mrs. Hewlett da ziemlich aufgeregt hat. Ist der Vogel wieder eingefangen worden, Mrs. Hunter? Oder hat ihn die Katze erwischt?«
»Nein. Ich glaube, der Gärtner hat den Vogel erschossen.«
»Ohhh!«
»Oh! *Mad-aam!* Hier – lassen Sie mich das nehmen: Sie verschütten ja ihre Gerstenlimonade.«
»Ich kann – ich will das einfach nicht glauben, Mutter. Meinst du wirklich?«
»Der Kadaver wurde am Flußufer gefunden – das Blut an den Halsfedern war noch frisch.«
Mrs. Hunter hatte inzwischen das Gefühl, daß sie selbst schon nicht mehr an die Geschichte glaubte, obwohl Dorothy das offensichtlich um so mehr tat: Sie betrachtete den Tod von Mrs. Hewletts geliebtem Papagei als etwas, das sie persönlich hätte verhindern können; alle wahren Mythen werden so geboren.
Dorothy hatte sich wieder nach vorn gelehnt: »Aber – war der Gärtner verrückt?«
»Wer weiß – war der russische Liebhaber von Lilian Nutley verrückt, als er sie in der Mandschurei ermordete – oder wo?«
Dorothy bemerkte, daß Schwester Badgery ihre Lippen so zurechtge-

schoben hatte, daß sie nur noch ganz kleine Erhebungen waren von etwas hellerem Rosa als das sie umgebende flache, fast farblose Gesicht; gleichzeitig ruckte sie so mit ihrem Schleier, daß es fast so aussah, als wolle sie ein Signal geben. »Dr. Gidley wird gleich kommen – nur zur Vorsicht – wegen der ungewöhnlichen Umstände«, brachte sie schließlich fast flüsternd heraus.

Der Mensch, an den sie sich wandte, fühlte sich plötzlich nur noch unglücklich: Weder als Prinzessin de Lascabanes war er da noch als Dorothy Hunter – nur einfach als Besucher auf einem Stuhl. Wenn sie sich wenigstens an Dr. Gidley als einen aus der Legion der Anhänger des Hauses Hunter hätte erinnern können, dann hätte ihr das vielleicht wieder ein Zugehörigkeitsgefühl gegeben; aber sie kannte ihn nicht.

Mutter hatte die Ankündigung der Krankenschwester nicht gehört oder beschlossen, sie einfach zu ignorieren. »Erzähl mir was, Dorothy – erzähl mir von *irgendwas.* Alle Leute fliegen immer hin und her: Ich möchte auch mal was Neues hören.«

Dorothy versuchte es, aber sie war einfach nicht imstande, einen klaren Gedanken zu fassen.

»Diese Frau da, Deine Schwiegermutter – lebt sie noch?«

»Nein – sie ist tot. Wie ich dir geschrieben habe.«

»Das dachte ich mir auch, daß sie inzwischen gestorben sein müßte.«

»Sie hatte eine chronische Bronchitis.«

»Sie hatte eben keinen Lebenswillen.«

»Nicht alle haben den. Sonst gäbe es sowieso zuviele Menschen.«

»Und die andere Frau – die mit dem Kropf – Eulalie?«

»Die ist auch gestorben. Das habe ich dir doch erzählt.« Madame de Lascabanes wandte sich *in extremis* an die Pflegerin ihrer Mutter: »Das war meine angeheiratete Tante. Sie war eigentlich französisch, aber sie hatte einen Engländer geheiratet, der sie dann verließ, weil ihm die Cote d'Azur besser gefiel.«

Schwester Badgery war fasziniert. »Mein Mann war auch Engländer – ein Teepflanzer von Ceylon. Wir waren auch in Paris – leider nur einmal – auf der Durchreise zur Alten Heimat. Gordon war ein Public-School-Absolvent – Brighton College in Sussex. Sie kennen es?«

Die Prinzessin kannte das College nicht. Schwester Badgery konnte das nicht glauben: Es war doch eine so bekannte Schule.

»Schwester Badgery, ist es nicht Zeit, daß Mrs. Lippmann Ihnen Ihren Tee macht – oder was sie auch sonst immer trinken – Madeira vielleicht. Im Likörschrank ist ein ausgezeichneter Madeira; Alfred hat zum Schluß Geschmack daran gefunden.«

»Sie wissen doch, daß ich niemals auch nur einen Tropfen von etwas trinke, das Alkohol enthält.«

»Ich möchte gern mit meiner Tochter – mit Mrs. Hunter – allein sprechen«, sagte Mrs. Hunter.
Sie erkannte am Geräusch des messerscharf gebügelten Rocks, daß sie ihre Pflegerin beleidigt hatte. Jetzt waren es also zwei Geschenke, an die sie denken mußte: Mrs. Wyburd und Mrs. Badgery.
Nachdem die Schwester die Tür hinter sich geschlossen hatte, fühlte sich die Prinzessin gefangen – nicht nur im Raum, sondern auch in ihrem eigenen Körper. In einem Zustand unheilvoller Vorahnung griff sie nach dem Glas mit der Gerstenlimonade, das Schwester Badgery beiseite gestellt hatte, und versuchte sich mit kleinen Schlucken von der abgestanden schmeckenden Flüssigkeit zu trösten. In einem der Spiegel, mit denen sich ihre fast blinde Mutter immer noch umgab, konnte sie ihr Gesicht sehen. Und wenn die Prinzessin nicht so sehr in Angst vor dem geschwebt hätte, was der nächste Augenblick vielleicht bringen mochte, dann hätte sie feststellen können, daß ihre Augen tiefgründig und schimmernd, um nicht zu sagen einfach schön waren; aber unter den gegenwärtigen Umständen hatten ihre Gedanken für nichts anderes Zeit, als ständig um irgendwelche eingebildeten Eventualitäten herumzuflattern.
In Wirklichkeit genoß Mrs. Hunter den Luxus, schweigend – ohne ein Wort – mit jemandem allein zu sein, den sie liebte. (Denn sie liebten sich ja, oder nicht? Man konnte sich da bei den Leuten nie ganz sicher sein; manchmal fand man plötzlich heraus, daß irgend jemand einen in Wirklichkeit sein ganzes Leben lang gehaßt hatte.) Dieser Zustand der völligen inneren Ruhe war dem nicht unähnlich, den sie auch mit Schwester de Santis teilte, obwohl er sich gleichzeitig in seinem Wesenskern unterschied; mit der Nachtschwester war sie manchmal in der Verehrung für etwas vereint, das so groß und selbstlos war, daß man es nicht beschreiben konnte, selbst wenn der Geist einen ganz klaren Begriff davon hatte, was es wohl war. Das andere Stadium völliger innerer Stille, das sie von jetzt an vielleicht auch mit Dorothy zu teilen hoffte, hatte sie am Ende zusammen mit Alfred erfahren, als sie nach ›Kudjeri‹ zurückgekehrt war, um ihn während seiner letzten Krankheit zu pflegen. Es gab damals Augenblicke, in denen ihrer beider Geist ineinander ruhte ohne jede Spur des sonstigen gegenseitigen Hervorrufens von Absichten und Besitzwillen. Und doch war in dieser Versenkung gleichzeitig auch die tröstende Kraft einer gegenseitigen Berührung enthalten. Jedenfalls hatte *sie* das so empfunden, und glaubte – oder hoffte – daß es bei einem anderen Menschen auch so sein mußte.
Mrs. Hunter hustete, fast vorsichtig, um die Fühler nicht in Gefahr zu bringen, die sie in Richtung auf ihre Tochter ausgestreckt hatte.
Dorothy schluckte und sagte: »Also ich glaube, Darling, man sollte dir hier wirklich einen neuen Teppich hereinlegen. Dieser ist an manchen Stellen schon ganz abgetreten, besonders an der Tür.«

Mrs. Hunter schnappte erschreckt nach Luft und zog die Brauen zusammen. »Das hatte ich noch gar nicht bemerkt.« Dann faßte sie sich wieder. »Es hat mir einfach keiner gesagt.« Sie drehte hier und da an den ihre Hand überkrustenden Ringen. »Ich nehme an, sie rechnen eben damit, daß ich im Sterben liege – und daß es sich deshalb nicht mehr lohnt.«
Dorothy gab wieder diese gequälten Töne von sich.
»Aber ich werde nicht sterben – oder jedenfalls nicht, ehe ich nicht selbst dazu Lust habe. Ich glaube überhaupt nicht, daß jemand stirbt, der nicht sterben will – wenn er nicht vom Blitz getroffen wird.«
»Aber niemand will doch sagen, daß du im Sterben liegst, Mutter.«
»Warum kommen dann alle von sämtlichen Enden der Welt herbeigeflogen?«
»Weil du krank gewesen bist, oder nicht?« Dorothy stieß im Takt gegen einen der Bettfüße: Eine ungeschickte und sinnlose Bewegung ihres im übrigen makellosen Fußes; sie hatte nie aufgehört, diese klassischen Pinet-Schuhe zu tragen, und nur anomale Menschen hätten bestreiten können, daß sie in diesem Falle recht hatte, die Mode zu mißachten; andererseits waren es auch nur Anomale, die den ungeschickten Backfisch sahen, der sich hinter den Pinet-Schuhen und dem ›Kleinen von Chanel‹ verbarg.
»Du kannst doch nicht sagen, daß du nicht krank gewesen bist«, sagte sie noch einmal mit trotzig herabgezogenen Lippen und trat immer weiter gegen das Bett.
»Bitte, Dorothy, hör damit auf«, sagte die Mutter. »Ich möchte nicht, daß du meine Möbel ruinierst. Du mußt endlich lernen, deine Gefühle zu beherrschen.«
Die Princesse de Lascabanes spürte, daß ihr die Augen überzugehen drohten: Denn der große, der ständige Groll hatte sich ja gerade gegen ihre übermäßige Beherrschtheit gerichtet; bei der großen Schlußauseinandersetzung – hatte er sie da nicht sogar beschuldigt, ›frigide‹ zu sein?
»Deinen Flug hierher kann ich nur – oder sagen wir, *möchte* ich lieber – als mangelnde emotionelle Beherrschung auslegen«, stieß die Mutter nach. »Ich nehme an, man hat dich benachrichtigt, daß ich einen Schlaganfall gehabt hätte. Nun, da bist du falsch informiert worden. Ich hatte nur einen ganz leichten – also, man könnte von einem Schlaganfall eigentlich überhaupt nicht reden.«
Dorothy Hunter schob ihre Hände so tief sie nur konnte in die Eingeweide des alten, staubigen und unbequemen Stuhls: Sie war willens, durchzuhalten.
»Jedenfalls bist du also hergeflogen – um auch ganz sicher bei meinem Tod dabei zu sein – oder mich um Geld zu bitten, wenn ich nicht sterbe. Basil auch.«
»O Gott, Mutter, denkst du denn gar nicht daran, daß es auch sowas wie

menschliche Zuneigung gibt?« Die entrüstete Tochter zog mit einem Ruck ihre Hände aus den Tiefen des Stuhles zurück: Was ihre Mutter gesagt hatte, war um so grausamer, als es teilweise zutraf. »Für Basil kann ich nicht sprechen. Ich sehe ihn nie. Basil ist zu allem imstande.« Das war doch so unbestreitbar wahr, daß ihr krampfartiger Anfall von Scham schwand und in einer Welle von Abscheu ertränkt wurde.
Oder doch nicht; sie konnte Lügen nicht ausstehen: Am wenigsten diese halben Lügen, die zu erzählen sie manchmal getrieben wurde.
»Du bist so *unfair*!« Jammern verwandelte sich in Stöhnen und dann in einen regelrechten Tränenausbruch.
Erst jetzt hatte Mrs. Hunter das Gefühl, daß sie dem Punkt nahekamen, an dem sie eins sein konnten. Gleichzeitig war sie ebenso eingeschüchtert wie beeindruckt von diesem Gefühlsausbruch und ihrer Macht, ihn hervorzurufen.
Sie brauchte Dorothy nicht an sich zu ziehen: Ihrer beider Impulse antworteten einander. Und hier war nun dieses noch immer zu magere, selbstquälerische kleine Mädchen, knüllte die Leintücher zwischen den Händen und legte den Kopf auf das Kissen neben den ihrer Mutter. Dann weinten sie zusammen, leise jetzt und mit genußvoller Erleichterung.
»Jedenfalls hat es dir gutgetan«, sagte Mrs. Hunter, als sich ihr Sichgehenlassen gar nicht mehr länger entschuldigen ließ.
»Was?« Dorothy änderte ihre verkrampfte Stellung, halb auf das Bett geschoben, und suchte sich eine bequeme und weniger peinliche Position; gleichzeitig begann die Princesse de Lascabanes, mit kleinen, schnellen Handbewegungen ihre Frisur zurechtzuzupfen, wobei sie prüfende Blicke in einen der etwas weiter entfernten Spiegel warf; ihr eigenes Bild war ihr ebensowenig trostreich wie die Andeutung ihrer Mutter, daß sie es nötig gehabt hätte, sich einmal ›richtig auszuweinen‹.
»Nun – ich meine – das Klima in Sydney«, griff Mrs. Hunter aus der Luft. »Deswegen sind wir doch hergekommen, nicht wahr? Deine Bronchitis. Um den harten Wintern in Gogong zu entgehen und den schrecklich heißen Sommern.«
Dorothy wußte, daß dies einer der vorgeschobenen Gründe war. Sie antwortete: »Eigentlich kann ich mich an diese Bronchitis gar nicht so richtig erinnern. Ich war wohl noch zu klein.«
»Basil wird sich erinnern«, sagte Mrs. Hunter; das klang selbstzufrieden, und sie bemerkte das auch selbst. »Basil erinnert sich immer an die kleinste Einzelheit.«
»Basil ist ein Genie.« Dorothy war nicht mehr verbittert. In ihrem wie ausgewrungenen Zustand wäre das ein zu präzises Gefühl gewesen; sie fühlte jetzt nur noch eine Art von passiver Abscheu.
»Ich kann mich noch erinnern, wie schnell du dich in der milden Luft hier

in Sydney erholt hast. Die Bronchitis ist nie wiedergekommen.« In Wirklichkeit war sie es selbst gewesen, die sich wie eine ganz neue Blüte am alten Strauch entfaltet hatte; wie exotisch, wie nackt hatte sich ihr Körper gefühlt, wenn am Ende eines drückendheißen Tages der Südwind zu wehen begann und sie unter den Kleidern streichelte.

»Das Klima in Sydney war schon immer unzuverlässig: Dauernd verändert es sich, völlig unberechenbar«, sagte die Prinzessin mit Nachdruck und Gefühl. »Deswegen sind die Leute hier auch so, wie sie eben sind.«

»Oh, aber sie haben doch so etwas Freundliches, so etwas Nettes – *Aufgeschlossenes.*« Mrs. Hunter betete den Satz herunter wie den Text einer Broschüre über Tourismus und Moral.

Dann fuhr sie, weil es vielleicht doch unklar geblieben war, wer hier den Sieg davongetragen hatte, als Mutter fort: »Im Winter – in Paris – trägst du da auch deine wollenen Unterleibchen, Dorothy?«

»Nein«, antwortete die Prinzessin. »Denn im Haus hat man ja die – die *Salamandres.* Und wenn ich ausgehe, dann trage ich meinen Pelzmantel. Pelzstiefel auch«, fügte sie hinzu, um das Bild ganz abzurunden; jede vernünftige Französin hätte sich mit ihrer Antwort zufriedengegeben.

»Aber Wolle ist das beste, Dorothy. Und dann Steak. Jedem allein lebenden Mädchen kann ich nur raten, sich Steak zu bestellen – wenn sie zum Essen eingeladen wird – von einem Mann.«

»Bien saignant!« Dorothy de Lascabanes stieß ein überlautes Lachen aus. »Aber mich lädt doch kein Mann mehr zum Essen ein, Mutter. Oder jedenfalls – nicht mehr sehr oft.«

Mrs. Hunter schien das nicht zu glauben, auf keinen Fall – zumindest, soweit es sie selbst betreffen könnte: Abrupt schloß sie ihren Mund. Dann öffnete sie ihn wieder und sagte: »Dieser Mann da – wie heißt er doch? Athol irgendwas. Ich mag ihn nicht. Wir haben uns bei irgendeiner Dinner-Einladung kennengelernt. Athol Shreve? Nachdem wir hier eingezogen sind, war das. Ich kann ihn wirklich überhaupt nicht leiden. Er ist Geschäftsmann oder macht sonst irgendwas Schreckliches – in der Politik, glaube ich.«

Dorothy war sich nicht mehr klar, ob sie das wirklich durchhalten würde.

»Du hast mir noch nicht erzählt, wie der Flug war. Haben sie dir was Anständiges zu essen gegeben, Darling?« Mrs. Hunter flatterte mit den Augenlidern hinein in die Seichtheit gesellschaftlicher Konversation.

Madame de Lascabanes griff die Anregung nur zu gerne auf. »Natürlich – dafür habe ich schon gesorgt: Ich bin mit der Air France geflogen. Das Essen ist geradezu beängstigend kultiviert: keine Spur von diesem Plastik-Ersatz wie bei der Quantas.«

»Oh, aber Liebling – Quantas – das Beste, was es auf der Welt gibt.«

Die Mutter hörte, wie ihre Tochter etwas ausstieß, was sie selbst nur als

französischen Laut der Mißachtung interpretieren konnte: Die Franzosen waren sich ja ihrer Werturteile immer so sicher; und hier saß nun Dorothy, ständig so verwirrt und verkrampft, daß sie fast daran erstickte, und versuchte etwas zu sein, das sie nicht war – nur wegen dieses parvenühaften Prinzen.
Mrs. Hunter sah ihn vor sich: die Rillen der Unterlippe über dem zweigeteilten Kinn, beschienen vom gedämpften Rosa der Restaurantbeleuchtung. Sie hatte *Tournedos Lulu Watier* bestellt. Nach dem ersten Schock gegenseitigen Mißfallens hatte sie jetzt das Gefühl, daß Hubert und sie Spaß aneinander hatten. Alfred sagte: »Bei uns draußen, da ist das Essen einfacher. Wir sehen keinen Grund, unseren Geschmack erst mit einem Haufen Gewürze und mit komplizierten Saucen zu kitzeln.« Die Situation wäre vielleicht noch unmöglicher geworden, wenn sie ihm nicht unter dem Tisch gegen das Schienbein getreten hätte.
Sie waren zur Hochzeit herübergekommen, weil die alte Prinzessin darauf bestanden hatte, daß sie nicht hinaus in *ce pays si lointain et inconnu* reisen könne. Es war das erste Mal, daß der Berg nicht zu Elizabeth Hunter kam: Sie konnte es eigentlich gar nicht richtig glauben; ebensowenig wie die Tatsache, daß ihre kleine Dorothy zur römisch-katholischen Kirche übertrat. Aber es war so: Bei der Hochzeitsmesse stand ihr kleines, simples Mädchen da in ihrem Kleid von Lanvin *tissé exprès à la main à Lyon*, und durch nichts ließ sich mehr die Tatsache verbergen, daß man zuließ, wie die eigene Tochter sich an einen Prinzen prostituierte, so wünschenswert liebenswürdig er auch sein mochte und wie viele Dekorationen ihm auch um den Hals hingen. Einen Augenblick lang, aus dem eintönigen Meßgesang und dem Weihrauch heraus, überlief Elizabeth Hunter so etwas wie eine seelische Gänsehaut. (Lächerlich, wenn man überlegte, daß sie nie in ihrem Leben religiöse Gefühle gehabt hatte, außer gelegentlich während der Pubertät an klaren Morgen am Flußufer. Nein – es gab später noch andere Gelegenheiten, geheimere.) Dann wurde sie von dem Meer der Worte davongetragen, das um den Kopf ihres Kindes hin und her wogte. Ihr *Kind*! Die Blicke einiger älterer Franzosen waren aus der sie umgebenden Aura aus Würde und dem Geruch von Mottenpulver heraus auf die Mutter der Braut gerichtet. Und dann die Augen des Priesters auf den Altarstufen: Sie hatte noch niemals einem Priester in die Augen geblickt und sich schon gar nicht von ihnen durchbohrt gefühlt: Kalte Augen können sich am tiefsten einbrennen. Sie war froh um Alfreds Schulter: ihr Fels. Zwar nicht immer aber doch wenigstens immer dann, wenn es nötig war.
»Wenn man bedenkt, wie unkompliziert Alfred war, ist es eigentlich merkwürdig, daß ihn nie etwas überrascht hat – was auch immer passierte«, sagte Mrs. Hunter. »Die Bullivants, Dorothy – wirst du die Bullivants besuchen?«

»Warum denn?«
»Aber Cherry war doch so eng mit dir befreundet. Und die Bullivants haben dich nach Paris mitgenommen, damals – damals – als Daddy beschlossen hatte, dich dorthin zu schicken. Er hatte so viel Vertrauen zu Charles und Violet – zuverlässig wie die Schwingen einer Glucke, um dich in der Fremde zu beschützen.«
»Machst du den Bullivants Vorwürfe?«
»Ich werfe niemandem etwas vor.«
»Dann bin ich beruhigt. Ich allein habe mir etwas vorzuwerfen.«
Mrs. Hunter glaubte, in der Stimme ihrer Tochter einen masochistischen Unterton zu entdecken. Sie überlegte, ob sie das vielleicht zu ihrem Vorteil verwenden könnte.
»Nun, ich nehme an, daß du schon irgendwie mit Cherry zusammentreffen wirst. Sie ist mit einem netten Mann verheiratet. Das habe ich jedenfalls gehört – ich selbst kenne ihn nicht: ein Börsenmakler oder so ähnlich. Sie wohnen oben am North Shore. Das ging nicht anders. Cherry ist jedenfalls glücklich.«
Ein Krankenwagen heulte die Anzac Parade hinunter – oder war es die Feuerwehr? Madame de Lascabanes hatte noch nicht gelernt, zwischen den Signaltönen der verschiedenen Notdienste in Sydney zu unterscheiden.
»Dorothy, Liebe, ich versuche immer zu verstehen, warum du nicht wieder hier ins Haus ziehst. Dann haben wir beide Gesellschaft. Und eine ausgezeichnete Köchin. Ich mußte es natürlich erst einmal in die Hand nehmen, sie anzuleiten – ihr alles beibringen, was ich weiß – Mrs. Lippmann. Hast du sie schon kennengelernt, meine Haushälterin?« Dorothy erbebte innerlich.
»In dein altes Zimmer. Praktisch genauso, wie du es verlassen hast. Man muß respektieren, was andere Leute sind – grundsätzlich – sogar, wenn sie versuchen, sich selbst zugrunde zu richten. Aber ich biete dir dein altes Zimmer wieder an – deinen eigenen Hausschlüssel – finanzielle Sicherheit – wenn du nur einsiehst, daß diese schlecht geheizte Wohnung in Paris einfach – einfach schlecht für dich ist.«
Dorothy de Lascabanes war an das Krankenbett ihrer Mutter geeilt, um ein Ultimatum zu präsentieren – ein brutales Ultimatum sogar, falls nötig, und hier saß sie nun, mit einem Kopf, der buchstäblich so schwer war, daß sie ihn mit den Händen stützen mußte. »Ich *weiß* einfach nicht, Mammie«, murmelte sie hinter ihren Handgelenken.
»Überleg es dir, Liebling. Eine Entscheidung kann man natürlich nicht so schnell – *du* weißt, daß ich es dir an nichts fehlen lassen würde – und schon aus *dem* Grund.«
Sie waren am Ende. Alle beide. Die Prinzessin schien wie in einem See von

Quecksilber versunken, Mrs. Hunter aber bestand wahrscheinlich aus dieser Substanz, schon von Geburt an.

»Erzähl mir doch, Dorothy – denn das hast du noch immer nicht getan –, wie der Flug war, von Paris hierher. Und das Wetter.«

Madame de Lascabanes hatte die Erfahrung gemacht, daß alte Leute immer eingehend mit dem Wetter befaßt sind: eine innige Beziehung, die sich an der Oberfläche in einem ständigen Lamento über Rheumatismus und Erkältungen äußert, während gleichzeitig auf einer anderen Ebene den feindlichen Elementen der Natur übernatürliche Schreckensgewalten zugeschrieben werden – auch wenn diese dann aus vermeintlichen Vernunftsgründen hinweggelacht oder hinter scheinbarer Dickfelligkeit verborgen wurden.

Es kam für sie also nicht überraschend, daß Mrs. Hunter fast mit Furcht in der Stimme fragte: »War es schlecht?«

»Nein. Das heißt, die meiste Zeit nicht. Außer an einer Stelle über der Bucht von Bengalen. Ja. Da war es schlecht.«

Madame de Lascabanes ertappte sich wieder dabei, wie sie mit einer Hand ihre Perlen beschützte und mit der anderen ihre Frisur. Sie brauchte sich deswegen eigentlich natürlich nicht zu genieren, denn ihre Mutter konnte es ja nicht sehen. Im übrigen war die gute Alte inzwischen in einen Zustand versunken, der eher begeisterte Erwartung auszudrücken schien als Furcht.

»Es fing an zu schaukeln, so schlimm, daß ich mehr Angst gehabt habe als je zuvor in meinem Leben. Ich war längst über das Stadium hinaus, in dem ich noch darüber nachdachte, wieviel Verspätung das Flugzeug wegen des Sturms in Sydney haben würde. Ich hatte nur noch eine Vorstellung: daß wir jetzt gleich ins Meer stürzen mußten. Bis mir dann ein Mann neben mir so etwas wie Mut machte.«

»Wie?« Mrs. Hunter hatte ihre Augen wieder geschlossen; der kurzen Frage folgte einer ihrer rasselnden Schnarchtöne, die sie auch in wachem Zustand von sich gab: Danach blieb der Mund offen wie in Erwartung irgendeines lebenspendenden Trankes.

»Einfach mit dem, was er zu mir gesagt hat«, antwortete die Prinzessin. Ein heimliches Lächeln verwandelte ihr Gesicht und gab ihm etwas, das mit Schönheit zu tun hatte.

»Was?« schnarchte Mrs. Hunter unerbittlich zurück.

Madame de Lascabanes hatte sich selbst dazu beglückwünscht, daß keiner der vielsprachigen Passagiere ringsum versucht hatte, ihr seine Lebensgeschichte zu erzählen. Außerdem gefiel sie sich in der Vorstellung, daß ihre mehr quälerischen eigenen Gedanken von den Fluggeräuschen der schwerfälligen Maschine erstickt wurden. Im großen und ganzen zog sie beim Reisen anonyme Gesellschaft vor – bis dieses Mal der Sturm, in den sie hineingerieten, ihre Nerven bis zum kreischenden Zerreißen hochpeitschte.

Ein- oder zweimal hatte sie zuvor schon einen Blick auf den älteren Mann neben ihr in dem Sitz am Mittelgang geworfen, zufällig nur, kaum aus Interesse: Weder Franzose noch Engländer, schätzte sie; weißrussisch? – Das Profil war dafür nicht unregelmäßig oder verschwommen genug; zu sehr in sich selbst ruhend, sicher materialistisch. Als der Nachbar dann zum Zeitvertreib begann, in den Seiten seines Passes zu blättern, riskierte sie noch einen Blick – wieder eigentlich nicht aus Neugierde, vielleicht auch nur zum Zeitvertreib. Er war Holländer, erkannte sie aus dem Paß.
Das war in gewissem Maße ein Trost: wenigstens für ihre australische, mit dem Ethos des Weißen und Sauberen getränkte Seele; ihr französisches Ich dagegen wurde sofort hochmütig und fühlte sich gelangweilt. Erst als der Sturm das Flugzeug ernsthaft gepackt hatte und die Furcht die beiden ungleichen Hälften ihres Selbst miteinander vereinte, begann sie, die Anwesenheit des Holländers wirklich als angenehm zu empfinden.
Seine Gestalt war untersetzt, fast quadratisch, und sein Körper war hart, wie sie feststellte, als sie gegen seine Schulter geschleudert wurde. Auch seine Hände waren fast quadratisch, sahen gleichfalls hart aus, und obwohl sie durchaus nicht mehr jugendlich waren, ging von ihnen eine elastische Kraft aus. Gleichzeitig spürte sie einen ungewöhnlichen Geist, einen, der möglicherweise imstande war, physische Grenzen zu überschreiten, an denen andere bereits aufgaben. Er hatte etwas Strenges, Mönchhaftes an sich, keine Spur von dem konventionellen, einheitlich ausgerichteten Kirchengeist wie bei den Priestern, die ihre Schwiegermutter um sich zu versammeln pflegte; vielmehr konnte man in diesem Holländer so etwas wie einen von seiner gepeinigten Seele umgetriebenen, freidenkenden Pastor erblicken.
Während sie ihre Gedanken so wandern ließ und sich dabei selbst mit dem Argument beruhigte, daß sein gesetztes Alter es ihr wohl gestattete, sich dermaßen in ihrer Phantasie mit ihm zu beschäftigen, wurden die Passagiere plötzlich so hochgeschleudert, wie es die Sitzgurte nur zuließen.
»Ah, comme j'ai peur!« seufzte die Prinzessin de Lascabanes und lächelte dann, halb zu sich selbst.
»Sie haben keine Furcht?« fragte der Holländer in fließendem, korrektem Englisch.
»Nun, nicht wirklich – oder vielleicht doch, ein bißchen«, antwortete Dorothy de Lascabanes, um der Tugend der Wahrheit die Ehre zu geben; und nachdem sie zu einem grundsätzlich angelsächsischen Tonfall zurückgefunden hatte: »Ich fürchte nur, daß wir Verspätung haben werden.«
»Das ist wahrscheinlich ein Taifun«, komponierte der Holländer den nächsten Satz für seine neue Bekanntschaft.
»Das wollen Sie doch nicht wirklich behaupten!« antwortete sie so kühl es ihr möglich war. »Der könnte uns doch hier oben gar nicht erreichen – oder doch? Ich weiß überhaupt nichts über die Gewohnheiten von Taifunen.«

»Meine Erfahrung erstreckt sich nur auf das Meer.«
Sie hätte nicht sagen können, warum ihr diese Antwort ein so angenehmes Gefühl gab – aber sie atmete tiefer und betrachtete seine Hand mit erneutem Interesse.
Er hatte zu Anfang den Kopf immer weiter in Richtung ihrer Schulter geneigt, bis er den Winkel und die Entfernung fand, aus der ihre Stimmen einander am besten erreichten. Aber nicht ein einziges Mal, auch nicht, nachdem die innere Verbindung endgültig hergestellt war, wandte er sich seiner Nachbarin zu, sie anzublicken. Sie waren einander so nah und doch gleichzeitig so förmlich im Umgang, daß Dorothy an den Beichtstuhl erinnert wurde, dessen Gebrauch eines der mehr positiven Privilegien war, die ihr die Ehe mit Hubert de Lascabanes eingetragen hatten. Einen Augenblick war sie versucht, einfach irgend etwas hervorzusprudeln, sie wußte eigentlich nicht was – oder nein, einfach *alles*, gegenüber diesem so angenehm praktischen ›Priester‹, bis ihr sein Verhalten die Überzeugung gab, daß er vielleicht doch keine der tröstenden Formeln gelernt hatte, die sie erwartete.
Sie hatte damit jedoch nur zur Hälfte unrecht.
»Vor einigen Jahren war ich auf See – als Frachter-Kapitän«, erzählte der Holländer mit seiner sachlichen, unentwegt sorgfältig formulierenden Stimme, »als wir in einen Taifun gerieten. Es war fast das Ende. Mehrere Stunden lang wurden wir umhergeworfen, und die Wellen schlugen auf uns ein – bis dann plötzlich eine Stille auf uns herniedersank – die lautloseste Stille, die ich auf See je erlebt habe. Gott hatte es gefügt, daß wir in das Auge geraten waren – Sie wissen, was das ist? –, das stille Zentrum des Sturms, wo wir völlig in Frieden lagen, umgeben von Hunderten von Seevögeln, die sich gleichfalls auf dem Wasser ausruhten.«
Die Geröllstrecke aus Luft, über die das Flugzeug hinwegrumpelte, wurde plötzlich so unwesentlich, daß Madame de Lascabanes sich fast schämte; gleichzeitig wurde sie auch traurig bei dem Gedanken, daß es ihr vielleicht nie gegeben sein würde, das Auge des Sturms zu erfahren, wie es der holländische Kapitän beschrieben hatte. Obwohl sie sich die zusammengefalteten Schwingen vorstellen konnte und die Umrisse der Seevögel überall ringsum deutlich vor sich sah.
»Sicherlich, wir mußten die Schläge der See noch einmal über uns ergehen lassen – als das Auge sich weiterbewegte – und die andere Seite des Sturms über uns herfiel – aber das war längst nicht so schlimm. Man konnte spüren, daß sich seine Gewalt immer mehr erschöpfte.«
Danach schloß er seine Augen. Sie dachte an vieles, was sie ihn hätte fragen können, und sie würde es vielleicht wagen, wenn er die Augen wieder öffnete. Inzwischen saß sie still da, halb träumend, halb nachdenkend, und hielt ihre Augen unverwandt auf eine dickliche, aber ganz friedvolle Ader auf dem einen Handrücken dieses Mannes gerichtet.

Tatsächlich geschah folgendes: Als der Holländer aus seinem Halbschlaf wieder erwachte, wand er sich mühsam aus seinem Sitz und ging zum Waschraum. Der so erbärmlich gewordene Sturm hatte sich inzwischen völlig verzogen, wie es schien. Aber die Passagiere wurden doch aufgefordert, gleich für die Landung in Bangkok angeschnallt zu bleiben.
Sie wechselte kein Wort mehr mit dem Holländer, nur noch ein Murmeln: Sie murmelten, nickten und lächelten einander zu, vom Wissen um ein gemeinsames Geheimnis erheitert, so wollte es scheinen, als sie auf dem Flughafen aus der Maschine kletterten.
Sie mußte hier in ein australisches Flugzeug umsteigen. Und sie verlor ihren Holländer, sicherlich für immer.

»Ist das alles?« Mrs. Hunter öffnete ihre Augen wieder.
»O ja. Ich weiß, daß ich eigentlich gar nichts Besonderes erzählen kann. Niemand kann davon beeindruckt sein, wenn er nicht vielleicht diesen ganz gewöhnlichen und dann doch auf irgendeine Art wieder völlig ungewöhnlichen Mann schon vorher gekannt hat. Mir kam es so vor« – sie kämpfte sich durch den tückischen Dschungel der Sprache –, »als wäre er die Seele der Ruhe und Weisheit selbst.«
An diesem Punkt wurde Dorothy Hunter aus ihren Erinnerungen von einem Glanz im fast verloschenen Blick ihrer Mutter aufgeschreckt, der an das frühere, edelsteinartige Glitzern ihrer Augen erinnerte.
»Dorothy, habe ich dir jemals erzählt, wie ich einen Zyklon erlebt habe?«
Mutter fordert mich wieder heraus, klar zu sagen, was ich weiß und was nicht. Hier steht sie wieder oben auf der Treppe, einen Arm ausgestreckt und auf mich zeigend, in einem blendendweißen Kleid, wie es ihr schon immer am besten stand: kalt und vollkommen, in seiner Art. Und ihre Tochter, nun nichts weiter mehr als nur eine Tochter, trotz Prüfung durch Eheleben, trotz Austreibung einiger Zweifel, trotz Aneignung etlicher, vielleicht sogar gereifter Auffassungen, hat jetzt nichts weiter mehr als eine bis an die Grenze der Panik heranreichende Angst vor den Enthüllungen und Erkenntnissen, was immer sie auch sein mochten, die ihr von dieser Verkörperung der irdischen Autorität möglicherweise vielleicht drohen.
»Nein«, protestierte Dorothy, »du hast mir nichts davon erzählt – das heißt, ich glaube, ich erinnere mich – ja, da war mal von einem Sturm die Rede.«
Irgendwie mußte ihr das erspart bleiben: Mutter muß mir wenigstens dieses eine Zugeständnis machen.
»Wenn ich dir seinerzeit nicht davon geschrieben habe, dann wohl deswegen, weil ich zu verärgert über dich war – einfach so wegzufliegen, aus Wut.« Mrs. Hunter klang vernünftig, ruhig, gerecht. »Das war damals, als uns die Warmings auf ihre Insel eingeladen hatten. Sie selbst mußten plötz-

lich weg. Eins der Kinder war krank, glaube ich. Dann bist du Knall und Fall abgereist. Du hast eine Menge Aufregendes versäumt und dich noch dazu blamiert.«

Mrs. Hunter ließ ein mildes Lachen hören. Es klang fast so, als hätte sie noch alle ihre kleinen, aber makellosen Zähne. »Wie hieß dieser Professorenmensch doch gleich?«

Dorothy Hunter war so wütend, daß sie nicht antworten konnte. Eigentlich unsinnig; das alles war vor fünfzehn Jahren passiert.

»Jedenfalls, während ich noch auf dieser Insel war, kam der Zyklon. Oh, ich will dir erzählen – wenn ich nur Kraft genug dafür habe. Ich kann die Vögel noch richtig vor mir sehen, genau wie es dein Russe da gesagt hat.«

Wenn ihre physischen Kräfte sie auch im Stich ließen – ihre Fähigkeit zum Grausamsein würde sie wohl nie verlieren: jetzt auch noch Edvard Pehl hereinzuziehen! Auch in ihren liebevollsten Momenten hatte Mutter niemals der Versuchung widerstehen können, jede sich bietende Gelegenheit für einen grausamen Stoß auszunutzen. Wer sie in der Zeit ihrer größten Schönheit geliebt hatte, und das waren viele, der liebte – oder vielmehr ›bewunderte‹ – eine juwelenbesetzte Hülle, in der eine scharfe Klinge verborgen war: Die fuhr klirrend heraus, geleitet von einem seltsamen Wahn, und schnitt dir die Ohren, die Zunge oder die Finger ab oder schlimmer noch – spießte die Herzen derjenigen auf, die anbeteten. Und doch boten wir uns alle immer wieder diesem Schwert dar, wenn auch vielleicht widerstrebend. Und das tun alle auch heute noch, wie es scheint: sich hingeben an diese inzwischen uralte Hülle, aus der die Juwelen herausgebrochen und verlorengegangen sind, während die leeren Fassungen vom Grünspan überwuchert wurden, selbst rachsüchtiges, halbedles Geschmeide – aber das Schwert ist noch scharf, trotz Alter und Abnutzung.

Sie mußte unbedingt versuchen, ihre Liebe zu ihrer Mutter näher zu ergründen: Sie war und blieb etwas, das über ihr eigenes Begriffsvermögen hinausging.

Und der Zyklon: Warum war es Elizabeth Hunter vergönnt gewesen, das Auge des Sturms zu erleben? Auch das noch! Oder sind dem Alter Phasen der Neuerschaffung des eigenen Geistes zubemessen, damit der Übergang von der eigenen irdischen und sinnlichen Natur zum endgültigen Frieden und zur endgültigen Vergebung erleichtert wurde? Natürlich konnte Mutter sich ihren Zustand der Gnade und des Friedens zwischen den ruhenden Vögeln einfach eingebildet haben, so wie sie sich Mrs. Hewletts entflogenen Liebesvogel und den verrückten oder verwirrten Gärtner eingebildet hatte. Obwohl die Erinnerung an manches Schreckliche, die der Prinz ihrem Geist noch schmerzlicher aufgezwungen hatte als ihrem Körper, in Dorothy de Lascabanes den Verdacht erweckte, daß die Geschichte von dem Mord an dem Liebesvogel nicht erfunden war.

Dann Klopfen und Schwester Badgerys Stimme: »Mrs. Hunter? Hier ist eine wunderhübsche Überraschung für Sie, meine Liebe. Dr. Gidley macht uns einen Besuch.«
Ob mit Mut oder aus Beschränktheit – die Schwester öffnete die Tür, ohne eine weitere Aufforderung abzuwarten, aber dieses Mal schien es, als ob sie das Richtige getan hätte.
Ihre Patientin ließ sich mit der Stimme eines kleinen Mädchens hören, das eine ihm wahrscheinlich völlig unwichtige Aufgabe auswendig gelernt hat: »Das ist sehr freundlich von ihm«, sagte Mrs. Hunter.
»Wir können doch nicht vorbeigehen, ohne wenigstens hereinzuschauen – wenn wir schon in der Gegend sind, wie?« Der Arzt war ein massiger junger Mann mit einem fettigen Lachen.
»Wohl kaum – besonders nicht, nachdem Sie es Schwester de Santis am Telefon versprochen haben.«
Der Doktor überhörte das lieber, während die Schwester die Lippen spitzte und ihre Backen fast bis zum Platzen aufblies über die vorlaute Ungezogenheit ihres naseweisen Pfleglings.
Dann fiel ihr etwas ein. »Dies ist die – die Tochter – und das ist Dr. Gidley«, und während ihre Augen hinter den goldgefaßten Brillengläsern weiterhin goldenen Sonnenschein ausstrahlten, enthielt ihre Stimme einen gewissen Spritzer Säure.
»Ahh!« Der Arzt zuckte etwas zurück, aber gleichzeitig streckte er seine Hand aus. Es war nicht ganz klar, ob er geseufzt oder durch die Zähne gezischt hatte.
Die Prinzessin hatte den Eindruck, daß sie so etwas wie eine seltene Krankheit darstellte, über die er gern erst einmal heimlich in einem Buch nachgelesen hätte; sie ergriff seine Hand nicht, sondern sagte nur: »Guten Tag, Dr. Gidley.« Obwohl er seit einiger Zeit zu den Erwachsenen zählte, blieb der Arzt – wenigstens für sie, und in jedem Fall für den Augenblick – ein riesiges Baby, in dessen ziemlich unausgeprägtem Gesicht ein modischer Backenbart gewachsen war.
Anscheinend ohne die Abfuhr zu bemerken, bewegte er sich auf das Bett zu, wo er seine Instrumententasche (sie war viel bescheidener als er selbst) neben sich auf den Teppich fallen ließ. »Wie geht es uns, Mrs. Hunter? Noch nicht zuviel geworden, der Große Tag?« Ohne auf eine Antwort zu warten, ergriff er das Handgelenk der Patientin, das diese ihm überraschenderweise ohne Widerstand überließ.
(Derartig riesige Finger – die konnten doch ganz bestimmt nur einen geradezu donnernd schlagenden Puls fühlen?)
»Sie ist bemerkenswert – wahrhaftig bemerkenswert«, salbaderte die Schwester seitlich und völlig überflüssigerweise zu der Tochter hin, die eine Prinzessin war.

Der Doktor zog die Augenbrauen zusammen, und die Schwester, wieder an ihren Dienst erinnert, stand respektvoll still wie ein hilfloser Rekrut.
»Naja – einigermaßen normal«, beschwerte er sich schließlich.
Und Mrs. Hunter beschwerte sich auch sofort: »Normal bin ich nun ganz bestimmt am allerwenigsten – ich hatte gehofft, daß Ihnen das inzwischen klar wäre, Doktor – Dr. *Gidley.*« Ihre Mundwinkel bemühten sich, einen halbvergessenen, perfekten Ausdruck charmanter Bösartigkeit wiederzugewinnen. »Wenn nicht – wofür bezahle ich dann? Für eine Dia-*gnose* meiner Mittelmäßigkeit?«
Dr. Gidley ließ sich schwer in den nächsten Stuhl fallen, und seine Finger hingen in Bündeln zwischen den weit auseinandergespreizten Beinen. »Okay! Diktieren Sie mir Ihre Diagnose, Mrs. Hunter, und ich lerne sie auswendig.« Von Heiterkeit geschüttelt, schlugen die Bananenbündel gegen schwellende Schenkel.
Schwester Badgery vibrierte vor unterdrücktem Vergnügen.
Die Stärke dieser beiden hingebungsvollen Pflichterfüller lag in ihrer Überzeugung, daß sie das Richtige taten und andere immer das Falsche dachten; und darum fühlte Dorothy sich jetzt zu ihrer Mutter hingezogen: Auch in den herrischsten und pathetischsten Augenblicken hatte das Auftreten ihrer Mutter immer die Möglichkeit eingeschlossen, daß sie in dem Augenblick, in dem ihr Wille vielleicht einmal erlahmte, mit einem passiven Objekt zusammenstieß oder den Aufprall eines gezielten Objekts zu ertragen hatte. Mutter wie Tochter waren beide Schlafwandler, nur kamen sie von entgegengesetzten Seiten des Raumes, und es war daher nicht zu vermeiden, daß ihr Zusammentreffen in den meisten Fällen ein Zusammenstoß wurde.
Und jetzt, den Kräften des praktischen Optimismus gegenübergestellt, zeigten ihre Gesichter das gleiche Lächeln, während die Gegenseite immer weiter das Licht ihrer Mission ausstrahlte: einen menschlichen Körper nicht sterben zu lassen, selbst wenn er es gern wollte.
Und, den Umständen angemessen, murmelte Mrs. Hunter: »Meine Tochter und ich, wir verstehen uns stillschweigend und ohne Worte.«
Wenn das zuträfe, dann sollte man es in Zukunft als Geheimnis behandeln; so etwa das, was Dorothy vor sich hinflüsterte. Sie rückte auf ihrem Stuhl hin und her und hätte fast die Hand vor den Mund gehalten, um sich selbst vor einer Taktlosigkeit zu bewahren.
Aber Mrs. Hunter war weiter entschlossen, Andeutungen über Harmonie und Liebe zu machen. »Bevor Sie uns gestört haben, waren wir in eine wunderschöne Unterhaltung vertieft. Sie erzählte mir gerade von ihrer Fahrt hierher.«
»Von meinem Flug, Mutter«, korrigierte Dorothy; dann wurde sie rot. »Und er war sowieso nicht besonders aufregend.« Mit ihrem Gesichtsaus-

druck drohte sie fast, Schwester Badgery und Dr. Gidley von der Ereignislosigkeit ihrer Reise zu überzeugen.

Das hätte die beiden immerhin trösten sollen, aber der große junge Arzt sah verlegen aus: Nach den gesellschaftlichen Regeln hätte er sich jetzt zumindest nach dem Wetter erkundigen müssen, aber da er nicht wußte, mit welchem Titel er Mrs. Hunters Tochter anreden sollte, unterließ er es.

Statt dessen gab er allgemeine Geräusche von sich.

Mrs. Hunter bewegte ihren Kopf ein wenig auf dem Kissen hin und her und wollte offensichtlich gerade zu einem ihrer leiernden, langen Sätze ansetzen. Aber als man ihre Stimme dann hören konnte, war sie dünn, hoch und schwingend wie der feingesponnene Klang einer Violine: »Sie erzählte mir gerade von einem freundlichen Holländer, den sie kennengelernt hat – und von einem Hurrikan, in den sie bei Curacao geraten sind – wirklich ein ganz mystisches Erlebnis.«

Der Arzt und die Krankenschwester lachten, um ihr Interesse zu bekunden oder ihren Unglauben zu verbergen. Alle außer Mrs. Hunter waren offensichtlich verlegen.

Schwester Badgery versuchte, ihre Patientin an die alltäglichen Realitäten zu erinnern. »Ihre Kissen sehen ziemlich verknittert aus, Mrs. Hunter. Warten Sie, ich schüttle Sie Ihnen auf.«

Während die Schwester sich energisch mit den Kissen beschäftigte, wurde Mrs. Hunter ebenso heftig von ihren eigenen Gedanken hin und her geschüttelt. »Ja. Ich erinnere mich an die Vögel – die Wellen sahen aus wie kleine Pyramiden – und zwischen ihnen duckten sich die schwarzen Schwäne.«

Dr. Gidley nahm das Stichwort von den schwarzen Schwänen als Grund, sich zu verabschieden. »Wenn wir sonst nichts für Sie tun können, Mrs. Hunter, dann wollen wir Ihr Wiedersehen mit Ihrer Tochter nicht weiter stören.«

»Oh, aber da ist noch was! Sie können noch etwas tun! Ich möchte, daß Sie mir irgend etwas geben, damit ich schlafen kann.«

Arzt und Krankenschwester blickten einander an; dann sagte Schwester Badgery mit einer so übertrieben freundlichen Stimme, als ob sie jemanden vor Liebe auffressen wollte: »Aber Sie schlafen doch auch so, meine Liebe. Das wissen Sie doch – wirklich wundervoll.«

»Ich liege nur da – und irre im Wachsein herum. Einmal, vor Jahren, hat mir jemand etwas verschrieben, und wenn ich eine von den Pillen nahm, dann war es, als ob man an einer glatten Trichterwand herunterrutscht, und dann durch das Loch und in die Dunkelheit.«

Sie lauschte angestrengt.

»Dunkelheit will ich«, sagte sie noch einmal mit Nachdruck. »Ich werde zu sehr verwirrt von den Gestalten, die durch das Grau kommen und gehen, das sonst immer da ist.«

Sie mußte gehört haben, wie das Schloß an der Tasche des Arztes aufschnappte, denn sie sah plötzlich ruhiger aus. Der Doktor kritzelte auf einem Block, riß das Blatt heraus und gab es Schwester Badgery.
»Bei Ihrem Alter gibt es keinen Grund, warum Sie nicht das haben sollten, was Sie glücklich macht.« Dr. Gidley redete so, als ob diese moralische Verschreibung (über die medizinische hinaus) seine Erfindung wäre.
Und Mrs. Hunter schien das auch zu denken: Sie lächelte mit einem Ausdruck mädchenhafter Dankbarkeit zu ihrem Arzt empor; als ob sie vielleicht gerade einen Kuß bekommen hätte – aber nun mußte sie sich mit einem ungelenken Händetätscheln begnügen.
Als sie wieder allein waren, bemerkte die Princesse de Lascabanes: »Ich bin überrascht, daß du so einen Arzt hast wie Dr. Gidley. Ich hätte eigentlich einen älteren und erfahreneren erwartet – Mr. Wyburd als Arzt sozusagen, wenn du verstehst, was ich meine.«
Mrs. Hunter lachte. »Ich weiß, daß Gidley als Arzt wahrscheinlich nicht viel taugt. Aber an seiner Berührung kann ich erkennen, daß er die Art von Mann ist, die mir vielleicht als Liebhaber Spaß gemacht hätte.« Sie errötete ein wenig. »Jetzt habe ich dich schockiert, Dorothy, Liebste.«
Nein, sie sei nicht schockiert, versicherte Dorothy; dennoch war sie froh um den verschwommenen Schleier vor den Augen ihrer Mutter: So konnte sie sie genauer ansehen.
»Glaub nicht, daß ich mich dauernd mit anderen Männern eingelassen habe. Oh – ich war wohl ein- oder zweimal untreu – aber eigentlich nur, um zu experimentieren – und es hat sich dabei herausgestellt, daß es sich nicht lohnt. Für die meisten Frauen, glaube ich, ist das geschlechtliche Vergnügen zum größten Teil nur Einbildung. Sie träumen von Liebhabern, während ihre Männer sich mit ihnen vergnügen, aber in den Armen dieser Liebhaber denken sie dann mit Bedauern an die langweiligen Tugenden ihrer Ehemänner.«
Die Prinzessin war nichts als mahnende, fürsorgliche Heiterkeit. »Ich glaube, du bist müde, Mutter, und du redest weiter nichts als Unsinn, den du dir nur einbildest.« *Sie* jedenfalls war müde.
Mrs. Hunter hätte Dorothy gerne deutlicher gesehen, nicht nur als verschwommenen Fleck, wie jetzt – um festzustellen, ob sie jemals einen Liebhaber hatte. Wahrscheinlich aber war ihr Problem gewesen, daß Hubert für seine Frau immer zu sehr der Liebhaber war, als daß sie in ihm je einen Ehemann erlebt hätte.
»So, und jetzt werde ich dich verlassen und in meinen Klub fahren«, erklärte die Princesse de Lascabanes.
»Wo wir doch zum Lunch mit dir gerechnet haben!« Mrs. Hunters eben noch dargetane Weisheit schrumpfte zu einem Stück alter Haut. »Meine Haushälterin – Mrs. Lippmann – wird dir ein ganz fabelhaftes Essen ser-

vieren – im Speisezimmer, ganz für dich allein – oder einen kleinen Imbiß auf einem Tablett, hier mit mir.« Und dann fügte sie hinzu, aus reiner Verzweiflung, wie es schien: »Du hast sie noch gar nicht kennengelernt, nicht wahr? Nun, ich meine von Mensch zu Mensch. Manchmal tanzt sie mir etwas vor. Überrascht dich das nicht, Dorothy – eine tanzende Köchin?«
»Inzwischen überrascht mich nichts mehr, Mutter.«
Mrs. Hunter konnte hören, wie sich ihre Tochter die Handschuhe überzog; wer mit stählernen Fäden an das Bett genäht ist, kann am Ende nur die Vergangenheit zum Verweilen überreden.
Sie küßten sich, und da sich Dorothy de Lascabanes jetzt ihres Entkommens sicher war, wagte sie die Frage, »diese Felldecke in meinem Zimmer – so weich – was ist das?«
»Schnabeltier.«
»Aber die stehen doch unter Naturschutz!«
»Ja. Sie stehen unter Naturschutz. Großvater Hunter war es, der sie geschossen hat. Alfred war zu gut.« (Also erkennt sie es doch immerhin, wenn andere Leute diese Eigenschaft haben.) »Alfred hat mir die Decke zur Hochzeit geschenkt. Er dachte, weil sie so etwas Seltenes wäre, sollten wir sie vielleicht für unser Bett nehmen, aber ich habe ihn darum gebeten, daß ich sie wegtun dürfe. Ich mochte sie nicht, als Fell. Ich *mochte* sie einfach nicht. Als er krank war – als er im Sterben lag –, da erinnerte er sich an die Schnabeltier-Decke, und ich mußte sie wieder hervorholen. Ich habe sie ihm dann immer über die Knie gelegt – wenn wir ihn in seinen Stuhl gesetzt hatten – diesen letzten, bitterkalten Winter in ›Kudjeri‹. Ich glaube nicht, daß wir da noch an die armen, kleinen, hingeschlachteten Tiere gedacht haben – und wenn, dann kamen sie uns inzwischen wie freiwillige Opfer vor.«
Das Bild in ihrer Erinnerung war so deutlich, daß nur noch die Stille mit ihm Schritt halten konnte.
»Dorothy?« fragte Mrs. Hunter, nur um sich zu bestätigen, daß ihre Tochter gegangen war.
Aber Dorothy Hunter stolperte inzwischen schon die Treppe hinunter: Träume von frisch ausgeschlüpften Küken, die sie niedertrampelte, Träume, die ihr gerade jetzt wieder eingefallen waren, glitten hinüber in das Wasser, in dem die sich opfernden Schnabeltiere schwammen. Und so trampelte und schwankte sie hinunter. In der Eingangshalle fand sie sich wieder und schlug um sich – gegen was? Der einzige Widerstand war ein Nichts: oder Schuld, Zärtlichkeit, Sehnsucht, verschenkte Möglichkeiten. Sie durfte eins nicht vergessen: *Mutter ist eine böse herzlose alte Frau.* Und wenn du es selbst vielleicht vergißt, dann wird Basil sich immer daran erinnern, der allein Mutter ebenbürtig ist, wenn es darum geht, die Klinge

ins Herz zu stoßen. *Hey – Huu – armes, du! – Wenn jemand dir jetzt was von Liebe vorsingt, dann glaubst du's doch nicht, auch wenn's wundervoll klingt?*
Der Gedanke daran, daß sie auch noch ihren Bruder ertragen mußte, ließ sie in wilder Panik auf die Haustür zustürzen.

II

Als die Prinzessin die Tür aufreißen wollte, knirschte gleichzeitig auf der anderen Seite ein Schlüssel im Schloß: Eine junge Frau war dabei, sich Eintritt in das Haus zu verschaffen. Beide stolperten, während sie noch festzustellen versuchten, wem der Vortritt gebührte. Natürlich war Madame de Lascabanes der Auffassung, daß sich ihre Rechte nicht bestreiten ließen, und allein die Vorstellung, daß jemand sie ihr streitig machen könnte, ließ Ärger in ihrem länglichen Gesicht aufsteigen. Aber dann verlor sich ihr Ärger ebenso wie ihr Bestehen auf Förmlichkeit: Das Mädchen war zu jung, als daß man ihr irgend etwas hätte übelnehmen können; dazu lächelte sie mit bleichen Lippen, auf die ein zart aggressives Rosa aufgetragen war, das eher eine Pomade vermuten ließ als einen Lippenstift; ihre Perspex-Plastik-Ohrringe wirbelten geradezu unanständig, und auf dem, was sie als Kleid trug, blendeten den Betrachter große, sonnenförmige Muster mit blutroten und purpurnen Farben, besonders um die Brust herum, wo die Sonnen jedoch den Wölbungen nirgendwo genau angepaßt schienen. Das Zusammentreffen war einfach zu körperlich für irgendwelche Erklärungen oder Entschuldigungen. Das halbe Lächeln, zu dem sie sich als die Ältere veranlaßt fühlte, erinnerte sie lediglich daran, daß sie vergessen hatte, ihre Lippen wieder aufzufrischen: In Gedanken hatte sie so viel Blut vergossen, daß ihr der Mut fehlte, sich in noch mehr Rot zu flüchten.

Und so gingen die beiden Frauen aneinander mit einem Lächeln und einem gemurmelten Gruß vorbei, jede hatte eine Vermutung, wer die andere war, aber beide vermieden eine Bestätigung. Die Prinzessin setzte ihren Fuß prüfend auf die Marmorstufen und schritt dann noch vorsichtiger den wild geschwungenen Gartenweg entlang, der schließlich zum Tor und zu dem Taxi führen mußte, das sie allerdings vergessen hatte, zu bestellen: Nur aus dem Haus zu entkommen, das war schon genug gewesen.

Währenddessen konnte sich die zur Ablösung gekommene Krankenschwester den Luxus leisten, aus dem von ihr beherrschten Eingangsportal einen letzten Blick zurückzuwerfen. Madame de Lascabanes drehte sich nicht mehr um: Es hätte nicht dem korrekten Benehmen entsprochen. Ihr vergessenes Gepäck fiel ihr ein (soll Arnold Wyburd es eben später bringen), aber sie verhielt nicht einmal ihren Schritt. Sorgfältig auf ihre klassischen Schuhe achtend, erzitterten ihre französischen Nüstern vor dem merkwürdigen Körpergeruch des australischen Gummibaums, und sie seufzte; die Krankenschwester stand inzwischen reglos da, die Füße leicht auseinandergesetzt, und ihre Schenkel strahlten unter dem farbigen Leuchten des äußerst kurzen Rockes Helle und Kraft aus. Vielleicht hätte sie zu guter

Letzt sogar kräftig die Tür zugeschlagen, wenn ihr nicht sorgfältig beigebracht worden wäre, ihre persönlichen Abneigungen in Häusern von Kranken im Zaum zu halten.
Ihre orangefarbene Plastikhandtasche schwenkend, durchquerte Schwester Manhood die Eingangshalle. Sie ging in die Küche, wo Mrs. Lippmann jetzt den Lunch auf den Tisch brachte. Obwohl es in Schwester Badgerys Vertrag schriftlich niedergelegt war, daß ihr vor der Ablösung täglich ein Mittagessen zustand, war es niemals mehr als nur eine stillschweigende Vereinbarung gewesen, daß Schwester Manhood ihrerseits rechtzeitig genug kam, um auch ihren Teil zu bekommen. Es war einfach nur recht und billig, von Flora Manhoods Standpunkt aus gesehen.
»*So!* Wir dachten schon, Sie haben zu spät, Floradora!« Die gelegentlichen Ungereimtheiten in der Sprache der Haushälterin paßten auf seltsame Weise zu ihrem kultivierten Affengesicht: Sie erweckten Jessie Badgerys Verachtung – eine Verachtung für alle Ausländer; Flora Manhood aber war, zumindest bei Gelegenheit, für sie so etwas wie eine Anarchistin.
Flora pickte mit den Lippen kurz an dem willig dargebotenen Ohr der Haushälterin. »Nun ja, aber ich habe immerhin *Sie* gesehen – die Königin Mariie Antoinette, Herrscherin aller Reußen, Prinzessin von Lasca*bum.*«
Die Haushälterin kreischte auf und kratzte heftiger im Topf als je zuvor; dabei schwenkte sie ihr Hinterteil wie unter dem Streicheln der langen Federn aus Licht, die aus dem Dunkel heraus über die Bühnenbretter gleiten, im Augenblick vor dem Beginn des ersten Aktes.
»Wenn Mutter in die Manege ritt«, sang Mrs. Lippmann und schlug mit dem eisernen Löffel den Takt dazu.
»Was sind das alles für Witze, die mir da vorenthalten werden?« rief Schwester Badgery aus dem Frühstückszimmer, wo sie schon am Tisch saß. Hier servierte Mrs. Lippmann den Krankenschwestern das Mittagessen.
Überraschenderweise entwickelte Schwester Badgery durchaus Appetit, obwohl ihre Gabel Geringschätzung aller Genüsse ausdrückte, wenn sie das Essen zwischen die Lippen schob, und diese Mißbilligung wurde durch ein gelegentliches ruckartiges Schwenken des sorgfältig angeordneten Schleiers noch unterstrichen. Was sich jedoch nicht verbergen ließ, das war ein Magen wie eine runde Melone unter der gestärkten Tracht, und auch nicht Schwester Badgerys Meinung von ihrer Kollegin, die sich in Straßenkleidern an den Tisch gesetzt hatte und sich die Schinkenrollen mit dem von zuviel Butter schlüpfrigen Rührei in den Mund stopfte.
Auch Gurken gab es, in saurem Rahm, hübsch mit Dill gesprenkelt; und eine Schokoladentorte; die noch tropfende Glasur wurde von dem Papierdeckchen aufgesogen, mit dem die Kuchenplatte aus Meißner Porzellan ausgelegt war.
»Ohh! Mhm! Mhm!« jauchzte Flora Manhood, die Augen auf der Torte.

»Sie haben ja das ›Milschige und Fleischige‹ heute beiseite gelassen, Lottie!«
»Nichts ist mit *milchig-fleischig«*, murmelte Mrs. Lippmann wie um eine dicke Zigarre herum, die ihr im Weg war. »Nur wenn ich mich ganz fertig fühle. Ich weiß zwar nicht, warum ich das heute nicht tue. Aber ich tu's eben mal nicht.« Wenn sie wirklich eine Zigarre geraucht hätte, wären jetzt zwei grimmige Rauchsäulen aus ihren Nasenlöchern hervorgeströmt. Schwester Manhood betrachtete ihren Daumen, der mit Sauerrahm bekleckert war; dann leckte sie ihn langsam ab. »Ich kann nicht verstehen, warum Sie sich damit aufhalten, hier für uns und Großmütterchen Sektquirl da oben zu kochen.«
»Die arme Mrs. Hunter! Solche Ausdrücke!« protestierte Schwester Badgery. »Warum denn ausgerechnet ›Sektquirl‹, um Himmels willen?«
»Weil sie sich in dem Glauben wiegt, daß da immer noch irgendwo ein treuer Mann vom Dienst existiert und auf ihr Wohl Champagner aus einem zierlichen Schuh trinkt.«
Lotte Lippmann lachte blechern. »Das ist es eben, warum ich hier bleibe und für Mrs. Sektquirl koche! *Ich weiß auch, was Liebe ist.«*
»Aber Ihre Karriere und das alles, Lottie – wie können Sie da als einfache Köchin zufrieden sein?« Schwester Manhoods Versuch, so etwas wie Ernsthaftigkeit und vornehmes Benehmen zu beweisen, wurde durch ihren Mund zunichte gemacht, der sich gerade um eine Gabel voller Torte schloß.
Mrs. Lippmann hustete, ehe sie mit ihrer Antwort herauskam. »*Ach, die Karriere!* Meine Kunst war eine winzige, satirische – in allen Dingen das zu finden, was lächerlich ist – und dabei sind alle Dinge lächerlich, wenn man nur hinsieht.« Sie lachte kurz, und man konnte ihre breite, fast violette Zunge sehen; und man sah auf einmal auch Lottie Lippmann, wie sie an der Krempe ihres Zylinderhutes rückte und einen kleinen Spazierstock unter den Arm klemmte. »Meine Kunst war destruktiv – und bald war es auch zu Ende mit ihr – pieks! puff! und auch mit allem, was sie gepiekst hatte – *alles so schrecklich komisch!* Verstehen Sie das, meine Damen?« Die Köchin stolperte unter der Gewichtigkeit ihrer Darbietung.
Schwester Badgery konnte es gar nicht leiden, wenn die Haushälterin sich so aufführte: Schwester Manhood aber saß da, die Ellbogen auf dem Tisch, das Gesicht in die Hände gestützt; sie hatte dabei das Gefühl, das wirkliche Leben mitzumachen.
»Nein, ganz so war es doch nicht«, schien sich Mrs. Lippmann zu erinnern. »Meine Karriere endete in den Gasöfen – im Rauch von Juden.« Es war, als ob Asche die Linien ihres ausgebrannten Gesichts erstickte.
»Oh, hör bitte auf, Lot!« Flora Manhood hätte weinen mögen; sie hätte um alles weinen können, hauptsächlich aber um sich selbst.
Und Schwester Badgery überlegte inzwischen, wie sie sich wohl wegstehlen und die Gurkenkerne entfernen könnte, die sich unter ihre Gebißplatte geschoben hatten.

»Und jetzt koche ich also. Das ist auch eine Kunst – eine schöpferische sogar, sage ich mir immer wieder – obwohl ich sie eigentlich eher unter irgendeinem versprengten Haufen von Juden ausüben sollte – wo wir uns dann alle zusammen kasteien und uns an den Rauch der Verbrennungsöfen Deutschlands erinnern.«
Mrs. Lippmann lachte leise vor sich hin; aber Schwester Manhood brach in eine Sturzflut von lärmenden Schluchzern aus.
»Sie haben sich zuviel zugemutet, Schwester. Das merkt man ganz deutlich«, sagte Schwester Badgery. »Sie kriegen einfach nicht genug Schlaf.«
»Das ist es nicht.« Schwester Manhood versuchte, ihre vom heruntergelaufenen Make-up verschmierten Wangen abzuwischen, »oder vielleicht auch doch, glaube ich – wenn man sich mit jemandem *beschäftigt* – und selbst nicht mehr weiß, wie weit das geht.«
Schwester Badgery zog geräuschvoll Luft durch die Zähne ein, vielleicht aus Mitgefühl, vielleicht auch aus Mißbilligung, und es gelang ihr dabei, einige der spitzen Gurkenkerne aus ihrem Gebiß herauszupraktizieren; nach diesem Erfolg und unter Einwirkung der reichlichen Mahlzeit sagte sie, geruhsam meditierend: »Wir tragen alle die uns zugemessene Mühsal«; und damit schluckte sie die Gurkenkerne herunter.
»Ich mache Ihnen einen doppelt starken Kaffee, Floradora«, bot Mrs. Lippmann an.
Gerade in diesem Augenblick hörten sie ein Klingeln über sich. Sie saßen und lauschten und hätten noch immer weiter sitzen und lauschen können: Es war ein so gebrechliches Klingeln, der Ton einer kleinen Tischglocke, ebenso gebieterisch wie flehend. Alle drei schämten sich.
Schwester Manhood sagte, nachdem sie einen genauen Blick auf ihre Uhr geworfen hatte: »Ich muß raufgehen zu der alten Schachtel. Sicher hat sie ihr Bett naßgemacht, oder noch was Schlimmeres.«
Schwester Badgery zuckte zusammen, blickte mißbilligend und hob dann mit einem Schwung den Schleier von ihrem farblosen, fast nicht vorhandenen Haar.
»Unser armer Schatz!«, Mrs. Lippmann seufzte und fegte mit der Hand die Krümel vom Tisch.

»Bin jeden Moment da, Liebste – oder ist es etwas ganz Dringendes?« rief Schwester Manhood durch Mrs. Hunters Tür, und ihre geübte Schwesternstimme hätte alle überzeugt, außer vielleicht die ganz besonders Mißtrauischen.
Mrs. Hunter, die gerade zu der Auffassung gelangt war, daß sie im Augenblick besonders bedauernswert wäre, nahm den konventionellen Satz recht folgsam auf. »Nichts Dringendes«, tremolierte sie zurück, »nur hat man mich schon seit Stunden alleingelassen, und ich meine, daß mir jetzt in-

zwischen doch wenigstens irgendeine Art von menschlicher Aufmerksamkeit zusteht.«
Weder sie noch die anderen machten sich jemals die Mühe, darüber nachzudenken, wieviel irgend jemand von den Unwahrheiten glaubte, zu denen man von Selbstmitleid und Alter getrieben wurde. Aber dann waren da natürlich auch jene anderen, wirklichen Gelegenheiten, bei denen zwei Minuten ganze Äonen des Verfalls umfassen konnten: Jedoch ist das etwas, das man den ihre Zeit nach der Uhr messenden menschlichen Wesen nicht erklären kann.
In Wirklichkeit brauchte Schwester Manhood nur ganz kurze Zeit, um sich von Straßenkleidung in Schwesterntracht umzukleiden, denn sie wußte, daß Jessie ungeduldig darauf wartete, sich auch umzuziehen und noch den Bus zu erwischen. Schwester Badgery bestand dabei auf absoluter Ungestörtheit: Sie konnte es nicht ertragen, sich etwa im Büstenhalter zu zeigen; und das war kein Wunder. Daher widerstand Flora Manhood der Versuchung, ihren eigenen Körper zu betrachten. Sie beschränkte sich auf ihr Gesicht und zog ihre Backen ein, nachdem sie den Schleier zurechtgerückt und ihre Lippen zu einem etwas dunkleren, dezenteren Rosa geschminkt hatte, für wen auch immer, die alte Betty Hunter jedenfalls sah bestimmt keinen Unterschied mehr.
»Nun, da sind wir also! Haben Sie einen richtig aufregenden Morgen hinter sich, Mrs. Hunter?«, fragte Schwester Manhood mit einer munteren Stimme, die ganz anders klang als die, welche sie als ihre eigene kannte.
»Meine Tochter ist kein aufregendes Mädchen.«
»Aber es muß doch trotzdem schön gewesen sein, oder nicht? Nach dieser langen Zeit.«
Eine Krankenschwester muß das Bett ihres Patienten in Ordnung halten: Das ist ein Teil ihrer Pflicht; also machte Schwester Manhood sich an die Arbeit.
»Vielleicht war es auch schön – ich nehme es an«, sagte Mrs. Hunter, während sie schwungvoll von einer Seite auf die andere geworfen wurde. »Aber man weiß das ja nie genau bei den Menschen – was ihnen gefällt. Meine Kinder – als sie noch Kinder waren – behaupteten immer das Gegenteil von dem – von dem was ich wußte, daß es eigentlich das war, was ihnen gefiel.«
»Oh?«
Flora Manhood war kaum interessiert. Was ihr selbst gefiel – darüber dachte sie nur manchmal nach: So richtig gut essen; gut schlafen; Kosmetik; mit jemandem schlafen; oder auch nicht mit jemandem schlafen.
Sie besann sich und fragte: »Sollen wir Ihren Rücken massieren? Wird Ihnen das heute nicht vielleicht zuviel?«
»Doch, bitte«, antwortete Mrs. Hunter glückselig.

Von der kleinen Manhood ließ sie sich jede Behandlung gefallen, ob sie nun zart oder grob war, und sogar ihre gelegentlichen Anfälle von ungehemmt schlechter Laune: Animalische Gegenwart ist es, nach der sich der Geist um so mehr sehnt, je mehr der Körper zu Haut und Knochen zusammenschrumpft.

Schwester Manhood hatte gehofft, daß ihre Patientin die Rückenmassage ablehnen würde; ihre Frage sollte ihr die Brücke dazu bauen; aber das war schiefgegangen.

Einmal, während sie sich der dienenden Tätigkeit Schwester Manhoods erfreute, hatte Mrs. Hunter die Hände ausgestreckt und war auf die Kehle ihrer Pflegerin gestoßen. Sie beschloß, der Berührung nachzugehen, und einen Augenblick lang hatten ihre Hände diesen kräftigen Kelch aus Fleisch und Muskeln gehalten, in dem, so kam es ihr vor, alles Leben überhaupt zuckte und pulsierte. Schwester Manhood hatte so getan, als wäre sie verlegen, aber das konnte nicht irreführen.

Jetzt, nachdem die Schwester die Flasche mit dem medizinischen Alkohol geholt und den greisenhaften Körper auf die Seite gedreht hatte, wie ein halboffenes Taschenmesser oder wie einen Liegestuhl, den der Wind umwirft, erinnerte auch sie sich daran, wie Mrs. Hunter sie an der Kehle gefaßt hielt: So ein gebrechliches Krabbeln war es gewesen, dem sie sich da ausgesetzt sah; aber es war geschehen. Sie lächelte innerlich; seitdem gab es keine Frage mehr, wer die Oberhand hatte.

Wie machtlos bin ich doch, dachte Mrs. Hunter, und der Speichel in ihrem Mund schmeckte bitter, bis ihr aufging: nicht ganz machtlos – solange mein Geist noch allen anderen gewachsen ist – an meinen guten Tagen.

Diese Erkenntnis beruhigte sie ebenso sehr wie Schwester Manhoods sanfte Hand auf ihrem Rücken.

Während sie rieb und knetete, plauderte die Schwester daher: »Mrs. Lippmann hat etwas Wundervolles für Sie zum Essen gemacht, Mrs. Hunter. Sie werden ganz wild darauf sein; so toll ist es.«

»Verraten Sie es mir nicht. Dann ist die Überraschung weg.« Und dann fragte sie hinter geschlossenen Lidern hervor: »Was für eine Farbe hat es?«

»Sag' ich nicht«, kicherte Schwester Manhood; sie hatte nicht die geringste Ahnung, was Lottie diesem alten Mädchen zum Mittagessen geben wollte, aber es war eben eins von den Spielen, die sie miteinander spielten.

Dann aber, während sie weiter rieb und streichelte, wurde sie von einem Widerwillen überfallen, der fast ihren starken, golden schimmernden Arm lähmte. Oh Gott, mein Leben läuft mir einfach davon! Wie der Geruch des Alkohols zuerst ihre Nasenlöcher ausgebrannt und dann, tiefer eindringend ihre Gedanken beflügelt hatte, so widerte er sie jetzt an, wenn auch nicht so stark wie dieser kränklich braungelb gestreifte abscheuliche Rücken hier, die mürben, zitternden Rippen und die, wenn auch sicherlich

saubere, aber noch bräunlichere Einbuchtung, wie ein Trichter auf den After zulaufend.
Wofür lebe ich eigentlich? Die Stirn der Schwester legte sich in unruhige Falten. Mit einem Schlag konnte das ganze Spiel hier zu Ende sein. Dann wollte sie weglaufen, niemals dieses Haus hier wiedersehen, auch Col nicht und nicht Snow, oder irgend jemanden, sie würde laufen, bis sie auf irgendeinem langen, leeren Strand war, und immer noch weiterlaufen, jetzt wundersamerweise ohne Kleider, und sich in den flachen Schaum der Brandung werfen, dessen Blasen quirlten und ausfüllten, wo ein Eingang war, und linderten, wo immer sie sich körperlich verwundet und seelisch gepeinigt fühlte.
Aber selbst während sie so lief, rannte er (oder ein anderer) hinter ihr her und schwenkte dieses Ding, um sie damit in das Kinderkriegen und in endlose Sklaverei im Haushalt zu stoßen. Also gab es kein Entkommen: Auf der einen Seite Rotznasen, Windeln und das Gewicht eines Mannes auf dem eigenen Körper, der so noch mehr geschafft werden soll; auf der anderen Seite Rücken massieren (wenn man doch jetzt seine Knöchel in die ahnungslose Seidenpapier-Haut hineindrücken könnte!) und die Scheiße von kranken oder senilen Hinterteilen abwischen. Wenn ich doch eine Pflanze sein könnte, oder so etwas Ähnliches.
Mrs. Hunters Tonfall klang resigniert. »Ich wundere mich oft, warum nicht viel mehr alte Leute von denen ermordet werden, die für sie sorgen müssen. Natürlich werden viele umgebracht, aber dann meistens von den Angehörigen: Das sind diese Fälle von ›Gnadentod‹.«
»Was Sie nur für Einfälle haben!« Schwester Manhood hätte sich die Zunge abbeißen können; dabei waren es doch ihre Gedanken gewesen, die ihr Geheimnis verraten hatten.
»Ich versuche nur – objektiv zu sein.« Mrs. Hunter hatte Schwierigkeiten mit der Aussprache.
Was Schwester Manhood betraf – sie hatte noch nie gewußt, was ›objektiv‹ eigentlich bedeutete: Es war eins von den Wörtern, die Col benutzte.
»Das muß Sie aber jetzt erfrischt haben«, sagte sie und zog das Nachthemd wieder über den verdorrten Körper.
Flora Manhood verspürte Angst: Unheimlich, wie diese alte Hexe sich einem in die Gedanken einschalten konnte; auch war sie ratlos gegenüber dem, was Col »deine geistigen Mängel« nannte. Sie hatte sich nie gewünscht, klug zu sein, wollte es nie sein. Sie wollte nur leben, nur zufrieden sein – wenn sie bloß herausbekommen konnte, was das war.
Als die Schwester den Alkohol wieder auf den Toilettentisch stellte – man konnte hören, wie die Flasche rücksichtslos gegen alle die kostbaren Sachen klirrte, die dort standen – sagte Mrs. Hunter: »Ich nehme an, Sie waren wieder mit diesem jungen Mann zusammen.«

»Junger Mann? Mit welchem jungen Mann?«
Mrs. Hunter glaubte an der leicht lispelnden Aussprache zu hören, daß die Lippen ihrer Pflegerin geschwollen aussehen mußten. »Dieser – dieser Apotheker unten in Kingsford – der immer gleich bereit ist, alles ins Haus zu bringen, wenn wir wegen eines Rezeptes anrufen.«
Schwester Manhood war so wütend, daß sie nicht antwortete. Sie wendete den alten Körper wieder auf den Rücken und stieß ihn geradezu nach oben gegen die Kissen, ehe sie daranging, ihn sachgerecht in die Leintücher einzuschlagen. Am Anfang ihrer Ausbildung hatte sie sich vorgenommen, immer daran zu denken, daß Patienten für sie weiter nichts sein durften als kranke Körper. (Aber auch Körper können Mitleid erregen, oder noch schlimmer, bösartig sein.)
Mrs. Hunter sagte: »Ich erinnere mich an eine Theorie, die ich einmal gehört habe – daß man es riechen kann, wenn eine Frau mit einem Mann zusammen war – wie bei einer Ziege, wenn sie beim Bock gewesen ist.«
Schwester Manhood wurde noch wütender. »Klingt nach einer ziemlich unanständigen Theorie!« Sie straffte das obere, hohlsaumgestickte Laken unter Mrs. Hunters Kinn, aber niemals war es straff genug: Alles, was man je gelernt hat, hilft hinterher gar nichts.
Die alte Mumie lachte. »Nur vernünftig – und natürlich. Ich habe niemals Ziegen gehabt, aber als ich mir hier und da mal eine ansah, kam ich zu der Überzeugung, daß wir uns wahrscheinlich sehr gut verstanden hätten.«
Schwester Manhood stieß die Alkoholflasche auf dem Toilettentisch so heftig nach hinten, daß eine der Haarbürsten zu Boden fiel. »Ich bin an Männern nicht interessiert«, sagte sie. »Jedenfalls nicht an Col Pardoe. Das ist so gut wie vorbei. Niemand – ob Col oder irgend jemand sonst – hat mir Vorschriften zu machen. Ich weiß inzwischen Bescheid. Und im übrigen hat mir meine Cousine Snow Tunks angeboten, mit in ihre Wohnung zu ziehen.«
»Snow Tunks?«
»Jawohl. Meine einzige noch lebende Verwandte. Das bindet schon aneinander – wenn nur noch zwei übrig sind.«
»Aber was – was ist diese *Snow*?
»Sie ist Busschaffnerin.«
Mrs. Hunters Lippen bewegten sich eine Weile lang ungläubig und lautlos, als ob sie auf einem Sahne-Baiser kaute, das sich als trockene Semmel erwies; schließlich konnte sie unter den gegebenen Umständen nichts weiter antworten als »Oh«.
Und auch Schwester Manhood hatte genug gesagt; die von ihr so eifrig kultivierte Selbstbeherrschung bekam allzuviele Risse.
Glücklicherweise stieß genau in diesem Augenblick die Haushälterin die Tür auf, ein Tablett in den Händen: *»Mahlzeit!«* rief Mrs. Lippmann.

Ein häßlicher, lächerlicher Ausdruck – aber Mrs. Hunter hörte ihn mit Begeisterung. Sie aß nur allzu gerne; wenn sie sich nur hinterher auch erinnern könnte, was sie eigentlich gegessen hatte, dann ließe sich viel mehr Zeit mit angenehmen Gedanken über das Essen füllen, die sie sonst nur im Bett liegend und wartend verbrachte.

»Was bringen Sie mir?« fragte sie und versuchte gleichzeitig, einer Antwort der Haushälterin durch heftiges Schnüffeln zuvorzukommen.

»Es sind wunderschöne, gedämpfte Königsfische – mit einer Sauce. *Ach* und was für eine *Sauce*!«

»Keine Konserve, hoffe ich.«

»*Ach*, Mrs. Hunter, was Sie da immer sagen, und was Sie mir antun! Aber wir müssen unsere Witzchen machen, so ist das nun mal.«

»Welche Farbe?« flüsterte Mrs. Hunter; von allen Dingen des Lebens waren es vielleicht die Farben, die ihr am meisten fehlten.

»Sie ist sehr zart – diese Farbe.« Mit schräg gehaltenem Kopf erwog Mrs. Lippmann die verschiedenen Möglichkeiten; dann sagte sie: »Fleischfarben – glaube ich.«

»Zu viele verschiedene Möglichkeiten«, seufzte Mrs. Hunter.

Es machte Schwester Manhood geradezu krank, jedenfalls heute nachmittag, sich dieses Spiel mit anhören zu müssen. Nachdem sie sich nach der heruntergefallenen Haarbürste gebückt hatte, ergriff sie die Alkoholflasche. Fleisch war verschieden, das konnte man wohl sagen: von ihrem eigenen, glatten und goldbraunen bis hin zu dem, aus dem dieser große, rote, drohende Knüppel bestand, der versklavte und selbst versklavt war; man sollte gar nicht glauben, daß es sich um denselben Stoff handelte.

»Schwester Manhood«, rief Mrs. Hunter ihr nach, als sie gerade mit der Flasche verschwinden wollte; und sie wußte gleich, daß jetzt irgend etwas schrecklich Mühsames kommen mußte, denn das alte Mädchen hatte sogar den ersten Bissen ihres ›Lunch‹ deswegen noch einmal aufgeschoben, »Sie müssen etwas für mich tun – später – wenn ich meinen Mittagsschlaf gehalten habe – und in meinem Sessel sitze.« Mrs. Hunter legte eine Pause ein und wechselte dann zu einem anderen Tonfall über, der ihre Stimme so zärtlich und flehend klingen ließ, daß sich viele, die sie gut kannten, wahrscheinlich gefürchtet hätten: »Es ist etwas, das nur Sie tun können, Schwester. Ich möchte, daß Sie mir für die Ankunft meines Sohnes ein Make-up machen.«

Schwester Manhood sagte nicht direkt, daß sie mit solchen Ideen nichts zu tun haben wollte; aber alle Geräusche, die sie machte, während sie das Zimmer verließ, waren absichtlich laut, grob und häßlich.

Mrs. Hunter ließ sich davon nicht beirren: Sie wußte schon, wie man der kleinen Manhood schmeicheln mußte; inzwischen stand die treue Lippmann da und war ein wenig beleidigt, weil man ihr so einfach den Wind

aus den Segeln genommen hatte: Sie war mit dem Anpreisen ihres Kunstwerks noch nicht fertig gewesen.
Jetzt sagte sie nur noch: »Und dann gibts *Sachertorte.*« Ihre Lippen, nahm Mrs. Hunter an, waren ärgerlich zusammengekniffen.
Und damit ergab sich auch schon das nächste Stichwort: »Ich habe mir noch nie sehr viel aus *Pudding* gemacht.« Und das deswegen, weil Mrs. Lippmann vom ersten Tag an deutlich zu erkennen gegeben hatte, daß sie sich nach nichts mehr sehnte, als immer noch ein bißchen mehr getroffen und verletzt zu werden.
Das mit dem Pudding stimmte an sich tatsächlich: Alfred hatte auch keinen gemocht; die Männer überhaupt im allgemeinen nicht; der beste Teil des Abendessens kam immer am Ende, wenn man dasaß und zusah, wie sie ihre in Speckscheiben gehüllten gebratenen Austern – oder was es auch sonst immer war – mit der Gabel aufspießten, die Lippen fettglänzend vor Befriedigung, und sie dabei von ihren Plänen und Erfolgen erzählten. Deine Schultern waren dann immer am weißesten, wie die Spiegel zeigten, und dein Dekolleté, von dem einen oder anderen kurzen Blick gestreichelt, am geheimnisvollsten: In solchen Augenblicken war man sich der eigenen Macht auf das Atemberaubendste bewußt.
»So!«
Die Haushälterin half mit, eine Gabel mit Weißfisch und Sauce – fleischfarben oder nicht – an ihren Bestimmungsort zu transportieren. Die Macht, die sie je über andere Menschen ausgeübt hatte, durch Wolfs Liebe zu ihr beispielsweise, oder durch ihre Fähigkeit, das Publikum zu fesseln, hatte immer die zweite Stelle hinter ihrer eigenen Versklavung eingenommen; und jetzt, wo alle ihre Götter vergewaltigt oder in Rauch aufgegangen waren, oder fast alle, wo sonst als hier sollte sie da noch ihre Glieder den Fesseln darbieten?
Und so jammerte Mrs. Lippmann: »Vorsichtig! Vorsichtig, Mrs. Hunter! Ich habe anscheinend eine riesige Gräte übersehen, denn sie ist gerade in ihrem Mund verschwunden. Ich bitte, mit größter Vorsicht zu kauen und die Geräte auf der Zungenspitze nach vorn zu schieben, damit ich sie sicher entfernen kann.«

Mrs. Hunter döste in halbwachem Zustand vor sich hin. Obwohl sie es ihrer Haushälterin gegenüber niemals zugegeben hätte, war der Lunch – was doch gleich, Huhn? – unglaublich köstlich gewesen; aber zu leicht: Sie hätte ohne Weiteres die doppelte Menge davon essen können. Und die Sauce: An die erinnerte sie sich. *Sauce* Maltaise, hatte Mrs. Lippmann gesagt; *fleischfarben.* Eigentlich war sie viel zu delikat, als daß man sie mit irgend etwas Menschlichem in Verbindung bringen sollte; ihr Geschmack war wie der Duft von Orangen.

In Mrs. Hunters Gedärm grollte es dumpf, und dann rülpste sie behaglich, ohne jedoch dieses neuerliche Vergnügen mit dem vorherigen in Verbindung zu bringen.

Sie war schlicht gefräßig, war es schon immer gewesen, obwohl es keiner geahnt hatte, als sie noch jünger war, weil sie immer sehr sorgfältig auf ihre Figur achtete. Statt dessen hatten sie ihr vorgeworfen, daß sie Menschen verschlang. Nun ja, das ließ sich kaum verhindern, wenn sie einem praktisch den Kopf zwischen die Kiefer legten. Obwohl sie gar keine Lust – oder keinen ständigen Appetit – auf Menschenfleisch hatte. Es gab da ein anderes verzehrendes Verlangen, nach einer gewissen Bindung, so verfeinert, daß sie kaum möglich schien.

Wie war doch gleich die Lebensgeschichte der Haushälterin? – irgend etwas mit einem arischen Geliebten. Wollten sie nicht zusammen fliehen – nach England – als sie verhaftet werden sollte? Die Familie des jungen Mannes erklärte sich bereit, sie sicher in die Schweiz zu geleiten – allein – und Mrs. Lippmann fügte sich, um ihren Geliebten nicht zu gefährden.

Noch eine Idealistin – aber eine realistische. Und dein eigener Fall; dein Idealismus war immer zu abstrakt, zu unwahrscheinlich unter der Decke der Abendgesellschaften, der Juwelen, der Liebhaber, ein paar davon wirklich, aber die meisten immer nur vermutet; oder andernfalls ein paar Einzelmenschen, empfindsam bis zu einem gewissen Punkt, die einen geheimnisvollen, nicht religiösen und nicht intellektuellen, sondern auf irgendeine Art geistigen Drang in dir gespürt hatten und die dich dann als Betrügerin abtaten, wenn du ihnen nicht mit handfesten Beweisen gegenübertreten konntest (nicht etwa mit geistigen).

Jedenfalls hattest du einen Mundvoll von der Torte gegessen, um Mrs. Lippmann eine Freude zu machen, aber natürlich war das Gegenteil eingetreten; ein Mundvoll macht alles nur noch schlimmer. Aber das war es ja, was Mrs. Lippmann eigentlich wollte. Wenn man sich im Vollbesitz seiner Sinne und Kräfte befände, und bei ihr eine eindrucksvolle *Bombe* für eine große Gesellschaft bestellen könnte, und man dann ein Schwert nehmen würde und das Kunstwerk aus Kuchen und Eis in dem Moment in kleine Stücke hackte, in dem es zum Auftragen bereit war – Mrs. Lippmann würde glücklich in die tiefsten Tiefen ihres infernalischen Himmels versinken.

Nie wieder eine *Bombe* sehen. Diese langweiligen Diners bei den Radfords: Immer stand irgend etwas in leuchtenden Flammen oder hatte eine klimpernde Spieluhr in seinem Innern verborgen; immer irgendein Ehrengast – nach den Maßstäben von Gladys. *Betty – das ist alles ganz kurzfristig – morgen abend – habe ich Athol Shreve zum Essen – ich brauche noch eine Tischdame – ich meine, eine ungewöhnliche – ganz Sydney tippt auf Mr. Shreve für die nächsten Wahlen zum Premierminister – du siehst also Liebling, dein Zusammentreffen mit ihm könnte historische Bedeutung haben.* Jetzt Gladys spüren lassen, daß sie dich wahrscheinlich anruft, nachdem sie es schon überall sonst versucht hat. *Glaubst du wirklich Liebling, daß ich da hineinpasse? Wo ich wie du weißt, gar nichts von Politik verstehe – ich habe auch den Pritchetts schon halb versprochen – und dann hat mich heute nachmittag eine Migräne erwischt – ich fühle mich geradezu unmöglich – und ist dieser Athol Shreve nicht – man wagt das ja heutzutage kaum noch zu flüstern – ist er nicht ein bißchen sehr ›aus dem Volk‹?* Gladys klingelte melodisch durch den Hörer. Sie war eine von diesen kleinen, rundlichen Frauen, die mit piepsiger Stimme reden und sich auf wohlgeformte Knöchel und die Füße einer Ballerina verlassen. *Er hat einen gewissen brutalen Charme, Betty.* Ich habe Gladys Radfort eigentlich nie gemocht, aber irgendwie sind wir über die Jahre hinweg Freunde geblieben. Das ist einer der Vorteile, eine Frau zu sein: daß man das tun kann. Männer sprechen nach einer einzigen Auseinandersetzung manchmal nie mehr miteinander, aber echte Frauen können auch das Schlimmste aneinander akzeptieren; müssen sie auch, denn sie sind von jener ganzen knochenehrlichen Männer-Kameradschaft wie auch von den Freimaurern ausgeschlossen.

Athol Shreve: Auf den Bildern senkrecht zu Berge stehende Haare, grobe Haut: als Junge wahrscheinlich mit Pickeln übersät. Ich kann diese aufdringliche Einladung einfach nicht annehmen – jedenfalls nicht sofort; zu offensichtlich bin ich ein *pis aller*.

Sydney Radfort hatte, nachdem ihm ein Kohlen-Erbe zugefallen war, nur noch in einem Büro herumgesessen und ein wichtiges Gesicht gemacht. Die Kohle wurde währenddessen von jemand anderem gemanagt. Gladys hatte eigenes Vermögen; wo kam es gleich her – Kekse? – oder diese Kuchen und Puddings voller verbrannter Früchte und Sand, in Büchsen. Jedenfalls, – mit zwei Vermögen, mit italienischen Plastiken und Mosaiken, mit den französischen Wandbehängen – angeblich echte Gobelins – und den Aubusson-Teppichen konnten die Radforts eine eindrucksvolle Schau inszenieren. Alle ihre Partys waren Soirees: Manchmal sogar musikalische. Sydney Radford spielte die Geige, ein berühmtes Instrument, das nach kurzer Zeit nur noch berüchtigt war. Sie engagierten diesen russischen Pianisten – Moiskovsky? – um mit Sydney zusammen Sonaten zu spielen – aber – Moisenstein? – stand schließlich einfach auf und ging weg. Behielt auch noch den Scheck, und Sydney und Gladys waren zu beschämt, ihn ernsthaft zurückzuverlangen.

Dieser Athol Shreve, über den Gladys sich immer noch erging und inzwischen fast hysterisch wurde.

Vielleicht bin ich ein Snob; vielleicht kommt das daher, daß ich in ein Leben der Armut geboren wurde. Und Vaters Bildung und dann sein

Selbstmord. Vater war zerbrechlich, ebenso wie am Ende auch der liebe, anständige Alfred; ich habe erst gemerkt, daß er dieselbe Eigenschaft hatte, als es zu spät war für mehr als nur ungeschickte Versuche, das Zerbrochene wieder zu heilen.

Gladys Radford gab einfach nicht nach: *so dynamisch – ein Mann, der es ganz aus eigener Kraft geschafft hat* ... Athol Shreve war einer von diesen berühmten Zeitungsjungen gewesen, die zu Ruhm und Macht aufsteigen; der Zeitungsjunge, dieses Klischee innerhalb des Klischees aller Erfolgsgeschichten. *Gibt es von denen nicht beinahe schon zuviele?* Die Verbindung war schlecht, Gladys konnte nichts verstehen und schlug immer wieder auf den Apparat ein. *Zuviele was?* Sie wurde immer nervöser; es machte Spaß, das am Hörer zu verfolgen.

Shreve, der Gewerkschaftler, hatte die Arbeiterbewegung verraten, um zum leuchtenden Vorbild der Nationalisten zu werden. Er war reif für die Diners der Radfords.

Gladys – ich bin nicht besonders begeistert, Darling. Einen Augenblick lang nur Knattern und Knistern. *Nun ja, wenn es so ist: Gladys' Geklingel wurde zum Klang einer versunkenen Glocke. Aber andererseits die Feiertage jetzt – das ist etwas was du dir nicht vorstellen kannst – Dorothy ist weg zu den Bullivants – und Basil nach ›Kudjeri‹ zu Daddy. Und ich sitze hier fest mit einem Haufen irischer Dienstmädchen, die jeden zweiten Abend ihre religiösen Meinungsverschiedenheiten miteinander austragen. Also da komme ich schon lieber zu euch Darling wenn nicht irgendwas passiert.*

Gladys Radford meinte, das sei einfach wundervoll. Sie hatte sich fast heiser geredet, um ihr Ziel zu erreichen. Jetzt hängte sie rasch auf, ehe du deine Zusage von noch weiteren Bedingungen abhängig machen konntest.

Mrs. Hunter hustete mehrmals hintereinander, trocken und fast wie prüfend. Sie hoffte, daß sich da nichts entwickelte, daß sie nicht vielleicht Fieber bekommen würde, oder jedenfalls nicht vor der Ankunft von Sir Basil. Ihr gefeiertster Gast. Sie wollte froh sein, wenn alles vorbei war, wenn die Nacht und Mary de Santis das Haus wieder in Besitz nahmen. Natürlich würde Basil ebenso wenig hier übernachten wollen wie Dorothy. Alte Leute sind nicht mehr ganz menschlich für jene, die der Vergangenheit noch dadurch entkommen können, daß sie sich nach hier und dort bewegen und damit das tun, was sie gerne als positive Handlungen bezeichnen: Bewegung, die große, trügerische Gabe. Wenn man bewegungsunfähig ist, dann ist man ohne Zweifel eher ein Gegenstand als ein Mensch: Man ist einer der weniger wichtigen Teile des Musters, das man zusammen mit dem Leben anderer bildet, besonders mit dem Leben seiner Kinder; die vor allem fangen an, darüber nachzudenken, wie sie das Muster verbessern könnten. Und das endet damit, daß sie überflüssige Einzelheiten weglassen

wollen. Das hast du schon früher bemerkt. Du hast es aus Dorothys und Basils Briefen herausgehört, besonders deutlich aus denen der letzten Zeit: *Haben beschlossen herüberzukommen und zu besprechen, was das Beste für dich ist;* was auch soviel heißen kann wie: für *uns.*
Ja, es wird gut sein, wenn die Gäste wieder weg sind. Du kannst hören, wie sich die Dunkelheit in den Zimmern unten zusammenballt, wo Lippmann über die Möbel stolpert und das Schicksal der Juden beseufzt; und draußen im Park Schreie von erzwungener Lust und von Wasservögeln. Nur de Santis und du sind wirklich. Nur de Santis weiß, daß die Splitter des Geistes sich zu einem heilen Ganzen zusammenfügen können. Manchmal des Nachts blitzen deine Gedanken in der Dunkelheit; sogar de Santis kann das nicht erkennen, nur du selbst: Du siehst es nicht, aber du weißt, daß du ein Teil des größeren Zersplitterns bist.
Wenn die Gäste wieder weg sind: Bei den Radfords schienen sie sich zu Beginn und am Ende der Gesellschaften jedesmal in diesem großen, malvenfarbigen Treppenhaus zusammenzudrängen. Gladys und Sydney konnten, oder vielmehr wollten wohl die Besucher hier nicht einfach achtlos hindurchlaufen lassen, nachdem sie so viel Geld für den Import des Marmors aus Portugal ausgegeben hatten; und Gladys zeigte außerdem gerne ihre Füße und Knöchel: Deshalb, so sagte man, hatte sie ihren Empfangssalon im oberen Stockwerk. Denn dann sahen die Gäste von unten her am oberen Absatz der malvenfarbigen Treppe zuerst die Fesseln der Gastgeberin, ehe sie sich auf ihren kurzen, rundlichen Körper mit dem dicken Hals konzentrieren konnten.
Und so drängten sich auch am Beginn des Abends mit Athol Shreve wie üblich alle hier auf der Treppe. Sie war ihm auf dem Treppenabsatz vor dem Salon vorgestellt worden und hatte ihn dabei kaum angesehen, nur einen ganz flüchtigen Blick zu ihm hinüber geworfen. Im Vertrauen gesagt, hätte er noch nie erlebt, daß jemand seinen Empfangssalon im oberen Stockwerk hat: *Ist das nicht ein bißchen exzentrisch?* Sie hatte beschlossen, sich auf unverbindliche Lässigkeit zu verlegen. *Warum nicht?*, fragte sie; *Sie sind doch auch nicht gerade besonders konventionell, oder? danach zu urteilen, was man so in den Zeitungen liest.* Während er dies halb mißbilligte – als australischer Politiker, der vom Wohlwollen seiner Wählerschaft abhängig ist – fühlte er sich zur anderen Hälfte geschmeichelt durch ihre Andeutung, daß er etwas Besonderes, beinahe Unpassendes an sich haben könnte. Dann wurden sie beide von der Menge weitergedrückt, und sie zerdrückte dabei ihrerseits ungewollt ein paar Zinnerarien der Blumendekoration. Sie sah ihr Gesicht in einem der vielen Spiegel und stellte fest, daß sie ihren Mund ganz falsch nachgezogen hatte: Die Kurve ihrer Lippen war deutlich unsymmetrisch. Irgendwie mußte ihr die Hand ausgerutscht sein, wo sie doch sonst so genau war. Aber vielleicht half das mit, die Lässigkeit zu betonen, die sie heute abend ausstrahlen wollte.

Sie war ganz in Weiß. Das schien ihn aus irgendeinem Grund zu beschämen und unsicher zu machen; er fing an, ihr zu erzählen: *Als ich noch ein Junge war ...* und dann beim Essen wieder, *damals als ich noch ein Junge war ...* Gladys hatte sie zusammengesetzt, und daher konnte sie Athol Shreves Kinderzeit nicht entkommen, ebensowenig wie seiner körperlichen Erscheinung, der sie sich andererseits jetzt zum erstenmal ungestört widmen konnte. Aber niemand, weder Athol Shreve persönlich noch *sie selbst,* hätte ihr vor dem zweiten Gang ein Interesse dafür abringen können.
Selbst dann schnappte sie sich nur hier und da schnell etwas heraus – die narbige Haut, die schweren Hände und die konzentrierten Augen und dieses stachlige Haar, von dem man weiß, wie es sich anfühlt, ohne daß man es erst berühren muß.
Er sprach von seinem Jurastudium (schwierig und mühsam), weniger von Politik: Falls er selbst tatsächlich von der Zukunft überzeugt war, die Sydney Radford ihm voraussagte, dann zeigte er das jedenfalls nicht offen. Im großen und ganzen langweilte er sie, und sie ihn wahrscheinlich auch – obwohl durch und durch maskuline Männer selten gelangweilt zu sein scheinen, solange weibliche Zuhörer ihnen auch nur ein Minimum an Aufmerksamkeit schenken.
Sie fühlte sich daher frei, sich von seinen Anekdoten und Ideen in die Gesellschaft ihrer eigenen Gedanken zurückzuziehen und ihm nur ihre physische Anwesenheit zu überlassen; während ein Gang nach dem anderen aufgetragen wurde auf dem goldenen Speiseservice der Radfords – annehmbar nichtssagende Gerichte. Warum sie sich überhaupt bereit erklärt hatte, sich in Athol Shreves' Gesellschaft zwingen zu lassen, war ihr bis jetzt noch immer nicht klar; vorläufig, dachte sie, war ihr an ihm noch nichts aufgefallen, was sie bewundernswert oder wenigstens ansprechend fand.
... niemals einen Mann anstellen oder ihm auch nur trauen, wenn er keine Arbeiterhände hat.
Solcher Zynismus rührte an bestimmte eigene zynische Auffassungen in ihr, und sie lachte. Aber dann sah sie, wie überrascht er war – möglicherweise war es ihm gar nicht klar, daß seine Bemerkung etwas Zynisches hatte. Verbissen säbelte er weiter an einer etwas zu muskulösen Hühnerkeule. Der Verrat an der Seite, auf die er gehörte, hatte seine Arbeiterhände jedenfalls unverändert gelassen.
Was würde er wohl von Alfred halten mit seinen im Verhältnis recht sensiblen Händen, schwielig von der körperlichen Arbeit, der er sich rein aus Prinzip unterzog?
Der Gedanke tat ihr wohl: *Mein Gemahl* – nicht als mystischer Besitzanspruch eines dümmlichen Wortes, sondern als Ausdruck des achtungsvollen Respekts und der Zuneigung. Ob Alfred achtungsvollen Respekt vor ihr hatte, das konnte sie nicht sagen: Er liebte sie.

Sind Sie verheiratet Mr. Shreve? Der Satz endete in einer Mischung aus verzweifelter Verlegenheit und heftigem Husten. Sie trank einen Schluck Wein, um zu verbergen, daß ihr das Wasser in die Augen geschossen war.
Es war nicht ganz so, wie sie gehofft hatte: Athol Shreve stellte sich als ein weiteres Exemplar in der Reihe jener pflichtgetreuen, sentimental unter dem Pantoffel stehenden Männer mit chronisch leidenden Frauen heraus. Gleichzeitig berührte sein Oberschenkel den ihren, wie sie feststellte, oder besser gesagt, er berührte ihn nicht nur, sondern war fest dagegen gepreßt. Ob Shreve sich dessen bewußt war, konnte sie nicht erkennen – er erzählte ungerührt weiter von einer Tochter (namens Doris), die in England Wirtschaftswissenschaften studierte. Wenn er auf das Thema ›Bildung‹ zu sprechen kam, war er besonders ernsthaft und verantwortungsbewußt, wodurch sich wieder eine reichlich zynische Situation ergab. Nur seine Hände waren echt: In Form und Aussehen wenigstens, und wenn man nicht an die Geschichte seines politischen Verrats dachte.
Und was war mit ihrem eigenen Verrat an Alfred? Aber sie hatte ihn doch eigentlich gar nicht verraten – oder jedenfalls nur einmal, und das war nicht viel mehr als die Unbesonnenheit eines Nachmittags und ohne jede tiefere Bedeutung. Es änderte nichts an der Möglichkeit einer idealen Beziehung, über den Respekt und die Zuneigung hinaus, die sie für Alfred hegte, und auch jenseits seiner (verletzten) Verehrung für sie. Wenn sie doch nur diese wahrscheinlich übermenschliche Beziehung etwas besser verstehen oder erfassen könnte. Aber das gelang ihr nicht.
In jedem Fall hatte das alles nichts mit Athol Shreve zu tun, dem politischen Verräter und zahmen gesellschaftlichen Büffel. Betrunken war er inzwischen. Deshalb brannte sich sein dicker Schenkel in ihren kühlen und zurückhaltenden. Auch sie selbst war nicht mehr weit davon entfernt. Gladys und Sydney ließen viel zu viele verschiedene Weine bei ihren Essen servieren, nur um zu zeigen, daß sie es sich leisten konnten.
Sie saß etwas nach vorn geneigt vor ihrem Dessert und preßte den Handrücken gegen die Stirn in der Hoffnung, damit einen dort bohrenden Schmerz vertreiben zu können. Was natürlich zwecklos war. Immer weiter stiegen kleine Bläschen auf und zerplatzten, in dem Glas vor ihr auf dem Tisch wie in ihrem Kopf. Sie öffnete die Augen, und da war gegenüber eine unauffällig aussehende Frau und lächelte sie an. Irgendjemand, dem man vorgestellt worden war, der einem aber völlig unwichtig scheint, solange man sich im vollen Besitz der eigenen Kraft weiß. Manche dieser nicht hübschen Frauen lächeln dich gelegentlich mit aufrichtiger Dankbarkeit und Bewunderung an, wenn du selbst hübscher bist denn je – aber vielleicht auch nur wegen eines aufregenden Kleides oder irgendeiner – irgendeiner gewissen Aura. Einer eingebildeten – nicht einer wirklichen.
Also konntest du jetzt deinerseits dieser Frau fast gar nicht oder nur halb über den Tisch zurück zulächeln, als Dank für ihr freundliches Interesse.

Athol Shreve – das war die Wirklichkeit. Dieser ungebildete, grobe Mann. Ein Schwindler und Betrüger: Aber das ist die Wirklichkeit so oft. Und du hast dich noch nie deiner eigenen Lust gegenübergesehen; sie hat dir noch nicht oft zu schaffen gemacht. Aber sie existiert – neben diesen anderen, unerfüllbaren Träumen.
Und Ehemännern.
Er sagte, es wäre merkwürdig, daß man sich nicht schon früher kennengelernt hätte. Im Gegenteil, warst du versucht zu antworten, nur wärest du nicht mehr imstande gewesen, diese Bemerkung treffsicher wie sonst in den Kern der Sache hineinzuzielen.
Im de-Lucca-Pfirsich der Radfords war eine Made.

Elizabeth Hunters schlimmste Alpträume kamen immer um die Mittagszeit. Sie preßte ihre zahnlosen Gaumen zusammen und stemmte sich mit ihren juwelenbesetzten Fingern dagegen, noch weiter in die Stickigkeit des nachmittäglichen Schlafes hinabgesogen zu werden; sein enger Flanelltunnel schreckte sie; ebenso der Gedanke, daß nur deshalb jemand da war, sie schließlich wieder aus ihm herauszuziehen, weil sie ihn dafür bezahlte: Das ist der Grund, warum Krankenschwestern immer ihre Ruhe behalten. Besonders die kleine Manhood.
Dieser Mann: dieser Politiker. Ihre Lippen bemühten sich, aber es gelang ihnen nicht, ihrem Gehirn seinen Namen abzuringen.

Nach dem Essen trieb man Konversation, und es gab eine Art von musikalischer Darbietung: Zwei schlanke junge Männer produzierten sich an zwei Klavieren; es war gerade Mode, sie für Abendgesellschaften zu engagieren. Du wärest gern unauffällig gegangen, aber du konntest einfach nicht. Nahmst sogar einen angebotenen Curacao an. Gladys war so höflich; und Sydney wollte dir ein paar japanische Drucke zeigen, die er gekauft hatte: Er hatte immer gerade etwas gekauft.
Wo war Athol Shreve?, überlegte sie. Sie konnte ihm nicht entgehen, das war ihr inzwischen klar. Er war der Grund, weshalb sie Lennon gesagt hatte, daß er nicht mit dem Wagen zurückzukommen brauchte, um sie abzuholen. Er war das Schreckliche, war die Wirklichkeit, der sich auszusetzen sie unbewußt beschlossen hatte; sicher hatte sie die explosive Kraft ihres sinnlichen Begehrens unterschätzt, aber sein erstes Zittern war schon in ihr gewesen, als sie früher am Abend ihren Mund mit dem Lippenstift entstellte. Einmal ging sie in das Badezimmer und wimmerte leise um Alfred. Das ist das zweite Schreckliche: daß man die, die man betrügt, zutiefst lieben kann. Heftig fuhr sie mit dem Lippenstift noch einmal über den vielleicht doch nicht ganz zufällig so lässig gemalten Mund.
Dann brachen die Gäste auf. Irgendwas war mit einem Ehepaar, das in

derselben Richtung wohnte: Wie sich herausstellte, die stille, unauffällige Frau, die beim Essen auf der gegenüberliegenden Seite gesessen hatte, und ihr Mann – ihr männliches Gegenstück. Athol Shreve wußte, daß du von ihm ein Angebot erwartetest, dich auch mitzunehmen; was nicht stimmte, oder doch. Der Pelzmantel ließ dich erschauern: Heute erschien er zu sehr wie ein Pfand, das du verwirkt hast.

Unterwegs klemmten und knirschten die Gänge, ehe sie sich schließlich widerwillig schalten ließen. Das Ehepaar auf dem Rücksitz ließ sich unter Dankesworten an seinem Haus absetzen. Er trug einen weißen Schal mit Fransen und einem schwarz eingestickten Monogramm, und sie hielt eine Moire-Abendtasche gegen flache Brüste gedrückt, wie sie da auf dem Pflaster vor ihrer Tür standen und sich zum Abschied herunterbeugten. Ihr Lächeln schien aus irgendeinem Grunde unerklärlich; aber es war bestimmt nicht deinetwegen; dafür waren sie viel zu nett.

Athol Shreve hatte weiter Schwierigkeiten mit der Gangschaltung. Für einen Opportunisten wie ihn war es ein zu unauffälliger Wagen, aber vielleicht ist Unauffälligkeit eine gute Tarnung für die Rücksichtslosigkeit. Oder war der Wagen möglicherweise wirklich ein harmloses Versehen, einfach nur als bequemes Transportmittel gedacht? Sie wurden gegeneinander und dann wieder voneinander weg geschleudert. Ein Schlagloch warf sie fast von den Sitzen: Sie schlug mit dem Kopf gegen das Dach.

»Sieht fast so aus, als ob ich mein Bestes tue, uns umzubringen!« (Deine schlimmsten Alpträume sprechen immer mit wirklichen Mündern und gleich mit Mündern wie Megaphonen.) »Das tät' vielleicht nicht sehr gut aussehen, eh?« sein dickes, megaphonstarkes Lachen, »– auf dem Heimweg mit Elizabeth Hunter, beide unter Alkohol, nach dem großen Ringelpietz.«

Eine bestimmte Fröhlichkeit in seiner Stimme läßt dich überlegen, ob nicht doch ein schlafender Instinkt für das Böse die Männer zur Unehrlichkeit treibt – auch gegen sich selbst und nicht einfach nur die Denkweise ihrer Gehirne. Eine Frau kennt sich selbst zu gut, als daß sie dem Bewußtsein ihrer Schuld entgehen könnte.

Im Moreton Drive hielt er an. »Das ist die Endstation, nicht wahr?« Aber er zeigte keinerlei Absicht, etwa umzukehren; er stieg aus: viel zu groß für die Türöffnung dieses kleinen Wagens.

Eine grelle Lampe beleuchtete das eigene, so solide und jetzt als Hilfe so unzuverlässige Haus.

»Hier diese Stufe – wo der Weg eine Biegung macht: Zwei Leute haben sich da schon das Bein gebrochen.« Sie glühte innerlich, aber ihre Stimme klang kalt.

Und hörte nicht auf seine Witze, sondern kramte in der Handtasche, der goldgeflochtenen – ein Hochzeitsgeschenk von Alfreds Mutter – und in ihr der Schlüssel zu diesem Haus, in dem sie wohnte.

Mrs. Hunter stöhnte; diese Krämpfe in ihren Beinen, wenn es Nacht wäre, dann hätte sie Schwester de Santis erlaubt, ihr eine von Dr. Gidleys Tabletten zu geben: Nach dem Mittagessen sind Schlaftabletten unmoralisch. Wenigstens die Augen aufmachen. Es ging nicht. Auf dem dunklen Bildschirm ihrer Lider lief der Film flackernd immer weiter.

»Ich nehme an, ich sollte Ihnen jetzt einen Drink anbieten, nachdem Sie so nobel waren, mich nach Hause zu bringen.« Eine hirnlose, das Weibchen spielende hübsche Frau nach einer Party.
Er merkte das. »Ich glaube, wir haben genug getrunken, um uns kennenzulernen.«
Der Zusammenprall ihrer Körper, ein Klang wie von zwei Gegenständen ganz aus Knochen oder aus Hartgummi und so wenig überraschend, als wäre es schon früher geschehen.
»Nicht dort entlang. Die Dienstmädchen schlafen. Wenn du nicht vorsichtig bist, weckst du sie auf.« Mit Betonung fügte sie hinzu: »Dann rufen sie vielleicht die Polizei an, weil sie glauben, ein Einbrecher hat mich überfallen oder versucht, mich zu ermorden.« Sie war sich ihres guten Rufs in der Meinung aller, die sie nicht kannten, absolut sicher; und niemand kannte sie, nicht einmal Athol Shreve; nur sie selbst wußte, wer sie war.
»Die Polizei – du könntest doch alles korrigieren, was die Dienstmädchen der vielleicht erzählen – oder nicht?«
Anstatt zu antworten, lächelte sie ihn nur an, denn sie hatte keine Ahnung, was sie wirklich sagen würde, solange es nicht nötig war.
Der Verdacht eines Hinterhalts schien ihn zu dem Entschluß gebracht zu haben, seine Ursache zu vertilgen: ihre Kehle, ihre Brüste.
»Wenn du erlaubst – mein Kleid. Das könnte ein zu verräterisches Beweisstück sein.«
Er beobachtete sie bei ihren Vorbereitungen. Sie beobachteten sich gegenseitig. Er hatte eine Ader auf der Stirn, die dick anschwoll, wie er sich jetzt bückte, um den Stoff um seine Schenkel erst zu lockern und dann nach unten zu streifen.
Abscheu vor seinem Körper, vor seinen tastenden Händen, den kratzenden Haaren auf ihrer Haut – das alles ließ ihre Gier nicht geringer werden. Eine wütende Bestie in ihr war bereit, wenn nötig, an alledem jetzt zu sterben: Es gab eine Ebene weit über den trägen Gewässern des Ehelebens, nach der sie gestrebt hatte, das wußte sie, und die Ausbrüche in die Untreue schließlich Haß gegen ihr eigenes Emporstreben.
Sein Dröhnen in ihr Ohr: »Mensch, Betty, wir vögeln ziemlich gut miteinander, was?« Dann mit schmatzendem Geräusch zurück und auseinander in gemeinsamer Abscheu.
Noch lieber als von dem Körper deines Liebhabers hättest du dich von deinem eigenen Körper getrennt.

Schon halb in den Kleidern, fing er an, vor sich hin zu murmeln, flüsterte schließlich laut: »Stimmt was nicht? Es ist doch alles in Ordnung – oder?«
Überhaupt nichts ist in Ordnung, das ist alles. Aber wie sagen?
Sie hätte ewig so daliegen können, ohne zu denken. Aber sie nahm sich zusammen: »Versteht deine Frau etwas von Politik?« Seine Hände beeilten sich noch mehr, alle Knöpfe wieder zu schließen.
»Nicht sehr viel. Und jetzt schon gar nicht. Sie ist zu krank, um sich dafür zu interessieren. Warum fragst du?«
Neben den Bildern von Ehemännern waren es auch die von Ehefrauen, die sie zu verfolgen begannen: bis zum äußersten gespannte kalkweiße Wechseljahre, aber ohne Gesicht und Form.
Jetzt wieder ganz im Panzer seiner Kleider, kam er und setzte sich an den Bettrand. Er schien Lust zu haben, noch ein paar Bröckchen von einer Mahlzeit zu naschen, die er eigentlich schon für beendet gehalten hatte.
Als seine Hand zugriff, erinnerte sie ihn: »Mein Mann kann jederzeit unerwartet aus Gogong ankommen.«
Athol Shreve konnte für einen Mann seiner Größe und Zielgerichtetheit sehr nervös werden. »Ich dachte, der Zug aus Gogong kommt in Sydney erst morgen an.«
»Schon richtig. Aber es gibt noch einen zweiten, langsameren, der über Tag fährt. Alfred nimmt ihn manchmal, weil er sich gern die Landschaft ansieht.«
Lange Sekunden vergingen, in denen sie von nichts als einem totalen Todeswunsch besessen war.
»Es ist vielleicht besser, wenn du mich an die Tür bringst, wie? Dann sieht es mehr aus wie ein ganz normaler Besuch, wenn irgend jemand – ich meine, wenn eins von den Mädchen –.« Für dieses letzte falsche Spiel zog sie sich noch einmal das Kleid an, das sie vorher getragen hatte, und schminkte sich sogar die Lippen; am Aussehen ihrer Augen ließ sich nichts mehr ändern.
An der Haustür bestand er auf ungeschickten Küßchen und sentimentalen Gesten. »Gute Nacht, Mädchen, gute Nacht. Schönen Dank für alles. Das nächste Mal kennen wir uns dann schon besser miteinander aus.«
Endlich konnte sie die Tür hinter allem schließen, doch das Geräusch des sich vorschiebenden Riegels klang wenig überzeugend.
Am nächsten Morgen (es hätte auch heute sein können) meldete Nora mit einer Würde, die fast überzeugend echt wirkte: »Mr. Hunter is da, Madame. Er hofft, daß sie nicht zu sehr erschrecken werden – Master Basil ist von einem Baum gefallen und hat sich den Arm gebrochen.«
»O mein Gott – wann sind sie denn angekommen?«
»Gerade eben. Mit dem Nachtzug.«
Alfreds bekümmertes Gesicht; Basil, eher mürrisch als leidend aussehend, trug einen Arm in der Schlinge.

»Oh, meine Lieblinge!« Sie war zu verstört, um zu weinen; auch wäre Alfred vielleicht gleich mit in Tränen ausgebrochen, wenn sie sich hätte gehenlassen.
Basil empfand nichts als Scham für seine Eltern. »Er ist nicht gebrochen. Er ist nur verbogen oder angeknackst.«
Alfred war so aufgeregt damit beschäftigt, einen Untersuchungstermin mit Dr. Moyes zu vereinbaren, der bestätigen sollte, daß der Landarzt in Gogong den Arm richtig behandelt hatte, daß er erst viel später wieder Zeit für anderes fand.
Dann traf es ihn plötzlich. »Arme Betty, das muß sicher ein Schock für dich gewesen sein.«
Sie war zu nichts weiter imstande, als ihren Mann nur anzublicken: seine wehrlosen Schläfen, sein gütiger Mund, seine Augen, die so viel weicher waren als ihre eigenen.
Es war Basil, der etwas witterte, nichts Bestimmtes natürlich, denn das war kaum möglich. Aber er verdächtigte seine Mutter ständig, ganz allgemein und aus Prinzip.
Sie sagte immer zu ihm: »Warum bist du so geheimnisvoll, Darling? Was sollten wir denn voreinander zu verbergen haben? Zu anderen Leuten kannst du so charmant sein – zu Mrs. Wyburd.«
Ob er sich auch daran erinnern würde? Er hatte ein phänomenales Gedächtnis. Schon als Junge konnte er ganze Szenen von Shakespeare auswendig. Manchmal lasen sie die Stücke mit verteilten Rollen, und sie übernahm alle weiblichen.
Jetzt spielten sie ihre Szene auf dem oberen Treppenabsatz.
»In jedem Fall steht dir die Schlinge gut – du siehst prächtig damit aus: wie ein aus dem Kriege heimkehrender Held.«
»Ich stinke! Seit das passiert ist, bin ich nicht mehr aus den Kleidern gekommen. Ich stinke nach zerquetschten Ameisen.« Seine Nasenlöcher drückten einen Ekel aus, der sich auch gegen sie richtete.
»Das macht doch nichts. Warte, bis du beim Arzt gewesen bist. Dann werden wir sehen, wie man dich waschen kann.«
Sie konnte sehen, wie er sich schon jetzt bereitmachte, Widerstand gegen ihre Ratschläge und erst recht gegen ihre Hilfe zu leisten.
Am nächsten Tag kam Dorothy von den Bullivants zurück. Basil war nur mißtrauisch, aber Dorothys kleines, gesammeltes Gesicht war dafür geschaffen, Anschuldigungen in sich herumzutragen. Wenn sie ihnen freien Lauf ließ, kam es vor, daß ihre Worte von ausbrechenden Gefühlen überwältigt wurden; manchmal jedoch sparte sie ihre Gefühle für bessere Gelegenheiten auf. Jetzt fällte sie ein Urteil über ihre Mutter wegen etwas, das sie nicht einmal erraten konnte; nur bohrte ihr starrer Blick noch tiefer als sonst, und ihr Schweigen war noch verbissener.

Und sie fand eine Spur unter dem Nachttisch. »Was ist das?«
»Was denn schon um alles in der Welt? Ein Manschettenknopf.«
»Wem gehört er?«
»Das ist einer, der meinem – meinem Vater gehört hat, deinem Großvater Salkeld.«
Immer fragte Dorothy, die den Knopf mit einer Art Horror betrachtete, wenigstens nicht nach dem zweiten. »Ist er nicht scheußlich?«
Das konntest du nicht bestreiten. Sie gab ihn dir zurück, und du mußtest jetzt überlegen, wo man ihn hintun könnte, bis sich eine Gelegenheit ergab, ihn wegzuwerfen – in den Park vielleicht, ins Gras – und den ganzen Zwischenfall zu vergessen. Falls Dorothy ihn dann nicht noch einmal fand.
Nur Alfred war offen und voller Vertrauen: Er behandelte dich, als ob du selbst und nicht Basil das Opfer eines Unfalls wärest. »Ich werde ein paar Tage dableiben, Elizabeth – dir Gesellschaft leisten – dir helfen, wieder Mut zu fassen.«
Am zweiten Tag schlug er vor, einen Spaziergang durch den Park zu machen. Während sie an den streng geometrisch angelegten Blumenbeeten entlang promenierten, hielt er ihren Arm in dem seinen, und seine Hand umfaßte die ihre mit jener Geste, die so offensichtlich fürsorglich-besitzergreifend ist. Sein wettergegerbtes Gesicht und seine grauen Augen ermutigten sie still, sich in aller Ruhe von irgendeinem namenlosen, melancholischen Leiden zu erholen. Eigentlich war es ein Leiden, so drückte seine Miene aus, daß sie beide miteinander teilten, seit Basil seinen Arm gebrochen hatte. Im Schattenkreis ihres cremefarbigen Sonnenschirms gingen Mann und Frau dicht nebeneinander her.
»Hast du Appetit auf irgend etwas Besonderes?« fragte sie und seufzte zugleich, denn er hatte sie überzeugt, daß sie sich beide erholen mußten. Er drückte ihre matte Hand. »Irgend etwas Einfaches, das uns beiden zusagt.«
Sollte sie vielleicht alles stehen- und liegenlassen, das Haus verkaufen, die Kinder in ein Internat geben und mit Alfred nach ›Kudjeri‹ zurückkehren?
Nein, das ging nicht. Sie hätte nicht ständig die Schleier der zarten Rücksichtnahme tragen können, in die Alfred sie einhüllen wollte. Aber sie war auch nicht, abgesehen von dieser einen, notwendigen Ausnahme, die brünstige Sau, mit der sich Athol Shreve gepaart hatte. Sie hätte alles darum gegeben, wenn vor ihr ein Kästchen aufgesprungen wäre, das die Gesamtsumme aller Erwartungen enthielt. Aber da dies nicht geschah (außer einmal in einem einzigen tröstlichen Traum, in dem sie in einer kleinen eingelegten Schatulle einen Bergkristall-Splitter entdeckte, der nackt und ohne Erklärung auf einer bleiernen Unterlage ruhte), mußte sie ihre Antworten außerhalb geschlossener Truhen suchen, in den kälteren Ungewißheiten, die ihr bereitet wurden.

Und Alfred blickte sie fast mit demselben Ausdruck an wie die stille, unauffällige Frau ihr gegenüber am Tisch bei den Radfords: dankbar für etwas, von dem sie sich nur einbildeten, daß du es bist.
Wenn du nur hättest sagen können: Ich bin weder vollkommen als Ehefrau noch als Sau oder als Kristall, und ich werde noch viele andere Formen annehmen müssen, ehe ich schließlich endgültig geformt – oder vielmehr, noch wahrscheinlicher, ehe ich schließlich in tausend Splitter zerfallen bin. Aber das ging nicht; sie hätten in dir niemals den ewig Strebenden sehen können. Einsamkeit und Verzweiflung haben keinen Raum in dem, was sie in einem schönen Gesicht und in einem Leben von – nach außen hin – strahlendem Glanz und Reichtum verkörpert sehen.

Über die Jahre hin die Briefe: *Meine liebste Elizabeth, es ist mir klargeworden, daß unsere Versuche, eine Ehe zu führen, uns dem Erfolg nicht näher bringen. Bei deinem letzten Besuch in ›Kudjeri‹ und meinem letzten Besuch im Moreton Drive habe ich den Eindruck gewonnen, daß du unsere Selbsttäuschungen als eine zu große Belastung empfindest und daß ich dir anbieten sollte, dich von mir scheiden zu lassen. Ich habe auf dem Gebiet der Ehe keine zukünftigen Ambitionen anderer Art, aber du möchtest dich vielleicht, obwohl du es vorziehst, das nicht zuzugeben, noch ein wenig umsehen, solange noch Zeit ist, möglicherweise woanders zu einer befriedigenderen Beziehung zu finden. Wenn ich das nicht schon früher vorgeschlagen habe, dann nur wegen der Kinder. Jetzt aber, da sie angefangen haben, selbständig zu denken, nehmen sie es vielleicht weniger übel und verzeihen es möglicherweise sogar, wenn ihre Eltern ein so sprunghaftes Benehmen zeigen ...* oh, die Bitterkeit deiner eigenen Unzulänglichkeiten von den Leuten die mildtätige Spenden an die Armen geben werden sie als Selbstsucht mißverstanden ja du bist von gewissen Standpunkten aus selbstsüchtig aber du bestichst dein Gewissen nicht mit guten Werken oder damit daß du dich als häuslichen Fußabstreicher hergibst natürlich selbstsüchtig neben Alfreds außergewöhnlicher Selbstlosigkeit Heilige ernten Bewunderung dabei ist doch wahrscheinlich alles leichter für sie ein Heiliger ist es wonach Dorothy sich gesehnt hat und als sie ihn nicht bekam konnte sie nur die beschuldigen die am wenigsten heilig ist *es ist leichter für dich Mutter wie für alle die schön und stark sind von den anderen bewundert gepriesen angebetet zu werden das ist es wonach du geradezu gierig bist mehr und mehr Anbeter* das ist nicht wahr wenn du deine eigenen Fehler besser kennst als sogar deine Kinder ja gepriesen werden vielleicht aber nur für eine bestimmte innere Vollendung die du noch nicht erreicht hast *Mein lieber lieber Alfred, wie schrecklich schuldig muß ich mich doch nach deinem Brief fühlen. Ich bin derjenige, der in aller Demut Angebote machen sollte, wenn es in irgendeiner Form um ›Freiheit‹ geht. Du bist es, der hier den Ton angeben muß, und ich werde akzeptieren, was immer Deine Entscheidung sein mag. Ich persönlich glaube nicht, daß es einen Zustand der Freiheit gibt, der umfassender ist als der, den wir kennen und dessen wir uns ›erfreuen‹ – wenigstens nicht im Leben ...* aber oh wie sehr sehnst du dich nach ihm.

Silbriges Licht im Raum, heller als die Schleier der Erinnerungsbilder: Eine leichte Nachmittagsbrise flirtet erquickend mit deinem dampffeuchten Haar, aber sie ist auch kalt und alarmierend auf entzündeter, schuppiger Haut. Hier ist die kühle Seite des Hauses: Auf der Westseite stehen jetzt die Zimmer in glühenden Flammen. Nichts sollte dich alarmieren: Zumindest wirst du nicht so leicht sterben, das hat sich im Laufe der Jahre erwiesen. Und Basil kommt, wahrscheinlich um die Zeit der Dämmerung (in künstlichem Licht wirst du vielleicht auch besser aussehen), und man wird die Szenen miteinander spielen, die ein Schauspieler erwarten kann. Eine Travestie, natürlich, aber du kannst die Künstlichkeit nicht verdammen, ohne gleichzeitig die gesamte Kunst abzulehnen.
Das unnatürliche flatternde Gespenst aus Dampf, das dort links in der feuchten Abendluft aufsteigt, das ist es, was dich zum Husten bringt. Du allein, nicht Alfred, bist wahrscheinlich schuld an Dorothys Bronchitis, an Basils übermäßiger Selbstsucht, die sich als Genie verkleidet. Lieber ein Viehtreiber oder ein Bankkassierer als ein Künstler. Ja, jetzt hast du es also gesagt: Was nützt ein Künstler denen, die ihn lieben? Wir sind niemals das, was alle glauben; wir sind nicht ein Mensch, sondern viele. Vater hatte erwartet, daß seine Tochter ihm Browning vorlesen würde, wie immer, aber sie vertändelte die Zeit am Ufer des Flusses der ertränkten Puppen, flocht Grashalme zusammen und lauschte den Hufschlägen auf der Brücke – an jenem Abend, an dem er sich den Lauf der Pistole in den Mund schob. »Müdigkeit des Blutes« nennt Mrs. Lippmann das. Aber selbst heute, nach vielen Jahren, bleiben wenigstens die kleinen, hübschen Erinnerungen.
Aus dem flatternden Dampfgespenst heraus eine Stimme: »Mrs. Hunter? Haben Sie gut geruht? Wollen wir Sie jetzt ein bißchen abwaschen?« Es war Schwester Manhood mit der Schüssel aus Spoke-Porzellan, die die Pflegerinnen für Reinigungszwecke verwenden durften.
»Ich habe so schrecklich geträumt.«
»Ich dachte, Sie könnten überhaupt nicht schlafen.«
»Oh, aber man kann doch träumen, nicht wahr – ohne zu schlafen?«
»Ich weiß nicht.« Schwester Manhood hatte begonnen, wenn auch vielleicht nicht mit liebender Sorgfalt, so doch immerhin mit berufsmäßigem Geschick, eine der Pflichten zu erfüllen, für die sie bezahlt wurde: eine altersschwache Patientin mit dem Schwamm abzuwaschen.

Mrs. Hunter lächelte. Sie konnte warten. Sie wußte, daß sie Flora Manhood an die Angel bekommen konnte, ehe sie überhaupt merkte, daß sie auf den Köder gebissen und den Haken geschluckt hatte. Und in der Zwischenzeit tat ihr der sanfte Schwamm unendlich wohl.

Die Schwester hätte genausogut eine Frucht schälen können – so berufsmäßig sachlich war sie bei ihrer Arbeit. Theoretisch hatte sie die Macht. Doch ausgeübt wurde sie durch den weichen, lauwarmen Schwamm, der sich in Spalten drängte und die Falten der Gedanken glättete. Gegenstände, einschließlich derer, die menschliche Züge tragen, können oft mehr Macht haben als die Menschen selbst.

»Jedenfalls«, sagte Schwester Manhood, »ist es ein wunderschöner Abend, Mrs. Hunter.«

»Tatsächlich?«

Das Leben Sydneys strömte vorbei und war überall ringsum, das konntest du ebenso spüren wie hören, floß heraus aus den Fabriken und Büros: Um diese Zeit begannen in den Bars Gruppen von Männern, ganze Bruderschaften vom Schlage Athol Shreves, ihre eigene Wichtigkeit mit Bier aufzupumpen; Krankenwagen rasten in Richtung von Katastrophen aus verknäultem Stahl und bröckelndem Glaskonfetti; in endlosen Reihenhäusern seiften jetzt Mütter kleine Jungen und ihre noch leeren Beutelchen ab, während heiratsfähige Mädchen sich in Spiegeln betrachteten, an ihren Pickeln drückten und ihre Gesichter cremten und von heimlich lange erhofften, aber unwahrscheinlichen Burschen träumten.

Die Kinder: Gott sei Dank, daß sie es nicht wußten, nicht wußten, daß sie alle Macht hatten – nicht diese dumme Prinzessin und auch nicht, seinen Briefen nach zu schließen, der berühmte bankrotte Schauspieler, sondern Dorothy und Basil, überwältigender in ihrem Schweigen als Elizabeth und Alfred Hunter mit ihrer gesamten Autorität, mit ihrem Geld, mit ihrer Lebenserfahrung und ihren praktischen, aber am Ende nutzlosen Ratschlägen. Eltern sind neben ihren Kindern nichts als hilflose Gespenster, neben den Kindern, die vom Lebenmüssen ausgelaugt werden; manchmal kehrt ihre Unvoreingenommenheit und tiefe Verständnisfähigkeit später zurück, nachdem sie denkende Wesen geworden sind; aber dann ist es fast zu spät.

Wenn Alfred nicht so bald gestorben wäre, dann hätte das vielleicht anders sein können: Wir hatten gelernt, miteinander in einer Sprache zu reden, die wie entschleiert war, und wir entdeckten immer neue unerwartete Bedeutungen.

»Habe ich Ihnen wehgetan?« fragte Schwester Manhood.

»Alfred – von Alfred habe ich gerade geträumt. Wußten Sie schon, daß mein Mann an Krebs gestorben ist?«

»Oh, wie schrecklich.« Das klang nicht überzeugend. Von einer Krankenschwester, die gerade ihren beruflichen Pflichten nachkommt, sollte man nicht zu plötzlich verlangen, daß sie sich in ein menschliches Wesen verwandelt.

»Und ich habe ihn gepflegt. Das wußten Sie bestimmt nicht«, sagte Mrs. Hunter und lachte.

»Nein, tatsächlich nicht.« Und sie glaubt es auch nicht: Deswegen hast du auch schon gleich vorher gelacht.

»Wie haben Sie das geschafft – ohne die Erfahrung –, wo es sich doch wohl um eine längere Krankheit handelte?«

»Oh, es war wohl eine längere Krankheit – nicht in Jahren allerdings, oder in Monaten. Aber ich habe es geschafft. Durch den Willen. An den Sie, Schwester, allerdings nicht glauben, scheint mir. Auch mit Instinkt, nehme ich an. Warum fangen die Menschen plötzlich an, Gedichte zu schreiben – oder sich zu lieben? Das sollten Sie doch wissen – oder wenigstens etwas davon.«

Schwester Manhood war mit dem Waschen fertig. Das gehörte zu den Dingen, die einen die Wände hochjagen konnten: Wenn man sie gerade nicht mehr nur bemitleidet, sondern dazu übergegangen ist, sie zu mögen oder sogar noch mehr; fast dazu, daß man beinahe eine Liebesaffäre mit ihr hatte – nur wir zwei und ein Schwamm –, dann mußte das alte Biest wieder anfangen, auf einem herumzuhacken, damit man nur nicht vergaß, daß man sie eigentlich haßte.

»Schwester Manhood, jetzt kratzt das Nachthemd auf meiner Haut.«

Soll es kratzen. »Vielleicht ist der Stoff schlechte Qualität.«

»Sie sind doch nicht ärgerlich über mich – oder?«

...

»Schwester?«

...

»Über das, was ich gesagt habe? Aber schließlich – ist es nicht ein natürlicher Instinkt, daß wir lieben – oder es wenigsten versuchen? *Das* werden Sie doch sicherlich verstehen? Instinktiv tun wir das, von Natur aus!«

»Ich weiß nicht.« Es gibt nichts, was ich richtig verstehe – jedenfalls sagen sie das alle in regelmäßigen Abständen zu mir – Col Pardoe und die alte blöde Mrs. Elizabeth Hunter hier; entweder war man nur ein Körper zum Vögeln oder ein Stück Holz, auf dem die Holzhacker (oder -hackerinnen) herumhackten.

»Wo gehen Sie hin, Schwester Manhood?«

»Das schmutzige Wasser im Bad ausschütten.« Wenn man doch auch gleich das Kind mit ausschütten könnte.

»Sie denken an ihr Versprechen, nicht wahr?«

...

»Schwester?«

...

»Das Versprechen!«
Zum Teufel, natürlich werde ich das nicht vergessen. Keinen Augenblick lang. Sie läßt es ja sowieso nicht zu, daß ich auch nur einen Augenblick lang vergessen könnte, wozu ich da bin.
Schwester Manhood goß das Wasser in die Badewanne; manchmal benutzte sie auch die Toilette dafür, aber heute brauchte sie mehr Platz für den Schwung, mit dem sie das Wasser auskippte; also die Badewanne. In diesem irren, riesigen, mit Teppichen ausgelegten Badezimmer, so groß wie bei manchen Leuten die ganze Wohnung. Die glatte Mahagonibrille, auf der IHR reicher, blöder Hintern schon Gott weiß wie lange nicht mehr gesessen hatte. Die fest verschlossenen Gläser mit Badesalzen, die Schale mit inzwischen braun verstaubten, einstmals duftenden Blütenblättern. Daran sah man, was dieses unbenutzte Badezimmer einmal für Elizabeth Hunter gewesen war. Eines Tages, beschloß Flora Manhood verbittert, würde sie einfach ihre Kleider ausziehen und dieses blöde Badezimmer für sich selbst benutzen. In aller Ruhe auf dem mahagonipolierten Rand der Wanne sitzen und dann die weißen, schrägen Seiten hinunterrutschen in stilles, beruhigendes Wasser.
Aber heute abend stand vor dem Fenster der westliche Himmel in Flammen: Das Badezimmer wurde zu Flora Manhoods Feuerofen, und sie stolperte keuchend und nach Luft schnappend in die kühlere Luft des Zimmers zurück, das Schwester Badgery den ›Schwestern-Ruheraum‹ nannte (da kann ich nur sagen: Wie soll man jemals *Ruhe* haben, mit IHR direkt um die Ecke), um sich mit ein paar Tropfen von herbem Hamamelis-Parfüm zu erfrischen.
Cols Lieblingsgeruch: riecht nicht nach Krankenschwester und auch nicht nach Nutte, sondern ist einer von den süßen Düften der Natur, sagte er, *genau das, was ich von dir erwarte, Flo. Ach ja? Vielleicht bin ich natürlich, aber süß kann mich wohl keiner nennen.* Jedenfalls nicht, solange ich nicht auseinanderhalten kann, was bei anderen Menschen ernsthaft und was nur nach außen vorgetäuscht ist; selbst sagen sie es einem nie, und wenn man fragt, halten sie einen für dumm. *Flo, das ist dein Problem, du hast falsche Vorstellungen von dir selbst, und im übrigen weiß niemand, was er eigentlich ist.* Nicht nach dem, was SIE sagt: *Nur man selbst kann wissen, was man wirklich ist.* Und so geht es immer: Von beiden Seiten hacken sie auf dich ein.
Am Rande des Parks die Kiefern, die immer tiefer in das silbrige Licht sinken, und das Gras wird bleicher, und der kleine See ist ganz aus Silber, aber aus der Nähe ist er schlammfarben und riecht nach Schlamm und unsichtbaren toten Fischen und dem Kot großer, langbeiniger, häßlicher Vögel. *Coots* sind das, sagt Col, eine Art Wasserhühner.
Immer Col! Oder Mrs. Betty Hunter. Wenn ich jetzt den Job hinwerfen

wollte, und sie ließe mich nicht gehen – was wäre dann? E. Hunter hat mehr Macht über einen als jeder Mann, an den ich mich erinnern kann. Auch mehr als Snow. Das muß daran liegen, daß sie schon so lange gelebt hat. Daher weiß sie, wie man andere Menschen so abwürgt, daß sie nicht mehr können. Regelrecht das Mark ausgesaugt hat sie allen, die sie umgebracht hat: diesem Ehemann zum Beispiel; oder nur halb umgebracht: Prinzessin Dorothy, da kann man auf den ersten Blick sehen, daß sie um ein Haar aufgefressen worden ist; der wirkliche Beweis wird dieser Sohn sein, der heute abend ankommt. Ob er seine Mutter überstanden hat und ein großer Schauspieler geworden ist oder ob er sich wie eine zahme Marionette benimmt.

Aber sei fair, Flora: Sagt die alte Schachtel nicht immer *dieser Mann Schwester mit dem Sie gehen – ich kann es an seiner Stimme erkennen und daran daß sie mich auf eine andere Art berühren, wenn er kommt – und die Medikamente bringt, nach denen wir telefoniert haben – was gar nicht nötig ist – denn die haben doch den Botenjungen mit dem Fahrrad für sowas, nicht wahr – für diesen Mann sind Sie bestimmt.* Als ob sie das etwas anginge. *Oh jaa, Mrs. Hunter? Meinen Sie?* (Kicher-kicher.) Man kommt sich wirklich vor wie ein dummes Huhn. Aber dann geht es wieder darum, daß sie sich doch nicht nur aus eigensüchtigen Gründen an mich klammert. Und damit gibt es wieder nichts, was ich ihr wirklich vorhalten könnte, außer daß sie sich ekelhaft und kratzbürstig aufführt; aber sie ist so alt und, o Gott, so müde und krank.

Also ist niemand da, der mich vor Col Pardoe schützen oder retten kann.

Nur Snow.

Im ganzen Park das tote verschwimmende Gras. Wenn der Schauspieler kommt, ist es sicher schon dunkel. Snow ist ein Albino, obwohl sie es ein natürliches Aschblond nennt. Später wird sie Hautkrebs bekommen, besonders wenn sie immer weiter in diesem brennendheißen Bus sitzt, oder im Depot auf der Bank in der Sonne, und eine Zigarette mit den Kerlen raucht, die auf ihre Schicht warten. Snow riecht, wie weißliche Frauen riechen: eher wie ein Mann. Und sie riecht nach den Münzen, die durch ihre Hände gegangen sind, nach verschwitztem Leder und nach zu vielen Zigaretten. Aber wir haben den gleichen Nothafen: Cousinen – einzige noch lebende Verwandte.

Und Mrs. Hunter besteht darauf *dieser Mann Schwester mit dem sie an ihrem letzten freien Tag ausgewesen sind – nach Noamurra – oder wohin – erzählen Sie mir davon – von ihm, meine ich!* Als ob ich das könnte. *Und dieser köstliche kosmetische Geruch den Sie da an sich haben? Ah (schnüffel) Hamamelis-Toilettenwasser das habe ich schon oft überlegt.* Wahrscheinlich überlegt, was ich damit verdecken will: vielleicht die Ziegen über die sie dauernd redet.

Sie waren an jenem Tag nach Noamurra gefahren, das stimmte.
»Warum Noamurra, Col? So eine gottverlassene Gegend!«
»Das ist gerade das Anziehende. Die Baumaschinen haben sich noch nicht dorthin durchgeschnüffelt. Bis jetzt noch nicht, jedenfalls. Und das ist es, was ich heute brauche.«
Er fuhr seinen Mercedes SSK (was immer das auch heißt). Den Valiant hatte er in Zahlung gegeben und diesen alten Wagen dann selbst wieder hergerichtet: In solchen Sachen war er sehr geschickt. Col könnte bei allem geschickt sein, was er tat, aber er wollte lieber seine Ruhe haben, wie er sagte. Als ob das nicht alle wollten, überhaupt alle; aber was ist Ruhe? Wo findet man sie?
»Noamurra! Wer wollte *dort* wohnen? Mitten zwischen all diesen verkommenen Obstplantagen?«
»Wenigstens kann man sich dort selbst zuhören, und man weiß, daß man noch lebt. Während ringsum die Orangen von den Bäumen fallen.«
»Nicht sehr fortschrittlich. Ich bin für den Fortschritt.«
»Du solltest dich zum Bürgermeister aufstellen lassen, Flo.«
Bei einer anderen Gelegenheit hätte sie sich vielleicht geärgert, aber die Wärme und das Geräusch der Straße hatten sie betäubt. Und das Gestrüpp: jeder Busch wie der andere. Sie kicherte ein bißchen, und die zuckende Bewegung schob sie zurück gegen die Sitzlehne. Col rauchte die Pfeife mit dem Aluminiumstiel, in der der Tabaksaft immer unten im Pfeifenkopf brutzelte. Auf den Standsteinfelsen glitzerte und blendete die Sonne: Durch das offene Fenster rieb der heiße Wind wie Sandpapier auf der Haut.
Weiter zurück, während die Vororte noch vorbeiflogen, hatte sie versucht, von dem Gefühl zu profitieren, daß sie in einem Mercedes saß, aber das hatte gar keinen Zweck: Der hier war so altmodisch, daß ihn keiner mehr kannte, und mit den glitzernden neuen Mercedes-Modellen konnte er einfach nicht Schritt halten. Jetzt hier draußen, wo kaum noch Verkehr war – nur hier und da ein verirrter Gemüse- oder Obstlastwagen und gelegentlich ein Kombiwagen mit einer Familie drin –, kam es kaum noch darauf an, wie man aussah.
War das nun Glücklichsein? Wenn ja – und sie hatte den Verdacht, daß es das war –, dann würde kein Mensch, Col nicht und nicht einmal das alte Miststück im Moreton Drive, je das Eingeständnis über ihre Lippen zwingen; die übrigens wie bei einem Idioten halb geöffnet waren, wie sie feststellte, als sie ihre Nacktheit mit der Zunge befeuchtete.
»Diese Mrs. Hunter, bloß weil sie so alt ist, redet den größten Blödsinn, und glaubt noch, daß ihr das einer abnimmt.«
»Zum Beispiel?«
»Oh, das kann ich dir nicht erzählen.«

»Wenn du es mir nicht erzählen kannst, warum hast du dann davon angefangen?«
»Nur so, als Konversation.«
»Das ist keine Konversation; das ist Frustration.«
»Na gut. Wie du willst.«
Sie lehnte sich zurück. Manchmal war sie gern mit Col zusammen, heute zum Beispiel. Sie hätte ihn gern ein bißchen genauer angesehen, aber das hätte sie verraten. Mehr als auf alles andere kommt es auf das an, was man sieht; aber der armen Mrs. Hunter half auch das nicht, sie mußte Theorien über Gerüche erfinden und sich so unheimliche Sachen über Stimmen ausdenken. Ob die Alte sich wohl einigermaßen klar an das erinnerte, was sie gesehen hatte, als ihre Augen noch sehen konnten? Die Hände von Männern, zum Beispiel; oder ihre harten Kehlköpfe; Männer verraten dir immer ihre Gedanken mit ihren Kehlköpfen, oder jedenfalls Col. Sie mußte einfach wenigstens einmal hinsehen.
»Wo siehst du hin?«
»Ich dachte, da wäre ein Straßenschild. Aber anscheinend doch nicht. Du lieber Gott, dieses Gestrüpp hört ja nie mehr auf, wenn es einmal anfängt.«
Beziehungsweise erst in Noamurra.
Endlich glitten sie in dieses andere, tiefere Grün, eingezäunte Koppeln mit sich abrupt aufwölbenden kleinen Hügelchen, Obstgärten mit verhakten Zweigen und schuppigen Stämmen, an einem kleinen Teich vorbei mit Schaum und Wasserlinsen auf der Oberfläche: das war das tiefste, tödlichste Grün. Die Häuser mit verblichenem Anstrich oder verwitterten Schindeln waren alle alt. Nur die Tankstelle, die Reklametafeln und die Autokinos waren neu. Auch die Menschen schienen alt mit ihrer windgegerbten Elefantenhaut und den Eheringen, die tief in das Leder der Finger schnitten. Auf einer Veranda, die fast ganz von Ligusterhecken umschlossen war, saß ein altes Ehepaar, trank Tee aus weißen Tassen und kaute dazu etwas, wahrscheinlich den traditionellen Teekuchen. Eine Tochter in langem, geradegeschnittenem Baumwollkleid saß mit ihrem geistig zurückgebliebenen Bruder dabei und blickte unverwandt auf die Straße. Sie war natürlich viel jünger als die alten Leute – aber auch schon ältlich.
Die Ligusterbüsche, die fast um alle Häuser standen, wurden immer dichter, fast erstickend. Wenn man den Kopf wandte, wirbelte und hüpfte tropische Feuchtigkeit vor den Augen: und immer von demselben tödlichen Grün, manchmal mit den Farbspritzern von Orangen dazwischen, oder blassen Ligusterblüten.
Col wollte gern zu Fuß gehen. Also wanderten sie über Seitenstraßen und Fußwege. Ein Kind, ein kleines Mädchen, hockte am Rande eines Obstgartens am Wegrain und spielte mit etwas in einem Einmachglas.

»Was hast du da?« Sie beugte sich zu dem Kind hinunter, das zuerst nicht antworten wollte, sondern sein schmutziges Gesicht verbarg.
»Womit spielst du denn da?« versuchte sie es noch einmal, eigentlich nur, um sich jetzt nicht geschlagen geben zu müssen.
»Mit einer Eidechse.«
In dem Glas saß tatsächlich eine Eidechse gefangen. Ihren Schwanz hatte sie bereits verloren.
»Du wirst doch nicht grausam zu ihr sein, oder?« Was für Sachen sagt man bloß zu Kindern. »Wenn ich du wäre – ich würde sie laufenlassen.«
Nur aus Augen und schimmernden Lippen bestehend, warf das Kind einen finsteren Blick auf die Eidechse. »Sie ist mein Spielkamerad«, sagte es.
»Trotzdem – ich würde sie freilassen.«
Oder wirklich? Es ist schwer zu sagen, was du selbst getan hättest, in dreckverschmiertem Kleid und zerrissenen Unterhosen am Straßenrand sitzend.
Während sie weiter den im Zickzack verlaufenden Weg entlanggingen, sagte Col: »Sie wird der Eidechse den Kopf abreißen, sobald wir nur um die Ecke sind. Bloß um zu sehen, was passiert. Du hättest dasselbe getan, Flo.«
»Woher willst du das wissen?« Sie spürte, wie der Ärger ihr heiß bis zum Hals hinaufstieg.
»Ich *weiß* es nicht«, gab er zu, »aber ich würde es annehmen.« Die Luft war zu bleiern und einschläfernd für längere Spekulationen.
»Meine Kinder würden so etwas nicht tun«, sagte sie, »dafür würde ich schon sorgen. Was ich auch selbst sein mag – ich würde sie anders erziehen.«
Er schwang ihre Hand hin und her und lachte.
»Warum nicht?« Die Entrüstung erstickte fast ihre Worte. »Ich würde auf jeden Fall versuchen, mich selbst in meinen Kindern zu vervollkommnen.«
Sie durchquerten eine der mit vielen, kleinen und schwammigen Hügeln übersäten grünen Koppeln. Es war, als ob man über eine riesige Steppdecke geht, deren weiche, unregelmäßige Polster unter den Füßen nachgaben.
»Es tut mir leid«, sagte sie, »wenn ich so schlechtgelaunt scheine. Ich weiß, daß ich streitsüchtig bin. Aber es gibt auch so viel, worüber man sich streiten muß.«
»Es ist besser, ein streitsüchtiges Mädchen zu heiraten. Wenn man sich eine nur deshalb aussucht, weil sie lieb und nett ist, und sie stellt sich dann doch als Hausdrachen heraus, ist das eine große Enttäuschung.«
»Ich bin noch niemals lieb und nett gewesen. Und ans Heiraten habe ich jetzt schon überhaupt nicht gedacht. Ich wollte nur sagen, es ist doch schade, wenn man nicht einmal einen Ausflug zusammen machen kann, ohne sich gleich wieder verteidigen zu müssen.«

Sie stapften über die weiche Koppel dahin, durch Jahre, vielleicht ein ganzes Menschenalter an brachliegender Erde.
»Wenn ich ein Hausmütterchen wäre, dann hätte ich uns wahrscheinlich ein paar Sandwiches zurechtgemacht.«
»Ich mache mir nicht die geringste Illusion, Flo«; und damit schnappte er mit übertriebenen Kaubewegungen an ihrem Arm entlang, als ob er einen Maiskolben äße.
»Hör auf!« Das war wirklich kindisch.
Oder vielleicht doch nicht; als sie stehenblieben und sich einander zuwandten, war die Stille rings um sie lautlos und ernst. In einem Sonnenstrahl hing das Netzwerk eines Mückenschwarms; auf der einen Seite knotige, sich nach allen Richtungen neigende Gummibäume, auf der anderen die weichen, unscharfen Umrisse der Apfelsinen; staubige Zweige und wächsern blattbesetzte Äste versuchten jeweils von ihrer Seite weg und ins Licht zu kommen. An der Stille erkannte Flora, daß sie wieder einmal gefangen war – wenn es ihr überhaupt je gelungen sein sollte, auszubrechen. Col, zuerst einen Schritt zurückgetreten, kam jetzt wie ein Schlafwandler auf sie zu, der instinktiv in den Raum zurückkehrt, den er am Anfang desselben Traumes verlassen hat; die erschöpften, aber lebensentschlossenen Bäume halfen ihm mit.
Sie allerdings nicht. »Was glaubst du denn, wer ich bin?« protestierte sie; und sie wußte es doch allzu gut; schon schmiegten sich ihre Körper aneinander. »Col?« Wenn ihre Stimme laut und rauh tönte, dann nur, weil ihr Mund noch unter dem Zwang dazu stand.
Er gab keine Antwort. Er fuhr einfach fort, seine Lippen in der vor ihm bereitliegenden Furche ihres Mundes hin und her zu schieben: Und sie konnte nichts dagegen tun, daß sie dort einfach hingehörten.
Sie war ein Teil des Plans, den seine Finger wissenschaftlich ausgearbeitet hatten und der schließlich doch *ihrer beider* Plan war. Er riß nur einen Knopf von der Stelle ab, an der er an seiner Hose verwurzelt war.
In der gewohnten Umgebung von Sand und Meer hatten ihre Körper sie noch nie erschreckt. Aber hier vor dem hektisch-grünen Hintergrund schien ihre Haut von blendendem Weiß und völlig nackt. Sie kam sich unmoralisch vor, ganz unbekleidet dazuliegen, aber dann war da etwas und brachte sie dazu, das zu vergessen.
Dennoch murmelte sie vor sich hin: »Und wenn nun jemand kommt?«
»Mmhm?«
»Das Kind mit der Eidechse – es könnte einen Schock fürs Leben bekommen.«
Aber das kleine Mädchen gehörte nicht in ihren gemeinsamen Plan, und deshalb wurde es beiseite geschoben. »Sowieso – ein verrohtes Kind«, erinnerte sich Flora Manhood noch unter Keuchen.

Und sie begann nach etwas anderem zu stöhnen, während er sie immer tiefer in die elastische Matratze aus prickelndem Gras stieß.

Er setzte sich auf und war hoch über ihr. Sie liebte die Art, wie sein Körper aufgeteilt war, bis ihre Augen, im Liegen an ihrem Nasenrücken entlangblickend, sich an einer anderen Stelle festsaugten. Sie hätte ihren tyrannischen Liebhaber verschlingen mögen, wenn nicht Elizabeth Hunters grinsende, zahnlose Gaumen gewesen wären und ihr blinder, aber wissender Blick, dem sie sich wieder aussetzen mußte.

Sobald er es erlaubte, entzog sie ihren weicher gewordenen Körper rein aus Prinzip der schlaffen Trägheit halber Gedanken und fleischlichen Gefühls, in der sie noch lange hätte daliegen können.

»Du hast lauter Striemen kreuz und quer auf deinem Po, Flora – von den Zweigen – und grün gefärbt sind sie auch noch.«

»Was hast du nur mit mir gemacht?« stöhnte sie und versuchte, über die Schulter nach ihrem karierten Hinterteil zu sehen.

»Aber war das nicht richtig?« fragte er. »Sind wir nicht deshalb hergekommen?« Jetzt auch noch Col, der sie von unten her angrinste.

»Jemand könnte uns sehen«, fing sie wieder an.

Als sie gerade wieder halb in ihren Kleidern waren, wurden sie noch einmal zueinander gezogen; aber diesmal war es, als wäre er das Kind, das sie miteinander gemacht hatten, ihr großes Kind, das gegen ihre Brüste stieß, und sie wußte sich vor Liebe zu ihm nicht mehr zu fassen.

»Ich weiß nicht, was uns da immer überkommt«, sagte sie, als sie beide wieder mit geordneten Kleidern dasaßen.

»Das wissen wir beide ganz genau, und du willst es nur nicht zugeben«, antwortete er ruhig.

An der Straße, ganz in der Nähe, wo sie den Wagen geparkt hatten, fanden sie ein Haus mit einem Schild, auf dem stand KÖSTLICHE GEFLÜGEL-SANDWICHES – HEISSES WASSER ZUM TEEKOCHEN GRATIS. Die Frau in dem langen, zeitlosen Baumwollkleid sagte, sie könnte auch ein paar Eier braten, wenn das eher ihr Geschmack wäre. Sie brachte eine Schüssel mit kleinen, ganzen, eiförmigen Tomaten. Tee gab es in dickwandigen weißen Tassen aus einem braunen Emaillekessel.

Während sie aßen, blieb die magere Frau bei ihnen stehen. Sie wollte gerne ein bißchen reden. Nachdem sie sich über das Wetter ausgelassen hatte, versuchte sie es mit einem Mordfall, der gerade Schlagzeilen machte. Aber die Münder der beiden waren zu voll, um sich an der Unterhaltung zu beteiligen.

»Och ja«, seufzte die Frau, »es is' wunderschön, allein 'rumzufahren – wenn man jung ist«, fügte sie hinzu.

Kleine Eierschlieren erstarrten zusammen mit dem Fett auf den leeren Tellern.

»Noch keine Kinder?«
Col verschluckte sich fast an der letzten Eiertomate.
Und weil sein Mund voll war, und es sich hier sowieso um eine Sache unter Frauen handelte, mußte man eben selbst sehen, wie sich das am besten erledigen ließ. »Keine Kinder. Nur ein Ausflug unter Freunden.«
Die Augen der Frau hatten ganz offensichtlich begonnen, nach einem Ring zu suchen, nachdem sie einmal ihre Bombe gelegt hatte; jetzt wurde ihr magerer Hals bis hinauf zu den lederhäutigen Wangen brennend rot. »Und dabei hab ich doch bestimmt gedacht –«, sagte sie, »– aber bei manchen Sachen, da kennen sich die Leute nich' mal im eigenen Kopf aus.« Schon vom Tisch und von ihrem peinlichen Fauxpas hinwegschlurfend, murmelte sie noch durch das schabende Geräusch ihrer Sandalen: »Mit Kinners is' das alles ganz anders.«
Fröhlich sagte Col, als sie wieder im Wagen saßen: »Ein wunderschöner Tag in Noamurra! Weißt du, was ›Noamurra‹ heißt?«
Natürlich wußte sie das nicht.
Er sah sie an und sagte: » ›Mann und Frau‹.«
»Das glaube ich dir nicht.«
Aber im Grunde glaubte sie es doch: Col wußte alles; sie war ja doch nur ein dummes Mädchen von einer Bananenplantage an der North Coast, die Krankenschwester geworden war, um sich einen Mann einzufangen, und dann plötzlich keinen mehr wollte.
Sie fuhren los. Einmal schob er seine Hand zwischen ihre Schenkel, als ob er zeigen wollte, daß sie ihm gehörte. Sie stieß ihn natürlich nur deswegen nicht beiseite, weil die Straße sie wieder einschläferte.
»Am Donnerstag ist das Konzert«, erinnerte er sie.
Sie wandte sich ab, sprach aus dem Fenster zu den Büschen, zu den Felsen. »Ich weiß nicht, warum du mich immer zu Konzerten schleppen willst.«
»Weil ich dich gerne dabei habe.«
»Aber ich weiß gar nicht, wie man dieser Musik zuhören soll. Immer dieser *Mahler!* Ich kann weiter nichts tun, als an andere Sachen zu denken, bei dieser Musik.«
Das schien ihm nicht wichtig zu sein. »Schön. Dann denk eben an was anderes, Flo, etwas von der Musik wird schon irgendwie in deine Gedanken übergehen.«
Aber er gab ihr ein leeres Gefühl: die Taschenbücher, die Schallplatten – und wissen, was Noamurra heißt. Und sie? Was hatte sie Col anzubieten, außer ihrem Körper und ihren ungeborenen Kindern? Und, o Gott, die würden ja bald wie die Erbsen aus ihr 'rauskullern, wenn sie nicht ihre Gedanken zusammenhielt.
Sie hätte sich vielleicht behaglich fühlen können, so angefüllt mit Sonne, Spiegeleiern und Col; vielleicht sogar ein wenig geschlafen hätte sie, wenn

da nicht diese kleinen Kinder gewesen wären, die auf ihren Schoß kletterten und an ihre Brüste griffen und sie mit den Augenlidern an der Kehle kitzelten und ihre Gesichtshaut zu Lächelfalten verschoben, die sie sich nicht leisten konnte, denn sie zeigten genau ihre Sehnsucht – diese kleinen rosiggoldenen Wangen zart zwischen die Zähne nehmen und prüfen wie sehr man sie liebt.
»Hast du gut geschlafen?« fragte er.
»Ich habe überhaupt nicht geschlafen, falls du das gedacht hast«, antwortete sie genau wie Mrs. Hunter.
»Fast den ganzen Weg bis nach Hornsby bist du wie ein halbvoller Mehlsack im Schlaf hin- und hergerutscht.« Und er griff an ihr Knie, nur um sie zu ärgern.

Flora Manhood wünschte sich, den ganzen Abend so stehen zu können, die Ellbogen auf dem Fensterbrett und die Wange in die gefalteten Hände gestützt. Eine Weile vorher mochte es gewesen sein, daß sich ihre wie betende Haltung ins Träumerische verwandelte, über den leeren, verblichenen Park, über den Verkehrslärm hinweg und hinüber zu den wie Scherenschnitte vor dem Horizont stehenden Umrissen der Klosterschulen. Was auch sonst immer – eine Nonne wollte sie nicht sein. Viel lieber als irgend etwas wäre sie gar nichts gewesen, oder ein Traum, aus dem heraus sie ihre Haare in den Abend herablassen könnte – wie in der Oper von der Col erzählte, mit dem langen Haar, das der Geliebte um den Baum wand, und damit war sie gefangen. Aber welcher Geliebte? Ein Unbekannter, der in der Dämmerung aus dem Park kam und so perfekt war, daß er fast unvorstellbar schien. Aber würde sie nicht in jedem Falle hereinfallen? Ja, in jedem Falle – gefangen wie immer!
Dieses leise Geklingel jetzt kam von der Tischglocke, die die alte Schachtel neben ihrem Bett hatte. Die Schwester, verbittert über die unausweichliche Falle, in die ihre eigenen Gedanken sie gelockt hatten, war jetzt geradezu von Eifer besessen, es ihrem *Pflegefall* recht zu machen. Sie richtete ihren Schleier so streng her, daß die Oberin ihre Freude daran gehabt hätte, und machte sich auf den Weg über den Gang in Richtung auf den immer noch tönenden, ungeduldigen Klingelruf.
Fast auf den Zehen herumwirbelnd, rief Schwester Manhood beim Betreten des Zimmers: »Jetzt haben wir Sie ja fast vernachlässigt, wie, Mrs. Hunter? Aber das müssen wir jetzt wieder gutmachen.«
So gut gelaunt; man mußte sich sofort Gedanken machen, wo da der Haken war; Mrs. Hunter war auf etwas ganz anderes vorbereitet gewesen, und nun hatte sie dem plötzlichen Stimmungsumschwung ihrer Pflegerin nichts entgegenzusetzen. »Ich nehme an, daß man kaum erwarten darf, Sie hier ununterbrochen tätig zu sehen – aber andererseits

bezahlt man sie auch nicht dafür, daß man uns einfach ignoriert – Schwester.«

Schwester Manhood ignorierte, was schließlich weiter nichts war als ein Nadelstich – bei IHR. »Ich stehe Ihnen zu Diensten, Mrs. Hunter. Was immer Sie wünschen.« Sie befeuchtete ihre frisch geschminkten Lippen mit der Zunge und wußte, daß sie hübsch aussah; aber die Alte konnte das sowieso nicht sehen.

»Ich möchte, daß Sie mich in meinen Stuhl setzen.«

»Glauben Sie, daß Sie heute dafür stark genug sind?«

»Ich muß es sein. Ich muß in meinem Stuhl sitzen – wenn er – wenn er kommt.«

Die Schwester rollte den Stuhl, eine sinnige Konstruktion aus Chrom und Leder, durch den gezierten Dschungel aus Rosenholz und Silber.

»Erst meinen Morgenrock«, erinnerte Mrs. Hunter; nur sie konnte sich immer wieder an die richtige Reihenfolge jeder einzelnen Handlung erinnern.

Die Schwester holte den Morgenrock herbei, er war aus zerknittertem, angelaufenem rosa Brokat. Irgendwann mußten einmal die Motten in die Ärmel geraten sein, die mit einem Pelz besetzt waren, den Flora Manhood für echten Zobel hielt. Das Abgetragene des Kleidungsstückes verminderte in keiner Weise ihren Respekt vor der Atmosphäre einstiger Großartigkeit, die es noch umgab.

»Seien Sie vorsichtig mit meinen Armen, bitte«, warnte Mrs. Hunter. »Geprüfte Krankenschwestern wissen anscheinend wenig davon, wie die menschliche Anatomie funktioniert.«

Nachdem der Morgenrock zurechtgezogen war und der Rollstuhl richtig neben dem Bett stand, nahm die Schwester das Bündel aus knackenden Knochen und ausgezehrtem Fleisch in die Arme und manövrierte es in eine sitzende Stellung.

»So gesund«, murmelte Mrs. Hunter; sie atmete den Geruch ein, der von den Bewegungen ihrer Pflegerin ausging, und darunter die duftende Wärme der Jugend. »Und so stark.«

»Na also, Liebste. Sitzen Sie auch wirklich bequem?« Schwester Manhood war plötzlich von Mitleid erfüllt: Nicht direkt für Mrs. Hunter persönlich, aber irgend jemandem mußte es ja zugute kommen; und unter dem Nachthemd, zwischen den Bahnen aus rosa Brokat und den Einfassungen aus echtem, mottenzerfressenen Zobel, da waren diese Beine wie graue Streichhölzer.

Die Schwester kniete nieder, um Hausschuhe über die eiskalten, fast durchsichtigen Füße zu ziehen.

Mrs. Hunter klang, als ob sie den Tränen nahe sei. »Ihre Hände fühlen sich so freundlich an, Schwester. Ich hoffe, daß Sie Ihr Versprechen nicht vergessen haben, mich zurechtzumachen.«

Schwester Manhood schämte sich: Sie hätte alles darum gegeben, wenn sie nur von Natur aus zärtlich, ruhig und liebevoll wäre. Aber es fiel ihr so schwer, und vielleicht würde sie es nie lernen.

»Nein, ich habe es nicht vergessen.« Sie stand auf und drängte damit alle weiteren Bestrebungen ihrer Gefühle zurück, einfach überzufließen.

»Ich hoffe, daß es Sie nicht langweilt.«

»Nein, natürlich nicht. Es langweilt mich überhaupt nicht.« In Wirklichkeit war es das einzige, was ihr an der ganzen Sache Spaß machte; das wußten sie an sich alle beide.

Mrs. Hunter gab ein wohliges Knurren von sich; sie war endlich zufrieden.

Schwester Manhood holte den Toilettenkoffer, der aus einer späteren Periode stammte als Mrs. Hunter selbst. In blauem Glacé-Leder und mit Silber beschlagen, paßte er so wenig zu ihr, wie eine Nachtklubtänzerin unter die große, in Silber eingelegte Sonne gepaßt hätte, die ihre Strahlen im Kopfteil von Mrs. Hunters Rosenholzbett nach allen Seiten versandte.

Mrs. Hunter war glücklich; sie sog den Kosmetikgeruch ein, der aufstieg, als der Behälter geöffnet wurde.

Schwester Manhood machte sich mit einem Eifer an die Arbeit, den man beinahe ›wollüstig‹ nennen könnte, wenn nicht doch eine gewisse Ehrfurcht dabei gewesen wäre; der Gegenstand ihrer Anstrengungen bot seine Wangen mit Stolz dar. Die offensichtliche Hingabe und Gründlichkeit, mit der Schwester Manhood die Creme-Unterlage in die ausgetrockneten Runzeln einmassierte, hätte vielleicht sogar Schwester de Santis beeindruckt. Die Art, in der sie es tat, allerdings nicht: Etliches daran *war* wollüstig.

Im ersten Stadium verwandelte sich Elizabeth Hunter in ein schwach umrissenes Ebenbild ihrer Vergangenheit. Sie konnte spüren, wie sich ihre Wangen rundeten. Die weißen Kleider, die sie früher immer trug: Die Leute unterbrachen ihre Unterhaltung wenn sie die Treppe herabkam.

»Machen Sie das Licht an, Schwester.«

»Aber es ist noch hell genug draußen, Mrs. Hunter. Bestimmt. Ich kann wirklich noch genug sehen.«

»Gehen Sie – schalten Sie es ein, bitte. Ich möchte gern das Licht um mich spüren. Es ist dann viel wärmer.«

Schwester Manhood wandelte ihren Ärger in einen milden Seufzer um: Jetzt noch Grundcreme auf den Lichtschalter schmieren. »Ich dachte nur an die Ausgaben – elektrisches Licht so früh am Tag.« Wenigstens die passende Ausrede.

»Ich bin schon immer extravagant gewesen«, sagte Mrs. Hunter und lächelte.

Das möchte ich wetten – wenn es um dich selbst ging. Aber Schwester Manhood sagte das nicht laut.

Irgend etwas beschäftigte Mrs. Hunter schmerzlich, wie es schien. »Alfred – mein Mann – war der Meinung, daß niemand daran denkt, das Licht auszuschalten oder Wasserhähne abzudrehen, ehe er nicht selbst die Rechnungen bezahlen muß. In den meisten Fällen stimmt das. Niemand hat sich je um Alfred gekümmert«, sagte sie.
Schwester Manhood grub in dem Toilettenkoffer zwischen den Büchsen und Hülsen herum. Sie summte, ja sang fast, etwas vor sich hin, das klingen sollte wie: *»Ich hätt' getanzt, heute nacht ...«* aus *My Fair Lady*.
»Wo ist mein Mann?« fragte Mrs. Hunter; die Erregung in ihrem Gesicht zerstörte einen guten Teil der Arbeit ihrer ergebenen Dienerin.
Einen Augenblick lang hatte die Krankenschwester Angst; sie wußte nicht, was sie jetzt am besten tun sollte; schließlich sagte sie: »Wahrscheinlich hat er sich aus irgendeinem Grund verspätet. Aber er kommt sicher noch.«
»Ja – sicherlich.«
Mit dem Handrücken wischte Flora Manhood die Schweißperlen von der Stelle ab, wo sonst die Schnurrbarthaare gewesen wären. »Welche Farbtöne hätten wir denn gern heute abend?«, fragte sie mit ihrer fröhlichsten, am deutlichsten artikulierenden Stimme.
»*Dusk Rose* als Rouge, *Deep Carnation* für die Lippen«, antwortete Mrs. Hunter mit Überzeugung.
»Mhm? Ich hätte eher an *Crimson Caprice* für die Lippen gedacht. Aber wenn Ihnen das nicht gefällt, dann natürlich nicht.«
»Deep Carnation.«
Mrs. Hunters Wangen erglühten unter den düsteren Schwingen von *Dusk Rose*. Sie schloß die Augen, vielleicht entrückt von dem Parfümgeruch des blauen Glacé-Leders.
Schwester Manhood strich verhältnismäßig träge über die getönten Wangen und hob sich die subtileren Fertigkeiten ihrer Kunst, oder ihrer Berufung, für die Lippen auf.
Und ihre eigenen Lippen flüsterten *»Deep Carnation«*, aber das Flüstern erstarb in einer tief atmenden Stille.
»Sie haben die Zähne vergessen, Schwester. Die *Zähne*! Sie können doch überhaupt nichts mit meinen Lippen anfangen, ehe sie nicht die Zähne reingetan haben. Ist Ihnen das nicht klar?«
Schwester Manhood wurde mit Recht korrigiert. Sie holte die für teures Geld hergestellten, naturgelben Zähne: niemals, ohne dabei zu erschauern. Mrs. Hunter setzte sie selbst ein; aber *du* mußtest nachschieben, bis ihr beide in etwas verwickelt wart, das zum einen Teil wie ein versuchter Selbstmord und zum anderen wie ein Mordversuch aussehen mußte.
Nachdem sie lange genug gesaugt und geknirscht hatte, sank die Alte erschöpft zurück und sagte: »Schreckliche Dinger, diese Zähne.«
Das darf eine junge Frau, die sich ihrer Hingabe sicher ist, nicht ab-

schrecken; auch ging es bei diesen Ritualen um nicht mehr als nur um einen kurzen Augenblick menschlicher Bedrängnis: Mit angehaltenem Atem und geschlossenen Augen suchte Flora die erforderliche Stufe der Selbstentäußerung zu erreichen.

Dann schoß der Lippenstift aus seiner vergoldeten Hülle heraus, und nachdem sie einen oder zwei der üblichen, mystischen Striche in das Nichts gemacht hatte, begann die weißgekleidete Priesterin, tiefes Nelkenrot in die nackten, von Sprüngen durchzogenen Lippen hineinzuweben. Alles, was sie über Kunst wußte, und alles, was sie an Sensualität gelernt hatte, drückte Schwester Manhood in diesem Mund aus, der nicht ihr eigener war. Wenn sie sich nie zuvor bis zur Selbstlosigkeit durchgerungen hatte, dann gelang ihr dies jetzt; und sie zwang eine Illusion in purpurrote Wirklichkeit.

Aber andererseits doch nicht ganz selbstlos: Ihre Handlung wurde zur Sehnsucht; ihre eigenen, geschwollenen und schwellenden Lippen hätten aufschreien mögen; demütig hätte sie, und sei es auch nur für den Augenblick, jede köstliche Erniedrigung über sich ergehen lassen, die *er* von ihr verlangt hätte.

»Mmhm!« Mrs. Hunter verzog ihren Mund mit einer so unerwarteten Plötzlichkeit und Kraft, daß das Kunstwerk fast ruiniert und auf jeden Fall alles abgebrochen wurde, was Schwester Manhood noch mehr in Ekstase versetzt hätte. »Sagen Sie – ich bin doch nicht wirklich nur noch ein Gegenstand, oder?« Und wenn es so ist, dann möchtest du nicht, daß es durch das Verhalten anderer Menschen bestätigt wird.

»Oh, Sie werden – schon jetzt – Sie sehen einfach *wundervoll* aus!« Schwester Manhoods Stimme kam so tief aus der Kehle, daß es wohl aufrichtig gemeint sein mußte.

»Wirklich?« flüsterte Mrs. Hunter.

»Ich hätt' getanzt heut nacht«, sang Schwester Manhood jetzt laut und deutlich; dann senkte sie die Stimme wieder: »Wie ist es mit Lidschatten, heute?«

Mrs. Hunter belebte sich aufs Neue. »Vielleicht ein klein wenig?« Sie lächelte zu ihrer Pflegerin auf wie ein kleines Mädchen, das von seinem eigenen Wagemut begeistert ist.

»Blau?«

»Blau«, stimmte sie zu. »Nein!« erinnerte sie sich dann. »Lieber ›Delphinsilber‹.«

Flora Manhood wußte, was nun zu tun war: Über Elizabeth Hunters Augenlider zog sie die traumverlorensten aller mondlichtversilberten Schneckenspuren. Elizabeth Hunter, fast völlig verwandelt, rekelte sich in delphinsilberner Seligkeit.

Bis sie sich erinnerte: »Wissen Sie, daß Alfred immer gegen Make-up war?«

»Tatsächlich?«
»Sogar auch dann noch, als es längst gesellschaftsfähig war.«
Ihre gemeinsamen Schwächen brachten Schwester und Patientin einander ganz nahe. Manchmal war es ihrer beider Unglücklichsein, das sich übertrug; andere Male waren es ihre gemeinsamen Freuden.
Schwester Manhood wischte ein Härchen von den Lippen, die sie gerade erschaffen hatte, und trat zurück. »Hatten Sie an eine Perücke gedacht, Liebste?«
»Die fliederfarbene.« Mrs. Hunter war sich in diesem Punkt ganz sicher.
»Und was für eine Frisur?«
»Ganz offen.«
»Für so einen wichtigen Anlaß?« Die Priesterin wäre bereit gewesen, an einem Festtag wie heute ihr letztes zu geben.
»Ja. Einfach und offen. Ich habe mich entschlossen, völlig natürlich auszusehen.«
»Ich will Sie nicht überreden. Aber ich meine, wir sollten sie vielleicht doch ein wenig toupieren.«
Die anderen Mitglieder des Ordens, Schwester de Santis und Schwester Badgery, dazu die Laienschwestern Lippmann und Cush, waren sich wohl klar darüber, daß es Schwester Manhood oblag, alle Neuanschaffungen und Nachkäufe für diese Salbungsrituale vorzunehmen; was sie aber nicht wußten, war, daß Mrs. Hunter für Flora auch einen Kursus in Perückenpflege bezahlt hatte. Das war ein Geheimnis nur zwischen ihnen beiden, wobei Schwester Manhood dazu neigte, ihre doppelte Eingeweihtheit in die Mysterien der Kosmetik unter einer Kruste von Ironie zu verbergen und sich als Hüterin der Perücken hüftschwingend und fingerschnalzend zu geben.
Aber nachdem sie nun die fliederfarbene Perücke geholt hatte, zog sie sie doch mit gebührender Ehrfucht über die unruhigen, dünnen Strähnen von unnatürlich natürlichem Haar und die demütig nackten Kopfhautstellen. Der fliederfarbene Höhepunkt sprach ein religiöses Gefühl in ihr an, von dem sie geglaubt hatte, daß es ihr längst vor der Tür der schindelgedeckten Kirche an der Straße zur Bananenfarm abhanden gekommen wäre: Sie hatte um Wunder gebetet, aber es war nie eins geschehen; mit Ausnahme eben vielleicht der Stunden, in denen sie bei Mrs. Hunters Wiederauferstehung assistierte.
Jetzt trat sie zwischen die Möbel zurück, ertastete sich den Weg mit den Fersen, die Hände ausgestreckt und zitternd zwischen dem wechselseitigen Druck ihrer Gefühle und der Luft des Zimmers, bis sie die richtige Entfernung vom Bett erreicht hatte und das betrachten konnte, was in gewissem Sinne weiter nichts war als ein barbarisches Idol, grauenerregend in seiner Grellheit von Purpur und Karmesinrot, fliederfarbenen Seiden-

fasern und fluoreszierendem Weiß, gekleidet in eine Robe aus eher verbeultem als gehämmertem, rosigem Gold, die in einen juwelenbesetzten Panzer gekleideten Klauen steif über Nabelhöhe haltend und anscheinend auf irgendeine weitere Anregung wartend, um sie endlich in den brokatenen Schoß sinken zu lassen.

Trotz ihrer Anbetungswilligkeit wäre die junge Frau vielleicht auch vom Schrecken erfaßt worden, wenn die blaßsilbernen Lider nicht gezuckt und Elizabeth Hunters milchigen, bläulich leeren Blick freigegeben hätten. Und dann zeigte sich einen Augenblick jenes selten gewordene Aufblitzen, in dem die unter der opalisierenden Fläche begrabenen Saphire sichtbar wurden und dich deine eigene Gehässigkeit und Schwerfälligkeit, deine Gleichgültigkeit und deinen Groll zusammen mit der Grausamkeit, der Gier und der Selbstsucht einer alten Frau einfach vergessen ließen. Für einen Augenblick wenigstens wurde dieses Schreckbild eines Idols zu der Göttin, die darin verborgen war: zu der Göttin des Lebens, nach dem du dich sehnst, dem du dich aber noch nicht in die Arme zu werfen gewagt hast; der Schönheit, wie du sie dir vorstellst, ohne sie bis jetzt erfassen zu können: Das ist es, wonach Col in den grenzenlos aufwühlenden Tiefen der Musik ringt, wie du mit Bitterkeit vermutest; und schließlich der Göttin des Todes, mit dem du dich noch nie befaßt hast, es sei denn, um ihn als etwas Abwegiges abzutun. Seinem Bild aber siehst du dich jetzt gegenüber.

Dieses Gespenst des Todes stürzte sie beide von ihrer Höhe herab. Mrs. Hunter zuckte plötzlich zusammen, als sei ihr etwas kalt über den Rücken gelaufen. Auch die Schwester verspürte eine Gänsehaut.

»Sehe ich – gut aus?« Die purpurnen Lippen zitterten um die Bestätigung.

Selbst wenn die Schwester eine befriedigende Antwort bereit hatte, wurde sie jetzt zu sehr von Mrs. Lippmanns weit über das übliche Maß hinausgehendem, aufgeregtem Gackern unten in der Halle abgelenkt, um sie noch äußern zu können. Dann Männerstimmen; dumpfe Schritte auf der Treppe; wieder Männerstimmen, näherkommend und lauter.

Mrs. Hunters gepanzerte Finger sanken in den Schoß, hoben sich wieder bis dahin, wo einst ihre Brüste gewesen waren; dann flatterten die Hände leicht herab wie der Hauch von *Fabergé*, der sie umgab. »Er ist da, nicht wahr? Er ist gekommen!«

Schwester Manhood konnte nicht antworten. Beide fühlten sie sich von etwas unmittelbar Bevorstehendem bedroht; aber Elizabeth Hunter fürchtete sich mehr: Ihr emailliertes Gesicht war vor Schreck von Sprüngen durchzogen.

»Meinen Sie, daß er sich an mich erinnert?«

Du kannst diese arme alte Puppe nicht trösten; du wüßtest gar nicht wie – ebensowenig wie du dir selbst jemals helfen kannst.

Und dann öffnete sich die Tür: Es war Mr. Wyburd in seinem den Ernst des Berufslebens unterstreichenden Anzug und seinem Gesicht mit den korrekten Manieren – beides etwas derangiert von einem Tag, an dem einfach zu viel passiert. Er sah aus, als ob er sich gleich sämtliche Finger und Zehen bei dem Versuch brechen würde, die richtige Haltung und den richtigen Ausdruck anzunehmen und dazu Worte von einer noch gewissenhafteren Genauigkeit zu finden als sonst. Der alte Mannn sah wirklich geplagt aus.

Nachdem er sich mit einem Murmeln an der überflüssig gewordenen Krankenschwester vorbeigeschoben hatte, erhob er seine Stimme, obwohl er wissen mußte, daß er damit seine Klientin nur verärgerte *(was immer ich auch sonst bin, Arnold, taub bin ich jedenfalls nicht)* und brachte schließlich hervor: »Mrs. Hunter – er ist da! Sir Basil – ha-ha-ahem.«

Das Lachen klang schrecklich; es quietschte wie eine alte Tür; offensichtlich war es ihm unabsichtlich herausgerutscht. Aber Nervosität, wie die Schwester beobachten konnte, oder noch mehr als Nervosität – regelrechte Furcht – ließ den Anwalt noch älter aussehen als sonst. Es war fast mehr für ihn, als er ertragen konnte, wie er dastand und nervös an dem Siegelring mit dem blauen Stein drehte und beinahe – so kam es einem jedenfalls vor – in seine viel zu weiten Hosen machte.

Aber was unvermeidbar für alle geschehen mußte, es wurde nun Ereignis: Sir Basil Hunter betrat den Raum.

Die seelische Pein seiner Mutter war nicht zu überhören. Wie stand es mit seiner eigenen? Da die Schwester ihn nicht kannte, beziehungsweise nur von den Bildern der Illustrierten, die über seine legendäre Karriere berichteten, konnte sie das nicht beurteilen. Und nun, da sie ihm leibhaftig gegenüberstand, wurde sie noch dazu von der Aura aus Charme und Brillantine geblendet, die den großen Schauspieler umgab.

Als Sir Basil die Gestalt im Rollstuhl erblickte, zögerte er den Bruchteil einer Sekunde, als ob er plötzlich eine als Ersatz eingesprungene Statistin statt der erwarteten Hauptdarstellerin und Partnerin vor sich sähe; aber dann (jetzt zählt nur der eigene Auftritt, die Theaterleitung kann man nach dem letzten Vorhang beschimpfen) setzte er seinen Weg über den Teppich fort, mit jenem charakteristischen, leichten Hinken, das wahrscheinlich schon eine Angewohnheit war, ehe eine milde Gicht den endgültigen Grund dafür gab. Niemals aber hatte es das Kraftvolle an seinem Vorwärtsschreiten gemindert: Eine Schulter ein wenig weiter vorgeschoben als die andere, so präsentierte er sich – natürlich auf keinen Fall aufdringlich – seinem Publikum von zwei Personen im Profil: eine Hand aus der maßgeschneiderten Hemdmanschette gestreckt, die mehrere Zentimeter breit aus dem überperfekt sitzenden Anzugärmel hervorragte.

Er sprach, und die Schwester erbebte vor dem Wohllaut seiner Stimme: »Darling – welch eine Heimkehr!«

Und die zur zitternden Frau gewordene Göttin – auch sie erlangte wieder die Herrschaft über ihre Technik: Ihre Ringe streckten sich aus, um den Geliebten zu ergreifen – möglichst seine Schultern, wenn sie die nur erreichen könnte – sobald er an ihrer Seite angelangt war. »Wie ich gewartet habe, mein Liebster! Ich glaube, die fetten Lämmer zur Heimkehr des verlorenen Sohns bedeuten dir mehr als ich.«
Wieder zögerte Sir Basil, aber dann zwang er sich zur Reaktion auf die Statistin.
Doch Elizabeth Hunter kam ihm zuvor: »Aber – Basil? Basil! Was ist denn eigentlich in Bangkok passiert?«
Aus seiner Brusttasche zog Sir Basil ein riesiges, mit einem noch riesigeren Monogramm versehenes, sagenhaft teures Taschentuch, um sich etwas von der Stirn zu tupfen, was er nicht erwartet hatte: zumindest nicht von einer Statistin.
»Ach, nur Leute, Mutter. Und dann hatte ich – nicht direkt einen Anfall – aber ich mußte ein paar Stunden ausruhen. Das ist der einzige Grund, Darling.«
SIE sah ihn an. »Du warst eigentlich niemals – also, ich will nicht sagen falsch, Basil – aber doch oft enttäuschend.«
Darauf parierte er mit olympischer Gewandtheit. »Sind wir der Enttäuschung nicht von dem Augenblick an ausgesetzt, in dem wir die Lippen zum erstenmal an die Mutterbrust legen?«
Dann umklammerten sie sich in inniger Umarmung. Ihre ›Darlings‹ prallten wie Querschläger von der Rosenholztäfelung zurück, während sie ihre Szene durchspielten.
»Ich war nicht das –«, keuchte Elizabeth Hunter zwischen zwei Küssen, »– was man eine natürliche Mutter nennen würde. Ich konnte dich nicht stillen – trotz all diesem rohen Beefsteak – das muß ich dir erzählt haben – doch, sicher. Aber deswegen, siehst du – Darling – hat es dir doch nicht an – an Nahrung gefehlt.«
Während er da neben ihr kniete und sein immer noch eindrucksvolles Profil zeigte, und während sie in der Anstrengung, die Fragmente einer Beziehung wieder zu einem Ganzen zusammenzusetzen, ihre Ringe in seinem Haar vergrub, waren sie sich beide wahrscheinlich nur noch ganz am Rande bewußt, daß sie Zuschauer hatten: wie es an jenen seltenen Theaterabenden geschieht, wenn alle Elemente einer Vorstellung – die von diesseits wie die von jenseits der Rampe – auf das Vollkommenste miteinander verschmelzen.

III.

Er hätte sich daran erinnern sollen, daß sein rechtes Knie heute einen schlechten Tag hatte. In seiner Reaktion auf die Ansprüche, die das Wiedersehen an seinen Sinn für Dramatik stellte, und während er seinen Schock darüber verbarg, daß Hans Christian Andersens Fliedermütterchen als Statistin die Stichworte für die Szene gab, die er eigentlich für seine Mutter geprobt hatte, war er ihr unversehens zu Füßen gefallen und mußte nun dafür büßen, daß er gleich am Anfang zu viel gegeben hatte. Aber schließlich schuldete er es ihr – schuldete es allen Menschen.

»Gott segne dich«, sagte er. »Mutter.« Er küßte die Krallenhand, die sich endlich wieder aus seinem Haar entwirrte, und spürte deutlich die Sympathie, die ihm entgegenströmte, den Kontakt, den er mit seinem Publikum hergestellt hatte. (Die Krankenschwester war ein ziemlich tolles Mädchen, soweit er das feststellen konnte – so aus dem Augenwinkel heraus.)

Er stand auf und zuckte dabei zusammen; sein Alter, sein Rheumatismus (die Pillen im Badezimmer-Schränkchen am Eaton Place vergessen; aber viel geholfen haben sie sowieso nie). Aber das Publikum hatte nichts bemerkt; jedenfalls die Krankenschwester nicht: die war viel zu sehr hingerissene Jugend beim ersten Theaterbesuch. Ob allerdings dieser alte Wyburd auch auf seiner Seite war, das ließ sich schlecht sagen.

Jetzt Gang nach links vorn, aber Mutter fragte: »Fehlt dir irgend etwas, Basil? Warum hinkst du? Stimmt irgend etwas nicht mit deiner Gesundheit? Du schreibst mir ja nie – es sei denn, deine Finanzen stimmen nicht – und deshalb weiß ich überhaupt nichts.«

Das war im Text nicht vorgesehen; er versuchte, es mit einem Achselzucken zu überspielen. »Oh – nichts – nur irgendwie ein momentanes Stechen.« Die hingerissene Schwester nahm ihm das ab; der Anwalt war eine jener toten Stellen im Zuschauerraum, die man auch an seinen besten Abenden in Kauf nehmen muß.

Und was Mutter anbelangte, so sagt sie jetzt: »Alle Krankheiten sind erblich, glaube ich – genau wie moralische Mängel. Ich habe die Gicht, Basil. Ich hatte einen Großonkel, der zum Schluß blind war. Und ich bin auch blind – physisch jedenfalls.«

Dieses Mal zuckte er nicht nur mit den Achseln; er hob die ganze linke Schulter. Er konnte sie nicht mehr ansehen: Fettiges Karminrot verschmierte den Umriß des wirklichen Mundes, fliederfarbene Seidenfäden wuchsen aus einem vertrockneten Strunk. Er hatte das Gefühl, daß alles seine Schuld war: Eltern, diese Erzamateure des Lebens, können für sich selbst nicht verantwortlich gemacht werden, und schon gar nicht für ihre Kinder.

»Wie geht es meiner Enkeltochter?«
»Imogen? Sehe sie kaum. Hin und wieder taucht sie auf und will mir helfen. Hilfreichseinwollen ist ihre hervorstechendste Eigenschaft.«
Wenigstens wurden die Frauen nicht erwähnt, die Geliebten oder irgendwelche anderen moralischen Erpresser. Er spürte, daß sein Schwung nachließ. Aber er durfte sich jetzt nicht niederdrücken lassen, nachdem er schon einmal unter derartigen Kosten so weit gereist war, um eine Mission zu erfüllen, die er als positiv zu sehen eisern entschlossen war; er würde dafür sorgen, daß sie es auch blieb.
»Was macht die arme, alte Dorothy?« Er ließ seine Stimme so warm, so weich und so voller Zuneigung klingen, wie es in der Tat auch den Gefühlen entsprach, die er jetzt einer Schwester gegenüber entwickelte, die er seit Jahren nicht mehr gesehen hatte.
»Dorothy ist nach wie vor eben die arme, alte Dorothy«, antwortete seine Mutter mit gesetzter Stimme. »Erfüllt von dem Unrecht, was ihr hier angetan worden ist. Sie ist böse über ein Erlebnis, das ich vor Jahren auf einer Insel gehabt habe. Ich nehme an, daß sie zum Abendessen herkommt.«
Hier mußte der Anwalt die beiden darüber informieren, daß die Prinzessin in seinem Büro angerufen und die Nachricht hinterlassen hatte, daß sie leider Kopfschmerzen hätte. Er unterließ es, noch hinzuzufügen, daß ihn das nicht überraschte. Seine Loyalität, entweder irrational oder so lange gepflegt, daß er ganz von ihr durchdrungen war, bewahrte ihn nicht davon, gelegentlich in die verschiedensten Querströmungen zu geraten.
»Da haben wir's! Ich hab' es ja gewußt!« Die alte Dame war wütend. »Und du, Basil?«
»Ich habe mir ein Zimmer im ›Onslow‹ genommen. Wollte hier niemandem ...«
»... niemandem zur Last fallen. Meine Köchin wird schrecklich enttäuscht sein. Sie war früher Schauspielerin, weißt du – in Berlin – und sonstwo.«
Nur keine Schauspielerin! Aber auch keine Frau, keine Tochter, keine Mutter. Er hatte das beunruhigende Stadium in der Karriere eines jeden Schauspielers erreicht, wo man die Lust verliert, weiterzuspielen. Und zwar ganz plötzlich. Am liebsten hätte er sich jetzt einfach fallen lassen und darauf gewartet, daß ein Bändchen in seinem Nacken zusammengeknüpft wurde und unter seinem Kinn ein sauberes, weiches, weißes Lätzchen erschien. Zusammen mit einer sachlichen, körperlosen Hand, die ihm langsam, aber entschieden löffelweise Rosinenbrot mit Milch einflößte. In dieser Situation wäre man wieder da, wo die vielen Fehler noch nicht gemacht waren, und man könnte sie für die Zukunft vielleicht sogar vermeiden.
Wie die Dinge lagen, konnte er jedoch nur antworten: »Aber natürlich

bleibe ich zum Abendessen, Mutter. Es wäre mir in der Tat ein großes Vergnügen, deine Köchin kennenzulernen – und noch ein bißchen mit dir zusammen zu sein, natürlich.« Auch das fiel unter den Begriff ›Schauspielen‹, aber es war nur das schüchterne Vortragen einer kleinen Nebenrolle.

»Schwester Manhood, laufen Sie doch, bitte – und sagen Sie Mrs. Lippmann, daß Sir Basil zum Abendessen hier bleiben wird. Und sie muß sich selbst über – über*treffen*.« In ihrem ängstlichen Bemühen, die richtigen Worte für ihre Anordnungen zu finden und zu verhindern, daß irgend jemand seinen Entschluß wieder änderte, vergaß sie ganz, die Zunge wieder in den Mund zurückzuziehen, nachdem sie zu Ende gesprochen hatte.

Wenn er weniger müde gewesen wäre, dann hätte das Sir Basil vielleicht schockiert: dieser ›leichte Schlaganfall‹, von dem Wyburd da geschrieben hatte; und doch – war deine erste Reaktion nicht die Hoffnung gewesen, daß gleich noch ein zweiter kommen möge? So viele Probleme können durch einen Schlaganfall gelöst werden; so viel Unangenehmes ließe sich vermeiden.

Die Schwester eilte, um ihren Auftrag auszuführen, und Sir Basil glaubte, ihr nun ohne Gefahr nachblicken zu können. Sein Gewissen gestattete ihm auch, sich an dem frischen Knistern des enteilenden Rocks zu erfreuen. Wenn das Lächeln der Schwester nur konventionelle Höflichkeit war, dann jedenfalls eine sehr attraktive Spielart, und er glaubte sogar, die sanfte Reibung seidener Schenkel zu hören, übereinandergleitend wie die zwei Teile einer Schere.

Er seufzte gekonnt. »Eine hübsche Pflegerin.«

»Oh, Pflegerinnen! Es gibt bald nichts mehr sonst. Und ich bin dann diejenige, die die Pflegerinnen pflegen muß. Nehmen Sie ihn mit, Arnold, und zeigen Sie ihm, wo alles ist. Die Spülung der Toilette in der Garderobe funktioniert nicht immer, wenn es notig ist.«

»Aber natürlich funktioniert sie, das kann ich Ihnen versichern. Wir haben sie reparieren lassen.«

»Noch vor ein paar Jahren jedenfalls ging sie nicht.«

Sir Basil Hunter überwand sich und küßte seine Mutter direkt unterhalb der Stelle, wo die fliederfarbene Perücke in die Stirn überging. Was zunächst trocken aussah, erwies sich den Lippen gegenüber als kalt und feucht. Er schloß den Mund gegen seinen aufkommenden Widerwillen; was immer auch der bewußte Grund für seinen Besuch war – ihm wurde klar, daß er gleichzeitig auch auf ein Zeichen dafür gehofft hatte, daß das Leben nie verging.

Sie andererseits schien sich nur noch ihrer eigenen Erschöpfung bewußt zu sein, nichts sonst.

»Ich komme später noch einmal herauf«, sagte er zögernd, »und setze mich noch ein bißchen zu dir.«
Sie antwortete nicht, und wahrscheinlich war es ihr auch gleich.
Also, da war er nun, auf dem Weg nach unten mit diesem Wyburd-Vogel, der vom Theater zu reden versuchte, als ob es das einzige wäre, was ihn interessieren könnte: Nun, es gab immerhin noch ein oder zwei andere Dinge. Aber die Wyburd-Frau und die dazugehörigen Töchter hatten, so schien es, eine Vorstellung von *Macbeth* gesehen.
Immerhin – alle, selbst deine Feinde, sogar die feuerspeiende Agate eingeschlossen, sind sich einig, daß du als Macbeth überragend bist. Obwohl du selbst quälende Zweifel durchmachen mußtest, ehe blitzartig die erlösende Intuition kam. Vielleicht bist du eben doch nur ein Mann, dessen Genie in seinen Fehlern liegt.
Der Anwalt demonstrierte, daß die Toilette einwandfrei spülte. »Sehen Sie? Sie ist einfach vergeßlich.« Sein Ton war mild, von formeller Freundlichkeit.
»Und erinnert sich dafür an einen Haufen Sachen, die besser vergessen sein sollten.«
»Das mag sein.« Arnold Wyburd wollte sich hier lieber nicht festlegen; es gab etwas, von dem er nicht genau wissen konnte, ob es vergessen war.
Und während sie den Weg entlangschlenderten, der sich zwischen den Terrassenebenen des langsam im Dunkel versinkenden Gartens hin- und herwand, brach der Anwalt plötzlich bei dem Gedanken in Schweiß aus, daß auch er selbst sich eines Tages in aller Öffentlichkeit an das erinnern könnte, was er eigentlich beschlossen hatte, zu vergessen. Würde die Altersschwäche ihn dazu bringen, sich zu verraten? wo er doch niemals jemanden hatte verletzen wollen: am allerwenigsten Lal.
Da Basil das Gefühl verspürte, daß es sich für ihn so gehörte, erkundigte er sich nach der Frau des Anwalts. Der alte Mann schien erfreut. Es wurde allmählich zu leicht, auf andere Leute einen angenehmen Eindruck zu machen: Genau wie das Spielen auf der Bühne zu leicht werden kann, und dann muß man wieder ganz von vorne anfangen, sich physische Bußen auferlegen und, noch schlimmer, aus den Brunnen des Unbewußten jenen Schlamm heraufbaggern, in dem sich die Wahrheit findet.
Der Anwalt erinnerte sich: »Meine Frau erzählt mir oft, wie Sie schon als Junge entschlossen waren, eines Tages den König Lear zu spielen. Und das haben Sie ja auch geschafft, nicht wahr?«
»Ja. Jedenfalls versucht. Ich bin einer von den vielen, die den Lear zu früh gespielt haben.«
Wenn du nur lange genug in diesem Garten der ungezähmten Zweige, der sich windenden Pfade und der Statuen bleiben könntest, die ihre wahre Haltung und ihre wahren Absichten hinter abgebrochenen Gliedmaßen und

moosigem Lächeln verbergen; wenn du wieder nach oben gehen und aus den blinden Augen und den nur halb vollendeten Äußerungen des fliederfarbenen Orakels alles an Erfahrung herausziehen könntest – dann wärest du eines Tages wohl imstande, den Lear zu verkörpern, der sich bis jetzt fast jedem entzogen hat. Aber du bist aus einem anderen Grund hier: Deine Absichten sind klar, kurz zu fassen, materiell.
Wyburd gab Geräusche von sich, die klangen, als ob er von irgendeiner fremden Sprache nicht einmal so viel beherrschte, um auch nur einen einfachen Wunsch in schlichte, tröstende Worte zu kleiden. »Sie und alle Schauspieler von – intellektueller Integrität – Sie müssen es doch ungeheuer lohnend finden, sich in die großen klassischen Rollen einfach zu *versenken*«, probierte er es schließlich; armer alter Knacker, wenn du nur wüßtest!
Dann wurden die Männer durch ein Gartentor unterbrochen, das in seinen rostigen Angeln quietschte; die Gestalt einer Frau näherte sich im Licht der Neonlampen unter einem vorsichtigen Mond.
»Guten Abend, meine Herren.« Anachronistisch, aber nicht unangenehm.
»Ah!« Der Anwalt stand sofort bereit, die Formalitäten zu übernehmen. »Schwester de Santis – Sir Basil Hunter. Schwester de Santis hat den Nachtdienst bei ihrer Mutter.«
Die Frau neigte den Kopf unter einem großen, dunklen, unmodischen Hut. Sie gehörte zu denen, die nicht nur wenig, sondern gleich das Schlimmste aus sich machen: die würdige Gestalt war überwiegend in unpersönlichen Gabardine gekleidet, ohne Rücksicht auf modische Rocklänge; die großen, durchscheinenden Augen in dem ziemlich mürrischen Gesicht wirkten unter der Straßenbeleuchtung fast phosphoreszierend; an dieser Nachtschwester gab es nichts, das den Charme des Schauspielers herausforderte.
Der Anwalt und die Schwester hatten ein Duett über das Wetter begonnen.
»Ein wunderschöner Abend, Schwester, nach diesem heißen Tag.«
»Ja, Mr. Wyburd – aber Regen – ein Gewitter: Von der Bushaltestelle aus habe ich Blitze gesehen.«
Die Banalität des sich ineinander verflechtenden Gesprächs vertrieb alles Geheimnisvolle, was der Abend vielleicht gehabt hätte, obwohl sich der Schauspieler bewußt war, daß auch er seinen Teil zu dieser Austreibung beitrug. Aber er wußte einfach zuviel vom Leben – so traurig das auch war. Während er dastand und melancholisch zusah, zuckte für einen Augenblick hinter dem ›Cyclorama‹ eine grünliche Fläche auf, und unbewußt wartete er auf den Donner großer Blechplatten hinter den Kulissen.
Der Donner verpaßte sein Stichwort, und die Krankenschwester ging über die Terrassentreppen davon, ihren Bettflaschen und Thermometern entgegen.

»Alle diese Krankenschwestern und sonstigen Typen müssen doch ein Vermögen kosten.« Sir Basil versuchte, logisch und praktisch zu klingen; dabei wußte er wohl, daß er von allen Menschen wahrscheinlich der unpraktischste war.

»Ich glaube nicht, daß sich Ihre Mutter irgendwelche Sorgen über die Kosten zu machen braucht, selbst wenn sie hundert Jahre alt wird.«

»Mhmm.«

»Und schließlich sollte man ihr zugestehen – in ihrem Alter – das zu tun, was ihr Spaß macht.«

»Aber macht ihr wirklich irgend etwas Spaß? Hauptsächlich beschwert sie sich über alles, scheint mir.«

»Das ist ein Teil von dem, was ihr Spaß macht.«

»Jedenfalls müssen wir uns unterhalten, lieber Wyburd. Ich habe einen Plan – einen praktischen Plan.«

Der Anwalt zog seine Autoschlüssel aus der Tasche, wie um sich vor der Gefahr einer nächtlichen Verschwörung zu schützen; auf dem Rückzug klimperte er mit ihnen und sagte nur noch vorsichtig: »Ja, allerdings. Es gibt eine Menge zu besprechen – zwischen Ihnen und mir und Ihrer Schwester.«

Und er, der vom Londoner Flughafen im Fieber eines verschwörerischen Plans abgeflogen war, hatte vielleicht schon jetzt, während der Anwalt davonfuhr, seine ganze kalte Entschlossenheit wieder ausgeschwitzt. Wo er sich selbst für entschlossen gehalten hatte, mit rücksichtslosem Schwertstreich zum Kern der Angelegenheit vorzustoßen, würde er jetzt wohl, so fürchtete er, wieder nur mit Holzschwertern aus dem Theaterfundus herumfuchteln. Sehr viel würde von Dorothy abhängen: Hatte sie aus ihren Erfahrungen gelernt, war sie dadurch abgehärtet worden? Bei den meisten Leuten ist das nicht der Fall: Eine Anhäufung von eigenen Fehlschlägen treibt sie entweder zurück in ihr eigenes Selbst oder bringt sie dazu, Mitleid mit anderen zu haben; in beiden Fällen sind sie keine guten Komplizen bei Verschwörungen.

Er ging den Serpentinenweg zurück, hinauf zum Haus, und ertappte sich dabei, daß er ganze Ketten von Blättern aus den Büschen der australischen Fauna herausriß und ihren Geruch tief in seine Lungen einsog; vielleicht, um seine eigene, frühere Härte wiederzugewinnen? und gleichzeitig schlug er sinnlos nach den schweren Trauben herabhängender Blüten, wie ein kleiner Junge, der seine von Trotz verwirrte Hilflosigkeit loswerden will.

Es war etwas geschehen, das ihn mit seinem jetzigen Unbehagen erfüllt und damit die scharfe Schneide seiner zielstrebigen Absichten stumpf gemacht hatte. Und dieser noch allzu frische Zwischenfall könnte sich als einer von den Fehlern herausstellen, die diejenigen, die eifersüchtig sind –

Ehefrauen zum Beispiel oder gewisse Schauspielkollegen und angebliche Freunde –, als todeswürdiges Verbrechen ankreiden; oder war er schließlich doch nur ein zwar leicht unsauberer, aber durch Alter und den Firnisanstrich der Würde verklärter Fehltritt gewesen?

Ja – Bangkok: Dröhnen in den Ohren; ein klebriges Gefühl unter den für das Klima ungeeigneten Kleidern; die strahlende, durch nichts zu beirrende Unfähigkeit der sanften thailändischen Flughafen-Beamten; die ebenfalls unbeirrbare englische Stewardeß, die ihr Kinn zum Beweis für ihre allerdings nun frustrierte Tüchtigkeit doppelt hoch trug, als die fast bis zur Unkenntlichkeit zerhackte Stimme eine Verspätung von vier Stunden bekanntgab – wegen Reparaturen so esoterischer Art, daß kein Laie gewagt hätte, weitere Erklärungen zu verlangen.
Er jedenfalls nicht, obwohl jemand einmal geschrieben hatte, *es gibt niemanden, der sich so intensiv vorbereitet wie Hunter.* Ja – wenn es sich um eine Rolle handelte, die ihn interessierte, dann konnte er auch die letzten Feinheiten der Lust eines Bosola herausfiltrieren, zum Beispiel, oder – nur um es diesen Leuten zu zeigen – einen homosexuellen Bäckerjungen in so viele unaufrichtige Motivationen verpacken, daß er selbst nach dem moralischen Standard des königlichen Hofes akzeptabel wurde. Aber was ihn jetzt hauptsächlich beschäftigte, war die Frage, wie er sich in dieser öden Wüstenei von vier Stunden selbst unterhalten könnte; kein einziges Gesicht unter seinen Mitpassagieren hätte ausgereicht, um auch nur eine Pause von zehn Minuten auszufüllen. Der Scotch war gepanscht. Er saß auf seinem Hocker, seitlich zur Bar, und war sich der eigenen mißlichen Lage nicht unbewußt, die die pfirsichfarben getönten Spiegel hinter der Theke wiedergaben; die Situation eines Gefäßes, das darauf wartet, gefüllt zu werden. War es schon immer leer in ihm gewesen, und er hatte sich das nur nicht klargemacht? Gott weiß, daß das bei Schauspielern möglich ist! Aber nicht bei dir selbst: nicht mit dem Berg von Presseausschnitten mit lobenden Kritiken, dem Adelstitel und der Erinnerung an jene Augenblicke, in denen Worte und Gefühle in dir gärten und nach oben in die Kehle aufstiegen, in einem Delirium, in dem du wohl untergegangen wärst, wenn du nicht die Fähigkeit besessen hättest, es zu beherrschen und es durch die Dunkelheit gegen das vielgesichtige Ungeheuer zu richten. Und hattest manchmal dabei kaum ein Ohr für den Applaus gehabt: wenn es gar keinen gab, dann natürlich schon; aber das – oder irgendwelche noch unverschämteren Geräusche – war meistens eine Sache der Provinz; bei ein paar Gelegenheiten natürlich auch im West End – bei schlechten Stükken oder minderwertiger Partner-Unterstützung (Höflichkeit kann auch entmutigend sein).
Jeder hat seine Mißerfolge gehabt: John, Edith, der arme alte Donald.

(Und bei dem wären es noch ein Haufen mehr gewesen, wenn er je so weit gekommen wäre, darüber nachzudenken: Oder vielleicht hat er es doch getan. Aber jetzt ist er sowieso tot, und man soll sich nicht an den Toten vergreifen: am allerwenigsten an toten Schauspielern. Eigentlich ein Wunder, daß da noch keiner einen Garderoben-Aberglauben draus gemacht hat.)

Daß man Spiegel nicht davon abhalten kann, sich an leeren, zerfließenden Gesichtern zu vergreifen: wenigsten bekommen sie vor dem völligen Zerfall eine Art von Patina; und Leere ist keine Leere mehr, wenn sie einen Zweck erfüllt. Viele der Größten waren völlig leer. Wie sonst hätten sie von der notwendigen blitzartigen Erleuchtung erfüllt werden können, von dem Strom der Worte und Gefühle, wenn sie weiter nichts als ein Haufen Intellektueller wären, vollgestopft mit Theorien und ›gutem Geschmack‹? Oder Shiela *(nicht Sheila)* Sturges, die intellektuelle Schauspielerin, neben der sich alle Konkurrenten auf diesem Gebiet begraben lassen könnten. *Was ist jetzt wieder mit dir los, Shiely?* Diese intensiven, vorstehenden, fast kropfartigen Augen. *Ich habe schrecklichen Ärger, Basil, mit meinem eigenen Selbst.* Und wird dabei immer angespannter und verkrampfter. Irgendein Kritiker hatte das Verbrechen begangen, Shiela zu sagen, daß sie die ›zweite Meggie Albanesi‹ sei. Im Gegensatz zu Meggie war Shiela aber nicht tot, obwohl sie jeden Tag geistige Tode bei der Anstrengung starb, mit allem zurechtzukommen, und das jetzt noch dazu bei dem Versuch, eine tote Frau in ihrem Kopf wieder erstehen zu lassen, die sie nie gesehen hatte, die sie sich nicht einmal vorstellen, über die sie nur als Thema nachdenken konnte. *Herrgott nochmal Shiela wieso kommst du so spät. Was ist denn heute morgen nur wieder los mit dir? Wir proben schon seit einer halben Stunde.* Das war, nachdem wir uns getrennt hatten – physisch jedenfalls – noch lange danach erwartete Shiela ihre beruflichen Anregungen von mir – nach der Geburt von Imogen. *Ich habe mich verspätet Basil weil ich einfach aus dem Bus aussteigen – und meine Hände mit Erde einreiben mußte – ich hatte das Gefühl, daß mir das dabei helfen könnte, diese Frau – diese Bäuerin besser zu verstehen:* wie sie auf die Worte drückte, die sie als ›die wertvolleren‹ bezeichnete. Arme Shiela: auch heute noch hat sie Denkanfälle, wenn es der Suff ihr gestattet; das jedenfalls hört man von Imogen bei ihren Pflichtbesuchen.

Dies ist Imogen (Pause) *meine Tochter.* Was sonst sollte man Schauspielern über die Tochter eines anderen Schauspielers sagen, die Almosenpflegerin oder so was Ähnliches war? Sie würden nur lachen *ach wirklich? wie originell, Darling. Ich meine – so warmherzig – anderen Leuten zu helfen.* Und in jedem Falle malte sich dann der ganze Haufen mit fachmännischem Genuß die Lücken in der Geschichte aus: *Shiela Sturges und Basil Hunter – er hat sich von ihr scheiden lassen, ehe er den Titel bekam: so wurde sie nie eine Lady, ihr blieb nur der Schnaps und L. C. Bottomley* – hihi!

L. C. Bottomley, verläßlicher Charakterdarsteller und als Mann langweilig (er spielte Cricket) war immer bereit, einem mit den Klamotten zwischen Bahnhof und Unterkunft behilflich zu sein, rannte für dich nach der Abendausgabe der Zeitungen, zahlte auch bei Gelegenheit die eine oder andere Rechnung, ohne ein Wort darüber zu verlieren. Der dünne Bottomley; und dagegen Imogen – ein großes Mädchen mit dicken Knöcheln; Gott weiß, woher sie das hatte. *Daddy Liebster bitte du sollst wissen daß du dich in jedem Fall – gleich worum es geht – auch wenn ich jetzt mit Mutter zusammenlebe – auf mich verlassen kannst.* Also das konnte sie nur von den Bottomleys haben. Es wäre ein trauriges Stück, wenn man es einstudieren müßte:

DIE SCHAUSPIELER: Imogen – was für ein wundervoller Name!

SHIELA: *(todernst wie immer)* Ich hatte gehofft, daß er ihr helfen würde, innerlich gefestigt aufzuwachsen.

BASIL HUNTER: *(Nimmt seinen Schminkstift Nr. 9 und arbeitet innerlich gefestigt an seinem Gesicht.)*

Zum einen gibt es die geborenen Schauspieler: keine Vaseline reicht jemals aus, ihre Schminke ganz zu entfernen; zum anderen gibt es dann die Bottomleys: Angestellte, Verkäufer und Schulmeister, die vom rechten Wege abgekommen sind. Und schließlich gibt es auch noch die Hunters, und die sind eine Kategorie für sich: Was er selbst war, das hatte er größtenteils von Betty Salkeld, einer Unschuld vom Lande, die hinter den Weiden an der Flußbiegung saß und beobachtete, wer mit dumpfem Hufschlag über die Brücke geritten kam – und von Elizabeth Hunter, einer *Grande Dame,* die die Treppe herabschritt. Mutter schritt immer Treppen herab in einer unerschöpflichen Vielfalt von Kleidern, vorzugsweise weiß, und mit einem Lächeln, das unschuldige Männer und dankbare alte Jungfern bezauberte, selten jedoch andere Ehefrauen, Dienstboten oder Kinder. Ganz ohne Zweifel, daher hatte er seine – seine Gaben. (Sollen andere die hochtrabenderen Ausdrücke dafür benützen.) Von Alfred hatte er so gut wie nichts. Du lieber Gott, Dad hatte er manchmal jahrelang einfach vergessen, und hinterher tat es ihm dann leid; aber was gab es denn andererseits schon bei ihm, an das man sich erinnern könnte? Die Hammel, für die er in einem Umkreis von begrenztem Durchmesser berühmt war. In der Hauptstraße von Gogong hatten sie Alfred (›Bill‹) Hunter, Herr auf ›Kudjeri‹, ein Denkmal ›errichtet‹. Der Verkehr teilte sich und floß um die Stelle herum, an der dieser unauffällige Mann nun für immer stand – in zerknitterten Bronze-Hosen, die Weste sorgfältig über dem für einen so kleinen und sanftmütigen Menschen überraschend kräftigen Oberkörper zugeknöpft. Der Stadtrat hatte Athol Shreve, den Politiker, eingeladen, um die feierliche Enthüllung vorzunehmen; Mutter war selbst nicht dort gewesen, aber sie hatte ihm seinerzeit einen Pressebericht auf dem grauen Papier einer Provinzzeitung nach London geschickt.

Eine Zeitlang hast auch du selbst Zeitungsausschnitte nach Hause geschickt, um der Familie das Vorhandensein jener hervorragenden Fähigkeiten zu beweisen, an die vorher keiner glauben wollte: »Basil Hunter, ein junger Schauspieler, den man im Auge behalten sollte, erfüllt Güldenstern mit wahrem Leben.« (Du warst wütend gewesen, daß man dir nicht den Rosenkranz gegeben hatte – solange, bis dich dann jemand als Güldenstern entdeckte.) »Basil Hunters Orlando ist eine blendende Demonstration männlicher Sensibilität und würde auch Mädchen bezaubern, die weniger empfindsam sind als Shiela Sturges' Rosalind.« (So jedenfalls diese alte Tunte Hotchkiss; Shiela war schrecklich gewesen, mit ihrer ganz vom Kopf her angelegten Auffassung eines Jungen, der ein Mädchen spielt, das sich in einen Jungen verwandelt: ihn einfach wieder zu einem Mädchen zu machen, das Shakespeares Junge war, verwirrte sie schließlich restlos.)
Dann hast du aufgehört, Zeitungsausschnitte zu schicken: Du brauchtest niemandem mehr zu beweisen, daß du ein Schauspieler bist: Und schließlich bleibt nur noch eins, wovon man die Menschen immer wieder überzeugen muß – daß man nicht ständig schauspielert, sondern es auch bleiben lassen kann.
Er sah sich in der fast leeren Bar um und blickte dann durch die Tür hinaus, wo Gruppen von Fluggästen in einer staubknirschenden Weite aus Chrom und Beton auf Plastikmöbel gepackt waren. Wenn die Beleuchtung besser wäre – würden dann vielleicht ein paar von diesen gleichgültigen Seelen in ihm nicht nur den Schauspieler, sondern auch den Menschen erkennen? Kaum anzunehmen; wer von ihnen konnte denn schon von Sir Basil Hunter gehört haben! Und wer von denen, die tatsächlich etwas ›wußten‹, hatte in Wirklichkeit eine Ahnung? Kein einziger – wenn er nicht selbst Schauspieler war.
An diesem Punkt seiner Gedanken angekommen, kippte der sich auf seinem luftigen Sitz zwischen dem Spiegel hinter der Bar und dem Blick durch die Tür hin und her windende Basil Hunter mit dem Hocker aus Chrom und Plastik fast nach hinten über und wäre um ein Haar auf seinem Hinterteil gelandet: Er hatte etwas erspäht, das aussah wie – nein, das dort *war* eine Gruppe von Schauspielern, die Schminkkoffer und Handgepäck, Püppchen und Papierschirme mit sich schleppten, dazu Mäntel und Pelze und natürlich ihre eigenen Charaktere verschiedenster Art; einer oder zwei zeigten eine bestimmte, kesselpaukendonnernde Heiterkeit, mutig vor vielen Jahren aus der Provinz mit in den Dschungel des Londoner *West End* gebracht.
Der einsame Schauspieler an der Bar rettete sich im letzten Moment vor dem entwürdigenden physischen Sturz und konnte es kaum erwarten, sich mit der Theatertruppe eins zu fühlen; er stolperte durch die Tür wie auf der Flucht, Wildleder und Gummisohlen quietschten auf Fliesen und Beton,

ein Hosenbein war noch hochgeschoben und hing auf der halben Wade fest, seine Jackenärmel ließen zuviel von den Hemdmanschetten sehen; die Krawatte flatterte, und eins ihrer Enden traf ihn ins rechte Auge.
Er galoppierte ihnen entgegen, sein Mund arbeitete, und endlich konnte er seine Erleichterung über sie ergießen. »Madge! Ja – und ich bin ja sprachlos – Dudley? Du lieber Gott, aber das ist doch nicht möglich, auch *Babs!«* Küsse für die Mädchen; eine herzliche Umarmung für den guten alten Dudley Howard, netter Kerl, wenn auch so ungefähr der langweiligste Schauspieler, den es gibt.
»Aber Darling, wie un-*glaub*-lich!« Madge Puckeridge war wohl die heiterste aller Kesselpauker. »Und noch hier in *Bums*kok!«
»He – nich' vor Damen, ja?« Selbst im Royal-Shakespeare-Theater konnte Babs Rainbow nie vergessen, daß sie im Dienstbotenmilieu aufgewachsen war: Deswegen wurde sie dort auch engagiert.
Dann war da noch eine Herde von jungen Dingern, bemerkte er, mit zu bunten Kleidern und dafür zu wenig Make-up. Ein paar von ihnen kannte er vom Sehen, ein oder zwei mit Namen, und so nickte er ringsum mit dem Kopf. »Hallo, Gemma – Hamish!« Unter seiner wohlwollenden Miene und seiner gutmütigen Freundlichkeit verbarg er ein Gefühl der Scheu vor der Jugend. Aber das ließ er sie natürlich niemals merken. Einige junge Schauspieler setzten eine träumerische, bewundernde Miene auf, passend für einen berühmten, erfahrenen Schauspieler mit Adelstitel. Andere standen unwillig im Hintergrund, die Hand am Schwertknauf gewissermaßen, allzu offensichtlich noch in den knappen, bunten Beintrikots ihrer Rollen steckend; und sie waren überzeugt, daß sie diesen alten Schmieranten, der ihnen da lästigerweise über den Weg gelaufen war, jederzeit an die Wand spielen könnten.
Natürlich – sie waren auf dem Rückweg von Japan, fiel ihm jetzt ein. »Aber was macht ihr hier in Bangkok?«
Madge erklärte. »Eine Dankesgeste des *British Council* für irgendein Ballett oder sowas, das uns die Thailänder geschickt haben.« Ein paar Schauspieler murrten laut.
»Nur für zwei Abende.«
»Fabelhafte Tempel hier, wenn man es in der Hitze bis zu ihnen schafft.«
»Danach Delhi.«
»Und du, Bas?« Das war Babs. »Wohin ziehst du – so als Ein-Personen-Stück?«
»Nach Australien.« Er verzog dabei das Gesicht, wie sie es sicher von ihm erwarteten; anscheinend aber doch nicht alle: »Ich würde *wahn*sinnig gern einmal nach Australien gehen. Die müssen doch wie ausgehungert nach Theater sein.« Sie selbst auch ein hungriges Ding: Mini-Tunika, ein Arbeitspferd, jedenfalls um die Schenkel herum; ein Gesicht von der Art, die wie geschaffen ist als Knetmasse für Gefühle.

»Hier geht es nicht um Theater.« Sir Basil Hunter konnte spüren, daß ihm sein Publikum entglitt; ein Teil war schon jetzt gelangweilt. »Es handelt sich vielmehr um ein Totenbett. Meine alte Mutter.« Er wippte dabei mit dem Kopf hin und her, um den Satz leichter zu machen, unbeschwerter, annehmbarer für Menschen, die sich nicht betroffen fühlten.

»Da sollten wir lieber alle gehen und ein Glas zur Brust nehmen, Basil, alter Junge.« Es klang, als ob Dudley den einzigen Ausweg aus einer schwierigen, um nicht zu sagen hoffnungslosen Situation gefunden hätte.

Madge sprudelte und quirlte. »Armer Darling, wie abgrundtief scheußlich für dich! Alkohol ist da auf jeden Fall angebracht.« Obwohl sie eine hingebungsvolle und im allgemeinen verläßliche Schauspielerin war, gelang ihr diese Szene jetzt recht schlecht, und sie wußte das auch; aber wie soll man den Tod überzeugend nachgestalten, wenn man nicht auf der Bühne steht?

Er war plötzlich enttäuscht; er hatte sie nicht gefunden, die erhoffte Wirklichkeit, hier bei diesen Stützen für sein eigenes Selbst: diesen anderen Schauspielern. Die Zeit dehnte sich fast ebenso elastisch-endlos wie in der pfirsichfarben getönten Bar mit ihrem hübschen, kleinen thailändischen Mixer und den eisigen Luftstößen aus der Klimaanlage. Er war mehr als enttäuscht: er war entsetzt.

»Richtig – Alkohol. Am besten gehe ich einfach mit euch, während sie hier dieses verdammte Flugzeug reparieren. Ich kann ja auch vom Hotel aus Verbindung halten.«

So wenig sie ihm unter den gegenwärtigen Umständen geben konnten, oder vielleicht auch überhaupt, sie teilten immerhin seine Art zu leben, und das allein war schon tröstlich: Sie waren alle miteinander ›Profis‹ im Gegensatz zum ›Publikum‹ da draußen. Und ein paar waren schon so lange dabei, daß sie sich wahrscheinlich gar nicht mehr erinnern konnten, ob und wann man einmal miteinander geschlafen hatte(mit Madge Puckeridge in einer Nacht in Manchester nach ein paar besonders scheußlichen Briefen von dieser hysterischen Ziege Arundel Hallett; das war noch vor Madges anscheinend endloser Ehe mit Dudley, und nachdem Shiela ihr Kind genommen hatte und verschwunden war; Shiela hätte aus ihrem Abgang allzugern eine große Szene gemacht, aber ihr Stil war nicht flexibel genug dafür).

Sie drängten sich alle in einen Bus. »Wir wohnen im Hotel Miramar – jedenfalls zum Teil«, sagte Dudley. »Der Rest kommt später noch mit einer anderen Maschine.«

Lichter drehten sich im Kreise: Das mußten die Drinks sein, die er so nach und nach getrunken hatte, als er allein war.

Babs Rainbow lachte blechern. »Kannst du dich noch an Phyl Spinks erinnern, Bas?«

»Was ist mit ihr?«
»Sie ist tot. Man hat sie in der Badewanne gefunden, und neben ihr schwamm eine Ginflasche.« Babs mußte ein ganzes Vermögen in Zigaretten angelegt und verraucht haben: Ihre Lungen rasselten noch lauter als dieser von den Gastgebern zur Verfügung gestellte Bus. »Was für eine wunderschöne Art zu sterben!«
»Für mich nicht. Für *mich* – NICHT!« protestierte Madge. »Ich bin ein Anhänger der *Christian Science*, in jeder Hinsicht, wenn auch nicht in der Öffentlichkeit.«
Ein paar schweigende Jungen schienen die Busfahrt kaum ertragen zu können: Diese geschmeidigen Jünglinge mit ihren Schwertern und Strumpfhosen, die sich auf der Bühne zu verzehren scheinen; hinterher haben sie nichts mehr anzubieten, außer vielleicht den Mädchen der gleichen Art.
Noch einmal überflutete ihn eine Woge der Unruhe: Wenn er schon keinen Kontakt mehr hatte mit Kollegen wie Madge Puckeridge, Dudley Howard und Babs Rainbow – und mit den schweigenden Jungen schon gar nicht –, wo stand er dann eigentlich?
»Mögen Sie sie sehr gern?« Das war die Arbeitsstute in der Mini-Tunika, wie er feststellte, als der Schein einer Straßenlaterne über die Schenkel neben ihm huschte.
»Mögen – wen?«
»Ihre Mutter.«
»Ach, du lieber Gott – das weiß ich wirklich nicht! Ich habe sie fast ein halbes Leben lang nicht mehr gesehen.«
Auf eine derart unkonventionelle Antwort von einem älteren Mann, und noch dazu von einem Adligen, war sie nicht gefaßt gewesen; vielleicht verstärkte sie also nur aus Überraschung den Druck ihres Schenkels.
Dann schrieben sie sich ins Gästebuch ein, bekamen ihre Schlüssel und ihre Post ausgehändigt, suchten sich gegenseitig und nach ihren Zimmern. Er verlor sein Interesse: Die Hotelarrangements haben für die Leute immer eine Wichtigkeit, die man selbst kaum überzeugend finden kann; die Schauspielertruppe ihrerseits hatte ihn für den Augenblick einfach vergessen.
Er blickte in einen Spiegel und versuchte, sich seine Mutter vorzustellen. Aber die Erinnerung blieb undeutlich: Sein eigenes Spiegelbild war im Weg. Merkwürdig, daß er sich in seiner Erinnerung nie als Vater gefühlt hatte: oder gar nicht merkwürdig, unter den gegebenen Umständen.
In Madges und Dudleys Zimmer ging es ihm wieder besser, als die Flaschen und das Eis da waren und Babs zurückkam, nachdem sie sich ihres Korsetts entledigt hatte. Auch eine Handvoll Jungen war da, meist diejenigen, die es sich zur Gewohnheit gemacht haben, einem ›zu Füßen zu sitzen‹.
Die Arbeitsstute, deren Name Janie Carson war, gab bekannt, daß sie

ihre eigene zollfreie Whisky-Ration zur Party beisteuern wolle, »um den Tag zu feiern, an dem ich Sir Basil Hunter über den Weg gelaufen bin«. (Möglicherweise setzte sie damit ein paar ihrer Altersgenossen in Verlegenheit, denen sie ihre Absichten vielleicht deutlicher erklärt hatte: *also gut natürlich geht es um die Kunst das wissen wir alle aber wer kümmert sich denn um Janie wenn sie es nicht selbst tut und die Methoden mit denen man vorwärtskommt sind dieselben wie eh und je nur die Kunst verändert sich.*)

Die Klimaanlage in einem Tropenhotel zweiter Klasse tut ihre Pflicht nur mühsam: Ehe die Nacht halb vorüber ist, wirst du die Gedanken aller buchstäblich sehen können.

Zwei oder drei neue Gesichter erschienen in der Tür; die zweite Gruppe war völlig erschöpft aus Tokio eingetroffen. Sie verschwanden wieder, als sie jemanden sahen, den sie nur aus der Presse oder dem Namen nach kannten.

Einer rief noch ins Zimmer: »Diana meint, daß sie ganz bestimmt schwanger ist. Sie hat aus Versehen die falschen Pillen genommen, glaubt sie – die gegen Seekrankheit.«

Eine Männerstimme lachte laut.

Babs Rainbow, diese alte Kupplerin, grinste über dem Kragen ihres bunten Morgenrocks. »Diana soll sich ruhig auf die alte Tante Babs verlassen«; Madge und Dudley, kinderlos, so weit du dich erinnerst, lächelten ein wenig dünn, um keine Spielverderber zu sein.

Das war der Moment, da Janie sich auf dem Fußboden herumrollte und an der Zierstickerei seiner Socke herumzuspielen begann. »Vielleicht wissen Sie das gar nicht – ich bin mit Imogen zur Schule gegangen – mit ihrer Tochter.«

Er trank ein halbes Glas in einem Zug herunter.

»Imogen und ich – wir waren dicke Freunde.«

Das konnte schon sein: beides grobknochige Mädchen, und im gleichen Alter; nur hatte Imogen nicht so ein von allen Gefühlen geformtes Gesicht wie Janie: Ihre missionarische Berufung hätte ihr das nicht gestattet.

»Imogen hat mich auch manchmal zu sich nach Hause eingeladen. Shiela benahm sich scheußlich, aber Imogen war immer so wundervoll zu ihr.«

Er trank den restlichen Whisky aus seinem Glas. »Sie ist eigentlich nicht meine Tochter, wissen Sie. Keine Blutsverwandtschaft, will ich damit sagen.« Warum erzählte er das diesem jungen Ding hier mit der irren Frisur und der fast in aller Öffentlichkeit sichtbaren Fotze? Ehrlichkeit? Oder Masochismus?

»Das wußte ich nicht.« Das Erbe irgendeines fernen, prüden Vorfahren zwang sie dazu, die Augen zu senken; ein bedeutend näherliegender Einfluß ließ sie das Glas an die Lippen setzen.

»O nein – ganz bestimmt nicht, nein!« betonte er noch einmal. »Shiela hat das auch zugegeben – alles nur aus Boshaftigkeit. Sie hat Len Bottomley dafür benutzt, den verdammt nochmal uninteressantesten Schauspieler, den man sich vorstellen kann – Butler, gute Freunde, Hofchargen und sowas –, weil sie auf mich eifersüchtig war. Sie nahm sich Len als ihren Beischläfer, und Imogen – meine ›Tochter‹ – ist das Ergebnis.«
Janie Carson sah so aus, als ob ihr das alles unangenehm wäre: Geständnisse können peinlich werden, wenn sie nicht als amüsanter Klatsch aufgemacht sind.
Einer der sich selbst verzehrenden jungen Männer – sein Name war Garth – glühte ihm mit einem Ausdruck entgegen, der auch Verachtung bedeuten konnte.
Janie sagte: »Da haben Sie ja Schreckliches durchgemacht, Basil – erst das alles, und jetzt noch ihre Mutter.« Sie trug ihren Text mit wohlabgemessener, gleichmäßiger Stimme vor – eine Stelle ausgenommen: Auf seinen Vornamen stürzte sie sich wie ein Raubvogel.
Aber die Reaktionen und Vorstellungen Janie Carsons oder irgendwelcher anderer hier im Raum waren ihm im Grunde unwichtig. Obwohl sie manchmal in seinem Innern aufgewirbelt wurde, hatte er an der Vergangenheit kein Interesse; ebensowenig an der Unordnung, die er in gewissen Ecken einer erfolgreichen Karriere hinterlassen hatte. Was ihn verfolgte, das war die Zukunft mit ihren Drohungen.
Wieder wandte er sich an dieses junge Mädchen hier, nicht etwa, weil sie ihm mehr als nur ein flüchtiges Mitgefühl entgegengebracht hätte, sondern weil ihr Interesse, wenn auch gering, ihm vielleicht dabei helfen konnte, ein paar bis jetzt noch eher schemenhafte Gedanken in eine konkretere Form zu bringen. »Als ich vom ›Totenbett‹ meiner Mutter sprach – da habe ich etwas übertrieben, würde ich sagen. Ich glaube nicht, daß sie sterben wird, ehe sie nicht selber sterben will. Und ich habe die Vermutung, daß sie es nicht will. Überhaupt – was willensstarke alte Menschen zu dem Entschluß treibt, sterben zu wollen, das habe ich noch nie herausfinden können.« Er sah auf die Gesichter ringsum: Kein einziges, vielleicht mit der Ausnahme von Janies Gesicht, wies irgendwelche Zeichen der Aufmerksamkeit für das auf, was er zu sagen hatte. »Mit Alten und Senilen habe ich nicht viel Erfahrung; um es genau zu sagen – ich habe mich immer bemüht, solchen Sachen aus dem Wege zu gehen.«
Der gute alte ernsthafte Dudley goß pflichtbewußt schläfrig automatisch noch einen Drink ein. Es war eine Erleichterung, den Mund wieder in die Kühle zu senken; und keiner hatte dich unwürdiger Trinkgewohnheiten verdächtigt.
»Ich muß zugeben – wenn ich mal eine Rolle als Zweitbesetzung gehabt habe, dann hatte ich immer den sehr heftigen Wunsch, die Erstbesetzung

möge vor Altersschwäche tot umfallen.« Janie warf das Haar zurück und kicherte in ihr Glas.

»Nicht schon wieder über den Tod reden!« Irgend etwas von der Unterhaltung war bis zu Madge am anderen Ende des Zimmers durchgedrungen: Sie schob ihr Kinn hoch, damit die Falten an ihrer Kehle glattgezogen wurden.

Garth, der dunkle, schmale junge Habicht, hatte seinen Raubvogelkopf erhoben. Seine Augen betrachteten gedankenvoll niemand anderen als Sir Basil Hunter, den berühmten Schmierenkomödianten. »Haben Sie jemals davon gehört – Sir«, und er hustete bei diesem Wort, das er ungern gebrauchte; wahrscheinlich fühlte er sich überhaupt mit allen Worten unsicher, wenn sie ihm nicht als Rollentext in die Hand gedrückt wurden: nur dann wußte er, wie man sie zum Glühen bringen konnte – »ich glaube, ich habe das irgendwo gelesen, daß sich hinter der zwanghaften Beschäftigung mit dem Tod eigentlich Furcht vor der Sexualität verbirgt.« Das war mit solcher Intensität und solchem Ernst hervorgestoßen, daß es weit trug und schwer auf alle Anwesenden niedersank.

»Nein, das habe ich noch nie gehört.« Sir Basil zeigte das Lächeln, das schon so viele bezwungen hatte.

Garth, der Habicht, wurde rot, aber bezwungen war er offensichtlich nicht. Er umfaßte seine Schienbeine mit sehnigen Armen und saß und blickte finster vor sich hin.

Babs Rainbow gab einen ihrer unnachahmlichen Laute der Verachtung von sich. »Erzähl uns lieber, was es Neues im Leben gibt. Hast du nicht ein hübsches Stück auf Lager, Bas? Irgendwas Altmodisches, mit fetten Rollen?«

»Ich habe ein Stück.«

Das war eher etwas, das alle interessierte, auch die, die nur mürrisch herumsaßen.

»Erzählen, bitte!«

»Was für ein Stück?«

»Nichts Altmodisches. Und wenn eine fette Rolle drin ist, dann gehört sie mir.« Er verbeugte sich und bat ironisch um Vergebung. »Bin ich denn nicht auch ein Schauspieler?«

Garth verbarg seine Augen hinter den gesenkten Wimpern und verzog eine Lippe.

Sir Basil Hunter verengte seine Nüstern. »Und die fette Rolle kann leicht zu einer werden, die nur schwer zu verdauen ist.« Du konntest spüren, wie du ihre Vorstellungskraft gefangennahmst.

Janie Carson hatte sich wieder auf die andere Seite gedreht und lag auf die Ellbogen gestützt vor ihm. »Und wer hat dieses beängstigende Stück geschrieben?«

»Es ist überhaupt nicht geschrieben – oder nur zum Teil. Das meiste wird improvisiert.« Daß er seinen wagemutigen Plan derart bloßlegte, machte ihn mit einem Mal betrunken.
»Darling«, warnte Madge Puckeridge, »mit sowas stehst du dann sehr plötzlich nackt im Regen, und ohne Hut.«
»Man muß ja mal den Sprung ins kalte Wasser wagen, oder?«
Dudley, Madge, Babs – alle alt alt; du selbst, der Springer vom Zehnmeterturm, wahrscheinlich noch älter als sie alle – aber von der Höhe des Turmes sahen selbst die so unangreifbar gepanzerten Jungen hilflos aus.
»Es ist nur eine Idee – bis jetzt.« Vielleicht war noch Zeit, das abscheuliche Ding wieder zu beerdigen.
»Aber wer schreibt es denn – wer? Dieses Stück – oder diese Idee.« Janie wippte ungeduldig auf ihren Ellbogen hin und her.
»Mitty Jacka.«
»Nie gehört.«
Diese Ignoranz hätte ihm vielleicht den Wind aus den Segeln genommen, wenn das, wovon sie nie gehört hatten, in irgendeiner Weise wichtig gewesen wäre.
Dann erinnerte Madge sich an etwas. »Ist das diese Frau, die irgendwo da draußen wohnt – in Richtung Beulah Hill?«
»Genau, dort wohnt sie.«
»Oh, aber die ist doch schon alt! Noch viel älter als wir.« Madge konnte die ganze Sache nicht ernst nehmen. »Sie schreibt Gedichte und so Sachen.«
»Mitty ist nicht alt; sie ist zeitlos.« Er glaubte das, und es machte ihm Angst.
»Hat sie dich kassiert, Bas?«
»Er hat was mit einer Mumie.«
»Ein Todeswunsch, würde ich eher meinen.«
»Aber sagen Sie uns doch wenigstens«, bohrte Janie Carson hartnäckig und hämmerte weiter mit ihren Ellbogen, »was ist denn die *Idee* dieses halbgeschriebenen Nicht-Stücks?«
»Mein Leben, mehr oder weniger. Mit einer Gruppe von Schauspielern durchgespielt. Und je nachdem wie wir – Schauspieler und Publikum gemeinsam – uns entscheiden, kann es in diese Richtung laufen oder in jene, wie es das Leben eben kann – und auch tut.«
Das wärs also! Er schwitzte. Sein Glas war leer. Dieses Mal füllte Dudley es nicht nach.
Babs verzog das Gesicht, bis ihr Mund völlig verschwunden war und nur noch die durchdringenden Augen und das Grübchen am Kinn übrigblieben. Dann sagte sie: »Nichts für mich, Bas, solche Un-Stücke – meine Titten im Zuschauerraum herumschwenken – im Mittelgang herumfurzen – nein danke! Ein bißchen was Besonderes hier und da, das geht ja noch. Aber in

meinem Alter möchte ich wenigstens ein paar Textzeilen, an denen ich mich festhalten kann.«
In den Gesichtern der anderen stand es wie Visionen: Dudley Howard plötzlich ohne jede Zuverlässigkeit; Madge Puckeridge ohne die Affektiertheit, mit der sie sonst ihre Magerkeit zu verdecken suchte; Janie und Garth waren irgendwie nahe aufeinander zugeglitten und sahen aus, als ob sie sich vielleicht von einer Woge der Inspiration gehoben fühlten – aber es war die ihrer eigenen. Und damit war er wieder allein. Alle sahen seine Niederlage voraus, das konnte er erkennen, und zwar nicht etwa an ihrem Lächeln, sondern an den Schatten unter ihren Backenknochen, an den halbgeöffneten Lippen, während sie der Entblößung des nackten Ritters zusahen: auch er wehrlos herabhängende, verwundbare Eier.
Madge faßte sich als erste wieder. »Das könnte an sich eine absolut fabelhafte Idee sein. Ich überlege mir nur – Mitty Jacka.«
Dudley, der beim Trinken immer ernster wird, zog dich in eine Ecke und warnte dich vor einem Gift, das deinen beruflichen Selbstmord bedeuten könnte.
Babs und Madge unterhielten sich laut, ohne sich direkt zu streiten. Garth beugte sich über Janie und begann, ihre Wangen mit einer Flut von gehauchten Küssen zu überschwemmen: Seine Lippen sahen riesig aus, aber nicht mehr feindselig; ihr Haar, auf beiden Seiten des Gesichts herunterfallend, wirkte wie aus dem Wasser gezogen.
Plötzlich erinnertest du dich. »Dieses blödsinnige Flugzeug!«
Dudley ging ans Telefon, denn es war sein Zimmer, und er war gewissermaßen der Gastgeber. Nach den üblichen klickenden Geräuschen, höflichen Stimmen, Weiterverbindungen und Erklärungen rülpste er und berichtete: »Sie rechnen noch mit drei Stunden.«
Das überraschte dich inzwischen nicht mehr; alles andere hätte unwahrscheinlich geklungen.
Alle gähnten und murmelten und lutschten an Eiswürfeln in leeren Gläsern.
Du wolltest nicht weiter zur Last fallen, sagtest du, und lieber in der Hotelhalle warten – soweit vorhanden.
Der Tonfall, in dem keiner sich verabschiedet: man trifft sich ja wieder und wenn nicht, dann macht es auch nichts.
Allzu bekannte Gesichter bitten um Vergebung für vergangene Sünden oder darum, daß man sie in alle Zukunft liebt.
Er sah Janie Carson entschlossen eine Flasche mitnehmen – das mußte wohl noch was von ihrem zollfreien Whisky sein. Er konnte sich ihr Gesicht als das einer alten Frau vorstellen: eine Garantie bei jungen Menschen – für? Für?
Hände fielen auseinander; schmatzende Küsse.

Lange kittfarbene Korridore mit künstlicher gekühlter Luft, die nach Soyasauce roch. Hinter einer Tür verschwand Janie zusammen mit Garth.
Er ging weiter durch die kühlen und schalen Gänge und suchte nach dem irgendwo versteckten Liftschacht. Hatte gerade den Käfig gefunden, als ihn ein unerwarteter Lufthauch traf.
Es war Janie die Flasche schwingend prahlerische Beine Haar wie unter Wasser. Sie nahm ihn bei der Hand, und das schien ganz natürlich: der Altersunterschied war von ihnen abgefallen.
»... warum sollten Sie sich auf einem Lehnstuhl in der Halle einen steifen Nacken holen.« Statt dessen schloß sie Zimmer Nr. 365 auf.
»Gastfreundschaft mit Zugabe«, trug er ebenso sinnlos wie erschöpft zur Unterhaltung bei, aber sie gab nicht zu erkennen, ob sie den Mangel an Schwung bemerkt hatte.
Zwischen den Möbeln umhergehend (Zwanzigerjahre rosa modernistisch) hatte sie begonnen, das Wenige auszuziehen, was sie am Leibe trug. Sie schüttelte ihre Tunika zurecht und faltete sie zusammen. Dann lag sie auf dem Bett und hatte eine Gänsehaut.
Während die Klimaanlage fortwährend und immer wieder klapperte und rasselte.
»Das Bett ist ziemlich schmal, aber es wird schon gehen.«
Er erinnerte sich daran, was von ihm erwartet wurde, und begann, seine eigenen Kleider auszuziehen, geriet aber aus dem Takt mit den klappernden Umdrehungen der Klimaanlage.
»Was spielst du für Rollen?« brachte er unter dem Hemd heraus, daß er sich gerade über den Kopf zog. »Oh«, seufzte sie. »Hero – Lady Montague – Gwendolyn. Gwendolyn ist ganz spaßig.«
»Eine ganze Sammlung von Frauen.« Er wand sich idiotisch umständlich aus dem Hemd. Nähte krachten.
Die modisch engen Hosen waren noch schwieriger. Und was, wenn er jetzt einfach das Gleichgewicht verlor und umfiel?
»Weißt du, warum ich wirklich hier bin? Ich muß das Geld für dieses verdammte Stück aufbringen. Auch wenn sie nicht stirbt, ist sie vielleicht für ein paar Tausender gut.«
»Ich würde gerne mitmachen bei deinem merkwürdigen Stück.«
»Das werden wir einfach mit improvisieren.« Damit endlich die Hose von den Beinen herunter.
Warum eigentlich nicht? Mitty Jacka das große Genie hatte bestimmt ein paar Nebenrollen für Harpyen eingeplant, die sich ihm in das nackte und wehrlose Fleisch krallten.
Janie Carson sah fast nicht zu ihm hin; gleich darauf machte sie das Licht aus. Das war rücksichtsvoll von ihr. Seine nervösen Waden zitterten im Dunkeln vielleicht weniger, die schlafferen Fleischteile schlenkerten nicht so hin und her. Die Eier auch nicht.

Als er sie gefunden hatte, legte er sich zu ihr und ließ sie wenigstens sein Gewicht spüren und spielte mit seinen Lippen in ihrem Mund. Wenn er einen Moment damit aufgehört hätte, wäre er von dem Mund verschlungen worden.
Sie schluckte schwer, »– was ich gern, wirklich schrecklich gern möchte ...«, und spie ihn aus »– wirst du mich irgendwann einmal deine Partnerin als Cordelia sein lassen?«
»Warum?«
»Ich habe noch nie herausfinden können, worum es bei der Cordelia eigentlich geht. Das macht sie so aufregend für mich.«
»Ich werde dir meine Cordelia geben, wenn du – wenn wir beide – dafür reif sind.«
Er mußte sich irgend etwas einfallen lassen – irgendeine *sachliche* Beschäftigung – zwischen jetzt und seiner drohend herannahenden Apotheose.
»Damit wird das alles irgendwie eine irre Blutschande, nicht?« Geringel und Gekicher unter seinem Körper konnten seine Schlaffheit nicht in Begeisterung verwandeln, er schämte sich immer mehr.
»Überhaupt nichts drin heute abend«, entschuldigte er sich, ehe er sich von ihr wegbeugte – irgendwohin in die richtige Richtung in der Dunkelheit – und etwas tat, was er seit Jahren nicht mehr getan hatte.
»Schmutziger alter Uhu! Fast hätte er auf mich gekotzt – und dann auf den ganzen Teppich.«
»Geschieht dir wirklich recht, wenn du mit alten Männern rumspielst.«
»Aber du verstehst nichts, Garth. Ich *muß* einfach *alles* in meine Erfahrung aufnehmen.«
»Nun, das hast du ja jetzt teilweise geschafft, scheint mir.«
Janie, eine seidene Flamme neben männlicher Körperbehaarung in knappsitzenden weißen Bikini-Unterhosen: das nur ein ganz schneller Blick ehe du wieder eine Leiche bist, für die du dich sowieso hältst.
»Sieht aus, als ob der alte Mistkerl völlig das Bewußtsein verloren hat.«
»Nehmen wir doch meine Sachen mit. Dann gehört das Zimmer gewissermaßen mehr ihm – auch das Gekotzte.«
Und das Zimmer wurde deins insofern, als der Schlaf es dir als eine riesige schwarze Kammer vorgaukelte, in der nackte Akrobaten eine Szene spielten – von der Geburt bis zum Tod; es war die einzige Szene des Stücks erklärte Mitty und daher ziemlich wandelbar; jemand zieht an deinem erschreckten Schwanz, um dich daran zu erinnern, daß die Akrobaten aus ihren übereinandergetürmten Körpern einen Schoß gebildet haben, durch den du jetzt kriechen mußt, unter den Verflechtungen der Schwalbennester hindurch, zwischen den Beinen der Stute: Ob Mitty einverstanden damit war, wie ihr Ur-Baby die Rolle auslegte, das ließ sich nicht feststellen und auch nicht Mutter ...

Die Luft hörte auf, um ihn herumzuwirbeln, als er schreckensstarr auf dem schmalen Bett erwachte und nach Atem rang.
Das Flugzeug!
»Flug 764 schon vor einer Stunde abgegangen«, teilte die süßliche schläfrige Telefonstimme mit.
»Dann muß ich – hören Sie mich? – sofort einen Platz für einen anderen Flug haben. So schnell wie möglich.«
Flucht aus diesem Zimmer, vor Sir Basil Hunter und seinem Erbrochenen. Dem Herrn sei gedankt, daß du deine Kleider hast: Nichts gibt mehr Sicherheit, als sich zu kostümieren.

Er erreichte die oberste der Gartenterrassen, und das Haus seiner Mutter erhob sich über ihm, schwarz vor dem grünlich flackernden Himmel und fast so riesig wie die Häuser der Kindheit: Die Dunkelheit hatte eine ganz besondere Art von Schönheit in den Pfefferstreuer-Türmchen hervorgebracht, in den Giebeln, den runden Dachfenstern und den mit Flechtwerk-Ornamenten geschmückten Vordächern und Balkonen. Als er im Zwielicht des Abends ankam, war ihm das Haus wie ein Witz erschienen; jetzt sah er sich gezwungen, es ernst zu nehmen.
Respektvoll trat er seine Schuhe auf dem Abstreicher vor der Haustür ab, die er offen gelassen hatte. Im Innern verwandelte das Geräusch von Besteck und Gläsern seine heimlichen Hoffnungen in feste Zuversicht, bis ihm wieder einfiel, daß er damit ja auch wieder einer Schauspielerin gegenübertreten mußte. Dieser Gedanke veranlaßte ihn dazu, durch die Wohnräume geradezu zu schleichen und seine Füße vor jedem von einer Lampe geformten Teich aus Licht zurückzuziehen, als sei dort der Boden klebrig. Die Porträts an der Wand blickten auf ihn herab und verurteilten ihn, am gnadenlosesten sein eigenes, angewidertes Kindergesicht.
Auf einem Intarsientisch in dem Raum, der offiziell das ›Studierzimmer‹ genannt wurde, hatte jemand Gläser und Karaffen in einladender Form angeordnet. Er war froh, sich nach ein paar genehmigen zu können, ehe er seinen Auftritt in der Szene ›Ich und diese Haushälterin‹ hatte. Wie immer spürte er eine leichte Aufregung, vermischt mit Mißtrauen bei dem Gedanken, daß er jetzt mit einer Frau zusammen auftreten mußte, deren frühere Arbeit er nicht kannte und die für ihn als Partnerin aus den falschen Gründen, wenn nicht sogar aus reiner Boshaftigkeit ausgewählt worden sein konnte.
Und dann stand die Haushälterin plötzlich in der Türöffnung. »Ihr Abendessen ist fertig, Sir, wenn es Ihnen recht ist und nicht zu früh.« Die üppige Einrichtung des Hauses mit ihren reichen Überflüssigkeiten ließ die steinerne Kargheit dieser Gestalt doppelt hart erscheinen.
»Ich könnte mir nichts Angenehmeres vorstellen, als jetzt etwas zu essen.«

Er stand auf und bewegte sich mit der graziösen Leichtigkeit, die ihm einfach zufiel, wenn er sich in seiner besten Verfassung befand; er lächelte, und die Strahlen seiner Stirn wurden von einem Spiegel über dem Kamin zurückgeworfen. »Basil Hunter«, fügte er unnötigerweise hinzu – freundlich, wie er hoffte, um ihr alle Verlegenheit zu nehmen.
Aber sie schien dennoch vom Glanz überwältigt: Ihre Lippen, ihr Kinn hatten Schwierigkeiten mit der Antwort: »Lotte Lippmann.«
Dann wandte sie sich um und schritt voran mit derselben Ernsthaftigkeit, die sich in dem schwarzen Kleid ausdrückte, in dem gehäkelten weißen Kragen und dem straff zurückgekämmten Haar; aber ihr immer noch gutgeformtes Hinterteil wackelte auf eine bestimmte Art, und dagegen konnte sie einfach nichts tun.
Im Speisezimmer wies sie mit matter, förmlicher Geste auf den für ihn vorbereiteten Platz. Ihre Augen waren zwar kommunikationsbereit, aber im Moment sichtlich mit ihren ironischen Gedanken beschäftigt.
Irgendwann mußten sie es ja hinter sich bringen – und daher sagte er: »Meine Mutter erwähnte, daß Sie Schauspielerin sind.«
Er setzte sich, und sie schob ihm von hinten den Stuhl unter. »*Achh!* Nur *Tingeltangel – Tingeltangel*, Sir Basil.« Sie verschwand durch die Tür, und in dem mit ihrem Abgang ersterbenden Seufzer schien das Echo gefühlvoller Klavierklänge längst vergangener Cabaret-Zeiten mitzuschwingen.
Und so drang sie in sein Inneres ein – oder vielmehr war es die ihnen beiden gemeinsame Melancholie, die das bewirkte: die Erinnerung an verdunkelte Theater oder auch Clubs und Cabarets, in denen die schmutzigen Tischtücher im ersten Licht des Morgens zu Bündeln zusammengeworfen wurden. Aller bürgerlicher Pomp des Hauses am Moreton Drive bot keinen Schutz vor diesen Erinnerungen.
Als sie mit einer Terrine zurückkam, deren Deckel in einem kleinen, strahlend grünen Kohlkopf aus Porzellan endete, hatte er inzwischen ein ganzes Arsenal an Brotkügelchen geknetet, alle von passend grauer Farbe, um sich gegen ein Wiederaufleben jener Stunden zu wappnen, die sie beide so zweifelsohne in gleicher Art erlebt hatten.
»*Tingeltangel* – das war mein ganzes Talent.« Lotte Lippmann ließ den Dampf aus der rundlich schwellenden Terrine entweichen.
Er unterbrach sie nicht, aber er wollte sie auch nicht zu der großen Ansprache drängen, die sie, wie er spüren konnte, für ihn bereithielt.
Sie schöpfte ihm eine von jenen deutschen Suppen auf den Teller, in denen sorgfältig geformte *Knödeln* herumschwimmen – das Ganze mit einem etwas obszönen Geruch nach Schimmel oder Bovisten. »Na – schmeckt es Ihnen?«, heischte sie Lob aus der dunklen Narbe ihres Mundes.
Der Engländer, zu dem er geworden war, gab wie von selbst zur Antwort: »Mhmm – ausgezeichnet – *ja*!«

Sie lachten wie zwei Verschwörer, aber sie senkte dabei die Augenlider und zog sich bald danach diskret zurück.
Draußen hatte es angefangen zu donnern. Er konnte hören, wie die Zweige der Bäume durch die Luft peitschten. Was wie Regen klang, war bis jetzt nur das Rauschen von sich an den Ästen festklammernden Blättern im Strom des Windes.
Er war heimgekehrt in ein fremdes Land. Andererseits hatte Enid einmal gesagt, nach einer der täglichen Auseinandersetzungen, in die zu versinken einem die Ehe das Recht gibt, *wenn wir uns mißverstehen, Basil, dann sollte ich immer daran denken, daß du ein Ausländer bist, denn wir sprechen zwar dieselbe Sprache, aber wir legen sie völlig verschieden aus.*
Lady Enid Sawbridge: seine zweite Frau und die intellektuelle Tochter des Earl of Burlingham. Sie bestand aus fünf Gedichtbänden und dazu einer Monographie über Aphra Behn; daneben aus drei Romanen und den Berichten über ihre Reisen nach Kleinasien, der äußeren Mongolei und nach Mikronesien. Bei so einem gelehrten Kopf war es erstaunlich, wie sie daneben die Tatsachen des Lebens erfaßte.
Er konnte inzwischen überhaupt nicht mehr verstehen, warum er Enid geheiratet hatte. Höchstens vielleicht, um noch mehr von den grenzenlosen Schmeicheleien in sich aufnehmen zu können, die sie ihm zu bieten schien. Und wegen der Türen, die sie ihm öffnete, und die es ihm gestatteten, seine Sucht nach gesellschaftlichem Umgang zu befriedigen. Als Ehefrau aber bedeutete sie weiter nichts als einen einzigen, fortdauernden Streit. Nach der ersten Woche, in der sie die Triumphe gemeinsamer Klugheit genossen hatten, wurde ihnen beiden klar, daß über ein paar einzelne Punkte der Gemeinsamkeit hinaus jeder von ihnen etwas anderes und seiner Meinung nach Besseres wußte. Durch alle ihre Streitereien hindurch lächelte Enid ununterbrochen: Es war das Grinsen einer Borzoi-Hündin kurz vor dem Zuschnappen. Das Freundschaftlichste an ihrer Ehe war die Trennung. Sie waren sich einig, daß sie für den Augenblick keine Scheidung wollten, und dieser Augenblick wurde zur ständigen Gewohnheit, weil es so schien, daß ihnen beiden kein anderes Arrangement besser zu passen schien. Lady Enid Hunter ließ sich sehen wie eh und je: Sie tauchte gelegentlich in seiner Garderobe auf, und sie preßten die Wangen aneinander, tauschten zärtliche Ausrufe aus und gingen dann vielleicht miteinander zum Abendessen, wo sie sich weidlich über irgendeinen Dritten lustig machten; das nahm dem, was sie voneinander wußten, den schmerzlichen Stachel. Vielleicht hatte Enid auch das Gefühl, daß sie mit diesen Zusammenkünften einen ihrer vielen Tribute an das zivilisierte Leben entrichtete; für Basil Hunter waren sie jedoch nur das Ergebnis einer fatalen Schwäche: seiner Unfähigkeit, nein zu sagen.
Zu Shiela hatte er dieses Wort oft genug gesagt, aber das hatte mit dem

Theater zu tun: Er konnte eine schlechte – oder schlimmer noch, eine intellektuelle – Schauspielerin nicht ertragen, wenn sie den Bauch einzog, um ein Gefühl zu simulieren, das ihr Kopf ›verstanden‹ hatte. Und doch war sie ihm im Anfang als von Intuitionen befeuert erschienen – oder war das nur die Glut der Jugend gewesen, damals, in schäbigen Kostümen und auf den Bühnen zweitklassiger Provinztheater? Er hatte sie geliebt – oder vielleicht auch nur die klingenden Sätze, mit denen sie einander jeden Abend umwarben. Auf jeden Fall war es leichter gewesen, den Weg nach oben in das West End zu zweit zu erzwingen; das war ihre gemeinsame Ambition gewesen, was sie beide auch sonst für Ideale haben mochten.

Draußen vor dem Haus am Moreton Drive waren die theatralischen Effekte des Gewitters zurückgegangen: Der Donner rollte nur noch hin und wieder, und der Wind mußte sich ganz gelegt haben; er hatte gar nicht mehr gewußt, daß Regen auch so senkrecht und so dicht herabströmen kann.

Er hätte gern einfach dagesessen, dem Rauschen dieses Regens immer weiter zugehört und dabei weder an die Vergangenheit gedacht noch die widerspenstige Zukunft geplant; aber die Haushälterin kehrte zurück und trug eine silberne Platte, fast zum Zerschmelzen heiß, nach ihrer Hast zu urteilen, nach dem Zischen zerlaufender Butter und dem großen, weißen, gestärkten Tuch, mit dem sie den silbernen Rand umklammert hielt.

»Du lieber!« Auf der Platte, die sie mit einem heftigen Ruck auf die Anrichte setzte, lagen zwei fehllos geformte Schnitzel, garniert mit bis zur Transparenz dünn geschnittenen Zitronenscheiben und liebevoll gerollten Anchovisfilets.

»Finden Sie das nicht alles recht mühsam?« fragte er, um den gierigen Appetit zu verbergen, der plötzlich in ihm aufstieg.

»Es macht mir Freude, anderen Menschen das Essen zu bereiten.« Die Hände, die in einem Flattern angesengten weißen Servietten-Leinens vor der Hitze zurückfuhren, zitterten ein wenig.

»Aber als Künstlerin meine ich.«

»Ach, Sir Basil Hunter, ich war eigentlich nie mehr als so etwas wie ein zwangsläufiges Feuerwerk. Abend für Abend wurde ich losgelassen, zischte – *peng* – und ging wieder aus. Bis ich zum Schluß dann sogar kaum mehr zischte. Mein Feuerwerk war feucht geworden.«

Unter der goldenen Kruste aus Semmelbröseln war das Kalbfleisch saftig und zart. Anstatt die Haushälterin weiter zu ermutigen, ihm ein Leben zu rekonstruieren, dem er dann sein Mitgefühl nicht verweigern konnte, wäre er gern mit sich selbst und seinen eigenen Gedanken allein geblieben. Er war zu sehr mit seinem eigenen Trübsinn beschäftigt, als daß er sich noch mit dem anderer Leute hätte befassen können.

Aus dem Augenwinkel heraus konnte er sehen, daß sie sich neben der

Anrichte postiert hatte. Ihre Hände unter den weißen Manschetten waren zu einer Pfeilspitze zusammengelegt, die auf den Fußboden wies. Daß sie hier wie auf Wache stand, machte ihm die Bewegungen seiner Kinnbacken und auch die Stille bewußt, die er durch sein Kauen und Schlucken unterbrach. Er merkte, daß er eine Schulter angehoben hielt, wie um die Haushälterin von sich hinweg zu schieben. Sie erinnerte ihn an eine bestimmte Art von Schauspielerinnen, die ihrer eigenen Kunst nicht sicher sind und sich sehnsüchtig mit aller Kraft auf ein Publikum konzentrieren, das sie noch nicht überzeugt zu haben glauben.

Er drehte sich halb zu ihr um und brachte ein Kompliment an: »Was auch sonst – in jedem Fall sind Sie eine erstklassige Köchin.«

»Oh – ja?« Sie lachte. »Das ist schließlich auch wichtig – oder nicht?«

Die Atmosphäre um die Anrichte war passiv und nichtssagend; er konnte nicht ausmachen, ob er sie verletzt hatte oder nicht.

»Köchinnen! Schauspielerinnen! Niemand ist so gewaltig wichtig – außer den großen Künstlern: Mozart, Goethe, Bernhardt – Sir Basil Hunter!«

Ihr so recht jüdisch-europäisches Kompliment ließ ihn zusammenzucken; oder hatte sie es als Seitenhieb gemeint? »Wenn ich die Wahl hätte – wenn ich noch einmal von vorn anfangen könnte – ich würde mir wünschen, einen *ganzen* Menschen schaffen zu können.«

»Buchstäblich?« fragte er, wobei er wußte, daß sie doch mehr oder weniger einer Meinung waren.

»Ja«, sagte sie. »Oder auch zwei. Mich selbst. Und dann noch einen – aus meinem eigenen Körper.«

Obwohl er inzwischen nichts übriggelassen hatte als die Zitronenschalen und einen dünnen Knorpelstreifen, machte sie keine Anstalten, seinen Teller oder die abgekühlte Servierplatte wegzuräumen.

»Naja!«, seufzte sie, immer noch in ihrer förmlichen Haltung vor der Anrichte; »und doch ist das Theaterleben etwas, das wir brauchen – wir beide, Sie und ich, Sir Basil Hunter. Diese Trunkenheit! Das ist der Grund, warum ich – nachdem meine Familie ermordet worden war – und der Mann, der mein *Lieb' und Leib* war, für mich auf immer verloren – warum ich mich da immer noch an mein *Getingel* und *Getangel* geklammert habe – denn wirklich, wenn ich in das Licht der Scheinwerfer hinauslaufe, das ist wie ein Bad, dann kann ich auch das übelste Gelächter aushalten, den Whiskydunst und die Küsse hinterher, die Lobreden und die Versprechungen, die schmutzigen Gesten von Männern wie von Frauen. Und obwohl da an den Tischen weiter nichts versammelt ist als ein Gewirr von Totenschädeln, falschen Busen und männlicher Eitelkeit, muß ich ihnen doch mein Lied darbieten – und die paar Tanzschrittchen, die sie erwarten – *eins, zwei, drei.*« Sie gab eine Probe und tanzte um den (nach vier Seiten ausziehbaren) Mahagoni-Eßtisch der Hunters. »Ich habe keine

große Stimme. Ich habe nur die Stimme der Trunkenheit. Und das ist es, wonach sie sich alle sehnen. Sie brauchen das – und ich auch. Sie lachen. Sie wollen meinen Hut anfassen, mein Stöckchen, die Schwalbenschwänze aus mandelfarbigem Samt. Sie streben nach – ja, wonach? sich selbst entrückt zu werden? oder vernichtet? Aber ganz sicher, Sir Basil Hunter, erzähle ich Ihnen hier nichts, was Sie nicht schon selbst erlebt hätten.«
Er war zu beschämt, um antworten zu können.
»Auf einer ganz anderen Ebene natürlich, aber das brauche ich ja nicht erst zu sagen.« Ihr Lachen ließ alles noch beschämender klingen, obwohl er hoffte, daß dies unabsichtlich war. »Ich habe gehört, daß Sie Hamlet gespielt haben und Lear: alle die großen *deutschen* Rollen.« Sie ging mit dem Geschirr zur Tür und lachte jetzt ganz ungehemmt. »Deshalb bin ich sicher, daß Sie mich verstehen, Sir Basil.«
Er saß da, den Kopf in die Hände gestützt, und starrte auf den Fleck, wo sein Teller gestanden hatte. *Ein anderes menschliches Wesen aus meinem Körper zu erschaffen.* Das war ihm nicht gelungen. Obwohl Imogen, seine ›Tochter‹, bereit gewesen war, einzuspringen und diese Rolle zu spielen. Und doch – am Anfang, ehe ihre Lebens-Inszenierung in bestimmten Bahnen eingefahren war, hätte er zusammen mit Shiela wohl ein Ganzes schaffen können und nicht nur eine Sammlung von verschiedenen Rollen. Dieses Ganze hätte ihn dann, wenn alle Rollen an ihren Haken hingen und für den Moment weggeschlossen waren, vielleicht daran erinnert, daß er nicht nur durch und durch Schauspieler war: sondern auch ein komplettes menschliches Wesen.
Andererseits – diese Trunkenheit. Wieder hatte diese verrückte Jüdin recht. Es ist immer die nächste Rolle, von der man hofft, daß sie die Rechnung glatt machen wird. Und alles zielt schließlich auf einen weiteren Versuch, diesen einen steinigen, vielleicht unüberwindbaren Berg zu erklimmen: *Lear.* Davor hatte er fast so viel Furcht wie vor Mitty Jackas Nicht-Stück. Aber am meisten fürchtete er den Ton einer vor halbleerem Zuschauerraum zerflatternden Stimme. Während der letzten Gastspielreise hatte in Glasgow jemand mit einer Bananenschale geworfen.
Die Haushälterin kehrte zurück, um ihm einen Kristallkelch anzubieten; ein süßlicher Duft wies auf Pfirsiche und Champagner hin, zusammen mit einem kränklichen Hauch von – von Mandeln? in jedem Fall, unpassend.
Mit einem heftigen Ruck setzte sie diesen Opferpokal vor ihn hin. Sie war viel zu aufgeregt; der Respekt des Dienstboten vor einem Gast des Hauses schien sichtlich von Gemütsbewegungen verdrängt.
Obwohl Süßigkeiten gar nicht sein Geschmack waren, begann er im Inhalt des Glases zu rühren und stocherte nach den herumschwimmenden Pfirsichstücken. »Wo haben Sie denn diese zweite Kunst der Verführung gelernt?« fragte er in einem Ton, der in ein ganz anderes Stück gehörte.

»Von meiner alten Mutter jedenfalls nicht!« Sie lachte bitter. »Ich bin bei einem Liebhaber in die Lehre gegangen – nein, nennen wir ihn lieber einen ›Beschützer‹ – ein Küchenchef in Zürich. Berlin – Zürich – Haifa – Sydney: das sind die Stationen, die ich bis jetzt durchlaufen habe.«
Ihre aufkommenden Erinnerungen ließen sie jetzt geradezu hektisch werden. Die Lippmann: sie ließ alle vorgetäuschte Passivität fallen. Wenn ihre Füße auch nicht *eins-zwei-drei* im Takt wirbelten, flogen doch zumindest ihre Frackschöße aus mandelgrünem Samt. Ihre Hände sahen jünger aus im Spiel der Schatten und der aufgeregten Bewegungen.
»Ich *beschuldige* niemanden«, erklärte sie, »nicht diesen fetten Schweizer, der immer nach seiner Küche roch. Und auch keinen von den anderen. Mein einziger Geliebter! Meine armen, zu Asche verbrannten Eltern!«
Sie zerrte einen Stuhl herbei und ließ sich am anderen Ende des gewaltigen Mahagonitisches niederfallen. »Sehen Sie, meine Eltern, das sind diese liberalisierten Juden, deren Glauben wissenschaftlich ist. Die Medizin ist ihre Religion, könnte man sagen, und ein Arzt ist ihr Rabbi, wenn nicht sogar ein Psychiater. Also muß ich, ihre Tochter, eine Diätköchin werden. Ich muß den Bircher-Benner studieren und so weiter. Richtig? Aber ich kann diese Trunkenheit nicht verleugnen, die gleichzeitig, wenn man es von einer anderen Seite her betrachtet, auch meine Jüdischkeit ist. Ich laufe fort zum *Tingel-Tangel* – also wirklich ein *Rausch*, unorthodoxer geht es nicht – aber die *Trunkenheit*!« Sie warf den Kopf zurück, daß man nur noch ihre Kehle sah, und ihr Lachen wollte nicht enden.
»Und die Liebe!« Ihr Gesicht war zurückgekehrt. »Da liebe ich diesen Deutschen – diesen *Goy*! Das ist keine Entweihung, wie Sie das vielleicht – und meine toten Eltern ganz bestimmt – glauben. Wo die Liebe ist, da gibt es keine Entweihung.« Ihr Blick am anderen Ende des Tisches war alt und schrecklich geworden.
»Was wurde aus Ihrem Deutschen?« Er wagte es kaum, diese Frage zu stellen.
»Ich habe ihn verlassen.«
»Aber es gibt doch andere, die sind zusammen fortgegangen.«
»Wir waren nicht wie die anderen. Ich habe ihn verlassen, weil ich ihn liebte.« Sie stand auf, und nach einem ersten vergeblichen Versuch gelang es ihr, die ineinander verkrampften, arthritischen Finger voneinander zu lösen. »Oder auch, weil ich – wie Ihre Frau Mutter immer sagt – ein unheilbarer Masochist bin.«
»Niemand versteht so gut wie Mutter, Salz in die Wunden anderer Menschen zu streuen.«
»Aber ich liebe sie!« stieß die Haushälterin erschreckt hervor.
»Wie kann man etwas lieben, das böse, brutal und zerstörerisch ist?« Wenn er dies alles überleben wollte, dann mußte er sich selbst dazu überreden, einiges von dem, was er da gesagt hatte, auch weiterhin zu glauben.

»Ja. Sie haben recht – das ist sie alles«, stimmte die Haushälterin zu; »– aber sie weiß auch mehr von der Wahrheit, als die meisten anderen Menschen.« Ihre Hände lösten sich vom Tisch, und sie fügte hinzu: »Und ich – wenn ich nicht verehren kann, dann muß ich lieben.«
Und damit entfernte sie den Pokal mit der Süßspeise, der, wie sie beide empfanden, ein unnötiges Requisit gewesen war.
Den Kaffee servierte sie ihm im Studierzimmer, jetzt wieder so hinter sich selbst zurücktretend, wie sie das ihrer Rolle als Bedienstete schuldig war: gesenkte Lider; pflichteifrige Hände; bescheidene Haltung, doch ohne eine Spur von Servilität. Als sie gegangen war, verbrannte er sich die Zunge an ihrem Kaffee, der bitter schmeckte und stark genug war, einen Panzerschrank zu sprengen – von einem menschlichen Schädel gar nicht zu reden. Dennoch zwang er sich, noch eine zweite Tasse zu trinken, denn er mußte noch einmal zu seiner Mutter hinaufgehen, ehe er dieses Haus verließ – dieses Haus, welches – und das durfte er nicht vergessen – schließlich nur rechtlich gesehen ihr alleiniges Eigentum war.
Das Gewitter war weitergezogen, stellte er fest. Was da so donnerte, das waren seine Fußtritte auf den teppichweichen Stufen; sonst entweihte kein Geräusch, nicht einmal mehr ferner Verkehrslärm, die vollkommene Stille.
In dem Heiligtum, das die Altardiener um den Gegenstand ihrer Anbetung geschaffen hatten, saß Schwester de Santis und schrieb mit einem altmodischen, einstmals eleganten, goldverzierten Füllfederhalter; auf ihren Knien, von einer gewöhnlichen Federklammer auf einem Schreibbrett festgehalten, ein Dokument von unzweifelhaft esoterischer Bedeutung. Anscheinend hielt sie es für selbstverständlich, daß der Eindringling auch ein Gläubiger war: Sie blickte bei seinem Eintritt nur einmal lächelnd auf und kehrte dann zu ihrer Beschäftigung zurück. Wie schon früher am Abend im Garten, überraschte ihn wiederum das Strahlen in den Augen dieser Frau, sowie ihre üppigen Brüste. Er konnte sie nicht ganz auf dieselbe Weise einfach akzeptieren, wie sie das mit ihm zu machen schien. Natürlich würde im Grunde genommen nichts von alledem hier jemals akzeptabel werden. Wonach er sich vielleicht gesehnt hätte, auch gegen sein vernünftiges Urteilsvermögen, das erstickte er unter seinem Widerwillen gegen dieses zum Tempel gewordene Haus, in dem sogar ein Hauch von Weihrauch zu schweben schien – wenn er vielleicht auch nur von den Zypressen herrührte, die das aus dem Garten abziehende Gewitter zerzaust hatte.
Die Gestalt auf dem Bett war inzwischen wieder aller Gewänder und Juwelen beraubt, die festliche Bemalung aus dem Gesicht entfernt. Was blieb, hätte auch eine Leiche sein können, wenn ein flatternder Atem nicht das darübergebreitete Leichentuch zum Leben erweckt hätte; Augenlider wie vom Sturm auf den Strand geworfene gefleckte Muschelschalen waren

in unablässiger zitternder Bewegung; und das Licht spann einen Strahlenkranz aus den Strähnen todesgrauen Haars. Der gesamte Eindruck war nicht der einer Frau, und noch viel weniger der seiner eigenen Mutter: wie ihn das die Hüterin der Reliquie vielleicht glauben machen wollte. Das gedämpfte Licht, der Geruch der windzerzausten Zypressen, die hypnotisierende Wirkung des sich kräuselnden Lakens und der zitternden Augenlider – das alles lud ihn ein, mit den Auserwählten den Mythos der Heiligkeit zu teilen; er aber war mit eigenen und völlig anderen Absichten hergekommen: Sein eigenes Überleben hing ab von einem Tod, den eine materialistische alte Frau schon allzu lange hinausgezögert hatte.

Er war erleichtert, daß die diensttuende Nonne nicht von ihm erwartete, an irgendwelchen ihrer Riten teilzunehmen; im Augenblick hatte sie nur Schwierigkeiten mit ihrem veralteten Füllfederhalter. Nur als er erste Anstalten machte zu gehen, kam der Vorschlag: »Wollen Sie ihrer alten Mutter nicht einen Gute-Nacht-Kuß geben?« Völlig unpersönlich war die Stimme, unmöglich näher zu definieren, grundsätzlich einfach nur die Stimme einer Frau. (Wäre es vielleicht möglich, daß das Gewissen eine Frau ist?)

In diesem Moment hob die Nachtschwester den Kopf, und er riß sich los, verließ sie mit einer – das sah er in einem der vielen Spiegel – einer Andeutung eines verstörten Lächelns, auf das sie mit einem Ausdruck reagierte, der Mitleid bedeutete, wenn er sich nicht irrte, oder sogar auch selbstlose Liebe.

Er lief die Treppen hinunter, suchte in seinen Taschen nach etwas, das ihm nicht einfiel, telefonierte nach einem Taxi, erinnerte sich an seinen Mantel und dann an das Gepäck, das er vom Flughafen mitgebracht hatte, und schließlich auch an den Namen des Hotels, wo ein Zimmer für ihn reserviert war. Die Haushälterin ließ sich nicht mehr blicken, und er war froh darüber. Auch gab ihm das die Möglichkeit, sein Zigarettenetui aus dem vollen Kästchen wieder aufzufüllen, das er vor dem Essen im Studierzimmer vorgefunden hatte.

Dann hupte draußen das Taxi.

Schwester de Santis war eigentlich gegen das, was sie jetzt tat: sie schob den Vorhang gerade so weit beiseite, daß sie sehen konnte, wie Sir Basil Hunter das Haus verließ. Nach dem Sturm war der Mond wieder am Himmel erschienen, aber er glitt trübe und müde dahin. Vom Haus aus erschien der Garten unten als ein Durcheinander von Schatten und Zweigen, durchwebt von den Schlangenlinien des Serpentinenwegs. Jetzt bewegte sich die Gestalt eines Mannes vorsichtig und unsicher diesen Weg hinunter, ungleichmäßig beladen mit einem Koffer in der einen und einer Aktentasche in der anderen Hand. So gesehen wirkte Sir Basil älter als bei ihrem ersten

Zusammentreffen an der Gartentür; die Erschöpfung konnte ihn sicherlich physisch zum Schrumpfen bringen – seinem Ruf tat das natürlich keinen Abbruch. Nein, sie bewunderte diesen älteren Bruder des berühmten Schauspielers deswegen keinesfalls weniger; im Gegenteil, ihr Mitleid machte ihn noch gewinnender: er erinnerte sie ein wenig an ihren Vater, vor dem sie mehr Achtung gehabt hatte als vor irgendeinem anderen Mann – selbst bei all seiner Zerbrechlichkeit.

Unten auf der Straße wartete das beleuchtete Taxi auf seinen Fahrgast. Seine Scheinwerfer wirkten viel zu grell neben dem heimlichen Schimmer des Mondlichts. Vielleicht wurde Sir Basil von ihnen geblendet, als er auf sie wie auf ein Leuchtfeuer zuging: an einer Wegbiegung, wo eine plötzliche Reihe von Stufen den gleichmäßigen Fluß der Serpentine unterbrach, setzte er seinen Fuß in einen bodenlosen Teich aus Dunkelheit und begann zu schwanken. Das Gepäck tat das seine, um ihn das Gleichgewicht vollends verlieren zu lassen: er stürzte direkt in ein Beet mit Heliotrop und Thymian, zu Füßen einer der grinsenden, hand- und armlosen Statuen.

Schwester de Santis schob das Fenster so weit auf, wie es nur ging. Sie lehnte sich hinaus – zu welchem Zweck, das war ihr im Augenblick eigentlich gar nicht klar, obwohl sie sich in Gedanken bereits über den gestürzten Körper beugte und ihn auf Verletzungen hin untersuchte. War das nicht ihre Aufgabe? Aber ihre Tüchtigkeit hätte vielleicht gegen die Düfte des Gartens zu kämpfen gehabt. Die schwere, süße Luft ließ sie zu tief atmen; sie spürte, wie das Fensterbrett in ihren Leib einschnitt, während sie sich weit über das Gesicht beugte, das vor ihrer Erinnerung stand und aus dem sie alle Spuren der Enttäuschung oder der Auflösung verbannt hatte.

Vor der kehligen Fröhlichkeit des Fahrers sprang die Tür des Taxis weit auf, »Jemand wie Sie braucht ja gar nicht' aufzupassen, Freund. Das war ungefähr der schönste Salto ärschlings, den ich je gesehen hab'.«

Der Taxifahrer und Sir Basil beschäftigten sich gemeinsam damit, ihn selbst und sein Gepäck wieder aufzusammeln.

»Wenn man mal merkt, daß es keinen Zweck mehr hat, dann läßt man sich am besten einfach sausen. Dann bricht man sich auch nichts. Aber ich würde sagen, das wissen Sie alles schon selber, wie? Aus Erfahrung.«

Sir Basils Antwort, ein Ausbruch von Jovialität vermischt mit Ärger, blieb unverständlich.

Der Taxifahrer trug die Koffer durch das Gartentor, und sein Passagier hinkte hinter ihm her.

»Was ist los, Schwester?«

»Oh, jetzt habe ich Sie aufgeweckt, nicht wahr? Ich war so außer Atem – da habe ich das Fenster aufgemacht, um ein wenig Luft hereinzulassen.«

Von draußen konnte man hören, wie das Taxi davonfuhr und an der Stille des Parks entlang in der Ferne verschwand.

»Also ist Basil weggegangen. Ich wußte es.«
»Er hat gesehen, daß Sie schliefen.«
»Er wollte sich nicht verabschieden. Keiner von uns beiden hatte Lust dazu.«
»Er wollte Sie nicht stören.« Schwester de Santis hoffte, daß das stimmte; sie wollte immer gern das Beste von allen Menschen denken, und der Nachtdienst gestattete ihr das auch: schlafende Gesichter kapitulieren mit ihren Lastern vor der Unschuld.
»Sie wissen doch, daß ich niemals schlafe«, beharrte Mrs. Hunter. »Wo ist die Manhood?«
»Die Schwester ist wie immer weggegangen, kurz nach meiner Ankunft.«
Sie hatten sich an diesem Abend in der Garderobe getroffen. Schwester Manhood war im Unterrock. Unter dem farblosen Make-up, das sie benutzt hatte, sah ihr Gesicht hektisch aus.
»Haben Sie ihn kennengelernt?« fragte sie ihre Ablösung.
»Mr. Wyburd hat uns miteinander bekanntgemacht, als ich gerade durch den Garten hereinkam.«
Schwester Manhood war ganz quirlig: sie erschien dadurch noch nackter, als sie sowieso wirkte. »Ich finde ihn einfach wundervoll. Ältere Männer sind so – so viel distinguierter.«
»Ich kenne sie nicht alle. Und bei dem hier scheint es mir noch ein bißchen verfrüht, um das sagen zu können.« Schwester de Santis wußte, daß sie nicht ganz ehrlich war, aber für Flora Manhood klang es wie eine moralische Zurechtweisung.
»Ach, Sie sind ja richtig verknöchert, Schwester! So *pedantisch*«, setzte sie vorsichtig hinzu, denn das war ein Wort, das sie von Col Pardoe gelernt hatte.
Während sie ihr Straßenkleid anzog, beschloß sie, die verknöcherte Mary ein bißchen zu provozieren. »Ich hätte gar nichts dagegen, mit Basil Hunter ins Bett zu gehen.«
Schwester de Santis spürte, daß sie rot wurde, aber sie brachte es dennoch fertig, mit leichter Stimme zu antworten. »Ich nehme an, daß er da eine große Auswahl hat.« Sie setzte den Hut ab, den Flora Manhood, wie sie wußte, scheußlich fand.
»Oh, für Sie ist es leicht! Haben Sie jemals einen Mann – haben Sie jemals einen Mann *begehrt*?«
»Das ist doch wohl meine Angelegenheit.« Das sollte noch kühler klingen, aber Schwester de Santis hatte sich gleichzeitig mit einer Sicherheitsnadel gestochen, während sie sich vor den Spiegel setzte, um ihren frischgewaschenen Schleier zu entfalten.
Zum Glück für ihre Selbstbeherrschung erinnerte sie sich an etwas. »Ihr Freund da – dieser Apotheker – hat angerufen und eine Nachricht hinter-

lassen, sagt Mrs. Lippmann. Er erwartet Sie bei sich zu Hause. Er hätte ein paar Koteletts zum Braten.«
»Ich werde den Teufel tun und Koteletts braten! Ich spiele für niemanden das Hausmütterchen, weder vor noch nach der Trauung.« Flora Manhood hätte fast einen Wutanfall bekommen, mit vorgereckter Brust und bis zum Kropf angeschwollener Kehle; aber dann besann sie sich doch eines besseren.
Sie tippte Schwester de Santis mit der orangeroten Plastiktasche ins Kreuz. »Entschuldigen Sie meine unanständige Neugierde, Liebste. Und jetzt werde ich Sie dem reinen Vergnügen des Nachtdienstes bei Mutter Hunter überlassen.«
Da Schwester de Santis alles andere als leichtfertig war, wäre dieser Dienst sowieso niemals ein Vergnügen, sondern immer eine Hingabe gewesen. Mit ihrem ernsthaften Wesen war sie bereit, Flora Manhood die Keckheit zu vergeben. Schon früher hatte sie manchmal versucht, die häufigen pöbelhaften Angriffe ihrer Kollegin gegen Mrs. Hunter dadurch zu erklären, daß sie in ihnen die Furcht der Jugend vor dem Unantastbaren erblickte. Dabei fürchtete auch sie selbst oft die plötzlichen Hiebe oder die ärgerlichen Einmischungen, die Mrs. Hunters Gedanken und Worte sein konnten. Aber heute abend, so schien es, waren die Waffen der alten Frau schon abgestumpft vom Kampf gegen die Eindringlinge des Tages.
Widersprüchliches und Ketzerisches verwob sich mit den Lüften der Nacht und den Gerüchen des Krankenzimmers, nachdem Mary de Santis die Abfahrt Sir Basils beobachtet hatte. Sie sah sich gezwungen, unwichtige kleine Arbeiten zu erfinden, um sich selbst zu beweisen, daß sie nicht von jenem Glauben abgefallen war, den Notwendigkeit und Herkunft für sie zum einzig möglichen gemacht hatten.

»Má-ro!« in der verzweifelten flötenweichen Stimme ihrer Mutter; »Mar-i-a?« im Baß ihres Vaters; bis sich beide Eltern schließlich einigten, daß aus ihr eine australische ›Mary‹ werden sollte.
Falls das Kind selbst je gezögert hatte, so wurde es doch nie hin- und hergezogen. Im Mittelpunkt des vorstädtischen Hauses trafen sie immer alle zusammen, lachten und küßten sich – manchmal die Eltern einander über ihrem Kopf, öfter noch all drei miteinander vereint. Schon als sie noch ganz klein war, hatte sie gespürt, daß ihr Vater und ihre Mutter sich liebten; und das blieb auch so, als sie alle drei trostlos und verlassen waren.
Sie war in diesem braunen Haus in Marrickville nicht zur Welt gekommen, obwohl das leicht hätte der Fall sein können. Denn alles Vorherige betraf sie kaum, selbst wenn sie sich darüber unterhielten, alte Fotografien ansahen oder in der Erinnerung in Tränen ausbrachen. Nur wenn sie selbst

unglücklich war oder im Halbschlaf oder auch krank, dann tauchten manchmal die versunkenen Trümmer eines vergangenen Lebens aus der Tiefe auf, und mit der Empfindsamkeit des Leidenden erkannte sie, daß dies der wichtigere Teil war, und nicht die fröhliche, gedankenlose und unkomplizierte australische Gegenwart. Sie wäre vielleicht für immer der unannehmbare Fremdling geblieben, sogar für sich selbst, wenn sie sich nicht eine Auffassung angeeignet hätte, mit der sich das Beste aus Torheit und Unvernunft machen ließ.

Vor allem anderen, die Eltern: Mamma, ein dünner schwarzer Strich, gleich vor welchem Hintergrund: diese schmalen Schultern; Hände, die zu ungeschickt für jede Art von Arbeit waren, außer für das Abstauben von Ikonen (wahrscheinlich blühte das ›Wirkliche‹ in dem, was von Mamas Leben übriggeblieben war, nur vor Ikonen auf). Papas heiterer Skeptizismus, der die Heilige Römische Kirche in einen riesigen Augiasstall verwandelte, *und alle Mann beim Schaufeln;* und dann schwand die Heiterkeit mit seinem Körper und seiner Sehkraft dahin, *bitte klage mich nicht an Mary, die Spritze ist mein einziger Glaube und weiter nichts als eine logische Schlußfolgerung.*

Sie hoben ihre Unterlagen, fleckig und verbeult, in einem Pappkarton auf: *Dr. Enrico de Santis, italienischer Bürger, 32 Jahre alt ... Anastasia Maria Mavromati, griechisch, 24 Jahre alt ... Eheschließung am 26. April 1923 in Smyrna.* (Niemals wurde die Stadt je ›Izmir‹ genannt.) Auf allen Schnappschüssen, auf allen Fotografen-Porträts war Enrico der glänzende Charmeur geblieben, auch nachdem das Papier gelb und die Unterschriften und humorigen Anmerkungen nicht nur gelb, sondern sogar grün geworden waren. Aber Anastasia Maria andererseits war, wie die meisten Griechen, mit einer Vorausahnung dessen geboren worden, was alles geschehen wird: in ihrem Gesicht der Glaube oder das Verhängnis alter geschwärzter Ikonen.

Mama versuchte immer wieder, etwas zu kochen, was sie ›ihre eigene Version griechischer Gerichte‹ nannte. Sie trug dabei eine Schürze mit Tomatenflecken und lächelte bitter wegen des Öls, das sie verschüttete; denn Mama hatte nur gelernt, Gedichte zu lesen, Besucher zu empfangen und auf Marmorterrassen an der weiten Bucht über das Leben zu diskutieren. *Ganz ausgezeichnet sind die Soudzoukakia dieser Anastasia de Santis* – Papa tat so, als ob er sie hemmungslos hinunterschlingen würde, um ihre hohe Qualität zu unterstreichen – *obwohl die griechische Küche nur Viehfutter ist neben den subtilen Köstlichkeiten aus Bologna, Torino, das kleine Parma nicht zu vergessen.* Das war einer von den Witzen, die Mama sich gefallen ließ, denn sie liebten einander, sogar in Marrickville.

Nachdem Mary de Santis sich entschlossen hatte, Krankenschwester zu werden, hatte sie einmal ihre Mit-Praktikantinnen Eileen Dooley und

Verlie Rumble zum Essen eingeladen. Ihre Geste war rein spontan gewesen, aber ihre Unsicherheit setzte schon ein, als sie ihre Freundinnen bei dem Gang von der Straßenbahnhaltestelle zur Kreuzung Warnock- und Cathcart-Street beobachtete, wo das am tiefsten bräunlich nachgedunkelte Gebäude in der ganzen Vorstadt mit der am stärksten abgeblätterten Farbe zu finden war, und an seiner Vorderfront die Aufschrift GEMISCHTWAREN (Enrico de Santis) mit den Wohnräumen dahinter und darüber.
Mama erschien verzweifelter denn je, wo nun ihr Märtyrertum dermaßen der Öffentlichkeit preisgegeben war. Ihr schwarzes Kleid mußte den beiden sommerlichen Besuchern wahrscheinlich wie Trauerkleidung erscheinen. Sie trug eine frische, aber schon wieder fleckige Schürze darüber und servierte ihnen ›ihre Version‹ der griechischen *Soudzoukakia.*
»Man nennt sie, glaube ich, auch ›Smyrna-Würste‹«, erklärte sie Eileen und Verlie, die daraufhin beide kicherten.
»Wie sie auch heißen – sie sehen aus, als ob sie sehr gut schmecken«, sagte Eileen, um Mama zu ermutigen.
Es war ein heißer Tag. Sie saßen in der überwachsenen Spalierlaube, deren Versuch, Weintrauben hervorzubringen, in der Hitze verschimmelt war. Papa kam mit einer Korbflasche aus dem Laden. Eileen und Verlie gestatteten sich kaum einen Schluck und kicherten noch dazu, als sie das Glas an die Lippen führten.
Eileen schob das Essen mit der Gabel auf dem Teller herum. »Jemineh, die sind aber wirklich nahrhaft, nicht?« Was sie eigentlich meinte, war: ›ausländisch‹.
Die beiden Mädchen blickten jetzt mit einem ganz anderen Gesichtsausdruck auf ihre Freundin Mary de Santis, die geradezu verwegen wurde: sie hob ihr Glas und trank es in einem einzigen, purpurfarbenen, fast erstickenden Zug hinunter. Sie fühlte, wie der Wein ihr in die Wangen stieg, und wußte, daß es fast Überheblichkeit war, was an die Stelle ihrer sonstigen Fügsamkeit trat.
»Dies sind Gerichte, die zu essen für uns völlig natürlich ist.« Es war merkwürdig, sich selbst wie eine schlechte Übersetzung klingen zu hören, aber es paßte zu ihrem Ausländisch-Sein, wenn sie so Eileen und Verlie betrachtete – die eine dicklich, rötlich, sommersprossig, die andere einfach nur ein blasses Mädchen.
Als Mama dann die alten Bilder herauskramte, war Mary de Santis schon lange wieder zu ihrer gewohnten Sanftheit zurückgekehrt, und ihre Leiden waren unaussprechlich. Mama saß da und hielt die alten Fotos mit Händen wie zierliche Papierfächer, die am Kamingitter rußig geworden sind. Die Bilder, die so viel Kummer wachriefen, daß sie sich oft wunderte, warum sie immer wieder hervorgeholt werden mußten. Ganz besonders heute, unter den Augen dieser dümmlich starrenden Mädchen, waren sie einfach eine Folter.

»Die hier sind in Smyrna gemacht«, erklärte Mama, wehrlos und jedem Angriff schutzlos preisgegeben.
»Sind die aber spaßig!« sagte Eileen, »diese Häuser! Wohnen dort die Leute so?«
»Nein. Es gibt sie nicht mehr. Die Häuser wurden von den Türken zerstört. Das hier ist ein Bild von der Kathedrale. Da haben die Türken den Erzbischof gekreuzigt – am Portal seiner eigenen Kirche. Dann haben sie ihm die Augen ausgestochen.«
Den beiden Mädchen stockte der Atem, und der Schweiß trat ihnen auf die Stirn angesichts dieses ungeheuerlichen Ereignisses, dessen Nacherleben ihnen hier aufgezwungen wurde.
»Dies hier sind alles Bilder aus fröhlichen Zeiten«, sagte Mama, obwohl man es ihrem Seufzen nach eigentlich kaum hätte annehmen können; »sie stammen aus Athen. Nach der Katastrophe flohen wir in das griechische Mutterland, und dort waren wir dann ein paar Jahre als Flüchtlinge. Da ist auch Maró zur Welt gekommen. Sehen Sie – Maró als kleines Baby.«
Das konnte man ja kaum glauben! Maró de Santis: dieses – dieses Wickelkind; und beinahe *schwarz*.
Mary de Santis bemerkte, daß sie damit den Gipfelpunkt ihres Ausländisch-Seins erreicht hatte; daß sie diese Tatsache gleichzeitig als einen Teil ihrer griechischen Schicksalsgebundenheit akzeptierte, wurde ihr erst später im Leben klar. Aber so wie vorher im Ablauf der Ereignisse der Wein ihre Sanftmütigkeit in Hochmut verwandelt hatte, so war sie jetzt plötzlich fast ein wenig trunken vor Stolz.
»Oh – was ist das denn, Mrs. Santis?« Sie gingen durch das Haus zurück zur Straßenseite, und die beiden Mädchen konnten dem Anblick einfach nicht widerstehen (der vielleicht schon wieder eine neue Gefahrenquelle in sich barg).
»Das sind Ikonen – christliche – *orthodoxe* Ikonen.«
Die Mädchen holten tief Luft und murmelten etwas vor sich hin. Sie wären katholisch, sagten sie.
»Mein Mann war auch katholisch – bis er es sich eines Besseren besann.« Mama lächelte milde.
Die Mädchen sahen verlegen aus. »Was ist er denn jetzt?« fragte eine von ihnen.
»Er ist gar nichts mehr«, erklärte Anastasia de Santis aus ihren tragischen Tiefen heraus. »O ja, mein Mann ist ein tapferer, furchtloser Mensch.«
Tapfer? Verrückt? Selbstzerstörerisch? Das war schwer zu sagen. Oder vielleicht hatte er etwas von allem: Enrico de Santis, der elegante Frauenarzt, der zum Flüchtling und Ladenbesitzer geworden war. »Was hat das alles für einen Zweck, Anastasia? Wenn sie mich hier endlich durch die Mühle aller möglichen Examen gedreht und sich davon überzeugt haben,

daß ich ihr eigenes medizinisches System nicht untergraben will – was wird dann wohl noch von mir übrig sein? Ich will lieber diesen Laden übernehmen, und damit haben wir auch ein anständiges Auskommen. Und wir sind alle zusammen – das ist so gut wie Kapital, oder nicht? Ein Laden wird auch dem Kind Spaß machen: alle diese hübschen Sachen, *Prosciutto* und *Mortadella*. Denk nur an die Geographie, die sie allein von den Etiketten auf den Konservenbüchsen lernen wird! Und die linguistischen Vorteile!«
Papa hatte den Höhepunkt seiner Ironie erreicht; und Mama flehte inzwischen ihre Panaya und alle Heiligen an.

Zurückblickend wurde es Mary de Santis klar, daß die Religion ihrer Eltern im Grunde aus ihrer Liebe zueinander bestanden hatte. Und da sie selbst, ohne daß die beiden sich dessen bewußt waren, außerhalb dieser Liebe aufwuchs, hatte sie langsam und mühselig einen eigenen Glauben entwickelt.

An der Oberfläche drückte der sich darin aus, daß sie sich zur Krankenschwester berufen fühlte. In den Momenten schlimmster seelischer Qual pflegte Dr. Enrico de Santis darum zu bitten, daß sie ihm ihr Diplom zeigte. Er schien Trost bei dem Gedanken zu finden, daß wenigstens sie eine Tradition fortsetzte. Im letzten Stadium flehte er sie dann um eine Spritze an und sagte, daß sie eine ›lindernde Hand‹ hätte. Sie hatte seinen Wünschen bis hin zur Verletzung ihrer Berufsethik nachgegeben. Während Mama zur Panaya betete, zu den Heiligen Anastasia, Barbara, Cosmas und Damian – sie ließ keinen aus. Ihre Lippen und ihre Schläfen wurden vom Beten immer durchsichtiger, während Papas Wesen stärker und stärker vom Verfall gezeichnet war.

Nach einigen Jahren der Prüfungen und der ständigen Versuche zur Selbsterhebung und Selbstreinigung waren sie alle drei im großen Mysterium befangen. Mary de Santis, die einzige Überlebende, trat hervor als Jüngerin des Lebens: es gab so viele andere Menschen, die sie für das Leben retten konnte; oder die sie sanft zum Ende geleiten mußte, wie sie den gescheiterten Mann geleitet hatte, der ihr Vater war, oder ihre Mutter, die ebenso gescheiterte Heilige.

Trotz ihres Diploms und ihrer dreiunddreißig Jahre Berufserfahrung betrachtete Schwester de Santis sich nach wie vor als Novizin; ihre Bescheidenheit hätte es ihr nie gestattet, einen Platz in ganz gleich welcher Hierarchie des Heilenkönnens zu beanspruchen – ob in der physischen oder der seelischen.

Doch manchmal wurde sie bei der Hand genommen und zu etwas hingeführt.

Sie hatte auch Freude am weltlichen Leben. Bei ihrem ersten Zusammentreffen mit Mrs. Hunter, nun fünfzehn Jahre her, hatte ihre zukünftige

Arbeitgeberin sich zunächst daran gemacht, die Situation klar zu umreißen. »Obwohl Sie meine Pflegerin sind, Miss de Santis – der Himmel weiß, warum ich eine Pflegerin für dieses – dieses Unwohlsein brauche, meine bösartigeren Freunde nennen es ja wohl lieber einen ›Zusammenbruch‹ – möchte ich nicht, daß wir diese Tatsache noch besonders betonen. Also nicht diese schreckliche Tracht. Ich möchte, daß die Leute Sie als meine Gesellschafterin sehen. Und ich werde Sie als meine Freundin betrachten.« Damals hast du zum erstenmal Mrs. Hunters Lächeln erlebt: Ein goldenes Netz, das sich über die Unschuldigen oder die Unbedachten herniedersenkte. Und da du damals beides warst, bist du völlig in ihm gefangen worden.

Während der ersten Wochen des Dienstes bei diesem ungewöhnlichen Fall waren die Schritte, mit denen du über die Teppiche mit ihren geometrischen Mustern auf den stumpfroten Mahagoniböden gingst, kaum mehr als automatisch. Die Stille war ebenso hypnotisierend wie die seltsam gebrochene Stimme, die befahl, während sie doch nur zu bitten schien.

Mrs. Hunter beschloß: »Ich möchte, daß Sie sich hier wie zu Hause fühlen. Wenn Sie in der Nacht Hunger haben, dann gehen Sie einfach in die Küche und sehen, ob Sie etwas finden, was ihnen schmeckt. Wenn ich Sie langweile, dürfen Sie ruhig einfach zu Bett gehen; ich weiß, daß ich manchmal zur Last werden kann – das kommt vom vielen Alleinsein.«

Elizabeth Hunter sprach mit einer so sorgfältig die Worte wählenden Ernsthaftigkeit, daß ihr alle glaubten, außer vielleicht den allerzynischsten oder völlig empfindungslosen Menschen. Mary de Santis war weder zynisch noch empfindungslos. Sie sehnte sich danach, etwas glauben zu können, und dazu konnte ihr diese alternde, aber immer noch sehr schöne Frau vielleicht verhelfen: es ist immer noch besser, Erfahrungen aus zweiter Hand zu machen, wenn sie einem sonst völlig verschlossen bleiben würden; und Mrs. Hunters Wesen bestand zu einem großen Teil aus den vielen Beziehungen, die sie zu Menschen unterhalten hatte, zu ihren vielen Freunden, mit denen sie sich auch jetzt noch traf – auch wenn sie sich mit dem Mythos der Einsamkeit umgab.

Sicherlich – ihr Mann war tot, die Kinder nicht mehr da –, ihre Tochter war erst kürzlich nach nur ganz kurzem Besuch aus geheimnisvollen Gründen wieder abgefahren –, aber das Dienstmädchen lief dennoch den ganzen Tag und beantwortete die Türklingel, um Besucher einzulassen, Blumenbuketts entgegenzunehmen oder einzelne Luxusgeschenke, wie Kaviar oder Parfüm – noch eingehüllt, so wollte es manchmal scheinen, in die bemühte Sorgfalt des Absenders.

Mrs. Hunter bemerkte einmal: »Wenn man doch nur dankbarer für das sein könnte, was man eigentlich gar nicht haben möchte; und die Armen, ich bin sicher, daß sie es sich eigentlich gar nicht leisten können.«

In den Zeiten dazwischen, wenn sie unzweifelhaft wirklich allein war, konnte die Stille zu einem unterdrückten Schwirren werden, das sich einmal, kurz nachdem die Schwester-Gesellschafterin ihre Arbeit angetreten hatte, selbständig machte und zu einem eigenen Ausdruck fand: »Ich möchte Ihnen etwas zeigen, Schwester – ich werde Sie übrigens Mary nennen; ich bin alt genug, um mir solche Freiheiten zu erlauben – hier diese kleine Spieluhr gehörte einmal dem Prinzregenten, jedenfalls hat mir das der Freund gesagt, der sie mir geschenkt hat.« Elizabeth Hunter öffnete den Deckel des hübschen Spielzeugs aus Samt und vergoldetem Zierat, und sogleich vibrierte die Stille des Salons von seiner reizenden Melodie.
Sie standen sich gegenüber – die Spieluhr in Mrs. Hunters Hand zwischen ihnen.
»Lassen Sie sie spielen, wann immer Sie Lust dazu haben«, forderte Mrs. Hunter sie auf. »Es tut gut, wenn man seinen Stimmungen nachgeben kann – sogar, wenn sie vielleicht nur oberflächlich sind.« Dann sah sie ihre Gesellschafterin scharf an, um festzustellen, wie ihr Vorschlag aufgenommen worden war.
Schwester de Santis öffnete die Spieluhr einmal, an einem einsamen Nachmittag im Salon, wo sie steif und voller Schuldgefühle saß, weil ihr der Schutz der Berufstracht fehlte, die sie hier nicht tragen durfte. Und sie sah wieder den Schmutz an den feingliedrigen, ungeschickten Händen ihrer Mutter, und den abgezehrten Arm ihres Vaters, der vor Verlangen nach der Droge zitterte, die sie ihm in seinen letzten Tagen nicht vorenthalten konnte. Mary de Santis war erleichtert, als die Musik immer langsamer wurde, über eine Note nach der anderen stolperte und schließlich verstummte.
Aber sie hörte allmählich auf, in diesem hohl widerhallenden Haus nur eine Fremde zu sein. Sie ertappte sich dabei, wie sie ungehemmt über die rutschenden Teppiche und gewachsten Mahagoniböden lief, um etwas zu holen, was sie vergessen hatte – eine Thermosflasche oder ein Taschentuch; und Mrs. Hunter wartete inzwischen im Wagen. Sie hatte einen Chauffeur, aber am liebsten fuhr sie selbst auf diesen Ausflügen an der Küste entlang oder irgendwohin aufs Land: Ausflüge, die sie jedoch letzten Endes langweilten, wie die Schwester vermutete.
Erst an den Abenden entfaltete Elizabeth Hunter ihr eigentliches Selbst. Sie ruhte dann auf einer Empire-Liege, denn offiziell war sie ja immer noch krank und erwartete von ihrer Gesellschafterin nicht etwa, daß sie Konversation machte, sondern daß sie einfach nur den Gedanken zuhörte, die sie wie unter Zwang formulierte.
»Als ich noch ein Kind war, Mary, in einem heruntergekommenen Farmhaus, in geflickten Kleidern – ein tölpelhaftes, ungemein eitles kleines Mädchen«, Mrs. Hunters Augen glitzerten und flackerten, während sie mit

den Fransen ihrer Stola spielte, »da sehnte ich mich immer danach, etwas zu besitzen: Puppen hauptsächlich, um diese Zeit; und dann Juwelen von einer Art, wie ich sie nie vorher gesehen hatte – alles was ich kannte, waren nur die paar häßlichen Schmuckstücke wohlhabenderer Nachbarsfrauen; und noch später sehnte ich mich dann schließlich danach, auch Menschen zu besitzen, die mir gehorchen – und mich natürlich gleichzeitig auch lieben würden. Können Sie das verstehen?«
Die Schwester zögerte. »Ich glaube ja, auf eine gewisse Weise – nur auf eine gewisse Weise. Wissen Sie, ich habe niemals den Wunsch nach Besitz gehabt. Ich konnte mir einfach nicht vorstellen, wo er herkommen sollte – oder auch wie ich Menschen anziehen könnte, ganz davon zu schweigen, daß sie mir dann noch gehorchen würden. Wir waren eine Familie, die wie Pech und Schwefel zusammenhielt. Darüber hinaus habe ich niemals etwas anderes gewollt, als anderen Menschen zu helfen – durch meinen Beruf –, und das ist auch alles, was ich gelernt habe. Ja – und zu lieben, natürlich«, sie lachte verlegen, »aber das ist etwas so Gewaltiges, daß man sich nur schwer vorstellen kann, wie – wie man es schaffen soll.«
Mrs. Hunter sah plötzlich verärgert und mißtrauisch aus. »Was verstehen Sie unter Liebe?«
»Nun, vielleicht – manchmal habe ich es mir so vorgestellt: Liebe ist eine Art von übernatürlichem Zustand, dem man sich ganz hingeben muß und von dem man sich aufzehren lassen muß, ganz besonders, was die eigenen Unzulänglichkeiten anbelangt – bis man selbst nichts mehr ist.«
Mrs. Hunter schien erregt: sie war aufgestanden und zog die lange, wollweiche Stola wie eine Schleppe hinter sich her. »Was die Leute Ihnen auch erzählen – ich habe meinen Mann geliebt. Aber meine Kinder wollten mir nicht erlauben, daß ich sie liebe.« Die Stola schleppte so weit hinter ihr her, daß sie sie ganz verlor, als sie sich in etwas verhakte; ein unsichtbarer Splitter mußte im Fußboden sein.
»Oh – ich weiß, daß ich nicht selbstlos genug bin!« Sie wandte sich um und brannte in bläulich-weißem inneren Zorn. Aber dann unterdrückte sie ihre Gefühle rasch, zog einen Hocker herbei und setzte sich zu Füßen dieses Mädchens. »Es gibt diese – andere – Art der Liebe. Ich weiß. Es ist mir ja gezeigt worden. Ich kann sie immer noch nicht erreichen. Aber es wird mir noch gelingen! Es wird mir gelingen!« Und sie senkte den Kopf auf die Hände ihrer Krankenpflegerin.
Mary de Santis saß da wie zur Salzsäule erstarrt, wenn sie auch innerlich mit frommem Schauder aufjauchzte, als die Tränen eines anderen Menschen über ihre Hände perlten.
Am nächsten Morgen sagte Mrs. Hunter: »Ich möchte Ihnen etwas schenken, Mary«, und sie zog ein Siegel mit einem in Achat geschnittenen Phönix hervor. »Sie können es ja an einem Armband tragen.« Ob die

Schwester überhaupt Armbänder besaß – die Frage war ihr wahrscheinlich gar nicht in den Sinn gekommen.
Mary de Santis war so gerührt, daß es geradezu peinlich wirkte. »Aber das kann ich doch nicht –«, sagte sie, »– oder vielleicht, nur als geliehen, auf eine Weile –.« Alles so ungeschickt gesagt, daß es fast wie Undank erscheinen mußte.
Mrs. Hunter lachte nur. »Na gut, wenn das eben Ihre Art ist . . .«
Sobald die Patientin zur ›halbinvaliden Rekonvaleszentin‹ erklärt worden war, gab es eine Reihe von kleinen Abendgesellschaften für alteingesessene Freunde, an denen die Gastgeberin jedoch im Grunde nicht besonders interessiert war, wie die Schwester feststellte: diese Freunde waren einfach nur in ihr Leben eingewachsen, wie ein Leimring über Jahre hinweg in die Rinde eines Baumes einwächst; darüber hinaus erfüllten sie den Zweck, daß sich Mrs. Hunter an ihnen in der Kunst der Freundlichkeit üben konnte, die sie sich selbst auferlegte.
Bei einem dieser Abendessen wurden auch die Wyburds vorgestellt. Die Schwester hatte mit dem Anwalt schon beruflich zu tun gehabt, und zwar an dem Tag, an dem er sie für seine Klientin engagiert hatte. Sein Verhalten in Gesellschaft unterschied sich nicht sehr von seinem Auftreten im Büro, nur daß er fast den ganzen Abend lang die Augenlider gesenkt hielt, wahrscheinlich müde von einem anstrengenden Tag in der Kanzlei. Mrs. Wyburd, eine magere, unauffällige Frau mit schnabelartiger Nase, kastanienrotem Haar und Sommersprossen, hatte etwas anziehend Komisches. Sie mußte jünger sein, als die grobporige Haut und die Falten ihr auszusehen gestatteten. Auf jeden Fall war sie jünger als ihr Ehemann, der Anwalt, aber neben ihrer Gastgeberin sah sie in jedem Fall ältlich und altmodisch aus – obwohl ihr das nicht viel auszumachen schien, nach ihrem leicht ironischen Gesichtsausdruck zu urteilen.
Dann war noch ein zweites Ehepaar da, wahrscheinlich Freunde von geringerer Wichtigkeit: sie wirkten einfach zu dankbar, als ob sie Geld schuldeten oder vielleicht auch einer reichen und schönen Frau einen unerwarteten Gefallen erwiesen hatten, für den sie nun belohnt wurden. Schwester de Santis hatte den Namen dieses kaum bemerkenswerten Paares nicht verstanden (die Frau eine völlig blasse Erscheinung) – aber möglicherweise hatte Mrs. Hunter sie auch gar nicht miteinander bekanntgemacht.
Die Gastgeberin war für diese schlichte, vielleicht nur zur Erfüllung von Verpflichtungen veranstaltete Gesellschaft auch ebenso schlicht gekleidet, aber das ließ sie nur um so mehr erstrahlen.
Sie erging sich in zufälligen Erinnerungen. »Als Alfred und ich zur Hochzeit der armen Dorothy nach drüben fuhren, da wurden wir doch tatsächlich – wenn auch nur zu einem kurzen Besuch, Gott sei Dank – auf den Familiensitz Lunegarde eingeladen. Wundervolle wurmzerfressene Möbel.

Hektarweise Gobelins. Aber die sanitären Einrichtungen! Die Familie rieb sich einfach mit Kölnischwasser ab, oder wenn jemand wirklich so weit ging und ein Bad nehmen wollte, dann wurde das Zubehör von der Freiwilligen Feuerwehr aus dem Dorf herbeigeschleppt – wie mir Dorothy erzählte.«Die Gäste waren von ihr so bezaubert, daß sie alles akzeptiert hätten; was immer ihr eingefallen wäre, die Gutgläubigkeit dieser Leute herauszufordern. »Und noch schlimmer – noch viel schlimmer –«, Mrs. Hunter konnte ihrer eigenen Macht über die Zuhörer nicht mehr widerstehen, »Sie werden das kaum glauben, Constance«, obwohl der dankbare Gast offensichtlich zu allem bereit war, »das *Cabinet de toilette!* Niemand brauchte einem den Weg dahin zu weisen: es zeigte seine Existenz sehr deutlich an. Und die Tür, meine Liebste, die Tür ging nach außen auf und war nicht abschließbar – wenn man also Wert auf Einsamkeit legte, dann mußte man dasitzen und einen Strick festhalten, der an der Klinke angebunden war.«
Das magere Ehepaar war höchst amüsiert und dankbar, die Wyburds weniger. Mary de Santis wünschte sich, daß Mrs. Hunter diese komische Geschichte lieber nicht erzählt hätte; es war fast so, als ob sie mit Absicht jede gute Meinung zerstören wollte, die jemand vielleicht hatte.
Mrs. Hunter wandte sich an Mrs. Wyburd. »Ich habe Sie wahrscheinlich gelangweilt, Lal. Sie müssen das ja sicher schon hundertmal gehört haben.« Gleichzeitig legte sie ihre Hand auf die ihrer Freundin, denn wegen Männermangel saß die Frau des Anwalts direkt neben ihr.
Mrs. Wyburd stimmte weder zu, noch verneinte sie: sie behielt ihren Ausdruck komischer Ironie einfach bei. Der Klang des Namens ›Lal‹ schwebte noch über dem Tisch in der Luft; er war zu laut und zu grell gewesen, als ob Mrs. Hunter sich nicht oft selbt die Möglichkeit gab, ihn zu benutzen.
Im Salon beim Kaffee sagte die Gastgeberin, und wiederum ein wenig zu aggressiv: »Sie vergessen ja ganz ihre Pflichten als Gastgeber, Arnold. Wollen Sie uns nicht einen Likör anbieten?«
Er tat es mit eiligem Pflichteifer, leicht verwirrt wegen seiner Vergeßlichkeit.
Lal sagte, daß sie etwas von dem grünen Zeug haben wolle. »Nennt man das nicht eine ›Steuerbord-Laterne‹? Ich habe gehört, daß die Huren das besonders gerne trinken.« Wie andere unauffällige, unelegante Frauen versuchte sie gern hin und wieder einmal einen Überraschungscoup.
»Und was hätten Sie gerne, Mrs. Hunter?« fragte Mr. Wyburd.
»Vielen Dank, Arnold. Ich bin immer noch das Opfer meines Arztes.« Sie blickte ihre Pflegerin an, vielleicht mit einer halben Bitte um Bestätigung, vielleicht aber auch aus einem völlig anderen Grund, der mit der ganzen Sache nichts zu tun hatte.

Später, als die Gesellschaft schon auseinanderzufallen drohte, zielte sie mit ihrer Stimme genau auf das farblose Ehepaar und sagte: »Sie haben doch bestimmt davon gehört, daß Athol Shreve seine Strafe inzwischen fast ganz abgesessen hat.«
Die beiden schienen fast bedauernswert verlegen und unsicher, als ob sie sich für irgend etwas verantwortlich fühlten. Der Mann erklärte, daß seiner Meinung nach Athol Shreve die größte Enttäuschung sei, die es je im politischen Leben Australiens gegeben hätte.
»Ich war überhaupt nicht überrascht.« Es war klar, daß Mrs. Hunter alle die verachtete, die es vielleicht gewesen waren. »Ich habe ihm von Anfang an nicht getraut. Erinnern Sie sich an den Abend, wo wir uns bei den Radfords kennengelernt haben, und er nahm uns dann alle im Wagen mit? Oh – ich will nicht sagen, daß ich nicht auch beeindruckt war. Er hatte etwas so Grobes und Wirkliches an sich. Nun ja – das war ja auch seine Wirklichkeit – die eines Diebes.« Sie lachte zwei- oder dreimal kurz auf, wodurch das Unbehagen der Freunde, für die sie diese Vorstellung gab, aus irgendeinem Grunde noch erhöht wurde.
Nicht lange danach gingen die Gäste auseinander, und das stille Ehepaar lächelte wieder strahlend aus Dankbarkeit für die Aufmerksamkeit, die diese reiche und wichtige Frau ihm schenkte. Schwester de Santis wurde klar, daß es sich eigentlich gar nicht um Freunde handelte, sondern nur um entfernte Bekannte. Den Wyburds, die Mrs. Hunters Art von Freundschaft seit langem gewohnt waren, taten die beiden möglicherweise leid – aber vielleicht spürten sie auch eine leise Verachtung.
Als Schwester und Patientin endlich allein waren und in tiefen Zügen köstliches, durststillendes kaltes Wasser tranken, gestand Elizabeth Hunter: »Diese Stevensons – ich überlege oft, warum ich sie nicht einfach fallenlasse, nur gibt es da gewisse Dinge – Dinge aus der Vergangenheit –, denen man auf immer gegenübergestellt ist. Das ist wahrscheinlich der Grund, warum es Leute wie die Stevensons gibt: hin und wieder dienen sie dazu, daß man sich selbst konfrontiert und demütig wird. Und die armen Wesen freuen sich auch so sehr, wenn man ihnen etwas Gutes zu essen gibt.«
Die beiden Frauen gingen durch den Flur. Mrs. Hunter hatte sich bei ihrer Begleiterin eingehakt und stützte sich auf die Frau, die – für diesen Augenblick wenigstens – nicht nur ihre Krankenschwester war, sondern weit mehr.
»Ach je«, stellte Schwester de Santis fest, »Sie haben ihren Brief ja noch gar nicht gelesen«; er war mit der Morgenpost gekommen und lag immer noch ungeöffnet in der Schale. »Und wirklich, noch mit so einer ungewöhnlichen Briefmarke. Ich glaube, eine norwegische?« Es klang, als ob sie eine Patientin ermutigen wollte, die vielleicht zu verzweifeln drohte.
»Ja. Der Brief ist von einem Norweger«, gab Mrs. Hunter zu. »Ein Nor-

weger, der vor kurzem hier in unserem Land war – ein Ökologe – seinem Ruf nach ein intelligenter Mann – aber ein schwacher Mensch, wie sich herausstellte, und noch dazu langweilig.« Während dieser Worte hatte sie begonnen, den ungeöffneten Brief zu zerreißen.
»Aber sollten Sie den Brief nicht wenigstens lesen?« fragte Schwester de Santis, die selbst kaum je Post bekam.
Mrs. Hunter sagte nein, das würde sie nicht tun, und gab die Fetzen ihrer Pflegerin mit dem Auftrag, sie wegzuwerfen.
»Eines Tages, Mary, werde ich Ihnen die Geschichte erzählen. Dorothy und ich waren von Freunden auf eine Insel eingeladen, die ihnen gehörte, und dieser Norweger, Professor Pehl, war auch dort zu Gast. Aber heute abend bin ich zu müde dazu.« Mrs. Hunter sah plötzlich so alt und abgezehrt aus, daß Mary de Santis beschloß, sich die Geschichte jetzt auf keinen Fall erzählen zu lassen; denn sie war schwach und sinnlich genug, um sich immer wieder zwischendurch nach dem Luxus und der erfrischenden Anregung nicht vergehender körperlicher Schönheit zu sehnen, und das wollte sie sich jetzt nicht verderben.
Normalerweise schien Elizabeth Hunter erstaunlich jung und schön für jemanden, der seiner eigenen Aussage nach um die siebzig Jahre alt sein mußte. Natürlich verzog sich ihr Gesicht unter dem Einfluß von Ungeduld oder Ärger in Falten, aber damit wurde es nur, hatte man das Gefühl, zu einer Landkarte allgemeiner menschlicher Erfahrung und der Leidenschaft im besonderen. Und von alledem unberührt, war ihr Körper fast vollkommen geblieben: groß, kühl, von jenem Weiß, das man in Hyazinthen findet, und von demselben wie errötenden Rosa in den Spitzen. Wenn ihre berufliche Pflicht zur Unbeteiligtheit sie nicht davon abgehalten hätte, wäre die Schwester vielleicht wie benommen von einer sich in die eigenen Gefühle einschleichenden Sinnlichkeit gewesen, wenn sie ihrer Patientin während ihrer ›Krankheit‹ aus der Badewanne half und sie in warme Tücher einhüllte. Aber so wurde jedes physische Verlangen in ein Ritual aufgesogen; körperliche Schönheit wurde abstrakt und auf diese Weise noch viel begehrenswerter für jemanden, der nach Kunst hungerte oder nach der Erleuchtung des Geistes und der eigentlich beides noch nie erlebt hatte, mit Ausnahme von Mutters Ikonen.
Elizabeth Hunter reagierte auch auf abstrakte Bewunderung, die sie hervorrief, und besonders bemerkbar machte sich das am Toilettentisch: ihre Augen öffneten sich zu ihrer ganzen Größe, und ihr Haar fügte sich auch dem zartesten ordnenden Strich; die Linien ihres Kinns waren wie um Jahre verjüngt. Sie ließ sich dann gern dieses oder jenes von ihrer Pflegerin reichen, ganz besonders an den Abenden ihrer Dinner-Einladungen; denn jetzt, da es ihr gewissermaßen wieder ›gutging‹; arrangierte sie eine ganze Kette von noch förmlicheren Abendgesellschaften: »Um klarzu-

machen, daß ich weder in der Klapsmühle in einem Käfig sitze, noch dabei bin, die Rampe hinunter in das ewige Freudenfeuer zu stolpern. Die Feinde, die man hat – und im übrigen auch die Freunde –, glauben das nicht, wenn man sie nicht regelmäßig davon überzeugt.«

Während sie sich für einen dieser Abende vorbereitete, weitete sich der Blick ihrer blauen Augen plötzlich und schien eine Reflektion im Spiegel zu erfassen, die mehr umgriff als nur ihr eigenes Ebenbild. »Ich muß Ihnen ein paar Sachen zum Anziehen borgen, Mary.«

Die Schwester hätte ihr eigenes Erröten fühlen können, wenn sie das nicht hätte kommen sehen. Ihr Cocktailkleid sah altmodisch aus, und obwohl sie es erst kürzlich gebügelt hatte, war es schon wieder zerknittert; dagegen erstrahlte die an Jahren ältere Frau neben ihr geradezu: ihre Figur schien aus allem, was sie auch immer trug, etwas Vollkommenes zu machen.

Und jetzt, befeuert von ihrer Idee, eilte sie zu einer Schublade, riß sie auf, wühlte darin herum und zog ein breites Band heraus, eine Schärpe fast, aus türkisfarbener Seide. Dieses Band wand sie um die Taille des schlechtsitzenden Musselinkleides der Schwester und band es mit ebensolcher Impulsivität wie Selbstsicherheit zu einer großen Schleife im Rücken.

Schwester de Santis schämte sich so sehr, daß sie kein Wort sagen oder auch nur eine Bewegung machen konnte. Sie fürchtete sich davor, einen Blick in den Spiegel zu werfen.

»Warten Sie!« befahl Mrs. Hunter.

Und damit befestigte sie ein Perlenarmband an einem Handgelenk, das zu schwach war, um Widerstand zu leisten. Und dann, mit Händen, die bei diesem Höhepunkt ihres schöpferischen Tuns fast ins Zittern kamen, nahm sie ein sternförmiges Schmuckstück aus Perlen und Türkisen, hielt es erst prüfend gegen die Schulter und befestigte es schließlich mit Entschlossenheit auf dem Busen aus Musselin.

»Da in der Mitte – da gefällt es mir am besten.« Sie trat einen Schritt zurück, um ihr Werk zu begutachten. »Das ist nicht so gehemmt. Sie sind ein zu reiner Mensch, Mary, und deswegen können sie nicht mit der Mode Schritt halten.«

Mary de Santis war nur allzu gehemmt: so sehr, daß sie es immer noch nicht wagte, einen Blick in den Spiegel zu werfen.

Schließlich tat sie es doch.

»Sehen Sie? Ich habe nicht etwa etwas anderes aus ihnen gemacht«, lachte Mrs. Hunter, »sondern nur etwas Geheimnisvolles betont, das schon da war, und das zu wertvoll ist, als daß man es nicht respektieren müßte.«

Die junge Frau neben ihr zitterte vor diesem Selbst, das sie schon manches Mal selbst in sich gespürt hatte, ohne zu glauben, daß das auch jemand anders jemals erfassen könnte.

In einem letzten Ausbruch von Geständnisfreudigkeit, gerade als sie die Türklingel zum erstenmal läuten hörten, sagte Mrs. Hunter: »Wie hätte ich mir gewünscht, eine Tochter wie Sie zu haben. Oder eine Schwester. Das wäre noch besser gewesen; dann hätten wir uns gegenseitig unsere Geheimnisse erzählt – und Sie hätten mir helfen können.« Für einen Augenblick legte sie sogar ihre Wange gegen die ihrer Pflegerin, die den Schmuck der anderen wie Eis auf der Haut spürte, und knisternd und wie mit einem Zittern den Stoff des Kleides zwischen ihnen.

Noch nie hatte Mary de Santis so verzweifelt den Drang gespürt, zu bewundern.

Und an diesem Abend mußte sie dann wohl so etwas gewesen sein wie die Personifizierung eines Geheimnisses mit unklaren Umrissen oder im besten Falle eine Art von fremder Erscheinung bei einer eleganten Abendgesellschaft. Die Damen zumindest waren amüsiert über etwas, das sie als eines von Betty Hunters Experimenten auf dem Gebiet des Unmöglichen – betrachteten – *outré* – genauso wie ihre ›Krankheit‹ eigentlich ja nur die Selbstdarstellung der Launen eines exzentrischen Charakters gewesen war: das eine wie das andere konnten sie nicht ernst nehmen. Für die Männer war es schon schwieriger: für die, die sich durch nichts mehr überraschen ließen genauso wie für die gerissenen Komplimente-Macher. Obwohl diese Gesellschafterin, oder was immer sie auch war, alle Fragen freundlich und genau beantwortete, ließ sie doch niemanden so weit heran, daß er sich so oder so an ihr reiben konnte – und das verwirrte die Männer, verwirrte ihre männliche Haut wie ihre männliche Eitelkeit. Sie hegten den Verdacht, daß diese Frau ihnen irgendein unaussprechliches Laster vorenthielt.

Während dieses ganzen Abends schien Mrs. Hunter von irgendeinem Schatten verdüstert: sie entwickelte eine Art Stakkato-Manier im Umgang mit den Dienstmädchen, und ihre Irritiertheit übertrug sich schließlich auch auf ihre Gäste; vielleicht hatte sie sich gesundheitlich zuviel zugemutet, vielleicht hatte sie auch ein bißchen zuviel getrunken. Jedenfalls – als die Gäste endlich weg waren, hattest du ein Gefühl der Erlösung. Oder vielleicht war das zu einfach ausgedrückt.

Mrs. Hunter kam auf dich zu, und ihre Augen waren schrecklich: sie zeigten genau jenen Ausdruck der Konzentration, der schon wieder einen Zerfall in einzelne Bruchteile bedeutet. »Sie wissen genauso gut wie ich, Mary, daß es nur ein schwächliches Sichgehenlassen meinerseits wäre, wenn ich mich noch weiter so ganz auf Sie stützen würde – wo ich doch eigentlich wieder gesund bin. Ich werde Sie deshalb freigeben, sobald Sie von einem anderen Patienten benötigt werden.«

»Oh – ja? Mrs. *Hunter*?« Der Tonfall lag irgendwo zwischen Zustimmung und Frage: Auch du selbst warst erschöpft, oder vom Wein verwirrt; oder auch einfach nur ein dummes kleines Mädchen mit einer türkisgrünen Schärpe.

Was vielleicht wie eine unbewegte Annahme ihres Vorschlages ausgelegt werden konnte, schien Mrs. Hunters Ärger noch zu verstärken: Ihr Mund hatte sich häßlich verzogen und drückte Bitterkeit aus. »Ich möchte ja schließlich nicht jemanden, der so wertvoll und so hingebungsvoll pflichtbewußt ist wie Sie, auf die Dauer einem so fehlerhaften Charakter wie dem meinen aussetzen.« Es schien, als ob sie aus irgendeinem, dem Augenblick entspringenden Grund der Auffassung war, daß die Liebe, ob man sie nun gab oder ob man sie empfing, noch gefährlicher war als die Verachtung; oder vielleicht sah sie auch das Gute in sich selbst als Unbescheidenheit und betrachtete es daher als eine Pflicht, es zu verbergen.
Während sie die Treppe hinaufstieg, ließen ihre Schulterblätter und der Diamantenverschluß sie noch einsamer aussehen. Aber das schien wie ein Eindruck, den sie mit Absicht erzeugen wollte.
Schwester de Santis blieb unten zurück und knotete die türkisgrüne Schärpe auf, mit der Mrs. Hunter sie umgürtet hatte. Was sie trotz allem nicht von sich weisen konnte, das waren die menschlichen und die über das Menschliche hinausgehenden Momente des Ineinandergreifens, die sie als gegeben angenommen hatte, während sie und Mrs. Hunter sich für die Abendgesellschaft zurecht gemacht hatten. Selbst ihrem agnostischen Vater war es nicht gelungen, sie dem Unglauben auszuliefern.

Schwester Manhood hatte die Angewohnheit, ihren Kolleginnen gegenüber laute Betrachtungen anzustellen. »Eines Tages – und das kann jetzt jederzeit der Fall sein – wird eine von uns da reingehen und die Alte wird tot daliegen. Wer von uns wird das wohl sein? Ich wette, daß ich es bin, der sich damit rumschlagen muß.«
Ein Ereignis, über das Schwester de Santis gar nicht mehr nachdachte. Wenn Schwester Manhood immer wieder von der Möglichkeit sprach, daß es eintreten könnte, dann wohl kaum, weil sie Furcht davor hatte, mit ihren Gefühlen in den Tod anderer Leute hineingezogen zu werden. Floras Gefühle drehten sich nur um Flora, und sie hatte einfach keine Lust, sich mit dem ganzen Ärger zu befassen – wie etwa den Arzt anzurufen und die Leiche herzurichten. Aber auch Schwester de Santis selbst wäre in diesem Stadium, beim Tod Mrs. Hunters, gefühlsmäßig kaum noch beteiligt gewesen: Sie war viel stärker mit dem Geist beschäftigt, den sie jetzt nächtlich behütete, und der, trotz seines täuschenden Aufflackerns, vielleicht schon seinen eigenen Pakt mit dem Tode schloß. Schwester de Santis hätte darüber natürlich mit keiner der anderen gesprochen, nicht einmal mit Mrs. Lippmann. Trotz ihrer weitherzigen Einstellung zum Leben und ihrer Beziehung zum Tod in einem ungeheuerlichen Maßstab fürchtete die Haushälterin doch IHN als ein Ende von allem; sie konnte nicht weiter sehen als bis zu einer Handvoll Asche.

Mrs. Hunter sagte es selbst am frühen Morgen des Tages nach der Ankunft ihrer Kinder: »Jetzt, wo mein Körper mir eine gewisse Freiheit erlaubt, kann ich viel weiter umherstreifen – nicht mit dem Geist – ich weiß, daß ich geistig ein Trümmerhaufen bin; Sie dürfen mir das jederzeit sagen, Schwester – aber ich selbst – alles, was ich je gewesen bin und gesehen – aber nicht immer getan habe. Jetzt bin ich frei und kann so schnell und so weit die Ufer des Flusses entlang galoppieren, wie ich nur will – keiner ruft mich zurück, weil es Zeit zum Essen ist oder die Badewanne auf mich wartet – und keiner nimmt mir den Säbel aus der Hand, weil er zu gefährlich ist. Ohne zu verstehen, daß ich ihn brauche, um mich auch noch durch die letzte Ebene hindurchzukämpfen. Oder daß der Wind schwärzer und dickflüssiger ist als das Wasser. Oder Haar. Sie haben nicht gewußt, Mary, daß eine meiner Perücken schwarz ist, nicht wahr – Mary? Lilian auch nicht. Sie hat nur Mord erlebt – denn das war es, woran sie geglaubt hat – daß der Tod ihr Ende war, der Tod durch die Hand ihres russischen Geliebten. Arme Lilian – noch eine Nutley für mich! Sie hat nie gelernt, daß die Liebe nicht Sache der Liebenden ist – sogar die Liebe in ihrer am wenigsten mörderischen Form. Und deswegen mußte sie sterben.«
Die alte Frau unter der verdunkelten silbernen Sonne, die am Tage im Kopfteil ihres gewaltigen Rosenholzbettes strahlte, klang so weit entfernt, daß die Krankenschwester ihr den Puls fühlte. An sich glaubte Schwester de Santis nicht, daß sie den Puls schwächer als sonst vorfinden würde. Aber so hatte sie es nun einmal gelernt.
»Verstehen Sie?« Mrs. Hunter lächelte, beziehungsweise zwang ihre Lippen, soweit sie es konnte, in ein freundlich gemeintes, sarkastisches Grinsen.
»Schlafen Sie jetzt«, schlug die Krankenschwester vor.
»Vielleicht – wenn es mir gegönnt ist.« Die Schwester brachte eine Tablette.
»Nein! Nein! Nicht, solange es noch Dinge zu tun gibt.« Die klebrige Zunge schnalzte gegen den Gaumen. »Tabletten sind gut und schön, wenn man sich selbst los sein will, aber ich habe die Vorstellung, daß ich nicht mir selbst gehöre – und nicht mit mir machen kann, was ich will.«
Die Schwester füllte ein Glas mit Wasser und hielt es ihrer Patientin an die Lippen.
Mrs. Hunters Nasenflügel verharrten wie erstarrt. »Sie wollen mich doch nicht vergiften – oder? *Ich* muß den Entschluß fassen – nicht Basil – Dorothy – nicht Lal Wyburd – oder irgend jemand von euch. Und nein – nicht einmal ich.«
Die Schwester sagte: »Ich dachte, Sie wären durstig. Und da habe ich ihnen ein Glas Wasser gebracht.«
»Dann werde ich es riskieren, mit dem Wasser. Es ist dabei eigentlich mehr mein Gewissen, das mich stört: die Bettflasche ist vielleicht nicht groß

genug, der Kelch könnte überlaufen.« Aber nachdem sie getrunken hatte, schien sie wieder sicherer zu werden. »War es eine ruhige Nacht für Sie, Schwester?«
»Danke, ja. Vor ungefähr einer Stunde bin ich sogar in die Küche gegangen und habe mir ein paar Würstchen gebraten.«
Mrs. Hunter lachte durch die Nase, als ob hier die Rede von einem komischen Geheimnis wäre, das sie miteinander teilten. »Alle Krankenschwestern machen sich über die Würstchen her in den frühen Morgenstunden, schon immer war das so.« Dann wurde sie wieder ernsthafter. »Mit Recht. Man muß dem Geist neue Nahrung zuführen. Und Küchen sind in der Nacht faszinierend: voll von allen möglichen Sachen, die man am Tag gar nicht bemerkt. Ein Stuhl manchmal, den man seit Jahren nicht mehr angesehen hat. Oder eine Schüssel mit Schmalz, die eine Haut hat wie Pelz. Ich kann mir vorstellen, daß Sie sich für solche Sachen interessieren, Schwester – denn Sie sind ja religiös.«
Ob religiös oder nicht (das war etwas, worüber sie niemals auch nur ein Wort gehaucht hätte, nicht einmal gegenüber einer schlafenden Mrs. Hunter), Schwester de Santis war jederzeit bereit, sich zu einem Glauben an einfache Gegenstände zu bekennen. Wenn man sich in irgendwelchem Maß auf etwas verlassen muß, dann soll man sich auch damit abfinden, dieses Etwas zu respektieren; deswegen stieß sie nie sinnlos die Möbel herum oder klirrte zornig mit Tellern und Tassen.
In den Tiefen des Hauses begannen Uhren zu klingen und in ihrem eigenen Echo zu vibrieren. In einem weit entfernten Vorort zählte eine Glocke die Stunden vor, aber das war so weit weg, daß es mit Zeit nicht mehr viel zu tun hatte.
»Meinen Sie nicht, daß Sie ein wenig schlafen könnten?« fragte die Schwester.
»Ich hätte schon geschlafen, wenn nicht die Türklingel gewesen wäre.«
»Aber das ist schon Stunden her. Das kann Sie doch jetzt nicht mehr stören.«
»Wer war es?«
»Der Freund von Schwester Manhood – der Apotheker. Er wollte wissen, wo sie wäre, aber ich konnte ihm auch nicht helfen.«
»Dann fragt doch die Busschaffnerin.«
»Daran habe ich gar nicht gedacht. Aber sie ist doch ihre Cousine – und das weiß er doch sicherlich?«
Mrs. Hunter war jedoch inzwischen wieder so weit weg, daß andere Menschen sie nicht mehr interessierten, wie die Schwester zu spüren glaubte.
Und so holte sie sich den Rock herbei, den sie zum Ausbessern mitgebracht hatte. Ihre seltsam nackt aussehenden Hände stichelten an dem ausgerissenen Saum, aber sie dachte dabei an ihre Beine, die selbst in den dünnen

fleischfarbenen Strümpfen, die sie bei ihren Stadtgängen oder bei gelegentlichen Zusammenkünften zum Nachmittagstee mit der einen oder anderen Kollegin trug, noch niemals viel Aufmerksamkeit erregt hatten. Als sie noch jünger war, hatte sie manchmal daran gedacht, was sie wohl tun würde, wenn ein Unhold plötzlich anfangen würde, ihre Beine zu streicheln – was manchmal in Kinos vorkam, wie sie gelesen hatte. Aber sie war niemals in diese Situation gekommen, teilweise vielleicht deshalb, weil sie die Lust verloren hatte, ins Kino zu gehen; sowieso war sie immer viel zu müde, wenn sie endlich dienstfrei hatte. Nur hin und wieder im Omnibus spürte sie, wie der wässrige Blick eines alten Mannes um ihre Knöchel spülte und dann weiter nach oben stieg – aber niemals sehr hoch, denn ihre Röcke gehörten ganz gewiß nicht zu den kürzesten. Colonel Askew, auch ein alter Mann und gleichzeitig der Patient, der ihr eine jährliche Rente ausgesetzt hatte, war manchmal mit seiner Hand bis zu ihrem Knie vorgedrungen, und sie hatte sich nie die Mühe gemacht, seine bläulich-kalte Klaue zu entfernen; der Oberst konnte sich sowieso nie recht erinnern, warum er eigentlich den Löffel zum Mund führte oder weshalb er auf das Klosett ging.

In so beruhigender und nützlicher Weise mit ihrer Flickarbeit beschäftigt, hätte Schwester de Santis sich eigentlich geborgen fühlen müssen. Aber dennoch war das nicht der Fall: Irgendeine Unruhe stemmte sich gegen die Oberfläche ihrer Bewußtheit. Sie versuchte, sich an die Einzelheiten der Reise zu erinnern, die Colonel Askew auf ärztliche Empfehlung unternahm und die zu den erfreulicheren Episoden in ihrem ereignislosen Leben zählten: Wie sie ›in Mufti‹ (das war ein Witz des Colonels) im Speisesaal des Schiffes saßen – das heißt, in ›Zivil‹ und unerkannt an einem Tisch für zwei – und Fisch aßen, der in Sägemehl paniert schien, und danach dünne, graue Roastbeef-Scheiben; vor dem Lunch wie vor dem Abendessen trank der Colonel jeweils den einen Scotch, der ihm ärztlich verordnet war (seiner Krankenschwester verordnete er einen ›White Lady‹-Cocktail, »weil«, wie er sich erinnerte, »die Damen mehr für das Süße sind«). Und inzwischen konstatierten wissende Augen im Rauchsalon einen klassischen Fall von verspätetem Johannistrieb. (»Man kann sich doch richtig vorstellen, wie der alte Knabe sie knetet, wie Teig – diese harten, schmalen Kojen sind ja auch ideale Backbretter.«)

Am Ende waren ihre Erinnerungen kaum beruhigender als ihre Handarbeit. Sie dachte nach über die Bedeutung des Wortes ›schmalzig‹, und was es wohl genau bedeutet: Ihr fiel dabei nur die Fettkruste auf einer Kalbsnieren-Pastete ein, die so sehr dem Hautgewebe einer ungepuderten Nase ähnelte. Colonel Askew war ein Liebhaber dieser traditionellen Pasteten, aber er durfte kein Salz essen und hatte deswegen Angst vor ihnen, weil ja welches drin sein könnte. Er starb in *Brown's Hotel* schließlich an

einer voraussehbaren Thrombose. Ehe Schwester de Santis nach Hause zurückgekehrt war, hatte sie damals noch einen kurzen Urlaub in Suffolk gemacht: die bereiften Straßen, die endlosen Hecken mit ihren Beeren wie scharlachrote Perlen an vertrockneten Nabelschnüren, dazu ihre eigene Einsamkeit (wann hätte sie jemals ohne die gelebt? Nur war sie jetzt härter und kälter als je zuvor) vertrieb jede Spur von schmalziger Selbstzufriedenheit, die sie vielleicht in sich trug. Ihre eigenen Schritte klangen ihr hohl im Ohr. Dabei hätte die lehrbuchhafte Trockenheit ihrer Ausbildung sie doch vor der Versuchung schützen sollen, jemals über die Dimensionen des Todes nachzudenken. Ebenso wie ein Studium der Anatomie vor Befangenheit im Körperlichen bewahren sollte.
Schwester de Santis warf den geflickten Rock beiseite. Ehe sie nach unten ging, blickte sie noch einmal auf ihre Patientin, ohne sie jedoch eigentlich zu sehen. Den ganzen Weg hinab durch die filztrockene Luft des Treppenhauses schien es der Schwester, als wolle ihre gestärkte Tracht sie an ständig neue Aufgaben mahnen. Sie konnte sich nicht gut noch einen Teller Würstchen braten. Es stimmte schon, daß sie an Gegenständen interessiert war, wie Mrs. Hunter gefühlsmäßig erfaßt hatte. In einem Fliegenschrank fand sie die Schüssel mit Schmalz, die die Kranke so merkwürdig genau beschrieben hatte: Grünlich schimmernde, pelzartige Haut. Das Holz des Küchentisches wies ein Astloch auf, das von ihrer eigenen Hand im Laufe der Zeit glattpoliert worden war – in den langen Nächten, wenn sie hier saß und Würstchen mit übriggebliebenen Kartoffeln aß.
Wieder sah sie das im Nacken kurzgeschnittene, lockige Haar vor sich. »Sie ist weggegangen wie immer – es tut mir leid, aber ich weiß wirklich nicht, wo sie ist.« Sie hatte ihren Satz aus Mitgefühl für den jungen Mann an der Tür zweimal wiederholt. Mr. Pardoe (Schwester de Santis war von Jugend auf daran gewöhnt, daß man Vornamen nur nach gegenseitiger Übereinkunft und einer gewissen Zeremonie benutzt) wirkte auch fast wie ein Gegenstand aus Holz. Er roch nach speichelgebeiztem Tabak, wie er sich nun brüsk abwandte.
»Wenn sie nicht bei sich zuhause ist, dann weiß ich wirklich nicht, wo man sie finden könnte.« Sie hätte die ganze Nacht hier ungewiß zögernd in der erleuchteten Eingangshalle verbringen und diesem astknorrigen Gegenstand, der ein junger Mann war, sinnlose Ratschläge erteilen können; dieses dichtgelockte Haar – wie würde es sich wohl *anfühlen,* wenn man es berühren könnte?
Mr. Pardoe war schon im Weggehen, als er sich noch einmal umdrehte. Seine Zähne blitzten angriffslustig. »Ist der Schauspieler angekommen?« Er lachte in eine unbestimmte Richtung.
»Sir Basil Hunter? Oh ja, heute abend. Seine Mutter war so aufgeregt; wir anderen natürlich auch«, hörte sie sich sagen. »Er hat bei uns zu Abend gegessen und ist dann in sein Hotel gefahren.«

»Ich wette, daß Flora ganz besonders aufgeregt war, als sie endlich den großen Künstler kennengelernt hat.«
»Oh, sie hat ihn nur *ganz kurz* gesehen.« Um den astknochigen Gegenstand zu trösten, fügte sie hinzu: »Und Schauspieler sind schließlich Menschen wie alle anderen auch – grundsätzlich, würde ich sagen.«
»Ja – grundsätzlich«, stimmte er zu; und ob er nun getröstet war oder nicht – er entschloß sich schließlich zu gehen.
Während sie ihm nachsah, wie er den schlechtbeleuchteten Weg hinunterging, rief sie ihm noch hinterher: »Achten Sie auf die drei Stufen, kurz bevor sie unten ankommen. Sie sind im Dunkeln gefährlich.« Trotz ihres Sympathiegefühls für ihn und trotz ihres Vertrauens in die Ehrlichkeit handfester Gegenstände, war es ihr doch klar, daß sie das um ihrer selbst willen getan hatte: Sie war eine Frau, die einsam auf dem Lande wohnt und versucht, einen Fremden noch ein wenig länger aufzuhalten, dessen Weggang sie ganz allein zurücklassen wird. Und nun war sie also allein. Sie stand und pflückte die Nadeln von einem Rosmarienbusch neben der Eingangstür. Der Duft machte ihre Einsamkeit noch größer.
Ein Gefühl des Ärgers begann sich in ihr auszubreiten und stieg ihr noch Stunden nach dem Weggang des jungen Mannes immer wieder in die Kehle. Sie versuchte, diesen Ärger auf Schwester Manhood zu richten, denn wenn Flora nicht das erhoffte Zusammentreffen gemieden hätte, dann wäre dieser junge Mann niemals hier erschienen – ein astknorriges Problem auf den Marmorstufen vor Mrs. Hunters Haustür. Schwester de Santis war schließlich wieder ins Haus gegangen. Das Zuschlagen der Tür verstärkte noch die Stille im Innern. Eigentlich schlug sie Türen sonst niemals zu: Das war eher Floras Stil.
Und hier stand sie nun, lange nachdem der junge Apotheker weggegangen war, stand allein im Studierzimmer und unterschied sich in ihrer Glaubenslosigkeit in nichts mehr von Schwester Manhood. Niemals war das Haus weniger ein Schrein gewesen; und du noch nie so wenig sein Hüter wie jetzt. Abrupt begann sie, hin und her zu gehen, hier und da zur Seite geschoben vom Lederarm eines Sessels, gegen den sie im Dunkeln stieß. Ihr Zorn wurde zum Teil noch durch das harte Glitzern polierten Holzes und vergoldeter Rahmen in diesem Raum erhöht, den sie nur selten betrat, und zum Teil auch durch ihre Erkenntnis, daß Schwester Manhood und ihr knorriger – oh ja, ihr ohne Zweifel ehrlicher und zuverlässiger Apotheker in Wirklichkeit sehr wenig mit dem eigentlichen Grund ihrer Erregung zu tun hatten.
In einem der vielen Spiegel in diesem mit Spiegeln überladenen Haus hatte die ›große, weiße Lilie‹, die Mrs. Hunter erst am vorhergehenden Morgen gepflanzt hatte, leise zu schwanken begonnen: Sie wollte gepflückt werden. Und wie er sie zurückbog mit unendlich weicher und unendlich geübter

Bewegung, ihr Geist von seinen Wurzelfasern durchzogen, ihr Mund weich von seiner Zunge gestreichelt, jede Einzelheit so, wie sie sein muß: da trank sie ihn durch die Poren seiner ein ganz klein wenig kratzenden Haut; zerrte an den Falten enger Kleidungsstücke; atmete den Duft von Brillantine und schalem Tabak ein; ihre Finger spielten mit dem grauschwarzen (ganz unväterlichen) Haar und entblößten die Stelle beginnender Kahlheit auf seinem Hinterkopf, an die sie sich eigentlich gar nicht erinnern konnte – die aber dagewesen sein mußte, denn jetzt entdeckte sie sie ja wieder.

Mary de Santis wurde in einen der riesigen Ledersessel geschleudert. Er seufzte und schmatzte, ehe er nachgab und sie in sich aufnahm. Ob sie sich das nun einbildete oder nicht – er fühlte sich immer noch warm an. Er duftete nach ... *Màro, du darfst das Basilikum nicht anfassen, das Papa gepflanzt hat.* Aber sie tat es doch; sie zerrieb die Blätter zwischen den Fingern, und Basilikumduft durchdrang sie, bis ihr Körper ihn schließlich wie einen eigenen Geruch wieder ausströmte. Sie war wie betäubt von ihrem eigenen Duft nach Basilikum. Nach Basilikum: Basil.

Und doch nicht ganz. Mary de Santis öffnete ihre Augen. Wo zwei verschiedene Pflanzen sich so süß aneinander gerieben hatten, mit schimmernd aufleuchtendem Blattwerk und in Samen schießenden Pfeilspitzen, da war jetzt nur noch ihre eigene Knorrigkeit, ihr eigenes, einsames Selbst, gefangen in einem Ledersessel und in einem Spiegel, der ihr Bild verzerrte. Nicht einmal mehr Mrs. Hunters ›große Lilie‹. Ihr Zorn brach über ihr zusammen. Sie begann, ihre Schwesterntracht aufzuknöpfen und riß an dem zwangsjackenhaften Panzer darunter, um das Weichste zu enthüllen, was sie zu geben hatte. Und was er, oder jeder andere auch, zurückgewiesen hätte – mit Recht. Denn fest eingehüllt wölbten sich die beiden Hälften wohl mit zierlichen Grübchen und waren lilienweiß, aber jetzt reckten sie häßliche Schnauzen nach oben und verrieten das gefallene Muttertier.

Rings um sie auf dem Teppich lag der nutzlos verschwendete Samen des Basilikum verstreut: Basil. Wo Mama bereit war, sie anzuklagen – Papa täte es nicht. Und Mrs. Hunter würde es auch nicht tun. *Zusammen mit der Schauspielerei hat Basil auch aus dem Enttäuschen einen Beruf gemacht.*

Dabei war St. Mary de Santis doch die Enttäuschung. Sie hörte das Kratzen ihrer Schuhsohlen, während sie aus dem Zimmer floh, das sie für ihre Selbstentblößung gewählt hatte. Die ganze Treppe hinauf griff die eiserne Hecke, die doch gepflanzt worden war, um sie vor dem leeren Raum und der dunklen Halle da unten zu beschützen, mit spitzen Dornen nach ihrem Rock. Obwohl sie ihr Kleid wieder zugeknöpft hatte, schien es ihr, als ob ihr der ganze schützende Habit wieder vom Leibe gerissen sein würde, wenn sie das Heiligtum erreichte. Und sie stürzte, sie wußte nicht mehr in welchem Zustand, in den Raum. Um sich am Fußende des Bettes auf die

Knie zu werfen. Um vielleicht das wieder zu erlangen, was ihr für heilige Frömmigkeit gegolten hatte. Sie ertappte sich dabei, wie sie ihre Handflächen in der Form einer Pfeilspitze zusammenpreßte, während sie (Beten hatte sie nie jemand gelehrt) um Barmherzigkeit und Gnade flehte.

IV.

Ihr aufregend gemustertes Kleid, ihre wirbelnden Perspex-Ohrringe und die orangefarbene Handtasche kamen im Dunkeln nicht besonders zur Geltung. Dabei war es noch gar nicht *richtig* dunkel. Die Nacht war noch in ihrem braunen Stadium: Noch war das Geräusch von Füßen auf dem Pflaster nicht von den schwerfällig daherstapfenden Gestalten getrennt, und an den Autos konnte man noch die Markennamen erkennen; in einer weiteren Viertelstunde jedoch würde alles von einem gewaltigen, gummiartigen Verkehrsstrom verschlungen sein. Während die erleuchteten Fenster in den Häusern von einem menschlichen Glauben an die Beständigkeit sprachen, mahnte andererseits der glühende Widerschein der Ölraffinerien in Richtung Botany an andere Welten, an andere, dämonischere Werte.

Mit ihren kräftigen Beinen, mit ihrem etwas zu starken weiblichen Körper fest der Erde verhaftet, spürte Flora Manhood heute abend das Verlangen, irgend etwas zu zerstören. Tief sog sie die nach Chemikalien schmeckende Luft ein und hoffte, daß sie davon zumindest Lungenkrebs bekommen würde. Was würde geschehen, überlegte sie, wenn sie jetzt einen Stein aufheben und eine der Fensterscheiben zerschmettern würde, in deren Schutz irgendeine langweilige Familie um den Tisch saß und ihr schales Abendessen einnahm? Rauhe Fäuste; eine rüttelnde Fahrt in einem Polizeiwagen; und dann würde Col kommen und dich gegen Kaution herausholen und dabei erklären, daß er mehr als jeder andere das Recht dazu hätte. Cols unbezweifelbare ›Rechte‹: andere Menschen, vor allem viele Frauen, würden sie ohne Zweifel als ›Treue‹ verstehen.

Flora Manhood bückte sich und hob nicht einen Stein, sondern eine Flasche auf, die ihr seit ein paar Augenblicken zwischen den Knöcheln herumrollte. Sie zielte so halb nach einem Fenster, aber der Wurf war zu kurz; die Flasche klatschte zwischen die Oleanderbüsche. Sie ging weiter, murmelte vor sich hin und litt unter der hilflosen Schwäche, die sie in Augenblicken der Entscheidung jedesmal überkam. Es gab Momente, in denen sie überlegte, inwieweit sie eigentlich überhaupt Herr ihres eigenen Willens war – trotz des eigenen Hausschlüssels, der Schwesternausbildung und ihrer Verachtung für alle jene, die glaubten, sie ausnützen zu können.

Wahrscheinlich verachtete sie überhaupt alle Leute, die sie kannte, mit Ausnahme vielleicht von Mrs. Hunter: Und warum Mrs. Hunter ausgenommen war, wo sie diese Alte doch mindestens die Hälfte der Zeit einfach haßte, das hatte sie selbst noch nicht herausfinden können. Vielleicht bewunderte sie Höhen, zu denen sie selbst nicht hinaufgelangen konnte. Flora Manhood dachte daran, wie sie und Col sich einmal einen ziemlich langweiligen Dokumentarfilm einer alpinen Expedition angesehen hatten, deren Bergsteiger den höchsten Gipfel niemals ganz erreichten; die letzten Aufnahmen des Films, dessen Begleittext man schon lange nicht mehr zugehört hatte, zeigten diesen halbverschleierten Berg erst düster in der Ferne und dann für einen Augenblick nahe, blendenhell in der durchbrechenden Sonne.

Natürlich war es kindisch, diese halbtote, bettnässende und trotzdem immer noch renitente alte Frau mit einem Berg zu vergleichen, obwohl Mrs. Hunter natürlich andererseits auch hin und wieder die Nebelschleier der Senilität durchbrach und den Blick auf etwas ganz anderes freigab. Man konnte nur hoffen, daß sie einen eines Tages mit einem solchen Blick nicht zu Tode erschrecken würde, und davor hatte man eigentlich immer Angst.

Unten an der Kreuzung drängte die Nacht sich grimmiger heran, trotz des Lärms, des Verkehrs, der Lichter. Wenigstens konnte man von hier die Raffinerien nicht mehr sehen, aber der Abgasdunst verdichtete sich immer mehr. Es war geradezu zum Fürchten mit diesen Lungenkrebserregern. Sie atmete nur ganz flach, versuchte geradezu, überhaupt nicht zu atmen, um diese Abgase nicht einsaugen zu müssen. Im Schatten zwischen den Laternen entlang der Straße versuchte sich ein Mann ihr zu nähern – wie er aussah, das konnte und wollte sie gar nicht feststellen. Sie eilte weiter, und er folgte ihr im Dunkeln, halbverständliche Worte murmelnd. Ein Ausländer irgendwelcher Art, und das machte es noch schlimmer: Ausländer hatten dieses dunkle Aussehen, und dazu waren sie meist noch völlig nüchtern. Wie kann jemand nur mit so einem behaarten Ausländer schlafen. *(Jawohl, Col, das habe ich getan, und mit offenen Augen; ich bin mein eigener Herr, und schließlich kenne ich ja die Gefahren gut genug, – daß man geschlechtskrank wird nämlich, und das bin ich nun auch; – Syphilis hat der Arzt festgestellt.)*

An der nächsten Kreuzung hatte sie den Mann wenigstens endlich abschütteln können. Aber sie war immer noch von wildem inneren Aufruhr erfüllt: Immer denselben endlosen Weg entlanggehen. Links abbiegen, dann zweite Abzweigung rechts, und man war ›zuhause‹: das Hinterzimmer bei Vidler mit Küchen- und Badbenutzung. Ein paar Eier braten. Frauen sind glückliche Wesen: Sie können nur von Eiern leben, wenn es sein muß. Und von Käse. Und Schokolade. Dann ein ausgedehntes heißes Bad, wenn die Warmwasseranlage nicht wieder ihre Mucken hatte. Auf das Zubettgehen freute sie sich: Schlaf konnte sie nie genug kriegen: und dann die Träume – manchmal versuchte sie, sich ihre Träume vorher auszusuchen. Heute würde sie den Versuch machen, von Sir Basil Hunter zu träumen.

Das Haus Gladys Street 26 atmete Anstand und Ordnung: Die Zwergkoniferen waren in ihren grünen Betonwannen zu gleichmäßigen Formen verschnitten; der Asphaltweg wurde von Mrs. Vidler regelmäßig vom Gartentor bis zur Haustürschwelle sorgfältig geschrubbt; der Briefkasten balancierte auf dem oberen Ende einer zusammengeschweißten Eisenkette. (Mr. Vidler, ein unermüdlicher Bastler, hatte auch eine künstlerische Ader.) Schwester Manhood suchte in ihrer Handtasche nach dem Schlüssel. Wenn sie ihn nun verloren hatte? Im Grunde genommen würde das nicht viel ausmachen: Mr. Vidler würde ihr aufmachen, würde sie in ihr Zimmer mit seiner stickigen Sauberkeit und der aufklappbaren Bettcouch gehen lassen. Und er würde sagen, *das macht gar nichts, Flo – 's ist doch beinahe so, als ob du unsere eigene Tochter wärst.* Mr. Vidler war ›Vid‹, und Mrs. Vidler war ›Viddie‹: So eng waren sie alle miteinander befreundet.

Und weil Freundlichkeit manchmal erstickend wirken kann, ging Schwester Manhood wieder weg, den Asphaltweg zurück und vorbei an dem Briefkasten auf seiner erstarrten Kette. Aber zu Col würde sie natürlich nicht gehen – nur so ein bißchen herumlaufen. Mit Cols dummen Koteletts und dem ewigen Fett unter den Fingernägeln wollte sie nichts zu tun haben. *Wenn du den Grill abwäschst, Flo, sobald er nur genügend abgekühlt ist, dann spürst du das Fett gar nicht, – nicht so wie wenn es sich erst richtig setzt.* Ach ja, tatsächlich? Das war einer dieser entscheidenden Momente, die sie immer verpaßte: Und jedesmal stand sie bis zu den Ellbogen in grauschmutzigem Wasser und schrubbte Cols fettigen alten Grill, während er sie mit Mahlers Symphonien berieselte oder ihr aus irgendeiner Intellektuellen-Zeitschrift Behauptungen vorlas, die seine eigenen Meinungen bestätigten. Und wenn du dann schließlich die feuchten, stinkigen Handtücher aufgehängt hattest und von der Musik in die ›richtige Stimmung‹ gebracht worden warst, wie Col das gern behauptete, dann ›liebte‹ er dich; so bezeichnete er das jedenfalls. Und obwohl du selbst in deinen Gefühlen auch die Liebe erkanntest, konntest du das gleichwohl nicht gut zugeben. Liebe, wie Flora Manhood sie sich vergeblich vorzustellen versuchte, konnte einfach nicht so leicht und billig sein oder derart nach Hammelfett und Schweiß riechen.

Einmal las Col ihre Gedanken und sagte: *Und wenn ich nun jetzt ein Kind in dich hereingepflanzt hätte, Flor, dann hätten wir doch etwas Wirkliches.* Sie verfiel direkt in Panik; sie versuchte, sich zu erinnern, ob sie die Pille auch regelmäßig genommen hatte; sie wußte es nicht mehr.

Auch heute abend überkam sie Panik, aber nicht aus diesem Grund, sondern weil sie plötzlich Angst hatte, ob sie jemals das Ende dieser Straße der tödlichen Puppenhäuser erreichen würde, die in ihrer Farbigkeit miteinander wetteiferten und hinter ihren unbewegten Gesichtern entweder erstickende Herzlichkeit oder Variationen des gleichen Chaos verbargen, das auch in ihr selbst herrschte. Und so klapperten ihre Füße immer eiliger

über das Pflaster. Sie war fast erschöpft, als sie schließlich den Parade-Boulevard erreichte: Ein paar Straßen weiter unten leuchtete das Wort APOTHEKE in blutroten Lettern. Sie erwartete fast, den Geruch der Koteletts wahrzunehmen, die er inzwischen sicher fast verbrannt hatte, weil er dasaß und diesen Dingsda las – Nietenkopfel, oder wie er hieß – oder irgendeinen anderen, genauso unverständlichen Verrückten.
Flora Manhood überquerte den Boulevard. Sie würde zu Snow gehen – merkwürdig, daß sie da nicht schon früher dran gedacht hatte. Es war doch völlig normal, wenn sie da hinging: *Meine Cousine, meine einzige noch lebende Verwandte, hat mir angeboten, mit in ihre Wohnung zu ziehen; ich brauche es nur zu sagen; sie ist eine Busschaffnerin und heißt Snow Tunks*. Snow war vielleicht die Lösung: so gut wie ein Mann, aber ohne die Nachteile.
Mit frischer Kraft eilte Flora Manhood durch die Nacht in Richtung auf das Apartment-Gebäude ›Miami Flats‹, wo ihre Cousine Snow hauste. Die Straße hatte nichts Empfehlenswertes außer ihrer Lage: nahe an der Busstation, dem Lebensmittelgeschäft – und der Apotheke. Die Farbe auf den Zuckerbäcker-Säulen von Miami blätterte ab; eine von ihnen war gesprungen; irgend etwas, wahrscheinlich ein von der Straße abgekommener Lastwagen, war von einer der Ecken des Gebäudes abgeprallt und hatte dem Rauhputz übel mitgespielt. Direkt vor dem Eingang zischte und spuckte eine Neonlampe auf der Spitze ihres Mastes, so daß alle Topfpflanzen in den hängenden Gärten von ›Miami‹ auf eine Art flackerten, die einem Übelkeit verursachen konnte.
Flora Manhood andererseits wurde fast übel vor Erleichterung: Es war fast so, als ob sie wieder, wie in alten Tagen, durch den blendendweißen Glanz der Straße dahinging, die zwischen den Bananenplantagen entlangführte. Snow, die ältere von ihnen beiden, erzählte: *Ken Mathews hat mich gefragt, ob ich mit ihm gehen will, aber du bist es, Florrie, die ich immer lieben werde*. Der Gedanke erheiterte Flora. Sicherlich mochte sie Snow, mochte sie damals und in gewisser Weise auch heute noch. Es war irgendwie beruhigend, wie man sich einfach nahestand als Cousinen. Aber es war schon komisch – Ken Mathews mußte irgendwie beschränkt gewesen sein oder sowas, wenn er Snow als ständige Freundin wollte. Er fuhr sogar nach Coff's Harbour und kaufte ihr einen Ring mit Diamantsplittern. Und die anderen Jungen lachten inzwischen: Ihr wuchsen Muskeln statt Brüste. Und sie hatte schon immer weißes Haar, solange man zurückdenken konnte. Sicherlich, sie war stark: die beste Arbeitskraft, die Onkel hatte; kein Mann, sagte Onkel, würde es zu bereuen haben, wenn er sie nahm. Und sie half auch Tante Ol mit den Ziegen; beim Tanz am Sonnabend sagten die Jungens, man könnte bei Snow den Ziegenbock riechen (Was würde Mrs. Hunter wohl dazu sagen?) Aber dann entschloß

Snow sich wegzugehen. Trotz des Rings sagte sie, Ken Mathews wäre einfach unnatürlich. Sie ginge lieber in die Stadt, um dort eine Stelle zu finden. Sie tat es auch. Und wurde Busschaffnerin.

Du selbst, so war es damals schon beschlossen, solltest auch weggehen und Krankenschwester werden, um deine Stellung in der Gesellschaft zu verbessern und vielleicht einen Arzt oder so etwas als Ehemann zu bekommen. Aber das war noch ein paar Jahre hin. Snow ging jetzt schon, weil sie ja auch viel älter war. Am Abend vor ihrer Abreise hieltet ihr euch aneinander fest und habt ein wenig geschluchzt; ihr ward euch näher als je zuvor. Snow war nervös und angespannt, und deshalb preßte sie ihren harten Körper heftig zwischen deine Schenkel, drückte ihre flachen Brüste gegen deinen eigenen, kissenweichen, gerade schwellenden Busen. Während das Mondlicht zwischen den Bananenbäumen raschelte und die Malabar-Ratten ihr *Frrt-frrt* hören ließen. Ihr weintet zusammen, weil die Zukunft so fremd und ungeheuerlich schien, daß man sie gar nicht fassen konnte und weil die Malabar-Ratten im Land um Coff's Harbour ihre pupsenden Geräusche noch von sich geben würden, wenn Snow und sogar auch du selbst lange fort waren.

›Miami‹ hatte keinen Aufzug, und die Treppen sahen aus, als seien sie extra für kräftige Leute gemacht. Auf einem Treppenabsatz roch es so stark nach Gas, daß Flora Manhoods Vorstellungen eine neue Richtung nahmen: Obwohl sie die Idee der Mund-zu-Mund-Wiederbelebung noch nie gemocht hatte, wäre sie vielleicht unter Cousinen irgendwie emotionell, um nicht zu sagen direkt heroisch.

Die Wohnung war klein, und Snow erschien sehr schnell nach dem Tönen der Türglocke, nachdem sie vorher noch einen gefältelten Vorhang beiseite geschoben und versucht hatte, durch das Milchglas zu blicken.

»Na sowas! Ich hatte schon gedacht, du wärst gestorben, Florrie.« Snow stand in der halboffenen Tür aus fleckigem Kiefernholz.

Flora Manhood fühlte sich irritiert. »Wenn ich tot wäre, dann hättest du schon davon gehört. Habe ich dich nicht schließlich als nächsten Verwandten angegeben?«

Snow lachte, und etwas ging von ihr aus – ein starker Duft nach Gin nämlich. »Das stimmt ja auch. Ach je, es ist so hübsch, dich mal wieder zu sehen, Liebste.«

Während dieser ganzen Zeit blieben Snows Augen eng zu Schlitzen zusammengezogen, und sie lächelte Cousine Flora Manhood starr an; das irritierte Flora noch mehr, wo sie doch gekommen war, um sich warm und geborgen zu fühlen. Aber hier stand sie nun, vor sich die weißen Wimpern, die Ginfahne und Snows vorgereckten Bauch, denn sie hatte es sich nach Dienstende bequem gemacht und den Reißverschluß an der Hüfte ihres Rocks geöffnet.

Dennoch – eine Erklärung mußte sie schon geben. »Ich weiß, Snow, es ist ziemlich lange her, aber dieser Fall da macht mich völlig fertig – diese alte Frau, die eher wie ein Räuberhauptmann ist. Aber ich habe oft an dich gedacht.« Alles zusammengenommen, war das eine notwendige und verzeihliche Lüge.

Sie gingen unter dem Lampenschirm aus rosa Perlen hindurch, auf dem immer noch derselbe Fliegendreck lag, und durch den engen, mit Kiefernholz und Pergament ausgestatteten Flur.

»Och, weißt du«, sagte Snow, »ich glaube, man sollte die Leute einfach einäschern, wenn sie zu alt werden. Was haben sie denn schon noch vom Leben? Wir beide können uns da wenigstens nicht beschweren, Florrie – unsere sind alle schon gestorben.«

Flora Manhood war nicht gekommen, um über den Tod zu sprechen; sie beschloß, die Dinge etwas voranzutreiben und stellte ihre Frage. »Ich dachte an den Plan – an deinen Vorschlag – daß ich zu dir ziehen und die Wohnung mit dir teilen könnte. Hältst du dein Angebot noch aufrecht?«

Snow gab ein Geräusch von sich, daß eher wie ein Aufstoßen klang.

Flora Manhood sagte: »Schließlich muß man sich sowas ja eine Weile überlegen, ehe man einen Entschluß fassen kann.«

Sie waren jetzt im hinteren Teil der Wohnung, in der Küche, die zur anderen Hälfte aus einer Eßecke bestand. Die Bänke waren mit blumengemustertem Kretonne bezogen, der vielleicht einmal hell und bunt ausgesehen hatte – ehe er vom Fett des Küchendunstes durchtränkt worden war.

»Du hast nie angedeutet, daß du über meinen Vorschlag auch nur nachgedacht hättest«, sagte Snow. »Und jetzt ist da meine Freundin Alix. Und die war gleich ganz begeistert. Jeden Augenblick muß sie nach Hause kommen.« Snow blickte auf ihr Handgelenk. »Sie ist Verkäuferin – bei Parker in der Damenabteilung.« Noch einmal blickte sie auf ihr Handgelenk, das rechts und links vom Armband ihrer Uhr mit Sommersprossen übersät war.

Dann goß sie ihrer Cousine ein Glas ein. Flora machte sich nicht viel aus Gin, und sie näherte sich der bläulich opalisierenden Flüssigkeit nur ganz vorsichtig prüfend mit vorgestreckter, rosafarbener Lippe.

Sie wußte inzwischen, daß sie die weiß bewimperten Lider, den vorgereckten Bauch und den offenen Reißverschluß ihrer Cousine auf keinen Fall lange ertragen hätte. Snow saß da, mit auseinandergespreizten Knien wie ein Mann, die herabhängende Zigarette an die Lippe geklebt. Sie hatte sich inzwischen wirklich gehenlassen; an ein derartig ungehobeltes Benehmen konntest du dich aus den alten Tagen zuhause nicht erinnern, und auch nicht aus der späteren Zeit, als sie schon bei den Öffentlichen Verkehrsbetrieben angestellt war. Und darüber hinaus hattest du das Gefühl, daß

Snow wahrscheinlich eifersüchtig war, nicht eifersüchtig wie ein Mann, was schon schlimm genug ist, sondern auf eine Art, die daran erinnerte, daß sie als Frau geboren war.
Sie saßen eine Weile stumm auf der mit Kretonne bezogenen Bank, und dann sagte Flora: »Ich möchte mich auf keinen Fall zwischen dich und jemand anderen drängen, Snow – auf keinen Fall«; und wieder tauchte sie ihre Lippen prüfend in den bläulichen Gin.
»Nun ja, das ist mir schon klar«, sagte Snow und ließ den Blick über deine Handgelenke, deine Arme, deine Schenkel gleiten – instinktiv muß man da den Rock herunterziehen – und dann weiter, und vielleicht in Wirklichkeit zurück in die Vergangenheit, in die Zeit zwischen den Bananenstauden und entlang der weißschimmernden Straße zuhause.
»Diese Alix«, fragte Flora, »es ist eine enge – eine alte Freundin von dir?«
»Nun ja, eng schon. *Alt* – das kann ich eigentlich nicht sagen.«
»Ich meine, ihr kennt euch doch sicher schon seit langem.«
»'n paar Wochen.«
»Nein – da kann man natürlich nicht von *alten* Freunden reden.« Flora war entschlossen, sich nicht anmerken zu lassen, daß sie getroffen war.
Während Snow vor sich hinknurrte: »Irgendwann muß 'ne Freundschaft ja auch mal anfangen, nich'?«
Sie saßen und lauschten dem Summen des Kühlschranks. Snow war vermutlich schon ziemlich angeheitert, und das kam daher, daß sie so lange auf Alix warten mußte, die sich verspätet hatte. Denn besagte Alix war normalerweise zuerst zuhause und setzte schon das Teewasser auf: so waren sie es beide gewöhnt.
Flora Manhood dachte darüber nach, ob sie es wohl fertigbrächte, sich mit Snows Lebensweise abzufinden – falls etwa die Beziehung mit Alix die nächsten Monate nicht überstehen würde. Wenigstens kam sie immer so spät vom Dienst zurück, daß man kaum von ihr erwarten konnte, jeden Tag den Tee zu machen.
Und gerade in diesem Augenblick hörten sie das Geräusch eines Schlüssels, der sich vorsichtig in das Türschloß tastete.
Snow lachte; ihre Haut bekam vor Freude erdbeerrote Flecken. »Das ist sie«, sagte sie.
Alix war eine Frau wie geronnene Sahne, mit der Art von ringförmigen Falten um den Hals, die man die ›Halsbänder der Venus‹ nennt. Ihr schwarzes Haar war hoch aufgetürmt und ließ sie größer erscheinen, als sie in Wirklichkeit war.
»Alix hat sich verspätet, Butch«, erklärte sie unnötigerweise. »Aber ich weiß, du wirst ihr verzeihen, nicht wahr, mein Liebes?«
Aber im Grunde genommen war Alix weniger an Snows Vergebung interessiert als an diesem fremden Jemand, der ihr noch nicht vorgestellt worden

war; ihre Augenlider, blauschwer von Lidschatten oder vielleicht auch von Alkohol, senkten sich mit Bedacht und ausschließlich für diese fremde Frau.
Snow hatte sich entschlossen, burschikos und männlich aufzutreten. »Also, jetzt wollen wir nicht den ganzen Abend 'rumreden, warum du so spät kommst und noch nichts auf dem Herd steht, denn schließlich ist meine Cousine Florrie Manhood da, sozusagen als Überraschung.«
»Ach – tat*sächlich*? Du hast mir gar nicht erzählt, daß du eine Cousine hast, Butch. Oder doch?« Alix verzog das Gesicht zu einem Ausdruck, den sie als Lächeln verstand, und näherte sich mit kleinen Schritten dem Gin. »Ist sie in der Wirtschaft tätig?« fragte sie und blinzelte zu der Flasche hinüber.
»Florrie ist vollausgebildete und geprüfte Krankenschwester.«
»*Wirklich*? Dann können wir ja vielleicht kostenlose Gesundheitstips von ihr bekommen!«
Obwohl sie schon einiges getrunken hatte, war Alix immer noch durstig; nachdem sie das Glas abgesetzt hatte und wieder Luft bekam, fragte sie: »Und welches Krankenhaus halten Sie hier für das beste, *Schwester* Manhood?« Dabei warf sie einen Blick in ihren eigenen tiefen Ausschnitt.
Flora erklärte, während sie sich gleichzeitig für zu nüchtern und zu kühl hielt, daß sie zur Zeit als Privatpflegerin tätig wäre.
»Das wäre es auch, was ich vorziehen würde – Florrie – so heißen Sie doch? Das hat Butch doch gesagt? Nur in exklusiven Häusern, selbstverständlich. Ich habe gehört, daß man da ganz *unheimlich* abstauben kann, wenn man sich seine Fälle richtig aussucht.«
Alix starrte mit so konzentrierter Intensität auf etwas, das wohl kaum die Aussichten und Möglichkeiten der Privatpflege sein konnten, sondern eher wohl das, was ihrer Meinung nach das innerste Wesen von Flora Manhood war, daß Flora ihrerseits mit den Augen nach ihrer Cousine suchte, damit sie ihre Rolle wieder übernahm; aber Snow hatte sich auf die Seite des Raumes begeben, wo die eigentliche Küche war, schob dort Töpfe hin und her – und hantierte mit Koteletts. Ja – mit Koteletts.
Es war ganz still, abgesehen vom Kühlschrank und ein paar anderen Küchengeräuschen, bis Alix sich wieder an Snow wandte. »Ist sie nicht hübsch, Snowie? Dein kleines Cousinchen. Ganz süß.«
Aber Snow hatte sie entweder nicht gehört, oder sie wollte nicht, und daher ging Alix, nachdem sie noch einmal auf Zehenspitzen zur Flasche zurückgeschlichen war, hinüber zu ihrer Freundin und begann, sich an ihrem Körper zu reiben.
»Du bist doch nicht böse auf mich, Butch, nur weil ich nicht so ganz, ganz pünktlich war? *Schatz*?«
Sie rieb sich an Snows Rücken wie ein Reibeisen an einem Stück Käse – aber

Snow schälte unbewegt weiter an einer Kartoffel, die sie sorgfältig ganz weit von sich entfernt hielt.

Schließlich öffnete sie den Mund. »Un' wer war 's? Das möcht' ich lieber wissen.«

»Nicht, was du glaubst«, seufzte Alix in ihr Glas. »Es war ein Gentleman.«

»Diese blöden Kerle mit ihren dreimal verdammten Eiern.«

»Ein Einkäufer«, erklärte Alix weiter und glättete den schwarzen Satin über ihren recht üppigen Hüften. »Und Einkäufer muß man sich warmkalten.«

»Ach ja – und wie macht man das?« schrie Snow verächtlich aus dem Mundwinkel heraus.

Alix sagte: »Aber *Schatz* wie kannst du nur«, und bald danach legte Snow dann auch ihre Langstrecken-Kartoffel beiseite; sie wandte sich um und begann, den Körper ihrer Freundin zu kneten. Alix ließ sich die etwas rauhe Behandlung gerne gefallen.

Plötzlich erinnerte Snow sich wieder. »He – wir ha'm ja unsern Gast ganz vergessen«, schrie sie.

Sie goß ihrer Cousine ein Gläschen ein, das Flora eher wie eine Ration für einen Stier erschien.

»Sie ist hübsch – deine Cousine«, wiederholte Alix noch einmal und seufzte. *»Chaa-rmant.«* Sie gab ein paar melodisch gurgelnde Laute von sich. »Und ich glaube, sie ist auch recht – empfindsam.«

Flora trank den Gin, weil sie nichts weiter zu tun hatte, als sich mit ihren eigenen Gedanken zu beschäftigen. Und die drehten sich, wie sie bald feststellte, fast ausschließlich um Col Pardoe: Sie sah ihn vor sich, wie er den Speichel aus dem Kopf seiner stinkenden Pfeife ausleerte; sie sah das merkwürdige Muttermal direkt über seinen Schamhaaren. Als der Geruch der Koteletts zu ihr herüberdrang, die Snow inzwischen auf den Grill gelegt haben mußte, hatte sie Col im Geist in diese Küche voller betrunkener Frauen gezaubert. Und da ihr völlig klar war, was ihm am meisten mißfallen würde, begann sie auch gleich damit, um Snow und Alix herumzutanzen. Die beiden Frauen kreischten; sie fanden das großartig; sofort schmissen sie gleichfalls ihre Hüften im Schwung einer jener alten Rumbas herum, wie man sie noch in den bejahrten Filmen der Matinee-Vorstellungen sieht. Und während sie herumhüpften und mit den Hinterteilen wackelten, begannen sie, offen um Snows Cousine Florrie Manhood zu werben. Cols geisterhaftes Bild, sein Mund, den sie in schwachen Augenblicken gern als ›energisch‹ bezeichnete, wanden sich vor Verlegenheit über die Obszönitäten, die es hier zu sehen gab.

Sie würde es diesem Col schon zeigen.

Alix dachte, sie hätte eine Brust erwischt, aber dann war es doch nur eine Handvoll Luft; fast wäre sie der Länge lang hingeschlagen.

»Also, *wirklich*!« rief Flora Manhood mit klingender Stimme, »– jetzt sagt nur, es gibt Koteletts! Mein *Lieblings*fleisch!« Dann ging sie und setzte sich wieder hin, denn die anderen beiden waren so angeheitert, daß es keinen Spaß mehr machte – sie stolperten nur so herum und kicherten unter der Wirkung des vielen Alkohols, den sie in sich hineingegossen hatten.
Erst als die Koteletts fast anbrannten und ihr der brenzlige Geruch in die Nase stieg, nahm Snow sie vom Grill und stellte sie auf den Tisch. Die Kartoffeln hatte sie ganz vergessen; die eine, halbgeschälte verfärbte sich auf dem Tropfbrett des Spülbeckens langsam bräunlich.
Snow sagte: »Ich habe immer das Gefühl, daß Hammelkoteletts viel besser schmecken, wenn man sie mit den Fingern ist – wie am Lagerfeuer.«
Alix pflichtete mit vollem Mund bei. Mit dem Kotelett in der Hand verlor sie sehr viel von ihrer damenhaften Erscheinung. Fettspritzer zeigten sich auf dem Verkäuferinnen-Satin ihres Kleides. Ihre blauen Augenlider hingen schwer herab wie die eines alten Papageis und konnten ihre zahlreichen Falten nicht verbergen.
So saß die Gesellschaft da und kaute an ihren Hammelkoteletts – Snow und Alix als Teil einer notwendigen Pflichtübung nach zu reichlichem Gingenuß und Flora, weil sie jung und hungrig war.
Nachdem sie ihre Finger abgeleckt hatte und kein Nachtisch in Sicht war, fragte sie: »Wie stehts mit dem Abspülen?«, als ob der Abwasch für sie eine völlig natürliche Beschäftigung wäre: denn es sind nur die Leute, die alles so selbstverständlich nehmen, die einen gegen etwas aufbringen.
Alix kicherte über dem Knochen, den sie gerade abnagte, während Snow durch einen Regen von kleinen Hammelfleisch-Stücken aus ihrem Mund erklärte: »Was du heut' nicht mußt besorgen, das verschiebe ruhig auf morgen! Kannste dich an diesen Spruch nicht erinnern, Florrie, früher im Bananenland?«
Alix fügte hinzu: »Und wenn das Fett ganz kalt und hart ist, geht es auch viel leichter ab.«
Flora schnaubte durch die Nase; sie hörte das gerne; aber gleichzeitig war sie auch etwas melancholischer Stimmung, weil diese Frauen anscheinend doch mehr wußten als Col. Sie blickte auf Snows bis auf die Wurzeln abgekaute Fingernägel, und dann auf die von Alix – lang, perlmutterfarben weit über die Finger hinausragend. Col schnitt sich seine Nägel immer bis hinunter auf seine stumpfen Fingerspitzen ab. (Und obwohl sie es niemals zugegeben hätte – Flora Manhood war von diesen stumpfen Fingerspitzen und den unerwarteten Bewegungen, die sie plötzlich ausüben konnten, einfach fasziniert.)
Snow gähnte, wodurch sie wie eine große Sparbüchse aussah, während Alix versuchte, ihre Müdigkeit hinter zerknittertem Lächeln zu verbergen. Auch Flora spürte, wie es plötzlich gleich einem schweren Gewicht auf sie herab-

sank – ohne Zweifel kam das von Snows ›Gläschen‹ und dem heißen Fleisch danach. Wieder überfiel sie ein Gefühl der Heimatlosigkeit, denn die Bettcouch der Vidlers stieß sie ebensosehr ab wie Cols besitzergreifendes schmales Einzelbett. Was ihr wirklich vorschwebte, das verbannte sie sofort wieder aus ihren Gedanken, denn es war einfach zu kaltherzig: Sie sah Mrs. Hunters riesiges Bett, nachdem der Leichenbestatter seine Arbeit getan hatte; sie sah sich selbst, wie sie in diesem ganzen Acker aus Leintüchern aufwachte, während die Sonne durch die Vorhänge hereinschien und Lotte Lippmann mit einem Frühstückstablett vor ihr stand.

Aber statt dessen war es Snow Tunks, die sagte: »Berufstätige Mädchen müssen früh ins Bett.«

Und die liebe Alix machte eine Grimasse und fragte: »Bleibt deine Cousine über Nacht bei uns?«

Da die Frage der ständigen Wohngemeinschaft ja inzwischen negativ entschieden war, hatte Snow vielleicht gar nicht an diese Möglichkeit gedacht, und sie zuckte nur mit den Schultern bei diesem Vorschlag – oder möglicherweise war es auch ein Aufstoßen. »Keiner weiß je, was Florrie vorhat.«

Flora verhielt sich vorsichtig. »Ich könnte mich ja hier ein bißchen hinlegen«, sagte sie, »– wenn es euch nichts ausmacht.« Und damit klopfte sie mit der Handfläche auf den fettfleckigen Kretonne.

Die beiden Freundinnen sahen einander an. »*Das* würden wir ja nun wirklich nicht zulassen.« Snow war geradezu tief gekränkt.

Und dann rankten sich die beiden um ihren Gast und stolperten vorwärts über den Flur in ein schwarzes Loch, das sich im aufschießenden Licht in ein Schlafzimmer verwandelte.

Snow sagte: »Also am Morgen, da hat man aber auch nie Zeit, die Betten in Ordnung zu bringen.« Dabei schüttelte sie die Kissen auf und glättete das Bettuch.

Alix kicherte. »Die meisten Krankenschwestern können ja ungemachte Betten nicht sehen und müssen sie immer gleich herrichten«, gurgelte sie und ließ sich auf die ihr am nächsten liegende Matratze fallen.

Flora murmelte, daß sie dieser Versuchung jederzeit widerstehen könnte.

Alle drei waren sie jetzt damit beschäftigt, sich ihrer Kleidung zu entledigen: Snow, die weißliche Vogelscheuche; Alix, die mit radfahrenden Bewegungen aus ihrem Satinkleid ausstieg; und Flora, die aufgrund ihrer Beobachtungen lieber Büstenhalter und Höschen anbehielt. Snow war sicherlich durch ihr ganzes Leben gegangen, ohne je in einen Spiegel zu blicken, aber Alix hätte nur zu gerne den einen oder anderen Teil ihres Körpers verborgen, nur hätte sie dazu mehr als zwei Arme gebraucht. Und dann zogen sie dich zu sich herunter als Wurstscheibe zwischen den beiden Sandwichhälften, die ihre Körper bildeten. Die zwei Frauen mit ihren flattrigen Bewegungen, die eine weiß und die andere dunkel, erinnerten Flora an Hennen, die von blutdürstigen Zecken fast bis zur halben Lähmung geplagt werden.

Nachdem Snow an der Schnur gezogen hatte, die die Dunkelheit über sie alle hereinbrechen ließ, wurden die beiden noch aufgeregter und hätten sich vielleicht zu einem gemeinsamen Ziel gefunden, wenn der Alkohol nicht auf der Seite Flora Manhoods gestanden hätte: Sein schwer lastender Nebel verwischte die Absichten der beiden Freundinnen ebensosehr wie er ihren Richtungssinn verwirrte.

Die halb erstickte gebissene abgeleckte Flora kam immerhin wieder so weit zu sich selbst, daß sie merkte: Ich gehöre nicht in diese Gemeinde des wimmelnden Fleisches. Es gelang ihr zu entkommen, und im Licht der spuckenden Neonlampe draußen auf der Straße, fand sie ihren Weg bis zum Fenster und bis zu etwas, das sie als Lehnsessel in Erinnerung hatte. Sie ließ sich fallen, aber vorher mußte sie noch einen Schuh mit spitzem Absatz beiseite werfen, der sich in einem Häufchen nicht näher definierbarer Wäschestücke verbarg. Zwischen diesen ließ sie sich dann nieder und erfreute sich ihrer Unabhängigkeit. Sie war im Vergleich ebenso köstlich wie grenzenlos.

Einmal erhob sich aus dem angestrengten, gedämpften Durcheinander auf dem Bett Snows Stimme: »Vorsicht – wer ist das – Florrie? Du, Alix! Immer deine scheußlichen Fingernägel! Was glaubste denn, was ich bin – eine Hammelkeule?«

»Hast du nicht sonst immer gesagt, ich bin der beste Scheibenschneider im ganzen Land? Schatz, da mußt du dich doch dran erinnern – ganz klar mußt du das.«

»Klara – Klara, *wer*?«

Auf den Innenseiten ihrer Augenlider sah Flora Manhood inzwischen im Flackern der Neonlampe völlig andere Bilder.

»Also? Was ist mit Klara. Es war also nicht irgendein blöder Verkäufer. Natürlich – es war Klara Abrams! Alix? Was haste mir zu sagen?«

Es sollte wohl eher ein freiberuflicher Mann sein, ein Chirurg, der viel mehr Temperament entwickelt, wenn du dir diesen privaten Unsinn anmerken läßt; also staub deine Ideale ab und geh zurück ins Prince Albert als Operationsschwester, und zwar als die beste, die ein Chirurg nur haben kann. Nur bringt dich dann das ewige Tupferzählen manchmal außer Atem; man kann sich gar nicht auf den Chirurgen konzentrieren, weil man so beim Zählen aufpassen muß. Jawohl, Sir – Sir Archibald Humphrey; nein, lieber Valentine. Was heißt Valentine? Ich kenne keinen Valentine, außer den Valentinstag-Geschenken, die mir Col schickt, und natürlich muß es ein schwarzer Daimler sein. Ein Jaguar ist zu gewöhnlich für eine Lady Valentine Parr, nein *Parbury*. Man sitzt eben nicht so dicht aufeinander, wenn man zur Admiralität fährt – und per Flugzeug zu Seminaren Kuala Lumpur, Delhi, San Franzisko – und alles Universitätsprofessoren, medizinische Diplomaten. Prinz Philip nämlich hat eine Auge geworfen auf *Lady Valentine Sonstwie, in einem hautengen Futteral aus schwarzem Leder. Ja dieses Parfüm heißt ›Shared Secret‹. Mein Mann liebt es so sehr, und ja, wir sind wirklich total erschöpft von diesen vielen Tagungen und dem Tupferzählen und den vielen Pflichten, wie man spricht – und wie man sich benimmt – und sogar über französische Archäologie, da bleibt wirklich keine Zeit, über persönliche Dinge zu sprechen, außer, in dem schalldichten Daimler; und Sir Valentine hat kaum je Gelegenheit, die Hand unter die Reisedecke zu stecken.*

Flora Manhood sah sich gezwungen, ihren völlig steif gewordenen Arm anders zu legen. Ihre Kehle war ganz ausgetrocknet. Von den ›Miami‹-Appartements konnte man in der Ferne gerade noch den glühenden Feuerofen in Richtung Botany sehen. Die beiden Frauen auf dem Bett mußten sich inzwischen auf einen Kompromiß geeinigt haben, der ihnen den Zugang zum Schlaf erlaubte. Sie bestanden nur noch aus Seufzern, als würden sie von einer unwiderstehlichen Kraft in die Tiefe gezogen. Flora hatte dasselbe Gefühl.

Flora? Ja, Sir Basil. Nicht Sir Archibald Humphrey Valentine Sonstwie sondern Basil Hunter um den ging es dir ja wie konntest du das nur vergessen schnell erinnere dich an alle Einzelheiten du hattest ja kaum Zeit für die Pfeffer-und-Salz-farbigen Augenbrauen über den ja was für eine Farbe hatten die Augen eigentlich und riesige Armbanduhr mit Krokodilleder-Band eine klopfende Ader und ein Anzug bester Qualität konnte man gleich sehen wenn auch im Rücken ein bißchen verknittert vom Sitzen im Flugzeug dann eine gewebte Krawatte eigentlich mehr für den Winter alle sehen immer falsch angezogen aus die per Flugzeug ankommen *kannst du dich nicht an deinen Text erinnern Flora* aber das kannst du nicht weder an Text noch an sonst irgend etwas Wichtiges außer dem überflüssigen Satz *oberflächlich das ist es was ich bin* eine Tupferzählerin und niemals so erschauert wie unter dem Blick aus Basil Hunters Augen *glaubst du ich kann die Rolle lernen Basil* du bist so ungeschickt und noch dazu eine Schauspielerin die nur Büstenhalter und Höschen trägt Mrs. Hunter hätte dich niedergeschrien wenn sie nicht eine Dame wäre aber nun ihr Sohn der Sir *wenn ich dir die Technik beibringe Flora dann kommt der Rest schon aus dir selbst* er kommt auf dich zu gewaltiger als sein Plakatbild auf einer Litfaßsäule dann beugt er sich nieder teilt dich öffnet dich sucht nach irgend etwas in dir nein nein du kannst nicht denn sie sind ja schon da alle diese Kinder und keins von ihm sie purzeln heraus und um dich herum und es muß ihm klar werden daß du keine Schauspielerin bist die ihre Rolle beherrscht sondern daß es diese Kinder sind die dich beherrschen namenlos und ungezählt und warm und sie übertönen alles an Vernunft was du vielleicht zu bieten hast.

Flora erwachte in grauem Licht und angesichts einer Straße voller leerer Milchflaschen. Sie hatte geträumt – sie konnte sich nicht mehr erinnern, wovon. Aber mit Bitterkeit verspürte sie den Verdacht, daß Col Pardoe hinter ihrem Traum gesteckt hatte.

Col oder nicht, auf jeden Fall mußte sie diese unsinnige Sache hier mit Snow und Alix beenden: Sie kam ihr wie das Verrückteste vor, was sie je getan hatte. Snow lag auf dem Rücken, ihr froschartiger Mund schnappte verzweifelt nach Luft, und ihr Bauch, auf dem sich eine alte Narbe abzeichnete, hob und senkte sich schwerfällig. Alix, mittel ihrer unbedeckten wie geronnen mit Falten überzogenen Kehle und ihrer ungeordneten Fleischlichkeit, sah aus wie jemand, dem Mord und Liebe das gleiche bedeuteten.

Nachdem sie ihre Kleider über Büstenhalter und Höschen gezogen hatte, schlich sich Flora Manhood ohne weiteres davon; sie machte sich nicht einmal die Mühe, ihre Haare zu ordnen, obwohl sie einen Kamm in der Handtasche hatte. Draußen vor ›Miami‹ sah die Straße besonders trübsinnig aus: Die Neonlampe war noch nicht abgeschaltet, um dem Licht des Morgens zu seinem Recht zu verhelfen. Sie schritt energisch dahin, aber dennoch mit einem gewissen Mißtrauen, als erwarte sie jeden Augenblick, auf etwas auszurutschen: auf einer der leeren Milchflaschen vielleicht, die in der staubigen Düsternis liegengeblieben waren. Als sie den Parade Boulevard überquerte, vermied sie den Blick nach rechts wegen des dort sichtbaren Schriftzugs APOTHEKE, und bald danach erreichte sie die Gladys Street Nr. 26, wo Mrs. Vidler die Stufen scheuerte.

Sie blickte von ihrer Arbeit auf: eine große Frau mit gebräunter Haut, die Arme bis zu halber Höhe mit Seifenschaum bedeckt. »Vid und ich, wir könnten uns fast Sorgen um dich machen, Liebste, wenn wir nicht wüßten, daß dafür ja bestimmt kein Anlaß besteht.«

»Natürlich – ich könnte mich ja an einen Soldaten weggeworfen haben, unten am Cross.« Flora Manhood war so aufgebracht, daß sie noch mit Bedacht hinzufügte: »An einen Neger, natürlich.«

Viddie nahm das als Witz und lachte. »Mr. Pardoe war da und hat eine Nachricht hinterlassen.«

»Was für eine Nachricht?« Sie konnte das kaum noch ertragen.

»Vid hat sie in dein Zimmer gelegt.«

Flora ging ins Haus, und da lag der Umschlag – genau in der Mitte des immer sauberen Tischs.

Sie wollte ihn nicht gleich aufmachen, aber tat es dann doch früher, als sie beabsichtigt hatte, denn was sollte es schließlich auch.

Liebe Flo,
Du kannst mich nur mißverstehen. Ich liebe dich wirklich ganz ehrlich.
Col

Eine Weile saß Flora Manhood auf der Kante ihrer Bettcouch und schützte ihre Augen mit zitternden Fingern vor dem Revolverlauf, der unabwendbar und ohne Ende auf sie gerichtet war.

V

Als sie aus den Tiefen des Schlafes, in denen sie umhergeschleudert und zerrieben worden war, an die Oberfläche zurückgeworfen wurde und sich wiederum auf den weichen Wogenkämmen und in der verhältnismäßig stillen See ihrer Bettücher fand, fiel Mrs. Hunter auf, daß am Fußende des Bettes irgend etwas – irgendeine Veränderung – stattgefunden hatte. In dem verschwommenen Bild, das das Licht der abgeschirmten Lampe und die Reflexe der Spiegel ihrer schwachen Sehkraft zugestanden, erschien so etwas wie ein Zwerg.

»Schwester de Santis« – erkannte sie –, »was ist geschehen? Sie liegen doch nicht etwa auf den Knien?«

Die Schwester fuhr zusammen; man konnte sehen, wie ihr verschleierter Kopf erbebte wie eine – nein, nicht wie eine Lilie – wie eine große, weiße Glockenblume. »Ich habe gerade nach einer Nadel gesucht, die mir heruntergefallen ist.«

»Seien Sie vorsichtig. Ich kann mich an ein Kind erinnern – ich glaube, es war eins von den Nutleys –, das hat sich einmal auf eine Nadel gekniet. Die Nadel bohrte sich in das Fleisch und war wochenlang verschwunden. Eines Tages zeigte sich dann ein schwarzes Pünktchen auf der Haut, und mit einem Magnet haben sie die Nadel schließlich herausgezogen.«

Die Schwester sagte: »Dies hier war eine Sicherheitsnadel, Mrs. Hunter«, und begann sich von den Knien wieder zu erheben.

Mrs. Hunter konnte einfach nicht an die Sicherheitsnadel glauben: Ganz sicherlich kann sie doch nicht für dich gebetet haben? Für dieses Ding, das man deine Seele nennt; oder um einen leichten Tod. Es ist bemerkenswert, wie viele Menschen darauf beharren, daß der Tod leicht und schmerzlos sein muß. Wo er doch eigentlich der höchste, der am schwierigsten zu erklimmende Gipfel von allen zu sein hatte: das ist ja sein ganzer Sinn.

»Wo Sie nun einmal wach sind, kann ich ihnen ja eigentlich auch gleich ihren Rücken massieren.« Die Schwester bemühte sich, falsche Spuren auszulegen.

»Erfinden Sie keine unnötigen Arbeiten.«

Weil sie sich ertappt fühlte, klang ihre Antwort gedrückt. »Ich dachte ja nur an ihr Wohlbefinden.«

»Dann könnten Sie wenigstens mein Gebiß herausnehmen. Das haben Sie ganz vergessen. Aber das wundert mich nicht – diese vielen Besucher, da braucht man die Zähne vielleicht jeden Augenblick. Andererseits möchte ich nicht, daß sie mir im Schlaf herausfallen.«

Nachdem sie die Zähne fortgetragen hatte, erschien die Schwester wieder,

um das Bett herzurichten. Ach, dieses gebrechliche Floß – es lohnte eigentlich kaum der Mühe. Aber du konntest spüren, daß Schwester de Santis froh war, etwas zu tun zu haben. Sie mußte ganz bestimmt gebetet haben, dort am Fußende des Bettes – vielleicht nicht für dich, aber sicherlich für sich selbst.
Der hin und her schwingende Schleier war so scharf, daß er fast deine Haut ritzte, während dir wieder einfiel: »*Campanula* ist die botanische Bezeichnung.«
»Für was?«
»Für Glockenblume, natürlich.«
»Oh, ja? Das sind hübsche Blumen, nicht wahr?«
»Mich haben sie nie sehr beeindruckt. Ich habe mich immer zu den aufwendigeren Blumen hingezogen gefühlt.« Sie lachte. »Meine Feinde – und auch ein paar von meinen Freunden – haben mich immer eine Egoistin genannt; wie mir andere Freunde und Feinde berichten.«
Die Schwester überlegte, was sie wohl an Freundlichem und Unwahrem als Trost anbieten könnte, obwohl das eigentlich völlig unnötig schien.
»Lal Wyburd hatte es immer mit den botanischen Namen. Sie schienen ihr das Gefühl der Überlegenheit zu geben, das sie so dringend brauchte. ›Fühlst du dich nicht angezogen, wenn du eine *Astilbe* siehst? So federleicht – empfindlich – und dabei doch auch geradezu komisch. Der gewöhnliche Name, glaube ich, ist Geißbart.‹« Mrs. Hunters Lachen klang um so bösartiger, weil es sich wie aus einem Krampf löste. »›Die große Tragödie meines Lebens ist es, daß es mir niemals gelungen ist, in Double Bay erfolgreich *Mimulus* zu züchten.‹ Die arme glückliche Lal, daß es ihr auch niemals auferlegt wurde, eine wirkliche Tragödie erleben zu müssen.«
»Sie werden sich noch völlig wach machen, wenn Sie zuviel reden.«
»Keine Angst. Der Schlaf ist es, der mich wach macht.«
Die Schwester rückte den Schirm der Lampe zurecht, als befürchte sie, daß ihr Schein zuviel erleuchten könne. Dann schlich sie auf Zehenspitzen aus dem Zimmer. Kindisches Mädchen: Jeder, der auf Zehenspitzen geht, hat einfach keinen Sinn dafür, daß die Dinge niemals ausgewogen sind.
Aber du warst froh daß du die Zähne loswarst schon wieder am Ertrinken und du sinkst tiefer schrecklich wenn der Sand unter die Prothesen an den Gaumen gerät schreckliche Zähne oh es ist so ermüdend ganz von Gähnen erfüllt wie beruhigend deine eigenen echten Gaumen saugen und schlucken ihren Weg am Boden des Meeres dahin niemand soll etwas wollen keine Liebe kein Geld keine Erleuchtung gibt mir Antwort was das bedeutet sag mir daß du mich liebst dieses kindische Herumschleichen auf Zehenspitzen man wartet auf Antworten und daß sie still hereinströmen und von innen erleuchten aber nicht wenn alles zu unruhig ist auch der Schlaf kann das Licht ersticken und das Feuer *Betty kannst du nicht ein Feuer anmachen*

meine Füße sind so kannst du nicht noch ein paar Scheite auflegen und bring mir meine Aktentasche Betty wir wollen die Briefe zusammen verbrennen die Liebesbriefe sie sind zu persönlich glaubst du nicht ja Alfred wenn du das möchtest dann verbrenne alle Briefe ich pflichte dir bei aber du tust es nicht und der Grund des Meeres ist übersät von alten unverbrannten aufgeweichten Briefen und der Brief den du vor allen anderen aufgehoben hast er war so grausam unwahr nämlich der von Dr. Trewek du hast ihn nie gemocht nun ja er mochte dich auch nicht und du kannst nicht erwarten daß er nur Christen lieben ihre Feinde eine Übung in Masochismus *niemand kann sagen daß ich ein Masochist bin nein da haben Sie recht Mrs. Hunter Bill hätte sie niemals geheiratet wenn sie es nicht verstanden hätten auf seine Hingabe mit der Peitsche zu antworten.*
Oh die Träume mit denen der Grund des Meeres übersät ist nicht immer durchweicht wie die alten Briefe nein sie erheben sich wie Korallensäulen zu ganzen Kuppeln und Bögen und zu langen Alleen aus Skulpturen um sich dir gegenüberzustellen dich hereinzulocken dorthin wo das Tageslicht undurchdringlich wird und der Ausdruck seiner Augen damals vielleicht bekam ich in dieser Zeit die erste Ahnung davon, was transzendent bedeutet.

Sie stand vor dem Erkerfenster am Ende des Salons am Moreton Drive, umgeben von jener Art von Licht, die Träume überzeugender erscheinen lassen kann als die Wirklichkeit. Nur war sie völlig wach. Sie stand neben dem drehbaren Bücherregal, blickte hinaus über den Park und öffnete den Brief, den man ihr gerade gebracht hatte. (Miß Thormber hatte deine Hände bewundert, während sie an deinen Nägeln arbeitete. Eine Maniküre ins Haus kommen zu lassen, war in diesem Falle kein Luxus, sondern eher ein Akt der Wohltätigkeit: Irgend jemand mußte etwas für Miß Thormber tun, die als Maniküre hoffnungslos versagte – aber andererseits eine Expertin der Schmeichelei war; vielleicht hätte der Luxus darin liegen können.)
Elizabeth Hunter öffnete den Brief, in dem wahrscheinlich irgend etwas Langweiliges stand, und begann zu lesen, indem sie das nichtssagende Papier in lässiger Entfernung hielt:

Liebe Mrs. Hunter,
ich schreibe diesen Brief gegen den Wunsch eines der Beteiligten und bin mir völlig bewußt, daß das, was ich zu sagen habe, auch einer zweiten Person möglicherweise unverzeihlich geschmacklos erscheinen wird ...

Sie drehte das Blatt um und stellte fest, daß der Brief von Dr. Trewek aus Gogong stammte, einem unattraktiven älteren Mann mit Schuppen auf dem Jackettkragen und der Angewohnheit, jederzeit einen Wind fahren zu lassen, ganz gleich, wer dabei war. Was Dr. Trewek zu sagen hatte, konnte ohne Zweifel nur geschmacklos sein; aber wenigstens war sie jetzt auf ihrer Hut.

... kurz und gut, ich muß Ihnen mitteilen, daß Bill an Leberkrebs leidet und kaum noch viele Monate zu leben hat. Es hat sich dies herausgestellt, als er kürzlich bei einem Spezialisten in Sydney war, wovon Sie nichts wissen, weil es die Hauptsorge Ihres Gatten im Leben ist, anderen keinen Kummer zu verursachen. Ich habe ihm dringend geraten, mich dafür sorgen zu lassen, daß er in eine Klinik in der Stadt kommt; aber gegenwärtig hat er die Absicht, seine Krankheit auf ›Kudjeri‹ durchzustehen. Aber sogar mit einer Pflegeschwester – und zur Zeit weigert er sich, eine kommen zu lassen – wird es dabei zu Schwierigkeiten kommen, wie Sie sich vielleicht vorstellen können. Die Haushälterin ist völlig mit den Nerven herunter und wird vielleicht sogar eher ihre Sachen packen, als die Verantwortung für einen unheilbar Kranken zu übernehmen.
Das ist also die Situation. Ob Sie sich der Selbstlosigkeit ihres Mannes bewußt sind und nicht nur seiner Hartnäckigkeit, das kann ich nicht beurteilen. Aber *da Sie seine Frau sind*, liegt es jetzt an Ihnen, vielleicht ein paar wichtige Entscheidungen zu fällen. (Es täte mir leid, wenn Sie mir nicht verzeihen könnten, daß ich Ihnen eine so unerwartete Bombe ins Haus geworfen habe!)

mit herzl. Grüßen
Robert Trewek

Und wie diese Bombe jetzt rings um sie explodierte, den Blick auf den Park verzerrte, wie Nadeln in ihren Gliedern stach und besonders heftig in den frisch manikürten Händen schmerzte, mit denen sie diesen verletzenden Brief hielt (wie konnte er es nur wagen, das Wort ›Frau‹ zu unterstreichen!), da schien es ihr, daß sie Robert Trewek nicht leicht würde vergeben können – wenn überhaupt jemals. Im ersten Übermaß ihres Zorns und ihres Schreckens ging sie sogar so weit, ihn selbst für Alfreds Zustand verantwortlich zu machen. Völlig einem Landarzt ausgeliefert zu sein! Dieser Doktor wollte ohne Zweifel die Aufmerksamkeit darauf lenken, daß der Patient sich einfach selbst vernachlässigt hatte (mit Ausdrücken wie Selbstlosigkeit, dem Wunsch, niemandem Kummer zu bereiten usw.), nur um dahinter seine eigene Unfähigkeit und seine eigene Nachlässigkeit verbergen zu können.
Zuerst konnte sie nicht einmal weinen – aus Zorn und auch deswegen, weil das charmante, zierliche Filigranwerk ihres Lebens ohne Warnung zu einem häßlichen, formlosen Wirrwarr zusammengehämmert worden war.

Bis ihr dann endlich die Tränen kamen. Sie konnte sich nur noch an Alfreds schmerzlichen Gesichtsausdruck erinnern, ihr fiel nicht mehr ein, wann er jemals eine fröhliche Miene gezeigt hatte. Sie wußte nichts mehr von ihren Zeiten der gegenseitigen Zuneigung, sondern dachte nur noch an die übelgelaunten Ablehnungen, die sie seinen zartfühligen Annäherungen entgegengesetzt hatte. Sie lag auf ihrem Bett, das sie mit niemandem zu teilen brauchte – eine Freiheit, die sie glücklich machte, wie sie sich selbst so oft gesagt hatte –, und versuchte, zu ihrer gewohnten Entschlußfähigkeit zurückzufinden. Aber da ihr das nicht gelang, war sie froh, ihren Zorn an Dr. Trewek und seiner Bombenexplosion auslassen zu können.
Und dann, als der Nachmittag vorrückte, trieb sie ihren Kummer einfach dadurch aus, daß sie ihm freien Lauf ließ. Es schien ihr, daß gar nichts mehr von ihr übrigblieb, von ihr, die es versäumt hatte, diesen sanftmütigen Mann, ihren eigenen Ehemann, wirklich verstehen zu lernen.

So leicht wie gleichzeitig unwahrscheinlich aber schmerzhaft sicherlich wie ein Haifisch-Ei der alte Körper nein vielmehr die schwächliche Seele sie wird herumgewirbelt manchmal auch ausgespien mit dem Anus nach oben (Seelen haben einen Anus es wird ihnen nie gestattet das zu vergessen) aber niemals getrennt von dem braunen dem manchmal getönten geklumpten Rogen der Augenblickserinnerungen die eingeschrumpfte Nabelschnur immer noch hängt sie an dem was sich danach drängt ja danach drängt endlich zu sein wenn die Vergangenheit der Traum das Leben es nur erlauben.
Ganz plötzlich reiste Mrs. Hunter nach Kudjeri ab. Packte selbst die Krokodilleder-Handtasche (und riß sich an einem der Schlösser einen Fingernagel ab) und noch dazu einen größeren Koffer, für eine Besuchsreise, über deren Art sie gar nicht nachdachte, denn sie wußte nur, daß sie einfach reisen mußte. Sie konnte auch den Dienstmädchen nichts darüber sagen, wie lange sie wohl von zu Hause wegbleiben würde; sie mußte Mr. Wyburd bitten, sie jede Woche zu bezahlen – für den Fall, daß ihre Abwesenheit länger dauerte. Sie schickte auch nicht nach Lennox – es war schon spät –, sondern bestellte sich ein Taxi, um zum Bahnhof zu fahren.
Während der ganzen Eisenbahnfahrt saß sie eng in die Ecke des leeren Abteils gedrückt. Sie spürte, wie die Kälte sie lähmte, und war doch gleichzeitig unfähig, aufzustehen und ein halb offenstehendes Fenster zu schließen. Die Polster rochen nach Tunnel und Nacht. Sie bemerkte, daß sie ihre Handschuhe vergessen hatte, und daß die Hände, die Miß Thormber noch am Morgen bewundert hatte, überreichlich mit Ringen beladen waren.
Wieder war es Morgen, wenn auch um eine ganz frühe Stunde, als sie in Gogong vor dem Hotel Imperial ankam. Während sie versuchte, irgend jemanden zu wecken, wurde sie sich immer stärker ihrer eigenen Überflüs-

sigkeit bewußt. Andererseits war Mr. Hagerty, der Wirt, von Mrs. Hunter und ihrem unerwarteten Eintreffen sichtlich beeindruckt, nachdem er sich von seinem ersten Ärger erholt hatte. Er erbot sich, sie stehenden Fußes hinaus nach ›Kudjeri‹ zu fahren. Aber sie wolle lieber ein Zimmer nehmen und sich später am Morgen einen Mietwagen kommen lassen, sagte sie: Sie wollte die Haushälterin ihres Mannes nicht dadurch in Aufregung versetzen, daß sie im Nachthemd an die Tür kommen mußte.

Der Rest dieser weißlichen Stunden rieselte wie Sand unter ihren Augenlidern, während sie zwischen den groben Leintüchern lag und versuchte, sich mit der kleinen Rolle abzufinden, die sie im Leben spielte: ein Hahn, ein Hund und der Mond waren die Hauptdarsteller, wie es schien. Bis ein Papagei, den man offensichtlich nicht zugedeckt hatte, mit seinem Kreischen in das Krähen und Bellen einfiel. Ein Mann fluchte, während er den Papagei erst zudeckte und dann zum Schweigen brachte. Pantoffeln schlurften über den Hof. Man konnte hören, wie jemand sein Wasser an einer steinernen Wand abschlug.

Vielleicht hatte sie auch eine kurze Zeit geschlafen. Und war erst dann wieder richtig aufgewacht, als sich der Mietwagen bereits ›Kudjeri‹ näherte, dem Eigentum ihres Ehemannes, niemals aber das ihre, obwohl sie ein paar Jahre lang wie ein Automat den Haushalt geleitet und Anweisungen für die Erziehung seiner Kinder gegeben hatte. Wenn sie überhaupt in den Bereich hier gehörte, dann deswegen, weil sie als kleines Mädchen auf dem heruntergekommenen Besitz der Selkelds gelebt hatte. Und damit gehörte sie natürlich doch hierher: so unausweichlich, wie der braune Fluß unter den Weiden dahinströmte und das Blut in ihren eigenen Adern floß. Und so mußte sie schließlich einfach auf diese verborgenen Juwelen, auf diese Hügel reagieren: Die gleiche Sonne, die wie immer am Morgen in Tau und Fels das Feuer neu entdeckte, zog auch Tränen und glanzverwirrtes Sichergeben aus gefrorenen Augen.

Nur allzubald knirschte der Wagen über die Anfahrt, drückte die Zweige der Lorbeerbäume beiseite und umkreiste das Rosenbeet vor dem Haus. Alfred war herausgekommen und stand am Fuß der Verandastufen, als wäre das so verabredet. Er *erschien* zumindest nicht überrascht – er war nur so viel dünner, so viel kleiner, als in ihrer Erinnerung. Sie mußte sich fast bücken, stellte sie fest, um ihren Ehemann umarmen zu können. Dies und die abrupte Abfahrt des Mietwagens gaben ihrer Beziehung eine besondere Bedeutung: Sie mußten wie zwei Liebende wirken, die sich in einer der konventionellen Posen der Leidenschaft aneinander klammerten; dabei erkannte sie doch an ihrer eigenen inneren Unbeteiligtheit und an der Reaktion ihres ›Geliebten‹, daß jeder von ihnen nur den anderen trösten und geistig aufrichten wollte. Ob ihnen die Zeit dafür geschenkt und die Gnade gewährt werden würde, das war noch nicht abzusehen.

Alfred sagte: »Dies ist der schönste Monat des Jahres auf Kudjeri«; als ob sie zum erstenmal hier wäre.
»Oh, es kommen ja auch noch all die anderen Monate, wenn du mich nur hierbleiben läßt.«
Als Mann versuchte er, den größeren der beiden Koffer hochzuheben, und stellte fest, daß er das nicht mehr konnte. Anstatt nun einfach ins Haus zu gehen und das Gepäck dem Stallknecht zu überlassen, wie das normalerweise geschehen wäre, begannen sie nun fast miteinander um den Besitz des Koffergriffs zu ringen und zu keuchen und machten damit aus einer kleinen Sache eine große Affäre; sie mußten das einfach tun. Als sie diesen Kampf für sich entschieden hatte, waren sie beide gerettet: Alfred hatte anscheinend beschlossen, daß er sich nicht moralisch herabwürdigte, wenn er den kleineren Koffer hinterhertrug; und sie war entschlossen, den größeren die Treppe hinaufzuschleppen, selbst wenn sie sich damit das Rückgrat brechen sollte.

Gebrochen aufgebrochen geöffnet an besonderen Feiertagen für Schwester de Santis damit sie ihre Hand hineinlegen und die Überreste berühren kann selbst die ungläubigste aller Nicht-Nonnen Schwester Flora *Pudenda* ergibt sich willig dem Glauben an eine Reliquie nur bin ich es nicht ich bin keine es ist Alfreds Leber die zur Anbetung empfohlen wird vergiß nicht alles was stinkt ist heilig der Geruch jedesmal eine ganze Bettpfanne voll und ich liege wieder wenn ich Glück habe in den Armen meines *geliebten Herrn* dessen Kraft sich noch einmal verstärkt während er sonst immer schwächer wird ich die Schuldige ich werde niemals zerfressen werde niemals gereinigt werden denn Sünden kommen nicht heraus und füllen Bettpfannen wie das hier es ist Scheiße flüstern dir die Wände zu mir ist Kleenex am liebsten Schwester es ist weicher und gewisse Nonnen haben doch sehr rauhe Griffe holt mir St. Mary de Kleenex merkwürdig wie die Sündenfreien das Befleckte übersehen die unerträglichen Sünden verstehen denen man niemals entkommt oder vielleicht ist auch niemand ohne Sünde denn sonst wie könnte die Nachtschwester wie könnte sie ihre Nächte überstehen.

Trotz Alfreds herbstlicher Gesichtsfarbe, trotz der veränderten, verfeinerten Struktur seiner Züge waren die ersten Tage eher wie eine Zeit der Gesundung und nicht der fortschreitenden Krankheit. Oder vielleicht wollte sie das nur so sehen. Alfred selbst sprach in ihrer Gegenwart niemals von seinem Zustand.
Zweimal in der Woche kam der Arzt von Gogong heraus. Er hatte immer einen übermüdeten, manchmal direkt glasigen Blick. Er trieb sich selbst so rücksichtslos an, daß sie sich oft überlegte, ob da nicht noch irgendein anderer Grund dahintersteckte.

Einmal näherte sie sich der Pantry, wo der Doktor gerade eine Spritze sterilisierte, und hörte Stimmen. Eldred, der Reitknecht, mußte gerade hereingekommen sein; er wandte sich mit ungehemmter Direktheit an den Arzt. »Wenn Sie mir meine Bemerkung nicht übelnehmen wollen, Doc, aber Sie sehen aus wie ein Gespenst, das nie zur Ruhe kommt.«

Als sie in die Tür trat, drückte Dr. Trewek gerade das Wasser aus der Spritze gegen die Decke. »Ruhe wäre nicht genug«, hörte sie ihn sagen, »ich bin so fertig, daß mir der Sack auf dem Boden nachschleift, Eldred.«

Der Reitknecht war erschrocken, in diesem Augenblick so plötzlich seine Herrin auftauchen zu sehen, und verschwand schleunigst.

Ihre Gefühle, eine Mischung aus Abneigung, ängstlicher Spannung und mitleidheischendem Jammer, konnte sie vor dem Arzt nicht verbergen. »Das heißt also – die Schmerzen werden stärker?«

»Ja.« Er sägte an einer Ampulle, bis der Hals abbrach. »Ich werde Ihnen zeigen, wie man eine Injektion gibt. Er wird das wahrscheinlich jetzt immer öfter brauchen. Wenn es ihm wirklich schlecht geht, dann können Sie mich ja anrufen, und ich komme heraus. Aber so wie es steht, fallen mir schon fast jetzt die Füße ab vom vielen Herumlaufen.« Seine Verächtlichkeit war offensichtlich.

»Ich bin sicher, daß ich es schon selber schaffen werde«, antwortete sie so kühl, wie sie konnte, »wenn Sie es mir einmal gezeigt haben.« Unter gesenkten Augenlidern blickte sie von oben herab auf den Arzt, aber die Wirkung verpuffte, denn Dr. Trewek hatte ihr inzwischen den Rücken zugedreht.

Nachdem er die Spritze aufgezogen hatte, folgte sie ihm in das Schlafzimmer, wo Alfred lag und wartete. Er hatte einen geheimnisvoll-gierigen Ausdruck im Gesicht, der sie von vornherein von dem Ritual ausschloß, zu dem der Arzt sich jetzt anschickte. Dennoch war sie fest entschlossen zu helfen: Sie zog die Schlafanzug-Hose von den abgezehrten Hinterbacken herab und zitterte nur, als sie plötzlich die glatten, schlanken Hoden erblickte und den blauen Kopf des eingeschrumpften Penis.

»Da wären wir also«, sagte Dr. Trewek.

»Was – doch nicht jetzt?« Er hielt ihr mit einem Ruck die Spritze hin, und dabei hatte sie doch bei allem, was sie sagte, immer nur mit einer vagen Zukunft gerechnet.

Während er ihr technische Erklärungen gab, stand sie da und hielt die schreckliche Waffe in der Hand, die sie im nächsten Augenblick in das Fleisch ihres Mannes stoßen sollte. Ihr Widerwille gegen diese Vorstellung wurde so stark, daß sie sich fast übergeben mußte.

»Stoßen Sie zu!« befahl der Doktor. »Und wenn Sie ehrlich sind – Sie haben zu ihrer Zeit sicherlich schon Schlimmeres getan.« Er lachte aus offensichtlich völlig verschleimter Kehle.

Weil seine Bemerkung wahr war, konnte sie sich nicht beleidigt fühlen. Und sie stieß zu mit der Spritze.
Der Arzt sagte: »Aus Ihnen wird noch eine Expertin, Mrs. Hunter.«
Während sie die Nadel unter einem aufgedrückten Wattebausch zurückzog, lag Alfred mit geschlossenen Augen da, seine Kehle bewegte sich, und sein Mund wurde schlaff in Erwartung der Erlösung: Es war, als ob er einen vollkommenen Orgasmus erlebte.
Jetzt änderte der Doktor seine Taktik, zusammen mit seiner Stimme, er beugte sich über seinen Patienten und berührte die schweißfleckige Schulter des Schlafanzugs. »Sie werden sich gleich besserfühlen, alter Knabe.« Es klang, als käme seine Stimme durch ein Megaphon.
Wieder war Mrs. Hunter ausgeschlossen; bis Alfred mit einer fast unkenntlichen Stimme keuchte: »Vielen Dank – Elizabeth.«
Sie fragte den Arzt: »Darf ich Ihnen etwas zu essen anbieten, ehe Sie wieder zurückfahren?«
Er nahm an, und sie bediente ihn selbst, servierte ihm einen Teller mit kaltem, gewürztem Rindfleisch und Salat und überließ ihn danach sich selbst. Durch mehrere Zimmer hörte sie ihn aufstoßen, und als er sich verabschiedete, ertrug sie mannhaft den metallischen Ansturm der eingelegten Zwiebeln, die er zu schnell hinuntergeschlungen hatte.
»Rufen Sie mich im Zweifelsfall jederzeit an«, erinnerte er sie, während er sich in seinem Wagen zurechtsetzte. »Für den guten alten Bill tue ich alles.«
Wie der Arzt vorausgesagt hatte, entwickelte sie eine große Geschicklichkeit im Spritzengeben – aber das war erst später, nach der ›Gesundungs‹-Periode in Alfred Hunters tödlicher Krankheit.
Am Anfang genossen sie diese stillen Flitterwochen der Hoffnung für den Geist, die sie miteinander verbrachten. Sie waren erfüllt von einem Drang der Rücksichtnahme aufeinander und besprachen begierig alle alltäglichen Dinge bis in die kleinsten Einzelheiten.
»Laß nach Staniland schicken, Betty, morgen früh. Ich möchte ihn gerne fragen, ob wir Kilgallen verwenden können. Noch unreif, ich weiß, aber der Entwicklung nach wird er einer der besten Hammel. Es würde mich sehr interessieren, seine Nachkommenschaft zu sehen – wenn das noch möglich ist.« Bei dieser ersten Andeutung, daß dies vielleicht nicht mehr der Fall sein könnte, begann er seinen Hals im Hemdkragen zu reiben, der ihm inzwischen zu groß geworden war, und einer seiner Mundwinkel zuckte.
Sie brachte ihm eine Birne, die sie extra für ihn gepflückt hatte. Sie nahm sie aus dem Musselinsäckchen und stand bescheiden da, die riesige, goldene, perfekte Frucht in beiden Händen. »Macht dir das Appetit? Aber laß sie mich wenigstens schälen, damit du auch was von dem aromatischen Parfüm hast.«

Er stimmte zu, und weil er sie liebte, gestattete er ihr auch, daß sie ihn mit kleinen Scheiben davon fütterte, die er zu schlucken versuchte, während ihm der Saft über sein bartstoppeliges Kinn lief.
Sie überredete Eldred dazu, ihren Patienten zu rasieren. Alfred mochte Eldred; er hatte die Familie seines Reitknechtes sogar in seinem Testament bedacht. Auch sie wurde von der Erscheinung dieses Mannes wiederbelebt, die körperliche Kraft und Gesundheit ausstrahlte und nicht davon beeinträchtigt wurde, daß sie hin und wieder Stallgeruch oder den Geruch nach Milch von den für die Versorgung des Hauses bestimmten Kühen ins Zimmer trug, die ihm auch unterstanden.
Gefällt dir auch ...? war eines der Spiele, das Alfred und sie jetzt miteinander spielten. Es war beschämend, wie wenig sie voneinander wußten; aber wenigstens enthüllten sie jetzt alle kindischen Kleinigkeiten voreinander. Wenn ihre gegenseitige Ehrlichkeit das Messer nicht tiefer ansetzte, dann nur deswegen, weil kein Messer imstande gewesen wäre, ihre Beziehung zu verlängern; in der Zeit, die ihnen noch blieb, war es besser, sich einfach nur dessen zu erfreuen, was die Oberfläche bot.
Und jetzt im späten Herbst waren es die Abende, auf die sie sich besonders freuten. »Sag doch Eldred, er soll noch ein paar Holzscheite bringen, bevor er geht.« Und nachdem der Reitknecht das Feuer im Kamin zum Lodern gebracht hatte, saßen sie zusammen da und blätterten Bücher durch.
»Was für ein komischer alter Kerl du doch bist! Jahrelang einen solchen Bücherschatz anzusammeln und niemandem davon zu erzählen!«
»Du hast dich niemals für Bücher interessiert.«
Das stimmte; es war ihren Absichten entgegengekommen, so zu tun, als ob Lesen für sie ein Leben aus zweiter Hand bedeutete.
Jetzt konnte sie nur undeutlich murmeln: »Ich bin Nacht für Nacht über dem Lesen eingeschlafen. Ich würde sagen, daß Goethe für mich die beste Beruhigungspille ist.« Sie verzog ihr Gesicht, damit es zu dieser an den Haaren herbeigezogenen Erklärung passen sollte; weiter ging sie nicht; und Alfreds Güte hinderte ihn daran, ihr das Eingeständnis eines seichten Geschmacks abzuzwingen.
Nach der Eile, mit der er nun seinen Standpunkt änderte, schien es sogar, als befürchte er, sie hätte in seinen Worten eine von ihm gar nicht beabsichtigte Kritik gespürt. »Du mußtest ja schließlich dein Leben führen, wie es nun einmal war. Auf dem Lande ist das anders – wenn man ganz allein ist.« Das war der bitterste Vorwurf, den er je gemacht hatte: In der Ewigkeit eines Augenblicks erlebte sie endlose Nächte, die vor Frost und eisiger Stille schmerzten.
Sie blätterte in einem Band mit französischen Radierungen und Lithographien. Zusammen mit Alfreds Bemerkung ließen des Künstlers hart-

näckige Beschwörung des Todes, seine Sumpfblumen und seine losgelösten, blicklos starrenden Augen ihr eigenes körperliches Selbst noch unwesentlicher und vergänglicher erscheinen. Sie schlug die Seiten rascher um, damit sie das Ende des Bandes schneller erreichen und damit ihrer ungewollten Faszination entgehen könnte; aber da wurde sie von einer Darstellung gefesselt, die der Künstler ›Skiapod‹ nannte: es war nicht ihr eigenes, wirkliches Gesicht – und doch sein geistiges Ebenbild, wie es manchmal aus dem Spiegel des Unbewußten herüberfließt. Anders als die meisten anderen in diesem Band wiedergegebenen Ungeheuer schien dieses, halb Fisch und halb Frau, weder dem Tod verwandt noch auch von ihm bedroht zu sein: zu schwer zu fassen in seinem Dahingleiten durch die tiefsten Tiefen des Wassers war der Ausdruck dieses Fischweib-Wesens ein unentzifferbares, praktisch erloschenes Geheimnis; oder bedeutete er eher Unehrlichkeit und Verschlagenheit?
»Was siehst du dir da an?« fragte Alfred.
»Ich werfe nur einen Blick auf die morbide geistige Welt von Odile Redon.« Sie machte diesen Versuch, sich gleichmütig zu geben, als sie den Band entschlossen zuschlug. Er hatte es gern, wenn sie ihm vorlas. Sie hatten *Die Kartause von Parma* schon zur Hälfte beendet, die er, wie er sagte, ›fast mehr bewunderte als irgend etwas sonst‹. Ihr Vergnügen an diesem Buch verlor sich manchmal in seinen Längen, aber die gestaltete sie dadurch erträglicher, daß sie dann jeweils begann, auf ihre eigene Stimme zu lauschen: Wenn sie sich Mühe gab, las sie ausgezeichnet.
An diesem Abend starrte Alfred sie plötzlich mit einem Ausdruck an, der wie eine plötzliche, fieberhafte, ihm erst jetzt bewußt gewordene Bewunderung erschien. »Ist sie nicht großartig?« unterbrach er. »Was für eine blendende Frauenerscheinung – diese Sanseverina!«
»Ein bißchen zu weiblich, hin und wieder.« Wenn ihre Stimme trocken klang, dann sicher nur deshalb, weil sie schon so lange laut vorgelesen hatte.
»Ich glaube, ausgesprochen weibliche Frauen mögen sich nicht sehr.«
Sie selbst jedenfalls hatte sich nie viel aus ihren Freundinnen gemacht. »Es ist etwas anderes – eine Art von Freimaurertum, das sie zusammenbringt – und dann haben sie das Gefühl, daß sie wenigstens ein paar von den Regeln einhalten müssen.«
Er lachte: In solchen Augenblicken des gegenseitigen Verständnisses waren sie wie vereint, und sie kniete neben seinem Sessel nieder und begann verzweifelt seine Hände zu küssen. Das war die engste, an körperliches Begehren erinnernde Beziehung, die sie in diesen letzten Wochen hatten. Aber die Hände blieben kalt und gelb.
Kurz darauf sagte er: »Wenn es dir nichts ausmacht, Bet – du wirst mir heute abend wieder eine Spritze geben müssen.«

Als ihn seine Kräfte verließen, trug Eldred ihn hinunter in seinen Sessel in der Bibliothek. Noch später im Verlauf seines Dahinschwindens rief sie den Reitknecht jedesmal, um ihn auch ins Bett oder aus dem Bett herauszuheben; bis zu dem Tag, an dem sie entdeckte, daß sie dieses Bündel abgezehrten Fleisches auch sehr gut selbst tragen konnte.

Sofort änderte sich damit ihre Beziehung zu ihm. Wo sie bisher geliebt hatte, war sie nun von Mitleid erfüllt. Nicht von Mitleid im gewöhnlichen Sinne – es war eher ein emotionelles Bedürfnis, mit diesem Kind hier, das am Ende ja auch aus ihrem Körper hätte entspringen können, dadurch eins zu werden, daß sie ihm alle niederen körperlichen Dienste erwies: es zärtlich abwischte, ob es sich nun um Kot handelte oder um die flüssige Nahrung, die es inzwischen größtenteils wieder von sich gab. Manchmal dachte sie in der Abhängigkeit dieser neuen Beziehung auch an ihre wirklichen Kinder: Für sie hatte sie niemals Mitleid verspürt, so eingemauert, wie sie in ihrem eigenen Selbst waren, und so für jeden Notfall mit übermächtigen moralischen Waffen ausgerüstet. Aber vielleicht hatte sie sich da geirrt: Möglicherweise hatten sie ihr Mitleid, ihr Mitgefühl gebraucht; und sie hätte sich damit ihre Liebe verdienen können.

An einem Tag mit stählernem, senkrecht herunterströmendem Regen sah sie sich gezwungen, ein Thema anzuschneiden, das Alfred mit Entschlossenheit vermied. »Sicherlich wirst Du doch jetzt nichts mehr dagegen haben, wenn ich den Kindern schreibe und es ihnen mitteile?«

»Ich möchte keine Unruhe in ihr Leben bringen.«

»Aber wenn es nun so weit kommt – und es hat ihnen keiner gesagt – dann wird sie das vielleicht noch mehr schmerzen.« Natürlich konnte sie im Grunde genommen nicht für ihre Kinder sprechen, sondern nur für sich selbst, für die Reue, die in ihr emporbrodelte.

Und was Alfred auch im Grunde wirklich wollte – sie nahm es auf sich, den Kindern zu schreiben.

Dorothy, in der Umklammerung ihrer unglücklichen Ehe, antwortete mit einem Brief, der eine Übersetzung aus dem Französischen war:

Mein geliebter Vater,

Du kannst dir meine Gefühle vorstellen, als ich diese wahrhaft erschrekkende Nachricht erhielt. Es schmerzt mich zutiefst, nicht imstande zu sein, dir dein Leiden zu erleichtern. Aber hier bin ich nun und lebe, wenn auch weder fruchtbar noch glücklich, am anderen Ende der Welt, und habe gewisse Verpflichtungen gegenüber denen, die durch meine Heirat zu meiner Familie geworden sind. Hubert sehe ich kaum; wir spielen miteinander Versteck zwischen Lunegarde und Passy. Aber ich werde es mir nicht gestatten, meinen Ehemann zu hassen, und ebenso soll niemand Veranlassung haben, mich des Mangels an gutem Willen zu bezichtigen, wenn unsere Ehe

den Eindruck des Zerfalls macht. Die schreckliche alte Prinzessin, meine Schwiegermutter, lauert ständig sprungbereit – aber ich weigere mich, ihr als Beute zu dienen.
Du wirst daher verstehen, mein geliebter Vater, daß es mir unmöglich ist, meinen Instinkten zu folgen und zu dir zu eilen. So sind unsere Leben nun einmal eingerichtet, und wie grausam das auch in deinem Falle sein mag und wie lächerlich in meinem, so können wir doch nichts daran tun als nur Gott zu bitten, daß er uns von unseren Leiden erlöst. Meine Gebete und meine Gedanken sind ständig mit dir; in immerwährender Achtung und Zuneigung –

Dorothy

Basil war schon eher sein eigenes Selbst:

Mein lieber alter Dad,
Du bist der Letzte, den ich als Opfer einer so schrecklichen Ungerechtigkeit sehen möchte: Du, an den ich mich als an den freundlichsten und großzügigsten aller Menschen erinnere. Und ich bin um so mehr deprimiert, als ich im Augenblick nicht einmal imstande bin, alle meine Gedanken auf Dich zu konzentrieren: Wir sind mitten im Probenwirbel (Premiere heute in einer Woche – *Macbeth*). Seit ich Mutters Brief erhalten habe, komme ich buchstäblich erst heute dazu, meine Gedanken zu ordnen und den Versuch zu einer Antwort zu machen. Und auch jetzt sind es nur ein paar gestohlene Augenblicke in einem leeren Zuschauerraum. Während sich eine Gruppe von Schauspielern noch weiter unter Schmerzen auf der Bühne abmüht, sitze ich hier ungewaschen und unrasiert, mit einem Magen wie aus Stein, nachdem ich ein schreckliches, zu fettiges Sandwich auch noch zu schnell heruntergeschlungen habe; aber ich wollte dir wenigstens mein tiefstes Mitgefühl senden, so unzureichend es auch ausgedrückt sein mag.
Wir haben kaum jemals richtig miteinander gesprochen – erinnerst Du Dich? Und doch, wenn ich jetzt so zurückblicke, dann kann ich spüren, daß doch eine gewisse Art von enger Zuneigung zwischen uns existierte. Oh, wenn man sein Leben noch einmal von vorn beginnen könnte, dann würde ich das nächste Mal, glaube ich, lieber wirklich *leben!* Nicht das Leben verleugnen, indem ich mich dem traurigen Geschäft ergebe, einen Abklatsch von ihm zu erschaffen.
Ich würde gerne noch ein paar Minuten länger hier sitzen, Dad, und den Versuch machen, deine Gefühle in diesen schrecklichen Momenten mit dir zu teilen, aber man ruft nach mir, und so bleibt mir nichts übrig, als mit dem größten Bedauern zu schließen.

Gott schütze dich!
Basil

P.S. Niemand kann sich eine Vorstellung davon machen, unter welchem Druck ein Schauspieler steht, der die Rolle des Macbeth auf sich genommen hat.

Alfred Hunter freute sich über diese Briefe seiner Kinder. »Sie drücken sich sehr schön aus, nicht wahr?« Der dünne Faden seiner Stimme verlangte nicht von ihr, das auch noch zu bestätigen, was er so gern selbst glauben wollte: daß seine klugen Kinder nämlich das größte Geschenk waren, welches das Leben ihm oder irgend jemandem sonst hätte machen können.

Seine Frau war, nachdem sie ihm die Briefe vorgelesen hatte, immer noch zu verwirrt, um sie für sich selbst auslegen zu können. Wenn sie in ruhigerer Verfassung gewesen wäre, dann hätte sie vielleicht mit Sarkasmus an die mit Bedacht eingestreuten Unehrlichkeiten herangehen können; unter den gegebenen Umständen beließ sie es dabei, die den Zeilen entströmende Kälte oder bestenfalls künstliche Wärme der Förmlichkeit zuzuschreiben, die durch Entfernung und längerwährende Trennung entsteht. Wenn sie an die beiden als an *ihre* Kinder dachte, dann erinnerte sie sich an sie zunächst als an gewisse Gefühle in ihrem Schoß, dann an fast eßbare, tröstlich weiche Fettbündel, die schließlich jedoch zu mageren, feindseligen, kaum menschlich zu nennenden Wesen wurden, die sich schon bereitmachten, von ihr zu fliehen.

Aber zu Alfred sagte sie: »Ich bin froh, daß wir es ihnen mitgeteilt haben. Wir haben das Richtige getan.« Der Satz endete so tugendhaft, wie sich die Prinzessin von Lascabanes vermutlich ständig fühlte.

Dann wurde ihr plötzlich klar, daß die kurze, wundervolle Periode, in der sie mit ihrem Mann in Worten hatte sprechen können, deren Bedeutung sich auch ihm noch mitteilte, praktisch vorüber war; von nun an mußten sie sich durch die Haut miteinander verständigen oder mit den Augen. Es war ein Höhepunkt des gegenseitigen Vertrauens – aber natürlich hatten sie andererseits auch nichts mehr zu verlieren.

Dr. Trewek kam fast jeden Tag von Gogong herüber. Einerseits dankbar, konnte sie doch andererseits ihre Irritiertheit über seine groben Manieren nicht ganz überwinden; ebensowenig gelang es ihr, ihre Befriedigung darüber zu verbergen, daß sie seine anfänglich skeptischen Erwartungen nicht erfüllt hatte. Einmal konnte sie sich erst im letzten Augenblick daran hindern, ihm eine Schuppenkur zu empfehlen.

»Wir müssen jetzt jeden Tag damit rechnen«, sagte er.

Sie war so erschöpft, daß sie kaum ein Gefühl verspürte, als ihr klar wurde, daß der Doktor vom Tod sprach. Nicht einmal da, als sie sich absichtlich klarmachte, daß es ja um den Tod ihres Mannes ging.

»Rufen Sie mich an, wenn ich kommen soll.« Dr. Trewek glitzerte feucht vor Erschöpfung und unter dem Einfluß – dessen war sie sich jetzt ziemlich sicher – irgendwelcher Drogen.

Sie antwortete mit tödlich gezieltem Bedacht: »Sie können kaum von mir erwarten, daß ich den Tod meines Mannes mit irgend jemandem teilen möchte. So sehr Sie auch mit ihm befreundet waren – ich glaube, daß mir hier doch der Vortritt gebührt.«

Er schob sich in seinen schlammverspritzten Wagen. »Wie Sie wollen. Aber manche Leute fürchten sich.«

Sie fürchtete sich jedoch nicht, weder bei dem Gedanken an das, was nun bald geschehen mußte, noch auch dann, als es wirklich geschah. Man beschuldigte sie später, kalt und gefühllos gewesen zu sein. Sie war es nicht: Sie war einfach ein Teil eines so gewaltigen, so selten erfahrenen Mysteriums, daß sie, so könnte man wahrheitsgemäß sagen, ganz Ehrfurcht war und aus dieser Ehrfurcht heraus handelte, aus Ehrfurcht besonders vor dieser Seele, die man doch nur in gewissem Sinne jetzt als ›schwächlich flackernd‹ bezeichnen konnte und die sie in das Mysterium einweihte.

In dieser Nacht erwachte sie aus ihrem Halbschlaf nicht etwa, weil die Geräusche des Todes aus dem Nebenzimmer drangen, sondern weil ihr Instinkt sie weckte, um an einer wunderbaren Verwandlung teilzunehmen. Sie ergriff hastig ihren Morgenmantel und eilte nach nebenan.

Hier war ihr geliebter Ehemann von ihrem eigenen Fleisch, und er lag und wartete, so schien es, daß sie das Bett mit ihm teile. Nur war sie es jetzt, so deuteten seine immer ferner werdenden Augen an, die die Initiative ergreifen müßte. Und so legte sie ihre Hand so sanft sie nur konnte an die Kammer seiner gelblichen Wange.

Sofort dehnte sich Alfred Hunters Mund, dehnten sich seine Lippen mit ihrem salzkrustigen Ring soweit es nur ging, flüsterten *»Waahhrrum?«*, und das letzte Feuer in ihm erstarb zu Eis.

Den Rest der Nacht verbrachte sie hauptsächlich damit, durch ein Labyrinth von Räumen zu stolpern. Der Morgenmantel, in den sie so hastig gefahren war, schleifte hinter ihr her, und sie sah fast verwachsen aus, weil die Ärmel so völlig schiefgezogen waren. Bewegung war es, was sie rettete. Schon oft in der Vergangenheit hatte sie darüber nachgedacht, wie ihr Leben wohl als Witwe sein würde, und hatte sich in ihrer Vorstellung an seiner Bequemlichkeit und seinem respektierten Status erfreut. Aber jetzt im Augenblick war sie weder Witwe noch Ehegattin noch überhaupt auch nur eine Frau. Der Gedanke an ›Alfred‹ schien ihr unerträglich. Einen Moment lang oder auch zwei tauchte sie mit den Zehenspitzen bis in die Hölle hinab und zwang sich, an die Körper der Männer zu denken, die sie in ihr Bett geschleppt hatte, um mit ihnen zu ringen: ihre ›Liebhaber‹.

Gegen Morgen fiel ihr Blick in einen Spiegel, und sie stand ihrer *Doppelgängerin* gegenüber: gealtert, unordentlich, verwüstet, die Augen über-

müdet vom Starren nach innen, vom Suchen nach einem Horizont, der sich dem Blick erst noch enthüllen mußte.
»Mein Gott, wie schrecklich kannst du doch aussehen!« sagte sie laut.
Irgend jemand – eine Krankenschwester? – hielt ihr Handgelenk gefaßt: Niemals hören sie auf, dir den Puls zu fühlen oder oder ...
»Was ist, Mrs. Hunter? Haben Sie geträumt?«
Und dann wird dir klar, weniger durch die Stimme als durch die Berührung der Fingerspitzen auf deiner Haut, daß es sich um Mary de Santis handelt, und sie betätigt sich gar nicht als Krankenschwester: Sie will irgend etwas wiedergutmachen.
»Nicht geträumt – gelebt«, stieß Mrs. Hunter hervor. »Alfred ist gerade gestorben. Ich muß Dr. Trewek anrufen. Und davor schrecke ich zurück. Wenn man es weiß, ist das eine Sache. Aber es jemandem sagen, das ist etwas ganz anderes.«
»Liegen Sie nur still, und diese schlechten Träume werden schon vergehen«, riet Schwester de Santis.
In gewissem Maß war das ein praktischer Ratschlag. Das Palmettoblatt in deiner Seite wand sich und stach mit der Stärke eines Zyklons; aber wer auf Meereshöhe lebt, einschließlich St. Mary de Santis, kann niemals verstehen, daß dies nur einer der physischen Aspekte des Sturmes ist: Du allein hast die Transzendenz erfahren durch deinen Besuch auf der Insel der Warmings. Und dann war da noch Dorothys Holländer. Er mochte wohl die Unverletzlichkeit und den Frieden erkannt haben, die sich im Auge des Sturmes widerspiegelten, aber für die trockene Dorothy, die vor Brumby und vor vielen Stürmen davongelaufen war, die sie sich nur eingebildet hatte, mußte diese Vision des Holländers wie der zwar faszinierende, aber beschränkte Blick durch das falsche Ende eines Fernglases erschienen sein. Dorothy hatte ihren Holländer einfach verschwendet.
»Oder glauben Sie, daß es nur Zeitverschwendung ist, den Arzt anzurufen? Er würde uns das niemals verzeihen. Trewek hat Angst vor Zartgefühl.«
»Ich weiß nichts von Dr. Trewek«, antwortete die Krankenschwester. »Wenn wir irgend jemanden anrufen, dann kann es nur Dr. Gidley sein.«
»Gidley?«
»Ist das nicht der Arzt, den Sie mögen? Den Sie selbst ausgesucht haben?«
»Der fette, weiche Gidley!« Mrs Hunter lächelte breit. »Wenn man nachsehen könnte, dann würde man wahrscheinlich eine Menge gelbes Ohrenschmalz in seinen Ohren finden. Trewek ist ein Mann: abscheulich, häßlich, schmutzig – alle diese Essenflecken – und die Schuppen. Aber er wird von etwas gequält. Ich glaube, Trewek hat viel gelitten. Deshalb versteht er auch. Was er nicht versteht, ist, daß er ein Mann für Männer ist: Deshalb wird er mir mein Versagen als Frau nie verzeihen.«

»Regen Sie sich nicht auf, Mrs. Hunter. Es ist schon Morgen.«
»Ich weiß, daß es Morgen ist. Habe ich nicht die ganze Nacht Minute für Minute nachgemessen?«
»Ich werde Ihnen die Rosen bringen. Als es gerade hell wurde, bin ich hinuntergegangen und habe sie geschnitten. Es sind so viele davon da, und sie sind so herrlich.«
»Oh – die Rosen – ja.«

Schwester de Santis hatte ihre schlafende Patientin verlassen und sich dazu gezwungen, noch einmal in den dunklen Körper des Hauses hinabzusteigen, wo sie in einer früheren Stunde dieser Nacht ihre Berufung verraten hatte. Sie kam am Studierzimmer vorbei: Das noch immer brennende Licht erfüllte den Raum mit grellen Erinnerungen. Sie wollte die Lampen auslöschen, besann sich dann aber anders und holte einen Lappen, um eine Pfütze auf dem Tisch aufzuwischen, welche die Haushälterin beim Abräumen der Flaschen und *seines* Glases übersehen hatte. Während sie die verschüttete Flüssigkeit vom Tisch abputzte, glaubte sie, daß sie damit wohl endgültig ihre Lustgefühle ausgetrieben hatte – wenn auch nicht ihre Scham. Die zu vergessen, das würde ihr wahrscheinlich nicht so bald geschenkt werden; ganz bestimmt nicht, wenn Mrs. Hunter in ihrer ganzen Schläue hinter den Grund für diesen Augenblick der panischen Verzweiflung am Fußende des Betts kam. Aber jetzt, gewappnet gegen alle Fußangeln, gegen den Duft von Zigarettenrauch, Whisky und Leder, bewegte sich Schwester de Santis überlegen und unbeteiligt durch den Raum.
Sie ging zurück in die Küche. Heute war Mrs. Cush's Tag, und die Nachtschwester tat manchmal ein paar Arbeiten für sie, ehe sie am Morgen kam. Mrs. Cush, die Putzfrau, litt unter Krampfadern, Raucherhusten, einem Herzklappenfehler, ihrem epileptischen Mann und einer krankhaften Geschwätzigkeit. *(Sie sin ein wirklicher Mensch Schwester Mary ich wüßte nich was wir ohne Sie tun sollten Mrs. Hunter un Lottie un überhaupt wir alle und was sagen Sie dazu Schwester Dad hats wieder erwischt Dienstagabend auf'n Herd hat er sich geschmissen un Donald un Mavis alle drei hatten wir zu tun um ihn wegzuziehn Schwester schließlich isser einfach umgefallen so ein schwerer Mann un den Kork hat er einfach durchgebissen können Sie das glauben Schwester un Donald hat er auch noch in den Finger gebissen un seitdem muß ich Beruhigungspillen haben jetzt immer noch un der arme Dad er tut sich so weh ooh Schwester ich sehe lieber garnich hin Mavis ist mit mir ins Kino gegangen um mich aufzuheitern aber es war nich der Film Schwester mit den schönen Landschaften un der wundervollen Musik es war einer mit einem Haufen Matrosen die in einem Unterseeboot eingesperrt sind un da kamen wir raus un Mavis hat mich zu einem Brandy eingeladen in der Damenbar vom Lancaster un dann muß-*

ten wir ja gleich nach Hause gehen Schwester weil es Zeit für den Tee war.)

Obwohl Schwester de Santis den ernsthaften Wunsch hatte, der Putzfrau das Leben mit all den Ungerechtigkeiten, unter denen sie zu leiden hatte, ein wenig leichter zu machen, war ihr doch gleichzeitig klar, daß ihre wohltätigen Handlungen in diesem Fall auch unbewußte Versuche sein konnten, ihre eigene Dunkelheit durch die Diszipliniertheit harter Arbeit zu erhellen. Heute morgen schlüpfte sie aus ihrer Tracht, ließ sich auf die Knie nieder und begann, den Küchenboden zu scheuern. Zuerst arbeitete sie mit weiten Schwüngen und trieb den Schleier der Seifenblasen vor sich her, die sie dann wieder in den Eimer zurücksammelte. Das elektrische Licht schien entschlossen, ihr zu schmeicheln: Wo immer sie gekniet hatte, schien das Linoleum strahlend zu schimmern; ihre Arme, ihre Schultern sahen stark und weiß aus und fühlten sich auch so; zwar war ihr Büstenhalter zerrissen (wie das auch immer geschehen sein mochte), aber dafür waren wenigstens ihre vollen Brüste weniger beengt. Sie schrubbte immer weiter, durchbrach die Stille der Nacht, ohne jedoch die Beziehung zu ihr zu verlieren. Denn als ein Teil dieser Nacht konnte sie wie ein Strom dahinfließen und zurückkehren in ihr geheimes Selbst. Ob in ihrem Benehmen etwas Narzißtisches oder Sensuelles war oder nicht – was sie vor dem Sturz rettete, war das Beispiel ihres Vaters, der versagt hatte, und waren die Fäden, die sie mit dem menschlichen Gegenstand ihrer Hingabe verbanden.

Als Mary de Santis, immer noch auf allen vieren, bis zur Spüle hinüber geschrubbt hatte, schmerzten ihre Schultern, ihre Knie waren taub, und aus ihrer selbstauferlegten Buße war jede Glorie geschwunden. Sie sah sich wieder als ewige Novizin, die hier in dieser engen Zelle ihre Ungeschicklichkeit bewies und von den Wänden zurückgestoßen wurde, wenn sie sich schwerfällig in der falschen Richtung bewegte; und doch würden ihre Versuche, wie alle ihre anderen verzweifelten Ausbrüche von Ungeschick, in den Augen der Unschuldigen als Erfahrung gelten. Nur Mrs. Hunter wußte das besser; auch Papa hatte es vielleicht gesehen: seine eigene Nachgiebigkeit, sein eigenes Versagen reflektiert in elfenbeinweißer Haut. Mama andererseits natürlich hatte ihre Beziehung zu den Heiligen, und das hinderte sie daran, die Sünden derjenigen, die sie liebte, zu erkennen. Die Büßerin stieß sich den Kopf an einer Strebe, die eines der Regale in der Spülküche stützte. Die schweren Brüste erzitterten und waren dann wieder ruhig. Graues Wasser, längst nicht mehr schaumig von Seifenblasen, hatte ihre Strümpfe an den Knien durchtränkt. Sie richtete sich auf, schwankte bei dieser plötzlichen Veränderung ihrer Körperhaltung und sah sich einer Schüssel mit Öl gegenüber, in das sie mit einem Gefühl des Schwindels hineinstarrte. In dem Öl schimmerte ein Lichtschein, schwamm

und schwankte umher, und er kam nicht von der elektrischen Lampe an der Decke: durch die Gitterstäbe vor den Fenstern sah sie, daß der Tag heraufgedämmert war.
Nachdem die Krankenschwester Tracht und Schleier wieder angelegt und sich insgesamt wieder so ordentlich hergerichtet hatte, wie es der Beruf von ihr verlangte, sah sie wieder nach ihrer Patientin. Ein schwacher Wind hob ganz leicht den Vorhang aus grauem Licht. Die alte Frau atmete und murmelte sich durch eine ihrer ruhigeren Schlafpassagen. Einmal flatterten die Lippen auseinander; Worte lösten sich mühsam und zwängten sich zwischen den Gaumen hervor: »Immer noch nur Dornen. Geschlossene Knospen. Dieser lange Frost.« Mit einer gewaltigen, gelenkknirschenden Anstrengung schob sie eine Strähne verblichenen Haars beiseite. »Wundervoll miteinander sprechen in der Stille.« Und dann wand sich ein Seufzer wie schützend um zärtlich gehegte Abgeschiedenheit: »Du meine liebe Stille.«
Auch die Schwester spürte die Stille, die aufsteigt, wenn die Nacht sich fast erschöpft hat; noch hatte sich das Licht kaum den Nebelsträhnen entwunden, die sich durch den Park zogen; am Fuß des stufenförmigen Hügels, auf dem sich das Haus erhob, schwebte wie losgelöst eine Wolke von Rosen, keine vom Frost erstarrten Knospen wie in Elizabeth Hunters Traum, sondern große Blütenbüschel im Höhepunkt ihrer Schönheit.
Nachdem sie unter dem Becken in der Spülküche die Gartenschere und den faserigen Korb hervorgesucht hatte, ging Mary de Santis hinunter in den Garten. Tau fiel herab und legte sich auf ihre Haut; von senkrecht herabhängenden Blättern tropfte Feuchtigkeit; Trompetenblätter vom Abend vorher waren zu eingeschrumpften Phalli zusammengerollt; das Gras wies einen Schimmer auf, den es sonst verliert, wenn es zum Rasen wird. Ermutigt von der Unschuldigkeit der sinnlichen Rituale, an denen teilzunehmen sie hier eingeladen war, riß Schwester de Santis ein Blatt ab, saugte daran und zerbiß es schließlich, um die saftige Herbheit seines Inneren zu schmecken. Nicht eine einzige Katze erschien, um ihr das Recht an ihrem spirituellen Revier streitig zu machen, während sie sich, verschämt glücklich, an rauhen Baumstämmen entlang und durch die Gehege tropfender Zweige schob. Zwar versuchte ihr Gewissen, ihrer glücklichen Hingabe Zügel anzulegen, aber sie beruhigte es gewaltsam mit dem Gedanken an den Tribut aus Rosen, den sie sich schon Mrs. Hunter darbieten sah.
Kaum war sie angelangt, da begann sie auch schon fast wie eine hungrige Ziege zu rupfen und zu greifen. Tau sprühte in ganzen Wolken um sie hernieder. Dorne kratzten. Ihre Absätze rutschten auf der schiefen Ebene, bis sie sich in das Bett aus vermodernden Blättern und feuchter Erde eingruben. Sie konnte nichts gegen die Würmer tun, die mit ihren Leibern in aufgeregter, rosafarbener Entblößung peitschten: aber sie war zu sehr besessen von ihrer lasterhaften Begierde nach Rosen. Wenn sie sich nieder-

beugte, um die Stengel abzuschneiden, dann war es, als ob nicht nur der Duft, sondern auch die spitzen Knospen selbst bis in ihre gierigen Nüstern hinaufschossen, während vom Regen aufgeweichte, welkende Blüten ihre Flanken streiften und zerflatterten, um sich auf der neutralen Erde als cremefarbige Tupfen und blutrote Spritzer zu verteilen, als sanft herzförmige rosafarbene rosige Rosen.

Tief atmend, immer noch wie unter Zwang mit der Gartenschere die Luft zerschneidend, erreichte sie wieder die Raseneinfassung. Der Korb mit ihrer Beute hing schwer an ihrem Arm. Schwall auf Schwall, gleichmäßig immer stärker werdend, ergoß sich nun das Licht durch die umstehenden Bäume und verwandelte den Berg passiven Rosenblätterfleisches zurück in Tau, in Licht, in reine Farbe. Sie wäre vielleicht traurig bei dem Gedanken geworden, daß ihr eigener Widerspruch zwischen erdgebundenem Fleisch und strebendem Geist niemals auf so logische Art gelöst werden konnte, wenn ihre Versunkenheit nicht durch Schritte auf dem Straßenpflaster gestört worden wäre.

Ein Mann mit dunklem, von Falten durchzogenem Gesicht und fragenden Augen erkundigte sich nach dem Weg zur Enright Street. Obwohl er sie direkt und unverwandt ansah, schien er weiter keine Hintergedanken zu haben. Sie kannte die betreffende Straße und gab ihm mit einer Sorgfalt Auskunft, wie sie die frühe Stunde mit ihren wundervollen Erlebnissen zu erfordern schien. Der Mann hörte aufmerksam zu, und seine Augen waren halb auf ihre Anweisungen konzentriert und halb, wenn auch irgendwie geistesabwesend, auf ihre von Rosen umrankte Gestalt.

Als sie zu Ende war, lächelte er und bedankte sich. Dann lächelten sie beide, aus verschiedenen und doch aus den gleichen Gründen. Nach seinen bescheidenen, knarrenden Stiefeln und seinem immer noch um Entschuldigung bittenden Blick zu urteilen, war er nicht nur fremd in dieser Straße, sondern auch ein Fremder im Land, wie sie vermutete. Sie fühlte sich an ihre eigene fremde Geburt und Kindheit erinnert; ob der Mann das erriet oder nicht – jedenfalls machte er den Eindruck, als ob er in ihr eine Verbündete erkannt hätte.

Er nickte in Richtung auf ihren Schleier und fragte plötzlich: »Jemand krank?«

»Nicht wirklich krank. Hier wohnt eine alte Dame, für die jemand sorgen muß.«

»Wie alt?«

»Das wissen wir eigentlich gar nicht genau. Ich glaube nicht, daß das so wichtig ist, wenn man einmal ein gewisses Alter erreicht hat. Dann ist man schon nicht mehr ganz ein Mensch: eher wie eine Glühbirne, die an- und ausgeht, und vielleicht, wenn man Glück hat, dann kann man noch ein wenig Licht auf etwas werfen, das niemand vorher erkannt hat – weder

man selbst noch irgend jemand anders. Jedenfalls sehe ich das so.« In Wirklichkeit hatte sie das alles noch nie von dieser Seite her betrachtet; es war der frühe Morgen, der sie dazu brachte, und dazu ihr Publikum, bestehend aus einem schlichten Ausländer.
Der Fremde schien den ernsthaften Versuch zu machen, sich ihre Vorstellung bildlich auszumalen. Dann lächelte er sie offen und direkt an. Sie senkte die Augen, um ihre Freude darüber zu verbergen, und bemerkte, daß ihre weißen Schuhe ganz mit Erde bedeckt waren.
Sofort fiel ihr wieder ihre Pflicht ein. »Ich muß jetzt hineingehen«, sagte sie unsicher, beinahe grob. »Meine Patientin könnte mich brauchen.«
Die grob geformten Stiefel des Mannes setzten sich knarrend in Bewegung. »Ja. Ich gehe auch.« Dem Ausdruck seiner Augen nach hatte er sie bereits verlassen. Aber dann drehte er sich noch einmal um, als wolle er sie im letzten Augenblick noch dazu zwingen, etwas zuzugeben. *»Tí ximaíroma kánomay!«*
Die Worte liefen zitternd und wie Glockenklang durch ihre Adern. Wenn sie auch ihre Bedeutung im Augenblick nicht erfaßte, so erregten sie doch ein Echo in ihren Gedanken, und es war die Stimme ihrer Mutter. Den ganzen Weg zurück zum Haus und dann die Treppe hinauf klang es melancholisch in ihr wider: Worte, Glocken und Frauenstimmen, jubelnd oder klagend, sie wußte nicht mehr was.
Die Süße und die von der Gegenwart ablenkende Stimmung dieser, wenn auch nur teilweisen Wiedervereinigung mit ihrem früheren Leben begann sich mit dem unruhigen Gefühl zu vermengen, daß ihre Patientin vielleicht inzwischen einer Krise entgegenging. Schwester de Santis nahm sich nur soviel Zeit, die dornigen Rosenbüschel in einen alten Waschkrug zu stopfen, der noch von früher her in dem Mahagoni-Badezimmer stand, und eilte dann sofort in das Krankenzimmer. Im selben Augenblick wurde die ihr anvertraute altersgraue Reliquie aus namenlosen, höllischen Tiefen emporgeschleudert und an den Strand des Bewußtseins geschwemmt.
Die Schwester fühlte den fast normalen Puls, aber sie war gleichzeitig von einer irrationalen und völlig unprofessionellen Furcht erfüllt. »Was ist, Mrs. Hunter? Haben sie geträumt?« begann sie wie schon so viele Male vorher.
»Nicht geträumt – gelebt«, stieß Mrs. Hunter hervor. »Alfred ist gestorben.«
Trotz allen Mitgefühls konnte Schwester de Santis ihre Gedanken immer noch nicht von den Worten des Fremden losreißen, und sie folgte ihrem *ximaíroma*.
»Rufen Sie Dr. Trewek an ...« keuchte Mrs. Hunter.
»... aber Gidley ist doch derjenige ...«, hörte Schwester de Santis sich fast blöken; und dann, in reiner Verzweiflung: »Ich werde Ihnen die

Rosen bringen. Als es gerade hell wurde, bin ich hinuntergegangen und habe sie geschnitten. Es sind so viele davon da, und sie sind so herrlich.«
»Oh – die Rosen – ja.«
Die Schwester lief, um den Waschkrug mit dem angeschlagenen Rand zu holen. Die herrlichen Rosen verstreuten ihren Tau, ihr Licht, ihren duftenden Widerschein über die Laken in die sehnsüchtigen Nüstern die opalisierenden Augen in dieser Maske wie aus Papier.
»Sehen Sie doch«, vergaß sich Schwester de Santis.
Elizabeth Hunter antwortete. »Ja. Ich kann sie sehen, Mary – unsere Rosen.«
Und zugleich hörte Mary de Santis in der Stimme ihrer Mutter die Worte, die sie nicht verstanden hatte, als sie der bäuerliche Einwanderer sprach: »Was für einen Sonnenaufgang bereiten wir uns doch!«
Und so war es: die Rosen funkelten, träumten, schwebten, sprangen, reckten ihr erdgebundenes Fleisch zu einem in allen Ehren vergeblichen Versuch, das Höchste und Letzte zu vermitteln.
»Ja – unsere Rosen«, wiederholte Elizabeth Hunter.
Und das verstand Mary de Santis so: Wir, die aroganten Perfektionisten oder Pseudo-Heiligen, werden über unsere eigenen Mängel hinweggerettet werden, um weiteren Prüfungen entgegenzugehen.

VI

Als er die Prinzessin willkommen hieß, hatte der Präsident des Klubs darauf hingewiesen, daß das Zimmer besonders hell und freundlich war. Madame de Lascabanes nahm das zur Kenntnis; aber der geblümte Chintz (grün und beige) und die Landschafts-Reproduktion mit den gewagt stilisierten Eukalyptusbäumen brachten in ihr erneut diese Krankheit des Ausländisch-Seins, unter der sie so litt, zum Ausbruch. Ein weißes Telefon stand da und jagte ihr schreckliche Angst ein; wenn es nun losklingelte, ehe sie sich genügend gewappnet hatte, um mit ihm fertig zu werden? Sie fühlte sich etwas wohler, als ihre Sachen endlich ankamen, die diese gute Seele Arnold Wyburd vom Moreton Drive herübergebracht und unten abgeliefert hatte. Allein ihre Zahnpasta auszupacken, beruhigte schon ihre Nerven; und in der Zwischenzeit hatte sie sich auch von einem der Zimmermädchen ein Kopfschmerzpulver erbeten. Ja, jetzt ging es ihr bereits viel besser.

Solange sie nicht an ihre Flucht von dem Ort dachte, an dem sie so gerne gewesen wäre, aber vor dem sie sich fürchtete: diese Haushälterin, die mit irgend etwas Rohem und Deutschem im Hintergrund wartete; und der mumifizierte Kopf von Santa Chiara Hubert bestand auf einem Besuch *elle a quand même une influence extraordinaire* was der eifersüchtige Franziskaner widerlegte *vous savez c'est une tête quelconque que les sœurs se sont procurées pour en tirer profit.* Allein im Lift auf dem Weg nach unten zum Abendessen dachte Dorothy de Lascabanes an die arme Mummy und wimmerte ein wenig vor sich hin.

Diskretion beherrschte den Speisesaal, in dem sechs oder sieben gepuderte Damen ihre Augenlider über dem Brathuhn oder den gedämpften Äpfeln senkten, die sie möglichst unauffällig kauten, während eine uralte Servicerin in gestärktem, weißem Kleid das Ehrenmitglied zu einem eigenen Tisch führte, von dem aus es gebührenden Eindruck machen sollte. Das Ergebnis war, daß Dorothy Hunter die Person war, die sich nun allein mit ihrem Besteck und einem förmlichen Arrangement von Queen Elizabeth-Rosenknospen wiederfand. Sie legte die Finger auf die Messer und Gabeln, als wolle sie einen Akkord anschlagen, und starrte in die leere Luft.

»Die arme Madge, sie ist so müüde«, sagte eine der Damen, nachdem das vorherige Klima im Saal wiederhergestellt war.

»Ja, sie ist wirklich müüde«, pflichtete ihre Begleiterin bei, »das macht die Feuchtigkeit. Und Madge geht so *großzügig* mit ihrer Zeit um, und mit ihrer Energie.« Vielleicht um jeden Impuls dieser Art bei sich selbst im Keime zu ersticken, fügte die zweite Dame dem Bissen Hühnerbrust auf ihrer Gabel nur ganz wenig Füllung hinzu und auch nur ein kleines bißchen Soße.

Das mußte irgendwie eine Art von Verwegenheit bei einer dritten, völlig unbeteiligten Dame ausgelöst haben, die jetzt plötzlich einen gewaltigen Mund voll gedämpfter Äpfel hinunterschluckte und sofort zu husten begann. Sie hustete und hustete. Fest entschlossen, dieses Unwohlsein zu ignorieren, war Dorothy Hunter doch fasziniert, als jetzt für einen Augenblick zwei Blasen, vielleicht vom Sirup, an den Nüstern dieser Dame erschienen, und ebenso augenblicklich wieder zurückgesogen wurden.

O je, wenn doch nur Mummy mit dir hier im ›Klub‹ wäre, um für dich zu bestellen! Was ist, wenn dir nun auch der Sirup in Blasen aus der Nase kommt, oder wenn du einen Soßenklecks auf die fleckenlos weiße Manschette der ältlichen Kellnerin machst?

Oder wenn du plötzlich laut schreist.

Als die Kellnerin mit der Speisekarte herantrat, warf Dorothy kaum einen Blick auf das, was sie doch nicht lesen konnte: Es war ihr eingefallen, daß sie ihre Brille im Zimmer vergessen hatte. »Wissen Sie, was ich lieber als irgend etwas sonst hätte – ich meine, wenn es nicht zuviel Mühe macht – und wenn Sie eins da haben – das wäre nämlich ein schönes, dickes Hammelkotelett. Und recht rosa gebraten.«

»Aber ja, Milady – natürlich – ich werde gleich nachsehen.« Die Kellnerin sah verängstigt aus; irgendwo mußte sie einmal etwas von einem Knicks gehört haben, aber jetzt hatte sie nicht den Mut, mehr als nur ein kurzes Zusammenknicken zustande zu bringen.

Die Mitglieder hoben die Köpfe wie eine Herde Kühe, die man auf der Weide stört.

Die Princesse de Lascabanes hatte es doch nicht ganz fertiggebracht, ihre Rechte zu behaupten: Irgendwo zwischen dem Einfall und der nachfolgenden Bestellung oder vielleicht auch schon früher, beim Umsteigen auf dem Flugplatz in Bangkok, hatte *le mutton chop* plötzlich seine exotischen Eigenschaften verloren. Und Dorothy Hunter war es gewesen, die ohne zu denken die Worte gemurmelt und den Schnitzer begangen hatte. Da half es auch nicht mehr, daß sie sich in der Erinnerung sah, wie sie ein Kotelett an einem angespitzten Stock über die Kohlenglut hielt und mit noch undeutlicherer, aber ehrlicher Kleinmädchenstimme sagte *nein Daddy es ist nicht verbrannt nur ein bißchen angekohlt aber dann schmeckt es am tollsten.*

Die meisten Klubmitglieder hatten inzwischen den Speisesaal verlassen, aber ein paar waren noch absichtlich zurückgeblieben, um zu sehen, wie die Kellnerin der Prinzessin Dingsbums das Hammelkotelett servierte: sie ist ja eigentlich eine von den Hunters aus Gogong – was sagen Sie dazu. Die Prinzessin hatte inzwischen nicht einmal mehr einen Funken von

Appetit. Und im übrigen war das Fleisch, als es schließlich kam, zu rot und zu fett: *en effet écœurant ce chop australien;* ihrer Schwiegermutter wäre es warm ums Herz geworden, wenn sie das gewußt hätte.
Nachdem sie einen Mundvoll welker Kresse gegessen und ein Glas Wasser getrunken hatte, schob Dorothy das verstümmelte Kotelett von sich. »Schönen Dank, nichts sonst.« Sie lächelte die Kellnerin an, während sie mit den Augen gleichzeitig die Frau in ihr anflehte, sie nicht zu verraten.
Der Kaffee im Salon war möglicherweise eine noch größere Tortur als das Essen im Speisesaal. Zunächst die Frage, wo man sich hinsetzen sollte: nicht so weit entfernt, daß es verletzend wirkte, aber auch nicht so nahe, daß man von einer der anderen im Raum verteilten Inseln von Menschen angerufen werden konnte. Zum Schluß lief sie die zwei Treppen hinauf zu ihrem Bett, wo ihre Erschöpfung für den Rest der Nacht prompt wie weggeblasen war. Sie verbrachte die Zeit damit, in *La Chartreuse de Parme* zu blättern – ein Buch, das sie nur allzugut kannte – und sich daran zu erinnern, warum sie eigentlich zurückgekommen war. Dadurch wurden alle einfacheren Vorstellungen zu einem geistigen Trost für sie: ihre Tube französischer Zahnpasta zum Beispiel, leider schon halbleer, oder der ziemlich langweilige Familienanwalt. Sie dachte nacheinander an alles, was ihr sicher und beruhigend erschien, und doch kam sie ein paarmal soweit, daß sie über sich selbst zu Gericht sitzen mußte.
Machen wir es uns doch klar: Ich bin zurückgekommen, um eine respektable Geldsumme aus einer alten Frau herauszulocken, die zufällig auch meine Mutter ist, die ich manchmal ehrlich liebe, die ich aber auch gehaßt habe (Gott, ja!), und deshalb ist es vielleicht ein wenig verzeihlicher, das Geld notfalls auch aus ihr herauszuzwingen, wenn alle Überredung nichts nützt. Es ist wahrscheinlich überhaupt verzeihlich, denn diese Frau hat mehr Leute zu allem möglichen gezwungen, als irgendein anderer Mensch. Und oh hassenswerte Erinnerung hassenswert der Besuch auf dieser Insel die jadefarbene See und jadegrau ist subtiler als jadegrün wenn Mutter nur nicht zuerst daran gedacht hätte *es ist etwas so komisch Banales an diesen Pazifikinseln meinen Sie nicht auch Professor ich will damit sagen die See ist immer genauso jadegrün wie auf den Werbeplakaten und Tage ohne Sonne sind wirklich eine Erleichterung denn dann ist das Meer von einem subtileren und ganz unerwarteten Jadegrau* und Mutter zündet die Kerzen an um ihre Konversation zu illuminieren und den Professor zu beeindrucken alle kümmern sich sowieso viel zuviel um ihn und sein Name ist EDVARD geschrieben mit einem V im Gegensatz zu Mutter würdest du den Namen nie in seiner Gegenwart aussprechen das wäre wie ein Sakrament mißbrauchen und dann die weißen Flocken auf seiner Haut die die Sonne abgeschält hat.
Die immer noch so gut wie schlaflose Prinzessin zog im Bett ihre Beine

höher an ihren Körper, bis sie nur noch aus Hinterbacken und Schenkeln zu bestehen schien, ein Knoten aus Fleisch oder auch ein Häufchen aus Knochen, unter dem die Erbse aus dem Märchen rotierte.
Edvard mit V erzählt von Wäldern und ob es der Regenwald von Brumby Island oder die Fichten Lärchen Vogelbeerbäume Norwegens sind das ist ganz gleich. Auch Eschen. Die wilden Pferde jagen in der Dämmerung am Strand entlang und auf deiner Wange sticht es von aufgewirbelten Sandkörnern und peitschenden Pferdehaaren. *Ich habe keine Angst Professor* nur daß meine Rippen sich vielleicht bis in deinen Körper hineindrücken in diesem elektrisierenden Augenblick der sich umschließenden Hände und aneinandergeklammerten Körper.
Es muß natürlich Mutter sein die den Fisch brät den der Professor gefangen hat und ihn auf einem Bett aus wildem Fenchel anrichtet mit all diesem *Chichi* aus Wildblumen um den Rand der Platte und der elektrisierende Augenblick ist in die Dunkelheit davongaloppiert mit wehender Mähne jetzt bleibt nur noch zu hoffen daß Mutters Fisch nach Sand schmeckt.
Die Prinzessin, auf dem riesigen Kugellager der einen Erbse hin- und herrollend, kaute immer weiter an ihrem Wachtraum. Wenn gutes Zureden und auch Zwang nichts helfen, was wäre dann wenn du die alte Frau oder Mutter umbringen würdest was kann das Geld denn schon für alte Leute bedeuten doch nichts als eine Erinnerung an Triumphe die man gar nicht mehr will oder die sich nicht mehr wiederholen! Es wäre auch gar kein Töten, nur einfach ein Schock, kein Mord. Auf keinen Fall. Du kannst ja nicht einmal auf eine Küchenschabe treten wegen der scheußlichen Flüssigkeit die dann herausspritzt.
Basil könnte es: mein Bruder das Genie der berühmte Schauspieler warum warum ist er eigentlich gekommen Mr. Wyburd sagen Sie es mir nicht aber ich weiß es schon nicht wahr denn Basil und Dorothy = Bruder und Schwester = Jäger lauernde Jäger in der verschwommenen Dunkelheit der Höhle in der Elizabeth Salkeld lebt. Und dabei hättest du für immer zusammengerollt in Mummy bleiben können aber sie hat dich ausgestoßen hilflos und ohne Waffen Basil natürlich nicht ein Schauspieler wird mit einem Knüppel in der Hand geboren und nicht mit Hemmungen deine Hemmungen die kannst du nur von Alfred geerbt haben eine mißgestaltete Statue an der Stelle wo sich die Straße gabelt am anderen Ende von Gogong die Inschrift wenigstens spricht für ihn und dazu auch die Falten in seiner Weste und in seinen Hosen immer rundherum rundherum nun ja die Straßengabelung der arme Bill Hunter DAD.
Sie sind selbst ein Vater Mr. Wyburd erzählen Sie mir doch bitte erzählen Sie mir von meinem Vater dieser Zeitungsausschnitt hier den Sie mir freundlicherweise geschickt haben um mich zu erinnern.
Die Prinzessin bewegte sich unruhig im Halbschlaf. Es tat ihr leid daß der

Anwalt sie so gräßlich langweilte wo sie ihn doch so schrecklich viel fragen wollte aber Väter vergeben sagt man uns immer und dieser hier genauso groß und von genau demselben Umfang auch so anspruchsvoll wie du selbst er bindet das rosa Bändchen auf das hält deinen Charakter deine Taten deinen Besitz zusammen Arnold W. genauso methodisch wie Edvard mit dem V er wird sich nur äußern wenn er alle Tatsachen in Betracht gezogen hat und wenn sie dann alle nackt dastehen dann ist der Anwalt bereit zuzugeben daß nur ein guter Mann Alfreds Frau heiraten konnte.
Oh Vater Vater wollte sie rufen für alles das, was er gelitten hatte und sie wurde nur getröstet durch die Berührung milchiger rechtlicher Seide seine langen alten durchsichtigen Testikel sie hingen glitten über ihre Schenkel.
Die Princesse de Lascabanes war so schockiert von Mr. Wyburds Erscheinung seine Schenkel seine blauen Adern überhaupt alles wie aus der Dunkelheit herausgehämmert vor ihren Augen daß sie sich im Bett aufsetzte und das Licht anknipste: und damit ihrem im Spiegel reflektierten Abbild gegenübersaß statt dem Traum-Anwalt. Ihre Brüste, magerer und tiefer herabhängend als sie sich selbst eingestehen wollte, sahen in dem widergespiegelten Nachthemd seltsam verschoben aus; ihre dünnen, nackten Lippen standen halboffen; die Wirklichkeit stieß sie kaum weniger ab als der Traum, der sich ihr aufgedrängt hatte.

Nach dieser absolut schrecklichen Nacht in dem hellen und freundlichen Schlafzimmer schluckte Dorothy ein Aspirin und überlegte, ob sie beichten sollte. Aber bei wem? hier in Sydney. Irgendein anonymer irischer Bauernpriester würde kaum das rechte Verständnis für ihre spirituellen Quetschungen aufbringen und sie vielleicht sogar wegen ihrer gebildeten Aussprache einfach verachten. Die Anonymität des Beichtstuhles hatte sie nie für mehr gehalten als für einen zweifelhaften und theoretischen Trost in besonderen Fällen. Aber war das jetzt nicht ein besonderer Fall? Sicherlich – aber sie persönlich zog bei allen Gelegenheiten vor, die Hand zu kennen, die die Seele streichelt. Mit feuchten Augen lag sie da und dachte mit Bedauern an ihren geliebten Abbé Passebosc, und dann wurden ihre Züge wieder schärfer, als sie sich an ihre Mutter erinnerte. Mummy wäre imstande, diesen beschämenden Traum irgendwie aus ihr herauszuholen. Niemals! Lieber mit den offenen Schwären im eigenen Inneren leben.
Nachdem sie um Kaffee geklingelt hatte und auf nüchternen Magen eine Mischung getrunken hatte, die unzweifelhaft im wesentlichen aus Essenz bestand, geschah das, wovor sie sich am Tage vorher so gefürchtet hatte: das weiße Telefon explodierte.
»Guten Morgen, Madame. Ich habe leider noch keine Gelegenheit gehabt, ihre Gewohnheiten kennenzulernen, und deshalb bitte ich um Entschuldigung, falls ich Sie stören sollte.«

Nachdem sie die präzise Sprechweise des Anwalts erkannt hatte, fühlte die Prinzessin sich tatsächlich aufgestört; sorgfältig vermied sie es, sich selbst im Spiegel an der Wand gegenüber anzublicken. Was sollte sie nur sagen? Ihre Körper hatten sich bereits mit einer Ausdrucksfähigkeit miteinander verständigt, die weit über die von Worten hinausging.

»... das Zusammentreffen, das ich arrangieren möchte – Sie und ihr Bruder – um Mrs. Hunters Situation zu besprechen. Was haben Sie für Pläne, Madame?«

Ihre Pläne? Seitdem sie Mutter verlassen und nach Europa gegangen war, hatte sie ständig darauf gehofft, daß irgend jemand, daß irgendein *Mann* auftauchen würde, der ihr die Arbeit des Plänemachens abnehmen würde. Und wenn das jetzt nicht einmal ein älterer, um nicht zu sagen väterlicher Anwalt tun konnte – ja, wer dann überhaupt?

Um ihre eigene Unfähigkeit zu verbergen, sagte sie mit einer hohen, strahlenden, verdächtig nach der Königin von England klingenden Stimme (so kam es ihr vor): »Ich wünschte, Sie würden mich einfach ›Dorothy‹ nennen – würden Sie das tun? Mr. Wyburd?«

Er klang verständlicherweise gerührt und geehrt, aber er machte keinen Vorschlag in umgekehrter Richtung, denn schließlich war er ja beträchtlich älter – wünschenswert älter für sie; statt dessen sagte er: »Dankeschön, Dorothy. Es wird mir eine Freude sein. Und eigentlich habe ich ja schon immer – meine Frau und ich, will ich damit sagen, wir haben immer die Angewohnheit beibehalten, von ihnen als ›Dorothy‹ zu sprechen, schon um der alten Zeiten willen.«

Nichts von alledem deutete darauf hin, daß er aufgehört hatte, von ihr eine Auskunft über ihre Pläne zu erwarten; er schwieg und wartete auf ihre Antwort.

»Nun ja«, begann sie verzweifelt, »ich sollte eigentlich meiner Mutter einen kurzen Besuch abstatten – am Morgen, ehe sie zu müde ist.« Die damit festgelegte Kürze des Besuches würde auch verhindern, daß du schon bei dieser Gelegenheit deinen eigentlichen, deinen infernalischen Plan in die Tat umsetzen mußtest. »Und jederzeit danach – am späteren Vormittag – ich kenne niemanden und habe sonst nichts zu tun – stehe ich ihnen gern zur Verfügung.«

Der Anwalt war zu diskret, um in irgendwelcher Form gefühlsmäßig auf ihr Geständnis zu reagieren; aber sie hatte immerhin sich selbst mit ihrem Pathos des eigenen Nichts beeindruckt.

Mr. Wyburd schlug elf Uhr in seiner Kanzlei vor, unter der Voraussetzung, daß auch Basil ...

»Ja, ja, vorausgesetzt, daß auch Basil – natürlich«, stimmte Dorothy ernsthaft zu.

Aber war es denn so ›natürlich‹, daß sie sich überhaupt zu irgendeiner Zeit mit ihrem Bruder zusammensetzen sollte, um die Angelegenheiten ihrer Mutter zu besprechen? Basils Charakter war von solcher Art, daß er zweifellos ohne Zögern auch die ruchloseste Einzelheit ihres Planes akzeptieren würde. Und hatte der Anwalt vielleicht diesen Geheimplan schon irgendwie gerochen? Das wäre schon schlimm; noch schlimmer aber wäre es, wenn er irgendeine überzeugendere und noch dazu *legale* Lösung vorbereitet hätte, um sie jetzt mit den so langgeplagten Kindern seiner Klientin zu besprechen. Wer weiß – vielleicht trat er noch auf als Wyburd, der listige alte Fuchs.

Madame de Lascabanes fühlte sich niedergeschlagen, als sie den Telefonhörer wieder auflegte – nicht so sehr deshalb, weil der gute Anwalt sich am Ende vielleicht auch als ein unehrlicher Mann wie so viele andere herausstellen könnte, sondern weil sie als Opfer der Ungerechtigkeit viel lieber in der Rolle des Opferlamms auftreten wollte und nicht in der des gerechten Kreuzritters in polierter, in vielen Facetten blinkender Rüstung; strahlender Glanz ist am ehesten eine Eigenschaft herzloser Juwelen und am wenigsten die der nachgiebigen, am Ende selbstzerstörerischen Intrige. Und so vergaß sie den Anwalt, während sie damit beschäftigt war, sich selbst in einem schändlichen Licht zu sehen.

Dann vergaß sie die ganze Sache überhaupt, weil das weiße Telefon, viel zu früh für sie, schon wieder klingelte. »Ist dort die Prinzessin – die Princesse de Lascabanes?« Kein schlechter Versuch, den Namen richtig auszusprechen.

»Ja – am Apparat.« Es gab keine Möglichkeit, dem Anrufer zu entkommen – es sei denn, mit einer direkten Lüge; allein in einem mit Chintz dekorierten Schlafzimmer hat man keine Möglichkeit, sich selbst zu entgehen.

»Hier ist Cherry – Cherry Cheeseman – das heißt, früher Bullivant.«

»Natürlich – *Cherry*!« Deinem Ausbruch falscher Begeisterung folgte eine dunkle Pause, erfüllt von schweren Atemzügen: Cherry Cheeseman klang, als ob sie mit den Bronchien zu tun hatte – aber vielleicht war auch ihr Korsett zu eng, oder sie hatte sich beim Sprechen überhaspelt.

Die Prinzessin warf eine passende banale Bemerkung in die Stille. »Wie geschickt von dir, daß du mich gefunden hast.«

»Oh, aber jeder weiß das doch – Dorothy. Es steht in den Zeitungen.«

Dorothy de Lascabanes zog die Brauen zusammen. »Ich habe noch keine Zeitungen in die Hand bekommen – seit der letzten Nummer von *Le Monde* in Paris.«

Jetzt war es Cherry, die die entstandene verlegene Pause überbrückte. »Aber die kannst du auch hier kaufen, Dorothy – ich glaube wenigstens – überhaupt alle ausländischen Zeitungen, es gibt sie an einem Stand vor der Hauptpost. Kannst du dich noch an die Hauptpost erinnern, Liebste?«

Die hilfreiche Cherry hätte sich selbst nie in der Rolle des wiederauferstan-

denen Geistes sehen können, der sie für Dorothy war; Gespenster sind niemals so körperlos, daß sie nicht noch weitere Gespenster gebären; und dazu noch ganze Ketten von gespenstigen Ereignissen und seltsamen, zum Frösteln bringenden gespenstigen Worten. Cherry Bullivant war bei zu vielen Gelegenheiten dabei gewesen, die mit dem Begriff ›zum erstenmal‹ verbunden waren: beim ersten (zufälligen) Zusammentreffen in der Halle des Hotels Crillon; sie war die erste, die nach dieser unwahrscheinlichen Verlobung den Ring zu sehen bekam; sie hätte die erste Brautjungfer sein sollen, wenn Mrs. Bullivant nicht von methodistischen Zweifeln überwältigt worden wäre. Sie war ein liebes, hübsches Mädchen, dunkelglänzend, wie es zu ihrem Namen paßte. Aber Cherry war auch praktisch: *solltest du nicht eine finanzielle Sicherstellung oder sowas verlangen?* war ihr eines Tages eingefallen. Dorothy Hunter, von Geburt an unauffällig und scheu, war gleichfalls praktisch, wenn auch auf eine illusionslosere Art: *verstehst du nicht, Cherry, daß ich es bin, von dem die finanzielle Sicherstellung erwartet wird?* Sie hatte sogar damals schon den Verdacht, daß dieser begehrenswerte Mann kaum in Versuchung gekommen wäre, wenn sie weniger Vermögen gehabt hätte – selbst wenn sie das verlockende Äußere von Cherry Bullivant besessen hätte. Nein, sie war schon ohne Illusion zur Welt gekommen, jedenfalls was das Leben anbelangt, und andere Menschen; statt dessen war sie mit Zielstrebigkeit begabt, die ihre Feinde als Hartnäckigkeit auslegten und in der Hubert nicht die Liebe erkennen konnte. Genausowenig, wie sie an die Berechtigung von verwöhnten Ansprüchen zu glauben vermochte. Es war ihre Empfindsamkeit in sexuellen Dingen, die das Band ihrer Ehe zerrissen hatte, nicht so sehr seine Perversitäten. *Oh Cherry warum mußtest du nur anrufen?* Dorothy Hunter, deren Selbstvertrauen seit ihrer Ankunft als Braut in Lunegarde Tropfen für Tropfen davongeflossen war, blickte jetzt vor sich auf den Teppich, als ob dort der letzte Rest in einer kleinen Pfütze gerade versickert wäre.
»Was ich eigentlich sagen wollte«, – Mrs. Cheesemans ächzende Stimme kehrte beharrlich von tief unten aus dem Tunnel des Telefons zurück –, »wann bekommen wir dich denn mal zu sehen, Dorothy, Liebste? Nach allem, was Douglas schon von dir gehört hat, würde er dich liebend gern auch kennenlernen. Ich dachte, vielleicht ein kleines Abendessen – hier in Warrawee?«
Mrs. Cheeseman *klang* wenigstens beruhigend gesetzt, und Dorothy de Lascabanes, immer noch *au fond* ein nervöses Mädchen, war sehr dankbar dafür. »Das wäre wundervoll, Cherry – nur wir allein – damit wir uns so richtig unterhalten können.« Dabei wünschte sie sich Unterhaltung am allerwenigsten – danach kam nur noch, daß sie dabei zusätzlich einer ganzen Ansammlung von lauschenden Gesichtern gegenübersitzen mußte.
»Oh, natürlich werden wir den Kreis *klein* halten.« Cherry Cheesemans

Stimme senkte sich feierlich bei diesem Versprechen. »Wie wäre es mit Donnerstag?«

Den ganzen Weg zum Haus ihrer Mutter spürte Dorothy de Lascabanes halbbewußt ein Unwohlsein, für das eigentlich kein Grund bestand: die dampfende Feuchtigkeit von gestern war verflogen und hatte einem strahlenden Morgen Platz gemacht; das Taxi tauchte die Hügel auf und ab und flog mit so gewagtem Schwung um die Kurven, daß sie sich leicht wie jemand hätte fühlen können, dem das Leben wohlgesonnen ist. Überhaupt hätte sie sich so frei fühlen sollen, wie es ihr nur jemals im Leben möglich war, denn hier befand sie sich wieder in dem Land, das ihr instinktiv so innig bekannt war und dem gegenüber sie andererseits doch keine Verpflichtungen mehr hatte. O ja – sie war schon frei, jedenfalls einigermaßen. Nur war da dieses ständige Gefühl des Unwohlseins. Wenn nun ... Eigentlich hatte sie ja vorgehabt, sich noch gründlich untersuchen zu lassen. Vielleicht konnte sie jemanden aus Mutters Armee von Krankenschwestern um Rat fragen – ohne das natürlich offen merken zu lassen: es sähe zu dumm aus, wenn dann das Problem gar nicht physischer Natur wäre, was ja eigentlich mehr als wahrscheinlich war.

Und so versuchte sie mit einer geradezu körperlichen Anstrengung, dieses unangenehme Gefühl abzuschütteln, als plötzlich das Gesicht eines Fernsehstars auf einer Plakattafel, mit glattgespannter Haut und mit in hungriger Imitation der Jugendlichkeit entblößten Zähnen, vor ihr auftauchte und wieder verschwand.

»Mais qu'est-ce qui vous prend? Vous êtes fou?« schrie die Passagierin des Taxis, während sie mit dem Kopf gegen das Wagendach schoß.

Wer hier *fou* war, das schien eigentlich unwesentlich: ob nun der Fahrer oder der Fußgänger älteren Jahrgangs mit seinen übermäßig langsamen Schritten, seiner Unsicherheit beim Überqueren der Straße, das Gesicht zu weiß und die Tränensäcke unter den Augen zu bläulich.

»Ist der Mann krank? Wahrscheinlich eher betrunken!« schrie die Prinzessin. Der Schlag auf den Kopf (wenn sie sich nun den Hals gebrochen hätte!) und der Schreck dazu gaben ihr ein besonders tugendhaftes Gefühl.

»Irgend so ein verrückter Drogen-Clown!« Auch der Fahrer hatte sich erschrocken, noch dazu mit diesem hinter seinem Rücken herumschreienden Fahrgast: diese verdammten, hysterischen ausländischen Weiber.

Von den dreien ging nur der betrunkene, kranke oder möglicherweise einfach nur zu alte Mann zwar vorsichtig und unsicher, aber völlig unbeeindruckt weiter seines Weges.

»Wie kann man nur!« Wie schmutzig, stinkend und erschreckend doch so viele alte Leute waren: Die Princesse de Lascabanes fühlte sich tugendhafter denn je.

Aber der Fahrer regte sich im Vollgefühl seines Rechts noch weiter auf.

»Der Stadtrat räumt den Müll von den Straßen weg, aber die Hälfte läßt er dann liegen! Was?«
Dorothy Hunter ist krank krank nein keine Krankheit nur ein Unwohlsein das manchmal wiederkommt: sie selbst potentiell eine Mörderin.
Am Moreton Drive ergoß sich Frieden in einer milden, goldenen Flut aus dem Park gegenüber. In Mutters Garten flatterten Vögel. Irgend jemand hatte Futter für sie in eine kleine Tonschale getan, die von einem Ast herabhing. Spatzen und Finken flatterten und flirteten; ein Regen von Samenkörnern rieselte aus der hin- und herschwingenden Schale herab. Vom Rasen am Fuß der Bäume erhob sich flatternd ein Schwarm blauer Tauben und entschwand.
Ach je, das ist es, woran ich denken sollte, ständig und immer: an dieses Licht, an das Hin und Her der Vögel. Während sie den Pfad hinaufstieg, wußte die Prinzessin, daß sie sich damit einen hoffnungslosen Ratschlag gab: als ob man den Augenblick der Vollkommenheit besitzen könnte; als ob Empfängnis und Tod nicht ständig zur gleichen Zeit stattfänden.
Nicht die Haushälterin machte die Tür auf, sondern diese beschränkte Krankenschwester. »Ist das nicht ein kostbarer Morgen, Ma-*daam*? Wirklich kostbar«, wiederholte sie, offensichtlich stolz auf diesen originellen Ausdruck. »Hoffen wir, daß die feuchte Witterung damit ein Ende hat. Das wäre so viel besser für ihre Mutter. Alte Rücken haben so ihre Mucken, wenn so viel Feuchtigkeit in der Luft ist.« Schwester Badgery floß vor professionellem Mitgefühl geradezu über, nicht nur, was ihre Patientin anbelangte, sondern auch im Hinblick auf eine Besucherin, die sie im Verdacht hatte, hinter ihrer Stimme und ihrem ganzen Etepetete weiter nichts zu sein als ein kleines, neurotisches, unerfahrenes Mädchen.
Dorothy hustete trocken; sie glaubte nicht, daß dies die Schwester war, die man um Informationen über die Symptome und die häufigsten Arten von Krebs bei Frauen gewissen Alters angehen könnte. »Wie ich sehe, haben sie die Vögel gefüttert.« Das war eine schwache Bemerkung und um so ärgerlicher, als Schwester Badgery so offensichtlich einfach dumm war.
»Das ist Schwester de Santis. Sie legt ihnen Futter aus, ehe sie nach dem Dienst nach Hause geht. Das ist jedesmal eine richtige kleine Zeremonie. Schwester de Santis ist ein so guter Mensch.« Obwohl Schwester Badgerys goldgeränderte Brillengläser nichts als Zustimmung ausstrahlten, konnte man sich doch des Gefühls nicht erwehren, daß das, was sie an Bewunderung für ihre Kollegin empfinden mochte, rein theoretisch war; genau wie das ›Gut-Sein‹ wahrscheinlich nur etwas Theoretisches darstellte, und zwar etwas, bei dem man zu sentimentalen Gefühlen verpflichtet war.
So strahlte Schwester Badgery also, und sie trat beiseite, um die Tochter ihrer Patientin ins Haus zu lassen.
»Geht es meiner Mutter *gut*?« Die Nervosität gab dieser Frage eine übertriebene Bedeutung; sie klang irgendwie verdächtig, empfand Dorothy.

»Besser denn je. Mrs. Hunter ist schließlich unentbehrlich.« Schwester Badgery lachte mit ungehemmter Fröhlichkeit, während sie die Treppe hinauf voranging; ihre Waden sahen zwar ziemlich verkrampft aus, aber dennoch war ihr Schritt elastisch und voller Energie.

Alles dies trug dazu bei, daß sich die in der Prinzessin aufsteigenen düsteren Empfindungen immer mehr verstärkten. »So ein geradezu lächerlich großes Haus für eine einzige alte Frau, die krank im Bett liegt.« Sie seufzte. »Ich weiß aus Erfahrung, wie unpraktisch so etwas ist. So viel zusätzliche Arbeit für alle Betroffenen.«

»Aber es erscheint einem gar nicht wie Arbeit, wenn man mit dem Herzen bei der Sache ist«, sagte Schwester Badgery etwas außer Atem über die Schulter hinweg. »Und ich glaube, ich darf sagen, daß wir alle Mrs. Hunter sehr verehren.«

»Das meine ich nicht. Schon allein die Haushälterin muß sich doch kaum noch auf den Füßen halten können.«

»Mrs. Lippmann ist eine so dankbare Seele – nach allem, was sie durchgemacht hat – sie würde niemals über ihre Arbeit murren. Nein, sie würde bestimmt nie murren.« Schwester Badgery geriet zu keinem Zeitpunkt ganz außer Atem, obwohl es jeden Augenblick schien, als ob es so weit wäre. »Und dann hat sie ja auch noch Mrs. Cush als Hilfe – das ist die Raumpflegerin – und zwar an zwei Vormittagen in der Woche. Obwohl sie manchmal auch nicht kommt. Heute ist einer ihrer Tage – falls sie kommt. Aber Mrs. Lippmann mußte sowieso zum Zahnarzt.«

Wenigstens einer weniger, mit dem man sich auseinandersetzen muß, dachte Dorothy Hunter mit Erleichterung; außerdem hatte ihr französisches Selbst sofort eine Abneigung gegen die Haushälterin als Deutsche entwickelt, ohne an ihre jüdische Herkunft zu denken.

»Die arme Mrs. Cush! Ihr Mann ist Epileptiker.«

Vielleicht könnte man Schwester Badgery doch, wenn auch mit aller Vorsicht, nach Krebssymptomen und den entsprechenden Untersuchungen fragen.

Aber *Epilepsie*!

Schwester Badgery fuhr fort: »Ich glaube, heute wird Mrs. Cush wahrscheinlich nicht kommen – wenn man bedenkt, daß sie bis jetzt noch nicht da ist und der Mietwagen doch nach Redfern gefahren ist, um sie abzuholen.«

»*Qu'est-ce que ce . . .?* Der *Miet*wagen?«

»Ja. Mrs. Hunter meint – in ihrer Herzensgüte – daß sie die arme Mrs. Cush wenigstens mit Auto abholen lassen sollte, wo sie doch diese Krampfadern hat, und dann der epileptische Mann.«

Aber ist meine Mutter denn völlig von Sinnen? Madame de Lascabanes konnte sich glücklicherweise gerade noch daran hindern, diese Worte laut

auszurufen: Sie standen jetzt schließlich schon vor der Schlafzimmertür. Statt dessen bemerkte sie nur unsicher: »Epilepsie muß angsterregend sein – wirklich angsterregend.« Und faßte mit der Hand nach ihren Perlen.
Dann öffnete Schwester Badgery die Tür, und die Prinzessin wurde in das Heiligtum eingelassen, in dem der eingeschrumpfte Kopf noch immer so auf den Kissen lag, wie sie und Hubert ihn in Assissi gesehen hatten. (An jenem Abend war er ungewöhnlich gütig gewesen, er hatte sie einfach nur im Arm gehalten und gestreichelt, ganz ohne Sinnlichkeit, aber mit derselben Andacht, von der du vorher in der Kapelle das Gefühl gehabt hattest, daß sie euch irgendwie miteinander verband).
Mrs. Hunter öffnete die Augen. »Lassen Sie uns allein, Badgery«, befahl sie; »ich möchte mit meiner Tochter sprechen – vertraulich – mit der Princesse de Las-ca-banes.«
Die Schwester sah schmerzlich berührt aus, aber sie tat, wie ihr befohlen.
Dorothy fühlte sich schwach in den Knien. Einen Augenblick fürchtete sie, sie würden nachgeben und sie müßte niedersinken, aber dann brachte sie es doch fertig, bis zu dem Stuhl neben dem Bett zu stolpern.
»Mummy!«, begann sie mit einem aufrichtigen Versuch, sich liebevoll zu zeigen, »ich hätte dir etwas mitbringen sollen.«
»Was denn?«
»Ein Geschenk.«
»Sei nicht kindisch! Dafür ist es zu spät. Ich bin zu alt. Obwohl das noch nicht heißt, daß ich sterbe.«
»Hast du eine ruhige Nacht verbracht?«
»Oh – ich habe geträumt.«
»Wovon denn?«
»Von meinem Mann.«
»Möchtest du ihn nicht als meinen Vater in der Erinnerung mit mir teilen?«
Mrs. Hunter ignorierte das.
»Ich hoffe, es waren wenigstens angenehme Träume«, beharrte ihre Tochter.
»Ja – und nein.« Sie begann, wie ein Blasebalg zu ächzen. »Oh, Alfred – oh, sein Gesicht! Seine Zähne – oder sein Kehlkopf – irgend etwas machte plötzlich ›klick‹. Und da wußte ich, daß er tot war.«
Aufquellende Tränen begannen, durch die ausgetrockneten Schluchten im Gesicht Dorothy de Lascabanes' herabzuströmen.
»Ich will dir etwas sagen«, Mrs. Hunters Tonfall warnte die Zuhörerin bereits, daß es hier nicht um abstrakte Geständnisse ging. »Viele Jahre lang konnte ich ihn nicht lieben, ich hatte vielmehr nur Respekt vor ihm. Damals konnte ich – nun, damals habe ich eben einfach nicht genug geliebt. In unserem ganzen gemeinsamen Leben habe ich niemals seinen Penis

berührt. Ihn anzufassen – das hätte doch die Liebe bewiesen, nicht wahr?« Hände bewegten sich über das Laken, als wollten sie eine seltene Blume pflücken; Lippen zuckten, schoben sich zurück und entblößten nackte Gaumen. »Oder wäre das zu – zu hurenmäßig gewesen?«
Die Princesse de Lascabanes war entsetzt; sie konnte einfach nicht antworten: Bei jedem Ansatz wurden ihre guten Absichten zunichte.
Aber sie versuchte es noch einmal, versuchte Konversation zu machen mit jemandem, der im Grunde genommen ja doch nichts mehr war als eine geistesgestörte alte Frau. »Da wir gerade davon sprechen, ich habe übrigens auch eine unruhige Nacht hinter mir.«
»Das hatte ich mir schon gedacht.«
»Warum?«
»Du warst schon immer so ein nervöses Ding. Und dann in einem Bett im Klub. Diese Frauen im Speisesaal müssen dich ja zu Tode geängstigt haben.« Dorothy wollte gerade protestieren, als ihre Mutter fortfuhr: »Und wie hast du die Nacht verbracht, wenn du doch nicht schlafen konntest?«
»Oh – ich habe gelesen – und nachgedacht.«
»Und worüber hast du nachgedacht?«
»Ich weiß nicht mehr so recht. Geschäftsangelegenheiten. Und über Leute, die ich kenne.« Dorothy ging sehr behutsam vor.
»Über Geld und Liebhaber«, korrigierte Mrs. Hunter träumerisch; dann lachte sie. »Oder über Männer, die nicht so rangehen, wie sie sollten.«
Die Perlen am Hals der Prinzessin hätten genausogut auch Billardkugeln sein können: so laut klickten sie gegeneinander und prallten wieder voneinander ab.
»Erzähl mir, was du gestern abend gelesen hast.« Mutter konnte einfach niemals eine Sache auf sich beruhen lassen.
»Die *Chartreuse*«, antwortete Dorothy, *tout court.*
»Das war das Lieblingsbuch deines Vaters – *Die Kartause von Parma.*«
»Oh? Aber er war doch gar kein Mensch, der je viel gelesen hätte. Woher weißt du denn das?«
»Ich habe eine Menge Dinge herausgefunden, als ich ihn besser kennenlernte. Er hat die ganze Zeit über Bücher gelesen. Und dieses ganz besonders: Krümel waren zwischen den Seiten und Kaffeeflecke. Er gab auch offen zu, daß es sein Lieblingsbuch wäre. In den Wochen vor seinem Tod haben wir es noch einmal zusammen gelesen. Er liebte diese Frau einfach.«
»Welche – Clélia?«, hoffte sie.
»Nein. Die andere – die Herzogin. Er bewunderte ihre Brillanz.«
»Ich finde sie in mancher Beziehung unehrlich.«
Dorothy suchte nach Zeichen der Erschöpfung bei ihrer Mutter, aber an diesem Morgen schien der mumifizierte Kopf wie von einem stählernen Räderwerk angetrieben.

»Jeder ist mehr oder weniger unehrlich. Vielleicht morden nicht alle Leute oder fälschen Schecks – sie sind sich selbst gegenüber unehrlich, meine ich. Diese – Sanseverina war nicht unehrlicher als andere schöne Frauen auch oder – oder als ein Edelstein wäre. Ein Smaragd ist doch nicht deswegen weniger schön, weil er einen verborgenen Fehler hat, nicht wahr?«

Dorothy war es, die sich völlig erschöpft fühlte; sie murmelte: »Ich kann einfach nicht mehr richtig denken.« Genau gesagt rasselten ihre Gedanken und ihre Sehnsüchte – und die waren zugleich ihre Unehrlichkeiten – in ihrem Kopf herum wie die trockenen Samenkörner in einer Rumbakugel. Wenigstens gab ihr dieser Zustand, in den sie sich hineingestoßen fühlte, die Möglichkeit, ihre Mutter noch ehrlicher zu hassen.

»Wie findest du Arnold? Meinst du, daß er inzwischen auch verfällt?«

Warum jetzt Arnold? Oh ja, Dorothy haßte ihre Mutter wirklich.

»Nicht im mindesten«, antwortete die Prinzessin mit fester Stimme. »Also ich würde sagen, daß Mr. Wyburd ein Mann von wirklich festem und ehrlichem Charakter ist.«

Mrs. Hunter lachte. »Und aufrecht.«

Und Dorothy haßte ihre Mutter noch mehr, weil sie in ihr das milchige weiße Streicheln wieder wachrief, das sie in der letzten Nacht im Halbschlaf gespürt hatte.

Sie war erleichtert, daß gerade jetzt Schwester Badgery mit einem Tablett in der Hand erschien.

»Lieber spät als ganz vergessen! Hier ist unser Ei, Mrs. Hunter, unser wunderhübsches, *ganz* weichgekochtes Ei – mit einem Klecks Sahne dazu und ein paar schönen Gewürzkräuterchen – und alles von mir selbst gemacht, weil die arme Mrs. Lippmann sich eine Brücke ausgebrochen hat und ganz schnell zum Zahnarzt gehen mußte.« Schwester Badgery warf der Prinzessin einen Blick zu, der diese überlegen ließ, ob die unangenehme Krankenschwester nicht mehr war als nur eine Zufallsverbündete.

Mrs. Hunter sagte: »Sie wissen doch, daß ich Eier einfach hasse.« Sie preßte ihre Kiefer zusammen, um zu zeigen, daß sie zum Widerstand entschlossen war.

»Aber Brandy mögen Sie doch, nicht wahr, meine Liebe? Hier im Kaffee ist Brandy drin, und der ist für diejenigen, die vorher brav das Ei essen, das ihnen so gut bekommt.«

Die zusammengedrückten Kiefer öffneten sich wieder, und die Lippen des uralten Kindes füllten sich mit Verzweiflung. Sie sahen aus, als ob sie blasig würden. »Aber ich *brauche* den Brandy doch.«

»Sie brauchen auch die guten Eier, die so nahrhaft sind.«

»Ich brauche Feuer – weil es doch schon fast ausgegangen ist.«

»Wozu denn nur Feuer? Wir haben doch Sommer, meine Liebe.«

»Um mich zu inspirieren.«

»Wenn Sie schön ihr Ei essen, dann gibt das auch eine Inspiration. Denken Sie nur an den Phosphor.«
»Alle Krankenschwestern und alle Kinderschwestern sind gleich«, stieß Betty Salkeld hervor, den Mund voll mit dem Ei, das man ihr aufgezwungen hatte. »Die Kinderschwester von Kate Nutley gab ihr keine Karamelsoße auf den Pudding, wenn sie nicht vorher auch den Fischkopf säuberlich abgenagt hatte.«
»Da haben wir's ja wieder – auch Phosphor!« Schwester Badgery, die immer ganz genau wußte, wann sie recht hatte, schob zur Feier ihrer eigenen Klugheit noch einen Löffel voll Ei nach. »Sie haben mir noch nie erzählt, was aus dieser Kate Nutley schließlich geworden ist.«
Das breiige Ei auf der Zunge herumschiebend, sagte Mrs. Hunter spuckend: »Ich – weiß – nicht. Oder, natürlich weiß ich es doch. Ihre Kinderschwestern müssen sie schließlich einfach – zum Wahnsinn getrieben haben.« Jetzt hatten die Pflegerin und ihre Patientin wenigstens etwas, worüber sie gemeinsam kichern konnten.
Die Princesse de Lascabanes fühlte sich inzwischen so sehr abgestoßen, daß sie aufstand. Ihr Gummikorsett kniff; vom ungehemmten Benehmen der anderen beeinflußt, zog sie es mit häßlichen, zupackenden Handbewegungen wieder straff nach unten.
»Kaffee, Ma-*daam*? Wenn ich vielleicht noch eine zweite Tasse holen soll?«
»Vielen Dank, nein – Schwester.«
»Dorothy muß aufs Klo«,flüsterte Mrs. Hunter und drehte ihre Augen in die entsprechende Richtung.
Es war ein Abgang, so ohne jegliche Erklärung, daß dieser Eindruck leicht entstehen konnte: das war es, was die Prinzessin hoffte. Sie hatte sogar daran gedacht, im entsprechenden Augenblick noch die Wasserspülung zu ziehen, aber dann beschloß sie, nicht noch mehr Zeit für unwichtige realistische Details zu verschwenden, denn man konnte ja nicht wissen, wie lange die Schwester sich noch geduldig der Eierzeremonie widmen würde. Und darum lief die Prinzessin voller Eile nach unten, wo ihr eigentliches Geschäft sie erwartete. Während sie die Treppe hinabhastete und sich am Geländer abstützte, daß ihr fast die Finger angesengt wurden, glaubte sie schon hinter sich das Klappern eines Tabletts zu hören, das sie mit geleerten oder zurückgewiesenen Schlüsseln hüpfend und rasselnd verfolgte. So wichtig es auch für sie sein mochte, ihre Untersuchungen vorzunehmen – für Schwester Badgery war es ebenso wichtig, sie dabei zu beobachten.
Und so hüpften die Perlen am Hals der Princesse de Lascabanes, und Dorothy Hunters Augen waren fast glasig-ängstlich dabei, als sie schließlich unten in der Halle ankam. Natürlich war das lächerlich in einem Haus, wo eigentlich du die Herrin warst, nicht etwa die deutsch-jüdische Haus-

hälterin, auch nicht die dämliche Krankenschwester und nicht einmal mehr deine senile Mutter; und was du da jetzt hörtest, das war ein schmetterndes Krachen im Zimmer über dir, das in einer Welle von klirrenden Porzellanscherben abebbte und schließlich, anstelle des instinktiv erwarteten Klatschens von Ohrfeigen, von einem mehrstimmigen Kichern abgeschlossen wurde. Schwester Badgery würde niemals deine Verbündete sein, das war so gut wie sicher.

Das ganze Haus war gegen sie, trotz der Ansprüche, die sie doch aufgrund ihrer hier verbrachten Kindheit hatte. Deshalb bewegte Dorothy de Lascabanes sich jetzt mit mehr Vorsicht als zuvor. Irgendwie strich ein uralter Regenmantel an ihr vorbei. Ein Sonnenschirm, den sie im Vorübergehen umstieß, geriet ihr zwischen die Beine und hätte sie fast zu Fall gebracht, aber sie konnte sich gerade noch aufrecht halten und ergriff den Schirm, nahm ihn mit sich als Stütze.

Die Küche, die Speisekammer, alle Wirtschaftsräume waren immerhin fleckenlos sauber; in dieser Hinsicht konnte man sich auf die deutsche Kreatur schon verlassen. Selbst die *Belle-mère* hätte nicht mit so scharfen Augen in die Schränke blicken können; aber nirgendwo fand sich ein verdächtiges Stäubchen, bis sie plötzlich, in der Spülküche, auf eine Schüssel mit einem grünlich-bläulichem, pelzigem Bewuchs stieß. Die Prinzessin schlug die Tür zu, als hätte sie etwas Obszönes erblickt; erst dann fiel ihr ein, daß wahrscheinlich jeder irgendwo seine Schüssel mit pelzigem Schimmel stehen hatte.

Im Augenblick richtungslos, drehte sie sich auf dem glänzenden Linoleum um ihre eigene Achse und versuchte sich einzureden: denk an das Licht zwischen den Blättern, an die Bewegungen der Vögel, an ein schweißbedecktes, aber braves Pony, das unter Streitkolbenbäumen heimwärts stampft, an Stendhal den scharfen Laserstrahl; aber immer weiter hörte sie das *Tick-tick* der hohlen Rumbakugel.

»O mon Dieu, miséricorde!« Aber statt dessen stehst du hier und verlierst völlig den Kontakt mit allen positiven Anzeichen dieser Haushaltsführung und auch mit deinen eigenen ursprünglich besseren Absichten; du fühlst dich zur Abfalltonne hingezogen und öffnest ihren Deckel mit dem Elfenbeingriff von Mutters uraltem Sonnenschirm.

Und dann begann die Princesse de Lascabanes zu wühlen, mit der praktischen, aber freudlosen Geübtheit aller Hausdrachen, und rührte dabei zunächst den unvermeidlichen Gestank auf: nach Kaffeesatz, Kohlstrünken, einem ganzen Alphabet von Kartoffelschalen, und dazu dem feuchten Moder, der entsteht, wenn Zeitungen die anderen Funktionen erfüllen, für die sie auch geeignet sind. Herumzuwühlen, das war der eigentliche Grund, aus dem sie hier herunter in die Küche gekommen war – das mußte sich die Prinzessin fast selbst eingestehen. Etwas aufzuwühlen, Stunk zu machen. Was sie jetzt auch fertigbrachte. Sie zog es heraus, aufgespießt auf die Spitze des Sonnenschirms aus Elfenbein und Spitzen: so gut wie *zwei ganze Kilo* vom besten *filet de boeuf*, allerdings schon fast verfault.

»Quelle salope! Que les gens deviennent de plus en plus malhonnêtes!«

Dorothy de Lascabanes bekam kaum Luft bei der Erkenntnis, wie recht sie doch gehabt hatte: Es war ihr gelungen, das unmoralische Durcheinander in der verrückten Hauswirtschaft ihrer Mutter einwandfrei aufzudecken. Wenn Mutter nicht ihr ganzes Leben damit verbracht hatte, auf die Wehrlosen, dich selbst eingeschlossen, gnadenlos einzuhacken, dann hätte dich jetzt vielleicht ein Entsetzen anderer Art bei der Erkenntnis ergriffen, daß ihre Parasiten, ihre künstlerische Haushälterin, ihre verwöhnte Putzfrau und ihre entweder leichtsinnigen oder übermäßig nachgiebigen Krankenschwestern sie ohne ihr Wissen schamlos aussaugten. Aber so, wie die Dinge einmal lagen, stand die Prinzessin einen Augenblick lang unbeweglich neben der Abfalltonne, um das Gefühl eines ironischen Zorns zu genießen, der gleichzeitig ein Triumph für sie war, ihr eigener Triumph; während sie gleichzeitig wie in Gedanken mit der Hand hin- und herwippte, die den Schirm hielt. Und wippend drehte sich das Fleisch auf seiner Spitze schlaff um sich selbst, wie ein tonloses Signal.

Wenn sie es dem Fleisch schließlich gestattete, wieder zur Ruhe zu kommen, dann deswegen, weil es so schrecklich stank. Und auch darum, weil doch eigentlich wahrscheinlich der Anwalt an dieser Sache am meisten schuld war, wenn man es recht überlegte; obwohl man von einem Mann, so wachsam und pflichtgetreu er auch sein mochte, kaum erwarten konnte, die Eigeninteressen, den Mangel an Gewissen und die Tücke einer solchen Herde von Weibern auch nur zu durchschauen. Nein, den armen Arnold Wyburd mußte man hier wohl freisprechen, war er doch, wie du inzwischen einwandfrei erkannt hattest, ein so guter Mensch, um nicht zu sagen, wirklich ein Trost.

Die Prinzessin streifte den Klumpen verdorbenen Fleisches entschlossen an der Kante des Kübels ab; der Deckel fiel klappernd zurück auf seinen Platz, zu laut vielleicht: Dorothy fürchtete schon, daß Schwester Badgery Verdacht schöpfen und den Eindringling entdecken könnte; dabei blieb doch ein noch viel waghalsigeres Detail ihres Plans, das sie in die Tat umsetzen wollte.

Und so stolperte sie eilends hinaus, wieder zu laut und zu ungeschickt, und stieg die Treppe hinauf, die seinerzeit die ›Dienstbotentreppe‹ genannt wurde, ein Ausdruck, der wahrscheinlich inzwischen längst zusammen mit dem Luxus wirklich ausgebildeter Dienerschaft das Zeitliche gesegnet hatte. Die nackten, aber sauber gescheuerten Bretter der Stufen knirschten erschreckend gebrechlich, während sie nach oben stieg; die Luft war so dick wie Filz in dem engen, Platzangst verursachenden Tunnel aus getäfeltem

Holz und grobem Putz. Sie bedauerte jetzt ihren närrischen Impuls, aber nun blieb weiter nichts übrig, als das zu vollenden, was sie einmal begonnen hatte.

Damit kam sie auf dem oberen Treppenabsatz an, am Anfang des Ganges, der zu den Zellen der längst entlassenen Gefangenen führte. Alle Türen, die sie probierte, öffneten sich vor Räumen, die schon seit Jahren unbewohnt sein mußten und nichts enthielten als Drahtmatratzen, einfache Kiefernholzschränke und Mottenleichen; bis sie in der letzten, der eindrucksvollsten Zelle, einst für einen etwas wichtigeren, mit halber Verantwortung betrauten Insassen bestimmt, auf Anzeichen von Bewohnheit stieß; der Geist der Haushälterin schwebte in der Luft, zusammen mit dem Duft ihres Gesichtspuders (verständlicherweise eine billige Marke), und dazu kamen noch ein paar sichtbare Besitztümer, wie abgenutzte, gelbborstige Haarbürsten, eine braun verfärbte Hasenpfote und das eingerahmte Foto einer Frau und eines jungen Mannes, zierlich vor einem leeren Musikpodium mit einem Hintergrund von weißer Meeresbrandung posierend.

Einen Augenblick lang hatte die Princesse de Lascabane sich selbst im Verdacht, eine Indiskretion zu begehen; ihr Ebenbild im Spiegel sah sie mit einem schmerzlichen Ausdruck an – und dann noch schlimmer: Es wurde zum Gesicht eines geprügelten, keuchenden Pferdes, mit zusammengekniffenen Nüstern und dick aus der satten Haut hervortretenden Venen. Bis sie eine Entschuldigung in ihrer eigenen Vergangenheit fand: Die Schlafzimmer der Dienstmädchen hatten sie schon immer fasziniert, teils aufgrund ihres geheimnisvollen Anders-Seins, vor allem aber wegen der ›Liebe‹, die dort immer besprochen wurde und von der sie nur eine vage Vorstellung hatte. Und stolz ihre Ponyfransen über Noras Poesie-Album neigend, hatte sie sich geehrt gefühlt, daß auch sie ihren Namen hineinschreiben durfte.

Jetzt blieb kaum noch Zeit, mehr zu tun als nur den wackligen Schrank aufzureißen und den abgeschabten Zylinder zu entdecken, dazu den Frack mit seinen Flecken von Schimmel, Schminke und – oh Gott, wer weiß was noch. Und in einer Ecke lehnte das Stöckchen aus imitiertem Malakka-Rohr: Sein Knauf sah blechern aus und war verbeult.

Dorothy Hunter vergaß ganz, warum sie hergekommen war – es sei denn deshalb, weil sie ihren Eindruck von der moralischen Verwerflichkeit der Haushälterin noch vertiefen wollte; sie schlug die Schranktür zu, dann auch die Tür zum Zimmer (das hoffte sie wenigstens hinterher) und lief zurück, während um sie der ganze Gang zitterte, und die Dielen quietschten; bis sie schließlich die Welt der Teppiche erreichte und ihre Schuhe wieder gemessen und dem Anstand entsprechend dahinglitten, in Richtung auf die Schlafzimmertür ihrer Mutter. Gefühle, die noch einen Augenblick zuvor in einem Ausbruch archaischer Wildheit in ihr explodiert waren, wurden durch die Stille alter, üppiger, überflüssiger Möbel zum Schweigen gebracht: Auch die einwandfreiesten Absichten können in die falsche Richtung gelenkt werden, wenn sich im richtigen Moment die falsche Atmosphäre einstellt: Nachdem sie sich von ihrer sentimentalen Verirrung im Zimmer der Haushälterin wieder erholt hatte, war Dorothy de Lascabanes davon überzeugt, daß sie nun eine klarere Vorstellung von ihrer Mission hatte.

Die Tatsache, daß diese schreckliche Krankenschwester inzwischen hinuntereilte (du konntest die Scherben zerbrochenen Porzellans auf ihrem Tablett herumrutschen und klappern hören), um zu sehen, was du da unten tatest, bestätigte noch das verstärkte Gefühl der Rechtlichkeit. Und das Telefon, in allen verdächtigen Situationen eine mit Mißtrauen zu betrachtende Einrichtung, hatte auch zu klingeln begonnen. Und klingelte immer weiter.

Schwester Badgery hatte unten an der Treppe das Tablett abgestellt und den Hörer aufgenommen. »Wer? ... O ja! ... Ja, *ja, JA*! ... Ja, das ist es wirklich, nicht wahr? ... Oh, das wird sie sicherlich ... Ja ... ich werde es ihr sagen ... Ja ...«

Zum Wahnsinnigwerden! Die Gestalt oben auf dem Flur warf sich geradezu auf den Nebenanschluß und hob rasch den Hörer auf wie einen Schmetterling aus Bakelit; und dann flatterte er an ihrem Ohr und es war nicht nur ein Schmetterling, sondern es schienen zwei zu sein, die einen Liebestanz miteinander aufführten.

»Sie wird natürlich enttäuscht sein, aber sie hat es gelernt, Enttäuschungen zu überwinden: Sie hat ja einen so starken Charakter. Und natürlich werden auch noch andere Leute enttäuscht sein. Ich zum Beispiel habe mich so darauf gefreut, Sie kennenzulernen. Ich muß gestehen, daß ich zwar immer geradezu *begierig* darauf bin, neue *Menschen* kennenzulernen – aber da gibt es doch immer noch Unterschiede – man weiß das gleich von vornherein – manche haben eben die gleiche Wellenlänge, und andere ...«

So flirtete der weiße Schmetterling mit seinen Flügeln und ließ sie übermäßig gebrechlich und zart erscheinen. Und während sein Insektenkörper sich wand und drehte, vibrierte der männliche Schmetterling um ihn herum, mit einem wärmeren Ton (kupferbraun bis rot) und schwarzgeädert, mit großen schwarzen Knöpfen oder Hörnern am Kopf.

»... meine eigene Enttäuschung ist auch gewaltig, das brauche ich wohl nicht noch einmal zu sagen – ich verschiebe den Besuch, den ich heute morgen vorhatte, nur deswegen, weil diese geschäftliche Besprechung so außerordentlich wichtig ist. Sagen Sie ihr doch, daß sie ein Schatz ist und daß ich sie innig liebe, ja? Und was Sie da sagen – Sie schmeicheln mir natürlich nur – ja, es ist schmeichelhaft, wenn man weiß, daß man einem

Fremden schon etwas bedeutet, ehe man ihn überhaupt kennengelernt hat – aber es ist wie eine Ermutigung, und das hat andererseits noch nie jemandem geschadet.«

Dorothy glaubte, im Geiste eine gepunktete Schmetterlingskrawatte aus Seide mit männlicher Überzeugung im Takt des sich bewegenden Adamsapfels auf und ab hüpfen zu sehen.

Und was den weiblichen Schmetterling anbelangte, so konnte es jetzt leicht passieren, daß seine zarten Flügel in der Ekstase aneinander kleben blieben, wenn der männliche Falter nicht ein bißchen vorsichtiger war. »Oh oh Sir Basil aber nicht doch ja ich bin ganz ihrer Meinung Sir Bas . . .«

»Ich möchte ihr gern etwas schicken wenn ich etwas Zeit zum Nachdenken habe, Ihnen auch, allen Schwestern aber was? Strümpfe? Parfüm? Pralinen? wir müssen mal darüber sprechen überhaupt jede Möglichkeit benutzen jetzt wo ich eine alte Beziehung wieder angeknüpft und auch neue . . .«

»O o Sir Basüll . . .« Die Fühler des weißen Schmetterlings fuhren aufgeregt in der Luft herum, verbogen sich fast.

». . . irgendeine Kleinigkeit nur um Ihnen zu zeigen wie sehr ich es anerkenne was Sie für meine Mutter tun . . .«

Es gab jetzt Augenblicke, da zitterten die durchsichtigen Spitzen der weißen Schmetterlingsflügel geradezu grünlich. »Wenn ich Sie vielleicht um etwas bitten dürfte, Sir Basil – um einen persönlichen Gefallen . . .«

»Und was?« Es war möglich, daß der männliche Schmetterling jetzt von dem Liebestanz genug hatte.

». . . ein junges Mädchen – ich kann Ihnen nicht sagen, welche Bewunderung – wie wir alle wenn wir immer in den Zeitungen und Illustrierten über Sie lesen – und da möchte ich Sie um ihr Autogramm bitten. Das Mädchen würde mich sonst umbringen, wenn sie erführe . . .«

Der männliche Schmetterling flatterte noch einmal näher heran, wenn auch nur mit einem oder zwei Flügelschlägen. ». . . wird mir ein Vergnügen sein, etwas in ihr Album zu schreiben, wenn sie es mir zuschickt.«

»Oh, einfach nur eine Unterschrift würde schon genügen – dann ist es auch mehr eine Überraschung – man kann sie ja, Sir Basil, man kann sie ja in das Album einkleben.«

»Ich werde ihr ein Bild schicken, wenn ich wieder in London bin. Wie heißt denn ihre Freundin?«

Der weiße Schmetterling schien inzwischen vor Glück ohnmächtig geworden zu sein; aber dann kehrte er doch an das abstrakte Firmament zurück, wenn auch etwas schwächer. »›Lurline‹ heißt das junge Mädchen.«

»›Lurl . . .‹«, wiederholte der männliche Schmetterling mit ernsthafter Stimme, unterbrochen von den deutlich hörbaren Kau- und Schluckgeräuschen eines unsichtbaren Frühstücks, um ganz klar zu machen, daß er den

Namen in sein Herz eingravierte, wenn nicht sogar in sein Tagebuch schrieb. »Um die Sache auch wirklich richtig zu machen – wie heißt sie denn mit Nachnamen?«
Das Weibchen war möglicherweise inzwischen zu Boden gesunken, von den Anstrengungen des Liebestanzes erschöpft und zerzaust, aber nun erhob es sich noch einmal auf den Schwingen der Inspiration. »›Lurline *Skinner*‹«, konnte es gerade noch schwächer flatternd hervorbringen.
»Lurline Skinner. Großartig!«
Dorothy Hunter hörte sich selbst verächtlich knurren. Ihr Bruder war also nicht nur unehrlich, sondern er hatte dazu auch, bedauerlicherweise, keinerlei Sinn für Humor.
Vielleicht wäre der weiße Schmetterling doch noch eine ganze Zeitlang hin- und hergeflattert, aber das Männchen hatte beschlossen, sich mit seinem letzten blendenden Hervorbrechen kupferfarbener Herablassung zurückzuziehen.
»Ich werde es nicht vergessen, Schwester ...?«
»Badgery.«
»... weder das Bild mit Autogramm noch unsere so angenehme Unterhaltung ...«
»... ochohsörbassorl ...«
»... schon jetzt fast wie alte Freunde ...«
Die Prinzessin von Lascabanes war froh, daß ihre Ehe, so erfolglos sie auch sein mochte, sie vor der anglosächsischen Welt und ihren Formen gerettet hatte.
»Jetzt muß ich mich aber fertigmachen für diese mühsame Sache bei diesem Anwalt da. Eine Schwester wiedertreffen, die ich ein halbes Leben lang nicht mehr gesehen habe. Könnte nicht sagen, daß mich diese Aussicht besonders entzückt.«
»Arme Dorothy.«
»Wie geht es ihr?«
»Sie hat nichts davon gesagt, daß sie gesundheitliche Probleme hätte.«
»Es überrascht mich, daß sie das nicht auch auf ihre Liste gesetzt hat. Aber das arme Kind hat natürlich auch wirklich Pech gehabt – obwohl sie andererseits natürlich genau dort gelandet ist, wo sie hinwollte.«
»Die ideale Ehe ist so selten wie Schnee in der Südsee, pflegte Herr Badgery immer zu sagen – das war mein Mann.« Und seine Witwe war offensichtlich bereit, die gesamte Geschichte ihrer eigenen Ehe zu erzählen, wenn Sir Basil es ihr gestattet hätte.
»... nur daß das Pech mit dieser Ehe wesentlich erträglicher für jemanden wäre, der weniger steif und weniger humorlos ist.«
Die Prinzessin war so tief getroffen, daß sie fast den Hörer fallen ließ und rasch aufhängte. Das Kinn sank ihr auf die Brust, ihre Augen traten un-

natürlich weit heraus, und ihre Perlen wogten so heftig auf und ab, als versuchte sie, ein heftiges Sodbrennen zu unterdrücken. Wenn es das doch nur gewesen wäre! Lieber unfein als humorlos, lieber tot als todlangweilig;
Als sie die Tür zum Zimmer ihrer Mutter öffnete, stieß sie versehentlich mit dem Fuß gegen die Füllung, und Mrs. Hunters Kopf fuhr erschrocken aus den Kissen – eine Reliquie, die sich wie durch ein Wunder aus der Zeitlosigkeit eines Vormittags-Nickerchens erhob.
»Was ist? Aber – oh, Dorothy! Ich dachte, da wäre eine Statue, die auf mich zukommt – eine von den Statuen aus dem botanischen Garten. Es lohnt sich übrigens wirklich, da mal hinzugehen. Frag Arnold. Wirst du Arnold heute sehen, Liebes?«
»So ist es jedenfalls geplant.«
So wie ihre Tochter jetzt neben dem Bett saß, hätte Mrs. Hunter immer noch glauben können, eine Statue vor sich zu haben: Ihre blicklosen Augen drehten sich zu einer Gestalt wie aus Marmor – oder vielleicht auch nur aus Gips.
»Du wirst ihn freundlich behandeln, Liebes, nicht wahr?«
»Es gibt keinen Grund, warum ich das nicht tun sollte.« Madame des Lascabanes sprach wie aus einer Welt, in der noch niemals jemand etwas von Schmetterlingen gehört hatte.
»Denn Arnold ist wirklich ein guter Mensch – er trägt Scheuklappen, aber er ist gut. Nur ein einziges Mal wahrscheinlich sind ihm die Scheuklappen abgerissen worden, und ich glaube, sein ganzes Leben ist nur eine einzige Anstrengung gewesen, dieses eine Mal zu vergessen.«
Dorothy kam in den Sinn, wie unpassend sich doch das Wort ›gut‹ auf den Lippen ihrer Mutter ausnahm. Aber dennoch beugte sie sich nieder und drückte einen Kuß auf diese Lippen, und sofort spürte sie, wie ihre Mutter wieder Macht über sie gewann, sie herausforderte, sich dieser Macht zu widersetzen, sie umschmeichelte und dann schließlich wieder zu einer herrischen, aber müden alten Frau wurde, die sie einfach fallenließ.
»Und Basil – ist er inzwischen gekommen? Wenn du ihn siehst, dann sag ihm doch, daß ich seinen Besuch gar nicht erwartet habe. Ich erwarte überhaupt nichts von irgend jemandem – außer von mir selbst – und das eigene Selbst, Dorothy, das kann einen noch schlimmer enttäuschen als alle anderen Menschen.«
Und keiner von beiden wagte die Frage, ob mit Worten oder mit einer Handbewegung: wer, wer aber bleibt dann noch?

Basil Hunter wischte die Krümel beiseite. Er hatte drei *Croissants* gegessen (zumindest annehmbare Nachahmungen) und zwei Tassen Kaffee getrunken (überraschenderweise recht gut: das muß von der schweizerischen

Geschäftsleitung kommen). Er hatte einen Telefonanruf beantwortet und dann selbst telefoniert. Beide Anrufe hatten, jeder auf seine Art, einen bestimmten Zweck erfüllt; er stellte sich gern vor, daß er immer ein positives Leben führte – auch dann, wenn er nicht arbeitete. Aber dennoch konnte er sich des Verdachts nicht erwehren, daß er innerlich von sich selbst angeekelt war – trotz seiner immer noch akzeptablen Gesichtszüge, seines noch annehmbar aussehenden Körpers, eines angenehm gesättigten Magens und des Gefühls, daß er seine Pflicht getan hatte: Er war einverstanden gewesen, sich mit dem guten Wyburd noch heute morgen zu treffen; er hatte eine liebevolle Botschaft an seine alternde Mutter übermittelt und dann noch dem Schützling der Krankenschwester ein Bild mit Autogramm versprochen – wenn es nicht überhaupt für die Schwester selbst bestimmt war. (Höchstwahrscheinlich würde er das Bild schließlich vergessen, aber es ihr nur zu versprechen, machte der Schwester schon Freude, und überhaupt sind kleine Gesten sehr häufig am befriedigendsten für die, die sie machen.) Selbst die Aussicht, mit einer Schwester zusammenzutreffen, die er kaum kannte, schien nur noch halb so schlimm: ihre Abneigung zu überwinden, würde seiner siegreichen Eroberung noch mehr Bedeutung verleihen.

Unter allen diesen Umständen aber hätte er sich frischer und froher fühlen müssen. Ohne Zweifel war der Klimawechsel zu plötzlich gewesen: Er erstickte beinahe in diesem Hotelzimmer, das mit allem vollgestopft war, was es nur an der Bequemlichkeit dienenden Dingen aus Nußbaum-Furnier und grellem Chintz geben konnte, und in dem mitten auf den Rosen des Axminster-Teppichs ein gewaltiges, schlüpfriges, preußisch-blaues Federbett lag, das er in der Nacht von sich gestoßen hatte. Aber am abstoßendsten war der Kühlschrank, so häuslich und praktisch der Gedanke auch war: Ständig tickte und tickte er vor sich hin, um dann zwischendurch wieder eine Zeitlang einfach schweigend herumzustehen.

Etwas trieb Basil hinaus in den Garten, aber die paar mageren Großstadtsträucher dort und dazu das Vogelbad aus Gips, dessen Bemalung Mauerwerk vortäuschen sollte und doch nur an große Brocken rohen Rindfleisches erinnerte, gaben ihm auch nicht die moralische Stütze, nach der er suchte. Genausowenig dämpfte die Entfernung das klappernde Geräusch des Kühlschranks: schlimmer noch, jetzt kam in den Obertönen noch ein *Klunk-klunk* dazu, das ihn an die Klimaanlage in Bangkok erinnerte. O Gott, sein Kopf wie sein Mund waren im Grunde immer noch vom Muff jener Nacht erfüllt! Und vor diesem Hintergrund direkter Bedrohung und physischer Nachwirkungen irritierte ihn noch immer die Ironie der jüdischen Haushälterin: ihre Verherrlichung des Mißerfolges, ihres eigenen im besonderen, aber auch der Mißerfolge aller anderen Menschen. »Ich habe gehört, daß Sie Hamlet gespielt haben, und Lear, alle

die großen ›deutschen‹ Rollen, und deshalb müssen Sie das ja verstehen, Sir Basil!« *Eins – zwei – drei.* (ABGANG.) Gelächter von der Galerie.
Er blickte auf. Ein dralles Zimmermädchen und ein chronisch unterbeschäftigter Kammerdiener schwatzten auf einem Balkon. Sie blickten auf ihn herab, aus einem Rahmen von gußeisernen Spitzen. Nun – er konnte schlecht so tun, als ob es ihm nicht paßte, wenn ihn jemand ansah, denn schließlich gehörte das zu seinem Beruf. Aber im Augenblick war er so gar nicht darauf vorbereitet, mit seinem unrasierten Kinn und dem von der Reise zerknitterten Morgenmantel. Dennoch – sein Kopf, die Haltung seiner Schultern, das war schon betrachtenswert; aber nun brachen Zimmermädchen und Kammerdiener immer und immer wieder in Gelächter aus. Dabei hatte er doch gar nicht versucht, komische Effekte zu erzielen.
Er zog sich wieder in das abscheulich häßliche, aber doch verhältnismäßig schützende Zimmer zurück, weg von dem, was sonst vielleicht auch zu einem jener Augenblicke werden konnte, die im Innern ständig weiter bohren, so wie die Bananenschale in Glasgow, braunfleckig und feuchtkalt. Wie hatte das Publikum doch gelacht an jenem Abend, bis die Anständigen unter ihnen den Pöbel niederzischten und er selbst sich endlich wieder in den Charakter zurückzwingen konnte, den er verkörperte. Es ist gefährlich, sich mit vierzig Jahren an Richard dem Zweiten zu versuchen, aber beweist sich der Schauspieler nicht erst in der Gefahr? und die Kritiken nach der Premiere (er hatte sie alle noch) waren einfach zu verführerisch gewesen, er konnte ihnen nicht widerstehen. Wenn sie dem Ritterschlag schon keinen Respekt entgegenbrachten, dann waren da immer noch die Kritiken – wenn er sie diesem dreckigen Volk nur zeigen könnte: *Von allen unseren jüngeren Schauspielern ist es Basil Hunter . . .* Zeig' die Kritiken vor, wie verschlissen und vergilbt sie inzwischen auch sein mögen, und das Gelächter aller hohlköpfigen Zimmermädchen und aller als Kammerdiener verkleideten irischen Raufbolde wäre verstummt!
Der weiße Schaum schien ihm sonst immer, genau wie Schminke, Schutz vor der Vergangenheit wie vor der Zukunft zu bieten – wenn auch nur vorübergehend. Aber an diesem Morgen zerstörten die roten Ränder um die Augen – noch besonders deutlich ins Blickfeld gezogen von den Fingern, die dem Rasiermesser die Bahn glätteten – alle Hoffnungen auf Selbsterneuerung, die ein alternder, hoffnungsloser Narr sich sonst um diese Tageszeit machen konnte. Wenigstens einmal noch den Lear versuchen! Bei jenem ersten, wie verhexten Mal hatte er sich selbst in jeder anderen Rolle der Inszenierung sehen können, nur nicht in der, die er angenommen hatte: als Narr – wenn du ein wenig jünger, schlanker und pfiffiger gewesen wärest, und dazu erheblich selbstloser; als Edgar, den manche langweilig finden – wiederum hättest du jünger und beweglicher sein müssen, und niedrigerstehend in der Schauspieler-Hierarchie; oder Glou-

cester, simpel und ziemlich beschränkt, von vornherein der Sympathie des Publikums sicher: diese leer starrenden Augenhöhlen sind für jeden Schauspieler geradezu ein Geschenk. Während Lear, dieser so besondere Taugenichts oder dieser menschliche Erdrutsch, um ein Mitgefühl ringen muß, das im Gegensatz zu tränenreicher, sentimentaler Sympathie auch auf den Höhen der Tragik noch weiter existieren kann und das sehr viel schwerer hervorzurufen ist, denn es ist reiner und erwächst vielleicht überhaupt nur aus der Reinheit des inneren Menschen. Das ist es, warum so gut wie jeder als Lear scheitern kann – nicht ganz und gar, natürlich: *Hunters monolithischer, vom Sturm wie von Gefühlen heimgesuchter König* ... Auch diese Kritiken sollte man hervorsuchen und denen zeigen, die von oberflächlichen Zweifeln erfaßt wurden, denen es an ›Reinheit‹ mangelte (ist das nicht nach zwei Seiten anwendbar?), und sie damit an den ›monolithischen‹ Triumph erinnern, den einige Kritiker und anpassungswillige Theaterbesucher nicht nur als Zuschauer mitangesehen, nein: den sie selbst auch *gelebt* hatten.

Trotz der heruntergezogenen Mundwinkel und des bitteren Geschmacks auf der Zunge fand Sir Basil Grund, sich von seinem bis jetzt nur zur Hälfte rasierten Spiegelbild die Laune verbessern zu lassen: Auch frischgefallener Schnee hätte die gesunde Farbe der Haut, ihr morgendliches, erholtes Leuchten, nicht deutlicher hervorheben können als die Streifen von Rasierschaum. Er begann laut zu lachen und endete mit einem erheiterten Schnauben über etwas, das er sich eigentlich gar nicht so gern eingestand: daß du nämlich als Charakter so weit von Lear und den ihn umgebenden ›Kräften zum Guten‹ entfernt bist wie nur irgendein ewiger Lumpenhund sein kann; wenn das auch sonst keiner ahnt – Gott weiß es und du auch. Wer außer Edmund hätte, auf einen Wink des großen Leitenden Geists hin, ein Flugzeug genommen und wäre nach Sydney und an Mummys Krankenbett geeilt? Der wahre, echte Lumpenhund: das überwältigte ihn so, daß er sich in ein Ohrläppchen schnitt, die schlimmste Stelle ist das, blutet meistens ewig, treibt einen von der Wut zur Verzweiflung und dann bis zur Depression; wenn sich jetzt nicht der blutstillende Stift finden läßt, aber der ist wahrscheinlich in London liegengeblieben, zusammen mit den sowieso wirkungslosen Gichtpillen.

Sir Basil wühlte wie rasend in seiner Toilettentasche herum, während er geradezu mitleiderregend blutete, und vergrößerte das Durcheinander darin immer mehr, suchte nach einem unsichtbaren Alaunstift zwischen Hustenbonbons, Taschentüchern aus den teuren Geschäften der Jermyn Street, nutzlosen Gegenständen aus Silber und Leder, die man von Freunden und Bekannten (den gerade neu erworbenen, meistens) vor der Abreise aufgedrängt bekommt; wühlte immer aussichtsloser weiter zwischen zerknittertem Notizpapier, unbeantworteten Briefen und einem kleinen Buch.

Das war dieses roh zusammengeheftete Taschenbuch, das er an einem Zeitungsstand im Flughafen mitgenommen hatte, um sich mit etwas Bekanntem vor der Fremde zu schützen: *Lear* natürlich, und trotz aller bitteren Gedankenverbindungen; ein Schutzschild auch gegen Mitty Jackas letzten, noch nicht beantworteten – und, um es genau zu sagen, noch nicht einmal gelesenen Brief.

Hier war nun beides: In der einen Hand ein inzwischen mit Eselsohren, Flecken und Bleistiftanmerkungen verzierter *Lear;* in der anderen die neuesten Anweisungen in jener ehrfurchterregend eleganten, auf die besten Klosterschulen zurückgehenden kalligraphischen Handschrift, vor der er mit sozusagen innerlich gesträubtem Fell zurückschreckte; er konnte aber auch nicht sagen, daß er sich vor ihr fürchtete – denn wenn andererseits kein Umschlag mit dieser Handschrift in seinem Briefkasten lag, dann fühlte er sich irritiert.

Ihre Briefe hätten Liebesbriefe sein können, aber sie waren es nicht. In ihrer Beziehung hatte es nie auch nur eine Andeutung von Gefühlen dieser Art gegeben; in seinem Fall ging es vielleicht um das Bedürfnis, eine Furcht vor der Stagnation mit Furcht vor einer Gefahr auszutreiben; was es für sie war, das hatte er bis jetzt noch nicht klar entscheiden können.

Er wollte den Jacka-Brief jetzt nicht aufmachen: Er war, wie ihm klar wurde, schon jetzt spät dran für die Verabredung mit Arnold – ja es wird Zeit, daß du den alten Knaben beim Vornamen nennst; und im übrigen hatte der Brief ja sowieso schon ein paar Tage zerknittert und unbeachtet in deiner Tasche gesteckt.

Basil hätte seine Absicht, sich vor dem großen Leitenden Geist zu drücken, vielleicht auch jetzt noch weiter durchgeführt, wenn sein Blick nicht noch einmal in den Spiegel gefallen wäre. Dort sah er, daß das Blut inzwischen geronnen war und wie ein in sein Ohrläppchen geklemmter, großer Edelstein glitzerte. Der seiner Eitelkeit schmeichelnde Anblick lenkte ihn ab, und ehe er sich versah, war er bereits dabei, den trotz der auf der Reise erlittenen Mißhandlungen noch knisternd-steifen Brief aus dem Umschlag zu zerren. Wiederum hätte er es fast verschoben, ihn jetzt auch gleich zu lesen, aber da hatten seine Augen schon wie von selbst begonnen, einzelne Absätze herauszusuchen.

. . . die jünger sind, lassen sich von den Alten oft genug übertölpeln: von ihrer engstirnigen Kurzsichtigkeit, die sie dennoch nicht unbedingt daran hindert, sehr klar zu sehen; oder von irgendeinem jammervollen Tick, den sie übertreiben, weil sie wissen, daß sich damit etwas erreichen läßt; oder auch nur von einem allgemeinen Pathos des Alters. Die Alten sind gewöhnlich härter und berechnender als die Jungen, vorausgesetzt, daß sie sich ihre Intelligenz erhalten haben. Wie hätten sie denn auch so lange leben können, wenn sie nicht innerlich aus Stahl wären? . . .

... hüte dich besonders vor denen, die wie Heilige erscheinen: Die von ihnen angewandte Taktik ist häufig die subtilste ebenso wie die elastischste. Ich glaube, daß Heilige im Greisenalter eher durch das Schwinden der Begierden entstehen als durch das Reifen einer ihnen schon von jeher innewohnenden Heiligkeit; und ebenso bedeuten geschwundene Begierden keineswegs, daß sie sich nicht ihrer Kenntnisse bedienen können, die aus der Welt stammen, welcher sie zwangsweise entsagen mußten ...
... geliebtes Wesen, es muß dir bewußt sein, daß mein Geist mit dir auf diese Reise geht. Daß deine Mission erfolgreich sein muß und daß Du zurückkehren wirst, damit wir beide zusammen dieses Werk schaffen können, das eine neue Dimension für das Theater bedeuten wird – das nehme ich als selbstverständlich an ...

Huuihh – natürlich! Noch leicht zitternd schob er den Brief wieder in den Umschlag. Als junger Narr hatte er verstohlen mit den Geheimwissenschaften geliebäugelt; jetzt, als Narr von einigem Alter, hielt ihn die Frage, wie man Ereignisse kontrollieren könnte, die normalerweise als unkontrollierbar betrachtet werden, so manche Nacht wach. Eine ihrer Bekannten, die mehr zum Lästerlichen neigte, hatte Jacka einmal als die »Hexe von Beulah Hill« bezeichnet. Er selbst hatte sie an einem regnerischen Abend kennengelernt, auf dem verlassenen oberen Deck eines Omnibusses: vielleicht war das ein Ausgleich für die gerade hinter ihm liegende Routine-Aufführung eines Brechreiz verursachenden modernen Stückes, in das er sich unklugerweise hatte hineinziehen lassen. (›Man‹ sagte, er verstünde das Stück nicht, dabei – Trottel, allesamt! – verstand er es im Gegenteil so gut, daß er einfach zögerte, seine ganze Fäulnis offen wiederzugeben.)
Die Frau im Omnibus war in Schwarz gekleidet: wolliger, enger Hosenanzug, darüber ein durchsichtiges Regen-Cape; auf dem Kopf und unter dem Kinn zusammengebunden trug sie einen Schal in Farben, die man vielleicht als aufdringlich hätte bezeichnen können, wenn sie nicht ein Mensch gewesen wäre, der sich um so etwas offensichtlich nicht kümmerte. Was man von ihrem Haar sehen konnte, hatte der Regen glattgestrichen und dazu benutzt, ihr pergamentfarbenes, langes und schmales Gesicht zu waschen, in dem die schmalen, nackten Lippen noch von den Worten zu vibrieren schienen, die sie zuletzt gesprochen hatten.
Der fast leere Bus rüttelte und keuchte mit unterdrückter Geschwindigkeit, und der Körper der Frau, die langen Beine und spitzen Schuhe vom Sitz weg weit nach vorn gestreckt, schien diese Bewegungen mit einem erschöpften, in keiner Weise sinnlichem Behagen in sich aufzunehmen. Sie sah unverwandt geradeaus, und ihre halbgesenkten Lider mit den strahlenförmig angeordneten Wimpern, ihr so lebendiger Mund erweckten in dir immer mehr den Eindruck, daß ihr euch etwas zu sagen haben könntet – nur wäre es an dir, den ersten Schritt zu tun.

An einem Daumen der im Schoß zusammengelegten Hände bemerkte er einen Ring, der genau demjenigen glich, den er vor einigen Jahren seiner Mutter geschickt hatte; seitdem hatte er oft bedauert, daß er ihn weggegeben hatte, obwohl die Geste seinerzeit nicht ohne materiellen Vorteil für ihn geblieben war. Die Frau bemerkte sein Interesse an ihrem Ring, und es war ihr auch offensichtlich klar, daß damit ein entscheidender Augenblick gekommen war.

»Stammt er aus Äthiopien?« Er zeigte auf das orthodoxe Kreuz in seinem Nest aus geflochtenem Gold. »Ich hatte auch mal einen Ring, der sah ganz genauso aus – so weit ich mich erinnern kann.«

»Ich weiß es nicht. Ich habe nicht danach gefragt«; und nach einer Pause: »Ich habe ihn Leuten weggenommen, die nicht wußten, was sie da besaßen. Er ist das einzige, was ich je gestohlen habe – außer Blumen über anderer Leute Gartenzaun.« Die Bewegungen des Busses wiegten sie wieder zurück in ein von einem halben Lächeln begleitetes Schweigen, obwohl sie es als gegeben anzunehmen schien, daß ihre Unterhaltung damit nicht beendet war.

Er war ohne Zweifel fasziniert, wenn nicht sogar verwirrt von dieser Frau auf der anderen Seite des Mittelganges: auf keinen Fall eine Hure, wie er zunächst einen Moment lang vermutet hatte; im Aussehen nicht alt, sondern eher zeitlos, unbestimmbar; eher bereit, einen Fremden in ihre Gedanken aufzunehmen als in ihren noch wohlgeformten, elastischen Körper.

Und jetzt sagte sie: »Wenn ich die Wahl hätte, dann würde ich mein gesamtes bewußtes Leben in die Nacht verlegen. Oder sagen wir – ich *habe* im Grunde die Wahl und habe mir mein Leben auch mehr oder weniger so eingerichtet.« Sie wandte sich ihm zu. »Sind Sie sich Ihrer selbst nicht auch in der Nacht viel bewußter als am Tag? Ganz bestimmt muß das bei Ihnen so sein – Sir Basil Hunter.«

Erkannt zu werden, war für ihn eine so gewohnte Sache, daß es ihn normalerweise nicht mehr in Verlegenheit setzte; aber in diesem Fall traf ihn ein scharfer grauer Blick und wirkte wie der Strahl einer Lötlampe (einer eiskalten) auf einem Metallteil mit verborgenen Gußfehlern. »Eine Menge hängt davon ab, was man gerade leisten kann«, murmelte er und blickte auf seine Hände, auf eine Narbe, die von einem ihm streng verbotenen Taschenmesser stammte; er mußte damals sieben Jahre alt gewesen sein, oder so ähnlich, auf – auf ›Kudjeri‹.

»Ob Tag oder Nacht – es hängt immer eine Menge davon ab, was man gerade leisten kann«, pflichtete sie ihm bei. »Es gibt Nächte, da sitze ich stundenlang wie – wie innerlich verschlossen.« Sie lächelte ihn verständnisvoll an. »Hier muß ich jetzt umsteigen.«

Obwohl er noch weit von seinem eigenen Bestimmungsort entfernt war,

stand Basil auf und ging mit ihr hinunter; sie schienen das beide ganz natürlich zu finden, oder jedenfalls verhielt sie sich nicht so, als ob sie sich etwa fürchtete; manche Frauen hätten jetzt versucht, ihn loszuwerden – ob er nun ein berühmter Schauspieler war oder nicht. Es war einfach so, daß ihrem Zusammentreffen jede Andeutung von etwas Sexuellem völlig fehlte; dennoch führte sie ihn und zog ihn mit sich, und er fühlte sich auf eine subtile Weise mehr in *ihrer* Macht, als er selbst je Shiela Sturges oder Lady Enid, seine offiziellen Ehefrauen, in *seiner* Macht gehabt hatte.
Ihre großen, schmalen Füße tasteten hinunter nach dem feuchten Straßenpflaster. Er stand neben ihr. Sie sprachen kein weiteres Wort miteinander, bis sie den richtigen Bus gefunden hatte.
Als sie sich wieder gesetzt hatten, sagte sie zu ihm: »Dieses Haus, in dem ich lebe – ich habe es geerbt – ist zu groß, stellt zu viele Ansprüche.«
Sollte das vielleicht doch eine Art Antrag sein?
Sie schien das nicht so aufzufassen. »Aber was soll ich tun, ich muß nun einmal darin leben, und normalerweise beschwere ich mich auch nicht – nur machen es mir meine Angehörigen unmöglich, mein Leben ausschließlich nachts zu führen.«
»Haben Sie eine große Familie?«
»Keine Familie im üblichen Sinn: eine Reihe von *alten* Leuten, hauptsächlich Frauen, und über ganz London verteilt – sie wollen einfach nicht sterben – und dann meine Tiere, zu Hause.«
Er überlegte, daß er sich nach den Tieren lieber nicht erkundigen wollte; er hatte nichts für Tiere übrig, hatte sie nur theoretisch als einen Teil des englischen Lebens akzeptiert, oder als Jagdstiche.
Statt dessen wandte er sich ihr zu und sagte mit einem möglicherweise verwerflich klingenden Enthusiasmus: »Wenn ich mir das jetzt so überlege, dann habe ich eigentlich keine Angehörigen am Bein – oder nur eine, in gewissem Sinne, eine mitleiderregende *gescheiterte* Schauspielerin, der ich das Nötige zahle – bei der anderen ist das gar nicht erforderlich – auch nicht bei meiner ausgeglichenen, zielbewußten Tochter. Nein, ich habe niemanden. Ich bin von zu Hause weggelaufen, habe mein Vaterland verlassen, um Schauspieler zu werden.«
Sie wartete.
»Ich habe erreicht, was ich von Anfang an wollte«, setzte er, seiner Meinung nach mit angemessener Bescheidenheit, hinzu.
Sie widersprach ihm nicht. »Und die Königin hat Sie geadelt«, bemerkte sie nur mit angemessenem Ernst.
Und dabei wollte er doch eigentlich gar nicht an das denken, was er erreicht hatte, sondern an seine Kindheit, in der Macbeth, Hamlet, Lear und viele andere, blassere Gestalten ihren Ursprung hatten, sie waren aus den unwahrscheinlichsten, von der Dürre erstickten Rinnsalen aufgestiegen, aus

bräunlichen, düsteren Teichen und aus den strengen Formen vom ewigen Wind zerfetzter Bäume. Nur war der Bus hier jetzt nicht der rechte Ort, mit einer Beschwörung dieser Zeit zu beginnen; auch hätte ihn, dieses eine Mal, der Klang seiner so berühmten Stimme selbst zusammenzucken lassen.

»Ich habe ein paar Vorstellungen von ihnen gesehen«, sagte sie, »obwohl ich es mir sonst nicht zur Gewohnheit gemacht habe, ins Theater zu gehen. Ich kann mich an Ihren Lear erinnern – und diese Sache, die Sie da im Augenblick machen, kenne ich auch.«

Das zog ihn zu ihr hin. »Würden Sie zugeben, daß es nicht ganz so schlecht ist, wie man sagt?«

»Nein – schlecht nicht. Eigentlich eher recht gut, in seiner eigenen, verkrüppelten Art.«

Er spürte, wie er innerlich aufbegehrte; vielleicht war die Eitelkeit doch die Quelle seines stärksten sinnlichen Vergnügens.

»Aber es hätte besser sein können, wenn Sie es nur gewagt hätten, sich wirklich *hinzugeben.*«

»Was meinen Sie mit ›hingeben‹?« Er hörte den Ärger in seiner Stimme; gleichzeitig blickte er sie wieder mit neuen Augen an und überlegte, ob diese alte Schachtel nicht doch auf etwas hinarbeitete, das schließlich in einem ewig ungemachten Bett enden würde.

»Nichts Physisches«, und sie artikulierte das Wort mit einer fast prüden Vorsicht. »Ich habe keinen Zweifel, daß Sie sich in physischer Hinsicht Abend für Abend voll hingegeben haben – in den Rollen, die Sie spielen – gegenüber den Frauen, die Sie erwähnt haben – wahrscheinlich auch Geliebte (von Ihrem Privatleben weiß ich überhaupt nichts, weil ich keine Zeitungen lese). Und ich meine es auch nicht im kreativen Sinn, denn das ist unbewußt, sobald es über die disziplinerte physische Arbeit hinausgeht. Und ich rede auch nicht von dem, was wir ›geistig‹ nannten, ehe wir unsere *Illusionen* abgelegt haben. Vielleicht sollte ich es so ausdrücken – Sie haben sich nicht *essentiell* hingegeben.«

Sein Geist war wie gelähmt, und seine Haut wurde feuchtkalt. War sie etwa dabei, ihn in eine Richtung zu führen, die nicht bei dem ungemachten Bett mit seinen Kaffeeflecken und dem aufdringlichen, alternden Fleisch endete, sondern ganz woanders – nämlich bei der noch sehr viel erschreckenderen Aussicht, auf die andere Seite jenes grauen Wandschirms oder jener grauen Kulisse zu gelangen, die er in seiner Jugend als zwischen sich und dem Nichts stehend empfunden hatte und die auch heute noch in unsicheren und trügerischen Zeiten wieder vor ihm aufstieg? Er wappnete sich mit Skepsis gegen alles, was sie vielleicht noch zu sagen hatte.

»Der Grund dafür, daß ich nicht öfter ins Theater gehe«, fuhr sie fort, »ist der, daß es mich aufregt und erschöpft, einer Gruppe von gußeisernen

Figuren zuzusehen, die den Versuch macht, ihre Gewichtigkeit erfolgreich durch eine zerfallene Welt zu schleppen. Aber seit unsere einst aus so vielen Teilen zusammengewürfelte Existenz weniger vielseitig geworden ist und weniger beherrschbar, eher fließend, wie können wir sie dann ausdrücken oder ein Teil von ihr werden, wenn wir nicht auch fließen, indem wir uns selbst ›essentiell‹ hingeben – oder verlieren?«

Alles Unsinn, hätte er fast geantwortet; ich persönlich habe mein eigenes Leben zu beherrschen gewußt, seitdem ich die dazu nötige Technik erlernt habe, und das ist dieselbe Technik wie die, die man als Schauspieler braucht; meine Begabung – das bin ich gleichzeitig selbst; und meine Begabung kann kein Kritiker, keine rattenschwänzige Hexe und keine Bananenschale zerstören. Nur das Alter und der Tod könnten das ... Aber was sie da eben gesagt hatte, regte ihn doch soweit an, daß er sich versucht fühlte, mit der Dunkelheit und dem Regen dahinzufließen; wenn sie ihm nur zeigen wollte, wie man das macht.

Statt dessen aber ruckte der Bus und hielt. »Hier muß ich jetzt aussteigen«, sagte sie und sah für einen Augenblick viel jünger und ganz unerwartet scheu aus. »Mein Name ist Mitty Jacka.« Vielleicht daher die Schüchternheit.

Sie stand auf und ergriff ein Einkaufsnetz mit plumpen, ungefügen Paketen, das neben ihr auf dem Sitz gelegen hatte. Wieder ging er schweigend mit; an irgendeinem Punkt ihrer gemeinsamen nächtlichen Fahrt hatte sich so etwas wie ein stilles Einverständnis ergeben.

Der Regen hatte aufgehört, beziehungsweise alles, was Basil noch an Nässe im Gesicht spürte, war nur wie ein gelegentlicher feuchter Nebel und so fein, daß es wie von zartgrünen Pflanzenranken abgeschüttelt schien, oder wie sprühende Tropfen aus nassem Haar. Das naßglänzende Straßenpflaster stieg so stark an, daß Mitty Jacka wie außer Atem klang, obwohl diese Atemlosigkeit sie im Licht einer gelegentlich ihr Gesicht entblößenden Straßenlampe noch jugendlicher erscheinen ließ als zuvor. Auch er war atemlos, überwältigt von der Seltsamkeit dessen, was er hier mit sich geschehen ließ.

»Mein Haus wird mich beschämen«, sagte sie, und du wußtest, daß ihre Ehrlichkeit nichts weiter war als eine Formalität. »Manche Leute sagen, es wäre schmutzig.«

»Manche Leute? Und ich hatte mir gerade vorgestellt, daß Sie das Leben eines Einsiedlers führen, mit Ausnahme dieser ›überall verstreuten‹ Verwandten.«

»Oh, nein. Sie strömen geradezu herein. In hellen Haufen. Und den ganzen Tag lang. Deshalb ziehe ich die Nacht vor. Die Nacht ist für die Auserwählten.«

Und obwohl sie keine Andeutung machte, daß sie ihn etwa zu dieser

Gruppe zählte, fühlte er sich zum zweitenmal an diesem Abend in seiner Eitelkeit angesprochen. Er drückte sich gegen sie – einmal, weil er gerade gestolpert war und das Gleichgewicht verloren hatte, andererseits aber auch nicht ganz unabsichtlich. Sie schien es nicht zu bemerken – es sei denn, daß der scharfe Schlag, den er von dem vollgestopften Einkaufsnetz abbekam, eine absichtliche Reaktion gewesen wäre.

Bald danach standen sie vor einem Tor in einer Feldsteinmauer, wo eine Katze auf der Wache lag, den Rücken zunächst in Erwartung einer sich nähernden Gefahr gebuckelt und dann zerfließend zu einem blauen, schlangenartigen Schimmer.

Das Schnurren der Katze, dazu das hallende Tropfen von in leichtem Wind bewegten Zweigen, machte das Geräusch seiner Stimme zu einer ungeschickten und gleichzeitig ungehörigen Störung in dieser dunklen Umgebung. »Wie heißt sie?« fragte er und streichelte die Luft, denn das Fell war plötzlich verschwunden.

»Oh – ich weiß nicht – Katze eben! Anfangs hatte sie irgendeinen Namen, aber den habe ich vergessen. Wir sind immer zusammen, und da ist ein Name gar nicht mehr nötig, nicht wahr?«

Nachdem sie ihn im Bus erkannt hatte, war sein Name nicht mehr über ihre Lippen gekommen, und er seinerseits war ziemlich sicher, daß er niemals so weit gehen würde, sie mit dem ihren anzureden.

Ringsum waren jetzt nichts als nasse, Nadeln verstreuende Zweige, kleine Grasplacken und im schwachen Mondlicht schimmernde Efeuranken; einmal sah er eine Stelle, wo der Schwamm den schuppigen Rumpf eines Baumes überwuchert hatte. Hier und da mußte er sich bücken, und es gelang ihm nicht immer, den Schlägen der Äste in sein Gesicht zu entgehen. Sie war so groß wie er, aber da hörte der Vergleich auch schon auf: Sie war zu Hause in der Welt der Dunkelheit, in der er vielleicht für immer ein stolpernder Eindringling blieb.

Der Schlüssel knirschte im Schloß, und sofort wurden im Haus Geräusche hörbar: ein Scharren, ein Schnüffeln und ein wuff-wuff-wuff. Dann wirbelten im Lampenlicht zwei Möpse um sie herum, drückten ihre Schnauzen dicht an die Knöchel des Fremden und quietschten vor Freude über alles, was sie neu entdeckten.

Mitty Jacka war keine überschwengliche Hundeliebhaberin; sie ließ sich die Hingabe gefallen, die die beiden Möpse reichlich zeigten: sie waren wie außer sich. Nach seiner Erfahrung mit der Katze namens ›Katze‹ unterdrückte Basil den momentanen Impuls, sich auch nach den Namen der Hunde zu erkundigen. Statt dessen versuchte er, sich mit der ständigen Unruhe dieser Tiere abzufinden, wenn auch ein Geruch nach heißen Gummi-Wärmflaschen und Erdnüssen – offensichtlich der typische Mopsgeruch – ihm einige Schwierigkeiten bereitete.

Er saß da mit einem Glas in der Hand, das sie ihm gebracht hatte, gefüllt mit irgendeinem süßen, unannehmbaren und tückisch starken Getränk, während Mitty Jacka ihre Hunde versorgte. Rings um ihn glühten Polster aus granatrotem Plüsch vor einer Wandtäfelung, die wie Ebenholz aussah, es aber eigentlich unmöglich sein konnte. Nur der Sockel dieser Figur da drüben, mit ihren geschwungenen Linien unter einem elfenbeinernen Sonnenschirm – der war ganz sicher aus echtem Ebenholz. Er bemerkte, daß er unbewußt begonnen hatte, in das Glas mit dem süßen und wie Feuer brennenden Getränk hineinzulächeln, während Mitty Jackas Stimme irgendwo draußen ihren Hunden ein paar pflichtgemäße ›Darlings‹ hinwarf.

Dann stellte er fest, daß sie wieder im Zimmer war, denn er sah plötzlich, wie sie ein Stück Papier von etwa Visitenkarten-Größe in eine Schale warf, die sich in den dämmrigen Außenbezirken des Raumes erkennen ließ.

»Was war denn das?« Es war nicht etwa so, daß der Alkohol ihn vorlaut gemacht hätte – er reagierte einfach spontan.

»Oh – nur eine Idee, die ich vielleicht irgendwann verwenden möchte.« Sie klang unwillig, sogar ein wenig verärgert.

Dann war sie wieder verschwunden, gefolgt von ihrem unruhigen Anhang. Er blieb weiterhin sitzen. Vielleicht war es der Geruch nach roher Leber, der von ihr zurückgeblieben war, was ihn davon abhielt, sich ihre ›Idee‹ einmal anzusehen. Statt dessen wartete er einfach nur: aber worauf? Seine Zukunftsaussichten als Schauspieler von einiger Wichtigkeit schienen keine Rolle mehr zu spielen.

Als sie zurückkehrte – nicht etwa, um sich hinzusetzen, denn ihrem Verhalten nach schien sie das nie zu tun, zumindest nicht während der Nachtstunden –, goß sie ihm noch etwas nach, was er eigentlich hatte ablehnen wollen. Während sie im Zimmer umherging, schwebte der Rauch ihrer Zigarette ständig hinter ihr wie ein Band in der Luft oder kräuselte sich in zierlichen Arabesken nach oben, sobald sie stehenblieb, irgendeinen Gegenstand betrachtete und ihn gelegentlich hin- und herschob, als ob sie ihn zum ersten Male sähe. Sie rauchte so verbissen und heftig, daß er sich mehr von ihren Zigaretten betäubt fühlte als von der Wirkung dieses unbekannten Getränkes in seinem Glas.

Nachdem er sich einiges aus den Bemerkungen zusammengereimt hatte, die sie hier und da fallen ließ, beschloß er, noch einmal ihren Unwillen zu riskieren. »Ich nehme an, daß Sie schreiben.« Er hatte sich die Worte sorgfältig zurechtgelegt, aber dann schossen sie aus seinem Mund hervor wie eine Handvoll Glasmurmeln, über die er keine Kontrolle hatte.

Sie zog noch heftiger an ihrer Zigarette. »Ich hämmere auf meiner Maschine vor mich hin.« Der aus ihrem Mund strömende Rauch hatte ein merkwürdig festes, wie körperliches Aussehen. »Manchmal entsteht daraus etwas mit einer erkennbaren Form – oder jedenfalls einer Form, die *ich* erkennen kann, obwohl sie in den meisten Fällen nichts mit dem zu tun hat, was ich beabsichtigt hatte. Ja – ich schreibe Gedichte«, setzte sie hinzu, wie um einer gesellschaftlichen Pflichtübung nachzukommen. »Und mein ganzes Leben habe ich damit verbracht, etwas zusammenzubringen, von dem ich nicht weiß, wie Sie es nennen würden – ein Werk – das alles ausdrückt, was es nur auszudrücken gibt – wenn ich es nur herausziehen und genügend verdichten kann – und wenn ich am Ende nicht feststellen muß, daß es ganz von selbst wieder zu dem einen Wort zusammengeschmolzen ist, mit dem ich angefangen habe.«

Umgeben von den Rauchwolken, mit denen sie nach und nach das ganze Zimmer erfüllt hatte, begann er zu erzählen. »Als ich ein kleiner Junge war – ich weiß nicht mehr genau, wann, aber jedenfalls war ich noch ziemlich klein –, da war ich einmal krank – nein, ich hatte mir wohl den Arm gebrochen, denn ich kann mich noch an die Schlinge erinnern und an das verschwitzte Gefühl auf der Haut, weil mein Arm so fest an meinen ungewaschenen Körper bandagiert war – im Bett. Sie hatten mich für die Nacht hergerichtet und versucht, es mir so bequem wie möglich zu machen. Mein Vater zündete eins der Nachtlichter an, die noch aus der Zeit stammten, als wir wirklich kleine Kinder waren. Und er schob einen Wandschirm auf der einen Seite vor das Kopfende des Bettes – um den Zug abzuhalten, nehme ich an. Und während der Nacht jagte mir dieser Wandschirm von Stunde zu Stunde immer mehr Furcht ein. Der Sturz – der gebrochene Arm – alles das muß mich wohl ein wenig verwirrt haben. Das Nachtlicht flackerte, und ich versuchte immer wieder, mich umzudrehen – der fest bandagierte Arm tat dabei schrecklich weh – und den Wandschirm zu betrachten. Er war blaßgrau oder so ähnlich, jedenfalls von einer schwer beschreibbaren Farbe, und mit kahlen Bäumen bemalt, mit Gerippen von Bäumen, sozusagen. Oder so sah es jedenfalls aus, in dem schwachen Licht. Und während sich die Nacht dahinschleppte und ich der völligen Verzweiflung nahe war, spürte ich das immer stärker werdende Verlangen, hinter diesen Wandschirm zu blicken. Aber ich hatte gleichzeitig zuviel Angst vor dem, was ich dort vielleicht finden würde. Ich war geradezu in Schweiß gebadet. Aber schließlich muß ich dann doch irgendwie eingeschlafen sein.«

Und der Wein, oder was immer dieses Jacka-Weib ihm da eingegossen hatte, tat das seine – er wußte gar nicht mehr recht, ob er das alles eben jetzt erzählt oder nur geträumt hatte. Sie war zu ihm herübergekommen und saß neben ihm auf der Couch, umgeben von schläfrigen Möpsen. Ihre Augen betrachteten ihn aufmerksam, und es schien, als ob sie lächelte, während sie mit langsamen Bewegungen die offen daliegenden, sich regelmäßig hebenden und senkenden Zitzen eines ihrer Möpse streichelte.

»Dieser Wandschirm – merkwürdig, wie der immer wieder aufgetaucht ist.

Fast greifbar, und so wirklich – so wirklich wie meine Kindheit.« Er lachte unsicher über seine eigene Entdeckung. »Ich habe ganze Monologe um ihn herum aufgebaut, wenn ich Rollen einstudieren mußte, die mir Schwierigkeiten machten. Er hat mich immer vor der Zugluft geschützt.« Er kicherte unbeherrscht und nahm noch einen Schluck von dem Wein, der ihn so geständnisfreudig gemacht hatte. »Und auch jetzt taucht es manchmal wieder auf – dieses Wandschirmgefühl – wenn man das Gefühl hat, daß man nicht ganz sicher ist – in modrigen Provinztheatern – dann nimmt es vielleicht die Form einer Kulisse an, ein Stück verschlissene Seide, auf einen wackligen, schwankenden Rahmen gespannt. Und du hast weniger Lust denn je, einen Blick dahinter zu tun. Und bist überzeugt, daß du verloren wärst, wenn ein Luftzug den Rahmen umwirft.«

Seine Lippen waren fast wie gelähmt. Er nahm das Gesicht der Frau nicht mehr als Gesicht wahr, sondern nur noch als ein Lächeln tief vom Grunde eines Gewässers. Was er sonst noch erzählte, das konnte er nicht mehr auseinanderhalten, denn der Schlaf kam im weißen Kleid, Licht strömte von oben die Treppe herab. Hatte sie nicht seine Stirn berührt?

Gegen Morgen spürte er den Drang, sich zu erleichtern, und stolperte durch die Vorhänge aus Rauch und Plüsch, stieß gegen einen niedrigen, mit allen möglichen Gegenständen überladenen Tisch und erreichte schließlich den Garten, wo die Kälte und ein feiner Sprühregen ihn wieder zu sich brachten. Ein süßer, kühler Duft erfreute seine Sinne, während er sein Geschäft erledigte. Ein Geruch von nasser Fäulnis wob sich durch diesen starken Duft nächtlicher Blüten und überdeckte ihn schließlich ganz.

Während er zum Haus zurückkehrte, blickte er auf und sah Mitty Jacka im Schein einer nackten Glühbirne in einem der oberen Zimmer sitzen, entweder ›vor sich hin hämmernd‹ oder – was wahrscheinlicher war – ›innerlich verschlossen‹: im Augenblick saß sie völlig regungslos da, und ihr Gesicht unter diesem suchenden und enthüllenden Licht hatte einen verzweifelten Ausdruck.

Er fühlte sich so nüchtern, während er sich in die Dunkelheit seines provisorischen Schlafgemachs zurückbohrte, daß ihm der Gedanke kam, einen Blick in die Schale zu werfen, in die sie ihren Zettel geworfen hatte. Er drehte das Licht an, streckte die Hand aus und ließ seine Finger über einen ganzen Berg von gleichartigen Zetteln in der Schale gleiten, bis er den gefunden hatte, der wahrscheinlich der richtige war: kleine Spuren von roher Leber hafteten an ihm, und daneben waren ein oder zwei blutige Fingerabdrücke.

In skeptischer, um nicht zu sagen zynischer Morgenstimmung öffnete er das zusammengefaltete Papier und las:

... ein Schauspieler neigt dazu die Rolle zu übersehen die am besten zu ihm paßt nämlich *sein Leben.* Lear der ewig Unspielbare ist am Ende immer noch sicherer als das ungespielte Ich ...

Mit einem scharfen Geräusch preßte er den Atem durch die Zähne, weil ihm die Worte vor den Augen verschwammen. Seine Brille hatte er nicht bei sich – er brauchte sie sonst auch nicht zum Lesen (das tat er sowieso nur selten), sondern nur zum Rollenstudium. Und so mußte er den Zettel in Armeslänge von sich weghalten. Nach dem ersten Versuch, sich auf die überperfekt, in strenger, anachronistischer Handschrift hingemalten Worte zu konzentrieren, wurde ihm klar, daß er sich jede weitere Anstrengung sparen konnte. Deprimierend, wie seine Sehkraft so plötzlich nachlassen konnte: nach einem Schreck zum Beispiel, oder beim Lesen von beleidigenden Briefen, oder wenn irgendein aggressiver junger Schauspieler sich wieder einmal typisch egoistisch aufgeführt hatte – und besonders, wenn Alkohol im Spiel war. Wenn man bedachte, wie diese Jacka ihn am Abend vorher mit Wein angefüllt hatte, dann war es kein Wunder, wenn er die Hälfte ihrer Sätze nicht entziffern konnte. Er war froh, daß sich dieser traurige Zettel einfach wieder zusammenfalten und zurück in die Schale werfen ließ, wo er ihn nicht mehr an solche Erscheinungen wie den eigenen körperlichen Verfall erinnerte.
Dann machte er sich daran, wiederum eine bequeme Position auf seiner Lagerstätte zu finden, die sich inzwischen irgendwie in ein steifes Sofa mit durchgesessenen Sprungfedern verwandelt hatte. Er schob sich zu einer passenden Haltung zusammen, aber die paßte dann am allerwenigsten: Er stellte fest, daß er zusammengerollt dalag wie eine Garneele, und es wurde ihm einfach alles *zu eng.* Als endlich ein leichter Schlaf auf ihn herabsickerte und ihn einhüllte, lag er zuckend und unbewußt um sich schlagend da, noch durchsichtiger als das Netz der Worte, in dem er gefangen war.
Seine Gastgeberin brachte ihm eine Tasse Kaffee zu einer Stunde, die sich in keiner Weise für theatralische Auftritte eignete. Nachdem sie die Vorhänge zurückgezogen hatte, fiel ein fast tödliches, graues Licht auf die Szene ihres neuerlichen Einander-gegenüber-Stehens. Dennoch, und trotz ihrer Gänsehaut und ihrer Schüttelfröste, da nun der Tag die von ihr bevorzugte Nacht vertrieben hatte, versuchte Mitty Jacka, auf der Oberfläche der Situation mitzuschwimmen und die Dinge im Griff zu behalten. Sie sagte, und zwar viel zu hastig: »Sie Armer – Sie müssen ja schrecklich unbequem gelegen haben! Das Sofa ist eine Katastrophe. Es hat mal einer Großtante von mir gehört.«
Sie stand da und rieb ihre mageren, ältlichen Arme; und er saß und murmelte beruhigende Worte wegen des Sofas in seinen Kaffee. Die Tasse, einst Teil eines kostbaren Empire-Services, hatte eine bräunlich verfärbte abgesplitterte Stelle von Daumennagelgröße.

»Wir werden in Verbindung bleiben«, sagte sie in prophetischem Ton und blickte mit Unbehagen hinaus in die ineinander verfließenden Formen eines nassen Gartens, »denn ich weiß, daß es uns bestimmt ist, miteinander ein Theaterstück zu schreiben.«
Er war ihr erbarmungslos ausgeliefert: Sie konnte ihn jederzeit in dem Theater überfallen, in dem er gerade spielte; er andererseits wußte weder ihre Telefonnummer noch ihre Adresse – und wollte sie auch gar nicht wissen.
»Theaterstücke kosten Geld«, sagte er daher nur und zeigte ihr sein strahlendes Lächeln, das sie ignorierte.
»Geld kann man immer irgendwo auftreiben. Wie wäre es denn mit Ihrer alten, leidenden und reichen Mutter?«
Was hatte er ihr nur alles erzählt, letzte Nacht? Er konnte sich nicht erinnern, Elizabeth Hunter irgendwann erwähnt zu haben.
»Sie ist ziemlich geizig«, murmelte er und starrte auf seine weißlichen Fingerknöchel. »Oh, andererseits ist sie natürlich auch großzügig, das muß ich schon zugeben – wenn es um kleine Beträge geht – von Zeit zu Zeit.«
»Würde es nicht vielleicht etwas ausmachen, wenn man sie mal besucht?«
»Das lohnt sich nicht. Es sind viel zuviele andere Schauspieler da, die sofort nachrücken, wenn man mal eine Weile nicht im West End ist.«
»Für Geld lohnt es sich doch. Geld ist schließlich Macht, nicht wahr?«
»Ja, aber es ist immer noch ihr Geld.« Als ob er das wirklich glaubte.
»Nur wenn ihr Leben rechtfertigt, daß sie es behält.«
»Ist das Leben schöner Frauen nicht an sich schon ein Kunstwerk? Sie sind es wert, daß Männer ein Vermögen dafür bezahlen. Und Elizabeth Hunter ist eine wundervolle – eine unglaublich schöne Frau.« Jetzt glaubte er ehrlich an das, was er vor sich sah: nämlich sich selbst als jungen Menschen, dieser strahlenden Schönheit entsprungen.
»Sie hat einen Schlaganfall gehabt.« Mitty Jacka klang so kalt, wie es ihr nur möglich war. »Könnte es nicht sein, daß sie im Sterben liegt?«
Noch mehr als den Klang dieser Stimme verabscheute er jetzt sich selbst.
»Niemals! Oder jedenfalls, nicht in den nächsten hundert Jahren. Nichts wird Elizabeth Hunter dazu bringen, sich hinzulegen und zu sterben.«
Er mußte aufstehen; er mußte sich bewegen, mußte gehen; andernfalls blieb nur noch, sich in dieses langsame Vergiftetwerden hier zu ergeben. Er hatte das Gefühl, daß auch nicht ein Fetzchen Fleisch an seinem von verworrenen Gedanken verheerten Schädel übrig war.
Mitty Jacka hätte vielleicht versucht, ihre Überredungskunst noch weiter auf ihn wirken zu lassen, wenn ihre Katze nicht dazwischen gekommen wäre. Mit wippendem Schwanz lief sie aus dem Garten herein ins Zimmer, im Maul eine Drossel mit zusammengefalteten Flügeln: Der Vogel war bereits tot, nach dem locker pendelnden Kopf, den ergeben geschlos-

senen Augenlidern und dem Halsband aus Blut auf den im übrigen noch völlig sauberen Federn zu urteilen. Die Katze duckte sich und knurrte, um vor jeder Einmischung zu warnen, und glitt dann unter das Sofa.
Ihre Herrin hatte die Lippen zurückgezogen und die Zähne entblößt. »Ohhh!« rief sie aus, und es war schwer zu beurteilen, ob sie damit Erschrecken und Beunruhigung ausdrücken wollte, oder aber im Gegenteil Begeisterung darüber, daß ihre Argumentation hier so treffend demonstriert wurde. »Man kann einfach nichts dagegen tun! Und ist es nicht ganz natürlich«, beharrte sie dann weiter, »daß die einen sterben müssen, damit andere leben können?«
Das anhaltende, scharfe und fast schrille Knurren unter dem Sofa ließ keinen Zweifel daran, wem die Katze das Recht zum Leben zugesprochen hatte. Ihre Herrin beließ es vorerst noch dabei, sich nur als mögliche zukünftige Mörderin zu rechtfertigen.
Der Schauspieler erkannte, daß der Augenblick günstig für seinen Abtritt war; und so trat er mit festem, geübtem Schritt auf seine Gastgeberin zu und ergriff ihre beiden Hände. »Ich danke Ihnen«, sagte er, »für Ihre Gastfreundschaft – für die Gedanken, die Sie mit mir geteilt haben – und für Ihre Einladung in dieses denkwürdige Haus.« (Und jetzt endgültig klingen lassen): »Ich werde das alles nie vergessen.«
Es schien ihm, als liefe ein leichtes Zittern durch die kalten, teilnahmslosen Hände, bis ihm klar wurde, daß es nur von seinen eigenen, wärmeren, fleischigeren Fingern ausging.
»Das nächste Mal«, sagte sie, während sie durch die Zimmer nach vorn zur Haustür gingen, »werde ich ihnen erklären, wie ich mir dieses Stück vorstelle.« Ihre Schultern stießen gegeneinander wie die von Verschwörern: auf der einen Seite sein maßgeschneiderter Schauspieler-Ärmel, auf der anderen ihr schäbiger, schwarzseidener, raschelnder Kimono, auf dem die Flecken inzwischen zu einem Teil des Stickmusters geworden waren.
Mitty Jacka schien immer weiter sprechen zu wollen: »Ein Mann baut sich immer nur eins von den verschiedenen potentiellen Leben aus, die ihm zu Gebote stehen. Aber es gibt keinen Grund, warum er sie nicht *alle* leben – oder wenigstens durchspielen sollte, wenn er sich nur so weit befreien kann. Und das ist es, was mir für Sie vorschwebt: eine allabendliche Befreiung anstatt dieser gußeisernen Figuren, die sich von einer vorgeschriebenen Pose zur anderen schleppen.«
Basil hatte inzwischen sein gußeisernes, erprobtes Selbst immerhin bis zur Haustür geschleppt, von der aus er schon, zwischen Blättern und Zweigen, das Gartentor in der feldsteinbesetzten Mauer erkennen konnte. Aber es war noch ein weiter Weg bis dahin.
Mit einiger Vorsicht antwortete er: »Es käme viel darauf an, wer sonst noch zur Verfügung stünde – gar nicht davon zu reden, daß man auch ein

Theater bräuchte. Immer vorausgesetzt, daß wir vorher mit wer weiß was für unmoralischen Mitteln das Geld aufgetrieben haben.«
»In diesem Falle würde fast alles von Ihnen ganz persönlich abhängen; und Sie sind doch schließlich ein großer Künstler, Sir Basil Hunter!«
Dieses Mal achtete er sorgfältig darauf, daß sie gar nicht erst bis zu seinen Eitelkeitsgefühlen durchdrang. »Ich bin ein Mann, der sich mehr als einmal die Finger verbrannt hat und der entschlossen ist, nur noch ganz vorsichtig zu sein.« Trotz langjähriger Erfahrung konnte er jetzt nicht feststellen, wie sein Publikum auf diese gekonnte Demonstration falscher Bescheidenheit reagierte.
»Wenn es bei einer Sache um Tod oder Leben geht – würden Sie dann nicht von vornherein das Leben wählen?«
Im Augenblick hätte er sich wahrscheinlich lieber für den Tod entschieden, als noch einmal eine Szene für Mitty Jacka zu spielen. Also überhörte er ihre Frage.
Dann aber, als er sich schon auf dem Gartenweg in Richtung Tor zurückzog, fiel ihm wieder die Konvention ein, die jemand wie er unbedingt beachten mußte; und er wandte sich um, nicht so sehr, um seinen Homburg wirklich zu lüften, sondern eher, um ihn mit der genau richtigen Dosis von fröhlicher Unbekümmertheit etwas schiefer aufzusetzen. Sie stand auf der Stufe vor der Tür, eine archaische Gestalt, die ihre schwarze Robe mit den Armen zusammenhielt, das Gesicht von ausdruckslosem Weiß, mit Ausnahme eines ganz leichten grauen Schattens, der vielleicht doch ein wenig Besorgnis verriet.
»Vergessen Sie nicht, dieser alten Frau zu schreiben – Ihrer Mutter«, rief sie ihm mit geschäftsmäßig mahnender Stimme nach. »Sie werden erstaunt sein, wie viele Leute sich heimlich danach sehnen, bei irgend etwas mitzumachen. Es gibt ihnen die Illusion, daß sie leben.«
Das Tor klapperte und schnappte zu; er war frei – Gott sei Dank.
Seine auf dem Weg hügelabwärts widerhallenden Schritte, der über den Fernsehantennen und den nassen Dachziegeln in den Farben des frühen Morgens leuchtende Himmel – alles das festigte wieder seinen Glauben an sich selbst und seine Zukunft. Und wenn er vielleicht für einen kurzen Besuch nach Hause fliegen sollte, dann würde er das aus eigenem Entschluß tun und nicht auf den Rat eines ›Mentors‹ hin; und nicht, um einer alten Frau ein Vermögen gewaltsam wegzunehmen, ob sie das umbrachte oder nicht. Nein – er würde fliegen, um sich selbst zu erneuern; um das strahlende Licht neu zu erleben, den vorüberwehenden Geruch von brennendem Holz, das Rauschen von windbedrängten Bäumen – wenn sie nicht gerade so bewegungslos standen wie die Stille selbst. Und der Schlamm: trotz des Straßenpflasters, auf das er trat, trotz seiner Schuhe konnte er ihn fast spüren, wie er zwischen den gespreizten Zehen seiner bloßen Füße immer höher und höher quoll.

Von sensuellen Wirklichkeiten wie dieser bestärkt, war es leicht für ihn, den ganzen Zwischenfall in diesem Haus an einem unbekannten Ort schließlich als Einbildung abzutun. Auf jeden Fall machte die Frau auch keinen Versuch, sich mit ihm in Verbindung zu setzen. Eine Woche verging, und dann noch eine, und dann begann er, sich zu wundern; ein- oder zweimal überraschte er sich sogar dabei, daß ihn Mitty Jackas anscheinende Gleichgültigkeit verärgerte.

Und dann kam der Anschlag am schwarzen Brett mit der Kündigung. Obwohl schon alle möglichen Gerüchte herumgeschwirrt waren, hatte die Theaterleitung (alles zweitklassige, neue Leute) doch bis jetzt mit keinem Wort verlauten lassen, daß sie ihr miserables Stück so rasch wieder absetzen wollte. Und er hatte die ganze Sache wochenlang allein getragen, hatte den jungen Bauernkerl aus dem Norden, der über Nacht vom Maurer zum Bühnenstar emporgestiegen war und die Hauptrolle spielte, überhaupt erst ins richtige Licht gesetzt.

Nun ja, so wurde das eben heutzutage gemacht. Er rülpste gegen den Bogen Papier, der am Anschlagbrett festgezweckt war.

»Es ist aus mit uns, wie ich sehe«, bemerkte er zu Peggy Digby, die ihren spitzen Busen und ihren engen Pullover eilig den Korridor hinunterschwenkte.

»Ja. Hast du das noch nicht gewußt? Und was für eine *Erleichterung*! Jetzt krieg' ich vielleicht sogar noch die Rolle in meiner Pantomime.«

Er starrte weiter auf das Schwarze Brett – nicht so sehr auf die Bekanntmachung, als auf die brandneuen Reißzwecken. Und auf das Bild der Frau aus dem Omnibus, das plötzlich vor seinem inneren Auge erschien.

Am Abend der viertletzten Vorstellung goß er sich einen Drink ein, nur um seine Stimmbänder anzufeuchten. Die Wände seiner Garderobe im Delphic-Theater waren giftgrün gestrichen, über einem schokoladebraunen Sockel; und sowohl das Grün wie das Braun löste sich in Blasen vom Untergrund. Er genehmigte sich einen zweiten Drink: Den ersten hatte er gemixt, ohne so recht bei der Sache zu sein, und daher war er zu dünn gewesen.

Aber dennoch blieb seine Stimme den ganzen Abend heiser. Nichts, was er noch zusätzlich gab – und das war, weiß Gott, eine Menge – brachte sie aus der zähen, trübsinnigen Langeweile heraus, in der sie sich an diesem Abend festgefahren hatten. Nur im zweiten Akt, in dem der Maurer aus Northumberland seinen Brustkasten entblößen mußte, quietschte eine Mädchenstimme, daß fast die Decke herunterkam. Das Publikum (hauptsächlich Leute mit Freikarten) lachte laut.

Als er sich nach der Vorstellung abschminkte – eine Beschäftigung, die an anderen Abenden seine Lebensgeister ebenso stark zu befeuern pflegte wie der Akt des Schminkens vor Beginn der Vorstellung – wurde ihm plötzlich

vom Geruch der Vaseline dermaßen übel, daß er zu zittern begann. Und dazu noch dieser abscheuliche alte Fetzen von Handtuch. Er war doch hoffentlich nicht auf dem Wege, ein Zitterer zu werden – oder sogar ein Opfer der Parkinsonschen Krankheit!
Er sehnte sich nach Gesellschaft, nach irgend jemandem. Er lauschte, ob er nicht das Rauschen eines sich nähernden Abendkleides hören könnte: Sogar seine ehemalige zweite Frau, Lady Enid, wäre ihm recht gewesen; und selbst eine anbetungsvolle Gestalt in zerkittertem Regenmantel hätte den Weg nicht umsonst gemacht. Aber niemand erschien, und mangels Besucher goß er sich noch einen Whiskey ein. Walker überreichte ihm seinen Homburg.
Er ging hinaus. Auf dem grün- und schokoladefarbigen Korridor gab ihm Peggy Digby einen schmatzenden, geübten Kuß. »Versprich mir, daß du nach Glasgow kommst und dir die Pantomime ansiehst. Du wirst sehen – ich bin als Dandini allererste Klasse.«
Es war eisig kalt draußen unter dem von bleichsüchtigen Lampen beleuchteten Nieselregen. Er hatte keinen Appetit auf die Mahlzeit, die ihn irgendwo in der Ecke einer schalen Kneipe in Soho erwartete: Es war sinnlos, irgend etwas Besonderes aufzuziehen, wenn man ganz allein war. Er hätte natürlich an allen möglichen Türen klingeln können, hinter denen muntere junge Rechtsanwälte oder fröhliche Geschäftsleute nur darauf warteten, ihn lärmend und lachend hereinzuziehen, die Gänseleberpastete zu öffnen und ihn betrunken zu machen. Aber es fiel ihm kein einziger unter seinen Bekannten ein, der seinen Hunger hätte befriedigen können; nur – seinen Hunger nach was? Nach Substanz vielleicht, oder nach Stetigkeit. Die Freundschaft, so erschien es ihm, war mehr und mehr zu einer scharfsinnig ausgedachten Posse geworden, die zuviel Handlung hatte und dazu auch noch zuviele Personen auf der Bühne, die alle hektisch durcheinanderspielten – und dennoch war sie nie ein Erfolg und wurde nach der üblichen Zeit stillschweigend abgesetzt. (Bei der Ehe war es genauso; nur war das eine andere Art von Theaterstück.)
In diesem Augenblick spürte Sir Basil, daß sein rechter Fuß feucht geworden war. Als er die nächste ruhige Straßenlaterne erreicht hatte, blickte er nach unten auf seine Schuhsohle und stellte fest, daß sie dringend reparaturbedürftig war. Gut und schön, und schließlich überhaupt kein Problem: noch war er ja nicht auf dem absteigenden Ast, sondern hatte einfach nur für den Augenblick keine Beschäftigung. Seine Erfahrung, sein Titel, seine Technik, seine Stimme – alles das blieb ihm ja, und darüber hinaus wirkte er nach wie vor anziehend auf Frauen, wie sich vielfach beweisen ließ.
Was war es also, das ihn – Mitty Jacka! In Golden Hill? Nein – in Beulah!
Er nahm den Bus nach Beulah Hill und blickte sich automatisch und beunruhigt auf dem Oberdeck nach Zeichen ihrer Anwesenheit um; dann sah er

wieder den feldsteinbesetzten Gartentor-Pfosten vor sich, der anscheinend ein Lieblingstreffpunkt vieler Hunde war; jetzt noch den Gartenweg entlang, schlüpfrig von klebrigen Schnecken, und er stand wieder, und fast um dieselbe Zeit, vor ihrer Haustür.
»Ich bin gekommen«, sagte er, »um mehr über dieses Stück zu hören, von dem Sie gesprochen haben. Erinnern Sie sich?« Daß seine Stimme fast bittend klang, lag vielleicht nur daran, daß er auf der unteren Stufe stand und zu ihr aufblicken mußte.
Die beiden Möpse schnüffelten *wuff-wuff-wuff* um seine Waden, und um ihre Knöchel schmiegte sich ein Bogen aus schimmerndem Pelz.
»Ja«, sagte sie. »Ich habe inzwischen weiter darüber nachgedacht. Es freut mich, daß Sie zu einem Entschluß gekommen sind.«
Er spürte, daß sein Gesicht wie eine Maske zu ihr emporgrinste, mit Zähnen, die plötzlich wild und gezackt aus dem wie künstlichen Fleisch hervorstarrten: das Gesicht des Zweiten Verschwörers. Oder war es das des Ersten Selbstmörders?

Jedenfalls – das Ergebnis war, daß er jetzt hier war, unter dieser Sonne mit ihrem so völlig anderen Licht, daß es ihn blendete, während er zurückgelehnt in dem hin- und herkurvenden Taxi saß und spürte, wie ihn der Staub kitzelte und der Schweiß in Strömen an seinem Körper herunterfloß, obwohl er doch gerade erst gebadet und sich frisch rasiert hatte. Er fühlte sich pudelwohl: Nicht die mindesten Gewissensbisse plagten ihn, weil er sie beide warten ließ – den alten Marabu Arnold Wyburd und die verrückte Prinzessin – und zwar vermutlich schon seit ungefähr einer Dreiviertelstunde. Aber es war doch wohl kaum seine Schuld, nicht wahr? wenn der *Herald* und die Australische Rundfunkgesellschaft gerade dann anriefen, und zwar einer nach dem anderen, wenn er es eilig hatte und schon im Weggehen war!
Er war daher entschlossen, sich einfach zu entspannen und sich an dieser vorüberfliegenden Vision einer Stadt zu erfreuen, die seinen Kindheitserinnerungen entwachsen war: den Erinnerungen an eine Pitt Street, die nur von Bekannten bevölkert zu sein schien, die sich alle auf dem Weg zu den Civil Service Stores befanden. Obwohl er keinen Anteil an der Verwandlung dieser Stadt hatte, obwohl er sie eigentlich in der Erinnerung inzwischen schlicht von sich stieß, schrieb er sich jetzt doch einiges an Verdienst für ihre Entwicklung zu. Er mußte seine wiedergewonnene Selbstachtung einfach mit dieser so selbstsicheren Metropole teilen. Und so spät er jetzt auch seinen Auftritt in ihr hatte – er bot dieser Stadt seine Liebe an, ihren riesigen Schaufensterscheiben ebenso wie ihren neo-brutalen Betontürmen; und hinter alledem sah er wieder seine Mutter vor sich. Er würde den Schrecken der lilafarbenen Perücke, das auseinanderfließende

Lächeln einfach vergessen: und war das einmal aus dem Weg, dann konnte er ›Mutter‹ als Begriff ebenso lieben wie ›Sydney‹. (Später kannst du dir diese Horror-Bilder wieder ins Gedächtnis rufen, falls es dir vielleicht an Rücksichtslosigkeit und Härte mangelt. Und vergiß nicht, den guten Anzug zum Bügeln zu schicken, für dein Interview mit diesem Fernsehmädchen – dem mit der weichen Cellostimme.)

Mr. Wyburd warf einen Blick auf die Uhr. Unpünktlichkeit war ein Laster, das Ärger in ihm erregte – ein häßliches und unbeherrschtes Gefühl; wenn auch vielleicht die Weigerung, den Schuldigen zu vergeben, noch betrüblicher war. Aber beide Hunter-Kinder hatten die Verabredung nicht eingehalten, die sie für elf Uhr getroffen hatten. Und eins von ihnen hätte vielleicht durch einen Unfall oder so etwas aufgehalten werden können – sicherlich aber doch nicht gleich alle beide? Es sei denn, sie hätten das gleiche Taxi genommen; aber dafür fehlte es ihnen ganz sicher an Zuneigung. Der Anwalt ging regelmäßig zur Kirche (er hatte damit begonnen, um seinen Kindern ein Beispiel zu geben, bis er dann plötzlich feststellte, daß es ihm selbst zur Gewohnheit geworden war) und hätte jetzt gerne von irgendwoher ein Banner mit dem eingestickten Wort NÄCHSTENLIEBE hervorgezaubert, um es zwischen sich und die Uhr zu halten und so zu verhindern, daß ihm der Ärger erneut in die Kehle stieg – merkwürdig körperlich und bitter schmeckend, direkt vom Magen herauf. Auf jeden Fall aber durfte er seinen Ärger nicht mit dem Zifferblatt einer Uhr in Verbindung bringen, die er seit langem und mit sentimentaler Anhänglichkeit geradezu liebte.
Es war eine Herrenuhr mit besonders schönem Gehäuse, und Mrs. Hunter hatte sie ihm nach dem Tod ihres Mannes als Zeichen der Erinnerung und der Wertschätzung zugeschickt. Sie hatte dem Verstorbenen gehört. Arnold Wyburd konnte sich noch genau erinnern, an welcher Stelle sie in ›Kudjeri‹ auf dem Kaminsims in der Bibliothek gestanden hatte. Und er erinnerte sich daran nicht von seinem ersten Besuch her, als er unpassend gekleidet und schüchtern wie ein kleiner Junge angekommen war, um die Kaufverträge für das Grundstück am Moreton Drive zur Unterschrift zu bringen, sondern von späteren Gelegenheiten, von der Zeit, nachdem er sich das Vertrauen seiner Klienten voll und ganz erworben und seine innere Spannung so weit nachgelassen hatte, daß er auch an ihrer Gastfreundschaft Vergnügen fand. Sein Respekt und seine Zuneigung gegenüber Mr. Hunter wuchsen immer mehr, bis er schließlich (und das war gewissermaßen der Augenblick, in dem das Eis endgültig brach) zu denen gezählt werden konnte, die ihn mit ›Bill‹ anredeten.
Und unter dieser Uhr, in der Bibliothek von ›Kudjeri‹, haben Bill Hunter und Arnold Wyburd danach noch viele Male gesessen und sich unterhalten:

Beide hatte sie Respekt vor funktionellen Gegenständen wie Uhren, Ferngläsern, Rasierapparaten und Barometern, ebenso wie vor Akten höherer Gewalt; aber ebenso oft waren sie es zufrieden, einfach schweigend dazusitzen und ins Feuer zu starren. Arnold Wyburd überlegte, wieviele der Trauergäste bei Bill Hunters Beerdigung seinerzeit bemerkt hatten, daß ihm die Tränen herunterliefen, und wieviele davon sich wohl heute noch daran erinnerten. Fast schämte er sich dessen inzwischen selbst. Seit Jahren hatte er nicht mehr daran gedacht, bis ihm heute morgen Bills lästige Kinder das alles wieder ins Gedächtnis gerufen hatten. Ob Bill wohl seine Kinder geliebt hatte? Du konntest dir gar nicht vorstellen, daß das überhaupt möglich gewesen wäre, und schämtest dich gleichzeitig, so etwas zu denken.

Neben der Uhr auf Arnold Wyburds Bücherregal, die mit liebender Sorgfalt immer wieder gestellt wurde und die Zeit auf die Sekunde genau anzeigte, stand ein gerahmtes Foto-Porträt mit einer Widmung in Bills eckiger Handschrift (sie erinnerte den Anwalt immer an Pfeilspitzen): *Für Arnold Wyburd in Zuneigung und Freundschaft – Bill.* Auch dieses Bild hatte ihm Mrs. Hunter geschickt, ein paar Jahre vor dem Tod ihres Mannes, und fast so, als ob sie andeuten wollte, daß das Porträt mit der Widmung eigentlich ihre Idee gewesen wäre. (Obwohl es natürlich meistens die Frauen sind, die auch die Geschenke ihrer Ehemänner verpacken und wegschicken.) Sie hatte einen Zettel in ihrer bekannten, schrecklichen Krakelschrift beigelegt (sie mußte wohl irgendwann einmal aus Effekthascherei angefangen haben, mit besonders großen Buchstaben zu schreiben, und dann hatte sie festgestellt, daß sie ganz unwillkürlich so schrieb) *... eine außergewöhnlich gut gelungene Aufnahme meiner Meinung nach und da Sie lieber Arnold mehr als jeder andere Alfred schätzen und lieben sollen Sie auch der erste sein der einen Abzug bekommt ...* Sie hatte zwar die Widmung nicht auch noch gleich selbst geschrieben, aber man konnte richtig sehen, wie sie ihrem Mann über die Schulter blickte und gute Ratschläge erteilte. Es machte ihn noch heute verlegen, wenn er an den Wortlaut dieses Zettels dachte – was, überlegte Arnold Wyburd manchmal, verstand Mrs. Hunter eigentlich unter ›Liebe‹? Aber um ehrlich zu sein – auch er wußte nicht so recht, was er darunter verstehen sollte: vermutlich, seiner eigenen Erfahrung nach zu urteilen, eine langjährige, ehrenhafte eheliche Zuneigung mit hier und da eingestreuten und mit Anstand verrichtetem Geschlechtsverkehr.

Der Anwalt hustete. Nach allem, was heute morgen schon auf ihn zugekommen war, fühlte er seinen Ärger jetzt auch noch dadurch neu aufgereizt, daß Mrs. Hunter sich derart in seine Erinnerungen an Bill eingemischt hatte.

Um seine Gedanken wieder zu ordnen, schob er einen oder zwei Gegen-

stände auf seinem Schreibtisch auf einen anderen Platz. An geregelte Arbeit etwa war jetzt nicht zu denken. Er vermied es, der Fotografie auf dem Bücherregal in die Augen zu sehen, und hätte vielleicht noch einmal einen Blick auf die Uhr geworfen, wenn jetzt nicht gerade Miß Haygard erschienen wäre, mit einer Tasse blassen, milchigen Tees (*normalerweise* brachte sie den auch früher) und den zwei Keksen, die er kaum je anzurühren pflegte. Ohne ein Wort verließ Miß Haygarth wieder das Zimmer.
Kein Grund, auf die Uhr zu blicken: Im Geist zählte er die dahinfließenden Minuten sowieso mit. Die Wut, ermahnte er sich selbst, ist eine Sache für Menschen mit unvernünftigem Temperament und führt direkt auf die Anklagebank. Mit dem Ärger ist das einfacher; allerdings kann Ärger auch bösartig und hartnäckig werden und Magengeschwüre verursachen; dabei war doch seine Gesundheit, mit Ausnahme einer Blinddarmentzündung im Alter von siebenunddreißig Jahren, immer außergewöhnlich gut gewesen – dank geregelter Gewohnheiten, einer vernünftigen Ernährung und seiner umsichtigen Frau. Und doch schien das alles jetzt gefährdet, zwar nicht direkt durch Wut und Ärger, sondern durch eine ganz uncharakteristische Unruhe, die ihn plagte. Er hatte die Nacht fast schlaflos verbracht, und am Morgen beim Frühstück waren sowohl ihm als auch Lal ein paar zynische Bemerkungen herausgerutscht (und das war doch sonst so ganz und gar nicht ihre Art).
»Die arme Dorothy – ich bin wirklich neugierig darauf, sie wiederzusehen, um festzustellen, ob sich so ein schlichtes Mädchen tatsächlich in eine strahlende Prinzessin verwandeln kann.« Dann lachte sie, und ihre Zähne sahen aus wie – wie – nein, eigentlich doch nicht. »Mich zu beeindrucken, das wird sie schon fertigbringen, glaube ich – denn unter der Oberfläche habe ich ein bißchen was von einem Snob.« Die Ehrlichkeit dieses Geständnisses, dazu der mit Corn Flakes vollgestopfte Mund, ließen ihre Backen wie aufgeblasen erscheinen: seine zuverlässige Lal.
»Gestern hat sie gesagt, daß sie dich schrecklich gerne wiedersehen möchte.«
»Das sagt man immer in solchen Fällen.«
»Oh, Dorothy wird uns sicher besuchen – es sei denn, sie ist zu sehr ihrer Mutter nachgeraten.«
Darüber mußten sie beide so lachen, daß er prompt von Schuldgefühlen geplagt wurde wegen seiner mangelnden Loyalität gegenüber der Familie Hunter. Er stieß die Gabel in die Wurst auf seinem Teller. Lal kaufte immer Rindswürste, weil sie billiger waren und auch weniger Fett enthielten, aber dennoch spritzte jetzt, als er die Wursthaut anstach, ein Strahl von flüssigem Fett heraus und auf seine Weste. Er verdeckte den Fleck mit seiner Serviette, damit Lal nichts davon bemerkte und nicht etwa darauf bestand, sich vor seinem Aufbruch zur Kanzlei noch über die Weste herzumachen. Sein Unbehagen wuchs noch, als er feststellte, daß die nun

auch fleckig gewordene Serviette zu einer Garnitur aus feinstem irischen Leinen gehörte, die ihnen die Hunters einmal geschenkt hatten – mitten zwischen Weihnachten und Ostern, einfach nur als spontane Geste. (Und weil es Mrs. Hunter gewesen sein mußte, die auf diese Idee gekommen war, fühlte er sich wegen der Servietten fast so schuldig wie wegen des Wortes ›Liebe‹, daß sie im Zusammenhang mit Bill erwähnt hatte.)
Jetzt kam Miß Haygarth zurück – nicht, um Teetasse, Untertasse und die zwei unberührten Kekse abzuräumen, sondern um mit ungewöhnlicher innerer Bewegung (sie war ein ziemlich phlegmatisches, dabei recht tüchtiges Mädchen aus Bexley North) zu verkünden: »Es ist die Prinzessin – Miß – Miß Dorothy Hunter – sie ist da.«
Fast im gleichen Augenblick schob sich die Princesse de Lascabanes auch schon zur Tür herein. Ihre Reserviertheit, ihr schüchternes Benehmen vom Tag vorher war verschwunden und hatte einem Auftreten Platz gemacht, das dem Anwalt wie eine Art von weltläufiger Unbekümmertheit erschien – vielleicht teilweise auch dadurch verursacht, daß sie ihr unentschuldbares Zuspätkommen damit überspielen wollte. Zwar war ihr Benehmen nach wie vor abrupt, aber durch diese Unbekümmertheit wurde es jetzt etwas gemildert. Sie trat herein, ohne Hut, zog ihre Handschuhe aus und lächelte – eine Geste, die nicht ohne die Hilfe ihrer Zähne zustande kam. Es überraschte den Anwalt, daß eine Prinzessin ohne Hut ging, und dann noch dazu mit Handschuhen; aber natürlich trugen heutzutage viele Damen, sogar auch ältere, keinen Hut mehr. (Er überlegte, ob wohl Mrs. Hunter, wenn sie die Kraft hätte, sich aus ihrem Bett zu erheben, ebenso ohne Hut in seine Kanzlei eingebrochen wäre, um ihm dann in dem ledernen Sessel ihre diktatorischen Wünsche zu unterbreiten.)
»Ich habe mich ganz schrecklich verspätet – oder nicht? Doch, ich fürchte schon«, setzte Madame de Lascabanes mit einer Lautstärke ein, die im Vorzimmer eine kleine Sensation auslöste.
Die Lippen des Anwalts formulierten das Wort ›nein‹, aber es blieb tonlos, und er schwieg, während er völlig unnötigerweise einen Stuhl geraderückte.
»Immerhin hat sich mein Bruder noch mehr verspätet«, bemerkte Dorothy, und es klang, als wolle sie die Aufmerksamkeit auf nur einen von den vielen Fehlern lenken, die er besaß.
Sie hätte nicht zufriedener sein können: Alles lief so, wie sie es geplant hatte, und dabei war ihr doch schon die Angst gekommen, daß sie mit ihren Expeditionen – ganz gleich, wie erfolgreich sie verlaufen waren – in die Küche und in das Zimmer der Haushälterin vielleicht alles verdorben hatte.
»Ich bin so froh.« Ihr Seufzer klang vielleicht ein wenig zu sehr wie der eines kleinen Mädchens.

Einen Augenblick lang war da wieder ihre Schüchternheit, als sie daran dachte, daß der Anwalt sie jetzt vielleicht sofort mit geschäftlichen Angelegenheiten überfallen könnte. Dabei hatte sie eigentlich unbedingt deswegen früher als Basil da sein wollen, weil sie sich gern unterhalten hätte – nicht mit einem Rechtsanwalt, sondern mit einem Herrn im gesetzten Alter, mit einem Mann, der alt genug war, ihr Vater zu sein. Es war ursprünglich ihre Absicht gewesen, ihm Fragen über ihren Vater zu stellen, den sie ja eigentlich nie richtig gekannt hatte. Aber nach ihrem Traum in der letzten Nacht hatte sie irgendwann in der Zwischenzeit ihre Absichten geändert.

»Fühlen Sie sich wohl im Klub?«, fragte Mr. Wyburd freundlich.

»Die Betten sind sehr bequem.« Sie wurde rot und fügte hinzu: »Ja, ich fühle mich durchaus wohl dort – vielen Dank.«

Sie dachte, daß sie vielleicht trotz allem damit beginnen sollte, über ihren einen und einzigen Vater zu sprechen. »Ich glaube, Sie und er waren enge Freunde«; ehe sie es sich versah, war sie schon mittendrin: viel zu angestrengt und zu nervös, aber daran konnte sie nun auch nichts mehr ändern; im Grunde genommen war sie fast dankbar für ihre innere Spannung, die ihr wenigstens mehr Energie verlieh, als sie sonst aufbringen konnte. »Deshalb müssen Sie ihn wohl auch gut verstanden haben, Mr. Wyburd – was uns nie gelungen ist. Mein Bruder war in jedem Fall zu selbstsüchtig, zu sehr auf seine eigenen Pläne konzentriert. Und ich – ich war zu scheu – und ja, auch einfach zu dumm.« Bei jeder anderen Gelegenheit hätte sie sich zu sehr geschämt, um ein solches Geständnis abzulegen, aber hier saß sie und bot einem weisen und trostreichen Vertrauten eine Bescheidenheit an, die er als Tugend verstehen würde – wie sie hoffte; aber ob er sie nun in diesem Sinne verstand oder nicht, jetzt war keine Zeit mehr für Spekulationen: Sie mußte jetzt ihren letzten und gleichzeitig wichtigsten Schuß abfeuern: »Meine Mutter andererseits hat es sich niemals gestattet, irgend jemanden zu verstehen, weil damit ja vielleicht das unterbrochen worden wäre, was sie als ihren persönlichen, immerwährenden Triumph ansah. Mutter war auf Sklaven spezialisiert, und ihr wertvollster Sklave war Vater. Sie muß ihn grausam gequält haben.« Dorothy Hunter sah den Anwalt an, bat ihn mit den Augen – nein, heute morgen nicht; heute morgen war sie aus irgendeinem Grund die Princesse de Lascabanes und mutig genug, diesem Mann hier zu *befehlen,* sich zu ihrem Verbündeten zu machen.

Aber Arnold Wyburd stand aufgrund seiner Vertrauensstellung über allen Bündnissen; und selbst wenn das nicht so gewesen wäre, hätte ihm, glaubte er, seine Umsicht immer noch verboten, sich auf irgendwelche Angebote dieser Art einzulassen; er feuchtete daher kurz seine Lippen an und antwortete: »Ich kann mich nicht erinnern, daß ihr Vater bei unseren Unterhaltungen jemals über ihre Mutter gesprochen hätte, außer im formellen

Sinne, bei irgendwelchen Rechtsangelegenheiten, und manchmal – oh, Sie wissen ja, was für Scherze die Männer hin und wieder über ihre Frauen machen.«

Die Prinzessin war ein wenig hilflos. »Nein, das weiß ich nicht, jedenfalls nicht genau«, mußte sie zugeben; dann konnte sie sich nicht mehr halten: »Aber worüber, um Himmels willen, haben Sie denn dann all diese langen Jahre gesprochen?«

»Nun – über Geschäfte. Schließlich war ich ja sein Anwalt, nicht wahr?«

Das machte Madame de Lascabanes einfach wütend. »Aber eine Freundschaft besteht doch nicht nur aus Geschäften! Es muß doch noch andere, persönlichere Themen gegeben haben.«

Dem Anwalt fiel plötzlich etwas ein; er lächelte milde. »Wir hatten ein gemeinsames Interesse an Uhren.« Darüber konnte man ruhig sprechen; schließlich war es eine Tatsache. »Sehen Sie die Uhr dort auf dem Bücherregal? Die hat früher Bill gehört. Ihre Mutter hat sie mir freundlicherweise nach seinem Tod geschenkt. Und direkt daneben – das ist ein Bild ihres Vaters.«

Dorothy stand auf, mitsamt Handtasche und Handschuhen. »Oh, ja! *Dad*!« obwohl sie es am allerwenigsten beabsichtigt hatte, die Dinge in *dieser* Richtung laufen zu lassen.

Sie hatte vorgehabt, sich keinesfalls von dem Gedanken an ihren toten und doch so wirklichen Vater rühren zu lassen, sondern sich nur um seines Andenkens willen moralisch zu entrüsten. Aber hier waren nun die Linien der Güte um die runden Augen, die so milde blickten, wie die des Anwalts auch, und dazu ein Mund, der viel zu sensibel war, um mit Hammeln in Verbindung gebracht zu werden – oder mit Elizabeth Hunter. Verzweifelt versuchte sie, sich auf den absurden Hemdkragen aus einem modischen Niemandsland und auf die lächerlich konventionelle Fotografen-Pose zu konzentrieren. Aber ein Blick auf die Widmung in dieser Handschrift, so steif und ungeschickt wie sie selbst in ihren schlimmsten Momenten, traf sie so tief, daß sie diese Gegenüberstellung noch mehr bereute als zuvor.

Sie drehte sich um und sagte: »Ich fürchte, daß ihn niemand – *niemand von uns* – so geliebt hat, wie er es wohl verdient hätte.« Während sie so ihre eigene Unzulänglichkeit eingestand, zahlte sie gleichzeitig dem Anwalt seine Haltung heim.

Er gab keine Antwort.

Nachdem sie sich wieder gesetzt hatten, bemerkte sie seine auf der Schreibtischplatte ruhenden, gefalteten Hände: Sie waren älter, als sie es gern gehabt hätte. Aber wahrscheinlich haßte er sie sowieso. Alle Leute haßten sie.

Madame de Lascabanes öffnete ihre Handtasche, blickte hinein und schloß sie wieder.

Sie hob den Kopf und zeigte ein strahlendes Lächeln der Vergebung. »Erzählen Sie doch – hieß eines ihrer Töchterchen Heather? Ich erinnere mich da an sowas wie Masern – oder waren es die *Wind*pocken?«
Miß Haygarth kam herein und sagte mit ihrer besten, am wenigsten an Bexley North erinnernden Aussprache: »Sir Basil Hunter.«
Dorothy saß mit dem Rücken zur Tür. Ob ihre Perlen, ihre neue Frisur ihr wohl hinreichend helfen würden, ihren unaussprechlichen Bruder zu ertragen? Vor allem glaubte sie nicht, daß sie es durchstehen würde, wenn er lachte: Sein Lachen war für sie in der Erinnerung das Rasseln eines metallenen Rolladens, der mit ihren innersten Gedanken zusammenstieß; für andere – für die Erwachsenen – waren es träumerisch dahinkräuselnde, glucksende Töne gewesen, die den Zuhörer durch etwas entzückten, was sich als unbekümmerte Jungenhaftigkeit ausgab.
Aber jetzt herrschte nur Stille in dieser Zelle aus Beton und Stahl, in der die Requisiten eines vergangenen Zeitalters, in der durchgesessenes Leder und verbeulter Pappendeckel mit der Strenge traditioneller Sparsamkeit zusammenwirkten, um die Atmosphäre noch bedrückender zu machen. Sie blickte auf den Anwalt, um vielleicht bei ihm Schutz vor der sorgfältig berechneten Brutalität des Schlages zu finden, der sie ohne Zweifel gleich treffen würde; Basils Bösartigkeit befleißigte sich der äußersten Präzision.
Arnold Wyburd war aufgestanden, auch er ein Teil der Stille: Seine Lippen zuckten, doch kein Ton war zu hören; Augenlider fielen herab und öffneten sich wieder, ziemlich albern sah das aus, dachte sie – alle diese jetzt so deutlich hervortretenden blauen Äderchen und unnatürlich weißen Falten. Es war, als ob die Stille diesen rechtschaffenen Mann isoliert und gleichzeitig zu seiner eigenen Karikatur übertrieben hätte – hier stand kein Anwalt mehr, kein Pseudo-Vater und am allerwenigsten der geheimnisvolle Liebhaber, dessen Traumfleisch und dessen seidene Testikel im Schlafzimmer des Klubs ihre Schenkel gestreichelt hatten, sondern hier stand nur noch ein zweitklassiger Schauspieler, der seinen Mund weiterbewegte, während der Ton ausgefallen war. Und es sah noch weniger überzeugend aus, wie er dann vorgab, über die flackernde Stille in der Kanzlei der Firma Keemis & Wyburd hinweg eine wortlose Entschuldigung für das Zuspätkommen entgegenzunehmen – eine Entschuldigung, die doch in jedem Fall auch nur unehrlich gemeint gewesen wäre.
Sie saß wie erstarrt unter dem Einfluß von Mr. Wyburds plötzlichem Unvermögen: war immer noch starr, als unsichtbare Hände von hinten ihre Schultern mit gespielter Vertraulichkeit umfaßten, sie kneteten und beinahe ausrenkten; und dann spürte sie eine feuchte Liebkosung zwischen Ohrläppchen und Perlenkette.
Im selben Augenblick setzte auch der Ton wieder ein, um die Vorstellung

mit einer Reihe von gebrochenen, nicht ganz bis zum Vibrato aufsteigenden, laut geflüsterten Worten zu bereichern: »Die liebe – alte – Dorothy!« Basils Atem kitzelte in ihrem Nacken, und ihr wurde plötzlich klar, daß ihr in diesem unerfreulichen Film vielleicht nicht *die* Hauptrolle, aber doch mindestens *eine* Hauptrolle zugedacht war – und dabei hatte sie doch gehofft, nicht viel mehr als eine Statistin sein zu müssen, wie der Anwalt auch, und hinterher wieder verschwinden zu können, ohne daß ihr jemand Vorwürfe wegen ihrer Dummdreistigkeit als Schauspielerin oder der bösartigen Charaktereigenschaften der Person machen konnte, die sie darzustellen hatte.

Statt dessen schob sich nun Basil der Bruder so lange um den ein wenig klebrigen Ledersessel von Keemis & Wyburd herum, bis das lebende Bild ›die wiedervereinigten Geschwister‹ in vollendeter Form gestellt war.

Sie sah ihn an und kam sich schließlich selbst zu Hilfe. »Meinst du nicht, wir sollten uns lieber an unsere geschäftlichen Angelegenheiten machen? Es ist sowieso schon spät genug, und vielleicht hat Mr. Wyburd zum Mittagessen eine Verabredung mit jemand anderem.«

Ohne Zweifel amüsierte Basil sich über ihre amateurhafte Attacke; er brach in lautes Gelächter aus, und es war nicht der metallene Rolladen ihrer Jugend und auch nicht das träumerische Glucksen, von dem einst die Erwachsenen so eingenommen waren, sondern ein klingender, melodischer Ablauf von vibrierenden Orgeltönen: speziell für mich erdacht, vermutete sie zu ihrem eigenen Entsetzen.

»Du lieber Gott, Dotty –«, niemand hatte sie jemals zuvor so genannt, »– gönne mir doch das Vergnügen und schenke mir wenigstens für ein oder zwei Sekunden den Blick deiner Augen!«

Es war einfach entsetzlich. Die wenigen Zeitungsbilder von ihm, die ihr in den vergangenen Jahren in die Finger gekommen waren, hatten jedesmal einen anderen Mann gezeigt, und immer war das Bild entweder verschwommen oder verzerrt. Und jetzt saß sie hier und sah sich der erhabenen Wirklichkeit gegenüber: Selbst Hubert de Lascabanes hatte keine so beunruhigende Wirkung auf sie ausgeübt, als sie ihm seinerzeit in der Halle des Hotels Crillon zum erstenmal gegenüberstand.

Und was ihren Bruder anbelangte (es *war* ihr Bruder!), so sagte der: »Du hast dich ganz schön gemacht, Darling!«, und dabei schürzte er anerkennend die Lippen – entweder aus purer Ironie oder um anzudeuten, daß sie ein kleines, interessantes Geheimnis miteinander teilten, neben allem anderen.

Und daß sie nicht ganz sicher war, wie ihr Bruder seine Gesten, wie seine Worte wirklich meinte – das half ihr nun, ihr Gleichgewicht wiederzufinden.

Das war der Punkt, an dem Mr. Wyburd wieder er selbst wurde – beruflich solide, zuverlässig: Er eröffnete gewissermaßen die Sitzung. »Es muß Ihnen klar sein, daß dies hier kaum das ist, was man als eine normale Verfahrensweise bezeichnen könnte: daß nämlich der Anwalt und Vermögensverwalter ihrer Mutter Details ihrer Privatangelegenheiten offen mit Dritten bespricht. Aber im Hinblick auf Mrs. Hunters vorgeschrittenes Alter und mit Rücksicht auf ihre geistige Verfassung – die keinesfalls so schlecht ist, daß sie nicht nach wie vor ihre eigene Vermögenspolitik betreibt und sich auch in vielen kleinen persönlichen Angelegenheiten eine eigene Entscheidung vorbehält – nehme ich es auf mich, Sie, als Mrs. Hunters volljährige Kinder«, und hier wurde er ganz besonders ernst, »von mir aus mit der Art und Weise bekannt zu machen, in der ich meine Aufgabe der Vermögensverwaltung zu erfüllen suche, und Sie auf diese Weise – das hoffe ich wenigstens – zu überzeugen, daß das Vertrauen ihrer Mutter in meine Person gerechtfertigt war und ist.«

Ebenso beunruhigt wie beeindruckt von den langen, komplizierten Sätzen des Anwalts, überlegte die Prinzessin inzwischen, warum er sie wohl vorhin enttäuscht haben mochte, als sie seine moralische Unterstützung benötigte. Sie hätte statt dessen natürlich die langweiligen Aufstellungen studieren sollen, die er für sie bereitgelegt hatte: einen ganzen Stoß für jeden. Die tiefen Falten in Basils Stirn zeigten eindrucksvoll an, wie sehr er sich konzentrierte; mehrere Male hintereinander stieß er ein kurzes »Richtig – sehr richtig!« hervor, dessen markante Schärfe andeutete, daß er im Grunde schon einverstanden war, aber im übrigen den Wyburd'schen Monolog lieber nicht unterbrechen wollte.

Einmal, nachdem er rasch sämtliche Seiten der maschinegeschriebenen Beweise für die Integrität des Vermögensverwalters durchgeblättert hatte, gewann seine Ungeduld um ein Haar die Überhand gegenüber seiner so sorgfältig zur Schau getragenen diskreten Sachkenntnis. »Oh, ich sehe schon – es ist alles da, lückenlos! Mein lieber alter Wyburd, da haben Sie ja fabelhafte Arbeit geleistet.«

Aber der Anwalt ließ sich weder schmeicheln noch ablenken.

Dorothy überlegte, ob er seine Ansprache wohl vorher auswendig gelernt hatte. Die Tatsache, daß hier jetzt zwei Männer zusammensaßen und offensichtlich alle diese langweiligen und mühsamen Angelegenheiten in die Hand genommen hatten, machte sie für den Augenblick fast gleichgültig. Weiterhin angemessen ernst und würdig aussehend, weiterhin *zuhörend*, öffnete sie gleichzeitig verstohlen ihre Handtasche und drehte den kleinen Spiegel darin so, daß sie hineinsehen konnte: Sie hätte gerne herausgefunden, was an ihr Basil wohl zu der seltsamen Bemerkung veranlaßt haben könnte, sie ›hätte sich gemacht‹; vielleicht empfand er doch eine Zuneigung für sie und hatte sie nur noch nie gezeigt. Was sie im Spiegel erblickte, gefiel ihr nicht besser als das, was sie sonst auch sah: Sie hatte im großen und ganzen ein gewisses Flair, aber die Einzelheiten enttäuschten dann – mit Ausnahme der Augen, möglicherweise; vielleicht waren es ihre Augen, die Basil bewunderte; schon die Möglichkeit machte sie feucht glänzen.

Sie blickte auf und stellte fest, daß er ihr tatsächlich über den maschinebeschriebenen Bogen in seiner Hand hinweg in die Augen sah, zwischen den gedrechselten Sätzen des Anwalts hindurch. Aber dann bemerkte sie, daß es doch nicht ihre Augen waren – ihre Augen, die in ihrer Vorstellung in guten Momenten so feucht glänzten und sanft aussahen wie die eines Rehs – sondern daß er tiefer zu blicken versuchte, direkt in ihr Gehirn: Er siebte gewissermaßen ihre Gedanken durch, vielleicht um eine Übereinstimmung zwischen ihnen zu finden, warum sie sich hier völlig freiwillig getroffen hatten. Er sah ziemlich furchterregend aus; aber sie wußte, daß sie selbst in Augenblicken des Ärgers, der Frustration oder der Wut genauso furchterregend aussehen konnte.

Wie weit er sich auch in ihre Gedanken hineingewunden haben mochte – er zwinkerte ihr jedenfalls plötzlich zu und lächelte dann ganz offen; und sie lächelte zurück, beziehungsweise sie öffnete ihre Lippen weit genug, um das wortlose Bündnis zu besiegeln.

Basil Hunter gab einen halben Schnauber von sich, dessen andere Hälfte er dann rasch in seinem Taschentuch begrub, als ihm das Symbol zu Bewußtsein kam: *Pferd, vor einem Donnerschlag erschreckend.* Ein attraktives Pferd: ein Pferd wie Regan. Sollte das bedeuten, daß ihm die Rolle einer tuntenhaften Goneril zufiel? (Im Hintergrund – Mitty Jacka und das ›ungespielte Ich‹.)

Jedenfalls verstanden Dorothy und er einander, was den Grund ihrer Anwesenheit in Sydney anbetraf. Jetzt, wo das endlich klar war, konnte er sich auch ein wenig entspannen; er gähnte; und als der Anwalt schließlich wieder aus den Tiefen seiner Erklärungen an die Oberfläche zurückkehrte, mit einem Funken von Stolz in den alten Augen, da trug Sir Basil nur ein unverbindliches »Durchaus möglich« zu seinen Ausführungen bei. In der danach folgenden Pause legte er den Kopf zur Seite, und das Sonnenlicht glitzerte auf einer stahlgrauen Haartolle, die wie ganz unabsichtlich so wirkungsvoll zurückgeworfen erschien – wenn nicht noch die Spuren des Kammes zu sehen gewesen wären, mit dem sie sorgfältig zwischen Schläfe und Hinterkopf hinmodelliert worden war. »Niemand kann bestreiten, daß Sie die Interessen ihrer Klientin voll gewahrt und die Verwaltung ihres Vermögens mit bewundernswürdiger Hingabe auf sich genommen haben. Wenn ich also jetzt bemerken möchte, daß wir bis jetzt über die Situation mehr oder weniger nur von einem abstrakten Standpunkt aus gesprochen haben, so bedeutet das in keiner Weise – lieber Arnold – daß ich ihre hoch über allem stehende Verhaltensweise kritisieren

will.« Er lächelte mit schimmernden Zähnen, teilweise zumindest dank der Sonne, die hier oben, hoch über den Straßen und dem Verkehr, ungehindert strahlte. »Aber um allen gerecht zu werden – auch meiner – *unserer* Mutter«; die Prinzessin dankte für diese Höflichkeit mit einem kurzen, ungeschickten Rucken des Kopfes, »– müssen wir die Angelegenheit auch noch von einer anderen Seiten betrachten, meiner Meinung nach.«
Der Anwalt senkte die Augenlider – vielleicht nur deswegen, um sich besser vor der blendenden Helle schützen zu können.
»Wir müssen eine Entscheidung darüber treffen, ob ein Mensch, der das Alter unserer Mutter erreicht hat, auch alle seine Bedürfnisse nach Glück und Bequemlichkeit in seinem *Halb*-Leben befriedigt bekommt, im Verhältnis zu der umfangreichen und – erschreckend aufwendigen *Maschinerie*, die zur Befriedigung dieser Bedürfnisse aufrechterhalten werden muß.«
Arnold Wyburd erinnerte sie: »Sie wissen von gestern abend her, als wir uns schon kurz über dieses Thema unterhalten haben, daß meiner Meinung nach Mrs. Hunter ihr Leben auch jetzt noch in vollen Zügen genießt.« Er wünschte, daß er sich etwas leidenschaftlicher ausdrücken könnte – aber Szenen mit gefühlsmäßigen Aufwallungen waren noch nie sein Stil gewesen.
Basil Hunter kniff sein Gesicht so weit zusammen, daß nur noch die äußeren Umrisse genau zu erkennen waren. »Aber sicherlich könnte sie sich doch ihres Lebens auch in einem weniger aufwendigen Rahmen erfreuen – so weit wirklich von erfreuen die Rede sein kann?« Damit ließ er sein Gesicht wieder zu seinem normalen Ausdruck zurückkehren und blickte erst den Anwalt und dann seine Schwester mit so herzlicher Offenheit an, daß ihm normalerweise auch das hartherzigste Publikum zu Füßen gelegen hätte. »Die Bedürfnisse alter Leute, wenn sie einmal so weit sind, daß man sie eigentlich als senil bezeichnen könnte, müßten doch eigentlich sehr einfach zu befriedigen sein: nicht viel mehr als ein bequemes Bett, eine freundliche, helfende Hand und ausreichend schönen weichen Brotpudding – würde ich sagen.«
»Obwohl Mrs. Hunter manchmal geistesabwesend sein mag, scheint sie doch immer noch ständig auf der Suche nach den subtilen Dingen des Lebens zu sein.« Arnold Wyburd versuchte, sich klarer auszudrücken: »Ich würde sagen, daß sie nach wie vor die komplizierteste Frau ist, die ich kenne.« Das weitere konnte er hier kaum sagen: daß er sich nämlich mehr denn je vor ihr fürchtete.
Die Princesse de Lascabanes machte eine Bewegung; sie hustete, als ob sie ihre Stimme prüfen wollte, die ja auch seit geraumer Zeit tief unten bei ihren versunkenen Gedanken geruht hatte und jetzt möglicherweise nicht gleich geschmeidig genug sein wollte.
»Ich persönlich –«, begann sie und stellte fest, daß ihre Stimme es wohl

schaffen würde, »– ich persönlich bin der Auffassung, daß ihr beide nur herumredet – den eigentlichen Problemen aus dem Weg geht – nur mit Worten und Theorien spielt. Ganz besonders du, Basil.« Diese Anschuldigung kam kalt genug heraus, um ihren Bruder daran zu erinnern, daß sie zwar von seinem ersten Auftreten einfach umgeworfen worden war, von der Art, wie seine Unterlippe geteilt war, von dem stahlgrauen Haar und der schimmernd-gesunden Gesichtsfarbe, und daß sie für einen Moment geglaubt hatte, den Ehemann vor sich zu sehen, den zu verschlingen ihr nicht geglückt war – daß sie aber in keiner Weise die Absicht hatte, sich bis zu Inzestvorstellungen hinreißen zu lassen.
Basil lachte, offensichtlich wenig überzeugt, und spielte mit einem Bleistift. »Erzähl' uns ruhig noch ein bißchen mehr, Darling«, forderte er sie heraus.
Dorothy ignorierte das. »Ich will damit sagen – ich habe bereits ein paar praktische Untersuchungen angestellt, ganz für mich allein. Eine Tatsache beispielsweise kann dir unmöglich bekannt sein, Basil, obwohl Mr. Wyburd wohl Bescheid wissen müßte, würde ich sagen«, und sie blickte mit Bedauern auf den Geliebten ihrer Träume der letzten Nacht. »– Es handelt sich dabei darum, daß Mutter angeordnet hat, die Putzfrau jeden Tag mit einem Mietwagen in Redfern abzuholen. Das, würde ich immer noch sagen, könnte man als eine Laune abtun, und man soll wohl hier und da den Launen alter Leute nachgeben, denn das gibt ihnen das Gefühl, daß sie noch Herr ihres Willens sind. Aber dann habe ich noch etwas entdeckt, und davon kann sie unmöglich wissen – und wenn sie es erführe, dann würde sie so etwas ganz bestimmt nicht dulden.« Die Prinzessin zog die Augen zu schmalen Schlitzen zusammen, ehe sie nun ihren Pfeil abschoß. »Ich bin heute morgen hinunter in die Küche gegangen ...«
»Aber Dotty! Doch nicht wirklich!« sagte Basil, Spott in der Stimme.
Sie schloß für einen Moment ihre Augen, um den Bruder aus ihren Gedanken zu verbannen, der sich trotz eines verführerischen Auftakts anscheinend als ebenso bösartig und hassenswert erweisen wollte wie eh und je. »Ich bin also in die Küche gegangen, und da habe ich im Abfallkübel mindestens zwei Kilogramm bestes *Filet de boeuf* gefunden, mit Absicht weggeworfen und inzwischen natürlich bereits verdorben.«
Basil wappnete sich, um die Allianz mit seiner französischen Schwester neu zu beleben. »Das kann niemand gewesen sein als diese Haushälterin. Wer, frage ich mich«, und damit blickte er den Anwalt an und wandte gleich die Augen wieder ab, »wer hat eine verrückte mitteleuropäische Nachtclubtänzerin, oder was immer sie ist, als Köchin für unsere Mutter eingestellt? Das war wirklich eine totale Verrücktheit.«
»Aber sie liebt Mrs. Hunter sehr.«
»Sie liebt sie, wie? Nun, dann endet diese Liebe anscheinend in der Küche

im Abfallkübel.« Er war stolz auf diesen Satz; und Dorothy schien sichtlich beeindruckt.
»Es ist Verschwendung. Und Verschwendigung« – die versehentlich herausgerutschte zusätzliche Silbe gab ihr das Gefühl, daß sie gerade ein neues Wort geschaffen hatte – »und Verschwendigung war schon immer unmoralisch, aber in einem Zeitalter wie dem unseren ist sie einfach unverzeihlich.« Sie hatte das kaum gesagt, da fing sie auch schon an, darüber nachzudenken, welche unmoralischen Handlungen sie eigentlich für verzeihlich hielt: aber für seine Träume ist man wenigstens nicht verantwortlich.
Basil schickte sich an, den Angriff noch weiter zu forcieren. »Was sie auch für berufliche Fähigkeiten haben mögen – Krankenschwestern haben im allgemeinen den Ruf, daß sie unpraktische Wesen sind; es sei denn, daß sie als Pflegerinnen in Privathaushalten der Versuchung ausgesetzt sind, ihre wohlhabenderen Patienten ausnehmen zu können. Dann werden einige von ihnen plötzlich ungemein realistisch. Sagen Sie mir doch, lieber alter Wyburd – wo *ißt* eigentlich diese Armee von Krankenschwestern, die unsere Mutter unterhält?«
»Sie haben natürlich ein Recht auf eine Mahlzeit, wenn sie sich zu der Zeit im Hause befinden, zu der diese Mahlzeit üblicherweise eingenommen wird.« Er sah immer noch Dorothy Hunters starr auf das weggeworfene Filet gerichtete Auge vor sich. »Die Nachtschwester ißt wohl manchmal etwas zu ungewöhnlicher Stunde, aber es ist ja auch ganz natürlich, daß man in der Nacht hin und wieder hungrig wird.« Er flehte seine Ankläger geradezu an.
Sir Basil nickte: Die Frau mit dem schrecklichen Hut.
»Was ich durchaus nicht bereit bin, so ohne weiteres hinzunehmen«, gab der Anwalt zu und trommelte mit nervösen Fingern auf der Schreibtischplatte, »ist die Tatsache, daß Schwester Manhood immer frühzeitig genug kommt, um mit Schwester Badgery zu Mittag zu essen, ehe sie Badgery ablöst. Manhood hat sich das einfach eigenmächtig so eingerichtet – von ihrem Standpunkt aus natürlich ein wirtschaftlicher Vorteil – und jetzt ist es nicht einfach, das wieder zu verbieten, wo der Präzedenzfall nun einmal gegeben ist.«
»Manhood – ist das die Hübsche?«, fragte Sir Basil Hunter.
Der Anwalt kniff die Lippen zusammen; er sah ängstlich aus; dann nickte er.
Madame de Lascabanes haßte in diesem Augenblick ihren Bruder und sogar auch ihren Pseudo-Liebhaber – von dieser gesund aussehenden Krankenschwester in ihrem zu knappen, mit Farbe überladenen Minikleid, die gestern in der Tür gestanden und ihr nachgeblickt hatte, wie sie den Gartenweg hinunterging, ganz zu schweigen.

»Wenn dem Mädchen keine Mittagsmahlzeit zusteht, dann hätten Sie als Autoritätsperson ihr das eigentlich sagen müssen«, bemerkte die Prinzessin.
»Sie ist die Krankenschwester, die Mrs. Hunter am liebsten hat«, versuchte der Anwalt zu widersprechen und zögerte dann. »Sie – sie macht das Make-up für ihre Mutter.« Jetzt zögerte er noch stärker. »Und soweit mir bekannt ist, hat Schwester Manhood auch einen Kurs für – für Perücken-Behandlung besucht, dessen Kosten Mrs. Hunter getragen hat.«
Sir Basil schlug mit lautem Geräusch die Hände über dem Kopf zusammen: Plötzlicher Trommelwirbel hätte die Mitspieler kaum mehr erschrecken können in dieser würdigen Streichmusik, die sie bis jetzt hier aufgeführt hatten. »Hurra für Mum! Als Schauspieler kann ich ja kaum etwas dagegen haben, daß sie einen Sinn für Theater entwickelt, nicht wahr?« Es hatte ihm schon gereicht, nach Jahren wieder einmal nach Hause zu kommen und dann eine angestrichene Mumie anstelle der eigenen Mutter vorzufinden; aber jetzt fing das alles allmählich an, langweilig zu werden – vor seinen Augen hüpfte das unsinnige Fliedermütterchen in grotesken Sprüngen zwischen Gesetzesbüchern und metallenen Aktenschränken herum, was ihn sehr erheiterte. »Im übrigen hätte auch ich nichts dagegen, mir von so einem hübschen Mädchen wie der kleinen Manhood die Bettflasche unterschieben zu lassen.« Er nahm einen von den beiden Keksen, die in der Untertasse auf dem Schreibtisch des Anwalts lagen, und begann ungehemmt zu kauen.
Dorothy war empört. Erst nach einer Weile gelang es ihr, die Zähne weit auseinander zu bekommen, daß sie murmeln konnte: »Es ist noch so viel zu erledigen. Und da hätte ich doch gedacht, daß du dich beherrschen könntest.«
»Mhmm. Du hast recht, liebe Dorothy.« Basil griff nach dem zweiten Keks. »Aber das ist eben der leichtsinnige Taugenichts, der in meiner sonst so vernünftigen Seele lauert.« Er kaute wieder, schluckte mit übertriebenem Geräusch und war vielleicht drauf und dran, zu guter Letzt noch kräftig aufzustoßen. Aber dann faltete er statt dessen nur friedlich die Hände. »Jetzt bin ich – gern bereit – unsere Besprechung wieder aufzunehmen, die ja weiß Gott wirklich wichtig ist – ganz wie du sagst.« Und er blickte sie an, um eine Zustimmung bittend, die sie ihm nicht gut versagen konnte; und dann lächelte er.
Warum nur mußte er hier den alten Narren spielen und sie dabei gleich mit lächerlich machen? Er schien gar nicht zu bemerken, daß sein unanständiges Benehmen für andere Menschen sehr peinlich sein konnte. Ihr waren nicht mehr ganz junge Männer, die sich so närrisch aufführten, einfach ein Greuel.
Arnold Wyburd, dem ein Zusammenstoß zwischen seinen beiden Kritikern

vielleicht ganz recht gewesen wäre, wenn er nicht das Gefühl gehabt hätte, daß hinter ihrem scheinbar so entgegengesetzten Verhalten im Grunde genommen dasselbe beunruhigende Motiv versteckt war, rutschte auf dem Sessel hin und her und bemerkte: »Ich glaube, wir müssen uns immer vor Augen halten, daß Mrs. Hunter selbst das starke Bedürfnis hat, ihre letzten Jahre in dem Haus zu verbringen, das sie so gut kennt, in dem sie umgeben ist von Freunden und Hausgenossen, zu denen sie eine enge Beziehung hat.«

»In dem Haus, das sie so gut gekannt *hat,* Arnold, das sie aber nicht mehr sehen kann – sie sieht ja nicht einmal mehr das Zimmer, in dem sie liegt.«

»Was meinen Sie mit ›Hausgenossen‹, Mr. Wyburd? Hat unsere Mutter denn keine Verpflichtung gegenüber ihren *Kindern*? Und diese Kinder sind schließlich auch nicht mehr so ganz jung!« Dorothy de Lascabanes stieß diesen Satz mit gepreßter Stimme hervor, und dann lachte sie – aber in ihrem Lachen war keine Spur von Humor.

Basil schob die Unterlippe vor, bis sie knollig – ja, geradezu tumorartig aussah. Sie hätte ihn vor ihren Augen altern sehen können, aber sie wollte lieber nicht hinsehen.

Dann hörte sie, wie er den Ton seiner Stimme leichter werden ließ und eine abgehackte Sprechweise annahm, mit der er ohne Zweifel hoffte, noch mehr Druck auf ihren Gegenspieler ausüben zu können. »Ich kann mir nicht vorstellen, warum diese doch ohne Zweifel so hochentwickelte Stadt nicht imstande ist, irgendeine Art von Altersheim zu schaffen. Oh, ich meine natürlich nicht ein Armenhaus – aber irgendwie ein einfaches Leben in angenehmer Umgebung, das einer Frau wie unserer Mutter gefallen könnte.«

»Es gibt so etwas – Thorogood Village«, bestätigte der Anwalt. »Viele Menschen beiderlei Geschlechts ziehen sich im Alter dorthin zurück und leben dort zusammen mit Gleichaltrigen, in einem Klima, das sehr viel besser ist als unseres hier. Aber ich glaube«, fügte er schlicht hinzu, »Mrs. Hunter würde das ablehnen.«

»Wie ist es denn mit den frommen Schwestern?« fragte die Princesse de Lascabanes mit der nötigen Ehrfurcht und einem sinnenden Lächeln. »Ich kannte ein paar noch sehr lebenslustige alte Damen, die ihre letzten Jahre in Nonnenklöstern verbracht haben und dabei recht glücklich waren.« Man konnte natürlich von Mutter, die auch nicht den leisesten Funken von religiösem Gefühl besaß, nicht erwarten, daß sie auch den Wert der geistigen Tröstungen erkannte, welche die Kirche bot; aber es wäre doch einfach zu ärgerlich, wenn sie nicht wenigstens die praktischen Vorteile einer Organisation anerkennen würde, der sie sich ja letzten Endes nur formell zu verpflichten brauchte.

»Ich glaube, Mrs. Hunter würde lieber sterben, als sich von irgend jemandem die Art aufzwingen zu lassen, in der sie zu leben hat«, sagte Arnold Wyburd.

»Sie zur Vernunft zu bringen, bedeutet ja noch nicht, ihr etwas aufzuzwingen.« Der gerade erst hinter ihm liegende Flug aus der Welt des Nebels in die schmeichelnde Luft, die ihn seit seiner Ankunft umgab, schien Sir Basil immer noch müde zu machen: Er räkelte sich, und einer seiner Hemdknöpfe platzte ab. Seine Schwester und der Anwalt taten so, als hätten sie nichts bemerkt.

Dorothy de Lascabanes konnte es kaum vermeiden, daß so etwas Abscheuliches wie der Anblick von Körperhaaren und sich abzeichnenden Rippen hinter dem fast durchsichtigen Material eines Unterhemdes in ihr Bewußtsein drangen. Aber gleichzeitig wurden dadurch schmachtende Parallelen in ihr geweckt. Ich bin abscheulich, mußte sie sich widerstrebend und gezwungenermaßen eingestehen.

Und Basil hatte angefangen, ihr um die Ecke des Schreibtisches herum gegen das Schienbein zu treten; Basil schrie fast: »Du, Dorothy – du mußt mit Mutter reden.«

»Warum gerade *ich*?« Sie war so plötzlich aus ihren Gedanken aufgeschreckt worden, daß sie unversehens einfach zurückschrie.

»Weil du auch eine Frau bist – oder nicht?«

Diese Ungerechtigkeit trieb ihr den Schweiß auf die Stirn. »Das hab' ich gern! Warum denn nicht Mr. Wyburd – er ist doch Mutters Anwalt – und ihr – nun ja, ihr Vertrauter – warum kann er es denn nicht tun?« Sie hatte Mühe, das alles herauszubringen, unterbrochen von häßlichen Schluckbewegungen.

Und Arnold Wyburd – ihm wurde klar, daß er sein Vertrauen in Worte endgültig verloren hatte, obwohl doch eigentlich sein ganzes Leben auf ihrer Nützlichkeit aufgebaut war: man konnte Worte als Zäune benutzen, als Rauchbomben zur Verschleierung, als Messer und als Steine; sie konnten auch die Form beruhigender Wärmflaschen annehmen; aber immer wenn du glaubtest, daß sie dir helfen könnten, eine Tür zur Wahrheit zu öffnen, dann fandest du hinter dieser Tür statt eines hell erleuchteten Raumes nur eine dunkle Leere, die zu betreten dir der Mut fehlte.

Der Erleuchtung am nächsten war er vielleicht auf ›Kudjeri‹ gekommen, bei den Gesprächen mit Bill Hunter vor dem Kaminfeuer in der Bibliothek, nachdem Mrs. Hunter zu Bett gegangen war (du hattest immer den Verdacht, daß es sie langweilte, wenn du und ihr Mann den Gedanken nachhingt, die euch miteinander verbanden). Er erinnerte sich besonders an einen Abend, an dem Bill von dem Erdbeben erzählte, das er als junger Mann auf einer Reise durch Belutschistan erlebt hatte. Es dauerte nicht lange, und ihr erlebtet dieses Erdbeben zusammen, das Haus zitterte und zerbröckelte rings um euch, Rauch stieg nicht mehr nur vom eigenen

Herdfeuer auf sondern auch aus den Trümmerfeldern der Ruinen mit ihren Trauben von dunklen Körpern sie lagen still oder wehrten sich noch und riefen sehnige Arme ausgestreckt baten um Gnade manchmal direkt aus den Spalten in der Erde. Nachdem Bill seine ›Geschichte‹ beendet hatte, bliebt ihr beide, so schien es, irgendwie noch in einem Zustand gefährlicher und gefährdeter Schwebe, in dem schwarze Klauen aus dem rauchenden Abgrund immer noch an euren Füßen krallten und zerrten. Worte sind erbarmungswürdige Rettungsfäden für die – das hatte Bill damals schon erkannt – denen sich die Handlungen versagen, und die nun in den Rachen Gottes fallen. Selbst nachdem eure Gedanken wieder in die Ledersessel vor dem Kamin in der Bibliothek von ›Kudjeri‹ zurückgekehrt waren, bliebt ihr noch lange schweigend sitzen, erfüllt von Furcht, aber in irgendeiner Weise auch härter geworden durch das, was ihr da miteinander erlebt hattet.
Basil war von seinem Stuhl aufgestanden und stampfte laut denkend im Büro auf und ab: »Jawohl, Dorothy, ich bin durchaus deiner Meinung – der alte Wyburd ist es, der Mutter überreden muß. Wie gutgemeint unsere Vorschläge auch sein mögen – Arnolds Ehrlichkeit ist erwiesen. Was er sagt, wird sie nicht bezweifeln.«
Wenn dieses Gebäude jetzt zusammenstürzen würde, hoffte Arnold Wyburd, dann könnten wir alle drei in dieser völligen Zerstörung vielleicht wieder rein werden. Und er sehnte sich nach Bills Erdbeben, um sich die Erniedrigung einer Komplicenschaft mit den Hunter-Kindern zu ersparen; oder würde die Erde sich jetzt schon weigern, ihn zu bergen, und ihn wieder ausspeien? Aber dieser Wunsch dauerte nur einen Augenblick, denn schließlich waren da ja Lal, Marjorie und Heather, die Männer dazu (ob du sie nun mochtest oder nicht) und die Kinder; die *Enkel*kinder; Jenny ging schon jetzt mit nicht erwünschten jungen Männern tanzen.
Inzwischen hatte Basil, eine Hand am Fensterrahmen, den Blick in den Abgrund gerichtet, feierlich zu sprechen begonnen; was er sagte, klang fast wie eine vorbereitete Rede: »Mein Gott, wie würde das alles hier klirren und scheppern, das Glas und der Beton und wir – die Insekten – mitten dazwischen, zerrieben zusammen mit allen anderen Insekten. Aber – es könnte einen auch auf schlimmere Weise treffen, viel schlimmer: Man wird ausgewählt wegen seiner Farbe, wegen bestimmter dekorativer Flecken oder wegen seines ungewöhnlichen Verhaltens, und dann mit einer Nadel aufgespießt – ganz allein!«
»Oh, *Darling* –«, Dorothy war selbst überrascht, daß ihre Unehrlichkeiten gleichzeitig einen so warmen Klang haben konnten »– warum an einem so herrlichen Morgen trüben Gedanken nachhängen?« Sie lachte unbeherrscht auf; die sichtbare Hälfte ihrer Arme bestand nur noch aus malvenfarbener Gänsehaut.

»Du hast recht. Warum sollten die Insekten in Panik verfallen, solange noch die Sonne scheint, in der sie herumflattern können?« Aber als er sich vom Fenster abwandte, machte er nicht den Eindruck, als ob er sich selbst ganz überzeugt hätte: Dem Erzfeind aller Menschen wäre es nicht schwergefallen, seine Gefühle mit dem Drang zum Überleben gleichzusetzen.

Der Anwalt erinnerte sich an eine Pflicht, die er noch zu erfüllen hatte, und öffnete eine Schublade in seinem Schreibtisch. »Mrs. Hunter hat ausdrücklich gewünscht, daß ich Ihnen dies hier gebe.« Er kam hinter dem Schreibtisch hervor und überreichte jedem der beiden einen Umschlag mit vollständiger Adresse – einschließlich aller Titel.

Die Hunterschen Kinder waren wie verzaubert, fieberten geradezu, weil es den Weihnachtsmann anscheinend doch noch gab: Dorothy zischte vor Überraschung, griff fahrig nach dem Umschlag und erinnerte sich dann erst an ihre ›gute Kinderstube‹ und die damit verbundenen eleganten Bewegungen ihrer langen, dünnen, sorgfältig manikürten Fingernägel. Basil andererseits riß einen häßlichen Fetzen aus dem Ende seines Kuverts und hatte Glück, daß er den Inhalt nicht gleich mit zerriß; sein schwerer Atem erinnerte den Anwalt auf unangenehme Weise an etwas, was er immer aus seinem Gedächtnis zu verbannen pflegte: an sich selbst kurz vor einem Orgasmus.

Dorothy war wirklich überwältigt von dem Scheck, stellvertretend für Elizabeth Hunter von ihrem Anwalt Arnold Wyburd ausgestellt und unterschrieben. »Ist das nicht *gütig* von ihr? Wirklich gütig und *großzügig*!«, wiederholte sie immer wieder, als ob Gütigkeit und Großzügigkeit Tugenden wären, die sie völlig vergessen und an die sie gar nicht mehr gedacht hatte; und an die man sich jetzt erinnert und wirklich: man sollte sie selbst häufiger *bewußt* ausüben. Nur war Dorothy eben schon mit dem Gedanken daran zufrieden – er allein schon gab ihr ein tugendhaftes Gefühl.

»Ja, wirklich großzügig. Sehr großzügig«, murmelte Basil, seinen eigenen Scheck betrachtend. »Das muß man dem alten Mädchen lassen – großzügig war sie auf jeden Fall immer.« Seine Stimme hatte eine eigentümliche Belegtheit angenommen, die sich wundervoll ausspielen ließ. »Wenn die eigenen Frauen doch nur halb so großzügig sein könnten.«

»Oh, Mutter war immer als Inbegriff der Großzügigkeit bekannt: absolut selbstsüchtig, aber in zahllosen materiellen Dingen wundervoll großzügig.«

»Ich muß sie gleich anrufen. Ein paar Blumen schicken. Und sie später am Nachmittag unbedingt kurz besuchen.« Während er die gerührte Belegtheit seiner Stimme voll vibrieren ließ, faltete Sir Basil seinen Scheck zusammen und steckte ihn ein.

Die Prinzessin de Lascabanes hätte liebend gern gesehen, was für ein Be-

trag daraufgeschrieben war. Nicht, daß sie selbst etwa Grund zur Beschwerde gehabt hätte. Nur aus reiner Neugierde. Hatte Basil etwa mehr bekommen, weil er der Sohn war?
Der Anwalt war erleichtert, daß sich mit Hilfe der Schecks eine Diskussion abkürzen ließ, die ihn vermutlich in den nächsten Wochen sowieso noch oft genug beschäftigen würde: für den Augenblick jedoch machten die Hunter-Kinder Anstalten zu gehen.
Während sie das Vorzimmer durchquerten, ging die Prinzessin voran und lächelte ringsum für Miß Haygarth, für die Stenotypistinnen, für einen sommersprossigen Botenjungen mit einer Wurstsemmel auf dem halben Wege zum Mund und für einen jungen Sozius, der gerade aus einem mit Milchglas-Scheiben vom Raum abgetrennten Verschlag trat. Es war ein vages, ins Allgemeine gerichtetes Lächeln; aber sie brachte es einfach nicht fertig, sich an jeden einzelnen zu wenden: sie fühlte sich zu schwach und erschöpft.
Hinter ihr kam Sir Basil Hunter, der göttliche Schauspieler, und hielt den alten Wyburd am Arm gefaßt – an der Stelle, wo sich normalerweise der Bizeps befindet. »... im Augenblick mehrere Eisen im Feuer, im West End – darunter eine ganz besonders interessante Sache – würde zu weit führen, jetzt hier über Einzelheiten zu reden. Wie lange ich hierbleibe, hängt davon ab, wie schnell wir die Angelegenheit klären können, die wir gerade besprochen haben – und vom Gesundheitszustand meiner Mutter. Wir wollen die alte Dame ja nicht überanstrengen – was, Dorothy?«
Sie hielt es nicht für nötig, eine Antwort zu geben oder überhaupt noch etwas zu sagen. Als sich die Lifttüren schlossen, hob sie noch einmal den Kopf und öffnete die Lippen, um eine Art von wortloser Dankesbotschaft an den fürsorglichen Anwalt zu richten. Wie dankbar war sie doch, daß ihnen Mr. Wyburd zur Seite stand: Er war einfach unentbehrlich; merkwürdig nur, daß man gerade die unentbehrlichsten Menschen so leicht beiseite schieben kann.
Als sie allein im Aufzug waren, machte Basil ein vulgäres Geräusch mit der Zunge und stieß ihr den Zeigefinger zwischen die Rippen. »Jetzt ist die Reihe an mir, großzügig zu sein. Wie wärs mit einem kleinen Lunch? Ich lade dich ein, Dot.«
»Vielen Dank«, sagte sie mit wiedergewonnener Sprödigkeit, »aber ich habe eine Verabredung beim Friseur.«
»Und wo?«
Das konnte ihn doch kaum interessieren.
»Oh, irgendwo da herum. Ich habe die Adresse in meinem Notizbuch«; und sie preßte ihre Handtasche mit dem Arm noch fester an ihre Seite.
Sie hatte gelogen, und er wußte es – aber keiner von beiden machte sich etwas daraus; im übrigen war Unehrlichkeit auf dem Gebiet des gesellschaftlichen Umgangs ja durchaus zulässig.

Draußen auf der Straße schien die Sonne, und es war einer von jenen Tagen, an denen einfach alle Menschen hübsch zu sein scheinen: lässig herumlungernde junge Männer in leichten, hellfarbigen Anzügen; vollendet geformte junge Mädchen, denen ihre strahlend bunten, winzig kurzen Kleider auf dem Körper saßen wie eine zweite Haut.

»Es ist erfreulich zu wissen, Dorothy«, sagte Basil, »daß wir in bezug auf Mutter einer Meinung sind.« Während sie noch ein wenig unschlüssig zusammen auf der Straße standen, sah er sie fast leidenschaftlich an, aber das war natürlich nur ein Teil der Basil-Hunter-Show – die ihr jedoch, zu ihrer Überraschung, mehr und mehr gefiel (du mußt zugeben – er hat natürlich nicht die Vornehmheit deines Mannes Hubert de Lascabanes, aber doch ein gewisses schauspielerhaftes Aussehen, vor dem man zergehen könnte). Sie war darum gar nicht einmal so sehr verblüfft, als er auf sie zutrat und sie sich plötzlich in den Armen Basil Hunters wiederfand, oder als er sie dann auf den Mund küßte: sie war vermutlich näher daran, sich einem Mann spontan zu ergeben, als je zuvor in ihrem Leben.

»Wir werden uns, hoffe ich, bald wiedersehen.« Er sprach mit einer Stimme, die sie sogleich wiedererkannte: belegt, wehmütig, rauh – er beherrschte das meisterhaft, während er gleichzeitig auf die Hände blickte, die er in den seinen hielt; wahrscheinlich sah er sich eher die Ringe an als die Hände; aber was immer er betrachtete – es war etwas, das er zum ersten Male sah.

Die Princesse de Lascabanes ging mühsam allein bergauf in einer Gegend, die noch vor kurzem weiter nichts als ein uninteressanter Hügel in einer ländlichen Landschaft gewesen war. Ihre Gefühle waren wie ausgepreßt. Und so ging sie und setzte sich auf eine Bank im Botanischen Garten, zwischen Statuen und Salbeibüschen, im Rücken eine Wand von saftigem Immergrün-Gehölz mit goldenen Flecken dazwischen. Sie kreuzte die Knöchel übereinander und hätte sich vielleicht daran erfreut, über ihre klassischen Pinet-Schuhe zu meditieren, wenn da nicht dieses junge Paar gewesen wäre, im Gras ausgestreckt in einer aus dem Immergrün herausgeschnittenen Nische. Und diese jungen Leute benahmen sich einfach schamlos, mit dem Ergebnis, daß sie sich in die Gedanken der Prinzessin drängten, so lange, bis diese auch zuckte und sich wand, aufrechtsitzend und allein auf ihrer Bank und fast im gleichen Rhythmus wie die miteinander vereinten Körper im Gras.

Es war entsetzlich.

Aus irgendeinem Grund brachte sie das alles mit dieser Krankenschwester in Verbindung: mit dieser Schwester Manhood. Und um sich abzulenken, während die angebliche Manhood in der Lichtung im Immergrün mit ihrem Liebhaber auf- und abwogte, nahm sie den Scheck aus ihrer Handtasche, um ihn noch einmal zu betrachten und sich die Summe zu bestätigen. Dennoch: sie war sich noch nie überflüssiger vorgekommen als jetzt.

Sie drehte sich in eine andere Richtung, um die Liebenden aus ihrem Blickfeld zu vertreiben, und lehnte sich nach vorn, gleichzeitig ihre schlanken Finger ineinander verflechtend: Es gibt etwas, was ich herausfinden muß, und es ist nicht die Ehe und nicht die soziale Stellung und nicht die Rituale der formalisierten Religion, nicht Wohlstand und auch nicht die Liebe in *diesem* Sinn. Wenn ich doch Mutter fragen könnte; aber Mutter war immer eine gierige, sinnliche Frau, und jetzt ist sie sowieso alt und schwachsinnig. Sie blickte sich um, ob die zwei Liebenden vielleicht ihre Gedanken gehört hatten. Aber das war nicht der Fall. »Ohh!« stöhnte sie ungewollt.
Die Princesse de Lascabanes rieb ihre messerscharfen Hinterbacken gegen die Bank, bis sie sicher war, daß sie einen Splitter im Fleisch hatte; und wen, in dieser großen, fremden Stadt, konnte sie wohl bitten, ihr einen Splitter aus dem Hintern zu ziehen?

Während er daran dachte, vielleicht an Bord einer Hafenfähre zu gehen und den Rest des Tages einfach auf angenehme Weise zu vertrödeln, wanderte Sir Basil nach dem Abschied von seiner Schwester hinunter zum Kai. Zuerst kaufte er sich eine Tüte mit gekochten Krabben. Dann entschied er sich doch gegen die Fähre: In seiner Kindheit war die andere Seite des Hafens auch gleichzeitig das andere Ende der Welt; und heute, angesichts seiner Rückkehr und des warmen, sonnigen Tages, wollte er einfach gewissermaßen im Mutterleib bleiben. Und deswegen kehrte er um und wanderte wieder den Hügel hinauf, wobei er in unregelmäßigen Abständen mit der Hand in die Tüte fuhr und sich mit Krabben vollstopfte: Er war berühmt und gleichzeitig ausländisch genug, um sich in der Öffentlichkeit derartig gierig benehmen zu können. Dennoch schienen viele der Vorübergehenden ihn böse anzublicken; ihre eigenen kleinbürgerlichen Gesetze hatten es ihnen nicht erlaubt, auf der Straße aus einer Tüte zu essen, und hier war dieser Fremde und zerrte sie auf eine Ebene herunter, auf der sie vielleicht viel lieber auch selbst gewesen wären. Aber er ließ sich von ihren unausgesprochenen kritischen Bemerkungen nicht beeinflussen, stieg weiter hügelan, schälte dabei Krabben, stopfte sie in den Mund und spie gelegentlich kleine Schalenstückchen einfach aus. Einige blieben in seinem halb durchsichtigen Hemd hängen, besonders an der Stelle, wo sein leicht vorgewölbter Magen inzwischen eine Art Stufe bildete. Hin und wieder wischte er sie mit der Hand herunter, aber eigentlich kümmerte ihn das nicht besonders.
An diesem Tag der Schwankungen und Unschlüssigkeiten – und auch sie sind Teile des großen Plans – fand Sir Basil Hunter sich schließlich im Botanischen Garten wieder, den er durch einen Seiteneingang betrat. Er setzte sich auf eine Bank, zwischen Statuen und Salbeibüschen und vor einer Wand von Immergrün, auf deren anderer Seite die Princesse de Lascabanes sich inzwischen Sorgen wegen ihres Splitters machte.

Sir Basil hatte keine Sorgen, jedenfalls nicht im Augenblick; er erfreute sich daran, daß er in dieser Stadt, zu der er nicht mehr gehörte, gewissermaßen einfach wie eine Pflanze existieren konnte. Und deswegen lockerte er seine Krawatte. Und stopfte sich noch mehr Krabben in den Mund. Der besonders angereicherte Boden rings um ihn, die verwöhnten und gepflegten Pflanzen, der Hauch von kräftig riechendem Mist und die feuchtwarme Luft von Sydney – alles das bestärkte ihn noch in dieser pflanzlichen Auffassung vom Leben: einfach sich räkeln, einfach sich rein fleischlich ausbreiten, dann verrotten, weggekarrt und wieder in die alles aufnehmende Erde zurückgeschaufelt werden. Er schloß die Augen. Wundervoll, theoretisch gesehen. Die Blätter der Palmen raschelten Beifall.

Und dann war er vielleicht ein wenig eingeschlafen.

Denn der Baum wand sich um ihn und keine schmeichelnden beifallklatschenden Palmenhände mehr sondern menschliche nackte und knochenhafte und nicht das eisvogelbunte Rundbild verkauft vom Fremdenverkehrsamt sondern sie drückten sich gegen die nackten Äste der Qual deswegen ist ER unspielbar jedenfalls von Schauspielern jedenfalls wenn es um die Momente geht wo die Adern vom Blitz erfüllt sind und Kontrapunkt NARR flattert wie Gewissen aber das Gewissen stirbt zuerst dann fühlst du dich wirklich verlassen und verlassen sein darauf kommt es an nicht immer mit der Faust dem Blut nach Goneril und Dorothy noch nichts liegt fest noch nicht einmal Augen und die immer mißverstandene Cordelia nichts ist wirklich klar bis zum letzten Knopf wenn es so weit kommt warum Mutter du bist mir am nächsten und gleichzeitig so nah am Untergang Mitty die Jacka-Ziege würde jetzt abbrechen ehe es zu weit geht mit einem von diesen Ausbrüchen negativer Selbsterfüllung.

Basil – Basil Hunter? wachte wieder auf. Der Salbeigeruch erstickte ihn fast. Er (oder ER?) machte seinen Kragenknopf auf. Verständlich: der Hemdkragen war zu eng geworden und drückte auf seinen Kehlkopf.

Je länger er nachdachte, desto mehr war er gegen einen Besuch bei seiner alten Mum am heutigen Abend. Nein, er würde statt dessen einen wirklich *charmanten* Dankesbrief schreiben, den alle Krankenschwestern – und die neurotische jüdische Haushälterin noch dazu – lesen und jeweils auf ihre Art interpretieren konnten. Und seiner Mutter würde man ihn vorlesen, denn Elizabeth Hunter kann ja nichts mehr sehen – außer gelegentliche blitzartige Erleuchtungen, und dann sieht sie besser als alle anderen (hat Mutter vielleicht von irgendwoher eine verlorengeglaubte Kunst geerbt?).

Basil Hunter lehnte sich auf der Parkbank nach vorn und versuchte, die Grashalme zu seinen Füßen zu interpretieren. Es hatte einmal eine Zeit gegeben, da konnte er ganz klar sehen, bis hinunter zu den Wurzeln einer Sache. Aber das war, ehe seine Erkenntnisfähigkeit hinter der Trickwelt der Routine und den Unehrlichkeiten des Lebenmüssens verschwunden war.

VII

Miß Haygarth erklärte: »Das ist nun schon die zweite Woche, in der die Haushälterin ihr Geld nicht abgeholt hat.«

Die Krankenschwestern waren zwar wie immer jede Woche gekommen, um gemäß Mrs. Hunters ursprünglicher Anweisung ihr Geld selbst in Empfang zu nehmen. Aber es war Miß Haygarth, die sie abgefertigt hatte. Mr. Wyburd wäre zwar kaum willens gewesen, das zuzugeben, aber seit er zum widerwilligen Mitwisser der Hunter-Kinder und ihres ›Plans‹ geworden war, hatte er jeden Kontakt mit dem Haus am Moreton Drive vermieden. Wenn Basil und Dorothy seit der Besprechung in seiner Kanzlei ihre Mutter besucht hatten, dann anscheinend, ohne das Thema ihrer zukünftigen Unterbringung anzuschneiden – andernfalls hätten sie ihm das sicherlich mit Stolz mitgeteilt. Er war nur froh, daß sie ihm seine stillschweigende Weigerung, als ihr Sendbote aufzutreten, nicht vorwarfen.

Jetzt sagte er zu seiner Sekretärin: »Dann werde ich wohl wieder einmal hinausfahren. Ja, das werde ich wohl tun müssen.« Und er nahm von Miß Haygarth die zwei Umschläge in Empfang, die für Mrs. Lippmann bestimmt waren.

Als ihm die Haushälterin die Türe öffnete, schien sie eine ähnliche, fast greifbare Verlegenheit zu überkommen, wie er sie selbst spürte. Ja, seine kürzliche Beteiligung an diesen dunklen Plänen verursachte ihm ein derartiges Schuldgefühl, daß er mit ungewöhnlicher Direktheit zur Sache kam. »Sie haben das hier ganz vergessen, nicht wahr?«

»Geld läuft nicht weg, Mr. Wyburd.« Sie nahm die Umschläge in Empfang und schob die Unterlippe vor. »Und ich bin dieser Tage so deprimiert gewesen.« Sie zog die Mundwinkel herunter, wie immer entschlossen, ihre Häßlichkeit noch durch irgendwelche grotesken Gesten zu übertreiben.

»Aber was kann Sie denn so deprimiert haben?«

»Oh«, sie suchte nach einem Punkt, auf den sie ihre Augen richten konnte – irgendwo in der Gegend seiner linken Schulter. »Es ist dieses – dieses Klosett in der Garderobe. Es will einfach nicht – nicht laufen?«

»›Spülen‹ ist das richtige Wort. Aber wir haben es doch neulich erst reparieren lassen. Im übrigen brauchen Sie doch nur den Klempner anzurufen. Er kennt sich schon seit Jahren mit den Tücken dieses Klosetts aus.«

Voller Erleichterung, daß er sich mit etwas so einfachem wie diesem launischen WC beschäftigen konnte, machte er sich auf den Weg zur Garderobe.

»Ich habe Mr. Jackson angerufen. Und er ist gekommen. Und jetzt läuft

das Klo wieder richtig.« Sie folgte ihm in Hausschuhen; Mrs. Hunter hatte ihr gestattet, sie den ganzen Tag zu tragen, weil sie so häufig Schmerzen in den Füßen hatte. »Ja, jetzt *spült* es wieder, Mr. Wyburd.«
In dem dunklen Toilettenraum mußte er erst das Licht einschalten. Zusammen standen sie dann da und blickten in die WC-Schüssel. Nachdem er einmal an der Kette gezogen und sich davon überzeugt hatte, daß alles trefflich funktionierte, blieben sie immer noch stehen und blickten weiter nach unten, als erwarteten sie einen Orakelspruch.
»Nun, Jackson hat offensichtlich seine Pflicht getan. Und Sie haben keinen Grund mehr, deprimiert zu sein.« Er lachte laut und viel zu herzlich und kam sich sofort lächerlich vor. »Haben Sie ihn bezahlt?« fragte er. »Oder schickt er eine Rechnung?«
»Es gibt keine Rechnung.« Mrs. Lippmanns Augen blieben gesenkt und schienen ganz auf das sich langsam beruhigende Wasser konzentriert. »Mr. Jackson sagt, daß er nicht daran denkt, für so eine kleine Sache auch noch Geld zu nehmen. Er ist so ein ehrlicher Mann«, fügte sie hinzu.
Der Anwalt gab sein typisches, schnalzendes Geräusch von sich: sie konnten schließlich nicht ewig hier um diese Porzellanschlüssel stehen und auf ein Orakel warten, das längst in einen anderen Tempel umgezogen war.
»Mr. Wyburd . . .«, vielleicht kam jetzt heraus, was Mrs. Lippmann wirklich beschäftigte, »Mr. Wyburd – es ist nicht nur die Sache mit dem Klosett, die mich – die mich so *furchtbar, furchtbar deprimiert* hat. Es ist dieser Plan, Mrs. Hunter in ein Heim zu bringen, oder in ein Kloster oder irgendwohin – ich weiß ja nicht genau.«
»Ein *Heim?* Nun, ein Plan von *mir* ist das jedenfalls nicht.« Er floh hinaus in den Flur, verfolgt von der Haushälterin.
»Es ist schrecklich, wenn man nur daran denkt«, sagte sie mit hoher, scharfer Stimme, so daß man bestimmt im oberen Stockwerk hören konnte, was für eine Szene sie hier unten machte.
Es gab keinen Ausweg aus dieser verfahrenen Situation; aber vielleicht ließ Mrs. Lippmann sich beruhigen. »Wo haben Sie denn dieses Gerücht gehört? Wo kommt es eigentlich her?« fragte er, als sie ihm wieder gegenüberstand.
»Ich weiß nicht. Ich glaube, es waren Mrs. Badgery – und Mrs. Cush –, die davon gesprochen haben.«
»Aber das ist doch ein fürchterliches Geschwätz – wer auch immer daran schuld ist! Hat jemand es auch Mrs. Hunter selbst gesagt?«
»Das kann ich nicht beurteilen. Aber Mrs. Hunter hat ihre eigenen Methoden, alle möglichen Dinge zu erfahren.«
»Wenn sie es noch nicht weiß, dann hoffe ich doch, daß es ihr auch keiner sagt, und daß überhaupt die ganze Geschichte nicht noch weitergetragen wird.« Er sprach mit der Vehemenz eines einstmals aufrechten Mannes.

»Jawohl, Mr. Wyburd«, sagte die Haushälterin und ging davon.
In ihrer Abwesenheit wirkte das stille, aber doch nicht ganz lautlose Haus bedrohlich auf ihn. Das Tageslicht schwand aus den Zimmern, in denen die Möbel nun anzuschwellen und dumpf brütend zu hocken schienen. In kurzen Zwischenräumen schlugen verschieden gehende Uhren die volle Stunde. Bill Hunter mit seiner Sammlerleidenschaft hatte sie im Haus seiner Frau am Moreton Drive ebenso überall verteilt wie bei sich auf ›Kudjeri‹. Für Arnold Wyburd war das Klirren und Klingen der schlagenden Uhren die schlimmste Anklage, die er sich denken konnte: sie sprachen von einem Vertrauen, an dem er zumindest teilweise zum Verräter geworden war.
Die ganze Treppe hinauf schien es ihm, als ob die Tritte seiner Füße unehrlich klängen; sein Magen schmerzte derart, daß er zum wichtigsten Teil seines gesamten Körpers wurde; sein Knie stieß gegen die kunstvoll verschlungenen Ranken der eisernen Hecke, die sich zwischen ihm und dem Abgrund dahinzog, aber er bemerkte es kaum – obwohl er unter normalen Umständen einen ziemlichen Schmerz verspürt hätte.
Oben angekommen, überlegte er, welcher der Tempeldienerinnen er wohl jetzt gegenübertreten mußte: Manhood wäre ihm lieber als de Santis, entschied er; aber es blieb ja immer noch Mrs. Hunter selbst, die – ob nun schlafend oder wachend – der nicht zu umgehende eigentliche Grund seiner Verzweiflung war.
Schwester Manhood kam aus dem Zimmer, das als ›Schwestern-Ruheraum‹ bezeichnet wurde, wie er einmal gehört hatte. Möglicherweise hatte sie auf ihn gewartet. Sie war schon umgezogen und nicht mehr in ihrer Tracht, was sie eigentlich weniger furchterregend machen sollte: die Straßenkleider der jungen Mädchen heutzutage lassen sie ja fast schutzlos werden, oder jedenfalls hätte Arnold Wyburd das jetzt ganz gern so gesehen. Aber Schwester Manhood war nicht nur in ein Kleid, sondern gleichzeitig auch noch in eine gewisse drohende Haltung eingehüllt; die Füße leicht auseinander gesetzt, sahen ihre Beine jugendlich und aggressiv aus: sie hatte etwas von der herausfordernden Haltung eines Säbelfechters an sich oder der Haltung des männlichen Helden in einer Pantomime, der ja – rief er sich ins Gedächtnis – eigentlich nur ein verkleidetes Mädchen ist.
»Guten Abend, Schwester Manhood!« Sein beabsichtigter herzlicher Tonfall klang in seinen eigenen Ohren geradezu schrecklich.
Schwester Manhood räusperte sich. »... Mr. Wyburd«, war alles, was er hören konnte; die Tatsache, daß sie den Anfang ihres Grußes einfach verschluckt hatte, gab ihren Worten etwas Unheildrohendes.
Er durfte nicht vergessen, daß dieses Mädchen von Haus aus kratzbürstig war und noch dazu ganz offensichtlich schlechte Laune hatte. »Bereiten Sie sich gerade auf den Feierabend vor?« Er konnte diese falsche Herzlichkeit einfach nicht loswerden.

»Wenn Schwester de Santis daran denkt, daß sie jetzt den Dienst übernehmen soll. Sie hat mir versprochen, heute früher zu kommen.« Schwester Manhood warf einen Blick auf ihr Handgelenk. »Ich habe nämlich heute etwas Wichtiges vor.«
»Wie geht es ihrer Patientin?« Mr. Wyburd fühlte sich zu dieser Frage verpflichtet.
»Nicht schlecht«, sagte die Schwester leichthin, »eigentlich sogar recht gut – wenn man so bedenkt.«
Sie blickte den Anwalt an, und ihr Mund war wie eine einzige Anklage; aber vielleicht war das auch nur die schlechte Laune, hoffte er.
»Im Augenblick schläft sie gerade.« Wollte das Mädchen ihm eine Rettungsleine zuwerfen?
»Dann werde ich lieber nicht hineingehen.«
»O doch, das sollten Sie trotzdem tun! Denn das ist es, was sie so liebt – das Kommen und Gehen. Deswegen sagt sie, daß sie eigentlich überhaupt nie schläft. Am liebsten wäre Mrs. Hunter Tag und Nacht wach – und jederzeit bereit, Streit anzufangen.« Schwester Manhood lachte brutal.
Damit wäre er gezwungen gewesen, das Krankenzimmer ohne weiteren Aufschub zu betreten, wenn die Krankenschwester nicht aus irgendeinem Grund das Bedürfnis verspürt hätte, ihn noch etwas länger aufzuhalten – das wurde ihm jetzt klar.
»Mr. Wyburd«, sagte sie, als er gerade an ihr vorbeigehen wollte, »kann ich ein paar Worte mit Ihnen sprechen?«
Es war unmöglich, das einfach abzulehnen, und schon hatte sie ihn auch in den Raum hineingezogen, vor dessen Tür sie stand. Das war ein Ort, den er sonst immer mied, denn hier wurde die konzentrierte Vergangenheit aufbewahrt: Mrs. Hunters Kleider, die immer noch alle in der langen Reihe von Einbauschränken hingen. *(Eines Tages werde ich sie überraschen Arnold ich werde vielleicht aufstehen und ein wenig spazierenfahren und was soll ich denn dann anziehen wenn ich mir nicht ein paar Kleider zur Auswahl bereithalte? Heutzutage kann man ja wie ich immer wieder höre in allem modisch aussehen was man je beiseitegehängt hat.)* Eine der Schranktüren stand ein wenig offen, und ein leichter, schaler Duft nach Alter und nach Moschus legte sich von den Schatten im Inneren des Schrankes über ihn; in seinem augenblicklichen verzweifelten Zustand erschienen ihm diese Schatten wie wirkliche Gestalten, und nicht nur wie schlaff herabhängende, leere Kleider.
Aber selbst wenn er plötzlich Lust verspürt hätte, seine Erinnerungen im Innern dieser Schränke nach der Vergangenheit graben zu lassen – so unüberlegt wäre er nie gewesen: Flora Manhood stand vor ihm und betrachtete ihn aufmerksam mit beleidigten Blicken.
»Ich wollte nur sicher sein«, begann sie mit bedeutungsvoll gesenkter

Stimme, »daß Mrs. Lippmann Ihnen nicht etwas Falsches gesagt hat. Die meisten dieser Ausländer sind doch von Zeit zu Zeit einfach hysterisch – besonders die jüdischen. Glauben Sie bitte nicht, daß ich etwas gegen Mrs. Lippmann hätte – ihr Herz ist wirklich aus reinem Gold –, aber das hindert sie nicht daran, manchmal einfach etwas Falsches zu glauben. Mr. Wyburd, ich habe *nichts* in die Toilette in der Garderobe geworfen und bin auch nicht daran schuld, daß sie verstopft war.«

Der Anwalt hörte sich selbst fast wie verrückt lachen. »Ich versichere Ihnen, daß Mrs. Lippmann keinerlei Anschuldigung dieser Art vorgebracht hat.« Dabei tätschelte er sogar den Arm des Mädchens.

Aber Schwester Manhood war noch nicht beruhigt. »Da wir nun einmal gerade beim Reden sind – es gibt noch eine andere Sache, über die ich mit Ihnen sprechen wollte.«

Mr. Wyburds Elendsgefühl kehrte zurück und nahm die Form von Schweißtropfen an, die sich auf seiner Stirn bildeten.

Ihre Augen waren wie in weite Ferne gerichtet, sie schienen feucht und fast glasig. »Es ist wegen der Stellung«, sagte sie. »Seit einiger Zeit schon denke ich daran, sie aufzugeben.«

Dieser zweite Aufschub wurde für den Anwalt fast zuviel. »Aber darüber haben Sie sicherlich noch nicht genügend nachgedacht«, redete er gedankenlos daher. »Was sollen wir denn ohne Sie tun, Schwester Manhood? Dabei sind Sie doch – soviel ich weiß – Mrs. Hunters Lieblingspflegerin? Sie dürfen sie nicht einfach so enttäuschen.« Seine laute Herzlichkeit verwandelte die ganze Situation mehr und mehr zu so etwas wie einem lärmenden Gespräch zwischen Schulkindern; aber immer noch besser das als Tränen.

»Um die Wahrheit zu sagen«, fuhr sie in einem Tonfall fort, der halbwegs zwischen Kichern und Schluchzen lag, »ich weiß eigentlich überhaupt nicht mehr, was ich will. Es ist, als ob ich gar keine Kontrolle mehr über mich hätte.«

War sie vielleicht drauf und dran, den Vorhang von irgendeinem anderen, wahrscheinlich ebenso unerfreulichen Problem zurückzuziehen, das sie persönlich hatte? Das wollte er keinesfalls – ihm reichte sein eigenes Problem völlig.

»Ich würde doch meinen, daß eine Stellung wie die Ihre in diesem Haus Ihnen ein Gefühl der Sicherheit geben sollte: gute Bezahlung; mindestens eine ausgezeichnete Mahlzeit pro Tag«, *die dir eigentlich gar nicht zusteht,* fügte er bei sich hinzu, ohne jedoch laut davon zu reden; »– und daneben noch das volle Vertrauen und die ganze Zuneigung Ihrer Patientin.«

»Vertrauen und Zuneigung nützen gar nichts, Mr. Wyburd, wenn man seine eigenen Entscheidungen treffen muß.« Dann schwoll Flora Man-

hoods Stimme an, und er fühlte sich an einen Windsack erinnert, der prall aufgeblasen an seiner Verankerung zerrt – nur war der Wind sehr laut, als ob sie miteinander auf einem verlassenen Flugplatz irgendwo in der Wüste stünden. »Und überhaupt, was hätte Mrs. Hunter denn schon davon, wenn ich bliebe, wo Sie sie doch nach Thorogood Village abschieben wollen.«
Der Anwalt begann, sich rückwärts auf den Flur zurückzuziehen. »Bis jetzt ist noch keine Entscheidung gefallen. Ich will damit sagen, daß niemand die Absicht hat, dessen bin ich vollkommen sicher, Mrs. Hunter zu etwas zu zwingen, das sie selbst nicht möchte . . .« Die Verzweiflung brachte ihn ganz durcheinander. »Ist das auch wieder eine von Mrs. Lippmanns Einbildungen?« Mit dieser Frage, hatte er das Gefühl, griff er einfach in die leere Luft, in der Hoffnung auf irgendeine Rettung.
Schwester Manhoods Lippen schienen geschwollen, und sie klang, als ob ihre Nase verstopft wäre: »Schwester de Santis hat mir das erzählt. Deswegen glaubte ich ja auch, daß es wahr sein müßte.« Und dann immer ängstlicher: »Ich möchte Schwester de Santis nicht in Schwierigkeiten bringen. Sie werden es ihr doch nicht vorhalten, Mr. Wyburd?«
»Niemand kommt hier ›in Schwierigkeiten‹. Wir müssen nur – und zwar alle – einen klaren Kopf behalten.« Aber wie konnte er denn andere beruhigen, wo er selbst schon ganz wacklig und ausgehöhlt war, noch ehe die Termiten mit ihrer Arbeit richtig begonnen hatten?
Arnold Wyburd überlegte sich manchmal, ob nicht dadurch, daß er im täglichen Familienleben nur von Frauen umgeben war, eine gewisse Verweichlichung bei ihm eingetreten war. Nachdem er Schwester Manhood entkommen war, fühlte er sich noch immer von den Geräuschen verfolgt, die ihm von jeher die unerfreulichsten waren: Schnüffeln, Seufzen, das Herauszerren von Papiertaschentüchern aus ihrer Packung, das Putzen einer (weiblichen) Nase. So sehr er sein Regiment von Frauen liebte, und so sehr er sich in allem auf sie verließ – manchmal bedauerte er, daß sie alle so nahe ans Wasser gebaut hatten. Und er fürchtete sich vor dieser Schwäche eher, als daß er sie nicht mochte: besonders, wo sie – machen wir uns nichts vor – in ihm ihre genaue männliche Entsprechung gefunden hatte. Und so floh er fast den Gang hinunter in Richtung auf Elizabeth Hunters Schlafzimmer, wo ihn etwas Anderes erwartete – nämlich eine Frau in ihrer ganzen *Stärke*. Und das war es vielleicht, was er doch noch mehr fürchtete als die letztlich schmeichelhaften Hilferufe weiblicher Schwäche.
Und dabei war, als er leise die Tür öffnete, der konkrete Grund für seine fast physische Furcht durch das riesige Bett auf die Größe und die heißwangige Unschuld eines schlafenden Kindes zusammengeschrumpft. Oder noch nicht einmal ein Kind – ihr Atem und ihre Träume ließen sie leise flattern wie ein Bündel alten, grauen Chiffons; ihre Wangen wölbten sich

im Takt des Atems nach innen und dann wieder nach außen; eine dünne Haarsträhne wehte hin und her, und hatte kaum so viel Bewegung in sich wie eine flatternde Motte. Ja – das war es, was seine Augen jetzt endlich sahen; jetzt, wo es ein Ausweg für ihn gewesen wäre, sich rasch niederzubeugen, das weiche, schwache Wesen zwischen den Fingern zu zerdrükken und dann für immer gerettet oder für immer verdammt zu sein: beides jedoch nur ganz entfernte Möglichkeiten, denn die gebrechliche Motte bestand innerlich aus Stahl und war unzerstörbar.

»Arnold«, sagte Mrs. Hunter, »ich habe versucht, mir aus – zu – rechnen«, ein Atemzug wie ein Seufzer quälte sie beim Sprechen, »seit wievielen Wochen Sie mich jetzt vernachlässigen.«

»Erst letzte Woche, Mrs. Hunter – oder jedenfalls die Woche davor –, vor zehn Tagen war ich das letzte Mal da«, versuchte ihr kleiner Gernegroß da doch wirklich die Tage auszurechnen. »Kann man da von Vernachlässigung reden?«

»Nicht bei einem Angestellten. Aber in einer Liebesaffäre ist es eine teuflisch lange Zeit – oder in einer guten Ehe, was dasselbe sein kann.«

Sie beschlossen beide, dieses Thema nicht weiter zu verfolgen.

Ihre Lider hatten sich geöffnet, aber dann begannen sie, ständig auf- und zuzuklappen. »Ich glaube, ich wollte etwas wegen dem Brief – dem Brief von Basil, unserem Sohn.«

»Was hat er Ihnen denn geschrieben?« Wenn er dieses Haus wieder verlassen konnte, dachte der Anwalt, würde er sich so froh fühlen wie schon lange nicht mehr. (Lal und er zusammen bei einem einfachen Abendessen: etwas Erfreulicheres gab es einfach nicht; und er konnte ihr dann erzählen, was er alles durchgemacht hatte.)

»Basil hat geschrieben, um sich bei mir für den Scheck zu bedanken«, sagte Mrs. Hunter. »Alle Krankenschwestern haben den Brief gelesen – auch Mrs. Lippmann – Mrs. Cush – und alle sind der Meinung, daß er wirklich *süß* ist, und das stimmt natürlich. Basil ist ein großartiger Schauspieler, und er weiß, wie er seine Worte wählen muß, damit sie ihnen bis ins – bis ins Mark dringen; ja, das hat er gründlich gelernt.«

Die Lider hörten auf zu zucken. Ihr starrer Blick wäre direkt auf den Besucher gerichtet gewesen, wenn Blindheit und die Schatten vom Licht der Lampe nicht zusammengewirkt hätten, die Augenhöhlen schwarz und leer erscheinen zu lassen.

»Ich möchte, daß Sie den Brief auch lesen.« Ihre gespannte Ernsthaftigkeit verwandelte diese Bitte in einen Befehl, während gleichzeitig ein gewisser klagender Unterton eher um Mitgefühl mit der Kranken bat, als um ein positives Urteil über den Brief. »Sehen Sie doch mal, ob sie auch der Auffassung sind, daß er – süß ist.«

»Natürlich lese ich ihn gern, Mrs. Hunter – wenn Sie mir zeigen . . . wenn Sie mir sagen, wo er ist.«

»Er liegt auf dem Nachttisch, damit ihn jeder leicht finden kann.« Sie zeigte mit ihrer Hand vage in die entsprechende Richtung und stieß dabei auf seine nach dem Brief greifende Hand, die in diesem Augenblick vergänglicher erschien als je zuvor: unter der durchsichtigen Haut nur noch Knochen, die auf die Verteilung der Karten für das letzte Spiel warteten. Der Brief ließ sich ganz leicht auseinanderfalten: so oft war er gelesen worden.
»Bitte laut lesen«, befahl Mrs. Hunter.

»Meine geliebte Mutter,
als ich in Mr. Wyburds Kanzlei den Umschlag öffnete, war ich vor allem anderen von Deiner Güte gerührt, die Dich eine derartig überwältigende Überraschung erdenken ließ. Nein, eigentlich war es gar nicht überraschend; Du bist schon immer eine Seele von Großzügigkeit gewesen. Und jetzt, wo mich Dein Geschenk einerseits reicher macht, läßt es mich andererseits auch ehrfürchtiger und bescheidener werden, angesichts Deiner rührenden Fürsorglichkeit ...«

Mrs. Hunter räusperte sich; es konnte auch sein, daß sie gelacht hatte. Weil er den Brief weiter bis zu Ende vorlesen mußte, konnte der Anwalt das nicht genau unterscheiden.

»... ich werde bald persönlich kommen, um Dir zu danken. In der Zwischenzeit sende ich Dir meine dankbare Liebe und vertraue Dich weiterhin der Fürsorge derjenigen an, die mit ihrer liebenden Hingabe, ihrer unerwarteten Liebenswürdigkeit und ihren so außergewöhnlichen Fähigkeiten alles aufbieten, was ich Dir als Stütze in der Zeit Deiner Prüfungen nur wünschen kann.«

»Sie haben das nicht sehr eindrucksvoll gelesen, Arnold«, beschwerte sich Mrs. Hunter. »Sie haben wie ein alter Mann geklungen – ganz zittrig und durcheinander.«
Wenn er mehr als nur eine augenblickliche Erleichterung darüber verspürt hätte, daß der Brief sich um alles herumdrückte, dann hätte er vielleicht auf ihre Mißfallensäußerung reagiert. Aber er fühlte sich wirklich alt und wußte, daß es ihn nicht jünger machen würde, ständig darauf zu warten, wann und wo der tödliche Hieb nun endlich traf.
Also schlug er sich auch auf die Seite der Heuchelei: »Es – ja, es ist ein wundervoller Brief.«
»›Süß‹ haben ihn die anderen genannt«, verbesserte Mrs. Hunter. »Und ich bin immer mehr der Auffassung, daß das genau das richtige Wort ist.« Sie fuhr sich mit der Zunge über die Lippen, fast so, als ob sie immer noch den Geschmack des Briefes auf ihnen spürte.

»Jedenfalls – ich nehme ja an, daß er Sie inzwischen besucht hat – mehr als einmal, vermutlich«, wagte der Anwalt einen neuen Vorstoß.
»Nein. Und ich habe es auch nicht von ihm erwartet. Ich erwarte überhaupt nichts mit absoluter Sicherheit«, sagte Mrs. Hunter, »außer dem Tod.«
Diese Worte lösten in Arnold Wyburd einen wirbelnden Widerstreit zwischen erschrockener Empfindsamkeit und einer gewaltigen, geradezu physischen Erleichterung aus.
Irgendwo, von einer sturmgeschützten Stelle in seinem Inneren aus, versuchte er, etwas Trost zu spenden. »Ich glaube, ich erinnere mich da an etwas – er sagte, er wollte Sie nicht mit seinem Gerede ermüden.«
Es mußte also Dorothy gewesen sein, die diese Gerüchte am Moreton Drive ausgestreut hatte; eine schlaue, rachsüchtige Frau – sie konnte einfach der Versuchung nicht widerstehen, den Dolch in ihrem Gewande noch vor der Zeit blitzen zu lassen. »Nun, also dann sicher die Prinzessin – Töchter sind nicht so vergeßlich, wenn es um Pflichten geht – ohne Zweifel hat Dorothy Sie inzwischen besucht.«
»Sie war – oh – ein paarmal hier. Und jedesmal habe ich gerade geschlafen.« Mrs. Hunter sagte das mit solcher Sicherheit, daß der Anwalt alle seine Theorien fallenlassen mußte.
»Ich weiß nicht, ob mir das leid tut«, fuhr sie fort. »Dorothy macht den Eindruck, als ob sie bei jeder Gelegenheit eine Diskussion über Geld anfangen wollte. Und das ist einfach langweilig. Man soll an Geld denken, wenn es schon sein muß, aber nicht davon reden. So ziemlich jedes andere Laster ist interessanter als Geld.«
Danach erlahmte die Unterhaltung, und der Anwalt wäre vielleicht schließlich das Opfer seiner eigenen Gedanken geworden, wenn die Nachtschwester ihn nicht gerettet hätte – zumindest vor den dunkleren Bezirken, in die ihn das geführt hätte. Schwester de Santis war für ihn so sehr ein Teil der Umgebung in diesem Haus, daß er gar nicht daran gewöhnt war, sie als Person zu sehen. Aber nun, da sie zum Umträger gefährlicher Gerüchte geworden war, suchte er am heutigen Abend nach weiteren Beweisen ihrer Weiblichkeit – aber was er fand, war nichts als Angenehmes für seine altmodischen, schüchternen Vorstellungen.
Nachdem sie ihn durch ein Neigen ihres Kopfes unter dem Schleier begrüßt hatte, war Schwester de Santis sofort viel zu sehr mit dem Wohlbefinden ihrer Patientin beschäftigt, als daß sie sich noch um Besucher gekümmert hätte. »War es ein glücklicher Tag für Sie heute, Mrs. Hunter?« fragte sie, während sie ein Handgelenk ergriff, das nur noch ein Schatten seiner selbst war.
»Wie unschuldig Sie doch sind, Mary! ... ach ja, ein guter Tag vielleicht schon«, gab Mrs. Hunter dann doch zu, »aber glücklich – oder un-glücklich:

in meinem Stadium ist da schließlich kein großer Unterschied mehr.« Sie wandte sich an den Rechtsanwalt und fragte: »Oder gibt es einen Grund, weshalb ich nicht glücklich sein sollte, Arnold?«
»Von *mir* aus gesehen nicht – es sei denn, Sie wüßten selbst einen.« Er hatte sie damit abgewehrt, wie er hoffte, und brauchte sich nicht noch weiteren Gefahren aussetzen. »Wenn Sie mich entschuldigen würden, Mrs. Hunter – ich müßte jetzt gehen.«
Aber Mrs. Hunter hatte alles Interesse an ihm verloren.
Schwester de Santis schien sich für die abrupte Veränderung im Verhalten ihrer Patientin entschuldigen zu wollen. Ihre makellosen Lippen lächelten ihn an, obwohl ihre Augen im Schatten des Lampenlichts lagen und er daher ihren Ausdruck nicht beurteilen konnte. Wahrscheinlich stand sie auf seiner Seite, aber selbst wenn er gewagt hätte, sich mit einer direkten Frage dessen zu versichern – er hatte den Verdacht, daß sie viel zu diskret für eine direkte Antwort war, daß ihre Diskretion der seinen in nichts nachstand.
Und so ging er schweigend hinunter, ging durch das Haus, dessen Stille von den Uhren belebt wurde, und von den kleinen Andeutungen in der Luft schwebender Heimlichkeiten – aber auch vom schmetternden Echo offener Lügen neben Spuren einer verzweiflungsvollen, unerforschlichen Wahrheit.

Das Haus, in dem er lebte (georgianischer Stil, in wohlabgewogenen Portionen geborgt von einem einst hochmodernen, inzwischen vergessenen Architekten), hielt verzweifelt seine Stellung gegen einen konzentrierten Zangenangriff mitteleuropäischer Architektur aus gelben Ziegeln. Er schloß die Tür auf, und sogleich trat Lal, eine Schürze umgebunden, im Flur auf ihn zu. »Ich habe uns ein wenig Schellfisch gemacht«, sagte sie, »und dazu ein paar verlorene Eier.«
Sie setzten sich an den Tisch, um ihre Säuglingsnahrung zu sich zu nehmen, und er war erleichtert, das Leben hier noch so vorzufinden, wie er es sich jenseits des hektischen Wetterleuchtens aller Spannungen nach wie vor erhofft hatte: sie konnten sitzen und einfach schweigen, während sie die für ihre Gesundheit vorgeschriebene Anzahl von Kaubewegungen leise vor sich hinzählten, oder sie konnten auch murmelnde Bemerkungen über die Gesundheit der Enkelkinder und den allgemeinen Preisanstieg machen – ganz wie sie wollten.
Während sie mit ihrem Kompott aus selbsteingemachten Birnen beschäftigt waren (Lal machte aus den Tugenden des ländlichen Lebens fast so etwas wie eine Religion), bemerkte er wie nebenher: »Ich habe *Ihr* heute einen Besuch gemacht.« Bei seinem sorgfältigen Kauen versuchte er zwar nicht gerade, auch den extremsten Gesundheitsaposteln nachzueifern, aber er

brachte es immerhin zu einem Ritual von zwölf bis fünfzehn bedächtigen Kaubewegungen pro Bissen.

»Wie war es?« Nur wie aus weiter Ferne drang die Frage durch seine Versunkenheit.

Lals Gesicht war über die braunen und lederigen, aber so gesunden Birnen geneigt. Unsere Freunde müssen sie immer so gesehen haben: schlicht und farblos, überlegte er; und ich auch, hin und wieder: wie eine Art von bescheidenem, unauffälligem Vogel mit einem dem Ohr auf ebenso unauffällige Art angenehmen Lied, das nur hin und wieder von der einen oder anderen ironischen Note akzentuiert wurde. Aber jetzt überraschte er sich plötzlich bei dem Gedanken, daß sie doch eigentlich direkt unattraktiv war; er fühlte sich besonders von der einzelnen Pockennarbe abgestoßen, die sie auf der einen Wange direkt neben der Nase hatte – und dabei mußte er diese Narbe doch jeden Tag ihres langen, gemeinsamen Lebens gesehen haben. Diese Anwandlung von Treulosigkeit gegenüber seiner so grenzenlos loyalen Frau erschreckte Arnold Wyburd so sehr, daß er einen ganzen Mundvoll Birnenkompott ungekaut hinunterschluckte.

Lal wiederholte mit etwas lauterer, leicht vorwurfsvoller Stimme: »Wie war der *Besuch*?«

Plötzlich lehnte er sich unvermittelt nach vorn. »Er war *schrecklich*!« stieß er mit solcher Kraft hervor, daß etwas von den Birnen in seinem Mund auf den Mahagonitisch spritzte; ein wenig Saft mußte sogar bis zum nackten Arm seiner Frau gelangt sein: von der Art, wie sie ihn mit einem Ruck zurückzog, schien es fast, als ob ein Säurespritzer sie getroffen hätte.

Aber der Bericht von seinen Entdeckungen am Moreton Drive mußte jetzt einfach heraus, und er mußte sich zwangsläufig auch über Lal ergießen. War sie nicht der einzige Mensch, der ihm etwas abnehmen konnte, was ihn sonst vielleicht auffraß? Mit fortschreitendem Alter hatte die tägliche halbe Stunde gegenseitiger Geständnisse für sie praktisch den Platz des Sexuallebens eingenommen; unter normalen Umständen schliefen sie danach beide in köstlichem Seelenfrieden ein.

»Abgesehen von den geradezu kriminellen Plänen dieser Kinder, da jetzt auch noch ein Haus voller halbinformierter, alle möglichen Spekulationen anstellenden Krankenschwestern vorzufinden! Und die Haushälterin noch dazu. Sogar die Putzfrau weiß Bescheid, wenn ich das recht verstanden habe.« Wenn er sich nur etwas länger hätte beherrschen können – im Dunkeln, nachdem das Licht ausgedreht war, hätte das vielleicht alles weniger abstoßend geklungen. »Wie weit das alles schon gediehen ist, konnte ich nicht feststellen; ich kann nur Vermutungen anstellen.«

Gibt es einen Grund, weshalb ich nicht glücklich sein sollte, Arnold? traf es ihn plötzlich wie ein Dolchstoß, und in der Erinnerung klang die Stimme

flehend und gleichzeitig fast in direktem Sinne anklagend. »Oder auch darüber, wer hier geplaudert hat.« Die Worte brachen in einer Lautstärke hervor, die für Arnold Wyburd fast schon ein gequälter Aufschrei war.
Lal war mit ihren Birnen fertig; sie legte Löffel und Gabel sorgfältig beiseite, wie um ihr Verhalten seinem trockenen Gefühlsausbruch besser anzupassen.
Sie sah ihn an und sagte: »Ich war es, der es weitererzählt hat, Arnold.«
»Du!« Wer war diese Frau, mit der er ein ganzes Leben in engstem persönlichen Austausch verbracht hatte und die er doch noch nicht kannte? Wenn man an das Vertrauen dachte, das er ihr entgegengebracht hatte – vielleicht sogar ein noch größerer Verbrecher, als Basil und Dorothy Hunter.
»Nachdem du mir das alles erzählt hast, mußte ich einfach mit jemandem sprechen. Und da habe ich Schwester de Santis angerufen. Das ist alles.« Lal sprach fast ruhig. »Ich war so verstört«, fuhr sie dann unter immer größeren Schwierigkeiten fort, »– nicht, daß ich Mrs. Hunter jemals besonders gemocht hätte, das gebe ich ohne weiteres zu. Sie war immer so selbstsüchtig und so gierig, obwohl sie doch reichlich gesegnet war mit allem, was man nur haben kann. Und grausam noch dazu«, keuchte sie nun fast. »Aber andererseits glaube ich, daß ich immer zu ihr aufgeblickt habe als zu jemandem, der schön ist, und strahlend – und manchmal sogar von Geist erfüllt.«
Ohne es zu wollen, bewunderte er die Art, in der seine Frau ihre Worte wählte und dabei auch seine eigenen Gefühle genau traf; aber dann überfiel ihn wieder das Bewußtsein ihres Verrats; und die Unehrlichkeit, die die ganze Zeit hinter ihrer unauffälligen Tugendhaftigkeit gelauert haben mußte, ließ sie in seinen Augen immer häßlicher erscheinen.
»Ich wußte, daß du viel von Schwester de Santis hältst«, fuhr sie fort und schien mit ihren Kräften fast am Ende zu sein. »Und ich war so schockiert darüber, daß dieses bedauernswerte alte Wesen einfach abgeschoben werden sollte – daß jemand überhaupt nur an so etwas denken konnte – und da habe ich wohl einfach nicht mehr daran gedacht, daß du mir das ja im Vertrauen erzählt hattest.«
»Nicht mehr daran gedacht? Nach all diesen Jahren – da bist du – da bist du immer noch nicht *ethisch gefestigt* und hast dich an meinen Beruf angepaßt?«
Sie sah aus, als ob sie jeden Moment erwartete, daß er ihr die Serviette ins Gesicht warf.
Er hatte es noch nie erlebt, daß Lal so herzzerreißend weinte; nicht einmal damals, als Heathers zu früh geborenes Baby starb. Ihr gegenwärtiger Schmerz entströmte einer Quelle, die viel weniger leicht mit der Vernunft zu erfassen war als der Tod, weil viel unerwarteter. Lal reagierte schlichter

und direkter als je zuvor. Und Arnold Wyburd wurde sich bewußt, daß er sie niemals hätte anders haben wollen. So verbarg auch er die vereinzelten Tränen nicht, die ihm über die Wangen liefen: auf diese Art wurden Lal und er wieder zu einem Ganzen.

Er entzog sich der Situation, während sie sich ohne Rücksicht auf ihre Serviette die Nase putzte. Und ging dann, mit der in dieser Situation erforderlichen gesammelten Kühle, hinauf zum Telefon; obwohl es wahrscheinlich wenig Sinn hatte, Leute mit hochtrabender Lebensart noch um diese Zeit anzurufen. Und so war es denn auch – im Hotel Onslow nahm Sir Basil Hunter keine Anrufe mehr entgegen; und die Princesse de Lascabanes hatte den Klub verlassen, um mit Freunden zu Abend zu speisen. Also war Arnold frustriert – oder, vielleicht auch für den Augenblick gerettet.

An diesem Abend gingen die Wyburds früher zu Bett als sonst. Es gab auch keine geflüsterten Vertraulichkeiten nach dem Löschen der Lampe. Statt dessen klammerten sie sich an eine brüchige Wirklichkeit, die ineinander zu entdecken ihnen heute abend gegeben war. Und vielleicht nahmen sie sogar die Last auf sich, ein verwundetes Gewissen wieder zu heilen.

An diesem Abend bedauerte Arnold Wyburd einmal nicht das schnarchende Geräusch, das kurz vor dem Orgasmus aus ihm hervorbrach.

Heute fand die Abendgesellschaft statt, welche die Douglas Cheesemans für die Princesse de Lascabanes veranstalteten: eines der Zimmermädchen vom Klub hatte die Bekanntmachung im *Telegraph* gelesen. Je näher der Abend heranrückte, um so mehr bedauerte Dorothy ihre übereilte Zusage. Sie hatte sich schon immer so weit wie möglich vom gesellschaftlichen Leben ferngehalten – auch auf die Gefahr hin, daß sie selbst darunter zu leiden hatte: erst sagte man von ihr, sie sei ›schwierig zu erreichen‹, und dann vergaß man sie nach und nach einfach. Jetzt hätte sie alles darum gegeben, wenn ihr diese Freundin den gleichen Gefallen erwiesen hatte – diese Freundin, die doch im Grunde nichts weiter war als eine gelegentliche Jugendbekanntschaft. Cherry Bullivant war seinerzeit als Brautjungfer vorgesehen gewesen, aber im Grunde genommen doch nur deswegen, weil Dorothy Hunter keine anderen Bekannten hatte; sie war nie dazu ermutigt worden, nähere Beziehungen zu anderen anzuknüpfen, und sie hatte nie das gehabt, was man eine ›Beste Freundin‹ nennt. Im übrigen – wenn man sie auf die Suche nach einer Freundin geschickt hätte, wäre sie möglicherweise gar nicht fähig gewesen, überhaupt eine Richtung zu finden, in der sie suchen könnte. Und so fürchtete sie sich vor ihrem Eintritt in die Welt Cherry Cheesemans – ganz gleich, was für Waffen ihr auch zur Verfügung standen und welche Legenden sie umweben mochten.

Nachdem sie den Scheck von ihrer Mutter erhalten hatte, war ihr zunächst

der Gedanke gekommen, einen Teil des Geldes für die Anschaffung eines eindrucksvollen Kleides zu verwenden: für eine Rüstung, in der sie jedweden Feind abschrecken und – was noch wichtiger sein könnte – auch lästige Verehrer abwehren konnte. Aber als sie dann nach der Einzahlung ihren Kontoauszug betrachtete, tat es ihr einfach leid, eine so hübsche runde Summe gleich wieder anzugreifen: und so beschloß sie, mit ihrem wohlerprobten Kleid von Patou vorliebzunehmen und es mit dem einen oder anderen Schmuckstück aufzuputzen. Während sie so weit in ihrem Schlafzimmer hin- und herging, wie es der Raum gestattete, fühlte sie sich wenigstens vorübergehend in Sicherheit, hielt sich selbst für einigermaßen annehmbar – was schließlich, entschied sie, wichtiger ist als das Urteil anderer: und wie sie sich umherbewegte, wiegte sie sich lässig ein ganz klein wenig in den Hüften, die Hände auf den eigenen Schultern und zwischen den gekreuzten Armen und ihrer Brust den Kontoauszug festhaltend. Das Kratzen des rauhen, an die materielle Welt gemahnenden Papiers tröstete und beruhigte sie beträchtlich.
Das Schwarze von Patou also, an diesem Abend. Ein Kleid von so klassischer Einfachheit, daß es Neiderinnen schon mehr als einmal zum Fürchten und zum verwirrten Überprüfen der eigenen Geschmacksvorstellungen getrieben hatte. Und dazu die Diamanten; vor denen mußten alle weichen: ihr Feuer war zu unbezweifelbar echt, ihre Fassungen eine gelungene Vereinigung klassischer Einfachheit und ästhetischen Feingefühls. Sie gehörten zu den Juwelen, die das Mädchen aus den Kolonien der Familie ihres Mannes mit Klugheit hatte abringen können – weil sie zuviel wußte. Wenn sie nicht nur ein ganz kleiner Teil des Vermögens der de Lascabanes gewesen wären und wenn Dorothy nicht jede Art von Raub und Gewaltanwendung so sehr verabscheut hätte – sie hätte sich leicht als eine Art von weiblichem Straßenräuber betrachten können.
Sie stand vor dem Spiegel des Frisiertisches und massierte ihre Ohrläppchen, ehe sie sie mit düsterschimmernden, von kleineren de Lascabanes-Diamanten eingefaßten de Lascabanes-Perlen behängte. Die Ohrringe taten ihr immer weh, aber das gehörte nun einmal alles zum Spiel der Selbstbestätigung. Während sie die langen Handschuhe wie eine zweite Haut überzog, bemerkte sie den malvenfarbenen Schimmer in der Beuge ihrer dünnen Arme, in den Salzfäßchen ihrer Schultern und an ihren Schläfen: im großen und ganzen war sie mit ihrem Aussehen nicht unzufrieden – für den Augenblick jedenfalls.
Die Prinzessin fuhr sich mit der Zunge über die Lippen und telefonierte nach unten, um sich einen Mietwagen zu bestellen; dann aber fiel ihr die hübsche runde Summe auf ihrem Bankkonto ein, und sie ließ sich einfach ein Taxi kommen.
Die Nacht, durch die der Wagen sie fuhr, schien ihr gekrümmt wie ein

Bogen – und sie der von ihm abgeschossene Pfeil, der hinüber in das Herz des North Shore flog, wo die Douglas Cheesemans (wer waren sie eigentlich?) wohnten. Die Prinzessin konnte sich nicht erinnern, jemals zuvor über die Brücke gefahren zu sein, und sie hätte es vorgezogen, wenn es auch jetzt nicht nötig gewesen wäre. Sie wünschte sich ins Bett, mit einem Kissen im Rücken und einem Tablett vor sich, und darauf ein *oeuf à la coque* mit gebuttertem Brot in so dünnen Scheiben, wie sie nur Nonnen schneiden können. Aber statt dessen ließ sie sich hier durch die Nacht fahren, weil sich jetzt nichts mehr daran ändern ließ. (Es sei denn, sie würde eine richtige, dicke Lüge erzählen – eine, die sogar den Nonnen mit den zarten Butterbrotscheiben zuviel sein könnte.)

Und so schwang sich ihr Taxi über die Schnellstraße dahin, vorbei an eifersüchtigen, vorüberhuschenden Lichterjuwelen, vorbei an den Fenstern irgendeines Nachtclubs und hoch über Straßen hinweg, deren Pflaster dunkle Zungen und Landkarten vom Urin schwankender Matrosen aufwies. Und dann wieder eine Krümmung, diesmal die gewaltige Brücke, auf deren Höhe der Nordostwind scharf durch das einen Spalt geöffnete Fenster hereinblies und den Aufbau ihrer Frisur bedrohte. Ihr erster Impuls war, das Fenster rasch heraufzukurbeln und damit den verheerenden Wind auszusperren; aber dann überfiel sie plötzlich wieder ein Gefühl völliger Hilflosigkeit, und sie sank zurück in den Sitz, zurück in ihr Kleid aus Paris, in ihre Pelzstola (nicht dadurch bescheidener, daß sie aus Nerz war) und schließlich in ihre eigene, faltige Haut, und sie zitterte wie ein Hund, der auf dem Bahnsteig vorübergehend von seinem Herrn (wer immer das auch sein mochte) getrennt worden ist.

Erst nur undeutlich und dann zu plötzlich bemerkte sie, daß die gekrümmten Bahnen der Geschwindigkeit, die explodierenden Lichtgeschosse verschwunden waren und das Taxi langsam auf einer Ellipse aus sorgfältig geharktem Kies ausrollte: und Dorothy Hunter hätte diese Ellipse am liebsten nie wieder verlassen, wäre bis ans Ende aller Tage hier eingekapselt geblieben.

Mr. und Mrs. Douglas Cheeseman wohnten in einem einwandfrei gepflegten, schamlos strahlend hell erleuchteten und ziemlich neuen Herrenhaus im Kolonialstil. Es war von europäischen Bäumen und japanischen Sträuchern umgeben, deren Aussehen den Eindruck machte, als ob sie besonders schnell gewachsen wären, um mit ihren Eigentümern Schritt zu halten. Der Garten wurde nicht gerade dadurch persönlicher, daß er perfekt ordentlich und sauber war – mit Ausnahme einiger Stellen im Gebüsch, wo sich die Natur eingemischt und einen Eindruck von Gewaltanwendung hinterlassen hatte. Einige der Laubbäume hatten sich der Jahreszeit entsprechend verfärbt, aber ihre Blätter sahen eher aus, als ob sie mit Wasserstoff-Superoxyd gebleicht worden wären und nicht von der beißenden Luft des

Herbstes. Es roch nach irgend etwas: Dorothy fühlte sich an irgendeinen Kunstdünger erinnert.
Für weitere Beobachtungen blieb keine Zeit, sie konnte nur noch gerade rechtzeitig ihre de Lascabanes-Persönlichkeit wieder überstreifen: ein Mann hatte sich an dem weißlich-undeutlich im Dunkel schimmernden Gesicht des wartenden Dieners vorbeigeschoben und die Tür des Taxis geöffnet.
»Doug Cheesemann – Cherrys Mann.« Zwischen Hast und Alkohol war verflogen, was immer er sich als Begrüßungsansprache zurechtgelegt hatte. »Wir haben beinahe schon angefangen, uns Sorgen um Sie zu machen.«
Die Prinzessin zog ihre Stimme wie ein Schwert: »Sie wollen doch nicht sagen, daß ich mich verspätet habe? Acht Uhr dreißig war es doch, nicht wahr? So hatte es mir ihre Frau gesagt.«
»Wahrscheinlich«, lachte Mr. Cheeseman: er war einer dieser eher sehnigen Männer von rötlichem, sommersprossigen Aussehen.
»Acht Uhr dreißig, da bin ich ganz sicher.«
»Ja, ja«, murmelte er aus einer grundsätzlichen Gutherzigkeit heraus, »Cherry macht manchmal so kleine Fehler.«
Da die Angelegenheit somit zu ihren Gunsten entschieden war, kniff die Prinzessin die Augen ein wenig zusammen und zahnte ein Lächeln zu Mr. Douglas hin – als Belohnung dafür, daß er so einsichtig gewesen war. Er schien etwas verwirrt, aber dennoch hingerissen.
Dorothy war überrascht, daß alles so leicht ging. Sie überraschte sich in dieser Hinsicht übrigens des öfteren selbst, und dann konnte sie sich jeweils einfach nicht vorstellen, daß es auch diese anderen Augenblicke geben konnte, in denen alle ihre Fähigkeiten plötzlich entschwunden waren. Wenn es ihr gelänge, ihre de Lascabanes-Technik ständig und gleichmäßig zur Verfügung zu halten – sie könnte Basil als Schauspieler Konkurrenz machen, oder auch als Schwindler.
»Charmant – wirklich *charmant*!« Die Prinzessin nahm notgedrungen von dem Kenntnis, was nur allzu offensichtlich als Antiquitäten die Eingangshalle zierte, durch die ihr Gastgeber sie führte. »Da *muß* man ihnen ja gratulieren.« Sie zügelte ihre Bemerkungen gerade noch, ehe sie vielleicht wirklich begeistert klangen – denn solche Schrecklichkeiten aus *ganzem* Herzen zu bewundern, das wäre doch einfach zu ungeheuerlich gewesen, nicht wahr?
Wieder drückten die Töne und Blicke, die Mr. Cheeseman von sich gab, nichts als Freude und reine Gutherzigkeit aus. »Das ist eines von Cherrys Steckenpferden. Sie hat sogar einen Kurs für Innendekoration besucht.« Seine Augenlider waren von jener besonderen Blässe, die durch randlose Brillengläser noch deutlicher hervortritt; im Nacken hatte er dieselben Falten wie viele andere Australier seines Alters und seines Körpertyps: saurierartig, und doch völlig wehrlos.

Es war Douglas Cheesemans Hals, der Dorothy noch einmal daran gemahnte, daß sie auf sich aufpassen mußte: wie leicht könnte sie einfach umkippen – nicht aus Mitgefühl allerdings, sondern aus Mitleid mit sich selbst. Sie mußte sich daran halten, das Schwert ihrer Stimme richtig zu führen und nicht zu vergessen, daß man sein Gesicht durch Zusammenkneifen der Augen in ein mittelalterliches Helmvisier verwandeln konnte. (Das hatte sie seinerzeit im Spiegel geübt – als Verteidigungsmittel gegen ihre ehemalige *Belle-mère*, die alte Prinzessin Etienne.)

Also verwandelte die Prinzessin de Lascabanes jetzt ihre Augen in schmale Schlitze gegenüber allem, was auf sie eindrang; sie konnte sehen, daß ein paar der Anwesenden das als lobenswerte Bescheidenheit auffaßten, mit einer bedauernswerten Kurzsichtigkeit in Verbindung brachten und ihr abschließend die Sünde der Unpünktlichkeit großzügig vergaben. Denn daß sie schrecklich unpünktlich war, mußte Dorothy sogar selbst zugeben: ein Teil der Anwesenden schwankte bereits leise hin und her, der Alkoholspiegel in den georgianischen Gläsern, welche sie in Hüfthöhe vor sich hielten, neigte sich nach der einen oder der anderen Seite, und in einem Fall hatte sich auch schon etwas aus einem Glas über die Vorderseite eines blaßblauen Kleides ergossen.

Und diese blaßblaue Dame mit den fast purpurrot geschminkten Wangen war ihre Gastgeberin, wie Dorothy de Lascabanes feststellte: die hübsche, strahlend-glatte Cherry Bullivant, verwandelt in eine festlich hergerichtete Truthenne.

Mrs. Cheesemans Nerven spannten sich für einen Augenblick gefährlich an, aber dann sanken sie sogleich wieder zurück in das Meer von Brandy, in dem sie es sich schon vorher bequem gemacht hatten. Während sie ihrem Gast entgegenstürzte, die reichliche Garnitur von Schmuck und Tüll an ihrem Hals und um ihre starkgepuderten Schultern in hüpfende und springende Bewegung versetzend, streckte sie ihre Lippen demonstrativ nach vorn, um eine Wärme auszudrücken, die ihre Hände in noch sehr viel direkterer Weise und sogar durch die Handschuhe hindurch den verhältnismäßig kühlen Fingern ihrer früheren Freundin aufzwangen: einer *Prinzessin!* Mrs. Cheeseman konnte noch gar nicht so recht an ihr Glück glauben.

»Dorothy!« stöhnte und gluckste sie laut, damit es auch jeder im Raum hören konnte.

Die Prinzessin war alldem so direkt ausgesetzt, daß sie nur noch nachgeben konnte. Während Cherry Bullivant-Cheeseman an ihrer Wange schnaufte und kleine Schreie ausstieß und von der Zeit und dem Leben und allen möglichen anderen gefühlvollen Dingen redete, schnüffelte und wieherte Dorothy Hunter-de-Lascabanes sich ihrerseits zurück in die Zeit, in der sie noch ein Füllen war, bis sie schließlich wieder in der Halle des

›Crillon‹ standen, zwei von einem echten Prinzen völlig überwältigte junge Mädchen, von denen die eine viel Wagemut besaß und sich einbildete, in ihn verliebt zu sein.

Die Erinnerung an den großen Fehler ihres Lebens brachte Dorothy sofort die vielen kleinen Prüfungen ins Gedächtnis zurück, denen sie jetzt hier ausgesetzt war, und daher befreite sie sich aus Cherrys doch etwas zu anhänglicher Umarmung mit einem letzten, einsam im Raum schwebenden nervösen Kichern: Madame de Lascabanes genierte sich so, daß sie direkt rot wurde; an den Blicken jedoch, die die älteren Damen miteinander tauschten, konnte sie erkennen, daß ihr Verhalten wenigstens von ihnen als australische ›Wärme‹ anerkannt wurde, die Dorothy Hunter anscheinend doch noch nicht verloren hatte. Wenn es irgendwo einen Hinterhalt zu befürchten gab, dann witterte die Prinzessin ihn woanders: ein paar Mädchen standen da, hinreißend anzusehen in ihrer Jugend und in ihren Hosenanzügen, und tauschten ein skeptisches Lächeln untereinander aus – ganz so, als ob sie das alles nur zu klar durchschauten. Oder vielleicht auch völlig mißverstünden – was ebenso gefährlich sein konnte.

Um allen Gästen die Gelegenheit zu geben, an ihrem Triumph teilzuhaben und ihren Tribut zu entrichten, steuerte Mrs. Cheeseman ihren Gast nun auf einem etwas unsicheren Kurs auf das Ziel zu. Und dann stolperten oder stampften, hüpften oder schwankten sie alle vorbei: die Blauen und die Rosafarbenen, und dann die Rosafarbenen-und-Blauen, die Zwitter und die Ritter, die Rotarier, die einem die Hand schüttelten, bis sie den Handschuh praktisch leergequetscht hatten, die geschickten Schwindlerinnen, die mit nackten, offenen Gesichtern und Haaren wie Meerjungfrauen ihre Doppelbödigkeit als Unschuld tarnten, und die geschmeidigen jungen Männer, die dich mit ihrer Arroganz beeindrucken wollen.

»Und dies hier ist Zillah. Sie ist Schauspielerin.«

»Und wie geht es Sir *Basil*?« flüsterte die Schauspielerin mit berufsmäßig trainierter Stimme und aus wohlgeübtem Mund; sie war fast haarlos und sah aus wie eine Känguruhratte. Ihr Baß vibrierte von ganz unten zwischen den aufgedruckten Mohnblumen auf ihrem Samtkleid herauf in die Kehle.

Mrs. Cheeseman erklärte, daß Zillah Puttuck sich ganz dem ernsteren Drama ergeben habe und alle Hauptrollen der Theaterstücke von Tschechow gespielt hätte – in North Sydney.

Dann zeigte die Gastgeberin mit Begeisterung, daß auch sie selbst Beziehungen zur Welt der Kunst hatte: »Und hier Brian Learmonth.« Wieder ließ sie ihr schnaufendes Kichern hören. »Wenn du nicht achtgibst, dann zieht er in seiner Zeitung über dich her.«

Die Prinzessin erkannte, daß das praktisch anscheinend bereits geschehen war.

Da wandte Mrs. Cheesemann sich plötzlich wichtigeren Dingen zu und drehte sich um sich selbst wie ein kopflastiger Kreisel: »Ist noch so viel Zeit, Doug, daß sie sich einen kleinen Schluck zum Anfeuchten genehmigen kann? Oder tritt dieses verdammte Weib gleich wieder in den Streik, wenn wir mit dem Essen noch länger warten?«

Worauf ihr Mann antwortete: »Reg dich nicht auf, mein Schatz. Wenn es zum Krach kommt, dann kommt es eben zum Krach. Da vorher drauf zu warten, das wirkt sich nur schlecht auf den Blutdruck aus.«

Die Prinzessin ließ sich überreden, einen Drink anzunehmen, den ihr eigentlich keiner mehr geben wollte und zu dem sie selbst auch keine Lust hatte. Da ihr gar nicht nach ›Anfeuchten‹ zumute war, versteckte sie ihr Glas hinter einer mit aufwendiger Widmung versehenen Fotografie eines Menschen im Tanztrikot, der sich ›Bobby‹ nannte.

Beim Essen saß sie zwischen ihrem Gastgeber auf der einen und, wie sie mit Beunruhigung feststellen mußte, einem australischen Schriftsteller, von dem sie noch nie etwas gehört hatte, auf der anderen Seite. Daß dem Schriftsteller das immer klarer wurde, war vielleicht der Grund, weshalb er sich immer häufiger durch seine Frisur im Stile der Zeit Charles Dickens' fuhr und dabei im Spiegel gegenüber die Frau anblickte, die trotz ihrer unglaublichen Unwissenheit immer noch den Mut besaß, sich dort zu reflektieren.

»Lesen Sie denn nicht?« fragte er schließlich, um ihr die Maske vom Gesicht zu reißen.

»Nicht mit der Lust auf Neues«, gab sie zu. »Im Augenblick lese ich *La Chartreuse de Parme* zum – ich glaube, zum siebentenmal.«

»Sie lesen – was?« Der australische Schriftsteller hätte nicht angewiderter klingen können.

»Die Kartause von Parma.« Die Wiederholung ließ ihr den Kehlkopf anschwellen, als müsse sie eine geheime Liebe gestehen gegenüber einem Menschen, der diese Liebe schon dadurch entheiligte, daß er auch nur von ihr wußte.

»Oh – *Stendhal!*« Er schenkte ihr ein gequältes Literatenlächeln; und fuhr sich wieder mit den Händen durch seine Dickens-Tolle; und wandte sich dann – auch das eine geistige Verschwendung – seiner Nachbarin auf der anderen Seite zu, um ihr zu erklären, wie er den ›gotischen‹ Roman den örtlichen Gegebenheiten anzupassen gedachte.

Wenigstens zollte Mrs. Puttuck dem australischen Schriftsteller die ihm gebührende Achtung: sie lehnte sich über den Tisch, um die unwissende Prinzessin über die vielen Literatur- und Ehrenpreise aufzuklären, die man ihm im Namen des Geistes verliehen hatte; aber das war nur eines ihrer Themen, denn wenn die Schauspielerin sich von Zeit zu Zeit herüberbeugte, dann meist, um von sich selbst zu sprechen: was Larry über ihre Arkadina gesagt hatte, oder wie Sybil ihre Madame Ranevsky lobte. Einmal erklärte sie mit ihrem besten Baß-Vibrato: »Coral wäre wahnsinnig, wenn sie Lubov Andreyevna versuchen wollte. Sie ist *petite* – und wie alle weiblichen Hauptcharaktere bei Tschechow, essentiell feminin.«

Während das alles vor sich ging und gleichzeitig die Teller vor ihr im Rhythmus der Mahlzeit gewechselt worden waren, stach Dorothy schließlich mit der Gabel nach etwas, das sie vor sich sah. Und sie stellte fest, daß Cherry rein zufällig gebratenen Truthahn als *pièce de résistance* für ihr Essen gewählt hatte.

Mr. Cheeseman neben ihr schien so etwas wie ein Zurückzucken ihrerseits bemerkt zu haben und sagte: »Ein bißchen trocken, wie? Bei Truthahn ist das immer so eine Sache.« Er hätte gerne irgend etwas für den Ehrengast des heutigen Abends getan, und schließlich hatte er eine Idee – die er gleich von seinem Teller auf den ihren transferierte: »Hier – nehmen Sie den Bürzel oder die ›Nase des Pfarrers‹, wie wir sagen. Macht es ein bißchen schmackhafter.« Etwas Besseres wollte ihm einfach nicht einfallen; ein Tip für die Börse hätte so eine hochgestochene Prinzessin ja vielleicht beleidigt.

Er freute sich selbst so sehr über seine Geste, die für ihn offensichtlich wie ein Opfer war, daß ihr weiter nichts übrigblieb, als den fettigen Bissen zu essen; aber hinter ihrem ›dankbaren‹ Lächeln lauerte das Schuldgefühl, das spontane kleine Freundlichkeiten anderer Leute immer in ihr erregten.

Nach dem Essen, während die Damen ihre Zähne unter den Wasserhähnen abspülten, ihre Gesichter neu aufbauten und ihren Mitschwestern erzählten, was oder was nicht ihre Ehemänner ihnen alles antaten, verließ die alte und gebrechliche Frau eines Waschmittelkönigs den Kreis der anderen, trat auf die Fremde zu und erweckte das Thema der Güte und Freundlichkeit aufs Neue zum Leben.

»Ich muß noch einmal sagen, es ist wirklich freundlich – wirklich gütig von Ihnen, uns heute abend zu beehren«, begann sie mit zittriger Stimme.

Daß diese alte Dame, die selbst so offensichtlich gütig und unschuldig war, sich dennoch so in ihr täuschen konnte, trieb Dorothy für einen Augenblich zu fast panikartiger Verzweiflung. »Oh, aber ich *bin* gar nicht gütig!« fuhr es ihr mit lauter Stimme und unter mühselig erzwungenem Lachen heraus.

Die alte Dame konnte angesichts eines so unerklärlich merkwürdigen Benehmens nur zittrig lächeln, noch etwas gebrechlicher werden und murmeln: »Ich weiß, meine Liebe, Sie haben eine bescheidene Natur. Jeder kann sehen, daß Sie gütig sind. Und es muß eine große Freude für ihre Mutter sein – daß Sie hier sind: eine so gütige, liebenswerte Tochter.«

– geht es ihr gut? Wie häßlich von mir, daß ich daran nicht früher gedacht
Das hörte Cherry Cheeseman. »Aber natürlich, Darling, deine Mutter habe.«

Inzwischen hatten die anderen gespürt, daß es hier um etwas Besonderes ging: ihre Gesichter wandten sich der Prinzessin zu und warteten auf die Enthüllung, nach der sie sich so sehnten.
Einen fürchterlichen Augenblick lang wie ausgestoßen aber dann nicht denn du bist zu sehr du selbst jetzt dein Kleinmädchen-Kleid feucht von der Abendkühle zerknittert und in Knoten gedreht von heißen Händen denn du wehrst dich Gegen Das Was Nur Gut Für Dich Ist *Dorothy meine Liebe du riskierst daß du wieder krank wirst wenn du nicht aus dieser feuchten Luft hereinkommst es gibt Lachspastete du weißt doch wie gern und dann Karamelpudding* und das bleibt dir in der Kehle stecken wie die Freundlichkeit und Güte im Ohr steckenbleibt die Wahrheit wenn Mutter Klavier spielt das tut sie gern und sie spielt und redet zur gleichen Zeit *wenn ich die Wahrheit sagen soll Dorothy du tust alles um deinen eigenen Charakter für die Zukunft gründlich zu verderben* klimper klimper ping.
In einem winzigen Augenblick der totalen Verzweiflung glaubte Dorothy zu spüren, daß die ritterlichen Damen, die Hosenanzüge und die schwindlerischen Meerjungfrauen, zusammengekommen im Schlafzimmer des Cheeseman-Bilderbuchhauses, um sie zu beobachten, alle einer Meinung über sie waren.
Aber dann gelang es der Princesse de Lascabanes, Herr der Situation zu werden. »Ja, Cherry, Mutter geht es gut – sie ist natürlich alt. Und man kann nicht sagen, daß es einem, der sehr alt ist, wirklich gut geht. In gewissem Maß wohl sicherlich – solange der Geist noch aktiv ist. Und das ist Mutters Geist auf jeden Fall. Sie nimmt nach wie vor in außerordentlichem Maß teil an dem, was um sie vorgeht.«
Hier mischte Cherry Cheeseman sich ein. »Aktiv sein – genau das! Alte Leute leben wieder auf, wenn sie aktiv sein können. Deshalb haben wir auch unsere Mutter in Thorogood Village untergebracht.«
Von der Art und Weise, in der sie dich ansah, mußte man schließen, daß sie etwas ahnte; mehr noch – daß ihr vielleicht sogar bereits ein Geheimnis miteinander hattet.
»Und es gefällt ihr dort?« fragte Dorothy.
»Sie war von Anfang an begeistert: Die Gesellschaft von Gleichaltrigen, die Diskussionsabende – und die Blumengärten! Du lieber Gott! Es gibt dort Beete, die sind mit besonders duftenden Blumen bepflanzt, speziell für die, deren Augenlicht zu versagen beginnt.« Und Cherry Bullivant warf ihrer Freundin Dorothy Hunter einen bedeutungsvollen Blick zu.
»Es freut mich wirklich, Cherry, daß deine Mutter sich in Thorogood Village so wohl fühlt.«
Die Damen, die nur am Rande beteiligt waren, verharrten fast wie im Stillgestanden und warteten.
»Mummy ist dann ein paar Wochen nach ihrem Umzug leider gestorben,

aber die Vorsteherin hat mir versichert, wie dankbar sie noch für das gewesen wäre, was Doug und ich für sie getan hatten.«

Dorothys Brust wollte fast zerspringen, so heftig klopfte plötzlich ihr Herz.

Und dann schien mit einem Mal ein Hauch der Unruhe über die schweigenden Damen dahin zu wehen; und Mrs. Cheesemans Stimme schlug vor: »Meint ihr nicht, daß es eigentlich Zeit ist, wieder hinunter zu den Jungs zu gehen?«

Und das taten sie dann auch.

Unten schien es, als ob die Männer noch lange nicht genug davon hätten, schmutzige Witze zu erzählen und über Geld zu reden – mit Ausnahme von Bryan Learmonth und dem australischen Schriftsteller, die sich in einer Ecke zusammengefunden hatten und aussahen wie der typische Fall von zwei Menschen, die sich zu sehr gleichen, die ihren Vorrat an Boshaftigkeit aneinander verschwendet haben und sich nun miteinander langweilen. Als jetzt Mrs. Cheeseman ihr Gefolge von Damen wieder hereinführte, jede einzelne mit dem unschuldigen Augenaufschlag derjenigen, die gerade Vertraulichkeiten miteinander getauscht und die Wasserspülung des Klosetts betätigt haben, erklärte der australische Schriftsteller seinem Gegenüber: »Jetzt werde ich gehen und mir einen Steifen besorgen. Einen steifen Drink.«

Jetzt nach dem Essen schien die Gesellschaft intimer, allerdings auch mühsamer. Die Sensation der französischen Prinzessin, die eigentlich im Innern auch nur eine Australierin war, hatte sich bereits ziemlich abgenutzt. Der Waschmittelkönig geriet in ein Stadium, in dem es ihm nicht mehr gelang, einen Furz zu unterdrücken. Während die Vornamen nicht anwesender Freunde so leicht und hohl wie Tischtennisbälle hin- und hergeworfen wurden, gelang es Dorothy ziemlich mühelos, sich in ihre eigenen Gedanken zurückzuziehen – es war, als ob sie wirklich eine fremde Sprache gesprochen hätte und alle inzwischen von ihrem eigenen Lächeln und den Anstrengungen, eine Konversation mit der Fremden aufrecht zu erhalten, völlig erschöpft wären.

Nur die Frau des Waschmittelkönigs konnte es nicht lassen und setzte sich neben ihre neue Freundin. »Ich möchte Sie um einen Gefallen bitten«, begann die alte Dame – Lady Atkinson war ihr Name – »daß Sie mich nämlich irgendwann besuchen, Liebste, und dann mache ich meine Kürbisküchlein für Sie.«

Die Prinzessin dankte dem freundlichen alten Wesen und bat direkt danach Mr. Learmonth, ihr doch ein Glas Wasser zu besorgen.

»Es fehlt Ihnen doch nichts, hoffe ich?« fragte Lady Atkinson besorgt.

Nein, es wäre alles in Ordnung, versicherte Dorothy. Womit sie eigentlich beschäftigt war, das war der Mordplan, den sie in ihrem Herzen bewegt

hatte – und von dem sie ziemlich sicher war, daß sie ihn ausführen würde, nun, da sie im Haus einer Freundin zu Gast gewesen war, die den gleichen Mord erfolgreich begangen hatte.
Seit dem Abendessen hatte Cherry sie zwar nicht gerade gemieden, aber sie war einfach zu beschäftigt damit gewesen, ihren Gästen Kaffee einzuschenken und sie dazu zu drängen, sich mit den angebotenen Likören noch mehr zu betrinken. Hin und wieder konnte man einen Blick auf ihre hektischen Augen oder ihren nicht mehr so sorgfältig gepuderten Rücken erhaschen, während Mrs. Cheeseman mit deutlich bemerkbarer Schwerfälligkeit ihre Runde machte.
Bis sie dann plötzlich erschien, sich der Princesse de Lascabanes näherte und ihr im Hinunterbeugen ein paar ganz persönliche Worte sagte, so undeutlich sie auch herauskamen: »Trink mal das hier, Dorothy – es wird dir gut tun.« Und damit stellte sie einen Kognakschwenker, mehr als halbvoll, auf den Tisch neben ihren Gast.
Da Mrs. Cheeseman sofort wieder entschwand, hatte Dorothy gar keine Zeit, höflich abzulehnen: Aller Brandy der Welt konnte die Nüchternheit nicht mehr abschmelzen, die sie bei Cherrys Geständnis früher am Abend wie Eis eingehüllt hatte; um nicht davon zu reden, daß sie in ihrer früheren Freundin eine Fähigkeit zum Verrat entdeckt hatte, die nur ihrer eigenen gleichkam.
Und inzwischen lächelte Lady Atkinson immer weiter: sie lächelte den Kognakschwenker an, lächelte für die großzügige Hand, die ihn für eine alte Freundin so reichlich gefüllt hatte; und lächelte ihres eigenen Glückes wegen, von einer so distinguierten Dame wie dieser echten Prinzessin als Freundin betrachtet zu werden. Die alte Dame hatte damit begonnen, um ihre Beziehung zu Dorothy einen Kokon aus denselben goldenen Fäden zu spinnen, aus denen, wie sie berichtete, ihre Ehe gesponnen war und die sie auch an ihre geliebten Enkel banden. Lady Atkinson gab sich alle Mühe, der Prinzessin diese Kinder in ihrer ganzen Vollkommenheit zu beschreiben und hatte bereits das eine oder andere farbenfrohe Aquarell in die Luft gemalt, als Dorothy endgültig das Gefühl bekam, daß sie schnellstens aus der zartgetönten Welt dieser alten Dame entfliehen mußte, in der sie doch nur ein grober Eindringling war.
Erst versuchte sie, sich auf alle möglichen Arten dafür zu entschuldigen, daß sie gehen müßte: »Ich habe mich nicht genügend um meine Mutter gekümmert. Morgen muß ich mehr Zeit – muß den ganzen Tag mit ihr verbringen. Wir kommen niemals dazu, über alles zu reden, was wir auf dem Herzen haben.«
Lady Atkinson war entzückt. »Das wird sie doch sicher sehr freuen, meine Liebste, davon bin ich überzeugt. Es ist nicht einfach für jemanden, der alt und hilflos ist, die Zeit herumzubekommen.«

Es war schließlich das Bewußtsein ihrer eigenen Heuchelei, das die Prinzessin endgültig dazu trieb, nach Mrs. Cheeseman zu suchen, um sich zu verabschieden. Wenigstens mischte sich da niemand ein – es erbot sich aber auch niemand, ihr zu helfen: entweder war sie zu diskret; oder – war sie vielleicht einfach unleidlich? überlegte sie und sah sich in den Spiegeln, an denen sie vorüberkam. Ihr Mund war durch das ständige Nachdenken schmaler als am Beginn des Abends, ihre Wangenknochen erschienen kalkiger und stärker hervorstehend. Und so befeuchtete sie ihre Lippen und rief sich ins Gedächtnis zurück, daß ihre Freundin ja dieses Essen aus Zuneigung zu ihr arrangiert hatte. Und sie hoffte, daß ihre Augen, das Beste an ihr, sie nicht verraten würden, während sie als Gegendienst die dankbare Freundschaft betonte, die von ihr erwartet wurde.

Sie fand Mrs. Cheeseman auf dem gekachelten Fußboden des Badezimmers mit kleinen Kalkputzkrümeln im Haar.

»Was um Himmels willen ist denn passiert?« Daß sie es im Grunde genau wußte, hielt die in ihr aufsteigende Panik nicht im Zaum.

»Überhaupt nichts ist passiert. Ich bin hingefallen.« Für jemanden, der so dick und so rot war und gerade einen Sturz hinter sich hatte, klang Cherry nicht besonders beunruhigt. »Ich bin einfach hingefallen, Dorothy. Und die Vorhänge – die Vorhänge sind gleich mit heruntergekommen.«

Nachdem sie von ihrer Freundin schließlich bis zu ihrem Bett geschleppt worden war, ächzte Mrs. Cheeseman wiederum: »Vielen Dank, mein Liebes. Du bist eine wahre F-ffreundin.« Jedes Wort flackerte in einer Wolke von Brandyduft.

Dorothy spürte die Berechtigung dazu, sich tugendhaft zu fühlen. »Soll ich vielleicht deinen Mann heraufschicken?«

»Oh, Ehemänner! Ehemänner nutzen gar nichts – sie wissen zuviel.« Cherrys Kopf rollte unaufhaltbar in zerknittertem eisblauem Satin hin und her. »Und du, Dorothy – ich habe nichts dagegen getan, daß Ethel Atkinson dich gelangweilt hat – bis zum Spei ...« den Rest verschluckte sie unter heftigem Husten.

»Aber Lady Atkinson war wirklich süß! Sie hat mir von ihren Enkelkindern erzählt.«

»Schauderhafte kleine Miststücke! Letzte Woche haben sie einem ganzen Nest voll lebender Hühnchen die Beine ausgerissen und mit einem Zweig die Augen ausgestochen. Aber solche Sachen sieht die Oma natürlich nicht.«

Während es ihr fast schlecht wurde, hoffte Dorothy, daß vielleicht auch Mutter ... aber nein, Elizabeth Hunter hatte schon immer alles gesehen: sie sah in jedem das Schlimmste.

Dann öffnete Cherry Cheeseman plötzlich ihre Augen ganz weit, als ob sie gerade etwas entdeckt hätte: »Warum haßt du eigentlich deine Mutter, Dorothy?«

»Wie kannst du nur so grausam sein, Cherry?«
Glücklicherweise blieben ihr alle weiteren Fragen erspart: ihre Freundin verlor schlicht das Bewußtsein.
Madame de Lascabanes floh und wurde von lauten Schnarchtönen verfolgt, die aus dem blauen Satin emporstiegen. Wenn sie schon nicht vor sich selbst davonlaufen konnte, dann mußte sie wenigstens dem Haus der Cheesemans entkommen, das sie mit Andeutungen und sogar direkten Anschuldigungen umgab und bedrückte. Aber es schien, daß ihr noch einiges andere bevorstand.
Auf einem altmodischen, als Antiquität angeschafften Sofa, in einer Nische halbwegs auf dem Weg nach unten, hatte sich der australische Schriftsteller drapiert – oder, genauer gesagt, *es* hatte ihn drapiert, in einer zwar dekorativeren, aber kaum weniger betrunkenen Stellung als die, die Cherry Cheeseman auf dem Fußboden im Badezimmer eingenommen hatte. Vielleicht hatte ihn das Schicksal ausschließlich zu dem Zweck auf dieses Sofa gelegt, die Prinzessin de Lascabanes zu erschrecken und zu beschämen, denn seine Augen nahmen bei ihrer Annäherung ein zielgerichtetes Aussehen an. Während sie an der nicht zu umgehenden Nische vorbeihastete, arbeitete sein Mund daran, die in ihm aufgespeicherten Worte herauszutreiben.
»Sie brauchen mich nur wild zu machen, Prinzessin«, hörte sie, »ich liebe sie alle.«
Natürlich reagierte sie überhaupt nicht, aber gleichzeitig sah sie mit Entsetzen, wie er sich von seinem Sofa in Richtung auf ihre Knie warf, als ob sie ein Rugbyspieler wäre, dessen Durchbruch mit dem Ball er durch einen direkten Angriff verhindern wollte.
Die Prinzessin schrie fast auf vor Erleichterung, als sie hörte, wie der australische Schriftsteller knapp hinter ihr mit einem dumpfen Schlag gegen das Treppengeländer prallte, weil er sie um ein Haar verfehlt hatte. Sie rannte weiter und klammerte sich zwar nicht an einen Ball, aber an ihre Entschlossenheit, den Cheesemans und ihren Gästen so schnell wie möglich zu entkommen; ihr Pelz flatterte, und die Zobelschwänze hüpften hinter ihr die Treppe hinunter.
Sie lief hinaus in die Nacht und hinein in die düstere und gleichzeitig wie flüssige Schwärze, welche die Bäume rings um sie ausgossen. Sie lief immer weiter, bis sie die Vorortstraße erreichte, und dann ging sie langsamer, beide Handflächen gegen die Schläfen gepreßt. Über ihr waren die Sterne, die sie wahrscheinlich schon seit langem – zu lange – oh, seit ›Kudjeri‹ nicht mehr mit Bewußtheit gesehen hatte. Wenn es sich doch nur wie ein Deckel in ihrem Kopf öffnen würde, damit die platzenden Raketen der Gedanken ebenso wie der bösartige Nebel rings um sie den Weg ins Freie fänden – dann könnte sie vielleicht alles wieder etwas klarer sehen. Aber

wirkliches klares Sehen, fürchtete sie, war wahrscheinlich etwas, was man mit dem Ende der Kindheit verlor und nicht wieder erlangte, es sei denn – es sei denn, der Tod wäre ein Wunder des Lichts. Und das bezweifelte sie.
Obwohl sie jetzt langsam ging, liefen ihre Gedanken immer weiter in wilder Panik vor ihr her.

Seit Schwester Manhood zum erstenmal diese Idee gehabt hatte, war sie mehr und mehr von ihr erfaßt worden. An sich hätte sie nicht behaupten können, daß sie auf ihre Idee durch logisches Denken gekommen wäre; wahrscheinlich würde sie niemals so logisch denken können wie die Menschen in Büchern, oder berühmte Ärzte, oder sogar ein so verhältnismäßig gewöhnlicher Mensch wie Col Pardoe; ihre Idee, so schien es ihr vielmehr, hatte die ganze Zeit in ihrem Innnern geschlummert, bis es Zeit für sie wurde, in ihren Gedanken Leben zu erlangen. Ihrer Meinung nach war es das, was man eine ›Inspiration‹ nennen würde.
An dem Tag, an dem Flora Manhood das Gefühl hatte, daß ihre embryonale Inspiration so weit war, zu einem tatsächlichen Ereignis zu werden, war sie besonders früh aufgewacht. Aber dann hatte sie sich noch eine ganze Weile ihren Träumereien hingegeben und sich an der zielgerichteten Reife ihrer Absichten erfreut. Sie lag durch und durch von Glut erfüllt und genußvoll ausgestreckt auf ihrem Bett, das normalerweise die harte Bettcouch der Vidlers war, aber an diesem Morgen so hingebungsvoll auf den Druck ihrer Formen reagierte, mit einer fast sensuellen Ahnung aller Möglichkeiten, die sie versprachen, daß sie einfach lächeln und die eine Wange gegen die Schulter reiben mußte, um sich dann genußvoll und faul an der Hüfte zu kratzen. Der Duft ihres Haares und ihrer Haut schien ihr so köstlich, daß sie von einem ungewöhnlichen Gefühl ergriffen wurde – von dem Gefühl, daß sie Macht besaß. Aber war sie nicht auch gerade im Begriff, ihr Schicksal selbst in die Hand zu nehmen? Es machte ihr unter diesen Umständen wenig aus, daß der durch das Fenster hereindringende Geruch von Hühnermist im Widerstreit zu ihren eigenen, schläfrig-sinnlichen Düften stand.
Es waren ja auch nicht mehr als vier Hennen und gar nicht einmal so viel Dreck: Vid war zu reinlich (Sauberkeit war der Lebensinhalt von Vid und Viddie). Und alles anständig, keiner der Nachbarn hätte je daran gedacht, zum Gesundheitsamt zu laufen: Sie schoben ihr Asthma auf andere Ursachen; oder dachten überhaupt nur daran, daß sie ja hin und wieder eine Handvoll Hühnermist als Dünger für ihre Topfpflanzen ergattern konnten. Wenn sich jemand beschwerte – das war Schwester Manhood klar – dann konnte nur sie es sein, in ihrem mehr beruflich bedingten Momenten.

Und sollte man nicht von Zeit zu Zeit seine Stellung anderen Leuten gegenüber betonen? Aber Vid und Viddie waren ja so anständig, und deshalb hatte nicht einmal sie sich jemals aufgeregt. Außerdem mochte sie die beiden oder liebte sie sogar, wie sie manchmal glaubte, auf jeden Fall verließ sie sich auf sie mehr als auf jeden anderen Menschen (die Eltern tot; Snow Tunks in die lesbische Tour abgewandert; und sonst gab es ja niemanden – nein, niemanden, danke schön!).

Flora Manhood öffnete ihre Augen so plötzlich und so weit, daß ein regelrecht kratzendes Geräusch zu hören war. Obwohl sie den ganzen Morgen im Bett bleiben konnte, wie sie das auch meist tat, stand sie jetzt schneller auf als gewöhnlich. Aber an einem Tag wie heute mußte sie sich natürlich Zeit nehmen: erst ihre Nägel feilen, dann später ein Bad einlassen und sich besonders hübsch für die Nachmittagsschicht am Moreton Drive machen. Das eine Hosenbein des Schlafanzugs hatte sich bis zum Schenkel hinausgeschoben, und sie saß einen Augenblick da und strich es wieder glatt, und zwar auf die Art, wie jemand *Außergewöhnliches*, jemand, der speziell für die Rolle ausgewählt war, die sie ihm zugedacht hatte, wahrscheinlich – Zärtlichkeiten austeilen würde. (Nichts mehr von diesem Los-komm-her-Benehmen.) Ihre Haut war glatt, haarlos und von der Sonne gebräunt, mit Ausnahme der beiden weißen, runden Halbkugeln und weiter unten einem weißen Band – nicht einmal einem Dreieck. Es fiel ihr ein, wie sie einmal beschlossen hatte, in Zukunft ohne Pyjama zu schlafen (schon um die Kosten für die Wäscherei ein wenig zu senken), aber dann kam eines Morgens Viddie herein und war so schockiert von dem Anblick – dabei waren es doch nur die Brüste einer anderen Frau – daß man das Nacktschlafen wieder aufgeben mußte.

Das Mädchen stand auf, fast mit einem Ruck. Wie kommt es, daß manche Menschen so moralisch aufwachsen? überlegte sie, während sie sich den Schlaf aus den Augen wusch. Vielleicht deshalb, weil sie nichts heftig genug wollen. Wie Vid und Viddie oder Mr. Wyburd, und de Santis oder Lotte Lippmann, und sogar die verkniffene Badgery, obwohl sie sich mit Allüren umgab und gerne was Besseres sein wollte, als sie war. Aber die Prinzessin Lascabanes nicht, nach dem, was man so hörte. Und auch nicht Sir Basil Hunter.

Flora Manhood seifte ihre Achselhöhlen ein. Nachdem sie sich abgespült und abgetrocknet hatte, holte sie den blaßrosa Lippenstift heraus und verkleidete ihren Mund: jetzt sahen ihre Lippen glatt, sauber und bescheiden aus. Ja, der blasse Lippenstift war schon gut, wenn man bescheiden aussehen wollte.

Aber Mrs. Hunter: an der war nichts Bescheidenes; die alte Betty gehörte kaum zur Mannschaft der Moralischen. Die trampelt einen einfach nieder, wenn ihr danach ist. Selbst jetzt, wo sie so alt und schwach und bedauernswert war. Aber einst war Elizabeth Hunter, nach den Fotografien und nach dem Ölgemälde zu urteilen, eine schöne, leidenschaftliche Frau gewesen. Und das zusammen mit Geld, das bedeutet dann Macht, nicht wahr? Und die Macht kann nichts anders, sie muß einfach niedertrampeln. Auch wenn sie gleichzeitig ein Gebet zwischen bläulichen Gaumen murmelt. Aber sind es Gebete, was Elizabeth Hunter murmelt? Oder träumt sie von ihrer eigenen Schönheit – und von Männern? Das alles zusammen ist es dann, was ihr die Macht gegeben hat. Denn tat Gott das nicht schließlich auch? Trampelte er nicht auf ganzen Nationen herum, oder auch auf so harmlosen Menschen wie Vid und Viddie, die es dann genauso abkriegten wie irgendwelche Vietnamesen?

Flora Manhood, genannt ›Flo‹ – von ihren Eltern und dann bis vor kurzem von noch jemand anderem, der aber für sie jetzt genauso tot war wie Vater und Mutter – und ›Florrie‹ für Snow Tunks: wird einem fast schlecht, wenn man nur daran denkt – Flora Manhood blickte in den Spiegel und überlegte, ob sie zu weit gegangen war. Sie war durchaus religiös, jedenfalls glaubte sie das. Seit der Bananenzeit, seit der Zeit des Wunders, das nicht, nicht – erwiesen war, hatte sie Gott nicht nur respektiert, sondern sich auch nach ihm gesehnt.

Und sie trug jetzt die tugendsame blaßrosa Farbe auf ihrem Mund, während sie in die Küche hinausging, die sie vertraglich mitbenutzen durfte (zusammen mit Klo und Bad). Ihre nackten Füße erfreuten sich an der Sauberkeit und an der Zuverlässigkeit von Viddies Linoleumboden. Ein- oder zweimal stampfte sie mit den Füßen auf, um das angenehme Gefühl in ihre Sohlen einzuhämmern. Erst dann ergriff sie den Gasanzünder mit Namen ›Zauberstab‹ und ließ die Flammen strahlenförmig aus dem Brenner schießen.

Viddie kam herein. Sie hatte geputzt: der Gartenweg, die Eingangsstufen und der Flur waren auf ihrer täglichen Liste ganz oben. »Früh für dich heute, was?«

Flora sagte: »Es ist ein wichtiger Tag.«

Sie saß an dem glitzernden Laminex-Tisch und hatte immer noch nicht mehr geschafft, als sich ihre kalten Lippen am Dampf über der heißen Tasse zu wärmen. Ihr sonst so gesunder Appetit hatte sie heute völlig verlassen, obwohl sie auch Eier hätte haben können, auf denen handschriftlich das Legedatum aufgemalt war – ein Geschenk von Vid, von seinen vier Hennen.

»Hat es was mit Mrs. Hunter zu tun?« fragte Mrs. Vidler. »Mit dem, was du mir erzählt hast? Es ist ein Skandal!« Wenn Viddie wütend war, stieg ihr immer etwas von einem Yorkshire-Akzent in die Kehle, zusammen mit einem immer stärker werdenden Geräusch, als ob sie Mandelentzündung hätte. »Ihr eigen Fleisch und Blut!« schnorchelte sie.

»Ja«, sagte Schwester Manhood und nippte an ihrem inzwischen etwas abgekühlten Tee, »es ist schon eine Schande.« Sie mußte versuchen, sich etwas mehr beteiligt zu fühlen; und sie tat es: nur Elizabeth Hunter mit bestickten Ärmeln Goldfäden und Perlen auf diesem Foto-Porträt auf dem Schreibtisch und sie wendet ihre Blüte nein ihr *Gesicht* mit dem Strahlen seiner arroganten Schönheit sie hält es kalt empor ins Licht oder in die Kamera nur das ist es dieses Bild was dich dazu bringt dich auf einen uralten mümmelnden Schädel zu konzentrieren wenn du versuchst Sympathie zu empfinden – aber es ist doch nur ein Schädel und damit ein gewöhnlicher Alterspflegefall und eben nur ein Job.

»Ich denke ans Hinwerfen«, sagte sie.

»Was willst du denn hinwerfen, Kleine?«

»Den Posten bei Mrs. Hunter.«

»Aber wenn man sie nach Thorogood Village schickt – ist es dann nicht automatisch sowieso zu Ende damit?«

»Bis die fertig sind, darüber zu reden, ist sie vielleicht schon tot. Und reden werden die noch eine Menge. Sir Basil und die Prinzessin betrachten sich ja schließlich als hochzivilisiert.« Sie schnaubte durch die Nase, aber es klang nicht einmal für sie selbst überzeugend.

Auch nicht für Viddie Vidler. »Müßten sie ja auch sein, würde ich sagen. Die Zeit und das Geld dafür haben sie ja gehabt. Und Sir Basil – er ist immerhin ein großer Schauspieler. Zumindest haben sie ja einen ›Sir‹ aus ihm gemacht.«

»Er ist ein phantastischer Mann. Hier und da natürlich schon ein bißchen zu fett. Aber toll. Wie zivilisiert er ist – darüber möchte ich lieber keine Wetten abschließen. Ich selbst glaube sowieso nicht, daß Männer überhaupt einigermaßen zivilisiert sind.«

Viddie saugte an einem hohlen Zahn und pflückte nicht existierende Staubflocken aus dem Besen. »Was du immer für Gedanken hast, Flora! Du solltest etwas ruhiger werden, Liebes – heiraten – ein paar Kinder kriegen.« Das war es, was Viddie manchmal so traurig machte – daß sie selbst keine Kinder hatte.

»Ein Kind wäre ganz schön«, stimmte Flora zu. »Ja – ein kleines Kind, das hätte ich wirklich gerne.« Sie trank ihren Tee so hastig hinunter, daß sie sich verschluckte und husten mußte; Tränen traten ihr in die Augen.

Wieder stieg der Yorkshire-Akzent in Viddies Kehle auf und vereinigte sich mit dem Geräusch wie geschwollene Mandeln: »Du würdest doch nicht etwa das eine ohne das andere tun – wie, Kleine?« sagte sie fast keuchend.

Flora spülte Tasse und Untertasse aus. Sie bemerkte zu spät, daß sie die Teeblätter aus der Kanne in den Eimer geworfen hatte, der für als Hühnerfutter verwendbare Abfälle reserviert war. Aber Viddie hatte es nicht gesehen.

»Heute abend komme ich wahrscheinlich wieder ziemlich spät«, teilte sie ihrer Wirtin mit.
»Du amüsierst dich ganz gut dieser Tage, wie?«
»Ja – als Straßenmädchen natürlich.«
Viddie lachte, wie immer etwas zögernd über Floras unpassende Witze.
»Und was soll ich *ihm* sagen, wenn er kommt oder anruft?«
»Wem?«
»Nun, natürlich Mr. Pardoe.«
»Ich bin ja schließlich nicht sein Eigentum, nicht wahr?« Sie war – oh, sie war einfach wütend.
»Niemand ist das Eigentum von irgend jemandem, Kleines.«
»Und wenn es nach mir geht, dann wird das auch so bleiben!«
»Es war ja schließlich nur eine Frage«, beschwerte sich Viddie.

Und so fing der Ärger also schon so früh an und sammelte sich wie richtige Staubflocken in einem Besen die man auch nicht herauskriegen kann es werden immer mehr diese ordentlichen diese wirklich lächerlich moralischen Vidlers eigentlich sollten sie doch ein Kern sein eine Basis oh und jetzt auch noch den Nagellack auf dem Plüsch verschüttet auf dieser alten Couch und ach je und oh Gott das grüne Kleid dein bestes es zwickt überall platzt in allen Nähten wie würdest du erst aussehen wenn du jemals ein Balg im Bauch hättest richtig aufgepumpt wie ein Fußball jeder starrt dich an wenn du in den Bus steigst aber bis jetzt ist es ja nur die Freßlust Lotties Lunches heute wieder zuviel von dem was eigentlich ein wundervoller Strudel war nur hatte sie ihn eben ein bißchen anbrennen lassen diese blöde Badgery wackelt mit dem Finger *mein Mann* wie üblich *mein Mann der Absolvent des Brighton College in Sussex in England niemals hat sich sein Ohr an das ordinäre australische Englisch gewöhnt.*
Nachdem die Krankenschwestern ihr Mittagessen beendet hatten, oder ihr ›Luncheon‹, wie Mrs. Badgery es nannte, um Mrs. Hunter nachzuahmen und noch vornehmer zu erscheinen, sagte Lottie: »Für den Strudel bitte ich um Entschuldigung, wenn er sich so schrecklich verbrannt hat.«
»Mmm. Gar nichts davon gemerkt.« Schwester Manhood kratzte heftig mit der Gabel über den Teller, um auch nicht den kleinsten Krümel übrig zu lassen.
»Er war einfach köstlich.« Schwester Badgery klang, als ob sie das Wort gerade erfunden hätte; sie zeigte jene Art von Lächeln, die lobt und es doch gleichzeitig deutlich macht, daß man es eigentlich besser weiß.
»Er ist verbrannt«, sagte Mrs. Lippmann mit einer Einfachheit, die die Tragödie noch deutlicher machte. »Ich hatte diesen Strudel schon seit ein paar Tagen geplant, aber an diesem Morgen habe ich dann nicht mit dem Installateur gerechnet.«

»Der Installateur war da?«
»Das Klosett in der Garderobe war verstopft – jemand hat irgend etwas Falsches hineingeworfen.«
Schwester Badgery senkte die Augen. Mrs. Lippmanns umwölkter Blick war, vielleicht rein zufällig, auf Schwester Manhood gerichtet.
»Sie brauchen gar nicht *mich* anzusehen, Lottie! Und überhaupt – wo es der Installateur doch wieder in Ordnung gebracht hat.«
»Natürlich. Es ist nichts. Der Installateur hat es ja wieder repariert.« Es war nichts und doch gleichzeitig alles.
Schwester Badgery hoffte, dieser Leichenschau ein Ende setzen zu können – jedenfalls, was sie anbetraf. »Nachdem ich eine Reihe von Pflegefällen auf dem Lande gehabt habe – alles sehr bekannte Züchterfamilien – würde ich es niemals mehr wagen, irgend etwas Unpassendes in eine Toilette zu werfen. Das Problem mit den Sickergruben hat mich da eines Besseren belehrt.« Das war klar und endgültig; Schwester Badgery stand auf.
»Es geht nicht nur um die Toilette. Es ist wegen Mrs. Hunter.« Die Haushälterin hatte heute einen geradezu visionären Blick.
»Als ob das alte Mädchen was davon erfahren würde, Lottie – doch nur, wenn Sie es ihr sagen. Und dann ist es ihr vermutlich auch noch gleichgültig.«
»Es wird ihr aber nicht gleichgültig sein, was *sie* mit ihr anfangen«, sagte Mrs. Lippmann, »ich meine, ihre Kinder.«
»Glauben Sie, daß sie davon eine Ahnung hat?« Schwester Badgery nahm ihren Schleier ab und faltete ihn zusammen; auf dem Scheitel wurde ihr Haar zusehends dünner und hatte eine neutrale, fast schlammige Farbe.
»Wer kann das sagen?« Mrs. Lippmann mußte diese ganze Tragödie persönlich mit durchleiden – oder so schien es jedenfalls.
So wenig sie auch die Männer mochte – Schwester Manhood hatte mehr und mehr das Gefühl, daß Frauen ihr genauso auf die Nerven gingen; jedenfalls heute nachmittag. Es war ihr wohl bestimmt, daß sie sich heute über alles ärgern mußte. Sie ging nach oben und stellte fest, daß die alte Schachtel ins Bett gemacht hatte. (Ich möchte wetten, daß das noch passiert ist, als Badgery im Dienst war: die sah beim Essen unten so selbstzufrieden aus heute.)
Und dann noch Lottie Lippmann mit ihrem Klo.
Während Schwester Manhood das Bett ihrer Patientin abzog und mit einem verzweifelten Griff die Laken zusammen mit allem ›Unpassenden‹ (diese Badgery!) in ein Knäuel raffte, schossen ihr fast die Tränen aus den Augen. Und dazu schwitzte sie jetzt auch noch, wo im Schwestern-Ruheraum ganz bestimmt kein Deodorant zu finden war.
Und Betty Hunter sagte: »Ich habe doch nichts angestellt, Schwester – nicht wahr? Ich muß geträumt haben. Die Kinderschwester war so un-

freundlich zu mir. Sie hat gesagt, ich müßte den ganzen Tag in meinem Zimmer bleiben, wenn ich den kalten Hammelbraten nicht esse. Oder war es Kate Nutleys Kinderschwester? Ich glaube – ich glaube, wir konnten uns – gar keine Kinderschwester leisten.«

»Vielleicht war es ja auch jemand anders, und nicht Sie.« Was für ein glückliches Leben führte man doch als altersschwacher Spinner.

Der Nachmittag schien endlos. Schwester Manhood holte sich eine Illustrierte, um in einem Lehnstuhl am Fenster ein bißchen zu lesen. Sie hätte eigentlich erleichtert darüber sein sollen, daß ihre Patientin, wie es schien, sich wieder in die Welt ihrer Träume zurückgezogen hatte. Aber sie blieb unruhig; in der Illustrierten waren viel zu viele alte Frauen abgebildet, zusammen mit den weichen Püppchen, die sie gebastelt, und den Decken und Teewärmern, die sie gehäkelt hatten. Und sie hatten alle selbst Gesichter wie Teekuchen und als Körper riesige ausgestopfte Teewärmer. Schwester Manhood konnte direkt spüren, wie auch in ihrem Gesicht die Runzeln aufsprangen. Einmal ging sie und rieb die Haut ihrer Wangen mit Hamamelis-Toilettenwasser ein. Aber heute abend hatte das gar keinen beruhigenden Effekt; es verstärkte im Gegenteil noch das Brennen, das ihre Haut ergriffen hatte.

Dann quietschte draußen das Gartentor, und Mr. Wyburd kam den Weg herauf. Ganz langsam. Noch ein Fall von Altersschwäche: zwar konnte er seinen Kopf noch gebrauchen, aber auch nicht mehr lange; man hörte schon richtig, wie sich in den Pausen zwischen sorgfältig gewählten Worten die Arterien immer mehr verhärteten. Das mußte natürlich passieren, daß der alte Wyburd ausgerechnet an dem Abend hier auftauchte, an dem du früher weggehen wolltest. Und de Santis (Mary die Heiligste aller Heiligen!) läßt dich auch sitzen.

Aber dann kam sie doch noch und trug denselben marineblauen Hut wie immer. »Ich habe gerade gesehen, daß Mr. Wyburds Wagen draußen vor dem Tor steht.«

Flora Manhood fühlte sich rasch und wirkungsvoll wiederbelebt, als sie Schwester de Santis sah. »Er ist drin bei Betty – wahrscheinlich kommt er gerade dran.« Sie kicherte.

»Ich nehme an, daß er es am Ende sein wird, der ihr beibringen muß, was sie mit ihr vorhaben.«

»Ach so – ja.« Flora Manhood war jetzt fast atemlos, als sie den weiteren Verlauf des Abends ohne dazwischenliegende Hindernisse vor sich sah. »Ja, das kann schon sein. Aber ich sehe nicht ein, warum ich – warum wir uns Sorgen machen sollen – ich meine persönliche Sorgen – über das, was im Leben einer Patientin passiert – ich meine natürlich, außerhalb ihres Zustands als *Kranker*.«

Schwester de Santis sagte: »Aber die Prinzessin und Sir Basil – ich mache

mir immer Sorgen, wenn ich feststellen muß, daß manche Menschen viel enttäuschender sind, als man gedacht hat.«
»Ich erwarte am Anfang nie zuviel«, behauptete Schwester Manhood; und sie wußte genau, daß das in vielen Fällen nicht stimmte.
Sie saß auf dem Hocker, vor sich ihr Bild im Spiegel des Toilettentisches, als sie plötzlich bemerkte, daß Mary de Santis sie unter ihrem schrecklichen Hut hervor unverwandt anblickte.
Flora versuchte, einen Schutzschirm um sich aufzurichten. »Und im übrigen habe ich ja die Prinzessin Dorothy gar nicht gekannt, und daher gar keine Meinung gehabt – und bei Sir Basil genauso.«
Schwester de Santis gab keine Antwort. Wahrscheinlich starrte sie immer weiter. Was wollte sie nur herausfinden?
Schwester Manhood drehte sich schließlich zu ihr um und sagte: »Warum schaffen Sie sich nicht einen anderen Hut an, Schwester? Heutzutage trägt man fröhliche Farben. Und meiner Meinung nach steht Marineblau ihnen überhaupt nicht. Sie sehen damit aus, als ob Sie leberkrank sind.«
Schwester de Santis hatte bereits damit begonnen, den anstoßerregenden Hut abzunehmen. »Ich gewöhne mich eben einfach an Sachen, und dann mag ich sie.«
»Aber doch nicht bei Kleidern, um Himmels willen! Die hat man doch nicht für immer, nicht wahr? Sonst wären die Frauen ja wie – wie Statuen, gewissermaßen, wie bekleidete Statuen.«
Mary de Santis mußte lächeln, und Flora Manhood erkannte, daß ihre Kollegin wirklich etwas Statueskes an sich hatte: sie war wie eine Plastik mit lebenden Augen. Komisch, wie die alte de Santis einem das Gefühl geben konnte, daß man weniger war als sie, und trotzdem machte einem das nichts aus.
Dann sah sie, daß Schwester de Santis nicht über das lächelte, was sie gerade gesagt hatte, sondern im Zusammenhang mit irgendwelchen Gedanken, die ihr im Kopf herumgingen: »Ich weiß, daß es mich als Krankenschwester im Grunde genommen nichts angeht – vielleicht wäre es der Doktor, der hier etwas sagen sollte – aber als alte Freundin, die Mrs. Hunter sehr gern mag, habe ich doch das Gefühl, daß ich mit Sir Basil sprechen sollte. Nicht hier, wo alles so vollgestopft ist – zu viele Erinnerungen und Assoziationen, die im Weg sind – aber vielleicht gehe ich zu ihm ins Hotel und bitte ihn, sich doch zu überlegen, was er seiner Mutter für Kummer mit alledem bereiten wird.«
Flora Manhood war überrascht, daß Mary de Santis errötete. Sie hatte niemals die Vorstellung gehabt, daß Mary de Santis etwa schön sein könnte, und auch jetzt kam ihr dieser Gedanke nur für einen ganz kurzen Augenblick – vielleicht, weil für sie das alles etwas Schockierendes hatte.
»Sie würden nur Ihre Zeit verschwenden«, murmelte sie undeutlich und

stand auf. »Jedenfalls ist das meine Meinung.« Sie wünschte, sie wäre jetzt in einem Krankenhaus, wo man der Ablösung nur mit unpersönlicher, professioneller Kühle einen Krankenbericht übergibt und dann einfach davonrauschen kann, ohne sich auf irgendwelches persönliches Geschwätz einlassen zu müssen.

Und das tat sie dann schließlich trotzdem – sie rauschte einfach davon.

Sie konnte nicht schnell genug wegkommen die Tür knallte hinter ihr zu aber das war ihr gleich jetzt den dunklen gefährlichen Weg hinunter ein Zweig peitschte ihr ins Gesicht wie eine Stahlrute sie zuckte zusammen ich kann einfach nicht verstehen, was manche Leute an Bäumen finden (Col Pardoe ist es der so wild auf Bäume ist und auf die Natur: ihre *spontane Wiederkehr*).

Niemand könnte sagen, daß sie selbst nicht auch spontan wäre: es war ihre Spontaneität, die damit geendet hatte, daß ihr das alles leid tat, in was sie geraten war. Es war übergroße Spontaneität, die sie eine Zeitlang glauben ließ, daß sie Col Pardoe wirklich brauchte. *Ich bin kein Ganzes Col nur wenn ich dich in mir spüre dann sind wir wirklich eins wirklich eine vollständige Person wir beide zusammen.* Sie war dumm genug gewesen, ihm das sogar zu schreiben, gesprochene Worte verblassen, aber Geschriebenes erhält sich auf immer, wenn jemand bösartig ist und damit etwas beweisen will.

Nachdem sie an Wyburds Wagen vorbeigelaufen war, begann sie, sich etwas – etwas *angemessener* zu verhalten. Es war kein Wort, das sie benutzen würde – sie hatte es von dem Anwalt gehört: *Ich glaube nicht, Schwester Manhood, daß es den Umständen angemessen wäre, Mrs. Hunter eine Ausfahrt zu erlauben. Sie würde nichts sehen, sich mit an Sicherheit grenzender Wahrscheinlichkeit zu sehr anstrengen und wahrscheinlich auch noch einen Schnupfen bekommen.* Man sollte *angemessen* leben, *angemessen* lieben. Was bedeutet, soviel über alles nachzudenken, daß man schließlich zu überhaupt nichts kommt. Heute würde das überhaupt nichts nützen. Auf die Dauer wäre es aber vielleicht doch wünschenswert …

Während sie (in angemessener Weise) den Moreton Drive in Richtung auf die Bushaltestelle entlangging, überlegte sie, was Schwester de Santis mit ihrem Anspruch, nur überlegte Dinge zu tun, wohl zu Sir Basil Hunter sagen und was sie mit ihm anfangen würde. Eins war sicher: er würde sie sehr ernst nehmen – mit dem Hut. Aber vielleicht kaufte sich die heilige Mary jetzt einen neuen, einen ganz tollen, und das für den seriösen Anlaß ihres Auftretens als Fürsprecherin für Basils Mutter.

Es tat Flora Manhood ein wenig leid, daß sie die Sache mit dem Hut angeschnitten hatte. Denn ohne oder mit Hut – was würde Mary de Santis schon mit einem Mann anfangen können, mit irgendeinem Mann, von Basil Hunter ganz zu schweigen? Man konnte sich bei ihr als Freizeitgestaltung

nur vorstellen, daß sie allein in ihrem Zimmer saß und nähte oder vielleicht in der Zeitschrift der Nationalen Geographischen Gesellschaft blätterte, wenn es Feiertag war und sie sich etwas Besonderes leisten wollte.
Jetzt hatte Schwester Manhood wirklich ein Gefühl des Mitleids gegenüber dieser Kollegin, die sie doch andererseits so sehr respektierte. Ehrlich. *Ich bin doch ehrlich, nicht wahr?* Sie überlegte sich oft, wie schwer es doch war, wirklich zu wissen, wer man selbt ist – wenn man gleichzeitig als einziger dafür in Frage kommt, das herauszufinden.
In dem Omnibus saßen mehrere Männer, die sie eingehend betrachteten. Sie wandte sich von ihren schmutzigen Blicken weg, versuchte eine bequeme Stellung zu finden, ihren Rock herunterziehend. Aber der Rock wollte einfach nicht weiter herunterkommen, oder jedenfalls nur ein bißchen: eben ihr Grünes. Der Bus war ziemlich leer, denn es war gerade eine ruhige Zeit im Tagesverkehr. (Wenn es um praktische Dinge ging, dann war sie schon imstande, sich etwas selbst zu erklären). Die Schaffnerin war ein hübsches Miststück: keine Lesbe. (Du wärst einfach gestorben, wenn du hier Snow getroffen hättest.) Sie blickte verächtlich auf dich herab. Nun ja, du konntest ja auch nicht leugnen, daß du es warst, die von diesen schmierigen Kerlen angestarrt wurde, von diesen geilen, grindigen Männern, die aus Fabriken und Kneipen kamen, nicht wahr?
Und der Bus rumpelte inzwischen immer weiter durch die Straßen.
Sie hatte sich die Sache immerhin so weit ausgedacht: sie wollte ihn noch vor dem Abendessen erwischen, vielleicht sogar, wenn er gerade beabsichtigte, seinen Abendanzug anzuziehen, um zu irgendeiner Gala-Veranstaltung zu gehen, wo die Anwesenheit eines berühmten Schauspielers erwünscht war. Sie würde ihm einfach ihren Namen mitteilen lassen: Flora Manhood. Miß? Nein – *Schwester* Manhood. Man mußte ihm ja schließlich einen Anhaltspunkt geben, nicht wahr.
Nachdem sie einmal umgestiegen und schließlich an ihrem Bestimmungsort angekommen war, bummelte sie noch ein wenig in der hell erleuchteten Durchgangsstraße herum, ehe sie den Hügel hinunter zu dem Hotel ging, wo er wohnte. Sich Zeit lassen. Sie konnte schon die Stimme im Hörer am Ohr der Empfangsdame hören, die anordnete, daß man sie einfach hinaufschicken sollte. Wie ein Tablett mit dem Abendessen. Und oben würde Sir Basil sich inzwischen erinnert haben, um welche Schwester es sich handelte – nämlich um die ›hübsche‹, die er am Tag seiner Ankunft mit den Augen verschlungen hatte. Wenn sie ganz ehrlich sein sollte, dann hatte sie maßlose Angst – jetzt, wo gleich alles so weit war.
Sie zögerte immer noch, betrachtete die billigen Verlobungsringe in den Schaufenstern; und in den Andenkenläden die Opale und die Känguruhklauen. (Einen Känguruhmantel – in Weiß – sollte man für sein erstes Interview mit der Presse tragen. Die Haare dazu kurz und gebleicht – Mia Farrow.)

Was sie aber auf keinen Fall wollte, das war eine Ehe. Diese Abneigung hatte ihr Col beigebracht, wenn sie von ihm schon nichts über diesen MAHLER gelernt hatte. Sie drehte sich um und wandte sich ab von allem, was ihr nur Übelkeit verursachte, und ihr Rock – oder was ihr als Rock diente – raschelte gegen die Schaufensterscheibe. Ganz gleich, wie züchtig sie heute abend auch zu gehen versuchte – immer mußte ihr Rock aufreizend rascheln. Die ganze Straße entlang sahen die Männer hinter ihr her: die in Zivil verkleideten Soldaten auf Erholungsurlaub von diesem Krieg in Asien; die ungarischen Juden ohne, und sogar auch die mit Frauen; pickliges fischäugiges Judenpack. Zwei Nutten kicherten laut, als sähen sie eine Parodie ihrer eigenen Methode, sich in Szene zu setzen. Flora blickte in ein Schaufenster und sah ihren wippenden Rock widergespiegelt, hellgrün mit einem Muster von großen Blättern in Dunkelgrün. Sie bedeckten kaum ihren Körper, diese Blätter. Na los sagten die Augen der Soldaten auf Fronturlaub und die Judenlümmel bohrten sich in der Nase und rollten es zwischen den Fingern wenigstens waren die Blicke der jüdischen Herren trocken und abschätzend professionell denn jetzt sprühte ein schwules Kichern feucht über die eine Seite ihres Halses.
Sie drehte den Kopf weg, blickte in die Schaufenster. Was Mrs. Hunter über die Ziegen gesagt hatte, die vom Bock kamen, das ließ sich vielleicht auch auf Frauen anwenden, die auf dem Weg dorthin waren: andere Menschen konnten es spüren oder riechen. Sie streckte ihren Hals vor, und das grüne Kleid schien sich noch enger um ihre Hüften zu schmiegen. Es ließ sich nicht bestreiten, daß sie in der letzten Zeit ein Leben geführt hatte, das man gemeinhin als ›keusch‹ bezeichnet; obwohl das nicht bedeuten sollte, daß sie ihre Phantasie nicht ein bißchen herumschweifen ließ oder nicht gehofft hatte, daß sich im Schlaf vielleicht ein schöner Traum auf sie herabsenken und sie gründlich befriedigen würde. Und während dieser ganzen Zeit hatte sie gerechnet, sogar mit dem Kalender neben sich und mit Bleistift und Papier auf dem sauber abgewischten Laminex-Küchentisch der Vidlers.
Bis dann, nach den Zahlen zu urteilen, der richtige Zeitpunkt gekommen war.
Das war es, weshalb die Männer sie so ansahen. Weil sie bereit war. Bereit und ohne Schutz. Alle Männer und nicht nur Col Pardoe, vermutete sie, haßten im Grunde die Pille als etwas Unnatürliches. Denn es war natürlich für alle Männer, auch wenn ihnen das nicht bewußt war, daß sie eine Frau aufpumpen wollten. Um dann später zuzusehen, wie sie immer dicker wurde, und dabei zu spüren, wie ihr Selbstbewußtsein immer mehr wuchs.
Und deshalb schauten ihr alle Männer nach, wie sie jetzt in die etwas dunklere Seitenstraße einbog, auf dem Weg zu Sir Basil Hunter. Und wenn sie noch ein paar Ratschläge einfließen ließ, wie er seine alte Mutter be-

handeln sollte, dann hatte sie das nur vor, um Schwester de Santis die Mühe zu ersparen. Mit ihrem eigenen Plan hatte das nichts zu tun: der begann jetzt Hände zu entwickeln, mit denen er sich ausdrückte, und Füße, die um sich traten; sie fühlte sich schwindlig, wenn nicht schon fast am Rande des Irrsinns, von all den Dingen, die in ihrem Kopf Gestalt annahmen.

Die Empfangsdame, ein dunkles, glattes Mädchen, das so aussah, als ob es sich die Achselhöhlen nicht ordentlich rasierte, kniff die Lippen zusammen und sagte: »Ich würde annehmen, daß Sir Basil wahrscheinlich gerade bei der Abendtoilette ist.« Was genau dem entsprach, was Flora Manhood sich erhofft hatte.

Die Empfangsdame zog noch einmal finster die Brauen zusammen, ehe sie dann in die Bakelitmuschel lächelte, an die sie sich wandte: »Eine Schwester Manhood ist hier und möchte Sie sprechen, Sir Basil.« Aus dem Telefon kamen die üblichen Gurgel- und Klickgeräusche; dann hängte das Mädchen den Hörer wieder an seinen Ständer und sagte herablassend, ohne noch einmal einen Blick auf Flora zu werfen: »Diese paar Stufen dort hinauf und dann den Gang entlang nach links. Nummer fünf.« Ihre Stimme war so unpersönlich wie Bakelit: wen ging es schließlich etwas an, wenn da so nebenbei jemand, also wenn *Sir* Basil Hunter (Ehrengast beim Programm der Australischen Rundfunkgesellschaft A.B.C.) sich eine Prostituierte aufs Zimmer kommen ließ?

Ehe Schwester Manhood noch die Stufen erklommen hatte und nach links abgebogen war, preßte die dunkelhaarige Empfangsdame schon wieder ein Taschentuch gegen ihre verschnupfte Nase.

Die Besucherin hatte Sir Basil kaum Zeit gelassen, unter der Dusche hervorzukommen; aber hier war er, in einem Morgenmantel, den sie als ›luxuriös‹ erkannte, und frottierte sein Haar mit einem dicken Handtuch. »Was kann ich für Sie tun?« Seine Stimme klang ganz natürlich, eher etwas müde als ältlich, aber in jedem Fall nicht so alt wie die von Arnold Wyburd.

Anscheinend kam er sich auch selbst nicht besonders eindrucksvoll vor, denn jetzt nahm er sofort wieder einen kühneren Ausdruck an, besonders um Mund und Augen, und hörte auf, sich die Haare abzutrocknen.

Sie spürte etwas Furcht in sich aufsteigen, und diese Furcht hätte sich vielleicht ganz in ihr festgesetzt, wenn nicht die Erinnerung an Mary de Santis gewesen wäre: »Es ist wegen ihrer Mutter«, sagte Flora Manhood. »Ich dachte, ich sollte vielleicht einmal ein paar Worte mit Ihnen ... Sir Basil.«

»Ach je!« Er lachte; die Eckzähne scheinen die Ankerpfosten für seine falschen Zähne zu sein, dachte sie. »Und ich hatte gehofft, daß Sie mir einfach nur einen freundlichen Besuch machen wollten.«

Mit auseinandergestellten Beinen und den Rücken ihr zugewandt stand Sir Basil Hunter vor dem Spiegel des Toilettentisches, rieb sich irgendwelches Zeug in die Haare und machte ganz den Eindruck, als ob es für ihn die normalste Sache der Welt wäre, junge Mädchen in Hotelschlafzimmern und im Morgenrock zu empfangen. Was Flora anbelangte, so fühlte sie sich wie selten zuvor in ihrer Herkunft verwurzelt: da half die Ausbildungszeit am P.A. nichts, auch das Diplom nicht und die schicken Kleider, die du dir angezogen hast; auch ein ziemlich heftiges Sexualleben (bis vor kurzem jedenfalls) nützt nichts, ebensowenig wie deine Erfahrungen mit einer reichen, bösartigen Patientin, die zwar viele verdrehte, aber häufig auch sehr genaue Antworten auf alle möglichen Fragen weiß – deine grundsätzliche Lebensweisheit bleibt die eines Mädchens, das zwischen den Bananenbäumen im Hinterland von Coffs Harbour aufgewachsen ist.

Alle diese Erkenntnisse ließen sie hinter der mit Absicht angezündeten, in der Hand zitternden Zigarette hervormurmeln: »Mrs. Hunter ist jetzt seit über einem Jahr eine Patientin von mir. Warum können Sie sich da nicht vorstellen, daß ich an Ihrem Wohlergeben interessiert bin?«

Er bückte sich ein wenig, so daß sein Spiegelbild ihr in die Augen sehen konnte. Ohne sich umzudrehen, warf er ihr einen Blick zu, der etwas wie – sie hatte den dunklen Verdacht – etwas wie Mitleid ausdrückte. Er hatte erkannt, wie heuchlerisch sie war, und sie zog noch einmal an der flatternden Zigarette, die sie doch nur als Stütze benutzte (Zigaretten – man kann sich hinter ihnen verstecken, aber daß du Spaß am Rauchen hättest, das wäre wirklich zuviel gesagt.)

Während er immer noch mit seinem Haar beschäftigt war, es wieder in Form brachte, durch rasche Bürstenstriche über elastische Wellen und öliges Haarwasser schimmernde Lichtreflexe erzeugte, seufzte Sir Basil tief auf. »Ach ja – Mutter. Die arme, liebe Mutter.«

Danach legte er die Haarbürste beiseite; es war, als ob er und seine Besucherin miteinander etwas geklärt hätten: sie hatten beide ihre Pflicht gegenüber Elizabeth Hunter erfüllt.

Sir Basil holte eine Flasche Scotch. Er brachte Eis aus dem Kühlschrank, der auf der anderen Seite des Zimmers vor sich hinmurmelte. Sie entfernte inzwischen einen Tabakkrümel von ihrer Zunge, von dem sie nicht sicher war, ob er überhaupt existierte – aber so machen das ja die Leute, die rauchen.

(Wie sollte sie jetzt ihr Glas heben, ohne sich zu verraten? Es gab da diese zweihändige Methode, die sie als Schwesternschülerin beim Ausgehen mit den Assistenzärzten gelernt hatte: junge, picklige, milchgesichtige Ärzte, selbst so nervös und aufgeregt, daß es ihnen gar nicht auffiel, wenn jemand anders auch zitterte; aber Sir Basil Hamlet Hunter?)

»Wenn Sie nichts dagegen haben – für mich bitte nur einen ganz leichten.« Nicht ganz, aber beinahe doch Badgery, die sich einen Teepflanzer angelte, während über dem Äquator die Sonne untergeht.

Er goß Sodawasser zu. Sie spürte das Prickeln der kleinen Bläschen im Glas und senkte die Augen. Dann senkte sie auch ihre blaßrosa Lippen in das Glas und bemerkte gleichzeitig die Härchen, die der Schauspieler auf dem Rücken seiner Hand hatte.

»Recht so?«

»Danke, ja.«

Während die eine Hälfte ihres Innern nach wie vor der anderen Hälfte vorzumachen versuchte, daß sie im Grunde genommen doch moralisch handelte und sich wirklich um Mrs. Hunters Wohlergehen Sorge machte, hatte die andere, die entschlossenere Hälfte bereits ihre Entscheidung dadurch kundgetan, daß sie das Sofa als Sitzplatz auswählte: genau wie Basil seine Position bezog, indem er sich absichtlich direkt neben sie setzte. Das Sofa war weder besonders groß noch besonders neu; die Sprungfedern quietschten ihren Protest, aber zumindest brachte es die beiden Körper einander noch näher, denn sie saßen nun auf zwei einander zugeneigten schiefen Ebenen, wie in einem flachen Trichter. Viel unerwarteter kam für Flora der Klimawechsel von gemäßigt warm zu tropischer Hitze, als der Dampf von seinem noch warmen, frisch geduschten Körper unter dem Morgenmantel hervorbrach. Ein paar Augenblicke blieb ihr fast die Luft weg.

Sir Basil schien die Wirkung gar nicht zu bemerken, die er offensichtlich ohne Absicht hervorgerufen hatte; er war viel zu sehr auf die kleinen Berührungen und Effekte konzentriert, die einem Bühnenauftritt die unverwechselbare persönliche Note geben.

»Ich danke Ihnen, daß Sie heute abend hierhergekommen sind«, sagte er zunächst und richtete ein schimmerndes Auge auf seine Partnerin. »Sie konnten das natürlich nicht wissen – aber Sie haben mich vor mir selbst gerettet.«

»Oh?« Das war alles, was sie in ihrer Betäubung herausbringen konnte – dieses jämmerliche Muhen, wie eine Kuh, die in einem Sumpf steckengeblieben ist und nicht weiß, wie sie sich jetzt helfen könnte.

»Einer von meinen schwarzen Tagen, heute.«

»Ich möchte mich natürlich nicht aufdrängen – ich meine, wenn Sie irgend etwas Anderes vorhaben –« ein zwischen den Backenzähnen steckengebliebener Kaugummi hätte ihr nicht hinderlicher sein können als diese Worte, die sie zwischen den Kiefern hervorzupressen versuchte. »– das Mädchen am Empfang sagte, daß Sie sich gerade für eine Abendgesellschaft umziehen.«

»Für ein Abendessen mit mir selbst und sonst niemandem – es sei denn, das Mädchen am Empfang weiß mehr als ich.« Während dieser gesamten Zeit

sah er sie an, beziehungsweise in sie hinein, und seine Hände spielten mit den Fädchen des Polsterstoffes irgendwo hinter ihrem Kopf.
Sie mußte endlich zusehen, daß sie aus dieser die Kehle zuschnürenden Heiserkeit herauskam, damit ihre Stimme nicht immer weiter so monoton und unattraktiv klang. »Sie dürfen nicht glauben, daß ich hergekommen bin in der Hoffnung, von ihnen zum Essen eingeladen zu werden.« Das war nicht viel besser. Sie hustete diese Worte geradezu, so schien es ihr, aus ihrer rauhen Kehle hervor.
Statt einer Antwort lächelte er sie mit einer milden Freundlichkeit an, die ein für allemal mit aller Schüchternheit aufräumen sollte.
Er tat wirklich alles, um es einfach für sie zu machen. Hier saß sie, fast völlig eingehüllt in der Wolke von Dampf und persönlicher Atmosphäre, die ihn umgab, und war hilflos. Eigentlich hätte sie jetzt nichts weiter mehr zu tun brauchen, als sich dahinsinken zu lassen und einen dankbaren Gesichtsausdruck anzunehmen.
Was hielt sie dann davon ab, die ihr so freundlich gebotene Gelegenheit sofort auszunutzen? Mrs. Hunter sicherlich nicht, obwohl man sich verdammt nochmal an sie klammern mußte, wenn einem sonst kein Grund einfiel: aber dann nicht an die uralte lebendige Leiche, deren Geist den Puppen nachjammerte, mit denen sie in ihrer Jugend gespielt und die sie gequält hatte, und die dann plötzlich und grausam wieder zu sich selbst fand und nicht mehr mit Puppen, sondern mit Menschen spielte – nein, nicht auf diese Mrs. Hunter würde sie sich konzentrieren, sondern auf den blassen Umriß einer Heiligen, wie sie Lottie Lippmann und de Santis sich einredeten.
Aber was Flora Manhood statt dessen jetzt zu sehen bekam, war kein Geist einer Heiligen, sondern Sir Basil Hunters Knie – und sein Unterschenkel – die langsam zwischen den Falten des Morgenmantels hervorglitten. »Ich meine, ich bin wirklich hergekommen, um Sie zu fragen, ob Sie auch die Gefühle Ihrer Mutter in Betracht gezogen haben bei Ihrem Plan, sie nach Thorogood Village zu bringen.« Es schien ihr endlich gelungen zu sein, ihrer Stimme einen dunklen, weichen, vielleicht sogar bittenden Klang zu geben, während sie zur Unterstreichung ihrer Worte mit dem Handteller kreisförmig über ihr eigenes Knie fuhr – was nicht besonders klug war, wie sich bald herausstellte, denn dadurch wurde die Nacktheit seines Knies noch besonders betont, von dem Gefühl einer immer mehr Spannung erzeugenden Nähe ganz zu schweigen.
Beide waren nun mit den Augen ganz auf das Knie des anderen konzentriert; da klingelte plötzlich das Telefon und riß ihre Gedanken wie ihre Körper voneinander weg.
Sir Basil zeigte sich als Herr der Situation. »Ich kann heute abend keine Anrufe mehr entgegennehmen. Ich bin einfach zu erschöpft.« Als Beweis

dafür schloß er die Augen und lächelte traurig und bitter für das Mädchen in der Telefonvermittlung, ehe er den Hörer wieder auf die Gabel warf.

Er kam zurück, munterer jetzt und entschlossener. »Nichts hat sich bis jetzt entschieden. Das Ganze ist vorläufig nur eine Idee. Und wird es vermutlich auch bleiben, wenn jemand, der so hübsch und so warmherzig ist wie Sie, sich so für meine Mutter einsetzt.« Er legte seine Hand mit warmem Druck auf ihr Knie. Heiß spürte sie seinen Griff durch die dünne Nylonschicht.

Von der Hand des berühmten Mannes berührt, sprang Flora Manhood auf; sie war wie elektrisiert, und das war ein ungemein angenehmes Gefühl. Noch mehr – sie hatte die alte Mrs. Hunter nicht völlig verraten, und das gab ihr jetzt Freiheit; nicht so sehr die Freiheit, sich einfach der Situation zu erfreuen, die sie so sorgfältig planend herbeigeführt hatte, sondern eher das Recht, jetzt auch alle weiteren notwendigen Schritte zu tun – um der Frucht willen, die dieser Abend tragen sollte.

»Wenn das Ganze nur eine Idee war«, sagte sie atemlos, »dann haben wir das ja jetzt geklärt. Aber Sie scheinen mir auch sonst noch gewisse heimliche Ideen zu haben.« Die letzten Worte fügte sie mit der herausfordernden Stimme hinzu, die schon immer eines ihrer Verteidigungsmittel gewesen war.

Sir Basil wäre gern ebenso temperamentvoll aufgesprungen, aber irgendwas schien mit seinen Rückenmuskeln nicht in Ordnung zu sein. Es tat weh. Sein gefühlvolles Lächeln wurde zu einem etwas verzerrten Grinsen, während er sich langsam erhob, aber er stieß entschlossen in der einzig möglichen Richtung vor: auch er hatte ja schließlich einen Plan, den er ausführen wollte.

Und er griff zu.

Vielleicht wegen dieses verzerrten Rückenmuskels geriet er etwas aus dem Gleichgewicht und bekam eine Handvoll Fleisch zu fassen, auf die sie nicht gerade stolz war (direkt über der Hüfte – völlig überflüssiges Fleisch); und Basil Hunter seinerseits ärgerte sich darüber, daß ihn seine Geschicklichkeit im Stich gelassen hatte und eine elegant gedachte Umarmung zu etwas geworden war, das wie ordinäre Ungeschicklichkeit wirken mußte.

Dennoch – sie wurden mit Wucht aufeinander geworfen und prallten gleichzeitig so plötzlich gegen den rasselnden Kühlschrank, daß sie fast ein Queen-Anne-Tischchen aus Nußbaumfurnier mit Zuckerguß-Schnitzereien und allem Drum und Dran umgestoßen hätten.

»Ich hatte mir schon gedacht«, stieß Sir Basil hervor, während er mit den Lippen an ihrer Schulter entlangschmatzte, »daß wir uns gut verstehen würden, Schwester Man . . . Clara, nicht wahr?«

»Flora.«

»O ja – Flora! Wundervoll! *Flora*!«

Sie standen sich Auge in Auge gegenüber, sowohl wörtlich wie auch bildlich: jeder verstand des anderen tastende Begierde, die sich dem Partner anpaßte, ihn wie prüfend wog. Was sie sonst noch an diesem alternden Mann verstehen könnte, der so attraktiv wirkte (wenn auch nicht in allen Augenblicken) – das war eine Frage, mit der sie sich im Augenblick überhaupt nicht beschäftigen konnte. Daß er keine Ahnung hatte, was ihre wahre Absicht war – dessen war sie sich hundertprozentig sicher. Und damit war sie im Vorteil.

So brach sie also gewissermaßen in seinen Armen zusammen und machte kein Geheimnis mehr aus der Tatsache, daß sie wirklich außer Atem war.

»*Huui!* Gehen Sie da nicht ein bißchen zu forsch vor?«

Was ihm die Möglichkeit gab, die Verantwortung abzuschieben. »Ich bin doch kaum Schuld daran, nicht wahr, Flora?«

Sie schlüpfte aus ihren Schuhen, ging mit sachlichen, plötzlich flach gewordenen Füßen über den Teppich und schlüpfte aus dem Kleid: aus ihrem Grünen.

Sir Basil bemerkte: »Jetzt sind die Kleider ja schon so rasch dahingeschrumpft, daß es kaum noch Zweck hat, wenn ich meine Hilfe anbiete, nicht wahr?«

Alles schien ihm praktischer und sachlicher zu werden. Bis sie dann vor ihm stand.

»Ein echter Botticelli!« Er warf einen raschen Blick über die Schulter, als ob er Angst hätte, daß jemand diese kitschige Bemerkung gehört haben könnte.

»Ein Bo – was?« kicherte sie, während er aus seinem Morgenmantel glitt.

Ein ältlicher Mann. Gnadenlos entwickelte sich seine Brust zu Brüsten hinter einem Büstenhalter aus pelzigem Haar.

»Ach bitte«, sie kniff spielerisch die Augen zusammen, »muß das Licht anbleiben – Basil?« Die Erwähnung des geheiligten Namens schien das Ganze noch genau um den richtigen Grad obszöner zu machen.

Während er das Licht ausdrehte, hatte sie für einen Augenblick eine Vision und sah in blendender Helle diese alte, blinde Frau vor sich, seine Mutter: Mrs. Hunter würde den Braten ganz sicherlich sehr bald riechen, und schlimmer noch – sie würde diesmal mit kalter Würde reagieren.

Da lagst du nun und fühltest, wie Sir Basil sich breitmachte. Wahrscheinlich war er auf diesem Gebiet gar nicht der Künstler, den du dir erhofft hattest. Niemand ist jemals das, was man sich erhofft: und alle großen Künstler sind, wie man immer wieder liest, im Grunde genommen Nervenbündel.

»Du weißt gar nicht, was du mir da vorenthältst«, sagte er mit einer Art von Beleidigtsein in der Stimme, »wenn du darauf bestehst, daß es dunkel bleibt.«

Sie gab nur einen knurrenden Laut von sich. Sie konnte ihm ja nicht gut erklären, daß *ihre* Vorstellung sich wahrscheinlich fruchtbarer in der Dun-

kelheit entwickeln würde, obwohl Sir Basil ja bereits angedeutet hatte, daß er gegen Vorstellungen gewisser Art nichts einzuwenden hatte – jedenfalls nicht gegen seine eigenen.
Er redete wieder eine Weile von seiner ›Boppes-Schellen-Flora‹.
Sie hätte gern Col gefragt, was es mit diesen ›Boppes-Schellen‹ auf sich hatte. Sie war ja so *ungebildet.*
»Was ist, Liebling? Habe ich dir weh getan? Liegst du nicht bequem?« Er sprach mit einer Zärtlichkeit, die jede höhere Tochter an ihrem Vater auf das Höchste entzückt hätte.
Aber sie konnte einfach nicht in der entsprechenden Weise mitspielen. Statt dessen unterdrückte sie etwas, das fast zu einem Wimmern geworden wäre und jetzt als eine Art Seufzer herauskam.
Womit ihr Liebhaber völlig zufrieden schien.
Sie spürte ihn auf sich und überall um sich herum: er erforschte ihren Körper. Sie hatte das Gefühl, daß sie keine Frau mehr war, sondern ein Bergrücken. Sie sah sich schon auf einer Postkarte unter einem Technicolor-Himmel: *Grüße vom Gipfel der Schlafenden Schwester.*
Er schien den erfolglosen Versuch machen zu wollen, ihre Augen auszutrinken. Dann kletterte er nach unten, küßte ihre Füße. Es kitzelte.
»Was ist? Magst du das nicht?« Auch er lachte, aber es klang gar nicht, als ob er etwas heiter fände.
Wieder atmete er brennendheiß in ihr Ohr. »Glaubst du, daß du mich lieben kannst, Flora?«
»Wozu wären wir denn sonst hier, oder?«
»Ja«, seufzte er, aber irreführen konnte sie ihn nicht.
Vielleicht hatte sie verärgert geklungen, und überhaupt schuldete sie ihm ja eine Gegengabe: deswegen war es jetzt an ihr, sein Mißtrauen einzuwiegen, ihm die Möglichkeit zur Selbsttäuschung zu geben – das war es vielleicht auch, was ein Schauspieler ganz allgemein vom Leben erwartete.
Deshalb schlang sie ihre Arme um ihn; sie mußte an das Kind denken, das er ihr schenken würde: ein Kind, das die Verkörperung selbstloser Liebe sein sollte. »Ja«, murmelte sie, »ich werde dich lieben, sicherlich, ich muß mich nur erst an – an den Gedanken gewöhnen.« Und sie preßte ihn mit ihrer ganzen Kraft und mit ihrer ganzen Jugend an sich – so wie sie von jemand anderem gedrückt, gehalten und besessen worden war, bis sie aufbegehrte.
Sir Basil schien es zu gefallen. Er wurde jung und sehr aufgeregt. Zwar zerriß er sie fast, aber auch das mußte sie ja wundervoll finden – um des Kindes willen, des goldenen Kindes, das er in sie einpflanzen würde.
Und so bestritten sie miteinander eine großartige Vorstellung.
Während am Anfang seine Überlegenheit aufgrund seines Ehrgeizes gesichert schien, war es jetzt sie, welche die führende Rolle übernahm. Es war

der Wunsch in ihr, etwas Greifbares zu erschaffen, der einzige Rechtfertigungsgrund, den sie vorzuweisen hatte: das *mußte* sie anderen verständlich machen. *O nein o Gott o Col ich bin nicht einfach eine miese Hure wie du glaubst* stöhnte sie in ungeformten Worten in den Mund ihres Liebhabers. *Col?*

»Mmmhm?« Dieser Lieferer ihres Kindes dieser Pseudo-Ehemann er stieß das Wort in sie zurück sie hatte so sehr gewollt *oh Col Col ohh* und das war es ihr eigenes Fleisch ihr eigenes Kind *ohhh.*

Sir Basil ließ sich fallen, endlich, und glitt nach links von ihr herunter. Dann lag er neben ihr und versuchte, nicht erschöpft auszusehen.

»Hast du«, keuchte er, »hast du alles, was du – brauchst, Flora?« Er klang besorgt.

»Ja.«

Sie fühlte sich eher gelassen als heiter und friedvoll, von erfüllt gar nicht zu reden. Aber sie brauchte ja auch nichts außer der Sicherheit – und vielleicht würde sie sich sogar auch mit der schwachen Hoffnung zufrieden geben – daß sie empfangen hatte. Sie konnte ihr Kind nicht anders vor sich sehen als in einer fernen, goldenen Wolke. Ob Col sie wohl schlagen würde? Sie mußte es ihm direkt ins Gesicht sagen, denn ihre Briefe verursachten ihr sogar selber einen Brechreiz, und am Telefon stellte sie sich immer noch dümmer an, als sie war.

Sir Basil Hunter schnarchte. Obwohl sie nie geglaubt hätte, daß sie jemals neben einem fremden Mann einschlafen könnte, und dazu noch ohne Kleider, mußte sie doch eingeschlummert sein; denn sie fand sich wieder zwischen den grünen Hügelchen von Noamurra und sie ging spazieren mit ja das konnte nur Col Pardoe sein und auf einer großen Tafel stand in Blockbuchstaben NOAMURRA HEISST MANN UND FRAU WILLKOMMEN und Col wenn er es war ja es war jedenfalls sein Arm Col schien erfreut zu sein daß etwas bestätigt wurde was er schon wußte.

Basil erwachte. Die Dunkelheit um ihn mußte die tiefsten Tiefen ihrer Schwärze erreicht haben. Das Wasser lief ihm im Mund zusammen bei dem Gedanken an das Glas mit Alka-Seltzer, das er sich jetzt gleich bereiten würde – nicht weil er einen Kater hatte, sondern weil ihn dieses Getränk in der Nacht beruhigte und erfrischte; er schlief besser und friedlicher, bildete er sich ein, nachdem er diese reinigende Mischung in sich hineingegossen hatte. Er suchte im Dunkeln herum, bis er seine Uhr fand, und erst dann fiel ihm ein, daß er schon seit einiger Zeit nicht mehr imstande war, im Dunkeln das schwach leuchtende Zifferblatt zu erkennen. Also suchte er weiter, bis er im Dunkeln gegen die Lampe stieß und sich gleichzeitig erinnerte, daß er sie wahrscheinlich lieber nicht einschalten sollte: dieses Mädchen, die Krankenschwester, mit der er ins Bett gegangen war. Er konnte die tiefen, ruhigen Atemzüge ihres Schlafes neben sich hören.

Jetzt sehnte er sich noch mehr als zuvor danach, das Licht anmachen zu können – um das Fleisch zu betrachten, das ihm so überraschend viel unerwartetes Vergnügen beschert hatte; aber dann blieb er vielleicht nicht leidenschaftslos genug, und die Schwester kehrte in ihren Körper zurück und fing an, ihn herumzukommandieren und zu beschimpfen.

Und so lag er einfach da, blinzelte mit den Augenlidern und dachte nach. Es gab keinen Ausweg aus der Falle, in der er sich im Augenblick befand. O Gott, wenn er sie doch einfach hinauswerfen und sich ein wenig bequemer hinlegen könnte; aber bei einem Versuch, eine bessere Position zu finden, fand er sich nur noch näher an sie hingedrückt, praktisch gegen ihre Rippen gepreßt, beinahe ein Teil der klopfenden Bewegungen ihres Herzens. Er lauschte auf irgendwelche Anzeichen dafür, daß sie vielleicht aufwachte; nichts zu hören; eher schien sie immer tiefer zu versinken und sie zog ihn mit sich hinunter irgendwo eine Stimme an seinem inneren Ohr von weit weg BASIL sein eigener schlüpfriger Name aber keine Stimme die er kannte nicht einmal zu unterscheiden welchen Geschlechts nur die Stimme und sie war hartnäckig und ganz klar artikuliert aber weit weg weit weg. Er schnitt sie schließlich ab, indem er sich dazu zwang, ganz zu erwachen.

Seine Gedanken begannen herumzuspringen, hierhin und dorthin, eine ganze Kette von sich gegenseitig verdrängenden Bildern: Er sah immer noch am besten aus in würdigen, pelzbesetzten Roben: Dieses Szenenfoto als Alvaro, aus dem dritten Akt: niemand konnte leugnen, daß du gut aussahst (natürlich, verdammt, ist da immer irgendein Drecksack und wirft mit einer Bananenschale, aber was solls). Zurückfliegen sobald es sich machen läßt, und vielleicht *Malatesta* wieder aufnehmen, oder *Le Maitre de Santiago*. Im großen und ganzen mögen dich die Leute am liebsten als Alvaro: eine strenge, zerstörerische und gleichzeitig sich selbst zerstörende Seele – ein nobler Inquisitor. Ja, den *Maitre* sollte man wieder aufnehmen, schon wegen seiner kleineren, billigeren Besetzung; und die Frauenrolle nicht groß genug daß sie dich an die Wand spielen oder irgendwelche Ansprüche stellen kann. Und mit diesem Text kann man jeden beeindrucken, noch dazu mit deiner Stimme: *Gott wünscht nichts, und erstrebt auch nichts. Er ist die ewige Stille. Nur wenn du auch nichts wünschst, wirst du in Gott dich spiegeln.*

O Gott, wenn er doch nur das Licht einschalten könnte: es trieb ihn geradezu, die Zeilen zu sprechen, an die er sich so gut erinnerte, und Alvaro im Spiegel gegenüberzustehen: aber dieses verdammte Mädchen; und auf diesem schmalen Bett konnte er sich nicht einmal von ihrer klebrigen Haut lösen. Sie *klebte* buchstäblich an seiner Seite.

Er sank wieder zurück und überlegte weiter. Er hatte nie verstehen können, wie er in bestimmten Szenen das Publikum Abend für Abend völlig in Bann geschlagen hatte, während er doch alles, den Erfolg und die Ehre und überhaupt, nur für sich selbst gewollt hatte und an ›Gott‹ überhaupt nicht glaubte. Aber jeden Abend ging Bewegung über die Gesichter, und aus dem Dunkel stieg erregtes Atmen. Nur der Autor blieb ungerührt, ein querköpfiger, feindseliger Franzose, der unangemeldet erschien, um dich vielleicht bei etwas zu ertappen. Wo die Kritiker doch mehr als nur andeutungsweise davon gesprochen hatten, daß sein Stück eigentlich nur Kitsch wäre. Bei einem Teil des Textes stimmte das auch ohne Zweifel; alles hing von der Stimme ab, die ihn sprach. Aber der Franzose konnte sich seinen eigenen Kitsch nicht verzeihen, und deshalb wollte er dich dafür verantwortlich machen.

Jetzt war die Krankenschwester an der Reihe: ihre Szene. Sie bewegte sich heftig hin und her, versuchte ihren Traum abzuschütteln und ihren Text herauszubringen. »GlaubnichColweilichdichmalDarlingnennedaßichwasfühleoderirgend – wanngefühlt – habe.« Nun, es war ja nur zu erwarten gewesen, daß sie irgend jemanden liebte, wahrscheinlich ein ganzes Rudel, diese Botticelli-Type, eigentlich nicht so sehr vulgär als eher eine Pop-Ausgabe.

Aber er konnte der Versuchung nicht widerstehen, über die Oberfläche ihres Traumes zu streichen. Ihre heiße Haut antwortete seinen Fingern, ohne daß sie erwachte. Er fühlte sich ein bißchen schuldig dafür, daß er es sich so leicht mit ihr machte, wenn man bedachte, was sie ihm als Gegenleistung geschenkt hatte: sie hatte ihn dazu gebracht, daß er sich wieder selbst sehen und hören konnte, daß er sich wieder mit Würde und Autorität in seinen winterfarbenen, pelzbesetzten Roben bewegen konnte. Vielleicht war sein Alvaro sinnlich etwas mehr in seine Mariana verliebt, als es der Text verlangte. Sie war als Rolle nicht leicht zu besetzen, eigentlich immer nur die Scheide für das klirrende Schwert seiner Worte, besonders in diesem letzten Dialog:

MARIANA: O Rose von Gold! Gesicht des Löwen! Gesicht aus süßem Honig! Zu deinen Füßen! Meine Stirn auf die Erde vor ihm, den ich fühle!

ALVARO: Nein, erhebe dich, steig höher! Erhebe dich rascher!
Trink und laß mich von dir trinken! Steig noch höher!

MARIANA: Ich trinke und ich werde getrunken, und ich weiß, daß alles wohl ist.

Schwester Dings – Flora Manhood – bewegte sich. Er auch. Ohne es zu wissen, bereitete sie ihm mehr als nur Vergnügen, das arme Mädchen: sie erfüllte ihn mit wahrem Glück. Das mußte er einfach auf sie übertragen, ob er sie nun dabei weckte oder nicht. Sie ließ ihn nicht wissen, ob sie wach war, aber diesesmal waren ihre Körper zärtlicher miteinander, waren sie beide eher wie zwei Liebende.

Und wenn er sich nun in irgendein hübsches, gesundes, aber gewöhnliches Mädchen wie dieses hier ernsthaft verliebte? Würde ihre Liebe für ihn das Gift seiner Freunde und Freundinnen überleben? Würden ihre ständigen unpassenden Bemerkungen ihn zu einem Monolith der Grämlichkeit machen? Wenn er es überlegte, hatte ihn bis jetzt noch nie ein Mädchen ›angebetet‹, jedenfalls kein hübsches. Nur die häßlichen, die Abend für Abend in die Vorstellung kamen und dann ewig am Bühneneingang warteten, errötend hinter Bleichsucht und Pickeln. Oder irgendeine ältere Frau, häufig mit irgendwelchen körperlichen Gebrechen und meist ohne jedes Vermögen, deren einziger Luxus ein Abonnementplatz ganz vorn war. Dort saß sie dann, verschlang mit den Augen, durchbohrte mit den Blicken jeden sichtbaren Hosenlatz, die falschen Zähne entblößt. Eine Esmè Gilchrist (sie unterschrieb mit E. Gilchrist) lud ihn einst zum Tee nach Islington ein, und er ging hin, weil er damals noch unglaublich naiv war und – das mußte sie geahnt haben – in alles mögliche hineingeschockt werden konnte. Sie empfing ihn in einem aus Spitzen bestehenden Kokettiermäntelchen (Teerobe wurde die früher genannt) und hoffte, ihn mit ihrem Bruchband aufregen zu können. Und als es so weit war, schiß sie dann als Zugabe noch aufs Bettuch. Er verschwand so schnell aus dem Haus, daß der Messingklopfer an der Tür noch vibriert haben muß, als er schon an der Bushaltestelle stand.
Wonach er sich immer gesehnt hatte, das wurde ihm jetzt klar, das war, von einem so normalen, hübschen, unsensiblen, aber zutraulichen Stück Mädchen wie diese Flora Nightingale hier neben ihm geliebt zu werden: er hatte sie jetzt zweimal gehabt und fühlte sich immer jünger. Warum dann Alvaro? auf der einen Ebene eine lohnende Rolle für einen älteren – sagen wir ›gereiften‹ Schauspieler mit Stimme und guter Erscheinung; auf der anderen der Sprecher der Askese, der ihr verdorrendes Evangelium vom Vorgebirge der Tragik herab verkündet. Je höher Basil in eine köstliche, geläuterte Atmosphäre aufstieg, desto tiefer sogen seine jugendlichen Lungen die belebende Luft ein. Und es kam ihm in den Sinn: nur ein alter, gereifter Mann sollte es unternehmen, die Gespaltenheit Lears auf sich zu nehmen, und nur ein alter Mann könnte sie auch ertragen – aber ein alter Mann, der noch die volle Kraft der Jugend besaß. Und so hielt er inne in seinem Höhenflug, sozusagen auf einem Absatz in der Felswand, um sich ein wenig näher an dieses warme Mädchen zu schmiegen, das ihn eben ohne Widerspruch zum zweiten Male in sich aufgenommen hatte.
Aber schließlich begann er, sich auf seinem schmalen Felsabsatz einsam zu fühlen, und beschloß, seine Gefährtin zu wecken. Mußte ja sowieso sein, früher oder später; tat wahrscheinlich auch nur so, als ob sie schlief. »Darling«, wandte er sich nacheinander an ein Ohr, an ihren Mund und an beide Brustwarzen; seine Arme drückten sich so tief in ihr Fleisch wie

ein Drahtring in die Rinde eines Baumes nach langer Gemeinsamkeit. »Ich habe das Gefühl, daß wir hier etwas begonnen haben, das – ungemein wichtig – für uns beide ist.« Das war einer der Gründe, warum er sich bis jetzt geweigert hatte, ein Stück mit sich selbst in der Hauptrolle zu schreiben: es könnte leicht so klingen wie dieser Satz eben.

»Mmhm?« Sie war zu verschlafen; andererseits nicht so verschlafen, daß die immer bereite Brechstange ihres Willens sie nicht sofort von ihrem Liebhaber hinweggeholt hätte. Sie drehte sich um, zeigte wetterwendisch ihren Rücken. War sie eigentlich verdorben? Krankenschwestern – man hört ja so vieles. Und dabei war er doch bereit gewesen, vor den Altären der Gesundheit, der Reinheit und der Unschuld anbetend niederzusinken; das Haupt auf ein paar Brüste zu legen, die Verständnis zeigten für den Hunger seines Geistes.

Verärgerung löschte die rosige Flamme, die er mit so viel Mühe erweckt und gehegt hatte. Im Grunde genommen hatte er eigentlich nichts oder kaum etwas, gegen diese arme Kuh hier, die vom vielen Herumrennen unter der Fuchtel von Elizabeth Hunter sicher schon müde gewesen war und dann noch die halbe Nacht gebumst hatte – kein Wunder, daß sie so fest schlief. Nein, er mußte weiter zurückgehen, um einen Schuldigen zu finden, noch weiter zurück sogar als zu Mitty Jacka, die von ihm erwartete, daß er selbst das Geld für den spektakulären Selbstmord aufbrachte, den sie für ihn arrangieren wollte. Zurückgehen bis zum ursprünglichen Groll, den er hegte. *Ich war nie eine natürliche Mutter – ich konnte nicht stillen. Aber deswegen – siehst du, Darling, deswegen hat es dir noch nie an – an Nahrung gefehlt.* Das hatte sie zu ihm gesagt, bei Gott, und ohne daß er sie gefragt hätte. Und ihm dann ein Almosen von fünftausend Dollar gegeben – Dollar, nicht englische Pfund. Wieder nur ein elender Happen.

Er zog das Laken herauf, daß es ihm in die Kehle einschnitt, legte sich zurück und gab sich seinem Groll hin. Da die Liebe seinen Gedanken entfallen war, mußte es wohl der Zorn sein, der ihn allmählich wieder in Schlaf wiegte.

In der kalten Schrecklichkeit dieser pelzbesetzten Robe öffnen sich Verschlüsse der Gefühle nur für gleißende Augenblicke zu sehen wie die alte geschminkte Haut ihre letzten Atemzüge mit jeder verängstigten Pore einsaugt lila Fliedermütterchen den Dolch im Gewande brauchst du nicht Worte können töten wenn sie nur spitz genug sind *Geld ist Leben solange noch Leben übrig ist andernfalls ist es Zeit zum Sterben also stirb* sie kann nicht gegen die Wahrheit protestieren höchstens ihre automatischen Blasebälge fauchen lassen mit ihrem halben noch nicht einmal halben Leben sie gibt es ja auf für das ganze Leben zum Beispiel *Le Maitre* wenn Alvaros eigene Anschauungen steril sind dann doch nur um den Versuch zu machen auf die Katastrophe auf den Sturm verzichten zu können und zu sagen zum Teufel mit Jackas Form des Selbstmords durch das *ungespielte Ich.*

Flora Manhood rollte sich im Bett zusammen. Hinter den klappernden Jalousien zeigten sich schon die ersten gelbbraunen Lichtstreifen. Kalt strich das Licht über ihre Nacktheit, und sie konnte zusehen, wie sie hier und dort eine Gänsehaut bekam.

Basil Hunter sah im Schlaf furchterregend aus. Sein Ausdruck veränderte sich unter Zuckungen zu allen möglichen Grimassen, sein ganzes Gesicht schien in unzählige Faltenbündel verkrampft. Schließlich bekam sie einfach Angst.

Sie streckte erst eine Hand aus, beugte sich dann über ihn und sagte: »Du mußt einen schrecklichen Traum gehabt haben.«

»Ja, ich habe jemanden ermordet – oder wurde selbst ermordet – ich weiß nicht mehr – und auch nicht, wer es war.«

Obwohl seine Stimme schläfrig klang, beobachtete er sie doch scharf, um festzustellen, ob sie mit seiner Erklärung zufrieden war. Aber sie war an seinem Traum gar nicht interessiert: sie sah aus, als ob sie mit einem eigenen Unglück oder einem eigenen Mord beschäftigt war. Dadurch veränderte sich ihr sonst eigentlich nur landläufig hübsches, gesundes Aussehen: sie war jetzt einfach schön, ihr Haar schimmerte im selben Glanz wie das gelbbraune Licht; nur ihr Gesichtsausdruck blieb abwesend und traurig.

Und in der Tat war Flora Manhood von unsäglicher Trauer erfüllt. Hier war dieser fremde, nicht einmal schlechte, aber langweilige Mann und wußte nichts von der Rolle, die er spielte, oder dem Kind, das sie vielleicht von ihm empfangen hatte ohne Rücksicht darauf, ob er oder das Kind das auch wollten. Sie selbst wäre lieber ungeboren geblieben; manchmal überlegte sie, ob ihre Eltern eigentlich die Absicht gehabt hatten, ein Kind in die Welt zu bringen, oder ob es nur passiert war, weil ihnen der Weg ins Kino zu weit erschien und sie deshalb an irgendeinem Abend einfach zu Hause blieben. Natürlich hätten sie das nie zugegeben, wenn du jemals mutig genug gewesen wärst, sie danach zu fragen; sie waren ehrliche, tief religiöse Leute.

Sie war es, die unehrlich war, die betrog. Ihr eigenes Kind, das sie einfach nicht anders sehen konnte als mit den Zügen von Colin Pardoe, würde als sichtbarer Beweis ihres Betruges aufwachsen. Und sie würde ihre Reue für Liebe zu diesem Kind ausgeben müssen. Wo sie auch hinblickte – sie konnte kein Ende zukünftiger Unehrlichkeiten absehen: es war wie ein Blick in einen Spiegel, der einen anderen Spiegel reflektiert, und immer so weiter – eine endlose Allee.

Der Schauspieler wenigstens würde wieder verschwinden, und er brauchte gar nichts zu erfahren. Es war der eigentliche, der rechtmäßige Vater, der dableiben und wissen würde: wenn er auf der Straße ihr und ihrem Kind begenete oder wenn er ihnen im Bus gegenübersaß, dann würde er ständig nach seinen eigenen Zügen im Gesicht dieses Kindes suchen, das das seine war oder sein sollte. Nein – sie würde mit ihrem Sohn fortgehen, in eine andere Stadt, und dort konnte sie ihn dann vielleicht so sehr lieben, daß er nie etwas von ihrem Betrug ahnte und sie am Ende schließlich haßte.

Je länger Basil Hunter ihr zusah, wie sie ihren geheimen Gedanken nachhing, desto mehr hatte er das Bedürfnis, sich bei ihr für das zu entschuldigen, was wie eine aus einer Laune erwachsene Verführung ausgesehen haben mußte: denn – nein, im Gegenteil – er war müde gewesen und von sich selbst enttäuscht, um nicht zu sagen angeekelt wegen seiner Pläne in Bezug auf diese alte Frau, die seine Mutter war. Im Grunde genommen war es gar keine Frage oder sollte keine sein, daß er sich bei Flora Manhood in gutes Licht setzen mußte; er war sich inzwischen sicher – so sicher, wie man nur sein kann – daß es sich nicht nur um sexuelle Begierde handelte: daß er dieses Mädchen um der Schönheit ihres einfachen Wesens willen lieben konnte; und zweifellos würde ihr noch ungeformter Charakter ihm dafür mit Liebe und Dankbarkeit entgegenkommen.

»Was ist?« Sie wollte eigentlich gar keine Antwort geben, aber sie hatte das Gefühl, daß sie ihn aus Höflichkeit fragen müßte.

»Ich möchte, daß du mich küßt.«

Seine Bitte war so einfach, daß sie lachte und sich über ihn beugte: dann küßte sie ihn, und mehr noch: sie hob ihn mit ihren starken Armen bei seinen Schultern hoch und begann, ihre Lippen gegen seine Stirn und sein Haar zu drücken, als wolle sie einer tiefgehenden, natürlichen Leidenschaft Ausdruck geben.

So daß aus ihrem Patienten, der er zunächst nur war, ihr Kind wurde. Und vielleicht hatte er das auch so gewollt. Denn er begann sogleich, an diesen Brüsten zu saugen, die vor Güte und – ›Nahrung‹ – überflossen; im Gegensatz zu der ihm vom Leben verordneten mütterlichen Zitze, die einst vor seiner Frechheit und Anmaßung zurückgezuckt war.

Während er saugte und alle möglichen Geräusche dankbarer Erfüllung von sich gab, fühlte sie sich doppelt als Betrügerin: denn sie hielt die Vergangenheit in den Armen, unter den Orangenbäumen zwischen den Hügeln im grünen Dunst von Noamurra. Aber dann hob sich der Dunst, und hier war sie mit diesem häßlichen Ersatz.

Dennoch hielt sie ihre Rolle in diesem Stück durch, die Rolle der Frau und Mutter, ohne ihre Verzweiflung und erst recht nicht ihren Abscheu zu zeigen.

Basil sagte: »Hast du nicht auch das Gefühl, daß dies alles echt ist, Flora?« Er selbst wollte das ehrlich und nur zu gerne glauben.

Sie lächelte und begann sich anzuziehen.

»Wann sehen wir uns wieder?« fragte er. »Das wird ja wirklich ein Witz sein, dich in diesem Haus da anzurufen! Findest du das Ironische daran nicht spaßig?«
Sie bückte sich, um ihre verlorengegangenen Schuhe zu suchen.
»Warte einen Augenblick«, sagte er. »Ich ziehe nur schnell was an, und dann bringe ich dich bis zum Portal.«
»Ist denn jetzt niemand im Dienst in der Eingangshalle?«
»Nur ein Mann, um diese Zeit. Und ein Mann neigt weniger dazu, einem so etwas übelzunehmen.«
Im Augenblick wußte sie wirklich nicht mehr, welches der beiden Geschlechter sie verächtlicher fand; weder Männer noch Frauen konnten die Bedenken zum Schweigen bringen, die in ihrem Innern immer wieder ihr Haupt erhoben.
Deshalb gab sie Basil nur noch einen förmlichen Kuß und ging. Außerdem hatte sie gewaltigen Hunger: sie freute sich auf einen ganzen Teller mit gebratenem Schinkenspeck und mindestens zwei von Vids numerierten Eiern, gleichfalls gebraten, bis das Eiweiß einen knusprigen Rand bekam.
Basil legte sich inzwischen wieder ins Bett und streckte sich noch einmal. Bis jetzt hatten sich seine Gedanken hauptsächlich nur um Liebe gedreht; aber er könnte das Mädchen ja sogar heiraten. Er selbst als Ehemann: In den Tagen, als die Ehe entweder Shielas betrunkene Schimpfwörter oder Enids stachlige Epigramme verkörperte, war ihm der Gedanke immer unerträglicher geworden; inzwischen gereift, fühlte er sich wiederum von dieser so besondere Fähigkeiten erfordernden Rolle angezogen; überdies gefiel ihm allmählich die Vorstellung immer besser, eine Frau zu haben, die ihm ständig das Bett warmhielt. Und dazu noch eine Krankenschwester: sie konnte dich richtig pflegen; unter Umständen sogar eine Stellung annehmen und Geld verdienen, falls nötig. Obwohl das natürlich nie der Fall sein würde. Das Geld war da und gehörte rechtmäßig ihm. Die kleine Flora konnte eigentlich nur dankbar sein.
Im Halbschlaf probierte er alle möglichen Namen durch: Schwester Manhood; Lady Hunter; Sir Basils Frau; alle hatten einen guten, kräftigen Klang, und die weibliche Gestalt in ihrer Gänze war eine außerordentlich attraktive Neuerwerbung für die Besetzung seines Stücks.
Halb eingenickt lächelte er immer weiter vor sich hin, bis in einem seiner Nasenlöcher ein Haar umknickte und ihn kitzelte. Da mußte er niesen.

Flora Manhood steckte den Kopf in das Frühstückszimmer, wo Schwester Badgery bereits mit dem Mittagessen begonnen hatte. Lottie Lippmann saß bei ihr. »Sie sind spät dran, Schatz.« Die Haushälterin sagte das ohne jede Kritik. »Wir haben uns schon Gedanken gemacht.« Wenn in ihrer Stimme irgendein Unterton mitschwang, dann war es Ehrfurcht, fast als ob sie an die Heiligkeit von Jugend und Schönheit glaube; sie würde liebend gern sofort damit begonnen haben, dieses hübsche junge Ding hier mit Nahrung vollzustopfen, denn das war die einzige Art, ihrem Glauben Ausdruck zu verleihen.

»Ich bleibe nicht. Ich habe keinen Hunger.«

»Sie sind doch nicht etwa *krank*, oder?« fragte Badgery viel zu laut, den Mund voll Hühnerleber und Reis.

»Ich habe mich verspätet. Ich bin zu spät aufgestanden.«

»Aber doch nicht *krank*!« Mrs. Lippmann wies diese Möglichkeit verächtlich von sich. *»Sie sieht so reizend aus! Strahlend!«* deklamierte sie in bestem Bühnendeutsch.

»Und was heißt das, wenn ich fragen darf, übersetzt für das Verständnis gewöhnlicher Menschen?« Schwester Badgery hätte sich vielleicht herausgefordert gefühlt, wenn das Zitat in der ausländischen Sprache ihr nicht gleichzeitig die Möglichkeit gegeben hätte, unbemerkt und in aller Ruhe noch mehr Sauce auf ihren Teller zu löffeln. (Sie hatte nie verstehen können, wie manche Menschen ›ausländisches Essen geradezu gewohnheitsmäßig zu sich nehmen‹, aber im Zweifelsfall tat auch sie ihr Bestes).

Auf Schwester Badgerys erdgebundenes Niveau herabgezerrt, antwortete Mrs. Lippmann nur tonlos: »Es heißt weiter nichts, wenn Sie es schon wissen wollen, als daß Floradora gut aussieht.«

»Ach ja, ach ja«, seufzte Schwester Badgery zerstreut; um den Anstand zu wahren, nahm sie zierlich ein paar kleine Bissen zu sich, und dann setzte sie sich zurecht und begann behaglich ihre Mahlzeit hinunterzuschaufeln.

Schwester Manhood *fühlte* sich einfach nicht *wohl*. Während sie nach oben ging, um ihren Dienst anzutreten, hätte sie diese Gefühle nicht einmal genau beschreiben können. Nach ihrer Heimkehr hatte sie vier der Viedlerschen Eier gegessen und dazu ebensoviele Scheiben gebratenen Schinkenspecks. Dann hatte sie zu tief und zu lange geschlafen, war hastig aus dem Bett gesprungen und hatte sich zu schnell angezogen. Wenn andere Leute fanden, daß sie gut aussah, dann war das nur, um es grob zu sagen, wegen der Reibung: es gibt nichts Besseres, hatte sie schon oft festgestellt, Teint und Aussehen mit Leben zu erfüllen, als die Reibung der Haut eines Menschen auf der eines anderen.

Teint und Aussehen waren Dinge, die Mrs. Hunter Gott sei Dank nicht sehen konnte. Aber was würde sie ahnen, was würde sie riechen? Schwester Manhood war von Furcht erfüllt, war geradezu betäubt vor Furcht, während sie die weichen, gnadenlosen Stufen hinaufstieg und an das Gespräch über die Ziegen dachte. Wenn es um ihren eigenen Basil ging, dann war Mrs. Hunters Geruchssinn sicher doppelt fein.

So gern sich Schwester Manhood schnell umgezogen hätte, um nicht mit Jessica Badgery noch einmal im Schwestern-Ruheraum zusammenzutref-

fen, so wenig hatte sie andererseits Lust, ohne Übergang zu ihrer Patientin hineinzustürmen und den hellen Sonnenschein zu spielen, wo sie sich doch eher wie ein Klumpen Blei fühlte. Deshalb alberte sie ein wenig lustlos herum, schnitt Gesichter im Spiegel und warf neugierige Blicke in die vollgestopften Wandschränke. Es heiterte sie ein wenig auf, daß Lottie ja gleich mit dem Tablett kommen mußte, wonach Mrs. Hunter erst einmal mit ihrem Ratespiel beschäftigt sein würde, was es heute wohl zu essen gäbe.
»Ooh, ent*schuldigen* Sie, bitte«, Schwester Badgery legte die Hand vor die Lippen, wie es ohne Zweifel auf Teeplantagen und P & O-Fahrgastschiffen üblich war, ehe sie ihrer Kollegin mitteilte: »Sie hat – ganz gleich, was Sie ihnen auch erzählt – wirklich einen recht angenehmen Morgen hinter sich. Puls normal, Stuhlgang um zehn Uhr dreißig – alles so in Ordnung, wie es sich die Dienstablösung nur wünschen kann. Oh, und Dr. Gidley hat angerufen. Der Herr Doktor hätte nicht erfreuter sein können. Er macht soviel Späße, nicht wahr? Ich muß wirklich sagen, daß der Herr Doktor ein netter Mensch ist.« Dann schüttelte Schwester Badgery ihre Halslappen, richtete ihren Kamm auf und reckte ihren Schnabel in herablassender Weise, als ob sie sich plötzlich erinnerte, daß sie ja in der Hackordnung dieses Hühnerhofs weit über diesem zwar wohlgeformten, aber hirnlosen und vergeßlichen Hühnchen stand. »Appetit ausgezeichnet.« Sie ließ das Lid über einem gelben Auge kurz herunterfallen. »Mrs. Lippmann sagt, daß Mrs. Hunter ein *enormes* Luncheon gegessen habe und eigentlich noch mehr wollte – was ihr natürlich nicht gestattet worden ist.«
»Sie *hat* schon gegessen?«
»Sie hat schon gegessen. Sie hatten sich ja verspätet. Und wir konnten sie doch nicht einfach warten lassen, nicht wahr?« Schwester Badgery war fröhlich und heiter, denn sie war ja nicht mehr im Dienst.
Nun wußte Schwester Manhood, daß es kein Ausweichen mehr gab. Den ganzen Nachmittag, und noch dazu einen Teil des Abends, mußte sie von jetzt ab mit Mrs. Hunter verbringen.
Sie betrat das Krankenzimmer.
Meistens wehte ein leichter Wind durch das Haus am Moreton Drive, eine schwache Brise, die in den Musselinvorhängen spielte und ihre ziemlich verknitterten Falten einmal zu wildem Beben und Zittern brachte und ein andermal zu großen, majestätischen Segeln aufblähte. Diese angenehme Nachmittagsbrise ließ allerdings mit der Zeit die Möbel stumpf werden, weil sie einen feuchten Hauch über ihr Mahagoni und ihr Rosenholz legte. Auf dem Toilettentisch, zu weit weg von der Patientin, als daß sie etwas von ihr haben konnte, stand eine Vase mit Rosen, eine von denen, die Schwester de Santis jedesmal direkt neben das Bett stellte, von wo Schwester Badgery sie mit Nachdruck ebenso regelmäßig entfernte. Schwester

Manhood konnte sich nie entschließen, welche Seite sie in diesem Krieg der Rosen unterstützen sollte. Da niemand ihr jemals Blumen geschenkt hatte, sah sie auch keinen Nutzen in ihnen. Es sei denn, sie waren aus Plastik: Plastik hält. Aber die Rosen in dieser Vase waren verwelkt, und ihr war nichts mehr zuwider als tote Rosen anfassen und riechen zu müssen. Sie durfte nicht vergessen, sie später wegzuwerfen: das gab ihr wenigstens etwas zu tun in der endlosen Wüste des Nachmittags.

Mrs. Hunter sah sanft aus. Die Meeresbrise hatte möglicherweise bereits ihren feuchten Hauch auf ihrer Stirn hinterlassen: die Haut glitzerte, wenn ein Lichtstrahl darauf fiel. Ein- oder zweimal schob sie die Unterlippe vor und blies eine nicht existierende Haarlocke beiseite; ihr eigentliches Haar, dünnes, strähniges und fast undefinierbares Material, lag entlang ihren Wangen auf dem Kissen.

Sich der sanften Stimmung ihrer Patientin anpassend – oder vielleicht auch aus Vorsicht – trat die Schwester lautlos an das Bett und fühlte nach dem Puls: sie hatte noch genug zu untersuchen und herauszufinden, und deswegen war Vorsicht von vornherein das beste.

Mrs. Hunter sagte: »Diese Schmetterlinge – da waren immer diese großen, roten – *ziegelrot,* soweit ich mich erinnere – und sie tanzten ihre Liebestänze über den Lantana-Büschen. Ich habe mir oft überlegt, warum sie sich ausgerechnet so scheußliches Zeug aussuchten wie die Lantanarosen. Wie es schon riecht. Er haßte es einfach und mußte immer davon niesen. Das war eine gute Entschuldigung: ich ließ die Büsche einfach allesamt ausreißen.«

Es war einer der vielen Augenblicke in ihrem Leben, in dem Flora Manhood einfach nicht wußte, was sie antworten sollte; und die Bemerkung, die irgendwie als Anklage begonnen zu haben schien, war dann in einer völlig anderen Richtung davongeflattert. Oder vielleicht hing sie doch noch in der Luft, unsichtbar und unverständlich für dich, aber völlig klar für alle, welche ihr eigenes und das Leben anderer Menschen beherrschen.

So blieb der Schwester nichts weiter, als zu fragen: »Haben Sie schon zu Mittag gegessen, meine Liebe?« nur um sicherzustellen, daß das nicht auch etwas war, was Lottie und Badgery einfach erfunden hatten: wie die Geschichte mit dem Klo in der Garderobe, und daß du da etwas hineingeworfen hättest.

»Ja, und es war köstlich – wenn ich mich nur erinnern könnte, was es eigentlich war. Das Frühstück war besser. Kedgeree. An die Sachen, die ich von ganz früher her kenne, kann ich mich viel besser erinnern. Kedgeree ist Reis mit Fisch und Gemüse und Eiern. Aber diese ausländische Köchin, die ich da angestellt habe, ist eben nicht in der Kedgeree-Tradition aufgewachsen. Und er war so freundlich – er hat so nett mit mir gesprochen. Ich bin diejenige, die mehr Verständnis hätte aufbringen sollen. Aber natürlich – das Frühstück – Kedgeree. Er hat Kedgeree schon immer heiß geliebt. Und er frühstückt gerne sehr früh.«

Sprachlos und ungläubig fuhr Schwester Manhood sich mit der Zunge über die geschwungene Linie ihrer Lippen. Dann sagte sie doch: »Das war doch wunderschön, nicht? Daß Sie beide soviel Freude aneinander gehabt haben.«

Dieser ermattete Mann der auf dir liegt und keucht in seinem Fellbüstenhalter und dann rennt er los und frühstückt mit seiner Mutter ganz früh am Morgen wo man doch immer liest daß Schauspieler bis zum Nachmittag im Bett bleiben erschöpft vom Theaterspielen und von der Liebe und vom festlichen Diner. Das Diner hat Basil gestern natürlich nicht gehabt. Und Theater hat er in dem Sinne auch nicht gespielt; obwohl man in jedem Fall *davon* hungrig wird. Vielleicht war es der pure Hunger, der ihn so früh hinaus und zum Frühstück getrieben hatte. Oder aber – die Liebe, die er für dich zu fühlen glaubte, war wie ein Bumerang im Kreis geflogen und als Fürsorglichkeit für Mum zurückgekehrt.

Wie auch immer – Schwester Manhood wurde erneut von dem Gefühl beschlichen, daß sie eine Betrügerin war.

Während Mrs. Hunter immer munterer wurde: sie erregte sich, sie strahlte, wie sie das immer tat, wenn sie einer Eingebung folgte; hin und wieder zuckten ihre Schultern. »Ich habe da an etwas gedacht –« sie spuckte etwas beim Reden, »etwas, was ich ihnen schenken wollte, Schwester – zum Tragen.«

»Aber ich habe alles, was ich brauche, meine Liebe.« Das war eine Lüge, die auch ein Kind durchschaut hätte; aber du konntest es dir einfach nicht leisten, der alten Mrs. Betty Hunter Dankbarkeit zu schulden: im nächsten Augenblick konnte sie dir dafür die Daumenschrauben anlegen.

»Alles, was Sie *brauchen!* Lob, Liebe, Schönheit – man kann natürlich *ohne* sie leben«, schnaubte Mrs. Hunter. »Man *braucht* sie nicht. Wenn es darauf ankommt, kann man mit Kartoffeln und einem Becher Milch in einer Torfhütte existieren, wie die irischen Bauern!«

Flora Manhood hatte den Eindruck, daß Elizabeth Hunter gar keine weitere Ermunterung gebraucht hatte und bereits dabei war, die Daumenschrauben fester anzuziehen.

Die alte Frau leckte ihre Lippen und befahl dann: »Holen Sie mir die Schmuckkassette, Schwester.«

Schwester Manhood brachte die Schatulle von ihrem Aufbewahrungsort, und die alten, pigmentgefleckten Finger begannen geschäftig in ihrem Inhalt herumzuwühlen, bis sie etwas gefunden hatten, das sie mehr oder weniger genau identifizieren konnten.

»Hier«, sagte Mrs. Hunter und zeigte vor, was sie in der Hand hatte. »Alfred fing eines Tages an, mir Saphire zu schenken: in einem Jahr den

blauen, im nächsten den rosafarbenen. Er hatte geradezu eine Leidenschaft für Sternsaphire. Ich habe sie nie gemocht«, gestand sie; »zu sehr wie Bonbons. Aber wunderhübsche trans-zen-*dentale?* Bonbons«; sie stieß heftig auf, und die Juwelen klapperten trotz des samtenen Nests, in dem sie lagen. »Nun – sind sie nicht wirklich hübsch?«
Weil sie nicht wußte, was das Wort ›transzendental‹ bedeutete (sie konnte sich nicht erinnern, daß Col es jemals benutzt hätte), schwieg Flora Manhood nur und dachte angestrengt nach. Vielleicht schmollte sie auch.
Mrs. Hunter hatte anscheinend beschlossen, die Laune ihrer Pflegerin zu ignorieren und ihr Thema weiter zu entwickeln. »Sie werden mir sagen müssen«, gab sie gezwungenermaßen zu, »welcher von ihnen welche Farbe hat. Welches ist der rosafarbene, Schwester?«
»Warum der rosafarbene?«
»Nun – er ist weiblicher, nicht wahr?«
»Das weiß ich nicht.«
»Doch, ich glaube schon. Blau ist mehr intellektuell – mehr *geistig*«, und sie stieß wieder auf, »verglichen mit Bonbon-Rosa.«
Flora Manhood fühlte sich jetzt ganz einfach unglücklich – um ihretwillen, um ihrer Patientin willen, und dann auch noch wegen einiger anderer Menschen. »Das hier ist der rosafarbene«, sagte sie und strich mit dem Finger über einen der Steine in Mrs. Hunters Hand.
»Nehmen Sie ihn.«
»Und wenn ich ihn nicht will?«
»Aber Sie müssen ihn nehmen. Sie sollen ihn bei Ihrer Verlobung tragen.«
»Ich bin nicht verlobt.«
»Aber Sie werden sich verloben. Es gibt kaum jemanden, der das nicht eines Tages tut.«
»Ich bin bis dahin vielleicht schon eine alte Jungfer«, lachte Schwester Manhood blechern.
Und Mrs. Hunter fiel ein.
Dann hielt sie einen Moment inne, ehe ihre Lippen den alten Zigeunerspruch formulierten, der noch jede Frau angesprochen hat und der seine Wirkung auch bei dieser dummen kleinen Krankenschwester nicht verfehlen würde: »Es ist ihr Schicksal. Und glauben Sie mir, er liebt Sie.«
Flora Manhood blies die Backen auf. »Da bin ich mir nicht so sicher. Männer benutzen einen nur. Und in jedem Fall könnte ich nie einen Mann heiraten, der so viel älter ist als ich.«
»Er ist doch nur ein Junge!«
Für dieses uralte Mutter-Denkmal ohne Zweifel.
Aber doch ein alter Mann: er hatte einen kurzen Furz ausgestoßen, und seine Hinterbacken hatten gezittert und gezögert, ehe er kam; sie hatte seine ältlichen Lippen gespürt, wie sie schmeckend über ihre Augenlider

tasteten und gegen ihre Brüste stießen. Und dann war er hungrig zu seiner Mutter gelaufen, und sie hatten miteinander beim Kedgeree am frühen Morgen dieses Hunter-Komplott geschmiedet.

»Und selbst wenn es so wäre, daß ich mich verloben wollte, müßte mir dann nicht eigentlich der Mann den Verlobungsring schenken?« Sie hatte Angst davor, doch nur in eine von vielen möglichen Fallen zu tappen, und deshalb ließ sie ihre Stimme absichtlich so unfreundlich wie möglich klingen.

»Er würde vielleicht verlegen – wenn ich ihm den Ring gäbe und ihm sagte, er solle ihn Ihnen schenken«, antwortete Mrs. Hunter. »Aber wenn Sie ihm erklären, warum Sie ihn tragen, dann wird er das einfach mit dem weiblichen Sinn für das Praktische erklären. Frauen *sind* ja auch praktischer. Manche Männer wissen das auch – nur geben sie es meistens nicht zu.«

Du hast inzwischen der alten Frau gestattet, dir das rosa Bonbon an den Finger zu stecken; kein Wunder, daß du es jetzt plötzlich auch haben willst: in einem bestimmten Winkel gesehen, erwacht der tief verborgene Stern zu funkelndem Leben.

»Das ist alles ganz gut und schön, und ich nehme jetzt hier diesen Ring an«, Flora Manhood klang noch unfreundlicher als vorher. »Aber ich habe nichts, womit ich beweisen könnte, daß ich ihn nicht einfach stiebitzt habe, falls – nehmen wir mal an – nun ja, sagen wir, Sie würden plötzlich sterben.« Sie war es eigentlich, die jetzt lieber sterben wollte: so sehr schämte sie sich; aber irgend etwas hatte sie einfach dazu getrieben. »Sie haben ja gesagt, daß wir Frauen ›praktisch‹ sind«, setzte sie hastig hinzu, »oder nicht?«

»Sie haben völlig recht. Rufen Sie – wie heißt er doch – rufen Sie meinen Anwalt an, Schwester. Sagen Sie ihm, er möchte vorbeischauen – damit wir es schriftlich niederlegen können, daß der Ring jetzt ihr Eigentum ist.«

Es klang schrecklich: sie hatte in ihrem Leben noch kein ›Eigentum‹ besessen, bis zu diesem Ring hier. Und ihr Recht auf diesen Ring existierte nur im verworrenen Oberstübchen dieser alten Frau.

Und sie ging, vor sich hinmurmelnd, hinaus – ohne das Geschenk ausdrücklich anzunehmen. Sie hatte sich allerdings so weit hinreißen lassen, den Ring in ihre Schürzentasche zu stecken.

Der Nachmittag erwies sich als die Wüste, vor der sie sich gefürchtet hatte. Sie verbrachte ihn, indem sie unnötige kleine Beschäftigungen für sich selbst erfand und ihre Patientin mit ebenso unnötigen Handreichungen drangsalierte.

Zweimal erinnerte sich Mrs. Hunter und fragte: »Haben Sie Arnold erreicht – daß er wegen des Saphirs kommen soll – damit wir es aufschreiben?« Beim erstenmal gelang es Schwester Manhood, sich um die Antwort zu drücken: sie war gerade dabei, ihre Patientin auf den Leibstuhl zu setzen. Bei der zweiten Frage gab sie scharf zurück: »Ich möchte wissen, ob auch nur die Hälfte seiner Klienten manchmal daran denkt, was für ein beschäftigter Mann Mr. Wyburd ist.« An sich interessierte sie das gar nicht, aber es ging ihr im Grunde genommen darum, daß sie Angst vor dem Anwalt hatte und vor der Art, wie er sie ansehen würde, weil sie Elizabeth Hunter ein Schmuckstück abgeluchst hatte. Aber daß sie den Ring einfach behalten mußte, das war ihr inzwischen klar: sie spürte es an seinem Gewicht in ihrer Tasche, an seinen glatten Bewegungen gegen ihren Schenkel, an der Art, wie er sich geradezu in ihr Fleisch einbrannte.

Dann war es endlich soweit, daß Schwester de Santis zur Ablösung kam; bald konntest du in dein eigenes Zimmer entfliehen und dort zärtlich deinen Ring betasten. Der im übrigen nie seinen eigentlichen Zweck erfüllen würde, denn einen Heiratsantrag von Basil Hunter würdest du keinesfalls annehmen – nicht einmal einen Antrag irgendwelcher anderer Art, den er vielleicht noch einmal machten wollte. Ganz gleich, wie sehr sich seine Mutter bemühte, dich mit ihm zu verkuppeln.

An diesem Abend war Schwester de Santis ungewöhnlich nachdenklich. Und sie trug (du lieber Gott!) einen orangefarbenen Hut.

»Ich habe mich entschlossen, Ihren Rat zu beherzigen«, sagte sie, »und mir etwas Farbenfrohes zu kaufen. Wie gefällt er Ihnen?«

Es war mehr als schrecklich; es war irgend etwas Frevelhaftes um Mary de Santis mit ihrem orangefarbenen Hut; sie hätte sich genausogut nach vorn beugen, den Rock hochschlagen und vorzeigen können, daß sie unter dem Kleid nichts als den nackten Po hatte. So unmöglich war er.

»Oder gefällt er Ihnen nicht?« Schwester de Santis wartete immer noch.

»Man muß sich erst an ihn gewöhnen. Er – er paßt zunächst nicht so recht zu dem Bild, das man sich von Ihnen macht, Schwester.«

Flora Manhood schwitzte direkt wegen ihrer Kühnheit.

Aber sie konnte nun gleich dazu übergehen, Schwester de Santis in allen Einzelheiten über das Befinden ihrer Patientin an diesem Nachmittag Bericht zu erstatten. »Ich würde sagen, daß sie eine leichte Verstopfung hat, ganz gleich, was Badgery auch meint. Badgery sieht immer alles so, wie es ihr am besten paßt. Das alte Mädchen könnte vielleicht einen Einlauf gebrauchen. Wenn Sie möchten, Schwester, dann bleibe ich noch hier und helfe Ihnen dabei.«

Schwester de Santis lächelte; sie war immer noch tief in Gedanken: hatte das damit zu tun, wie sie sich vielleicht selbst in diesem Hut sah? »Verstopfung?« sagte sie. »Nun, wir werden sehen. Vielleicht rufe ich Dr. Gidley an und frage ihn, was er davon hält. In jedem Fall brauchen Sie wirklich nicht hierzubleiben. Ich komme mit dem Einlauf schon zurecht.

Das arme alte Ding, sie ist wirklich nur noch eine vertrocknete Hülle.« Und während dieser ganzen Rede lächelte Schwester de Santis ununterbrochen immer weiter – ob nun in Gedanken, oder wegen ihres Hutes.
Schwester Manhood begann schon, die Geduld zu verlieren, als ihre Kollegin sagte: »Ich werde Sie in ein Geheimnis einweihen, Liebste.« Niemals in der Geschichte der Menschheit hatte Schwester de Santis dich bisher ›Liebste‹ genannt.
Schwester Manhood war völlig verblüfft: von jemand so Distanziertem und so Hochgeachtetem wie Mary de Santis wirkte eine solche Anrede eher schockierend als freundschaftlich; St. Mary sollte den Fuß niemals auf die unwürdige Erde setzen.
»Ich habe einen Entschluß gefaßt«, sagte Schwester de Santis, und das Lächeln schwebte immer noch auf ihrem Gesicht, nur war es jetzt ernster als zuvor, »und zwar habe ich beschlossen, daß ich Sir Basil morgen in seinem Hotel besuchen werde, um ihn zu fragen, was er und seine Schwester nun wirklich mit ihrer Mutter vorhaben.«
Man hätte Flora Manhood wie eine Feder wegblasen können. »Aber – glauben Sie wirklich, Sie sollten das tun?« brachte sie schließlich mit Mühe heraus. »Ich meine – sich so in Familienangelegenheiten einmischen. Ist das wirklich unsere Sache?«
Schwester de Santis sagte, als ob sie es irgendwo gelesen hätte: »Es liegt an uns, nicht einfach das zu bleiben, was man als die schweigende Mehrheit bezeichnet«, und dann nahm sie wenigstens den orangefarbenen Hut ab.
Schwester Manhood war entsetzt. »Aber was können Sie denn tun? Und noch dazu mit ihm! Wenn ein Mann unehrlich genug ist, einfach seine Mutter abzuschieben, dann ist er wahrscheinlich auch unmoralisch im Hinblick auf viele andere Dinge, von denen wir noch gar nichts wissen.«
Schwester de Santis lächelte nur und begann, ihr Kleid auszuziehen. Ihr allzu üppiger Busen zeigte jetzt deutlich etwas, was du eigentlich immer gedacht hattest – aber auch dir selbst niemals gern zugeben wolltest – daß sie nämlich einfach schlecht proportioniert war.
Enttäuschung raste in Flora Manhoods Innerem. »Ich glaube, Sie sind einfach verrückt!« Es ging nicht um Sir Basil Hunter; sie wollte ihn nicht, sie kannte ihn ja; sie wollte ihn nicht, auch wenn seine Mutter mit einem Sternsaphir-Ring einen dauernden Vertrag mit ihr besiegelt hatte.
Aber Mary de Santis!
»Da wäre ich doch sehr vorsichtig, Schwester«, riet Schwester Manhood.
»Ich habe nicht die Absicht, mich anders als nur sehr vorsichtig zu verhalten.« Schwester de Santis hatte sich inzwischen in ihre Tracht gehüllt; es blieb nur noch der Schleier: niemand legte einen Schleier mit so viel Andacht an.

Aber Flora Manhood war einfach entnervt. Wenn man nun dieser würdigen Gestalt auch nicht mehr trauen konnte als sich selbst? Wenn St. Mary hinter deinem Rücken zur Hure würde? Jeder wußte von diesem Oberst, mit dem sie in einem Schiff über die Meere gefahren war und der ihr eine Rente aussetzte, als er starb. Vielleicht war der Oberst gar nicht so verkalkt und alt gewesen, wie sie das immer darstellte, und vielleicht war auch seine Pflegerin hintergründiger und gerissener, als man glaubte. Schwester Manhood wollte sich mit solchen Gedanken eigentlich gar nicht befassen, genausowenig, wie sie noch etwas von Basil wissen wollte – danke, nein; es war nur der drohende Sturz eines Idols, das sie verehrt hatte, was sie so schockierte.

Aber dann, als sie erkannte, daß sie nichts mehr tun konnte – weder mit weiteren Überredungskünsten noch etwa damit, daß sie bei dem Einlauf behilflich war – verließ sie schließlich einfach das Haus. Einmal rutschte sie auf dem steilen, gewundenen Pfad aus und wäre beinahe gefallen. Wenn schon sonst niemand mehr übrig war, vor dem sie Respekt haben konnte, weder Schwester de Santis noch Mrs. Hunter (die arme Lottie konnte ja nichts dafür, daß sie eine Ausländerin war und nichts verstand) und ganz bestimmt auch nicht Sir Basil Hunter, der Große Schauspieler, dann mußte sie sich eben um so mehr auf das Kind konzentrieren, das – vielleicht – in ihren Leib eingepflanzt war und das sie mit aller Kraft, die sie nur aufbringen konnte, lieben wollte. Aber wen sollte wohl später das Kind – ihr Sohn – lieben und respektieren?

Rutschend und stolpernd ging sie in ihren Schuhen aus dem Ausverkauf in die Dunkelheit davon.

Die Schwester setzt dich gerade auf dein Töpfchen.

»Glauben Sie, daß es geschehen wird, Schwester?«

»Was, Mrs. Hunter?«

»Nun – ich muß mich erinnern.« Der Sitz auf diesem alten Leibstuhl ist am Anfang immer zu kalt man kann nichts denken und auch nichts machen.

Er hat diese zierlichen Arme, geschwungen wie Schwanenhälse. Federn sind rauh, aber diese Hälse nicht, die Köpfe nicht und auch nicht einmal die Schnäbel. Die Schnäbel von Schwänen im wirklichen Leben sehen knotig aus – wie mit Pusteln bedeckt.

»Sehen sie diese geschnitzten Vogelköpfe hier, Schwester? Basils Hände waren es, die sie so glattpoliert haben. Er hat diesen Leibstuhl auch benutzt während seiner – seiner *tödlichen* Krankheit, auf ›Kudjeri‹. Eldred hat ihn immer draufgesetzt. Ich auch – manchmal – gegen das Ende.«

»Wirklich? Sieh mal einer an.«

Bald wird sie weggehen und dich deinem Schicksal überlassen. Das machen sie so. Ja, immer gehen sie weg.

»Halten sie sich nur an den Handgriffen fest, Mrs. Hunter. Glauben Sie, daß Sie einen Augenblick allein so sitzen können?«

»Natürlich. So ein verläßliches Möbelstück. Ist es nicht wirklich nützlich?«

»Nützlich, und dazu noch elegant. Hier, ich stelle die Glocke direkt neben Sie. Wenn Sie mich brauchen, dann klingeln Sie nur.«

»Ja.«

Sie geht weg. Und warum nicht? Verstopfung wird hauptsächlich von Schwestern verursacht, die dich herumkommandieren und wie ein Bündel schmutziger Wäsche behandeln.

Den ganzen Nachmittag den ganzen Abend im Halbschlaf nachdenken den Weg zurück zu irgendeiner schwierigen Situation aber sie lassen dich nicht mit dem Absatz tritt dir eine Schwester auf das Gehirn (puh! nicht Gehirne und Schwestern zusammen) und das Geräusch von vertrockneten Rosen bringt sie mit dann später die zwei Stimmen hämmern einzeln und zusammen an Worten und Namen in anderen Räumen Elizabeth darf man mich nur nennen ohne Abkürzung ELIZABETH das ist nicht wahr das ist mein richtiger Name was Eltern auch sonst sie haben ihn mir gegeben aber Eltern werden auch gegeben ein Teil ihre Knochen zerfallen der andere Teil ein Gewehr im Mund Kinder sind Puppen die die Eltern den Pflegerinnen zum Aufziehen überlassen ich bin keine Puppe Schwester da hänge ich auf dem alten Leibstuhl Kälte lähmt nicht den Willen festzustellen in welcher Richtung du gehen mußt die Insel war es und der Sturm natürlich du hast den Mann *begehrt* vor dem Dorothy davongelaufen ist aber nur begehrt als eine letzte Reflexion in dem kleinen Blechspiegel ein Nokturno wurde herausgehämmert in dieser letzten aller Nächte nichts sonst nachdem die Bäume sich fast bis zur Erde bogen ein paar brachen ab das Haus flog davon wie alle menschlichen Bindungen und dann der Weg hinunter zum aufgestauten Wasser die Schwäne sie tauchten ihre Schnäbel hoben sie hart präzise aber liebevoll zugegeben nur wegen dem Brot das du hattest aufgeweicht und nicht vom Auge des Sturms geheiligt aber die Schwäne nahmen das Brot sie zischen nicht mehr wie die Kinder warum hast du sie nur Basil Dorothy genannt häßliche Namen ausgebrütet vom Stolz Elizabeth Hunters selbst auch ein Schwan aber schwarz.

Ooh nicht mit den Füßen drücken Mahagoni tut weh. Schwester? Nein. Was kann man noch mit einem Springteufelchen anfangen, wenn einmal die Feder gebrochen ist? Lohnt sich nicht mehr. Wegwerfen. Mitsamt dem Kasten, aus dem es springt. Kästen und Inseln. Ich darf mich nicht wieder auf die Insel zurückdenken. Ich bin nicht *geheiligt* – also – muß ich – die Insel *fliehen*? lauter solche Gedanken – für den Augenblick.

Liebe ist jedenfalls näher und wärmer als die Bewunderung irgendeiner riesigen und unfaßbaren Wolke. Lieber an dieses dumme Menschenwesen

Manhood denken. Weiblich: das ist es. Elizabeth Hunter war niemals weiblich genug, ihre Fehler waren zu vollkommen unter der äußeren Erscheinung versteckt: enorme, gähnende, manchmal unerträglich schmerzende Fehler. Dennoch, vielleicht sind es eben diese Fehler, die dich gleichzeitig für etwas anderes bewahren. Was auch immer und wann auch immer – jedenfalls ist es angenehmer, jetzt zu dösen und an diese dumme kleine Man ... was? zu denken, der du den rosa Saphir geschenkt hast, damit sie sich in Liebe an ihren Apotheker binden kann.
Nachdem du so viele enttäuscht hast – am schlimmsten oh am allerschlimmsten meinen geliebten Alfred der ohne die innere Maschine geboren war mit der man das an sich reißt was einem gehören soll – kannst du keine Erfüllung als Frau mehr erwarten sondern nur als eine großzügige Geberin von allem.
Kleine Kinder kommen herausgepurzelt wie Schafsdung-Kügelchen aber unerwartet hart fallen sie in die Schüssel die Welt der kalte Stuhl.
Und Liebe ist doch wonach mein Alfred sich gesehnt hat und was der Apotheker auf seinem Rezept stehen hat es ist das was die Schwester und ich verweigern.
Vielleicht wird es schließlich noch rosa heruntertropfen endlich der Bonbon-Saphir auch nichts weiter als ein gewöhnliches braunes Pennystück.
»Schwester? Wenn sie die Glocke nicht hierlassen, wie können Sie dann von mir erwarten, daß ich klingle? Schwester de Santis! Lungen sind schließlich auch nicht aus Leder gemacht. Uhrr! Ich könnte auf diesem verdammten Stuhl hier sterben, und es würde nicht einmal einer bemerken.«

Mary de Santis überlegte manchmal, wie sie eigentlich dazu gekommen war, in die Wohnung einzuziehen, in der sie jetzt lebte; der einzige Grund bestand eigentlich darin, daß sie nun einmal *irgendwo* wohnen mußte. Immer wieder nahm sie sich vor, endlich umzuziehen, aber irgend etwas in ihr, etwas Passiv-Schneckenhaftes oder Alleinstehend-Weibliches, hatte das bis jetzt immer wieder verhindert. Und schließlich verbrachte sie in ihrer ›verkehrsgünstig gelegenenen Kleinwohnung‹ auch nur wenige Tageslichtstunden, die meisten davon auch noch schlafend. Und die Miete war niedrig: nicht niedrig genug, vielleicht, wenn man den Blick aus ihrem Fenster auf die darmartigen Installationsrohre an der Backsteinwand gegenüber bedachte. Aber sie konnte allemal einen Blumentopf auf das Fensterbrett stellen; und daß der Herd uralt war und schrecklich roch, störte sie auch nicht: sie war am Essen nicht interessiert, oder jedenfalls nicht für sich allein: Brot und Butter, starker Tee und eine gelegentliche Zigarette – das war inzwischen ihr gewohnter Speisezettel. Über den schmalen Diwan, auf dem sie schlief, hatte sie Mamas Ikonen genagelt, und sie erzeugten in den Augen der gelegentlichen Besucher jedesmal einen gewissen Schimmer, wie sie festgestellt hatte; in ihren eigenen Augen waren diese Ikonen inzwischen nicht viel mehr als atavistische Fenster, so verbarrikadiert von Alter, Schmutz und einander widerstrebenden Gefühlen, daß sie sich nicht einmal mehr öffnen ließen. Im übrigen hatte sie beschlossen, aus der Vergangenheit keinen Kult zu machen – obwohl sie Papas Diplom neben ihr eigenes an eine Wand des völlig sinnlosen, dreieckigen Flurs gehängt und seine medizinischen Bücher neben ihre eigenen auf die verstellbaren Bücherbretter gestellt hatte, die eine kluge Anschaffung aus der Zeit ihrer Schwesternprüfung waren. Sie liebte ihre Bücher und besaß einiges an Klassikern: George Eliot, Conrad, *The Cloister and the Hearth*, *The Moonstone*. Wenn sie sich manchmal besonders ernst oder einsam fühlte, dann las sie auch das eine oder andere Gedicht; sie konnte auch Dante lesen, wenn auch stockend, und in Enricos Stimme. Und daneben hatte sie am Fenster diesen außerordentlich schönen, samtenen, tiefroten Zyklamenstock, den sie mit viel Liebe und Aufmerksamkeit über mehrere Jahre hinweg herangezogen hatte: sie liebte das Gefühl, daß etwas lebte und wuchs in dem Zimmer, in dem auch sie wohnte – wenn auch nur während der weniger wichtigen Stunden ihrer Existenz: denn sie hatte ihre Arbeit; das war ihr Leben, und sie war damit glücklich.

Wenigstens war das die bequeme Theorie, die wohlmeinende Menschen ihr aufgeredet hatten. Reserviert von Natur aus und jeder Debatte abgeneigt, hatte sie diese Theorie ohne weiteres angenommen, während sie doch gleichzeitig das Gefühl hatte, daß die sichtbaren Attribute und Verästelungen ihrer Arbeit im Grunde nichts weiter waren als ein bequemes *trompe l'oeil* zur Ablenkung von jenem schattendunklen, mit Zeichen übersäten Labyrinth, durch das sie ihren Weg zum ›Glück‹ suchte.

Vernünftige Wesen lassen sich durch Beweise von Ordnung und Tüchtigkeit befriedigen: eine sauber gescheuerte Bettschüssel, in gestärktes Weiß eingehüllt; die Geometrie gefalteter Bettwäsche, ein Blatt mit einer Temperaturkurve; sie können aber auch über sich selbst erhoben werden, ganz gleich, wie rational sie auch zu sein behaupten, durch das Geheimnisvolle um konfettibunte Medizinkapseln oder um weniger auffällige, eher heimtückische Ampullen, die sicherheitshalber im Stahlschränkchen hinter der Badezimmertür verschlossen sind. Und alles hat immer noch nur eine indirekte Beziehung zu deinem eigentlichen, wesentlichen Leben, das sich nachts in Gegenwart dieser kostbaren Hostie aus Fleisch enthüllt, von der alle irdische Schönheit geschwunden ist, aber deren Geist sich aus dem Bett erheben und am offenen Fenster stehen kann, raschelnd im Licht seiner eigenen Spiegelungen; bis er schließlich vergeht und sich in die weißen Strähnen verwandelt, die zwischen den Araukarien und Eichen des aus der Dunkelheit heraustretenden Parks gespannt sind. Und du selbst kniest und küßt den perlenbestickten Saum, dessen kaltes Gewebe von Tränen oder Tau beschwert ist.

Oft schämte sich Schwester de Santis ihrer üppigen Vorstellungskraft; ebenso wie sie, in physischer Beziehung, wegen ihrer eigenen Büste verlegen wurde, wenn sie irgendwo saß und die Männer ihr von gegenüber in den Ausschnitt starrten; oder wenn Schwester Manhoods ablehnendes Urteil sich so gnadenlos um sie schlang wie ein stählernes Bandmaß.
An diesem Morgen war Mary de Santis nach ihrer Rückkehr vom Dienst außerstande, sich auszuruhen: weder ihr Körper noch ihr Geist wollten ihr Ruhe geben. Sie war wie ein schwerer Stein, der sich auf dem schmalen, hartgefederten Diwan drehte und wendete – aber ein Stein, der von vielen Gedanken heimlicher Art durchlöchert war. Während sie sich hin- und herwarf, drängten sich ihre Brüste in alle möglichen Richtungen wie auf der Suche nach Unabhängigkeit – aber sie blieben doch immer ein Teil von ihr. Und dann der orangefarbene Hut, den Schwester Manhood so offensichtlich in Grund und Boden verdammt hatte: ihr wurde eiskalt bei dem Gedanken an ihren Hut; sie versuchte, sein Bild aus ihren Gedanken zu verdrängen, indem sie ihre Augen so fest schloß wie möglich. Manchmal, am Tage, und ganz besonders an einem so wichtigen Morgen wie heute, war sie überzeugt davon, daß Mrs. Hunter den Abend nicht mehr erleben würde und sie selbst nie mehr den Frieden, den die Dunkelheit schenkt.
Als der kleine, schachtelartige Raum, der sie umschloß, schließlich vor dem orangegelben Tageslicht, dem Verkehrslärm und den von draußen hereingetragenen Benzindünsten einfach auseinanderzuplatzen drohte, war sie gezwungen, aufzustehen. Und wenn sie auch nur Strümpfe wusch und auf eine Leine an ihrem Fenster ohne Aussicht hängte. Und dann eine Weile mit der Morgenzeitung dasaß, ohne die Druckbuchstaben überhaupt zu sehen. Bis sie schließlich ein Bad nahm, ihre Haare hochsteckte und ihre Erscheinung aus verschiedenen Blickwinkeln kritisch überprüfte – alles nach einem komplexen Ritual, dem sie, so sah es fast aus, in dieser Genauigkeit zum ersten Male oblag.

Als sie fertig war, setzte sie ohne einen Augenblick des Zweifels ihren üblichen marineblauen Hut auf und zog dazu einen passenden, durchaus ansehnlichen, wenn auch alten Mantel an (den Schwester Manhood als genauso altmodisch abtat wie den Hut). Obwohl sie keine Schwesterntracht trug, wirkte sie doch fast so und stellte das nicht ohne Befriedigung fest: in dieser Art von inoffizieller Dienstkleidung fühlte sie sich bedeutend wohler.
Es war nicht zu früh für einen Besuch bei einem Schauspieler, aber auch noch nicht so spät, daß ein solcher Mann von Charme und Ruhm bereits ausgeflogen sein würde; sie hatte die Zeit genau berechnet. Und die Worte der Empfangsdame in das Telefon, so sorgfältig gesprochen und von einem so wundervollen Lächeln begleitet – einschließlich eines sicherlich für spezielle Lieblinge reservierten Grübchens – ließen auch sofort erkennen, daß Sir Basil noch in seinem Zimmer war.

»Er wird sofort herunterkommen«, erklärte das Mädchen durch das letzte Glühen des entschwindenden Lächelns.
Mit bescheidener Dankbarkeit nahm Schwester de Santis das Almosen der Empfangsdame entgegen. Sie setzte sich auf einen Stuhl, um zu warten, und überkreuzte dabei ihre Fußgelenke wie auf dem Deck des Dampfers neben Oberst Askew oder in der Halle von Brown's Hotel. Zwischendurch fiel ihr ein, allerdings nur für einen ganz kurzen Augenblick, daß Mama den Anspruch erhoben hatte, drei byzantinische Kaiser in der Reihe ihrer Ahnen zu haben. Aber Mary de Santis gab ihren Gedanken sofort eine andere Richtung und hustete, um ihre Stimme von jeder Undeutlichkeit zu befreien, durch die vielleicht der Sinn dessen, was sie zu sagen hatte, ins Unklare verschoben werden könnte.
Und dann kam Sir Basil Hunter, er lief fast die kurze Treppe herab und präsentierte eine Erscheinung, die sie nicht erwartet hatte, vielleicht weil seine Kleidung lässiger war, als sie – nun, *erwartet* hatte sie ja eigentlich nichts, hatte es gar nicht versucht; aber ohne Zweifel waren seine Kleider sehr sportlich: ein gemusterter Seidenschal, dessen leuchtendes Rot seinen Schein nach oben auf das in Gesundheit erstrahlende, wohlrasierte Kinn warf; Wildlederjacke mit zurückgeschlagenen Manschetten über eisvogelblauen Hemdsärmeln. Aber es waren schließlich nicht die Details seiner Kleidung, die sie überraschten, sondern vielmehr seine schier atemlose Freude, mit der er auf sie zukam – seine Sohlen knirschten auf dem Teppich der Halle – das Ganze schien eher wie eine Parodie auf ungehemmte Jugendlichkeit, wenn der Schauspieler nicht am Ende imstande gewesen wäre, dich davon zu überzeugen, daß alles echt war.
Sir Basil brachte Schwester de Santis dazu, daß sie sich geradezu künstlich vorkam: sie mußte doch wie eine von diesen großen, weichen, unhandlichen Puppen aussehen, aus Filz oder Fell, die man heutzutage manchmal als Skulpturen ausgibt; und als ob das nicht schon schlimm genug war: sie hörte sich auch noch kichern wie eine Schwesternschülerin, die von einem Abend erzählt, den sie mit einem als Frauenheld berüchtigten Chirurgen in einem Nachtclub verbracht hat.
Während Sir Basil doch so sehr bemüht war, sie auf eine weniger schändliche Ebene heraufzuziehen, indem er freundschaftlich ihre Ellbogen drückte, das Kinn nach unten in den Seidenschal sinken ließ und ihr voll ins Gesicht sah, mit Augen, die ebenso charismatisch waren wie die von Mrs. Hunter am Anfang ihrer Krankheit. »Das ist eine höchst angenehme Überraschung«, erklärte er mit absoluter Sicherheit.
»Oh, ich wollte Sie wirklich nicht *stören*!« sagte Schwester de Santis mit peinlich tremolierender, tiefer Altstimme. »Ich wollte nur mal vorbeischauen«, fuhr sie ungeschickt fort, »um Ihnen zu sagen, wie sehr ich – wie sehr wir *alle* – Mrs. Hunter mögen.« Damit erstarb ihre Stimme: die ganze

Mission schon jetzt auf das Traurigste verpfuscht, dachte sie – so bin ich. Sir Basil führte sie irgendwohin, in den Garten anscheinend, nach dem gelben Licht zu urteilen, das jetzt durch den Filter herbstbunter Platanen auf ihre Gesichter fiel.

»Mutter – ja – ist sie nicht ein außerordentlicher – wundervoller – ungewöhnlicher Mensch?« Seine Jugendhaftigkeit ließ ihn schließlich im Stich, und er begann, wie der ernsthafte Mann auszusehen, den sie erwartet hatte: oder vielleicht doch noch nicht ganz. »Ich bin froh, daß Sie gekommen sind«, fuhr er vertraulich fort, »obwohl Sie mir damit in gewissem Sinne zuvorgekommen sind.« Er lachte für sie ganz persönlich, um klarzumachen, daß sie seine Bemerkung nicht als Kritik aufzufassen brauchte. »Denn ich habe die ganze Zeit schon vorgehabt, mich mehr mit denen zu befassen, die – die sich so ganz der Sorge um Mutter ergeben haben, um – um sie besser kennenzulernen.«

Je zögernder er wurde, desto ernster wirkte er. Das war es, was sie erhofft hatte, aber nun mußte sie sich auch gleich wieder dagegen wehren. Denn das war Papa: ein ältlicher, distinguierter, aber schwacher Mann, der um Liebe und Verstehen ebenso wie um die Droge bettelte, von der er abhängig ist. Mary de Santis war für einen Augenblick so verwirrt, daß sie die Augen senkte.

Sir Basil kam ihr fast zu schnell zu Hilfe. »Was dürfte ich Ihnen wohl zu trinken anbieten?«

»Oh, aber es ist doch noch ziemlich früh, nicht?« Sie lachte. »Ich hatte eigentlich gar nicht erwartet, daß Sie mir ihre Gastfreundschaft anbieten würden«, fügte sie hinzu und wurde rot.

Sir Basil wartete auf ihre Antwort, und sie wurde immer verwirrter und unfähig zu denken; dann erinnerte sie sich an die *White Ladies*, die Oberst Askew sich vor dem Lunch (aber der Name hinderte sie jetzt daran, sich eine *White Lady* zu bestellen) und vor dem Abendessen selbst zu verschreiben pflegte, und es fiel ihr ein, daß sie damals ganz gern einen Sherry (süß) getrunken hatte. Und für den Sherry hätte sie sich jetzt vielleicht auch entschieden, wenn ihr nicht lange nach dem Tod des Obersten irgendwann einmal zu Ohren gekommen wäre, daß es irgendwie nicht ganz fein ist, süßen Sherry zu mögen.

Sir Basil wurde ungeduldig, zog seine Manschetten zurecht. »Mein Giftrezept um die Lunchzeit«, sagte er, »ist ein trockener Martini.«

»Ausgezeichnet.« Sie lachte und wurde wieder rot. »Ein trockener Martini wäre genau das Richtige.«

»Wie trocken?« Er zog die Augenbrauen hoch und legte abwartend den Kopf zur Seite, als wolle er zeigen, daß er sie als Expertin erkannt hatte, die Respekt verdient.

»Oh, einfach *trocken.*« Wenn sie sich selbst treu gewesen wäre, dann hätte sie sich irgendwie gegen diesen Mantel unglaubhafter Weltlichkeit gewehrt, den er ihr da einfach um die Schultern legte; aber er gefiel ihr im Augenblick recht gut.

Dann war er hineingegangen, um die Bestellung aufzugeben, und sie blieb allein zwischen den weißen Möbeln, den Gipsstörchen und einem Vogelbad aus imitierten Ziegeln zurück. Traurigkeit begann sich in ihr auszubreiten, vielleicht verursacht von dem kränklich-gelben Licht, den fleckigen Blättern und den modrig-plüschweichen Samenbüscheln der einsam und fremd wirkenden Platanen. Sie war ganz allein im Hotelgarten. Sie setzte sich auf einen der aus der Massenproduktion stammenden Stühle. Auf dem schmiedeeisernen Tisch lag eine dünne Rußschicht. Während sie so auf ihren Gastgeber wartete, die Handtasche immer noch unter dem Arm festgeklemmt, spürte sie die Versuchung, den Grund ihres Kommens einfach zu vergessen, sich durch den Geruch der abgefallenen, halbverfaulten Blätter davonzuschleichen und so ihre übergroße Beeindruckbarkeit vor einer bedrohlichen und beunruhigenden Situation in Sicherheit zu bringen. Aber sie schuldete es Mrs. Hunter, zu bleiben.

Mit entschlossenem Schritt kehrte Sir Basil zurück. Er hatte sich entschieden, einen verbissenen Gesichtsausdruck aufzusetzen, und zwar den des um seine Ehre kämpfenden Ex-Brigadegenerals aus einem Stück, das er gar nicht mochte. Aber das half jetzt nichts: im Augenblick bot sich nichts anderes an.

»Unglaublich schlampige Bedienung«, schnarrte er, »hier in diesem Onslow.«

Und diese Schwester Wie-heißt-sie-doch hob dazu ihre Augenbrauen: unglaublich breit und glänzend, fast wie ein Fell; sie erinnerten ihn an silbrig behaarte Schmetterlingskörper – nur hatte er, so weit er sich erinnern konnte, noch nie einen schwarzen Schmetterling gesehen.

»Aber heutzutage ist es ja überall so«, fuhr er schwerfällig fort, während er gleichzeitig versuchte, sich an die gußeisernen Ornamentknollen des Stuhls zu gewöhnen, die ihn schon jetzt in das Hinterteil kniffen. »In London und Paris ist es womöglich noch schlimmer.« Er sah sie an und erwartete von ihr eine Bestätigung, die sie ihm natürlich gar nicht geben konnte.

Er wußte, daß das ungerecht von ihm war – aber sie langweilte ihn ganz entsetzlich: dieser Hut, zum Fürchten; und wo er doch eigentlich halb erwartet hatte, daß die kleine Manhood wieder zurückkommen würde. Diese tödliche Hera hier hatte doch hoffentlich nicht vor, ihn zu warnen oder, noch schlimmer, ihn wegen der kleinen Nymphe zur Rede zu stellen, die vielleicht unter ihrem Schutz stand?

Aber es war dann doch nur die Krankenschwester seiner Mutter, die in ernster, monotoner Stimme auf seine (ziemlich läppischen, das mußte er selbst zugeben) kosmopolitischen Prahlereien antwortete. »Ich erinnere mich an das Jahr, als ich mit Oberst Askew nach London gereist bin – der arme Oberst hörte gar nicht auf, sich in Hotels und Restaurants zu beschweren, und oft mit gutem Grund. Es war kurz nach dem Krieg. Alles war noch in recht schlechtem Zustand, nehme ich an. Auf jeden Fall waren die Menschen alle sehr deprimiert. Und der Oberst war alt – und krank. Ein Herzleiden. Aber für mich war es schon genug, in einer großen Stadt zu sein, von der ich nichts wußte. Nachdem der Oberst gestorben war, habe ich dann noch kurze Ferien auf dem Land gemacht. Ich bin allein durch die nassen, engen Alleen gestreift. Die Bäume hatten um diese Jahreszeit schon keine Blätter mehr – alles war streng und herb – aber irgendwie – irgendwie stärkend.«

O Gott, ›chloroformierend‹ wäre da wahrscheinlich ein besseres Wort; er wehrte sich einfach gegen diese Einsamkeit unter einem farblosen Himmel, in die sie ihn einbeziehen wollte. Er versuchte, sich zu erinnern, wie man sich bei der Ankunft in einer großen, unbekannten Stadt fühlt, aber es gelang ihm nicht; oder doch – aber dann versuchte er sofort, das für einen blitzartigen Moment auftauchende Bild wieder zu unterdrücken: er selbst in einem kalten, leeren, dunklen Theater, auf der Suche nach einer Identität als Ersatz für die, die er verloren hatte.

Sir Basil Hunter rutschte auf seinem Stuhl von einer unbequemen Stellung in eine ebenso unbequeme andere. Er mußte dieser Frau zuhören – wenn nicht aus Interesse, dann als berufliche Übung. Er erinnerte sich an diese schrecklich geschwollene und endlos melodiös daherredende Ethelyne Perry, die er als Partnerin in einem Stück gehabt hatte, zu dem er überredet worden war – im Duke of York-Theater; das mußte ungefähr in dem Jahr gewesen sein, in dem Schwester de Santis mit ihrem Oberst in London ankam. (Von Theaterbesuchen hatte sie nichts gesagt). Im zweiten Akt hatte es da eine Szene gegeben, mit Ethelyne auf einer Bank; nicht etwa kurz: zehn volle Minuten lang hatte er sich in jeder Vorstellung auf Ethelyne konzentriert, während sie ihren Monolog herunterleierte (sie war mit der Theaterleitung verheiratet) und er mit so intensiver Aufmerksamkeit dasaß, daß es ein Wunder war, wenn sein Körper vor Spannung nicht einfach auseinandergebrochen war und alle in ihm brodelnden nebensächlichen Gedanken ihr zu Füßen gestreut hatte.

Fast so melodiös, auf jeden Fall aber ebenso würdig und monoton wie Ethelyne Perry, zwang ihn diese Frau de Santis hier nun dazu, dieselbe Art von Szene zu spielen. »Was taten Sie denn noch, nachdem Sie von Ihren Ferien auf dem Lande nach London zurückgekehrt waren?«

Sie sah ihn mit überraschtem Gesichtsausdruck an. »Da bin ich wieder hierher zurückgefahren.« Ihre Kehle verengte sich, sie schien geradezu erschrocken – als sei es ihr noch nie eingefallen, daß das Leben auch Alternativen zu bieten hat.

Sie wurden von einem Kellner in schmutziger weißer Jacke gerettet, der ein Tablett mit den zwei bestellten Martinis brachte.
»Gin ist wie ein Desinfektionsmittel«, teilte Sir Basil seinem Gast mit einiger Strenge mit. »Er räuchert die Nachtgedanken aus dem Kopf. Deshalb gibt es nichts Besseres als einen trockenen Martini vor dem Lunch.«
Sie war nicht sicher, wie sie auf diese Bemerkung reagieren sollte: das Selbst, das sie als das ihre anerkannte, konnte seine Auffassungen kaum mit diesem Mann hier teilen, aber andererseits schien sie sich beim Betreten des Hotelgartens von diesem ihrem eigentlichen Selbst getrennt zu haben.
Weil das Glas zu voll war, trank sie rasch etwas von der schwankenden, farblosen Oberfläche ab. »Ist das nicht ein bißchen stark?«
»Das muß es sein. So haben Sie es bestellt. Trocken. Ich persönlich bin der Auffassung, daß der Wermut im Martini nur eine Ausrede dafür ist, einen kräftigen Gin trinken zu können.« Seine abgebrühten Worte entsetzten ihn merkwürdigerweise selbst.
Aber ihre Beschwerde war gar nicht so ernst gemeint gewesen; der Drink war einfach zu angenehm; aromatisch und kalt; die verdorrten Blätter der Platanen hatten zu rascheln begonnen; zitronenfarbene und grünliche Blattschirme schoben sich abwechselnd hintereinander; ein plötzlicher heller Lichteinbruch erweckte den Eindruck, als ob sich klappernd ein Fensterladen geöffnet hätte.
»Wahrscheinlich haben Sie recht«, murmelte sie; die unwirklichen Umstände ließen es zu, daß sie über so etwas ernsthaft nachdenken konnte.
Im oberen Fenster eines Hauses, das an den Hotelgarten grenzte und anscheinend Privatwohnungen enthielt, war eine Frau erschienen. Alles an ihr schrie nach Basils Aufmerksamkeit: die Plastik-Lockenwickler in dem gebleichten Haar; der Busenausschnitt der vollen Figur über der rosa Chenille-Robe; und der Flederwisch, eher ein Spielzeug und so buntgescheckt wie die Lockenwickler, mit denen ihr formell zwanglos zurechtgemachter Kopf besetzt war. Die dicke Frau begann, spielerisch mit dem Flederwisch um den Fensterrahmen herumzufahren. Sie summte halb unbewußt ein paar Töne, blinzelte dem Mann, der da im Garten so mit der Planung einer Eroberung beschäftigt schien, ein paarmal zu und ließ erkennen, daß sie auf ein Witzwort wartete – je unanständiger, desto besser.
Basil Hunter hätte vielleicht heimlich mit Blicken geantwortet, wenn ihn nicht der blitzartige Gedanke gestört hätte, daß die rosafarbene Frau ihn wie selbstverständlich für ebenso vulgär hielt, wie sie es selbst war.
Und so kam er sich auch vor; jedenfalls jetzt im Augenblick, in der Gegenwart dieses anderen, bescheidenen Wesens, das keine Ahnung von der Pantomime hatte, die über seinen Kopf hinweg stattfand. Und als die Krankenschwester gerade jetzt das Gesicht zu ihm hob und ihn mit un-

schuldiger Dankbarkeit und Freude anlächelte, ließ er seine ordinären Anwandlungen schleunigst verschwinden. (Immerhin – es gibt ein paar Rollen, sehr wichtige sogar, die man ohne einen Sinn fürs Gewöhnliche niemals richtig spielen könnte.)

»Ich habe eine Idee«, sagte er. »Ich bestelle uns noch einen Drink, und dann fahre ich mit Ihnen hinaus nach Watson's Bay. Dort ist ein Lokal, wo wir zu Mittag essen können – es ist nicht großartig, aber auch nicht ganz schlecht. Und das Wetter ist schließlich auch auf unserer Seite.«

Sie sagte, sie hätte nicht die Absicht gehabt ... und sie müßte sich vor ihrem Nachtdienst auch noch etwas ausruhen. Noch nie hatte sie sich so unentschlossen, so hilflos gefühlt.

Er war gegangen, um eine zweite Runde zu bestellen, und sie merkte, daß ihr dies alles im Grunde genommen völlig recht war. Sie durfte nur nicht vergessen, daß der eigentliche Grund ihres Kommens war, für Mrs. Hunter zu sprechen. Und das würde sie auch bald tun. Nicht gleich, wenn er zurückkam, aber nach einer angemessenen Pause und bevor sie von hier weggingen. Das helle Sonnenlicht zeigte an, daß sie wahrscheinlich direkt am Meer sitzen und essen konnten, und zwar – es spielte keine Rolle, was: nur Licht, und wenn sie hin und wieder einen kurzen Blick wagte, auch ein Gesicht.

Was, überlegte sie, was hätte Papa wohl von Basil Hunter gehalten? Sie hatte kaum einen anderen Mann gekannt, außer Ärzten, die sie als Kollegen auf eine neutrale Außenebene schob, und Patienten: die menschlichen Wesen, deren Dienst sie sich gewidmet hatte. Aber niemals einen Mann. Das war vielleicht nur einmal fast anders gewesen – während der letzten Lebensjahre von Enrico Santis, als er langsam zerfiel und sie nicht mehr seine Tochter und auch nicht mehr seine Pflegerin war, aber sich mit ihm in einem gefährlich verfeinerten Klima vereint fühlte, in dem Liebe und Leid einander durchdrangen.

Von ihren Gedanken abgelenkt, beschloß Schwester de Santis, daß es wahrscheinlich klüger wäre, den gerade zurückgekehrten Sir Basil nicht direkt anzusehen. Statt dessen fand sie sich dabei wieder, wie sie unter der Krempe ihres Huts hervor auf seinen Knöchel starrte. Und das war noch schlimmer. Sie hatte noch nie zuvor bewußt auf den Fußknöchel eines Mannes geblickt, oder ihn zumindest nur als eine Kombination von Knochen und Sehnen betrachtet. Und jetzt war sie fasziniert, wenn nicht sogar verwirrt von etwas, das ihr im Grunde auch nicht mehr bedeuten sollte: aber dieser Knöchel hier hatte nicht nur die seidene Eleganz, die man bei einem Mann von Wohlstand und Geschmack erwarten durfte, sondern gleichzeitig ging von ihm auch eine grausame, rücksichtslose Drohung aus.

Basil Hunter wippte mit dem Fuß. War er sich vielleicht der Wirkung bewußt, die er erzeugte? Nein, dachte sie, das ist nicht möglich; niemand, außer vielleicht Mrs. Hunter, kann wissen, was er für Wirkungen auf andere ausübt: das ist ein Glück, oder vielleicht auch traurig.

»Ein Schauspieler in einem Theaterstück – läßt der sich eigentlich wirklich von seinen Gefühlen hinreißen?« fragte sie in einem verzweifelten Ausbruch, der vielleicht eine Eingebung war, oder auch das Gegenteil.

Wenigstens war es etwas, was er auf keinen Fall erwartet hatte; es brachte seine in der Ferne schweifenden Gedanken wieder zurück. »Natürlich muß er die Situation *erfühlen* können. Aber er darf in diesen Gefühlen nicht ertrinken. Das ist der Punkt, an dem ihm seine Ausbildung und seine Technik zu Hilfe kommen – ihm die Möglichkeit geben, frei zu sprechen und richtig zu atmen – eben zu *vermitteln*.« Wieviel war er eigentlich imstande, dieser Schwester zu vermitteln, überlegte er, und wieviel war es, was sie schon wußte?

»Fast genauso wie in der Krankenpflege; da stellt sich auch die Frage, wieviel persönlichen Anteil man nehmen soll.« Sie versuchte, das so sachlich und allgemein klingen zu lassen wie möglich; sofort danach hoffte sie dann, daß ihr dies nicht gelungen sein möge.

Sir Basil gab ihr keine Möglichkeit, die Wirkung ihres Satzes auf ihn zu ergründen; er blieb nachdenklich distanziert: ein selbstsicherer, anziehender Mann.

Unter diesen Umständen war es direkt eine Erleichterung, den zweiten Drink in die Hand zu nehmen; sie war sogar so erleichtert, daß sie ungeschickt wurde: ein wenig von dem desinfizierenden Gin schwappte über den Rand, und sie nahm einen tiefen Zug, um ihre Verwirrung zu verbergen.

»Was wissen Sie vom Theater?« Er schien sie eindringlich anzublicken; bis ihr endlich klar wurde, daß er das in keiner Weise tat und vielleicht schon von Anfang an nicht getan hatte.

»Praktisch nichts«, mußte sie zugeben, obwohl sie ihm doch so gerne gefallen hätte. »Was ich meine – ich gehe nicht sehr oft.« Zur Hälfte quälte sie sich mit einer schwerfälligen Ehrlichkeit ab, von der sie wußte, daß sie ein Teil ihrer eigenen Persönlichkeit war, und zur anderen Hälfte begann sie, sich wieder in eine Führungsschiene hineinzutasten, an die sie sich entfernt erinnerte und auf der sie mit derselben aluminiumglitzernden Leichtigkeit dahinzugleiten hoffte, wie die Frauen bei den Abendgesellschaften während Mrs. Hunters Rekonvaleszenzzeit in den ersten Monaten ihrer Bekanntschaft. »Ich finde Theater wundervoll«, hörte sie sich sagen. »Aber ich kann nicht immer. Manchmal zu einer Matinée. Ich sehe gern *leichte* Sachen. Bei denen man lachen kann. Es gibt ja doch schon genug Unglück auf der Welt«; das war es, was sie immer sagen, erinnerte sie sich.

Er blickte praktisch durch sie hindurch, und sie wollte sofort gestehen: o nein, das ist es gar nicht, was ich glaube, die Worte sind nur geborgt. Aber weil man so etwas nie tun kann und weil er ihr sowieso nicht geglaubt hätte, konnte sie nur die Augen schließen und die bittere Neige ihres Glases austrinken. Ein Hauch von Zartgefühl, der vielleicht dennoch von ihr ausgegangen wäre, verflog in einem Frösteln, als sie das leere Glas auf die staubknirschende Metallplatte des Tisches zurückstellte.

Er hatte gleichfalls ausgetrunken. Sie hätte es niemals gewagt, die Zitronenschale zu zerkauen, die auf dem Grund des Glases lag, aber Sir Basil wagte es natürlich und tat es auch. Und nicht nur das – er konnte es sich auch leisten, die ungenießbaren Reste auf den Gartenkies zu spucken.

Seine Augen tränten. Er zog eine komische Grimasse, um zu verbergen, daß es ihn wie eine Art Brechreiz überkam, Worte und Gefühle auszuspeien. »Ich bin froh, daß Sie nicht jemand vom Theater sind«, hörte er sich sagen, »es ist so selten, daß man mit jemandem spricht, der es nicht ist. Es ist selten, daß man überhaupt *spricht.*« Das letzte fügte er mit einer, wie er feststellte, wenigstens für diesen Augenblick geltenden Ehrlichkeit und ohne Technik hinzu; seine Stimme hatte ein unkontrolliertes und nicht einmal bedauertes Beben.

Sein Geständnis gab ihr das Gefühl, daß sie noch langweiliger, noch dümmer, noch weiter weg von allem war, als sie das vorher schon glaubte. Als sie versuchte, ihr Mitgefühl auszudrücken, klang ihre Stimme in ihren eigenen Ohren wie ein leises Stöhnen.

Er war nicht sicher, was er eigentlich sagen wollte – aber es mußte einfach heraus. »Mein ganzes Leben lang wollte ich schon zum Theater, mußte einfach zum Theater – sogar lange, ehe ich Schauspieler wurde – als ich noch ein kleiner Junge war, hier in Australien, der manchmal zu einer Pantomime oder zu einem musikalischen Lustspiel mitgenommen wurde. Ich habe erst wirklich zu atmen und zu leben begonnen, als ich zum erstenmal eine Rolle übernahm – und nur ein paar Zeilen, bedenken Sie – in einem Theaterstück. Und außerhalb des Theaters war dann immer der Klatsch, die Boshaftigkeit, die Frage, wie groß man herausgestellt wurde – Lichter! Dein Name in Buchstaben aus Licht – nach all der körperlichen Schwerarbeit – das war das *Summum Bonum:* eine elektrische Krone. Die Aufmunterungen und Ehren – der Adelstitel zum Beispiel – sind da viel weniger befriedigend, denn das fällt einfach wie vom Baum nach dem blutigen Schweiß der Schauspielerei. Mach dich nur bei ein paar *Persönlichkeiten* höheren Standes beliebt, gib ein paar Wohlfahrtsgastspiele, ändere deine Lebensweise und dein Denken ein bißchen – und schon hast du es geschafft! Von jetzt an bist du derjenige, bei dem sich alle beliebt machen wollen. Bis du dann das – nennen wir es einmal das ›Alter des Widerwillens‹ – erreichst, und alle Leute haben plötzlich einen anderen Gesichtsausdruck, und du möchtest mit dem ganzen Geschäft der, der – Schau-

spielerei Schluß machen: mit ihren falschen Illusionen und mit deinen eigenen Anmaßungen – um nicht zu sagen, deiner eigenen *Unechtheit.*«
Mary de Santis hätte gerne geglaubt, daß er das alles nicht ernst meinte – aber das war durchaus der Fall, wie sie sehr wohl erkennen konnte. Sie konnte es fast nicht ertragen, diesen zweiten Tod des einzigen Mannes mitansehen zu müssen, den sie je geliebt hatte. Und dieses Mal konnte sie nicht einmal eine Spritze anbieten. Sie saß da und blickte auf Sir Basils seidenen Knöchel.
»Um selbst zu verwerfen«, schloß er, »ehe man selbst verworfen wird.«
Er war geradezu entsetzt von dem, was er da von sich gegeben hatte. Obwohl es nur eine lymphatische Krankenschwester war, die ihm hier ihre Aufmerksamkeit schenkte, hätte er genausogut vor einer ganzen Garderobe voller Schauspielerkollegen sprechen können: der Geruch nach Schminke, die echten Anfälle von Aberglauben – alles schien ihm in überwältigendem Maß gegenwärtig zu sein. Einen Augenblick lang überlegte er, ob er den ausdruckslosen, aber wahrscheinlich doch einfach nur unschuldigen Augen seiner Zuhörerin gegenüber nicht vielleicht doch lieber mißtrauisch sein sollte.
»Nun«, sagte er und schlug ihr mit der flachen Hand auf das Knie, was, wie er hoffte, als *joie de vivre* und nicht als Brutalität ausgelegt wurde, »eigentlich wollte ich Sie ja zum Essen ausführen, nicht wahr?«
Schwester de Santis zuckte zusammen, stand eilig auf, ließ ihre blaue Handtasche fallen und hob sie ganz schnell wieder auf, um ihm nicht die Mühe zu machen, ihr zuvorkommen zu müssen. »O ja, das wäre wirklich nett«, erinnerte sie sich noch einmal an die Damen bei den Abendgesellschaften, während sie und Sir Basil den Kies entlangkratzten und unter den schäbigen Platanen einmal versehentlich heftig aneinanderstießen. »Sind diese Gipsvögel nicht *scheußlich*?« hörte sie sich mit ihrer Party-Stimme sagen, gefolgt von einem Krankenschwester-Kichern: dem Kichern eines Mädchens, das gerade aus Kempsey oder Coonamble in die Stadt gekommen ist. »Ab-scheulich!« Basil Hunter verbarg sein nur halbherziges Interesse hinter der Wucht seiner Aussprache.
Er hob den Kopf und erblickte noch einmal die Chenille-Frau an ihrem Fenster. Das Licht zersplitterte auf ihrem vielfarbigen Helm. Sie sah aus, als ob sie ihrer Meinung nach recht behalten hätte.
Vielleicht, weil sie das Gefühl hatten, sich in unkluger Weise bereits voreinander bloßgestellt zu haben, schwiegen Mary de Santis und Basil Hunter den größten Teil der Fahrt in seinem Mietwagen hinaus zur Küste. Die Krankenschwester hatte sich eigentlich einen anderen Wagen erhofft – auffälliger, stromlinienförmiger, dem Ruf eines Star-Schauspielers gerecht werdend. Aber sie unterdrückte diesen anspruchsvollen Gedanken instinktiv sofort und machte eine Bemerkung über den ›wun-

dervollen Tag‹; und fühlte sich sofort elend, weil sie die subtileren Wunder, die sie in einem anderen Licht erlebte, so ohne weiteres durch eine glänzende Postkarte verdrängen ließ.
Alles Empfindsame, das vielleicht auf dieser Fahrt Ausdruck hätte finden können, wurde von dem blendenden Widerschein der Sonne auf Ziegelmauern aufgesogen; genau wie nach ihrer Ankunft die Formen, die eigentlich einfach und primitiv hätten bleiben sollen – rohe Holzflächen, von nichts gezeichnet als von Alter und der Patina des Wetters – von aufgemalten Werbesprüchen und zerfledderten Plakaten überdeckt waren. Wenigstens das Meer war unverdorben – aber auch nur in seiner Weite, oder in seinem hübschen Züngeln und Klatschen um die Pfosten eines ausgebleichten Stegs; entlang des Streifens aus Sand, Geröll und Abfällen, der als Strand ausgegeben wurde, hatte eine frühere Flut ausgezackte Bogen aus Ölschlamm hinterlassen.
Basil Hunter bat seinen Gast, schon einmal einen Tisch zu besetzen, während er noch rasch eine Flasche Wein aus dem Pub um die Ecke holte. So saß sie also an einem der Tische auf dem Pflaster vor dem kleinen Restaurant und wartete. Vielleicht ist es meine Schuld, wenn mir an der Landschaft hier irgend etwas langweilig und enttäuschend erscheint, versuchte sie sich zu überzeugen: eine gewisse Benebeltheit, die sie nach den zwei Drinks spürte, konnte ja leicht auch ihre Sehfähigkeit beeinflussen; ihr Denken schien jedenfalls erheblich beeinträchtigt: eigentlich konnte sie ja für den echten Müll da am Strand kaum verantwortlich sein. Woran sie die Schuld traf, das war die inzwischen in den Tiefen ihrer Erinnerung schon halb versandete Absicht, sich für Mrs. Hunter einzusetzen. Sie nahm sich zusammen. Natürlich würde sie mit Sir Basil sprechen, nur war eben der richtige Augenblick noch nicht gekommen.
Basil kam mit einer grünen Flasche zurück. Sie war von Kälte beschlagen und sah aus, als ob sie einen ganz besonderen Wein enthalten müsse – jedenfalls im Vergleich zu ihrer Erinnerung an die großen Korbflaschen, die Papa von einem Landsmann zu kaufen pflegte und die auf dem Tischtuch unter der Laube in Marrickville immer diese purpurroten Flecken hinterließen.
»Ich habe mir erlaubt, einen trockenen Wein zu nehmen, da wir nun schon einmal mit trockenen Sachen angefangen haben.« Er war sich nicht sicher, ob seine Stimme das Geschwür des Pessimismus überdeckte, das an seiner falschen Herzlichkeit fraß: Wein vom Regal einer kleinen Kneipe, das konnte ja nichts anderes als Katzenpisse sein; und noch tiefer in ihm lauerte das immer noch ungelöste Geheimnis, warum er eigentlich die Krankenschwester überhaupt eingeladen hatte.
Aber Schwester de Santis fand anscheinend alles sehr angenehm und schön. Nachdem der Kellner die Flasche entkorkt und sie ihre Lippen mit diesem

zweifelhaften Wein benetzt hatte, sah sie ihn an und lächelte: »Köstlich, nicht wahr?«
Das Wort allein ließ ihn zusammenzucken; er wußte einfach nicht, wie er sich ihrer sanften Gefaßtheit anpassen sollte.
»Warum nehmen Sie nicht ihren Hut ab?« Es überraschte ihn selbst, daß er das so einfach sagte: und gleichzeitig wieder in so brutalem Ton, eigentlich mehr ein Befehl als ein Vorschlag. Er beschloß, das mit Lockerkeit wieder gutzumachen. »Hier sind wir doch in der so viel zitierten freien Landschaft – keine Formalitäten – keine Sorge ums Protokoll.« Sein Stuhl kratzte auf dem Beton. »Und dann kann ich Sie auch besser sehen – nicht?«
Schwester de Santis, von seiner Bitte unvorbereitet getroffen, warf einen raschen Blick in die Runde: von all den Leuten, die hier draußen an der frischen Luft an ihren Tischen saßen, trug tatsächlich niemand einen Hut; aber es konnte nicht ihr Anderssein und seine Kühnheit allein sein, was sie jetzt schuldbewußt und verlegen aussehen ließ. Wahrscheinlich war sie eine von jenen sich immer unterordnenden Seelen, die ständig in der Angst schweben, daß sie ihre Dankbarkeit nicht dick genug auftragen.
Aber was es auch immer gewesen sein mochte – die Krankenschwester erlangte ihr inneres Gleichgewicht wieder und nahm ihren unmöglichen Hut ab – bescheiden und demütig, so hätte es scheinen können, wenn sie nicht sofort ihren Haarschopf geschüttelt und dabei die Linie ihrer Kehle entblößt hätte: eine völlig unbewußte Geste und einfach zu vornehm für jemanden, der nur demütig war. Noch einmal verfiel er in Verwirrung angesichts der unklaren Motive, die sie beide hierhergebracht hatten, auf diese Stühle am Rand des abfallübersäten Strandes.
»Sie haben recht. So ist es besser«, sagte sie mit ihrer sanften, beherrschten Stimme. »Man fühlt sich richtig frei.« Sie lächelte ihn mit solcher Offenheit an, daß er fast fürchtete, dieses Lächeln würde einige von seinen Unzulänglichkeiten ans Tageslicht bringen, von denen er gehofft hatte, sie tief und endgültig in seinem Inneren verborgen zu haben.
Was Mary de Santis anbelangte – sie hatte ihre Sicherheit und ihr Selbstvertrauen aus eigenem Antrieb wiedergewonnen und nicht durch die Hilfe dieses zwar ansprechenden, aber hin und wieder auch entnervenden Mannes. Sie freute sich plötzlich auf das Leben, das noch vor ihr lag und für das ihr die Sonne, welche gerade eine gewaltige Wolkenbarrikade überwältigte, dazu ein Dampfer, der sich auf den Steg zututete und eine Motorbootladung voller Kinder, die während der Fahrt an der Küste entlang die Hände in die kleinen Wellen tauchten, als gute Vorzeichen erschienen.
Während Sir Basil sich plötzlich mit Überraschung an seine so leicht befriedigte Sensualität während einer scheinbar schon weit zurückliegenden

Nacht erinnerte, an seine ›Liebe‹ zu seiner Primavera einschließlich eines phantastischen Traumes von einer Ehe mit einer jungen und gesunden Krankenschwester. Was immer er für Phantasievorstellungen in Verbindung mit der vor ihm sitzenden Kollegin dieser Krankenschwester haben mochte: er wäre davor zurückgeschreckt, diese Statue einer Göttin anzurühren.

Der Kellner brachte die Gerichte, die sie bestellt hatten: ein ziemlich häßlich aussehendes Durcheinander von Jakobsmuscheln für Schwester de Santis und gegrillten Hummer für Sir Basil Hunter.

Sir Basil seufzte. »Es sieht aus, als ob ich der gierigere von uns beiden bin.«

Aber Schwester de Santis schien völlig zufrieden.

Eine der beiden Frauen an einem Tisch in der Nähe stieß ihre Nachbarin an.

Die Schwester sah rasch an sich herunter; oder vielleicht war es auch die Gabel, die sie benutzte; dann wurde sie heftig rot, denn plötzlich fiel ihr ein, daß sie ja mit einem berühmten Schauspieler zusammen zu Mittag aß.

»Sagen Sie mir doch, Sir Basil«, sagte sie und paßte ihre Stimme der außergewöhnlichen Situation an, »welches ist eigentlich Ihre Lieblingsrolle?«

»Ach du lieber Gott, meine Lieblings*rolle*?«

Sie wußte, daß sie das Wort falsch und viel zu geziert ausgesprochen hatte in ihrem Bemühen, mit Sir Basil Hunter auf richtige Weise Konversation zu machen. Die blauhaarigen Damen an dem Tisch in der Nähe drehten an ihren Ringen und lachten. Alle lachten. Eine Gruppe von Geschäftsleuten waren vom Pub an der Ecke herübergekommen und stürzte sich auf den für sie reservierten Tisch. Auch die Männer lachten. Ihre Haut dünstete. Mit glasigen Augen und gefletschten Zähnen sahen sich die Geschäftsleute im Lokal nach etwas um, woran sie entweder Zungen oder ihre schmutzige Phantasie wetzen konnten.

Sir Basil Hunter stöhnte vor sich hin und kämpfte mit seinem Hummer. Was sollte er dieser Frau nur sagen? Er war einmal ein Riesenerfolg als Horner in Heinrich VI. gewesen, obwohl das heute niemand mehr glauben würde.

»Aber es muß doch eine Rolle geben – oder ein Stück – das ihnen besonderes Vergnügen bereitet, wenn Sie jetzt darauf zurückblicken.« Schwester de Santis war sanft und unerbittlich.

Alle Krankenschwestern sollen verflucht sein!

In ihrer Geistesabwesenheit, während sie überlegte, wie sie wohl das Interesse ihres Patienten wecken könnte, blickte die Schwester voll in das entblößte Gebiß eines der fröhlichen Geschäftsmänner. Er schloß den Mund, als ob er eine schlechte Auster geschluckt hätte.

»Nun, Lear, würde ich vielleicht sagen«, bot Sir Basil an – Gott weiß warum: mit Lear hatte er es ja gerade nicht geschafft.

»O ja – *Lear*!« Sie ließ das warm und fröhlich klingen: Lear hätte auch ein Vetter von ihr sein können, den sie seit Jahren nicht gesehen, aber für den sie immer noch eine Schwäche hatte. »Ich habe das Stück allerdings nie gesehen.« Jetzt klang sie zu hoch für eine Altstimme und auch zu aggressiv; aber sie mußte mit dem Gelächter, dem allgemeinen Lärm wetteifern.

Die Geschäftsleute standen immer noch um ihren reservierten Tisch herum und hatten anscheinend Schwierigkeiten, die richtige Tischordnung zu finden. Wie es schien, waren sie alle recht betrunken.

Die blauhaarigen Damen steckten die Köpfe zu einer Art von wechseljähriger Konferenz zusammen. »Bleib nur ruhig, Liebste, das rate ich dir. In einem oder zwei Jahren ist das alles vorbei. Er wird sich schon wieder fangen. Wahrscheinlich macht er dasselbe durch. Männer müssen das auch, weißt du.« Die Augen der wechseljährigen Dame waren völlig auf ihren eigenen Kummer konzentriert.

»Aber Sie haben das Stück doch sicher gelesen, oder nicht? *Lear*?« schrie Sir Basil.

»Ja«, schrie sie zurück; dann berichtigte sie sich. »Oder vielmehr – nein. Ich bin nicht bis zum Schluß gekommen. Es war eine Menge darin, was ich einfach nicht verstanden habe.«

Sie war wirklich ehrlich, das arme Ding. Er war hier der Unehrliche. Und dazu noch ein unglaublich oberflächlicher Lear.

Da gab es plötzlich kurzes Knacken, gefolgt von einem lauten Krachen. Einer der Geschäftsleute war mit seinem Stuhl zusammengebrochen. Die ganze Gruppe brüllte vor Lachen. Immer noch von dem Skelett aus dampfgebogenem Holz eingerahmt, saß er keuchend auf dem Betonboden: eine riesige, purpurfarbene Gummiblase, die vor Heiterkeit und unter Lachtränen rhythmisch zuckte.

Schwester de Santis hörte sich selbst ebenfalls vor Lachen gleichsam explodieren, während sie noch einen halben Blick auf die blauhaarigen Damen warf, um sich deren Zustimmung zu sichern. Aber es war zu spät. Ihr Beispiel hatte die beiden dazu veranlaßt, sich gegen ein Lachen zu entscheiden: ihre schuppigen Lippen preßten sich zurückhaltend gegen die Zähne, während sie über die Gräten des Fisches hinweg, den sie vertilgt hatten, hinaus auf das offene Meer blickten. Eine der Damen rieb an ihrem Perl-Ohrring.

Schwester de Santis war entsetzt von der Unwahrscheinlichkeit ihres eigenen Benehmens. Aber sie lachte. Es war der Wein. Im Grunde genommen war das alles gar nicht so spaßig. Oder doch. Sie überlegte kurz, ob ihr der purpurne Mann nicht leid tun sollte, der noch immer herumzappelte und mit dem Wrack des Stuhls über den Betonboden kratzte. Aber irgend jemand würde ihm schon helfen. Und so lachte sie einfach weiter. Dann senkte sie den Mund in ihr Glas und nahm einen langen, ihr fast die Luft abschneidenden Zug. Der Wein hatte seine kühle Temperatur noch nicht verloren, aber er schmeckte schaler als vorher. Sie lachte immer noch weiter, eigentlich inzwischen aus keinem anderen Grund, als daß sie einfach auslaufen mußte, immer weiter, bis es nur noch wie ein Wimmern war. Dann Erschöpfung.

Sie war direkt erschrocken über das, was da anscheinend ohne ihr Wissen in ihr steckte. »Es tut mir leid. Aber das war *wirklich* sehr spaßig«, versuchte sie schuldbewußt ihrem Gastgeber zu erklären; dabei war sie sich gar nicht sicher, ob es *wirklich* etwas Spaßiges gewesen war.

»Ja, sicherlich«, antwortete Sir Basil; er hatte sich etwas Barbecue-Sauce auf seinen Schenkel geschüttet.

Ernüchtert von der betrüblichen Richtung, die die Dinge genommen hatten, trank sie ihr Glas aus. »Erzählen Sie mir doch, bitte? von dem Stück«, seufzte sie, »von *König Lear*.«

Als ob sie beide an diesem kleinen, wackligen Tisch hier einem Versuch dieser Art gewachsen sein könnten: seine Hummerschalen klapperten hohl auf dem Teller, und die Überreste ihrer Muscheln erweckten in ihm schlimme Erinnerungen an stürmische Kanalüberquerungen.

Doch in tiefem Weh brach Sir Basil das Brot; er trank den Wein bis zur Neige (unglücklicherweise stieg er ihm gerade heute zu Kopf, während die Schwester, ob nun betrunken oder nüchtern, jederzeit aufgrund ihrer Unschuld freigesprochen werden mußte). »Lear –« brachte er zwischen den kleinen Hummerfleisch-Stückchen hervor, die überall in seinen Zähnen steckten, »– niemand hat es je fertiggebracht, den Lear ganz richtig zu spielen. Und ich glaube, daß er von einem Schauspieler auch gar nicht gespielt werden kann – sondern nur von einem knorrigen, echten Mann, der ebenso Fleisch wie sturmzerzauster Baum ist.« Er warf einen Blick über den Tisch, um festzustellen, ob er vielleicht zuviel gewagt hatte; aber er traf nur auf fleischige Augenlider-Muscheln. »Also kann er wahrscheinlich nie richtig gespielt werden.« Sir Basil schlug mit der Gabel auf seine Hummerschale. »Blake hätte ihn vielleicht spielen können, oder Swift.« Das hieß natürlich nicht, daß du selbst es nicht auch noch einmal versuchen würdest.

Er bemühte sich um die Erkenntnis, wieviel die Schwester von seinen Ausführungen verstanden hatte, und sah, daß sie über dem Trümmerhaufen auf ihrem Teller ganz leicht hin- und herschwankte.

»Ich verstehe«, sagte sie ernsthaft und mit schwerer Stimme.

Zu keinem Zeitpunkt bisher hatte sie so undurchdringlich ausgesehen: eine riesige Jakobsmuschel, frisch aus der See.

Er spürte, wie er plötzlich wütend wurde: nicht auf diese schwergliedrige Frau, nicht einmal, wenn sie ihre schlimmsten Momente hatte und ihre beste Gesellschafts-Stimme hervorholte, um sich der Situation entsprechend zu benehmen, oder wenn sie kicherte und kreischte, weil der Geschäfts-Hintern so plötzlich auf dem Beton gelandet war; nein, was ihn so wütend machte, das war das Schlimmste an ihm selbst oder was sie davon gesehen hatte. Glücklicherweise ja nicht alles. Sie hätte schon von unermeßlicher Unschuld sein müssen oder einfach verrückt, wenn sie nach dem, was sie gehört hatte, auch nur den leisesten Verdacht hegte, daß er so etwas wie einen sehr diskreten Mord im Schilde führte.

Aber sein Unbehagen wurde immer stärker, je länger sie ihm gegenüber saß und nachdachte. Vielleicht bereitete sie sich doch darauf vor, ihn anzuklagen.

In Wirklichkeit klagte Schwester de Santis sich selbst an, wegen ihres Falls aus dem Zustand der Gnade, der mit der Ankunft von Mrs. Hunters Sohn begonnen hatte. Sie konnte kaum glauben, daß sie sich Lustgefühlen ergeben hatte, wenn als Beweise nicht hinterher die Risse in ihrer Kleidung, die Kratzer auf ihrer Haut gewesen wären: und es gab immer noch Gelegenheiten, bei denen ihre Brüste zu spitzen Schnauzen wurden und auf sie zeigten, obwohl alles Begehren für diesen Mann inzwischen erstorben war. Sie hätte gerne Mitleid an seine Stelle gesetzt, welches ein Aspekt der reinen Liebe ist. Aber zwischen Basil und dem Auge ihrer Seele schwebte ständig das Gesicht ihres erbarmungswürdigen Vaters. Den sie auf eine Art zu lieben begehrt hatte, die ihr zu seinen Lebzeiten nie ganz klargemacht worden war, die sie erst kürzlich erkannt hatte, in den Linien von Basil Hunters Kinn, in den Adern an seinen Schläfen und in den Knochen eines seidenen Fußgelenks. Ihre gesamte Hingabe an die Selbstlosigkeit war bedroht, wenn sie diesem Mann ihr Mitleid bot, das auf dem Dünger zersetzter Sinnlichkeit gewachsen war. Und jetzt wußte sie auch, und die Erkenntnis kam ihr im Zusammenhang mit der Unordnung und Apathie, die das inzwischen halbleere Restaurant ausstrahlte, daß sie weder die Kraft noch die Möglichkeit finden würde, Zeugnis für ihren wahren Glauben abzulegen und für den Menschen zu bitten, der zufälligerweise gleichzeitig Elizabeth Hunter war.

Sir Basil wandte sich ab, teilweise, um dem Auge der Schwester zu entgehen, und teilweise auch, um mit dem Fingernagel nach den Hummerfleischfasern zu stochern, die ihn am meisten zwischen seinen Zähnen störten. Auch er war von der Verwahrlosung deprimiert, die sich inzwischen in ihrer Umgebung breit gemacht hatte: unordentliche Tische, zerknüllte Servietten, lippenstiftverschmierte Gläser und die Gerippe und Schalen von Fischen und anderen Meerestieren. Nur die Gruppe von Geschäftsleuten, inzwischen wegen noch abzuwickelnder Transaktionen wieder zur Ruhe gekommen, saß noch da und aß und trank. Der Schweiß, der sich in gewaltigen Kugeln um Basils Augen angesammelt hatte, drohte herabzurinnen; er hatte Angst, daß die Schwester es bemerken könnte, wenn die Tropfen auf den Tisch fielen.

Deswegen drehte er sich noch weiter von ihr weg, ignorierte das unheimliche Schweigen seines Publikums und begann zu deklamieren: »Seht, dort – das ist es, worauf wir unsere gesamte Aufmerksamkeit richten müssen – auf alles dies, das uns gegeben ward, um stolz darauf zu sein und es zu lieben«; gleichzeitig wies er mit der Hand, die jetzt einen juwelenbesetzten Handschuh trug, und mit einem weiten Schwingen des schweren, pelzbesetzten Ärmels auf eine Vision von Himmel und Meer, Türmen und Domen – alles herbeigezaubert für seine schleiergeschmückte Königin.

Aber es fehlte ihm an Kraft (sein Vortrag war schon früher gelegentlich beeinträchtigt worden, das war ihm bekannt: von körperlicher Erschöpfung, Verdauungsstörungen, geistiger Überanstrengung oder ganz einfach von der Tatsache, daß er seine Stimmbänder zu gründlich angefeuchtet hatte). Jetzt kaute er an seinen Worten, daß man es hören konnte; obwohl er den Gedanken vorzog, daß es sich bei diesen Geräuschen um einen Geschäftsmann handelte, der hinter ihm mit einer Hummerschere beschäftigt war. Außerdem war die Sonne hinter ziehenden, schmutziggrauen Wolken verschwunden. Und wenn dir deine Vision einmal genommen ist, dann bleibt eben nichts mehr weiter als das plätschernde Wasser am seichten Ufer und der müllbedeckte Sand, die miteinander wetteifern, wer von ihnen den Unrat aufnehmen darf, in dem der menschliche Geist sich gespiegelt fühlen kann: ein zielloses Auf- und Abhüpfen von Korken, die ihre Schuldigkeit getan haben, dazu schmutziger Schaum, gebrauchte Präservative, verfaulendes Obst, rostige Konservenbüchsen und Exkremente.

»Ja – ist das nicht großartig?« murmelte Schwester de Santis aus ihrer Erinnerung heraus.

Aber sie sah auch zu deutlich die strohgeflochtene Korbflasche vor sich, sie schwamm in der Luft in einem betrunkenen Winkel, etwas nach vorn geneigt. Diese roten Flecken um den Mund wiedererkennen zu müssen, das schmerzte sie mehr als alles andere.

Da zerrte Sir Basil plötzlich am Tischtuch und schrie fast: »Was ist denn das? Dieser dreckige Gegenstand da draußen – dieses schwarze Ding!« Für einen Mann war er geradezu hysterisch.

Dann sah sie es auch: etwas Schwarzes, Durchnäßtes, Aufgetriebenes, Obszönes rollte leicht hin und her, wie lebendig. Es erinnerte sie an die Wassersäcke aus Häuten in den Händen der Araber, die Oberst Askew ihr bei der Durchfahrt des Dampfers durch den Suezkanal gezeigt hatte.

Das Ding wurde langsam auf den Sand gespült oder gerollt, direkt vor der Stelle, an der sie saßen. Es war die Leiche eines Hundes, eines nunmehr,

allerdings nicht allzu gut gepökelten Neufundländers. Ein Übelkeit verursachender Gestank mischte sich in die natürlichen Gerüche von Salz und Seetang.
Sir Basil schien das alles persönlich zu nehmen. »Ist das nicht das Letzte an Dreck? Geradezu eine Barbarei! Aber man kann ja auch nichts anderes erwarten!« kreischte er – wie ein alter Papagei, dachte sie, mit herausgestreckter, harter und blauer Zunge; oder wie – o nein, natürlich – wie seine Mutter in einem ihrer Zustände, die auch Anfälle sein konnten, und kurz bevor sie ihre tödlichste Beleidigung oder ihren schlimmsten Fluch zielsicher auf jemanden abschoß.
Im Gegensatz zu Sir Basil war Schwester de Santis von dem ertrunkenen Hund nicht sogleich schockiert; sie war natürlich von vornherein passiver und konnte sich auch nicht so gut ausdrücken; aber andererseits hatte sie sich ja auch den größten Teil ihres Lebens persönlich, wenn auch objektiv, mit den physischen Aspekten des Todes befassen müssen. Aber dann begann doch ein namenloser Schmerz in ihre Seele einzuziehen, und sie preßte sich ihr Taschentuch vor den Mund, um ihn zurückzudrängen. Gegen den Gestank ließ sich nichts machen: er drang immer weiter durch und würde ihr wahrscheinlich für immer und ewig in der Nase bleiben und in ihren Kleidern hängen; oder die gallertartigen Einbuchtungen, wo die Augen des Hundes gewesen waren: sie starrten sie so eindringlich an, daß die Totenmaske dadurch fast einen lebendigen Ausdruck bekam.
Sir Basil stand auf, ganz so, als ob er sich auf die Suche nach dem Kellner machen wollte, um die Rechnung zu verlangen; aber da kam der Kellner auch schon herbei, mit einem Untersetzer, auf dem sich die Rechnung befand. Sir Basil ging an ihm vorüber, ging so gerade, wie es ihm sein nachtwandlerischer Zustand erlaubte, und verschwand im Hintergrund des Restaurants.
Erst jetzt bemerkte Schwester de Santis den Draht, der sich tief in den Hals des Hundes eingeschnitten hatte.
Nachdem er den Untersetzer abgestellt hatte, grinste der Kellner und sagte: »Man weiß nie, was als Nächstes kommt! Letzten Monat haben sie hier 'ne Frau rausgefischt. Ich guck schon immer in der Zeitung, aber bis jetzt is noch nichts über den Fall gekommen. Man ist viel mehr interessiert, wenn man dabei war, sozusagen.«
Schwester de Santis hatte inzwischen schon ein ganzes Leben lang dagesessen und auf den erwürgten Hund gestarrt, als ein Mann in ausgebleichtem Jerseypullover und verwaschenen, bis zu den Knien hochgerollten Hosen herbeikam, den Hund beim Schwanz packte und den Strand hinunter davonzerrte.
»Steht dir gut, Joey!« rief der Kellner. »Gründest hier ein Beerdigungsunternehmen, was?« Er ging dem Mann ein paar Schritte nach und wedelte dabei mit einer fleckigen Serviette in der Luft herum.

Und zwei kleine Jungen kamen angerannt, quietschend und durch den Sand pflügend, und warfen mit Kieselsteinen nach dem Kadaver. Einer von ihnen kam ganz nahe heran und gab ihm einen Tritt mit den bloßen Zehen. Fiel aber danach nach hinten um.
Die Geschäftsleute klatschten Beifall, obwohl sie wohl kaum hätten sagen können, weshalb: sie waren zu vollgestopft, über ihre Gesichter rann Schweiß und geschmolzene Butter. Einer von ihnen schien der Meinung zu sein, daß die Seeluft sein Veteranenabzeichen angegriffen habe: er hatte den Jackenärmel bis zum Knopfloch gehoben und fuhr auf dem Messingplättchen mit übertriebenem, völlig versunkenem Eifer hin und her.
Basil kam zurück. Die straffer gewordene Haut hatte die vorher leicht verwischten Linien seines Gesichts wieder gefestigt: das Haar war geordnet, war wieder stahlartig, perfekt; und seine Kleidung strahlte wieder die lässige Weltläufigkeit eines wichtigen Mannes aus, der den Journalisten Interviews gibt.
Er klatschte in die Hände und sah sie mit einem etwas wunderlichen Blick an, wobei es leicht seine ursprüngliche Absicht gewesen sein konnte, einen Eindruck von Kraft und Entschlossenheit zu erzeugen. »Wir müssen gehen!« erklärte er. »Ach ja – die Rechnung, die Rechnung.«
Er ließ sich niederfallen (keiner der Stühle im Restaurant schien besonders solide zu sein) und zerrte seine Brieftasche heraus. Aus der Ferne sah sie, daß es sich um ein mit Monogramm versehenes, wunderschönes Ding aus Krokodilleder handelte und daß in ihm kein Mangel an Geld herrschte.
Basil zählte die Banknoten auf den Tisch, dann zögerte er und begann, herumzukramen und vor sich hinzumurmeln.
»Was ist?« fragte sie und lehnte sich von ihrer Tischseite herüber.
»Das Trinkgeld. Ich kann nie die Prozente richtig ausrechnen.«
»Genau wie Oberst Askew«, tröstete sie ihn, »der kam auch niemals damit zurecht.«
Basil hielt ihr eine Handvoll Münzen hin, aus der die Schwester sanft und freundlich das Nötige herausklaubte.
»Mit Dollar ist es soviel einfacher«, erinnerte ihn Schwester de Santis.
»Ja. Man muß zugeben, daß es mit Dollar sehr viel einfacher ist. »Vielleicht war es das, was er die ganze Zeit gebraucht hätte: von einem so tüchtigen, aber gleichzeitig unpersönlichen Wesen gepflegt und betreut zu werden.
Beide waren sie wieder mit sich im reinen, oder so schien es jedenfalls auf der Rückfahrt.
Bis Schwester de Santis sich erinnerte, auf ihre praktische Männerarmbanduhr sah und zu murmeln begann: »Wie spät es schon ist! Für mich jedenfalls.« Ganz unerwartet für jemanden, der sonst so ruhig und gefaßt war wie sie, begann sie nervös hin- und herzurutschen. »Ich sollte mich eigentlich ausruhen. Meine Patientin.«

Es war ein Gefühl wie – wie vor der Vorstellung, wurde ihm klar; sie hatte seine volle Sympathie.
Er versuchte, sie aus seiner eigenen Erfahrung heraus zu trösten. »Nun, ja – ich kenne das. Wir halten uns strikt an unsere Prinzipien – kommen zwei Stunden, bevor der Vorhang hochgeht – versetzen uns in Trance, saugen den Schminkgeruch in unsere Gehirne. Aber dann kann es manchmal passieren, daß man auf erfreuliche Art und Weise aufgehalten worden ist oder von etwas Erfreulichem. Dann kommst du im letzten Augenblick hereingerannt, gehst dir schnell ein paarmal mit der Schminke über die Backen, hast deinen Auftritt und – bist besser als je zuvor.«
Er konnte nicht sehen, ob sie das verstanden hatte: sie war vermutlich zu sehr mit sich selbst beschäftigt. Und er mußte außerdem fahren: alles, was mit Technik zu tun hatte, war ihm noch nie leichtgefallen.
Zwischen ›Santa Monica‹ auf der einen und ›Key West‹ auf der anderen Seite gerieten sie in eine Verkehrsstockung. Die Schwester begann, sich hin- und herzuwiegen, zu schwanken und unterdrückt zu glucksen. Der erzwungene Halt erlaubte es ihm, zu ihr hinüberzusehen.
Sein Blick war wohl für sie der Auslöser. »Ich kann mir nicht helfen!« brach es aus ihr heraus, »aber das *war* doch sehr komisch, oder meinen Sie nicht?«
»Was?« Der Gestank war wieder da; der Draht schnitt in die Kehle ein: was wahrscheinlich nur er gesehen hatte.
»Der Mann, der mit dem Stuhl zusammengebrochen ist!« Sie schüttelte sich neben ihm vor Lachen in dem stillstehenden Wagen. »Es war zum *Schreien* komisch!« Irgend etwas echote in ihrer Erinnerung weiter *schreien schreiben schreiben:* Lily Lake fiel ihr plötzlich ein, Zimmermädchen in Brown's Hotel, sie hatte ihr Postkarten geschrieben, regelmäßig und noch mehrere Jahre lang, nachdem das letzte Mal eine Antwort gekommen war: es gab so wenige Leute, denen man schreiben konnte.
Basil Hunter war erleichtert, als sich die Stockung auflöste und er nicht mehr gezwungen war, Schwester de Santis anzusehen oder ihr zuzuhören. Es war seine eigene Schuld: er hatte sie anscheinend mehr als nur ein wenig betrunken gemacht.
Als sie vor dem Häuserblock ankamen, in dem sie wohnte, hatte ihr Gesicht inzwischen wieder seinen charakteristischen, verfeinerten Ausdruck angenommen, obwohl ihre Lippen verzerrt waren und ihre Augenlider wie verknittert aussahen: fast so, als ob sie körperliche Schmerzen hätte.
»Ich hoffe sehr, daß ich Ihre Mutter niemals – auf irgendeine Weise – enttäuschen werde.« Sie mußte sich zwingen, das zu sagen.
»Und wie könnte das passieren?«
»Oh, ich weiß nicht – *wenn ich zu spät komme«*, fiel ihr plötzlich ein.
Sie hatte sich bereits gebückt und war schon halb aus dem kleinen Wagen

heraus. Er hätte gerne die Hand ausgestreckt und sie berührt; aber er wollte nicht riskieren, noch mehr Schaden anzurichten.
Schwester de Santis ihrerseits machte gerade die letzte Anstrengung, durch die niedrige Autotür zu kommen, und sie hatte sich praktisch schon wieder zu ihrer ganzen, normalerweise eindrucksvollen Größe aufgerichtet, als sie stolperte und nach vorn auf die Knie fiel. Einen Augenblick lang blieb sie auf dem Pflaster kniend reglos liegen und kehrte ihm ihren erschauernden Rücken zu.
Ehe er noch um den Wagen herumgelaufen war und sie beinahe erreicht hatte, war sie schon wieder auf den Beinen. »Nicht!« stieß sie hervor. »Das ist nicht nötig. Es ist nichts passiert.«
Eines ihrer Knie war nackt und bloß durch den zerrissenen Strumpf zu sehen. Sie zitterte und war offenbar über mehr erschrocken als nur über ihren Sturz. Dabei war es doch seine Schuld, und zum zweiten Male wurde ihm das auf diese Weise klargemacht: er hätte sich nicht schuldiger fühlen können, wenn er plötzlich zu sich gekommen wäre und festgestellt hätte, daß er – nicht einmal aus freiem Willen, sondern einer bösen Inspiration folgend, geblendet von irgendeinem Wahn – diese blasse Nonne hier entehrt hatte.
Die Einzelheiten ihres Abschieds blieben ihm unklar – nur, daß sie in einen dunklen Hausflur davonschwankte, in dem es nach Gas und nach Küche roch, und dann eine schmale Treppe hinauf, um sich das Gesicht zu kühlen, sich wieder zu fassen, vielleicht darum zu beten, daß ihr ihre unorthodoxen Sünden vergeben würden, ehe sie sich wie üblich zu ihrem nächtlichen Liebesdienst am Moreton Drive einfand. Blut, aus ihrem so ungewöhnlich weißen Fleisch heraus an die Oberfläche getreten, blieb wie hingestrichen vor seinem geistigen Auge haften.
Sein automatisch handelndes Ich fuhr unter vielem Rucken mit dem blechernen Wagen davon. Weil er sich in einem Auto noch nie wohlgefühlt hatte, war er sich bewußt, daß er ganz aufrecht und mit eng zusammengezogenen Schultern dasaß. *Ich bitt' Euch, öffnet diesen Knopf. Ich dank' Euch, Herr.* Warum? Nur weil er sich während seiner letzten Vorstellung als der alte König so menschlich verlassen, so völlig bankrott gefühlt hatte wie nie zuvor; und keine Technik konnte ihn davor schützen. Dieses letzte Aufseufzen; und dann die Ärmlichkeit eines einzigen, knochenblanken Knopfes. Durch ihn hättest du die Wahrheit vermitteln können, wenn schon nicht durch etwas Anderes.

VIII

Obwohl er mit dem Bewußtsein zu Bett gegangen war, daß er eine unschuldige Kreatur herabgewürdigt und dann auch noch dazu verdammt hatte, seine eigenen ekelhaften Erniedrigungen mit ihm zu teilen, erwachte er ohne jedes Schuldgefühl. Im Gegenteil: unter dem Mantel des Schlafes war aus der Szene am Meeresufer, so schmerzhaft sie sich auch zunächst eingebrannt hatte, so etwas wie eine Kraft erwachsen, die seine Absichten zielgerichteter machte und seinen Willen stählte.

Er hätte gern jemanden angerufen, irgend jemanden fast, nur um seine Stimme zu hören und ein paar Kunstgriffe zu versuchen. Aber es war noch zu früh. Statt dessen zog er die Jalousien vor einer grünen Dämmerung hoch, beziehungsweise vor dem, was von dieser Dämmerung über den Dächern zu sehen war, zwischen den Fernsehantennen und den Ästen entblätterter Platanen. Zeit und Licht in ihrer Wirkung auf die Formen der von Menschenhand geschaffenen Häßlichkeit ließen ihn erschauern und regten ihn gleichzeitig an, wie auch seinerzeit, erinnerte er sich, bei seinen ersten Besuchen in Mitty Jackas Haus.

In einem Anfall von Frustration setzte er sich an den sogenannten Schreibtisch und begann, Worte auf einen Bogen Hotelbriefpapier zu kritzeln. Die Jacka hätte das wahrscheinlich mit Wohlgefallen gesehen: zu beobachten, wie das lange, blasse Wurm-Dings seinen ersten Versuch macht, sich im Nicht-Spiel zu entrollen:

Bühnenbild: Ein Zimmer. Tisch, Stühle, ein Gaskamin. Die Gegenwart von SCHAUSPIELERN *sollte weitere Möbel unnötig machen.*

DES SCHAUSPIELERS 1. FRAU: Verstehst du nicht, Darling? Was sie mit dem Aufheben dieser Tasse vermitteln muß, ist die demütige Unterwürfigkeit, in die sie das Verhalten ihres Mannes getrieben hat, aber gleichzeitig kann das auch eine Art von *Pseudo*-Unterwürfigkeit sein – etwas, das sie vielleicht eines Tages wieder abwerfen kann. Ich meine damit, die Geste sollte nicht einfach nur nichts als Verzweiflung vermitteln, denn es besteht ja immer noch die Möglichkeit einer Wiedergeburt.

SCHAUSPIELER *(macht seinen Kragenknopf auf):* Also, jetzt hör' schon auf, Liebling! Es ist zwei Uhr morgens. Wenn wir nicht genügend Schlaf kriegen, dann sehen wir morgen auf der Probe wie zwei übernächtigte Seidenraupen aus.

1. FRAU: Ich muß das einfach lösen. Immer und immer, Basil, wenn jemand außer dir ernsthaft arbeitet und kurz vor einem Durchbruch steht,

mußt du mit deiner Frivolität alles verderben. *(Gießt sich eine halbe Tasse Whiskey ein.)*

SCHAUSPIELER: Du könntest deinen Durchbruch schon lange haben, Shiela, wenn dir nur klar wäre, daß es um einen mit Papier bespannten Reifen geht und nicht um eine Ziegelmauer.

(1. FRAU *schluchzt, schmollt, trinkt aus der Tasse in ihrer Hand.)*

1. FRAU: Ich bin immer der Auffassung gewesen, und so ist es mir auch gesagt worden, daß nichts etwas wert ist, das keine Anstrengung und keinen Kampf gekostet hat.

SCHAUSPIELER: Aber geistige Verstopfung führt im Theater nicht weit, glaub mir. Vielleicht in irgendeinem literarischen Keller in London, mit einem Dutzend handgewebter Jünger als Publikum. Aber nicht, wenn du ein Stück auch auf Tournee spielen willst.

(1. FRAU *sitzt da und hält die Tasse, als ob sich aus ihr irgendein grundsätzliches Weisheitsprinzip herausziehen ließe.)*

SCHAUSPIELER: Ist dir eigentlich klar, daß du Whiskey aus dieser blöden Tasse trinkst? Whiskey aus einer Tasse!

1. FRAU: Ja. Eine Tasse. Eine Tasse ist so viel *wirklicher* als ein Glas. Also warum nicht?

SCHAUSPIELER: *(greift nach der Flasche.)* Wenn du so willst – aber die Tasse ist immer noch weniger wirklich als die Flasche! *(Er nimmt einen kräftigen Schluck und läßt dann einen lauten Rülpser hören, der in brüllendem Gelächter endet.)*

1. FRAU: Herrgott nochmal! Du weckst ja das Kind auf!

SCHAUSPIELER: Ja, arme kleine Unschuld! Dann lernst du das *wahre* Leben kennen!

1. FRAU: *(schluckt eine Menge Whiskey hinunter)* Du brauchst dich aber gar nicht so verantwortlich zu fühlen. Sie ist ja kaum dein Kind, nicht wahr?

SCHAUSPIELER: Woran du mich ja auch ständig erinnerst.

(1. FRAU *nimmt die Flasche und gießt sich noch einmal großzügig nach.)*

1. FRAU: *(während sie mit betrunkenen Bewegungen die Tasse an ihre Wange hebt, um sie anzuwärmen)* Ich werde sie lieben! Oh, wie werde ich sie lieben!

SCHAUSPIELER: Nicht wenn du das so anpackst wie deine Schauspielerei. Mit dem Kopf allein hat noch niemand geliebt.

1. FRAU: *(betrunkenes, verächtliches Schnauben)* Oh, geh doch und scheiß dir eins. Ich werde mein Kind lieben – wenn ich erst gelernt habe, wie man das richtig tut. Das ist etwas, was niemand – nicht du, und nicht Len Bottomley – mir beibringen kann. Das muß ich mir ganz allein erarbeiten.

SCHAUSPIELER: Ich habe mir schon oft überlegt, Shiela, was Len wohl hat, das ich nicht besitze.

1. FRAU: Er sagt mir, daß ich gut bin. Mit ›gut‹ meint er, daß ich eine ›empfindsame Schauspielerin‹ bin, falls du mich vielleicht mißverstanden hast.
SCHAUSPIELER: Was ich nicht verstehe – warum gehst du nicht zu ihm und lebst mit ihm? Warum heiratest du ihn nicht? Ich bin mit einer Scheidung einverstanden.
1. FRAU: Er mag ja ein lieber, anständiger, gewöhnlicher Mann sein – und ich muß sagen, daß ich gewöhnliche Männer sehr schätze – aber ich könnte einfach nicht mit einem schlechten Schauspieler leben, geschweige denn ihn heiraten. *(Sie schwankt mit der Tasse* AB.)
SCHAUSPIELER: *(lehnt sich mit dem Stuhl nach hinten)* Ihre Prinzipien hätten genausogut ihr Untergang werden können – mehr noch als der Alkohol.
FLIESSENDER SZENENÜBERGANG *zu einem im halben Dämmerlicht liegenden* UNBESTIMMTEN ORT, *an dem der* SCHAUSPIELER *noch sichtbar ist. Neben ihm erscheint nach und nach die* GESTALT EINER FRAU. *Sie trägt einen schwarzen Kimono, der mit Silberstickereien und roher Leber verziert ist.*
FRAU: *(nähert sich und legt Hand auf sein Haar).* Das ist immerhin ein Beginn. Aber du berichtest immer noch die Wahrheit nur über andere Menschen.
SCHAUSPIELER: Laß mir noch ein bißchen Zeit, ja? Ich fange ja gerade erst an.
FRAU: Es sollte leichter gehen, wenn du erst einmal den Mord begangen hast. Dann wird es nur so flutschen.
SCHAUSPIELER: Ich lasse jetzt erst einmal die Zweite Frau auftreten. Es gibt niemanden wie Enid, wenn es darum geht, anderen die Wahrheit über sich selbst zu sagen. Enid kann auch eine Runkelrübe zum Schluchzen bringen.
FRAU: Du bist es, der den Mord begehen muß.
SCHAUSPIELER: Laß einem ehrlichen Kerl doch noch ein Weilchen seinen Frieden, ja? Ich rufe meine Schwester später an. Jetzt ist es noch zu früh für eine Prinzessin.
FRAU: Du bist der Star.
SCHAUSPIELER: Ich glaube, ich kann das nicht durchhalten, Mitty.
FRAU: Da ist gar nichts dabei. Kein Blut – jedenfalls keines, das irgend jemand sehen könnte. Nur ein halbes Dutzend Worte – in aller Freundlichkeit gesprochen. Also bitte, Sir Basil Hunter!
SCHAUSPIELER: Erst muß ich meinen Text lernen. Der muß noch geprobt werden.
FRAU: Enid wird ihn mit dir proben.
SCHAUSPIELER: Ja. Enid. *(Es wird ihm ein prachtvolles Gewand ge-*

reicht, das er als Verkleidung überzieht.) Und wie du sagst, es ist nichts dabei. Ein halbes Dutzend Worte ... *(Sein Brustkorb weitet sich.)* ... wo ich doch Reden gehalten habe, die ein halbes Leben gedauert haben, und vierzehn Tage lang ist es mir sogar gelungen, Lady Quasselstrippe persönlich zu übertrumpfen.

BÜHNENBILD: *Ein Boudoir, das mit zu vielen seltenen und nicht zueinander passenden Nippes-Sachen vollgestopft ist. Ein Schreibtisch, an dem die* ZWEITE FRAU *sitzt und schreibt. Sie trägt einen reichbestickten, steifen Kaftan. Ihr Kopf ist der eines reinrassigen Barsoi.*

2. FRAU: *(ohne sich umzudrehen)* Basil?

SCHAUSPIELER: Ich hatte gehofft, du würdest mich gar nicht mehr erkennen.

2. FRAU: Huhh? *(schreibt heftig weiter).* Was ist, Liebling? Du bist doch nicht gekommen, um mich zu unterbrechen?

SCHAUSPIELER: Was schreibst du denn da, Enid?

2. FRAU: Meine Memoiren natürlich.

SCHAUSPIELER: Immer noch?

2. FRAU: *(Noch eiliger weiterschreibend)* Immer! Ist denn das Leben nicht ein ununterbrochener, unglaublicher Stoff für Memoiren? Die Reisen, die Freunde – die Ehemänner!

SCHAUSPIELER: Ich möchte gerne, daß du mir meinen Text abhörst für dieses Stück, in dem ich einen Mord begehen soll, ehe ich mich dann selbst umbringe.

2. FRAU: *(schreibend)* Was – schon wieder? *(Streicht mit heftiger Feder etwas aus.)* In jedem Fall wirst du ohne Zweifel überleben – wie bei den anderen Malen.

SCHAUSPIELER: Das scheint eher unwahrscheinlich. Dies ist die Rolle, die ich noch nie gespielt habe.

2. FRAU: *(überfliegt das Geschriebene, korrigiert hier und da)* Als ich einen Schauspieler heiratete, dachte ich, das würde bedeuten, daß man jeden Abend mit einem anderen Mann ins Bett geht. Aber ich habe festgestellt, daß er nur eine Rolle spielt – sich selbst. *Sie blickt auf und läßt ihr Hündinnen-Lächeln sehen.)* Und das ist dazu auch noch eine ziemlich langweilige Rolle.

SCHAUSPIELER: Aber so wird man ein Star. *(Seine Nerven machen sich bemerkbar.)* Wenn man den Leuten zuviel zumutet – was ich jetzt übrigens vorhabe – dann reißen sie dich möglicherweise in Stücke. Denn das ist es nicht, was sie von dir erwarten.

2. FRAU: *(gähnend)* Es ist Zeit für mich, auf eine Reise zu gehen, Basil. Ich glaube, ich werde in die Sahara fliegen – und mir einen Tuareg anschaffen. Abgesehen davon, daß er verschleiert ist, redet ein Tuareg auch nicht. Sein Ich ist wesensmäßig physisch.

(Sie reckt sich, und der Kaftan, den sie trägt, fällt von ihr ab. Sie steht da mit einem langen, buschigen Barsoi-Schwanz, dazu magere menschliche Brüste und Schenkel.)

SZENENWECHSEL *zurück an den halbdunklen* UNBESTIMMTEN ORT, *wo die* GESTALT EINER FRAU *im schwarzen Seidenkimono sichtbar ist.*
FRAU: (*zum* SCHAUSPIELER) Schon besser, aber du bist es, der die Kleider ausziehen muß. *(Sie verschwindet langsam nach rückwärts.)* Es wird wahrscheinlich alles viel leichter gehen, nachdem du – wenn du erst einmal den Mord begangen hast.
SCHAUSPIELER: *(mechanisch)* Ja.

Während er am Tisch saß und kritzelte, hatte sich das Licht des Morgens allmählich so unwiderruflich in seinem Hotelzimmer festgesetzt, daß er in ihm auch den Boten des Tages sah, der am besten für ihren Besuch am Moreton Drive geeignet war. Es lag in Dorothys Interesse genauso wie in seinem, Mutter möglichst bald mit den Arrangements bekanntzumachen, die sie für ihre Zukunft treffen wollten. Das Ergebnis dieses Entschlusses war, daß sein Gesicht jünger aussah, wie er festzustellen vermeinte, ebenso wie ihm plötzlich seine Fingernägel sauberer geschnitten und die Haut um die Fingerkuppen klarer gezeichnet erschienen als sonst.
Dorothy wollte er anrufen, wenn er seinen Kaffee getrunken und sich rasiert hatte. Er hatte zwar nicht sehr viel Respekt übrig für seine Schwester, die Prinzessin, aber es gab doch gewisse Anstandsformen, ohne die auszukommen ihm schwerfiel. Wenn gegenwärtig auch die Bezeigung von Zuneigung zu ihnen gehörte, dann deshalb, weil er sich zumindest heute morgen auf eine Zusammenarbeit verlassen mußte, die sie ihrerseits zwar auch begrüßen sollte – es aber nicht unbedingt mußte.
»Wer?« Ehe sie es wußte, hatte sie ihre Stimme in Abwehrbereitschaft sofort schärfer klingen lassen.
»Basil. Dein Bruder.«
»Oh.« Sie seufzte; sie räusperte sich; sie spielte laienhaft die Rolle einer Frau, die früher aufgeweckt worden ist, als es ihre Gewohnheiten erlauben. »Oh, *Basil!*« Sie seufzte wieder und hustete. »Natürlich ist deine Stimme unverkennbar. Es ist nur die Plötzlichkeit. Habe meine fünf Sinne noch nicht ganz beisammen.«
»... weiß, daß es noch früh ist, Dorothy. Aber heute, glaube ich, ist der richtige Tag, Darling.«
»Was für ein Tag?« Ein mißtrauischer, um nicht zu sagen feindseliger Ton trübte ihre Stimme.
»Der Tag, an dem wir Mutter mitteilen, was wir für sie beschlossen haben.«

»Haben wir denn etwas beschlossen? Nun, ich weiß, daß wir damals geredet haben, aber etwas Endgültiges ist doch noch nicht entschieden, oder? Und es ist auch noch nichts arrangiert.«
»Aber so gut wie arrangiert. In meinem Kopf, jedenfalls.«
»Du wirst sie damit vielleicht umbringen.« Dorothy sprach mit solcher Überzeugung, daß sie sie eigens zu dem Zweck erfunden haben mußte, ihm die volle Verantwortung zuzuschieben.
»Die meisten alten Leute sind zäh«, hörte er sich eine Lektion wiederholen. »Und für den Fall, daß wir es hier mit einer Ausnahme zu tun haben, bitte ich dich, mit mir zu kommen. Als Frau weißt du ja, wie man so etwas ein wenig schonender machen kann.« Ha-ha!
Dorothy versuchte, ihn damit zu beeindrucken, daß sie scheinbar lange über die ernste Situation nachdachte, in der sie sich befanden. Sie seufzte wieder und stöhnte sogar ein- oder zweimal leise, während sie zwischendurch (er erkannte die auch von ihm angewandte Technik) ihren Kaffee trank.
»Ist er gut?« fragte er.
»Was meinst du – ist er *gut*?«
»Der Kaffee.«
Während der folgenden Pause klang es so, als ob ihr Magen knurrte; dann sagte sie: »Um die Wahrheit zu sagen, es ist das schrecklichste und schauderhafteste Zeug, das ich mir vorstellen kann – aber natürlich habe ich auch nichts anderes erwartet.«
Sie lachten miteinander, verständnisvoll und mitfühlend.
Er sagte: »Ich weiß, wie sehr der Mangel an wichtigen unwichtigen Dingen deine Sensibilität belastet, Darling.«
Es klang, als ob sie im Bett um sich schlüge: »Willst du mir schmeicheln?« fragte sie dann.
»Natürlich. Hast du noch nicht bemerkt, daß Schmeicheleien sich bezahlt machen?« Aber es war natürlich allzu offensichtlich, daß solche Gedanken bei Dorothy keine Rolle spielten: sie hätte gar nicht gewußt, wie man jemandem schmeichelt, und am allerwenigsten, wenn es um einen Angehörigen des anderen Geschlechts ging.
Sie ignorierte seine Frage. »Um welche Zeit möchtest du mich dort haben?« Sie sagte das so kühl und praktisch, wie es die Umstände zu erfordern schienen; aber es klang so kaltblütig, daß er fast zurückfuhr.
»Nun – heute vormittag, würde ich sagen – wenn wir uns nun schon einig sind.« Wenn sie jetzt verlangte, daß er die Zeit noch genauer festlegte, dann war er dazu nicht imstande – jedenfalls im Augenblick nicht.
»Sollten wir den alten Wyburg vielleicht zum Mitgehen überreden – als eine Art von Zeugen?«
»Der täte das ungern, und er ist überhaupt gegen das Ganze. Nein. Das

schafft nur Verlegenheiten und ist unnötig. Also um welche Zeit?« insistierte sie hartnäckig, und es klang irritiert; und schien als selbstverständlich vorauszusetzen, daß sie und Basil auch imstande waren, überhaupt Verabredungen pünktlich einzuhalten.
»Tja –« zögerte er, »– sagen wir gegen Ende des Vormittags und gleich am Moreton Drive.«
»Sagen wir gleich elf Uhr.«
»Wenn du um die Zeit da sein kannst.«
»Ich werde da sein. Dann haben wir es auch noch mit der Morgenschwester zu tun – sie ist die dümmste und außerdem dir völlig verfallen, Basil – würde ich sagen.«
»Schwester Badgery?« Er war beleidigt.
»Wie sie auch heißen mag – diese knochige Henne jedenfalls. Es wäre sicherlich unklug, wenn wir es anders machen würden und der jungen Schwester begegnen. Sie verabscheut uns aus Klassengründen und hat nebenher wahrscheinlich auch die Hoffnung, daß Mummy ihr etwas hinterläßt; auch könntest du, Basil, dich mit jemand so Hübschem sehr leicht zum Narren machen, wenn sie auch noch ehrgeizig ist, was ich nicht bezweifle.«
»Die ganze Sache ist sehr viel weniger kompliziert als du denkst, ob nun am Tage oder in der Nacht. Laß mich nur machen.«
Dorothy lachte. »Das habe ich auch vor. Und du möchtest das ja auch so, nicht wahr?«
Er war sich dessen nicht sicher. Nein, so hatte er es sich doch nicht gedacht; er hatte eigentlich geplant, daß Dorothy den Dolch führen sollte.

Madame de Lascabanes hatte sich für einen Tag angezogen, der windig und frisch war, wenn man nach dem ging, was der Blick aus den immer geschlossenen Fenstern des Klubs zeigte: das Wasser im Hafen war leicht gefältet, alte Zeitungen wirbelten und flatterten im Rinnstein, und die frische Farbe an neuen Gebäuden und auf einem am Kai liegenden Dampfschiff glänzte so strahlend, wie es die Hersteller in ihren Anzeigen versprachen. Die Prinzessin trug eines jener zeitlosen Kostüme, die jede Kritik an herben Figuren verstummen lassen, indem sie ihre Ecken und Kanten noch besonders hervorheben. Ihr Wagemut – jedenfalls auf diesem Gebiet – hatte sich bezahlt gemacht. Und heute morgen sah auch ihr dünner Mund annehmbar aus: sie brauchte nicht die Augen zu beschwören, um ein Gesicht zu verteidigen, aus dem Erfahrung die Häßlichkeit ausgetrieben hatte – jedenfalls vorübergehend. Ja, sie war mit ihrer Kompromißlosigkeit zufrieden, der zu Ehren sie auch auf allen Schmuck verzichtet hatte, sogar einschließlich Modeschmuck. Warum sollte sie sich nackt fühlen, wenn Realismus nicht nur ihre Waffe, sondern auch ihr Schild war?

Während sie den Korridor entlangging, hörte sie ein- oder zweimal das Knacken von Knochen irgendwo in ihrem Körper, und wurde dadurch an die frühmorgendlichen Galoppritte auf ihrem ersten Pferd erinnert (ganz etwas anderes als ein faßbäuchiges Pony) und wie sie in einem einzigen Donnerrollen durch das breite, flache Flußtal geritten war und schließlich ihr Pferd nur dadurch wieder in die Gewalt bekommen hatte, daß sie es mit krummem Rücken und vor Anstrengung stöhnend einen steilen Hügel hinaufzwang. Im Korridor des Klubs beschleunigte sich noch jetzt Dorothys Atem bei dieser Erinnerung; ihre Nüstern wurden schmaler; sie überraschte ein Zimmermädchen durch ein Lächeln und wieherte sie dann regelrecht an. Sofort wurde ihr klar, daß sie sich lächerlich benommen hatte und zu weit gegangen war, und die Prinzessin wurde wieder schweigsam und nüchtern. Dann saß sie im Taxi und blickte mit weit weniger demonstrativ geäußertem Wohlgefallen auf ihre übereinandergelegten Fußgelenke.

Als sie am Moreton Drive ankam, spürte sie doch so etwas wie ein wenig Besorgnis – aber nur einen ganz kurzen Augenblick lang. Während um die Hafenmolen und auf der Schnellstraße ein scharfer Wind geblasen hatte, war es hier eher eine leichte Brise oder eine träge, kreisförmige Luftbewegung, was die Federwische und Scheuerbesen der heimischen Bäume zu Bewegungen inspirierte. Von ihrer freudigen Überraschung über diesen Wetterumschwung überwältigt, hätte die Prinzessin dem Taxifahrer beinahe zwanzig Cents Trinkgeld gegeben, ehe sie auch mit dieser Narrheit aufräumte: es blieb bei zehn Cents.

War es die Morgenstunde, die das Quietschen der Gartentor-Angeln so besonders laut und doch persönlich und irgendwie melancholisch erscheinen ließ? Sie konnte sich erinnern, wie sie als Kind immer auf dieses Geräusch gelauscht und überlegt hatte, ob es wohl diesmal den Ankömmling ankündigte, auf den sie ständig in halber Erwartung hoffte: den Menschen, bei dem Schönheit und Güte miteinander vereint sind. Ob sie wohl auch jetzt noch warten würde, wenn sie weiter in Elizabeth Hunters Haus wohnen geblieben wäre?

Merkwürdig, daß Mutter die einheimischen Bäume in ihrem Garten nicht nur erhalten, sondern – noch seltsamer – daß sie auch noch welche dazugepflanzt hatte: wo sie doch selbst ein exotisches Gewächs war, bis hin zu ihren Heucheleien. *Ich werde mich nicht glücklich fühlen bis ich nicht alles versucht habe, was es nur zu versuchen gibt und ich habe nicht die Absicht, mich vor dem zu drücken, was unangenehm sein mag – auch das ist Erfahrung, wenn auch von einer anderen Art.* Es mußte doch noch etwas Australisches unter diesen Posen, diesen Gewohnheiten und diesen Meinungen existiert haben, die alle von einer anderen Tradition geborgt waren. *Aber wie kannst du diese Bäume denn lieben Mutter? Das sind ja kaum Bäume sondern eher – monotone scheußliche Vogelscheuchen – puh!* Aber dann brachen sie einem doch das Herz, schon der Gedanke an sie reichte manchmal dazu aus – weit weg, in einer anderen Hemisphäre. *Ich kann darüber nicht mit Vernunftgründen reden ich kann nur schwören* Dorothy *daß es eine echte Leidenschaft ist ob du mir glaubst oder nicht sag doch mal warum wenn du kannst warum selbstsichere aus sich herausgehende Frauen sich von distanzierten schattenhaften Männern angezogen fühlen? Oder sanfte Mädchen von struppigen Unholden? Oh Mutter – müssen wir denn unbedingt auf diese Ebene hinunter?* Auf allen Ebenen konnte Elizabeth Hunter dir das Gefühl geben, daß du einiges von ihrer moralischen Heuchelei geerbt hattest, und du mußtest zugeben – wenn du ehrlich warst – daß du eine gehörige Prise ganz eigener Dünkelhaftigkeit dazumischtest.

Jetzt ging die Prinzessin vorsichtiger, während sie den Pfad hinaufstieg, der sich zwischen den umstrittenen Bäumen hindurchwand. Vorsichtig auch wegen des Lichts: um die frei hängende Terrakotta-Schale, die die Nachtschwester ständig mit Vogelfutter auffüllte, hingen alle möglichen Vögel in flatternden Trauben. Statt wie normal aufzuprallen und zerstreut zu werden, hielt sich das Licht hier, glühte und pulsierte wie das Gurren der Tauben.

Sie öffnete ihre Handtasche und blickte zerstreut hinein, ohne eigentlich zu wissen, wie ihr klar wurde, was sie zu finden erwartete. Sie schloß die Tasche wieder. Sie feuchtete ihre Lippen an. Sie mußte das Licht, mußte die Bäume jetzt einfach vergessen. Sie drückte auf die Klingel und hörte ihren befehlenden Ruf durch ein Haus hallen, dessen Größe für den derzeitigen Verwendungszweck einfach überflüssig erschien und dessen Mißbrauch in der gegenwärtigen Form geradezu unmoralisch war. (Es fiel der Princesse de Lascabanes nur ganz kurz einmal zwischendurch ein, daß sie unter anderen Umständen von dem Standpunkt entsetzt gewesen wäre, den einzunehmen sie sich hier gezwungen sah.)

Wie bereits einmal fruher, wurde die Haustür von der diensttuenden Krankenschwester geöffnet.

»Oh, du mein Gott!« Schwester Badgery wurde geradezu ein paar Schritte zurückgeschleudert. »Haben Sie mich aber erschreckt«, schnatterte sie.

»Warum – was um alles in der Welt hat Sie denn so erschreckt?« hörte die Prinzessin eine wie ausgebildete Stimme fragen.

»Wahrscheinlich habe ich jemand anderen erwartet, nehme ich an.« Schwester Badgery lachte und benahm sich wie ein Tölpel – gar nicht wie die Witwe eines Teepflanzers.

»Und wer wird erwartet?«

»Da habe ich wirklich keine Ahnung.« Hinter ihren Brillengläsern versuchte die Krankenschwester, geheimnisvoll auszusehen. »Aber jedenfalls nicht Sie – Prinzessin Dor – Ma*daahm*!« Sie fing wieder an zu blubbern. »Vielleicht die Zeugen Jehovas!« prustete sie los.

Keine von beiden konnte sich so recht entscheiden, ob das ein Witz oder eine göttliche Offenbarung war. Auf jeden Fall war die Schwester jetzt wenigstens wieder in der Lage, sich umzudrehen und den Weg voraus die Treppe hinaufzugehen.

Dorothy hielt es für angebracht, sich jetzt nicht nach dem Gesundheitszustand ihrer Mutter zu erkundigen. Statt dessen fragte sie betont kühl: »Hat die Haushälterin sich diesmal auch wieder eine Brücke ausgebrochen?«

»Oh, neeiin!« kicherte Schwester Badgery und schüttelte ihren Schleier. »Es geht ihr nur nicht so besonders gut heute. Das ist alles. Ihre Füße, und – alles mögliche andere.« Sie hatte sich halb herumgedreht und schlängelte sich so weiter die Treppe hinauf. »Unter uns, Mad-*daam*, viele von diesen europäischen Jüdinnen sind mehr als nur ein bißchen neurotisch.« Die Krankenschwester selbst hatte ein Zucken in der Wange, als sie sich jetzt wieder umdrehte, um der Treppe erneut ihre volle Aufmerksamkeit zu widmen. Sie ging jetzt weniger wie eine Krabbe, sondern eher mit den Bewegungen einer Leghorn-Henne, die von Sitzstange zu Sitzstange hüpft. »Und für mich ist es keine zusätzliche Mühe, die Tür aufzumachen. Ich mag einfach wahnsinnig gern Leute.«

»Ich habe mir erzählen lassen, daß manche Frauen aus diesem Grund am liebsten in einem Zeitungskiosk am Bahnhof arbeiten«, bemerkte die Prinzessin. »Aber ganz sicher müssen Sie sich doch bei ihrem Temperament in diesem alten, großen, praktisch unbewohnten Haus schrecklich einsam fühlen?«

Während sie hinunter in die tiefe Bucht der Eingangshalle blickte, die sie einst so genau gekannt hatte, mußte sich auch Dorothy selbst halb eingestehen, daß sie von einem Gefühl der Einsamkeit beschlichen wurde.

Aber Schwester Badgery protestierte heftig unter ihrem flatternden Schleier. »Oh neeiin, neeiin! Mrs. Hunter ist so eine glückliche – so eine *originelle* Seele! Sie läßt einen alle Dinge von Tag zu Tag jedesmal wieder in anderem Licht sehen. Wir alle hier verehren Mrs. Hunter – Ihre Mutter.«

Dorothy war mehr denn je entschlossen, sich nicht nach Mutters Gesundheit zu erkundigen. »Ich erwarte jeden Augenblick meinen Bruder.« Sie ließ das warnend, aber fröhlich klingen.

»Oh, Sir Basil!« japste Schwester Badgery. »Dann sind Sie ja alle beide hier«, setzte sie ziemlich sinnlos hinzu; und dann noch sinnloser: »Ich habe drei Brüder gehabt. Auf jeden von ihnen konnte ich mich fest verlassen, wenn ich moralische Unterstützung gebraucht habe.«

Die beiden Frauen erreichten den oberen Treppenabsatz und waren froh, einen Moment verschnaufen zu können.

»Ich dachte, es macht Ihnen Spaß, die Türklingel zu beantworten. Es tut mir leid, daß Sie nun meinetwegen diese ermüdende Kletterei unternehmen mußten«, entschuldigte sich die Prinzessin.

»Oh, neeiin, das macht gar nichts. Ich mache mir gern ein bißchen Bewegung«, behauptete Schwester Badgery; zwischen Keuchen und Lächeln schien sie mit der Unterlippe ihre Zahnspange abzutrocknen und gleichzeitig einen Gedankengang zu entwickeln. »Für manche Leute ist es natürlich ein ziemlich anstrengender Weg nach oben. Die arme Mrs. Lippmann mit ihren Füßen, zum Beispiel. Aber was Mrs. Lippmann mehr als alles andere beschäftigt, ist die Angst, daß sie völlig invalide wird und dann nicht mehr für Mrs. Hunter tanzen kann.«

»Haben Sie das einmal mit angesehen?« konnte die Prinzessin der Versuchung nicht widerstehen, nach etwas zu fragen, das sie bis jetzt nur ganz am Rande erfahren hatte.

»Nur Mrs. Hunter hat es gesehen.« Schwester Badgery neigte das Haupt und führte die Besucherin den Gang entlang, wobei sie noch, vielleicht um die Prinzessin noch mehr zu frustrieren, über die Schulter leichthin ein paar Worte zurückwarf: »Zu ihrer Zeit war Mrs. Lippmann eine große Künstlerin, haben wir gehört – von Mrs. Lippmann.« Sie stand da, mit einer Hand auf der Türklinke, den Kopf ein wenig gegen die Tür geneigt, und ihr letzter Satz hätte wirklich bösartig geklungen, wenn man nicht den Eindruck gewonnen hätte, daß physische Erschöpfung und irgendein alle Kräfte erfordernder Selbsteinsatz alle Boshaftigkeit aus ihr herausgebleicht hatten.

Noch weitere Fragen stiegen in Dorothys Geist zur Oberfläche empor, aber es war keine Zeit mehr, sie zu stellen: die Krankenschwester hatte die Tür zu Mutters Zimmer geöffnet, und jetzt würdest du also hineingehen müssen. Was den Augenblick noch bedeutungsschwangerer machte, war die Tatsache, daß Schwester Badgery immer noch mit dem Türgriff in der Hand dastand und zögerte, während sie durch rasches Augenzwinkern und ein richtungslos dahintreibendes blasses Lächeln zu erkennen gab, daß sie persönlich nichts mit irgendwelchen verachtenswerten Plänen zu tun haben wollte, die irgend jemand anders hier vielleicht haben mochte. Die Prinzessin zögerte, um dem Zeremoniell eine Chance zu geben, sich zu entfalten. Aber die Schwester meldete sie gar nicht an. Sie schloß einfach die Tür und entzog damit nach einem letzten tiefen Blick die eigene schuldlose Gestalt den Augen der Besucherin.

»Bist du das, Dorothy? Ich kann nichts sehen.«

»Ja, Mutter.« Die Princesse de Lascabanes spürte, wie ihre Nylons zu Baumwolle wurden.

Die Gestalt auf dem Bett – ihre Mutter – fuhr weiter fort, sich wassertretend über den Tiefen des Schlafes zu halten, aus dem sie gerade erwacht war, bis eine Welle sie schließlich über die Oberfläche emportrug und sie in gewissem Maß in den Mythos ihrer früheren Schönheit hüllte.

Ganz allein mit ihr, zitterte Dorothy bereits wieder vor den sentimentalen Schwächen, die ein Durchharken der Vergangenheit in ihr zum Vorschein bringen könnte. Auch am Tag des Jüngsten Gerichts wirst du wahrscheinlich allein dastehen; nicht nur Basil, sondern alle anderen Sünder werden es irgendwie fertigbringen, zu spät zu kommen. Deine einzige Hoffnung liegt gegenwärtig darin, sich über das zu entrüsten, was am abstoßendsten wirkt: von Fäkaliengerüchen über durch Schleim gefilterten Atem bis hin zum kränklichen Geruch des Babypuders. So gestärkt, hast du vielleicht eine Aussicht, vor der Anklage zu bestehen und dich verteidigen zu können.

Madame de Lascabanes zog ihre Handschuhe aus und legte ihre Handtasche beiseite: sofort polterte die Tasche vom Tisch neben dem Bett hinunter auf den Boden; aber sie ließ sie liegen, ergriff die sommersprossigen Klauen und fragte: »Sorgen sie gut für dich, Darling?«

»Was meinst du?«

»Ob sie dir den Rücken regelmäßig mit Alkohol abreiben. Die Bettwäsche oft genug wechseln. Dich frisch halten.«

»Warum? Rieche ich schlecht?«

»Natürlich nicht! Ich wollte mich nur im allgemeinen erkundigen.«

»Sie verbringen viel zuviel Zeit damit, an mir herumzufingern. Aber dafür werden sie ja schließlich bezahlt, nicht wahr? Arme Würmer.«

»Ich würde sie eigentlich nicht als ›arme Würmer‹ bezeichnen. Sie werden sehr gut bezahlt. Ihre Gehälter sind geradezu lächerlich hoch.«

»Was weißt du denn von Gehältern.«

»Nur das, was ich festgestellt habe.«

Die Prinzessin überwand ihre Abneigung gegen alle Anzeichen menschlichen Verfalls, beugte sich nieder und küßte die papiertrockene Wange. Und sofort war sie wieder in der Vergangenheit gefangen. *Oh Mummy können wir nicht zusammenbleiben? Kannst du nicht zu mir ins Bett kommen?* In glückseliger Sicherheit schlafen. *In diesem Kleid? Sei vernünftig Dorothy du weißt doch daß Mummy zum Essen erwartet wird.* Die Finger mit den rosa Spitzen das Kleid so schlüpfrig duftend weiß wie – was war es doch gleich? *Tuberosen Darling jemand hat geglaubt daß er mir damit ein Kompliment machen kann.*

Klammere dich, um Himmels willen, an die Gegenwart. »Nur das, was ich festgestellt habe«, wiederholte Dorothy de Lascabanes, und was immer das sein mochte – es klang, als ob es etwas ebenso Abstoßendes für sie wäre wie der körperliche Zerfall.

Und dennoch, so sehr sie sich auch auf Rücksichtslosigkeit eingestellt hatte – sie spürte in sich eine Bewegung, die zu physisch war, als daß man sie ignorieren konnte; als hätte das Gewissen die Stelle des Babys eingenommen, das ihr wegen ihrer Sterilität versagt geblieben war. Ihre Lippen

schienen dick und schwammig zu werden, als sie sich nach dem Kuß auf die Wange ihrer Mutter wieder aufrichtete. Sie mußte rasch ans offene Fenster gehen, und dort stand sie eine Weile und blickte hinaus.
»Basil wird gleich hier sein«, warf sie über die Schulter zurück, so abrupt es ihr nur möglich war.
»Ich nehme an, daß er noch viel mehr herausgefunden hat.«
»Das bezweifle ich. Basil hat sein Talent; darüber hinaus, habe ich den Verdacht, ist er ein schwächlicher, hilfloser Mann.«
»Basil war derjenige von euch beiden, der Anhänglichkeit gezeigt hat.«
»Sein Benehmen war immer großspurig. Und es ist ein Vorteil, Mutter, wenn man ein Mann ist.« Ihre Heiterkeit war so trocken, daß sie sich selbst an eine Eidechse erinnerte, möglicherweise eine, die tödliches Gift verspritzte; wieder fühlte sie sich schuldig, aber diesmal nicht mehr wegen der alten Frau hier, sondern gegenüber den Leuten, die sie unten im Park spazierengehen sah und die nicht ahnten, was sie in jedem Dickicht erwarten konnte, und vielleicht sogar auch auf der offenen Wiese.
»Wie hieß der Mann, Liebes?«
»Welcher Mann, Mutter?« Als ob dich dein Instinkt für Gefahren nicht schon gewarnt hätte.
»Du weißt schon – der Norweger – als uns jemand auf eine Insel eingeladen hatte.«
Dorothy glaubte nicht, daß sie es fertigbringen könnte, seinen Namen zwischen ihren Zähnen hervorzupressen; aber Mutter schien alles Interesse bereits wieder verloren zu haben, denn sie hatte sich ja gerächt. Wenn das alles war: in dem buntfarbigen Nebel aus Tuberosen und Gefühlen hatte sie plötzlich für dich dieses feste Stück Land heraufbeschworen, diese Insel des Hasses: ihre stechenden Sandkörner, ihre knorrigen Baumwurzeln, und die wilden Pferde, die mit gelben Zähnen nacheinander schnappen und mit zersplitterten Hufen ausschlagen, wenn sie den Strand hinunterfliehen, an dem sie durch Eindringlinge in ihrem Frieden gestört worden sind.
Dorothy de Lascabanes brauchte sich nicht daran zu erinnern, daß sie noch nie jemanden so bitter gehaßt hatte wie ihre Mutter während ihres kurzen Besuchs auf Brumby Island. Sie sollte daran denken, daß Elizabeth Hunters Verräterei damals auch den brutalsten, von nichts als Vernunft bestimmten Plan, den ihre Kinder jetzt vielleicht in bezug auf sie hegten, moralisch vertretbar erscheinen ließ.

Jack und Helen Warming fuhren als erste auf die Insel, um das Haus vorzubereiten und sich eine Zeitlang ernsthaft mit Fischen zu beschäftigen, ehe ihre Gäste kamen. Die Hunters wollten später von Sydney nach Oxenbould hinauffliegen und dort in den Hubschrauber umsteigen, den

Jack geschartert hatte, um sie nach Brumby zu bringen. Von Anfang an überlegte Dorothy, warum sie eigentlich eingeladen worden waren. Die Warmings waren für sie nie mehr als oberflächliche Bekannte gewesen, die in einem anderen Staat lebten. Zwar waren Helen und Dorothy auf dieselbe Schule gegangen, aber Helen war gerade in einer der untersten Klassen, als Dorothy sich schon auf den Abgang vorbereitete. Dann war da noch Mutter, und die paßte überhaupt nicht in diese Gruppe hinein: und wenn sie das erst einmal selbst feststellte, dann würde sie eine nervöse Unruhe entwickeln und damit beginnen, die Möbel und das Leben anderer Leute neu zu arrangieren.

»Ich weiß, worüber du dir Sorgen machst, Dorothy. Aber keine Angst; ich werde mich einfügen. Obwohl die Insel mit Ausnahme von ein paar Waldarbeitern unbewohnt ist, haben es die Warmings da oben recht komfortabel, wie ich höre. Und im übrigen war ich noch nie auf Luxus angewiesen und kann auch unter primitiven Verhältnissen meinen Mann stehen.« Ihre von der Männerwelt der Edwardianischen Zeit kopierte Sprechweise machte das Ganze noch irritierender.

Wie ein Geschwür begann in Dorothy der Gedanke zu fressen, daß die Warmings ihnen nur eine Freundlichkeit erweisen wollten. *Da sitzt sie nun Jack rausgeworfen von diesem Franzosen und wieder der alten Betty Hunter auf der Tasche sollten wir da nicht vielleicht mal etwas tun nur ein paar Wochen deswegen sind ja noch nicht gleich die ganzen Ferien ruiniert.* Das wurde geradezu zu einer fixen Idee, es nagte und klopfte und verursachte hin und wieder einen Migräneanfall. *Meinst du nicht Jack die unglückliche Dorothy wahrscheinlich ist sie gerade in die Wechseljahre gekommen muß es da nicht schrecklich sein mit dieser gräßlich erfolgreichen Ex-Schönheit von Mutter zusammen im selben Stall leben zu müssen.* Bis sie Zuflucht zur Vernunft nahm, um sich vor ihren eigenen Gedanken zu retten: sicherlich würden die Warmings doch nicht auch Mutter eingeladen haben, wenn sie allein mit dir Mitleid hatten. Dorothy war sich bewußt, daß einer ihrer schlimmsten Fehler darin bestand, bei anderen immer versteckte Beweggründe zu vermuten: und Freundlichkeit erregte in jedem Fall ihren Verdacht.

Jetzt, am Ende der Anreise und ganz kurz vor der Ankunft, und alles war bisher glatt gelaufen, niemand mußte wegen irgend etwas beschuldigt werden – jetzt hatte sie einfach Angst. Es mußte der Hubschrauber sein. Für solche Sachen war sie gar nicht geeignet: unter ihnen die Meerenge, von der Hitze zu stumpfem Silber brüniert; vor ihnen die feste Insel, die noch in den Bewegungen des Fluges ganz leicht zu zittern schien. Wenn sie doch nur das Geräusch einer Tür hören könnte, die sich hinter ihr schloß und sie nicht nur vor Fremden verbarg, sondern auch vor lieben Freunden. Es war falsch von ihr gewesen, mitzukommen. Ja, um nur die ganze Wahrheit zu sagen, es waren die beginnenden Wechseljahre, und Helen Warming würde das sofort erkennen; wenn sie es nicht schon erraten, oder, noch wahrscheinlicher – von Mutter erfahren hatte.

Dorothy Hunter (immer noch ›de Lascabanes‹ – sich daran hin und wieder zu erinnern, das half vielleicht) saß neben ihrer Mutter und preßte die Hände im Schoß zusammen: vertikal nach oben gerichtet, hätten sie in dieser Haltung wie die betenden Hände einer gotischen Statue gewirkt; in den Schoß gelegt, zeigten sie jedoch allzu deutlich die weißen Druckstellen nervöser Frustration, und irgendein Gesetz über Zug und Druck in architektonischen Strukturen sorgte außerdem noch dafür, daß ihre Schultern noch schmaler wirkten als sonst. Im Gegensatz dazu war der junge Pilot völlig entspannt, braungebrannt und anscheinend nackt unter Khakihemd und Shorts. Sie war von diesem jungen Mann nicht etwa in irgendeiner Hinsicht beeindruckt – sie beneidete ihn einzig und allein um seine Unbeteiligtheit.

Was Mutter nicht verstanden hätte. Die war im Augenblick damit beschäftigt, sich mit ihren Lötlampen von Augen einen Weg in deine Gedanken zu brennen. Du ließest dich da nicht hinters Licht führen, auch nicht von dem gefälschten Lächeln, dessen nach oben gebogene Mundwinkel mit Spinnweben aus feinen, silbrigen Falten umhängt waren.

Dorothy wandte den Blick ab. Sie hätte in den Falten etwas Trost finden können, wenn sie sich nicht eingebildet hätte, daß ein kühles und nachsichtiges Lachen im Motorenlärm in der Luft zerflatterte, die plötzlich glühend heiß war. Der Pilot setzte zur Landung auf einem grauen Sandstreifen an, stellte sie fest. Ob die Rückkehr zur Erde auch geistige Befreiung für sie bedeuten würde, das blieb noch abzuwarten.

Die Frauen senkten beide zur gleichen Zeit unbewußt die Köpfe, als der Hubschrauber auf der Erde aufsetzte: sein Rotor peitschte das Licht, vermischte sich mit ihm in einem Karussell aus Blau und Grün, das alle normalerweise geltenden Werte weit in die Gegend verstreute. Das bewirkte zunächst einmal, daß das Pochen in Dorothys Schläfen wieder begann. Auf der einen Seite erstreckte sich hinter einer Reihe von bösartig aussehenden Mangroven still und bewegungslos die Meerenge; auf der anderen erhob sich, hinter einzelnen Vorposten aus Gruppen von Eukalyptusbäumen, ein etwas anspruchsvoller aussehender Regenwald, hinter dem sich vermutlich das offene Meer verbarg.

Nachdem sie aus der Maschine gestiegen war, fühlten sich Dorothys Beine genauso brüchig und spindlig, wie die ihrer Mutter aussahen.

Aber Mrs. Hunter beachtete den körperlichen Schrumpfprozeß nicht, der nur Wesen geringerer Bedeutung in exotischer Umgebung wirklich betrifft. »Ich muß Ihnen dafür danken, daß Sie uns genauso gesund und munter hier abgeliefert haben, wie wir vom Festland abgeflogen sind.« Sie

trat auf den Piloten zu und hielt ihn gleichzeitig auf Distanz, indem sie ihm den ausgestreckten Arm und die weiß behandschuhte Hand entgegenhielt.
Der junge Mann bemerkte mit Überraschung, daß er aufgefordert war, diese säuberliche Hand zu ergreifen. »Schon gut. War mir ein Vergnügen.« Das kam fast mit einem Pfeifen heraus, als ob ihm jemand einen Schlag in den Magen versetzt hätte. Ein schiefes Lächeln folgte nach.
Dorothy bemerkte, daß der kräftige Handschlag des Piloten ihre Mutter auch nicht im mindesten zusammenzucken ließ und daß die Beine eigentlich weder brüchig noch spindlig waren, sondern sich durchaus sehen lassen konnten.
Sie suchte vergeblich nach dem Wagen, der doch eigentlich hier sein müßte, um sie abzuholen.
Und Mutter hatte inzwischen beschlossen, die durch die Panne im Programm verursachte Pause so vorteilhaft zu nützen wie möglich.
»Gibt es eigentlich viel Wild auf dieser Insel?« fragte sie den Piloten mit klarer, fröhlicher Stimme.
»Es wimmelt nur so.«
»Dann werde ich meine Zeit hier damit verbringen, das Wildleben von Brumby Island zu studieren.«
Dorothy zuckte bei diesem Ton zusammen, obwohl der Pilot natürlich nichts verstand: Mutter konnte sogar an einer Straßenkreuzung einen Flirt anfangen, während sie nur auf grünes Licht wartete.
Nachdem der Pilot über die Sache nachgedacht hatte, teilte er ihnen, oder genauer gesagt, teilte er Elizabeth Hunter mit: »Die Frau beobachtet gerne Singvögel – wenn die Kinder ihr Zeit dafür lassen.« Er fügte hinzu: »Sie hat ein Vogelbuch.«
»Hast du ein Vogelbuch mitgebracht, Mutter?« Die Gegenwart des Piloten ließ die Bemerkung noch sardonischer klingen.
»Sei nicht *albern*! Ich will die Sache ja nicht wissenschaftlich betreiben, sondern nur so zu meinem Vergnügen.«
Natürlich – du warst albern, um nicht zu sagen langweilig: war es nicht das, was Hubert dir immer wieder zu verstehen gegeben hatte, mit wunderbar taktvollen Anzüglichkeiten – schon lange ehe die amerikanische Margarine gekommen war und ihren Charme ins Spiel der Rivalen geworfen hatte?
»Und ich habe mich ja auch noch nicht entschlossen, ob es gerade Vögel sind, mit denen ich mich beschäftigen will.« Mutter ließ immer noch nicht locker, obwohl der Pilot sich offensichtlich aus der Unterhaltung zurückgezogen hatte. »Was weißt denn du, Dorothy – vielleicht werde ich mich auch für Bäume interessieren – oder für Seetiere.«
Dorothy senkte den Blick und entdeckte eine Landkrabbe, die mit ver-

zweifelt erhobenen Scheren die Choreographie des Selbstschutzes übte und seitwärts in einzelnen Bewegungsausbrüchen über den Sand davon eilte.
Ihrer eigenen Verzweiflung entging die Prinzessin für eine Weile, als ein uralter Wagen unter den Eukalyptus- und Sassafrasbäumen hervorkam und auf den Landeplatz zujagte. Auf jeder Bodenwelle, die er überqueren mußte, sprang er in die Luft und bohrte sich dann fast mit dem Kühler in den Boden, wie ein Schwein, das mit dem Rüssel in der Erde wühlt. Jack Warming war quer über die Insel gekommen, um sie abzuholen, wie Helen es in ihrem Brief versprochen hatte. Er war ein großer Mann, mit weit ausholendem, extrovertiertem Auftreten, das auf wenig überzeugende Weise mit dem verwaschenen, quasi-mystischen Gesichtsausdruck derjenigen verbunden war, die ihr ganzes Leben damit verbringen, in schimmernden Fernen nach den im Glast fast aufgelösten Umrissen von Kühen und Schafen zu suchen.
Mrs. Hunter reagierte auf Jack Warmings Ankunft mit gewaltiger Betriebsamkeit. »Jetzt habe ich das Gefühl, daß es wirklich losgeht mit der Vorstellung!« Sie bot ihre Wange zum Kuß, tätschelte tapfer den überhitzten Kühler des Chevrolets und ging entschlossen auf zwei kleine Kinder zu, die die absichtlich zerlumpten Kleider der Reichen trugen und mit ihrem Vater mitgekommen waren.
Jack bellte seine Anerkennung für Elizabeth Hunter heraus. »Wir haben uns schon überlegt, ob Ihnen überhaupt klar ist, worauf Sie sich hier einlassen. Wir führen hier auf der Insel ein ziemlich einfaches Leben. Aber Helen glaubt, daß Sie schon zäh genug sind dafür.«
Dorothy hatte den Verdacht, daß die Warmings zu den vielen gehörten, denen Mutter erfolgreich Sand in die Augen gestreut hatte. Jack war unschuldig genug, den Versuch zu machen, die ›gute alte Dorothy hier‹ auch in den Kreis seines eigenen Vergnügens mit einzubeziehen: mit gutmütiger Ungeschicklichkeit ergriff er sie beim Arm und drückte ihren Ellbogen, ließ aber sofort wieder los. Das Gesicht mit dem quasi-mystischen Ausdruck war abgekehrt, obwohl das Licht noch weiterhin auf den Oberteilen weißer Zähne spielte, die ein unsicheres Lächeln entblößt hatte.
Und Elizabeth Hunter – sie war inzwischen damit beschäftigt, die Kinder zu verführen. »Diese Steine sind Türkise. Die Kette ist ungeheuer *alt.* Vor mir hatte sie meine Mutter – sie war eins von den wenigen hübschen Sachen, die sie hatte: wir waren arm, versteht Ihr. Du darfst sie auch mal tragen, Sara«, versprach sie dem einen der beiden Kinder, das ein Mädchen war. »Heute abend.«
Die Kinder waren fasziniert von einer Fremden wie Elizabeth Hunter, und diese beherrschte ihre Rolle ausgezeichnet. Dann blickten die beiden hinüber zu der anderen, die die Prinzessin war, und sahen gleich wieder weg.

Dorothy war darüber nicht beleidigt: wenn Kinder sie nicht mochten, oder sogar fürchteten, dann deswegen, weil sie in ihr jemanden erkannten, der sie zu gut verstand. Mutters Stärke war zum Teil darauf zurückzuführen, daß sie keine Ahnung hatte, wie andere Leute wirklich waren.
Mit erneutem Bellen hatte Jack begonnen, die ›MacGregors-Party‹ wieder in seinem Gedächtnis aufleben zu lassen – anscheinend war das das letzte Mal gewesen, daß Mutter und die Warmings zusammengetroffen waren.
Mrs. Hunter brach ihr Werben um die Kinder ab, senkte die Augenlider, streckte das Kinn vor und lächelte mild in die Runde. »Es war ein tolles Fest, nicht wahr?« sagte sie dann mit ihrer sanftesten Stimme.
Dorothy war überrascht, sogar schockiert: es gelang ihr nicht, die MacGregor-Party mit irgend etwas in Verbindung zu bringen, was sie vom Leben ihrer Mutter wußte; sie hatte eine panikartige Vision von Elizabeth Hunter mit einem Papierhütchen, und dann, zu brutal und plötzlich, sah sie mit einem Mal Mutters nackten, weißen Körper vor sich, leicht verschwommen wie unter Wasser oder hinter einem Vorhang tropischen Lichts.
Mrs. Hunter öffnete ihre Augen ganz weit und sagte mit sorgfältiger Betonung: »Du wirst es mir nicht glauben, Dorothy – aber ich habe um drei Uhr morgens für ungefähr zwanzig Leute Schinken mit Ei gemacht.«
Es war eine Erlösung, endlich in das Auto steigen zu können. Dorothy sicherte sich den Platz neben dem Fahrer: auf diese Art war sie von den Kindern getrennt. Sie war entsetzt bei dem Gedanken, daß die Warmings noch fünf weitere Sprößlinge hatten, glücklicherweise ›für die Ferien‹, wie ihre Mutter geschrieben hatte, ›an allen möglichen Orten von Rockhampton bis zum Monaro verteilt‹.
Lässig hüpfte der Chevrolet von dem Landeplatz weg, brach durch einen Gürtel mageren Buschwerks und begann seine Fahrt durch den Regenwald.
Verglichen mit den anderen Inseln entlang der Küste von Queensland war Brumby von beachtlicher Größe. Ein Großvater der Warmings hatte sich die Insel relativ früh gesichert, aber der größte Teil des Landes war dann zur Nutzung in der Forstwirtschaft wieder abgegeben worden. Der jetzige Warming besaß nur ein paar Hektar auf der Meerseite und ein Haus, wohin er seine Familie brachte, um dem heißen Inlandsommer zu entgehen. Die Insel war unbewohnt, mit Ausnahme einer ständig dort stationierten Kolonne von Forstarbeitern und der Warmings auf ihren unregelmäßigen Besuchen.
Jetzt versetzte sie die Fremden, die sie das erste Mal bei sich aufnahm, in stille Ehrfurcht. An einigen Punkten der Fahrt waren die Bäume so eng zusammengedrängt, ihre säulenartigen Stämme so moosbepolstert oder flechtenüberkrustet und die von ihnen herabhängenden Ranken so fein

versponnen, daß das Licht kaum zwischen ihnen herabgleiten konnte, und wenn, dann war es von einem tiefdunklen Wassergrün. Nur in vereinzelten kleinen Lichtungen, wo die Sassafras-Bäume abgeholzt worden waren, und an einer Stelle über dem Stamm einer gestürzten riesigen Schwarzbuche hätten die Eindringlinge meinen können, daß sie wieder natürliches Licht sahen; aber auch da flimmerte es, wiederum wie Moos, aber wie trockenes, zu Pulver zerfallendes – weiß bis golden.

Der Chevrolet überquerte den Rand einer Lichtung, in der drei oder vier Zelte standen, deren Farbe man ansah, daß sie schon fast als feste Bauten gelten konnten. Daneben eine Nissenhütte und vor ihr ein paar Männer ohne Hut, die ledrig braunen Gesichter ausdruckslos unter wehrlos aussehenden weißen Stirnen.

Jack bellte einen Gruß. Die Kinder winkten und schrien. Die Männer winkten zurück. Aus dem Augenwinkel heraus sah Dorothy, wie Elizabeth Hunter den Forstarbeitern lässig-müde mit dem Winken eines weißen Armes schmeichelte.

Der Princesse de Lascabanes gelang es nicht, den Holzklotz wieder zum Leben zu erwecken, in den sie sich verwandelt hatte. Mehr als alles andere fürchtete sie, daß das Glück, welches sie bei der Fahrt durch den dichten Wald heimlich empfunden hatte, aus ihren Augen widerstrahlen und sie verraten könnte. Deshalb kniff sie ihr Gesicht so angestrengt zusammen, wie sie nur konnte, und unterdrückte gleichzeitig ein fast furchterregend übermächtiges Schluchzen, das in ihr aufsteigen wollte. Zehn Minuten später sprang der Wagen mit einem Satz wieder ins freie Land und eilte einen grasbestickten Abhang hinunter. Und die Prinzessin hätte beten mögen – wenn ihre Gebete nur in der Vergangenheit etwas erfolgreicher gewesen wären –, daß die Fahrt doch einfach weitergehen könnte, hinein in die Unendlichkeit von Licht und Wasser und so weit der Ozean den Wagen nur tragen mochte: lieber hinter dem grünen Glas der Tiefe erblinden, während die Trommelfelle mit schwarzem Dröhnen zerreißen und die Ewigkeit sich in den würgenden Trichter deiner Kehle ergießt, als die einander abwechselnden Krampf- und Apathiezustände eines aus dem Gleichgewicht geratenen Lebens.

Aber statt dessen hielten sie nun vor einem Gebäude, das wohl das Haus der Warmings sein mußte: eine wacklig und gebrechlich aussehende Konstruktion im unbekümmerten Stil von Queensland; die unregelmäßig gesetzten Fundamentpfosten des Pfahlbaus sind mit einem Gitterwerk von Latten benagelt, durch das der Wind bläst und hinter dem sich alles unterbringen läßt, was man nur aus dem Weg haben möchte; und wo sich die Kinder verstecken, um ihre gruseligen Phantasievorstellungen miteinander zu teilen. Das Haus stand auf einem ebenen Platz zwischen Wald und Korallensand, war aus praktischen Gründen braun gebeizt und mit

Verzierungen in einem glänzenden, allerdings inzwischen abblätternden Grün versehen. Es sah so friedlich, naiv und unschuldig aus, daß es ein Wunder war, wie es so lange dem schweren Atem, den Drohungen und der apokalyptischen Großartigkeit eines Ozeans widerstehen konnte, der ohne Unterlaß aus einem ungewissen Osten heranrollte.
Die Besucher waren noch dabei, bescheiden aus dem Wagen zu klettern und ihre Sachen zusammenzusuchen, als die Treppe, die hinauf zur Veranda führte – die allerdings bei diesem Pfahlbau mehr wirkte wie ein umlaufender Balkon –, unter den Fußtritten einer Frau zu erzittern begann. Barfuß kam sie herab, in einem billigen, verblichenen Baumwollkleid, das allerdings ihrer offensichtlichen Autorität als Hausherrin keinen Abbruch tat. Dorothy hätte Helen Warming nicht mehr erkannt: sie hatte sich gehen lassen; ihre Hände waren von der täglichen Arbeit rauh und aufgesprungen, ihr Körper vom Kinderkriegen auseinandergeflossen. Aber dann blickte eine Sekunde lang das kleine Mädchen aus den Augen der erfüllten Frau und zitterte, wenn auch unter Lächeln, vor dem strengen Blick der Präfektin. Sofort hatte jedoch die erwachsene Frau wieder die Macht übernommen und warf sich auf ihre Pflichten.
»Liebe Mrs. Hunter! Wie mutig von Ihnen, daß Sie es riskiert haben! Es ist wirklich nur eine ganz primitive Hütte – aber ich habe Sie ja schon gewarnt.«
Es war nicht die theatralische Szene, die es auch hätte sein können – das mußte selbst Dorothy zugestehen. Helen riß Mutter fast von den Füßen, und die beiden Frauen umarmten einander mit einer Zärtlichkeit, die von Mann und Kindern mit Befriedigung vermerkt wurde.
Das kleine Mädchen sagte: »Die Kette, die sie da hat – mit den Tür-kiisen – sie sagt, daß ich die heute abend tragen darf.«
Aber diese persönliche Ehrung war unwichtig neben dem von der gesamten Familie geteilten Triumph, jetzt einen lebenden, atmenden Gegenstand der Anbetung, eine unfehlbare Quelle orakelhafter Weisheit in eigenem Besitz zu haben. Mit einem leichten inneren Schmerz wurde Dorothy de Lascabanes klar, daß sie nicht etwa eingeladen worden war, weil die Warmings zu ihr nett sein wollten, sondern ausschließlich, weil die Warmings ihre Mutter verehrten.
Eine schmerzliche Entdeckung, die noch bitterer wurde, nachdem die Anbeter ihr Idol die knarrende Treppe hinaufkomplimentiert und in das Zimmer gebracht hatten, das für ihren Besuch hergerichtet worden war.
»Glauben Sie, daß Sie es hier bequem genug haben werden, Mrs. Hunter? Die Fensterläden gehen ein bißchen schwer. Hier, sehen Sie, sind Kekse, für den Fall, daß Sie in der Nacht hungrig werden. Und Bücher. Haben wir auch die Streichhölzer nicht vergessen? Faß' die Kekse nicht an, John. Wir haben hier nur die alten Kerosin-Lampen. John! Bitte! Ich bin immer

noch der Meinung, daß nur Öllampen das richtige, milde Licht geben. Es ist ein bißchen mühsam, sie sauberzumachen, aber wenn man sich einmal daran gewöhnt hat, dann geht es so schnell wie das Vaterunser-Beten vorwärts und rückwärts. Jack, Darling, warum stellst du Mrs. Hunters Tasche nicht einfach dort auf den Stuhl? Sarah, *niemand* hat es gerne, wenn man ihn gleich *erwürgt*. O je, arme Mrs. Hunter!« Helen beugte sich nieder, um ihren Gast rasch auch noch einmal zu umarmen.

Das gebrochene Licht in dem durch Fensterläden abgedunkelten Raum gab Mutters Haar den Schimmer zurück, den es in ihrer Jugend gehabt haben mußte; es sah aus wie das hellste, purste Gold. Ihre Augen drückten in ihrer tiefsten Bläue die Ergebenheit desjenigen aus, der sich den ihm gebührenden Ehren nicht entziehen kann.

Bis sie dann plötzlich fast streng sagte: »Es gibt etwas, das kann ich nicht erlauben, wenn ich vierzehn Tage lang Ihr Gast sein soll. Immer dieses ›Mrs. Hunter‹! Mein Name ist ›Elizabeth‹. Nichts anderes, bitte – ich verabscheue Verkleinerungsformen.«

Die Warmings waren auf die verschiedensten Arten hingerissen.

Jemand hatte einen Blumenstrauß in eine Tonvase gesteckt und auf die Kommode gestellt. Der nur komplett auszusprechende Vorname bestand darauf, zu erfahren, wer diese Wiesenblumen für sie gesammelt hätte.

»Ich«, sagte Sara.

»Wir«, korrigierte John.

»Wie nett von euch. Und wie klug ihr doch seid, daß ihr mir gerade einheimische Blumen gebracht habt. Ihr müßt gewußt haben, daß die mir am besten gefallen.«

»Es ist nichts anderes da«, gestand John.

Elizabeth Hunter beachtete ihn nicht. »Was uns auch sonst alles fehlen mag, wir haben unsere einheimischen Blumen: es gibt nichts Zierlicheres – und Edleres«; und damit stand sie auf, trat auf die Vase zu und begann, die fast senkrecht einfach in die Vase gesteckten Blumen neu zu arrangieren.

Außerstande, das noch länger zu ertragen, war Dorothy inzwischen hinaus auf die Veranda gegangen. Von ihrem Standort aus hätte sie das Gefühl haben können, auf einem Schiff zu sein – auf einem Schiff, das niemals seinen Anker lichten würde. Die Hitze hatte alle Farbe aus der See herausgebleicht und die Küstenlinie in einen stumpfen grünen Strich verwandelt, mit Ausnahme einer Stelle im Süden, wo sich eine seltsame Klippe in roten und gelben Schichten übereinanderlagerte. Grimmig schien sie zu ihr herüberzustarren.

»Was ist, Dorothy? Stimmt etwas nicht?«

»Nein. Nichts, was der Rede wert ist. Höchstens – ich habe schreckliche Kopfschmerzen.« Sie verwandelte einen anfangs schmerzlichen Ausdruck

in ein Lächeln. »Ich werde eine von den Tabletten nehmen, die ich mir mitgebracht habe.«
Helen wäre ohne Zweifel bereit gewesen, eine größere Portion von dem Mitgefühl mit ihr zu teilen, das ihr am reichlichsten von allen ihren Gaben zur Verfügung zu stehen schien, aber Dorothy fürchtete sich davor, es anzunehmen, hier unter dieser weißlichen Sonne, die sie unverwandt anstarrte, und mit den zornigen Klippen.
Hinter den geschlossenen Läden ihres schmalen, kabinenartigen Zimmers, nachdem die Tablette angefangen hatte, zu wirken, fühlte sie sich etwas ruhiger. Sie lag da und dachte an den Hubschrauberpiloten mit der Frau, die Vögel beobachtete, und an Helen Warmings Mann in dem streng riechenden Viehtreiberhemd, das er bei ihrer Ankunft getragen hatte. Sie grübelte über das Gesetz nach, das bestimmt, daß fast jeder Mensch einen anderen Menschen begehren muß. Sie hätte den mageren, ungehobelten Hubschrauberpiloten nicht begehren können – genauer gesagt, sie begehrte überhaupt keinen Mann, weder einen echten noch einen eingebildeten, und am allerwenigsten Hubert de Lascabanes, der ihr Ehemann gewesen war und es vor Gott auch blieb.
In der Ferne konnte man Mutter hören, wie sie ihre Gastgeber mit der schauspielerischen Darstellung der Person begeisterte, die man allgemein als die wahre Elizabeth Hunter akzeptierte. Gegenwärtig war sie zu diesem Zweck in irgendeine, nur dramatisch erscheinende Szene verwickelt. Durch die Ritzen der Fußbodenbretter verwoben sich die Fäden von Kinderstimmen zu heimlicher Konspiration. Alle konspirierten, immer. Nicht so geheimnisvoll vielleicht wie die Wellen. Aber in ihnen konnte man sich endlich zum Schlafen niederlegen.
Und sie erwachte – nicht erfrischt, aber frei von der inzwischen in ihr ausgebrannten Verzweiflung. Draußen auf der Veranda klapperten, schnatterten die Kinder. Das Zimmer war dunkel und roch stockig nach feuchten Bettlaken und nach etwas, das wahrscheinlich Trockenfäule im Holz war.
Sie mußte sich den Kindern stellen.
Nachdem sie sich etwas zurechtgemacht hatte, ging sie nach draußen, lächelte den Kindern zu und sagte: »Ich glaube, ihr wollt mir etwas erzählen.«
Sie sahen verlegen aus, wenn nicht sogar ängstlich, und es wurde ihr klar, daß sie sich nicht gut ausgedrückt hatte; das tiefe Verständnis zwischen ihr und den Kindern lag auf einer anderen Ebene, an welche die Kinder sie jedoch nicht heranließen.
Sie versuchte, ihre Position zu verbessern. »Ich habe euch unter dem Haus gehört. Spielt ihr dort?« Sie blickte die beiden an – nicht zu bedeutungsvoll, wie sie hoffte.

Der Junge war der erste, der antwortete, mit in die Weite schweifendem Blick, die Stimme völlig gefangen von der Szene, die er vor sich sah oder träumte. »Ganz früher ist jemand hier ermordet worden. Sie hatten Schiffbruch erlitten, hier auf der Insel. Die Schwarzen brachten die Männer um und machten die Frau zur Sklavin.« Obwohl es kaum erst Abend war, trug Sara schon die versprochene Türkiskette. »Sie haben die Frau ausgezogen«, sagte sie, »bis sie ganz nackt war.«
»Da unten soll es passiert sein.« John zeigte mit einer Geste aus der Schulter heraus hinüber zu den schichtförmigen Klippen; seine Armgelenke mußten geradezu wie aus Gummi sein.
Sara sagte: »Aber wir glauben, daß es hier war«, und sie stampfte mit dem nackten Fuß auf den Bretterboden der Veranda.
»Warum?« fragte Dorothy Hunter, ohne die Absicht zu haben, ihren Glauben anzuzweifeln: Sie hoffte viel eher, daß die Kinder sie in ihr Geheimnis einschließen würden.
»Weil – unter dem Haus – da riecht es nach Leichen, gewissermaßen«, erklärte John.
»Und da sind noch die Austernschalen, die die Schwarzen hiergelassen haben«, fügte Sara hinzu.
Die Kinder fingen an zu kichern, aber nicht wegen der Mordgeschichte: Sie hatte den Verdacht, daß sie über die Frau lachten, die eine Prinzessin war, und das machte sie wieder unglücklich; sie wollte so gerne zu ihnen gehören.
Während noch alles in der Schwebe hing, blickte sie die Küste entlang, wo das Licht jetzt mehr und mehr schwand, und sah einen Mann herankommen. Er hatte gerade vorher anscheinend ein Dinghi auf den Strand gezogen und trug weiter nichts als eine verschossene scharlachrote Badehose.
»Seht ihr den Mann da drüben?« fragte sie die Kinder. »Wer ist das?«
»Das ist Professor Pehl.«
»Er wohnt bei uns.«
»Er ist ein – Norweger.«
»Sie haben ihn eingeladen, aber ich glaube, sie mögen ihn gar nicht besonders.«
»Sie mußten ihn einladen.«
Dorothy blickte in Richtung des unerwünschten Norwegers. Aus dieser Entfernung war es schwer, sein Alter zu schätzen; aber seine Figur war jedenfalls noch gut erhalten. Das strähnige Haar war unter den Sonnenstrahlen noch heller geworden und so verwirrt, wie Wind und Salzwasser es hinterlassen hatten. Da er das Klima nicht gewohnt war, sah seine Haut fast schäbig aus: abgesehen davon, daß sie fast dieselbe Farbe hatte wie seine Badehose, erinnerte sie Dorothy an getrockneten Kabeljau, der *chez l'épicier* von der Decke hängt.

»Immerhin muß er doch interessant sein«, meinte sie, »ein Professor – und noch dazu ein Norweger.« Sie konnte sich nicht erinnern, jemals einen Norweger kennengelernt zu haben; als Französin war sie darauf vielleicht sogar stolz.

Die Kinder schienen wenig begeistert.

»Es geht so.«

»Er hält sich meistens ziemlich zurück.«

»Er schreibt dauernd in einem alten Notizbuch.«

»Und bohrt in der Nase.«

»Und er pupt, als ob er nicht wüßte, daß außer ihm noch jemand im Zimmer ist.«

Die Kinder platzten heraus, Sara noch lauter als John, um unter Beweis zu stellen, daß ihr harte Männerwitze geläufig waren. Obwohl sie bald danach verschwanden, versuchte die Frau, die eine Prinzessin war, sich dennoch selbst zu überreden, daß sie für die Kinder auf jeden Fall schon jetzt viel annehmbarer war als dieser Professor es jemals werden konnte.

In der Küche schälte Mutter Kartoffeln. Als ein Teil der Rolle, die sie mit Begeisterung Fremden vorspielte, die ihr sympathisch waren, trug sie jetzt eine Schürze. Ein leichter Gingeruch schwebte in der Luft.

»›Pehl‹ – haben Sie gesagt?« Auch in der Küche war gekichert worden.

»Ja. Glauben Sie bitte nicht, daß ich ihn schlechtmachen will, ja? Er ist eigentlich ganz nett, nur eben sehr ernst. Und im Grunde genommen bin ich ja sehr für ernsthafte Männer.« Helen bemerkte, daß die (Ex-)Prinzessin Hubert de Lascabanes sich in ihr gemütliches Beisammensein eingedrängt hatte. »Oh, Dorothy – bitte, nehmen Sie sich doch was zu trinken.« Nachdem sie damit ihre Pflicht getan hatte, änderte sie automatisch das Thema der Unterhaltung. »Ich wünschte, Elizabeth, daß Sie nicht so hartnäckig darauf bestehen würden, die Kartoffeln zu schälen. Die Kartoffeln sind mindestens zur Hälfte daran schuld, daß ich mir die Hände so ruiniere.«

»Und ich bin sowieso auch ohne Kartoffeln nicht nur zur Hälfte, sondern ganz eine Ruine.«

Elizabeth und Helen seufzten: Sie waren mitten in der Unterhaltung unterbrochen worden.

Die Princesse de Lascabanes bediente sich mit einem Glas Soda. Sie faltete ihre Arme vor der Brust zusammen wie ein magerer Mann.

Während sie mit tiefem Ernst an einer Kartoffel herumschälte, versicherte Elizabeth ihrer neuen Freundin Helen: »Skandinavier sind sauber. Ich kann diese französischen Klosetts nicht ausstehen – *Fußtritte*!« Helen und Elizabeth wanden sich vor Lachen. »Helen – Sie werden es nicht glauben – ich kannte mal eine Frau, die ließ aus Versehen ihren Paß in das – in das *Loch* zwischen den beiden Fußtritten fallen.« Der Freundin kamen vor

Lachen die Tränen. »In *Montpellier*!« Elizabeth forderte Helens kreischendes Vergnügen geradezu heraus.
Trotz eines gerade gefaßten Entschlusses, ihren Haß beiseite zu lassen, konnte Dorothy sich nicht helfen – sie haßte ihre Mutter einfach.
»Was ist denn Professor Pehls Fachgebiet?« schaltete sich die Princesse de Lascabanes kühl in die Unterhaltung ein.
Aus einem Bedürfnis der Selbstverteidigung heraus erinnerte Helen sich fast zu schnell: »Nun, er ist ein – ein Meeres-Ökologe, Dorothy.«
»Interessant«, seufzte Elizabeth.
Dann hörte man nur noch das Geräusch des Kartoffelschälens, das der Töpfe, die Helen auf dem Herd hin und her schob, und draußen das von Männerstimmen und plätscherndem Wasser.
»Übrigens – es gibt kein Bad hier, nicht einmal eine Dusche, weil wir hier ganz vom Regenwasser abhängig sind«, erklärte Helen. »Wenn uns der Schmutz zuviel wird, dann spülen wir uns mit einem Krug Wasser ab. Damit ist Edvard gerade beschäftigt.«
Mutter sagte: »Aber ich war ja darauf vorbereitet, hier ein rauhes Leben zu führen, Darling. Es ist eher Dorothy, die die Nase rümpft, wenn nicht alle sanitären Anlagen immer der letzte Schrei sind. Und dabei lebt sie in Frankreich!«
»Also wirklich, Mutter!«
Dorothys Ärger hatte keine Gelegenheit, sich richtig zu entwickeln: Jack kam herein; seine Erscheinung hatte durch einen alten wildseidenen Anzug und einen scharlachroten Kummerbund einige entscheidende Verbesserungen erfahren.
Elizabeth bemerkte: »Für mich müssen alle Männer immer etwas Farbe an sich tragen.« Sie hatte keine Lust mehr zum Kartoffelschälen.
Jack lachte. »Da sollten Sie mal den Rücken vom guten alten Edvard sehen. Der ist auch fast so rot wie dieser Kummerbund hier.«
»Sagten Sie Ed-*vard*?« fragte Elizabeth.
»Ja. Mit einem ›v‹.«
»Da klingt der Name gleich ganz anders – sehr attraktiv.« Mutter hatte den Kopf gehoben und die Lippen geschürzt, als versuche sie, den Namen des Norwegers auf der Zunge zu schmecken.
Es war eine typische Haltung von ihr – eine, die wahrscheinlich den Zweck hatte, die Legende von ihrem schönen Hals und ihrer schönen Kehle immer wieder als wahr zu beweisen. Um ihre Verachtung zu verbergen, nahm Dorothy das Messer und begann, die drei oder vier Kartoffeln zu schälen, zu denen Mutter offensichtlich keine Lust mehr hatte.
Jack senkte die Stimme. »Mit oder ohne ›v‹ – er ist ein kolossaler Langweiler. Er ist uns von jemandem auf den Hals gejagt worden, von dem wir eigentlich glaubten, daß er unser Freund wäre. Wenn Sie nicht acht-

geben, Elizabeth, dann wird er ihnen sofort einen Vortrag über benthale Aggregation halten.«

»Sie können sich darauf verlassen, daß ich allem aus dem Wege gehen werde, auf das diese Bezeichnung paßt«, versprach Mutter mit feierlicher Stimme; sie brauchte nur den Mund aufzumachen, und schon hatte sie alle zum Lachen gebracht.

Der Mond ging auf, rot und voll, ein Erbe des flamingofarbenen Sonnenuntergangs. Jack Warming hatte sich auf eine Ecke des Tisches gesetzt und den Arm um die Taille seiner Frau gelegt. Vielleicht diesem Bild gegenüber nicht ganz unempfänglich, regten sich die Blütenblätter der ganz leicht angewelkten Lilie Elizabeth Hunter und sandten ihren Schimmer aus. Brumby Island schien eine Welt der Harmonie zu sein; Dorothy de Lascabanes paßte einfach nicht zu ihr und dieser Edvard Pehl auch nicht, wie es schien; dennoch konnte sie es nicht wagen, ihn sich vielleicht als zukünftigen Verbündeten vorzustellen. Unter den gegebenen Umständen war sie froh, wenn sie hier bescheiden Kartoffeln schälen durfte.

Helen hatte angefangen, sich Sorgen zu machen und zu überlegen, wo wohl ihre Kinder sein könnten. Elizabeth sagte: »Sara sieht wirklich entzückend aus mit meiner Kette. Ich hoffe nur, daß sie sie nicht verliert. Sie hat zwar keinen großen Wert, aber für mich ist sie kostbar, weil sie praktisch meine erste Erinnerung an die Kindheit ist.«

»Verlieren? Um Himmels willen!« Vielleicht war es sogar Mutters Absicht gewesen, Helen ein wenig leiden zu lassen. »Ich werde sofort gehen und sie herholen.«

»Ach bitte, lassen Sie mich doch gehen, Mrs. Warming.« Die Princesse de Lascabanes hatte ihre letzte Kartoffel nicht so säuberlich geschält, wie sie das gewünscht hätte; aber sie schwebte wieder in der Gefahr, einfach der Verzweiflung anheimzufallen.

»Aber Sie wissen doch nicht, wo Sie suchen müssen.«

»Nein. Ich sehe mich einfach überall um – das wollte ich sowieso – und dann werde ich sie schon finden.«

Und ohne noch auf eine ausdrückliche Erlaubnis zu warten, entfloh Dorothy. Im Mondlicht sah es jetzt fast überzeugend so aus, als ob das Haus bereits in See gestochen wäre. Unter dem schweren roten Mond hob und senkte sich die Weite in leichten Wellenbewegungen, während ihre Füße über das Deck patschten. In der Kombüse war es still geworden. Nichts war zu hören außer dem Schwirren eines Vogels irgendwo zwischen Land und Meer.

Da aber öffnete sich eine Tür, und Edvard Pehl trat heraus auf die Veranda. In der einen Hand trug er ein Handtuch, in der anderen seine Badehose. Auch die Dunkelheit tat nichts dazu, ihn bekleidet erscheinen zu lassen; im Gegenteil – ein phosphoreszierender Schimmer betonte noch

seine Nacktheit. Sie war sich der Zweigeteiltheit seiner ziemlich fleischigen, aber festen Brust deutlich bewußt; dann wurde ihr sofort züchtig abgewandter Blick für einen Moment doch angezogen von – nein, schlimmer noch: sie war einfach hypnotisiert. *Mon Dieu, des seiches!* Und dabei hatte sie sich doch in ihrem ganzen Eheleben niemals erlaubt, hinzusehen.
Daß sie nicht einfach zwangsweise mit diesem Monolith aus Fleisch zusammenprallte, war der Geistesgegenwart des Professors zu verdanken. Er machte einen leichten Bogen – nicht ungraziös, wenn man den ersten, schwerfälligen Eindruck bedachte, eher wie ein Torrero, der mit einem Stier spielt – und setzte entschlossen seinen Weg fort, die Veranda entlang oder das Deck oder den holzgeplankten Alptraum. Obwohl groß genug, daß die Gefahr des puddingartigen Wackelns bestand, sahen seine Hinterbacken doch so fest aus wie Marmor. Wie gebannt blickte sie ihm nach und sah das Aufblinken einer weißen Untertasse, als er in der Kabine neben der ihren verschwand.
Unter ihr auf ihrem Rückzug schwankte die Veranda ächzte vielleicht versuchte sie die Bretter weiter auseinanderzuzwängen durchzukriechen ohne auf die Richtung zu achten richtungslos war sie völlig richtungslos seit der Ankunft auf dieser Insel hier jetzt gefangen in Matratzen aus rauhem Haar oder Gras und jetzt Sand nasser Sand. Logischerweise hätte sie bei ihrer Ankunft am Rand des Wassers gar nicht erst anhalten, sondern den glatten Pfad geradeaus nehmen sollen, den ihr die Entfernung bot. Statt dessen wandte sie sich um und ging oder schwankte zurück und wurde von dem Raum aufgenommen, der aus Mangel an einem anderen Unterkommen der ihre war.

Die Wände waren wie mit Filz bespannt: sie atmeten ihr ins Gesicht. Sie verriegelte die Fensterläden. Mit der Tür ließ sich nichts anfangen: das Schloß war nicht mit einem Schlüssel versehen.
Daher war Helen auch imstande, in den Raum einzudringen und den Versuch zu machen, dieses bekümmerte Kind aufzumuntern. »Dorothy, Darling, kommen Sie nicht zum Essen?«
»Nein – *vielen Dank* – Mrs. Warming.« Sie hatte nicht die Absicht gehabt, ihre Stimme einfach so explodieren zu lassen.
»Was, frage ich mich, können wir denn nur für Sie tun?«
Dorothy mußte lachen weinen: »Nichts, wirklich nichts, *chère Hélène. Je vous en prie* – Helen.« Und das ganze wurde dadurch noch erniedrigender, daß du die Präfektin warst und Helen die Junior-Schülerin.
Es war eine Erleichterung, daß ihr etwas anderes einfiel. »Die Kinder – haben sich die Kinder gefunden?«
»Ja. Und Elizabeths Kette ist in Sicherheit.«
Dorothy zuckte ganz leicht zusammen; während es sich die Princesse de Lascabanes unter Schuldgefühlen gestattete, von gütigen Armen getröstet zu werden.

Nachdem sie Schlaf als Medizin verschrieben hatte, ging Helen fort. Kein Schlaf sondern Krämpfe. In das silbrige bis rötliche Tuch eingenäht die schlimmer als rote die zornige Ejakulation Mond schießen töten *ah non Hubert je suis déjà morte d'avoir tant souffert* Edvard wird vielleicht verstehen daß grundsätzliche Verstimmungen aus den tiefsten Tiefen heraufkommen es ist die Hoffnung tot oder lebendig die an der Oberfläche schwimmt und erkannt wird und vorsichtig mit dem Netz eingefangen.

Dorothy erwachte – immer noch nicht ausgeruht, aber erstaunlich ruhig. Irgendeine unbewußte Zielgerichtetheit, sie wußte nicht was, hatte ihren Körper gestrafft und ihre Nerven isoliert. Als sie die Fensterläden öffnete, war das Licht von so kühlem Silber, daß ihr der Gedanke an die kommende feurige Hitze und die ihr nachfolgende weiße Glut, die bis in den Nachmittag anhalten würde, gar nichts ausmachte. Sorgfältig das empfindliche Gleichgewicht ihrer Zufriedenheit hütend, zog sie sich an und ging auf Zehenspitzen die Veranda entlang. Sie wollte sich eine Tasse Kaffee machen *(sans doute immonde)* oder schlimmstenfalls eine Kanne indischen Tee.

Aber siehe da, in der Küche rumorte schon jemand anders zwischen den Töpfen herum.

»Ich dachte, ich würde mir etwas Kaffee kochen«, erklärte Professor Pehl mit düsterer und schwerfälliger Stimme. »Die Warmings mögen keinen Kaffee.«

Er war in Hemd und Shorts gekleidet, wie sie feststellte, und hatte bereits mit der Arbeit begonnen.

»Ich bin ohne meinen Kaffee völlig verloren«, hörte sie, und das war eigentlich Mutter bei der ersten Attacke auf einen Mann. (Na und – warum nicht? Es war ja schließlich niemand da, der zuhörte.) »Und ich mag ihn auf französische Art«, fügte sie etwas zu grell hinzu, während sie den Topf von ihm übernahm.

»Nicht französisch«, protestierte Professor Pehl. »Französisch ist so schlammig. Ich ziehe die amerikanische Art des Kaffees vor – da ich in San Diego lebe.«

»Ach ja, tatsächlich?« Dorothy versuchte, sich die Entfernung zwischen Mutters Zimmer und der Küche zu vergegenwärtigen; aber sie konnte es nicht; das machte sie etwas zerstreut. »San Diego – ist das eine interessante Stadt?« fragte sie, der Sicherheit halber mit etwas leiserer Stimme.

»Interessant? Ich bin seit kurzem dort attachiert, ob es nun interessant ist oder nicht.« Der Professor sprach durch eine Brotkruste, die er sich abgebrochen hatte und nun kaute.

»Mit ›attachiert‹ – meinen Sie damit so etwas wie ›liiert‹ oder ›verlobt‹?« Die Prinzessin sprach sehr langsam und deutlich mit diesem Skandinavier; im übrigen blieb sie unklar und zerstreut.

»Ich meine durchaus nicht ›verlobt‹ oder so etwas. Ich will sagen, daß ich der Universität von Kalifornien in San Diego für meine Forschungsarbeiten attachiert bin.«
Imbécile que je suis! Der Kaffeetopf quietschte häßlich, so heftig zerrte sie ihn über den Herd.
»Ich war früher mit einer jungen Dame in Bergen verlobt. Eine Zeitlang habe ich mit dem Gedanken gespielt, zu heiraten. Aber dann habe ich beschlossen, daß es noch zu früh ist: es hätte mit meinen Forschungsprojekten kollidiert.«
»Ihre Arbeit muß faszinierend sein.« Unter den gegebenen Umständen platzte die Prinzessin mit einer Unehrlichkeit heraus, die sie bei anderen Menschen vermutlich verurteilt hätte.
Als der Kaffee fertig war und sie gerade eingießen wollte, ließ ein Einfall sie plötzlich herumwirbeln. »Ich habe eine Idee. Ich werde Ihnen ein Omelett machen.« Sogar Hubert hatte ihr Komplimente über ihre Omeletts gemacht. *(Si tu es francaise, Chérie, c'est par ton talent pour faire les omelettes.)* Manchmal blieben sie allerdings auch an der Pfanne hängen.
»Ich nehme nur Kaffee zum Frühstück.«
»Aber ein Mann sollte den Tag mit etwas Soliderem anfangen«, hörte sie die australische Landfrau in sich.
Professor Pehl sagte nichts mehr: sicher hatte er sich nur geziert. Mutter hätte das gleich gewußt.
Dorothy fühlte sich glücklich, als sie ihre halbvergessene Kunstfertigkeit neu entdeckte. Das perfekt zusammengeschlagene Omelett bebte auf dem Teller vor Üppigkeit.
»Wie ist es?« Sie forderte von seinen schwerfälligen Lippen das Lob, das ihr zustand; aber wenn sie wirklich das Stadium der Perfektion erreicht hatte – warum kaute er dann so merkwürdig?
»Es ist gut. Es ist nur – für meinen Geschmack – zu viel Schleim.«
»*Baveuse!* Aber genau so mögen wir es am liebsten.« Ihr Ton war schärfer geworden. »Und schließlich haben die Franzosen das Omelett erfunden.« Wirklich? Sie wußte es auf einmal nicht mehr genau.
»Ah, die Franzosen!« Er lachte und schob eine weitere Gabel voll Ei in seinen Mund.
Nachdem er geschluckt hatte, kehrte sein vorheriger Gesichtsausdruck zurück; und sie erinnerte sich an etwas, von dem sie glaubte, daß sie es erfolgreich verborgen hätte: *bien baveuse ma chere petite – Australienne – peureuse.* Nein – es war Schleim. Wie hatte sie nur so entartet sein können, der Entartung zur Hand zu gehen? Sie wischte alle Spuren weg, aber ihren Ekel konnte sie nicht loswerden: er hatte in ihr geschwärt und eine Narbe hinterlassen, sichtbar nur in einem gewissen introspektiven Licht.

Während er kaute, blickte Professor Pehl nachdenklich auf die Omelett-Herstellerin.
Sie überlegte, ob seine auf die Beobachtung des Lebens unter Wasser trainierten Augen wohl sehen konnten, wie ihr das Blut unter der Haut aufgewallt war. Sie sah ihre Hand, wie sie in seinem Haar liegen könnte als ein schmaler, träumender weißer Fisch, in diesem blaßblonden Dickicht, das noch vom Salz und vom Mangel an Regenwasser klebrig war; den Gedanken an das phosphoreszierende Schamhaar mied sie, ohnehin blitzte ihr das Erinnerungsbild von ihnen nur ganz kurz vor dem inneren Auge auf.
Sie ging in ihr Zimmer, um sich der fleischlichen Versuchung zu entledigen und sich erneute geistige Scham zu ersparen, aber es war ihr bewußt, daß sie auf Bewegungen lauschte: natürlich nur auf die ihrer Mutter. Aber Mutters ›Insomnia‹ gestattete ihr den Luxus, spät aufzustehen, und daher war es unwahrscheinlich, daß sie kam und dich beschuldigte, dem Professor nachzulaufen.
Er kehrte in sein eigenes Zimmer zurück, nur auf einen kurzen Moment. Die Princesse de Lascabanes schickte ihr Ebenbild aus dem Spiegel des Toilettentisches fort; es würde sie auf die Dauer doch nur entnerven. Dann hörte sie etwas, das wie ein endgültiger Aufbruch klang. Mit gewaltsamer Harmlosigkeit öffnete sie ihre eigene dünne Tür.
»Arbeiten Sie, während Sie hier auf Brumby Island sind?« Ob der Ton ihrer jetzt lauteren Stimme wohl mit Mutters Insomnia kollidieren würde?
»Ich bin hierher für die Ferien eingeladen – aber man könnte sagen, daß ich auch arbeite. Ich arbeite immer.«
Eine nach der anderen bogen sich die Planken unter dem Gewicht seines die Treppe herabsteigenden Körpers. Sie folgte ihm mit der Absicht, ebenfalls von Bord dieses Hauses zu gehen. Am Ufer angelangt, begann der Professor eine offensichtlich für ihn allein geplante Wanderung am Strand entlang in Richtung der übereinander geschichteten Klippen, die sie am Tage vorher gesehen hatte.
»Würde ich Sie stören«, fragte sie, »wenn ich ein Stück mitgehe?«
Er murmelte nein, sie würde nicht stören; »ich kann mich schon in mich selbst zurückziehen, wenn es nötig sein sollte.«
Die Prinzessin fügte sich gern in das Arrangement, das sie miteinander getroffen hatten. Obwohl sie sonst nie einen Hut trug, setzte sie jetzt den großen Stroh-Pfannkuchen auf, den sie als Schutz gegen die Tropensonne mit nach Brumby gebracht hatte. Sie fühlte sich besser – eigentlich sogar regelrecht wieder hergestellt. Nur ihre Schuhe waren unpraktisch: sie mußte neben dieser kräftigen, in sich selbst ruhenden, mit Rohledersandalen sicher über den Strand wandernden Gestalt ein hilfloser Stolperer bleiben. Dennoch gelang es ihr, körperlich mit ihm Schritt zu halten;

moralisch und intellektuell hinkte sie wohl ein wenig hinterher, aber unter den gegebenen Umständen wäre sie auch bereit gewesen, diesem – ja, diesem flegelhaften Mann als Packesel zu dienen.
Sie ihrerseits riskierte die Flegelhaftigkeit, ihn zu fragen: »Würden Sie mir wohl erklären, was Ökologie eigentlich ist?«
Erst schnappte er nach Luft; dann zuckte er die Achseln. »Um es einfach auszudrücken, könnte man sagen, daß es sich um das Studium der Struktur und der Funktion der Natur handelt.«
»Und welcher Teil eines so riesengroßen und für mich geradezu furchterregenden Gebietes findet Ihr besonderes Interesse?«
Professor Pehl schien hinter seinen feuerroten Wangen Dampfdruck anzusammeln. »Wenn ich als Meeresökologe einigermaßen bekannt bin, dann wohl wegen meiner Arbeit über Bohrkrebse in den neritischen Regionen.«
Ein leiser, langgezogener Seufzer der Prinzessin ließ sich vielleicht als Ausdruck der Hochachtung verstehen.
Sie marschierten oder stolperten immer weiter, während der Professor unter ausgebleichten Brauen hervor aus blassen Augen geradeaus starrte.
»Dann, da Sie schon interessiert sind, habe ich mich der Erforschung benthaler Aggregationen zugewandt, und damit bin ich auch gegenwärtig noch befaßt. Kurz gesagt handelt es sich dabei um die verschiedenen Arten von Nährböden auf flachem Meeresgrund und die dazu parallelen Gruppen von wirbellosen Tieren, die von diesen Nährböden in der gleichen Meerestiefe, aber jeweils in verschiedenen geographischen Regionen leben. Diese Wirbeltiere bilden eine Kette ökologisch gleicher Aggregationen, die je nach geographischer Breite und Wassertemperatur einander abwechseln.«
Dorothy sagte: »Ich verstehe.«
Professor Pehl wandte ihr seine jetzt regelrecht leidenschaftlichen Augen zu. »Ich werde das im einzelnen erklären, wenn wir einmal nicht gleichzeitig so in der Hitze sein müssen«, teilte er ihr mit.
Dorothy erklärte sich freudig bereit, ihm an einem kühlen Abend zu lauschen. Gleichzeitig war sie über sich selbst erstaunt: über ihre instinktive Unaufrichtigkeit. Oder vielleicht doch nicht ganz unaufrichtig: fast jede Aufgabe ist besser als gar keine, und vielleicht konnte sie auf irgendeine Weise diesem langweiligen und selbstzufriedenen Mann helfen, den ihr die Umstände zugespielt hatten –, daß sie ihn irgendwie erfreuen könnte, wagte sie dabei gar nicht zu hoffen.
Professor Pehl hatte ein Bündel Plastiktüten mitgebracht, und er blieb hin und wieder stehen, um Muscheln, Seetang und alle möglichen anderen Arten durch die See ausgespieenen Abfall zu untersuchen. Gelegentlich steckte er ein Exemplar in eine seiner Tüten, und einmal sprang er sogar zu und fing eine höchst unerfreute Krabbe ein.
Es war die Krabbe, die Dorothy ausrufen ließ: »Kann ich denn nicht wenigstens die Tüten für Sie tragen.«

Nichts schien dem Professor nach der Natur der Dinge folgerichtiger zu sein, nach der Promptheit zu urteilen, mit der er ihr alle gefüllten Plastiktüten überreichte.
Die Dankbarkeit dafür, daß es ihr gestattet worden war, einen kleinen, aber positiven Beitrag zu leisten, katapultierte die Prinzessin in eine gefährliche Redelust hinein: »Manchmal habe ich das Gefühl, ich sollte mich mit etwas Bestimmtem beschäftigen – ich will nicht gerade sagen, daß es etwas Wissenschaftliches sein muß, aber doch etwas, das man lernen und studieren kann – jetzt, wo ich sonst nichts mehr zu tun habe. Ich kann es Ihnen ja ruhig sagen – nach Jahren einer unglücklichen Ehe hat mich mein – Mann jetzt verlassen. Deswegen bin ich auch hier. Ich meine«, fügte sie rasch erklärend hinzu, »deswegen bin ich wieder nach Hause – oder vielleicht sollte ich lieber sagen *zurück nach Australien* – gekommen, um meine Mutter zu besuchen.«
Der Professor stocherte an einem Seeigel herum: er roch verwest und war uninteressant. »Ich glaube, wenn ich nachzähle, dann bin ich bei mehr Scheidungen um meine Hilfe gebeten worden als überhaupt Hochzeiten stattgefunden haben.«
Die Prinzessin kam rasch wieder zu sich selbst. »Es tut mir leid, wenn ich Sie gelangweilt habe. Und in diesem Falle gibt es auch keine Scheidung: meine Konfession erlaubt das nicht. Und keine Zeremonie irgendwelcher Art wird die Tatsache ändern, daß mein Mann mit einer Frau lebt, mit der er nicht verheiratet ist. Eine Amerikanerin«, setzte sie noch hinzu.
»Ho! Sie geben die Schuld also Ihrem Mann?«
»Ich *beschuldige*«, und hier wurde sie rot, »überhaupt niemanden.«
»Ich bin glücklich, das zu hören. Fast immer sind nämlich beide Seiten verantwortlich.« In seinem überhitzten Körper war sein Geist nur kühl, distanziert und wissenschaftlich beteiligt.
»O ja, wahrscheinlich haben Sie recht«, seufzte sie. »Sicher waren wir alle beide schuld.« Sie lachte bitter. Ganz glaubte sie es doch nicht, was sie da eben zugegeben hatte.
Wieder war sie von einer völligen Leere umgeben. Angst vor physischen Schmerzen erfüllte sie, obwohl ihre weniger genau festlegbaren Nebenwirkungen, nämlich die Zerstörung des Geistes und das Zerbrechen der Zukunft, noch viel schlimmere Qualen bereiten konnten. Durch den Nebel, der ihr vor die Augen stieg, starrte sie hinüber zu den farbigen Klippen, die im Dunst der Entfernung zitterten. Bis die Unwirklichkeit der Klippen sich in das verwandelte, was sie sich manchmal gezwungen sah, als einzige Realität im Leben anzuerkennen: die Realität der Vergangenheit, genauer gesagt – ihrer eigenen, nicht besonders glücklichen Jugend. Sie sah wieder die Dekoration in Noras Schlafzimmer vor sich: die Glasglocke, gefüllt mit Schichten von farbigem Sand – ein Souvenir von der Insel Wight, wo

die Besitzerin sich als junges Mädchen der Sklaverei verschrieben hatte. Dorothy liebte die Zofe; sie hatte überhaupt die meisten Dienstmädchen geliebt, schon wegen des Geheimnisvollen, das ihre privaten Besitztümer umgab – wie diese Glasglocke, und mit Tee gefärbte Häkelkragen oder Medaillons, die Ähnlichkeiten hüteten oder Locken von grünlichem Haar in sich bargen. Und während Dorothy jetzt hier den Strand entlangstapfte, stiegen rings um sie Düfte auf, die sie vergessen hatte, Düfte von Unschuld und Vertrauen, wie sie aus einer geöffneten Kiefernholz-Schublade emporwehen.

Die Princesse de Lascabanes schob den Vorhang aus Schweißtröpfchen beiseite, der vor ihren Augen die Umrisse der bereits überscharf erkennbaren Klippen verzerrte. Die Hitze wurde immer stärker. Professor Pehl begann, sich das Hemd von den Schultern zu zerren, und während er das tat, wurde sie sich des aggressiven Geruchs bewußt, den hellhäutige Männer ausströmen – süßlich und doch gleichzeitig scharf. Er konnte einem Übelkeit bereiten, oder jedenfalls versuchte sie, sich das einzureden, ehe sie ihre Neuentdeckung beiseite schob.

Der Professor nahm keine Rücksicht auf die Frau, die sich da an ihn angehängt hatte, sondern ging mit großen Schritten weiter vorwärts. Seine haarlosen, bemerkenswert entwickelten Waden machten manchmal den Eindruck, als ob sie ihr davonlaufen wollten. Hin und wieder war das auch der Fall, aber dann mußte er zwischendurch wieder stehenbleiben und sich nach einem möglichen Sammelobjekt bücken. Dann holte sie ihn jeweils wieder ein und war wieder fast betäubt von dem durchdringenden männlichen Geruch.

Unter dem Einfluß dieses Geruchs überkam es sie, plötzlich auszurufen: »Oh, ihr Rücken – der muß ja schrecklich wehtun, Professor!« Tagelange Sonnenbestrahlung hatte die Haut in Fetzen hinterlassen, und darunter sah das Fleisch aus wie gesalzener Kabeljau.

Er richtete sich auf. »Das Schlimmste ist vorüber«, sagte er, aber er rieb dabei eine ganze Weile lang heftig seine Schulterblätter gegeneinander.

»Ich nehme an, daß es jetzt zu spät ist, um noch wirklich zu helfen«, zögerte sie, »aber wenn Sie es gern möchten – dann reibe ich Sie mit Sonnenöl ein – heute abend.«

»Vielen Dank.« Das war weder eine Annahme noch eine Ablehnung.

Sie war aufgebracht: ein Franzose hätte sie auf jeden Fall wissen lassen, inwieweit sie bei ihm Erfolg hatte oder nicht; aber bei diesem Norweger konnte sie einfach nicht sicher sein.

Natürlich spielte das für sie auch gar keine Rolle, und um das zu beweisen, fragte sie: »Meinen Sie, daß die Klippen da drüben eine Fata Morgana sind?« Aber entweder hatte er sie nicht gehört, oder er betrachtete ihre Bemerkung als phantastisch.

Für eine kurze Zeit wurden sie vom Wald eingeholt, der sich durch die Johannisbrotbüsche herabzwängte, die bis jetzt den Strand gesäumt hatten: riesige Eukalyptusbäume, deren Haut sich auch abschälte und dunklere Sassafrasbäume schoben sich dicht zusammen und verdeckten die lodernden, farbigen Klippen der Kindheit. Sie bemerkte Gras von demselben Dunkelgrün wie Moos, düster und doch von leuchtender Farbigkeit, das sich in dichten Büscheln am Fuße irgendeiner einheimischen Zypressenart zusammendrängte. Was begann, ihr immer mehr Freude zu machen, endete mit dem wieder hereinbrechenden, grellen Sonnenschein.
Und der Norweger hatte sich entschlossen, doch das Thema aufzugreifen, das sie vorher schon angeschnitten hatte. »Diese Klippen da drüben – dort ist mal ein Schiff gestrandet. Die Mannschaft und die Offiziere wurden ermordet.«
Ja, sagte sie, sie wüßte von dem Mord.
»Und auch davon, daß die Frau des Kapitäns von den Schwarzen zur Sklavin gemacht wurde?« Er schien sie mehr mit seinen Zähnen anzusehen als mit seinen Augen.
Ja, davon wüßte sie auch.
Das Klopfen in den Schläfen hatte wieder begonnen. Aus irgendeinem unvernünftigen Grund durchliefen sie Wellen einer richtungslosen Furcht. Wie verführerisch das Moos zu Füßen der verwachsenen Zypressen auch sein mochte, sie durfte nicht nachgeben, auch nicht dem, was ihr Kopf in ständig steigendem Maß aus sich herausstieß.
Deshalb begann sie, sich von den Plastiktüten zu entwirren. »Ich werde Sie hier verlassen.« Während sie die einzelnen Tüten auseinanderzerrte, fiel eine von ihnen auf den Sand zwischen ihr und dem Professor. »Meine Mutter wird sich schon fragen, wo ich bin. Ich kann sie nicht ständig allein lassen – nicht in ihrem Alter«, sagte sie mit einem kurzen Kichern.
Der Professor war mehr als beschäftigt, die heruntergefallene Tüte wieder aufzuheben, aber er fragte doch ächzend: »Ist Mrs. Hunter denn krank, demnach?«
»Nein. Nur eben ältlich.«
Dorothy de Lascabanes und Edvard Pehl standen da und blickten sich an, jeder von seinem Ende dieser teleskopischen Situation her. Und weil ihr Ende falsch war, konnte sie spüren, wie er auf die Poren ihrer Haut starrte, in sie hinein und immer weiter durch sie hindurch.
Nachdem sie sich umgewandt hatte und ein Stück gegangen war, drehte sie sich noch einmal um, angeblich, um noch einen Blick auf die faszinierenden Klippen zu werfen. Im Vordergrund hatten sich die sonnenverbrannten Schultern des Norwegers bereits wieder ihrer einsamen ökologischen Wanderung zugewandt.
Die Princesse de Lascabanes war schließlich doch froh, daß sie so schwere

und feste Schuhe anhatte: auf dem Rückweg fand sie den Boden überall mit Austernschalen bestreut.

Dorothy hatte in der Küche ein antiquiertes Telefon gesehen, dessen gebeizter Holzkasten an der Wand befestigt war, während der Hörer an der Seite an einem Haken hing. Sein uraltes Aussehen vermittelte das Gefühl, daß es eine noch unsicherere Verbindung zur Welt sein müßte, als es seine kompakteren, nach außen hin funktionssicherer erscheinenden Gegenstücke in der modernen Welt sowieso schon sind. Es gab eine Leitung hinüber zum Forstarbeiter-Lager, soweit sie gehört hatte; aber Gespräche mit der übrigen Welt liefen über die Stadt Oxenbould auf dem Festland.
Als Dorothy das Haus erreichte, stand Helen Warming vor diesem uralten Apparat, und ihre runden Schultern waren unter dem Baumwollkleid krampfhaft angespannt. Mutter saß am Küchentisch und gab jene formellen Töne des Mitgefühls von sich, zu denen man durch das Gefühl der eigenen Überflüssigkeit verleitet wird.
Helen sprach anscheinend mit Sydney, und zwar über ihren ältesten Sohn. »O ja, da bin ich sicher ... Du hast alles getan, was sich nur tun ließ. Ich weiß praktisch nichts über die Ärzte in Sydney, aber ich bin mit deiner Wahl einverstanden ... nein, es ist in jedem Fall besser, wenn er ins Krankenhaus kommt ... ja, jede nur mögliche Pflege ... ja, ja ... wir müssen auf die Untersuchungsergebnisse warten ... Vielen Dank, Dugald – und Barbara. Ich bin euch wirklich dankbar.«
Helen hing ein. Als sie sich umdrehte, war ihr Gesicht fleckig, und aus ihren Augen strömten die Tränen. Wahrscheinlich sah sie die Freunde gar nicht, an die sie sich jetzt unter instinktivem Zwang wandte: »Hugh hat einen Zusammenbruch gehabt. Sie haben ihn ins Krankenhaus gebracht. Aber sie können keine Diagnose stellen, ehe nicht die Ergebnisse verschiedener Tests vorliegen.« Während sie sprach, war sie schon auf dem Weg zur Küchentür. »Ich muß Jack suchen.«
Das gemeinsame Gefühl der Hilflosigkeit, zusammen mit den immer heftiger werdenden, krampfartigen Migräneanfällen, ließen Dorothy zunächst Dankbarkeit für die Anwesenheit ihrer Mutter verspüren. Einen beschämenden Moment lang hatte sie das Verlangen, einfach auf die Knie zu fallen: sie hätte ihren Kopf im Schoß ihrer Mutter verbergen können: aber dann gelang es ihr doch, ihre innere Angst und Verzweiflung nach außen abzulenken.
»Oh«, rief sie, »kann ich denn nichts tun, um zu helfen?« Um zu demonstrieren – nicht allein Helen gegenüber, sondern für *alle* –, daß sie doch jene Liebe in sich hatte, von der man sie immer verdächtigte, daß sie sie nicht geben könnte.
Mutter sagte: »Nichts, Dorothy. Es gibt überhaupt nichts, was du tun

könntest – außer, dich ein bißchen zusammenzunehmen.« Sie war völlig in die Betrachtung ihrer schimmernden Fingernägel versunken.

»Du bist wirklich *unerträglich*! Und wie immer hast du natürlich recht! Es gibt überhaupt nichts, was ich für irgend jemanden tun kann. Wäre ich doch wenigstens mit dem Professor auf seiner Expedition weiter mitgegangen – wie er mich gebeten hat.«

»Du machst es nur noch schlimmer, meine Liebe, wenn du dich so aufregst. Ich rate dir, daß du dich lieber ein bißchen hinlegst.«

»Genau das werde ich nicht tun. Wer weiß – vielleicht braucht Helen mich doch für irgend etwas.«

Ihr Zorn wäre vielleicht noch bis zur Decke emporgelodert, wenn nicht Jack Warming hereingekommen wäre. Wie Helen, sah auch er diese Gäste praktisch überhaupt nicht mehr. Er beschäftigte sich mit dem Telefon, rief das Festland an, organisierte. Ein Hubschrauber wurde für zwei Uhr auf dem Landeplatz in Brumby versprochen; damit müßten sie noch den Nachmittagsflug erreichen, der von Oxenbould nach Süden ging.

Vorübergehend erleichtert, war der Gastgeber nunmehr imstande, sich auf die Zukunft seiner Gäste zu konzentrieren. »Obwohl wir natürlich nicht mehr hier sind, ist das kein Grund, warum Sie nicht noch Spaß am Rest Ihrer Ferien haben sollten. Lebensmittel sind für ein paar Tage genug da. Bitten Sie die Forstleute um Hilfe, wenn Sie neue Vorräte brauchen; die fahren alles vom Festland herüber.« Er zeigte ihnen, wie die beiden geräuschvollen Kerosin-Kühlschränke nachgefüllt werden mußten. »Wein finden Sie in dem Erdkeller dort hinter dem Haus. Und ich verlasse mich auf Sie, Elizabeth und Dorothy, auf Sie beide, daß Sie nett zu dem Professor sind, ganz gleich, was Ihre Privatmeinung ist.« Jack lachte sogar.

Unter den gegebenen Umständen war das ein Plan, den niemand ablehnen konnte, und um die Zeit, zu der der Hubschrauber erwartet wurde, machte sich der von seiner Expedition zurückgekehrte Edvard Pehl bereit, die Warmings und ihre beiden schweigsam gewordenen Kinder zum Landeplatz zu fahren.

Elizabeth Hunter stand auf der Veranda und winkte mit einem Schal. Sie könnten sich auf sie verlassen, rief sie – auf sie und auf Dorothy. Der Schal war flamingofarben, genau wie die Sonnenuntergänge, und das machte die Geste noch wehmütiger und vielleicht sogar schicksalsschwer.

Weil es sonst nichts zu tun gab, ruhte sich die Prinzessin während der Nachmittagshitze aus. In ihrem Zimmer am anderen Ende der Veranda ruhte Elizabeth Hunter ohne Zweifel auch. Wenn einen das interessierte. Und Edvard Pehl?

Dorothy legte die Wange auf das ziemlich rauhe Kissen ihre Haut aufgerauht salzduftend seewassergewaschen das ist es was SIE den anderen voraus hat Schlaflosigkeit wäscht die Falten aus die die Gezeiten von Jahren graben kaum sichtbar und allmählich bei ihr noch nicht einmal mit hundert.

Einhundert Wimpernhaare stehen Dorothy Hunter ausgesprochen gut. Niemals o Gott niemals etwas anderes als das. Sie mußte geschlafen haben, denn sie hatte von etwas geträumt wenn sie sich nur erinnern könnte. Im schwindenden Tageslicht stand sie auf. Das Kissen hatte gedrückt und ihr Gesicht sah aus wie ein Waschbrett. Nachdem sie es mit dem weichen, aber lauen Regenwasser aus dem Krug abgewaschen hatte, zog sie ein Kleid an, das noch niemand hier kannte, und machte sich auf zu einem Spaziergang. Diesmal in nördlicher Richtung, zunächst am Strand entlang, und dann durch das Gebüsch landeinwärts in den dunklen Regenwald. Bis sie begann, sich vor den Bäumen zu fürchten. Es mußte das Licht sein. Sie sah einen Mann, niemand, den sie erkennen konnte, und es war überhaupt unwahrscheinlich, daß sie richtig gesehen hatte. Obwohl es im Forstarbeiterlager ja Männer gab. Aber sie war immer mehr davon überzeugt, im Unterholz einen starken Männergeruch zu verspüren.

Nach dieser Entdeckung kletterte sie eilig wieder herunter zum Strand, um zum Haus zurückzukehren. Die Sonne sank: die bronzene Tyrannin glitt herab in das Flamingonest mit seinem schützenden Ring von dunstblauen Bäumen. Das großartige Schauspiel entflammte züngelnde Erwartung in ihr – der Vortrag, den Edvard ihr für heute abend versprochen hatte. Aber gleichzeitig mußte sie ein- oder zweimal kichern: was, wenn seine benthalen Aggregationen sie einfach einschläferten?

Dann erblickte sie in der Dämmerung plötzlich tatsächlich einen Mann, der mit gesenktem Kopf und knirschenden Schritten auf sie zukam. Und von der Massivität des Körpers wie von der großen Ernsthaftigkeit, mit der er seinen Weg ging, wußte sie, daß es nur Professor Pehl sein konnte.

»Ah, da sind Sie ja!« Der etwas leichtere Ton, meinte sie, sollte Freude ausdrücken. »Ich bin gekommen, um Sie zu holen«, erklärte er, während er nahe an sie heranmarschierte und stehenblieb.

»Das ist freundlich – und aufmerksam von Ihnen.« Sie fühlte sich wirklich gerührt von diesem schließlich und endlich doch liebenswerten Norweger.

Er ging neben ihr her und erklärte: »Ja, Ihre Mutter hat mich geschickt. Sie hat gesehen, wie Sie den Strand entlanggegangen sind, und dann hat sie Angst gehabt, daß Sie sich verlaufen.«

»Da hätte sie sich keine Sorgen zu machen brauchen«, antwortete die Princesse de Lascabanes. »Ich habe bis jetzt auch ohne Hilfe überlebt. So alt und weise Eltern auch werden mögen – Vernunft und Einsicht sind Tugenden, die nur sehr wenige von ihnen zu entwickeln scheinen.«

Sie schwieg sofort wieder, als ob ihr ihr eigener Beitrag zur Vernunft schon im Mund sauer geworden wäre: aber der Professor machte nicht den Anschein, als ob er ein Haar in der Suppe entdeckt hätte.

»Ich habe ein paar Fische gefangen«, gestand er mit sichtlichem Vergnügen, »und Mrs. Hunter wird sie für uns braten.«

(Da muß man wirklich überlegen, was Mutter mit diesen Fischen anfangen kann, außer dem üblichen großen Tralala.)

Sie gingen dahin, glücklich und allein, durch die Wälder Norwegens. Er erzählte ihr von den Birken und Espen; Büschel von Vogelbeeren hingen über ihren Köpfen; eiskalte Luft strömte wie durch einen Trichter von den höhergelegenen Gletschern herab, so daß sie fröstelte und ihr langes, heidefarbenes Cape enger zusammenzog.

Da begann plötzlich der Strand, auf dem sie im wirklichen Leben entlangstapften, erst hinter ihnen und dann überall um sie herum zu donnern und zu beben, Sand spritzte, zischte, flog durch die Luft in großen Schleiern – und dann schließlich klang es wie Wiehern.

»Das sind diese Pferde!« rief der Professor mit lauter, aber unsicherer Stimme. »Oh, die Wildpferde, die man ›Brumbies‹ nennt? Also die Brumbies von Brumby!« schrie sie zwischen Ausbrüchen nervösen Lachens zurück.

Die Pferde erreichten sie und stutzten einen Augenblick. Ein paar scheuten und bäumten sich auf: andere schwenkten und drehten sich in spiraligen Schatten; Hufe trafen auf Felle, Knochen, Steine; Funken sprühten, und gelbe Gebisse zerrten an der Dämmerung.

Edvard Pehl und Dorothy de Lascabanes standen und stützten sich gegenseitig. Sie konnte spüren, wie sein schwerer Körper gegen ihre unbedeutende Brust und ihre bebenden Rippen atmete, während außerhalb der fleischigen Gehäuse ihre Gemüter verwirrt und ängstlich umherflatterten.

Und dann waren die Brumbies schon vorüber, stampften und sprangen weiter den Strand hinunter, schlugen mit den Hinterhufen aus. Einige von ihnen ließen laute Winde fahren.

»Haben Sie Angst gehabt?« fragte seine immer noch zitternde Stimme unter Lachen.

»Aber nein!« Wenn sie ehrlich gewesen wäre, dann hätte sie geantwortet: ich war froh, daß du da warst; ich war sogar froh über dein Zittern; aber ich wäre über jeden anderen ebenso froh gewesen, wenn es nur ein Mann gewesen wäre.

Sie gingen weiter. Er hielt immer noch die Hand, die er im Augenblick der Krise ergriffen hatte, aber dann wurde ihm das bewußt; und er ließ sie fallen.

Sie gingen dahin, und Professor Pehl zeigte mit dem Finger. »Dort, sehen Sie, dort ist ein Licht.« Es klang, als ob er vor Aufregung spuckte. Sicherlich war das die Erleichterung nach der überstandenen Gefahr. »Mrs. Hunter hat eine Lampe angezündet.«

»Allerdings. Ich bin überrascht, daß sie hier keinen elektrischen Strom haben. Bei dem Haufen Geld.« Bei ihr hatte die Erleichterung bewirkt, daß etwas von der Slangsprache ihrer Jugend wieder an die Oberfläche kam. »Ist Ihnen noch nie aufgefallen, wie die ganz Reichen sich selbst gerade die offensichtlichsten Dinge häufig nicht gönnen?«

Der Professor schien nicht zuzuhören oder jedenfalls nicht ihr. »Ist sie eine Musikerin – Mrs. Hunter?«

»Nein.«

»Ich könnte schwören, ich hätte das Klavier der Warmings gehört.«

»Oh – natürlich – ich meine, sie ist keine ›Musikerin‹ in dem Sinne, aber ich kann mich erinnern, daß sie Klavier gespielt hat – ja – als wir Kinder waren. Und um die Wahrheit zu sagen – es klang ziemlich schrecklich.«

»Ich bin sicher, daß es das Klavier war.«

Jetzt, wo sie gewarnt war und sich erinnert hatte, konnte Dorothy es auch hören. Jemand ›spielte Klavier‹, mit Nachdruck. Die Töne kamen durch die Dunkelheit, traurig, monoton und zum Verrücktwerden. Es war Mutter, die immer noch dasselbe alte Nocturno herunterhämmerte – von wem war es doch gleich? *(Ich habe es von Miß Hands gelernt. Jeden Donnerstag wurde ich nach Gogong gefahren, um das Klavierspielen und noch andere Fertigkeiten zu erlernen.)* Immer weiter auf die Tasten einhämmernd, gelang es ihr, die Ambivalenz des Tropenabends noch zu vertiefen. Ihre Hartnäckigkeit war bemerkenswert: mit ihr ließ sich nicht nur ihr Erfolg in der Welt erklären, sondern wahrscheinlich auch ihre bis jetzt nur ganz wenig gewelkte Schönheit.

Elizabeth Hunter hatte den Raum geöffnet, der das offizielle Wohnzimmer war. Unter Helens Herrschaft hatten sie sich fast ausschließlich in der Küche zusammengefunden, in einer Atmosphäre von Bratdunst und guter Freundschaft. Elizabeths Thronfolge versprach subtilere Erfahrungen. Sie hatte ein Kerzenpaar auf das alte Klavier gestellt und es dann noch mit einem aufgeschlagenen Notenheft aufgeputzt, in dem sich das Musikstück befand, dessen Banalität zusammen mit einer gewissen Süße es besonders geeignet für jemanden erscheinen ließen, der sein lange vernachlässigtes Talent wieder auffrischen will.

Vielleicht wäre es vorteilhafter für sie gewesen, wenn es sich statt des Klaviers um einen Konzertflügel inmitten eines Meers von Teppichen gehandelt hätte. Denn wie hoch sie ihren Kopf auch hob, um ihre berühmte Kehle und den lilaweißen Hals zu zeigen – die Kastenform des Klaviers und seine recht verzogenen, salzgepökelten Tasten ließen immer noch eher den Eindruck entstehen, als säße sie mit gebeugten Schultern an einem Tretharmonium. Aber dann war da natürlich noch ihr Rücken, weiß zwischen den Schatten schimmernd, und das Licht in ihrem Haar: außerdem hatte sie sich offensichtlich für einen festlichen Abend angezogen – sie

trug eine lange, weiße, rohseidene Robe, die glatt herunterfiel und nur mit einem schnurgeflochtenen Gürtel und einigen Längsfalten ihrer schlanken Gestalt geradezu eine architektonische Gliederung verlieh.
Dorothy konnte sich an dieses Kleid von früher nicht erinnern. Sie beschloß, es nicht zu beachten. Und auch nicht auf das armselige, gehämmerte Nocturno zu hören.
Sie sagte mit ihrer härtesten Stimme: »Soll ich Ihnen einen Drink holen, Professor? Nachdem wir beinahe zu Tode getrampelt worden wären, haben wir eigentlich etwas Starkes zur Wiederbelebung verdient.«
»Zu Tode getrampelt? *Wie?*« Elizabeth Hunter drehte sich nicht um, denn sie war gerade mit ein paar schwierigen hohen Tönen beschäftigt.
Musik schien Professor Pehl anzuregen. »Es ist ein wunderbarer Zufall, Mrs. Hunter, daß Sie dieses Talent haben und uns hier etwas vorspielen können.«
Sie neigte den Kopf und brach dann erst ihr Spiel ab. »Aber wie«, sagte sie und wandte ihren Kopf den andern beiden zu, »wie wärt ihr denn beinahe zu Tode getrampelt worden?« Ein ganz schwacher Ausdruck der Besorgnis glitt über ihr von den Kerzen beleuchtetes Gesicht.
»Es waren diese wilden Pferde, sie sind an uns vorbei den Strand hinuntergalloppiert.« Professor Pehl hielt seine Erzählung so kurz wie möglich. »Aber sagen Sie mir, Mrs. Hunter, Sie, der Sie Klavier spielen – was bringt Sie dazu, ihre Zeit mit dem mittelmäßigen Komponisten Field zu verschwenden?« Er schoß seine einfühlsame Bemerkung ab wie einen Pfeil, den das Ziel gern in sich aufnimmt.
»Ich spiele ihn, weil er leicht genug für mich ist«, gab sie mit wundervoll ernster Freimütigkeit zu, ehe sie ihrem Gesicht erlaubte, wieder zu lächeln. »Und auch gemächlich genug, daß man seine Handgelenke in vorteilhafter Weise zeigen kann.«
Dorothy ging, um die Drinks zu besorgen. Als sie zurückkam, erklärte Mutter gerade das Unbedeutsame ihrer Begabung, während Edvard Pehl Lust zu verspüren schien, eine Diskussion über Brahms anzufangen.
»Wenigstens haben wir als gemeinsames Thema die Musik«, sagte Mrs. Hunter. »Und ich brauche mich nicht lächerlich zu machen, indem ich versuche, mich für – die Wissenschaft zu interessieren.«
Der Professor lachte mit so gewaltig vibrierender Stimme, daß die Kerzenflammen an ihren Dochten zitterten.
Bescheiden überging Mrs. Hunter ihren Erfolg. »Unterhalte du ihn doch, Dorothy, während ich den Fisch zurechtmache.« Im Vorbeigehen drapierte sie sich einen Moment um dieses schwierige Kind. »Die Brumbies! Wie gut, daß ich Sie losgeschickt habe, Professor, um sie zu holen.« Könnte es sein, daß Mutters Besorgnis wenigstens teilweise echt wäre? »Irgend etwas hat mir gesagt, daß Dorothy in Gefahr kommen würde.« Sie küßte eine

knochige Wange mit einer Bewegung, die vielleicht zärtlich hätte sein können.
Dorothy schwieg; und Elizabeth Hunter, auch schweigend, ging in die Küche. Sie war barfuß, wie ihre Tochter mit Abscheu feststellte.
Was bei der Princesse de Lascabanes eine innere Kälte verursachte, bewirkte bei dem Professor, daß er unruhig wurde. Während er im Zimmer herumging und hastig aus seinem Glas trank (viele Norweger, hatte sie gelesen, sind unheilbare Alkoholiker), fragte er, indem er sich den Schweiß von der Stirn wischte: »Ist die Temperatur nicht ein wenig heruntergegangen? Ich glaube, ich höre draußen einen Wind gehen.«
»Ich kann nichts bemerken.« Sie konnte ihre Stimme nicht kalt genug klingen lassen.
Der Professor erklärte, er wolle sich eine Jacke anziehen. Als er zurückkam, trug er ein Leinenjackett, das so zerknittert war, als käme es direkt aus dem Koffer – oder, noch wahrscheinlicher, aus einem Rucksack. Aber dieses Jackett war Edvard Pehls Zugeständnis an die sich gelegentlich elegant anziehende Welt, und seine Farbe – ultramarin – ließ das Blau wie auch das klare Weiß seiner Augen noch deutlicher hervortreten. (Bitter stellte Dorothy sich eine Gestalt vor, die für einen sich windenden Pfad um einen Fjord ausgerüstet war: Rucksack natürlich, genagelte Stiefel, Webkrawatte und Meerschaumpfeife.)
»Das ist schon viel besser!« Während er seine Schultern in der faltigen Jacke zurechtschob, schien er auf ein Kompliment zu warten; aber von der Prinzessin bekam er es nicht: sie war zu beschämt von ihrer Groschenroman-Phantasie.
Da rief die Köchin aus der Küche: »Ed-*vard*? Ich werde Sie ›Edvard‹ nennen, einverstanden? Diese wundervollen Fische sind noch nicht geschuppt, und ich glaube – meinen Sie nicht auch? daß das Fischeschuppen Männersache ist.«
Und so fand sich Madame de Lascabanes ganz allein im Zimmer wieder. Nur sie hatte es versäumt, sich zur Feier der von Edvard Pehl gefangenen Fische umzuziehen. Oder was war es sonst? Die Umstände, unter denen sie hier in diesem unwahrscheinlichen Haus am Meer zusammengetroffen waren? Oder einfach nur Elizabeth Hunters unersättliche Schönheit und Eitelkeit?
Was auch immer, Mutter hatte ›Ed-*vards* großartigen Fang‹ in ein Kunstwerk verwandelt: sie hatte die Fische gegrillt und auf ein Bett von wildem Fenchel gelegt. Rings um den Rand der ziemlich gewöhnlichen, angeschlagenen Platte war ein Kranz von Blüten wie Konfetti gestreut.
Von ihrem zweiten Whiskey beschwingt, wurde die Princesse de Lascabanes von einer düsteren Heiterkeit erfaßt. »Könnt ihr euch mal klarmachen, daß schließlich für jeden Fisch, der gekocht wird, ein Stilleben

ungemalt bleibt?« Womit sie sich schon im Konflikt mit ihrem schwarzen Humor befand. »Oder hat das schon jemand anders mal gesagt?«
Weder Edvard noch Elizabeth hatten genug Aufmerksamkeit übrig, um ihr zuzustimmen oder zu widersprechen.
Als sei sie ein Märtyrer um des Appetits der anderen willen, pickte Mutter nur ganz bescheiden kleine Bissen von ihrem Fisch. Edvard dagegen stopfte sich ganz ungehemmt den Mund voll und angelte dann mit den Fingern nach Gräten, während seine Lippen von Öl und Eßlust glänzten.
»Der Kopf ist immer das beste!« rief er aus und ergriff den größten von der Platte.
Obwohl sie die Augenlider senkte, schien Elizabeth Hunter bereit zu sein, jedes die männlichen Rechte demonstrierende Benehmen als akzeptabel hinzunehmen.
Wenn auch Dorothy an ihrem Fisch nur herumpickte, dann hatte das einen anderen Grund: sie meinte, zwischen ihren Zähnen Spuren von Sand zu fühlen. Etwas besänftigt durch diesen Makel an einem den Anspruch der Perfektion erhebenden Werk, ging ihr doch ein anderer Gedanke nicht aus dem Sinn: daß die Köchin ihre Kunst nicht um ihrer selbst willen ausübte, sondern zu unmoralischen Zwecken.
Denn warum sollte sie ohne Schuhe herumlaufen? Bei Helen Warming war das Gewohnheit und kam vom Leben in einem heißen Klima. Aber Elizabeth Hunter tat es, um zu beeindrucken – wenn nicht zu verführen. Sie saß seitwärts am Tisch, nippte an dem Wein, den sie im Erdkeller gefunden hatte, und ließ ihre schlanken, wunderbarerweise völlig unversehrten Füße unter dem weißen Rohseidensaum hervorlugen. Ein Farbton wie von Tuberosen spielte auf ihrer Haut.
(Warum sind anderen die körperlichen Eigenschaften gegeben, die doch eigentlich zu deinem wahren, unsichtbaren und daher nie anerkannten Selbst gehören?).
Das Weiß der Kehle war mit grünlichen bis goldenen Lichtflecken besprenkelt, als der Wein in dem Glas, das sie hielt, hin- und herfloß. »Ist er nicht ein bißchen süß?« fragte sie. »Das ein wenig *Spritzige* daran ist jedoch sehr interessant.«
Vielleicht hatte sie das Spiel damit übertrieben. Sie warf den Kopf zurück und seufzte – nein, mehr als das, wimmerte geradezu: »Das arme Kind!«
»Auf welches Kind beziehen Sie sich denn, Mrs. Hunter?« Der Professor war gerade dabei, aus einem Fischkopf das letzte ekelerregende Geleestück herauszuklauben.
»Nun, das von den Warmings, natürlich! Dieser Junge, der Gott weiß was bekommen hat – Polio? oder sogar Leukämie!«
»Oh – nein!« Dorothy bohrte die Spitzen ihrer Ellbogen in den Tisch: sie weinte nicht nur um das unschuldige Kind der lieben Warmings, son-

dern auch wegen ihrer eigenen starren und – weit schlimmer – Mutters im Vergleich dazu möglicherweise doch mitfühlenden Natur.
Professor Pehl war wesentlich gleichmütiger als die beiden Frauen. »Es ist natürlich sehr traurig, daran besteht kein Zweifel. Aber die Medizin macht jeden Tag bemerkenswerte Fortschritte.« Er leckte den Saft von seinem Messer ab, und nachdem er es so gereinigt hatte, lehnte er es sorgfältig mit der Klinge gegen den Rand seines Tellers.
Dann stellte er fest, daß es noch eine Ananas gab. Mrs. Hunter hatte sie ausgehöhlt, das Fruchtfleisch dann wieder hineingetan und das Oberteil mit den wie stilisiert wirkenden Blättern wieder aufgesetzt. Als sie es jetzt abnahm, vermischte sich ein heimtückisch süßliches Parfüm mit dem irgendwie feindseligen Geruch von zerquetschtem Fenchel und dem Gestank angekohlter, ölgetränkter Fischhäute.
Aus irgendeinem Grund rührten Mrs. Hunter und ihre Tochter die Ananas kaum an, sondern sahen nur Professor Pehl zu, der sich an ihrem zu gezackten Brocken zerpflückten Fleisch gütlich tat.
Heute abend schimmerte der Mond grünlich über dem schwarzen Wasser, stellte die Prinzessin fest. Sie hätte noch lange so sitzen und über dieses Bild der launischen Natur nachdenken können und außerdem darüber, welchen Ungerechtigkeiten doch ein sensibles menschliches Wesen unweigerlich ausgesetzt ist.
Bis Dorothy in erlösender Stimmung aufsprang und schon fast darauf bestehend fragte: »Warum läßt du mich nicht den Abwasch machen?«
Elizabeth Hunter gab die Art von Murmeln von sich, mit dem man seine Zustimmung in höfliche Proteste kleidet, während der Professor, als wohlgesättigter Mann von einiger Wichtigkeit, keinen Grund sah, warum das Angebot nicht ohne weiteres angenommen werden könnte. Nachdem er also fertig damit war, sich hinter höflich vorgehaltener Hand in den Zähnen zu stochern, verbeugte er sich und folgte Mrs. Hunter nach draußen; allerdings nicht ohne den zweifellos sichtbaren Gedanken der Princesse de Lascabanes, die ihre Arbeit am Spültisch bereits aufgenommen hatte, sichtbar und absichtlich auszuweichen.
Mutters Stimme auf der Veranda schwebte in der Luft wie der Flamingoschal, mit dem sie die Warmings auf dem Weg zum Krankenbett ihres Sohnes verabschiedet hatte. »Sehr freundlich vom Mond, in Landschaften wie dieser hier immer das Richtige zu tun.«
Als die Prinzessin ihren Abwasch beendete (der ihr auch nicht ihre Verstimmung austrieb, wie sie gehofft hatte), war bereits das Klavier wieder in Aktion, jedoch mit einem Klang von maskuliner Autorität, um nicht zu sagen männlicher Schwere. Selbst kaum musikalisch, konnte Dorothy nur erraten, daß es sich um Brahms handelte – an Hand der klumpigen Akkorde und an dem, was sie als typisch heiter-deutsches *Brio* erkannte, zu

dessen Tönen sie die letzten Schüsseln beiseite tat und sich einen störenden Spülmittelfleck von der Oberlippe entfernte. Als Französin mußte sie natürlich das Germanische verdammen; als Tochter Australiens reagierte sie verachtungsvoll gegenüber einer Mutter, die im Mondlicht auf einer Chaiselongue hingestreckt war (welchen anderen Platz hätte sich Elizabeth Hunter wohl ausgesucht?) und im Takt der Musik mit dem Fußgelenk wippte, wann immer es ihr einfiel, um die Tuberosentöne auf ihren nackten Füßen kommen und schwinden zu sehen.

Nachdem sie ihr Märtyrertum teilweise zusammengefaltet und teilweise zum Abtropfen aufgestapelt hatte, ging Dorothy nach draußen. Das Zuschlagen der Fliegengitter-Tür paßte ganz und gar nicht zu der Stimmung, die Elizabeth Hunter gerne erzeugt hätte. Ihre Tochter hielt sich an Fischschuppen und an einen Flecken von klebrigem Ananassaft: das waren wenigstens ehrliche Erniedrigungen. Sie setzte sich auf einen etwas erhöhten Platz vor dem Erdkeller, in dem die Warmings ihren Wein lagerten.

Wenn er dich nicht aufgrund deines fischigen Duftes fand, dann konntest du ihn an seinem typischen Geruch und am Geräusch der stumpfen Zehen erkennen, die sich durch die formlose Umgebung tasteten. *Hier bin ich – Edvard – dein Skiapod.* Es überrascht nicht, daß er zögert; außerdem noch ganz verstopft von Brahms. *Mein – was sagst du da?* Perlendes Lachen – von Mutter zur Verfügung gestellt (ganz ohne sie kommst du eben nicht aus). *Die Schatten der Fische sind gewichtiger als sie scheinen – wie du, als Experte, wissen müßtest.*

Und er wußte es. Ihre eigene schattige Andeutung eines Körpers ist bereits niedergeworfen, festgehalten und unter seinem beträchtlichen Gewicht ohne Zweifel noch flacher gedrückt worden.

Dorothy de Lascabanes war so entsetzt über sich selbst, daß sie sich ruckartig senkrecht aufsetzte und ihre Hände unter den Ellbogen verschränkte. Das Gras, ausgehungert, spitz und rachsüchtig, rannte immer noch durch ihr Kleid gegen ihre Schenkel an. Brahms mußte irgendwo in der Mitte steckengeblieben sein; statt dessen waren wieder Stimmen zu hören, in der Küche, ganz nahe bei dem Grashügelchen, auf dem sie saß.

Unter anderen Umständen hätte Dorothy, davon war sie überzeugt, niemals den Lauscher an der Wand gespielt. Aber jetzt war sie zu frustriert, um der Versuchung zu widerstehen. Außerdem war da ein passendes Faß zwischen den Stelzen sichtbar, auf denen das Haus errichtet war.

Es fiel der Princesse de Lascabanes ein: wenn ich nun jetzt von dem Faß herunterfalle? mir das Bein an einem rostigen Nagel aufreiße? *Quelle horreur* – Tetanus wäre das Mindeste! Aber hören zu können und dann noch auf Augenhöhe zu sehen, während sie sich an das Fensterbrett klammerte – das war wie Stahl in ihren Gliedern.

Ohne Hemd saß Edvard Pehl verkehrt herum auf einem Küchenstuhl, die

Arme über die Lehne gefaltet, die Wange auf einen Unterarm gelegt. Die Augen waren geschlossen, dem Gesichtsausdruck nach offensichtlich aus – aus Glückseligkeit. Die Prinzessin stöhnte fast auf vor Pein: dort drüben, hinter ihm, mit einer Flasche in der Hand, stand Elizabeth Hunter und rieb diesen sich schälenden, aber immer noch entzündlich geröteten Wikinger mit etwas ein, das wie Kalamin-Lotion aussah.

»Empfinden Sie das als lindernd, Edvard?«

Der Professor antwortete: »Ja«, aber er war kaum zu hören: für Dorothy klang es nur wie ein *–ahh,* wobei für einen kurzen Augenblick die perlweißen Spitzen seiner Kinderzähne in einem flammendroten Männergesicht zu sehen waren.

Sie war einfach wütend. Aber natürlich war das wieder Mutters Schuld.

Elizabeth Hunter mußte Vertrauen in ihre eigene heilende Kraft haben: sie strahlte geradezu vor Charisma. »Sie armer Junge«, murmelte sie, währnd sie den rauhen, verbrannten Rücken streichelte. »Jemand hätte sich schon früher um Sie kümmern sollen. Bevor es so schlimm kam.«

Edvard Pehl gab keine Antwort, aber er kuschelte sich sichtlich noch tiefer in den Stuhl.

Und Elizabeth Hunter goß sich eine weitere rosa Handvoll aus der Flasche und praktizierte sie vorsichtig, ganz vorsichtig, zwischen die schmerzenden Schulterblätter. »Es gibt nichts Besseres als Kalamin, um die Hitze herauszuziehen.« Jetzt war sie es, die die Augen schloß und ihr Gesicht hob, um die Entzündung zu beschwören und zum Abklingen zu bringen.

Die Princesse de Lascabanes war so erregt, daß sie das Faß unter sich kippen spürte, ohne daß es ihr etwas ausmachte.

»Sie sagen es mir doch, wenn ich Ihnen wehtue, Edvard?« forderte Mutter auf, aber ihr kleiner Junge seufzte nur und lächelte aus den Kissen seines eigenen träumenden Fleisches.

Und danach wieder das Plopp Plopp weiterer Hände voll Kalamin-Lotion.

Während Mutter streichelte und linderte, verharrte ihre klassische Gestalt in einer bewundernswert kühlen und dennoch nicht überzeugenden Art immer im gleichen Abstand von dem Körper, dem sie sich widmete. Du konntest an ihrem Gesicht sehen, daß sie sich bereitmachte, die Nacht zu übertrumpfen – die Nacht mit ihrem Hintergrund von See und Mond auf der einen Seite und auf der anderen raschelndes Gebüsch, vorbeistreifende Schwingen, aus feuchten Lederkehlen krächzende Frösche (und übrigens auch das Knarren eines Fasses). Dorothy konnte sehen, daß Mutter jeden Augenblick das Lichtbild in ihrer *Laterna Magica* wechseln würde, und sie zitterte vor der Entdeckung, was wohl das nächste sein könnte.

Klick! Da war es schon: das Gesicht enthüllte, von der etwas gehobenen Stimme kommentiert, nicht nur ein Bild, sondern eine ganze Serie – und fuhr immer weiter fort, samtig und dunkel.

»Wissen Sie, Edvard, es gibt einen Traum, den ich hin und wieder habe«; dabei ermunterte ihre Hand zum weiteren Eindringen in samtige Tiefen.

»Die Einzelheiten ändern sich natürlich von Mal zu Mal, aber immer gehe ich in diesem Traum auf dem Grund des Meeres dahin.«

Sie schwieg, bis ihr Mitschläfer eine Bewegung machte.

»Ich nehme an, daß diese klugen Leute, die alles *wissen*, mich wahrscheinlich aller möglichen obszönen Wünsche beschuldigen würden. Aber – ich kann nicht anders, als die Wahrheit sagen – und die Wahrheit war schon immer das Wundervollste.« Die Hand unterstrich das mit Nachdruck.

Auch wenn sie ihren Patienten inzwischen so tief eingeschläfert haben sollte, daß ihre Traumerzählung an ihn verschwendet war – Elizabeth Hunter schien das unwichtig, denn sie selbst wandelte jetzt wieder über den Boden des Meeres.

Ihr Gesicht war so durchscheinend geworden, daß selbst Dorothy, unsicher auf dem Faß balancierend, in ihrer gefährlichen Position gefesselt war.

»Woran ich mich besonders bei jedem dieser Träume erinnere, das ist das Licht, das ich da unten angetroffen habe – manchmal floß es um mich herum – wie Wasser – und bei anderen Gelegenheiten war es, als ob es aus mir selbst käme: mit einem gebündelten Lichtstrahl beleuchtete ich Dinge, die mir interessant erschienen.«

Ohne die Augen zu öffnen oder seine Stellung zu verändern, erklärte Professor Pehl mit direkter, nüchterner Stimme: »Viele Tiefseetiere sind mit Leuchtorganen versehen, wissen Sie, damit sie imstande sind, das nötige Licht zu erzeugen. Einige Fische benutzen diese Lichtquellen auch, um ihre Beute anzulocken.« Und immer noch mit geschlossenen Augen, aber mit wegen der Wichtigkeit des Gegenstandes vertieften Linien um sie herum, fragte er: »Waren Sie, Mrs. Hunter, ein Fisch in diesen Träumen?«

Mutter sah nur milde amüsiert aus; das konnte Dorothy ihr nicht verdenken. Aber andererseits wollte sie auch nicht so weit gehen und sich eingestehen, daß sie jetzt gern mit ihrer Mutter zusammen herzlich über diesen aufgeblasenen Mann – oder diesen menschlichen Steinbutt – gelacht hätte (die Prinzessin schnalzte leise mit der Zunge, ihre eigene Eingebildetheit verurteilend).

Und Elizabeth Hunter fuhr fort: »Wie kann ich das sagen? In einem Traum hat man selbst immer fließende Formen. Aber wenn ich jemals eine feste Form angenommen habe, dann war ich, glaube ich, nie mehr als ein Skiapod.«

Dorothy stockte der Atem vor Zorn. Hier war etwas, an das sie selbst sich

nur halb erinnern konnte, das sie vielleicht auch nur halb entdeckt hatte – an den Ufern der Seine? im Traum? als Teil der größten aller Heimsuchungen, der Kindheit? und wie konnte Elizabeth Hunter in den Besitz von so etwas Geheimen kommen? Nur Mutter war imstande, das in zwei Hälften zu schneiden, was schließlich eine Psyche war, und dann von dem rechtmäßigen Besitzer zu erwarten, daß er mit ihr teilte.
Professor Pehl schien gleichfalls überrascht: seine Augen hatten sich geöffnet. »Ein – was haben Sie gesagt, Mrs. Hunter?«
»Oh, eine Art von schattenhaftem Fisch, aber mit einem Frauengesicht. Das Gesicht war nicht schattenhaft. Oder es war zumindest zum Teil geradezu schmerzhaft klar und deutlich. Ich habe es vor Jahren auf einer Zeichnung gesehen und seitdem nicht mehr vergessen. Man könnte nicht sagen, daß der Gesichtsausdruck direkt falsch und hinterlistig war – aber selbst wenn, man hätte es verzeihen müssen: denn dieses Gesicht war auf der Suche nach etwas, was es wahrscheinlich niemals finden würde.«
Die Princesse de Lascabanes hörte ihr eigenes, trockenes Keuchen; Möglichkeiten schossen wie kleine, farbenfrohe elektrische Fische in ihren im Wasser versunkenen Schädel hinein und aus ihm wieder heraus; sie hörte ihre Rippen gegen die ebenso zerbrechlichen Bretter dieses wackligen Hauses pochen; aber der Professor schloß wieder die Augen, weil Mrs. Hunter die Unterhaltung aus seinem Interessengebiet herausgeführt hatte.
»Es waren natürlich auch Fische da – echte. Ich war oft von ihnen umgeben. Riesenhafte Tiere. Alle Fische, die ich sah, waren überhaupt viel größer als ich. Es hätte eigentlich beängstigend sein sollen. Aber ich glaube nicht, daß ich mich jemals gefürchtet habe.«
Der Professor blieb gleichfalls völlig ruhig, denn er befand sich ja wieder auf vertrautem Gebiet. »Es ist charakteristisch für manche Tiefseefische, daß sie ein enorm großes Maul haben. Es ermöglicht ihnen, Beutetiere zu schlucken, die viel größer sind als sie selbst. Eine außerordentlich praktische Einrichtung: zu essen gibt es nicht viel, und die Zeit zwischen den Mahlzeiten ist manchmal lang.« Weil er das als Scherz gemeint hatte, lachte er laut auf.
Obwohl Dorothy bezweifelte, daß dieser Steinbutt von einem Mann, der jetzt wieder die Augen geschlossen hatte, sich der in seinen Bemerkungen verborgenen Pointe überhaupt bewußt sein konnte, jubelte sie innerlich auf: ihr Gleichgewicht war wieder hergestellt.
Mutter lächelte nur, während sie ihre Hand drei- oder viermal ganz langsam in der Kreuzgegend ihres Patienten hin- und hergleiten ließ; wenn du es nicht besser wüßtest, dann hätte man fast meinen können, daß sie ihm den Popo abwischte.
Der Professor öffnete plötzlich die Augen, die jetzt so konzentriert blickten, daß ihr Blauton fast der des Zornes war. »Sind Ihnen auf der Ebene,

zu der sie Ihre Träume hinabgeführt haben, jemals irgendwelche interessanten wirbellosen Tiere begegnet?«

»Nein. Ganz bestimmt nicht. Ich habe mich noch niemals für wirbellose Lebewesen interessiert.«

Professor Pehl sah einen Augenblick fast ungläubig aus. »In meinem Leben sind sie das Interessanteste überhaupt«, gestand er und setzte hinzu: »es ist bemerkenswert, daß eine Frau mit Ihrem Intellekt so ganz ohne Neigung für die Wissenschaft geboren worden ist. Ich wäre glücklich, wenn Sie mir die Zeit schenken wollten, daß ich Sie wenigstens mit meinem Spezialgebiet bekanntmachen kann. Nur so können Sie auch mich kennenlernen.«

Elizabeth Hunter mochte wohl etwas vor der Vorstellung zurückschrecken, Hand in Hand mit Edvard Pehl durch das Land der wirbellosen Tiere zu wandern, denn sie änderte den Kurs. »Arme Dorothy«, sagte sie plötzlich mit sichtlichen Gewissensbissen, »wo kann sie wohl sein? Sie ist ein so guter Mensch. Ich hoffe wirklich, daß sie uns nichts übelgenommen hat. Sie macht gerade eine schwierige Zeit durch, verstehen Sie.«

»Ich habe es bemerkt.«

Und beide lachten ein wenig im Bewußtsein der Kenntnisse, die sie miteinander teilten.

Dorothy fühlte sich geradezu krank von dem physischen Abscheu, den ihr dieser sich schälende Norweger einflößte, und sie war moralisch von der Feststellung angeekelt, wie perfide eine Mutter doch sein kann. Obwohl Professor Pehl jetzt züchtig sein Hemd zuknöpfte, konntest du einfach nicht glauben, daß ein Mann, der *au fond* so dumm war – ganz gleichgültig, wie ›distinguiert‹ er auch erscheinen mochte – sich davor bewahren könnte, Elizabeth Hunters nächste Mahlzeit zu werden. Wenn er die Umwerbung mit Kalamin überstanden hatte und auch die Tour im Scheinwerferlicht über den Meeresboden, dann doch nur deswegen, weil sie ihn sich aufsparte: um ihn mit dem ersten Blick auf ihren immer noch ungemein sinnlichen Körper endgültig zu blenden.

Die Princesse de Lascabanes konnte nicht schnell genug von ihrem Faß herunterkommen; es war ihr gleich, ob jemand sein Knarren hörte; sie war sowieso schon tief genug gesunken und in ihren eigenen Augen noch tiefer als in den Augen der anderen. Lust und Ekel sind dasselbe, hatte sie den Verdacht, bei beiden der gleiche scharfe Schmerz, der sowohl durch den Körper wie durch den Geist schießt. Liebe: sie mußte lernen zu lieben. Sie riß ein paar Blätter ab und legte sie sich auf die Stirn. Wenn sie doch nur ihren ganzen Kopf in Blätter einwickeln und ihn in die See werfen könnte, zusammen mit allen Erinnerungen an Ehemann ›Liebhaber‹ Mutter und SELBST.

So irrte sie in Verzweiflung und Dunkelheit umher, bis der Gedanke an die

wilden, den Strand entlang galloppierenden Pferde sie innehalten ließ. Es wäre klüger, wieder zurückzugehen, entschied sie; wie schrecklich, wenn mir jetzt etwas zustößt, und ich müßte auch noch Schmerzen ertragen.
Einmal während der Nacht mochten die Pferde vorbeigalloppiert sein: wieder wurzelten ihre Füße im Sand, und die schützend um den Leib geklammerten Arme bündelten die Furcht fester.
Sie wachte nicht auf von etwas, das man eigentlich nicht Schlaf nennen konnte: Irgend jemand – Mutter? ja, Mutter war zum Spionieren gekommen.
»Dorothy? Ich habe mir Sorgen gemacht. Aber jetzt bin ich befriedigt, wo du wieder hier bist.«
»Befriedigt?« Es war geradezu zum Lachen.
»Warum nicht? Bin ich denn nicht deine Mutter?«
Dorothys Lachen wurde immer lärmender.
Bis Elisabeth Hunter sie ermahnte: »Pscht! Du wirst ihn aufwecken. Weißt du denn nicht, daß er nebenan wohnt?«
»Ja, ich weiß. *Offiziell* wohnt er dort, nicht wahr?« Sie wußte überhaupt nichts; es war ihr klar, daß sie einfach nur irgend etwas stammelte.
»Mein armer Liebling. Wenn ich dir doch helfen könnte! Wenn du nur Vertrauen zu mir hättest!«
O ja! Aber ohne Vertrauen zu dir selbst konntest du auch kein Vertrauen zu anderen Menschen haben – am wenigsten zu Mum – *Mutter.*
Einen Augenblick lang sah es so aus, als wolle Elizabeth Hunter ihr physisches Selbst in die Leere einschmuggeln, wo das Vertrauen hätte sein sollen: sie begann zu streicheln; sie drohte zu umarmen; während Dorothy sich für den härtesten Widerstand vorbereitete: sie durfte sich nicht von jemandem verführen lassen, der ein solcher Experte in dieser Kunst war – beziehungsweise von überhaupt niemandem, was das betrifft.
»Vielen Dank – Mutter. Es geht mir eigentlich sehr gut, ich bin nur müde. Vielen Dank, und bis morgen früh.« Wenn sie log, dann konntest du das auch.
»Wenigstens wirst du mir, hoffe ich, erlauben, daß ich dir einen Gutenacht-Kuß gebe.«
Du mußtest das über dich ergehen lassen. Sie roch immer noch nach Kalamin.
Nachdem ihre Mutter gegangen war, lag Dorothy de Lascabanes im Bett und vervollständigte einen Plan, der bis jetzt nur in Fragmenten in ihrem Kopf herumgespukt war. Und durch die Wand zum Nebenzimmer brach ein Schnarchen: Norwegisches Schnarchen kann regelrecht Löcher bohren. Ihr geliebter, hassenswerter Hugo hatte das bei ihrem Kopf nicht fertiggebracht.
Aber die Prinzessin überlebte die Nacht, und am nächsten Morgen kam sie

Professor Pehl in der Küche zuvor. Daß es mehr als nur das war, mußte selbst dieser dumme, egozentrische Mann bemerken. Er sah sie jedenfalls unverwandt mit verkaterten Augen an, wo er doch, und noch dazu als Skandinavier, am Abend vorher nicht im mindesten betrunken gewesen war. Aber er blickte sie wohl deswegen an, weil er von selbst bemerkt hatte, daß sie sich heute für feinere Gegenden angezogen hatte, als es die Insel war. Und was konnte das wohl bedeuten als Abreise?
»Professor Pehl«, begann sie, »ich muß Sie um einen Gefallen bitten.«
Ein so ausgesprochen streng erbetener Gefallen hätte auch einen weniger phlegmatischen Mann zurückzucken lassen.
»Ich habe mich mit dem Festland in Verbindung gesetzt«, sagte sie. »Der Hubschrauber holt mich um zehn Uhr ab. Ich hätte gern, daß Sie mich zum Landeplatz fahren, sobald Sie Ihren Kaffe getrunken haben.« Sie goß ihm eine Tasse ein; *pas d'omelette aujourd'hui.*
Der Professor war wie im Schockzustand: »Heißt das, daß Sie uns verlassen wollen?«
Ohne zu antworten, begann sie, sich mit Geschirr und Töpfen am Spülbecken zu befassen; bis sie in ihrer eigenen trockenen Präzision die Bewegungen irgendeines Vogels wiederzuerkennen glaubte: wahrscheinlich ein Perlhuhn; da gab sie auf.
Der Professor hatte sich am Kaffee die Zunge verbrannt. »Wenn wir gleich abfahren, so wie Sie das wünschen, dann müssen wir aber drei Stunden auf den Hubschrauber warten.«
»Ich erwarte nicht, daß Sie mir am Landeplatz Gesellschaft leisten. Wir würden uns nur gegenseitig aufregen.«
Er war so verwirrt und so hilfsbereit, daß er sich zum zweiten Male den Mund verbrannte. »Ich kann nicht verstehen, was wir Ihnen getan haben sollen.« Kaffee perlte in kleinen Bläschen aus seinen fragenden Nasenlöchern.
»Nichts.« Sie preßte ihre Lippen zu zwei Strichen zusammen, die von der Morgenstunde und dem Mangel an Lippenstift auch nicht ausdrucksvoller gemacht wurden.
Während sie durch die flirrenden Bäume und die bewegungslosen Taue und Trapezschaukeln der Schlingpflanzen hinabfuhren, wagte er zu fragen: »Haben Sie Mrs. Hunter informiert?«
»Nein. Und ich muß Sie bitten, ihr nichts zu sagen, Professor.«
»Aber sie ist doch Ihre Mutter«, stöhnte er verzweifelt.
»Na und?« Und dann kreischte sie: »Deswegen bin ich doch nicht ihre Puppe, oder? Oder bin ich das?«
Sie fuhren durch die Lichtung, in der die Forstarbeiter ihr Lager hatten. Ein paar waren aus der Nissenhütte herausgetreten und wuschen Tassen und Teller in einem Trog. Durch die ledernen Visiere ihrer Gesichter spähend, machten sie mehr denn je den Eindruck von Schlafwandlern.

Erwarteten sie, daß man ihnen zuwinkte? Die Princesse de Lascabane tat es, und beschrieb mit ihrem Arm einen Bogen, der groß genug war, um Männern einer niedrigeren Klasse das Gefühl der Herzlichkeit zu vermitteln. Die Männer winkten nicht zurück.
Nachdem der Wagen den Landeplatz erreicht hatte und die Prinzessin mit ihrem Koffer bereits neben ihm stand, den überflüssigen Strohhut in der Hand haltend, bedankte sie sich bei dem Professor und fügte hinzu: »Meine Mutter wird Sie nicht enttäuschen und Sie ganz bestimmt ausgezeichnet unterhalten – da bin ich völlig sicher.«
Dann setzte sich Madame de Lascabanes auf einen Baumstamm am Rande der Sandpiste und begann, ihre drei Stunden Wartezeit herumzubringen. Die Hitze hatte bereits begonnen, mit Nadeln in die Stille zu stechen. Ameisen kletterten ihre Strümpfe herauf. Sie öffnete ihren Mund, aber die bittere Trockenheit auf der Zunge nahm immer mehr zu, so sehr sie auch saugte und schluckte. Sie spürte noch einmal Mutter, wie sie in dem dunklen Zimmer raschelte und den verdächtigen Schwamm zur Linderung bot, den die Menschen Zuneigung nennen. Sie sah die Männer in der Lichtung, die nicht winkten, sondern nur beobachteten.
Gott sei Dank für den Hubschrauber, obwohl natürlich der magere Pilot darinsaß; gesegnet sei die Anonymität, die sie endlich einhüllen würde, wenn die große Düsenmaschine sie schnell und umsichtig wieder zurück nach Europa trug.

»Wie hieß dieser Mann, Dorothy?«
»Welcher Mann, Mutter?«
»Du weißt doch – dieser Norweger – als uns da jemand auf eine Insel eingeladen hat.«
Madame de Lascabanes stand am Fenster ihrer Mutter am Moreton Drive und wartete auf ihren Bruder, der nie Verabredungen einhalten konnte. Sie war sich nicht mehr sicher, ob sie den Höhepunkt ihrer selbst auferlegten Rücksichtslosigkeit erreicht hatte, wie sie es heute morgen beim Blick in den Toilettenspiegel glaubte, oder ob ihre Gefühle auch noch anderer Art waren. Die vielen Spiegel in Mutters Zimmer, Überlebende aus den Glanzzeiten der Eitelkeit, zeigten jedenfalls kein Anzeichen der Wankelmütigkeit in ihrem Gesicht. (Ah, aber du kennst dich selber besser als jeder Spiegel. Und wieviel weiß Mutter noch? Woran auch immer sie sich im Zusammenhang mit Brumby Island erinnern mag – sie hat dir damals ein ganzes Arsenal von Waffen in die Hand gegeben; jetzt mußt du nur den Mut haben, die tückischsten von ihnen herauszusuchen und zu benutzen.)
»Pehl – Edvard *Pehl* hieß er.«
Mrs. Hunter stieß mit dem Fuß von unten gegen die Bettdecke. »Es überrascht mich, daß du dich daran erinnerst – nach so langer Zeit. Aber du

bist jung, Dorothy – oder jedenfalls jünger. Und vielleicht hast du diesen – *Ökologen* – auch ganz gern gemocht?«
Dorothy schluckte: halt dich zurück, laß deine Wut erst explodieren, wenn Basil da ist. »Ich dachte eher, *du* hättest dich für ihn interessiert, Mutter.«
»Ich hatte meine Pflichten ihm gegenüber zu erfüllen, so dumm er auch war.«
Dorothy lag die Antwort auf der Zunge: Frauen von siebzig können es sich nicht leisten, einen Mann einfach nur wegen seiner Dummheit zurückzustoßen; aber obwohl ihr Brumby ständig im Gedächtnis war, konnte sie doch nicht so brutal sein; und Mutter auch nicht, die ja sonst mit einem Gegenhieb antworten könnte: für eine unattraktive Frau jeden Alters, aber ganz besonders, wenn sie in den ›Schrecklichen Vierzigern‹ ist, sollte die Dummheit eines Mannes nur der kleinste seiner Fehler sein.
Nun, das war inzwischen alles vorbei: weder Mutter noch du würden jemals wieder von einem Mann in Versuchung geführt werden. Oder sollte jemand vielleicht Elizabeth Hunters Mumie verführen wollen?
»Es war die Insel, die ich liebte, Dorothy. Nachdem du weggefahren warst, habe ich sie erst kennengelernt. Nachdem ich verlassen worden – und nur noch ein Häufchen Elend war – aber das bedeutete gar nichts mehr: ich war bereit zu sterben. Statt dessen faßten die Vögel Vertrauen zu mir und begannen, mir aus der Hand zu fressen. Da war keine Spur von Haß oder Furcht, solange wir – eingekreist – waren. Was mich rettete, das war ein Vogel, der an einem Baum aufgespießt war. Er mußte gegen den scharfen Stumpf eines abgebrochenen Zweiges geweht worden sein. Ich glaube, das erinnerte mich daran, daß man dem Leiden nicht entkommen kann. Obwohl es andererseits menschlich ist – zu versuchen, ihm zu entfliehen. Und da habe ich mir wieder eine Zuflucht gesucht. Es war der tote Vogel, der mir eingab, daß der Sturm vielleicht noch nicht vorüber war. Später fand ich dann heraus – der Mann hat es mir gesagt – daß es ein Tölpel war.«
So begann also die Wahrheit durch diese Vision einer Insel hindurchzusickern, die ein seniler Gesit hier heraufbeschwor. »Wer hat es dir gesagt, Mutter? Wo du doch, wie du auch sagtest, verlassen worden warst?«
»Es muß der Mann gewesen sein, der den Lastwagen fuhr.«
Madame de Lascabanes wurde so wütend über dieses hinterlistige Ausweichmanöver, daß sie es plötzlich verstehen konnte, warum ein Mensch einen regelrechten Mord verübt. Und dabei war für sie bis jetzt doch allein der Gedanke, eine verwirrte Seele sanft aus einem erschöpften Körper zu lösen – sich lösen zu lassen – schon ein Grund für ständige Anfälle moralischer Skrupel gewesen. Die Stimmen, die sie in diesem Augenblick auf der anderen Seite der Tür näherkommen hörte, waren daher wie ein Gottesgeschenk.
Während die Schwester anscheinend beschlossen hatte, die Anwesenheit der

Prinzessin im Schlafzimmer ihrer Patientin einfach nicht zu beachten, den zweiten, bei weitem annehmbareren Besucher ohne weiteres hereinzulassen und nur die Tür hinter ihm mit forscher Bewegung zu schließen, sah Sir Basil Hunter so aus, als könne er es nicht erwarten, diesen lästigen dienstbaren Geist endlich loszuwerden und die Hände seiner Schwester zu ergreifen. Davon und von dem zögernden, fragenden Blick aus feuchtschimmernden Augen, den er ihr zuwarf, war Dorothy zunächst überrascht und dann regelrecht bezaubert. In jeder anderen Hinsicht war seine Erscheinung ein Muster männlicher Selbstbeherrschung: die frisch rasierten Wangen strömten den Duft eines herben, aber nicht unangenehm scharfen Rasierwassers aus; das Haar war sehr geschickt geschnitten – zwei Zentimeter länger wäre romantische Übertreibung gewesen; und die Kleider waren so gebügelt oder gewaschen, wie es ein Mann von Welt verlangt und dann nicht mehr beachtet.

Bei ihrem Wiedersehen nach ihrer getrennten Rückkehr aus Europa war Dorothy davon beunruhigt gewesen, daß Basil sie an Hubert erinnerte. Das war jetzt überhaupt nicht mehr der Fall. Trotz der schrecklichen Intimitäten, die ihr der Mann aufgezwungen hatte, mit dem sie sich immer noch als vor Gott vereint betrachtete, war sie doch nie zu dem wirklichen Hubert durchgedrungen. Jedes Zusammentreffen hätte das erste sein können, jedesmal wieder zerfloß die Hoffnung auf gegenseitige Liebe vor ihrer atemlosen Anbetung, und moralische Skrupel waren die Vorboten physischen Abscheus. Alles das konnte gar nicht auch Teil ihrer Beziehung zu einem Bruder sein, dessen feuchtes Auge in der selbstsicheren Fassade für sie ein Guckloch war, das sie nicht zögerte, zu benutzen; genauer gesagt, sie hatte schon einen Blick hindurchgeworfen und festgestellt, daß *dieser* Basil ein Basil war, den sie besser kannte als er selbst sein eigenes Spiegelbild. Sie kannte ihn ebensogut, überlegte sie, wie sie ihr eigenes Selbst kannte – im Gegensatz zu dem, was andere Leute sehen. Sie spürte direkt, wie sich ihre Gefühle gegenüber Mutter erwärmten: sie hatte in ihnen immerhin eine weniger animalische Version eineiiger Zwillinge hervorgebracht, nämlich zwei Geschwister verschiedenen Alters, die sich dennoch gegenseitig genau erkennen und verstehen.

(O nein, Mutter gegenüber muß man natürlich jetzt in jedem Augenblick Widerstand leisten. Erinnere dich an die Insel, an die Kalamin-Lotion, an den Skiapod mit dem Maul, das groß genug war, um einen Ökologen zu verschlucken.)

Basil begrüßte seine Mutter gar nicht erst, vielleicht weil er es eilig hatte und sich schuldig dafür fühlte, daß er zu spät kam. Dorothy allerdings zog es vor, darin ein Anzeichen für seine Entschlossenheit zu sehen.

Bis er sie dadurch aufschreckte, daß er sagte: »Hast du schon irgendwie angefangen, Dorothy?« wo doch niemand sicher war, ob Elizabeth Hunter nun taub war oder nicht.

»Nein. Warum denn? Sollte ich hier nicht auf dich warten?« und ihr Zorn wäre vielleicht zurückgekehrt, wenn sie nicht ein Schaudern verspürt hätte, daß direkt aus dem Gewissen ihres Quasi-Zwillings kam und sich an ihr eigenes wandte.

Mutter selbst half ihnen aus der Sackgasse. »Ich habe dich niemals spielen gesehen, Basil. Als es eine Möglichkeit gegeben hätte – nach der de Lascabanes-Hochzeit – wo wir hingefahren sind und ein paar Wochen in London verbracht haben – da konnte ich mich nicht dazu durchringen, ins Theater zu gehen. Und dabei warst du in irgendeinem Stück, damals. Du warst geschickt genug, immer irgendwo *in* etwas zu sein. Aber ich hatte einfach nicht den Mut, mich selbst zu überzeugen.«

»Das wäre dann das einzige Mal gewesen, daß du nicht mutig warst, würde ich meinen.« Sir Basil Hunter hatte wieder zu seinem juwelenbesetzten Schwert und zu seinen weiten, reich mit Pelz verzierten Ärmeln gefunden. »Ich nehme an, liebste Mutter, daß du voll damit beschäftigt warst, Hüte aufzuprobieren und geduldig die endlosen Anproben bei der Schneiderin durchzustehen.« Eine wundervoll harmonische Bewegung brachte ihn *von lks. m. zum Bett m.*, und ein Lachen glänzte auf seinen spitzen Zähnen.

Dorothy sah mit Beruhigung auf die spitzen Zähne – denn dann konnten sie ja doch kaum falsch sein: an jenem Tag beim Rechtsanwalt, ehe Basil ihre Sympathie gewonnen hatte, waren ihr die meisten seiner Zähne wie künstlich erschienen.

Elizabeth Hunter grinste mit leeren Gaumen in Richtung auf ihren Sohn. »Ja, die Hüte und Kleider! Du lachst über mich. Aber mußte ich nicht auch an meine eigene Kunst denken? Eine ziemlich nebensächliche – das gebe ich zu.« Sie bewegte sich etwas, und da war das entfernte Verfliegen schalen Parfüms; Licht stieß auf Licht und wurde noch feiner, heller zermahlen; die Luft war aufgerührt und perlte. »Was mich in Wirklichkeit davon abgehalten hat, ins Theater zu gehen«, sie nieste, als ob die Erinnerung sie in ihren ausgewaschenen Nasenlöchern gekitzelt hätte, »war der Gedanke, daß ich vielleicht nicht das Vollkommene vorfinden würde – nach dem ich immer gesucht habe – und das ich so verzweifelt zu finden versuchte – in meinen Kindern.«

Dorothy konnte es einfach nicht mehr ertragen, Mutter anzusehen. Aber sie bemerkte, daß Basil wie von einem Stich zusammengezuckt war; und das schien ihr nur gut.

Dann spielte Mutter ihre nächste Karte aus: »Aber dein Vater ist gegangen.« Eine Karte, die sie nicht erwartet hatten – sie stärkte Mutters Spiel um die Liebe, die sie einem Mann vorenthalten hatten, den kennenzulernen sich nicht zu lohnen schien.

Basil befand sich in der Lage desjenigen, der noch nicht genau weiß, wie ernsthaft eine Verwundung ist. »Wenn Vater mich auf der Bühne gesehen hat, dann muß er dir doch einen ausführlichen Bericht erstattet haben. Merkwürdig, daß er nach der Vorstellung nicht in die Garderobe gekommen ist – es sei denn, er hätte sehr wenig gefunden, was ihm gefiel.« Neben dem unterlassenen Besuch verletzte der Gedanke, daß hier ein unaufgeklärter Laie das Recht gehabt hatte, ein Urteil zu fällen, seine schauspielerischen Eitelkeit.

»Er kam nicht zu dir hinter die Bühne, weil er ein scheuer Mann war, nehme ich an. Und er hat mir auch nichts erzählt. Ich habe versucht, etwas aus ihm herauszulocken – zur Hälfte war ich doch sehr begierig, etwas zu erfahren. Nun, er hat kein einziges Wort gesagt. Alfred, versteht ihr, war ein Mann von großer Feinfühligkeit.«

Basil leckte sich das Salz von den Lippen und beschloß, daß Mutters Spiel offensichtlich weniger auf Schläue als auf dem Zufall basierte.

»Sie waren beide sanfte, sensible Männer – mein Mann und mein Vater, und jeder von ihnen ist an seinen eigenen Enttäuschungen gestorben.« Elizabeth Hunters Augen starrten geradeaus wie zwei Untertassen gefrorener Milch. »Meint ihr, daß ich sie vor wenigstens einem Teil ihrer Leiden hätte bewahren können?«

Wiederum warb sie um Mitgefühl und das vielleicht mit Erfolg, wenn Dorothy sich nicht erinnert hätte.

»Wie könnte man das sagen? Ich kannte meinen Vater kaum, und mein Großvater war immer nur ein Name. Oder ein Mythos von Fehlschlag und Selbstmord. Oh – wie merkwürdig, da fällt mir etwas ein – etwas kannte ich doch von ihm – einen Manschettenknopf. Kannst du dich erinnern, Mutter? Der Manschettenknopf, den ich unter deinem Bett gefunden habe. Ein ziemlich häßliches Ding aus Achat, wenn ich mich recht erinnere, und in einer schweren Goldfassung. Mutter?«

Dorothy sah Basil an. Obwohl er von ihrem damaligen Fund nichts gewußt haben konnte, mußte er doch als Komplice jetzt seine Wichtigkeit spüren, und daß sie jetzt am besten vorsichtig – oder nein, von hier ab nicht einmal mehr vorsichtig.

Mutters Kopf bewegte sich protestierend auf dem Kissen. »Nein, ich erinnere mich nicht, Liebes. Oder?«

»Hast Du diese Manschettenknöpfe von deinem Vater noch? In deinem Schmuckkasten, vielleicht?«

Eine Klaue, völlig ungepanzert heute morgen, zupfte an Basils Hand um Gnade: Basil war das anhängliche Kind. »Nein, ich weiß nicht, Dorothy – ob ich sie habe oder nicht. Es war zuviel, um alles aufzuheben.« Basil hatte die Klaue in seine Hand genommen. »Um es genau zu sagen – ich glaube, ich erinnere mich, daß ich diesen Manschettenknopf – im Park weggeworfen habe, ins Gras. Du hast ja gesehen, was für ein häßliches Ding er war.«

Dorothy blickte beiseite, und Basil wußte, daß er nun den Dolchstoß führen mußte: Sir Basil Hunter, Der Große Schauspieler.

Neben dem Bett sitzend, die Klaue immer noch mit erfahrener Hand an die Brust gedrückt (eigentlich verdammt unbequem auf diesem kleinen, wackligen Stuhl – die Gedärme werden dir in den Magen geschoben, und das Suspensorium kneift einem die Eier ab), begann er, dieser uralten Königin schönzutun. »Was für ein Chaos von schaurigen Gedanken, was sie auch bedeuten mögen! Ich komme mit ihnen gar nicht mehr mit. Glaubst du nicht, liebste Mutter, wenn du hier in diesem großen Haus so allein lebst – so voller Erinnerungen, und nicht alle glücklich – daß du da nicht auf die Dauer wirklich krank wirst?«

Wie ein Kind beim Zahnarzt hatte Elizabeth Hunter ihre Kiefer fest zusammengepreßt.

»Was dir doch mehr als alles andere fehlen muß, würde ich meinen, ist die Gesellschaft von Menschen deiner Generation. Und die hättest du am angenehmsten in einer ordentlich geleiteten Anstalt – oder Heim, Liebes, Heim – wie zum Beispiel dem, das sich außerhalb von Sydney befindet, wie ich höre.«

Er sah seine Schwester an. Und sie konnte den blauen Schweiß im Feld seiner unmerklich nachwachsenden, noch blaueren Stoppeln liegen sehen.

Also mußte sie jetzt auch etwas von der Verantwortung übernehmen. »Ja, Mutter. Wie Basil gesagt hat – sympathische Gesellschaft in freundlicher Umgebung. Es gibt da so etwas, ist mir gesagt worden. Und einen Garten haben sie. In Thorogood Village. Die haben einen *duftenden* Garten, und der ist speziell für die Leute angelegt, deren Augen nicht mehr so ganz gut sind. Das hat mir Cherry Cheeseman erzählt. Du erinnerst dich doch an die Bullivants, Mutter? Also, ihre Mutter . . .« Die Princesse de Lascabanes pflegte sonst kaum jemals zu transpirieren.

»Ich weiß, Dorothy. Violet Bullivant ist in Thorogood Village gestorben.«

»Das war natürlich traurig«, gab Dorothy zu. »Aber jeder stirbt irgendwann einmal. Da wollen wir doch wenigstens realistisch sein.«

»Und du, Darling«, fügte Sir Basil bei und führte die fleckige Klaue an die Lippen, »du wirst nicht sterben, ehe nicht die Zeit kommt.«

»Ehe nicht meine Zeit kommt«, pflichteten Elizabeth Hunters nicht mehr zusammengepreßten Kiefer bei.

Für ihre Kinder war sie plötzlich zu einem gewaltig verstärkten Puls geworden, der seinen Schlag den minderen, hörbaren Ventilen aufzwang, die sich in ihren eigenen Körpern öffneten und schlossen.

»Etwas, was ich auf dieser Insel herausgefunden habe«, keuchte sie, »nachdem ihr alle weggelaufen seid: mich bringt nichts um, ehe es mir nicht bestimmt ist, zu sterben.«

Wenn du doch deinen Sturm beschreiben könntest: aber du kannst es nicht. Du kannst das Äußerste an Erfahrung niemals in Worten ausdrücken.

Was immer dir gegeben ist, zu leben, das kannst nur du leben, und wieder er-leben, und noch einmal wieder erleben. Bis es schließlich mit dem letzten Atemzug aus dir herauskeucht.
Und so lag sie da und schnappte nach Luft, als ob die Flut zurückgegangen wäre und diese Bucht aus Bettlaken trocken hinterlassen hätte; und die beiden standen da, das konnte sie spüren, und betrachteten sie mit reuelosen Möwenaugen.

Sie war an diesem Morgen früher aufgestanden als sonst: irgendwie verändertes Licht, das Gitterwerk aus Vogelgeräuschen und dann riesige Schwingen, die sich ausbreiteten, quietschten und knarrten (oder war das ein Auto?) und sie überwältigten. Sie war dazu übergegangen, auf der Insel so wenig Kleidung wie möglich zu tragen. Obwohl sie kaum in die Nähe des Strandes ging, rieb in ihren Kleidern versteckter Sand mit einem trockenen, sauberen Gefühl auf ihrer Haut, als sie sich anzog. Um ihr Haar, dessen Frisur inzwischen völlig zerstört war, wand sie den Flamingoschal. Aber dann beschloß sie, ihn lieber wieder abzunehmen. Hätte dieser Klotz von einem Norweger, oder – schlimmer noch – hätte Dorothy sonst nicht vielleicht gedacht, sie trüge diesen Schal mit Absicht, um extravagant zu sein? Was ja vielleicht auch der Fall gewesen wäre; um so mehr ein Grund, den Knoten wieder aufzumachen.
Sie lachte wegen der Verschwörung, die sie mit sich selbst anzettelte.
Dann war sie allein. Nicht einmal sich selbst hatte sie zur Gesellschaft.
Schon immer gegen Selbstmitleid – oder gegen mehr als ein normales Maß davon – schnüffelte sie jetzt nur ein bißchen, als sie auf die Veranda trat. Sie kannte sich und den Typ, der sie war: eine nutzlose schöne Frau, deren Mann die Zahl der vom Herkommen vorgeschriebenen Kinder durch einen Körper gebären ließ, den er zu einem überhöhten Preis gekauft hatte, weil er zuviel Liebe in sich trug; und der den Handel bereute – heimlich (denn er war ein ehrbarer Mann) und der vielleicht mit der Trauer über seinen Mangel an Weisheit im Herzen gestorben war. Eine Frau, die die Lust ihrer Liebhaber herausgefordert, wenn nicht unumgänglich gemacht hatte; nicht im Fall des Norwegers (den Norweger wollte sie eigentlich nur halb und halb: er schälte sich zu sehr). Aber vor allem war sie eine Mutter, die von ihren Kindern verschmäht worden war.
O Gott! Auf der Veranda wie festgewurzelt öffnete sie den Mund, und die Sonne brüllte zurück über den glasig gebogenen Spiegel des Pazifik.
Sie hatte gerade den Kaffeesatz und das Geschirr in der Küche gefunden, als Professor Pehl angefahren kam, den Wagen zwischen dem Erdkeller und dem Haus parkte und ausstieg.
Sie hätte kaum weniger für freundliche Gespräche aufgelegt sein können als jetzt, aber ihre Erziehung und der Kaffeesatz ließen sie auto-

matisch fragen: »Sind Sie das, Professor? Wollen Sie eine Tasse Kaffee mittrinken, wenn ich welchen mache?«
Er stand beinahe stocksteif neben dem alle Schönheit verachtenden und nur das reine Nützlichkeitsprinzip vertretenden Wagen. »Vielen Dank. »Ich habe schon welchen getrunken.«
Seine trockene Nüchternheit erschien ihr gräßlich.
Also entblößte sie die Zähne zu einem Lächeln und rief spielerisch: »Wo ist denn die dumme kleine Dorothy – meine Tochter?«
Sie bereute das sofort: er gab ihren Blick todernst zurück, als hätte sie nicht nur den benthalen Aggregations-Professor Pehl, die arme Wechseljahr-Prinzessin de Lascabanes, Alfred den Gütigen, Basil Meinen Geliebten Einzigen Sohn, Athol Shreve den – Puh! und Arnold den Reinen verloren, sondern überhaupt alle Menschen.
Professor Pehl antwortete pflichtbewußt: »Es ist mir nicht gestattet, etwas über den Aufenthaltsort der Prinzessin zu sagen.«
Danach verschwand er; und Elizabeth Hunter senkte den Kopf.
Anstatt für sich alleine Kaffee zu machen, trank sie ein Glas laues Wasser. Unter den Fingernägeln hatte sie ein irritierendes Gefühl von dem Kaffeesatz, den ihre geheimnistuerische Tochter hinterlassen hatte.
Natürlich konntest du das alles der armen Dorothy nicht ganz und gar übelnehmen, wenn man an den verschlagenen Franzosen dachte und an den unglücklichen Zustand, in dem sie sich jetzt befand. Da ist es nur natürlich, wenn sie Groll hegt, besonders gegen eine Mutter, deren Liebe zum Leben so oft die Grenzen der Diskretion überschritten hat – jedenfalls in den Augen der Farblosen und Stachligen.
Ihre Fehler zu beichten (sich selbst) und die Schuld für sie auf sich zu nehmen, wenn niemand da war, der sie bekräftigte – das gab Elizabeth Hunter ein seltenes Gefühl der Freiheit. Während sie den Hügel hinaufging, vorbei am Erdkeller und dem verlassenen Chevrolet und dann in den Busch, verstieg sie sich sogar so weit, daß sie dachte: ich bin ohne Zweifel auf gewisse Weise eine Heuchlerin, aber die Erkenntnis hilft nicht viel; um wirklich ehrlich, spontan aufrichtig sein zu können, muß man mit einer Unschuld zur Welt gekommen sein, die mir nicht gegeben ist. Und die Alfred andererseits hatte.
Aber Alfred, und nicht sie, war verletzt, betrogen, gequält und schließlich vernichtet worden. Während sie immer weiter mehr verlangte und auch mehr erhielt, als sich die meisten Frauen vorzustellen wagen. Selbst ihre Schönheit begann erst jetzt, ganz langsam zu verblassen; ihr Körper war im Alter von siebzig Jahren immer noch jung und elastisch. Zum ersten Male wurde sie beunruhigt vom Geheimnis ihrer Stärke, von ihrem Leben wie das einer Ausersehenen – und dabei dachte sie nicht an den häufig unbefriedigend verlaufenen vergangenen Teil, sondern an das, was an

Leben noch vor ihr lag, es streckte sich soweit der Horizont erlaubte, und nicht einmal ihr eigener Schatten lag darüber.
Mit bescheidenerem Schritt weitergehend, wegen der Einsamkeit um sie herum ebenso wie um der Kräfte und Auszeichnungen willen, die ihr so ohne jeden Grund zuteil geworden waren, ließ sie sich von ihren Füßen in die kühlen Tiefen des Regenwaldes tragen. Das Licht fiel nur noch hin und wieder zwischen den Schäften der Bäume herab und malte helle Streifen auf ihren Körper, während sie sich an Schlinggewächsen vorbeischob, die ihre eigenen grünen Windungen überlebt hatten und zu verholzten Abstraktionen geworden waren. Ihr fiel ein, daß sie von alten Frauen gelesen hatte, die ein Todesinstinkt in das Unterholz gelockt hatte, wo sie dann starben, und von einem alten Mann, der nach Tagen der unfreiwilligen Gefangenschaft zwischen den Ranken eines Brombeerbusches wahnsinnig geworden war. Ihr konnte Derartiges nicht bestimmt sein: dafür war sie einfach zu vernünftig. Und daher ging sie weiter.
Schon am Anfang ihrer Wanderung hatte sie die Nadeln aus ihrem Haar gezogen, diesem widerspenstigsten, aber gewohnheitsmäßig immer unter Kontrolle gehaltenen Teil ihrer selbst. Jetzt wehte es um ihr Gesicht, verschleierte manchmal vollständig und öffnete sich dann wieder, um ihren Geist an die Oberfläche steigen und eine fremde Substanz identifizieren zu lassen, oder die Bewegungen, die sie gerade machte, in die Erinnerung an die Körperlichkeit einer anderen Person zu übersetzen.
In einer Lichtung fand sie Blumen: eine Art von Wiesenorchidee. Jede Blüte kehrte mit ihrer Blätterzunge zurück in die Büschel feinfaserigen Grüns, die aus dem Knorpel ihres eigenen, sichelförmigen Ohrs emporsprossen. Außer sich vor Freude über ihren Fund, ließ sie sich auf die Knie nieder: um sich in Geheimnisse einzudrängen, zu pflücken, zu verschlingen oder in die Nase einzuziehen oder nach Hause zu tragen und auf dem Toilettentisch sterben zu lassen. Und da entdeckte sie plötzlich, daß ihr Drang nach Besitz entschwunden war.
Ah – aber sicher nur vorübergehend und nur hier angesichts dieser Blumen. Sie setzte sich im Schneidersitz zurück, warf einen distanzierten Blick auf die Blumen und wußte, daß sie sich nach wie vor über Dorothys Benehmen ärgerte und sich von dem Norweger einfach irritiert fühlte – nicht nur wegen seiner Anwesenheit auf Brumby Island, sondern weil er überhaupt existierte. Sie pflückte einen blassen Grashalm, kaute darauf und überlegte, was Edvard Pehl wohl im Moment gerade tat.
Da sie ihrer unausweichlich leichtsinnigen und, wie kann es anders sein, korrupten Natur die ungewohnte Freiheit der Stille gewährt hatte, begann der Wald jetzt, sie zu deprimieren: sie konnte schließlich nicht mehr an Gnade glauben, sondern nur noch an Glück.
Das war der Augenblick, in dem sie den Klang einer Axt hörte. Und – ganz

entfernt – Stimmen. Sie stand auf, nicht ohne eine momentane innere Warnung zu verspüren. Aber sie sehnte sich danach, mit jemandem zu sprechen oder auch mit niemandem oder mit jemandem, der ganz einfach war oder sogar schlicht dumm. Sie mußte sich bestätigen und vergewissern, daß sie in der Vorstellung, die ein anderer vom Leben hegte, noch einen Platz hatte.

Sie erhielt bald die Möglichkeit, das zu beweisen. Nachdem sie sich eine Strecke weit durch das Unterholz gekämpft hatte, kam sie an eine Stelle, wo zwei Männer gerade eine Schwarzbuche gefällt hatten. Frieden und helles Licht herrschten an dem Ort, an dem noch vor kurzem Gewalttätigkeit gehaust hatte. Einer der Männer hackte systematisch kleinere Zweige von der entweihten Krone; der andere beschäftigte sich mit einer Säge, streichelnd fuhr er mit zitternder Hand über die Schneide.

Es war Elizabeth Hunter sofort klar, daß es praktisch unmöglich für sie sein würde, diesen Männern hier gegenüber glaubwürdig zu erscheinen. Der Mann mit der Axt hörte auf zu hacken. Sein Magen hob und senkte sich unter dichtem, struppigem Haar. Seine ziemlich vorstehenden Augen versuchten, sich weiter zurückzuschrauben, als es die Augenhöhlen erlaubten. Eine Kette, die von der Hüfte seines dünneren, sehnigeren Kollegen herabhing, klirrte musikalisch gegen die Säge in seiner Hand.

»Ich hörte den Baum stürzen«, behauptete sie; obwohl das nicht stimmte, »und bin nur so vorbeigekommen. Darf ich zusehen?«

Der korpulente Mann murmelte irgend etwas und fing wieder an, seine Zweige abzuhacken; aber jetzt viel zurückhaltender. Der sehnige Kollege legte die Säge auf die Erde, überlegte es sich dann anders und hob sie wieder auf.

Sie hauchte mehr, als daß sie sprach. »Ist das nicht ein wundervoller Geruch?« Und wirklich war die schwere Luft erfüllt vom Duft fließenden Harzes. »Mehr als nur ein Geruch – ein Parfüm.«

Die beiden Männer lachten, aber nur leise und gehemmt. Sie hatte den Verdacht, daß sie ihr von jetzt an nicht mehr in die Augen sehen würden.

Sie setzte sich auf den Stamm direkt oberhalb der tödlichen Wunde, die sie geschlagen hatten. »Und der Geschmack!« Sie probierte wirklich einen der Splitter und hätte diese umgewandelte Hostie beinahe fallengelassen, so schnell es ging; aber sie brachte es doch fertig, den weißlichen Span ordentlich auf den Stamm zu legen. Von dort glitt er herunter und fiel auf die Erde.

In ihren eigenen Augen war sie jetzt weiter nichts als spröde und geziert. Aber die beiden Männer schienen Freude am Unerwarteten zu haben.

Der große Dicke ging wieder zu seinem Stamm, auf Zehenspitzen, und hackte durch die Zweige, die in Butter verwandelt schienen. Sein dünner Kollege hatte begonnen, die Säge mit Öl einzureiben, eine Beschäftigung, die er in ihrer Abwesenheit wahrscheinlich schneller vorgenommen hätte.

Ohne Zweifel hatte wirklich keiner der beiden mehr die Absicht, sie anzusehen. Vielleicht war es ihr offenes Haar. Oder war sie zu alt? Oder vielleicht eine Verrückte, mit der man nicht spricht?
Was auch immer – sie respektierten es: die beiden Männer waren so ehrerbietig wie ein ganzes Kloster voller Nonnen.
»Ich nehme an, Sie wohnen drüben im Försterlager.« Eine überflüssige Bemerkung, aber sie hoffte, die beiden damit weniger gehemmt zu machen.
Joo, sie wohnten im Lager. Sie waren beim Ministerium angestellt.
»Ich bin zu Besuch bei den Warmings.« Das war allzu offensichtlich, aber sie sagte es trotzdem. »Sie mußten weg. Eins von ihren Kindern ist krank.«
Die Männer wußten das wahrscheinlich: Telefonleitungen in abgelegenen Gegenden sind meistens wie öffentliches Eigentum; aber der haarige Bauch murmelte: »Ach was, wirklich?« um der Konvention Genüge zu tun.
Sie blickten sie immer noch nicht an; das wäre ja vielleicht unehrerbietig gewesen.
Am Schluß konnte sie nur noch fragen: »Wenn ich jetzt in *der* Richtung zurückgehe, komme ich da irgendwo in der Umgebung des Hauses heraus?«
Joo, joo, fingen sie an zu erklären, und die ehrerbietigen Arme verwandelten sich in Wegweiser: die geschwärzten Hände zitterten von gerade überstandenen Anstrengungen.
Von der Kinnbacke des Haarigen tropfte ein wenig Schweiß auf ihre Hand. Er bemerkte es und sah verlegen aus.
Als sie ging, lächelten beide ihr nach: aber sie lächelten auf den Boden zu ihren Füßen.
Der Rückweg war langweilig. Sie hätte jetzt gern ihr Haar wieder hochgesteckt, aber das ging nicht, weil sie die Haarnadeln weggeworfen hatte. Kurz ehe sie in das Gehölz von Johannisbrotbüschen eintauchte, das den Strand einsäumte, leckte sie ihren Handrücken ab und schmeckte zusammen mit ihrem eigenen salzigen Schweiß, so bildete sie sich ein, den Schweiß des Mannes mit der Axt; und zerfloß vor Hitze oder weinte und ging durch die blendende Helle, die Strand und Ozean reflektierten. Zufällig war sie wirklich nicht weit von dem auf seinen Pfählen wie ein Pilz hochgeschossenen Haus. Sie ging langsamer und war weniger denn je imstande, eine Erklärung für die Gaben zu finden, mit denen sie überschüttet worden war.
Das Haus machte einen leeren Eindruck, obwohl jemand die Küche benutzt hatte. Es konnte nur Professor Pehl gewesen sein: ein kleiner Rest von Cornedbeef-Fett auf einem Teller und verstreute Brotkrümel auf dem Wachstuch waren offensichtlich von einem Mann für eine Frau zum Wegräumen hinterlassen worden. Ihr Trotz, oder auch ihre Migräne, hatten andererseits Dorothy ganz bestimmt davon abgehalten, sich für irgend etwas Eßbares zu interessieren.

Elizabeth Hunter riß ein Blatt von einem Salatkopf ab und schnitt sich dazu einen Keil aus einem einfachen Butterkäse. Während sie das Blatt und den harmlos schmeckenden Käse aß, beneidete sie die Warmings um ihr Zusammenleben und sogar um die Krankheit ihres Kindes. In einem Ausbruch von Sympathiegefühlen und eigentlich nicht aus Neugierde ging sie die Terrasse entlang zu ihrem Schlafzimmer. Sie hatten kaum aufgehört, darin zu leben – so schnell waren sie abgereist. Hinter im letzten Moment noch zugezogenen Vorhängen roch es immer noch nach intimer Welt: Helens Puder auf dem Frisiertisch, Jacks in einer dunklen Ecke zusammengeknäueltes Hemd. Kindergesichter betrachteten den Eindringling aus gerahmten Schnappschüssen. Keines ihrer eigenen Kinder hatte ihr je direkt ins Gesicht gesehen, weder auf Fotografien noch im wirklichen Leben.

Es war wirklich irritierend, wenn nicht einfach zum Verrücktwerden.

»Dorothy?« Sie stand vor der Tür, die sich ihr einfach öffnen mußte, und rüttelte am Griff.

Jetzt fühlte sie sich wirklich alt; gleich würde sie abgezehrt aussehen: wie abgezehrt und wie alt, würde nur Dorothy sehen und sonst niemand.

Um der Sache ein Ende zu machen, riß sie schließlich die Tür einfach auf und stolperte geradezu in die enge, von blendendem Licht erfüllte Schachtel: Dorothys Zimmer war so leer, als ob niemand je darin gewohnt hätte.

Elizabeth Hunter hätte Dorothy nicht mehr hassen können, als sie es in diesem Augenblick tat. Und noch mehr haßte sie Edvard Pehl dafür, daß er bei der treulosen Flucht ihrer Tochter mitgewirkt hatte. Sie war froh, daß sie seinen so unverschämt hinterlassenen Teller nicht abgewaschen hatte.

Bis ihr plötzlich einfiel, wie überheblich, wie kindisch das doch von ihr war, und da ging sie in die Küche zurück und säuberte und spülte den Teller. Das kleine Stück schwitzenden Fetts und das Blechdach, das über ihr knisternd in der Sprache der Hitze flüsterte, erinnerten sie an die beiden Forstarbeiter, an ihre falsch angewandte Freundlichkeit und ihre Ehrerbietung, die sie nicht verdiente.

Weil sie allein war, legte sie sich hin und verdöste den Nachmittag in ihrem Zimmer. (Wenn er auch da war, am anderen Ende des Hauses, dann ließ er sich jedenfalls weder sehen noch hören).

Sie wurde von klopfenden Händen aufgeweckt, schien es ihr. Nein – dünne Finger waren es, die am Blechdach zerrten: nur Wind, weiter nichts.

Sie stand auf und wusch sich, so gut es mit der Waschschüssel und einem Krug Wasser gehen wollte. Sie puderte ihre wiederbelebte Haut, salbte sich mit Cremes und Tinkturen. Warum nicht? Ihr ganzes Leben war eine Zeremonie gewesen, die abends diese Handlungen verlangte. Sie zog dasselbe Kleid an, das sie am Abend vorher getragen hatte. Obwohl es eigentlich schon alt war, hatte es doch nichts von seiner Schönheit und der Klarheit seiner Faltenlinien eingebüßt: wie gewisse klassische Skulpturen, war dieses Kleid nicht nur zur Begeisterung des menschlichen Auges entworfen; es sollte auch die Zeit selbst verführen, ihre harten Gesetze zu vergessen. Heute abend flocht sie ihr Haar in einen Zopf, den sie auf ihrem Kopf zu einer Krone drehte oder modellierte. Dann neigte sie die Frisur, um die Türkiskette darübergleiten zu lassen, die sie dem Kind zu tragen erlaubt hatte.

Sie wagte nur einen ganz kurzen Blick in den Spiegel.

Der Wind hatte sich gelegt. Atemlose Stille herrschte in dieser Zeit kurz vor Sonnenuntergang; belanglose weiße Wölkchen waren wie Federn über den weißen Himmel verstreut, genau wie sie, auf einer anderen Ebene, eine belanglose Form war, die durch Küche, Wohnzimmer und Veranda getrieben wurde, ohne Sinn und Zweck und in einem letzten Endes lächerlichen Aufzug. Nun – sie könnte etwas für den Professor kochen, wenn er zurückkam – das wäre auf eine gewisse Art sinnvoll. Sie würde etwas Einfaches machen, ein Omelett zum Beispiel; obwohl Dorothy ihre Omeletts nicht gut fand. (Du warst einfach nicht bereit, deiner französischen Tochter in diesem Kult des Schleims zu folgen.)

Immer noch wartend, setzte sie sich ans Klavier und hörte ihrem eigenen affektierten Gehämmer zu, während sie sich durch den Anfang des Nocturnos von Field arbeitete, das sie gestern abend gespielt hatte (es war das einzige Stück, das sie einigermaßen beherrschte). Gestern hatte sie erwartet, daß es ein Mann war, der auf sie zutrat und erkannte, wie wenig doch dieses sentimentale Jungmädchenstück für sie bedeutete, und daß sie weit mehr in sich trug – die Musik ebenso wie die flatternden Bänder eines herrlichen Sonnenuntergangs und menschliches Erleben überhaupt. Womit sie heute bestenfalls rechnen konnte, das war die Gesellschaft eines langweiligen Norwegers, der ebenso auf Tatsachen herumhackte wie sie auf den verzogenen Tasten hier; und sie trommelte weiter auf das Klavier ein, um seinen salzzerfressenen und mottenzernagten Tiefen unzusammenhängende Tonketten zu entlocken.

Trommelte. Bis plötzlich etwas lauter trommelte als sie.

Sie ging hinaus, und da waren die Brumbies – sie flogen den Strand herunter in ihre Richtung, ihre Mähnen schienen wie zarte Schleier und glichen den gefiederten Wölkchen am Himmel. Auch die Sonne war seltsam verschleiert und hing bleich über dem haarfeinen schwarzen Strich des Horizonts. Die Brumbies – sie wenigstens waren Boten des Lebens, und erwartungsvoll hielt sie sich bereit, die Herde am Haus vorbei und weiter den Strand hinunter in Richtung auf die gestreiften Klippen donnern zu sehen. Aber heute abend hielt der Haufen jäh inne, wirbelte herum und brach sich knackend, trampelnd und polternd einen Pfad durch das Gebüsch auf dem Wege ins Hinterland.

Ganz plötzlich war eine bläuliche Dunkelheit über die Landschaft gefallen und preßte sie zusammen. Elizabeth Hunter zündete ihre sanft leuchtenden Lampen an. Draußen über dem Meer zerfledderte ein blauer Blitzstrahl den Himmel, der allmählich seine papierweiße Stumpfheit verlor und zu einer Kuppel aus schwarzem, drohendem Marmor wurde. Die Nacht unter ihr begann sich zu regen. Nach einzelnen, auf- und abschwellenden Stößen schlug der Wind plötzlich mit Macht auf das Land ein. Sie sah die Bäume elastisch nachgeben, mit in die Erde gebohrten Absätzen, gewissermaßen – wie eine Menschenmenge, die sich nicht zu Boden werfen lassen will.

Sie rannte nach unten und aus dem Haus, fiel dabei vielleicht einmal hin, aber dachte weniger an sich selbst als daran, ihren tödlich langweiligen Hausgenossen zu finden und zurück zu locken. »Edvard!« rief und schrie sie schließlich in den Wind, »ED-VARD!« Was ihr Sorgen machte, war seine Dummheit: alle seine Wissenschaft würde ihm nichts helfen, wenn er sich Arme und Beine brach.

Irgend etwas kam angeflogen vielleicht ein Brett knapp an ihrer Schläfe vorbei, aber scharf. Im Augenblick schien die Möglichkeit einer Verletzung gar nicht furchterregend eher erheiternd in diesem Wind der in ihre Lungen fuhr sie aufblies wie Ballons. Auch der grellste Blitz machte ihr nichts aus.

Bis sie, plötzlich kalt und nüchtern, eine schwarze Mauer sah, die sich über die vormals so ruhige Meeresoberfläche bewegte. Und der Wind trieb sie zurück und jetzt wohin er wollte drehte sie hämmerte auf ihren Rock wie ein Regenschirm umgestülpt über dem Kopf dann wieder gegen die Brust Rippen fast eingedrückt Blut läuft von der Stirn sie konnte es spüren schmecken verdünnt mit Wasser salziger Regen.

Regen wie eine Wasserwand sie selbst krabbelndes überlebendes Insekt eine schwankende durchnäßte Spinne sie sieht vor sich etwas muß der Erdkeller sein hinter dem Haus wo der Wein ist.

Die zerbrochene Zelluloidpuppe eines Kindes lag am Eingang im Sand.

Sie blickte zurück sah das ächzende Haus jetzt zerfällt es in Splitter und Bretter eine Flamme eine Fackel wie brennende Pappe stößt hoch über die Trümmer hinaus der Regen wischt sie einfach weg.

Wie Eisenbahnzüge donnert es über den Trümmerhaufen hin und dann weiter über das Dach des Erdkellers.

In ihrer engen Röhre war es trocken. Die Wände, wie sie sich erinnern konnte, waren aus Beton, und der ganze Keller war in die sich hinter dem Haus erhebende Düne eingegraben. Inwieweit er Akten höherer Gewalt widerstehen konnte, das wollte sie jetzt gar nicht überlegen. Sie tastete herum, durch Spinnweben und andere tierische Absonderungen, bis sie das Regal mit den Weinflaschen gefunden hatte. Sie begann, die Flaschen vom obersten Bord auf die Erde herunter zu rollen. Ihr dumpfes Auftreffen auf dem lehmgetampften Boden wurde übertönt von Donner, heulendem Sturm, dem Stöhnen der See und dem Peitschen des Regens, bis sie mit einer letzten verzweifelten Armbewegung alles herunterfegte, was noch auf dem Bord war: erst da ließ sich aus dem herabrutschenden Durcheinander das Klirren von zersplitterndem Glas hören. Sie kletterte hinauf, mit von Salz, Schweiß und Alter steifen Gliedern, und schob sich mit einem Gefühl der Dankbarkeit auf ihr Bord.

Schwieriger war es, ihren Geist zur Ruhe zu bringen. Die Gedanken rumorten im Gefängnis ihres Kopfes oder machten sich hin und wieder selbständig und schossen mit Blitzesschnelle davon. Bald war auch der Weg nach draußen für sie frei, wie auch der Weg herein für die Blitze: die solide Tür des Kellers, die bis jetzt halboffen im Dünensand festgesteckt hatte, wurde vom Wind aus den rostigen Angeln gezerrt; sie konnte hören, wie sie, sich überschlagend, davonpolterte.

Sie sah ein ständiges Aufblitzen von feurigen Kugeln – entweder am Himmel, oder war es vielleicht doch in ihren Augenhöhlen: *du mußt nur richtig reiben Kate dann siehst du lauter farbige Kugeln es ist nicht gut für die Augen aber das ist mir gleich.* Die ganze Nacht das Rumpeln von Güterzügen auf ihrem Wege durch Gogong und weiter zurück in die Welt teurer Erinnerungen, und da war es Alfred, der versuchte, ihren vom Sturm bedrohten Körper mit dem seinen zu schützen. Als ob sie diejenige wäre, die verwundbarer war.

Wenn sie ihren kleinen, juwelenbesetzten Reisewecker bei sich gehabt hätte (ein Geschenk von Alfred, eins von mehreren, bei Basils Geburt), dann wären die Zeiger auf drei gestanden – der Stunde, zu der sie normalerweise nachts aufwachte, ein Glas Wasser trank und ein wenig las – als sich Elizabeth Hunter von ihrem Bord herabgleiten ließ. Sie stand bis zu den Oberschenkeln im Wasser. Um sie herum schwammen irgendwelche harten Gegenstände, Flaschen, tote Fische und stießen sanft gegen ihre Haut.

Draußen vor dem Loch, wo die Tür hätte sein sollen, raste noch immer die Nacht. Sie konnte hören, wie der gesamte Ozean sich erhob, um sie anzuklagen. Und das mit Recht: sie war Schuld an dem Selbstmord, den dieser widerspenstige Mann damit begangen hatte, daß er nicht hereinkommen wollte. Oder war es sogar Mord, wenn er vielleicht deinetwegen draußen geblieben war?

Es war nicht der tote Fisch Edvard der dich zurückgeleitete auf das Bord, eher Alfred oder der besorgte Arnold. Arnold war schon mit einem hochentwickelten Verantwortungsbewußtsein auf die Welt gekommen, aber das machte auch ihn nicht immun gegen die verantwortungslose Lust – jenes eine Mal. Wofür du so viel wie er . . . oder mehr. Vielleicht bist du verantwortlich für das Schlimmste in den Menschen. Wie der arme kleine Basil der erst an der einen teilnahmslosen Brust saugte und dann an der anderen die Brüste die sich nicht füllen wollen trotz des ekelerregenden rohen Fleisches und der Sellerie-Sandwiches die Dr. Sonstwie verschrieb – ›um Milch zu machen für unser Baby‹. Statt Milch muß ›mein Baby (ohne Zweifel eine der tragischsten Behauptungen?) den Eiter gesaugt haben von allem was je geneidet vorenthalten in der Brust schwärt in der Brust die ihm so grausam gereicht wird.

Diese Nacht (schon Morgen auf dem juwelenbesetzten Wecker) bricht die ganze Welt auf wie ein Geschwür: wir werden fast alle in dem Eiter ertrinken, der sich in ihr angesammelt hat.

Elizabeth Hunter wurde von einer überirdischen Explosion fast von ihrem Bord gerissen, dann zurückgeworfen von einem gewaltigen Druck oder dem Zurückfallen erschöpfter Atome.

Sie lag da und ergab sich jemandem, der ihr niemals vorgestellt worden war. Jemand flickt immer an allem herum. Es ist der Telegrafenarbeiter, der die Leitungen prüft und feststellt, welche höchsten Schwingungen des Schrecklichen der Geist noch ertragen kann. Nicht der Tod. Das Sterben ist für dich keine Frage mehr.

Sie hatte keine Vorstellung davon. Sie glaubte nur an das was sie sah und was war und was sie war das war zu wirklich zu vielseitig zusammengesetzt aus allen die sie gekannt und geliebt und nicht immer ganz geliebt hatte es ist besser als nichts und zur Welt gebracht du lieber Gott was noch.

Es mußte die Stille sein, die sie aufgeweckt hatte. Nein, nicht aufgeweckt: sie war wie betäubt in einen Zustand der halben Bewußtlosigkeit verfallen, aus dem sie nun das Licht und die Stille wieder zurückriefen.

Sie watete aus dem Erdkeller hinaus durch ein Wirrwarr von Ästen, Stroh und schuppigen Fischkörpern. Dazwischen eine Zelluloidpuppe. Rings um sie herrschte schimmernde Ruhe. Sie ging weiter über den aufgehäuften Sand und den Trümmerhaufen, wo das Haus gestanden hatte. In einiger Entfernung war ein zerschmettertes Klavier, ein Durcheinander von gesprungenen Saiten und Tasten, bis zur Hälfte im Sand begraben.

Ohne viel an sich selbst zu denken, ging sie langsam weiter hinunter, dorthin, wo der Strand gewesen war. Sie mußte sich einen Weg zwischen abgerissenen Zweigen, riesigen, perlenbesetzten Haufen von Seetang und unzähligen Fischen suchen, die das Meer auf das Land geworfen hatte. Dann fand sie den Laib, der nicht mehr wie Brot war, sondern wie flockiger, zerfallender Schaumgummi. Genau wie sie selbst keinen Körper mehr hatte und am allerwenigsten noch eine Frau war: den Mythos ihrer Weiblichkeit hatte der Sturm hinweggefegt. Sie war einfach ein Wesen oder wahrscheinlich eher ein dunkles Pünktchen, eine Unreinheit, im Zentrum dieses Juwels aus Licht: und der Juwel selbst, funkelnd und erbebend zu gleicher Zeit, existierte mitsamt dieser Unreinheit nur gnadenhalber; denn der Sturm wirbelte und kochte immer noch sichtbar in einiger Entfernung, auf Wolkensäulen gestützt und mit hohen Mauern, aus denen neblige Erker hervorstießen und sich ständig verschoben und verzogen.

Aber sie konnte gar nicht an den Sturm denken, umgeben von dem Traum schimmernden Friedens, durch den sie sich bewegte. Überall zwischen den Marmorpyramiden der Wellen rasteten Tausende von Seevögeln; manchmal stiegen sie auch auf und tauchten wieder herab, oder suchten friedlich an der Oberfläche nach Nahrung. Ein paar von ihnen zogen ihre Kreise bis fast hinüber zu den drohenden Wolkenmauern; und näher am Ufer lagen schwarze Schwäne – vier, fünf, sieben im ganzen.

Sie kniete im flachen Wasser und bot ihnen Händevoll von dem aufgeweichten Brot, das ihr die See hinterlassen hatte. Nachdem sie bis in Reichweite herangeschwommen waren, streckten die wilden Schwäne ihre Hälse aus. Ohne auch nur eine Spur von Feindseligkeit oder Furcht zu zeigen, nahmen sie ihr das Brot aus den Händen, erkannten sie vielleicht an dem, was von ihrem physischen Selbst noch übrig war, besonders an dem glasigen Blick und den salzverkrusteten Nüstern oder an den Bemühungen eines hager gewordenen und gehärteten Geistes, den Explosionen aus steifer Seide zu antworten, mit denen sie einen Ebenbürtigen anerkannten.

Alles andere schwand vor diesem strahlenden Augenblick im Auge des Sturms und wäre auch verschwunden geblieben, wenn sie die Wahl gehabt hätte. Sie glaubte nicht, daß sie noch weitere Prüfungen durch die Kraft ertragen könnte, die man die Natur nennt, und noch weniger durch das unnatürlich geschwollene, um nicht zu sagen kranke Gewissen, das in der Nacht von ihrem treulos geflohenen Willen die Macht übernommen hatte. Sie wollte sich lieber hinlegen und ein Teil des Trümmerfeldes werden, das sie um sich herum sah: nicht schlimmer als das Trümmerfeld, das sie im Leben aus ihren Beziehungen zu anderen Menschen gemacht hatte. Eigentlich wäre es der natürliche Abschluß, jetzt hier vom Sand zusammen mit dem anderen vergehenden Fleisch, mit verstreuten Pferdehaaren, verbogenem Eisen, dem zerbrochenen Fahrgestell eines Autos und den letzten widerhallenden Tönen eines verstümmelten Klaviers begraben zu werden. Der Logik folgend, wäre es auch so gekommen. Wenn nicht irgendeine Kraft – und nicht ihr abwesender Wille war es – ihren Kopf wie den einer Puppe gedreht hätte, so daß sie den Gegenstand sah, der da auf dem abgebrochenen Zweig eines Baumes aufgespießt war: die Möwe, ein unauffälliger Verwandter der weißen Räuber über dem Wasser, war zu einer flachen Scheibe aus durcheinandergewürfelten Knochen und grauen Federn zusammengedrückt worden. Ihr Tod wäre unbemerkt geblieben, wenn Elizabeth Hunter nicht plötzlich in ihrem inneren Ohr den Schrei gehört hätte, der aus der durchbohrten Brust drang.

Wenigstens gab der Todesschrei der unbedeutenden Möwe ihr selbst ihre Bedeutung zurück. Er zwang sie, sich ächzend zu erheben. Sie begann zu laufen, kämpfte sich den Strand hinauf, schnappte nach jeder Handvoll Luft – eine närrische alte Frau, die trotz ihres Alters immer noch nicht genug vom Leben erfahren hatte.

Sie erreichte ihren Keller. Zwischen Rost und Spinnweben schob sie sich wieder auf ihr Bord und legte ihre schwachen Arme schützend über ihren Kopf, um die Qualen zu erwarten, die ihr bevorstanden, wenn der Sturm zurückkam.

Denn das Auge war nicht mehr auf sie gerichtet, das konnte sie feststellen; und wie es seine Aufmerksamkeit abwandte, nahm es die Traumbilder ihres wehrlosen Geistes mit sich: die schwarzen Schwäne, die ihr aus der Hand fraßen, und die ruhenden Vögel zwischen den dunkelblauen Pyramiden.

Als der Sturm wieder in die Röhre hinunterdröhnte, in der sie sich zusammengepreßt hatte, strömte ihr das Salz aus den blinden Augen.

Irgendwann an diesem Morgen Tag Nacht wurde das dünne Band der Stille erst in der Ferne und dann näher von menschlichen Stimmen zum Erzittern gebracht. Der Gegenstand auf dem Bord wurde wieder zu einem Körper, der versuchte, ob die schmerzenden Gelenke sich noch alle bewegen ließen.

Eine alte Frau erschien in einem Loch, das einmal die Tür zu einem Erdkeller gewesen war, der in einem Sandhügel hinter den Ruinen des Hauses lag, das einmal das ›Sommerhaus der Familie Warming‹ genannt wurde.

Die Frau sagte: »Ja. Ich lebe – trotz allem.« Die Brise spielte sogar in ihrem Haar, beziehungsweise mit einer Locke, die nicht so verfilzt und verklebt war wie der Rest.

Elizabeth Hunter lächelte in das immer noch unsichere Sonnenlicht; nein, es mußte Abend sein: das Licht schwand immer mehr. Sie war froh, wieder mit ihrem weiblichen Selbst vereint zu sein und zu sehen, daß es sich hier wirklich um Männer handelte: den einen erkannte sie als den sehnigen Forstarbeiter, der vor Verlegenheit angefangen hatte, seine Säge zu ölen, als sie störend in der kleinen Lichtung erschienen war. Sein heutiger Begleiter war nicht der Mann mit dem haarigen Bauch: diesen hier hatte sie noch nie gesehen. Er sah wichtig aus, wie jemand, der über rein körperlicher Arbeit steht – nach der Art zu urteilen, wie er die Arme in die Seiten stemmte.

Breitbeinig auf den Trümmern stehend, gratulierte der Mann der Autorität der Überlebenden. »Sie haben wirklich Glück gehabt, Mrs. Hunter. Wir sind gekommen, um sie mit zurück zum Lager zu nehmen und dann aufs Festland zu bringen. Die Telefonleitung ist unterbrochen, wie sie sich ja denken können. Deswegen können wir den Hubschrauber nicht bestellen. Aber ein paar von den Jungs werden Sie mit dem Boot rüberfahren.«
Sie lächelte und neigte den Kopf ohne Kommentar. Die Stränge aus verfilztem Haar hingen ihr wie Fischleinen mit Bleigewichten um das Gesicht. Eine ihrer Brüste, bemerkte sie, hatte sich aus den Fetzen befreit, zu denen das Kleid geworden war. Sie sah keine Möglichkeit, sie wieder zu bedecken, ohne unnötig die Aufmerksamkeit auf sich zu lenken.
Als sie durch den Sand zu einem Lastwagen hinüberstampften, der etwas höher auf festem Boden geparkt war, bemerkte sie, daß der Sturm sogar die Rinde von einzelnen Bäumen heruntergerissen hatte. Und da war auch der Vogel, aufgespießt an einem der Bäume, durchbohrt von einem abgebrochenen Zweig.
Der sehnige Mann wollte auch etwas zu ihrem Wiedersehen beitragen. »Die meisten von den Bäumen hier wer'n eingehen«, vertraute er ihr an: dann, nachdem er sich die Lippen geleckt hatte, zeigte er mit dem Finger. »Seh'n Sie den Vogel dort? Das ist ein Tölpel.« Sie sah, daß ihr Freund sein Gebiß zu Hause gelassen hatte.
Während Elizabeth Hunter zuhörte, war sie eigentlich viel mehr damit beschäftigt, den Bewegungen ihrer Füße im Sand zu folgen. Die Männer schienen die entblößte Brust als etwas völlig Normales zu betrachten. Was es unter den Umständen ja auch einfach sein mußte: nur Dorothy hätte das verurteilt, und alle Leute gleich mit.
Der Kolonnenführer der Forstarbeiter, wenn das seine Stellung war, erzählte ihr, daß der Zyklon einen Streifen auf der meerwärts gelegenen Seite der Insel erfaßt und sich wieder seewärts gewandt habe, ehe er das Forstarbeiterlager erreichte. Das Festland war diesmal völlig unberührt geblieben.
»Ach, wirklich?« fragte sie, »das war ein Zyklon?« Ganz förmlich.
Es interessierte sie kaum: nichts war mehr wichtig außer ihrer Erfahrung im Auge des Sturms.
Als sie den Lastwagen erreichten, halfen ihr die Männer in das Fahrerhaus. Sie setzten sie zwischen sich und taten so, als ob sie einen Schatz zu bewachen hätten, einen Gegenstand von hohem Alter und großem Wert, den der Sturm ans Tageslicht befördert hatte. Während sie doch eigentlich nichts war als einfach wieder sie selbst.
Während der im Zickzack verlaufenden Fahrt auf langen Umwegen, wobei der Kolonnenführer den Wagen immer wieder durch und manchmal auch über frisch aufgehäufte Barrikaden von entwurzeltem Gestrüpp

zwingen mußte, fragte sie der zahnlose, magere Mann: »Fühl'n Sie sich jetzt okay, ja?« Sie entdeckte einen Unterton von Besitzerstolz in seiner Stimme, hervorgerufen offensichtlich dadurch, daß sie sich vor Aeonen im Regenwald begegnet waren; das hatte er seinem Boß voraus, der jetzt weiter nichts als der Fahrer des Lastwagens war.
Aber sie hatte nicht den Wunsch danach, von irgend jemandem besessen zu werden, und sei es auch nur zu einem ganz kleinen Teil. Wie die schwarzen Schwäne war sie noch nie jemandes Eigentum gewesen oder nur kurz für die Zwecke der Fortpflanzung.
Plötzlich errötete sie und schämte sich ihrer ausschließlichen Beschäftigung mit sich selbst: sie machte sich schmaler, um sich zwischen ihren beiden Begleitern nach vorn lehnen und ihnen klarmachen zu können, daß sofort etwas unternommen werden mußte. »Ich habe das ganz vergessen. Da war ein Mann – ein Gast von Mr. Warming – Professor Pehl heißt er. Er ist gestern abend nicht zurückgekommen. Vielleicht ist er landeinwärts gegangen, um Schutz zu suchen. Möglicherweise hat er gesehen, daß ein Sturm heranzog – er ist nämlich Wissenschaftler. Wir müssen sofort nach ihm suchen. Oder nein«, jetzt war sie es, die einfach das Kommando übernommen hatte, »vielleicht fahren wir besser erst zum Lager und informieren so viele Männer, wie Sie nur haben, und organisieren Suchtrupps. Aber vielleicht ist er auch tot«, fiel ihr dann ein; »aber auch dann – finden müssen wir ihn in jedem Fall.«
»Was – dieser norwegische Typ?« Der Kolonnenführer schrie unnötig laut durch das Geräusch des Wagens. »Der ist gestern abend bei uns aufgetaucht, ehe der Sturm überhaupt anfing. Hatte seinen – wie heißt das doch gleich – seinen Rucksack bei sich. Ein paar von den Jungs wollten rüber nach Oxenbould. Die haben ihn im Boot mitgenommen.«
»Oh?«
Während sie in dem holpernden Lastwagen gegen das Dach geschleudert wurde, rieb Elizabeth Hunter über die Gänsehaut auf ihren Armen. Sie war nur aufgespart worden, dieser tödliche Mann Edvard Pehl dagegen gerettet. Ob er sich auf dem Festland mit seiner Komplicin, der Prinzessin de Lascabanes, getroffen hatte? Sie stellte nur ganz vage Überlegungen über diese Möglichkeit an, denn sie war immer noch zu schwach von der großen Freude, die sie empfunden hatte, während sie von ihrem Körper und allen damit zusammenhängenden Unsicherheiten befreit war – dort hinten im Auge des Sturms.

Alle die Jahre, die sie auf dieser Matratze aus warmem und feuchtem Sand liegend zugebracht hatte, war sie von den Möwen nie verlassen worden. Sie war sich nie ganz sicher gewesen, was die Möwen anbelangte: selbst die dumme, rußige Sorte, die Tölpel, warten wahrscheinlich nur darauf,

daß sie ihre Schnäbel eintauchen und dir die Augenhöhlen leerhacken konnten.
»Mutter? Du schläfst doch nicht, oder?« Der Hunger der See oder der ständige Gebrauch der französischen Sprache hatten die Stimme scharf werden lassen. »Du könntest ein wenig über unseren Vorschlag nachdenken. Wir wollen dich nicht zu etwas zwingen, was du nicht möchtest – aber die Zeit kann einem davonlaufen, wenn man Entschlüsse fassen muß – und wir möchten gern, daß du gut untergebracht bist, wenn wir – wenn wir wieder nach Europa abreisen.«
Dorothy fürchtete, daß ihre Methode nicht resolut genug gewesen war: zu vage und zu fraulich. Basil jedenfalls dachte das mit ziemlicher Sicherheit: er schüttelte Mutters Klaue ab, als wolle er sie ein für allemal loswerden.
»Ja. Dorothy und ich müssen uns ja noch um die praktische Seite der Sache kümmern. Dieses Haus – und allein die Möbel.« Bewegung half ihm: die um ihn schwingende und sich bauschende unsichtbare Robe erhöhte sein Selbstvertrauen bei jeder Wendung. »Ich nehme an, daß es dir erlaubt sein wird, ein paar von deinen Lieblingssachen mitzunehmen. Wir werden die Vorsteherin fragen. Wenn nötig, werden wir darauf *bestehen*, daß du dein Zimmer mit eigenen Möbeln einrichten kannst. Wir werden hinfahren und mit den Leuten dort sprechen; warum nicht gleich morgen, Dorothy?« Er blickte seine Schwester aus der Mitte der großen Achterfigur an, die er bei seiner Rede auf dem Teppich beschrieb.
Dorothy konnte nicht anders, als von der berühmten Stimme ihres Bruders bewegt zu sein.
»Obwohl wir natürlich«, mußte er sie erinnern, »auch damit rechnen müssen, daß im Moment kein Platz frei ist.« Auch er war von der Wärme bewegt, die dieses Zusammenspiel in ihre Beziehung gebracht hatte.
Mrs. Hunter sagte: »Wenn kein Platz frei ist, dann wird schon bequemerweise jemand sterben. Dort muß doch dauernd jemand auf dem Totenbett liegen.«
Ihre Tochter war schockiert. »Oh, aber Darling! Jetzt werden wir schon wieder morbide.«
»Ich dachte, wir hätten beschlossen, daß wir realistisch sein wollten«, sagte Mrs. Hunter und lachte.
Gleichzeitig begann etwas Flüssiges, Klebriges sich unter einem der fleckigen Lider hervorzuzwängen, erst ein Tropfen, und dann ein regelrechtes Rinnsal. Aber doch keine *Tränen*! In Dorothy de Lascabanes versuchte ein Gefühl des Widerwillens die Oberhand über ihr eigenes peinvolles Leid zu gewinnen. Mutter, daran muß man denken, war jederzeit imstande, mit Absicht zu weinen; sie pflegte rebellierende Dienstmädchen mit Tränen zu bezwingen, so daß sie dablieben und sich schlimmer versklaven ließen als zuvor.

Auf Basil machte Mutters Kummer – wenn es welcher war – einen starken persönlichen Eindruck. Schon beruflich mußte er sich immer wieder vor seiner übergroßen Sensibilität hüten. Er erinnerte sich, wie er einmal vor das Publikum trat, die tote Cordelia (die Bagnall, dieser Fettbrocken) schwer auf seinen Armen, und er selbst schniefte und fing dann regelrecht an zu schluchzen. Die Zuschauer fanden es wundervoll, aber er selbst und die ganze Besetzung (verlaß dich nur auf deine Künstlerkollegen) waren sich in der Auffassung einig, daß eine derartig großzügige emotionelle Reaktion den Kammerton der Aufführung verdarb.

Und jetzt mußte seine Sensibilität dieser gerissenen alten Kreatur, die ja nur zufällig auch ihre Mutter war, widerstehen und ihren Versuch, Mitleid zu erregen und damit den ganzen Plan in Rührseligkeit zu ersticken, erfolgreich durchkreuzen. »Denke daran«, sagte er, »was wir hier tun, ist schließlich zu deinem Besten. Denn wir wollen doch, daß du glücklich bist.« Wenn seine Stimme zitterte, dann deswegen, weil ihm plötzlich eingefallen war, daß die alte Schachtel ja auch hartnäckig am Leben bleiben und darauf warten könnte, daß er und Dorothy zu Asche zerfielen.

Dorothy riet: »Reg' dich nicht auf, Mutter«; *und bring mir meinen Basil nicht ins Wanken* – aber das behielt sie für sich.

Dorothy de Lascabanes hatte noch nie zuvor gespürt, wie es ist, wenn man hinter einem schwachen Mann steht und ihn stützt: die Vorstellung war zwar alarmierend, aber auch ungemein anregend: auf das Zittern von jemand reagieren, und die Tränen von jemand spüren, der nach außen hin stärker schien als du selbst.

Und Mutter erklärte inzwischen: »Es hat etwas mit meinen Tränendrüsen zu tun – eine Überempfindlichkeit, hat Dr. – Dr. Trewek, glaube ich – mir gesagt.« Sie öffnete ihre Gaumen und mümmelte an einem Lächeln, das in der Höhle dahinter seinen Platz hatte.

Basil hatte den Doktor ganz vergessen gehabt: ein ungehobelter Landarzt, der immer aus Gogong heraus nach ›Kudjeri‹ gekommen war, mit Schuppen auf den Schultern und einem Geruch von Schweiß, der seinem Hut entströmte, wenn er ihn in der Halle an einen Haken hing. Dr. Trewek hatte ein Benehmen, das jedem Patienten garantiert die Lust vergehen ließ, jemals wieder krank zu werden. Mutter mußte ihn einfach gehaßt haben.

»Ich hätte gar nicht gedacht, daß Dr. Trewek empfindsam für Überempfindlichkeiten ist.«

»Vielleicht hast du recht. Dann muß es Gidley gewesen sein. Er legt Wert darauf, daß seine Patienten ihn für gütig halten. Vielleicht ist er es auch.«

»Dr. Trewek hat meinen Arm behandelt. Er muß doch inzwischen längst tot sein?«

»Wer tot ist – und wer noch lebt – das weiß ich inzwischen nicht mehr.«

Aber Basil wurde jetzt von der Erinnerung an Schweißgeruch verfolgt, an staubige Streitkolbenbäume auf der Weide hinterm Haus und an den Geruch von Bienenwachs auf ›Kudjeri‹.
»Es war Doktor – Doktor Dings, der festgestellt hat, daß ich Heuschnupfen habe. Hast du gewußt, daß bei mir immer nur ein Nasenloch davon befallen wird?« Und wie als Bestätigung fing auch ein Nasenloch heftig an zu laufen. Mrs. Hunter versuchte, den Schleim gurgelnd zurückzuziehen.
Écoeurant, mon dieu! Da keine Krankenschwester da war, riß Madame de Lascabanes selbst ein Kleenex ab und putzte dem alten Wickelkind die Nase. Sie hätte fast mehr getan als nur geputzt: sie hätte fast ein Stück von dem abgebrochen, was ihr noch auf Brumby Island als Kunstwerk erschienen war. Aber statt dessen drückte sie nur den Knorpel zusammen, bis er sich weiß verfärbte, und verhinderte so, daß eine vielleicht ihren Fingerspitzen entströmende instinktive Zärtlichkeit sie verriet.
»Whhr – err – urrch!« machte Mrs Hunter.
»Bist du nicht bei Trost, Dorothy? Kannst du nicht sehen, daß du ihr wehtust?« Aber Basil protestierte nur halbherzig: seine Erinnerungen an ›Kudjeri‹ beherrschten ihn noch völlig: er dachte an Birnen in Musselin verpackt an Rosen unter wildseidenem Sonnenschutz an Kinder mit Gazemasken gegen die spanische Grippe es gibt nichts was dich am Anfang vor Gedichten schützen kann die so pervers sind wie Isabellas Damson und Sevilla ein geheimes Laster so geheim wie ein erster Samenstrahl.
Dorothy stand da und sah ihren Bruder an. Seine scharfen Worte hatten sie verletzt. Sie hätte weinen mögen, weil er unglücklich zu sein schien und sie nicht daran teilnehmen lassen wollte.
Aber Mutter hatte inzwischen ihre leichte Konversationsstimme wiedergefunden. »Es ist wirklich lieb von euch, wirklich, daß ihr mich beide besucht – und mir sagt, was ihr mit mir vorhabt. Und ich danke euch so sehr für eure Liebenswürdigkeit.« Sie hustete und kämpfte mit dem Laken. »Ich bin bereit zu sterben, wann immer ihr wollt.«
Sie standen jeder auf einer Seite der zusammengebündelten Gestalt in dem riesigen Bett und vermieden es, einander anzusehen.
»Ich habe genug erlebt. Brumby Island allein wäre schon genug gewesen für einen – einen weniger Unersättlichen. Jetzt muß ich nur noch herausfinden, wie man die Maschinerie zum Halten bringt.«
Basil flüsterte: »Morgen, Dorothy? Ich habe mir einen kleinen Wagen gemietet.«
»Morgen? Mmhja . . .« Madame de Lascabanes suchte verzweifelt in ihrem Gedächtnis nach der anderen Verabredung, die sie doch einfach haben mußte, aber es fiel ihr nichts Überzeugendes ein.
Mit allem, was an ihr wesentlich war, nur unter einem spinnwebdünnen

Laken verborgen, sah Elizabeth Hunter so gut wie nackt aus. Sie war so wundervoll schläfrig, als ob Alfred ihre Brüste, ihren Nabel, ihren Venusberg streicheln würde. Aber dann krümmte sie sich plötzlich zusammen, es waren ihre Kinder, sie schoben und stießen einander mit den Ellbogen und kämpften miteinander um das Recht, als erster aus dem Schoß hervorzutreten.

Dorothy schauderte; aber Basil war wieder völlig gefangen. »›Kudjeri‹, Mutter – wer wohnt jetzt eigentlich dort?«

»Frag mich nicht!« stöhnte sie. »Oh – irgendein McDonald oder Mackay, glaube ich. Arnold weiß es. Frag Arnold. Irgendein Mädchen hatte den Gutsverwalter ihrer Eltern geheiratet, und ihr Vater wollte ihnen etwas Eigenes kaufen. Und er kaufte ›Kudjeri‹. Ich möchte lieber gar nicht daran denken, wie es heute wahrscheinlich aussieht. Die Wände bekritzelt. Halbnackte Kinder auf ihren Töpfchen. Die Teppiche abgewetzt. Und der Gestank von eingelegten Zwiebeln. Manche Leute haben einen Heißhunger auf sie, weil sie sich selbst bestrafen wollen, glaube ich. Ich hatte immer welche im Haus, um sie solchen Leuten vorzusetzen. Dr. Trewek zum Beispiel, wenn er kam, um meinen lieben Edvard während seiner letzten Krankheit zu besuchen.«

»Edvard?« Dorothys Angriffslust war wieder da, genährt von Verdacht und auch Scham: eine groteske Version ihrer selbst während der Wechseljahre starrte ihr aus dem Spiegel ins Gesicht. »Aber Edvard war – wie wir nur zu genau wissen – der Norweger, der uns auf Brumby Island aufgedrängt wurde.« Ihre Lippen wurden steif, mehr konnte sie nicht sagen.

»Ja«, stimmte Mutter zu, »der, in den du dich gerne verliebt hättest – nur warst du nicht so recht bei dir zu dieser Zeit – und er war zu egozentrisch.«

»*Ich* mich *verlieben*? wo du dabei warst, vor meinen Augen etwas mit ihm anzufangen! Und dabei wollte ich nicht Zeuge sein – deswegen habe ich mir den Hubschrauber bestellt – und einen Platz auf dem ersten verfügbaren Flugzeug gebucht, das mich zurück nach Europa und in eine vernünftige Welt brachte. Edvard Pehl, das fehlte noch!« *Que cette vieille garce crève sous mes yeux!*

Mrs. Hunter lag da und grinste. »Wenn man zurückschaut, ist Begierde immer schwer zu verstehen. Und häßlich. Die eigene ist häßlicher als die aller anderen. Edvard Pehl war in gewisser Hinsicht, würde ich sagen, ein begehrenswerter Mann. Aber mühsam. Zuviel Angst. Er ist am selben Nachmittag noch fortgelaufen. Ich dachte, daß er sich bestimmt mit dir getroffen hätte – und daß du deswegen nicht mehr von ihm reden wolltest.«

»Oh – Maman!« Dorothy de Lascabanes öffnete ihre Handtasche: selbst wenn sie gewußt hätte, was ihr jetzt helfen würde – sie konnte es offensichtlich nicht finden; sie machte die Tasche wieder zu; sie weinte.

Basil hatte das anscheinend nicht bemerkt: er hatte seine Augen halb geschlossen, und seine Nasenlöcher waren leicht zusammengezogen, als röchen sie eingelegte Zwiebeln in Räumen mit geschlossenen Fensterläden. »Ich werde den alten Wyburd bitten, sich mit den Leuten in Verbindung zu setzen und irgend etwas auszumachen. Ich muß nach ›Kudjeri‹ fahren, während ich hier bin.« Zum Ursprung aller Dinge zurückkehren, und dabei vielleicht sogar dich selbst vor Mitty Jacka und dem Todesspiel retten.
Aber das erlaubte ihm immer noch nicht, zu vergessen, daß jede Zukunft irgendwelcher Art materiell allein von Elizabeth Hunter abhing. »In der Zwischenzeit, liebste Mutter, werden Dorothy und ich uns mal in Thorogood Village umsehen.«
Das Lächeln, mit dem er das Zimmer verließ, sah unzuverlässig und verantwortungslos aus, dachte Dorothy. Wie das Lächeln von jemandem, der gerade einschläft oder auf eine lange Reise geht.
»Dorothy, bist du noch bei mir?«
Jetzt wurdest du unvermeidlich zu Mutters bravem Mädchen, das gehorsam darauf wartet, wann es gehen darf.
»Gib mir einen Kuß, ja?« Du bist einer der Organismen, von denen Elizabeth Hunters Skiapod seine Nahrung bezieht, also läßt du dich einsaugen. »Kommt heute abend wieder – alle beide«, blubberte der Mund ganz dicht vor ihren Lippen. »Ich werde einen Botschafter einladen oder einen ausländischen Professor. So was mögen die Leute anscheinend am liebsten. Wie genau die Ausländer auch die richtigen Worte beherrschen, man kann sie immer für das verantwortlich machen, was man nicht verstehen will.«
Reiß dich los von diesem Mund, von allem, was an die Welt unter Wasser erinnert, von diesem einfachen Scheinwerferstrahl, der so gefährlich hell leuchtet und von der Liebe, wie sie Elizabeth Hunter versteht. (Könnte Mutter wirklich je lieben? Sie tut nichts lieber, als sich zur Liebe anzubieten, aber das ist eine ganz andere Sache.)
Madame de Lascabanes ging: eine Frau von wechselndem Alter mit verkrampften Waden, die ihre Handtasche wie angewachsen gegen die Rippen gepreßt trug, um nur ja nicht die Schlüssel und Dokumente zu verlieren, ohne die man nicht auskommen kann. Obwohl man wirklich wichtige Sachen, wie zum Beispiel belastende Briefe, viel sicherer in einem Wildledertäschchen bei sich trägt, das mit einer Nadel am Unterrock festgesteckt wird – vorne an dieser unantastbaren Stelle direkt unter dem Busen.
Rasch ging sie den Gang entlang zur Treppe, weil sie noch schnell einen Blick durch eine gewisse Tür auf ihre eigenen jungfräulichen Leiden werfen wollte. Da hörte sie Stimmen aus dem Aufenthaltsraum der Schwestern und erblickte Sir Basil Hunter im Gespräch mit dieser hübschen, gesund aussehenden Schwester. War es schon so spät, daß die Witwe des

Teepflanzers von dieser aufgeputzten Schlampe abgelöst wurde? Um sich selbst von dem plötzlichen Stechen in ihrer Brust abzulenken, sah die Prinzessin auf ihre Uhr und bestätigte sich, daß alles in Ordnung war – jedenfalls in einem allgemeinen und oberflächlichen Sinn; es sind die Einzelheiten, die unordentlich werden, wenn sie sich erlauben, in entgegengesetzten Richtungen zu wuchern.

»Basil?« rief sie im Vorbeigehen mit hoher, leichter, absichtlich uninteressierter Stimme. »Wir kommen zu spät, wenn wir jetzt nicht gehen.« Zu spät wofür – das hätte sie natürlich nicht beantworten können, aber sie ging mit einer Unbeugsamkeit die Treppe hinunter, die jeden außer ihr selbst von der Dringlichkeit ihrer Geschäfte überzeugt hätte.

Sir Basil hatte zwar die Aufforderung seiner Schwester gehört, aber er zögerte mit der Antwort. Er hatte der Versuchung nicht widerstehen können, rasch einen Blick in das Zimmer zu werfen, in dem die Krankenschwestern sich umzogen, und das Glück war auf seiner Seite gewesen: die kleine Manhood, bereits in Schwesterntracht, war da und sah gerade etwas in einer Art Schulheft nach, wie es schien. Es war offensichtlich, daß sie es gerade erst und sehr hastig in die Hand genommen hatte: die Seiten flatterten noch ein wenig.

Sir Basil hatte bei seinem Eintritt in das Zimmer die Tür zumachen wollen. Ob er es dann tat oder nicht, dessen war er sich nicht bewußt; jedenfalls wäre sein Grund dafür einzig und allein der gewesen, daß er die Neugier seiner Schwester nicht in Versuchung führen wollte. Aber bald vergaß er seine Schwester überhaupt.

Er war zu eifrig und gleichzeitig doch zu unsicher, wie er sich jetzt verhalten sollte, nachdem er einmal in dieses Zimmer eingedrungen war, das zu einem ganzen Teil von geschlossenen Wandschränken eingenommen wurde und in dem es leicht nach herbem Hamamelis-Toilettenwasser roch. Aber ohne Zweifel würde ihm Schwester Dingsda – seine Primavera! schon ein Stichwort geben.

Statt dessen fuhr sie nur fort, mit dem Ende ihres Kugelschreibers zu knipsen und sich ganz dem zu widmen, was sie in ihrem Notizbuch studierte.

Es blieb nur noch eine Wahl: sie zu unterbrechen oder sich lächerlich zu machen. »Ich hatte irgendwie gehofft, daß du – daß Sie neulich nicht das letzte Mal bei mir gewesen wären.« Seine Stimme klang nicht mehr wie die eines erfolgreichen Schauspielers, der eine Rolle spielt, die er in- und auswendig kennt: er entdeckte in ihr das Tremolo eines ältlichen Amateurs.

»Oh?« Sie ließ sich zwar herab, den Kopf zu heben, aber er war ganz von diesem abstoßenden Schleier umschlossen, und ihre Augen machten deutlich, daß sie nicht mehr als die Spitze eines seiner Ohrläppchen erfaß-

ten und auch das noch als eine Gnade betrachteten, die er kaum verdient hatte. »Ich weiß nicht, wieso Sie das gehofft haben können«, sagte sie schließlich, »wir hatten doch nichts vereinbart, oder?« Während ihre Stimme die Stille unterbrach, blieb ihr Gesicht undurchdringlich abweisend, die Augenlider waren schwer und halbgesenkt.
»Es wäre mir nicht eingefallen, das alles so – so zu organisieren« – auch nicht, dich jetzt nervös zu räuspern – »Wo doch soviel gegenseitige Zärtlichkeit im Spiel ist.« O Gott, er hatte sich schon immer schlecht gefunden, wenn er bei Sonntags-Matinées sentimentale Gedichte vortrug.
Wieder »Oh?«, aber diesmal lächelten Schwester Manhoods Lippen unter dem blaßrosa Lippenstift ein ganz klein wenig, nur um anzudeuten, daß ihr dieses Eingeständnis nicht das mindeste bedeutete.
Dann warf sie ihren Schleier zurück und strich sich den Rock über den schwellenden Flanken glatt. »Ich muß zu meiner Patientin hinein«, erklärte sie mit geschäftiger, förmlicher Stimme.
»In jedem Fall – Sie wissen ja, wo ich bin«, sagte er, »falls Sie vielleicht wiederholen möchten, was ich persönlich sehr genossen habe.« Und um es etwas weniger wie eine Einladung zum Essen klingen zu lassen, fügte er noch hinzu: »Ich hatte sogar das Gefühl, daß wir einander ein wenig mögen«, obwohl das natürlich geschwindelt war.
Schwester Manhood ließ sich nicht anmerken, was sie ihrerseits im Hotel Onslow für Gefühle gehabt hatte.
Er ging die Treppe hinunter und hatte sich also wegen einer lüsternen Krankenschwester lächerlich gemacht, die ihn nur mal auf eine Nacht ausprobieren wollte. Und das an diesem kritischen Punkt in seinem Leben, wo er sich doch eigentlich darauf konzentrieren sollte, seine Mutter zum Sterben zu überreden, damit er leben konnte. Er ging hinab und trat hin und wieder mit dem Fuß nach einer der gußeisernen Hesperidenfrüchte oder Dornenranken, die zwischen ihm und dem leeren Raum standen. Erst ganz unten fiel ihm ein, daß ja seine Schwester und Komplicin auf ihn wartete, wahrscheinlich mit einem wissenden, wenn nicht sogar bösartigen Lächeln.
Er sah sofort, daß er der armen Dorothy unrecht tat. Sicherlich – sie erriet wahrscheinlich, was er da oben im Kopf gehabt hatte; aber sie schien entschlossen, ihr Wissen hinter dem großzügigen Verständnis der tugendhaften Frau zu verschleiern. Sie war hinaus in den Garten gegangen und hatte die Haustür hinter sich offengelassen. Draußen in der Sonne stand sie und wartete auf ihn, und ihre intolerante Art der Eleganz stand in hartem Gegensatz zu dem flirrenden Licht und den sich träge in der Luft bewegenden Zweigen. Aber das hielt sie nicht davon ab, ihm ein Lächeln zu schenken, in dem ihre eigene Tugendlichkeit auf die gleiche Tugendlichkeit bei einem Mann großzügig verzichtete, besonders wenn es sich um

einen Mann handelte, mit dem sie verwandt war. Es stellte seine Männlichkeit wieder her. Er ergriff sie beim Arm und drückte freundschaftlich ihren Ellbogen.
»Du nimmst mich doch mit, ja?« Bei ihrer fast zärtlichen Bitte hatte sie ihm das knochige Gesicht zugewandt, beinahe so, als ob sie neben der Antwort auch noch einen Kuß erwarte.
Sie gingen Arm in Arm den Pfad hinunter, und er ertappte sich tatsächlich bei dem Gedanken, wie angenehm es doch sei, mit dieser Princesse de Lascabanes zu tun zu haben; um so mehr, als sie ja zufällig auch noch seine Bundesgenossin war.
»Meinst du, wir haben etwas erreicht?« fragte er.
»Mutter ist unberechenbar.« Sie gab einen oder zwei seltsame, anscheinend echt empfundene Schluchzer von sich, die sie in eine Art von Grunzen zu verwandeln versuchte. Dann fuhr sie in trockenem Ton fort: »Ich bin mehr denn je der Auffassung, daß man alte Leute nicht in der Absicht bestärken sollte, auf ewig zu leben.«
Da waren sie gleicher Meinung, aber ihre Worte ließen ihn sich wieder einsam fühlen: allein mit seinem verunglückten Lear von vor ein paar Jahren; und der Aussicht, unter der leitenden Hand von Mitty Jacka in die Dunkelheit zu springen.
Aber dann kamen die Bilder seiner Phantasie wieder zurück, mit denen er sich auf dem Höhepunkt dieser unerfreulichen Geschichte in Mutters Zimmer beschäftigt hatte, und schirmten ihn vor dieser anderen Maskerade ab, die so viel drohender war, weil sie ihn selbst betraf. »Als ich sagte, daß ich den starken Wunsch habe, ›Kudjeri‹ wiederzusehen, Dorothy, da hast du mich nicht ernst genommen, glaube ich.« Er mußte sie irgendwie dazu bringen, diese fixe Idee mit ihm zu teilen. »Ich möchte ganz ernsthaft hinfahren, wenn es sich arrangieren läßt – nicht etwa als sentimentale Pilgerfahrt, sondern mehr als –« Plötzlich wurden die paar falschen Zähne in seinem Mund zu Hindernissen, über die die einfachen Worte stolperten, die er zu sagen versuchte. »Ich meine, diese Reise könnte mich wieder in Verbindung mit einer Wirklichkeit bringen, die ich nicht mehr – die *jeder*, nicht wahr? – die jeder allzuleicht unterschätzt und vergißt. Und die kein Künstler, gleich welcher Art, ignorieren darf.« Seine ungeschickte Zunge hatte dieses lächerliche Geständnis endlich an seinen Zähnen vorbeigeschoben.
Sie waren an einer Biegung des Pfades stehengeblieben, an der ein alter, trauriger Lampenputzerbaum seine Zweige herabhängen ließ. Zusammen mit den Ästen, durch die es herniederfiel, erzeugte das Licht ein Gitter aus Schatten zwischen Basil und dem Gesicht seiner Schwester. Lachte sie ihn etwa aus hinter diesem Haremsgitter? Oder hatte sie einfach ihre Gedanken woanders, wie eine Frau, die an abstrakten Gedanken kein Interesse

hat? Er konnte es nicht feststellen, so sehr er es auch wünschte; denn sie war vielleicht ebenso wichtig für seine eigene Wiedergeburt wie für das Verbrechen, bei dessen Begehung einander zu helfen sie sich zugesagt hatten.

»Warum kommst du nicht mit, Dorothy?«

Als ob er eine noch zweifelnde Geliebte endgültig an sich binden wollte, senkte er diesen Vorschlag sanft, aber entschlossen in das, was er als ihre Vorstellungen zu erkennen glaubte. Gleichzeitig verstärkte er den Druck ihrer verschlungenen Hände. Und so standen sie eine Weile im Halbschatten des Lampenputzerbaums, und er schwang ihre Hand leicht hin und her, während sie sich nur mit halbem Herzen zu befreien suchte.

Zuerst gab Dorothy nur eine Reihe von Tönen von sich, die wie einfaches Vogelgezwitscher klangen. Sie war von sich selbst überrascht: das war sonst gar nicht ihre Art; und weil er nicht daran gewöhnt war, klang dieses unsichere Zwitschern wahrscheinlich auch für ihn recht merkwürdig.

Sie wurde wieder mehr sie selbst, als die Gewohnheit es ihr eingab, für einen ganz kurzen Augenblick das Messer ihres Gesichtes aufblitzen zu lassen. »Wird das nicht schrecklich unbequem sein?« Sie verzog das Gesicht. »Ich kann Unbequemlichkeit nicht ertragen, Basil – das Badezimmer mit einem anderen teilen, und solche Sachen – nicht in meinem Alter.« Sich zu seinem Alter zu bekennen, anstatt es von anderen nur durch ihr Verhalten angedeutet zu bekommen, das ist auch eine Art von Luxus.

»Es war früher nie unbequem. Ganz im Gegenteil!«

»Das war einmal!«

Die Vorstellung von fremden Haaren in der Badewanne, von Toiletten, die natürlich nie richtig spülten, von Unterhaltungen am Frühstückstisch, während das Fett an den Überresten auf dem Teller hart wird, von kleinen Händen, die deinen Frisiertisch überfallen und anfassen, ausprobieren, umwerfen und mit dem in verschütteten Puder getauchten Finger geheime Worte aufmalen – das alles erzeugte einen Widerwillen in ihr, den sie von Mutter geerbt haben mußte.

»Es würde dem alten Mädchen Zeit geben, sich zu entschließen – und die Nerven ihrer Mörder beruhigen.« Er sprach das Wort mit befreiendem Sinn für Effekt aus.

Dorothy lachte ihm zu Gefallen, aber ohne Fröhlichkeit und ohne das Gesicht zu verziehen. »Und was ist, wenn sie den falschen Entschluß faßt?«

»Das wird sie nicht. Ich habe an ein Pflichtbewußtsein appelliert, das bei ihr ganz tief unten immer vorhanden war, und die Tiefen sind in einem senilen Gehirn viel leichter zu erreichen.«

»Senile Gehirne sind unendlich hartnäckig, laß dir das gesagt sein.«

Er wollte es aber nicht von dieser Seite sehen, weil das nicht zu seinen Vorstellungen paßte.
»Hartnäckig oder nicht«, war sie bereit, ihn zu trösten, »unsere Hauptsorge ist jetzt, ob dieses schauderhafte Thorogood Village in nächster Zeit einen freien Platz hat.« Sie sprangen die drei Stufen an der bewußten gefährlichen Ecke hinab, immer noch Hand in Hand. »Du bist wundervoll, Darling!« Am Fuß der Stufen hob er ihre Hand an die Lippen. »Und ich salutiere deine französischen Anverwandten dafür, daß sie dir viel Sinn fürs Praktische beigebracht haben.«
Wenn sie Basil jemals wirklich hätte hassen sollen, dann wäre es jetzt; aber die Wärme seiner Hand, die Andeutung seines Lippendrucks hatten den Schmerz der Wunde gelindert, aus der der Haß fließt: in ihrer Vorstellung raste sie dahin durch ein gemeinsames Gewissen mit ihrem Bruder verbunden den sie nie als Blutsverwandten akzeptiert hatte und während der holpernde Mietwagen die staubigen Meilen schluckt, kommen sie sogar körperlich einander nahe frisch gebräunt nicht unangenehm geröstet von der Sonne und in jedem Skelettbaum erblicken sie eine Offenbarung und dann ihre eigenen Totems der Streitkolbenbaum und die Weide das ovale Rosenbeet vor einem Haus aus dem keine rachsüchtigen Nachkommen mehr die Verandatreppe herabpurzeln um die Reisenden zu begrüßen und endlich ineinander aufgehen.
Basil mochte die Gefahren übergroßer Begeisterung gespürt haben. »Wie wir uns auch wegen ›Kudjeri‹ entscheiden – morgen kommt erst einmal die Vorsteherin an die Reihe, auch der Pfarrer und was Thorogood Village sonst noch an Schrecklichkeiten zu bieten hat.«
»Die Insassen!« schrie Dorothy aus unerklärlichen Gründen, als sie Mutters Gartentor erreichten. »Die, welche noch nicht einfach so dahinvegetieren, werden uns beobachten – von dem Moment an, wo wir hereinkommen. Alte Leute, die mit ihrem Leben sonst nichts mehr anfangen können, entwickeln eine Nase für Schwächen – wie Hunde und Kinder. Was wir ja schließlich wissen sollten.« Sie erschrak, als sie daran dachte, daß diese alten Leute vielleicht Pläne in ihr erspüren könnten, die sie auch vor ihrem eigenen Bewußtsein mehr oder weniger verschleierte; und es gab auch keine Hoffnung, daß sie sich hinter ihrem Bruder verbergen könnte.

IX

»Was soll das?« Schwester Manhood schuldete es ihrem Beruf, alles Unorthodoxe abzulehnen. Aber Lottie, die dazu noch in diesem Aufzug zum Fürchten aussah, ließ sich nicht beeindrucken.
»Mrs. Hunter hat mir gesagt, daß ich sie unterhalten soll.«
»Aber doch nicht mitten am Tag. Erst muß sie jetzt essen und dann ein Nickerchen machen.«
»Heute hat sie keinen Appetit auf Essen. Deswegen soll ich für sie tanzen.«
Ein Spaß darf nicht zu weit gehen. Jetzt wurde Schwester Manhood ungeduldig. »Mrs. Hunter weiß nicht immer alles am besten. Und bei manchen Sachen schon gar nicht.«
Die Haushälterin nahm ihren Zylinder ab; sie stand stramm, sozusagen, und präsentierte die abgeschabte Seidenröhre auf der Höhe ihrer rechten Brust. Das Haar war nicht zurechtgemacht, weil es ja eigentlich nicht sichtbar sein sollte, und sah außerdem noch dürftiger aus, nachdem es einfach zusammengedreht und nach oben in den uralten Hut gestopft worden war. Eine staubfarbene Locke stand steif im Winkel von einem überraschend hübschen und zierlichen Ohr ab.
»Ich bin diejenige, die das entscheidet.« Die Schwester klang, als glaubte sie wirklich an ihre eigene Unfehlbarkeit und marschierte den Gang hinunter davon.
Lotte Lippmann trottete hinter ihr her. Hätten ihre Frackpumps sie schon nicht dazu gezwungen, plattfüßig zu gehen, dann wäre durch Alter und Arthritis derselbe Effekt zustande gekommen; in den Zeiten ihrer schlimmsten moralischen Niedergeschlagenheit stampfte sie regelrecht dahin. Und an diesem Nachmittag schien die gepunktete Schleife, die zwischen Kehle und Busen hing, noch mehr als sonst traurig verwelkt und schmuddelig von den fleischfarbenen Flecken der Teintfarbe, die der schwitzende und geschminkte Hals eines Darstellers auf Glanzsatin hinterläßt.
»Warten Sie bitte im Ankleideraum«, befahl Schwester Manhood, aber dann fühlte sie sich doch ein wenig von dem komischen Anblick berührt. »Ich muß sagen, Schatz, Sie sehen aus, als ob Sie selbst schon ganz schön gefeiert hätten!« Sie konnte das Lachen nicht mehr zurückhalten, das hinter der Fassade ihrer strengen Autorität hochschäumte, und platzte einfach heraus; und ging so weit, daß sie Lottie sogar rasch umarmte, obwohl sie das als Herablassung zu tarnen versuchte.
»Bin zerschplittert!«
»Eh«? Da sie nicht entscheiden konnte, ob diese barsch hervorgestoßenen deutschen Worte nun tragisch oder nur spaßig-ausländisch waren, lachte Flora Manhood weiter.

Die Lippen, mit denen Lotte Lippmann ihren scharfen Aufschrei ausgestoßen hatte, waren riesengroß übermalt, mit zwei kleinen Spitzen direkt unter der Nase und einem weiten, scharlachroten Bogen hinunter zum Kinn. Überall wo Wangen oder Lippen nicht durchgeschlagen waren, schien die Haut weißer, als Puder sie gemacht hätte: Höchstwahrscheinlich hatte sie sich das Gesicht bemehlt.
Es war ein vergnügliches Lachen. Bis die Schwester plötzlich Angst bekam. Denn irgendein maßlos unglücklicher Ausdruck in Lotte Lippmanns Augen fuhr Flora Manhood derart bis ins innerste Mark, daß sie zusammenzuckte und sich fast krümmte. Dieses Baby, wenn sie es wirklich in sich trug, war schon jetzt eine Katastrophe; und wie sollte sie jemals alles das wieder gutmachen, was es nach seiner Geburt würde leiden müssen?
Sie sagte mit ihrer härtesten Stimme: »Das ist nur Ihre eigene Schuld, Lottie. Warum lassen Sie sich von ihr so herumkommandieren und lächerlich machen.«
»Aber sie macht nichts lächerlich. So bin ich.«
»Schon diese Füße! Wie wollen Sie damit nur tanzen!«
Geschwollenes Fleisch und verwachsene Knochen hatten die einstmals eleganten, jetzt rissigen und verkratzten Pumps völlig aus der Form gebracht.
»Setzen Sie sich jedenfalls erstmal hin«, riet Schwester Manhood jetzt etwas milder. »Ich werde inzwischen der alten Kuh erstmal was erzählen, dafür, daß sie ihr wunderschönes Mittagessen stehengelassen hat.«
Lotte Lippmann tat, wie ihr befohlen. An das Warten gewöhnt, setzte sie sich auf den Hocker am Toilettentisch in Gesellschaft des Spiegels.
Als die Schwester in das Zimmer ihrer Patientin kam, erklang gerade unter dem Bett eine Stimme: »... Dad hat wieder einen gehabt am Donnerstag kurz nach Sonnenuntergang un dazu war es Neumond das hatt'ch ganz vergessen un Dad zappelt da 'rum un Mavis un Donald tun so das machen sie nämlich seit Donald den Biß in'n Finger gekriegt hat un nich in'n Kork da tun sie oben so als ob sie nischt merken un der Finger hat sich entzündet ich hab' Mavis gesagt es is Zeit daß man ihn ausdrückt un da is sie doch frech geworn zu mir ihrer Mutter un Donald hat mich angeguckt als ob ich ihn in seinen blöden Finger gebissen hätte un nich ein kranker Mann ...«
Wenn man Mrs. Hunter nicht doch angemerkt hätte, daß sie gespannt zuhörte, dann hätte man sie auch für tot halten können. Schwester Manhood wurde nach dem ersten Schreck klar, daß das alte Wesen dabei war, das Leben eines anderen Menschen zu leben.
»Ja, ja.« Mrs. Cush kroch seufzend unter dem Bett hervor, in Schweiß und Seifenlauge gebadet. Ihre feinen Gesichtsfältchen waren grau, soweit sie sich nicht in schwarzem Staub vom Putzen nachzeichneten. Sie war eine einstmals lebhafte, kleine Frau; kleine Frauen, so schien es, unterwarfen sich der Versklavung durch Betty Hunter am willigsten.

»Also, jetzt weiß ich wirklich nicht mehr«, sagte Schwester Manhood, und das traf auch zu. »Sie sind doch immer am *Morgen* da, Mrs. Cush, wieso denn jetzt plötzlich am *Nachmittag*?«

»Sie hat mir gesagt, ich soll länger bleiben heute.«

»Schließlich waren doch meine Kinder hier heute morgen, nicht wahr?«

»Konnte mit meiner Arbeit einfach nich weiterkommen – nich bei dem langen Kaffeeklatsch, den die hier drin hatten«, sagte Mrs. Cush verächtlich und saugte ihr Gebiß zurück an seinen Platz.

»Ich habe Sie gebeten, daß sie bleibt«, bestätigte Mrs. Hunter, »und mir was erzählt, um mich abzulenken.«

»Un das isses, was ich grade mache.« Mrs. Cush blickte diese hochmütige Krankenschwester finster an.

»Wo ist meine Köchin?« fragte Mrs. Hunter. »Sie sollte für mich tanzen.«

Die Launen ihrer Patientin begannen Schwester Manhood auf die Nerven zu gehen, ebenso wie die Sklaven, die ihnen nachgaben; aber sie machte doch noch einen Versuch: »Was ist mit Ihrem Mittagessen, Mrs. Hunter? Mir scheint, Sie haben sich geweigert, etwas zu essen. Sie sollten aber doch ein paar Löffel zu sich nehmen, denn dann freuen wir uns alle.«

»Oh, aber ich habe doch gegessen. Oder nicht? Doch, ja! Ganze Hände voll haben sie mir in den Schlund gestopft. Und mich durch das Kinderzimmer gejagt, während die Kinderschwester nicht da war. Es gibt nichts Schlimmeres als Kinder, die älter sind als du und sie haben die Gewalt über dich und wollen sich rächen. Das ist etwas, was Lillian nicht erlebt hat. Sie ist entkommen. Sie ist davon galloppiert, und dann hat man sie ermordet. Bei den orangefarbenen Klippen, da unten an der Straße. Ihre Knochen hat man zwischen den Austernschalen gefunden. Das erzählen sie jedenfalls. Ich persönlich glaube nicht, daß sie ermordet worden ist: Sie ist einfach gestorben, an allem, woran sie sich erinnert hat.«

Mrs. Cush war darüber so bekümmert, daß sie heftig mit ihrem Staubtuch wedelte und dabei eine kleine Silberschale vom Toilettentisch fegte. Das Klirren fuhr durch Schwester Manhoods Nerven wie der Wind durch einen Perlenvorhang aus Metall.

»Wenn das so ist«, sagte die Krankenschwester, »dann sollten Sie jetzt vielleicht lieber ein Schläfchen machen.«

»Oh, aber das habe ich doch schon getan! Habe ich etwa nicht mein ganzes Leben lang geschlafen? Deshalb habe ich ja Mrs. Cush gebeten, mir etwas aus der Wirklichkeit zu erzählen.«

»Ich gebe Ihnen etwas, damit Sie leichter einschlafen können.« Es war ganz ungewöhnlich, daß Schwester Manhood derartige Angebote machte.

»Darauf komme ich vielleicht zurück, Mrs. Pardoe. Aber nicht jetzt. Jetzt möchte ich, daß Schwester Lippmann für mich tanzt.«

Schwester Manhood ging, um den wartenden Clown aus dem Ankleidezimmer zu holen.

Lotte Lippmann hatte die Nase in einem der Schränke.
»Was machen Sie denn da? Man kramt doch nicht in anderer Leute Sachen herum!« Hier bot sich wenigstens eine Möglichkeit für die Schwester, ihre in sich zusammengebrochene Selbstgerechtigkeit wieder aufzurichten.
Lotte Lippmann sagte: »Das ist das Kleid, das sie mir versprochen hat, nach ihrem Tod. Nur, so wie ich das sehe, wird es keiner glauben. Oder wenn ich mir mein Kleid nehme, dann werden sie sagen, ich hätte es gestohlen.«
»Lassen Sie es sich doch schriftlich geben, meine Liebe«, sagte Schwester Manhood mit einiger Bitterkeit. »Dafür ist ja der Anwalt da. Um dafür zu sorgen, daß alle Schulden bezahlt werden und daß jeder paragraphenmäßig gesichert ist.«
»Aber Mrs. Hunter schuldet mir das Kleid doch in keiner Weise.« Lotte Lippmann stand da und zupfte an dem Kleid herum, und es schien, als ob dieses raschelnde, fast körperlose Material aus nebligem Mondlicht, Gaze und goldenen Ziermünzen seinen Eigentümer tatsächlich von allen Verpflichtungen befreien könnte, außer der, einfach immer weiter zu *sein*.
Ahnungen von einer Transzendenz waren schon früher in Schwester Manhoods Gedanken geweht, wenn auch immer nur für ganz kurze Augenblicke: nachdem einmal irgendein Traum sie aus einem Haus von gefährdeter Pappe hinaus in eine klare weiße Nacht getrieben hatte, und dann war sie selbst als kleiner weißer Partikel plötzlich und wundersam ein Teil dieser Nacht; oder sie schwamm mit Col Pardoe gegen den Strom der Musik und geriet in Wirbel, deren Existenz sie nie zugeben konnte und die sie fast bis zu einem Verständnis solcher Geheimnisse wie Liebe, Schönheit, Erfüllung und Tod wirbelten. Und jetzt, dank dieser verrückten Jüdin, spürte sie wieder so etwas: nur weil sie sich hier so ein verrücktes Kleid aus Elizabeth Hunters Garderobe ansah. Wo sie doch, wie jede gute Australierin, weiterhin an nichts glauben sollte als an das, was man sehen und berühren kann. Aber war sie denn so vernünftig? Sie hatte alles, was wirklich berührbar war, zusammen mit Col Pardoe aufgegeben: die Rippen, die sein klopfendes Herz in sich bargen; auf ihrer eigenen Scham ein Tropfen Samen, den sie zwar nach außen hin einfach wegwischte, aber insgeheim an ihrem Finger trocknen ließ. Dasselbe mit ihren Kindern: so sehr sie auch mit den kleinen Fäusten trommelten und nach Leben schrien, sie hatte immer dafür gesorgt, daß sie niemals ihre rechtmäßigen Gesichtszüge bekamen.
»Hören Sie auf, an diesem schimmeligen alten Kleid herumzuzerren!« Schwester Manhood spürte immer noch etwas Klebriges an ihrem Finger und ärgerte sich darüber. »Wir gehen besser hinein, Lot. Sie wartet auf Sie – Sie sollen *tanzen*!«
Und so gingen sie in Mrs. Hunters Schlafzimmer.

». . . ich selber schwöre ja auf ein bißchen Scheuerpulver, aber Mavis nimmt immer eine Haarnadel un kratzt damit noch nach.« Mrs. Cush hatte Schwierigkeiten, irgend etwas von dem großen Wandspiegel abzuwischen, den sie mit einem feuchten Tuch bearbeitete.

»Hier ist Mrs. Lippmann«, kündigte Schwester Manhood mit ihrer vornehmsten Stimme an. »Sie ist gekommen, um für Sie zu tanzen, Mrs. Hunter.«

Elizabeth Hunter antwortete: »Das sehe ich«, ohne die Augen zu öffnen.

Lotte Lippmann setzte ihren blankgewetzten Zylinder auf. Das unter ihrer linken Achselhöhle hervorragende Stöckchen wackelte ein wenig als Selbstausdruck des Menschen, der hinter dieser Maske steckte, während sie aus ihrem kalkweißen Gesicht auf die Gestalt im Bett sah, oder weiter noch, wahrscheinlich viel weiter. Aus diesem Grunde konnte sie schließlich dem nicht widerstehen, was geschah – was immer es auch war: Übertragung, oder Entrückung. Fast hörbar knallte eine Peitsche: Die Glieder begannen, in ruckartigen Bewegungen zu zucken; das Gesicht wurde von einem patentledernen Lächeln zerspalten, das um so tödlicher wirkte, als die Backenknochen fest zusammengepreßt blieben und sich in der oberen Zahnreihe in Richtung auf die Ohren hier und da eine Lücke zeigte. Lotte Lippmann atmete wieder den von Scheinwerferlicht angestrahlten Staub der Bühne, als sie ihre Gesangs- und Tanznummer begann, *eins-zwei-drei*, die schmerzenden Lackschuhe klopften auf den Teppich und die Stimme entfaltete ein rauhes Banner, von ganz hinten unter dem Zäpfchen hervor. Aus den Zahnlücken und dem Gold in ihrem scharlachroten Mund heraus, und begleitet von ihrem besessenen Körper, sang sie:

Wenn Mutter in die Manege ritt
Wie jauchzt' mein Herz auf Schritt und Tritt
Hoppla hoppla tripp trapp trapp . . .

Und Mrs. Cush, die das schon öfters mitgemacht haben mußte, echote: *»Hoopla!«*

Bis mir die Schuppen von den Augen fielen
Ich sah den Dreck in allen Dielen
Hoppla hoppla tripp trapp trapp!
Es ist das alte, fade Lied
Nichts macht mehr einen Unterschied
Es ist 'ne Welt für leere Laffen
Ein Zirkus mit dressierten Affen
Die Löwen und die Löwenkätzchen
Die Dame ohne Unterleib
Die hohe Schul' mit allen Mätzchen
Was ist es schon? Ein Zeitvertreib!

Arme Lottie! Schwester Manhood fühlte sich an eine groteske Sparbüchse mit einem riesigen Maul irgendwo in einem Kinderzimmer erinnert.

Während Lotte Lippmann immer weiter versuchte, ihre Stimme von der überdeutlichen Rauhheit zu befreien, streckte sie gleichzeitig ihre Zehen nach vorn oder hüpfte dem wandernden Lichtkegel des autoritären Verfolger-Scheinwerfers nach, mit dem verbeulten Knauf am oberen Ende des Stöckchens auf Tische klopfend, die gar nicht da waren. Und sie kreischte dabei. Und erstickte einmal fast. Kämpfte mit behandschuhtem Finger gegen ein Haar, das ihr an den Lippen festklebte. Und lächelte, lächelte. Die Nackenmuskeln verkrampften sich im Klack-Klack der Patentleder-Worte.

Schwester Manhood konnte wenigstens in ihrer Arbeit fortfahren, die Temperatur ihrer Patientin messen, den Puls fühlen und die Kissen aufschütteln; die Putzfrau dagegen, die offensichtlich in diesem Zimmer nichts mehr zu tun hatte, saß wie gestrandet mitten in einer Pantomime, die eher Angst machte als unterhielt. Als sie plötzlich um die Taille gepackt und in keuchendem, schwankendem Walzerschritt im Kreise geschwenkt wurde, wäre Mrs. Cush beinahe ungehalten gewesen, wenn sie und Lottie beim Tanzen nicht mit den Köpfen zusammengestoßen wären, was ihre Partnerschaft beendete.

Nachdem sie ihren Zylinder wieder gerade geschoben hatte, tanzte Lotte Lippmann allein weiter; und während sie tanzte, sang sie:

Jede Nacht, seit ich geboren,
Hat meine Seel' ihre Unschuld verloren.
Verdammt sie nicht, versteht es nur,
Sie war zu schwach in der Struktur
So geht's einmal in der Natur.
Am selben Platz, wo sie verwelken,
Da wachsen wieder andere Nelken.
Sie gehen nie verloren.
Sind ewig neugeboren.

Mrs. Hunter hatte bis jetzt noch nicht ihre Augen geöffnet. Jetzt tat sie es, während sie gleichzeitig mit der Zunge das Thermometer aus dem Mund schob. »Nicht mehr nötig, Schwester, dankeschön. Heute morgen haben sie mir jede Temperatur ein für allemal ausgetrieben.«

Aber dennoch deuteten ihr Lächeln und der Ausdruck ihrer Augen auf ein leichtes Fieber hin, während sie dalag und in sich hinein blickte, auf ein Bild, das möglicherweise von Lotte Lippmanns Gesangs- und Tanznummer heraufbeschworen worden war: sie selbst? leichtes Gleiten der langen Beine, die Augen der Männer können sich von den schimmernden Strümpfen keinen Augenblick lösen; einfach nicht beachten, natürlich, aber das ist nur wieder eine von diesen Konventionen und täuscht niemanden.

Elizabeth Hunters Kopf hatte einen anderen Takt der Musik in Erinnerung das muntere Kieselrasseln der Trommeln und das Blöken des nebligen Saxophons: Während du tanzt, bemühst du dich nicht gerade wie völlig nackt zu erscheinen du bist was tugendhaft genannt wird aber die Männer nennen es kalt.

»Nicht kalt.« Elizabeth Hunters Kopf rollte zur Seite. »Ein Teil deiner selbst wird einfach nie berührt. Das ist alles. Nicht einmal von Alfred.« Sie wandte sich an ihre Krankenschwester: »So verstehen das auch Nonnen, nicht wahr, Schwester?«

»Ich weiß das nicht.« Schwester Manhood war damit beschäftigt, das Fieberthermometer zu desinfizieren.

»Nein. Sie sind ja die Bruthenne. Schwester de Santis könnte mir das sagen. Wo ist Mary? Ich habe sie nicht mehr gesehen, seit wir Kinder waren.«

»Sie war letzte Nacht hier«, korrigierte Schwester Manhood; »und heute abend kommt sie wieder.«

»O ja«, nahm Mrs. Hunter die Berichtigung an.

Jetzt tanzten also alle: die Schwestern in einer langen Reihe sogar die dürre Badgery der Kartoffelsack da das ist Mrs. Cush und sie alle bewerfen die Gäste mit roten Rosenknospen von kleinen Tabletts die sie an bunten Bändern um den Hals tragen.

Die Rosen können nie vergehen,
Die Liebe läßt sie neuerstehen . . .

Die Sängerin zog sich nach der Seite zurück, offenbar, um den Grund für den ganzen Zauber zu enthüllen, den die Mädchen trieben. Die schal parfümierte, kehlige Stimme brach, als sich die Mädchenreihe öffnete und neu formierte: und da, in der Mitte, am höchsten Punkt, stand Elizabeth Hunter.

Einen Munitionsvorrat von Rosen gegen die Brust gedrückt (ihre waren weiß) zögerte sie einen Augenblick, um ihren Gästen Zeit zu geben, sich an den Glanz zu gewöhnen. Dann zielte sie. Dank ihrer Größe und ihrer Biegsamkeit konnte sie weiter werfen als alle anderen. Sie warf Händevoll weißer Blütenblätter, so unachtsam abgerissen, als wären sie Papier oder Fleisch oder manchmal auch ein von Staubgefäßen eingefaßtes Auge, und die Feuchtigkeit der Stengel lief über ihre Hände. Sie streute ihr Opfer aus über die kriecherisch gesenkten Köpfe der Männer und über die ihrer eifersüchtigen Frauen mit den gelackten Dauerwellen, daß sie sie weiterwarfen zwischen die pyramidenförmigen, kobaltblauen Wellen, und die Musselinerker rings um sie lösten sich auf und bildeten sich neu und wurden verzerrt vom Sturm des Beifalls.

»O ja«, lächelte sie ihre menschlichen Trabanten an, »ich brauche nur zu lernen, wie man wieder eintritt, und ich werde aufgenommen. Sie hatten scharlachrote Schnäbel mit starrenden Nüstern, aber frei von jeder Grausamkeit.«

Sie mußte vorausgesehen haben, daß ihre Versuche zur Überzeugung anderer hoffnungslos waren und vielleicht sogar als Überheblichkeit ausgelegt wurden, nicht nur vom skeptischen Publikum, sondern auch von ihren Mitspielern. Denn sie öffnete ihre Augen ganz weit, um sie allesamt mit ihrem milchigen Schillern zu erschrecken.
Ihre Einlage hatte elektrisierende Folgen: Eine Stimme riß sich selbst bei den Wurzeln aus und peitschte die Luft mit einem markerschütternden Schrei. Es war ihre Haushälterin, stellte Mrs. Hunter fest.
»Ich kann nicht mehr weiter. Ich fürchte mich. Immer. Immer. Dieser entsetzliche Gestank. Ich halts nicht aus.«
Mrs. Hunter hörte etwas, das wie ein Zylinder klang, der auf seiner Pappkrempe durch das Zimmer rollte und irgendwo von einem Möbelstück abrupt aufgehalten wurde. Sie fühlte Mrs. Lippmanns Baumwollhandschuhe an sich herumtasten; und dann – bitte nicht! zuckende Lippen, die sich auf ihre Handrücken preßten.
»Barmherzigkeit! Ich verlier' auch SIE! Verweile doch!«
Weil sie sich physisch so angewidert fühlte und im übrigen überhaupt verlegen war, sagte Mrs. Hunter: »Jeder richtige Deutsche, den ich je kennengelernt habe, hat in Krisensituationen nichts Besseres gewußt, als Goethe zu zitieren – wenn nicht genau das Original, dann doch seine eigene Fassung. Ich kann diese Abhängigkeit nicht verstehen – es sei denn, daß der in einem großen Mann verborgene Widerling ihn selbst auch menschlicher macht.«
Mrs. Lippmann ließ sich dadurch jedoch nicht überreden, die Hand loszulassen, auf die sie sabberte. »Ich bin keine Deutsche. Ich bin ein schwarzer Jud von irgendwo zwischen Hamburg und Bessarabien – der den Gasöfen nur entgangen ist, weil Unkraut nicht vergeht – und dann haben Sie mir Ihre Gunst gezeigt – und jetzt wird mir das auch noch weggenommen.« Sie begann von neuem mit ihren heftigen, feuchten Küssen, als wollte sie die Reliquie verschlingen, die sie nicht für ihre eigenen verzweiflungsvollen Bedürfnisse besitzen durfte.
Mrs. Cush, selbst eine Expertin auf dem Gebiet des Sabbelns, Zähneknirschens und Besitzergreifens, schlich sich davon.
Wind war aufgekommen. Der Musselinvorhang, den Schwester Manhood zurückgeschlagen hatte, um die Gerüche von Anstrengung, feuchtem Puder, muffigen Kleidern und vielleicht auch einem Hauch Verwesung von den Leichen, die sie in ihrer kurzen Laufbahn bisher gesehen hatte, aus dem Zimmer zu vertreiben, blähte sich auf und flatterte in den Raum zurück.
Während sie hin und her eilte, um den Vorhang zu bändigen und gleichzeitig die Haushälterin von ihrer Patientin wegzuziehen, sagte Flora Manhood mit zitternder Stimme: »Mrs. Lippmann – kommen Sie, bitte! Ich werde ihnen etwas eingeben müssen, wenn Sie sich nicht zusammennehmen können.«

»Ich bin schon wieder ganz ruhig, Flora.«
Und plötzlich schien sie auch wieder erstaunlich gefaßt. Über den Kratern und Kanälen in ihrem Gesicht und den weitgehend zerflossenen Lippen schwammen die Augen, dunkler als sonst nach diesem Ausbruch.
»Ich verstehe nicht, warum ich mich vor etwas fürchte, was ich ja schon immer gewußt habe.« Sie rieb ihre Wange mit dem Frackärmel ab und betrachtete dann unbeteiligt die Spuren auf der Manschette.
Die Schwester begleitete die Haushälterin den Gang entlang bis zu der Tür, welche die Dienstbotenunterkünfte mit dem Treppenabsatz verband.
»Sie können Mrs. Hunter einfach allein lassen«, fragte Mrs. Lippmann, »nach so einer – Erfahrung?« Obwohl ihr eigenes Leben von der Sterblichkeit dieser alten Frau abhing, ließ die Erschöpfung sie fast uninteressiert klingen.
»Sie wird jetzt einschlafen. Es ist ihre gewohnte Zeit für ein Nickerchen, und sie würde es jedem übelnehmen, der sie daran hindern wollte. Besonders heute, wo es ihr vielleicht sogar hilft, zu vergessen, was sie ihr antun wollen.« Schwester Manhood hörte ihrem eigenen Geschwätz zu, während sie eine Freundin begleitete, die sich als fast noch unberechenbarer gezeigt hatte als sie selbst.
An der Tür auf dem Treppenabsatz sehnte sie sich danach, daß die Haushälterin sie jetzt in das kahle, aber mit Gefühlen überreich angefüllte Zimmer einladen möge, in dem sie schlief. Gerne hätte Flora es sich von Lottie gefallen lassen, in das schmale Bett gepackt zu werden und das Fieber gemessen zu bekommen; hinter geschlossenen Augenlidern hätte sie dann auf das Urteil gelauscht: du hast ein paar Striche über normal Floradora aber das ist ja zu erwarten bei jemandem der sich vorstellt daß er ein Kind von diesem verkommenen alten berühmten Schauspieler bekommt jetzt schlaf und wenn du wieder aufwachst wirst du feststellen daß du niemandem verpflichtet bist als dir selbst und am allerwenigsten einem Alterspflegefall der sich dem erwarteten Ende zuneigt.
Aber da sie nicht so leicht geheilt werden konnte, blähte sich das Bewußtsein ihrer Situation weiterhin in ihrem Kopf wie die lebendig gewordenen Vorhänge in dem Zimmer, in das sie zurückkehren mußte. Bis plötzlich die Türklingel ertönte. Und derselbe Musselin ihrer unkontrollierbaren Vorstellungen plötzlich zu Fetzen zerfiel, die als Blechschnitzel rings um sie herunterklapperten.
Mrs. Lippmann war wieder die Sparbüchse mit dem riesigen Mund aus Eisen, deren Farbe von unmenschlichen Kindern in alle Richtungen verschmiert worden war. »Sind das diese Mörder, die schon kommen, um ihr Geschäft zu verrichten?« Diese Möglichkeit war mehr, als sie jetzt ertragen konnte. »Sie machen doch für mich auf, Flora? Wissen Sie, ich habe mich doch noch nicht so unter Kontrolle.« Die mit grünem Fries bespannte

Tür überdeckte ein Wimmern in Lotties Kehle, als sie sich knirschend mit müden Angeln schloß.
Allein auf dem Treppenabsatz zurückgeblieben, konnte Schwester Manhood spüren, wie ihr hypothetisches Kind zur Tatsache wurde: Es begann in ihrem Leib herumzustrampeln, schon lange vor seiner Zeit. Sie ging die Treppe hinunter. Colin Pardoe würde vor der Tür stehen mit den bestellten Medikamenten, von denen ihr Schwester Badgery vergessen hatte zu erzählen und die er grausam entschlossen selbst herbrachte. Er würde sofort auf das kleine Fenster starren, das sich gerade in ihrem Leib gebildet hatte, damit er den Fötus leichter an seinen Gesichtszügen identifizieren konnte. Wenn sie ihm nur rasch die tödlichen Drogen aus der Hand reißen konnte, die Dr. Gidley in einem Augenblick irregeführten Mitgefühls verschrieben hatte (ohne zu wissen, daß es die Krankenschwester war, die seine Hilfe brauchte), dann, glaubte Flora Manhood, würden ihr Scham und Verzweiflung helfen, die Verpackung aufzureißen, den Wattepfropfen herauszubohren und trotz Cols eiserner Finger mit den ganz kurz geschnittenen Nägeln, wie sie sich erinnerte, trotz des brutalen Zugriffs männlicher, bis zum Bizeps unbedeckter Arme – sie würde mehr als schlukken, sie würde die bitterschmeckenden Kapseln erst zerbeißen, und innerhalb eines Augenblicks würde sie die Zangen des Giftes in ihrem ganzen Körper spüren und oh Gott dann würde sie fallen und nur noch ganz kurz zucken ehe die Kälte sie zudeckte dort auf den Schachbrettfliesen zu Col Pardoes Füßen.
Sie riß mit solcher verzweifelten Kraft an der Tür, daß ihr ein Schmerz durch die ganze linke Seite fuhr, und fand draußen den alten Wyburd vor, der nicht direkt vor der Tür stand, sondern weiter zurück, in der Sonne. Er hielt die Hände aneinandergelegt senkrecht vor das Gesicht, als ob er ein Gebet spräche.
»Was ist denn, Mr. Wyburd?« röhrte sie geradezu heraus: seine Haltung war schon mehr als merkwürdig!; aber sie war so erleichtert, daß es nicht die Person war, mit der sie gerechnet hatte, und doch ein Mann. »Stimmt irgend etwas nicht?« Sie lachte, und dieses Gelächter wollte nicht vergehen; es blieb in der Luft hängen und hatte denselben blechernen Ton wie die Worte, die sie vorher gesprochen hatte.
»Es ist alles in Ordnung«, antwortete er und nahm die Hände vom Gesicht. »Ich habe nur hier dran gerochen.«
»O-o-ohh?« Sie endete mit einem Kichern, das ihr in die Nase fuhr und vielleicht dann wieder zum Mund herauskam, wie die Erdbeerlimonade ach wie lange ist das her in Con's Caff, in Coff's Harbour.
»Es ist Rosmarin«, erklärte Mr. Wyburd. »Meine Frau ist eine Expertin. Sie kann jede Pflanze bestimmen, die Sie ihr zeigen. Ich kann da nicht mit – aber Rosmarin erkenne ich gleich, wenn ich ihn sehe.«

Auch der Anwalt lachte jetzt. Er sah dadurch ziemlich lächerlich aus: Die Gebisse alter Männer, wie sauber sie auch sein mögen, haben immer ein Aussehen wie Schleim mit ihrem blaßlila Zahnfleisch.

»Ach was! Ist das Rosmarin?« Sie spähte in seine geöffneten Hände, obwohl er sie ihr eigentlich nicht wirklich hinhielt; sie blickte in die Wiege, die alte Finger und faltige Handteller für die zerdrückten silbrigen Nadeln bildeten, die nach Möbelpolitur rochen.

»Ja, natürlich. Jetzt kann ich es auch riechen. Ist es nicht ein – ein nostalgischer Geruch?« Die Frau die im P.A. zu Besuch kam und statt der üblichen rosa Nelken etwas brachte was sie ›Federnelken‹ nannte (sie waren weinrot) eingewickelt in zerknittertes braunes Papier und dann sagte sie: *es ist der heiße Tag heute dann riechen sie immer so nostalgisch.*

Der Anwalt sagte: »Man kann Fische mit Rosmarin füllen. Und dann näht man sie zu.« Und sie kicherten beide miteinander, er und diese Schwester Manhood. »Ich habe das aber noch nie versucht. Meine Frau und ich ziehen einfache, gesunde Kost vor.«

Obwohl sie alles essen konnte, so schwer es auch war, stimmte Schwester Manhood dem Anwalt nur allzu bereitwillig zu. Von dieser ewigen Kicherei würde sie noch einen Kropf bekommen. Medizinisch gesehen gab es dafür natürlich keinen Grund; oder vielleicht doch, bei diesem ewigen Krampfen und Entkrampfen der Halsmuskeln.

Der Anwalt sah sie unter der Krempe seines Strohhuts hervor an: von ihr aus gesehen, war ein Hut weiter nichts als etwas, auf das man auch noch aufpassen muß.

»Wollen Sie nicht hereinkommen, Mr. Wyburd«, fiel es ihr endlich ein, und sie machte eine einladende Geste.

Nachdem sie ihn glücklich durch die Tür bugsiert hatte, fragte er: »Wie geht es Mrs. Hunter?« als ob er vielleicht erwartete, daß es ihr irgendwie anders ginge als schon eine Ewigkeit lang.

»Wissen Sie, daß sie heute hier waren?« Sie hatte ihre Stimme gesenkt und beschäftigte sich eindringlich mit dem Haustürschloß.

»Ich weiß gar nichts, Schwester. Wer? Sie müssen sich schon ein bißchen deutlicher ausdrücken.« Seine Reaktion drückte instinktive Abwehr aus.

»Die Kinder.«

Während es Schwester Manhood niemals eingefallen wäre, die Prinzessin und Sir Basil anders als mit dem Etikett zu sehen, daß sie ihnen angehängt hatte, nämlich als ältlich und bösartig, flackerten durch Arnold Wyburds Gedanken bei der Erwähnung ihrer Namen die Attribute, die er ihnen gern belassen hätte: grasbefleckt, mit aufgeschlagenen Knien, nach wie vor eine Vision des potentiell Guten.

Irritiert von der Anwesenheit dieser Krankenschwester, die schließlich wie alle anderen Leute auch nur darauf wartete, daß sie ihm die Schuld geben konnte, murmelte er: »Ist es nicht völlig natürlich, wenn sie ihre Mutter besuchen wollen?«

»Das könnte es sein, aber ist es nicht – nicht bei dem, was wir wissen«, beharrte Schwester Manhood, als sie einander die Treppe hinauf begleiteten.

Der Ärger ließ Arnold Wyburd fast ins Poltern geraten. »Ich weiß wirklich nicht, was Sie damit andeuten wollen. Niemand von uns weiß wirklich genau, was Basils und Dorothys Pläne sind. Und in jedem Fall können sie ja ihr Vorhaben auch noch ändern.«

Er war wütend über sich selbst, weil er sich von Schwester Manhood praktisch ein Eingeständnis seiner Mitwisserschaft hatte entlocken lassen und weil er von den Hunters in ihrer Gegenwart als ›Basil und Dorothy‹ gesprochen hatte. Blind stolperte er über eine Treppenstufe und wäre nach vorn auf die Knie gefallen, wenn ihn die Krankenschwester nicht am Arm gepackt hätte, als ob er einer der alten Leute wäre, in deren Pflege sie so viel Erfahrung hatte.

»Alles in Ordnung?« fragte sie mit unnötiger Besorgnis.

»Ich bin heute nachmittag nur hierher gekommen«, keuchte er, »weil Schwester Badgery mich angerufen hat, wegen eines Dokuments, das Mrs. Hunter aufgesetzt haben möchte.«

Ah, aber dann mußte er ja das alles schon gewußt haben! Badgery konnte wichtige Neuigkeiten niemals für sich behalten, und was gab es Wichtigeres als den ›Besuch‹ der Hunters?

»Ungefähr um welche Zeit waren denn die Prinzessin und Sir Basil hier?« ließ er sich herab, zu fragen.

»Ich glaube nicht, daß es sehr früh war. Solche Leute gehen morgens erst ziemlich spät aus dem Haus.«

Seine Stimme nahm einen zuversichtlicheren Ton an. »Da haben Sie völlig recht. Als Schwester Badgery anrief, war ich gerade in meiner Kanzlei angekommen. Sie wußte nichts von einem geplanten Besuch der Hunters – sie haben sich ohne Zweifel spontan entschlossen.« Er hoffte, daß er damit diesem Mädchen gezeigt hatte, wie unrecht sie hatte, wenn sie ihn jetzt verdächtigen wollte.

In Wirklichkeit hätte sie davon nicht einmal geträumt. Sie war viel zu sehr mit Nachdenken darüber beschäftigt, was das wohl für ein ›Dokument‹ sein könnte. Ein neues Testament, vielleicht? Höchstwahrscheinlich war es das. Wenn sie schon so unehrlich war, hinter dem Rücken der Mutter mit dem Sohn zu schlafen und ein Kind von ihm zu empfangen, ohne daß er es wußte, dann schmiedeten vielleicht auch Badgery und Wyburd einen Plan, um den Kindern zuvorzukommen, indem sie der Alten ihren Kies ihrerseits ablockten. Natürlich würde der Anwalt sie in diesem Fall anlügen. Flora Manhood wußte, daß sie jedenfalls jeden Meineid geschwo-

ren und bestritten hätte, Sir Basil verführt zu haben – zumindest, ehe sie nicht genau wußte, was dabei herausgekommen war.
Es war klar, daß sie und Wyburd, Verbrecher alle beide, den Rest des Weges in finsterem Schweigen zurücklegen mußten.
Vor Mrs. Hunters Tür flüsterte Schwester Manhood: »Sie müssen heute sanft mit ihr umgehen. Sie hat einen so schrecklichen Vormittag hinter sich.«
Aber du konntest seinem Gesicht nicht ansehen, ob er auch diese echte Sorge verdächtig fand.
Als sie in das Zimmer gingen, war praktisch der ganze Raum von dem sich blähenden Vorhang erfüllt. Sobald jedoch der Anwalt die Tür schloß, wurde der Musselin flatternd und klatschend zurückgesaugt, ehe er sich dann mit sanftem Zittern herniedersenkte und wie eine durchsichtige Haut um das Gesicht auf dem Kissen schmiegte.
Die Schwester lief eilig, um ihre vernachlässigte Patientin von diesem riesigen Haarnetz zu befreien. »So – na also, meine Liebe. Es ist alles in Ordnung. Und wir sind ja da.« Bei dem Gedanken an ihre eigenen zukünftigen Prüfungen ihre Schuld noch stärker empfindend, tröstete Flora Manhood ihr Baby.
Mrs. Hunter tauchte unter dem Stoff mit heftig arbeitenden Kiefern auf. »Sie wissen, daß mit mir gar nichts in Ordnung ist«, keuchte sie, »und daß Sie hier sind, davon geht es mir auch nicht besser. Das ist vorbei. Andererseits kann mir auch niemand irgendwelchen Schaden tun. Jedenfalls keinen, der wichtig wäre.«
Der Anwalt meinte, daß ihr Körper seit seinem letzten Besuch noch weiter eingeschrumpft sein müsse; andererseits schien ihr Geist sich um so kraftvoller mit den Besuchern zu beschäftigen.
Und er machte den Versuch, mit heiterer Stimme zu sprechen, um seine eigenen gesunkenen Lebensgeister wieder etwas anzuregen. »Ich bin gekommen, Mrs. Hunter – Sie erinnern sich an mich, nicht wahr? Arnold Wyburd«, und dann mit leiser Stimme »– um das Dokument mit Ihnen zu besprechen, an das Sie denken.«
Schwester Manhood beschäftigte sich damit, unwichtige Gegenstände herumzuschieben und darauf zu warten, ob der alte Knabe vielleicht seine Karten aufdeckte. Aber das würde er natürlich nicht tun. Und es machte auch keinen Unterschied. Betty Hunter hatte recht: Ihr konnte keiner mehr Schaden antun, genausowenig, wie man ein Kind umbringen kann, wenn es einmal empfangen ist. Du kannst zwar den Embryo loswerden, aber sein Geist wird dich auf ewig verfolgen.
»O ja«, Mrs. Hunters Geist tastete sich durch seine Umgebung. »Sie sind es«, sagte sie. »Ich habe nach Ihnen geschickt, weil – jetzt muß ich mich erst wieder erinnern.«
Schwester Manhood hätte nach draußen in den Schwestern-Ruheraum ge-

hen können, sie hätte Zeit gehabt, sich endlich einmal wieder ihre Nägel zu maniküren oder den langweiligsten Teil des Nachmittags einfach zu verträumen – wenn sie nicht entschlossen gewesen wäre, zu erfahren, worum es sich bei diesem verflixten ›Dokument‹ handelte.
»Es waren doch nicht die Steuern und Abgaben – oder?« fragte Mrs. Hunter.
»Um Steuern und Abgaben, Mrs. Hunter, haben Sie sich noch nie persönlich kümmern müssen.«
»Immer«, sagte sie. »Nur man selbst kümmert sich ausreichend und macht sich die Mühe. Aber vielleicht war das hier etwas mehr Persönliches. Ach ja! Schwester, holen Sie mir Papier – für Arnold. Formell und weiß. Arnold war der weißeste und der glatteste.«
Armer alter Arnold, was mußte er nicht alles über sich ergehen lassen! Schwester Manhood fing beinahe wieder an zu kichern, hätte es auch getan, wenn der Anwalt sie dazu ermutigt hätte – aber als sie ihn anblickte, ignorierte er sie völlig. Und auch Betty Hunter sah er nicht an. Er war ganz mit seinen eigenen Gedanken beschäftigt, schien es. Und er war rot geworden, mit Ausnahme der Stellen über seinen Backenknochen, die weiß blieben. Arnold Wyburd, stellte sie fest, würde in der Tat wie ein sehr nackter Mann aussehen, wenn man ihn auszöge.
Als Schwester Manhood aus dem Schwestern-Ruheraum mit dem Schreibblock zurückkam, ließ Mrs. Hunter gerade ihren Anwalt aufsagen: ». . . Marjorie, vier – Heather, drei.«
»Aber es müssen doch mehr gewesen sein? Jahrelang ging die Unterhaltung immer nur um Babys. Da sind ein paar gestorben, vielleicht?«
»Ja, ein paar sind gestorben; andere waren Fehlgeburten. Aber die zählen nicht, hätte ich gedacht.«
Schwester Manhood war jetzt ziemlich sicher, daß sie recht hatte: das ›Dokument‹ war ein Testament, und Arnold Wyburd würde es in seinem Sinne beeinflussen.
Einen Augenblick lang war Mrs. Hunters Aufmerksamkeit auf etwas gelenkt, das wichtiger war als Leben und Tod: ihre Finger tasteten über das oberste Blatt des Schreibblocks, den ihr die Schwester gebracht hatte. Sie suchte nach einem konkreten Beweis.
»Was ist das?« Ihre Finger zerrissen an der oberen Kante fast das Papier. »Das ist nicht das Richtige. Nicht eindrucksvoll genug – Schwester. Ein gewöhnlicher *Schreibblock!* Gehen Sie hinunter in das Studierzimmer – in Alfreds Schreibtisch – das Papier von Sands mit der *Prägung.*«
Alter Snob.
»Ich möchte, daß alles richtig gemacht wird«, beharrte Mrs. Hunter.
Als Schwester Manhood mit einem Stoß des gewünschten Super-Pergaments zurückkam, erklärte die alte Betty gerade: ». . . die Leute glauben, wenn es nicht schriftlich da ist, dann ist es gestohlen.«

Mrs. Hunters Gehör war immer noch gut genug, um sie danach sofort schweigen zu lassen, und der Anwalt war natürlich zu diskret, um sich anmerken zu lassen, daß sie überhaupt etwas gesagt hatte.
Flora Manhood hätte weinen können, nicht nur wegen des unnötigen Wegs, den sie gemacht hatte, sondern weil diese unmenschlichen Wesen hier ihr so deutlich zeigten, daß sie sie als Außenseiter betrachteten.
»Ich habe gerade erklärt«, nahm Mrs. Hunter den Faden wieder auf, »daß Sie einen Mann heiraten, den Sie nicht genug schätzen.«
»Heiraten? Welchen Mann, bitte schön?« explodierte Schwester Manhood.
Elizabeth Hunter bot etwas dar, was vielleicht früher einmal als Lachen überzeugt hatte. »Kommen Sie, Arnold. Haben Sie ihm einen Federhalter gebracht, Schwester? Und Tinte?«
Jetzt war es der Anwalt, der mit Behagen erklärte: er hätte seinen Parker-Füllfederhalter, ein Geschenk seiner Angestellten zu seinem Siebzigsten.
»Aber wer soll denn der Kerl sein? Der, den ich nicht beabsichtige, zu heiraten?« wütete Schwester Manhood.
»Schreiben Sie, Arnold – mit ihrer wunderschönen Handschrift, die Sie hoffentlich immer noch haben – ›Ich bestätige hiermit, daß ich meinen rosa Saphirring an Florrie . . .‹ Florrie ist doch richtig? ›. . . an Florrie Manhood verschenke – zur Feier ihrer Verlobung –‹ Oder sollten wir lieber ›Versprechung‹ oder sowas sagen? Klingt das besser? ihrer – ihrer was? Aber darauf kommt es auch gar nicht an. Was es schließlich bedeutet, ist – zu ihrer *Hochzeit* mit . . .« Mrs. Hunter bekam einen Hustenanfall, so daß die Krankenschwester sich damit beschäftigen konnte, ihr ein Glas Gerstenlimonade zu reichen.
Als der Anfall vorüber war, erklärte Flora Manhood: »Ich lasse mich nicht in eine Ehe mit irgendeinem Mann hineinschwindeln, ganz gleich, wie wichtig er auch ist. Und überhaupt, Sie wissen ja gar nicht, wie das eigentlich war. Sie sind ja verrückt«, sagte sie, »wenn Sie glauben, daß ich so etwas tue. Ich denke nicht daran! Und Sie können ihren Ring behalten!«
Gleich morgen würde sie ihn von den Vidlers zurückbringen, und es wäre gut, wenn dann auch Sir Basil hier war: sie würde es den beiden, Mutter und Sohn, schon zeigen, wie wenig ihr ein rosa Saphirring bedeutete.
»Wir werden aber doch den Namen des Mannes erwähnen müssen, Mrs. Hunter.« Der Anwalt saß wartend, das Gesicht über dem Füllfederhalter von angemessenem Ernst.
»Woher soll ich ihn wissen?« knurrte Mrs. Hunter. »Ich kann mir keine Namen mehr merken. Aber seine Stimme hat mir gefallen. Einmal, als er die Rezepte – die Medizin gebracht hat.« Sie lächelte und schluckte den Geschmack ihrer Worte hinunter. »Ich mochte auch die Art, wie sich seine Haut anfühlte. Ich weiß nicht, warum sie ihn hier herauf in mein Zimmer gebracht haben. Vielleicht habe ich das verlangt. Ich habe es immer gemocht, wenn Männer um mich waren.«

Schwester Manhood stellte das Glas so abrupt auf den Tisch, daß es klirrend gegen den Kristallkrug prallte. Sie entfernte sich so blitzschnell, daß diese kaltherzigen alten Teufel hier gar nicht dazu kamen, sich umzusehen; obwohl du doch der Grund warst, aus dem sie dieses Spielchen hier ablaufen ließen, dessen einziger Zweck es war, Kummer zu bereiten.

Gut, dann würde sie also ihr Kind nehmen und irgendwo hingehen – meinetwegen auf den Mond – oder nach Adelaide – und den Ring irgendwo unterwegs aus dem Busfenster werfen. Und dann den armen Kerl mit der Liebe aufziehen, die sie bereits jetzt für ihn empfand, und schließlich hoffen, daß er sie nicht eines Tages mit dem Hammer erschlug, weil sie ihm das Leben aufgezwungen hatte.

Mrs. Hunter sagte: »Das sollte sie beruhigen. Geben Sie es mir, Arnold.«

Er tat es, und sie setzte das darunter, was ihr als ihre Unterschrift erinnerlich war: ein Federstrich quer über die ganze Seite, der dann von Arnold Wyburd als Zeugen mit säuberlicher Handschrift zur authentischen Unterschrift erklärt wurde.

»Jetzt«, sagte sie, »noch eine andere Sache. Bringen Sie mir meine Schmuckschatulle. Also –« sagte sie, »die Schatulle ist da drüben, wo sie schon immer war – auf der Etagere, die ich ins Zimmer nehmen mußte, weil sie ein Geschenk von Emily war.«

Er holte den Kasten. Sie ließ das Schloß aufschnappen, und ihre Finger glitten über den Inhalt, jedes Stück erkennend. »Oh, das! Scheußlich! Aber hier – das hier – ich habe oft daran gedacht, daß ich es – daß ich es gerne Lal Wyburd schenken würde.« Sie sammelte ihre Gedanken sofort wieder und sagte: »Ihrer Frau, Arnold.«

An der Kette, die sie hervorzog, hingen in regelmäßigen Abständen kleine Trauben von Türkisen.

»Ganz einfach, wie Sie sehen. Wir waren eine arme Farmersfamilie. (Mein Vater starb eigentlich an den Hypotheken.) Diese Kette meiner Mutter trug ich, als der Sturm hereinbrach. Sonst wäre sie genauso verloren gewesen, wie alle anderen Sachen.« Die Stimme war ganz leise geworden, wie zu sich selbst nach innen gesprochen, so daß der Anwalt beinahe den Faden verloren hätte. Aber dann erhob sie sich plötzlich wieder zu durchdringender Lautstärke, was darauf hindeutete, daß Elizabeth Hunter ihren Rammbock in Betrieb setzte. »Glauben Sie, daß Lal etwas so Unwichtiges und Kleines gefällt? Die Leute erwarten immer, daß man ihnen etwas Eindrucksvolles schenkt, wenn sie glauben, daß man selber auf ganzen Schätzen sitzt. Deshalb wird sie sich vielleicht beleidigt fühlen von – von der Nebensächlichkeit – dieser kleinen Kette. Wo man doch eigentlich gar nicht die Absicht hat, diese – diese empfindlichen Seelen zu verletzen. Wenn sie ihr nicht gefällt, kann sie sie ja trotzdem manchmal zu Hause tragen.« Der Mund schloß sich mit einem knackenden Geräusch.

»Ja.« Er war müde. »Sie wird ihr gefallen.« Seine Augenlider schienen ihm der schwerste Teil seines Körpers zu sein.
Er war kein Meister der Verstellung: er hätte die Herablassung nicht ertragen, mit der ihre Wohltäterin jetzt auf Dankesworte im Namen seiner Frau reagiert hätte: und so steckte er die Kette einfach in die Tasche.
Sie war zurückgesunken, mit verklebten Augenlidern und tief in Gedanken, bis sie sich erinnerte: »Haben Sie das Papier? Für die Krankenschwester?«
»Ja, ja. Ich habe es, ich habe es«, schnarrte er fast.
Sie grinste ihn aus ihren Kissen heraus an. Eine ihrer Nicht-Brüste hatte sich aus dem Nachthemd befreit. Während er die Juwelenschatulle wieder dahin stellte, wo sie hingehörte, wurde sein Unbehagen plötzlich von Schrecken durchsetzt. Er stolperte auf seinem Weg aus dem Zimmer.
»Schwester Manhood?« Er klopfte an die verschlossene Tür.
Sie brauchte so lange, um zu öffnen, daß er schon überlegte, ob sie es überhaupt tun würde. Aber dann kam sie doch an die Tür, und er sagte: »Hier ist Mrs. Hunters Erklärung. Die sie ja haben wollten«, fügte er hinzu, um ihr auch einen Teil der Verantwortung zuzuschieben.
»Ich wollte dieses Papier nicht! Weil ich nämlich auch ihren verdammten Ring nicht will!«
Sie nahm ihm den Bogen im Grunde genommen schließlich nur deshalb ab, weil dieser alte Mann, den es noch älter gemacht hatte, Elizabeth Hunters Anwalt zu sein, sich so tief in seine Gedanken zurückgezogen hatte, daß er möglicherweise einfach hier stehenblieb.
»Mr. Wyburd«, sagte sie in einem plötzlichen Anfall von Aufgebrachtheit über sich selbst und von Verzweiflung über so gut wie alle anderen Menschen, »Sie sind derjenige, der mit ihnen sprechen muß – Sie sind Anwalt, und der Freund ihres Vaters.«
»Mrs. Hunter ist es, die die Entscheidung treffen wird«, hoffte Mr. Wyburd.
Er ging.
Um den Rest des Nachmittags herumzubringen, beschäftigte sich Schwester Manhood mit den umständlichsten Tätigkeiten, die sie nur erfinden konnte: sie öffnete Fenster, die geschlossen waren, und schloß die, welche sie offen fand; sie holte ein Staubtuch und staubte Kanten und Ecken ab, die Mrs. Cush praktischerweise vergessen hatte und die nun eine Beschäftigung für sie waren; sie räumte ganz allgemein alles noch einmal auf, was schon aufgeräumt war. Indem sie das alles tat, zwang sie sich, nicht mehr an die offizielle Erklärung Mrs. Hunters zu denken, die sie zunächst einmal unter das Nadelkissen auf dem Toilettentisch der Krankenschwestern geschoben hatte; warum eigentlich, das konnte sie sich nicht erklären – wo sie das Papier doch auf jeden Fall zerreißen wollte.

Als der helle Ton der Handklingel sie zu ihrer Patientin rief, wußte sie nicht, ob das eine weitere willkommene Beschäftigung oder ein böses Omen war.
Als sie in das Schlafzimmer ging, räusperte Mrs. Hunter den Schleim von ihren Stimmbändern. »Ich möchte auf den Stuhl, Schwester.«
»Sind Sie sicher, daß Sie kräftig genug dafür sind? Soll ich Ihnen nicht lieber die Bettpfanne holen?«
»Ich bin kräftig genug«, sagte Mrs. Hunter.
Obwohl sich Schwester Manhood normalerweise sehr ungern damit beschäftigte, die alte Mumie auf den häßlich aussehenden Leibstuhl zu pakken, machte sie heute, nach all diesem Staubwischen und emotionellen Durcheinander, eine beruhigende Zeremonie aus dieser Aufgabe. Der Leibstuhl selbst hatte eine Art von halb ernsthafter Würde, wenn man in der richtigen Stimmung war; mit seinen Knöpfen und Ranken und den beiden geschwungenen Armlehnen, die in Schwanenköpfen endeten. Flora wurde an das Bild von einem richtigen Thron erinnert, in ihrem Geschichtsbuch in der Schule.
Nachdem sie ihre wüste und verwüstete Königin inthronisiert hatte, hielt sich die Hofdame strikt an das Protokoll: »Sagen Sie, wenn Sie nicht bequem sitzen, meine Liebe.«
Weil inzwischen doch jeder wissen müßte, daß sie seit Jahren nicht mehr bequem gesessen oder gelegen hatte, gab Mrs. Hunter keine Antwort. Sie saß, als ob sie sich damit abgefunden hätte, ein paar Minuten selbstauferlegten Schreckens in einer Geisterbahn auf dem Jahrmarkt durchzumachen – fest die Armlehnen umkrallend, die von den Händen anderer Vergnügungssüchtiger blank poliert worden waren, und nicht von dem Flanneltuch, das Mrs. Cush immer reichlich mit Möbelpolitur tränkte.
Flora Manhood, bis vor kurzem immer munter und beschäftigt, fühlte sich seltsam eingelullt. »Als ich ein Kind war« – sie spürte, wie sich ihre Lippen öffneten und mit wundervoller Wärme und Trägheit erfüllten –, »da hab' ich, glaube ich, mein halbes Leben auf dem Klo verbracht. Die Hälfte der Zeit nur herumgeguckt oder geträumt. Oder die Anzeigen in den Zeitungen gelesen, die Mammi in Quadrate geschnitten hatte. Ich weiß nicht – dieses Papier kann da ja eigentlich nie so lange gehangen haben, aber es war immer schon ganz vergilbt. In dem Plumpsklo, hinten im Hof. Da waren immer Hühner rund herum und pickten zwischen den Malven. Die kamen dann und pickten dir nach den Zehen, weil sie vielleicht dachten, deine Zehennägel wären weiße Maiskörner.« Noch nie zuvor hatte sie so zu Mrs. Hunter gesprochen: Es gab ihr ein Gefühl, als ob sie gewissermaßen betrunken wäre. »Ein paar von den Hennen verbrachten immer die Nacht auf dem Sitz. Ich konnte nie richtig herauskriegen, ob es die Hennen waren, die nach Kalk rochen, oder ob der Kalk nach Hühnerdreck stank.«

Flora schwieg. Sie schämte sich.
Mrs. Hunter räusperte sich, und das bedeutete, daß sie etwas Ernstes sagen wollte. »Wovon haben Sie denn so geträumt – wenn Sie da auf – auf der Toilette saßen?«
»Vom Reichwerden, nehme ich an. Und davon, in die Stadt zu gehen, weg von der Einöde der Farm. Oh, und von der Liebe!« Sie achtete sorgfältig darauf, daß sie nicht etwa ›Ehe‹ sagte.
Mrs. Hunter dachte über etwas nach, das sehr ernst sein mußte. »Lieben Sie mich eigentlich, Schwester?«
»Wie können Sie das nur fragen! Natürlich liebe ich Sie. Wir alle lieben Sie.« Das war zu schnell und zu munter, zu sehr ›große Schwester‹; aber vielleicht erschien das einem alten Menschen gar nicht so.
»Wenn Sie mich so lieben, wie Sie sagen, dann würden Sie mir doch vielleicht einen Gefallen tun«, fuhr Mrs. Hunter fort, »selbst wenn er gegen das verstößt, was Sie, nehme ich an, Ihr ›besseres Wissen‹ nennen.«
Schwester Manhood roch Unrat. »Ich weiß nicht, was das mit ›besserem Wissen‹ zu tun hat. Es käme ganz darauf an, was ich tun soll.«
Das alte Mädchen kniff die Augen so fest zusammen, daß es den Anschein hatte, als ob sie auf ihrem Sitzklo heftig drückte. »Die kleinen Kapseln, die der Doktor verschrieben hat – damit ich schlafen kann – könnten Sie die wohl an meinem Bett lassen, Schwester? Damit ich mir selbst welche nehmen kann?«
Schwester Manhood spürte, wie heftig sie transpirierte: Ihre Oberlippe mußte von einem regelrechten Schnurrbart aus Schweißtröpfchen bedeckt sein. »Aber keinesfalls!« rief sie, »wie können Sie sowas von mir erwarten! Das wäre ja gegen – gegen die Berufsethik!« Sie war regelrecht erschüttert.
»Liebe bedeutet mehr als Ethik. Und Sie lieben mich. Das haben Sie gesagt.«
»Das ist unfair, Mrs. Hunter. Wie würde ich dastehen, wenn etwas passiert?«
»Wenn Sie mich doch lieben.« Ihre Augen waren immer noch zusammengekniffen.
Flora Manhood barg ihre Brüste hinter ihren verschränkten Armen. Sie war jetzt keine Krankenschwester mehr, sondern eine Frau, die ihre bedrohte Tugend verteidigte (nun ja, mehr oder weniger: selbst wenn man technisch gesehen keine Jungfrau mehr ist und ethisch auch nicht ohne Fehl, hat man doch immer noch eine Vorstellung vom Guten, die man sich erhalten möchte).
Mrs. Hunter sagte: »Vergessen wir das Ganze. Es gibt noch andere Möglichkeiten.«
»Aber es ist schlicht und einfach unmoralisch – sich selbst umbringen zu wollen!« Oh, langsam, langsam – so wie die Dinge laufen, wirst du viel-

leicht auch selbst bald mit dem Gedanken spielen. »Und so einfach ist es auch nicht, glauben Sie mir.« Wer sollte mir schon was glauben.

»Es ist ziemlich leicht. Mein Wille wird sich einfach zurückziehen, wenn ich beschließe, daß es nötig ist.«

Schwester Manhood brauste auf. »Das wird aber vielleicht das eine Mal sein, wo auch Ihr Wille nicht helfen kann. Sehen Sie?«

Stille breitete sich zwischen ihnen aus.

Flora suchte nach ihrem Taschentuch; dieser närrischen Alten war nie klar, was sie anderen Leuten antat.

Und dann fragte die Krankenschwester: »Sind Sie fertig, meine Liebe?«

Wie sehr sich auch andere mit der Frage beschäftigen mochten, wie sich alle Regeln brechen lassen – es gab immer noch Formalitäten, die eingehalten werden mußten.

»Ob ich fertig bin? Ich habe noch nicht einmal angefangen.«

Flora erinnerte sich, das Mum immer leise pfiff; aber das war für das andere.

Dann hörte sie das pink-pink – ein oder zwei oder auch drei kleine Knödel: wie von einer zerstreuten Ziege oder von einer, die an Verstopfung leidet.

»Ich glaube, jetzt bin ich fertig, Schwester.«

Nach dem Abwischen, während sie dabei war, dieses menschliche Bündel wieder ins Bett zu packen, fragte Schwester Manhood: »Möchten Sie, daß ich Sie heute schön mache? Mit Perücke und allem?«

Mrs. Hunter lächelte und antwortete: »Nein.« Aber sie genoß die busenartigen Linien der schwellenden Kissen, in die ihre Pflegerin sie jetzt wieder hineinsinken ließ. »Nein«, wiederholte sie, ihre Stimme schwankte etwas und wurde dann klar. »Aber ich hätte gern eine Tasse Tee. Glauben Sie, daß meine Köchin und Haushälterin wohl ein paar Anchovis-Sandwiches bereit hat? Wenn sie nicht ganz dünn sind, dann lieber nicht.«

Schwester Manhoods schwaches Lächeln war der sichtbare Ausdruck ihres Seufzers. »Wir werden sehen«, sagte sie.

Sie war sich schon immer im klaren gewesen, daß diese Unterhaltungen, die sie wie gesprungene Schallplatten miteinander abspielten – wieder und wieder die Anchovis-Sandwiches – ihr ab und zu einfach zuviel wurden. Aber heute wartete sie ganz besonders sehnlich darauf, daß die Nacht kam und mit ihr die Ablösung.

Dann, als die letzte Viertelstunde herannahte und sie die Krümel vom Kinn ihrer einbalsamierten Patientin abwischte, während sie überlegte, was sie Schwester de Santis alles an Informationen weitergeben mußte, wurde es Flora Manhood plötzlich klar, daß sie aus irgendeinem Grunde alles darum gegeben hätte, das Eintreffen ihrer Kollegin hinauszuschieben. Aber man könnte eher die Nacht hinausschieben als die Ankunft von

Schwester de Santis. Weich und schweigend stand sie im Ankleidezimmer. Mit ihrem marineblauen Hut. Sie war noch rücksichtsvoller als sonst: gerade dann, wenn Menschlichkeit das Letzte war, was du ertragen konntest.
Schwester de Santis sagte: »Etwas Ruhe wird Ihnen jetzt sicher gut tun, Schwester. Sie sehen ganz angegriffen aus. Ist irgend etwas nicht in Ordnung?« Sie nahm den Hut ab und hielt ihn, geistesabwesend und sinnlos, einen Augenblick lang reglos über ihrem Kopf in die Luft. »Ich meine natürlich – nichts Persönliches.«
Schwester Manhood lachte, und es war ein halbes Schnauben. »Nichts, was ein gekochtes Ei und ein heißes Bad nicht wieder in Ordnung bringen könnten.« Du heiliger Gott!
Schwester de Santis lockerte ihr dunkles, ziemlich festes Haar, indem sie es hier und da mit einer Hutnadel anhob.
»Sie muß doch ziemlich außer Fassung sein – oder nicht?« fragte sie; »so vieles, was so plötzlich passiert.«
Diese ulkige alte Hutnadel, die du schon oft genug gesehen hattest, hat eine Onyxkugel an ihrem Ende: Heute abend waren die Streifen, die den Stein unterteilten, weißer als sonst.
»Außer Fassung?« Schwester Manhood wollte nichts davon wissen und es sich schon gar nicht bestätigen lassen. »Sie hatte Verstopfung – ein bißchen jedenfalls – beim letztenmal. Ich habe etwas Kalomel abgemessen, Schwester. Das wird Ihnen also was zu tun geben in der Nacht.«
De Santis zog ihren Mantel auf solche Weise aus, daß er ihr wie eine Art dunkle Robe um die Schultern hing.
Flora hatte jetzt Kopfschmerzen. »Es war heute nicht leicht«, gab sie zu. »Ich glaube, Badgery sorgt dafür, daß die schlimmsten Aufregungen vom Morgen erst am Nachmittag ihre Wirkungen zeigen.«
Schwester de Santis hatte jetzt das kompliziertere, persönlichere Stadium des Auskleidens erreicht. Sie war heute so umständlich wie selten. Aber man brauchte ja nicht zuzusehen. Man konnte sich auch ganz allein für sich verrückt machen.
»Sie haben in Thorogood Village angerufen«, klang es gedämpft aus einem über den Kopf gezogenen Kleid. »Morgen fahren sie hin.«
»Oh?«
»Ja, die Prinzessin hat angerufen.«
Flora Manhood blickte auf St. Marys gewaltigen Brüste, während sie sich bückte und den Rücken krümmte, um ihren Unterrock auszuziehen.
»Es war also die Prinzessin? Nicht Sir Basil?« fragte sie unnötigerweise.
Schwester de Santis bestätigte noch einmal, daß es die Prinzessin de Lascabanes gewesen war und nicht Sir Basil Hunter: was vielleicht ein Trost oder andererseits eine Enttäuschung war, mit der jede von ihnen halb gerechnet hatte.

Schwester Manhood wandte sich plötzlich um: »Woher wissen Sie denn, daß sie angerufen haben, Schwester?«
»Die Vorsteherin, Schwester Aspden, hat mich angerufen und gefragt, was für eine Art von Frau Mrs. Hunter sei – ob sie sich an das Leben in Thorogood Village anpassen könnte. Die Vorsteherin und ich waren im selben Jahr am P. A. Sie kann was, und sie ist sehr herzhaft und vernünftig.« Die betonte Sachlichkeit ihrer Unterhaltung mochte für beide eine Art Trost sein.
Schwester de Santis legte ihren Schleier in die vorgeschriebenen Falten. »Und morgen werden Sie hinfahren – um mit der Vorsteherin zu reden, und mit Mr. Thackray, dem Pfarrer – und um sich zu entscheiden – und zwar endgültig.«
Schwester Manhood hörte auf, an der Ecke des Dokuments herumzukniffen, das sie in Ermangelung eines besseren Ortes unter das Nadelkissen gelegt hatte. »Ich werde jetzt gehen«, sagte sie.
Das tat sie auch, aber kurz danach kam sie noch einmal zurück, um der Sicherheit halber doch Mrs. Hunters schriftliches Versprechen mitzunehmen.
Für jemanden, der seine Pflicht so ernst nahm wie Schwester de Santis, war es merkwürdig, daß sie heute abend ihr Erscheinen im Zimmer ihrer Patientin am liebsten so weit wie möglich hinausgeschoben hätte. Später, in den stillen Stunden der Nacht, wäre es so viel einfacher gewesen, diese alte Frau in eine Abstraktion des Alters schlechthin zu verwandeln oder in eine Existenzberechtigung für dich selbst. Oder man könnte sie in physischen wie auch bildlichen Begriffen erfassen, als die heilige Reliquie, vor der sich dein Glaube in Andacht verneigt; aber gegenwärtig, nur als Mutter ihrer Kinder, blieb Mrs. Hunter auf eine bestürzende Weise menschlich. Schwester de Santis wandte sich ein- oder zweimal in dem schmalen, mit Schränken vollgestellten Raum um, der selbst eigentlich nicht mehr war als ein Schrank, oder jetzt plötzlich ein durchsichtiges Gehäuse, in dem alle jene anderen Bilder und Reliquien in wirrem Durcheinander gestapelt waren: ein seidener Knöchel; ein abgezehrter, spritzenzerstochener Arm; das weiße, blutige Knie einer Frau; der Körper eines erwürgten Hundes. Das am wenigsten Brutale dieser Bilder war auch das, was am hartnäckigsten vor Mary de Santis' innerem Auge flackerte. Aber niemals würde jemandem Gnade zuteil werden, der so frivol, so sinnlich und so unverantwortlich war, bei der Betrachtung der Reliquie von Sir Basils seidenem Knöchel immer noch zu erschauern.
Glücklicherweise geschah es, daß sie ihren Gedanken entfliehen konnte: Sie erinnerte sich an das Kalomel.
Sir Basils Mutter schlief, wenigstens theoretisch. Als die Schwester ans Bett trat, wurde der Atem der alten Frau komplizierter: Erst klang er wie

das Zerknittern, dann wie das Zerreißen von Seidenpapier. Der Spiegel der Gerstenlimonade im Glas schwankte ein wenig.
Schwester de Santis bewegte sich leise umher.
»Was tun Sie, Mary?«
»Man hat den Deckel ihrer Schmuckschatulle aufgelassen.«
Die alte Frau lag da, bemühte sich, ihre Glieder zusammenzuhalten und schnitt Grimassen.
»Haben Sie sich gut amüsiert?« fragte Schwester de Santis. »Hat die Schwester Sie zurecht gemacht?«
»Nein. Ich habe ein paar Geschenke verteilt.«
»Ich hoffe, daß sie richtig gewürdigt worden sind.« Mary de Santis fühlte sich stumpfer und schwerfälliger denn je nach diesen ungeschickten, lehrhaften Worten; der verdunkelte Raum bebte geradezu, während sie auf Zehenspitzen umherging: Eine Heuchlerin sollte eigentlich imstande sein, sich geschickter zu bewegen.
Mrs. Hunter sagte: »Ihnen habe ich nie etwas geschenkt oder jedenfalls nichts von Wichtigkeit. Sie scheinen so vollkommen in allem, Mary.«
Die Schwester murmelte etwas.
»Was haben Sie gesagt?«
Oh, Gott! »Ich habe gesagt, daß ich alles besitze, was ich brauche.«
Die alte Frau glitt wieder davon.
Die Krankenschwester zog ihren gewohnten Stuhl heran. Erst saß sie nach vorn gebeugt, die Arme um die Knie geschlungen, keuchend und nach Luft schnappend, bis sie in einem Spiegel die verzerrte weiße Kehle sah und dunkle Lippen, die darum kämpften, das sich zwischen ihnen öffnende Loch zu bändigen. Wenn sie nun jetzt die Beherrschung verlöre, und die Stille wäre plötzlich von lauten Tönen erfüllt?
Sie lehnte sich schließlich zurück und wartete, daß das Kalomel seine Wirkung tat und ihre Patientin Stuhlgang hatte. Sie besaß ihre Arbeit, und das war ihr Glaube. Was für Bilder auch immer sie in diesem Leben ablenken, verführen oder sogar geistig stärken würden, ihr formaler Glaube würde so einfach bleiben wie eine Bettpfanne. Und niemand konnte sie vernichten.
Ja, sie hatte ihren Glauben ihre Arbeit ihre Arbeit.

X

Basil fuhr sehr vorsichtig zwischen den Zementmischmaschinen, den Sattelschleppern, den kopflastigen Gemüselastwagen und den verschiedenfarbigen Limousinen dahin. Die lange Straße aus der Stadt wiederholte sich immer wieder selbst in ihren Hügeln und Talsenken, in langen Reihen von roten, genau gleich aussehenden Villen und Straßenzügen ebenso konformistisch aussehender Geschäfte. Die Gebrauchtwagenhändler fügten dem einen Schuß von Wagemut hinzu, indem sie ihre Autoflotten unter Baldachinen kreuz und quer gespannter Wimpel in grellen Farben verankerten, die in einem ständigen Wind unruhig flatterten. Dennoch war die vorherrschende Farbe der Straße das Grau des Zementstaubs.
Basil saß beim Fahren viel zu aufrecht. Weder er noch Dorothy hatten sich bis jetzt an die neuen Umstände gewöhnt, die doch einzig und allein auf ihren eigenen Wunsch zurückgingen: Sie hatten Arnold Wyburd solange keine Ruhe gelassen, bis er gegen seinen eigenen Willen einen Besuch auf ›Kudjeri‹ für sie organisiert hatte.
»Aber es sind nur ganz einfache, ruhige Leute«, versuchte er seine Klienten zu entmutigen.
Das widersprach Dorothys Auffassung von dem, was man ihr getrost zutrauen durfte. »Sind wir denn solche hektischen Ungeheuer, daß wir das Leben gewöhnlicher und ruhiger Leute gleich aus den Fugen bringen müssen? *Und*«, fügte sie hinzu und schaltete um auf die *Vox Humana*, australischer Stil, »ist ›Kudjeri‹ nicht unsere alte Heimat?«
So wurde also alles arrangiert. Es war eine gute Möglichkeit, die Zeit herumzubringen, bis alle Einzelheiten von Mutters Zukunft geregelt waren. Und doch, obwohl ihr alle ihre Wünsche erfüllt worden waren, saß Dorothy jetzt gespannt und steif im Wagen, während sie nach Norden fuhren. War das eine unbewußte Nachahmung der Haltung ihres Bruders? Basil saß so unnatürlich gerade auf seinem Sitz, daß er ganz bestimmt in der Mitte auseinanderbrechen würde, noch ehe sie Gogong erreichten. Sie zog es im allgemeinen vor, mit Fremden zu fahren; es machte sie nervös, wenn der Fahrer ein Bekannter war. Die Ausnahme bildete der Mann, den sie immer noch als ihren Gatten bezeichnete: Mit Hubert am Steuer nahm sie auch die Mauer auf sich, die plötzlich direkt vor ihnen auftauchen konnte.
Während sie jetzt hier nach außen hin mit ihrem Bruder im Verlauf einer geplanten Unternehmung dahinfuhr, war es in Wirklichkeit so, daß sie sich durch den verknäuelten Darm, der auf den Karten als Paramatta-Straße bezeichnet wird, von der Vergangenheit zurücksaugen ließen. Gesichter auf

beiden Seiten sahen dem zu: Schweißtriefende, muskulöse Männer und ihre ausgetrockneteren, versengten Frauen warfen kurze Blicke auf das Paar, das mit betonter Diskretion im Takt der Straßenunebenheiten in seinem Wagen hin- und herschwankte, dessen Bescheidenheit wenig überzeugend wirkte. Emotionell jedenfalls war die Beziehung wie eh und je: Die hohen Herrschaften verbeugten sich wie mit gespielter Entschuldigung vor denjenigen, die ihnen das Schlimmste zutrauten.

An einer Kreuzung hatte ein Lastwagen die Hälfte seiner Ladung verloren, während er hastig auswich, um den Zusammenstoß mit einem Milchwagen zu vermeiden: Aufgerissen oder schlaff verdreht sahen die auf der Straße liegenden Mehlsäcke auf beunruhigende Art wie Tote aus. Ein großer, junger Polizist war dabei, die Einzelheiten eines Unfalls aufzunotieren, dem eigentlich nur das Blut fehlte.

Dorothy fing an zu kichern.

»Was gibt es denn da zu lachen?« Als Fahrer war Basil empfindsam und leicht beleidigt.

»Nichts«, gab Dorothy zu, aber ihr Lachen holperte noch lauter aus ihr heraus. »Eigentlich dachte ich gerade an diese Frau – diese Vorsteherin Wiedochgleich in Thorogood Village – an dem Tag, als wir dort waren.«

»Eine wohlgerundete Dame und ein Herz von Gold.« Mit feinerem Benehmen als Dorothy lachte Basil nicht; er lächelte nur.

»Und Gold wert – ja – das gestehe ich zu! Und ich bin ihr nur allzu dankbar!« Dorothy dämpfte ihr Lachen, bis plötzlich ein Schleier von Mehl über die Straße wehte; sie bildete sich ein, ein Paar geweißter Segeltuchschuhe mit abgerissenen Füßen darin zu sehen; der Schock brachte sie zum Schweigen. Sie war froh, als Basil endlich vorbeifahren konnte.

Auch Basil fühlte sich aus irgendeinem Grund unbehaglich. »Aber mal ernsthaft, Dorothy. Mit viel warmherziger Aufmerksamkeit – und Miß Aspden ist offensichtlich die Verkörperung dessen, was man ›Wärme‹ nennt«, – Dorothy konnte einem Kichern nicht widerstehen –, »gibt es eigentlich keinen Grund, warum Mutter in Thorogood Village nicht glücklich sein sollte.«

»Sie war ja zu ihrer Zeit eine intelligente Frau und ist immer noch *au fond* vernünftig.«

»Sie lebt natürlich hauptsächlich von Schmeicheleien.«

»Als ob wir das nicht wüßten! Und die bekommt sie auch dort. Mutter ist einer von den Menschen, die aus ihren Sklaven die Schmeicheleien herauszulocken wissen, nach denen sie hungern.«

Basil fuhr. Die Fabriken waren verschwunden; die Geschäfte, die Häuser wurden weniger und öffneten hier und da einen Blick auf eine Landschaft, die sich immer noch ihrer Künstlichkeit schämte. Er versuchte, mit einem Husten den Verdacht zu unterdrücken, daß Bäume eigentlich nur dann

natürlich aussehen, wenn sie künstlich beleuchtet sind. Auf ›Kudjeri‹ würde er vielleicht das Echte wiederentdecken – wenn noch genug von ihm übrig war, um eine so große Bühne zu füllen.
»Was ich fast zum Fürchten fand«, er formulierte seine Worte langsam und mit Bedacht, denn die Straße hatte ein paar trügerische Biegungen, »das war die lange Reihe von Insassen, die auf der Veranda saßen, als wir vorfuhren – ehe die Vorsteherin sie aufheiterte. Das war ein Publikum, vor dem ich nicht gern spielen würde. Man könnte sich abmühen, bis einem der Kopf herunterfällt, und sie würden dir immer noch nicht zeigen, wie sie reagieren.«
»Sie waren alt. Alte Leute sind meist geistesabwesend.«
»Ich kam mir schrecklich wie ein Außenseiter vor.«
»Mutter wird dieses Gefühl nicht haben. Sie wird ja dazugehören.«
»Da war ein altes Mädchen dort – die mit dem Knochenarmband und dem rosa Chiffontuch um den Kopf: eine Art von Operettenkönigin. Mutter wird sie hassen. Sie wird Elizabeth Hunters Große Oper verderben.«
»Mutter wird das gar nicht wissen. Sie ist viel zu sehr mit ihrer eigenen Vergangenheit beschäftigt. Die Außenwelt geht für sie nur so weit, wie ihr Bett reicht . . .«
Und doch würde der Fries der Gestalten im Hintergrund vielleicht übergreifen, mit dem Rasseln eines Knochenarmbandes, dem Knirschen arthritischer Gelenke, dem Zugreifen klebriger, mahnender Finger und dem leichten Kuß von Chiffon.
Was immer mit Elizabeth Hunter geschah – ihre Kinder waren jedenfalls entschlossen, jedem Übergreifen Widerstand entgegenzusetzen.
Basil sagte: »Das Bett wird ein Problem sein. Hoffentlich kriegen sie es in das Zimmer.«
»Sie müssen einfach.«
»Sie wird ihnen die Hölle heiß machen, wenn sie es nicht tun.«
»Die Vorsteherin wird schon wissen, wie sie das macht.«
»Aber ich kann es mir nicht vorstellen – es sei denn, sie nehmen eine Säge.«
Das war eine Szene, bei der Lachen erlaubt war; also lachte er.
»Aber doch nicht so etwas Brutales.« Dorothys Stimme hob sich, hart und jammernd, nicht um ihren Bruder anzuklagen, sondern um sich selbst zu verteidigen. »Jedenfalls«, beruhigte sie sich dann wieder, »muß erst einmal jemand sterben. Es ist kein Platz frei. Die Vorsteherin hat uns das erklärt.«
»Es muß jemand sterben«, pflichtete er bei.
Er fuhr weiter und sagte: »Arnold Wyburd wird derjenige sein, der es von jetzt an auf uns abgesehen hat.«
»Männer wie der alte Wyburd werden eitel angesichts der Tatsache, daß sie es sind, die über Jahre hinweg das Vermögen einer Familie zusammen-

halten, und da verlieren sie völlig die Tatsache aus den Augen, daß die eigentlichen Mitglieder der Familie auch Menschen sind, mit menschlichen Bedürfnissen. Ich glaube, Arnold ist das erst klargeworden, als wir aus der blauen Luft heraus plötzlich bei ihm erschienen. Es hat ihm regelrecht einen Schock versetzt.«

Dorothy blickte ihren Bruder an: Sie hätte es gern gehabt, wenn er ihre einfache Menschlichkeit erkannt hätte. Seit sie die Vorstädte hinter sich gelassen hatte, fühlte sie sich viel jugendlicher.

Aber Basil konzentrierte sich ganz aufs Fahren: Das ersparte es ihm, seinen Fahrgast genauer beurteilen zu müssen. Wenn Dorothy anfing zu schauspielern, erfüllte ihn das mit Abneigung: In solchen Fällen erkannte er in ihr den harten, gierigen, jede Szene an sich reißenden Pro, der sie hätte werden können. Zur Beruhigung blickte er in den Rückspiegel: Männer waren doch im großen und ganzen großzügiger, sowohl als Künstler wie auch als Menschen. Auf der Seite, wo der Wind hereinwehte, war sein Haar etwas aufgewirbelt – aber seinem Aussehen tat das keinen sichtbaren Abbruch. (Man sollte vielleicht *Richard Zwo* nochmal vornehmen.)

In den Bergen kümmerten sich die kleinen Orte aus Schalbretter- und Preßfaserplattenhäusern um nichts als sich selbst. Gemütliche Läden stellten ganze Sammlungen von den verschiedensten Gegenständen zur Schau und hatten nichts zu verbergen. Aber zweifelhafter wurde es dann an den Ortsrändern, unter den Nachzüglern und Versprengten, wo einst für die Dauer gebaute Häuser inzwischen das Stadium des Schwankens erreicht hatten; und der von den sie dicht umstehenden Büschen reichlich beigesteuerte Blätterhumus lag in dicker Schicht bereit, um den unabwendbaren Zusammenbruch etwas zu polstern. Die Büsche selbst, von ihren Eigentümern einst mit Liebe und Pflichtbewußtsein gepflanzt, waren wie von einem kalten, apokalyptischen Feuer angerührt. Hier und da am Fuße eines Baumes konnte man alte, zerbrochene, schwarze Regenschirme sehen, einzeln oder in Gruppen, die sich dann rührten und davonbewegten, langsam, seitwärts, asymmetrisch. Und ein paar dieser Regenschirm-Formen trudelten durch ein Gehölz von Rhododendron und Azaleen, unterstützt von etwas, das wie bequemerweise abgebrochene Teile ihrer eigenen Aluminiumgestelle aussah, die sich nun als Krücken verwenden ließen.

Vor einem Laden hielt Basil den Wagen an. Auf einer leeren Wand machte ein großes Viereck in verwaschenem Zuckertütenblau Reklame für irgendeinen unleserlichen Artikel. Ohne zu sagen weshalb, stieg Basil aus. Und Dorothy fragte auch nicht nach Erklärungen: Sie war damit beschäftigt, nach irgendeinem Gesicht oder Gegenstand zu suchen, mit dem sie sich identifizieren konnte. Während Basil den Wagen abschloß, kam ein Junge in Jeans vorbeigeschlendert, gefolgt von einem eilig laufenden, gefleckten Hund. Dorothy versuchte, den Jungen anzulächeln, aber ihr

Lächeln war entweder zu richtungslos oder zu alt; und im übrigen war es offensichtlich, daß der Junge mit Ausländern nichts zu tun haben wollte.
Als Basil in den Laden gegangen war, blieb Dorothy mit Gänsehaut auf den Armen zurück. Die Stille war fast wie ein massiver Block, wenn nicht der sich entfernende Schritt des Jungen gewesen wäre und der Ruf eines Currawong, der hoch oben in der Bergluft schwebte. Irgend etwas entging ihr; es wird anders sein, sagte sie sich, wenn wir ›Kudjeri‹ erreicht haben.
Basil kam mit zwei Fleischpasteten zurück. Er hatte den Ausdruck eines Mannes, der ein Symbol seiner Kindheit wiedergefunden hat: Es ließ ihn irgendwie würdevoll und schwerfällig aussehen.
»Oh, Basil – du wirst die doch nicht *essen*!« Sie sprach mit der langsamen Müdigkeit eines älteren und vernünftigeren Mädchens.
»Was sonst?« Das durch die Blätter einer Sykamore fallende Licht illuminierte seine einfältigen Worte.
Er reichte ihr die zweite Pastete. »O nein, aber *wirklich*!« Sie konnte nicht ablehnen, aber gleichzeitig war die Pastete einfach zu heiß, zu fettig: Sie wußte nicht, was sie mit dem Ding tun sollte.
Basil stopfte sich bereits den Mund voll. Sie bezweifelte, ob sich seine Kindheit so einfach wiederfinden lassen würde. Als ein Rinnsal von bläßlicher Sauce über sein Kinn herablief, sah er beinahe wie ein jungenhafter, etwas verschwitzter Handelsreisender in einem Zugabteil aus. Nur der Staubmantel fehlte noch.
Dorothy seufzte. »Ach je!« Sie biß in die schreckliche Pastete.
Der Geschmack von heißer, aufgeweichter Pappe und mehliger Sauce überwältigte sie und verwandelte ihre Unwilligkeit und Verachtung in regelrechten Abscheu; er verstärkte sich noch, als sie etwas Widerliches an sich selbst entdeckte: Sie war von einer schuldbewußten Wollust erfüllt, als bisse sie in ihr eigenes Fleisch.
»Bei Gott, ist das *gut*!« Basil besprühte die Windschutzscheibe beim Sprechen mit einigen kleinen Knorpelstückchen.
»Zum *Schlecht*werden!« Sie schluckte hinunter, was sonst noch an Werturteilen ihrem Mund entfliehen wollte.
Und drehte den Kopf beiseite, damit Basil nichts merkte. Derselbe Junge wie vorher, mit seiner kalten Gleichgültigkeit und seinem eiligen, die Nase hin- und herwendenden Hund, kam wieder vorbei und mußte ihre Bewegung gesehen haben. Aber das war gleich. Sie konnte spüren, wie die heißen Tränen ihre Wangen herabeilten und sich mit der um ihren Mund verschmierten Klebrigkeit vermischten. (Ihr Glaube hätte ihr niemals gestattet, Selbstmord auch nur in Erwägung zu ziehen. Aber jedesmal, wenn sie die Vergangenheit verriet, beging sie ihn beinahe.)
Basil hatte den letzten Bissen hinuntergeschluckt. Er wischte sich die Finger an dem Seidentaschentuch ab, das er in der Brusttasche trug. Einer der

Currawongs glitt länger und näher herbei als die anderen. Es schien, wie immer, daß man alle Antworten in der Kleinstadt finden könnte, die man gerade verläßt; wenn man sie nicht schon vorher verlassen hat.
»Gib zu, daß es dir geschmeckt hat, Dotty!« Basil klang munter und rücksichtslos. Dorothy suchte in ihrer normalerweise wohlgeordneten Handtasche herum und war sehr vorsichtig: »Das schreckliche Ding war immerhin warm – eine Art Mahlzeit. Aber nur in einem Augenblick wildester sentimentaler Übertreibung könnte jemand behaupten, daß ihm diese Pastete geschmeckt hätte.«
»Mir hat sie geschmeckt.« Das war es, was ihn zu einem Künstler machte, entschied er – im Gegensatz zu dem, was Dorothy, nun ja, immer Dorothy bleiben ließ.
Obwohl er fuhr, blickte er sie mit einem Ausdruck an, den sie als Mitgefühl hätte deuten können. Aber das brauchte sie nicht.
Sie hatte ihren Spiegel gefunden. Heute konnte sie ihrem Gesicht nicht entgehen, denn sie hatte zur Feier der Fahrt in die Natur auf jeden Make-up verzichtet. Jetzt half ihr der Zynismus, dessen sie sich in letzter Zeit befleißigt hatte, den Anblick ihrer von Trockenheit in Falten gezogenen Haut zu ertragen. Sie verzog ihre Mundwinkel. Ein leichter Sonnenbrand gab ihr Mut, aber er förderte natürlich die Austrocknung noch mehr, außer an den Stellen, wo noch etwas Fett rings um die Lippen glänzte. Sie nahm ihr Taschentuch und wischte es heftig ab: diese schreckliche, fettige Pastete. Nachdem so ihr wahres Selbst wieder hergestellt war, lockerte sie die Muskeln ihrer Kehle. Sie sah eher heiter als sorgenvoll aus. Dann warf sie einen kurzen Blick auf Basil und überlegte, in welchem Maß er wohl zwischen Eitelkeit und Mut unterscheiden konnte.
Basil senkte die Augen und lächelte, während sie hinunter und in die blendende Helle tauchten, die das einzige war, was sie von den ausgebleichten Ebenen sehen konnten. Eine gewisse Düsterkeit breitete sich in seinem Magen aus. Er verwandelte ein Aufstoßen in eine blähungsgeschwängerte Stille. Bald war es so weit, daß er pinkeln mußte. Er hielt an. Und ging. Selbst Dorothy, ein einsamer Emu, wanderte wie zufällig tiefer in das Gebüsch.
Als sie sich wieder zusammengefunden hatten, fragte sie: »Gibt dir das kein Schuldgefühl, Darling?« während sie die nicht vorhandene Landschaft betrachtete und ein strahlendes, wie zufälliges Lächeln aufgesetzt hatte.
»Wofür? und Warum? Du großer Gott!« Dorothy die blöde Lascabanes war wirklich das dämliche Kamel schlechthin..
»Weil wir uns da diesen armen Macrorys aufdrängen.«
»Hätten die sich auf etwas eingelassen, was sie nicht wollen?«
Basil und Dorothy stiegen wieder in den Wagen. Blaues Kupfermineral lag an der Straße verstreut, erst in Steinbrocken, dahinter in größeren Felsen. In der Luft war ein trockenes Knistern von Hitze und Eidechsen.

Dorothy gab den praktischen Rat: »Ob sie uns wollen oder nicht – wir sollten sehen, daß wir weiterkommen. Nach Einbruch der Dunkelheit anzukommen, ist viel unangenehmer.«
Alle Frauen, sogar Ehefrauen, sind im Grunde genommen große Schwestern: Die Dorothy, die er sah und hörte, wie sie ihr Gummikorsett in Gegenwart ihres Bruders wieder strammzog.
»Hätten die sich denn bereit erklärt, uns aufzunehmen«, hackte er noch einmal zurück, »wenn sie uns nicht wollen?« Sie hatte ihn aus der Fassung gebracht.
»Mr. Wyburd hat angedeutet, daß es ihnen nicht besonders gut geht. Vielleicht sollten wir ihnen etwas anbieten – als Miete.«
Basil knurrte nur vor sich hin und fuhr los.
Dorothy war andererseits nur allzugern bereit, die Idee wieder fallenzulassen, ein zu großes Loch in ihr Bankkonto mit dem Geld von Mutters Scheck zu reißen; obwohl sie sich das Kleid, das sie trug, davon gekauft hatte: ungeheuer haltbar.
»Es war eigentlich nur ein Gedanke«, murmelte sie.
Sie hielt ihre Arme nach vorn gegen die Windschutzscheibe, der Fahrtwind blies ihr die kurzen Ärmel hinauf bis in die Achselhöhlen und befreite sie von allen weiteren Verpflichtungen. Basil mußte sich da mit eingeschlossen gefühlt haben: Er lachte durch die Nase und schob seinen Schenkel in eine bequemere Stellung.
Gongschläge und Trommelwirbel in seinen Ohren wetteiferten mit der unter den Rädern abrollenden Entfernung und machten es schwierig, das eigene menschliche Gleichgewicht zu behalten. Er mußte sich immer wieder sagen: *Ich bin Sir Basil Hunter – der Schauspieler;* während die Prinzessin de Lascabanes ständig in ihrer Handtasche nach etwas suchte, was sie nicht finden konnte.
Was er oder was sie alle beide von den Macrorys erwarteten, das wäre wohl eine taktlose Frage gewesen. Oder er hätte es einfach nicht gewußt. Er war ziemlich sicher, daß auch Dorothy keine Ahnung hatte. Aber wenn man sie fragen würde, dann würde sie natürlich so tun, als ob sie es genau wüßte.
Während physischer Hunger zusammen mit ganz gewöhnlichen, sentimentalen Erinnerungen ihn dazu veranlaßt hatte, die Pastete zu kaufen und hinunterzuschlingen, ließ ihn jetzt ein tieferes, verworrenes Sehnen den Wagen eilig über die hitzeschimmernde Ebene fahren, dem mythischen Haus entgegen, in dem jetzt eine echte Familie lebte. Er sah sich schon ins Bett fallen und die Decke hochziehen, bis sie über seinem Kopf zu einer Kapuze wurde, die die Dunkelheit noch dunkler machte. Und sich so eng zusammenrollen, wie seine steifen Glieder es nur erlauben wollten, so wie man es bei einem Opossum sehen kann oder bei einem Fötus in einer

Flasche. Und während des Einschlafens dann die Seufzer und anderen Lebensäußerungen der Menschen hören, die in dem Haus lebten, vor dem er einst weggelaufen war.

Ein Hauch von Frost lag in der Luft, als sie nach Gogong hineinfuhren. Große, sich biegende Kupferblechplatten hatten an dem früheren Kramladen das Glas von Schaufenster und Tür ersetzt. Bellende Hunde, magerer schon wegen der herannahenden Kälte, hechelten und schluckten gegen die Stille an. Eine kleine, kotfarbene Hündin mit einem Strumpfband um den Hals erstickte fast in Wolken von Staub bei dem Versuch, dem fremden Wagen nachzujagen und ihm den Weg abzuschneiden. Alle herüberblickenden Gesichter sahen merkwürdig glanzlos aus, einige schienen dazu noch blind durch die spiegelnden Gläser der Brillen, die sie trugen.

»Gogong, he?« Etwas Metallisches war in Basils Stimme geraten.

»Ja, tatsächlich! Und genauso wie alle die anderen schrecklichen Orte.« Aber sie wußte, daß es nicht das gleiche war. »Bringen wir es hinter uns.« Sie hatte sich seitwärts in ihren Sitz gedrückt, wie um unter dem Schutz ihres Bruders zu sein; und wenn der ihr nicht gewährt wurde, die beste Position für die Abwehr aller unangenehmen Dinge zu haben, die sie vielleicht nicht ertragen könnte.

Sie näherten sich der Stelle fast am Stadtrand, wo die Straße sich gabelte; auf der einen Seite ging es unausweichlich weiter nach Norden, und die andere, kleinere Straße schlängelte sich hinaus über die Hügel nach ›Kudjeri‹. Direkt an der Gabelung hatte eine Gruppe von dunklen Koniferen als einzige den ursprünglichen Plan für eine Parkanlage überlebt; den Rest hatten Trockenheit und Vernachlässigung besorgt. Obwohl die Anlage selbst bei voller Entwicklung ihrer bescheidenen Größe niemals mehr geworden wäre als nur der Hintergrund für ein Denkmal aus Bronze – und das war wohl auch die ursprüngliche Absicht gewesen.

Von dem Zeitungsausschnitt, den ihm Mutter vor Jahren geschickt hatte, wußte Basil, was jetzt kam. Deshalb fuhr er langsamer. Ob auch Dorothy informiert war, konnte er nicht sagen. Die Art, wie sie dem Ding den Rücken zukehrte, deutete eher darauf hin, daß sie von dem Denkmal für Alfred Hunter nichts wußte. Aber er mußte einfach hinsehen. Und war fasziniert von dieser häßlichen Ehe zwischen bürgerlichem Bombast und unschuldigem menschlichen Streben nach Leistung und Erfolg; denn der Kopf, die Brust und die Haltung sollten heroisch sein, die Falten in der bronzenen Weste und der bronzenen Hose jedoch zerrten diesen Versuch wieder auf die Erde zurück und gipfelten in einer Hand, die besser auf ein Bambus-Nippestischchen gestützt sein sollte als auf das Gehörn eines Merino-Widders.

Basil hätte gern noch ein wenig verweilt und ›Vater‹ angegrinst und ihm zugeblinzelt, aber Dorothys Faust begann plötzlich, auf seinen Schenkel einzuhämmern. »Fahr weiter – los! Ich kann das nicht ertragen.«

Er trat auf das Gaspedal, sie schossen vorwärts, über den Bahnübergang hinweg auf die kleine Seitenstraße und stießen sich beide den Kopf am Dach des Wagens.
Er dachte, daß es vielleicht besser wäre, die Statue nicht zu erwähnen, die er gerade im Geist wieder auferstehen ließ; aber da hörte er Dorothy murmeln: »So war er nicht.«
»Kannst du dich denn ehrlich erinnern?«
»Oh – ja – nein – eigentlich nicht ganz genau.«
Was auch sein immer wieder auftauchendes Problem war.
Um sie wieder ein wenig aufzuheitern, ließ er seine boshafte Phantasie spielen: »Es sollte mich doch wundern, wenn Mutter nicht darauf bestanden hätte, irgendwie mit in diese unsterbliche Gruppe aufgenommen zu werden.«
»Vielleicht auf einer Chaiselongue liegend!« Dorothys Lachen fiel herab wie ein Stein.
Danach verfielen sie in Schweigen, während sie durch die Hügel zwischen dem Ort und ›Kudjeri‹ fuhren. Im Licht der Dämmerung schienen die umzäunten Weiden sich bis ins Unendliche zu vergrößern; Felsen und Buschgruppen dagegen verschlossen sich doppelt vor Eindringlingen. Der Wagen lärmte weiter voran, über Kies und durch mit dünnem Schlamm gefüllte Schlaglöcher. Der Himmel, so flach und leer wie ein Bogen farbloses Wachspapier, schwang in seinen zyklischen Verheißungen, die den in ihren purpurnen Tiefen ertrinkenden Fremdlingen unlösbare Geheimnisse bleiben. Vielleicht würde jetzt noch wenigstens der Wagen stehen bleiben: Er stotterte und hustete genug, um dieser Hoffnung Nahrung zu geben. Dann tauchte, in der Dunkelheit einer Senke, die sich nach vorn und unten öffnete, in einer großen pilzförmigen Baumgruppe als eine Lichtertraube das Haus auf, an das du dich nur manchmal blitzartig erinnerst, oder in Träumen. Bald darauf rollte der Wagen direkt darauf zu.
Dorothy sagte: »Davor habe ich mich gefürchtet – bei Nachteinbruch anzukommen.«
Basil hatte dasselbe Gefühl, wenn er es auch nicht zugab.
Alle Zweifel entmutigten den Wagen nicht: Weiden hingen über einer Flußbiegung, dann die Reihe der portugiesischen Lorbeerbäume, von Alter, Tieren und Kindern ziemlich mitgenommen, und schließlich, endlich, das Oval eines Rosenbeets.
»Noch nie habe ich mich so gefürchtet«, schnatterte und kicherte Dorothy; »nicht einmal in meiner Hochzeitsnacht.«
Basil wußte, daß seine Lippen zitterten, während er ein Lächeln aufsetzte, das normalerweise völliges Selbstvertrauen ausdrückte – wenn er sich vor dem Vorhang verbeugte oder Menschen beeindrucken wollte, die er zum ersten Male sah.

Als sie ausstiegen, kamen Leute die Treppe herab auf sie zu.
Was immer ihre Gastgeber auch davon halten mochten, Dorothy mußte einfach noch einmal rasch zurücklaufen, nach etwas suchen – Rosen, eine Rose! Sie trampelte über den Rand des ungepflegten Beets und riß eine von ein paar wenigen Herbstknospen ab – sie war kalt, fest und spitz und würde in der Vase vertrocknen, ohne sich zu öffnen. Sie hatte sich dabei ihr Handgelenk aufgekratzt, aber das war das wenigste.
»Jetzt komm, Dot!« drängte Basil seine ungeschickte Schwester.
Dann nahmen sich die Hunter-Kinder bei der Hand, auf wessen Anregung, das hätten sie nie sagen können, und machten sich bereit, einer Vergangenheit gegenüberzutreten, die bereits mit schmerzhaft klaren, aber dissonanten Tönen auf sie eindrang.
»... Sie werden sich wohl erst daran gewöhnen müssen. Es ist nicht mehr das, woran Sie sich erinnern – nicht wahr, Rory? meinst du nicht auch? Kinder, stört hier nicht immer ...«

Nach und nach würden sie das Haus vielleicht mit ihren Erinnerungen einrichten können, aber im Augenblick sah es ziemlich kahl und leer aus: Der Lebensstandard der Macrorys erlaubte keinen besonderen Komfort und schon gar keinen Luxus. In der Eingangshalle verfing sich Basil mit der Zehe in etwas Durchlöchertem, das einmal ein Orientteppich gewesen sein mußte, ehe Staub und Verfall die Oberhand gewannen. Jenseits dieses Teppichs gab es nur noch das Knirschen von Füßen im Staub, auf Treppen und Fluren und manchmal auch in ganzen Zimmern.
Auf der halben Treppe blieb Mrs. Macrory stehen und schnappte nach Luft. »Es muß doch merkwürdig für Sie sein, daß in Ihrem Haus Fremde wohnen.«
Basil konnte jetzt wenigstens seine berühmte Stimme einsetzen. »Eigentlich kaum ›unser‹ Haus. Wir waren noch zu jung, als wir von hier weggingen.«
Dorothy hatte zu ihrer Verteidigung ihr authentisches *Upper-Class*-Schnarren zur Verfügung, und dazu noch das Legendäre des Adels. Beides zusammen reichte in den meisten Fällen aus. »Wir sind in den Ferien immer hierhergekommen«, trompetete sie, »fast jedesmal. Um unseren *Vater* zu besuchen.« Das mystische Wort bereitete ihr jetzt mehr Schwierigkeiten, als wenn es in ihren Gebeten auftauchte.
»Junge, ja, das waren Ferien!« Basil sah sich ganz kurz selbst als jugendlicher Held, mit einem Tennisschläger in der Hand, in einer Komödie die Hauptrolle spielen.
Er hatte sofort das Gefühl, daß seine Bemerkung nicht angekommen war: Die Leute hier erwarteten wahrscheinlich das flatternde Scharlachrot eines großen Auftritts, aber er war jetzt zu müde, zu erschöpft von der Reise, um Lust zu theatralischen Spielereien zu haben; es war auch kein Vorteil, daß

ein Teil seines Publikums ihm den Rücken zugewandt hatte und der andere hinter ihm mit dem Gepäck und doch ziemlich schwerem Atem die Treppe heraufkam. Wenn sich Mrs. Macrory nur umdrehen würde, dann könnte er sie mit dem unfehlbaren feuchten Blick für sich gewinnen; aber sie tat es nicht.

Er war es, der sich umdrehte, um etwas Bewegung in die Szene zu bringen, in der sie steckengeblieben waren. »Im übrigen sehe ich keinen Grund, warum ich nicht meinen Koffer selbst tragen soll.« Er hätte seine Herzhaftigkeit sicher noch mit einer großen Geste unterstrichen, aber die Treppe erlaubte ihm nicht, sich freizuspielen: Bei seinem Versuch, den Koffer in seinen Besitz zu bekommen, glitt seine Hand wirkungslos an einem teilnahmslosen, haarigen Arm ab.

Macrory gab einen ausgefallenen, einem Blöken ähnlichen Ton von sich und stieg weiter die Treppe hinauf. Seine Frau würde schon für ihn sprechen.

Sie blickte über die Schulter und lachte ein wenig mechanisch. »Sich physisch auszutoben, das ist Rorys Spezialität.« Sie stellte fest, daß sie sich mit diesen Worten selbst in Verlegenheit brachte, drehte den anderen wieder den Rücken zu und ging voraus bis zum Treppenabsatz.

Mrs. Macrory – ›Anne‹ – in ihrer Antwort auf Wyburds Brief – war eine weder junge noch alte Frau mit wirrem, vorzeitig ergrautem Haar; vielleicht war es auch nur staubig, um zum Zustand ihres Hauses zu passen. Wenn sie sich nicht gerade mitten in einer Schwangerschaft befunden hätte, dann wären ihre Wangen vielleicht weniger mager, ihre Augen weniger tiefliegend und rot umrändert gewesen. Von Natur aus war ihre Stimme kalt und präzise und hätte auch selbstsicher geklungen, wenn nicht ein Unterton fortwährenden Erstaunens darin gewesen wäre. Anne Macrory wirkte wie eine Sozialhelferin, die in genau jene Art von Leben geraten ist, vor der sie immer gewarnt hat.

Als die Gruppe den Treppenabsatz erreichte, erschien eine Reihe von Kindern, mit denen sich jedenfalls noch kein Sozialhelfer beschäftigt hatte, aus allen möglichen Türen und in allen möglichen Kleidungsstücken. Einige waren schon aufgeschossen und mager, mit knochigen Handgelenken und deutlich sichtbaren Salzfäßchen; aber bei den kleinen, stolpernden Stehaufmännchen, die über ihre Hemdsäume und ihre eigene Neugierde fielen, reichten die Arme gerade bis zum Rockzipfel der Mutter.

Anne Macrory führte die Hunters in einen Raum, den Dorothy erst undeutlich, aber dann mit wachsender Sicherheit und immer stärkerer Abneigung als das Schlafzimmer ihrer Eltern wiedererkannte, mit angrenzendem Ankleideraum.

»Ich hoffe, Sie werden es hier bequem haben.« Mrs. Macrory blickte sich in dem Zimmer um, das ja nun eins von ihren war, und berührte kurz ein

Handtuch, das an einer Stange am Fußende eines der gewaltigen, alten Hunter-Betten hing.
Die Princesse de Lascabanes murmelte etwas und wurde rot: Sie hätte ihrer Gastgeberin gerne aus einer gewissen Verlegenheit geholfen, aber es fehlte ihr die Geschicklichkeit.
Macrory setzte die Koffer in der Suite ab, die die Gäste bewohnen sollten. (Basil vermutete düster, daß er mit einem Notbett im Ankleidezimmer vorliebnehmen mußte – eine andere Möglichkeit gab es nicht.)
Die jüngeren Kinder schienen sich von ihrem Vater angezogen zu fühlen. Sie drängten sich um ihn. Das Kleinste begann, an einem seiner Beine emporzuklettern, wurde aber abgeschüttelt, gerade ehe es eine Handvoll Stoff und Fleisch im Schritt des Vaters packen konnte.
Rory Macrory war ein Mann mit starker physischer Ausstrahlung. Schwarzes, drahtiges Haar ließ ihn jünger aussehen als seine magere, staubige Frau. Aber möglicherweise traf das an Jahren gar nicht zu. Er war grob und ungehobelt, vielleicht mit Absicht: Offenes Hemd fast bis zum Nabel, um seine Meinung von berühmten Schauspielern deutlich kundzutun. Obwohl sein Lächeln eindrucksvoll weiß war – und er ließ es oft aufblitzen – drückte es doch keine Heiterkeit aus.
Dorothy erinnerte sich plötzlich wieder an Brumby Island: Sie spürte denselben Schweißgeruch.
»Meinen Sie, Sie können hier bequem pennen?« Den Körper in eine eindrucksvolle Pose geworfen, forderte Macrory die ganze Welt heraus.
»Wa-warum nicht?« ertappte Sir Basil sich plötzlich beim Stottern.
Die Princesse de Lascabanes riß sich aus ihrer Apathie. »Wir sind diejenigen, die sich dafür entschuldigen sollten, daß wir Ihnen zur Last fallen, wo Sie doch so viel zu tun haben.« Die Stalaktiten des Charmes tropften und glitzerten in dieser Höhle von einem Zimmer.
Für den muskelbepackten Macrory war das zuviel. Er stolperte hinaus, lächelte sein freudloses Lächeln und zupfte an seiner nackten Brust, als wäre sie eine haarige Gitarre.

Anne Macrory bestritt die gesamte Konversation, und zwar mit einer Stimme, die eigens für die Prinzessin neu hergerichtet schien: Ihre Worte klangen klar und deutlich, nur war es manchmal etwas unklar, worauf sie hinauswollten. »O je«, begann sie zu seufzen, als die Gäste herunterkamen, »ich wollte ja eigentlich im Eßzimmer decken, aber ich bin inzwischen mit allem hinterher – heute abend – wie Sie sehen.« Eine schmutzige Saucenkasserole, die sie krampfhaft festhielt, rutschte ihr aus der Hand und hüpfte über den Küchenfußboden. »Ein richtiger Zeitplan – darauf kommt es an, nicht wahr?« Sie öffnete die Tür einer Bratröhre in dem großen Kohleherd und ließ einen heftigen Geruch nach verbranntem

Fett herausdringen. »Das ist aber nicht so, wie es den Anschein hat«, erklärte sie; »Hammel ist leichter verdaulich, wenn man ihn etwas länger braten läßt.« Das war zwar eine direkte Meinung, die aber irgendwie verblich hinter einer allgemeinen Unsicherheit; fast gleichzeitig glitt ein gefährlich hoch aufgestapelter Turm von ungewaschenen Töpfen klirrend und klappernd in das Spülbecken, und eins der größeren Mädchen erschien und verlangte die Hilfe ihrer Mutter beim Binden einer zerknitterten Haarschleife.

Sir Basil Hunter war durchaus für die Idee, in der Küche zu essen. Es sparte sowohl Zeit und Mühe, und sie würden sich alle schneller gegenseitig kennenlernen. Die Prinzessin, welche die Marmeladenkleckse auf dem Tisch bemerkt hatte, war etwas sparsamer mit ihrer Begeisterung. Es heiterte sie nur wenig auf, daß sie ja einen Lappen nehmen und das Wachstuch abwischen könnte, während die Gastgeberin sich mit dem verbrannten Hammel beschäftigte. Denn die Kinder würden zusehen, und Kinderaugen wirkten auf Madame de Lascabanes einschüchternd.

Kurz vor dem Essen schlüpfte Basil rasch noch einmal hinaus, um zu pinkeln. Die Dunkelheit war voller Tiere, und vom Rand der Terrasse aus wurde Basil ein Teil der allgemeinen Verschwörung: Sein Wasser und der Frost zischten und vereinigten sich miteinander. In der Nähe hörte irgendein Tier auf, das Gras abzuweiden, fing dann aber nach einer Weile wieder an.

Basil stand eine Weile, lauschend und fröstelnd. Von einer natürlichen Umgebung passiv akzeptiert zu werden, ist nur vorübergehend befriedigend. Wonach er sich sehnte, das war eine Bestätigung seines eigenen inneren Wertes im Gegensatz zu irgendwelchen, möglicherweise nur oberflächlichen Errungenschaften. Aber diese Bestätigung ließ auch jetzt auf sich warten. Die Dunkelheit bot weiterhin die freundliche Gleichmütigkeit der Natur in ihren gezähmten Randgebieten, während das Haus hinter ihm wahrscheinlich niemals seine Geheimnisse mit jemandem teilen würde, der das Leben für das Theater aufgegeben hatte.

Oben begann ein Kind zu weinen, dann tröstete eine Männerstimme in gebrochenem Widerhall. Sie hatte Erfolg, trotz des Mangels an jeglicher Technik – oder vielleicht gerade deshalb. Für Sir Basil war in der Szene kein Auftritt vorgesehen.

Er riß sich von seinen Gedanken los und kehrte zurück in das Haus, jetzt einfach eine verdunkelte Bühnendekoration, in der er nach den Regeln des Alptraums vor der Premiere keine Möglichkeit zum Proben gehabt hatte. Er tastete sich voran, ohne direkt in Panik auszubrechen, und wurde das Opfer von Schubladenknöpfen, Ecken und niedrigen Türfüllungen, ehe er endlich einen Lichtschein unter einer Tür erblickte. Diesen Lichtsplitter mußte er erreichen, und das gelang ihm auch schließlich, nachdem

er mit den Absätzen auf ein paar nach unten führenden Stufen abgerutscht war und mit der flachen Sohle so heftig auf den Fliesenboden aufstampfen mußte, um nicht zu fallen, daß seine Nieren wie betäubt waren, sein Atem wegblieb und in seinem Hirn ein ganzes Feuerwerk abbrannte.
Sir Basils Auftritt war diesmal von einem echten Hinken begleitet und nicht nur von dem wirkungsvoll-künstlichen, das er sich angewöhnt hatte. Er schob eine Schulter nach vorn, vertrieb die Falten von seiner Stirn, streckte das Kinn heraus und wartete darauf, daß das Publikum ihn erkannte und atemlos schwieg. Was nicht geschah. Wieder mußte er feststellen, daß es sich um eine Szene ohne ihn handelte.
Anne Macrory war mitten in einer längeren Rede und achtete nicht auf das Sieb, das sie in der Hand hielt und aus dem das Kohlwasser in ganzen Rinnsalen ihren Rock hinunterlief. Dorothy (eine schlechte Schauspielerin) hatte eine Schürze geborgt und stand wie erstarrt neben dem Küchentisch. Hin und wieder berührte sie ein Besteckteil, um anzudeuten, daß sie den Tisch gedeckt hatte. Ein Kind stand am Spülbecken und fuhr mit dem Finger durch das Braune am Boden eines fettigen Topfes; ein kleineres Kind saß links vorn und riß einem Spielzeugpferd die Beine aus.
Dorothy Hunter bemerkte plötzlich, daß jemand beim falschen Stichwort aufgetreten war. Sie zog wild die Brauen zusammen und blickte ihn finster an – nicht den Star-Schauspieler, sondern den lästigen Bruder.
Anne Macrory war das alles gleich: Mit dem Sieb im Arm redete sie weiter: »... das war nach unserem ersten Kind. Bis dahin wurde Rory nicht akzeptiert. Kann man ihnen das übelnehmen? Nur ein einfacher Landarbeiter.«
»Uns ist gesagt worden, er wäre Verwalter gewesen.« Dorothy blieb weiter mit dem Muster beschäftigt, das sie mit Bestecken ausgelegt hatte: So genau es auch war, hier und da ließ es sich noch verbessern.
»Niemals Verwalter.« Anne sprach mit einem Freimut, den sie sich erworben haben mußte, während sie den Krisen des Lebens die Stirn bot. Gleichzeitig warf sie einen kurzen Blick auf die Stellen, wo ihr Rock völlig von Kohlwasser durchtränkt war. »Oder jedenfalls erst dann, als sie sich entschlossen hatten, sich mit der ganzen Situation abzufinden. Das war, als ich das zweite Mal von ihm schwanger ging.«
Dorothy warf einen Blick auf die Kinder. Entweder verstanden sie nichts, oder sie kannten das alles schon auswendig.
Basil ließ sich am Tisch nieder, um in diesem Stück, in das er nicht gehörte, auf sein Essen zu warten. Dorothy, so schien es, hatte sich bei der Theaterleitung eingeschmeichelt: Bei ihrem Mangel an Talent ließ sich die Besetzung der Hauptrolle mit ihr nicht erklären. Nun, er würde einfach warten, seine Augen vor dem ungedämpften Licht schützen und hoffen, daß seine Schweizer Armbanduhr und sein Siegelring ihn nicht noch mehr diskreditierten, weil sie so offensichtlich nicht hierher gehörten.

Anne Macrory fuhr fort, mit einer klaren, hohen Stimme, wie die eines jungen Mädchens. »Dann hat sich Daddy in seiner ganzen Güte gezeigt. Er kaufte uns ›Kudjeri‹.« Anne und Rory waren von ›Kirkcaldy‹ hierher umgezogen: ›Kirkcald‹ war Annes mythischer Ort, ihr ›Kudjeri‹. »Natürlich liebe ich auch ›Kudjeri‹. Aber es ist nicht dasselbe. Sie werden das verstehen, da bin ich sicher.«
Dorothy sagte ja, sie verstünde das; aber die Puddinglöffel waren ihr wichtiger, die sie endlich gefunden hatte. »So lange können Sie ja dann noch gar nicht hier sein«, sagte sie und polierte einen der Löffel mit ihrer Schürze. »Ihre Kinder sehen alle noch ziemlich klein aus, obwohl es sich um eine beachtliche Anzahl zu handeln scheint.«
»Ich bin schon ein ganzes Leben lang hier. Sie würden das auch sagen, wenn die Kinder ihre wären.«
»Ich wollte nie ein Kind sein«, sagte das kleine Mädchen, das das Braune aus dem Topf leckte.
Ihre Mutter verbot ihr den Mund. »Robert ist sechzehn. Er ist der Älteste und ist nicht da. Ja, es müssen also fünfzehn Jahre vergangen sein, seit wir ›Kudjeri‹ übernommen haben.«
Jetzt war es Dorothy, die mit den Jahren nicht zurecht kam. »Aber was ist denn dann zwischendurch hier geschehen – vom Tod unseres Vaters bis zur Übernahme durch Sie?«
»Aber das wissen Sie doch sicher besser als ich – Ihre Mutter hat verschiedene Verwalter eingesetzt, nicht wahr? Obwohl sie nicht gerne hierher kam, wollte sie die Farm doch behalten – aus Gründen der Erinnerung, glaube ich. Hat Ihr Vater ›Kudjeri‹ nicht sehr geliebt?«
»Ich glaube schon«, sagte Dorothy und wurde rot. »Ich weiß es nicht genau. Man ist so außer Reichweite, wenn man in Europa lebt.« Sie sah Basil an, in der Hoffnung, daß er entweder etwas wissen oder sich wenigstens auch zu ihrer Unkenntnis bekennen würde.
»O ja – so ganz entfernt. Ja – ich habe etwas gewußt.« Dabei hatte er keine Ahnung.
Er wußte im Moment nur eines ganz genau: daß er sich gerne über den Hammelbraten hergemacht hätte. Etwas essen – das würde jetzt über eine Leere hinweghelfen, die er in sich spürte. Wahrscheinlich würde es ihm nie gelingen, den Punkt zu entdecken, an dem er in seinem Leben falsch abgebogen war. Es hätte vielleicht geholfen, wenn er ein paar Zeilen aus den Rollen hätte sprechen können, die er gespielt hatte. Aber in seiner Erinnerung war es völlig leer.
Auch Macrory verbesserte die Situation nicht, indem er mit einer viertelvollen Whiskyflasche hereinkam. »Möchten Sie vielleicht einen Tropfen trinken?« Er schien absichtlich den Augenblick hinauszuschieben, an dem er die Prinzessin direkt anreden mußte.

Dorothy war stolz darauf, abzulehnen.
Macrory goß ein, für Hunter und sich selbst. »Meine Frau ist eine Heilige. Sie trinkt nicht.«
»Die größten Heiligen waren auch die größten Trunkenbolde«, gab sie scharf zurück, während sie den Kohl in eine Terrine mit braunen, abgesplitterten Stellen kippte.
»Wie meinst du das, Anne?«
Aber sie gab ihrem Mann keine Antwort, sondern kratzte weiter mit einem großen eisernen Löffel in dem Sieb herum, als wolle sie nur ja keinen Kohl verschwenden.
Macrory lachte. »Meine Frau ist ja so gebildet«, beschwerte er sich; er war schon halb betrunken – von dem Whisky, den er vorher zu sich genommen hatte, um den guten Stoff nicht an Gäste verschwenden zu müssen.
»Ich bin auch gebildet, nicht wahr?« fragte das Mädchen, das den Topf ausgeleckt hatte; ihre runden Backen glänzten von Fett.
Sie kam herbei und schmiegte sich an ihren Vater, und er antwortete ihr, aber in viel sanfterem Ton als vorher: »Ja, Mog«, und küßte sie. »Ja.«
Das machte ihn ein wenig angenehmer; und auch das Gesicht seiner Frau heiterte sich auf. »Rory ist am Abend immer sehr müde«, erklärte sie. »Die Arbeit ist wirklich schwer.« Im Vorbeigehen streifte ihr Körper den ihres Mannes.
Nachdem noch weitere Kinder gerufen oder geholt worden waren und alle am Tisch saßen, begann der Vater den Hammelbraten zu zerteilen, während die Mutter blassen Kohl und grauschimmernde Kartoffeln auf die Teller löffelte.
Mit vollem Mund die Augen aufschlagend und die mehrfarbige Stirn in Falten ziehend, fragte der Gastgeber diesen Schauspieler da an seinem Tisch: »Zäh, was?« Seine Stimme drückte Hoffnung aus.
Sir Basil lächelte. »Sie müssen mir ein bißchen Zeit lassen, meine Zähne richtig hineinzuschlagen.«
»Es hat genau den richtigen, echten Geschmack. Köstlich.« Dorothy fand die Worte verächtlich, die sie eben gesprochen hatte, aber irgend etwas wollte sie doch beitragen.
»Man kann es nicht anders bezeichnen als zähe – um die Wahrheit zu sagen.« Macrory blickte seine Frau an. Er wollte jemandem wehtun und damit auch sich selbst.
»Aber ich finde es nicht schlecht, Dad.« Einer der größeren Jungen, der nicht recht verstand, wollte seinem Vater aus der Situation heraushelfen.
»Für dich ist es natürlich auch nicht schlecht.« Der Vater seufzte; er nahm immer Rücksicht auf seine Kinder.
Alle aßen jetzt von dem knorpligen Fleisch, manche mochten es wirklich, andere mußten sich dazu zwingen. Die Hunters blickten einander mit aufrichtiger Zuneigung an.

»Möchte jemand noch etwas?« Anne sprach so heiter und klar, als sei sie gerade erst von ›Kirkcaldy‹ gekommen.

Jetzt würde es sich zeigen. Ein paar von den Kindern verlangten noch etwas; die Gäste lehnten mit zuckersüßem Lächeln ab.

Macrory konnte sich wieder entspannen.

Jetzt war es Anne, die den Braten weiter aufschnitt. »Und was ist mit dir, Rory?«

Er legte den Kopf zur Seite und senkte die Wimpern, die so dicht waren, daß sie wie zusammengeklebt oder wie mit Fliegen bedeckt aussahen; und auf diese kaum sichtbare Weise erklärte er sich bereit, noch eine weitere Portion Hammel anzunehmen.

Anne brachte sie ihm. Wieder drückte sie sich gegen ihn; während sie den Teller zurechtrückte, lehnte sie sich viel weiter über seine Schulter, als nötig war. Die Macrorys verständigten sich meistens mit Berührungen; Worte waren die gefährlichsten Waffen, die ihnen ein boshafter Dämon von Zeit zu Zeit in den Mund legte.

Während des Nachtischs begann eines der Kinder zu stöhnen und sichtlich dahinzuwelken. »Der Korinthenpudding macht mich einfach krank, Mum.«

»Iß ihn auf! Als ich noch ein kleines Mädchen auf ›Kirkcaldy‹ war, da habe ich diesen Pudding am allerliebsten von allen gegessen. Er war natürlich etwas leichter – ich behaupte nicht, daß ich besonders gut kochen kann. Aber du kannst nicht sagen, daß er nicht gesund wäre. Auf ›Kirkcaldy‹ hatten wir eine eigene Köchin.«

»Auf ›Kirkcaldy‹! Auf ›Kirkcaldy!‹« Ihr Mann senkte den Kopf. »Alles war leichter, süßer – eben etwas Besseres. Nur die Zäune, die waren die gleichen. Stacheldraht ist überall derselbe.«

Anne ließ sich nicht so leicht fangen. »Ist das nicht eine Schwäche, die jeder in einem gewissen Maße hat?« Sie blickte von Dorothy hinüber zu Basil, der mit einem Lächeln seine Bereitwilligkeit erklärte, nicht zu widersprechen.

Rory blickte auf seine Knöchel. Sie waren weiß mit Ausnahme einer Stelle, an der sich über einem Hautriß brauner Schorf gebildet hatte. »Das ›Kirkcaldy‹, das ich kenne – da ist man immer nur durch die Hintertür reingekommen.« Er spülte sich den Mund mit dem restlichen Whisky aus der Flasche aus und ließ sie allein.

Seine Frau murmelte: »Rory ist eben müde.« Magerer und trauriger als jetzt hätte sie nicht mehr aussehen können; sie war die Sozialhelferin, der ihre Stellung über den Kopf gewachsen ist.

Die Princesse de Lascabanes meinte, daß sie doch sicher alle müde wären: Sie war jedenfalls von ihrer ersten Begegnung mit der Vergangenheit völlig erschöpft.

»Oh, aber das muß ich Ihnen ja noch zeigen!« wurde Anne plötzlich wieder lebendig. »Rory hat die Idee gehabt, das Arbeitszimmer Ihres Vater als Wohnzimmer für Sie herzurichten. Damit Sie vor den Kindern sicher sind – und Ihren eigenen Gedanken nachhängen können.« Sie war aufgestanden. »Ich glaube, er hat sogar Feuer im Kamin gemacht. Kommen Sie, sehen wir mal.«

Die Hunters folgten ihr mit gespannter Wachsamkeit. Es war offensichtlich, daß Anne den Ruf ihres Mannes in den Augen ihrer Gäste wiederherstellen wollte. Aber was für einen Hinterhalt hatte wohl dieser Ehemann gelegt? Oder war er der Meinung, daß ihre eigenen Gedanken im Zimmer ihres Vaters genug Dynamit enthalten würden?

Basil hatte einige Schwierigkeiten, sich an diesen Raum zu erinnern – Arbeitszimmer seines Vaters und Bibliothek. Das einzige, was ihm noch klar vor Augen stand, waren die Szenen der Verwirrtheit und des verbissenen Schweigens, die sich hier abgespielt hatten. Jetzt befanden sich hier, wie im übrigen Haus, kaum noch Möbel: ein aufgeplatzter Ledersessel; eine Couch, die wahrscheinlich auch aufgeplatzt war, über die aber eine verblichene indische Tagesdecke gebreitet lag, die an einigen Stellen Sengflecken von einem Bügeleisen hatte; in den fast leeren Regalen waren die noch hier und da vorhandenen Bücher umgefallen und durcheinandergeraten.

»Können Sie sich an den Stuhl Ihres Vaters erinnern?« Sie hätten es nie gewagt, Anne Macrorys Freundlichkeit zu enttäuschen.

»Aber warum ist denn der Stuhl hiergelassen worden, wenn Mutter, wie Sie sagen, so entschlossen war, die Erinnerung zu wahren?« Dorothys Stimme hatte wieder angefangen zu hämmern.

»Sie hat ihn hiergelassen, weil er zu alt war, nehme ich an. Sie hat uns eine ganze Menge Sachen geschenkt. Wir waren sehr froh darüber.« Anne versuchte, die Tagesdecke in etwas künstlerischeren Falten zu drapieren. »Auch Bücher. Obwohl wir kaum lesen. Es ist einfach keine Zeit dafür.«

Dorothy war besonders davon schockiert, daß Mutter auch Bücher zurückgelassen hatte: Abgesehen von ihrer besonderen Geweihtheit als Literatur sind Bücher schließlich allerpersönlichster Besitz. Basil war das gleich: Er hatte den Sessel näher an den Kamin mit den zwei großen, glühenden Holzkloben herangezogen. Dort saß er und lächelte in das Feuer.

Dorothy stürzte sich auf die Bücherregale. »Ich bin sicher, daß keins von diesen Büchern meinem Vater gehört hat.«

Anne bot einen Beweis an. »Hier in diesem ist seine Unterschrift.«

»Die Kartause von Parma!« Dorothy wandte sich an Basil. »Das war sein Lieblingsbuch. Sie hat es mir gesagt. Sie hat sein Lieblingsbuch einfach hiergelassen! Das auch meines ist!« Sie rieb mit der Hand über das Buch. »Niemand könnte uns der Herzlosigkeit bezichtigen, wirklich nicht.«

Basil war nicht recht interessiert. »Ich habe das nie gelesen – die Kartause von Dings.« Er war zu schläfrig: hätte jetzt sowieso nichts lesen können, es sei denn, es wäre ein Stück mit der richtigen Rolle darin.
Dorothy hatte sich so in das Buch ihres Vaters vertieft – sie verglich den Text, schüttelte die Krümel heraus, ließ den Finger über einen Teefleck gleiten (oder war es verblaßtes Blut) –, daß Anne Macrory sich anscheinend still zurückgezogen hatte. Dorothy selbst mußte sich irgendwann auf die verwaschene Baumwoll-Tagesdecke gesetzt und eine ganze Zeitlang, halb lesend und halb träumend, so gesessen haben.
Und Basil mußte inzwischen auch im Wachen geträumt haben, daß er alt geworden sei, so wie man es im wirklichen Leben wird; am Theater kann man sich das nicht leisten. Wenn er vielleicht lange genug über diesem ganz leise murmelnden Feuer hier saß, dann würden ihm auch die schrecklichsten Dinge als unumgänglich erscheinen, sogar als annehmbar: seine Frauen; sein Nicht-Kind Imogen; der Versuch, das, was er und Dorothy unter ›Leben‹ verstanden, dadurch zu verlängern, daß sie ihre Mutter Elizabeth Hunter zum Tode verdammten.
Er öffnete seine Augen ganz weit: Die hochgezogenen Beine auf der heruntergekommenen Couch, das offene Buch eher als dekorativen Kunstgriff in der Hand haltend als zum Lesen, starrte Dorothy ihn an, und doch gleichzeitig auch wieder nicht. Was ihn in diesem Moment an ihr an seine Mutter erinnerte, konnte er nicht sagen und wollte auch nicht darüber nachdenken.
Sie blickte ihn immer weiter an und sagte: »Dieser kleine, anständige Mann, der ständig darum kämpft, einer bronzenen Denkmalspose zu entkommen. Die sie ihm aufgezwungen hat. Die absurdeste Idee, die Mutter je hatte! Sag selbst – rechtfertigt uns das alles nicht völlig?« Sie sah ihrem Bruder voll ins Gesicht, in den Ruinen des Arbeitszimmers ihres Vaters, das jetzt vorübergehend an sie übergegangen war.
Er hätte gern die Augen einfach wieder zugemacht, aber das hätte sie ihm nicht gestattet. Also mußte er die gesellschaftlich anerkannte Form des Ausweichens wählen. »Reden wir jetzt nicht davon«; er gähnte und spielte seine angenehme Schläfrigkeit voll aus. »Wir sind ja schließlich, meine ich, nicht zu diesem Zweck hierhergekommen.«
»Zu welchem denn sonst, wenn ich fragen darf? es sei denn, es uns mal so richtig unbequem zu machen?« Sie lachte. »Wir müssen beide zugeben, Darling – es ist wirklich das Letzte.«
»Wir können ja einfach wieder verschwinden, wenn wir genug haben.«
»Ja, wir können natürlich jederzeit einfach wieder verschwinden.« Apathisch in altem, verbeultem Leder sitzend und die Vergnügen des Märtyrertums vor Augen, fragte sie sich, ob sie das wohl noch so einfach könnte.
Über ihnen wurden Stimmen umhergezerrt und schlugen mit Worten aufeinander ein.

»Hör sie dir an!« sagte Basil.
»Bedauernswerte Menschen«, murmelte Dorothy kühl.
»Vielleicht sollten wir zu Bett gehen«, schlug Basil vor. »Es scheint, daß die Macrorys das auch getan haben.«

Gänzlich unerwartet erwachte Dorothy an einem mit scharf umrissenen Formen erfüllten Morgen nach einer Nacht, die durch widersprüchliche Gedanken und verdächtige, am Ende aber nicht unangenehme Träume gestört worden war. Sie war schon früher einmal aufgewacht, noch in den Stunden der Dunkelheit, und hatte das Gefühl gehabt, daß sie umstellt sei. Sie hatte das Licht angeknipst; Basil schnarchte im Nachbarzimmer; um sie beide herum war Stille über Stille getürmt.
Sie blätterte hier und da in der *Kartause von Parma*. Sie dachte daran, daß sie vielleicht über kurz oder lang Macrory hassen würde; obwohl sie sich in ihrem Alter von den Männern völlig abgewandt hatte, wurde sie von ihrer körperlichen Gegenwart immer noch beunruhigt. Sie las, aber konnte sich in dieses blasse Gespenst des Romans, den sie kannte, nicht hineinfinden. Nicht, daß er für immer verloren war: Sie könnte sein Fleisch und Blut jederzeit dadurch beschwören, daß sie ihn noch einmal im Original las; das befriedigte ihre Eitelkeit.
Manchmal erlaubte sich Madame de Lascabanes nachts einen kurzen Ausflug in eine strahlende Helle, die sie in einer anderen Welt vielleicht ständig für sich in Anspruch genommen hätte. Unter der Decke kreuzte sie ihre immer noch ansehnlichen Beine, ein unfreiwilliges Erbe von Elizabeth Hunter, und begann sich vorzustellen, wie sie andere Menschen versklaven würde. Anne Macrory als erste und dann vielleicht noch ein oder zwei von den Kindern – einfach nur mit der Macht ihrer Augen. Dann wanderte ihre Sanseverina hinab in samtigere Tiefen. Eine von mehreren Gestalten verfing sich stolperte fast ehe sie sich ihr anpaßte enger als ein Rock. Man hätte es nicht Ehebruch nennen können: Anne Macrory hatte selbst bestätigt, daß dies das Bett der Eltern war. Liebe die ein ganzes Leben lang in diesem Turm gefangen ist der zufällig auch noch Körper genannt wird kann nur die reinste und nobelste sein und erweist sich mit einer Zartheit die Stendhal nicht erkennen kann bis Fabrizio seine Bronze aufbricht und da ist der Knöchel mit dem häßlichen Schorf oh Basil Bas Ber Bazzzorl *Tu es le seul à me comprendre.*
Dorothy Sanseverina erwachte. Wieder war es dunkel, und Basil schnarchte im Zimmer nebenan. Wenn sie nun vielleicht aufgeschrien hatte, wie das, wie sie gelesen hatte, Frauen im Moment der Ekstase manchmal tun? Sie war erleichtert, als Basil ruhig weiterschlief. Sie hätte dieses exquisite, schwerfaßbare Vergnügen ihrem Bruder nicht erklären können und auch nicht den anderen, die ihr einfielen: ihrem Vater dem Denkmal; diesem

abscheulichen Mann mit dem bis zum Nabel offenstehenden Hemd; noch weniger wahrscheinlich Mrs. Macrory; und am allerwenigsten einer rachsüchtigen Elizabeth Hunter, deren Bett das hier war.
Dorothy schlief also unruhig.
Und stand zu rasch auf: Sie hatte gehört, daß es für Menschen jenseits eines bestimmten Alters gefährlich war, beim Aufwachen einfach aus dem Bett zu springen; aber sie hatte eigentlich viel früher aufstehen wollen, um ein wenig Ordnung in die schauderhafte Küche der Macrorys zu bringen. Statt dessen war sie noch hier und lauschte auf ihren hastigen Atem, während sie im grauen Morgenlicht zwischen den wenigen Möbelstücken umherrumorte.
Auch machte ihr tugendhafter Plan ihr schon nicht mehr ganz so viel Freude, als sie Anne bereits in der Küche fand. Das Herdfeuer fauchte im Schornstein, und neben dem Spülbecken befand sich bereits eine ganze Menge zusätzliches schmutziges Geschirr neben dem vom Tag vorher. Auf dem Herd stand ein schwarzer Topf, an dem außen Haferbrei heruntergelaufen und auf der heißen Herdplatte verbrannt war. Trotz des geheizten Ofens war es um diese Zeit kalt in der Küche. Durch einen Riß im Fliegengitter einer Tür warf Anne gerade einer ganzen Meute von Hunden draußen im Hof ein paar abgenagte Kotelett-Knochen zu.
In ihrer kühlsten ›Kirkcaldy‹-Stimme sagte Anne: »Ich hoffe, Sie haben gut geschlafen. Hoffentlich haben Rory und ich Sie nicht gestört. Wir haben uns nicht gestritten. Wir haben nur darüber diskutiert, ob wir ein paar zu alt gewordene Mutterschafe nicht auf den Markt schicken sollten. Meine Brüder sagen, Rory hätte kein geschäftliches Talent. Mein Vater war auch dieser Meinung.« Aber plötzlich kam Anne Macrory von ihrer mystisch-pastoralen Ebene herunter und rief mit ziemlicher Leidenschaft: »Na hören Sie! Was machen Sie denn da?«
»Ich mache mich daran, das Geschirr hier zu spülen.«
»Aber das dürfen Sie doch nicht! Das lassen wir keinesfalls zu – Prinzessin.«
»Natürlich. Wirklich, wenn ich erst einmal meinen Kaffee getrunken habe – und das kann ich ganz bequem beim Spülen tun. Wie soll ich denn sonst meine Zeit verbringen?«
»O je, aber das ist doch nichts für Sie!« stöhnte die Sozialhelferin *dérangée*. »Und Kaffee haben wir auch nicht.«
»Also dann Tee. Ich bete Tee an.«
Madame de Lascabanes blieb eisern bei ihren schmutzigen Töpfen. Sie war oft überrascht, in sich selbst eine geradezu mystische Einstellung zu entdecken, wenn es um die Schaffung von Ordnung aus Chaos ging, selbst in seinen niederen Erscheinungsformen. Unter anderen Umständen wäre sie wahrscheinlich eine ergebene und durch nichts zu erschütternde *Femme de*

Ménage geworden. Merkwürdig, daß ihr französisches Selbst so völlig von Bescheidenheit erfüllt war, während die Australierin in ihr einen Platz unter den *›Happy Few‹* anstrebte.
»Ist sie gekommen, um bei uns zu wohnen?« fragte Mog, das dicke Mädchen, das gestern den Topf ausgeleckt hatte.
Die Mutter war zu abgelenkt, um darauf eine Antwort geben zu können. Vor jedes ihrer Kinder, das in der Küche erschien, setzte sie einen Teller angebrannten Haferbrei. Und sie brachte es fertig, eine Tasse Tee für die hartnäckige Prinzessin zwischen das Durcheinander am Spülbecken zu praktizieren.
Der Tee schmeckte bitter und so, als ob er geschmort hätte. Aber er begeisterte die Prinzessin geradezu, genau wie sie von ihrem eigenen Fleiß begeistert war und von den Zungen frostiger Luft, die durch die Hoftür nach ihr leckten.
»Was ist mit Sir Basil?« fiel Mrs. Macrory ein, und damit wurde sie noch abgelenkter und zerstreuter.
»Keine Ahnung. Wissen Sie, ich kenne meinen Bruder eigentlich kaum.« Und wirklich war sie ja mit dem Topf, den sie hier schrubbte, besser bekannt als mit Basil.
Das war für die arme Mrs. Macrory einfach zu unmoralisch. »Wir waren immer eine Familie, die sehr eng zusammenlebte.« Sie seufzte, ging hinüber zu der Tür mit dem Fliegengitter, wobei sie sich die Hände in ihren fleckigen Ärmeln wärmte, und kam ungetröstet zurück. »Rory ist gegangen, um den Kälbern das Silofutter vorzuwerfen. Er kommt später wieder, und dann werden wir sehen, welche Pläne er für die Unterhaltung von Sir Basil hat.«
Die Princesse de Lascabanes kniff Augen und Lippen zusammen und blickte prüfend auf den Kasserolendeckel, mit dem sie gerade fertiggeworden war. Sie hielt ihn wie einen Schild zwischen sich und die unaussprechliche Macrory; oder sogar zwischen sich und Basil; Hubert existierte praktisch nicht; Vater war wenigstens tot: Fabrizio, ein Charakter, den sie jedesmal anders sah, wenn sie das Buch las, bot die meisten Schwierigkeiten; denn er war wesentlich von der Stimmung beim Aufwachen abhängig.
Sich halb wieder in ihr öffnend, war der Traum aus der Nacht vorher die exquisiteste Wunde, die sie je in sich gespürt hatte.

Als Sir Basil Hunter aufwachte, mußte der Reif schon wieder abgetaut sein. Das auf den kahlen Wänden widerscheinende Licht erinnerte eher an glänzende, gelbgrüne Äpfel. Der Raum war vermutlich als Kinderzimmer benutzt worden, ehe der Besucher das Kind vertrieb: In einer Ecke stand ein Spielzeugwagen. Schon zu Beginn der Nacht hatte Basil sich mit dem Klappbett abgefunden: Er war sogar zu müde, um sich noch über Unbequemlichkeiten zu ärgern. Beim Aufwachen war er immer noch müde und steif, als hätte er im Schlaf eine Reise unternommen, die noch viel weiter war als die Fahrt hierher nach ›Kudjeri‹. Jetzt lag er noch eine Zeitlang in der Stellung, nach der er sich so gesehnt hatte: die eines schlafenden Opossums, einer Bohne vor dem Keimen, oder eines Fötus in einer Glasflasche. Er könnte auch noch ein wenig schlafen, wenn ihn niemand auszankte. Beide Frauen im Haus waren ja Zankteufel. Und wenn es dieses Rauhbein Macrory war, der ihn aus dem Bett holen sollte, dann brachte der sicher gleich einen Schlagring mit. Aber das störte Basil alles kaum, solange er im Bett lag.

Schließlich kümmerte sich überhaupt niemand um ihn. Er rasierte sich ungleichmäßig in kaltem Wasser und versuchte sich zu entscheiden, welche seiner allesamt unpassenden Kleider er auf ›Kudjeri‹ tragen sollte. Sein Geist begann, sich mit Umgebung und Lage des Hauses zu beschäftigen, ganz gleich, was die Macrorys daraus gemacht hatten. Der physische Rahmen sollte eigentlich keine so große Rolle spielen, aber er tat es eben doch. Er beklopfte sein Gesicht in dem fleckigen, kiefernholzgerahmten Spiegel. So schlecht sah er eigentlich gar nicht aus, wenn man die Umstände bedachte. Mit neuem Lebensmut zog er den Foulardschal um seinen Hals zu einer etwas verwegeneren Form und überlegte, was Dorothy wohl tragen würde.

Als er hinunterging, war er überrascht, sie in der Küche zu finden – und viel weniger unmöglich aussehend, als er erwartet hatte. Sie ordnete Gegenstände in Schränke ein, als hätte sie die Gewalt über das Haus übernommen.

Wegen des Schnippchens, das sie ihm da geschlagen hatte, fragte er fast streng: »Wo sind die Macrorys?«

»Sie ist dabei, den Kindern ihre Aufgaben zu erklären. Und er hat irgendwelche dringenden Arbeiten, aber dann kommt er bald wieder, um für deine Unterhaltung zu sorgen.«

Erst dann blickte sie ihn an, um ihm eine Gelegenheit zu geben, die erwartete Grimasse zu ziehen.

Er zog sie auch und ärgerte sich sofort über sich selbst, weil er in die Falle gegangen war: Er war sich nicht mehr sicher, auf welcher Seite Dorothy inzwischen stand. Sie hatte ihr Haar mit einem römischen Schal zusammengebunden, als sei sie wieder ein Kind, das sich für einen regnerischen Nachmittag anzieht. Der Schal ließ das Gesicht ganz auf sich allein gestellt wirken, und dem begegnete es, indem es sich jeder Kommunikation verschloß. Ihre Arme, das bemerkte er zum erstenmal, waren nicht mager, sondern lederartig und muskulös. Ohne Zweifel hatten ihre Hände, die wegen ihrer langen Nägel normalerweise von jeder Tätigkeit außer der

Langeweile befreit waren, bereits eine Schicht von Haushaltsstaub aufzuweisen, um nicht zu sagen Küchendreck. Nein, er konnte nicht sicher sein, auf welcher Seite Dorothy stand: und er brauchte sie doch auf der seinen.

»Was möchtest du zum Frühstück?« fragte sie.

»Keine Ahnung. Was da ist.«

»Die Männer essen gegrillte Hammelkoteletts«, erinnerte sie ihn in völligem Ernst.

Sie holte sogar aus einem Fliegenschrank einen Teller mit zurechtgeschnittenen Koteletts hervor und hielt eines hoch – und nicht um ihn zu amüsieren, wie er Gott sei Dank im letzten Moment bemerkte. »Rory macht praktisch die gesamte Arbeit draußen allein«, berichtete Dorothy, während sie das Kotelett wieder auf den Stapel zurückfallen ließ.

»Nun gut«, sagte er, »ich esse also ein Kotelett, wenn es das ist, was du mir rätst. Oder auch zwei.«

Die Princesse de Lascabanes wußte tatsächlich, was jetzt alles zu tun war. Sie grillte nicht nur die Koteletts, wie er am Gestank merken konnte, sondern sie ließ auch einen Klumpen Bratenfett in einer riesigen schwarzen Pfanne zerlaufen, um einen Berg von grauen, mit bläßlichen kalten Kohlstreifen durchmischten Kartoffeln zu braten.

Der blaue Rauch, das Prasseln und Zischen, dann ein Knall wie von einem Revolver, der eine Platzpatrone neben dem Gedächtnis abfeuert: Mit einem Ruck erwachte ein Bild vor seinem inneren Auge zum Leben. »Weißt du –«, denn er mußte die Erinnerung einfach mit jemandem teilen, »wir könnten auf Tournee sein, oben im Norden – und in irgendeiner gemieteten Bude – und wir müssen uns selber kochen. So war das damals, als noch kein Mensch etwas von unserer Existenz wußte.« Von erinnerungsträchtigem Mief und Sentimentalität ermuntert, trat er an sie heran und kniff sie in die Hinterbacke.

Die Prinzessin hatte das nicht gern. »Gib auf den Grill acht!« schrie sie. »Sieh nach, ob die Koteletts schon genügend durchgebraten sind.«

Sie sahen teuflisch aus. »Sie müßten eigentlich so weit sein. Jedenfalls krümmen sie sich.«

In ihrer Irritiertheit stieß sie ihn einfach beiseite, um sich selbst zu bücken, nachzusehen, die Brauen zusammenzuziehen: Ihre neu geschlossene Partnerschaft mit dem Leben machte sie so verdammt humorlos, wie sie schon als Mädchen gewesen war. »Ein zähes Kotelett ißt sich leichter, wenn es ganz scharf durchgebraten und ein wenig angesengt wird«, behauptete sie mit keinen Widerspruch duldender Bestimmtheit.

Sie hielt wahrscheinlich ebensowenig von ihm wie Shiela oder Enid. Gegenüber diesem Trio verachtungsvoller Frauen hatte er als alternder Mann und seelisch gefährdeter Schauspieler nur einen Hauptwunsch: lieber mit Respekt behandelt zu werden als mit Bewunderung.

Aber Dorothy reichte ihm wenigstens einen Teller mit einer Mahlzeit, die ihm auf Grund ihrer Einfachheit und ihrer aufgetürmten Reichlichkeit besonders gut erschien: Er machte sich ans Werk und vertilgte mit besonderem Appetit das angekohlte Fett um den Rand der Koteletts und diejenigen Stückchen des angebratenen Gemüses, die in der Pfanne festgebacken waren. Er hatte etwas vergessen, und Dorothy schob ihm die Flasche hin, um seine Reaktion auf ein Ritual zu sehen. Sie stand und betrachtete ihn mit einem schiefen Blick und wandte sich erst ab, ob verächtlich zischend oder aufseufzend, das war schwer zu sagen, als sie ihn eine amorphe Masse seinem Teller weihen sah: erst ein oder zwei gequollene Klumpen, dann ein ganzer Strom echten, plumpsenden Rots; und diese Handlung verwandelte ihn wieder in einen Jungen, der auf das Leben ebenso hungrig ist wie auf sein Frühstück und der einem alten, durchnäßten Viehtreiber hier in dieser selben Küche zusieht, wie er einen Teller voll fettigen Pamps vertilgt, den ihm der Herrschaftskoch aus Barmherzigkeit vorgesetzt hat.
Macrory erschien, fast allzu plötzlich, als ob er sich selbst eine mißliche Lage ersparen könnte, wenn er diese Hochstapler durch sein abruptes Hereinbrechen erst einmal richtig einschüchterte.
Er ignorierte die Frau und machte eine ruckartige Kopfbewegung in Richtung auf diesen Schauspieler. »Ich muß geh'n un die Mutterschafe aussortieren, die wir verfrachten woll'n.« Er zeigte die Zähne mit seinem vieldeutigen Lächeln. »Wenn Sie woll'n –« das Angebot wurde sichtlich etwas ungern gemacht, »dann machen wir uns gleich auf die Socken, wenn Sie mit ihr'm Frühstück fertig sin.«
Macrory fuhr seinen Jeep geradezu selbstmörderisch, als ob er gern bereit gewesen wäre, sich selbst zu opfern, wenn er damit nur gleichzeitig Sir Basil Hunter loswerden könnte. Auf dem Rücksitz stand ein undefinierbarer Schäferhund mit verblichenem und verfilztem Fell, der wie eine alte Frau winselte und dem Fahrer seine purpurrote Zunge über die Schulter hing.
Wie dunkle, am Boden hockende Vögel scheuten und flatterten die Streitkolbenbäume, wenn ihnen der vorwärtsjagende Stahl durch die staubigen Federn schnitt; auf einer Bodenerhebung hielten Skelettbäume die Tradition des Märtyrertums am Leben; bei jedem halsbrecherischen Stoß war der Himmel voller sprühender Lichtfunken; und ein abgeschlagener Distelkopf kratzte Sir Basil an der Wange, als sie um einen Hügel herumkurvten.
Der Jeep sprang von einem unterwaschenen Hügelkamm herunter und hielt direkt auf einen braunen Damm zu, der von vertrockneten Büschen eingerahmt war.
»Dort!« Basil zeigte mit dem Finger und schrie. »Dort können Sie mich absetzen.«
Von diesem ungewöhnlichen Wunsch schockiert, schrie Macrory zurück: »Warum?«

Sir Basil Hunter erklärte: »Ich bin früher oft hierher gekommen, zum Krebsefangen. Ich möchte mich mal ein bißchen hier umsehen.« Was er nicht zu gestehen wagte, das war, daß er sich nach dem Gefühl von zähem Schlamm zwischen den Zehen sehnte.
Macrorys Überraschung verwandelte sich jedenfalls in Mißmutigkeit. Es fiel ihm schwer, sich mit etwas abzufinden, das für ihn eine reine Verrücktheit war. »Der Damm liegt so gut wie trocken. Ertrinken könn'n Sie also jedenfalls nich. Auf dem Rückweg hole ich Sie wieder ab – wenn Sie noch hier sind.«
Basil sagte, das wäre er bestimmt.
Macrory raste davon, aber gleich darauf kam er noch einmal zurück, um zu warnen: »Kann aber gut 'ne Stunde dauern, etwa.«
Basil versicherte seinem Gastgeber, daß er jede Minute dieser Stunde hier am Staudamm gut brauchen könne.
Macrory fuhr wieder weg, verkniffen und ärgerlich: Vielleicht hatte er gehofft, aus seinem Gast irgendein Geheimnis herauszulocken oder wenigstens die Tatsache länger genießen zu können, daß er sich mit jemandem abgeben mußte, den er verabscheute.
Am anderen Ende des Dammes stand ein Baum von gewaltigem Umfang verglichen mit dem geradezu schmächtigen Stämmchen, das in seiner Erinnerung verwurzelt war. Im Geist konnte er den Stamm immer noch mit den Armen umspannen, sich an seiner Rauhheit emporarbeiten, seine nackten Knie gegen ihn stemmen, während der scharfe Geruch zerquetschter Ameisen und die kratzenden Bewegungen seiner Glieder den Geruch des Ginsters und das Zwitschern der Meisen übertönten, die über den Blütenbüscheln flatterten, von denen die dornigen Zweige starrten. Noch höher zersägten die Schreie einer verzweifelten Elster die Luft, und ein- oder zweimal hackte ein Schnabel gegen den räuberischen Schädel, der schon fast nah genug war, um gegen das Nest zu stoßen. Meiseneier waren nichts gegen Elstern. Was er zu finden hoffte, war ein Nest voller Roter: Ein rotes Elsternei, das hatte er noch nicht in seiner Sammlung.
Und würde es vielleicht auch nie haben. Im Augenblick des Sturzes fiel sein Herz sprang voraus alles was er sah ein Karussell der Furcht. Dann mußten seine Lungen einfach zusammengefallen sein: Sie waren auf dem Boden ausgebreitet so flach wie verschmachtete Ballons. Daß er noch lebte, erkannte er an dem Schmerz in seinem Arm, dessen Knochen eigentlich aus der Haut herausragen sollte. Aber der Arm sah völlig normal aus: außen kein Anzeichen für das schreckliche Pochen im Fleisch. Er lebte zwar noch, aber jetzt würde er wahrscheinlich an seinem Arm sterben müssen.
Die Rotschimmelstute näherte sich im Gallopp. *Um Himmels willen Junge was hast du denn gemacht?* Vater wirkte noch kleiner, noch atemloser als sonst, und das Hinterteil seiner Reithosen war zu stramm, als er aus dem

Sattel auf die Erde sprang. *Was ist Basil?* Alle seine Poren waren geöffnet. *Ich glaube ich habe meinen Arm gebrochen.* Diese roten, starrenden Poren. *Ach was – das kann man noch nicht sagen – müssen wir erst mal feststellen.* Eine Männerhand eine Vaterhand sollte nicht zittern es war zum Angsthaben: Wenn du weinst, machst du es für ihn noch schlimmer. *Bringen wir schon in Ordnung. Werde dich vor mir aufs Pferd nehmen. Leg den gesunden Arm um meinen Hals.* Viel zu nah sein Atem auf dir jetzt wie das Zittern und der glühende Schweiß so kalt wie deiner. *Jetzt leg dich zurück Sohn lehne dich gegen mich ich halte dich schon.* Schreckliches Schütteln schrecklich hart halb auf dem Widerrist der Stute halb auf dem Sattelknopf und Vaters Schoß der Knochen kreischt unter deiner Haut köstlich wahnsinnig sein Feuer tropft in deinen kalten See aus Schweiß. *Es ist nicht mehr weit Basil mein Junge.* Das war Dad und er versuchte zu lieben. Das hat dich fast zum Weinen gebracht und du wolltest mit dem Arm zu ihm hinaufreichen. Also hast du gelacht.
Sir Basil Hunter hinkte in Richtung auf den Baum, aus dem er gefallen war. Er wollte sich ein wenig darunter legen: Selbst Unterlassungssünden sind für den Fremdgewordenen in einem gewissen Alter und mit einem gewissen Ruf ein Luxus. Der Boden war hart, wie es sich gehörte. Die Gerüche kamen wieder: von Ameisen im Wettstreit mit Ginsterblüten.
Und Alfred Hunter bot dir seine gerade, unzweideutige Liebe an, verborgen hinter unsicherer, schweißgetränkter Zuneigung. Wo es doch Mutter war, die du eigentlich lieben solltest: *du bist mein Liebling mein Liebster sag liebst du deine Mummi?* Und dazu Bestechungen mit Küssen, Pfefferminzbonbons und massiver mit Halbkronen-Stücken. *Ich glaube gar nicht daß du mich liebst vielleicht liebst du nur deinen Vater oder liebst du nur dich selbst?* Und so ging das Pingpong-Spiel hin und her zwischen ›Kudjeri‹ und dem Moreton Drive, zwischen Elizabeth und Alfred Hunter. (Dad mit Handicap.)
Und wir haben alle gespielt. Dorothy spielt noch heute.
Sir Basil Hunter öffnete die Augen. Hinter den Zweigen des gewaltigen Baumes war der leere Himmel und starrte ihn an. Plötzlich hätte er gern ganz sicher gewußt, daß er einmal jemanden geliebt, daß er es nicht nur immer gespielt hatte.
Er setzte sich auf, blickte rasch über seine Schulter und begann, seine Schuhe auszuziehen. Ob es nun ein hemmungsloses Sichgehenlassen war oder nicht – er mußte einfach den Schlamm zwischen seinen Zehen spüren.
Die Stille ringsum sah zu, und das machte seine Bewegungen noch verstohlener. Nein, es waren auch seine weichen, weißen Füße: immer noch elegant, wie er sich einbildete, lang und schmal, geformt von Generationen, die in der Furche hinter dem Pflug gingen oder ihre Zehen in die Steigbügel schoben. Aber jetzt unbrauchbar geworden außer zum Abschreiten

eingebildeter Meilen rund um eine Bühne; völlig außerstande, die wirklichen Meilen nach Dover zu laufen. Vielleicht war es deswegen, daß er als Lear versagt hatte.

Am Rand des Teichs hatten die Fußabdrücke von vielen Schafen ein pedantisches Feld von kleinen Lehmskulpturen gebildet. Es tat außerdem weh: Schon bedauerte er die sentimentale Idee, zurück in seine Jugendzeit als kleiner Junge zu plantschen. Wenigstens konnte er sein Gesicht nicht sehen, aber seine Füße sahen schon lächerlich genug aus, wie sie über den krallenbewehrten Lehm zu huschen versuchten. Bis dann der weiche, weicher als weiche, der völlig mühelose quatschende Tritt kam: Fleisch kann niemals so zärtlich, niemals so wollüstig sein wie Schlamm: Nur bestimmte Redewendungen, bestimmte Sätze können ihm gleichen, wenn sie an einem günstigen Abend von geübter Zunge in die Dunkelheit gesprochen werden.

»In solcher Nacht«, zielte er auf das australische Tageslicht, während in der rituellen Dunkelheit, die er in seinem Geist heraufbeschworen hatte, sich ihm die blassen Ovale entgegenhoben, bereit, die Saat zu empfangen, die er über sie ausstreute.

»in solcher Nacht
stand Dido mit dem Weidenzweig in ihrer Hand
am wilden Meeresstrand und flehte dem Geliebten
daß er sich nach Karthago wieder wende ...«

Die Beine gespreizt, die Hosen so hoch und so stramm wie möglich gezogen, lauschte er seiner eigenen Stimme (sein schlimmstes Laster), und etwas von ihr kam zurück aus diesem extravertierten Blau, in das er hineinrief. Er lauschte noch einmal: Die Wellenringe im schlammigen Wasser rings um ihn breiteten sich immer weiter aus, und Elsternschwingen flatterten himmelwärts; aber die ihm in die Haut brennende Stille, das war der Beifall, der wirklichen Wert hatte. Daß seine Kunst sich mit der Welt seiner Jugend vertragen hatte, befriedigte Sir Basil Hunter.

Aber was, wenn der mißmutige Macrory früher zurückkommt, als er selbst angenommen hatte? Sir Basil zog die Brauen zusammen; er begann, im Wasser umherzuwaten und schob den Gedanken an seinen Gastgeber noch für eine Weile beiseite. Er trat in ein unter Wasser unsichtbares Loch: Das hätte ein sauberer Sturz werden können. Watete, stolperte weiter, gar nicht mehr so fest jetzt auf seinen Shakespeare-Beinen. Bis ein Kitzeln, ein lebendiges Prickeln unter seinen Füßen ihm das Gleichgewicht wiedergab. Faulendes Fleisch ist der beste Köder für Krebse, erinnerte er sich. Er konnte sich auch an die Büchse erinnern, in dem er es aufhob: Sie mußte immer außerhalb ›Riech-Weite‹ gehalten werden; jener Ostersonntag, an dem er ein ganzes Mittagessen mit einem Bindfaden und einem Stück grünverfaultem Hammelfleisch gefangen hatte. Sicher hätte Krebsefangen ihm

nicht soviel Vergnügen gemacht, wenn es nicht gleichzeitig SIE gestört hätte: *Nein das werde ich nicht Darling du riechst so schlecht also faß mich nicht an kleine Jungs die riechen kann man nicht küssen.*
Das Licht, das jetzt über den unterspülten Hügelkamm strömte, hatte *ihr* glänzendes Weiß, blendete ihn immer noch. Und noch ein zweites, grausameres, aber näherliegendes Bild gaukelte ihm das Licht vor, während seine Strahlen vom Wasser reflektiert über den Damm huschten: Diese uralte sommersprossige Hand, diese Klaue, sie zuckte, öffnete und schloß sich, oder winkte sie ihm aus dem braunen Wasser, flehte ihn an? *Huhh was ist der armen Mummy kalt.* O ja, sie tat ihm leid, aber er mußte ja auch an sich denken (Dorothy brauchen wir hier jetzt nicht mit ihrem ständigen Selbstmitleid). Und sich an Mutters praktische Ethik erinnern: *Man kann aus Mitleid ertrinken wenn man jedem Hilferuf Folge leistet das ist auch eine Art Selbstmord.* Alle guten Aphorismen haben die Eigenschaft, daß sie sich früher oder später gegen dich selbst wenden, und die eingebildete Klaue im Wasser vermittelte etwas von genau dieser Not in der sich jetzt die rechte Hand auf dem hohlsaumgestickten Laken befand.
Das war der Augenblick, in dem das DING, keine krebsige spielerische Erinnerung, aus dem Schlamm unter Sir Basils rechter Fußsohle emporkam. Und weil die unschuldige Beschäftigung dieses Morgens ihn auch seelisch verwundbar gemacht hatte, verletzte ihn der im Wasser liegende Gegenstand im Augenblick viel mehr als rostiger Nagel, Flaschenscherbe oder gezackte Konservenbüchse. In heftigem Schmerz ruderte er mit den Armen durch die Luft und versuchte das Land zu erreichen, die Kiefer zusammengebissen und die Kehle wie zugeschnürt. Er konnte noch nicht auf einem Bein hüpfen, wie er es im Geiste schon tat, denn seine Füße steckten noch in dicken Schichten von braunem, schmutzigem Schlamm, Vorstellungen von Blutvergiftung, Milzbrand – vielleicht ein rascher, unauffälliger Tod; keine große Kostümszene mit rührenden Worten wenn es um DICH geht.
Wenigstens hatte er das Ufer erreicht: Die Lehmabdrucke von Füßen oder Zähnen, bissen ohne Rücksicht auf vorhandene Wunden in sein Fleisch, während er auf das nicht viel weicher aussehende Gras zuhumpelte, eine lange Spur von schimmerndem Scharlachrot hinter sich lassend. Er blutete wirklich, ganz ohne Zweifel.
Und was nun? Mit diesem schalen, abgestandenen Wasser hier auswaschen? Infiziertes Fleisch mit einem Taschentuch verbinden, das alles andere als aseptisch war? Auf dem rauhen Gras sitzend, brachte Basil seinen Fuß für einen Augenblick fast so weit hoch, daß er die Wunde mit dem Mund erreichen und aussaugen konnte; aber dann wurde ihm schnell klar, daß er dafür ein Schlangenmensch sein müßte.
Oder ein Junge. Kein gealterter, von allen verlassener Junge natürlich. Der mit seinem Egoismus und seiner Unfähigkeit gestrandet war. Obwohl er lauschte – der Galopp der zuverlässigen Stute war nirgends zu hören.

Nachdem er sich zusammengenommen hatte (schließlich war es nur ein Schnitt, ein ganz gewöhnlicher Schnitt), entschloß er sich, am besten doch das schmutzige Taschentuch um den verletzten Fuß zu binden; es wurde sogar ein ganz ordentlich aussehender Verband. *Und wenigstens hat es keiner gesehen oder gehört;* hören wäre vielleicht das Peinlichere für ihn gewesen: wie da an einem gewissen Punkt alle seine Gedanken an die Oberfläche gepumpt worden waren.

Etwa gegen Mittag hörte er das Bellen. Eine Schafherde näherte sich in seiner Richtung: Obwohl sie ziemlich dicht zusammengedrängt waren, sah man doch jedes Tier wie einen hüpfenden Watteball – erst völlig lautlos, dann mit einem Rascheln und Trappeln und schließlich auch trockenem Keuchen. Als sie die Gestalt am Damm sahen, verhielten sie einen Augenblick. Die Leittiere stampften mit den Hufen. Hier und da ein Husten, gedämpft wie durch Flanell. Der verblichene Schäferhund rannte vor und zurück, freute sich jeder kritischen Situation, in der er etwas zu tun bekam; und von hinten schob Macrorys Jeep, indem er die Nachzügler mit der Kühlerhaube antippte, die Herde noch enger zusammen, zog den unsichtbaren Strick um das große Wollbündel fester.

Die Gestalt mit dem verletzten Fuß, die zwischen dem Damm und diesen eifrigen Arbeitern auf einem Lehmhügel saß, war für die gesamte, schwierige Unternehmung unwichtig.

Schließlich ließ sich Macrory jedoch herab, ihn zu bemerken. »Wie gehts uns?« schrie er leutselig.

Sir Basil Hunter, sich seiner eigenen Überflüssigkeit bewußt, war möglicherweise verstimmt: Er gab keine Antwort. Einen Schuh in der Hand tragend, begann er statt dessen in Richtung auf den Jeep zu humpeln, der keine Anstalten machte, seinetwegen anzuhalten.

»Washammsendagemacht?« Die Monotonie hatte Macrorys Stimme gebleicht, der Staub sie heiser gemacht.

Sir Basil murmelte. »Ich habe mir einen Schnitt im Fuß geholt.«

»Dabisteplatt! Können aber keine besonders guten Schuhe sein, wenn sowas gleich durch die Sohle geht.«

»Ich hatte sie ausgezogen. Es ist im Wasser passiert.«

»Heiliger Strohsack! Was wollten Sie denn da? *Plantschen?*«

»Genau das. Am Damm plantschen.«

Während sie mit dem ununterbrochenen Treiben ihrer Herde fortfuhren, begann Sir Basil den Jeep zu hassen, der fast wie ein zusätzlicher Körperteil seines Eigentümers war. Genau wie der Metallauswuchs, auf dem der verletzte Schauspieler sitzen durfte, sah Macrorys Körper unzerstörbar aus. In Basils Fuß begann es zu klopfen, natürlich in einem anderen Rhythmus als dieser rüpelhafte Jeep. Hin und wieder blickte der Schafzüchter nach unten: Während ihn der Gedanke, daß jemand ›plantschen‹ gehen

konnte, geradezu angeekelt und sogar schockiert hatte, war der verbundene Fuß für ihn jetzt nichts weiter als ein harmloser, passiver Gegenstand – nach der Art zu urteilen, wie er durch seine schwarzen, zusammengeklebten Wimpern zu ihm hinunterblinzelte.
Plötzlich sagte er: »Es wird schon wieder werden«, und überraschte damit offensichtlich sich selbst mehr als seinen Gast.
Basil erkannte den Ton, in dem der Mann mit seinen Kindern redete: Für den Augenblick warst du als ein zusätzliches, wenn auch schwachsinniges Kind in die Familie Macrory aufgenommen.
Aber der Bursche bereute seinen Fehler schon wieder: Er versuchte ihn zu überdecken, indem er dem Hund Flüche zuschrie; und der Hund schien seinem Herrn lachend zu anworten, mit kurzem Winseln hinter eifrig heraushängender Zunge.
Basil verdüsterte sich. In seinem Fuß pochte der Schmerz immer weiter, und auf dem notdürftigen Verband bildete sich ein feuchter Fleck von unsicherem Rot. Offensichtlich konnte er auf ›Kudjeri‹ kaum mit Mitgefühl rechnen – weder von diesem Flegel hier noch von den beiden zänkischen Weibern; der Geist seines Vaters blieb unwirklich; und das Bild seiner Mutter würde sich verständlicherweise weigern, seinen Anrufungen Folge zu leisten.
Anne Macrory verbarg ihre Besorgnis. »O je – aber das werden wir gleich haben.« Sie sprach zu laut und mit einer hektischen Entschlossenheit, die andeutete, daß dieser Unfall das Maß ihrer Prüfungen voll machte.
Sie begann, alles mögliche zu holen und auf dem Boden zu verstreuen. »Dorothy ist mit ein paar von den Kindern unten am Fluß. Sie müßte eigentlich bald wieder da sein«, fügte sie hoffnungsvoll hinzu und blickte durch das zerrissene Fliegenfenster nach draußen, obwohl die Küchentür in einer ganz anderen Richtung lag.
Die Hoffnungen, die Basil auf seine Schwester setzte, waren weit weniger optimistisch als die von Mrs. Macrory.
Ein kaum einjähriges Baby in einem Kinderstuhl begann zu schreien. Die Mutter, die es bisher gefüttert hatte und gleichzeitig Birnen einkochte, trommelte zur Ablenkung mit dem Löffel auf ein Plastikschüsselchen, aus dem sich sogleich ein Regen von vorgekautem Babybrei auf die unmittelbare Umgebung ergoß.
»Iß, Liebes! Sieh mal, Mummy ißt auch. Jetzt essen wir zusammen, ja? Das ist so gut, und wie es schmeckt!« Die Sozialhelferin hatte sich eine Art von Mehrzweck-Stimme angeeignet: lieb und streng zugleich.
In ihrer ständigen Abgelenktheit schob sie dem Kind einen Löffel Brei seitwärts tief in eine Backentasche. Das Baby heulte auf.
Sir Basil saß da und sah einer Fliege zu, die in einem halbvollen Einmachglas mit braunen Birnen ertrank.

»Wo ist Rory?« fragte Anne, seine Frau, als ob sie das unbedingt jetzt wissen müßte, aber dann hüpften ihre Gedanken gleich weiter. »Dorothy ist so zuverlässig.« Sie seufzte.

Durch welche innere Verwandlung, überlegte Sir Basil, hatte seine Schwester sich nur die Macht angeeignet, diese verwirrte Frau so zu beeindrukken? Er mußte sehen, daß er den Trick auch lernte.

Und jetzt kam Dorothy. Die zwei Macrory-Mädchen, die sie im Schlepptau hatte, waren offensichtlich von ihr hingerissen. Ihr Kleid und ein Ellbogen waren grüngefärbt von Gras. Ihre Augen flossen von seliger Mattigkeit über, und von einem Licht, das Basil als das des Flusses erkannte: grünlich bis goldbraun.

Die dicke Mog zeigte mit dem Finger. »Ooh, seht mal! Basil hat sich in den Fuß geschnitten.«

Das ältere Mädchen, das durch den Umgang mit Prinzessinnen und durch Einsichtnahme in die Schubladen und den Schrank, wo der Gast seine Sachen aufbewahrte, schon etwas von gesellschaftlichen Formen verstand, errötete bis hinauf zu ihren hervorstehenden Backenknochen.

Dorothy war immer noch zu sehr vom Licht am Fluß geblendet, um die Situation gleich zu erfassen. Sie war geradezu schön, dachte er; beinahe gar nicht mehr seine Schwester.

Dann dämmerte ihr die Wahrheit. »Oh, Darling, was hast du denn gemacht? Oooh!«

Während die Frauen der Familie Macrory noch albern mit den Flügeln schlugen, ruderte Dorothy Hunter schon quer durch die Küche, erreichte ihren Bruder, ließ sich zu seinen Füßen nieder und knotete das schmutzige Taschentuch auf. Sie beugte den Kopf herab; einen Augenblick lang dachte er, sie wollte ihre Lippen auf die Wunde legen: Sie standen so merkwürdig vor, und außerdem bebten sie.

Basil sonnte sich.

»Du hast doch kein Fieber?« rief Dorothy. »Oder doch?« Sie begann zart prüfend zu tasten, während sie gleichzeitig eiskalte Befehle gab, welche Mrs. Macrory und ihre Töchter nur allzugern ausführten.

Nur das Baby starrte ernst von seiner erst halbleeren Breischüssel herüber und überlegte wohl, ob es seine Brauen zusammenziehen und schreien sollte.

Während die meisten Mitglieder der Familie Macrory die Prinzessin als denselben Menschen sahen, der am Abend vorher in ihrem Haus erschienen war und den sie zwar noch nicht genau, aber doch gut genug kennengelernt hatten, um Zuneigung und Vertrauen zu empfinden, erkannte Basil seine Schwester nicht mehr wieder; und Dorothy mit ihrer Tüchtigkeit, mehr noch – mit ihrer Autorität und mit dem offensichtlichen Mitgefühl, das sie seiner Verletzung zuteil werden ließ, schien ein neues Erkennen ver-

meiden zu wollen: Nicht einmal seit ihrem nachdenklichen Eintreten hatte sie ihm den Blick ihrer Augen zugewandt.
Nachdem sie den Fuß gewaschen hatte, in einer Zinkwanne, die Mrs. Macrory zunächst einmal fallengelassen hatte, worauf Mog sie wieder aufhob und neu füllte, desinfizierte sie den Schnitt mit einem Puder, den Janet zusammen mit Verbandmull und einer Sammlung ziemlich schmuddeliger Mullbinden von oben geholt hatte.
Als er fertig verbunden war, kehrte die Kälte in das Herz seiner Pflegerin zurück. »So, fertig.« Sie wandte sich ab und sagte zu Anne Macrory: »Unsere Möglichkeiten hier sind doch etwas primitiv, und ich traue der Sache nicht. Ich werde wohl den Arzt anrufen müssen.«
Aber die Zeiten, wo man einen Arzt nach Belieben hinaus nach ›Kudjeri‹ bestellen konnte, waren lange vorbei; und so fuhr am selben Abend ein verbitterter Rory die beiden Hunters mit dem Jeep nach Gogong.
Die Bronze-Ausgabe von Alfred Hunter drehte ihnen den Rücken zu, als der Wagen über die Eisenbahnlinie hüpfte und sich im Abenddämmer dem Ortskern näherte. Basil stieß Dorothy in die Seite, aber sie war nicht in der Stimmung, sich irgendwelche Witze über die Familie anzuhören. Er durfte eben nicht vergessen, daß seine Schwester trotz allem grundsätzlich sauertöpfisch und ohne Humor war.
Auf dem Rückweg hatte es die lange Wartezeit beim Arzt einfacher für ihn gemacht, dem Blick auf das Denkmal ihres Vaters zu widerstehen. Durch eine gestaltlose Dunkelheit rasten sie hinauf in die Hügel, umgeben von dem sie begleitenden Desinfektionsgeruch. Nach den Ereignissen des Tages und durch die Medikamente, die man ihm gegeben hatte, fühlte Basil sich ein wenig benommen. Dorothys Haar war der Frisur entkommen: Einoder zweimal flatterte es gegen seine Wange. Macrory verfluchte die Straße, die Dunkelheit. Von Zeit zu Zeit wurden Basil und Dorothy auf dem Rücksitz gegeneinander geworfen, und für einen Augenblick bewegten sich dann ihre Körper in gemeinsamem Rhythmus. Dann kehrten sie wieder zu sich selbst zurück. Sie hätten von einem Tanzabend auf dem Lande zurückkommen können, in Gedanken das Vergnügen und die Enttäuschungen auseinander sortierend. Nicht wirklich betrunken.
Als sie in die Küche traten, blickte Mrs. Macrory ihren Mann mit hartem Gesicht an und sagte: »Ich dachte schon, ihr müßt einen Unfall gehabt haben.«
Und inzwischen waren alle hungrig.

Basil ging bald zu Bett nach einer Mahlzeit, die sie inzwischen als das täglich gleiche Standard-Abendessen auf ›Kudjeri‹ erkannt hatten. Die übermäßige Wichtigkeit der Ereignisse des Tages zum Zeitpunkt ihres Geschehens begann bereits zu verblassen: Bald würden sie ohne Zweifel nichts mehr haben als ihre tatsächliche, platte Bedeutung.

Dorothy war mit Vaters *Kartause von Parma* in das Arbeitszimmer entflohen, aber eigentlich nicht so sehr, um zu lesen: Das Buch in ihrer Hand war eher als Schutz davor gedacht, daß jemand sie in ihren Gedanken störte. Auch heute brannte ein Feuer im Kamin, aber es mußte erst vor kurzem angezündet worden sein: Der Raum war kalt und roch nach Asche. Nachdem sie ihre Beine zu sich herauf auf die zerbrochenen Sprungfedern der alten Couch gezogen hatte, hob sie die indische Tagesdecke an, welche die Risse und Beulen in dem alten Lederbezug verstecken sollte. Indem sie sich weit vorstreckte, war sie imstande, in den Raum zwischen Fußboden und durchhängenden Sprungfedern zu sehen und sich zu vergewissern, daß keine Gefahr drohte. Wieder lang ausgestreckt, hatte sie ein Gefühl leidlicher Bequemlichkeit; aber gleichzeitig auch ein Gefühl – ja, ein Gefühl der Entbehrung.

Nach einem ganzen Leben luxuriöser Isolierung war sie an diesem verworrenen Tag so gut wie keine Minute alleingelassen worden: Ihr Hals war noch klebrig von den Händen der Kinder; unter den Nägeln spürte sie Fett und Scheuerpulver von den Töpfen, die sie geschrubbt hatte; ihr Kleid und ihr Ellbogen waren immer noch vom Gras verfärbt. Jeder Versuch, sich zu waschen und zu kämmen, waren nur flüchtige Gesten gewesen, der Gewohnheit gehorchend: Unbewußt war sie vielleicht sogar glücklich gewesen mit ihrer Schmutz-Patina. Nun, da sie hier lag, verstärkte das wärmer werdende Feuer im Kamin das Brennen in ihren Armen. Normalerweise würde sie ein Gefühl beklagen, das sie an die schlafwandlerischen Frauen mit ihren Ledergesichtern erinnerte, die an der Straße standen oder auf Lastwagen vorbeifuhren. Aber heute abend prickelte ihre ziemlich trockene Haut vor Leben.

Natürlich war die ganze Situation völlig verrückt, was immer Basil sich auch als Grund für ihr Hiersein einredete. Du wirst ihn von hier wieder loskriegen müssen – nicht schnell und abrupt, sondern innerhalb von ein paar Tagen, in denen man vorsichtig den Weg bahnt, auf dem man dann entkommen kann, entkommen der Verwahrlosung dieses häßlichen, zerfallenen Hauses, zu dem keiner von ihnen beiden eine vernünftige Beziehung hatte. Ebensowenig wie zu den Leuten, die jetzt hier wohnten. Nicht einmal zu Anne Macrory, deiner Freundin: denn das war es, wonach Anne strebte – deine Freundin zu sein. Das ist der Grund, weshalb du herumranntest und Töpfe scheuertest und das spuckende Baby füttertest: um seiner Mutter zu helfen, sich wieder von einer Ebene emporzuheben, auf die sie sich halb unfreiwillig hatte herabziehen lassen.

Von diesem Rohling Rory.

Madame de Lascabanes machte rasch eine erneute Anstrengung, sich auf ihr Buch zu konzentrieren. *She did not want Count Mosca to see her talking to Fabrizio.* Bedauerlich, daß die englische Sprache ein großes Werk

der französischen Literatur in eine Art von imitierter italienischer Novelle verwandelte. Dennoch – es war diese Fassung, in der Vater Trost gefunden hatte; so hatte Mutter das jedenfalls dargestellt.
Dorothy legte die Wange gegen die gepolsterte Kopfrolle der Couch, auf der sie lag. Sie schloß die Augen und versuchte, ihren Willen dem Geist Alfred Hunters aufzuzwingen, mit seiner Menschlichkeit, seiner Unschuld, seiner wesensmäßigen Güte, damit er in sie einfahren möge. Ohne die Unschuld – hätte er dann auch so ohne jede Bemühung gut sein können? wie Arnold Wyburd, jener andere tugendhafte Mann; und keiner von beiden ist jemand, an den man sich hinterher erinnert. Dorothy Hunter öffnete die Augen: Vielleicht war es immer noch besser, unbedeutend und gut, als unbedeutend und dann auch noch schlecht zu sein.
Nein, du warst nicht schlecht und unehrlich nur auf die von der Gesellschaft erlaubte Weise, und darüber hinaus nur ein wenig, und nur wenn es nötig war; Unehrlichkeit, die du von Mutter geerbt hattest.
Während Dorothy Hunter sich so um Alfreds Menschlichkeit bemühte, wurde sie gleichzeitig auf das heftigste von Elizabeth Hunters gieriger Sinnlichkeit verfolgt, und hier in Alfreds eigenem Zimmer, wo er sich so mancher tugendhafter und männlicher Gespräche mit seinem Freund Arnold Wyburd erfreut hatte: über Uhren noch dazu. Dorothy blickte sich um. Keine Uhren, keine einzige. Sie fühlte sich Mutters Einfluß hilfloser ausgeliefert denn je. Es gab keinen Zweifel, daß Mutter – ganz gleich, was sie auch sagte – andere Männer begehrt hatte: Edvard Pehl, zum Beispiel; und ganz gewiß mit mehr Erfolg den Besitzer des Manschettenknopfes, der unter ihrem Bett gelegen hatte. Im großen und ganzen jedoch waren Mutters Ehebrüche wahrscheinlich eher geistige gewesen: zu besitzen, und nicht besessen zu werden.
Warum erfüllte Mutter heute abend so sehr dieses Zimmer? War sie vielleicht gestorben? O Gott, niemals! Sie war viel zu verschlagen, viel zu grausam, als dich von deiner Selbstverhaßtheit dadurch zu befreien, daß sie starb.
Während sie darauf wartete, daß jeden Augenblick das Telefon klingeln könnte, mit jenem dringenden Schrillen, das nachts durch stille Landhäuser dringt und einem das Gefühl gibt, daß der Apparat sich gleich von der Wand losreißen wird, hörte Dorothy Schritte. Sie hatte keinen Zweifel daran, daß es Macrory war: Der Schritt war zu schwer, zu rüpelhaft, um irgend jemanden anders anzukündigen. Das war es, was sie befürchtet hatte. Würde sie jetzt der starre Schrecken dazu zwingen, sich dem Mann ihrer Freundin zu ergeben? Oder die Neugierde? Das konnte sie gerade noch überlegen.
Dann klopfte Macrory schon an; und trat sofort danach einfach ins Zimmer.

Geringschätzung für einen Mann, der überhaupt an eine Tür klopft, wurde gefolgt von Zorn darüber, daß er dann nicht wenigstens gewartet hatte, bis sie ihn hereinbat. Außerdem mußte sie geradezu idiotisch aussehen, wie sie da steif auf der Couch ausgestreckt lag und mit ebenso steifer Bewegung den Kopf hob, um den Eindringling anzustarren.
Macrory lachte kichernd, seine Augen waren zu glänzend und seine Lippen feuchter und voller, als Dorothy sie in Erinnerung hatte.
»Da habe ich Sie überrascht, wie?«
»Warum sollte ich überrascht sein?« murmelte Madame de Lascabanes zurück.
Er antwortete nicht, sondern ließ sich schwer in Alfreds Sessel fallen.
Basil würde sie retten, falls das nötig würde. Obwohl sie lieber nicht wollte, daß Sir Basil Hunter sie mit Rory überhaupt auch nur ein paar Worte wechseln sah.
(Sie verachtete sich dafür, daß ihr der Name überhaupt in den Kopf gekommen war.)
»Ist es nicht schon spät?« deutet sie an; und war eitel genug, hinzuzufügen: »Wird Ihre Frau sich nicht wundern, wo Sie sind?«
»Ich wandere nachts oft durchs Haus, kippe einen oder zwei Drinks und denke über alles mögliche nach, wenn sie schon zu Bett gegangen ist.«
Sie konnte deutlich sehen, daß er die ›ein oder zwei Drinks‹ schon gekippt hatte. Seine weniger offen daliegenden Gedanken wollte oder konnte er wahrscheinlich sowieso nicht mitteilen. Sie stellte sie sich jedoch als zusammengeschnürt und sich windend vor, als ein Bündel instinktiver Schlangen, oder nein – eher haariger Raupen. Ihr zynischer Vergleich ließ sie die Mundwinkel herabziehen und die Lider senken, allerdings gerade nur so weit, daß sie noch in die Betrachtung eines ihrer lose herabhängenden Handgelenke versinken konnte: ob mit oder ohne Schmuck, ihre Handgelenke gehörten zu ihren Vorzügen.
Wie viele unscheinbare Frauen, war sie eitel. Aber war Macrory nicht auch eitel in bezug auf seine Gedanken? Hätte er sonst erwähnt, daß er nachdachte? Vielleicht wäre er sogar noch so weit gegangen, anzudeuten, daß sein Geist auch seinen mühelos beherrschten, aber im übrigen abstoßenden Körper jederzeit überstrahlen könnte. Rory Macrory war ein Mann, der nicht für Kleider geschaffen war: Sie betonten bei ihm alles, was sie eigentlich verbergen sollten. Madame de Lascabanes zwang sich, noch angestrengter auf ihr Handgelenk zu blicken.
»Ihr glaubt wohl alle, daß ihr uns gewaltig überlegen seid«, stieß Rory plötzlich hervor, und seine Hosenbeine rutschten an seinen Unterschenkeln nach oben.
»Wer ist ›ihr‹?« fragte die Prinzessin verbittert, »und was meinen Sie mit ›überlegen sein‹?«

»Anne ›Kirkcaldy‹ Robertson – Sir Basil Hunter – und Sie.« Er würde sie wahrscheinlich immer weiter dadurch zu züchtigen versuchen, daß er sich weigerte, sie mit Namen und erst recht nicht mit ihrem Titel anzureden, vermutete sie. »Ihr alle – ihr seid ein absolut kaltschnäuziges, arrogantes Volk.«
Die arme beschmutzte Anne!
»Aber Sie lieben doch Ihre Frau ganz sicherlich, wo Sie doch alle diese vielen Kinder mit ihr gezeugt haben?«
In dieser Frage war keine Logik, und Rory gab keine Antwort.
»Was auch meine eigenen Mängel sein mögen«, Dorothy sprach eilig weiter, falls er sie vielleicht jetzt ausnehmen wollte, aber er machte keine Anstalten dazu, »mein Bruder ist jedenfalls ein äußerst distinguierter Mann – und ein großer Schauspieler.«
Macrory sagte: »Ich bin noch nie in meinem Leben in einem von diesen verdammten Theatern gewesen.«
Es spielte keine Rolle, daß sie Basil noch nie auf der Bühne gesehen hatte; niemand, nicht einmal Mutter, sollte sie des Mangels an Loyalität anklagen oder sie beschuldigen können, sie ginge geizig mit ihrer Zuneigung um; Zuneigung ist reines Vergnügen, im Gegensatz zu dieser schwierigen und verschlungenen Aufgabe – der Liebe.
Aber Macrorys Gedanken waren ganz anderer Art. »Das Buch, das Sie da lesen – das hab' ich auch mal versucht.« Er kratzte an dem Schorf auf seinem Knöchel.
»Und?« Ihr Vertrauen in die Wahrheit als Gegensatz zur reinen Rechtgläubigkeit ließ einen Augenblick lang ihre angespannten Nerven erzittern.
»Kam mir vor wie viel Getue um nichts«, und dann: »Ich habe es einfach nicht verstanden.«
Dies war der Punkt, an dem die Princesse de Lascabanes, überrascht von dieser verhältnismäßig bescheidenen Erklärung, sich plötzlich ihrem Gegenüber öffnete. »›Getue‹ schon, das gebe ich zu, aber es ist *um* etwas – ob wir das nun herausfinden oder nicht.« Ihre Überzeugung, daß sie nichts von ihren Gedanken vermitteln könnte, breitete sich schmerzlich in ihr aus; die zerbrochenen Sprungfedern der Couch drückten in ihren verkrampften Rücken. (Wenigstens kannst du immer noch einfach die Augen schließen, aber ob du willst oder nicht – dem Atem dieses Mannes mußt du zuhören.)
Rory war so wenig bewegt wie der Stuhl, auf dem er saß. »Ich habe immer nur«, sagte er, »an das geglaubt, was ich sehen und anfassen kann. Ich nehme an, deswegen kriegen wir auch Kinder. Haben Sie Kinder, Dorothy?«
»Ich bin kinderlos.« Daß er gerade jetzt ihren Namen benutzte, ließ dieses Geständnis noch jämmerlicher klingen.

»Und Basil?«

»Auch. Nein, er hat – glaube ich – ein Kind.« ›Imogen‹ war nie sehr überzeugend gewesen; und unter den gegenwärtigen Umständen noch weniger. Macrory saß inzwischen da, von seinem eigenen Dilemma überwältigt. »Ihr könnt euch das leisten. Ihr braucht keine Kinder. Ihr habt die Zeit – die guten Nerven – euch selbst was vorzumachen – und anderen auch – mit Worten und Ideen.«

Es gab keinen Grund, warum diese Zurückweisung sie schmerzen sollte: Ihr ganzes Leben hatte sie ja mit ihrer eigenen Leere gelebt. *Macrory:* allein seine Arme erfüllten sie schon mit Abscheu.

»Soviel Zeit, um sich einen ganzen Morgen an einem Staudamm herumzutreiben! Wissen Sie was? Er hat etwas geschrien, so laut er konnte. Ich konnte ihn nicht sehen, aber ich habe es aus der Ferne gehört. Es klang, verdammt nochmal, wie Gedichte. Was glauben Sie, warum er Gedichte in die leere Luft schreit?«

»Woher soll ich das wissen?« Sie schwebte auf ihrer eigenen Atemlosigkeit dahin. »Er hat vielleicht ein bißchen vor sich selbst angegeben – um seine eigene Stimme zu hören, ihren Ton zu prüfen.« Sie hatte nicht beabsichtigt, Basil lächerlich zu machen; es war dieser Trottel Macrory, der sie dazu gebracht hatte, daß es so klang.

Macrory lachte wie ein Junge. »Ich bewundere den guten, alten Basil.«

Dorothy spürte, daß ihre Lippen so schmal waren, daß es schmaler nicht mehr ging. »Ich dachte, daß Sie uns beide gründlich verabscheuen.«

»Einfach da in die Luft brüllen! Der kann sich das leisten.«

»Das sollte er auch. Ist das nicht schließlich sein Beruf?«

»Und Schuhe! Diese richtigen Engländerschuhe! Der ist schon gut – dieser Basil.«

Dorothy sagte, daß es Zeit für sie wäre, zu Bett zu gehen. Ihre Arme waren dünn. Sie hatte das Gefühl, als ob jemand auf ihr herumgetrampelt hätte, wirklich und tatsächlich und ohne guten Grund.

Macrory, der noch das Feuer mit dem Fuß weiter hinten in den Kamin schob, rief ihr ohne sich umzudrehen nach: »Schlafen Sie gut, Dorothy!« Wenn er auch einen praktisch zurückgebliebenen Geist hatte, der unfähig war, sich auszudrücken – sein Körper war ungemein redegewandt; jeder Muskel in seinem Rücken hatte seine eigene Sprache.

Elizabeth Hunter war es also, die zu guter Letzt lachte in diesem dunklen, fast wie verlassenen Haus. Das Rascheln ihres Kleides erfüllte das zugige Treppenhaus. Auf einem Absatz in halber Höhe legte Dorothy ihren Kopf gegen einen Zedernpfosten. Sie hätte gern eine Schulter gehabt, auf der sie sich ausweinen konnte – wenn Mutter mehr als nur ein schemenhaftes Bild gewesen wäre. Wenigstens hatte Basil nicht gesehen, daß sie sich mit diesem Rüpel unterhalten hatte; er wußte nichts von ihrem Verrat und war auch nicht Zeuge eines Ehebruchs gewesen, von dem nicht einmal Macrory selbst eine Ahnung hatte.

Hinter dem Haus, etwas entfernt und über einen Hof hinweg, hatten die einst sorgfältig geplanten Ställe nur noch die Funktion einer Erinnerung. Das blasse Gesicht einer Turmuhr zwischen Efeuranken hatte schon vor langer Zeit aufgehört, die Stunden anzuzeigen. Aber die Hunde mochten den Hof gern, zum Schlafen und um ihre Geschäfte zu verrichten; die Hühner stolzierten darin herum und pickten zwischen den Pflastersteinen; und hinter einem Torbogen, der den Uhrturm durchbohrte, stand ein etwas weniger vernachlässigt aussehender, weil als reiner Zweckbau errichteter Schuppen. Aus Winkeleisen und Zementplatten zusammengebaut und mit versteinerten Spinnweben verstärkt, hatte er mit der Zeit eine gleichmäßige Staubfarbe angenommen, mit Ausnahme der Stellen, wo das Wetter auf den Eisenschienen eine Farbe wie getrocknetes Blut hinterlassen hatte.

Basil Hunter hatte diesem Schuppen schon mehrere Besuche abgestattet und war auch heute morgen wieder auf dem Weg dorthin. Er schlenderte auf die lässige Art dahin, die er sich, wie er festgestellt hatte, speziell für ›Kudjeri‹ angewöhnt hatte, wo seine Verantwortungen eher geistiger als praktischer Art waren.

Am geschlossenen Tor angekommen, blieb er stehen und kratzte sich ein paar Steinchen aus dem groben Zement der Platten, die er dann eines nach dem anderen in die staubverkrusteten, spinnwebüberzogenen Lüftungsschächte des Schuppens warf. Irgendein Zweck wurde damit nicht erfüllt, aber er fand die Beschäftigung ebenso absorbierend und beruhigend wie die vielen anderen Rituale vergangener Jugendzeiten.

Als er fertig war, blickte er sich um, ob irgend jemand ihn beobachtet hätte: Einen Erwachsenen hätte er noch damit täuschen können, daß das ganze ein Scherz gewesen sei; aber ein Kind hätte sofort gemerkt, welch völliger Ernst hinter seinem Benehmen stand. Glücklicherweise hatte jedoch niemand hergesehen.

Das große Tor ächzte und schwankte weit auf, sobald der hölzerne Arm, der es hielt, aus seiner eisernen Haspe herausgezogen war. Statt des Tors hing jetzt ein Vorhang von staubflirrendem Licht im Eingang des Schuppens und schützte die dahinterliegenden Geheimnisse. Basil durchbrach ihn und bückte sich dabei unnötigerweise, denn die den Türbalken verkrustenden Schwalbennester waren immer noch einen guten halben Meter über seinem Kopf. Wie bei den früheren Besuchen schlug sein Herz heftig in Erwartung des Vergnügens vielfach erneuerter Bekanntschaften.

Im Halbdunkel des Schuppens aufgestapelt, waren alle diese Geräte und Maschinen inzwischen eher als Skulpturen glaubwürdig, obwohl hier und da noch Spuren praktischer Funktionen an esoterischen Formen hafteten: Erde an einer Pflugschar; nie gesäte Maiskörner in einer Reihe hölzerner,

schachtelartiger Behälter; ein leichter Geruch nach Dünger, wo Basil einen Deckel aufgehoben hatte: Von der Berührung der geringen Überreste von Superphosphat waren seine empfindlichen Fingerspitzen so eingeschrumpft wie die alterslosen Maiskörner.
Er ließ sich weiterlocken: auf dem rostigen, doch elastischen Sitz einer Mähmaschine auf- und abwippen, während Mauern von wogendem Grün vor seinem Weg durch die Ebene am Fluß herniedersanken. Er konnte die Hand an seinem Schulterblatt fühlen: um zu verhindern, daß unser kleiner Basil herunterfällt. Damals hast du schützende Hände als unwürdig abgewiesen; heute, lange nachdem du sie für immer abgeschüttelt hast, würdest du sie gerne wieder spüren: stark, aber sich unterordnend, und gleichzeitig von rauher Besorgtheit.
Während er immer tiefer in den Schatten herumwühlte, war sich Basil bewußt, daß er absichtlich eine Ecke des Schuppens bis zuletzt aufhob. Während die meisten der rein zweckgerichteten Maschinen nach kurzer Zeit doch wieder zu den langweiligen Geräten wurden, die sie immer waren, würde nichts sein Entzücken an dem mindern, was diese hinterste Ecke verbarg. Er zitterte so aufgeregt, daß er sich geradezu mit Erleichterung niederbeugte, um einen Stiefel aufzuheben, an den er sich von seinen anderen Besuchen nicht erinnerte. Der dichte Schimmelüberzug auf dem in eisenharten Falten erstarrten Leder hätte jeden normalen Fuß davor zurückschrecken lassen, sich in diesen Stiefel zu wagen. Aber Basil war plötzlich entschlossen, ihn zu tragen, und er kam auch hinein. Er konnte sogar damit herumhinken, die Ferse weit höher als die nach innen gebogenen Zehen. Und war dabei nicht einmal mehr behindert, als er es bereits gewohnt war: Für seinen Marsch nach Dover hätte er ebensogut auch diese unnatürlichen Stiefel tragen können.
Und dann stolperte er schließlich hinüber in die Ecke, wo Alfred Hunters *Bentley 3.0 Liter* auf ihn wartete. Er war das reaktionärste aller hier im Schuppen vereinigten Ausstellungsstücke bildhauerisch ausgedrückter Erinnerungen und übertrumpfte alles. Mit seiner langen, geraden Motorhaube und den glotzenden Riesenscheinwerfern, mit seinem rundum laufenden Nickelkorsett und den einst prallgedrungenen, jetzt luftlosen Reifen schien es, als ob er einem freundlichen, längst abgesetzten Monarchen gehören müsse. Oder Alfred Hunter, einst Herr auf ›Kudjeri‹.
Basil humpelte in seinem eisenharten Stiefel, um den Nagel aus seinem Versteck zu holen und sich wieder daran zu machen, die in den Kühlergrill geratenen und dort verbrannten Grashüpfer herauszubohren. Er stocherte und stocherte, bald lief ihm der Speichel aus dem Mund, und dann dazu das angestrengte Grunzen und Stöhnen oder vielleicht auch halbe Schluchzen für alle Morde und Quälereien der Welt, die jetzigen und die, die es noch gar nicht gibt; nur wenn du Glück hast ein sauberer anständiger harmloser Tod.

Basil was machst du da Junge?
Nichts Dd-dadd. Nachdem du dieses leichte Stottern überwunden hattest, entwickelte deine Stimme anscheinend unbegrenzte Kräfte; aber das Hinken kam, um das Stottern zu ersetzen.
Basil hörte auf, zwischen den Grashüpfer-Leichen zu stochern, um noch ein paar für das nächste Mal übrig zu lassen. Er stieg in den Wagen. Die stille, tote Luft und der leichte Dufthauch von einbalsamiertem Luxus ließen ihn einen Augenblick nach Luft ringen. Aber der Ganghebel gab ihm unter der Berührung seiner Hand ein entferntes Versprechen von Bewegung, und als er den Staub von den Polstern und den anderen eher dem Luxus dienenden Einbauten abwischte, erstand vor ihm wieder etwas von einem früheren, eleganten wie schwelgerischen Leben. Er hatte eine halbe Erektion, während er mit der Hand die Einrichtung ringsum streichelte. Er hob einen nußbaumfurnierten Deckel: Bildete er sich nur ein, daß der Geruch von abgeriebenem Feuerstein noch um das Feuerzeug schwebte? Nicht zu verkennen war der Hauch von Parfüm in der kleinen Flasche aus geriffeltem Glas. Sie fand diese *vulgären zu stark parfümierten Frauen* außerordentlich beklagenswert, *die in Automobilen herumfuhren und sich unterwegs immer noch mehr parfümierten.* Hatte sie dieses Parfüm jemals benutzt? wie ein *Straßenweib,* wie sie das nannte? Menschen tun Dinge, die sie sonst höchst beklagenswert finden. *Nur ein bißchen Liebling nur aus Spaß.*
Sie fuhren auf derselben alten, endlosen Straße nach Gogong. Von beiden Seiten schoben sie sich über ihm zusammen, so daß er kaum vorhanden war: eben nur ihr kleiner Junge. *Ist das nicht ein wunderhübsches Licht Alfred die Hügel sehen so weich aus.* Weil er ein Mann war, sagte Daddy, es sei ein gutes Jahr, und da sähe eben alles weich aus. Er sprach mit der Stimme, die er nur benutzte, wenn er mit Mutter allein war: irgendwie krächzend, was aber gleichzeitig ein streichelndes Gefühl gab. Mutter saß und blickte nicht mehr auf die Hügel. Nach einer Weile lachte sie. *Ich kann mich einfach nicht dazu bringen bestimmte Worte vor einem Arzt zu benutzen – jedenfalls nicht Dr. Trewek das Wort B-R-U-S-T zum Beispiel.* Vater lachte sein rauchiges Lachen. *Warum nicht Betty mir erscheint das Wort ganz natürlich.* Das rauchige Lachen war wie eine Brücke zwischen ihnen, über deinem Kopf. *Oh ja natürlich ist es schon das gebe ich gern zu.* Sie streckte die Hand in seiner Richtung aus, aber zog sie zurück, als sie dich zwischen ihnen sitzen sah. Zum Autofahren trug er Wildlederhandschuhe, die Stulpen zurückgeschlagen. Die Handschuhe ließen seine Handgelenke nackt aussehen, außer dort, wo das Uhrenarmband an einem von ihnen in das Fleisch schnitt. Dad war an den Handgelenken haarlos. Mutter erinnerte sich plötzlich *sieh mal Basil Liebling die Lämmer sind sie nicht süß die neugeborenen Lämmer* für ihren kleinen Jungen. *Glaubst du,*

daß er etwas versteht? Vater war ein vorsichtiger Fahrer; an jedem Abwasserkanal wurde er langsamer. *Ich kann mir nicht vorstellen wie – wenn du es doch buchstabierst.* Sie lachten noch ein bißchen. Gegenseitig für sich. Sie fuhren weiter, und der Wind kam jetzt aus einer anderen Richtung. Sie konnte ihr dünnes Kopftuch nicht mehr festhalten. Sein Zipfel schlug dir ins Auge.
Es weinte immer noch nein weinte nicht tränte nur. Sir Basil Hunter mußte Enids Weihnachts-Taschentuch herausziehen, um die Tropfen abzuwischen.
»Basil?«
Die Stimme war nur allzu wirklich, noch abschreckender als die Gestalt, deren Wesen hinter dem Lichtvorhang am Tor zu einem dunklen Flecken verschwamm. Wie dumm von ihm, das Tor nicht hinter sich zu schließen. Wenigstens konnte sie nicht sehen, wie er zusammenzuckte: alle diese verrosteten Maschinen, die den Raum zwischen ihnen ausfüllten, dienten einem guten Zweck.
»Was machst du denn?« fragte sie, wie alle anderen auch.
»Nichts.« Jetzt war er ärgerlich. »Ich spiele mit diesem Ding hier. Kannst du dich an Vaters Auto erinnern?«
»Vaters Auto – vielleicht – es kann sein.«
Er hatte schon festgestellt, daß sich Mädchen an viel weniger erinnern. Obwohl er gegen das grelle Tageslicht ihr Gesicht nicht sehen konnte, wußte er, daß Dorothys Ausdruck im Augenblick zu ihrer Stimme paßte: der Gesichtsausdruck eines schon etwas älteren, verantwortungsbewußten Mädchens, das vor ernstgemeinter Mißbilligung noch magerer aussieht.
Während sie sich einen Weg durch die hinderlichen Maschinen suchte, ihre schmalen Schultern noch schmaler machend und ihren flachen Busen mit einer langen, im Dämmer schimmernden Hand womöglich noch flacher drückend, stieg er hastig aus dem Wagen. Wie sehr er und Dorothy auch als Komplicen aneinander gebunden waren, sie durfte nichts von seinen Gefühlen und nichts von den Bilderketten merken, die seinem inneren Auge noch kaum entschwunden waren.
Kurz ehe sie ihn erreichte, schaffte er es gerade noch, die Wagentür zuzuschlagen und sich mit dem Rücken gegen die nickelverzierte Motorhaube aufzustellen.
»Ich wollte mit dir reden«, sagte sie, »und hier sind wir wahrscheinlich ungestörter als sonst irgendwo.« Sie sah sich um und fröstelte ein wenig.
Worüber sie auch geplant hatte, mit ihm zu sprechen – er wußte, daß er es nicht hören wollte.
Und Dorothy hatte das ganze tatsächlich geplant, nachdem sie ihn bei anderen Gelegenheiten auf dem Weg zum Schuppen gesehen hatte. Unbemerkt von den Kindern der Macrorys war sie heute morgen hinter dem Fliegendrahtfenster der Speisekammer auf Wache geblieben. Obwohl der

Geruch von gerade säuerlich gewordener Milch ihre Überempfindlichkeit erheblich strapazierte, beschloß sie, durchzuhalten.
Und jetzt war sie hier wieder mit ihrem Bruder vereint. Welcher auf ihr Eindringen gereizt reagierte; das hatte sie schon gemerkt. Wenn man Basil beim Spielen störte, dann war er schon immer ausfällig geworden.
Aus diesem Grund fuhr sie zärtlich mit einem ihrer langen Fingernägel einem Saum in seiner Jacke nach, während sie sprach. »Ich möchte mit dir über die Situation reden, in die wir hier hineingerutscht sind und aus der wir ja auch einmal wieder heraus müssen. Ich meine, wir können doch nicht ewig bei fremden Leuten schmarotzen.« Während sie langsam dem Saum folgte oder richtiger, sich in ihm entlanggrub, lächelte sie fürsorglich.
Außerhalb des Theaters hatte Basil schon immer dazu geneigt, alles vor sich herzuschieben; also machte er jetzt ein abfallendes Geräusch. »Du kannst es doch kaum *schmarotzen* nennen, nicht wahr? Die wären die ersten, denen das auffallen würde. Du kannst sicher sein, daß Macrory uns das hätte merken lassen, wenn sie dieser Meinung wären.«
»Macrory der Erz-Masochist? Der krümmt sich wahrscheinlich in aller Stille. Nach all diesen Wochen. Wie lange sind wir eigentlich schon hier?«
Sie hatten beide keine Lust, sich mit genaueren Berechnungen abzugeben.
»Wir müssen auch an unser eigenes Leben denken«, Dorothy sah Basil um Zustimmung heischend an; »wie lange es auch dauern mag, bis Thorogood Village einen Platz frei hat.« Er sah in ihren Augen seine eigene Furcht gespiegelt, sich zu genau mit diesem Thema zu beschäftigen.
»Wir könnten doch auch einfach wegfahren«, sagte sie, »weiter weg als ›Kudjeri‹, meine ich – fort aus diesem Land, in das wir nicht gehören.«
»Und niemals gehört haben.« Während er ihre Behauptung bestätigte, sah er, daß sie eine Lüge erwartet hatte.
Jetzt war sie ausgesprochen enttäuscht. »Dir mag es ja noch etwas bedeuten – etwas, das du nicht bereit bist, zuzugeben.« Sie hatte die Stimme gehoben, um ihrer Verachtung den Weg durch die Knoten in ihrer Kehle zu bahnen. »Ich aber habe es schon immer gehaßt – GEHASST!« Trotz seiner Isolierung aus Staub und Spinnweben konnte der Schuppen Dorothys Stimme nicht mehr dämpfen: Laut hallte sie von überall her zurück.
Als ob er sie im Stich gelassen hätte.
»Ja, ja.« Er begann, sie in Richtung auf das Tor zu schieben. »Wir werden darüber reden. Wenn wir ein bißchen ruhiger sind«; und humpelte hilflos neben ihr her.
»Was ist denn?« fragte sie leise, mit fast zischender Stimme. »Tut dir dein Fuß weh? Die Wunde? Oh, Darling, ich dachte, sie wäre *völlig* geheilt.«
»Es ist nicht der Fuß.« Sie waren beide stehengeblieben und blickten hinunter in das Halbdunkel, in dem sie bis zu den Hüften standen. »Es ist der

Stiefel!« Und obwohl er stillstand, vollführte er noch einmal ein übertriebenes Stolpern.

»Stiefel?« Die Augenbrauen gefurcht, starrte sie angestrengt und mit derartigem Abscheu, um nicht zu sagen Schrecken, auf etwas so Unerwartetes und teilweise noch im Schatten Verborgenes, als hätte er ihr seinen Schwanz gezeigt.

Eilig strebte sie dem Tor zu.

»Ich habe ihn gefunden. Und angezogen.« Er humpelte und stolperte ihr nach, während er versuchte, sich zu rechtfertigen. »Ich weiß nicht, was mich da überkommen hat. Ich mußte ihn einfach anprobieren. Ein Impuls, weiter nichts. Hast du nicht manchmal Impulse, Dot?«

»Ich weiß nicht. Ich glaube nicht.«

Er holte sie ein, nachdem er noch donnernd eine Kultivatorwalze heruntergestoßen hatte.

»Und jetzt muß ich das Ding wieder loswerden.«

»Oh, Basil, du bist wirklich unmöglich.« Sie klang geschlagen.

Er hatte sich auf einen Holzblock gesetzt, der – den Axtnarben nach – früher ein Hackklotz gewesen sein mußte, und zerrte an dem anstoßerregenden Stiefel. »Schon gut, ich bin ja derjenige, der sich hier lächerlich macht.« Keuchend zerrend. »Nicht wahr? Warum regst du dich also auf?«

Wenn er nun jetzt nicht wieder herunterging? Er spürte keine Anzeichen, daß etwas nachgab: Eine natürliche Mißbildung hätte nicht fester sitzen können.

»Dorothy – du mußt wahrscheinlich – ein *Messer* holen.« Es war gleichfalls mühsam, zwischendurch diese Worte herauszubringen.

»Ein Messer? Was soll ich denn da sagen, wozu?« Seine Schwester war eben bis zu einem derartigen Grad humorlos.

Sie hatte sich, trotz ihrer Strümpfe, auf die Knie niedergelassen, zwischen Staub und Rindenstückchen, und zog an dem schmutzigen Stiefel. »Wenn wir es – zusammen nicht schaffen – dann sind wir nicht viel –« den Rest verschluckte sie hinter ihren zusammengebissenen Zähnen; ihre langen, empfindlichen Nägel kratzten und schrammten über das verschimmelte Leder; und die Kinder der Hunters kämpften um ihre Selbstrechtfertigung und um die Befreiung von allem Schrecklichen.

Endlich fiel die Princesse de Lascabanes zur Seite, und in den Händen hielt sie den Stiefel, den sie gemeinsam von Sir Basil Hunters Fuß heruntergerissen hatten.

»Wie konntest du sowas nur machen?« keuchte sie. »Du bist ein solcher Scheißkopf, Basil!« Sie weinte, eigentlich lachte sie und schlug mit dem Stiefel auf den schmutzigen Boden. »Und nur der liebe Gott weiß, wie du eigentlich als Schauspieler bist. Oh, scheiß scheiß doch auf alle!« stöhnte

sie in jammerndem Flüstern: Dorothy de Lascabanes wurde von ihrem australischen Ich geplagt.
»Ja«, pflichtete er ihr bei.
Er half ihr auf die Füße.
Als sie den Lichtvorhang durchbrachen, hatte sie sich inzwischen wieder beruhigt.
»Wir werden uns schon etwas ausdenken«, versprach er und drückte ihren Ellbogen.
Dorothy war es klar, daß sie hier das Denken besorgen mußte. »Du hast das Tor nicht zugemacht. Solltest du nicht lieber zurückgehen und das tun? Neben allem anderen hat Macrory vielleicht etwas dagegen, Basil, wenn das Tor offenstehen bleibt.«
»Ja«, stimmte er zu, »ich gehe zurück und mache es zu.« Für den Augenblick hatte Dorothy recht. Außerdem wurde ihm klar, daß er seinen zweiten Schuh suchen mußte, denn wenn er mit einer Socke über den Hof hinkte und vielleicht seinem Gastgeber begegnete – das wäre blamabel.
Daher kehrte Sir Basil Hunter also zum Schuppen zurück, und die Prinzessin ging allein weiter. Es war auch besser so: Wer immer vielleicht zusah, würde nicht gleich an eine Verschwörung denken.

Anne Macrory bemerkte: »Ich weiß nicht, Dorothy, wie wir früher ohne Sie zurechtgekommen sind.«
Dorothy biß einen Nähfaden ab.
Anne konnte nicht aufhören, ihre Tugenden aufzuzählen. »Und Basil – er ist ein so interessanter Mensch. Rory bewundert ihn.«
Dorothy hätte ihre Nadel neu eingefädelt, aber ihre Hand zitterte zu sehr. »Ich glaube, alle Schauspieler sind so ziemlich zu nichts nutze, außer als Schauspieler.« Außer Basil hatte sie nie einen kennengelernt. »Und Basil, das weiß ich aus Erfahrung, fühlt sich mit Laien wie ein Fisch auf dem Trocknen.« Ihre Stimme war mit einem Mal nervös und gespannt geworden.
Anne war verwirrt. »Was ist denn, Liebste?«
»Ich habe mich in den Finger gestochen«, log Dorothy.
Nach dem üblichen Mittagessen, das die Frauen allein einnahmen, waren sie heraufgekommen in das Nähzimmer, welches immer noch demselben Zweck diente wie früher. Sie arbeiteten Kleider für die Mädchen um. (»Sie haben so viel Phantasie, Dorothy, und bist so geschickt. Dieses Jahr werden die armen Dinger wenigstens einmal ein bißchen nett aussehen.«) In einer Ecke des Raumes, den Dorothy früher wegen der Behandlung haßte, die ihr hier immer zuteil wurde – sowohl Zärtlichkeiten als auch Klapse – stand immer noch seit langen Jahren Mutters Schneiderpuppe, vollgespickt mit Stecknadeln und auch ein paar Nähnadeln, von denen viel-

farbige Fäden herunterhingen. Auch der Tisch war noch da, in den Dorothy und Basil während eines Waffenstillstands ihre Namen mit einem Feuerhaken eingebrannt hatten. Überoptimistisch hatte Basil damals noch ein schiefes Herz außen herum gestrichelt.

Der kahle Raum, in dem die beiden Frauen arbeiteten, wurde von der Wintersonne und einem ziemlich heftig riechenden Kerosinofen gerade ausreichend erwärmt. Der Horizont war so klar, daß in den Talsenken sich bereits der Frost sammeln mußte. Die Nacht versprach kalt zu werden.

»Macht es Ihnen wirklich *Spaß* zu nähen?« fragte Anne mit Respekt in der Stimme.

»Eigentlich mag ich Zuschneiden am liebsten«, gestand Dorothy.

Sie mochte das Knirschen der schweren Schneiderschere. Und war eine geschickte Zuschneiderin. Obwohl man ihr das erst vor kurzem gesagt hatte. Es war erstaunlich, auf wie vielen Gebieten sie etwas konnte. Aber das wußte sie selbst auch erst, seitdem ihre Freundin es ihr immer wieder sagte.

Sie blickte mit zusammengezogenen Brauen auf das Kleid, das sie gerade fertigmachte, und hob es näher an ihre Augen heran, als ihre Sehstärke es erforderte. Wenn sie ständig in diesem Kreis von Liebe und Vertrauen bleiben könnte, dann wäre sie vielleicht imstande, mit sich zu leben, indem sie einfach die Erwartungen erfüllte, die in sie gesetzt wurden. Aber ihr Herz tat ihr weh bei dem Gedanken, daß ihre Verpflichtungen ihr das nie erlauben würden. So wie die das Haus umgebenden Hügel in der Kälte zu schrumpfen schienen und die Wärme des kleinen, angerosteten Heizofens immer weniger wirksam war, so wurde auch das Gefühl, das die Liebe ihrer Freundinnen in ihr hervorrief, immer quälender und schuldbewußter.

Anne und ihre Töchter waren gegen Kälte unempfindlich, aber Dorothy fröstelte und lachte, während sie einen Angriff vortrug, über den sie schon eine ganze Weile nachgedacht hatte. »Diese alte Schneiderpuppe da in der Ecke – erfüllt die noch irgendeinen Zweck?«

Anne sah auf. »Eigentlich nicht. Wir benutzen sie nur als Nadelkissen.«

»Ich frage mich, warum Sie so etwas überhaupt aufheben wollen. Es war Mutters Schneiderpuppe, als wir noch Kinder waren – speziell nach ihrer Figur angefertigt und damals für das Kleidernähen unentbehrlich. Aber jetzt ist sie wahrscheinlich voller Holzwürmer und modrig – fast eine Gefahr, möchte ich meinen.«

»Daran hatte ich noch gar nicht gedacht. Sie ist immer hier gewesen.«

Mog sagte: »Wir ziehen sie manchmal an. Nicht wahr, Jan?«

Janets kalte, milchweiße Backenknochen färbten sich zartrot. Sie wartete ungeduldig auf das Kleid, das ihr die Prinzessin (ihre Freundin!) nähte.

Dorothy neigte den Kopf wieder über ihre Näharbeit. »Könnt ihr euch an diese Figuren erinnern, in die man Nadeln steckte? Man machte sie aus

Wachs und warf sie ins Feuer – und der Mensch, von dem man wollte, daß er starb, der sollte das dann auch tun.«
Anne sagte: »Nein, davon weiß ich nichts. Was für ein abergläubischer Unsinn! Und im übrigen kann ich mich nicht erinnern, daß ich jemals jemanden sterben lassen wollte.«
»Und starben sie denn wirklich?« fragte Janet.
»Anscheinend – wenn man es nur genug wollte.«
Mog steckte noch ein paar Nadeln mehr in die Schneiderpuppe. »Haben Sie das jemals probiert – mit dem Wachs?«
»Nein«, sagte Dorothy und blickte hinaus auf eine Landschaft, die sie nicht sah. »Ich kenne jemanden, der ging so weit und machte die Figur. Aber dann fehlte ihr der Mut. Ich glaube, sie hatte das Gefühl – das hat sie mir sogar gesagt, um genau zu sein –, daß solche bösen Gedanken allein schon genügen, um einen verdorren zu lassen, und dann – verdorrt man immer weiter.«
Wie Fliegen in Bernstein hingen die Macrorys in dem Licht, das im stillen Zimmer für einen Augenblick zu Glas geworden zu sein schien; bis Anne unruhig zu werden begann, auf ihre Uhr sah, hin- und herrutschte. »Was sind das nur für grausige Geschichten!« Sie lachte und warf einen Blick über ihre Schulter zum Fenster.
»Wenigstens ist hier jetzt Janets Kleid«, sagte Dorothy und schüttelte es zurecht, damit alle es sehen konnten; sie war erleichtert, daß sie auch einen in gewissem Maß positiven Beitrag leisten konnte. »Alles was jetzt noch fehlt, ist eine Art von Schärpe oder sowas.«
»Ja«, sagte Anne. »Und in Blau, für Janet.« Ihre eigene Geistesabwesenheit ließ sie zerstreut werden; der gewaltige Himmel draußen verwirrte sie.
»Aber ich hasse Blau!« glühte Janet auf und raffte das Kleid gegen ihren Körper. »Du weißt genau, daß ich gerne Rot haben wollte, Mutter.«
Anne war zu müde, zu geistesabwesend, um über die Sache weiter nachzudenken. »Blau steht dir, Darling. Und Rot würde – nun, sagen wir, exzentrisch aussehen.«
»Woher weißt du, was ich bin? Woher willst du wissen, ob ich nicht auch exzentrisch sein kann?«
Janet sah Dorothy an, die sie liebte, und die verstehen würde und sie retten mußte. Und Dorothy wußte, daß sie für Janet nicht mehr tun konnte, als ihr jetzt vielleicht das Kleid mit rotem Band einzufassen und dann aus der Ferne mit ihr Briefe zu wechseln, bis ihre Beziehung eines natürlichen Todes starb.
Die Mutter seufzte. »Also gut – rot.«
Mog Macrory sang hinter der Schneiderpuppe hervor:

»Rot rot war schon tot
Blau blau ganz genau
Aber keiner wollte Purpur!«

Beim letzten Wort stieß sie die Schere in die Puppe, und ein modriger Geruch kam heraus. Es war enttäuschend. Wahrscheinlich hatte sie auf etwas Besseres gehofft, wie Würmer oder Blut. Sie stieß noch einmal zu, diesmal tiefer – auch nichts.

Die Mutter schien sich mit ihrer Niederlage in der Frage der Schärpe abgefunden zu haben: Sie konnte sich wieder ungehindert anderen Sorgen zuwenden.

»Wie spät es schon ist!« stellte sie erstaunt fest, während sie am Fenster stand. »Rory fährt einfach weg und sagt uns nie, wo man ihn finden kann, falls man ihn braucht. Wenn nun hier im Haus mal ein Unfall passiert? Oder umgekehrt«, sie hatte das Fenster geöffnet und den Kopf weit hinausgesteckt, »er könnte sich ja zum Beispiel mit dem Jeep überschlagen und – tot sein. Nun ja, wir haben mal von jemandem gehört, der hatte sich das Bein gebrochen und wurde erst viel später gefunden. Er lag draußen auf der Weide und das bei Frost. Aber Rory denkt an niemanden und am allerwenigsten an seine Frau.«

Das hereinfallende Licht und ihre besessene Beziehung zu ihrem Mann gaben Anne Macrorys Gesicht etwas Strahlendes. Dorothy versuchte, ihre Freundin nicht um ihre Fähigkeit zur großzügigen Beschönigung zu beneiden.

Mog murmelte: »Wenn ich mir ein Bein brechen würde, dann ginge ich ins Cottage-Krankenhaus, und die Oberin und die Schwestern würden mich verwöhnen. Da war eine Frau dort, die ließ mich immer zu ihr ins Bett kriechen, als meine Mandeln rausgemacht wurden. Ein gebrochenes Bein dauert viel länger als Mandeln.«

Janet hatte sich bei der Prinzessin Lascabanes nur zu gerne für ihre peinlich wirkende Familie entschuldigt. Aber da sie nicht wußte, wie sie das anstellen sollte, konnte sie nur warten. Vielleicht sagte die Prinzessin etwas, um den allgemeinen Knäuel zu entwirren.

Aber Dorothy blieb einfach immer weiter am Tisch sitzen, und schließlich war es Anne, die sich aufraffte; sie kam herüber und nahm ihre Freundin bei der Hand: »Was Sie nur von uns glauben müssen! Und zu denken, daß Sie das auf sich genommen haben, die ganze Zeit!« Einen Moment lang schien es Dorothy, als ob das in der Luft über ihr schwebende Gesicht sich auf das ihre stürzen wollte.

Sie zog die Schultern hoch: geküßt zu werden, machte sie verlegen; sie hatte fast immer versucht, es zu vermeiden. »Ist es schon so lange?« Sie rückte ein wenig von Anne weg. »Ja – natürlich muß es schon ziemlich lange sein. Ich schäme mich direkt.«

»Wirklich, so habe ich das nicht gemeint!« Anne stöhnte über ihre eigene Taktlosigkeit.
An der Tür des Nähzimmers war der Reklamekalender einer Apotheke angezweckt, dessen Blätter nach den ersten paar Monaten des Jahres vernachlässigt worden waren.
»Aber es ist doch wahr!« Dorothys Hartnäckigkeit ließ ihre Stimme fast dröhnend erscheinen. »Der Kalender wird es beweisen!«
Sie war entschlossen, sich ihren innersten Wünschen zu widersetzen. Aber plötzlich knarrte ihr Stuhl, quietschte und fiel seitwärts um, noch ein paarmal auf der Elastizität seiner dampfgebogenen Holzteile hüpfend.
Während Arme zugriffen und Gelächter durcheinander schwirrte, schrie Mog: »Ich habe sie am Bein! Mann, die ist wirklich *drahtig*!«
Janet legte ihre kühlen, jungfräulichen Hände über die Augen ihrer Freundin.
»Nein, liebste Dorothy, Sie gehören uns! Wir brauchen Sie!« Anne bemühte sich nach Luft ringend um die richtigen Ausdrücke. »Verstehen Sie das nicht?«
Aber Dorothy verstand nur, daß sie den Kalender erreichen mußte, dessen Blättern die Fliegen ihre Sepiarätsel aufgedruckt hatten. Sie mußte einfach diese Blätter eines nach dem anderen abreißen, bis die Wahrheit enthüllt war.
Sie brachte es fertig, den ganzen MÄRZ abzureißen, ehe sie als Teil einer weiblichen Laokoon-Gruppe durch die Tür und auf den Treppenabsatz getragen wurde, wobei immer noch alles lachte und sich durcheinanderwand. Jemand schluchzte jedoch: so hätte es jedenfalls ausgelegt werden können. Die Glut des winterlichen Spätnachmittags folgte ihnen noch eine gewisse Zeit die knarrende Treppe hinunter, bis sie in den dunkleren Regionen ausgelöscht wurde, mit einem zischenden Geräusch oder einer angstvollen Atemlosigkeit.
Mog wiederholte immer wieder: »Die ist wirklich *drahtig*! So möchte ich auch sein – ein Ringer oder ein Akrobat!«
Als sie den Fliesenboden des untersten Stockwerks erreichten, konnten sie nicht überhören, daß ein Wagen in den Hof fuhr und scharf bremste. Die Frauen zwangen ihre Gesichter wieder zu einem normalen Ausdruck und begannen, ihre Haare zurechtzumachen.
»Das ist Rory«, murmelte Anne mit religiöser Inbrunst.
Mog sprang immer noch weiter herum und zeigte ihre Muskeln. »Oder ein *Boxer*!« Dorothy entschied, daß das Kind nicht ganz normal sein könne: noch ein Grund dafür, den Einfluß von ›Kudjeri‹ abzuschütteln.
»Hören Sie nicht auf Mog«, flehte Janet ihre Freundin an, die Prinzessin.
Vielleicht würde das Telefon jetzt in Lärm ausbrechen; du hörtest niemals auf, darauf zu warten, daß es sich vor aufgeregtem Klingeln selbst aus der Wand reißen würde.

Statt dessen Anne Macrory, die nach draußen gelaufen war, ihren Mann begrüßt hatte und jetzt mit ihm zusammen wieder hereinkam. Dorothy konnte sehen, daß Anne mit ihm geredet haben mußte: Sie sahen beide so sanft und unschuldig aus, als ob sie von der Kommunion kämen. Rory schluckte noch.
»Dorothy hat uns wie immer geholfen.« Anne ließ das wie einen frommen Nachgedanken klingen.
Macrory ging so weit, daß er seinen Gast anlächelte, aber danach hustete er sofort und machte den Mund wieder zu.
Die Princesse de Lascabanes erklärte, daß sie gehen und sich ein bißchen in Ordnung bringen wolle. Sie senkte die Augen. Es war ihr, als ob sie ein Sakrileg begangen hätte: Sie fühlte ein Prickeln wie von Kiefernnadeln; zur gleichen Zeit war es wie das Schlagen von Weidenzweigen in ihrem Innern. Und Basil ihr Bruder war nicht da, um ihre Scham mit ihr zu teilen.
Mog Macrory bellte: *»Haw-haw-haw!«* und rannte ihren Kopf mit den kurzgeschnittenen Haaren gegen die Schenkel der Prinzessin.
Die Eltern waren so miteinander beschäftigt, daß sie keinen Versuch machten, das Kind zurückzuhalten oder sich für sein Verhalten zu entschuldigen; und Janet zuckte nur zusammen wegen all der Dinge, die sie spürte und doch nicht ganz verstand.

Nach der Episode im Schuppen hielt sich Basil sorgfältig für sich allein. Die warme Sonne mit ihrer mitschwingenden Ahnung kommenden Frosts erhöhte noch sein erwartungsvolles Gefühl. Es war eine Atmosphäre von schwindender Freiheit, wie am letzten Tag vor Schulbeginn nach den Ferien oder in der halben Stunde, ehe der Vorhang aufgeht. Dennoch war sein Wille noch nie so wenig von Plänen oder Ansprüchen irgendwelcher Art eingeengt wie jetzt; sein völliger Mangel an Verbindung zu allem, was im Leben anderer vor sich ging, hatte eine köstliche, allerdings auch leichte Übelkeit erregende Unsittlichkeit an sich.
Um die Mittagszeit, nachdem der Ton weiblicher Stimmen in der Küche abgeebbt war, stahl er sich herein, riß sich eine Handvoll Brot vom Laib und brach dazu ein Stück Käse ab, nicht so sehr vom Hunger getrieben als von der Gewohnheit. Er schluckte das salzlose Brot, den faden Käse, holte sein Buch und eilte wieder hinaus, ehe irgend jemand ihn der Einsamkeit berauben konnte, die er im Augenblick brauchte.
Im ehemaligen Obstgarten fand er eine Stille, die noch verstärkt schien; zwischen ehemaligem Spalierobst, das sich zu großen Bäumen ausgewachsen hatte, im von Sonne und Frost gebleichten Gras, zwischen den kahlen Ranken der Himbeeren und dem nackten Stachelbeergesträuch. Hier legte er sich nieder, um die Rolle zu studieren – und vielleicht auch zu verstehen.

Es war unsinnig gewesen, ein Buch mit nach ›Kudjeri‹ zu bringen, das ihn an vergangene Mißerfolge erinnerte; aber besser noch ein Mißerfolg in einem Teil als ein Mißerfolg im Ganzen: Lear lieber als Jackas Drohung.
Also steckte er die Nase tief in das Buch. *Gibt es einen Grund in der Natur, der diese harten Herzen schafft?* Manche Zeilen wurden wie Steine auf ihn zurückgeworfen; andere schmolzen auf seiner schlummernden Haut. *Ich hab' ein Teil in meinem Herzen dem ist's auch jetzt noch leid um dich;* oder schon in seinen Schlaf hineingerammt *Du bist das Wesen selbst; der unbehauste Mensch ist nichts als nur ein armes, nacktes und gehörntes Tier.* Halte dich an den Text die Wirklichkeit ist ein wahnsinniger König nicht eine gealterte Königin deren Krone nicht vom Haupt will so sehr man auch zieht deren nicht ganz frische Augen von blitzartigen Einsichten leben hart wie Marmor.
Nicht einmal im Moment des Erwachens konnte er sich an seinen Traum erinnern. Fisch. Der Fischhändler? Oder Friedhof. Auf jeden Fall war der Boden hart genug dafür in diesem von einer Mauer umgebenen ehemaligen Obstgarten. Wie lieb wäre ihm der Duft und das fallende Geräusch der Pflaumen gewesen; statt dessen war sein ganzer Körper mit Peitschen geschlagen und von Dornen zerkratzt. Die Sonne war fast verschwunden und zögerte nur noch leicht auf der rauhen Oberfläche verwitterter Ziegelgemäuer. Obwohl seine Kleider zerknittert und verschwitzt von Schlaf und Angst waren, hatte sich sein Körper in ihnen fast verkrampft. Das war die herannahende Kälte. Er stand auf. Er steckte das Buch in die Tasche und ging durch das orangefarbene Licht davon, um allen zuvorzukommen, die vielleicht nach ihm suchen würden.
Wie für den Obstgarten waren auch für den Fluß die seiner Natur gemäßen Geräusche diejenigen des Sommers. Er konnte sich nicht erinnern, den Fluß in ›Kudjeri‹ jemals gesehen zu haben, ohne daß seine Weiden Blätter trugen. Jetzt (und die Wirklichkeit hat immer die Gegenwartsform, ob für wahnsinnige Könige oder für unbeschäftigte Schmierenschauspieler) warteten die Fischkäfige. Und hatten ohne Zweifel ihre Botschaft, aber die Andeutung von Stahl nährt schon die Fantasien möglicher Flucht.
Aber wer sich einen Käfig wählt, der kann auch in seinem Schutz im versteinerten Schlamm des Flußufers niederknien. Als Junge hatte er sich zum Trinken lang hingelegt und war hinterher noch, ganz gleich wie unbequem, liegengeblieben und hatte in sein eigenes Spiegelbild geblickt. Heute abend kniete er nur, fuhr mit der Hand durch das braune, flüsternde Wasser und spritzte sich genug davon ins Gesicht, um etwas gegen den klebrigen Schweiß zu tun. Das Wasser eilte über die Steine tief unten dahin, und wenn er den Mut hatte, dann konnte er sein Gesicht am anderen Ende dieses Tunnels aus Licht erblicken. Um die Wahrheit zu sagen, hatte er

ein- oder zweimal in seinem Leben an Selbstmord gedacht, aber es war nie dazu gekommen: Jedesmal war das Wasser zu flach gewesen. Und er war jedenfalls auch dem Temperament nach kein Selbstmörder: Theatralische Gesten überzeugen nur, wenn auch ein Publikum dafür da ist.
Darüber wenigstens konnte Sir Basil leise vor sich hin lachen; und wußte gleichzeitig, daß man ihm auf die Schliche gekommen war.
»Basil?«
Sie kam auf ihn zu, Zweige brachen unter ihren Füßen; er konnte seiner großen Schwester nicht entkommen; und hier auf den Knien liegend war er noch viel mehr im Nachteil als an dem Tag, an dem sie ihn beim Spielen mit Vaters Auto ertappt hatte.
Aber es hatte nicht den Anschein, als ob sie ihren Vorteil nutzen wollte. Völlig verrückt, auf ›Kudjeri‹ zum erstenmal, hatte sie sich zum Abendessen umgezogen. Es sollte einfach und zurückhaltend sein, aber die Princesse de Lascabanes hatte nun einmal die Gabe, mit Einfachheit Aufmerksamkeit zu erwecken; wie würde doch ihr kleines Weißes im Schwalm der Macroryschen Küche aufleuchten! Er konnte sich nicht erinnern, sie jemals zuvor in Weiß gesehen zu haben: Er kannte nur die ewige *veuve*, die diskret teuer angezogene Französin.
Sie hatte die Ellbogen verschränkt, um ihr Erscheinen so zufällig wie möglich erscheinen zu lassen. »Wir haben uns ein wenig gewundert, warum du uns so völlig verlassen hast.« Das klang durchaus freundlich, hatte aber doch das Gewicht der Förmlichkeit.
»Wir? Wer?« Er stand auf, sein leidendes Knie sorgfältig schonend.
Sie vermied eine direkte Antwort. »Anne fürchtet, daß das Abendessen zu lange steht und nicht mehr schmeckt.«
»Was serviert sie uns denn heute abend?«
»Möchtest du raten?«
Es war irgendwie ein flauer, halbherziger Witz.
Dann legte sie ihre Wange gegen seine. Ihre Haut fühlte sich etwas fettig an, und das machte ihre Zuneigung persönlicher und spontaner. Ihre Beziehungen vom einen zum anderen hatten sich miteinander verfugt, und das kam daher, daß sie sie für selbstverständlich nahmen.
Und darum hielten sich die beiden Kinder der Hunters bei den Händen, während sie sich auf den Rückweg machten. Sie stützten sich aufeinander, während sie die Flußböschung hinaufkletterten, und wateten dann fast genießerisch miteinander durch ein Feld von winterlich hartem Gras, um das Haus zu erreichen.

Nachdem Anne Macrory die Kinder zu Bett geschickt hatte, kehrte sie in die Küche zurück, wo ihre Gäste und ihr Mann immer noch über den verschmähten Resten des Rosinenpuddings saßen.

»Hat er euch denn nicht geschmeckt?« fragte sie aus reinem Pflichtbewußtsein.
Weil sie gerade Annes Mann zuhörten, vermied Dorothy eine direkte Antwort; Basil vollführte seinen kleinen Trick mit den Fältchen um die Augen, der so gut wie eine Antwort war und als erprobt galt, um sich Sympathie zu verschaffen. Anne persönlich war sowieso der Auffassung, daß sie ihre Pflicht erfüllt hatte, wenn es nur etwas Eßbares war, was sie anderen Leuten vorsetzte: Ob es ihnen schmeckte oder nicht, das war nicht so wichtig; vielleicht hatte das Leben – oder ihre schottische Abstammung – sie zu der Überzeugung gebracht, daß das Essen eher eine Notwendigkeit ist als ein Vergnügen.
Und Rory hielt so etwas wie eine Ansprache, das merkte sie jetzt erst, weil sie so sehr an ihn gewöhnt war.
»Anne wird sagen, daß ich betrunken bin«, sagte Macrory; »aber ein Mann – auch ein leidenschaftlicher Mann – muß sein Feuer in Gang halten.«
Ein paar private Drinks glänzten in seinen Augen, obwohl er seinen Gästen bis jetzt noch nicht einmal den Anblick einer Flasche gegönnt hatte.
Anne sagte: »Ich würde mir nicht einbilden, daß du dir auch nur das mindeste von mir sagen läßt – jedenfalls nichts, worauf es ankommt.«
Sie setzte sich an den Tisch mit den Überresten des Essens, stützte die Arme auf und fuhr sich mit den Händen unter die enganliegende Kappe ihres filzigen, staubgrauen Haares. Ihre Sprechweise war ein wenig zu präzise: Sie sah aus, als ob sie auch getrunken hätte – aber das war nicht der Fall; sie hätte eine verdrießliche und traurige Betrunkene abgegeben, im Gegensatz zu ihrem hitzigen Mann.
»Besonders, wenn der Frost einsetzt«, sagte Macrory, »muß man sich das Herz ein wenig stärken.«
»Und was ist im Sommer?« fragte seine Frau.
»Im Sommer wird es einem zur zweiten Natur.« Macrory lachte, um sich selbst zu ermuntern.
Die Hunters lächelten das beherrschte, ungläubige Lächeln des zufällig mithörenden Gastes. Außerdem wurden ihnen die Münder hinter den Lippen zu Höhlen, erfüllt von Hammelfett und Gähnen.
Basil fuhr sich mit der Zunge über den Gaumen und hätte sich nicht niedergeschlagener fühlen können: Es war, als ob er unter den verrußten Trägern einer Londoner Bahnstation stand und auf den Zug wartete, der ihn wieder zurück zu einer erfolglosen Tournee in den Midlands bringen sollte. Er schloß die Augen, um dieses Bild zu verdrängen, und fand sich statt dessen – immer noch mit der Zunge die vom Hammelfett plastisch betonte Form seiner Mundhöhle abtastend – im Bauch eines geistigen Wales: Nur würde ihn dieser Wal, im Gegensatz zu dem, der Jonas schluckte, erst dann ausspeien, wenn *sie* starb – und auch das war noch nicht einmal sicher.

Die Macrorys ließen immer noch nicht ab, wie er bis hinunter in seinen Tiefen hören konnte.
»Unser Sohn Robert – unser Ältester –, den Sie noch nicht kennengelernt haben«, Macrory ließ seine Zähne blitzen, um seinen Gästen wenigstens etwas für das Vergnügen zu bieten, das ihnen entging, »er ist ein sauberer, methodischer Bursche – und eiskalt – der wird einmal da erfolgreich sein, wo seine Eltern es nicht geschafft haben.«
Anne ließ ihre Nüstern vibrieren und schloß die Augen. »Robert ist ein echter Robertson.«
»Und du – bist du nicht ein bißchen zuviel ›echter Robertson‹?« knirschte ihr Mann. »Von ›Kirkcaldy‹!« Er lehnte sich über den Tisch, um die Wirkung zu beobachten.
Anne lächelte nur, während sie mit nach wie vor gesenkten Lidern antwortete: »Das war ich einmal.« Dann öffnete sie die Augen, blickte immer noch lächelnd ihre Freundin Dorothy Hunter an und setzte die Ellbogen fester auf den Tisch. Erst danach sah sie wieder auf ihren Mann. »Meinst du, daß ich mich beschwere, Rory, weil mein schrecklicher Stolz ausgetilgt worden ist?«
Rory wand sich verlegen; man konnte den Wirbel auf seinem Hinterkopf sehen, während er sich durch die Haare fuhr; es klang fast wie zerbrochenes Glas, das mit dem Besen zusammengefegt wird. »Robert wird's schaffen«; er ächzte diese Worte weniger, als daß er sie herausrülpste; und kratzte sich ein paarmal unter den Achselhöhlen.
Anne wiegte sich auf ihren Ellbogen vor und zurück. »Ich bin der Meinung, daß Eltern sich von ihren Kindern keine Phantasiebilder machen sollten.«
Von Verlegenheit getrieben, war die Prinzessin de Lascabanes vom Tisch aufgestanden. Sie hätte sich gern ganz zurückgezogen, aber da das nicht ging, suchte sie nach ihrer Handtasche, die sie irgendwo hingelegt und vergessen hatte. Wenn sie die nur finden könnte – dann hätte sie wenigstens etwas zum Festhalten.
Und Macrory peitschte seine fixe Idee immer weiter durch das Gefängnis seines Schädels. »Er kann gar nich anders, er muß Erfolg haben – er hat die Kaltblütigkeit von seinem Großvater – un kennt seine total verkrachten Eltern.«
Dorothy hatte ihre Tasche gefunden.
»Robert is Klasse. Genau wie die französische Prinzessin un der Schauspieler-Lord.« Ob das nun bescheiden oder verbittert gemeint war – es reduzierte die prächtigen Hunters zu einer Krokodilleder-Handtasche und zu einem Paar Karneol-Filigran-Manschettenknöpfen.
Dorothys Kehle war so trocken und zugeschnürt, daß sie sich aus diesem Rennen um den Erfolg ohne Rücksicht darauf zurückgezogen hätte, ob Basil sich noch als Wettbewerbsteilnehmer betrachtete oder nicht: als Schau-

spieler mochte er beschlossen haben, seine Rolle durchzuhalten; aber da wurde ihr klar, daß die Macrorys sie weder mit Neid noch mit Groll ansahen, sondern mit Bewunderung und – was Anne anbelangte – mit Liebe. Im Inventar ihres Charakters oder ihrer Erscheinung fand sie nichts, was das auch nur im entferntesten hätte erklären können; oder war es ihr weißes Kleid? das war doch ziemlich einfach, hätte sie gedacht, und wie die meisten ihrer Sachen nur ein geschicktes Verdecken von Armut und Schäbigkeit. Aber Anne war davon überwältigt; und Rorys Augen schienen eine Liebesaffäre zu haben – nicht mit dem Kleid und auch nicht mit ihrem Körper darin (da war sie ziemlich sicher), sondern mit der Welt, die sie vertrat.
Da sagte Anne: »Wir haben Ihre Mutter nur einmal gesehen, Dorothy. Kurz nachdem sie sich mit Vater über den Kaufvertrag geeinigt hatte, war sie einmal hier. Ich werde sie nie vergessen. Sie war ganz in Weiß.«
Dorothys Stimme klang heiser. »Sogar als alte Frau war Weiß noch eine von ihren Affektiertheiten.«
Basil fühlte sich bemüßigt, Mutter zu verteidigen. »Sie konnte eben ihrem Sinn für das Dramatische nie widerstehen.«
»Ich würde sagen, daß Mrs. Hunter eine kokette Frau war.« Macrory räkelte sich noch genüßlich in der Erinnerung. »Sie fragte mich, ob wir uns nicht schon einmal irgendwo kennengelernt hätten. Aber dann meinte sie, vielleicht doch nicht. Jedenfalls hoffte sie, daß wir uns gelegentlich wiederträfen.« Seine Augen, seine Lippen glänzten im Gedanken an die Möglichkeiten, die er vielleicht immer noch in Erwägung zog.
Anne ließ sich davon nicht beunruhigen. »Ja, sie flirtete gern. Mit Menschen beiderlei Geschlechts. Und obwohl man genau merkte, worauf sie hinauswollte, machte das doch nichts aus. Man ließ sich einfach von ihren Augen verführen. Und was für eine wundervolle Überzeugungskraft doch ihre Hände besaßen! Und dann ihre schöne Stimme.«
»Sie war schon in Ordnung«, pflichtete Rory bei.
»Ich habe Ihre Mutter geliebt«, sagte Anne.
Und das, während sie hier auf Dorothy blickten, die Tochter dieser schönen Frau. Auch Basil war aufmerksam geworden und hob den Kopf. Basil konnte doch, bei Gott, nicht etwa auch in Elizabeth Hunter verliebt sein? Mit den Armen versuchte Dorothy de Lascabanes so viel von sich zu bedecken, wie nur möglich. Aber wahrscheinlich erweckte sie damit nur den Eindruck, als ob sie Bauchschmerzen hätte.
Basil blickte immer weiter an ihr vorbei oder in sie hinein, als das Telefon das ganze Haus in Stücke zerspringen ließ. Anne schlurfte davon, um es zu beantworten. Sie trug heute abend Männer-Filzschuhe. Dorothy öffnete ihre Tasche, nahm den Spiegel heraus und fürchtete sich dann, hineinzusehen. Und sie wagte es auch nicht, ihren Bruder anzublicken.

Anne blieb nicht lange weg. »Das war wieder Mrs. Emmett, um mir zu erzählen, daß sie keiner versteht, und ob ich ihr nicht helfen könnte.«
»Da kannst du ihr ja keinen großen Rettungsanker zugeworfen haben, wenn du schon wieder da bist.«
»Ich habe ihr gesagt, sie soll lieber woanders anrufen. Wir hätten das Geschäft aufgegeben.«
»Wir sind bankrott!« Macrory schlug so heftig mit dem Löffel gegen den Teller, daß ein Stück von ihm absprang.
»Ach je!« Anne lachte; sie drückte sich gegen ihren Mann, ehe sie sich bückte, um die Porzellanscherbe aufzuheben; sie ginge jetzt ins Bett, sagte sie.
Auch Basil verließ die Küche: Der falsche Alarm des Telefons hatte ihn entnervt; und Macrory schlenderte hinaus, mit jeder seiner langsamen, vulgären Bewegungen betonend, daß weder die unausgesprochene Einladung seiner Frau noch die Anwesenheit eines Gastes ihn daran hindern konnte, sein wahres, sein geheimes Leben zu führen.
Dorothy schämte sich dafür, daß sie eine Erlösung durch das Telefon erwartet hatte, und auch dafür, daß sie dieses unschuldige weiße Kleid trug, und sie richtete ihren ganzen Ärger auf den sich offensichtlich dieser Tatsache unbewußten Macrory – denn der hatte schon lange den Raum verlassen. Alkohol ließ seine Unverschämtheit noch mehr hervortreten; seine Augen wurden noch brutaler und glasiger, und in ihrem Weiß zeigten sich schlangenförmige Äderchen. Seine muskelbetonte Haltung war widerlich; sie konnte seinen Geruch nicht ausstehen; Körperbehaarung fand sie ekelhaft. Ihr eigener, nicht nach Alkohol riechender Atem ging schließlich schnell und keuchend.
Und sie war nicht nur physisch allergisch gegen Macrory, sie nahm ihm auch seine Erinnerungen an Mutter übel: Erinnerungen an Elizabeth Hunter (ausgerechnet Macrory!), die beim Aussteigen aus dem Wagen Versprechungen ahnen ließ. (Wieviel war Basil wohl bei der Erzählung klargeworden?) In einem weißen Kleid. Hatte der Spiegel sich wohl dessen erinnert, als sie ihr eigenes weißes Kleid in Mutters Zimmer anzog? Macrory hatte dagesessen und seine Andeutungen über Mutters Nymphomanie sicher nur gemacht, um seine wahren Gedanken zu verbergen. Warst du die zweite Nymphomanin? Die nur nicht recht zurande kam? Und dabei war Gott doch Zeuge, daß alle deine Erfahrungen *damit* – widerlich! Sogar die Gedanken. (Warum hat Basil mich nur so angesehen?) Dünne Arme können nichts Wesentliches verbergen.
Dorothy sah an sich herab und stellte fest, daß ihr Kleid eine Nacktheit betonte, die ihr nie aufgefallen war. (Aber Basil, ein Mann, der mit seinen Gedanken beschäftigt ist – Shakespeare in der Tasche – Basil konnte das doch nicht bemerkt haben.)
Macrory natürlich schon.

Die Halle war nicht so dunkel, daß nicht ein ovaler Rosenholzspiegel einen stählernen Lichtschein reflektiert hätte. Der häßliche Gegenstand mußte eines der wenigen Beutestücke aus dem Haus der Robertsons sein, das Anne von ›Kirkcaldy‹ mit nach ›Kudjeri‹ gebracht hatte. Eine Hunter hätte dieser Spiegel eigentlich verspotten müssen, aber er schien statt dessen zu schmeicheln: Hüften immer noch tadellos; blaß malvenfarbene Handschuhe aus Haut bis hinauf zu den Ellbogen; ein Gesicht verschwommen hinter zu Wasser zerlaufendem Glas.

Sie war nicht betrunken. Es war höchstwahrscheinlich dieses Bild ihrer selbst in Mutters weißem Kleid, das Dorothy de Lascabanes auf den Gedanken brachte, Elizabeth Hunter zu beweisen, daß auch sie das Spiel mit der Großzügigkeit, das Spiel der Selbsterhöhung spielen konnte. Sie kramte in ihrer Handtasche nach ihrem Geldtäschchen und konnte sich nicht erinnern, es jemals so prall gefüllt in der Hand gehalten zu haben: Geld von Mummys Scheck. Es entzückte und schmerzte Dorothy zugleich, so viel Geld auf einmal herauszunehmen. Sie beschloß, es lieber nicht zu zählen. Sie wollte eine große Geste machen. Aber nachdem sie die Banknoten wie unabsichtlich in der Hand zerknüllt hatte, konnten ihre Finger doch nicht widerstehen, daß Maß ihrer Großzügigkeit zu ertasten. Sie stellte fest, daß von jetzt ab niemand sie mehr des Geizes würde beschuldigen können.

Obwohl sie das Knistern des Feuers hören konnte, daß er im Arbeitszimmer angezündet hatte, wies sonst nichts darauf hin, daß Macrory sich noch dort aufhielt. Sie blieb stehen, um zu lauschen; und unwiderruflich schob sie gleichzeitig, wenn auch ganz langsam, die nur angelehnte Tür zurück, bis sie ganz offenstand.

Er lag vor dem Kamin, das eine Knie hochgezogen, so daß sein Kopf und seine Schultern nach der anderen Seite, in ihre Richtung gedreht waren, um dem zweiten, angespannten Bein zu helfen, das Gleichgewicht zu halten.

Obwohl seine Augen geschlossen waren, schien er doch kaum innerlich entspannt: Sein Adamsapfel, der sich seit ihrem Eintreten einmal bewegt hatte, schien viel zu verkrampft. Sie ertappte sich dabei, wie sie ganz zufällig den Blick auf jene Stelle richtete, die man wahrscheinlich ›den Schritt‹ dieses abstoßenden Mannes nennen würde – dem sie ja, sowieso, nur eine Schuld bezahlen wollte.

»Mr. Macrory«, begann sie, obwohl sie ihn doch während ihres Aufenthaltes auch ein- oder zweimal beim Vornamen genannt hatte (nicht ohne ironischen Unterton), »ich fürchte, mein Bruder und ich haben uns Ihnen schon viel zu lange aufgedrängt«; nur eine über sie herabsinkende Lethargie hielt sie davon ab, so etwas zu sagen wie *und bei Ihnen schmarotzt, ganz klar ausgedrückt*.

Während sie sprach, zerdrückte sie fast die Handvoll Banknoten; sie hätten eigentlich inzwischen tropfnaß von Schweiß sein müssen, aber sie waren seltsamerweise so trocken, daß sie leicht hätten Funken sprühen oder in Flammen aufgehen können.
Macrory öffnete die Augen und sah sie an. Bemerkte er die Nacktheit, die ihr an diesem Kleid heute abend in der Küche zum ersten Male aufgefallen war? Oder lauschte er vielmehr auf ein Echo Elizabeth Hunters, wie sie strahlend ihrem Wagen entstieg?
Madame de Lascabanes fuhr ungeschickt fort. »Ich möchte gern, daß Sie dies hier nehmen – als ein Zeichen der Dankbarkeit von uns beiden – für alles, was Sie für uns getan haben. Und auch ihre Frau, natürlich.« Macrory hob eine Augenbraue an, als stimme ihn Annes und Basils Erwähnung skeptisch, weil sie doch im Grunde genommen nichts damit zu tun hatten.
»Bitte!« hörte sich die Prinzessin trompeten.
Macrory nahm einen für seine Verhältnisse recht liebenswürdigen Gesichtsausdruck an. »Ich bin nie der Auffassung gewesen, daß Freundschaft etwas ist, wofür man bezahlt, Dorothy. Nicht wie bei der Liebe.«
Wenn er es nur damit hätte bewenden lassen –aber das tat er nicht: Er fuhr immer weiter fort, sie anzulächeln wie als Antwort auf ein fast unmögliches Angebot, das sie ihm da eben gemacht, oder schlimmer noch – auf die Forderung, die sie an ihn gestellt hatte, ihr einen bezahlten Dienst zu erweisen, den er doch nur halbherzig ableisten könnte.
Die Princesse de Lascabanes hatte noch nie eine ähnliche Situation erlebt oder höchstens in ihrer Phantasie. »Es tut mir leid, daß ich mich anscheinend so verletzend ausgedrückt habe. Es wird mir außerdem klar, daß ich eine Metapher falsch gedeutet haben muß, die ich bei Tisch von Ihnen hörte.«
Es war erniedrigend, jetzt auch noch ein Wort ausgesprochen zu haben, über das der Bursche wahrscheinlich lachen würde, weil er es noch nie in seinem Leben gehört hatte. Ihr doppelter Mißgriff erzeugte ein *frisson* bei ihr, als ob jemand ihr mit einer Drahtbürste über die verblühende Haut gefahren wäre.
Dann erinnerte sie sich daran, wenigstens die Handvoll Banknoten wieder in die Handtasche fallen zu lassen. Auf eine Art war das eine Erleichterung.
»Ein so erfülltes Leben«, murmelte die Prinzessin, »und Ihre Kinder – Sie müssen Ihre Kinder doch sicher als ein Geschenk, als einen Ausgleich für vieles empfinden.«
Er sah sie immer noch an; und so ging sie davon.
Auf dem Wege durch das Haus hörte sie nicht die Geräusche ihrer eigenen Bewegungen: Es waren die Schritte von Elizabeth Hunter, die sie verfolgten. *Wie sie auch heißen – Hubert Edvard Rory – weißt du nicht Dorothy daß man im Grunde immer demselben Mann nachläuft?* Wenn

Mutter dich zwang, zurückzusehen, dann war es unmöglich, der Scham zu entkommen. Ein Frösteln überlief sie, lief vor ihr her, die Gänge entlang und die Treppen hinauf. Treppen sind schlimmer: Das Knistern verhältnismäßig bescheidener Kleider schwillt üppig an, wenn die Gedanken darauf eingestellt sind. *Niemand – und am allerwenigsten du Dorothy – gibt gern alle Namen zu Arnold ist doch keiner davon das wäre ja auch zu lächerlich aber wie ist es denn mit . . .?*

Dorothy brachte die Stimme zum Schweigen. Ihre Ohren dröhnten. Wenn Basil jetzt da gewesen wäre, dann hätten sie sich jetzt bei der Hand nehmen können, hätten gespürt, wie die Wärme vom einen zum anderen floß als gegenseitige Versicherung ihrer Zuneigung. Sie sehnte sich nach dieser Zuneigung: Sie war die einzige Versicherung gegen die Kälte des Alters.

Es war eiskalt heute abend im Obergeschoß dieses verdammten Hauses. Als er die dunsterfüllte Küche verlassen hatte und die Treppe hinaufging, konnte Basil direkt spüren, wie sich die Frostbeulen auf seinen Handrücken öffneten. Er hatte als kleiner Junge viel unter ihnen gelitten; man hatte die wässrig-wunden Stellen mit Perubalsam eingepinselt und ihm Fausthandschuhe angezogen. Heute abend, auf der Treppe und in Alfred Hunters Ankleidezimmer, umschwebte ihn wieder der winterliche Hauch dieser Frostbeulen. Also den Bettvorleger mit auf die Decken legen, obendrauf, sein Gewicht half vielleicht, das Frösteln fernzuhalten. Angenommen, seine Blase würde ihm – ein Opfer des Alters und des Klimas – einen Streich spielen und ihn wieder in die Kindheit zurückkehren lassen – würde diese Frau Macrory dann schelten, wenn sie eine wässrige Landkarte auf dem Fußboden vorfand? Wahrscheinlich ja, denn sie war ein zänkisches Weib. Seine Armenpfleger-Tochter Imogen wäre die einzige, die ihm vielleicht Trost spenden könnte. Aber sie war ja nicht seine Tochter. Wenn sie es wäre, blutsmäßig gesehen, dann könnte vielleicht eine Goneril in ihr verborgen sein; Cordelias sind zu schwer zu kriegen.

Wo zum Teufel war Dorothy? Er hatte sich oft gewundert, was Frauen eigentlich in Badezimmern machen, wenn sie sich auf ewig in ihnen einschließen.

Er ging in das Zimmer ihrer Eltern. »Was machst du, Dorothy?« Ob sie nun da war oder nicht – er mußte einfach seine eigene Stimme hören.

Sie war da. Sie stand in der Mitte des Zimmers unter einer nackten Glühbirne, um die herum offensichtlich immer noch ein paar Schnüre mit Glasperlen aus Elizabeth Hunters Zeit glitzerten. Sie stand mit um den Leib geschlagenen Armen, tränenüberströmt und gleichfalls glitzernd vor Schmerz und Elend, die knochige Nase verstopft und geschwollen.

Zuerst wollte er eigentlich nur ihre virtuose darstellerische Leistung bewundern. Da er aber selbst ein Profi war, blieb ihm schließlich nichts

anderes übrig, als sein eigenes Stichwort aufzunehmen. »Was hast du denn, Darling?« Seine dröhnende, seine schwellende, seine auf ganz normale Tonart herabsinkende Stimme war grauenhaft ehrlich überzeugend.
Sie klammerten sich zitternd aneinander in einem Auftritt, der vielleicht zur Szene ihres Lebens werden konnte.
»Oh, Basil!« Sie schrie, daß er fast taub wurde; und roch – er wahrscheinlich auch – nach Hammelfett. »Was haben wir denn außer uns? Sind wir sonst nicht einfach – bankrott?«
»Sind wir das?« Er war ziemlich sicher, daß dies die falsche Erwiderung war. Oder sein Gedächtnis ließ ihn im Stich.
Viel wichtiger die Entdeckungen, die sie machten, und das waren nicht ganz nur Trauer, Leidenschaft, Verzweiflung und Hoffnung, sondern es war etwas von allem unter den fadenscheinigen Decken der Macrorys in dem großen Bett. Elizabeth Hunter hatte sich auf geräumige Betten spezialisiert: Einen so großen Teil ihres Leben hatte sie in ihnen verbracht und lebte immer noch; es war gut möglich, daß ihre Kinder vor ihr diese Welt verließen, die Knochen gebrochen von ihren Zuckungen auf diesem erbebenden Bett der Qualen.
Wenn ihm nun eingefallen wäre, sein Nachtgebet zu sprechen, anstatt ins Nebenzimmer zu gehen. Aber zu wem sollte er beten, nach so langer Zeit? Zu sich selbst?
Jetzt ließ sich nichts mehr daran tun. Vielleicht liebt auch das Reibeisen instinktiv den Käse, den es reibt. Ehefrauen lieben nicht: sie verschlingen dich. Und die meisten Geliebten haben kalkulierte Gründe.
Aber Dorothy! »Dorothy?« Er hätte sonst vielleicht nicht an die Wirklichkeit dieser ziemlich mageren menschlichen Substanz geglaubt, die er hier – umarmte? Wenn er wenigstens betrunken gewesen wäre; aber Macrory hatte dafür gesorgt, daß sie beide völlig nüchtern waren.
»Was ist, Liebling?« Nüchternheit kann besessener werden als Trunkenheit; sie war zu sehr in Anspruch genommen, um mehr als nur murmeln zu können.
Wenn sie Hubert nur gerngehabt hätte, anstatt den Versuch zu machen, ihn zu lieben – so schien es ihr – dann hätte er vielleicht reagiert. Liebe kann die Glieder einfrieren; Zuneigung taut die Instinkte auf.
Und sie und Basil trösteten einander.
Irgendwo in der Nacht befreite er sich aus ihrer gemeinsamen schläfrigen Nacktheit. »Ist dir klar, Dorothy, daß sie uns wahrscheinlich in diesem Bett gemacht haben?« Diese gedankenlose Offenheit bewirkte, daß sie beide wieder in ihre eigene Haut zurückkehrten: um zu Eis zu werden.
Bis sie das Gefühl hatte, daß sie eine Dunkelheit aufreißen müsse, die sie gleichzeitig erstickte.
Diese Frau wie aus dünnen Stöckchen stolperte, hüpfte und stieß sich, er

konnte das im Dunkeln gerade noch sehen, bis sie den Vorhang erreichte und ihn mit vollen Händen beiseiteraffte und endlich mühsam das Fenster hochschieben konnte.

Der Mond stand hoch und voll über dem Ring der Kupfererzhügel. Ihre Anstrengung und der eisige Zug, der sofort durch das offene Fenster eindrang, ließen sie zurückstolpern. Sie wäre vielleicht gefallen, wenn er nicht hinter ihr gewesen wäre, um ihre Nacktheit mit seiner eigenen zu stützen und zu trösten.

»Man muß schon zugeben – es ist schön hier.« Das war ihr Bruder, der über ihre Schulter hinweg auf die Landschaft um ›Kudjeri‹ blickte.

»O Gott, ja. Das ist wichtig!« mußte sie beipflichten. »Schön – aber steril.«

»Von anderen Umständen her gesehen, ist es gerade das nicht.«

»Andere Umstände sind nicht unsere Umstände.«

Es durchfuhr ihn, als er mit der Hand das Haar berührte, daß seine Schwester für die Nacht zu einem Knoten zusammengedreht hatte.

Sie ließ sich von ihm zum Bett zurückführen. Es war zu einer Insel aus gefrorenen Hügelkämmen und Kratern geworden. Sie lagen eng aneinandergeschmiegt, und er versuchte, ihre vorherige Illusion von Wärme unter einer Wirklichkeit schäbiger Wolldecken wieder heraufzubeschwören.

XI

»Ist es kalt, Schwester?«
»Ja, meine Liebe, es ist kalt«, antwortete Schwester Manhood. »Jedenfalls für hier.«
Wo der Park in Sand überging, stapften Leute in der Art von improvisierter Kleidung, die man bei einem plötzlichen Kälteeinbruch in einer Gegend trägt, deren Klima offiziell als warm gilt. Kleider und Sand zusammen erschwerten den Spaziergängern das Vorwärtskommen; sie sahen alle aus, als ob sie zumindest in mittlerem Alter wären; dabei hätte sich ohne diese Vermummung und im Licht des Sommers wahrscheinlich der größere Teil von ihnen als jung und sportlich erwiesen.
Schwester Manhood war froh um ihr dickes Wollkleid. Rosafarben und flaumig, ließ es sie beleibter erscheinen. Das ließ sich nicht ändern: Sie mußte jetzt ja sowieso allmählich dicker werden.
»Das Bett ist kalt«, beschwerte sich Mrs. Hunter.
»Aber Sie fühlen sich warm. Sie haben die Wärmflasche, Ihre Bettjacke und Socken. Ihre Füße sind warm.« Die Schwester war dabei, ihre getrocknete Krabbe von einer Patientin wieder aus der Stellung zurückzubiegen, in der sie ein kleines Schläfchen hinterlassen hatte.
»Oh, der Körper ist es gar nicht! Ich hatte einen Traum.«
»War er etwa nicht schön?«
»Nein. Überhaupt nicht. Ich wußte nicht, wo mein Mann war. Vielleicht war er gestorben. Nein. Es war schlimmer als das. Er war weg und hatte mich auf ›Kudjeri‹ alleingelassen – mit meinen Kindern Basil und Dorothy – bevor sie geboren wurden. Nur – waren sie Zwillinge?«
Schwester Manhood konnte das nicht mehr lange mitmachen. (Und wenn nun in ihrem Bauch Zwillinge steckten?)
»Im Traum schon«, sagte Mrs. Hunter. »Aber im wirklichen Leben – da kann ich mich nicht erinnern. Waren sie Zwillinge, Schwester?«
»Das müßten ja eigentlich Sie wissen. Sie sind diejenige, die sie zur Welt gebracht hat.« Hergott nochmal!
»In diesem Traum *wollten* sie Zwillinge sein. Ich konnte sie aus meinem Inneren rufen hören – und mich beschuldigen, weil ich sie daran gehindert hätte, sich gegenseitig zu lieben.«
Schwester Manhood stieß einen Stuhl so heftig beiseite, daß er umfiel: Sie hatte jetzt fast genug von dieser alten Verrückten.
»Das ist nicht ungewöhnlich«, sagte Mrs. Hunter. »Menschen, die nicht imstande sind zu lieben, machen oft jemanden anders dafür verantwortlich. Ich habe das auch von Zeit zu Zeit getan. Ich habe Alfred verantwort-

lich gemacht. Deswegen ist er wahrscheinlich weggegangen und hat mich mit meinen haßerfüllten Kindern alleingelassen. Sie waren nicht seine Kinder, wissen Sie.«

»Das höre ich zum erstenmal.«

»Oh, ich habe sie von ihm empfangen. Aber dann habe ich sie zu meinen Kindern gemacht. Das ist es, was sie übelnehmen – schon jetzt – und warum sie in mir protestieren.«

»Unter diesen Umständen und nach Ihren eigenen Worten, sind Sie diejenige, die daran schuld ist, Mrs. Hunter.«

»Wer weiß?«

Mrs. Hunter mochte spüren, daß sie bei ihrer Pflegerin irgend etwas angerichtet hatte: Ihre Hand begann, beruhigend zu streicheln, und mit derselben Stimme wie die Krankenschwester fragte sie: »Geht es Ihnen auch gut, Schwester? Es *scheint* jedenfalls so.«

»Mir geht es ausreichend.« Ein Baby ist keine Krankheit.

»Es wird uns beiden gut tun, wenn mein Besuch kommt.«

»Oh? Sind Sie sicher, daß Sie Besuch erwarten? Mir hat niemand etwas gesagt.«

»Nein? Manche Frauen in diesem Haus sind so sehr mit ihren eigenen Gedanken beschäftigt, daß es ihnen gar nicht auffällt, wenn auch einmal etwas außerhalb ihres Kopfes passiert.«

Schwester Manhood hätte an sich etwas anderes zu tun gehabt, aber sie war neugierig genug, zu fragen: »Ist Ihr Besuch jemand, den ich kenne?«

»Es ist Mrs. Wyburd, und es war ihre eigene Idee. Mir wäre das nicht eingefallen.« Mrs. Hunter klang sehr entschieden.

Die Schwester wurde munter: Sie hatte Mrs. Wyburd noch nie gesehen und war neugierig darauf, was der Anwalt für einen Geschmack hatte; sie ging sogar so weit, vorzuschlagen: »Dann sollten Sie mich lieber Ihr Gesicht zurechtmachen lassen, damit Sie für den Besuch auch wirklich hübsch aussehen.«

»Nein«, sagte Mrs. Hunter, »Mrs. Wyburd ist eine ehrliche Frau.«

Um so neugieriger wurde Schwester Manhood. Als die Türklingel ertönte, ging sie daher hinaus auf den Treppenabsatz und lehnte sich über das Geländer, um vielleicht das eine oder andere Geheimnis auszuspähen, ehe die Ehrlichkeit es verbarg.

Mrs. Lippmann öffnete die Tür einer Frau, die in einer Farbe gekleidet war, welche die Modeberichterstatter vor etlichen Jahren als ›Eselsbraun‹ bezeichnet hätten. Mrs. Wyburd war ein Mensch, erkannte Schwester Manhood, der in Kleiderfragen genau bis zu einem bestimmten Punkt ging und nicht weiter. Kleider sind zum Bekleiden da, schienen Mrs. Wyburds Gewänder auszudrücken; nicht, daß sie gedankenlos zusammengestellt gewesen wären: Sie waren, wie man so sagt, ›von bestem Geschmack‹; und das Material, obwohl unauffällig, mußte ein beachtliches Loch in ihr Haushaltsgeld gerissen haben. Vor allem aber drückte Mrs. Wyburds Erscheinung aus, daß sie eine ›Dame‹ war: auch ein Geheimnis, und zwar eins für sich. Daß die geheimnisvolle ›Ehrlichkeit‹, von der Mrs. Hunter gesprochen hatte, ganz bestimmt nicht von Mrs. Wyburds Damenhaftigkeit abhing, war offensichtlich – denn Mrs. Hunter war selbst eine Dame, und ihre Ehrlichkeit war von einer sprunghaften, weiblichen Art. Besser als nichts jedoch immer noch, nahm Schwester Manhood an. Um das Geheimnis von Mrs. Wyburd zu lösen, müßte man sie wohl etwas näher ansehen. Die Frau des Anwalts, die mit der Haushälterin zusammen in der Eingangshalle stand, war vermutlich noch nie so intensiv gemustert worden, außer von den unvermeidlichen Ärzten und Dentisten und von rücksichtslosen Kinderaugen. Aber Schwester Manhoods Untersuchung endete ohne Ergebnis: Es war, als ob man ihr befohlen hätte, irgendeine braune, uninteressante Vase zu bewundern, nur weil sie eine wertvolle Antiquität war – und alles, was sie sehen konnte, war nur die schlichte Form und das langweilige Braun. Am Ende war sie ein bißchen unglücklich: Die Unzulänglichkeit dieser Gestalt gab ihr das Gefühl, daß sie selbst eine Lügnerin war, billig dazu, eine unverheiratete Mutter und obendrein noch eine Nymphomanin.

Unten sagte gerade Mrs. Lippmann: »Sie wissen sicher den Weg, Mrs. Wyburd, denn Sie waren ja früher schon hier.«

Die Art, wie Mrs. Wyburd den Kopf zur Seite geneigt hielt, drückte Überraschung aus, Amüsiertheit und vielleicht auch Zynismus. »Natürlich weiß ich den Weg. Aber das ist lange her. Ja – ich kenne mich hier aus«, gestand sie ein; sie konnte sehen, daß die Haushälterin auf diese Antwort gehofft hatte.

Es war Mrs. Wyburd möglicherweise ganz recht, in einem Haus alleingelassen zu werden, daß sie vor langer Zeit einmal genau gekannt hatte. Nachdem sich die Haushälterin zurückgezogen hatte, konnte die vom oberen Treppenabsatz her beobachtende Krankenschwester sehen, daß die Frau des Anwalts einen Augenblick über der Frage zögerte, ob sie irgend etwas öffnen und wo sie rasch hineingehen sollte. Sie hatte nicht viel Zeit. Aber offensichtlich gewann die von Mrs. Hunter erwähnte Ehrlichkeit die Oberhand in Mrs. Wyburd, und sie setzte den Fuß auf die Treppe. Ihre Schuhe waren nicht modisch, aber gute Qualität und wahrscheinlich Maßarbeit.

Da sie sich im Augenblick im Vorteil fühlte, wenn auch nur in ganz geringem Maße, gab die Schwester ihre Anwesenheit zu erkennen. »Oh, Mrs. Wyburd«, rief sie, während sie gerade nur ein paar Stufen die Treppe herabkam, »ich zeige Ihnen den Weg, falls Sie ihn vergessen haben sollten.« Sie lächelte freundlich in das etwas erschrockene Gesicht unter ihr. »Ich bin Schwester Manhood. Von mir haben Sie sicher noch nichts gehört.«

Flora wußte, daß sie unehrlich war; aber war das nicht die Art, in der man in solchen Fällen sprechen mußte? »Aber man könnte kaum sagen, daß Sie für mich eine Fremde sind – nicht als Mr. Wyburds Gattin.« Gleichzeitig hob sie die Hand zum Mund, um ein deutliches Kichern zu verbergen, das plötzlich durch den Schacht ihrer Kehle nach oben schoß.
»Ich kenne Sie zwar nicht, aber ich habe durch meinen Mann von Ihnen gehört«, antwortete Mrs. Wyburd mit einer Stimme, die offensichtlich teilweise auf das gleichzeitige Treppensteigen zurückzuführen war.
Was genau wird sie da wohl gehört haben, fragte sich Schwester Manhood; ein Ehepaar mag zwar farblos sein, aber das hindert es immer noch nicht daran, Freude am Klatsch zu haben. Daher blickte sie noch eindringlicher und setzte ihr schönstes förmliches Lächeln auf, während die Frau des Anwalts immer weiter die Treppe heraufkam.
Obwohl ihr Gesicht von oben her gesehen die meiste Zeit unter der Krempe eines Velourhutes verborgen war, auf dessen einer Seite eine Art umgestülpter Kokarde aus steifer, grauer Seide prangte, sah Schwester Manhood doch hier und da ein wenig gepuderte Haut, während sich Mrs. Wyburd bedächtig näherte. Am Ende war eigentlich nichts da, was man wirklich hätte kritisieren können. Der Mund war zwar nachgezogen, aber nicht in dem unnatürlich-natürlichen Stil von heute; andererseits waren ihm auch nicht die blutigen Wunden aus der Zeit der Hunterschen Vergangenheit beigebracht worden. Mrs. Wyburds Mund war, was man ›natürlich natürlich‹ hätte nennen können. Im übrigen wäre eigentlich auch an dem Puder nichts auszusetzen gewesen, wenn Eile oder Nervosität ihn nicht ein bißchen fleckig gemacht hätten. Als die Besucherin dann oben ankam, sah Schwester Manhood etwas, das wie eine einzige, tiefe Pockennarbe aussah, in der sich der Puder festgesetzt hatte – neben der Nase auf der einen Wange – und Sommersprossen (rote), die sich nicht ganz abdecken ließen. Flora Manhood war von Mrs. Wyburds Pockennarbe fasziniert: An so etwas ließ sich gar nichts machen; aber daß sie die Sommersprossen zu verbergen suchte, bedeutete vielleicht einen ganz kleinen Sprung in ihrer Ehrlichkeit. Das erwärmte Schwester Manhood zusehends für die Frau des Anwalts: Sie hoffte, daß Mrs. Wyburd trotz der schlecht versteckten Sommersprossen Betty Hunter gewachsen sein würde, die es vorgezogen hatte, unverkleidet zu bleiben.
»Eine ziemliche Kletterpartie«, murmelte die schlanke und adrette Dame, um das Schweigen zu überbrücken.
Einen Augenblick lang erwiderte sie den Blick der Schwester und sah ihr in das Gesundheit ausstrahlende, hübsche und junge Gesicht, als blicke sie in wehmütiger Erinnerung zurück auf einen Morgen ihrer eigenen Jugend. Und dann, da für beide nichts weiter mehr zu sagen oder zu tun war, folgte sie Schwester Manhood den Gang entlang.

Mrs. Hunter räusperte sich, ein Vorgang, bei dem mehr als nur eine Spur von Schleim in Bewegung kam, und erhob ihre Stimme aus den Kissen. »Das war eine charmante Idee«, sagte sie, »mich zu besuchen – Lal.« Trotz alledem blickte die alte Schachtel genau in die entgegengesetzte Richtung.
»Es war mehr als nur einfach eine Idee«, sagte Mrs. Wyburd mit einer ruckartigen Kopfbewegung, wodurch die Seidenkokarde mit ihrer großen Schleife ein Geräusch wie von Vogelschwingen in der Mauser von sich gab, »ich wollte Ihnen für Ihr Geschenk danken.« Sie wurde rot, vielleicht weil sie die geschenkte Kette heute nicht trug. »Briefe sind unbefriedigend, und dann gehen sie bei der Post auch oft verloren.« Sie senkte den Blick. »Eine Stimme ist da viel persönlicher, meinen Sie nicht?«
Mrs. Hunter öffnete ihre Augen weit. »Oh, manchmal kann ich sehr gut sehen. Heute zum Beispiel. Aber kommen Sie doch näher. Da drüben sehen Sie aus wie unter Wasser. Kommen Sie her und setzen Sie sich neben mich, auf diesen kleinen Stuhl hier.«
Die Besucherin gehorchte, und die Schwester beschäftigte sich damit, den Stuhl näher an das Bett heranzurücken. Obwohl sie aus dieser Begegnung völlig ausgeschlossen war, fiel es ihr gar nicht ein, etwa schlechtgelaunt zu sein: Die Situation war für einen Beobachter viel zu fesselnd.
Mrs. Hunter verursachte das zarte Geräusch von Eiderdaunen: Sie streichelte einen Handrücken von Mrs. Wyburd, die inzwischen ihre Handschuhe ausgezogen hatte. »Die Sommersprossen, Lal – Sie haben sie immer noch. Sie machen keine Schwierigkeiten? Man hat früher immer gehört, daß Sommersprossen mit fortschreitendem Alter gefährlich werden können.«
»Daran habe ich nie gedacht«, gestand Mrs. Wyburd.
Schwester Manhood beobachtete, wie sich neuerliche Röte unter der Haut der Besucherin sammelte; die sich vertiefende Gesichtsfarbe ließ die Pockennarbe mit dem kleinen Pudertupfen noch deutlicher hervortreten als bisher.
»Und warum nicht, Lal?« fragte Mrs. Hunter. »Ich verlange, daß Sie zu einem Arzt gehen. Lassen Sie ihn die Sommersprossen untersuchen. Das ist doch nur vernünftig, oder nicht?«
»Vernünftig – ja. Aber ich glaube nicht, daß ich mir gern etwas sagen lassen würde, das ich nicht hören möchte. Oder das anderen Kummer bereiten könnte.«
»Pah! Was nützt es den anderen – wenn Sie zwischen ihnen – als lebendes Krebsgeschwür herumlaufen?«
Mrs. Hunters Heftigkeit führte zu einem Hustenanfall. Schwester Manhood bot ihr etwas Wasser an.
»Was – Sie sind immer noch hier, Schwester? – wo ich doch vertraulich mit meiner Freundin sprechen möchte. Bitten Sie meine Haushälterin, sie

möchte Tee machen. Nur Tee. Ich glaube, wir werden uns nicht damit aufhalten, etwas zu essen. Mrs. Wyburd hat sich noch nie etwas daraus gemacht.«
Mrs. Wyburd hatte die Hände im Schoß gefaltet. Lächelnd blickte sie geradeaus. Sie sah wirklich ehrlich aus.
»Ich bin sicher, daß Mrs. Lippmann den Tee nicht vergessen wird. Aber ist es nicht noch ein bißchen früh, Mrs. Hunter?«
Mrs. Hunter starrte ihre Pflegerin nur an, und sie verließ das Zimmer.
»Ich habe noch eine Schwester, die bringt mir Rosen. Sie muß es heute vergessen haben, denn ich kann nichts riechen.«
»Jetzt ist doch nicht die Jahreszeit für Rosen.«
»Nein. Es gibt keine.«
»Ich erinnere mich, wie sehr Sie Rosen schon immer geliebt haben. Wenn es die richtige Jahreszeit wäre, hätte ich Ihnen welche mitgebracht.«
»Sie ist es. Die Hübsche. Fortwährend. Sie glaubt, ich kann das nicht riechen. Aber ich kann.«
Mrs. Wyburd mochte das gar nicht. Sie warf einen schnellen Blick in einen der Spiegel. Obwohl sie allein mit dieser unangenehmen alten Frau war, schien es doch, als ob noch andere Menschen im Raum wären.
»Hieß er nicht ›Arnold‹?« hämmerte Mrs. Hunter weiter.
»Wer?«
»Der Rechtsanwalt.«
Mrs. Wyburd stieß mit plötzlich heiserer Stimme hervor: »Ja.«
»Können Sie sich an den Geißbart erinnern?«
»An den – was?«
»Astilbe.«
»Ich kann mir nicht vorstellen, was Sie meinen, Mrs. Hunter.«
Mrs. Hunter lachte. »Sie waren es doch, die es mit den botanischen Namen hatte.«
»Meine Erinnerung ist auch nicht mehr, was sie einmal war.«
»Mein Mimulus von Double Bay!« Mrs. Hunter schien jemanden nachzuahmen.
Mrs. Wyburd blickte auf ihre knotigen Finger. »Wie geht es den Kindern?« fragte sie ihre Beschützerin. »Ich hatte gehofft, daß sie vielleicht die Zeit finden würden, mich einmal zu besuchen.«
»Die haben mit ihren eigenen Angelegenheiten zu tun. Oh, ja!« seufzte Mrs. Hunter. »Sie sollten dankbar sein, daß Sie Ihren Garten haben, Lal.«
Mrs. Wyburd war froh, daß sie ihr Spiegelbild zur Gesellschaft hatte, wenn es auch häßlich war und die Sommersprossen (krebsbefallen) nur das Register unzähliger verpfuschter Versuche verbargen, denen beizustehen, die sie liebte.
»Liebt mein Mann Sie?« bohrte Mrs. Hunter weiter.

»Ich glaube nicht, daß er das tat«, antwortete Mrs. Wyburd. »In Wahrheit wissen Sie ja auch ganz genau, daß das nicht der Fall war.«
»Ja. Ich bin es. Ich.« Mrs. Hunter regte sich ein wenig.
Mrs. Wyburd war erleichtert, als die Krankenschwester den Tee hereinbrachte.
»Es ist der Jasmintee, den Sie so gern mögen«, teilte Schwester Manhood mit. »Können Sie den Duft riechen?«
Alles drehte sich, wie schon immer, um Elizabeth Hunter – aber sie, die doch alle Düfte geliebt hatte, drehte den Kopf beiseite und weigerte sich fast, zu atmen.
Mrs. Wyburd schluckte hinunter, was sie nicht zuzugeben bereit war: ihre wahren Gefühle für Elizabeth Hunter.
Während die Schwester den Tee eingoß und die Tassen reichte, versuchte sie, einen Finger zu krümmen; aber er schien plötzlich angeschwollen zu sein, wie ihr ganzer Körper. »Ich werde Sie ein bißchen aufrichten, Mrs. Hunter. Soll ich Ihnen mit dem Tee helfen?«
»Natürlich nicht.« Dann: »Stellen Sie ihn nur hin – danke schön.«
Schwester Manhood verließ das Zimmer wieder, und Mrs. Wyburd versuchte zu früh, an ihrem Tee zu nippen: Sie verbrannte sich den Gaumen; die Tränensäcke unter ihren Augen wurden feucht; und ihre (krebsbefallenen) Sommersprossen mußten wie Rostflecke aussehen, glaubte sie. Sie wagte es nicht mehr, in den Spiegel zu schauen.
Mrs. Hunter rührte ihren Tee nicht an, so deutlich zeichnete sich die Krise ab, auf die sie sich zubewegten. »Wo ist mein Mann?« fragte sie.
»Ich würde sagen«, Mrs. Wyburd rang nach Atem, »er liegt im Grabe.«
»Sie brauchen mich nicht an das zu erinnern«, sagte Mrs. Hunter, »was wir sowieso wissen. Was ich meinte: Arnold – behandelt er Sie gut?«
»Er ist ein ehrenwerter Mann, und ich bin mit ihm verheiratet.«
»Oh – Lal! *Liebt* er Sie?«
Mrs. Wyburd brachte schließlich ein »Ja« heraus. Warum sollte es dieser Kreatur gestattet sein, so in deiner Nacktheit herumzustöbern, erst mit ihren Klauen und jetzt mit ihrem rachsüchtigen Geist? »Er liebt mich«, bestätigte sie noch einmal, obwohl es wie ein Sprung in die Dunkelheit war. Sie fühlte sich völlig nackt: wie früher unter Mrs. Hunters Blick.
»Arnold war haarlos«, schien sich ihr Quälgeist zu erinnern.
»Wie meinen Sie das? Er ist doch nicht einmal jetzt kahlköpfig.«
»Aber wächst sein Bart?«
»Das könnte ich Ihnen nicht sagen. Er rasiert ihn jeden Morgen ab.« Mit dem elektrischen Rasierapparat, den ihm die Mädchen vor ein paar Jahren zum Geburtstag geschenkt haben.
»Kein Geißbart«, murmelte Mrs. Hunter nur, weil sie inzwischen bereits wieder an etwas anderes dachte.

Mrs. Wyburd wußte, daß sie ihre Augen beherrschte und daß sie trocken waren. Aber von irgendwoher kam doch eine Träne, und sie konnte es nicht verhindern, daß sie auf den Teegrund in der Tasse fiel. Ihr Gaumen war wie verätzt.

Mrs. Hunter sagte: »Jetzt erinnere ich mich, Lal, was mich bewegt hat, Ihnen diese Kette zu schicken. Ich weiß nicht, warum ich ›bewegt‹ sage, wo ich doch *gezwungen* meine – so heißt doch das Wort? Wenn wir es nur zugeben, dann ist der größte Teil des Lebens entweder Zwang oder Zufall. Also habe ich Ihnen diese Kette geschenkt. Die ich während des Sturms trug, auf Brumby Island. Und den ich überlebt habe. Ich wollte, daß Sie diese Kette bekommen.«

War das Großzügigkeit oder Humbug? Lal Wyburd konnte es nicht unterscheiden; sie hätte vielleicht geweint, wenn sie nicht bei Arnold in die Schule gegangen wäre.

Dann sagte Mrs. Hunter: »Ich muß Sie bitten, jetzt zu gehen. Ich bin müde. Nicht so müde, wie Gladys Radford. Sie mußten ihr Sauerstoff geben. Erinnern Sie sich an Gladys Radford?«

»Nein«, sagte Mrs. Wyburd; ihre Tasse wäre fast vom Teller gerutscht. »Sie haben eine viel bessere Erinnerung als ich.«

»Ich danke Ihnen«, sagte Mrs. Hunter. »Ich habe auch sonst nichts.«

Mrs. Wyburd zog ihre Handschuhe an. Mrs. Hunter mußte das gehört haben, aber sie sah nicht erleichtert aus.

»Würden Sie mir einen Kuß geben, Lal?« fragte sie.

Mrs. Wyburd lachte. »Aber natürlich! Hatten Sie gedacht, ich würde mich ohne Kuß verabschieden?« Sie wußte, daß sie über diese Lüge errötete: selbst Arnold küßte sie am liebsten nur im Dunkeln.

Mrs. Hunter erhob ihr blindes Haupt auf langem, von Hautringen umgebenem Hals: Die Wirkung war die eines uralten Reptils. Lal Wyburd fühlte sich in so etwas wie einen Dunstschleier eingehüllt, oder in eine Wolke sentimentalen Mitleids. Aber selbst in dieser Eingehülltheit bäumte sich ihr Geist in Schrecken auf, nicht vor dem zerfallenden Menschen, der hier ihrer Gnade und Barmherzigkeit ausgeliefert war; sondern immer noch vor der Legende hinter dieser Maske: vor Elizabeth Hunters Schönheit.

In ihrer Verzweiflung kam ihr eine längst vergangene Begebenheit in den Kopf. Es geschah in dem Jahr, als sie mit den Mädchen ihre Reise durch Europa machte. Sie waren mit angemessener protestantischer Ungläubigkeit und Ablehnung durch Lourdes gebummelt und fanden sich plötzlich in einer Menschenschlange wieder, die sich langsam vorwärts bewegte. Zu spät erkannte Marjorie, die weiter vorne ging, daß sie sich versehentlich einer Gruppe angeschlossen hatten, die der Erscheinungsgrotte einen frommen Besuch machte. Es gab keinen Weg mehr zurück. Marjorie, das konnte man von hinten sehen, beugte sich vor und küßte den Steinblock einfach wie vor ihr alle Katholiken. Heather drehte sich einen Moment um, puterrot im Gesicht vor Verachtung, wenn nicht sogar in Panik, ehe sie alle von der nachdrängenden Menge weitergeschoben wurden. Heather ging vorbei, den Kopf stolz erhoben. Was, oh, was sollte sie jetzt tun? Und dann duckte sich Lal Wyburd und küßte, durchaus respektvoll, die Luft mehrere Zentimeter über der Oberfläche des schmierigen Steines. Wie betäubt ging sie weiter, aber dankbar dafür, daß es ihr gelungen war, hygienische wie religiöse Infizierung ohne vulgäre Demonstration zu vermeiden.

Und jetzt waren hier unter ihr Mrs. Hunters Lippen, suchten zitternd im Nichts herum.

Rasch bückte sich Mrs. Wyburd: sie küßte die Luft direkt vor dem Gesicht der alten Frau.

Elizabeth Hunter mußte das gehört haben. Sie sank zurück in ihre Kissen und sah ziemlich zufrieden aus. »Hab' mich lieb«, murmelte sie, aber das war wohl kaum für ihre Besucherin bestimmt.

Vielleicht war das eine weitere Eroberung, nicht so sehr die eines Individuums, sondern eine Eroberung abstrakter Art. Auf jeden Fall würde sie sie zur Liste der anderen dazuzählen.

Mrs. Wyburd ging. Sie war froh, daß weder die Haushälterin noch die Krankenschwester irgendwo zu sehen war: sie hätten Fragen stellen können, oder noch schlimmer – sie hätten ihr vielleicht irgendwelche Komplimente gemacht. Sie stieg die Treppe hinab, blickte auf ihre Füße und hielt sich dabei das Taschentuch vor den Mund, um dort die Leere zu füllen, wo dieser Kuß hätte sein sollen. Aber immerhin besaß sie ihren Mann noch, den die Schönheit nicht zu vernichten vermocht hatte. Und der Tod sollte das auch nicht fertigbringen, soweit sie das verhindern konnte.

Und dennoch weinte Mrs. Wyburd.

Nachdem sie aus dem Zimmer ihrer Arbeitgeberin hinausgeschickt worden war, hatte Flora sich an die frische Luft begeben und ging im Garten umher, ziellos, ihr Körper wie ein sinnlose Figuren malender Bleistift, ihr Geist die Mine dazu. Was man so als ›Landschaft‹ bezeichnet, darum hatte sie sich eigentlich nur als Kind gekümmert – wenn du Zeit hast, dir ein Blatt anzusehen, oder ein Insekt (das du vielleicht aus Spaß umbringst) oder auch einen Kuhfladen (die vertrockneten kannst du aufheben und damit werfen) später stehst du dir immer selbst im Weg wenn es um Bäume geht und so Sachen und du siehst sie nur undeutlich und hältst sie für überflüssig.

Jetzt ging sie in Mrs. Hunters Garten spazieren, riß ein paar Blätter ab, kaute auf einem eine Weile herum und warf die anderen wieder weg, ehe

sie Zuflucht in den Ärmeln ihrer Jacke suchte: Sie verbarg ihre Hände. Wie lange noch, überlegte sie, würde es ihr wohl gelingen, vor geübten Augen auch das Anschwellen ihres Körpers zu verbergen – oder hatte die Frau des Rechtsanwalts vielleicht schon etwas gemerkt?
Die Schwester sah, wie die alte Mrs. Wyburd das Haus verließ und durch den Garten zur Straße ging, so mit ihren eigenen Gedanken beschäftigt, daß sie kein Auge für ihre Umgebung hatte. Dennoch strich sich Schwester Manhood ihr Kleid über dem Bauch glatt. Dann faltete sie ihre wolligen rosa Arme über den hängenden Brüsten.
Das Gartentor quietschte. Mrs. Wyburd war fort.
Über dem Garten mit seinen undeutlichen Umrissen war der Himmel klar und wäßrig, und eine weiße Wolke türmte sich wie ein riesiger Wattebausch über der Rennbahn und den Klosterschulen. Flora Manhood berührte ihr Gesicht; auch das war inzwischen angeschwollen: seine weiße Haut schwammig wie eine Steckrübe. Sie hätte jetzt jedem Fremden (das stimmte natürlich nicht ganz) erlaubt, ihre Unabhängigkeit hinwegzuküssen, wenn das möglich gewesen wäre. Dann das Klimperklingeln der kleinen Glocke: das war die Reliquie, die dich zu einer Pflicht rief, aus der Mary de Santis eine Andachtsübung gemacht hätte.
Entschlossen ging Schwester Manhood den gewundenen, um nicht zu sagen gefährlichen Gartenpfad hinauf. (Mrs. Hunter erzählte gerne davon, wie sich zwei Leute hier das Bein gebrochen hatten.) Ihre Arme hingen völlig gleichgültig in den Ärmeln ihrer Jacke herunter. Obwohl das doch gar nicht ihrem Wesen entsprach. Denn wenn sie wirklich kalt und gleichgültig sein könnte, dann wäre ihr vielleicht Col Pardoe nie zugestoßen; und Sir Basil Drecks-Hunter hätte es für sie nie gegeben.
Der Garten in der Dämmerung brachte zuviel zurück in Floras Gedächtnis, das unwiederbringlich verloren war: kleine, bunte Pünktchen auf Vogeleiern *was macht man denn mit dem Schleim wenn mans ausgesaugt hat Snow na den spuckt man natürlich aus* Hunde mit geflecktem Fell über den Augen Sommersprossen auf den Augenlidern einer alten Frau ein Muttermal in der Armbeuge eines Mannes *Zähne Flo was ist denn in dich gefahren? du verstehst nicht immer nur Bücher und MAHLER und nicht daß man verschlingen möchte was man liebt Ohhh Colll.*
Lotte Lippmann stand in der dunkler werdenden Eingangshalle und sah aus wie eine kleine Ratte, die vor ihrem Loch in der Böschung am Flußufer sitzt.
»Was ist denn, Floradora? Geht es Ihnen nicht gut?«
Flora Manhood sagte: »Ich habe ein wenig Bauchweh.« Lottie hatte zwar ein Herz wie Gold, aber sie war zu rein und unschuldig, als daß man sie ins Vertrauen ziehen könnte.
»Sie hat schon die ganze Zeit nach Ihnen geklingelt«, sagte Mrs. Lippmann.

»*Das* kann man allerdings hören! Hätten Sie nicht mal gehen können – Lot?«

»Ich muß mich fertigmachen. Sie erwartet mich später«, sagte Mrs. Lippmann.

Die Schwester bemerkte mit einem Mal, daß die Haushälterin, die zunächst in der Dämmerung und durch den Filter ihrer eigenen sorgenvollen Gedanken gesehen den Eindruck eines kleinen, vorsichtigen Tieres gemacht hatte, heute in außergewöhnlicher Weise ruhig und gesammelt war und irgendwie ein Leuchten ausstrahlte. Obwohl sie immer noch ihr altes, von der Küchenarbeit fleckiges Wollkleid und dazu bequeme Filzpantoffeln trug, hatte sie ihr Haar glatter gekämmt als je zuvor; am geraden, weißen Scheitel war es an den Wurzeln sichtlich straff gezogen, wie man sogar im Dämmerlicht der Halle sehen konnte – in dem ihre vor Erwartung schimmernden Augen noch strahlender aussahen.

»Später werde ich zu ihr kommen«, wiederholte Mrs. Lippmann mit ihren von Natur aus dunklen Lippen und senkte die gefetteten Lider als Andeutung, daß sie über so vertrauliche Dinge nicht weiter sprechen dürfe. Aber die Schwester konnte erraten, worum es ging.

Es war zu geisterhaft für Flora Manhood. Sie ging nach oben. Als sie am Badezimmer vorbeiging, spürte sie Übelkeit in sich aufsteigen und trat ein, um dem Brechreiz nachzugeben. Sie stand da und blickte in die Klosettschüssel wie eine Büßerin; aber nichts kam. Alles wurde ihr eben schwergemacht. Aber wenigstens vergeht Übelkeit wieder. Und Lottie hatte anscheinend bereits das Teegeschirr abgeräumt, wie sie mit Erleichterung feststellte.

Die fragmentarischen Überreste einer Stimme befreiten sich aus der Kehle, in der sie festgesteckt hatten. »Ich möchte, daß Sie mein Gesicht zurechtmachen, Schwester Manhood.«

Ihr eigener Name klang der Krankenschwester widerlich und abstoßend. Unfreundlich gab sie zurück: »Aber als eine Veranlassung dafür da war, da wollten Sie es natürlich nicht.«

»Mrs. Wyburd hätte es vielleicht nicht richtig verstanden.«

Wenn diese Worte andeuten sollten, daß Flora Manhood möglicherweise zur Hierarchie derer gehörte, die im Gegensatz dazu verstehen konnten, dann waren sie verschwendet: Flora war viel zu bedrückt von ihrem eigenen Zustand. Und dadurch hatte sie einfach schlechte Laune und war nicht in der Stimmung für irgendwelche Spielchen.

Sie riß am Zugschalter der Stehlampe neben dem Bett, und als das Licht ins Zimmer sprang, hielt Mrs. Hunter diesmal nicht ihre übliche Predigt über die Frage, wer schließlich alle Rechnungen bezahlen müsse. Heute abend wartete das alte Ding nur kleinlaut und hielt bereits ihr Gesicht hin, um zu empfangen.

Weil ihre Stimmung es so wollte, stieß Schwester Manhood erst noch ein paar Gegenstände herum, ehe sie den Kosmetikkoffer brachte und mit hartem Ruck auf den Tisch neben dem Bett stellte. Mrs. Hunter sagte nichts. Obwohl der Knorpel ihrer Kehle angespannt schien, lag sie da und lächelte dem Liebreiz entgegen, der sich gleich auf ihr Gesicht herabsenken würde.
Während sie heute die Wangen einkremte und glattstrich, fragte Flora Manhood ihre Klientin gar nicht erst, wie sie es denn haben wolle. Und Mrs. Hunter machte auch ihrerseits keine Vorschläge; sie gab sich ganz hin. Es wäre ihr in ihrem Trance-Zustand nie eingefallen, daß sie vielleicht das Opfer eines Akts der Abtrünnigkeit werden könnte.
Denn ganz bestimmt hatte sich die Hüterin des heiligen Bildes niemals weniger religiös und andächtig gefühlt. Wie wäre es, wenn sie heute nur aus Spaß ein richtig wildes Gesicht malen würde? Also puderte und strich sie die schimmernden Grüntöne sämtlicher bösen Geister auf; der brutale Mund des Idols würde kaum überlaufen, nachdem sie sein Scharlachrot mit einer dicken, schwarzen Mauer umgeben hatte; wenn Augenlider aus grauem Stahl die Schwerter schärfen konnten, die aus diesen Augen in ihren bösartigsten Momenten hervorbrachen, dann starben die Opfer wenigstens lachend und ohne viel zu spüren.
Flora Manhood dagegen lachte aus Freude an ihrem Kunstwerk.
»Sieht es gut aus?« erkundigte sich Mrs. Hunter. »Sie wird gleich für mich tanzen.«
»Wenn Sie es sehen könnten, wären Sie ganz hin«, grinste Schwester Manhood. »Sie werden heute abend beide zusammen ein wundervolles Bild abgeben.«
Nachdem sie den Körper in die alte Robe aus rosa Brokat gehüllt und in den Chromstahl-Sessel gesetzt hatte, erschauerte Schwester Manhood für einen Augenblick – als ob sie in einem aufwärts steigenden Lift stünden, und oben warteten die Masken am Ende des aseptischen Korridors auf mehr als nur den Patienten.
Sich an die Perücke zu erinnern und sie zu holen, lenkte sie ab. Sie kam mit der grünen zurück, die Mrs. Hunter nur einmal getragen und danach nie wieder verlangt hatte. (*Obwohl ich es nicht sehen kann, Schwester, habe ich das Gefühl, daß es nicht richtig wirkt.* Heute abend tat es das.)
Nachdem sie das leblose Haar zurechtgeschoben hatte, strich Schwester Manhood es mit ein paar leichten Bewegungen glatt. »So – ganz offen.«
Mrs. Hunter, heute nachgiebig auf allen Gebieten, lächelte und sagte: »So habe ich es mir vorgestellt«; dann erinnerte sie sich: »Aber mein Schmuck, Schwester! Haben Sie den vergessen?«
Ob sie nun vorher daran gedacht hatte oder nicht – das junge Mädchen brachte die Kassette. Während sie mit Juwelen beladen wurde, schien Mrs. Hunter das zitternde Zusammenprallen der Steine besonderes Vergnügen zu bereiten. »Wie gerne wir doch leiden!« kicherte sie einmal.

Die beiden gewaltigen Smaragde, die Schwester Manhood ihr an die Ohren schraubte, pendelten ein paarmal gegen die Wangen, ehe sie schließlich ruhig hingen. Wenn die Lehne des Chromsessels sie nicht gehalten hätte, dann wäre sie unter dem Gewicht eines weiteren Smaragdgehänges auf ihrer Brust hintenüber gesunken oder hätte sich eine tödliche Diamantennadel ins Herz gebohrt.
Schwester Manhood hatte auch tatsächlich die Haut durchstoßen, als sie mit dieser Nadel das eingeschrumpfte Dekolleté zusammenzog; aber wie man feststellen konnte, war das alte Huhn von Alter und Eitelkeit viel zu sehr narkotisiert, als daß sie etwas gespürt hätte.
Die Schwester wischte von der oberflächlichen Verletzung einen kleinen Tropfen Blut ab; selbst als sie die Stelle mit Alkohol betupfte, schien weder der Geruch noch das brennende Gefühl die wahre Elizabeth Hunter zu erreichen.
Statt dessen zog sie genügend Luft in ihre Lungen ein, um zu fragen: »Haben Sie mir meinen Stern gegeben? Meinen Sternsaphir?«
»Aber Ihre Finger lassen sich ja schon jetzt kaum noch bewegen, so viel Ringe sind daran. Und der Saphir paßt auch nicht. Nicht zu dem, was ich bis jetzt arrangiert habe.«
»Aber ich muß ihn tragen!« bestand Mrs. Hunter.
Beide begannen sie, in den samtausgeschlagenen Fächern herumzukramen. Wenn es um Schmuck ging, waren Mrs. Hunters Finger geschickter als die ihrer Pflegerin.
»Er ist nicht da!« rief Schwester Manhood lauter, als es die Schwerhörigkeit ihrer Patientin erforderte.
»Mein Sternsaphir! Ist er vielleicht auf den Boden gefallen? Einen habe ich Ihnen geschenkt, nicht wahr? – den rosafarbenen – aber nur den rosafarbenen, Dorothy.«
Schwester Manhood kroch und suchte um den Sessel herum. »Ja, den rosafarbenen – den rosafarbenen, und schriftlich. Sie glauben doch nicht etwa, daß *ich* den anderen genommen habe? Ich wollte im Grunde genommen keinen von beiden.«
Mrs. Hunter lächelte und sagte: »Ich weiß.«
Staubig und atemlos, schluchzte Schwester Manhood sogar fast, als sie sich wieder aufrichtete. »*Alle möglichen* Leute können den Ring gestohlen haben.«
»Ja«, sagte Mrs. Hunter und lächelte wieder. »Oder ich habe ihn vielleicht verschenkt. Kate hatte so viele Puppen, daß sie immer welche verschenkte und sich manchmal gar nicht daran erinnern konnte. Und letzten Endes – ist es ja gleich – nicht wahr?« Sie ließ die Brokatrobe nicht gerade um ihre Schultern herum tiefer gleiten, aber schob sie immerhin ein wenig herab, so daß sie natürlicher fiel. »Würden Sie sie jetzt rufen?« Ihre Lippen beb-

ten vor ungewöhnlich beherrschter Ungeduld. »Sagen Sie ihr, daß ich bereit bin.«
Von der Tür aus blickte Flora Manhood zurück, weil sie sich etwas vor dem fürchtete, was sie da geschaffen haben mochte. Die grün und silberne Maske der alten Betty Hunter glitzerte und schimmerte in der Tiefe des Raumes. Niemand könnte dich eigentlich der bösen Absicht beschuldigen, denn im Grunde genommen hattest du nur die Wahrheit herausgearbeitet. Und was Mrs. Hunter anbelangte, so schien sie sich im Augenblick auch dieses bösen Geistes in ihr bewußt und bereit zu sein, die Verantwortung für ihn zu übernehmen.
Du andererseits würdest dir niemals sicher sein, wieviel von dem Bösen in dir von dir selbst herstammte und wieviel dir von anderen aufgezwungen worden war, von Col Pardoe, Mrs. Hunter oder Leuten, mit denen man einfach so zusammenkommt – oder von Gott, wenn es einen gab; nur gab es ihn nicht: Es existieren keine wissenschaftlichen Beweise. Nicht wie für dieses Kind hier, das an deinen Nerven zerrte, dir den Kopf zu zerspalten drohte und dich dazu zwang, dich zu übergeben. Dieses Kind war wirklich; war deine eigene, absichtliche Schöpfung, im Guten wie im Bösen; niemand sonst und am allerwenigsten Sir Basil Hunter, konnte dafür verantwortlich gemacht werden.
Sie stieß die Tür hastig auf, weniger um die Haushälterin zu rufen, als um möglichst schnell das Badezimmer zu erreichen, und prallte direkt mit einer Gestalt zusammen, die sie im ersten Augenblick gar nicht als Mrs. Lippmann erkannte.
Sie trug dieses irre Kleid, das Mrs. Hunter ihr angeblich versprochen hatte und von dem theoretisch eigentlich jeder einigermaßen vernünftige Mensch sagen mußte, daß es nur ein schlechter Witz war. Aber in der Praxis wirkte das Kleid ganz anders. Denn in den Tagen, als Elizabeth Hunter – die mit den kühnen Beinen – mit den Eröffnungsschritten des nächsten Foxtrotts durch das gedämpfte Licht hinaus auf die Tanzfläche glitt und der Chiffon schäumte und in Wellen unter der glitzernden Oberfläche des Materials hervorleckte, das den Eindruck von flüssigem Metall oder unruhigem Wasser gemacht haben mußte, da war ihr der Rock kaum bis ans Knie gegangen; so daß diese kleine, untersetzte Jüdin das Kleid jetzt zwar nicht mit elegantem Schwung tragen konnte, aber dafür mit der ernsten Würde, die der strengen, langen Robe gemäß war, als welche es auf ihrem Körper erschien.
Gemessen neigte die Jüdin ihren großen Kopf mit dem Haarknoten, als sie an der Schwester vorbeischritt. Die Augen bereits auf die Höhen gerichtet, zu denen sie emporstrebte, hatte Lotte Lippmann anscheinend ihre schmerzenden Füße vergessen. Falls sie an der sitzenden Gestalt etwas Grelles, Ungewöhnliches bemerkt hatte, zog sie vor, es zu ignorieren: Sie

war zu hingegeben oder zu verzückt. Und Mrs. Hunter lächelte. Sie streckte eine Hand aus, die so von glitzernden Juwelen erbebte, daß sie fast den Takt anzugeben schien. Mrs. Lippmann nahm die Hand mit aller Förmlichkeit entgegen.

Flora Manhood hatte niemals an einem Mysterium teilgehabt: nur beinahe, zusammen mit Col Pardoe, wenn sie sich nicht dagegen gewehrt hätte; und ebenso beinahe mit Elizabeth Hunter, wenn sie dem gewachsen gewesen wäre (weniger ungeschickt, weniger dumm, weniger furchtsam) – in den Augenblicken, in denen die alte Frau bereit gewesen war, ihre Erfahrung des Lebens mit ihr zu teilen. Jetzt murmelten die Lippen der Schwester ein Durcheinander von Worten, während sie an der Tür stand, sich den Bauch mit den Händen hielt und beobachtete, was geschah.

Lotte Lippmann begab sich in die Mitte des Raumes, schlug ihre Absätze zweimal scharf zusammen und beugte das Knie mit einem mädchenhaften Knicks oder einer Huldigung. So weit konnte Flora Manhood folgen. Sie sah nur den Rücken der Tänzerin: alle diese Wirbel; sie liefen wie große Perlen dort hinauf, wo einmal Elizabeth Hunters nackter Rücken gewesen war, und endeten unter dem festen Haarknoten in Lotte Lippmanns Nakken.

Eingelullt von der drückenden, mit Andacht erfüllten Luft im Zimmer (ich sollte mich eigentlich auf Zehenspitzen hinten herumschleichen und das Fenster ein wenig öffnen), begann Flora aus der Entfernung die Wirbel abzuzählen, wie die irischen Mütter während der Hungersnot bei ihren abgemagerten Kindern. Obwohl sie doch gar nicht irisch war und Lot außerdem eine Jüdin.

Oh was ist dir schlecht jetzt geh' und spei alles aus oder sieh zu daß du die ganze Sache losbekommst (würde jemand es dann in der Klosettschüssel finden und dich beschuldigen?).

Dies alles blieb ohne Wirkung auf die direkten Teilnehmer – Elizabeth Hunter, die mit einer grünen Hand ein Ritual dirigierte, oder Lotte Lippmann, die sich umgedreht und begonnen hatte, ihrer beider Tanz zu interpretieren.

Zuerst bewegte sich die Tänzerin nur unschlüssig: die kurzen Arme zögerten, einen Impuls himmelwärts zu schleudern. Dies war ein Tanz, den sie noch nie getanzt hatte: Jeder Zweig unter ihrem Fuß jagte ihr Schrecken ein; Blätter verwandelten sich in Metall und rissen an ihrem gestrafften Haar, und sie duckte sich. Während ihr ›Publikum‹ nach ihr griff und sie in seine Mitte zurückzerren wollte: Mit rötlichem Haar besetzte Pranken und daneben zuckerstangengleiche blasse Fingerimitationen schickten sich an, ihr in die Brustwarzen zu kneifen, ihren Busen und ihre aus konischen Segmenten zusammengesetzten Hüften abschätzend zu beurteilen.

Weil es das war, was die Tänzerin an wirklichem Leben erfahren hatte, war sie versucht, auch jetzt mit ihrem Tanz in dieser Welt zu bleiben; aber das entsprach wohl nicht ganz dem, was ihre Meisterin von ihr erwartet hatte.

Das den Takt schlagende Metronom wurde unregelmäßig. »Ist das alles, was wir für unser Geld kriegen? Da ist heute abend einfach zuviel von Ihnen selbst drin.« Die Smaragde funkelten böse.

Lotte Lippmann hätte vielleicht noch niedergeschlagener ausgesehen, wenn sie nicht gewohnt gewesen wäre, ein Kreuz von einer für keinen Christen faßbaren Schwere zu tragen.

»Geben Sie mir etwas Zeit, Mrs. Hunter. Ich muß mich schließlich erst hineinversetzen, nicht wahr?« rief sie mit einer nur leicht betrübten Stimme zurück.

Auf einem unförmigen Fuß stehend, streckte sie das andere Bein aus, dessen Knoten und Leitern von blauen Adern in einem rissigen Lackleder-Pumps endeten. Ohne das Kleid wäre sie wahrscheinlich inmitten ihrer körperlichen Unzulänglichkeiten einfach zu einem Häufchen zusammengefallen; aber das Kleid atmete einen Hauch von Poesie, die Lotte Lippmann vielleicht mit Hilfe ihres innersten Wesens vermitteln konnte: Es spiegelte einen Glauben an Liebe und Freude, dem sie sich zögernd hingab.

»Dieses ganze alte Kabarett-Zeug«, schimpfte Mrs. Hunter weiter, weil ihre Haushälterin doch so gerne litt, »das habe ich mir schon vor hundert Jahren an den Hacken abgelaufen.«

Aber ich kenne es nur allzu gut diese *eins-zwei-drei*-Männer sie drücken ihre Rüssel gegen dein Ohrläppchen während sie dich am Saxophon vorbeischieben oh ja Bestialität ist mir nur allzu gut bekannt bist du nicht selbst hingegangen und hast dich mit diesem Politiker mit diesem Athol Dings gewälzt du kennst es bis ins Letzte bis zum letzten Spritzer Lust und dann nieder mit den Männern jedenfalls für heute abend.

Und jetzt, am Ende deines Lebens, kannst du doch sicherlich erwarten, daß dir dieses unfaßbare Etwas gezeigt wird, nach dem du doch wie es scheint dein ganzes Leben lang gesucht hast. Warum du es allerdings durch die Person einer schweißnassen, treu ergebenen und oft lästigen Jüdin erwarten solltest, die auf der anderen Seite eines Wasserschleiers (denn das ist alles, was die menschliche Sehfähigkeit leisten kann) auf einem Bein steht – das hättest du selbst nicht erklären können. Es sei denn, es wäre deswegen, weil ihr beide Menschen seid – und demzufolge beide mit Fehlern behaftet.

Um ihre Haushälterin zu ermuntern, rief Mrs. Hunter: »Ich glaube, Ihre Arabeske wird wundervoll, Darling, wenn sie sich erst ein bißchen gesetzt hat.«

Lotte Lippmann wurde von einem so übertriebenen Kichern gepackt, daß sie fast umgefallen wäre. Dann lachten sie beide zusammen, schnaufend und mit tiefer Befriedigung.

»Ein paar völlig verrückte Ziegen!« Schwester Manhood stampfte quer durch das Zimmer, um das Fenster zu öffnen, und überließ dann die beiden sich selbst: Sie konnte das nicht mehr aushalten; sie fand überhaupt nichts Spaßiges dabei; sie gehörte heute abend einfach nirgendwo dazu; und sie schloß sich im Badezimmer ein.

Auch Lotte Lippmann, eine ernsthafte Person und satirische Begabung, wußte eigentlich nicht, warum sie lachte. Die Rippen schmerzten sie geradezu, als ob es irgendeine spaßige Jugendsünde wäre, über die sie so unendlich erheitert waren. Aber sie fühlte sich jetzt wenigstens befreit. Sie konnte sich freuen und wußte sich gleichzeitig mit der Quelle ihrer Freude in diesem Gefühl vereint (und die war nicht dieses Zerrbild, das Floradora hier so grausam aufgerichtet hatte). Und so führte Lottie einen kleinen Tanz vor, an den sie sich wahrscheinlich von früher erinnerte – munter die Straße hinab mit fliegender Schürze, Zöpfe tanzen hinterher.

Mrs. Hunter war versöhnt. »Jetzt kann ich schon sehen, daß Sie sich wieder hineinfinden.« Sie konnte spüren, wie sich die Luft um sie bewegte; ein Rock wehte an ihrer Hand vorbei und verhakte sich für einen Augenblick in den Ringen.

Lotte Lippmann tanzte hingebungsvoll, aber ihre Augen waren geschlossen, ihre Nüstern zusammengezogen – als ob die auferstandenen Toten vor ihr stünden und noch den Brandgestank mit sich schleppten.

Mrs. Hunters brokatbedeckte Knie bewegten sich ein wenig, während sie ihren eigenen Tanzschritten folgte, durch einen Morgen erfüllt vom Geruch nach Kuhdung und Frost, nach Linsenkuchen und heißer Milch. *Du mußt nur tanzen Kate dann tanzt du dir die Frostbeulen aus dem Blut.* Der alte karierte Rock mit dem Brandflecken unter der Tasche bläht sich auf, während du herumwirbelst. Was ist aus Kate Nutley geworden? Wahrscheinlich wartet sie immer noch vor der Molkerei. Kate hatte ihre Hosen naßgemacht weil es so kalt war. *Wenn ich du wäre dann würde ich tanzen bis sie wieder trocken sind und keiner würde was erfahren ich werde später einmal Tänzerin.* In gewissem Sinn hattest du ja auch die Wahrheit gesprochen. Wie doch der Himmel an frostigen Morgen durcheinander wirbelte. Die Vergangenheit ist so sehr viel klarer als die stumpfsinnige Gegenwart. Bis hin zur letzten Pore.

Lotte Lippmann hatte endlich die Idee ihres Tanzes erfaßt oder war von ihr erfaßt worden. Sie tanzte und strich dabei über ihre eigenen Arme, über ihre eigenen Schultern mit Händen, die sich nicht fest genug andrücken konnten und mit Fingern, die sich nicht tief genug eingraben ließen in ihr dunkles, unter dem Druck weiß werdendes Fleisch. Sie öffnete ihre furchterfüllten Augen und teilte ihre Lippen, um eine Approbation zu empfangen, von der sie nicht wußte, ob sie stark genug sein würde, sie zu tragen. Auch Elizabeth Hunter war vielleicht nicht stark genug. Ihre wie mit Draht verbundenen Glieder knirschten, als sie tiefer in ihren Stahlsessel sank; ihre spitzen Knie stachen durch den Brokat der Robe; das Flannell-Nachthemd und auch die Schafswoll-Bettschuhe halfen nichts mehr. Sie stöhnte im Gedanken an das, was alle Tänzer erwarteten. Von überall ringsum konnte sie das schwere Atmen der Frau hören, die mit dem Tanz kämpfte, von dem sie besessen war. Es ist nicht die Zärtlichkeit, die dir das Wiedererleben als erstes beschert: Es sind die Peitschenhiebe, die Schläge und die fast geschehenen Morde. Und deshalb stöhnte Elizabeth Hunter. Wie eine sterbend auf der Seite liegende Kuh.

ES ja es ist eine sterbende eine *beige*-farbene Kuh ihre Rippen scheinen weiß durch das Fell (das war natürlich eigentlich kaum möglich aber vielleicht taten sie es doch.) Die Augen. Es gab nichts, was du für die Kuh tun konntest – ebensowenig wie für dich selbst. Sanft die Rippen mit den Zehen antippen (in Wirklichkeit hattest du nach der Kuh getreten wegen der Ungeheuerlichkeit des Sterbens und warst weggelaufen und hattest nach Kate gesucht um ihr von dieser zotteligen gelähmten Kuh zu erzählen nicht von der Ungeheuerlichkeit das hätte sie nicht verstanden aber Kate war nie zu finden wenn man sie brauchte.) Sie riefen von der Hintertür *Elizabeth? Wo bist du gewesen? Weißt du nicht, daß wir uns um dich sorgen?* Du hast getanzt um zu zeigen daß du nicht unrecht hattest und daß du nicht zu ihnen gehörtest nur als das Kind das sie ›lieben‹ und du ›liebst‹ sie dafür wieder jeder tut was von ihm erwartet wird. *Ich habe eine halbtote Kuh gefunden. Puh! Scheußlich! Sie konnte nicht aufstehen. Eine alte Kuh.* Sie sagten *das arme Tier kann nicht weil wir diese Dürre haben weißt du das nicht Elizabeth Salkeld hast du denn gar kein Mitleid?* Du hast getanzt weil du mehr wußtest als die Menschen die dich liebten mehr als die Steine in der Wand des Hauses. (Mitleid ist eine so persönliche Sache etwas zwischen dir und dem Menschen vor dem du es verbergen mußt.)

Elizabeth Hunter versuchte ihre ungeschickten Lippen auf den Wind zu drücken, den die Tänzerin rings um sie aufwirbelte. Sie versuchte, irgend etwas zu ergreifen. Es ging nicht. Sie war die Gefangene ihres Stuhls. Ihre Versuche waren so nutzlos so wirkungslos wie die eines Betrunkenen. Sie ergab sich.

Jetzt, da ihr zweites Selbst von den Versuchen der Liebenden befreit war, Zärtlichkeit durch körperliche Berührung auszudrücken (auch das geht tief, ist sogar tragisch, weil es so schwerfällig und kraftlos bleiben muß), wurden ihre Bewegungen flüssiger. Sie tanzten miteinander zwischen – Bäumen, ja, Bäume mußten das sein, das Licht flackerte hörbar zwischen den Stämmen oder waren es Züge donnernde Züge die mit dir in unheilbare Krankheit Alter Tod Verwesung rasten nein es war das langsame Absterben das du durch moosgepolsterte Türen hörtest der schimmernde Ruf eines Vogels und dann kratzen die Möwen die Farbe aus dem Himmel. (Was war das für eine rußige Möwe die aufgespießt wurde?)

Lotte Lippmanns Haare hatten sich aufgelöst. Obwohl sie noch ein Teil von ihr waren, führten sie ein selbständiges Leben. Warfen sich in entgegengesetzte Richtungen. Und eine Strähne groben Haares peitschte Mrs. Hunter über den Mund.
Es brannte. Es schmeckte bitter, wie ja zu erwarten war bei der Geschwindigkeit, mit der sie beide dahingaloppierten.
Als sie sich dem Höhepunkt ihres Tanzes näherte, begann Lotte Lippmann, Ziermünzen um sich zu verstreuen. Aber die Nähte des mondbeschienenen Kleides hielten.
Mrs. Hunter sabberte: zu hören, wie die Wellen zu dieser Stunde des Morgens sich öffnen und schließen in perlmuttbesetzten Untiefen und sie tragen die Muscheln zurück und vor und ganze Fingernägel von Chinesen und die Bruchstücke die Bruchstücke werden Sand.
Es war Sand, was Mrs. Hunter spürte, kratzender Sand. Man mußte die Nachtschwester um *Optrex* bitten. Eine kalte Pupille in blauem Glas. Oder war es immer noch Dieses Mädchen? Dienstmägde waren früher immer so aufgeregt und dann schrecklich trübselig wenn sie feststellten daß sie schwanger waren.
Da tanzte immer noch eine Frau *tanzte* ohne jeden Grund.
Und dann fiel Mrs. Lippmann plötzlich in sich zusammen. »Was soll ich jetzt noch tun?« keuchte sie gegen Mrs. Hunters Knie.
»Nichts. Gehen Sie! Sie tun mir weh. Ich möchte jetzt nicht angefaßt werden.«
Das verursachte der Haushälterin Schmerz: Sie war noch nicht ganz wieder in sich zurückgekehrt nach ihrer Austreibungszeremonie.
Aber Mrs. Hunter war unnachgiebig. »Schicken Sie mir meine Krankenschwester«, befahl sie. »Ich möchte mein Bedürfnis verrichten.«

Sie hatte einen hohlen Zahn, für den sie kein Geld ausgeben wollte, solange sie nicht genug beiseitegelegt hatte, um den milchkaffeebraunen Kaftan zu erstehen.
Vor dem Badezimmerspiegel stehend, stocherte Flora in diesem Zahn mit dem spitzen Federkiel herum, den sie zu diesem Zweck immer bei sich trug. Der Schmerz, der aus dem Zahn nach oben schoß, kreischte fast laut aus ihr heraus (Könnte man, vielleicht, diesen Federkiel verwenden?) Ein Schauer überlief sie, wie wenn jemand mit den Fingernägeln über Glas kratzt (*... ich persönlich kratze immer noch mit einer Haarnadel nach ...* ugh, nur keine Nadel!)
Wasserhühner schrien um den kleinen See im Park und zogen die Dunkelheit dichter heran. Sie hatten die Leiche im See gefunden: Aber es war ein Mann. Wie Lottie da im Schlafzimmer der alten Schachtel herumstampfte, da konnte ja der Putz von der Decke fallen. Tanzen. Mach mit bei den

Hexen und tanz' alles aus dir heraus – ha-ha! Oder du konntest ja hinauf zum Cross gehen, wenn du den Dienst an St. Mary übergeben hattest, und an den Straßenecken herumstehen oder in den Motelfoyers so lange suchen, bis einer kam und dich ermordete. (*Die Untersuchung hat ergeben daß die 25-jährige ausgebildete Krankenschwester welche auf dem Fußboden eines Schlafzimmers im Motel Pacific Towers mit ihrem eigenen Schal erdrosselt aufgefunden wurde im zweiten Monat schwanger war. Schwester Flora Manhood lebte allein als Untermieterin in Randwick. Ihr Hauswirt Mr. Fred Vidler, 63, war wie vom Donner gerührt. ›Ich kann nicht verstehen‹ sagte Mr. Vidler ›was für einen Grund irgend jemand haben könnte so ein wundervolles Mädchen umzubringen‹ Mrs. Vidler, 57, war zu fassungslos um eine Erklärung abzugeben ›fast wie meine eigene Tochter‹ flüsterte sie nur unter der Einwirkung von Beruhigungsmitteln. Die letzte Patientin der Schwester die 86-jährige wohlhabende Dame der Gesellschaft und Schafzüchterswitwe Elizabeth Hunter wohnhaft am Moreton Drive erklärte der Polizei ›Ja ich würde schon sagen daß sie ehrlich war. Aber wer weiß was »ehrlich« eigentlich ist? Sie war mit meinem Sohn verlobt oder mit dem Apotheker ich weiß jetzt nicht genau mit wem. Ich habe ihr meinen rosa Saphir geschenkt um den Handel festzumachen. Aber den blauen nicht wohlgemerkt. Persönlich habe ich sie immer für zu schnippisch gehalten und für nichts als eine Bruthenne was sie ja auch bewiesen hat indem sie zu früh damit anfing. Aber ich glaube man sollte sie als ehrlich bezeichnen. Können Sie dasselbe auch von sich behaupten – was sind Sie? Sergeant?*)

Schwester Manhood fand ein gewisses Vergnügen an ihrem eigenen Nachruf. Wenn sie weniger schwanger gewesen wäre, dann hätte sich der gestohlene Saphir sicherlich zu einem großen Geschwür in ihrem entzündeten Geist entwickelt. Aber jetzt spürte sie nur hin und wieder einen leichten Schmerz. Obwohl das Geschwür natürlich aufbrechen mußte – spätestens, wenn die Beschuldigungen begannen.

Daß es an ihren Beinen entlangtröpfelte merkte sie zuerst gar nicht: der Zahn die Wasserhühner der stampfende Tanz der Saphir das Gefühl in ihrem Unterbauch.

Es tröpfelte ja nur es quoll aber es floß eigentlich nicht.

Sie spürte jedoch, daß etwas feucht war.

Ihr wundervolles ihr gesegnetes BLUT! Oh Gott oh Herr an den sie nicht glaubte aber um den sie sich etwas näher kümmern sollte sobald sie die Zeit dafür hatte und soweit sie dazu fähig war.

Sie säuberte sich und machte sich zurecht und hätte dann sicherlich ein paar Tränen vergossen, wenn sie nicht so ärgerlich gewesen wäre. Sich zwei Monate lang vorzumachen, daß man schwanger ist! Sie, eine ausgebildete Krankenschwester!

Heftiges Klopfen an der Tür. »Ja, was ist denn? Lot?«
»Mrs. Hunter wünscht Sie, Floradora.«
»Wünscht?« Kreisch-kreisch. »Sie machen ja wohl einen Witz!« Es war eigentlich gar nicht so komisch, aber Flora Manhood fühlte sich so befreit, daß sie ihre Freude nur allzugern an jemanden weitergeben wollte. Sie hätte sogar einen Witz über sich selbst erzählt.
Und Lottie hier war inzwischen wie aus den tiefsten Tiefen emporgekrochen, ihr Haar hing lose herunter, das irre Kleid war fast in Fetzen; nur die Augen waren menschlich.
Ihr Ausdruck war so ängstlich gespannt, daß Flora Manhood sich bemüßigt fühlte, zu fragen: »Hat sie es Ihnen gesagt? Wegen dem Sternsaphir? Jemand hat den Sternsaphir stibitzt – den blauen.« Trotz der Wunde, die man jetzt in Lotties Geist aufbrechen sah, mußte Flora Manhood doch noch einmal lachen, aus Glück über ihre Erlösung.
Die Haushälterin stöhnte und scharrte unruhig mit den schwammigen Füßen. »Und mich werden sie dann beschuldigen. *Ach, joi!*« Stampfend hinkte sie in Richtung auf die Verbindungstür davon.
Die kleine Glocke hatte ihr klirrendes Klingeln begonnen. Vor Jahren hatten sich Flora Manhood und Snow Tunks nur aus Neugierde gegen eine andere Tür gestemmt als diese hier, gegen eine schwärzere, schwerere, gepolstert und mit Nägeln beschlagen. Und sie standen gerade neben dem kleinen Becken mit dunklem Wasser, als das Glöckchen geläutet wurde, um anzuzeigen, daß ein Nichts sich in ein Etwas verwandeln kann, wenn du es nur glauben willst wenn du die Kraft hast weit genug tief genug zu blicken und wenn du keine Gänsehaut bekommst und kicherst und dich reckst damit du über die irischen Köpfe hinweg um die irischen Hälse herumsehen kannst.
Und hier im Gang dasselbe Glöckchen, nur hatte es einen zornigeren, verzweifelteren Klang.
»Was ist, Mrs. Hunter?« Flora Manhood hüpfte wie ein Gummiball und fühlte sich auch so leicht: erzähl' ihr von dem Baby das keins war; lach' mit ihr zusammen darüber; das alte Ding würde alles sowieso bald vergessen. »Was kann ich für Sie tun?« fragte die Schwester.
»Ich bin diejenige, die etwas tun muß. Helfen Sie mir bitte auf den Thron.«
Helfen, in der Tat – Schwester Manhood fühlte sich so stark, sie hob das ganze Bündel eingewickelten Flanells kratzendes Juwelenbaby puderfleckiger Brokat und rattenschwänziger Zobel mit einem Arm.
Und ließ es auf den Sitz herab. »Hier, meine Liebe. Schön festhalten!« Und als sie die Klauen noch immer nach den Mahagonigriffen suchen sah: »Sie behalten das Gleichgewicht, ja?«
Mrs. Hunter murmelte: »Ja.« Gleichgewicht ist immer eine Sache des Zufalls und des Glücks.

Wieder glaubte Schwester Manhood, das Tröpfeln ihres freudig machenden Blutes zu spüren. »Also, wenn Sie jetzt zufrieden sind – und bequem sitzen – dann kann ich mich ja um ein paar andere Dinge kümmern. Ich lasse die Tür auf, damit Sie nach mir rufen können, wenn Sie mich brauchen. Oder noch besser – hier ist ihre kleine Glocke.« Sie holte einen Hocker und stellte ihn mit der Glocke darauf neben den Leibstuhl.

Es war ein prickelnder Gedanke, daß fast dasselbe Klingeln, mit dem Flora Manhood herbeizitiert wurde, auch den Heiligen Geist rufen könnte (sie beabsichtigte nicht etwa, Blasphemie zu begehen: mit der Zeit würde sie vielleicht in gewisser Weise glauben können; aber wie hätte wohl Col darüber gedacht?)

Mrs. Hunter hatte keine Beschwerden vorzubringen. Ihre Nase war nachdenklich gesenkt: sie konzentrierte sich so sehr, daß sie froh war, als sie die Schwester gehen hörte. Niemand konnte ihr jetzt mehr helfen: nur sie selbst und die Gnade.

Wenn sie jetzt noch hin und wieder auf ihrem Leibstuhl sitzend preßte und drückte, dann nur automatisch, um ihren Krankenschwestern und ihrem Arzt einen Gefallen zu tun. In Wirklichkeit kam es jetzt nur noch darauf an, nicht einfach ihren Willen fahren zu lassen, wie sie das einmal vorausgesehen hatte, sondern ihn vielmehr anzustrengen und so viel Kraft von ihrem Körper zu erzwingen, daß sie aufstehen und mit sicherem Schritt zum Wasser gehen konnte. Denn die Frage war, wieviel Zeit sie noch hatte, bis das Auge sich auf andere, größere Möglichkeiten konzentrieren mußte und sie dem Chaos überließ. Denn daß das Chaos drohte, das konnte sie an der Art sehen, wie der Musselin sich an den Kanten kräuselte; bis das, was ein Segen aus Himmel, Meer und Land gewesen war, von tierischen Leidenschaften zerrissen wurde, von den Leidenschaften eines mißgebürtigen Kraken mit blauen Saugnäpfen an den Armen und einem starren Blick vermengt aus Blitzstrahlen und Spiegeleiern.

Alfred mein Liebster Liebster du bist es an den ich mich um Hilfe wende so sehr ich auch versagt habe.

Und weiß, daß ich nun allein vollbringen muß, was das Auge für mich bereitet hat.

Ach, die Füße wieder bewegen zu können durch irgendeine wundersame Fügung den Sand wohltätig und weich zwischen den Zehen zu spüren die Wichtigkeit des Entschlusses macht zuerst das Gehen schwer derselbe Wind treibt die Erker aus Wolken wie Schläge zwischen die Rippen das erklärt das Heulen das muß die Seele sein nicht aus Angst daß sie weggeblasen wird denn das wird in jedem Fall geschehen sondern in Erwartung der ersten Erfahrung des kostbaren Wassers wenn es durch die Sprünge die Höhlen des Körpers hereinsickert blaue pyramidenförmige Wellen mit Schwänen darauf sie warten denn es ist verabredet jeder ein-

zelne eine unterdrückte schwarze Explosion die roten Schnäbel stürzen sich nur auf die welche einer anderen Legende geboren sind als Legende zu enden das ist es wovor die meisten Menschen sich fürchten mehr als vor kaltem Wasser das gnädig bis zum überbewerteten aber notwendigen Herzen steigt eine fleischige Faust zum Lieben und Kämpfen aber nicht zum Überleben es sei denn in der Form einer Freundlichkeit oder eines verschenkten Edelsteins.
Die sieben Schwäne haben sie sich vielleicht doch zusammengefunden um einen menschlichen Willen zu zerstören der einst ihren Waffen ebenbürtig war sein Hieb so blutigrot schmerzlich seine Schwingen so wild und schneidend nicht oh NICHT meine dunklen Vögel des Lichts laßt uns lieber – einander umschließen.
Bis ich die Leere nicht mehr mit unechter Substanz fülle: Ich selbst bin diese Endlosigkeit.

Vom Badezimmerfenster aus konnte Schwester Manhood sehen, daß inzwischen der Mond aufgegangen war: Es war Vollmond, oder jedenfalls beinahe (Im zweiten Augenblick nachdem man ihn gesehen hat sieht der Mond immer weniger vollkommen aus).
Die Brüste auf das Fensterbrett gelegt, summte Flora Manhood leise vor sich hin, durch die Nase und zwischen den Zähnen. Sie hätte ihre Liebe herschenken wollen, wenn jemand gekommen wäre – nicht sinnliche Liebe: keine *Männer*, Herrgott noch*mal*! sondern Liebe, um irgendein Ziel zu unterstützen, oder eine Idee. Unglücklicherweise gebrach es ihr an Ideen, wie Col hin und wieder angedeutet hatte – mit Ausnahme der einen, mit der zu befassen sie sich geweigert hatte und die Col in ihr hochpäppeln wollte. Sie lachte träge (nicht sinnlich) zwischen entspannten Lippen. Durch ihr Menstruationsblut von ihren Sünden losgesprochen, fühlte sie sich wieder einer Berufung verpflichtet, von der sie bisher nie so ganz überzeugt gewesen war. Und sie wartete ungeduldig darauf, daß Mary de Santis eintreffen würde, damit sie sie nicht nur mit primitivem Eifer überraschen konnte, sondern mit einer völlig veränderten Auffassung. Die St. Mary sicher nicht entgehen würde.
In einer Minute würde sie wieder zu ihrer Patientin zurückkehren, und zusammen konnten sie dann diese große Veränderung feiern. Sie würde dem alten Ding das Hinterteil mit einer Zärtlichkeit abwischen wie nie zuvor, und sicherlich war Elizabeth Hunter, mit ihrer Gabe für die Entdeckung der Schwächen anderer, doch nicht ein so zynisches Miststück, daß sie dir ins Gesicht lachen und alle deine guten Absichten zu Fetzen zerreißen würde. Obwohl ihr das andererseits zuzutrauen war.
Als sie das Schlafzimmer erreichte, wehte der Musselinvorhang von seiner Stange, wie er das immer tat, wenn sich in deinem Rücken ein Wind er-

hob. Der geblähte Vorhang füllte fast das ganze Zimmer aus. Vielleicht hatte er auch die kleine Glocke umgeworfen, die jetzt auf dem Teppich lag.
Und er hätte natürlich auch Mrs. Hunter umwerfen können, wenn man es recht bedachte.
Die Schwester beeilte sich, das Fenster zu schließen. »Das ist das Klima!« rief sie. »Es läßt einem keinen Frieden!« (In Wirklichkeit hatte Flora Manhood niemals auch nur einen Gedanken an das Klima verschwendet, bis Prinzessin Dorothy die Aufmerksamkeit aller Leute darauf zu richten begann; normalerweise ist das Klima etwas, in dem man geboren wird und mit dem man sich abfindet, weil man ihm nicht entgehen kann.) »Die Zugluft war Ihnen doch nicht zu stark, oder?«
Mrs. Hunter war auf ihrem Thron zur Seite gerutscht, ohne die Mahagonigriffe loszulassen. Eine verschrumpfte Hinterbacke schimmerte wie Elfenbein unter der hochgeschobenen rosa Brokatrobe. Die Augen blickten weit geöffnet aus der Maske, die den Höhepunkt der Fähigkeiten ihrer Jüngerin bildete.
»Mrs. Hunter?«
Niemals hatte sich die Schwester so machtlos und so unbeholfen gefühlt wie jetzt, als sie dieses Totem wieder in seine richtige Stellung brachte.
Obwohl sie schon mehrmals mit Leichen zu tun gehabt hatte, war dies doch das erste Mal, daß Flora Manhood den Tod selbst erlebte. Aus diesem Grund ging sie erst ein Weilchen hin und her, vor sich hin flüsternd und schluckend, und versuchte sich zu erinnern, was jetzt als erstes zu tun war.
Sie wußte es natürlich. Es steht ja im Buch. Und im Unterricht bekommt man es beigebracht. Und dazu die Oberschwester: *Nehmen Sie allen Schmuck ab Schwester er könnte in die falschen Hände geraten.* Und die Praxis: Verschließen sie alle Körperöffnungen sodaß *nichts* austreten kann.
Obwohl der Geist so automatisch funktionieren kann wie der Verdauungstrakt, wenn erst einmal die Gefühle genügend zerkleinert sind, geschah es doch, daß sie den Körper noch mehrere Male berührte; wobei sie kein Lebenszeichen erwartete (dafür war sie zu erfahren), sondern Erleuchtung? daß ihre Leere, wie sie zu hoffen wagte, mit Verstehen erfüllt werden möge.
Was die Frage anbelangte, was zu *tun* war – die Schwester hatte bereits die Ärmel als Vorbereitung auf die unangenehmeren Pflichten hochgerollt, für deren Erfüllung sie ausgebildet war. Ihre Arme waren eher kräftig als wohlgeformt. Der teppichbelegte Treppenabsatz knarrte und dröhnte um sie, als sie zum Telefon ging, um den Doktor anzurufen und ihm zu melden, daß ihr Patient tot war. Und daß er einen letzten Besuch machen solle, um ihr zu bestätigen, daß ihre Verantwortung geendet hatte.

XII

Als er das letzte Mal eingeschlafen war, hatte Basil sich vorgenommen, früh aufzuwachen, um jeder Gefahr einer Macrory-Invasion vorzubeugen. Aber als er die Augen wieder öffnete, war er sich auf irgendeine Weise bewußt, daß er versagt hatte. Es war durchaus noch früh: Die verbleichenden Bahnen der Mondstrahlen zeigten sogar noch hier und da ihre dunklen Tintenflecken. Woher also dieser eisige Schock? Er deckte sich ordentlich zu, als stünden seine Eltern wachsam neben dem Bett.

Und Dorothy erwachte; zerknittert, zerdrückt. Hatte nicht die ganze Nacht ein Gewicht auf ihr gelegen? Aber sie lächelte für Basil.

Während sie das Lächeln noch andauern ließ, schloß sie wieder die Augen. Sie hatte es weniger eilig, denn das Bett war offiziell das ihre. Also konnte sie sich noch einmal umdrehen.

Bis auch sie hellwach wurde von demselben dröhnenden Schrecken. Das Laken gab einen zischenden Laut, als sie mit einem Ruck einen Armvoll davon an sich riß, um ihre Brust zu bedecken.

»Das Telefon!« Wer von beiden auch die Worte hervorgestoßen hatte, sie fanden ihr Echo in der Furcht des anderen: Es klingelte und klingelte durch das kalte Haus; und klingelte.

Als das Klingeln schließlich aufhörte, war nicht festzustellen, ob der Anrufer aufgegeben oder ob jemand abgehoben hatte.

Um dem ihn warm umhüllenden Bett entkommen zu können, sprang Basil mit einem solchen Ruck unter den Decken hervor, daß seine Eier sich schmerzhaft verknäulten. Er türmte geradezu in das Nachbarzimmer und fand die kalte Luft abscheulich, die an seiner Nacktheit vorbeiströmte. Niemandem konnte die Alleinschuld zugeschoben werden; aber instinktiv hätte er wohl gerne Dorothy die Verantwortung gegeben.

Ob sie nun noch erschöpft oder zu entspannt war, sie reagierte jedenfalls langsamer. Vielleicht verweilte sie noch ein wenig bei einigen ihrer eher unausdrückbaren Gedanken, bevor sie sie für immer in Konventionen kleidete. Sie lag und schmiegte sich in die morgendlich grauen Laken und kränklichen Decken. Der Schrecken, der sie beim Klingeln des Telefons überflutet hatte, war fast abgeebbt, als sie sie schließlich zurückwarf. An ihrer Nase entlang blickte sie auf ihre wie in weiter Ferne entblößten Glieder, welche, in noch weiterer Ferne und in Huberts Stimme, zu *ton corps qui se réfuse aussi passionément que d'autres se donnent* wurden.

Die Princesse de Lascabanes schoß aus dem Bett und bemalte sich als erstes ihren Mund. Sie konnte nichts zutun, um die grausam in ihre Wangen eingeritzten tiefen Rillen vor dem heller werdenden, kalten Licht zu verstek-

ken. Aber alles andere, ihre Gänsehaut am ganzen Körper wie die Faltigkeit ihrer Sehnen, konnte sie noch auf wirksame Art bekleiden, ehe das Geräusch der Filzpantoffeln ihre Tür erreicht hatte.
»*Entrez donc!*« rief die Prinzessin mit gefaßter Stimme und bückte sich gleichzeitig vor dem Spiegel, um sich den schrecklichen Zustand ihres Haares anzusehen: ihr Herz mußte direkt sichtbar sein, hatte sie das Gefühl – so heftig schlug es hinter dem zu eng zusammengezogenen Morgenmantel.
Mrs. Macrory hätte eigentlich den vollkommenen Überbringer tragischer Botschaften darstellen müssen: direktes Auftreten; präzise Sprechweise (schottische Abstammung, vor zwei Generationen noch in Schottland) und moralische Integrität, um eine respektvolle Beziehung zwischen sich und dem Publikum herzustellen, das sie nun sowohl erschrecken mußte als auch trösten wollte. Aber sie war nicht imstande, die vielen unkontrollierten Worte zu vergessen, die sonst ihren Mund erfüllten; Gefühle, die sie mit objektivem Takt hätte beherrschen müssen, trieben ihr geradezu die Augen aus dem Kopf.
»Sie haben telefoniert«, begann sie und wurde schon unterbrochen.
Ohne die Situation dadurch zu verbessern, erschien Basil in der Tür des Ankleideraums. Er verknotete noch den Gürtel eines Morgenmantels, den er rasch übergeworfen hatte, und strich sich die vom Schlaf zerzausten Haare glatt. Trotz dieser Nebenbeschäftigungen versagte der große Schauspieler seine huldvolle Aufmerksamkeit nicht: Ihn konnte man nie beschuldigen, daß er einem anderen die Szene stahl.
»Sie haben angerufen.« Die Überbringerin der Botschaft begann von neuem. »Mr. Wyburd hat angerufen«, korrigierte sie sich.
»*Qu'est que vous voulez nous dire, chère Anne?*« Wenn sie sich nicht mit ihrer zweiten Muttersprache gewappnet hätte, wäre Madame de Lascabanes wahrscheinlich in die bedauerlichen Gefühlsäußerungen ihrer Freundin mit eingefallen, deren Hand sie jetzt aus Mitgefühl ergriff, um sie tröstend zu streicheln. »*Allons, voyons, n'ayez pas peur.*« Die Prinzessin warf einen halben Blick hinüber zu Basil, ob er nicht vielleicht übersetzen wolle, und sah seine Ablehnung; wenn er es auch getan hätte – viel Unterschied wäre nicht gewesen.
Am wenigsten für Anne Macrory: sie war unerreichbar im Rausch der Katastrophe. »Mrs. Hunter, Ihre Mutter – ist gestorben«, sagte sie, »gestern abend.« Das war so völlig plump, direkt und endgültig, daß die Überbringerin selbst zusammen mit ihren letzten Worten begann, die Prinzessin mit Tränen zu übersprühen.
Ungläubigkeit eher als Trauer hatte die Augen Sir Basils feucht werden lassen. (Dorothy fand, daß der Gesichtsausdruck ihres Bruders ihn lächerlich aussehen ließ.) »Wie ist sie gestorben?« war er außerdem noch ungeschickt genug zu fragen.

»Ich weiß nicht«, schluchzte Mrs. Macrory.

Die Princesse de Lascabanes legte ihre Augenbrauen in Falten und senkte die Lider, um die Taktlosigkeit ihres Bruders angemessen zu verurteilen und ihre eigene, würdigere Trauer herauszustellen. »Sie wird friedlich gestorben sein, nehme ich an, während sie schlief. So ist es bei alten Leuten meistens.«

Sie konnte nicht verhindern, daß eine Art Winseln in ihr aufstieg, das sie hinter einem schweren Atemzug zu verbergen suchte. In jedem Fall verstärkte es noch den Kummer ihrer Freundin.

»Wie traurig für Sie!« flennte Mrs. Macrory.

Um ihre Scham über ihre Beteiligung an Mutters Tod zu verbergen und um eine Unschuld zu feiern, die existiert – wenn auch nur in anderen – umarmte Dorothy diese arme Frau. »Sie sind so weichherzig! Ich danke Ihnen wirklich für Ihr Mitgefühl.« Und Annes Unschuld rechtfertigte natürlich auch, daß man selbst in Tränen ausbrach.

Verachtung für Dorothys Heuchelei wollte in Basil auflodern. (Oder erreicht eine Frau, die verzweifelt ihre Selbstachtung erhalten will, schließlich einen Punkt, an dem sie auch die Unehrlichkeit zur Tugend machen kann?) In jedem Fall – er mußte seine eigene, wesentlich wichtigere Rolle spielen: die des Sohnes.

Also spannte Sir Basil seine Waden. Er begann zu schreiten und zu stampfen (entschuldbar an einem derart kalten Morgen) und bohrte seine Hände immer tiefer in die Taschen seines Morgenrocks, der übrigens – wie er nebenbei feststellte – seit ihrer Ankunft auf ›Kudjeri‹ dasselbe schlampige Aussehen angenommen hatte, wie der, den die liebe Anne Macrory selbst trug. Er hielt sich bei diesem Gedanken nicht weiter auf: Mit einem kurzen Zucken der Augenbrauen drehte er sein Profil zum Fenster (es ging nach Osten, und die aufgehende Sonne stieg bereits hinter den Hügeln hervor), um nun die erwartete Ansprache zu halten.

»Ich glaube, niemand würde widersprechen, wenn ich sage, daß Mutter vom Leben alles bekommen hat, was sie sich nur wünschen konnte: Schönheit, Reichtum, Erfolg in der Welt, ergebene Freunde und – und Freunde. Wie unrecht wäre es doch von uns, wollten wir sie betrauern. Und ich kann auch nicht glauben, daß sie selbst – nachdem sie das Leben in vollen Zügen genossen hatte – ihren Tod bedauerte.« (Es wäre ja schrecklich gewesen, wenn er statt ›Tod‹ so etwas wie ›Dahinscheiden‹ gewählt hätte; fast wäre er so weit gesunken, nur Dorothys Anwesenheit hatte ihn im Grunde gerettet.) »Wenn sie sich, heißt das, ihres Todes bewußt war. Ich glaube, es kann geschehen, daß ein Mensch, der ein materialistisches Leben geführt hat, sich in seiner letzten Stunde fürchtet. Ich *hoffe*, daß Mutter keine Furcht gehabt hat.« Er warf einen kurzen Blick auf Dorothy, die wie erstarrt dastand und zuhören mußte, ob sie wollte oder nicht.

Ihre Trauer hatte sich unheilverkündend verdüstert: Vielleicht erwartete Madame de Lascabanes einen Satz, der nicht mit ihrer Zustimmung rechnen konnte; oder vielleicht war es auch nur deswegen, weil Mrs. Macrory so reichlich für alle weinte.

Anne schien wirklich bewegt. »Was auch sonst – für die Kinder ist es doch so schrecklich.« Die meisten ihrer eigenen sechs waren nach und nach herbeigeschlichen und standen in loser Reihe hinter ihr.

Dorothy wurde daran klar, daß ein Trauerfall auch zum Luxus für das Gemüt werden kann; sie drückte ihre Freundin aus Dankbarkeit dafür an sich, daß sie ihr etwas gezeigt hatte, was ihr selbst nie gegeben sein würde.

Sir Basil zog die Brauen zusammen; er war noch nicht fertig. »Nun – niemand, nicht einmal ihr größter Bewunderer – könnte abstreiten, daß Mutter materialistisch war. Und eitel dazu. Ich werde das niemals vergessen – am Abend meiner Ankunft – das Fliedermütterchen!» Lachen erweckte das goldene Timbre, für welches seine Stimme berühmt war; und sein Lachen vermittelte jetzt den Reichtum seiner Seele, vermittelte Freigiebigkeit, und keine Verbitterung. Jedenfalls so, wie er es hörte.

»Armer Darling«, Dorothy begann, in kurzen, zwitschernden Stößen zu lachen oder auch zu husten, »allein in diesem Haus mit den vielen Frauen! Wie sie sich ihr aufgedrängt und sie betrogen haben! Glücklicherweise war sie imstande, die komische Seite der Sache zu sehen. Mutter hatte eine gewisse Oberflächlichkeit, die ihr wahrscheinlich sehr geholfen hat. Aber ihre *Einsamkeit* war erbarmungswürdig.«

Mrs. Macrory putzte sich die Nase mit einem zerknitterten, malvenfarbigen Papiertaschentuch, das sie in ihrem Morgenmantel gefunden hatte. »Ich habe sie nicht näher gekannt«, sagte sie: Vielleicht zog sie es vor, ihre eigene Vision einer strahlenden Gestalt in der Erinnerung zu behalten, die auf ›Kudjeri‹ aus dem Wagen stieg.

Sir Basil sprach seine letzten Worte. »Trotz aller ihrer Fehler war sie eine bezaubernde Frau.« Er konnte Dorothy nicht ansehen. »Ich bin glücklich, mich ihr Sohn nennen zu dürfen.«

Dorothy konnte Basil auch nicht ansehen. Aus den eingezäunten Weiden stieg inzwischen kalter Dunst auf. Sie rieb sich die Handrücken und warf einen Blick auf ihren Reisewecker. »Wir müssen unsere Sachen packen«, erklärte sie den Versammelten. »Es wäre nicht fair gegenüber Mr. Wyburd, wenn wir nicht so schnell wie möglich zurückkehrten. Ich kann mir seinen Schmerz vorstellen: Meine Eltern und er waren eng befreundet, und nur durch Zufall war er auch ihr Rechtsanwalt.«

Daß sie ihn jetzt so einfach aus den Familienbeziehungen ausschloß, ärgerte Basil möglicherweise. »Für jeden Anwalt, der über ein gewisses Alter hinaus ist, kann der Tod doch nichts mehr als nur eine weitere Formalität sein. Ich würde mir um den alten Wyburd keine Sorgen machen: Er hat schon viel zu viele Testamente entworfen.«

Das plötzliche Herabsteigen in die Realität erinnerte Mrs. Macrory an etwas. »Ich sollte Ihnen eigentlich schon Ihr Frühstück machen.«
Sir Basil senkte die Stimme. »Bitte keine besondere Mühe«, bat er, »an einem Morgen wie diesem«; und er zog seine Krähenfüßchen für sie zusammen.
Obwohl sie ein Mensch mit völlig ernsthaften Absichten war, begann Anne Macrory bereits, sich an melancholischen Rückblicken zu erfreuen. »Ich weiß wirklich nicht, was die Mädchen ohne Sie tun sollen! Der Nähunterricht!«
Dorothy hatte begonnen, sorgfältig ihr Reisenecessaire aus Krokodilleder einzuräumen – ein Geschenk von Mummy und Dad. »Wenigstens haben wir doch alle für den Sommer versorgt. Und wir werden einander doch schließlich schreiben, nicht wahr?« bemerkte sie unbestimmt, während Anne das Zimmer verließ, gefolgt von ihrer Schar von Kindern.
Was sie sich für Themen für ihre Briefe aussuchten – das würde die Zeit entscheiden. Und die Zeit würde sie auch wieder fallen lassen, zusammen mit anderen Überflüssigkeiten.
Nach der Hochstimmung seiner Rede plötzlich gedrückt, war Sir Basil in das Ankleidezimmer gegangen und hatte begonnen, seine Sachen in den Koffer zu werfen. »Glaubst du nicht, Dorothy, daß du vor der Abreise vielleicht noch ein paar Hammelkoteletts essen solltest – nur so zum Abschied?«
Das war ihr einfach zu leichtfertig, um darauf eine Antwort zu geben. Sie mußte sich in Zukunft auf die praktischen Tugenden konzentrieren, die ihre Freunde ihr zuschrieben – und von denen sie einige tatsächlich besaß, wie sie festgestellt hatte. In keinem Fall aber würde sie sich bereit erklären, die Hälfte der Schuld für irgendwelche schmutzigen Dinge auf sich zu nehmen, die ihr Bruder zu verantworten hatte.
Dann erschien plötzlich Mog, das ziemlich abstoßende, *au fond* furchterregende fette Kind. »Was ist ein Leibstuhl, Dorothy?« fragte sie, während sie auf einem Brotkanten mit Schmalz herumkaute.
Die Prinzessin, sowohl ihres Titels beraubt als auch in ihren Gedanken gestört, gab kurz und scharf zurück: »Wirklich, also ich habe keine Ahnung.« Aber sie erschauerte.
»Er hat gesagt, sie wäre auf einem Leibstuhl gestorben.«
»Wer hat das gesagt? Und woher weißt du das?«
»Ich habe zugehört, als Mr. – der Anwalt – es Mutter erzählte!« Mog kaute weiter und blickte sie an.
Man konnte jetzt kaum protestieren *Geh! Geh weg und laß' mich mit meinem Elend allein!* Statt dessen zeigte die Prinzessin ein Lächeln, das den Reif noch überstrahlte: »Glaubst du nicht, du könntest beim Frühstückmachen etwas helfen?«

Mog sagte nein, das wäre nicht nötig, aber bald danach wanderte sie davon, von ganz allein, weil sie inzwischen genug zugesehen hatte.
»Der arme, alte Arnold Wyburd«, rief Dorothy ins Nebenzimmer, »er muß wirklich durcheinander sein – denn seine berühmte Diskretion hat ihn im Stich gelassen: Wie kann man nur von einem Leibstuhl reden – mit einem Fremden – am Telefon!«
Basil kam an die Tür. »Ich verstehe nicht.« Sie konnte nicht glauben, was sie sah: Er hielt seinen Kopf einfach zu bescheiden und zu demütig geneigt.
»Hast du denn nicht gehört? Mutter ist auf dem Leibstuhl gestorben!« Sie hätte es gerne gehabt, wenn er jetzt in das Lachen eingefallen wäre, das bereits in ihrer Kehle rumorte.
Aber Basil blieb ernst, wie sie sah. »Dorothy.« Er trat auf sie zu. »Niemand anders wird jemals erfahren, was wir wissen. Das macht uns irgendwie abhängig, nicht wahr? voneinander. Was Zuneigung anbelangt.«
Sie wehrte ihn ab. »Da gibt es doch viele andere, würde ich meinen, die ihre Zuneigung geschickter und fast als Beruf erweisen.«
»Ja«, sagte er. »Aber nur, weil sie mich nicht so kennen, wie wir uns gegenseitig.«
Er wartete darauf, daß sie nachgeben und ihre Meinung wieder ändern würde. Aber das geschah nicht oder für nicht länger als ein kurzes Aufflackern des Entsetzens dauerte.
»Ich verstehe nicht, worauf du hinaus willst, Basil.«
»Gestern abend schien es aber recht verständlich zu sein.«
»Erwähne das nicht! Nie wieder! Ich will es – ohhh, ich will es ein für allemal vergessen.« Wenn sie doch nur eine Tür zuschlagen, dann den Schlüssel umdrehen und ihn wegwerfen könnte, um nie wieder zu öffnen. Und er glaubte tatsächlich zu hören, wie sie ihn aussperrte.
Also fuhren sie mit ihren getrennten Reisevorbereitungen fort, die sichere Trennmauer zwischen sich.
Ihr Mann hätte genug Benzin in den Wagen gefüllt, daß sie damit bis nach Gogong kämen, berichtete Mrs. Macrory beim Frühstück: Rory täte es leid: aber er mußte weg, um ein zerbrochenes Gatter zu reparieren, das er am Abend vorher ganz auf der anderen Seite des Besitzes entdeckt hatte.
Sie brauchten also Macrory nicht mehr gegenüberzutreten. Wie die Tiere, wie die Kinder, schreckte auch er instinktiv vor jeder Berührung mit dem Tod zurück. Die Kinder, mit Ausnahme der fetten Mog und des Babys, hielten die Augen in Gegenwart der trauernden Hunters gesenkt.
Mog kicherte leise in ihren Tee. »Auf einem *Leibstuhl.*«
Nachdem sie vom Frühstückstisch entlassen waren, vergaß Sir Basil nicht, einige Münzen zu verteilen.
Die Kinder wurden wieder fröhlich und der Mutter kamen die Tränen.

»Es war so wunderschön, daß Sie beide hier waren. Fast wie – fast wie die erste Erfahrung, die man mit der Welt macht.«
Die Princesse de Lascabanes dachte an die Risiken, die einfachen Leuten erspart bleiben, an die Falschheit, die sie nicht erkennen – und ihre Augen wurden feucht.
Sie suchte nach ihrer Handtasche, aber da sie außer Reichweite lag, tröstete sie sich damit, daß sie ihrem Bruder Ratschläge gab. »Bist du sicher, Basil, daß du nichts vergessen hast? Deinen Pyjama, zum Beispiel. Hubert ließ seinen Pyjama«, – jetzt war es zu spät, um den Satz wieder zurückzunehmen – »meistens unter dem Kopfkissen liegen.«
Basil murmelte: »Ich trage keinen mehr.«
Mog platzte heraus: Ein Mundvoll milchigen Tees spritzte zurück in die Tasse, mit der sie ständig herumspielte.
Nach den Küssen und Versprechungen standen alle fröstelnd im Hof, um die Hunters abfahren zu sehen. Taktvoll versuchte Madame de Lascabanes mit der Zungenspitze festzustellen, ob etwas von dem Brei auf den Backen des Babys auf ihren frischnachgezogenen Lippen hängengeblieben war.
Sir Basil und die Prinzessin saßen im Wagen und blickten zum Fenster hinaus. Wenn er sich nach vorn und gegen die Schulter seiner Schwester lehnte und wenn Dorothy sich zurückstemmte, sich in eine steifere, etwas schiefe Variante ihrer selbst verwandelte, dann konnte er sich in vorteilhafter Weise den Draußenstehenden zeigen. Und alle versuchten inzwischen, sich selbst zu überreden, daß es eine Freundschaft fürs Leben war. Trotz ihres träumerischen, den Abschied scheinbar hinauszögernden Lächelns waren die beiden Hunters von allen wohl am allerwenigsten überzeugt davon.
Sir Basil trat auf das Gaspedal, und für einen würdigen Abschied sprangen sie zu ruckartig vorwärts. Dann streckte die Prinzessin den Arm aus dem Fenster und winkte mit weit ausholender Bewegung. Ein Lichtschwert der aufgehenden Sonne klirrte gegen die Steine der Ringe, die sie auf ›Kudjeri‹ nicht getragen hatte.
Sie fuhren davon.

Sie konnte nicht aufhören sich herumzuwälzen drehte sich von der Seite mit den Knien praktisch am Kinn auf den Rücken die Beine ausgestreckt unnatürliche gerade steife Stellung Füße zeigen in die Dunkelheit. Für den Rest der Nacht. Sie hatte damit gerechnet. Begann zu zählen wieviele Male sie sich von der einen auf die andere Seite aber fing zu spät an. Irgendwann während sie nicht schlief nur dalag (daß sie niemals schläft davon redet *sie* dauernd) mußte sie sich den Knorpel (wie Mrs. Hunter) in einem Ohr verlegen haben es fühlte sich zerquetscht an blieb jetzt wahrscheinlich verbogen. *(Soll ich es Ihnen massieren, Beste? Nein danke Schwester das geht schon vorbei).*

HUNTER, *Elizabeth, Witwe des ...* Mr. Wyburd wird es im *Herald* veröffentlichen lassen. Nicht morgen dafür ist es zu spät aber übermorgen. Zwischen all den anderen Namen der feinen Leute. Manche von denen klingen so komisch man hat was zu lachen beim Frühstück wenn Zeit dafür ist. Der Tod ist etwas das man nur glauben kann wenn es unter TODESFÄLLE anderen Leuten passiert die du nicht kennst andererseits muß es ja auch ein paar von deinen Bekannten treffen oder Eltern zum Beispiel aber die kennt man wieder so gut wie nicht. Oder Patienten auch einen gewissen Prozentsatz. Aber ob Patienten eigentlich wirklich sind weißt du Gottseidank nicht. Bis sie kam HUNTER, *Elizabeth ... in ihrem Haus ... friedlich ...*

Sie streckte die Hand nach der Lampe aus und wollte Licht machen. Kopflastiges Ding wenn sie umfällt lohnt sich nicht. Sie gab es auf. Drehte sich wieder um.

Man sollte die Sprechmuschel richtig abwischen wenn Badgery Taxis anruft vorher Rührei ißt *puhh* die wird uns noch alle infizieren *o ja ist dort Dr. Gidley?* (Wer sonst als der fette seidenglatte schmalzige Gidley) *Hier spricht Schwester Manhood Doktor ich muß ihnen mitteilen daß meine Patientin – Mrs. Hunter – gestorben ist.*

O.K. er wäre gleich da hatte er gesagt. (Gidley mag das Amerikanische, nur in Gegenwart von Mrs. Hunter verwandelt er sich in so eine Art von Engländer.) Klang aufgeregt. Ist auch verständlich wenn eine reiche senile Patientin stirbt.

Ohh – autsch! Dieses verdrückte Ohr! Flora Manhood war jetzt ganz wach und begann, ihren Ohrknorpel zu massieren. Es war ja niemand da, der es für sie tat.

Sie hatte die Kissen unter der auf das Bett gelegten Leiche hervorgezogen. Sie streckte die Glieder gerade, so weit es ging. Dann schloß sie, was einmal Mrs. Hunters Augen gewesen waren. Als sie ging, um die Watte zu holen, schwankten die Möbel, kippten, stießen fast über ihr in der Mitte zusammen, richteten sich wieder auf. Sie legte die Wattebäusche auf, gut durchnäßt, damit sie sicher auf den Lidern lagen. (In anderen Zeiten wäre Betty Hunter wahrscheinlich ärgerlich geworden und hätte die Wattebäusche als »unnötigen Blödsinn« wieder heruntergeworfen.) War jetzt auch alles ordentlich genug für St. Mary, die ja sicherlich bald kommen mußte?

Flora sehnte sich nach Schwester de Santis. Wonach sie am meisten verlangte, das war ein Gefühl der Kontinuität, und das konnte ihr – da nun Mrs. Hunter nicht mehr da war – Schwester de Santis am ehesten wiedergeben. Wie sie diese Kuhaugen auf dich richtet: um dir zu vergeben. Elizabeth Hunter vergibt niemals: sie hält dir immer und immer wieder dasselbe vor; was auf das gleiche herauskommen kann wie bei de Santis.

Während sie hin und wieder auf die Uhr blickte und auf Schwester de

Santis oder Dr. Gidley wartete, fiel ihr ein, daß man eigentlich Mrs. Lippmann Mitteilung machen müsse. Obwohl in verschiedener Hinsicht wahrscheinlich unangenehm, war das doch eine Art von Mission. Sie ging den Gang entlang bis hinüber, wo die früheren Dienstmädchenzimmer lagen und ein Lichtspalt die Tür der Haushälterin aus dem Dunkel heraushob.

»Mrs. Lippmann?« Sie klopfte in aller Form, zweimal. Die Türen im Dienstbotentrakt waren aus dünnerem und billigerem Holz, im Gegensatz zu den fast unzerstörbaren Zedernholztüren des Hausbesitzers.

Nach einer Pause antwortete Mrs. Lippmann: »Ich kann dich jetzt nicht hereinlassen, Flora.«

»Aber ich muß Ihnen etwas Wichtiges sagen.« Sie öffnete die Tür.

»Sie brauchen mir nichts zu sagen. Das ganze Haus weiß es schon.« Lotte Lippmann saß auf dem Fußboden ihres schmalen Zimmers, gegen die Kommode gelehnt, direkt gegenüber der Tür. *»Unser Alles ist uns genommen worden.«*

Ihr Haar war noch vom Tanzen verwirrt und hing in einzelnen Strähnen herab, und ihr Gesicht hatte die Farbe feuchter Asche, mit Ausnahme der Augenlider und der Lippen, die von Natur aus dunkler waren – wie braune Feigen – und den gelben, von Scharlachrot durchzogenen Schwielen auf den Wangen.

»Nun, wenn Sie es schon wissen ...« Schwester Manhood verlor plötzlich jeden Antrieb: An der Tür hatte wenigstens die Überraschung noch ihre Nerven gespannt gehalten, und sie hatte sich sogar auf die Zehenspitzen gestellt.

Vor den Spiegel auf der wackligen Kommode hatte die Haushälterin ein Handtuch gehängt, das sich leise bewegte. Denn Lotte Lippmanns Kopf brachte die Kommode zum Erzittern, wenn sie erst die eine Wange und dann die andere gegen die Schubladen hinter ihrem Rücken preßte und sich noch weiter zurückzuziehen suchte, wenn das überhaupt möglich war, noch weiter weg von jedem fremden Eindringen in ihre Nacktheit. Die Schubladengriffe bebten. Das Ganze war ausländisch genug, um in Schwester Manhood die herrschsüchtige Krankenschwester zu wecken – wo sie doch eigentlich freundlich sein wollte. »Tt-tt, Sie haben ja Ihr Kleid ganz zerrissen«, bemerkte sie unwillkürlich, nachdem sie sah, was eigentlich von vornherein ins Auge sprang.

Ein Wunder, daß das Kleid es überhaupt überstanden hatte. Der Lauf der Zeit und die gerade erst vergangene Raserei des Tanzes hatten es sowieso in einen Zustand endgültiger Zerlumptheit versetzt; aber das erklärte noch nicht den langen Riß, der absichtlich und leidenschaftlich gemacht worden sein mußte: an der Vorderseite von der Schulter an abwärts. Mrs. Lippmanns Busen war durch diesen Zerstörungsakt an ihrem geerbten Kleid bloßgelegt.

Und die ganze Zeit hielt sie den Kopf zur Seite gedreht und gab Töne von sich, als ob du Rinderherden durch die Nacht ziehen hörst, auf dem Weg zum Markt weiter oben an der Küste.

Unter anderen Umständen hätte Flora das alles ungeheuer komisch gefunden; oder andererseits wieder wäre vielleicht auch etwas in dir angesprochen worden, das tiefer lag, und das du selbst lieber verstecktest: Aber jetzt warst du zu sehr in Eile und zu sehr mit Verantwortung beladen, und da war schon die Türklingel! Wenn das Gidley sein sollte, dann mußte er zu Hause gesessen und auf Mrs. Hunters Tod gewartet haben – anders war diese Geschwindigkeit nicht zu erklären.

Also machte sie es jetzt auch kurz. »Ich rate Ihnen, vom Fußboden aufzustehen. Andernfalls wird es Ihnen leid tun, Lot, wenn dann alle Gelenke steif sind.« Ziemlich stolz darauf, daß sie die Tradition ihres Berufes hochhielt, fügte sie noch hinzu: »Und später gebe ich Ihnen auch noch etwas für Ihr Gesicht.« Aber dann hielt sie inne.

Die Quetschungen und blutunterlaufenen Stellen in der grauen Haut sahen aus wie Bimsstein, aber ein Bimsstein, der atmete und zitterte, während die Jüdin sich weiter und weiter hin und her wiegte. Es hätte dich wahrscheinlich gegraust, wenn du nicht eigentlich schon auf dem Weg zum Flur hinunter gewesen wärst, um die Tür aufzumachen und Dr. Gidley hereinzulassen.

Denn hier war er, dieses schleimige Kriechtier: Ganz gleich, wie sehr Badgery ihn auch anpries – nichts konnte seine Charaktereigenschaften verbergen. Ebensowenig wie es sich verhehlen ließ, daß Jessie selbst mit ihrem falschen Busen und ihren Zierkämmen allen Ärzten, Teepflanzern und Schauspielerstimmen von vornherein verfallen war.

Seit diesem ersten, sich zu einem ganz winzigen Zeitraum zusammenschiebenden Moment, in dem sie entdeckte, daß es geschehen war, hatte Schwester Manhood etwas wiedergewonnen, das wie Verläßlichkeit aussah. Ihr Bild im Spiegel in der Halle wirkte überzeugend: und hübsch dazu. Sie strich ein paar Haarsträhnen mehr unter dem Schleier hervor, um sie in die Stirn hängen zu lassen: nicht für Gidley, du lieber Gott! sondern für ihre eigene Moral, und das könnte sogar etwas sein, das *sie* von dir erwartet hätte.

Dieser Fettwanst von einem Arzt stand draußen unter dem Licht der Lampe, die sie eingeschaltet hatte, ehe sie die Tür öffnete. Er trug wie üblich seine Instrumententasche in der Hand und sah auch sonst aus wie immer – nur schimmerten seine Augen etwas. Wahrscheinlich war es ein Versuch, angesichts dieser ebenso traurigen wie wichtigen Situation eine Art von Ehrfurcht zu zeigen, was ihm dieses schuldbewußte Aussehen gab.

Dr. Gidley sagte mit seiner Fetten-Männer-Stimme: »Das war Glück, daß Sie mich erwischt haben. Meine Frau und ich waren bei einer dieser lächerlichen Cocktail-Partys und kamen gerade nach Hause.«

(»Meine Frau« mußte eine Art von gepreßter Blume sein.)
»Sie ist ganz still gestorben – hinter meinem Rücken.« Schwester Manhood war froh, daß ihr die Worte so leicht fielen.
»Ich nehme an, daß sie es auch nicht bedauert.« Es klang ein wenig schwer und ungeschickt, bis er bemerkte, daß ihm der Alkohol in seinem Blut hilfreich unter die Arme griff. »Vierundachtzig, nicht wahr?«
»Sechsundachtzig.« Es gab der Schwester mehr Selbstvertrauen, um nicht zu sagen, sogar eine gewisse Macht über den Arzt, daß sie ihn verbessern konnte. »Sie war in bester Verfassung heute abend. Nichts als Makeup und Witze. Die Haushälterin hat für sie getanzt.« Die Unterlippe des Doktors war außerstande, diese letzte Information für wahr zu halten. »Dann wollte sie ihr Bedürfnis verrichten.« Die Schwester ging voraus, die Treppe hinauf. »Als ich zurückkam und sie herunternehmen wollte, war sie tot.«
»Ja, ja, so gehts – 'rauf auf den Topf, 'runter vom Topf.« Die Schwester schien das nicht witzig zu finden.
Die *Idee* Mrs. Hunters, mehr als die alte Frau selbst, gab ihr ein Gefühl der Überlegenheit.
Sie gingen hinein und standen vor dem, was jetzt unglaublicher Weise eine Leiche war, die man auf Mrs. Hunters Bett aufgebahrt hatte. Die feuchten Wattebäusche ließen nicht erkennen, was hinter ihnen war – ob menschliche Augenlider oder nur die Augenschlitze einer bemalten Maske. Die grünen Schatten auf den Wangen waren dadurch vertieft worden, daß die Schwester die Zähne herausgenommen und den Unterkiefer hochgebunden hatte. Eine dicke, schwarze, um die Lippen gezogene Linie war geschmolzen und in das rissige Karmesinrot der Lippen gelaufen, so daß der Mund jetzt aussah wie eine gestichelte Naht; das erhöhte den Maskeneffekt noch.
Der Doktor lachte leise. »Das sind mir ja merkwürdige Spiele, die ihr zwei da miteinander getrieben habt.« Er ergriff etwas, das einst ein Handgelenk gewesen war, hob, was sich als Augenlider herausstellte und wedelte mit einem nonchalanten Stethoskop; dann schnippte er ein- oder zweimal mit den Fingern in Richtung auf den Gegenstand auf dem Bett, indem er einen Zeigefinger vom Daumen abschnellen ließ. »Elizabeth Hunter – jetzt hat sie's wirklich erwischt.«
Schwester Manhood war entsprechend empört. Also, das war sie *wirklich*! Hatte sie doch schließlich Mrs. Hunter zwar nicht direkt geliebt, war sie immerhin etwas, wofür sie stand! Das Leben, vielleicht. Sie peitschte dich immer vorwärts. Als das Menstruationsblut wieder zu fließen begann und du es warm und klebrig an deinen Beinen spürtest, da war das genauso: Etwas von der Liebe, etwas vom Leben wird dir zurückgegeben. Und Flora Manhood begann Dr. Gidley zu hassen, weil es den Anschein hatte, als habe er Mrs. Hunter zeit ihres Lebens gehaßt.

Während er sich in den bequemsten Sessel setzte, um den Totenschein auszustellen, machte sie sich wieder an die Arbeit. Sie mußte noch die Leiche waschen und hoffte, daß sie dazu wieder allein sein würde. Aber nachdem sie die Waschschüssel geholt hatte, machte der Arzt den Eindruck, als ob er immer weiter in seinem Sessel sitzen bleiben wollte.
»Ich muß meine Patientin waschen, Herr Doktor«, erinnerte sie ihn.
»Warum nicht, Schwester?« Kannte er nicht sowieso jeden Zentimeter an Elizabeth Hunters Körper auswendig?
Da würde sie also das Bett mit ihrem Rücken vor seinen Blicken schützen.
»Meinen Sie, daß aus der Sache ein bißchen was 'rausspringt – heißen Sie nicht ›Flora‹?«
»Ich erwarte überhaupt nichts.« Wenn dieser schmutzige Kerl sie dazu zwang, tugendhafte Reden zu führen, dann brauchte sie sich wenigstens einmal nicht als Heuchlerin vorzukommen.
»Gerade die bösartigsten Reichen sind es, die ihre Krankenschwestern am häufigsten im Testament erwähnen. Und wenn sie es nicht tun, dann erinnert sie ihr Anwalt daran. Sie bei der Gelegenheit auch gleich mit an den Arzt zu erinnern, das wäre doch eigentlich nur logisch, nicht wahr? Aber das geschieht so gut wie nie. Manchmal kommt es natürlich vor, daß sich eine Patientin in ihren Arzt verliebt. Das ist dann natürlich ganz etwas anderes.« Er lachte sein fettigstes Lachen.
Dr. Gidley (Graham) immer auf dem Weg nach oben, mit seiner jungen (wohlhabenden) Frau; seine beiden kleinen Söhne sind in der richtigen Schule, seine Praxis hat eine höchst wünschenswerte Lage, er ist Theater- und Konzert-Abonnent und Mitglied des A.J.C. – und er bringt Flora Manhoods Galle zum Überlaufen.
Da dies ihr erster wirklicher Todesfall war, wie hätte es da anders sein können, als daß sie zuviel Mitgefühl und Zärtlichkeit empfand. Aber sie würde schon noch lernen. Während sie diese so eingeschrumpften Gliedmaßen wusch, und die schäbigen, kleinen Wildledertaschen der Brüste, spürte sie, wie eine Art von Liebe durch ihre angestrengten Arme zuckte – nicht etwa floß. Denn Elizabeth Hunter wehrte jede Zärtlichkeit ab, die man ihr erweisen wollte, und deswegen waren alle Dinge, die mit Berührungen zu tun hatten, immer recht herzhaft gehandhabt worden. Die physische Anstrengung, jetzt ihren toten Körper waschen zu müssen, half dir wenigstens dabei, den Doktor zu ertragen.
»Eine sehr leidenschaftliche Frau, sagt man. Nun ja – das konnte man schon feststellen.«
Flora Manhood lehnte sich bei ihrer Arbeit noch weiter nach vorn: Sie mußte *sie* beschützen; und vor allem mußte sie als erstes die Spuren ihrer eigenen bösartigen Handarbeit beseitigen. Die Maske schien einen Ausdruck ursprünglicher Reinheit anzunehmen, und indem sie das tat, begann

sie eine große Sicherheit auszuströmen. Elizabeth Hunters Schönheit schwebte, wenigstens als Idee, über dem Gesicht eines Schädels, dem die Wirklichkeit zurückgegeben worden war.

Sie hatte gerade den Mund ein letztes Mal mit dem Flanelltuch abgewischt, als sie an dem Geräusch seines Atems erkannte, daß Dr. Gidley dicht hinter ihr stand und gleich darauf noch näher: Er rieb sich, der fette, schwammige Mann, gegen ihre Gesäßbacken.

»Flora ist der Name, eh?« Und im gleichen Moment kam sein obszöner Stoß.

»Dr. Gidley«, sagte sie ihm ins Gesicht, denn jetzt, da sie sich herumgedreht hatte, gab es keine Möglichkeit mehr für sie, dem direkten Gegenüber mit ihm zu entgehen: Den blonden Stoppeln entging sie nicht, die ihm am Kinn sproßten, und auch nicht seinem Bauch, der sie gegen das Bett drückte oder versuchte, sie einfach auf dessen Fußende niederzuwerfen, »wenn *Sie* Ihre Frau vergessen haben – ich jedenfalls nicht meine Patientin. Und ich möchte ihr gern allen Respekt erweisen.«

Der Doktor stieß einen scharfen Whisky-Seufzer aus und gewann ein Gleichgewicht wieder, das die Krankenschwester beinahe empfindlich gestört hätte. »Genau die richtige Gesinnung, wie im Lehrbuch. Haben Sie noch nie gemerkt, daß Lehrbücher nichts fürs Leben sind?«

Aber das war nur noch bellen und kein beißen mehr. Sie hätte ihn hinauswerfen können, wenn Schwester de Santis nicht erschienen wäre. In Straßenkleidern. Und diese Augen.

In Gegenwart dieser beruflich offensichtlich sehr kompetenten Nachtschwester mußte man natürlich zum Ernst des Lebens zurückkehren. »Wie Sie sehen, Schwester«, sagte der Doktor, »haben wir einen Todesfall in der Familie.« Dann lachte er, vielleicht über sich selbst und die kleine Manhood.

Schwester de Santis ging zum Bett und berührte die Füße des Leichnams. Dann ging sie, um sich umzuziehen.

Und für Dr. Gidley war es Zeit zu gehen. Er zwinkerte und legte den Kopf schief – ob er nun die hübsche Schwester damit meinte, die Leiche seiner ehemaligen Patientin oder sein eigenes Spiegelbild, das war schwer zu sagen: höchstwahrscheinlich aber sein Spiegelbild: Die feuchten Lippen, der massige Körper und die dandyhaften, sich kräuselnden Backenbärte rechts und links ergaben ein Bild, das seinem inneren Auge besser gefiel als jedes andere, denn es war sein Ideal. Während Schwester Manhood mit der Vorstellung von einem gewaltigen Paar nackter Unterschenkel zurückblieb oder von zwei immensen blonden Blumenzwiebeln, bis zum Bersten aufgeschwollen, ehe sie sich selbst aus dem Teppich entwurzelten.

Als Mary de Santis zurückkam, war sie mit dem Waschen der Toten fertig. De Santis trocknete den Körper ab, verschloß die Leibesöffnungen (Gott sei Dank) und band die Knie zusammen.

Die beiden Schwestern wechselten mit halblauter Stimme praktische wie auch tröstende Bemerkungen. Schwester Manhood brachte ein frisches Laken, um damit den Leichnam zuzudecken. Nachdem sie es ausgebreitet und über den wesentlichsten Gipfeln und Graten glattgezogen hatten, schnitt Schwester Manhood die Fingernägel. Aber es war de Santis, die das Taschentuch über das Gesicht breitete. Wenn sich ihre Hände hin und wieder bei der Arbeit berührten, wenn sie versehentlich aneinanderstießen oder sich im Vorbeigehen zufällig streiften, dann war Flora Manhood näher denn je daran, der Liebe Ausdruck zu geben, die für Elizabeth Hunter zu empfinden sie vielleicht zu beschämt gewesen war.
Endlich sagte Schwester de Santis: »Wissen Sie, daß es schon längst über Ihre Zeit ist?«
»Ja, ich gehe jetzt. Und ich komme nie mehr wieder. Nicht einmal, um die verdammte Tracht abzuholen.« Sie erklärte, daß sie den Schwesternberuf aufgeben wolle: Das sei ihr gerade klar geworden.
»Ich nehme an, daß Sie sich das noch einmal überlegen werden, Flora.«
»Niemals, darauf können Sie Ihr Leben wetten.«
Ihr Entschluß hätte sie vielleicht freudiger gestimmt, wenn St. Mary nicht ihren Vornamen benutzt hätte. So ging sie statt dessen mit einem nüchternen Gefühl, um sich vor der möglichen Beschädigung einer Zerbrechlichkeit zu hüten, die sie in sich gar nicht vermutet hatte. Sie zog sich um und ging noch einmal ins Schlafzimmer zurück. Sie würde Schwester de Santis schreiben – wenn sie genug Rechtschreibung und Grammatik zusammenkratzen konnte – und ihr für ihre moralische Unterstützung danken. Und Mrs. Hunter wollte sie nicht noch einmal sehen; nicht mit dem Taschentuch auf dem Gesicht.
Und jetzt sich hin- und herwenden in diesem engen Dunkel ein Sarg kann nicht enger sein als Schlaflosigkeit in einem harten Bett also du solltest ja schon imstande sein vielleicht wiederzubekommen was mehr oder weniger dir gehört wenigstens vorschlagen Lottie ist die einzige die sich hinlegen und leiden wird diese Blechgriffe zu spüren sie drücken und schneiden ins Fleisch in der Nacht als Elizabeth Hunter. Es ist immer noch dieselbe Nacht. O Gott.
Wieder schaltete Flora Manhood beinahe das Licht ein. Aber sie fürchtete sich vor der Gegenwart mit ihrer Politur, ihren scharfen Ecken und dem Durcheinander von schmutzigem Geschirr. Lieber die Vergangenheit, wie dunkel und beschämend ein paar Einzelheiten auch sein mögen.
Also läufst du immer noch den wankenden Pfad hinab in dieser Nacht der Todesnacht Elizabeth Hunters spürst den Zweig nicht er schneidet peitscht die Wange es ist immer noch da wie die unnötigen Fusseln und ein Geschenk der Liebe für einen Kratzer zieh nur den Kollodiumgeruch richtig ein und sei dankbar ja du bist es.

Flora Manhood holte tief Luft, nachdem sie das Gartentor hinter sich zugezogen hatte: Das wird auch nie repariert, denn die alte Betty ist zu plemplem, Arnold Wyburd ist halb verkalkt und die Krankenschwestern beschweren sich gern und unternehmen deshalb auch nichts. Diese Hochöfen Raffinerien oder was immer am Horizont Richtung Botany sehen manchmal richtig zum Fürchten aus besonders das eine es verwandelt sich in ein feuriges Kreuz wenn man es durch ein Fenster aus Fliegengitter ansieht. Nun, du brauchst es ja nie wieder zu sehen, jedenfalls nicht durch das Fliegengitter am Moreton Drive.
F-L-O-R-A- einzeln ausbuchstabiert gibt dir ein Gefühl daß du wirklich bist kaum zu glauben du bist frei endlich kannst du herumlaufen im Park auf dem Gras liegen wenn du willst nicht am Abend wenn sie Leute umbringen die allein sind sondern in der Sonne das Gewicht der Sonne genauso wie ihre Wärme danach sehnst du dich.
Da aber im Augenblick die Sonne nicht zur Verfügung stand, begann sie, mit festen, schnellen Schritten die Straße hinunterzugehen. Sie hing von der Sonne nicht ab, genausowenig wie von irgendeinem Mann. Mrs. Hunter war tot. Nie wieder würdest du dorthin zurückkehren. Nicht wegen der Schwesterntracht. Und wegen der Plastik-Handtasche auch nicht. Und erst recht nicht wegen der Schachtel Kleenex, die du heute nachmittag erst aufgemacht hast.
Sie ging schneller, um den Gedanken an ihre hübsche Handtasche zu vertreiben. Durch ihr Kleid blies der Wind über, wenn nicht sogar durch, ihre Rippen. Sie fröstelte. Sie hatte ganz vergessen, daß es Winter war.
Und schließlich ging sie einfach. Nur um des Gehens willen. Den Anzac-Boulevard hinunter in Richtung Kingsford. In Sichtweite des Neon-Leuchttransparents zögerte sie eine Weile an der Bordkante, ehe sie in die Gladys Street einbog, aber dann wieder umkehrte, als sie das Haus der Vidlers erreichte und auf der anderen Straßenseite wieder zurückging. Sie wäre nicht imstande gewesen, heute abend Vid und Viddie zu erzählen, wie alles war. Sie ging kreuz und quer durch alle möglichen Straßen, von denen sie noch nie gehört hatte Hardcastle Trent Dahlia Corella Cumberlong Dobbs dann wieder über den Parade Boulevard fast im Laufschritt und erneut abgebogen kurz vor Snows Haus wo das blaue Licht immer noch auf seinem Mast knisterte und spuckte und das imitierte Mauerwerk beleuchtete. Noch einmal zurück auf den Parade Boulevard, und jetzt keuchte sie fast mit der Hektik des Verkehrs um ihren eigenen hektisch flackernden Zustand damit einzupassen.
Wenn du dich zu jenem Zeitpunkt schon erkannt gehabt hättest du wärst wahrscheinlich zusammen mit Lottie für Mrs. Hunter aufgetreten.
Vor dem ›Bellevue‹, im Lichtkreis einer Straßenlampe, die aus zwei milchigweißen Kugeln bestand, war ein menschliches Objekt eingepflanzt: eine

dritte Kugel, oder ein Kohlrabi, oder das Gesicht einer Frau, die das benebelte Stadium farbenprächtiger Erinnerungen und sabbernden Grolls erreicht hat; sie war damit beschäftigt, nach oben in das Licht zu starren.
»Kennste mich nich mehr, Florrie?« Die Stimme kämpfte sich mühsam aus einem Mund wie ein Loch aus Gummi, in dem das Selbstmitleid umherschwappte. »Eins kann von mir keiner sagen, un das ist, daß ich Leute nicht mehr kenne, wenns ihnen mal dreckig geht.«
Und damit wurde das Gewicht zu schwer, das an dieser Gestalt hing: Handgelenke fielen über hervorquellende Knie, der Kopf pendelte am kurzen sehnigen Hals nach vorn, und der Körper rollte fast seitwärts in den Rinnstein. Aber rettete sich noch, als ein Autoscheinwerfer dicht vorbeihuschte und mit seinem Licht die Augenlider weißer wusch und aus dem Mund noch nasseren, noch schlüpfrigeren Gummi machte.
»Ja, aber – Snow!« Das mußte heute der Abend sein an dem alles immer im falschen Moment kommt. »Stimmt irgend etwas nicht, Snow?«
»Jesses, Florrie, ich dachte immer du hast'n hellen Kopf. Kannste nich seh'n, daß ich stockblau bin?«
»Aber im Rinnstein!«
»Wemmer sich selber nich mehr raushelfen kann.« Und tatsächlich streckte Snow jetzt buchstäblich alle viere von sich.
Während sie sich über ihre einzige lebende Verwandte beugte, so tief, daß der Zugwind von hinten ihren Minirock emporwarf, hätte Flora sich sowohl kaum lächerlicher als auch kaum unfähiger vorkommen können. Eigentlich hätte sie sich auf die Knie niederlassen müssen, aber sie wollte ihre Nylons nicht verderben. Die Strümpfe waren aber im Grunde auch keine Entschuldigung: Anstatt alle möglichen Kosenamen zu erfinden (›Butcheken‹ ›Snowlein‹ ›Armchen‹), hätte sie nur von da aus, wo sie stand, die Hände ihrer Cousine zu packen und sie dann hochzuziehen brauchen. Aber sie tat es nicht.
»Bist du allein, Snow?«
»Ich bin ganz – allein.«
»Was ist denn mit deiner Freundin?«
»Welche Freundin – Carla?«
»Die ich kennengelernt habe. Hieß sie nicht Alix?«
»Ach, die. Alix hat mich verlassen.«
»Dann vielleicht Carla?«
»Nicht Carla. Carla hat geheiratet. Kay isses. Die is mir heute abend weggelaufen. Deswegen hab' ich mir einen auf die Lampe gegossen.«
Snow Tunks fing nicht an zu weinen, sondern eher zu tröpfeln und zu fließen, Gin vermischt mit Tränen. Mit der einen Hand fuhr sie sich über die silberne Sichel, die an ihrer Nase pendelte. Oder vielleicht auch an ihrem Mund.

»Jetzt wart' mal, Snowie. Ich hole jemanden«, (Krankenschwestern haben sich schon den Rücken ruiniert bei dem Versuch, ihre Patienten allein hochzuheben), »jemanden, um dir wieder auf die Füße zu helfen.«
»Ich kann schon aufstehen – wenn ich nur will.«
»Dann nimm dir ein Taxi – damit du sicher nach Hause kommst.«
»Ich will aber nich. Nich alleine. Florrie?« Snow Tunks streckte eine Hand aus, aber sie griff nur in die leere Dunkelheit: Flora Manhood hatte einen Schritt rückwärts gemacht.
Und in Wahrheit: Du könntest es nicht ertragen, wenn sie dich berühren würde; Snow könnte für immer an dir kleben bleiben.
»Ein Taxi ist auf jeden Fall das beste, Liebes. In dem Lokal hier wird es sicher ein Telefon geben, das ich benutzen kann. Ich werde die Red-de-Luxe-Taxigesellschaft anrufen.« Zu schrill, zu fröhlich, Absätze zu geschäftig auf dem Pflaster.
Auf der Bordsteinkante sitzend, drehte sich Snow schwerfällig herum und schrie: »Nur wenn du mitkommst, *Floie!* Dich hab' ich eigentlich schon immer geliebt. So balb is' mir das schon damals im Bananenland klar gewesen: Flora, du un' ich, wir sollten zusammenzieh'n. Das is' das beste für uns beide.«
»Okay, Snow. Jetzt warte nur, Snowy.«
Es war nicht leicht, die Tür der Bar zu öffnen: Der stickige Dunst im Lokal mußte sie zugeklebt haben. Fetzen von bierseligem Männergelächter schienen die Milchglasscheiben nach außen zu wölben, um jeden frechen Eindringling, besonders aber Frauen, von vornherein abzuwehren.
»Du enttäuscht mich nicht, Florrie, ja?« Snow rief immer noch vom Bordstein hinter ihr her. »Du un' ich – un' zur Hölle mit allen andern.«
»Ja, ja.«
Florrie (Schwester Manhood!) brachte endlich die Tür auf. Auf der anderen Seite standen nichts als Männer und beobachteten diesen Eingriff in ihre Rechte. Ob nun schmerbäuchige alte Kerle mit in Bier schwimmenden Augen und von der Sorte, die mit zärtlich gekrümmten Fingern eine innige Beziehung zu dem vor ihr stehenden Krug aufnimmt, oder magere, glatte Typen, die nur hin und wieder an einem Glas mit blasser Flüssigkeit nippen und damit zeigen, daß sie die Gefahren des Alkohols kennen – alle waren Angehörige des stärkeren, des überlegenen Geschlechts. Niemand behauptet, daß man ohne Frauen auskommt; sie können sogar eine angenehme Dauereinrichtung werden: um die Steaks auf den Grill zu hauen, die Hemden zu bügeln und das Haus gemütlich und sauber zu halten. Ehefrauen: sie sind irgendwie wirtschaftlich eine gute Sache; das ist ganz was anderes. Aber dieses Mädchen da, das schon in der Tür zuviel von sich selbst zeigt – die taugt zu nicht viel mehr, als daß man sie schnell mal im Auto auf dem Rücksitz vögelt.

Es war Glück für Flora Manhoods Stolz, daß das ›Bellevue‹ an einer Straßenecke lag. Sie konnte einfach diagonal durch das Lokal gehen, wobei sie hastig murmelte, daß sie sich geirrt hätte, und war auch schon zur anderen Tür wieder hinaus und in einer Seitenstraße. Sie wischte ihre Hände an allem ab, was sie nur an Rock und Stoff an sich finden konnte, um ihre peinliche Verlegenheit, um nicht zu sagen ihre Scham abzutrocknen: Scham wegen der holzköpfigen Männer, wegen ihrer betrunkenen, schwulen Cousine und am schlimmsten: sie schämte sich IHRER SELBST.
Wieder stand sie vor dieser phantastisch-irren nächtlichen Neonlandschaft, die seit dem Tode Mrs. Hunters ihr Leben geworden war. *Du enttäuscht mich nicht Florrie ja?* Denkste. Wenn Snow selbst dich schon so halb auf diese Idee bringt, dann hat sie auch keinen Grund zur Beschwerde. Genausowenig, wie du ihr eine Erklärung schuldest.
Weiter oben verminderte ein Streifenwagen seine Geschwindigkeit, um einen Blick auf sie zu werfen. Hoffnungslos, der dänischen Dogge von einem Polizisten das alles erklären zu wollen: daß du nur vor deiner betrunkenen Cousine davonliefst und nein du warst keine Professionelle wie er das gerne gehabt hätte du warst nicht einmal mehr als Krankenschwester erkennbar du warst nichts weiter als eine Frau ohne bestimmte Pläne ohne anerkannte Fähigkeiten oder positive Hoffnungen.
Aber der Wagen fuhr einfach weiter.
Erst viel weiter hinten in den Seitenstraßen, bis zu den Knöcheln im Sand, hast du dich umgedreht und bist zurückgerannt, heraus aus dieser Sackgasse. Der Sand war es, der alles so schwierig machte: Alle Straßen hier drüben waren tief in ihm begraben. Während du dich mühsam stapfend fortbewegtest, war er wie Schmirgelpapier auf deiner Haut.
Es schien Flora Manhood, daß sie ihr Ziel niemals erreichen würde: Die verblichenen Zäune und der wehende Sand auf den Straßenkreuzungen waren dagegen. Früher einmal hatte sie einen Schuh verloren, als sie einem Omnibus nachlief. Jetzt würde sie bestimmt auch gleich einen verlieren, und der Streifenwagen verhaftete inzwischen Snow. Damit hattest du dann praktisch alle Leute enttäuscht, die dir nur einfielen.
Hier liegst du in diesem schmalen Bett du kennst jede Sprungfeder und auch jede Un-Feder genau wie du die Beulen und die Brüste die Pickel die Haarbüschel die Trichter und Tunnel die Seufzer deines eigenen Körpers kennst was hättest du getan wenn der Polizeiwagen vor dem Bellevue gestanden hätte mit offener Tür er war nicht da aber er hätte ja auch schon wieder weg sein können Snow war fort wie alle anderen auch nur du bist übrig und Elizabeth Hunter sie ist ausgelaufen in einem braunen Strom unter dem Taschentuch hervor und dem Laken auch und vermischt sich mit der Dunkelheit um dich kann man nur auslachen denn E. Hunter ist ein für allemal gebannt da gibt es kein Hintertürchen die Wattepfropfen verhindern das.

Wieder überquerte Flora Manhood den Parade-Boulevard, jetzt wahrscheinlich zum fünfzehnten Mal, und hörte rings um sich die Bremsen kreischen. Selbst Elizabeth Hunter persönlich mit ihrer Entschlossenheit, sich durch nichts von ihrem Weg abbringen zu lassen und alles auf ihre Weise zu tun, hätte den Verkehr nicht wirksamer aufhalten können. Flora stolperte auf der anderen Seite über die Bordkante und fiel gegen die Schaufensterscheibe, die sich erst ein wenig bog, aber dann zitternd vor ihrer plattgedrückten Nase zur Ruhe kam. Wenn sie gesiegt hatte, dann zitterten Mrs. Hunters Finger immer; wenn nicht, dann verwandelten sie sich in Klauen. Aber da die tote alte Frau im Augenblick ja nicht einmal als Gespenst im Nachthemd gegenwärtig war, könnte nur ein Verrückter glauben, daß hier irgendwelcher Einfluß spürbar war.

Heute abend war das Schaufenster der Apotheke aufgeteilt zwischen medizinischen Hautpflegemitteln und UNSERE NATIONALE KAMPAGNE GEGEN DIE HAUSFLIEGE. Seine Schaufensterdekorationen waren noch nie besonders toll gewesen; er hatte keine Zeit, groß über sie nachzudenken und überließ sie Bev Sills, der zwar ein netter Kerl war, aber anscheinend überhaupt keine Augen im Kopf hatte. Es war spät und der Laden natürlich schon geschlossen. Also ging sie um das Haus herum und dann die Treppe hinauf zur Wohnung. Dasselbe gelbliche Spargelkraut welkte immer noch in einem Spalt der steinernen Wegeinfassung dahin. Es roch immer noch nach Gas – und nach verbrannten Koteletts, als er die Tür öffnete.

Er sagte: »Ich habe ein paar Koteletts auf dem Feuer.«

Sie trat ein, ging an ihm vorbei in die Küche und zog den Grill heraus. Das Fett flammte auf und der Rauch brannte in ihren Augen.

»Sie sind fast fertig«, sagte er, als ob alles, was er jemals geplant hatte, damit seinen erfolgreichen Abschluß fand.

Für die Koteletts konnte man nicht mehr viel tun. Sie drehte das Gas ab. Dann saß sie am Küchentisch. Noch nie hatte sie sich so sehr danach gesehnt, sich hinzusetzen und einfach sitzenzubleiben.

Col sagte: »Und wie komme ich zu dieser Ehre?«

»Mrs. Hunter ist tot. Heute abend gestorben. Ich glaube, das war mein letzter Patient.«

»Was du nicht sagst! Was war denn an dieser Mrs. Hunter so Besonderes?«

»Ich weiß nicht. Daß sie im Leben alles mitgemacht hat, nehme ich an. Man hatte das Gefühl, wenn man nur lange genug herumhängt, dann kann man vielleicht herausfinden, was man selber zu erwarten hat.«

»Und hat sie dich in das Geheimnis eingeweiht?« Col hatte einen Mundwinkel nach hinten gezogen, was immer so aussah, als ob diese Seite seines Gesichts nach einem Unfall gelähmt war und sich nie so ganz erholt hätte; es war ein Ausdruck, den sie niemals gerne sah, denn kurz danach befanden sie sich meistens mitten in einem Streit.

»Nein«, sagte sie. »Ich weiß nicht«, verbesserte sie dann; aber sie fühlte sich unheilbar dumm und unwissend.
Zwischen den Schüsseln und Tellern mit Überresten von Frühstücksspeck auf erstarrten Fettwellen und in von Essigmarinade zusammengefallenem Salat lag eines von Cols Büchern: *Also sprach Zarathustra*, wer immer das auch war, der es sich leisten konnte, so sicher zu klingen. Jemand der so dumm war wie sie, der würde es wahrscheinlich auch immer bleiben.
»Wenn du da irgendwelche Antworten von mir erwartest – du weißt, was ich als einziges sagen werde.«
»Ich erwarte überhaupt nichts«, sagte sie.
Der Rauch von den verbrannten Koteletts biß immer stärker in ihren Augen; jetzt fingen sie richtig an zu tränen.
Auf der anderen Seite des schwankenden Wasservorhangs hämmerte Col weiter auf sie ein. »Nach deinen Erzählungen hast du diese alte Frau immer gehaßt.«
»Ja!« weinte sie. »Nein – ich habe sie nicht *gehaßt*. Sie verstand und kannte mich besser als irgend jemand je zuvor. Es hat mir nur nicht immer gefallen, was sie in mir entdeckte und ausgrub.«
»Ich verstehe dich, Flo.« Er hatte sich neben sie gesetzt. »Und auch, was du bist. Nämlich alles.«
»Ich bin überhaupt nichts.«
Er küßte ihre Schenkel. Er küßte zwischen ihnen, und sie, ungeschicktes blutendes dummes Huhn, das sie war, hob seinen Kopf und drückte ihn gegen ihren Leib. Es wäre ihr schrecklich peinlich gewesen, ihm zu gestehen, daß sie bunte Woche hatte und es deshalb nicht ging.
Er enthob sie dieses Problems, indem er aufstand und ihr ein Schlafmittel holte, und dazu noch einen flüssigen Wundverband zum Auftragen auf das, was er ihre ›Wunde‹ nannte – wo nämlich der Zweig ihre Wange zerkratzt hatte.
Sie hätte gerne die Freude mit ihm geteilt, die sie empfunden hatte, als das Blut zwischen ihren Beinen zu fließen begann. Aber sie konnte nicht erzählen, was niemand wußte außer ihr selbst. Es sei denn, daß Mrs. Hunter etwas erraten hatte. Sir Basil Hunters fehlgezeugtes, fehlgegangenes Kind würde ein Geheimnis bleiben: Ein Hauch von Unehrlichkeit ist manchmal ebenso notwendig wie harmlos.
So wie Schlaflosigkeit eine Tugend werden kann gewissermaßen Bestandsaufnahme hier in dem Bett das er nicht mehr gemacht hat seit wann überall um dich herum spürst du ihn obwohl er auf dem Sofa schläft im anderen Zimmer ich habe ihn noch nie zuvor richtig schlafen gehört man liegt zu dicht zusammen in diesem schmalen Ehebett *Sie* klopft an das Holz mit ihrem Saphirring der rosafarbene gehört dir nicht wahr der Sarg Schwester ist der Ort wo man seine letzte Saat aussät ich kann sie in Ihnen auf-

gehen sehen wie lauter kleine abgezogene Kaninchen oh Mrs. Hunter das ist aber gar nicht *nett* von Ihnen (kicher) Geburtshilfe habe ich als Fach schon immer gehaßt aber beim eigenen Fleisch ist das anders meine Kinder sind menschlich das hoffen wir jedenfalls Mrs. Hunter wenn dieser verdammte Saphir seine Wirkung tut natürlich nur.

Miß Haygarth stellte den Tee neben die Löschblattunterlage. »Ich habe ihn etwas früher machen lassen. Später haben Sie dann vielleicht keine Zeit mehr, ihn in Ruhe zu trinken.« Sie hatte sich angewöhnt, um ihn herumzuschleichen, wenn sie etwas auf seinem Schreibtisch zu tun hatte, zu dicht hinter ihm zu stehen und ihn mit ihrer Fürsorglichkeit zu irritieren, mehr aber noch in der letzten Zeit mit einer Tendenz zum undeutlichen Murmeln.

»Was haben Sie gesagt?« mußte er fragen.

». . . ihn in Ruhe zu trinken, bevor sie kommen«, erklärte Miß Haygarth; selbst jetzt ging noch die Hälfte des Satzes irgendwo verloren.

An der Tür wandte sie sich um, und die Wichtigkeit der Frage verlieh ihrer Stimme sogar genügend Lautstärke: »Soll ich der Prinzessin und Sir Basil dann auch Tee bringen?«

Mr. Wyburd manövrierte seinen Blick auf der Höhe ein, die für seine Zweistärkenbrille erforderlich war. »Um die Zeit ihres Eintreffens können Sie ihnen vielleicht auch ein Mittagessen anbieten.«

Obwohl die welligen Linien auf der Stirn ihres Arbeitgebers unverrückbaren Ernst dartaten, wußte Miß Haygarth, daß ein Scherz beabsichtigt war. Also lachte sie über Mr. Wyburds Witz; ihre runden, randlosen Brillengläser und das künstliche Zahnfleisch ihrer Gebißprothese schienen ihn mit übermäßiger Dankbarkeit entgegenzunehmen.

Arnold Wyburd lachte nicht. Die Kälte war in seine rechte Seite und in sein rechtes Bein gedrungen, als er beim Begräbnis so lange herumstehen mußte.

Mrs. Hunter hatte großen Wert darauf gelegt, mit den Einwohnern der nördlichen Vorstädte nicht bekannt zu sein, aber wie andererseits jeder, mit dem man bekannt war, wurde auch sie vom Northern Suburbs Crematorium aus dem Wege geräumt – bei dem sie übrigens Aktionärin gewesen war. Die Trauergäste von der anderen Seite des Wassers wurden in langen, schwarzen Mietwagen hingefahren, die am Tor ihre Geschwindigkeit herabsetzten und den Rest des Weges zwischen den perfekten Büschen wie von einem übernatürlichen Schwung getrieben dahinglitten. Hoch darüber flatterte ein Rauchwimpel aus dem Schornstein. Es schien durchaus passend, daß gleichzeitig jener berüchtigte, kalte Wind wehte, den man in Sydney den ›Schwarzen Wind‹ nennt.

Schon vor der Zeremonie, während er dastand und das Lächeln der

Trauergäste erwiderte, das jeweils bis zu einem gewissen persönlichen Kontakt ging und dann nicht weiter, hatte Arnold Wyburd den Verdacht gehabt, daß der Wind es besonders auf ihn abgesehen hätte: Fast spürte er schon die ersten Zuckungen des Schmerzes in seiner Rückgratgegend. Es kamen nicht sehr viele Trauergäste. Da Alter und Krankheit Mrs. Hunter dazu gezwungen hatten, sich von der Welt zurückzuziehen, waren die meisten ihrer Freunde von der Bildfläche verschwunden – oder gestorben; im übrigen haben Beerdigungen ebenso wie Abschiedsfeiern an Bord von auslaufenden Ozeandampfern die Eigentümlichkeit, eher die Bekannten der letzten Zeit anzuziehen als die Freunde. Obwohl einige der Anwesenden nichts anderes gewesen sein konnten als Freunde: Ältere Leute in unverwüstlichem Tweed oder in Pelzmänteln, die anscheinend die Mauser hatten, hinkten oder schlurften aus der Vergangenheit hervor und blickten durch einen Brandyschleier mit heiterer Ungläubigkeit auf die Welt.

Der Anwalt wartete draußen bis zum letztmöglichen Augenblick und ging dann an den spärlich besetzten Bänken entlang bis zu der Reihe, in der er aufgrund der Art seiner persönlichen Beziehung zu der Verstorbenen zu sitzen hatte. Etwas weiter hinten bemerkte er Mrs. Hunters Putzfrau, neben ihr anscheinend ihre Tochter und möglicherweise der Schwiegersohn. (Der Stamm der Cushs auf dieser Welt, das hatte er schon früher bemerkt, gehörte zu den hingebungsvollsten Trauergästen.) Schwester Badgery, wie immer in Zivil noch berufsbewußter als in Tracht, schenkte ihm ein therapeutisches Lächeln.

Arnold Wyburd war froh über die Andeutungen körperlichen Schmerzes, die sich zwischen ihn und eine seelische Pein verursachende Situation schoben, einmal stärker wurden und dann wieder abebbten. Von Zeit zu Zeit bewegte er sich in seinem Sitz und versuchte, ob er selbst einen dieser Stiche hervorrufen konnte, wenn es nötig wurde. Irgendwo in der Nähe roch es nach Mottenkugeln, und das Geräusch eines tief in den Bronchien sitzenden Hustens klang herüber. Hände, die in einem Paar schwarzer Ziegenlederhandschuhe noch plumper aussahen als sonst, bemühten sich um Hustenpastillen in einer schwer zugänglichen Dose.

Mrs. Hunter hatte sich um den Priesterstand nie besonders gekümmert *(die attraktiven sind alle tot)*, aber der Mann mit dem steifen, hinten zugeknöpften Kragen, der die Ansprache hielt, hatte sich sorgfältig vorbereitet. Er sprach mit tröstlicher Wärme von der Güte der Verstorbenen, von ihrer Schönheit, ihrer Intelligenz, ihrem Wohltäter-Ehemann und ihren bemerkenswerten Kindern und brachte es sogar fertig, sehr diskret einen Hinweis auf ihre Wohlhabenheit anzubringen. Einen kurzen Augenblick lang strahlte Elizabeth Hunters Bild sämtliche menschlichen Tugenden aus, in einer unzweifelhaft himmlischen Aura. Aber Arnold Wyburds Sehfähig-

keit war getrübt: Vielleicht hatte sie unter dem ätzenden Vitriol gelitten, das Elizabeth Hunter ein ganzes Leben lang auf ihn verspritzt hatte.
Er sah sich rasch um – sei es, um diesen Stich über seiner rechten Gesäßbacke hervorzurufen oder sich zu überzeugen, daß er doch noch recht gut sehen konnte, oder im Geiste einige von denen an den Pranger zu stellen, die nicht gekommen waren: Jedenfalls zog er die Brauen zusammen. Gleich danach sah er Schwester de Santis, die zu spät kam und ihren üblichen marineblauen Mantel trug, wie er zu erkennen glaubte, dazu jedoch einen geradezu schockierenden Hut: nichts Geringeres als den Turban eines Kalifen aus orangefarbener Seide.
Sie setzte sich auf einen Platz am Mittelgang in der letzten Reihe. Von dort mußte sie eigentlich einen unbehinderten Blick auf den Sarg haben. Aber sie sah nicht auf den Sarg und auch sonst nirgendswohin, soweit der Anwalt an ihren Augenlidern feststellen konnte. Der wie eine große Zwiebel aussehende Hut hätte nichts verbergen können – es war ihr Gesicht, das sich völlig abgeschlossen hatte. Er bewunderte ihre Umsicht in vielen Dingen, wenn es nicht gerade Hüte betraf. Er mußte sehen, ob sie nicht vielleicht mit ihm zurückfahren würde. Dann könnten sie über Mrs. Hunter sprechen, was schon allein tröstlich wäre, weil es eine Rückkehr zu alten Gewohnheiten war. Und Schwester de Santis würde dann etwas erwähnen, er wußte eigentlich nicht genau, was – jedenfalls nichts, was er je von einem anderen menschlichen Wesen erwartet hatte, ganz gewiß nicht von seiner guten Lal und sogar auch nicht von der verstorbenen Elizabeth Hunter; er zitterte geradezu vor Verlangen nach der geheimen Weisheit, die Schwester de Santis vor ihm enthüllen würde, wenn sie nach der Beerdigung die verschlossenen Fächer ihres Gesichtes wieder öffnete.
Arnold Wyburd schämte sich plötzlich so sehr, daß er sich mit einem Ruck wieder nach vorn drehte und sich dem Pfarrer zuwandte, dem Sarg und den noch sorgfältig gefältelten Vorhängen vor dem Eingang zum feurigen Ofen. Aber was auch im günstigsten Moment eine riskante Bewegung gewesen wäre, rief jetzt einen wahrhaft echten Stich hervor, der durch seine gesamte rechte Körperseite zuckte. (Lal würde sich aufregen; am besten hielt er es vor ihr geheim; aber seine vorsichtigen Bewegungen würden ihn ja doch verraten.)
Die Gedenkfeier war so kurz und neutral, wie es der geschäftige Tag in einem Krematorium erfordert. Es gab keine spektakulären Schmerzausbrüche und nur die Andeutung eines feuchten Taschentuches hier und da in den lichten Reihen. Elizabeth Hunters eigenes Stilgefühl hätte emotionelle Exzesse auch nicht gewünscht.
Und dann, als sie auf das Einsetzen des Mechanismus warteten, ertönte das Klappern und Klirren von fallendem Blech, und ein ganzer Regen von Hustenpastillen prasselte auf den Fliesen. Im selben Augenblick wurde

die glitzernde, dunkel lackierte Kiste lebendig: Sie begann zu rucken und die Rampe hinunter in Richtung auf die geöffneten Vorhänge dahinzuschwanken. Der unsoldatischste aller Männer, Arnold Wyburd, nahm entschlossen militärische Haltung an: Möglicherweise war es ja das, was die Leute hinten von ihm erwarteten. Wenigstens konnte niemand feststellen, daß er eigentlich gar nicht hinsah. Nur das Hören, dagegen war er machtlos: Durch seine Schwerhörigkeit hindurch und über dem dumpfen Klopfen seines Herzens in dem gebrechlichen Körper war er gezwungen zu hören; und schließlich endete es damit, daß er sogar lauschte.

Als er wieder hinsah, hatten die Vorhänge sich geschlossen. Die Gegenreaktion hätte ihn vielleicht niedergedrückt, wenn er sich nicht an die Klausel in ihrem – es war wohl schließlich das elfte – Testament erinnert hätte: ›. . . daß mein Anwalt und Freund Arnold Wyburd an einem Tag seiner Wahl meine Asche nehmen und sie über den See ausstreuen möge, der in dem Park gegenüber von dem Haus liegt, in dem ich gelebt habe . . .‹ Er war im Augenblick froh, daß das Stechen jetzt ohne seine Nachhilfe kam.

Wieder im Freien, bestand er nur noch aus einem anhaltenden Stechen, als er Beileidswünsche mit anderen beherrschten Gesichtern austauschte, von denen er einige gar nicht identifizieren konnte; während die, die ihre Pflicht gegenüber der Toten schon erfüllt hatten, zwischen den Kränzen herumgingen, um nach den Namen auf den angesteckten Karten zu spähen, um vielleicht zu entdecken, daß jemand geizig gewesen war oder den schlechten Geschmack hatte, den man selbst ihm schon immer zutraute.

Arnold Wyburd überlegte, woran er sich wohl hatte erinnern wollen: Ach, ja! Er wollte Schwester de Santis anbieten, sie mit zurück zur Stadt zu nehmen. Er sah sich nach dem Kalifen-Hut um und suchte auch auf ein paar Wegen, die zwischen Erinnerungstafeln und unnatürlich vollendet geformten Büschen von der Brandopferstätte wegführten. Aber nirgendwo konnte er ein orangefarbenes Signallicht erblicken, und schließlich war er dann sogar erleichtert. Hätten sie einander wirklich genug zu sagen gehabt auf der langen Rückfahrt? und wie hätte er Lal erklären sollen, warum er von allen Leuten ausgerechnet Schwester de Santis mitgenommen hatte?

Zu seiner Frau sagte er bei seiner Rückkehr: »Du hast recht daran getan, nicht zu kommen.«

»Du weißt, daß ich gekommen wäre, wenn du es gewollt hättest. Aber du hast mir keine Andeutung gemacht.« Sie fügte hinzu: »*Sie* hätte es vielleicht auch nicht gewollt.«

Er bemerkte, daß Lal eine Kette trug, die Mrs. Hunter ihm für sie geschenkt hatte. Ihr Hals sah rot und eingeschrumpft aus, die Türkistrauben, welche die einfache Goldkette in regelmäßigen Abständen unterbrachen, rieben gegen die Sommersprossen.

»War es ein Erfolg?« Sofort wurde sie rot wegen dieser als Taktlosigkeit erscheinenden Bemerkung. »Nun ja, du weißt doch, wie wütend sie wurde, wenn einmal einer ihrer Gesellschaftsabende nicht so recht erfolgreich war. Ich kann mir gar nicht vorstellen, wie sie reagieren würde, wenn ihr eigenes Begräbnis ein Durchfall wäre – wenn sie das erfahren könnte, natürlich.«

Der Schmerz in Arnold Wyburds Oberschenkel wurde so unentrinnbar stark, daß sich etwas davon in seinem Gesicht spiegeln mußte.

»Oh, Darling, was ist denn?«

»Nichts«, sagte er. »Nur ein kleines Zwicken von meinem Ischias.«

»Oohh!« stöhnte sie.

Ihr Mitgefühl tat ihm recht gut.

»Warum laufe ich nicht schnell zur Apotheke und besorge dir ein Senfpflaster?« Sie hoffte so sehr, daß er es ihr erlauben würde.

»Es ist wirklich nicht schlimm«, sagte er und zog eine Grimasse.

Er war kein Masochist, aber er wollte diesen oberflächlichen Schmerz nun einmal ohne Lals gutgemeinte Einmischung ertragen. Mit einem schiefen Lächeln dankte er ihr für ihr Mitgefühl und tätschelte gleichzeitig ihre Hand in dem rhythmischen Code, den sie praktisch ein halbes Jahrhundert lang verwendet hatten, um sich gegenseitig ihre Liebe mitzuteilen.

In weiser Voraussicht wartete Mrs. Wyburd, bis er sich zum zweiten Male von der Lachspastete genommen hatte. Dann erst fragte sie: »War irgend jemand dort, den ich kenne?«

»Krankenschwestern, Putzfrauen. Im übrigen die Art von Gesichtern, an die man sich immer nur halb erinnert: der Grund, weshalb man nie einem Klub beigetreten ist.« Sorgfältig kaute Arnold seinen Lachs.

Lal trank einen Schluck Wasser. »Und die Kinder?«

Arnold begann, den Kopf zu schütteln, während er noch schluckte; er sah ziemlich gereizt aus. »Das habe ich dir doch erzählt. Oder nicht? Dorothy hat einen Migräneanfall.« Während er Messer und Gabel auf den Teller zurücklegen wollte, rutschten sie ihm aus den Fingern und landeten mit lautem Geräusch in dem rosafarbenen Brei mit den ein oder zwei weißen Fisch-Rückenwirbeln.

Lals Augen wurden rund, und sie wartete mit gepreßtem Atem auf weitere Treulosigkeiten, die ja nur zu erwarten gewesen waren.

»Basil wollte kommen«, sagte er gezwungenermaßen, denn seine Frau würde es ja doch aus ihm herausfragen, »aber dann ist er nicht erschienen. Ich habe jedoch keinen Zweifel, daß sie sich in der Kanzlei einfinden werden – wie vereinbart – um das Testament mit mir durchzugehen.«

In der Tat erschien die Princesse de Lascabanes, noch ehe der Anwalt seinen früher als sonst servierten Tee getrunken hatte.

»Sie können sich überhaupt nicht vorstellen, was für eine Wirkung diese

Kopfschmerzen auf mich haben, aber ich versichere Ihnen, die Erfahrung ist – *gräßlich*!«
Daß sie leiden mußte, ob nun unter einem bestimmten Schmerz oder allgemein, hatte ihre Augen vergrößert und mit Tränen gefüllt. Dorothy Hunter war eine hübschere Frau, als Arnold Wyburd sich erinnerte.
Die Prinzessin erspürte seine Gedanken und ließ ihr Lächeln entsprechend trauriger werden. Sie hatte ganz vergessen gehabt, wie man sich bei einem leichtgewonnenen Erfolg innerlich fühlt. Sie wußte schon aus ihrem Toilettentisch-Spiegel, daß sie ansprechend aussah: Erschöpfung hatte sich mit Erleichterung vereint und das bewirkt. Und sie sah immer am wirkungsvollsten in Kleidern aus, die ein Stadium erreicht hatten, wo die Schäbigkeit noch nicht zu offensichtlich den kostspieligen Eindruck verdrängt hatte – wie zum Beispiel ihr alter Persianer, an dessen Zobelkragen eine Brosche steckte: eine riesige Perle in runder Diamantenfassung, eine der wenigen Früchte ihrer betrüblichen Ehe. Jetzt war sie zwar von den Entbehrungen – und auch den Schocks – auf ›Kudjeri‹ völlig erschöpft, aber andererseits hielt sie das Wissen aufrecht, daß Mutter für sich den einzig vernünftigen Ausweg aus dieser schwierigen Situation gefunden hatte und daß damit die Jahre ihrer mit vollendeter Form und mit – ja, mit Tapferkeit getragenen Armut vorbei waren. (Ohne Zweifel gab es eine Menge von mißgünstigen kleinen Seelen, die die Vergangenheit in einem anderen Licht gesehen hatten und ihr nun das Leben im Wohlstand neiden würden, das sie jetzt führen konnte. Die Einstellung der Berufs-Armen gegenüber den Entbehrungen der nur theoretisch Reichen hatte Dorothy de Lascabanes schon immer aufgebracht; sie war so *falsch:* Eine Brosche, zum Beispiel, ist sehr häufig das Symbol einer Substanz, die so gut wie überhaupt nicht existiert.)
Die Prinzessin rief sich zur Ordnung und hörte wieder diesem grundanständigen alten Mann hier zu, der ihr mit Bedacht vom Wetter erzählte und dabei insgeheim ihr Aussehen bewunderte. Sie mußte sich eine besonders freundliche Bemerkung als Belohnung für jemanden wie ihn ausdenken, dessen Wesen so einfach war, daß er nie den wahren Grund für ihre Abwesenheit bei Mutters Beerdigung erraten würde.
Deshalb zupfte sie mit den Fingern an der ledernen Armlehne ihres Sessels, legte ihre Wange gegen den Zobelkragen und sagte zu ihm: »Sie sind natürlich hauptsächlich derjenige, mit dem ich fühle. Ein Mann von Ihrer Sensibilität muß ja schrecklich unter so etwas leiden. Ich bin froh, daß Sie meinen Bruder bei sich hatten – um ihnen etwas von der Anstrengung abzunehmen – an einem solchen Tag. Was Basil anbelangt – für einen Schauspieler ist eine Beerdigung ein Gottesgeschenk.«
Arnold Wyburd beschloß, ihr nicht zu sagen, daß ihr Bruder sie alle im Stich gelassen hatte: Sie hätte davon vielleicht zu sehr profitiert.

Dorothy überlegte inzwischen, ob sie wohl Mr. Wyburds Hand gedrückt hätte, wenn sie näher bei ihm säße. So wie es jetzt war, wäre jede Geste dieser Art zu theatralisch ausgefallen oder sogar unpassend sportlich. Im übrigen hatte sie auch gar kein Verlangen danach. Es war merkwürdig, wie Mutters Tod ihr Verlangen nach vielen Dingen einfach abgeschnitten zu haben schien: vor allem anderen ihre Sehnsucht nach einem Vater. Noch einmal war sie, wenn auch nur ganz kurz, über jenen Traum entsetzt, in dem der Anwalt mit seidigen Testikeln über ihre Schenkel geglitten war.
Sie warf einen Blick auf ihre Uhr und sagte: »Ich nehme an, mein Bruder wird sich verspäten – wie üblich«; und dabei lachte sie, obwohl es doch eigentlich gar nicht nötig war.
Aber gewirkt hatte die Bemerkung anscheinend auf jeden Fall: Nur einen Moment später öffnete sich die Tür, und Sir Basil trat ein.
Sein Gesicht sah etwas aufgedunsen aus, bemerkte sie, unter einem kleinen Tweedhut, der nach vorn über ein Auge geschoben war. Entweder war er ein Schauspieler, der eine vulgäre Rolle spielte, oder eine in ihm selbst vorhandene Vulgarität war seit ihrer letzten Begegnung an die Oberfläche getreten.
Trotz des angriffslustigen Huts und eines Gesichtsausdrucks von verkaterter Galligkeit hatte Basil anscheinend beschlossen, die Sache mit Nüchternheit anzugehen. »Morgen, Dorothy – Morgen, Wyburd.« Er setzte sich auf den nächststehenden unbequemen Stuhl und legte seine Fäuste mit den Knöcheln gegeneinander vor die Brust, als ob man ihm glauben sollte, daß er sonst mit seinen Händen nichts anzufangen wüßte.
In dieser Stellung blickte er vom einen seiner Gefährten zum anderen, ehe er dann seinen Text sprach: »Es gibt Höhen des Schmerzes, zu denen sich schwächere Sterbliche nicht versteigen können.«
Dorothy war zunächst instinktiv von diesen Worten beeindruckt, die sicherlich von Shakespeare waren; aber dann fühlte sie sich sofort von Basils Angeberei irritiert.
Aber Wyburd murmelte: »Richtig, richtig«, lächelte in gewisser Weise und blickte dann nach unten in die Papiere auf seinem Schreibtisch.
Basil nahm die Versöhnlichkeit des Anwalts als eine Einstellung, die ihm gebührte; aber konnte er sich auch der Wohlgesonnenheit seiner Schwester sicher sein? Sie ließ sich nichts anmerken; sie weigerte sich, ihn anzusehen, als hätte sie mehr Vertrauen zum Fußboden als zu der liebevollen Wirklichkeit, die sie in ihrer Beziehung zueinander entdeckt hatten.
»Wie wir wissen«, sagte der Anwalt jetzt, »geht es um die Frage von Mrs. Hunters Testament.«
Dorothy sah gequält aus. Aus dem Winkel, in dem Basil seinen Kopf hielt, konnte sie erkennen, daß er sich für einen wehmütig-nachdenklichen Ausdruck entschieden hatte. »Ja«, sagte er unter reichlich schwerem Atmen, »das Testament.«

Sie erinnerte sich an das Geräusch von Wimpern beim Öffnen und Schließen. Oder kann man sie überhaupt hören? Ist es nicht eher die Berührung?
Seit der Abreise von ›Kudjeri‹ gab es bestimmte Gedanken, die sie mit Erfolg aus ihrem Bewußtsein verdrängt hatte. Sie konnte es sich nicht leisten, sie zurückkehren zu lassen.
Madame de Lascabanes öffnete ihre Handtasche. Sie nahm ihr Taschentuch heraus und drückte es fest gegen ihre Lippen.
Entschlossen, einen Ausbruch von Trauer und Schmerz in seiner Kanzlei zu verhindern, fuhr der Anwalt eilig fort: »Natürlich sind uns allen die Bestimmungen im Testament Ihres *Vaters* gut bekannt: Das gesamte Vermögen geht auf Lebenszeit an die Witwe und wird nach deren Tod zu gleichen Teilen zwischen den beiden Kindern aufgeteilt.«
Basil zumindest war wirklich bewegt; es war das Wort ›Kinder‹, das noch immer anwendbar schien, obwohl das Stück zu Ende war. Er fröstelte ein wenig.
Dorothy hatte ihr Gleichgewicht wiedergefunden: Geld hat eine enorme Stabilisierungskraft. Sie war nur überrascht – und war das schon immer gewesen – über Vaters Entschluß, das Vermögen ›zu gleichen Teilen‹ an seine Kinder weiter zu vererben. Als Frau hatte sie eigentlich erwartet, den kürzeren zu ziehen.
»Also«, fuhr der Anwalt fort, »erhalten Sie in dieser Hinsicht jetzt Ihre gleichen Teile. Es ist aber speziell das Testament Ihrer Mutter, das wir hier erörtern wollen. Ich glaube, Sie werden es direkt und ehrlich finden«; – er gab jedem der Kinder eine Kopie – »aber Mrs. Hunter war ja in fast allem, was sie tat, direkt und ehrlich.«
Jemand lachte.
»Sind Sie nicht dieser Meinung, Dorothy?«
»Oh, doch – ich nehme schon an – bis zu einem gewissen Grad.« Sie versiegelte ihren Mund und schloß die Augen vor allem, was über diesen ›gewissen Grad‹ hinausging.
Arnold Wyburd errötete. »Wenigstens hoffe ich, daß Sie ihr Testament ehrlich und direkt finden. Abgesehen von einigen kleineren Vermächtnissen sieht es wieder dieselbe Regelung vor: die Teilung des Vermögens in zwei gleiche Hälften zwischen Ihnen beiden.«
Basil und Dorothy sahen der Veranlassung entsprechend würdevoll und ernst aus.
»Dann sind da die Vermächtnisse an Dienstboten, einige von ihnen inzwischen verstorben, und – dieses Geschenk«, er hustete, »nämlich die Summe von fünftausend Dollar an meine Frau – völlig überraschend – sehr bewegend – und großzügig.«
Basil sagte: »Ich bin nur zu glücklich, daß Mutter wußte, was sie an Mrs.

Wyburd hatte. Soweit ich mich erinnere, war sie immer ein außergewöhnlich liebenswerter Mensch.« Er war so erleichtert über sein eigenes Glück, daß er Mrs. Wyburd ihre fünftausend verzeihen konnte; obwohl es zugegebenermaßen als Überraschung kam.
Dorothy beschwor wehmütige Jugenderinnerungen in einer Vision von Sommersprossen und sommerlichen Düften. »Charmant – und so mütterlich. Ich habe sie immer geliebt.« Sie war recht zufrieden mit ihrem eigenen Edelmut.
»Wo ich jedoch fürchte, daß Mrs. Hunter irrte, das ist im Nichterkennen ihrer Dankespflichten gegenüber ihren Hausgenossen der letzten Jahre. Ich habe mehr als einmal vorgeschlagen, daß sie ihre Pflegerinnen ebenso wie die Haushälterin Mrs. Lippmann doch in ihr Testament aufnehmen solle, aber da war sie dann schon so alt, daß sie gar nicht mehr an ihren Tod glaubte und sich für unsterblich hielt. Ich habe sie dann nicht mehr damit belästigt, weil ich der Auffassung war, daß wir miteinander diese Angelegenheit nach ihrem Tode ohne Schwierigkeiten regeln könnten.«
»Unter allen Umständen eine Kleinigkeit an die Krankenschwestern«, stimmte Sir Basil Hunter zu. »Ist das nicht auch so gebräuchlich?«
Dorothy begnügte sich mit einem langen, langsamen Blick, den sie auf eine ihrer Schuhspitzen richtete: Manche Entscheidungen überließ sie lieber den Männern, oder jedenfalls so lange, bis sie feststellte, daß sie von Unschuld oder Unwissenheit in die Irre geführt wurden.
»Wieviel würden Sie vorschlagen, Arnold?« Es klang so, als ob Basil seine Stimme in die Dunkelheit des Parketts richtete, um während einer Probe den Regisseur um Rat zu bitten; vor seiner Partnerin fürchtete er sich nicht etwa – er respektierte sie sogar; mit Ausnahme der Fälle, in denen ein objektives Urteil vonnöten war.
Arnold Wyburd kniff das Gesicht zusammen, bis es fast völlig verschwand. »Ich glaube, die Schwestern de Santis, Badgery und Manhood würden fünfhundert als annehmbare Summe betrachten«, sagte er, als sein Gesicht wieder zu sehen war.
»Je fünfhundert? Das erscheint mir durchaus fair.« Sir Basil sah recht sorglos und munter aus, und ganz ohne die Hilfe eines Tweedhutes.
Dorothys träumerisches Lächeln war nicht für Basil bestimmt. Dann warf sie den Kopf ein wenig zurück und hüstelte, um dem Anwalt anzudeuten, daß sie einverstanden war.
»Und die Haushälterin, Mrs. Lippmann?«
»Großer Gott, ja!« Basil war ganz erstaunt, daß sie die kleine Jüdin vergessen haben sollten.
»Fünfhundert?« fragte Mr. Wyburd. »Ihre Mutter hielt sehr viel von Mrs. Lippmann, obwohl sie es sich nicht immer anmerken ließ.«
»Eine ausgezeichnete Köchin«, erinnerte sich Sir Basil, »wenn man diese mitteleuropäischen Sachen mag.«

Beide Männer blickten jetzt auf die Princesse de Lascabanes, die ihre verspätete Antwort schließlich mit einem Lächeln garnierte. »Ich nehme an, daß Frau Lippmann durchaus ihre Tugenden hat.«
»Fünfhundert, also?«
»Nun, man soll wirklich nicht sagen, daß ich *unfreundlich* bin«, sagte die Prinzessin mit einem strahlenden Lächeln.
»Dann möchte ich mir weiterhin erlauben«, der Anwalt blickte nach unten, als ob er mit seinem Siegelring spräche, »als – als *Vorschlag* die Meinung auszudrücken, daß man auch der Putzfrau – Mrs. Cush – eine kleine Anerkennung zukommen lassen sollte.«
»Fünfhundert für Mrs. Cush!« Basil klatschte in die Hände: Die Langeweile begann, sehr rasch seinen gesamten Vorrat an Umsicht und Vernunft aufzuzehren.
»Die Putzfrau?« Die Prinzessin hob ein erschrockenes Gesicht. »Die, die mit dem *Miet*-wagen abgeholt wurde – aus *Red*-fern?«
»Mrs. Cush wohnt in Redfern«, bestätigte der Anwalt, »mit ihrem epileptischen Mann.«
»Und mit Krampfadern.« Die Prinzessin senkte das Kinn. »Wir müssen uns alle drei davor hüten, über solchen Dingen wie Epilepsie oder Krampfadern sentimental zu werden. Ich kann keinen Grund finden, warum die Putzfrau – die höchst untüchtig ist, wie mir meine eigenen Augen sofort gezeigt haben – mehr als hundert erhalten sollte.«
Die Stille hätte vielleicht Dorothy Hunter dazu gebracht, sich zu schämen, wenn nicht die Princesse de Lascabanes gewesen wäre: Nur eine vernünftig denkende Frau kann die Männer vor ihren eigenen Impulsen retten.
»Wenn Sie das wirklich und ehrlich meinen«, murmelte Mr. Wyburd.
»Wozu die Ehrlichkeit hereinziehen? Ein Sinn für Realität ist es, der hier vonnöten ist!« Die Prinzessin sprach mit solcher Vehemenz, daß sie die Handtasche auf ihrem Schoß festhalten mußte.
»Also einhundert, für die Putzfrau«, seufzte Basil; das Ganze war ja eigentlich unwichtig, und wenn er jetzt auf Dorothys Seite überging, dann ließ sich vielleicht die ganze Sitzung hier ein wenig abkürzen.
Dorothy war besänftigt, ließ aber keinen Zweifel darüber, daß magere Zugeständnisse sie nicht dazu verführen würden, in ihrer moralischen Wachsamkeit nachzulassen.
»Und schließlich«, sagte der Anwalt (aber meinte er das auch wirklich?), »bleibt noch die Frage, was mit Mrs. Hunters persönlichem Besitz geschehen soll – ihre Möbel – ihr Haus.«
Basil pfiff durch die Zähne; Dorothy seufzte.
»Wenn nichts dabei ist, was Sie vielleicht behalten wollen«, riet der Anwalt gemessen, »dann empfehle ich eine Auktion. Aber natürlich wird es auch Gegenstände mit – Gefühlswert geben – der Schmuck, zum Beispiel«, wandte er sich an Dorothy.

»Ist denn davon noch was übrig?« explodierte Madame de Lascabanes in düsterem Zorn. »Nachdem die Schwestern sich herausgesucht haben, was ihnen gefällt?«
»Und der Elektriker und auch der Mann, der den Kühlschrank repariert?«
Die Hunter-Kinder waren wenigstens in einem herzlichen Lachen vereint.
Bis Dorothy bei einem Blick auf den alten Mann plötzlich daran denken mußte, wie oft ihr das Leben schon übel mitgespielt hatte. »Vielleicht sollte ich den Schmuck doch behalten«, gab sie mit absichtlichem Widerstreben nach, um zu zeigen, daß sie nicht besonders interessiert war: und überhaupt, Mutters Juwelen waren ja eher bizarr als schön.
Mr. Wyburd neigte den Kopf. »Bleibt also noch das Haus.«
»Oh, Versteigerung. Versteigerung, Dorothy?«
Dorothy wäre lieber nicht mit ihrem Bruder einer Meinung gewesen. Weil es aber praktisch war, gab sie nach. Sie öffnete ihre Handtasche. Die unerfreulichen Spannungen dieses Morgens hatten ihr ein leichtes Sodbrennen verursacht.
»Jetzt noch ein Punkt«, sagte der Anwalt entschuldigend.
O Gott! Sir Basil war bereits aufgestanden: Er staubte sich imaginäre Krümel vom Schoß.
»Während die Auflösung des Besitzes abgewickelt wird, können wir nicht das Risiko eingehen, daß Diebe und Vandalismus am Moreton Drive Unheil anrichten. Ich habe mich kurz mit Schwester de Santis und Mrs. Lippmann unterhalten und dabei den Eindruck gewonnen, daß sie beide bereit sind, aus Anhänglichkeit an Mrs. Hunter noch etwas länger zu bleiben, als Hausverwalterinnen.«
Das war ein Arrangement, dem zu widersprechen beide Hunter-Kinder keinen Grund sahen; natürlich würden diese Hausverwalterinnen bis zum Platzen essen und trinken, sah Basil voraus. Aber Dorothy bemerkte, daß im Gegenteil Frauen in solchen Situationen zur Depression neigten und sehr sparsame Gewohnheiten entwickelten.
»Ich bedaure, wenn es in mancher Hinsicht eine schmerzliche Unterhaltung sein mußte.« Während er sich bei seinen Klienten entschuldigte, war es eher der Anwalt selbst, der mitgenommen aussah.
Dorothy lächelte ihn an. »Es ist vorbei«, sagte sie mit weicher Stimme. Sie konnte es sich leisten, weich zu sein – jedenfalls in ihrer Haltung gegenüber jemandem, der auf keine Weise ihrem inneren Gleichmut bedrohlich werden konnte. »Jedenfalls für mich. Sie sind es, der jetzt noch die Auktion durchstehen muß.«
»Sie planen doch nicht etwa, uns schon zu verlassen?«
»Ich habe bereits meine Reservierung. Morgen abend fliege ich ab nach Paris.«

Basil zwang sie endlich, ihn anzusehen: so häßliche, ungewöhnliche Geräusche gab er von sich. »Ist das nicht mal ein geschickter Trick! Gemein – jedenfalls gerissen. Aber typisch.« Sein Gesicht, das bei seiner Ankunft aufgedunsen gewirkt hatte, verlor seinen zufriedenen Gleichmut, der wahrscheinlich von Alkohol bewirkt worden war: Der hagere, von Falten gezeichnete Basil stand jetzt da, und er stand am Rande von irgend etwas; oder war es (das) Nichts?
»Gibt es irgendeinen Grund, weshalb ich bleiben müßte?« sie sprach rasch weiter, für den Fall, daß er vielleicht einen vorbringen wollte. »In diesem Land, in das ich nicht gehöre und wo ich aus freien Stücken nicht länger leben möchte als unbedingt nötig!«
»Du hast recht. Es ist Zeit. Ich hatte nur gedacht, daß wir vielleicht gemütlich miteinander abschlurfen könnten.«
»Ich kann mich nicht erinnern, daß wir voneinander abhängig wären – in irgendwelcher Form – oder in irgendeinem Punkt.«
Sie blickte beiseite, während sie zustieß; sie konnte nicht sehen, ob der Stoß getroffen hatte, aber sie fühlte, wie sich in ihr selbst eine Wunde öffnete.
Arnold Wyburd brachte sie zum Aufzug. Als Mann der korrekten Form erbot er sich, die Prinzessin am nächsten Abend zum Flughafen zu fahren. Sie neigte der Ansicht zu, daß seine banale und so wenig gefühlsbetonte Gesellschaft ihr wahrscheinlich helfen würde, das Reisefieber zu überwinden. Dann kam der Aufzug und sank bald danach mit den beiden Kindern der Familie Hunter weiter nach unten. Ihre Mitfahrer drückten sich zusammen, um ihnen Platz zu machen. Unerklärlicherweise erschien in ihren anonymen Gesichtern ein Ausdruck der Furcht.
Eigentlich war es ja Dorothy, die sich fürchtete: Wenn sie nun Basil nicht abschütteln konnte? Wenn er sie von einer Hemisphäre zur anderen verfolgte, wie ein schmutziger Traum, den man lieber vergessen möchte? Jetzt gingen sie schon diese Straße zusammen entlang, im gleichen Schritt und ohne ein Wort. Sie waren gleichgroß, und deshalb waren ihre Augen auch genau auf der gleichen Höhe, als Basil ihr jetzt den Weg vertrat und sie zum Stehenbleiben zwang.
»Deine Stärke, Dorothy, ist wahrscheinlich deine größte Schwäche.«
Ihre Stärke? Nichts als ihr schwankendes, verzagtes, häßliches, hilfloses Selbst! (Wenn doch die Türme ringsum zusammenstürzen und dich in das staubige Pflaster hineinmalmen wollten, und Basil dazu mit seinem frechen Hut und den halbgeöffneten Lippen, von denen sich das schwellende Kissen der unteren genau in der Mitte teilt – unter Stahl und Beton begraben; aber zusammen.)
»Ich biege hier ab.« Die Stimme der Madame de Lascabanes beschrieb ihren Bogen so graziös wie unverbindlich.

Er schaltete sein professionelles Charmeur-Lächeln ein. »Immer noch der Air France treu, nehme ich an?«
»Mußt du da erst fragen? In Bangkok steige ich zu.«
Ihr Gelächter zersplitterte fast sichtbar rings um sie, zusammen mit den vielen anderen richtungslosen Brechungen in einer geschäftigen Straße.
Dann fuhr Dorothy auf das Schlangenbündel herab, von dem er glaubte, daß er es sich in ihr winden gesehen hatte. Nicht ›glaubte‹. Sie waren da. Er wußte es. Hatte er sie nicht entwirrt und charmiert, bis sie tanzten? Er konnte immer noch fühlen, wie sie über seine Haut glitten.
Aber Dorothy war in der Straße verschwunden, die sie für ihren Abgang gewählt hatte.
Sir Basil Hunter schob seinen Hut noch ein wenig weiter nach vorn. (Niemals, unter keinen Umständen, soll man sich von einer Schaufensterscheibe verführen lassen, sie als Spiegel zu benutzen.) Schlurfend ging er weiter: seine Plattfüße, sein Alter. Einen doppelten Scotch würde er sich bestellen, oder auch zwei – oder eine ganze Flasche, wie am Tag der Beerdigung. Die *Beerdigung*. (Vergiß nicht: du hast ein Vermögen geerbt und kannst dich wieder einkaufen in das Leben, in die Kunst, in das Herz von – von so gut wie allen.)
Eine Drehtür beförderte Sir Basil in die nächste Szene. Ungewöhnlich gedämpftes Licht oder das unerwartete Gelächter einiger Paare, die in schwarzen Glasalkoven saßen, brachte sein Zeitmaß durcheinander: Er blieb zu lange stehen und murmelte sein Lächeln ins Publikum; bis ein weiterer Flügel der Drehtür gegen sein Ohr knallte und seinen Hut in hohem Bogen wegfliegen ließ. Die Alkoven überschütteten diesen unbekannten Komiker mit Lachen (oder hatten sie den falsch besetzten Helden erkannt?). Wenigstens lief ein Kellner herbei und reichte dem Schauspieler einen Hut zurück, der wahrscheinlich in jeder Umgebung wie ein Fehler wirkte.
Sir Basil schlenderte zur Bar. Er bestellte einen doppelten Scotch. Und noch einen doppelten Scotch. Er mußte Geister bannen. (STIMME VOM UNBESTIMMTEN ORT: Sieh jetzt nicht hin – aber die zweite an der Bar, die so begeistert ihren Ellbogen krumm macht, das ist Shiela Sturges, die Schauspielerin. Sie ist Basil Hunters Frau. Man sagt, er hätte sie dazu getrieben.)

In Bangkok kehrte Madame de Lascabanes in ihre Welt zurück.
»*Vous désirez, Madame?*«
»*Rien, merci.*« Das gab es also wirklich noch.
Die Air-France-Stewardess hatte so unpersönlich gefragt, daß manche Leute (Australier zum Beispiel mit ihrem manischen Bestehen auf Wärme) sie vielleicht für hochmütig gehalten hätten. Aber die Prinzessin und die

Stewardess hatten diesen bestimmten, rituellen Splitter eines Lächelns ausgetauscht, und sie wußten es besser.

Dann sank Dorothy de Lascabanes zurück und schloß die Augen. Zum erstenmal seit Wochen, Monaten oder vielleicht in einem ganzen Leben hatte sie einen Zustand erreicht, in dem niemand sie mehr zwingen konnte, sich als eine Persönlichkeit nach seiner Vorstellung zu verhalten, als eine Persönlichkeit, die ganz anders war als die, welche sie als ihre eigene erkannte. Sie glaubte sogar, daß sie jetzt vielleicht jene Ebene der Unpersönlichkeit erreicht haben könnte, die ihr immer vorgeschwebt hatte: geschützt gegen Unordnung, auf ein logisches Ziel ausgerichtet, sicher vor der Begierde (oh Gott ja – außerhalb der Reichweite aufdringlicher Körper, klammernder Hände).

Sie wimmerte ein paarmal vor Erleichterung und rieb ihren Kopf gegen das Schonerdeckchen, ehe sie sich an ihre Frisur erinnerte. Sofort begann sie, sich und ihre Sachen auf praktischere Art neu zu arrangieren. Es beruhigte auch ihr Gemüt, aufrecht schräggelehnt zu sitzen, die Unterschenkel gegen das Köfferchen gepreßt, in dem sie ihre Juwelen mit sich trug.

Wenn sie die von Mutter in die Hand bekam, dann würde sie sehen müssen, ob sie sich neu fassen ließen; aber es war zweifelhaft bei vielen von ihnen, ob man sie überhaupt tragen konnte. Sie würde sie am besten ein--fach als sentimentale Andenken behalten: denn die schlimmsten leiblichen Mütter zerstören nicht unbedingt auch den rührenden Begriff des Muttertums. (Was für eine Mutter wärest du wohl selbst geworden, wenn das Schicksal dir ein Kind zugedacht hätte? Madame de Lascabanes war dankbar, daß ihre neue Unpersönlichkeit nicht mehr gezwungen sein würde, eine Antwort auf diese Frage zu finden.)

Wie sie sich in ihrem Zustand der geistigen (und wirtschaftlichen) Emanzipation beschäftigen sollte, das erschien wesentlich wichtiger. Als erstes, dachte sie, würde sie durch ihre sämtlichen Schränke und Schubladen gehen, und zwar ohne Gnade. Sie würde Bestandslisten anlegen. Und Ersatz nur von der allerbesten Qualität anschaffen, ausschließlich *notwendige* Sachen, vorzugsweise in Schwarz; obwohl sie auch in Grün gut aussah: *amande ou tilleul, plûtot qu'un vert trop criard.* Und Schuhe: da würde sie vielleicht ein wenig schwelgen – nicht gerade eine Orgie, aber sie könnte doch ihrer Schwäche für diese Fußbekleidungen ein wenig nachgeben, die ein so elegantes Mittel sein können, den häßlichsten Teil des Körpers hinter Schönheit zu verbergen. Sie sah ihre Schuhe vor sich, in dem Stil, den sie immer getragen und der alle flüchtigen Modetendenzen überstanden hatte: In methodisch geordneten Reihen waren sie schräg auf die Messingstangen am Boden ihrer *Armoires* gestellt. Ganz besonders schätzte sie Schuhe aus gereiftem Leder, mit einer Patina, die sie ihnen selbst durch langes und liebevolles polieren verliehen hatte.

Dorothy de Lascabanes war von einem solchen Hochgefühl beschwingt, daß sie sich umsah, ob es vielleicht jemand bemerkt hatte. Aber die Beleuchtung, diktiert von den gestrengen Engeln, die über ihrer aller Wohl wachten, zwang ihre Mitpassagiere in die verschiedensten Stadien der Ruhe. Im Sitz neben ihr verfärbte sich ein Pakistani allmählich und wurde gelb. Die Prinzessin rückte ein wenig nach dem Mittelgang zu.
Und Bücher. In der Bibliothek war eine Bestandsliste überhaupt am wichtigsten: dieser Band von Pascal, den Cousine Marie-Ange, *personne d'autre*, davongetragen hatte – mehr wegen des Einbands, mußte man vermuten, als wegen des Inhalts. Die Prinzessin beschäftigte sich in Gedanken ein wenig mit ihrer Verehrung für die französischen Klassiker und mit den vielen Jahren des Vergnügens, die sie sich von nun an in ihrer Gesellschaft versprach. (Bücher aussortieren: Bourget, Bataille – das waren alles eigene Fehler; Maurois? *on attend.)*
Und Männer. Daß das alles vorbei war, bedeutete ja noch nicht, daß nicht gelegentlich ein älterer, distinguierter Connaisseur bereit war, die feinsinnigeren Genüsse zu teilen: bei Stendhal, Odile Redon, *Poularde demi-deuil*, einer Flasche Chassagne-Montrachet *en tête à tête.*
Während sie ihre weltlichen Vergnügen neu überdachte, kam der Prinzessin der Gedanke, daß sie vielleicht auch ihren geistlichen Präzeptor wechseln sollte. Sie sah eine unbekannte Hand vor sich, sensibel und doch männlich, die Zeichen auf das neue, weiße Blatt Papier schrieb, das sie nun wieder werden konnte. Hingerissen von ihren eigenen frommen Bestrebungen, warf sie den Kopf zurück, ohne auf das schmutzige Schonerdeckchen zu achten. *Aidez-moi, mon Dieu,* verlangte sie beharrlich, *je recommence ma vie.* Dann im Namen der weisen Voraussicht, *Sainte Marie, mère de dieu, priez pour nous pauvers pécheurs, maintenant et à l'heure de notre mort.*
Denn das Flugzeug hatte zu zittern und zu schwanken begonnen. Der Pakistani stöhnte aus der Decke heraus, mit der er seinen Kopf verhüllt hatte. Dieses Beispiel der Gebrechlichkeit alles Menschlichen so weit wie möglich aus ihrem Bewußtsein verdrängend, dachte Dorothy traurig an ihren Holländer, der das Auge des Sturms erlebt hatte und ihr nur unzureichend davon erzählen konnte – seinerzeit, auf dem Flug an Mutters Krankenbett.
Das schlechte Wetter, welches ihnen gerade einen Stoß versetzt hatte, konnte kaum Sturm genannt werden – es war nicht mehr als ein unangenehm persönlicher Wink, den man bekam. Sollten die feindlichen Kräfte, die sich an diesen zerbrechlichen Wänden rieben, ein Unheil beschlossen haben – der Tod wäre das geringste dabei. Wovor sie sich fürchtete, das war der Augenblick, in dem sich die Seele losreißt: kein milder katholischer Ballon in ihrem Fall, der automatisch mit einem Klaps auf den Weg nach oben

geschickt wird, sondern eine Art von zusammengeschrumpfter Lederschultasche, wie sie ihre ursprüngliche protestantische Seele sah, vollgestopft mit Zweifeln, Selbstüberschätzung und Grausamkeit, die vielleicht auch katholische Hände – wie geschickt sie auch sein mochten – nicht aus ihr hatten herauslösen können.

Hätte ihr Holländer neben ihr gesessen, anstelle dieses galligen Schwarzen – sie war sicher, daß sie mutig genug gewesen wäre, sich an seinem Knie festzuhalten und die unparteiische Meinung eines Menschen zu verlangen, der durch das Auge des Sturms gegangen ist. Falls die nicht ausschließlich im Auge des Beschauers liegt.

Und Mutter: was hätte Mutter von ihrer Erfahrung auf Brumby Island erzählen können? Als du schließlich bereit gewesen wärst, sie zu fragen, da war sie schon senil. Aber hätte irgend etwas von transzendentaler Natur einen Geist erleuchten können, der so sinnlich, so verlogen, so materialistisch und so oberflächlich war wie der Elizabeth Hunters? (Arme Mummy! es ist sündhaft, den Toten Schlechtes nachzusagen: *Sainte Marie, mère de Dieu, priez pour nous pauvres pécheurs, maintenant et à l'heure de notre mort. Amen.)*

Es ist etwas ruhiger geworden die namenlose Straße die du hinuntergehst das sind deine die hoffnungsvoll schimmernden Schuhe das neue Balenciaga-Habit hier ist die Kirche nach der du gesucht hast du nach Bündeln blaßgrüner Spaghetti als Säulen dunkles Wasser im bleiernen Weihwasserbecken niemals das syphilitische Wasser berühren bekreuzige dich mit Luft meine Knie sind alt und kalt und bieten 15 Dernier im Namen des Glaubens dar schrecklich wie die Religion doch über die Strümpfe geht der Priester der sicherlich nein dieser protestantische Ausdruck er weigert sich die Schafe von den Böcken zu unterscheiden diese holländisch-farbenen Finger sie bieten dir nicht die schöne hygienische Oblate sondern einen Kelch von *qu'est-ce que vous me faites mon père* verschüttet niemals geht der Fleck wieder heraus reiben und das Unaussprechliche breitet sich au oh OH.

Mit kraftlos pendelndem Kopf vermengte die Princesse de Lascabanes ihr Stöhnen mit dem Ächzen des Pakistani.

Reiben und rennen und fliehen vor dem holländischen Anathema könnt ihr nicht sehen *c'est moi mon père* MOI Gott wird es verstehen ich bin wirklich meine Seele ist kein katholischer Ballon protestantische Ledermappe ich bin dieser fliegende Schuhkarton innen klappern die Gebete *Grâce à Dieu on atterira à Orly à 7h 05.*

Sir Basil Hunter wies das Plastik-Dinner zurück; wenn sie ihm ein echtes gegeben hätten, wäre ihm wahrscheinlich auch kein Appetit gekommen. Statt dessen, sagte er der Stewardess, hätte er gern noch ein zweites winziges Fläschchen Scotch: Er hielt die Finger *soo* dicht zusammen, um es noch kleiner aussehen zu lassen.

Sie war ein strahlend gesunder, hübscher junger Käfer: wenn es so was ist, wonach man sucht. Er tat es nicht. Kein Rückflug von irgendwo hatte ihn jemals so alt gesehen, wie er sich heute fühlte: Das war die Rolle, mit der der Toilettenspiegel ihn besetzt hatte.

Wenn Mummy stirbt – wäre es möglich, daß dann das in ihrem kleinen Jungen versteckte Alter mit einem Mal an die Oberfläche steigt? Quatsch, natürlich. Nichts als Grillen hatte er im Kopf heute abend: Der Whiskey lockte sie hervor. Und im übrigen hatte er sie nie besonders gemocht – nun ja, vielleicht ganz gern gehabt, hin und wieder – aus sicherer Entfernung, von einer anderen Hemisphäre her. Sie war *da:* immer eine Abstraktion, manchmal wirklich eine mühsame Pflichtübung.

Doch sie konnte auch Fleisch sein: Noch aus der Entfernung war sie sichtbar, spürbar, fast mit Händen zu greifen; aus Respekt vor der Sensualität vielleicht, oder auch vor den Möglichkeiten der Schauspielerei, zögerte sie – absichtlich wie es schien – auf dem obersten Absatz der Treppe (alle schönen Frauen planen ihr Erscheinen wie einen Bühnenauftritt, entweder intuitiv, oder aber – und das ist wahrscheinlicher – nach endlosen Proben, die noch an dem Tag ihrer grünenden Jungmädchenzeit beginnen, an dem sie zum erstenmal das Beben der Macht verspürt haben) dann beginnt diese Frau, herabzusteigen, noch enthüllt sie ihr volles Strahlen nicht, hält es in falscher Bescheidenheit verschleiert – wenigstens bis zur Nasenspitze, denn um ihre Lippen spielt bereits ein leises Lächeln, sie lächelt ganz für sich allein und blickt auf ihre Füße (diese Kurzsichtigkeit, die weder zugegeben noch abgestritten wird) bis ungefähr auf der vierten Stufe das Licht aus ihr herausbricht und um sie herum aufblüht, das ist der Augenblick, den du bei einer Blume immer versäumst – ganz gleich, wie entschlossen du bist, das Wunder sich entrollender Blütenblätter zu beobachten: Aber das ist genau was geschieht, wenn dieses Wesen herabsteigt in einem Ausbruch sinnlicher Freude, die sie einfach teilen muß mit denen, die unten im vergleichsweise dunklen Raum stehen und ihren Atem zu beherrschen suchen, ihr Blut und ihre amateurhaften Bewegungen, während ihre Sonne auf sie herabstrahlt und das Rascheln ihres Kleides, das Gleiten ihrer Juwelen Erleichterung verspricht nach der Dürre des Wartens, aber von ihrem *ja Mrs. Hunter nein Mrs. Hunter sie sehen gesund aus Mrs. Hunter* bis zu ihrem letzten Seufzer finden sie keine Erleichterung, sondern werden immer trunkener gemacht.

Ihr Lächeln ist ein Parfüm. *Basil! Bist du denn noch nicht im Bett?* Das ist meine ›Mutter‹.

Sir Basil Hunter starrte auf seine Mitreisenden, um sie auf alle Fälle einzuschüchtern. Aber niemand hatte etwas bemerkt; und ebensowenig

schienen sie zu sehen, daß das Gesicht, welches er vom Spiegel im Toilettenraum mitgebracht hatte, über und über mit Schweiß bedeckt war: das schon leicht angefaulte Früchtchen – ihr Sohn.
Vielleicht fühlte er sich besser, wenn er seine Krawatte lockerte und seinen Kragen aufknöpfte. Es wäre am Ende wahrscheinlich weniger schmerzhaft, wenn man sich gleich von Anfang an niemals zu vergessen gestattet, daß Fleisch und Tuberosen nur eine Maske sind: der Tod ist die Realität. Oder diese alte Puppe, die tückisch zwischen fingerdickem Lippenstift und lila Perücke zu dir emporstarrt. *Warum hast du mich warten lassen Darling?* Im Gegenteil, alles schleudert sich dir mit teuflischer Geschwindigkeit entgegen.
Dieser Brief von Mitty Jacka *(Sie brauchen die Post nicht nach Gogong nachzuschicken, ich möchte dort ganz meine Ruhe haben)* wartete im ›Onslow‹ auf ihn, als er von der wochenlangen Forschungsreise ha-ha! nach ›Kudjeri‹ wieder zurück nach Sydney kam. Auch jetzt nahm er den Brief, inzwischen schweißgetränkt und zerknittert, noch gelegentlich vor, um einzelne Stellen nochmals zu lesen, oft mit lauter Stimme:

»... seitdem, Basil Hunter, kein Wort mehr. Du hast doch keine kalten Füße bekommen? ... mein völliges Befassen mit deinen Interessen ... meine kristallisierenden Ideen ... hatten so auf deine gehofft. Soll es denn nicht zu einer Ehe der Ideen kommen? Nicht nur unserer, sondern schließlich und endlich der eines ganzen Publikums. Das ist wahres Theater!« (Sicherlich, Mitty: aber nicht nur in den Massenvögeleien von heute ist das so, das galt auch schon in der längst vergangenen guten alten Zeit der Moralität.) »Meine Antenne sagt mir, daß das, wonach ich mich gesehnt habe – nämlich nach dir – und das bedeutet *uns* – tatsächlich eingetreten ist und daß du mir bald Einzelheiten mitteilen wirst, die unseren Plan zum Leben erwecken. Ich habe Aaronson etwas erwärmt, mehr noch, er ist regelrecht Feuer und Flamme. Er sagt, wir können das Schlachthaus haben. Zu seinem Preis, das brauche ich nicht erst zu erwähnen ... höchst gespannt, wie du dir denken kannst, etwas zu hören ... kein Platz auf dem Briefbogen mehr, als nur noch schnell Aaronson zu zitieren: *Es wird die wundervollste Sache für das lebendige Theater werden, wenn ein Mann von Sir Basil Hunters Kaliber es fertigbringt, der Öffentlichkeit mit seiner ganz eigenen Version der nackten Wahrheit gegenüberzutreten ...«* (O ja, wirklich? Am besten zeigt man ihnen gleich Schwanz *und* Eier, damit sie nicht nur vergack-*eiert* werden.)

Sir Basil Hunter lachte; es klang ziemlich fett, dachte er. Aber zum Teufel, was soll's! Er hatte das Geld, und Geld kann dich nicht enttäuschen und im Stich lassen.

Er bestellte sich noch eine winzig-winzigkleine Flasche Scotch und wartete, die Hände über dem leicht vorstehenden Bauch gefaltet (das kommt jedesmal wieder herunter vor einer neuen Produktion, genauso wie du den Alkohol einfach bleiben lassen kannst, wenn du nur die Willenskraft hast).

Oh er würde sie schon verwirren, alle miteinander – die Jackas und Aaronsons zusammen mit den Legionen von verächtlich blickenden Jünglingen, er würde sich noch einmal an Lear heranmachen, und noch dazu in voller Bekleidung. Bevor er sie vollständig verlor, würde er nochmals genug von jener Sensibilität aus seinem Inneren heraufholen, die instinktiv sieht, riecht und weiß. Es gibt einen Augenblick, so meinte er, in dem kannst du zurückblicken und das funkelnde Licht aus den vergehenden Tautropfen auffangen, ehe die Seele dann unwiederbringlich versengt wird. War das etwa zu dick aufgetragen? Aber er hatte doch gelitten, nicht wahr? Sein armes gehörntes Tier; nicht zum wenigsten von der Hand seiner alten, sterbenden Mutter und der seiner Schwester Dorothy Giftdolch. Und jetzt konnte er den Jahren seiner Reife entgegensehen.

Er probierte sich selber aus, *sotto voce* hier in diesem für Kunst unempfänglichen Flugzeug, er projizierte seine Stimme weit nach vorn in die Mundhöhle und ließ die Worte rollen, um das Höchstmaß an Timbre herauszuholen. Die Ergebnisse freuten ihn. Ja, er war gereift.

Der Geruch das ist ein abgeschlossener Dachboden der rotbraune Geruch von liegengebliebenen Äpfeln die guten rollen plumpsen wenn du sie auf dem Regal anstößt die schlechten matschen braun obszön die Regalbretter werden Friedhöfe *diese Äpfel gehören Mummy Darling ich habe sie zu einem bestimmten Zweck hingelegt* was der Zweck ist fragt man nicht denn meistens wissen es die Leute selber genausowenig *mein Obst Darling du hast deine Spiele nicht wahr ich würde nicht einmal im Traum daran denken mich in deine Spiele einzumischen* denkste sie hebt sich das auf sie schleift ihre Stimme heraus begraben unter den Falten den Laken *wie heißt der Titel* aber ihr kleiner Junge will es nicht sagen am allerwenigsten Mum ich glaube deswegen weil das hier ein Gemeinschaftsprojekt mit allen ist einschließlich der Teile die man meine intimsten nennt oder ›unser‹ *Jahr für Jahr mit Lear* von Bas Hunter Mitty Jacka Sol P. Aaronson und O. Perv Publikum die Alte lacht nur sie hat was in Reserve unter ihrer Fliederperücke hier wirst du gerufen Kostüm Perücke Krone die haben sie aus Plastizin gemacht um nicht konformistisch auszusehen und Plastizin wird natürlich auf der Straße nach Dover viel mehr leiden die häßlichen Töchter sollen sich aufhängen lieber Histryl und Moan *wir haben Enid und Shiela engagiert weil das mehr Bedeutung bringt* ich hoffe du weißt das am besten Mitty ich bin der Schauspielerkönig der sich mit nichts befaßt nur noch mit der Psyche vor der Vorstellung sie muß warm geturnt werden und dann auf dem Baum da entblößt mit nichts als einem Idiotenpublikum das nach den Stücken schnappt die faulig verwesend herabfallen zum Glück für das Theater ist bei mir einiges an Schrauben los letztes Klingelzeichen Sir Basil feuchtet die Kehle an zwei daß du Glück hast und noch einen vor dem Auftritt wirst du nie wieder was zu schmecken kriegen in dieser Zeit Sir Bazill das muß Enid sein sie besteht nur aus *ells* und *essses* und einem scharfen Ellbogen den erkenne ich überall Sir Basils Auftritt einziges Projekt Projekt wer hat das gesagt oder so *Bekümmert ihr euch um die Herren aus Frankreich und Burgund Gloster und inzwischen werden wir unserem dunkleren Zwecke Ausdruck geben* HÖFLINGE lachen die schnellen Stoßjungen ohne Suspensorium die Bangkok-Stuten schwibbel-schwabbel Mähren alle sind in der Besetzung eine richtige Wohltätigkeitsvorstellung die hauen dich schon zu früh um wenn sie nicht besser aufpassen Gloster ist ein Baby so will man das heute neu erwachte Fanfaren jugendlichen Gelächters mit einem Pizzicato auf den Testikeln los schüttelt alle eure Rhumbakugeln Publikum lacht DRITTE DIENERIN schlägt sich selbst aufs Auge das ist gar nichts zum Lachen dann DOROTHY CORNWALL *bin ich denn nicht die legitime Schwester?* JACKA knallt mit ihrer Peitsche *ja ja alle sind mit drin und jeder ist jeder das ist die absurde Pointe des Lebens überpantomimt die Pantomime* aber DOROTHY beharrt *das ist mein wahrer Panto-Bruder-Schwester* o Scheiße mein Bart sitzt voller Vögel das Publikum findet das großartig die jungen Kobolde stellen sich auf mit ihren quecksilbrigen Hexenmeistern und bauen dieses Tunnelding wetten das war nicht improvisiert AUFTRITT BARTLOSER KÖNIG mit einer echten Krone (zum Kuckuck mit der Pantomime) und Fliederperücke schauderhaftes Mundloch KÖRPER bilden Treppe für WAHREN KÖNIG zum Herabsteigen Jesses da ist ja Esmé Berenger oder Judith Sonstwie sie sind gekommen einen großen Starschauspieler zu begraben die kleine Shiely Albanesi stöhnt es ist zuviel Erde auf ihren Händen zuviele Schwester-Töchter aber siehst du nicht jetzt wird alles umgeworfen FLIEDER-KÖNIG macht ihre Beine breit los Basil auf allen Vieren klar das ist die Schoßmasche die du im lebenden Theater im Living Theatre immer zu erwarten hast nun ja es passiert ja schließlich nicht wahr sie ziehen dich durch unter den Fliederschamhaaren DIENERINNEN winden und ringeln sich manche ganz appetttliche Früchtchen wenn du Zeit hättest wenn dir nicht jemand mit dem Absatz das Auge ausgetreten hätte oder du nicht zwischen den Beinen von jemand anderem erstickt wärst wenigstens bist du geboren endlich MITTY Schwarztrikot JACKA *er ist uns als König der Könige geboren* (Peitschenknall) vorwärts Bassslll *also Leute hier bin ich das ist meine wahre Rolle euer ergebener Narr* (Schellenklingeln kleine Balletteinlage hier) das Publikum ist hingerissen aber der ALTE KÖNIG sie gähnt sie steht darüber sie möchte aus der Sache heraus

und in ihren Sarg SCHWESTER-TÖCHTER sind wütend weil NARR die Szene beherrscht und nicht wegwill ihr bärtiger König und Krypto-Bruder *wie nun wo ist der Bastardköter?* jeder Dorothy hat das Recht in zerrütteten Zeiten Zeilen zu stehlen wenn sie ihm gefallen und NARR hat die wirklich guten *ich geh' ins Bett im Mittagslicht mit meiner Schwester* Dorothy wird dich dafür umbringen von Enid Hystril Shiely Moan und allen anderen gar nicht zu reden nur Cordelia die Armenpflegerin die einzige die was bedeutet die sich vielleicht Sorgen macht die ist natürlich nicht da sie ist immer abwesend wer immer die Rolle spielt soll nach Hause gehen Mitty
oh die Intervalle der Zeit die geölten Ozeane Patentlederdschungel Glasberge weiße Flughäfen stromlinienförmiges Nembutal das Publikum kommt schon viel zu früh zurück wie immer der Schweiß trocknet nicht einmal wir entdecken Motive verstehst du nicht er ist wie er ist weil er Arteriosklerose hat ich habe das durchgedacht alle Leute sind heute klug VORHANG HOCH oder sollte wenn einer da wäre
also warum nicht Cordelia streichen Mitty ja wir streichen sie für alle zukünftigen Vorstellungen FLIEDERKÖNIG (gähnend lächelnd) *all diese Töchter trugen Hosen ihr Leben ist ein langes Wechseljahr es ist mein Narr-Sohn den ich mir erwähle mit mir in meinem Sarg zu liegen* als ob DOROTHY CORNWALL das erlaubt *ich bin es die unseren Narr-Bruder-Sohn-König töten muß* Stille im gesamten Publikum dann NARR *o Dorothy dein ist die Güte die Mütze mir für Krone tauscht und nebenbei ich bitte öffnet diesen Knopf* großes Geschrei allgemeine Beteiligung DOROTHY CORNWALL *oh oh Knöpfe sind obszön* (alle schweigen während sie den Penis herausreißt) PLASTIZIN KÖNIG *dann bin ich also frei wenn du nur auch noch meine Zunge nähmst und das Zäpfchen vielleicht gleich mit dann gehts in einem nicht mehr ein Schauspieler* PUBLIKUM strömt die Gänge entlang nach vorn trifft GESAMTES ENSEMBLE auf halbem Wege um Gruppenbeziehungen zu entwickeln wenn fertig damit zurück zur Bühne um KÖNIG in den Sarg zu stampfen.
Das FLIEDER ANDERE hat sich in der Sonne verflüchtigt die zu heiß brennt.
»Sir Basil Hunter!«
»Jork. *Ja?*«
»Wir landen in fünfzehn Minuten.«
»Du lieber Gott – wo denn?«
»Amsterdam.« Wie alle Stewardessen lächelt sie ihn wie einen Invaliden an, in diesem Fall ist er noch dazu ein widerlicher, alter Mann.
»Na, das war ja wirklich ein kurzer Flug.« Immer noch der NARR.
Es ist Zeit, die Krawatte neu zu binden, den Kragen zuzuknöpfen. Wenn er den Kragen nur nicht so gründlich geöffnet hätte: der verdammte Knopf ist abgerissen.

Und dann also mußte ein Telegramm an Jacka gerichtet werden, sobald seine Zunge sich fest um das rechte Wort gelegt hatte. (NARR: In meinem Alter kann man doch noch keinen Schlaganfall bekommen, nicht wahr? NARR'S VERNÜNFTIGE SCHWESTER: Mach dich nicht lächerlich! Sogar kleine Kinder haben schon welche erlitten.)
Wenn Träume Wirklichkeit wären dann hättest du vielleicht gar keinen Mord begangen, mit deiner Schwester geschlafen und über etwas nachgedacht, das beruflichem Selbstmord gleichkommt. (MITTY-JACKA: Es sollte dir vielleicht inzwischen klar sein – wenn du auch nur in irgendeiner Weise kreativ bist – daß der kreative Akt noch immer das größte Selbstmordrisiko bleibt.)
Die Träume oh die Feuchte zwischen den Beinen.
Und jetzt diese Marketenderin überreden, daß sie sich ihrer Menschenpflicht erinnert und noch eine kleine Flasche Scotch bringt.

Arnold Wyburd verließ seine Kanzlei fast nie später als um fünf Uhr dreißig am Nachmittag. Wenn der Verkehr dem Wyburdschen Zeitplan nicht allzu feindlich gesonnen war, dann konnte er damit rechnen, um sechs Uhr vor seiner Haustür zu stehen und den Schlüssel ins Schloß zu stecken. Nachdem er seinen Homburg an den kopflastigen Mahagoniständer gehängt hatte, pflegte er die Zeit, die er hatte, mit der Zeit auf der großen Standuhr auf der anderen Seite der Halle zu vergleichen. Die Standuhr, Bill Hunters Uhr auf dem Kaminsims,und seine eigene goldene Taschenuhr mit den blau emaillierten Zahlen und Zeigern gingen alle genau gleich. Es gab ihm ein Gefühl der Sicherheit, nicht nur mit der Zeit Schritt zu halten, sondern auch dafür zu sorgen, daß die Zeit den richtigen Schritt einhielt. Heute bemerkte er, als er die Standuhr konsultierte, daß irgendwo fünf Minuten fehlten.
Er hatte die Angewohnheit, einen leise pfiffelnden Ton von sich zu geben, wenn er mit ärgerlichen Dingen oder mit Mängeln konfrontiert wurde. Jetzt pfiffelte er.
Lal rief vom Wohnzimmer: »Bist du das, Arnold?«, so wie sie das immer tat, und es war niemals jemand anders.
Sie trug ihre Brille. Sie sah zu groß und zu schwer für ihr Gesicht aus. Die Mädchen brachten die Socken der Kinder zum Stopfen zu ihr, und sie blickte angestrengt auf eine dieser Socken, die sie gerade in Arbeit hatte.
»Du wirst dir noch die Augen ruinieren«, warnte er, obwohl sie beide schon vor langer Zeit eingesehen hatten, daß es für sie unmöglich war, sich gegenseitig zur Besserung zu zwingen.
Er schaltete das Licht ein. Sie war stolz und ein bißchen eitel, wenn es um ihre Stopferei ging: Erinnert es dich nicht an *Petit Point?* fragte sie gerne und hielt ihm die Socke als Beweisstück hin. Jetzt zeigte das Licht, daß sie auf ihr Stopfei hinunterlächelte.

Er beugte sich vor und küßte sie auf die knochige Struktur der Stirn. Er mied die feingezeichneten Wangen; sie um diese Tageszeit auf eine Wange zu küssen, daß hieße zu weit gehen.

»Ich glaube, ich gehe lieber ein wenig nach oben«, sagte er.

»O je, bist du erkältet?«

»Nein. Nur die Kanzlei.«

Sie gab keine Antwort. Sie seufzte. Das hatte sie schon oft gehört.

Er goß sich seinen allabendlichen Whisky ein, ziemlich viel mehr als sonst, und füllte reichlich Soda auf, damit Lal nichts bemerken sollte. Sie hätte nichts dagegen gesagt: Er war sich selbst der strengste Richter, und heute war ein Tag, an dem immer wieder von neuem auftauchende Gedanken ihn zum Gegenstand seiner eigenen schärfsten Mißbilligung machten. Um die Sache noch schlimmer zu machen, konnte er an ihren zusammengezogenen Brauen und geschürzten Lippen erkennen, daß sie ihn gern getröstet hätte.

»Am nächsten Donnerstag«, teilte er ihr mit, »wird der Auktionator sich die Möbel im Moreton Drive vornehmen. Das Haus selbst kann dann zum Verkauf angeboten werden.«

»Ist es schon so lange her, inzwischen?« Ob lang oder kurz – Mrs. Wyburd hatte nicht nachgerechnet. Sie wußte nur, daß ihr Leben nicht mehr ständig von Befehlen und Stürmen durcheinandergewirbelt wurde. (»Sie hat dich einfach herumgestoßen, das mußt du zugeben«, hatte sie einmal zu sagen gewagt, und hatte es sofort wieder bereut.)

Der Anwalt ging nach oben in sein Zimmer, das sie sein ›Studierzimmer‹ nannten. Immerhin hatte er einige seiner juristischen Werke hier untergebracht, und an Sonntagnachmittagen saß er auch manchmal hier und beantwortete Briefe, die seiner Frau zu schwierig waren. Darüber hinaus wurde das Zimmer nicht viel benutzt, obwohl er es liebte, sich nach seiner Rückkehr aus der Kanzlei dort für ein paar Minuten einzuschließen: um nicht gestört zu werden, wäre wahrscheinlich seine Erklärung gewesen, wenn ihn jemand gefragt hätte; außerdem stand dort auch eine Uhr, die seine Aufmerksamkeit erforderte.

Heute, nachdem er die Zeit auf der Wanduhr mit seiner goldenen Repetieruhr verglichen hatte, ging Arnold Wyburd zum Bücherregal und nahm einen Band heraus, auf dessen Rücken eingeprägt war: Halsbury Vol. XV. Seine Haltung war so steif (er konnte fast seine eigenen Knochen knacken hören) und sein Verhalten so wohlüberlegt und vorsichtig, daß jeder Zuschauer sofort an eine lang vorbereitete unehrliche Handlung irgendwelcher Art gedacht hätte.

Und es war in der Tat auch etwas Unehrliches: eine von zwei Unredlichkeiten, an deren Begehung er sich erinnern konnte.

Nachdem er gefunden hatte, was er suchte, indem er mit der Hand den

Raum hinter der Bücherreihe abtastete, saß er eine Zeitlang an seinem Schreibtisch neben der Lampe mit dem grünen Porzellanschirm, die er von einem Großonkel mütterlicherseits geerbt hatte. Er fühlte sich nicht weniger schuldig, sondern nur noch mehr ergeben in die Tatsache, daß er ein unehrlicher Mensch war, als er schließlich den Edelstein in seiner Hand zu reiben und neu zu beleben begann.
Dann blickte er endlich auf seinen Saphir. Er lockte den strahlenden Stern aus ihm heraus.
Er schob den lebendigen Saphir über den kleinen Finger der linken Hand, über den mattblauen, strengen Siegelring, den er seit seinem einundzwanzigsten Geburtstag trug. Der Saphir glühte, daß es schmerzte.
Seine Augen, normalerweise blaß und reserviert, funkelten und blitzten. Hinter dem Gitter der Rippen eingefangen, aus dem er nur einmal in seinem Leben entkommen war, hatte sich sein Atem zur Qual gewandelt: noch quälender aber war das Auge des Saphirs mit seinen Linien oder mit seinem Kreuz, von immer wieder auffunkelndem Licht.
Er konnte es nicht mehr ertragen, ihn anzusehen. Er schloß die Augen und erlebte durch seine Erinnerung die Einladung zum Rausch die Brustwarzen die unerwartet nach Gummi schmeckten die Tropfen von Feuchtigkeit als Fleisch sich in helle Luft verwandelte und nichts überhaupt nichts danach. Vielleicht war es dies, was die anderen als ›Dichtung‹ kannten und was er, wie er hätte zugeben müssen, auf einem Blatt Papier nicht einmal erkennen konnte.
Er fuhr erschrocken zusammen, als er Fußtritte auf der Treppe hörte. Er ließ den Ring fallen, und er rollte wohin? unter den Schreibtisch? irgendwohin.
»Arnold?«
Seine teure Frau; vorübergehend erblindet, wäre er jetzt nicht imstande gewesen, ihr gegenüberzutreten.
»Du brütest doch nichts Schlimmes aus?«
»Doch!«
Sie schreckte zurück, als ob sie sich verbrannt hätte, und war verschwunden.
Nachdem er sich auf die Knie niedergelassen und den Saphir wiedergefunden hatte, legte er ihn zurück in das Bücherregal und schob Halsburg Vol XV vor die Leere, in der sein Edelstein fort und fort glühte.

Schwester Badgery war gekommen, und Mrs. Lippmann servierte Lunch für alle im Frühstückszimmer.
Badgery sagte, als sie endlich ein paar Worte an ihrem Huhn vorbeizwängen konnte: »Ganz wie in alten Zeiten, nicht wahr? Nur *sie* fehlt.« Sie kaute und schluckte. »Und Flora Manhood.«

Aus irgendeinem Grund waren die anderen nicht sehr gesprächig. »Was ist denn aus der kleinen Flora geworden?« Es wäre unnatürlich gewesen, sich nicht zu erkundigen.

Schwester de Santis schützte Unkenntnis vor. Mrs. Lippmann machte gar keinen Versuch, zu antworten; sie hatte noch nie so mürrisch und so dunkelgelb im Gesicht ausgesehen: manche Jüdinnen sind eigentlich direkt schon Schwarze.

Schwester Badgery sagte: »Vielleicht hat sie beschlossen, daß er schließlich doch ›Mr. Richtig‹ für sie ist. Nun ja, dann viel Glück.« Sie seufzte, lachte und schob wieder eine Gabelvoll Huhn in den Mund, alles zur gleichen Zeit. (Sie würde schon dafür zu zahlen haben: fettige sahnige ausländische Sauce, die – obwohl sie sich das nicht einmal selbst klar zugeben würde – nach der dumpfigen Unterwäsche einer Frau roch.)

»Werden Sie bei der Auktion dabei sein?« fragte Schwester Badgery: Die beiden waren offensichtlich so bekümmert, daß man sie wirklich aufheitern mußte.

Weder Schwester de Santis noch Mrs. Lippmann konnten besondere Begeisterung für die Auktion aufbringen.

Schwester Badgery meinte, sie käme vielleicht vorbei. »Vielleicht ein Andenken kaufen. Wenn nicht überhaupt alles meine Mittel übersteigt – was ja sehr gut sein könnte.« Sie zeigte ihr Zahnfleisch, und ein kleines Stück Huhn fiel auf ihren Teller zurück. »Vielleicht finde ich auch ein Geschenk für meine Freundin, Schwester Huxtable.«

»Schwester wie?« fragte Mrs. Lippmann.

Winifred Huxtable aus Auckland auf Neuseeland. Können Sie sich nicht erinnern – sie und ich – mit einer Gruppe – vorletztes Jahr – als wir nach Lord Howe Island gefahren sind?«

Ihre Zuhörer schienen wirklich seltsam apathisch. Schwester Badgery legte den Kopf schief, senkte eine Schulter und begann, ihre Sauce mit einem Stück Brot aufzuwischen. Sie wußten ja beide, daß sie wußte, was man tun darf und was nicht – aber war man hier nicht schließlich unter Freunden?

»Sicherlich werden *Sie* sich erinnern, Schwester?« Einer ihrer Mundwinkel schaffte es nicht ganz, einen großen Tropfen der grauen, wie abgestanden riechenden Sauce noch rechtzeitig aufzuhalten. »Win Huxtable – ein großes Mädchen mit ziemlich roter Haut. Nun, inzwischen ist sie natürlich eine Frau. Und noch röter im Gesicht, soweit das möglich ist. Haben wir nicht alle zusammen den Geburtshilfe-Kurs gemacht?«

Schwester de Santis mußte gestehen, daß sie sich nicht daran erinnern konnte, mit einer rotgesichtigen Winifred Huxtable zusammen im Geburtshilfe-Kurs gewesen zu sein.

»Es gibt da Leute, die *sagen* – boshafte Leute«, Schwester Badgery krümmte einen Finger, um ein Tröpfchen Sauce vorn auf ihrem Kleid wegzu-

schnippen, »– und ziemlich viele Leute sind ja boshaft, nicht wahr? also die sagen, daß Win Huxtable in ihren mittleren Jahren so rot wie eine Rote Rübe ist. Und wenn das der Fall sein sollte, dann kann man auch nichts dagegen tun. Ich weiß. Sie und ich, wir sprechen gar nicht von ihrem Leiden. Aber dieselben boshaften Leute, die nur andere Menschen verletzen wollen, die sagen, es käme vom Alkohol. Das stimmt nicht. Ich könnte das bezeugen. Nicht etwa, daß Win gar nichts trinkt – sie schätzt ihren Brandy sehr – in Gesellschaft. Aber sie geht niemals zu weit.«
Schwester Badgery hätte sicher gerne immer weiter Sauce aufgewischt, wenn Mrs. Lippmann nicht begonnen hatte, die Teller abzuräumen: Und da kann man dann nichts mehr machen, wenn man sich nicht völlig gehen lassen will.
»Schwester Huxtable und ich planen eine Omnibusreise nach Neuseeland – beide Inseln«, teilte sie mit, nachdem sie mit Mühe einen Wind unter Kontrolle gebracht hatte: wieder diese Sauce.
Schwester de Santis hielt in der Kehle den Atem an und lächelte aufmunternd gegen die Wand.
Mary de Santis hatte zugenommen. »Das ist Mrs. Hunter zu verdanken – oder ihrem Geschenk«, sagte Schwester Badgery ziemlich laut. »Die fünfhundert Dollar.« Sie krümmte den Finger über dem noch unbenutzten Puddinglöffel. »Glauben Sie – ich frage Sie im Vertrauen, Schwester – glauben Sie, daß da alles mit rechten Dingen zugegangen ist? Ich hätte mehr von Mrs. Hunter erwartet – so eine großzügige Frau und eine so wundervolle Lady. Ich will damit sagen, daß es vielleicht gar nicht nach ihrem Willen gegangen ist. Andere haben diktiert, sozusagen.«
Schwester de Santis hörte vielleicht zu – vielleicht auch nicht.
»Glauben Sie nicht, daß ich nicht dankbar wäre«, beharrte Schwester Badgery. »Ich verdanke es schließlich Mrs. Hunter, daß ich diese kleine Reise durch Neuseeland mit Win Huxtable machen kann. Nur, wenn das Vermächtnis ein klein wenig größer gewesen wäre, dann hätten wir es vielleicht bis Japan geschafft. Win selbst hat nämlich gerade sehr viel Glück gehabt.«
Dann herrschte eine geradezu schreckliche Stille hier im Frühstückszimmer, wo sie immer noch nicht mit der Mahlzeit fertig waren, die Mrs. Hunter immer ›Luncheon‹ genannt hatte, weshalb Schwester Badgery das natürlich auch sehr bald tat.
Schwester Badgery schnaubte plötzlich durch die Nase. »Es scheint, als ob ich eine richtige Reise-*Lust* habe!« Dieses Geständnis machte sie kichern. »Sie verstehen das sicher, Mrs. Lippmann.« Sie wandte sich der Haushälterin zu, die gerade eine Torte hereinbrachte.
»Oh, gereist bin ich schon. Aber ich hatte keine Lust.«
Die Deutschen sind wirklich schwerfällige Leute.

Als die Haushälterin den Pudding auf die Teller löffelte, bemerkte Schwester Badgery ein Pflaster.

»Haben Sie sich verletzt, meine Liebe?«

»Oh, das ist nichts. Ich habe mich nur in den Finger geschnitten. Mein neues kleines Gemüsemesser, es ist schärfer als ich dachte.«

Schwester Badgery saugte an ihren Zähnen. »Es gibt nichts Geeigneteres, einen Menschen ernsthaftig gesundheitlich zu schädigen, als eine vernachlässigte oberflächliche Wunde.« Damit hatte sie ihre Pflicht getan und konnte sich nun vielleicht erlauben, wieder zu ernsteren Angelegenheiten zurückzukehren. »Dieses Testament «, sagte sie, »wenn Sie bitte nicht glauben, daß ich darauf herumreite. Mr. Wyburd ist wirklich eine gute Seele, aber er war immer zu weich. Sir Basil Hunter ist ein perfekter Gentleman – das sieht man. Von Schauspielern weiß ich nichts, aber einen Gentleman kann ich jederzeit erkennen.« Etwas mußte Schwester Badgery gezwungen haben, eine kurze Pause zu machen. »Es ist Prinzessin Dorothy – also ich habe das Gefühl – die wäre sich nicht zu schade, ein bißchen zu manipulieren.«

Schwester de Santis blickte auf ihren Teller; Mrs. Lippmann war zu weit weg: vielleicht auf ihren Reisen.

»Und der Saphir. Ist der jemals gefunden worden?«

»Nicht, soweit ich weiß«, antwortete Schwester de Santis. »Vielleicht kommt er wieder zum Vorschein, wenn die Möbel weg sind und die Teppiche aufgenommen werden.«

»Vielleicht. Aber ich glaube, ich weiß, daß er nicht mehr auftauchen wird.«

»Schon möglich.«

»Ich habe meine – *Intuitionen.*« Darauf war Schwester Badgery wirklich stolz. »Wirklich, wenn ich nicht Krankenschwester wäre – aber ich würde den Beruf natürlich nie aufgeben, nicht um die Welt – dann, habe ich mir schon oft gedacht, dann sollte ich vielleicht der Polizei meine Dienste anbieten. Ich habe immer recht.« Ein Lachen entblößte beinahe das gesamte blasse Zahnfleisch, ehe sich der Mund abrupt wieder schloß; es war vielleicht zu viel gewesen, sich vor einer Kollegin zu psychischen Kräften zu bekennen.

»Werden Sie auch ein bißchen verreisen, Schwester?«

»O nein! Das könnte ich gar nicht! Nachdem ich hier die ganzen letzten Monate einfach nur herumgesessen habe.« Der Gedanke an ihre Untätigkeit in der letzten Zeit ließ Schwester de Santis anscheinend nervös werden: Sie rückte mit schweren Bewegungen in ihrem Stuhl hin und her.

Obwohl es ihr eigentlich gar nicht lag, zu kritisieren, hatte Schwester Badgery doch immer gefunden, daß Schwester de Santis ein wenig zu sehr auf der rundlichen Seite war. Gleichzeitig hatte sie ihre Kollegin aber auch wegen einer gewissen Würde im Auftreten bewundert. Heute, und in Zivil, war diese Würde verschwunden. Takt ist Takt, aber während der gesamten Mahlzeit hatte de Santis auch nicht ein einziges Mal eine Meinung geäußert, nicht einmal nur in Form eines Gesichtsausdrucks. Man könnte nicht sagen, daß sie unglücklich aussah, nicht wie diese Jüdin. Schwester de Santis war mehr so etwas wie gelassen: Sie hatte das glatte, frischgewaschene Aussehen der eher einfältigen Nonnen.

Schwester de Santis hob ihre Stimme; das Tischtuch vor ihr legte sich und ward stille. »Übrigens habe ich einen neuen Fall angenommen. Ich werde morgen dort erwartet. Es ergab sich ganz von selbst – wo ja der Auktionator hier übernimmt.«

»Wir haben natürlich immer unsere beruflichen Pflichten.« Auf diesem Gebiet verstand Schwester Badgery keinen Spaß. »Ist es ein schwerer Fall, Schwester?«

»Ein junges Mädchen, an beiden Beinen gelähmt.«

Schwester Badgery schüttelte den Kopf, und ihre Sympathiegefühle irrten zwischen ihrer Vorstellung von diesem jungen Mädchen und dem gerade von Mrs. Lippmann vor sie hingestellten Stück Torte hin und her. »Win Huxtable hatte mal einen Privatfall – einen Jungen in der eisernen Lunge; am Schluß hat sie es fast nicht mehr geschafft, so deprimiert war sie.« Womit Schwester Badgery die Zeit für gekommen erachtete, sich reichlich mit Schlagsahne zu versorgen. Sie hatte keine Angst, es nicht zu schaffen.

»Sahne, Mrs. Lippmann? Ich muß schon sagen, die Torte sieht wirklich unwahrscheinlich köstlich aus. Ihre Puddings waren immer wundervoll.«

Weder Mrs. Lippmann noch Schwester de Santis konnten sich dazu bereitfinden, die Torte auch nur anzurühren.

Schwester de Santis hatte sich möglicherweise schon innerlich gelöst. Obwohl sie schwach lächelte, war dieses Lächeln doch ganz unpersönlich, war auf ihren Lippen gestrandet und liegengeblieben, als sie sich hinter ihre Augen, zwischen ihre Gedanken zurückzog.

Sie befand sich wieder am Bett dieses jungen Mädchens, zu der sie hineingeführt und dann allein gelassen worden war.

»Wie ist denn dein Name?« hörte sie sich selbst die Stille unterbrechen.

»Irene.«

»Du hast Glück, daß du so einen wunderschönen Namen hast.«

»Ist er denn so schön?«

»Für mich – ja.«

»Ich verabscheue ihn.«

Obwohl es schon gegen elf Uhr war, lag Irene noch lang ausgestreckt auf ihrem Bett und stach mit einer Nadel Löcher in eine Pappkarte. Ihr ziemlich lebloses Haar lag zu beiden Seiten an ihren Wangen an und reichte über ihre Schulter bis fast zu den kleinen, aber auf eine aggressive Art reifen Brüsten. Die lange Robe, mit einem gelblich-grünen Muster bedruckt, mußte dort sorgfältig in Falten gelegt worden sein, wo sie die Beine bedeckte: Die Falten waren zu streng, wie aus Stein. Schwester de Santis fühlte sich an eine Skulptur erinnert, die sie auf einer Gruft gesehen hatte. Das Mädchen fuhr fort, mit der Nadel in die Karte zu stechen.

»Wäre es dir nicht bequemer in deinem Stuhl?«

»Oh, in den Stuhl setze ich mich schon noch! Das mache ich schon noch! Heute und morgen. Und morgen.« Ingrimmig stieß sie die Nadel durch die Karte.

»Liest du gerne?«

Das Mädchen wischte diese Idee einfach beiseite. »Ich sehe in den Kasten – wenn es was Interessantes gibt.«

»Was interessiert dich denn am meisten?«

Das Mädchen ließ die Karte fallen. »Ich sehe es richtig gern, wenn sich ganz wilde Kerle austoben. Besonders, wenn sie sich gegenseitig umbringen.« Sie lachte wie zu sich selbst, und warf dann einen Blick von der Seite auf diese rundliche Krankenschwester. »Glauben Sie, Sie werden mich mögen?«

»Vielleicht, wenn ich dich so kennengelernt habe, wie du wirklich bist.«

»Oh, ich bin schlimmer, viel schlimmer als Sie sich das überhaupt vorstellen können.« Eine Verkrampfung der Hand auf dem langen grünen Rock zerrte an dem Stoff, bis er sich hochschob und die Kinderfüßchen an den nutzlosen Beinen freigab.

Die Schwester stand auf, um den Rock wieder in seine ursprünglichen Falten zu bringen. Die Feindseligkeit des Mädchens schien sich verstärkt zu haben, seitdem die Fremde nun auch mit dem Unerwähnbaren bekanntgemacht worden war.

Schwester de Santis sah eine Schale mit Anemonen auf dem Fensterbrett eines halbrunden Erkers stehen. Der Garten dahinter war ein Labyrinth, nicht ohne einen Schimmer von Fruchtbarkeit hier und da.

»Kommen diese Anemonen aus eurem Garten?« fragte sie, um nur etwas zu sagen.

»Ich weiß nicht. Doch, ich glaube ja.« Das Mädchen schien nicht willens, sich mit Dingen zu befassen, die jenseits der Randgebiete ihrer nach innen gewandten Gedanken existierten.

»Meine letzte Patientin hat Blumen sehr geliebt. Sie war blind, aber sie freute sich an dem Duft und berührte sie auch gerne. Rosen waren ihre besonderen Lieblingsblumen. Ich bin immer in den Garten gegangen und habe sie ganz früh am Morgen geschnitten, und sie ihr dann noch mit den Tautropfen auf den Blüten ins Zimmer gestellt.«

Man konnte fast hören, wie das Mädchen lauschte: ihre Wimpern. »Kranke Menschen müssen scheußlich sein«, sagte sie. »Und sich dann auch noch mit ihnen abgeben zu müssen! Ich möchte viel lieber immer von schönen, perfekten Menschen umgeben sein. Auch wenn sie kalt und grausam sind. Ich will nicht, daß jemand Mitleid hat. Jemanden bemitleiden – das ist das Widerwärtigste überhaupt.«

»Mrs. Hunter war nicht krank«, sagte Schwester de Santis. »Sie war alt. Zu ihrer Zeit war sie einmal eine große Schönheit – eine erfolgreiche Frau. Sie war auch kalt und grausam, wenn es ihr so paßte.«

»War sie glücklich?« fragte Irene.

»Nicht ganz. Sie war menschlich. Am Ende, habe ich das Gefühl, hat das Alter sie zu der Erkenntnis gezwungen, daß sie viel mehr erlebt hatte, als sie seinerzeit glaubte.«

Mit Hilfe der Ellbogen und indem sie sich mit den Händen in Bettücher und Laken krallte, schob sich Irene höher gegen ihr Kopfkissen: Sie hatte eine ungewöhnliche Kraft in Armen und Schultern entwickelt, stellte die Schwester fest, und beschloß, nicht zu helfen.

»Das ist alles ganz gut und schön, aber was werde *ich* denn erleben?« fragte das Mädchen.

»Ich würde sagen, du hast ja den Willen – nicht wahr? um das herauszufinden.«

Sie gab keine Antwort. Sie hatte ihre ursprüngliche Beschäftigung wieder aufgenommen und stach Löcher in die Karte.

»Was ist denn das?« fragte Schwester de Santis. »Machst du ein Muster?«

»Ein Muster? NICHTS MACHE ICH!« Plötzlich lehnte sich Irene herüber und stach mit der Nadel in die ausgestreckte Hand.

Als Schwester de Santis sich von dem Schmerz und ihrer Überraschung erholt hatte, saßen sie beide und starrten auf die Perle aus Blut, die zur Oberfläche der Haut emporgestiegen war.

Die Schwester fragte: »Warum hast du das getan, Irene?«

Die Lippen, die Augenlider des Mädchens hatten sich verdickt. »Jetzt kommen Sie nicht«, murmelte sie.

»Wenn du möchtest, dann komme ich trotzdem.«

Das Mädchen war auf ihrem Bett wieder in eine liegende Stellung zurückgeglitten. Wieder wurde die Schwester an die Skulptur auf der Gruft erinnert, nur waren jetzt große Flecken auf den Wangen entstanden, deren menschliche Häßlichkeit noch durch Tränen betont, wenn nicht erleuchtet wurde, die unter sich krampfhaft mühenden Lidern hervorsickerten.

Da es so schien, als ob Irene sich jetzt nicht noch mehr festlegen wollte, ging Schwester de Santis wieder.

Draußen wartete die Mutter, um die Krankenschwester abzufangen. »Jetzt wissen Sie, was Sie zu erwarten haben«, begann Mrs. Fletcher mit einer hohen Stimme, die in der gefliesten Halle noch schriller klang. »Ich wollte nicht mit Ihnen hineingehen, weil Irene mich für alles verantwort-

lich macht, was ihrer Meinung nach schlecht ist.« Die Mutter hatte ein hübsches, aber von Runzeln durchzogenes Gesicht. Sie versuchte die Situation ins Amüsante zu ziehen: Wäre ihre Tochter nicht zu ihrem Kreuz geworden, dann hätte vielleicht die Jagd nach Vergnügen die leere Stelle eingenommen.
»Ich werde am Donnerstag kommen«, sagte Schwester de Santis, »wenn es Ihnen recht ist.«
»Gott sei Dank!« Mrs. Fletcher benutzte diesen Ausdruck mit viel geübter Leichtigkeit und gleichzeitig mit solcher Vehemenz, daß ein leichter Duft nach Gin noch um sie schwebte, als sie über die Arbeitszeit und das unvermeidliche Geld sprachen.
»Ich könnte auch bei Ihnen wohnen, wenn Sie möchten«, sagte Schwester de Santis überlegend.
»Wenn Sie kein eigenes persönliches Leben haben!« Mrs. Fletcher schrillte und zappelte schlimmer denn je vor Dankbarkeit und nervöser Heiterkeit; dann sagte sie: »Es wäre nicht fair, wenn ich Sie nicht warnen würde. Die letzte Schwester hat sie buchstäblich gefoltert, bis sie wegging. Sie ist psychisch so verbogen, sie glaubt nur an das, was böse ist.« Die Mutter lachte.
Die Schwester wiederholte noch einmal, daß man sie am Donnerstag erwarten könne.
Während sie jetzt Schwester Badgery zusah, die ihre Torte verschlang, überlegte Schwester de Santis, was sie Mrs. Fletcher wohl geantwortet hätte auf die Frage, woraus ihr eigenes Leben bestand. Die Erinnerung an ihre Eltern war seit Mrs. Hunters Tod verblaßt: Wenn sie je in physischen Erscheinungsbildern wieder auftauchte, dann hatten die Gestalten die holzernen Gesichter nachgedunkelter Ikonen. Der Schwester waren die eigenen Kleider zum Habit geworden. Sie saß mit Büchern mehr und dachte nach, als daß sie in ihnen las. (Dante war mit den vergessenen Kadenzen der Stimme ihres Vaters gestorben). Ebenso die Begierde. Mit Ungläubigkeit hatte sie Sir Basil Hunters seidenen Knöchel betrachtet, während sein Fuß den Takt zu seiner Langeweile im Garten des Hotels ›Onslow‹ geschlagen hatte. Von ihrem gesamten persönlichen Leben war es wahrscheinlich das physische Begehren, das den schmerzhaftesten, weil gleichzeitig so beschämend grotesken Tod starb. In einem Bericht über ihr eigenes Leben für ihre zukünftige Arbeitgeberin – hätte sie da auch zugegeben, daß sie diesen Hut zur Beerdigung getragen hatte? Ihr Verrat an Mrs. Hunter – der zweite – wurde nur durch Basils Nicht-Erscheinen übertroffen.
Schwester Badgery hatte den letzten Teil der Sahne aufgelöffelt, das letzte Stückchen Aprikose gegessen.
Schwester de Santis hatte den orangefarbenen Hut weggeworfen. Sie hätte Irenes Mutter wahrheitsgemäß gestehen können, daß sie völlig frei war.

»Wie heißt denn diese Familie?« Für Schwester Badgery waren Namen von beträchtlicher Wichtigkeit.
»Fletcher.«
»Und welche wohl, muß ich jetzt überlegen?«
Schwester de Santis wußte es nicht.
»Nun, da sind einmal die Mehl-Fletchers. Gibt es nicht auch einen Juwelier? Er hat zwar nur billige Sachen, aber damit kommt er wahrscheinlich besser durch als viele andere. Ich glaube, da sind Sie auf die Füße gefallen, Schwester.«
Nachdem sie ihre Mahlzeit hinter sich hatte, mußte Schwester Badgery leider gehen: zu einer früheren Patientin, die zur Freundin geworden war. »Sagen Sie Mrs. Lippmann Auf Wiedersehen für mich. Ich sehe schon, daß heute wieder einer ihrer düsteren Tage ist.«
Der Tag war insgesamt düster. Schwester Badgery war froh, daß sie ihren Regenschirm mitgebracht hatte. Während sie ihn noch öffnete, fielen große, kalte Tropfen aus purpurfarbenen Wolken.
»Huuii!« rief sie, während sie den Gartenweg hinunterstelzte. »Ob ich das noch schaffe?«
Aber sie wäre auch nicht mehr länger in diesem herrenlosen Haus geblieben. Um die Welt nicht. Geisterhaft. Sie dachte an die gemütlichen Tratschrunden, die sie mit ihrer Freundin Win Huxtable im Bus abhalten würde, während draußen die Szenerie New Zealands vorbeihuschte. Szenerie, genau wie Stille, deprimierte Schwester Badgery.
Schwester de Santis stand noch ein Weilchen oben auf dem Weg und beobachtete die Blitze: Die riesigen Tropfen kalten Regens schlugen sich auf ihrem Gesicht platt, als wäre das ihr auserwähltes Ziel; die weißen Blitze waren auf sie gerichtet, jedoch ohne Drohung.
Gegen fünf, als sich das Gewitter verzogen hatte, machte Mrs. Lippmann eine Tasse Kaffee für die Schwester und sich selbst. Nachdem sie Schwester Badgery bei ihrer reichlichen Mahlzeit mitten am Tag zugesehen hatten, konnten sie selbst nichts mehr essen.
Während sie schweigend dasaßen und an ihrem Kaffee nippten, wurde der Schwester mit Beschämung klar, daß sie in ihrem Zustand aufgeregter Erwartung und trotz ihrer Zuneigung zu der Haushälterin ganz vergessen hatte zu fragen, was Mrs. Lippmanns Pläne für morgen waren.
»Was glauben Sie – was werden Sie tun?« Schwester de Santis fragte in einem Ton, von dem sie hoffte, daß er ihr starkes Interesse und eine erneuerte Wärme ausdrücken möge.
»Ich werde bei Freunden sein«, antwortete Mrs. Lippmann in ihrer normalen, ernsten und leisen Stimme: Dann wechselte sie über zu der scharfen, rauhen Tonlage, die sie bei den Vorstellungen für Mrs. Hunter benutzt hatte: »Oder«, sie schnitt eine Grimasse, »ich nehme vielleicht meine Sachen

mit zum Wartesaal im Bahnhof und setze mich eine Weile hin und suche meine Gedanken zusammen.« Während sie das eine Auge zukniff, glitzerte das andere vor Ironie.

Sie lachten zusammen, und Schwester de Santis hatte einen Augenblick lang den Eindruck, daß sie den Zylinder sehen könne, die welke Schleife, und das kleine Stöckchen mit dem verbeulten Knopf, wie es unter Lotte Lippmanns Achselhöhle zitterte.

Dann ging die Schwester, um mit Packen zu beginnen. Die Haushälterin, obwohl ihrerseits damit bereits fertig, kehrte zurück in das Zimmer, in dem ihr ganzer Besitz jahrelang nur darauf gewartet hatte, wieder gepackt zu werden: Es hatte eigentlich überhaupt nur als kahler Warteraum gedient. Einzig auf dem Toilettentisch, gegen das Glas gelehnt und auf einem Spitzendeckchen, das eines von Mrs. Hunters toten Dienstmädchen gehäkelt haben mochte, standen auf ihrem Bild immer noch die beiden Liebenden und hielten einander vor dem leeren Musikpodium, trotz des immer mehr verbleichenden Sepiabrauns und der Fingerabdrücke, die sich in sie hineinfraßen.

Nachdem sie sich ausgezogen hatte, ging Mrs. Lippmann, um ein Bad zu nehmen. Der Boiler, mit seinem ständigen Gasgeruch und den in seinem Kupferzylinder fauchenden Flammen, hatte sie zu Beginn in Angst und Schrecken versetzt. Aber inzwischen war sie längst an solche kleinen Effekte gewöhnt. Draußen vor dem Fenster des Dienstmädchen-Badezimmers stand der ganze Himmel viel überzeugender in Flammen, die gleißende Helle hier und da beschmutzt von den Rauchfingern der Schornsteine von Alexandria und Waterloo. Es war erstickend heiß in dem kleinen Raum, aber sie kam gar nicht auf den Gedanken, das Fenster zu öffnen.

Mrs. Lippmann lag in dem dampfenden Wasser und betrachtete ihr Haar, das wie Farnwedel oder wie die Wurzeln von Wasserpflanzen um ihre Schultern trieb und dann in Richtung auf die Brüste dieses noch so erstaunlich festen Körpers. Dann hob sie ihre Hand und tastete auf dem Sims hinter ihrem Kopf nach ihrem außerordentlich praktischen, kürzlich angeschafften Gemüsemesser. Die Pulsschläge in ihren Handgelenken blinzelten ihr zu: Ihr ganzes Leben lang war ihr Schicksal in ihren Handgelenken verknotet gewesen. Sie zerschnitt jeden Aderknoten mit Sorgfalt.

Sie schloß die Augen und trieb dahin mit den toten Dienstmädchen, den verschlungenen Liebenden. Oder wenn sie genauer hinsah, dann war vor ihren Augen ein Busch von Rosen in immer dunkler werdendem Rot. Augenlider öffnen und schließen sie werden trockener spröder. Ihre Augen schwammen im Wasser, wie es schien. Wenn sie lächelte, oder sank, dann würde sie die Rosen trinken das bot sie den anderen an die sich immer näher um sie drängten zum Ersticken nahe um sie herum.

Nachdem sie lange versucht hatte zu schlafen, wurde Schwester de Santis klar, daß es ihr nicht gelingen würde. Sie stand auf. Ihre Adern, ihr Herz pulsierten von Leben, als sie von Zimmer zu Zimmer ging und die Fenster öffnete. Möbelstücke stöhnten und knackten; einige schienen kurz vor dem Umstürzen. Manchmal wurde sie sich zwischendurch des Lärms bewußt, dem Knarren auf den Dielen und ihrem ungeschickten Dahinstampfen. Dann bemühte sie sich jedesmal, leise zu sein, um die Haushälterin nicht zu stören.

Das Licht in Mrs. Hunters Zimmer war um diese Stunde weder Mond noch Tag. Hier und dort standen leere Vasen: Säulen aus Kristall und Trompeten aus Silber. Die Oberfläche des großen, leeren Betts schien leise zu beben wie träumendes Wasser. Was sie als silberne Sonne kannte, die am Kopf der Bettstelle in das Rosenholz eingelegt war, sah jetzt mehr aus wie eine bewegungslose Krabbe, die mißtrauisch darauf wartet, ob jemand in ihr Schlupfloch eindringt.

Während sie träumerisch in diesem Zimmer umherging, das schon so bald mit seinen Möbeln auch alle Gedankenverbindungen und Gefühle verlieren sollte, dachte Schwester de Santis darüber nach, wie sie wohl diesem in eine Gruft eingeschlossenen Mädchen, ihrer neuen Patientin, die Schönheit vermitteln könnte, die sie selbst gesehen hatte, und die Liebe, wie sie sie nun verstand. Wieder fühlte sie sich wie eine ungeschickte Novizin. Vielleicht aber wurde sie auch alt. Und doch ging das Pochen, das Flackern in ihrem schwerfälligen Fleisch immer weiter.

Als sie sah, daß sich die Dunkelheit zu verdünnen begann, ging sie nach unten. Sie zog einen Mantel über ihr Nachthemd. Sie nahm die angerostete Büchse, die sie immer mit Vogelfutter gefüllt bereit hielt. Im Garten waren die ersten Vögel noch nichts weiter als hörbare Schatten, sie selbst ein wandernder Baum.

Der Saum ihres Nachthemds saugte sich voll Wasser und wurde schwer wie ihr eigenes Fleisch, während sie die Futternäpfe füllte. Sie streckte ihre Arme nach oben, und sie wurden von dem steigenden Licht gerundet.

Auf der Straße ging ein Frühaufsteher zur Arbeit und starrte herüber, aber wandte den Blick scheu wieder ab, als er erkannte, daß es sich um eine Zeremonie handeln mußte.

Eine einzelne Rose, von kräftigem Karmesinrot, tauchte im unteren Garten aus der Dämmerung. Wahrscheinlich würde sie später am Tag noch aufblühen.

Licht verstreute sich über den Park, während sie ihre Riten zelebrierte. Vögel folgten ihr, zerschmetterten die Luft und ließen sich im Gras nieder, wann immer ihre Hand, im letzten Augenblick noch zitternd, einen Überfluß an Körnern ausstreute.

Ihre Kehle verengte sich, als das Licht höher stieg und sie langsam zurückging, das triefende nasse Nachthemd den Pfad entlangschleifend, ›wo mindestens zwei Leute sich ein Bein gebrochen haben‹. Die kleine Schaufel klapperte in der rostigen Büchse. Auf der obersten Stufe fiel ihr ein, daß sie diese erste und letzte Rose zu ihrer Patientin Irene Fletcher bringen müßte. Sie würde zurückkommen und sie abschneiden, ehe sie endgültig ging: dann müßte die Blüte fast perfekt sein.

Sie schüttete den Rest des Vogelfutters in die Schüssel auf der oberen Terrasse. Die Vögel, die sich schon an den Terrakottarand klammerten, zerstreuten sich, als sie schwerfällig zwischen sie trat, schwangen in weitem Bogen hinaus und wieder zurück, kurvten, stiegen und fielen, schüttelten die Quasten aus Licht oder Körnern, die am Rand der Schüssel herabhingen. Sie konnte spüren, wie Klauen nach Halt in ihrem Haar suchten.

Sie duckte sich, um diesem Prisma aus Tau und Licht zu entkommen, diesem Tumult aus Flügeln und ihrer eigenen unbeherrschbaren Freude. Einmal hob sie den Arm, um den blauen Keil einer Taubenschwinge beiseite zu streichen. Das Licht konnte sie nicht abwehren: Es war inzwischen zu stark, zu besitzheischend; und sie selbst besessen.

Kurz danach ging sie ins Haus. In der Halle neigte sie den Kopf, verwundert und doch ohne Furcht vor dem, was sie in Elizabeth Hunters Spiegel erblickte.

Serie Piper

Patrick White
Der Maler

Roman. Aus dem Englischen von
Wilhelm Borgers und Erwin Bootz.
569 Seiten. Serie Piper 1094

»Ein starker, in aller Brutalität erschütternder, überzeugender Roman, dessen unverwechselbare Gestalten man vor sich zu sehen glaubt.«

Frankfurter Neue Presse

Der Lendenschurz

Roman. Aus dem Englischen von
Kurt Heinrich Hansen.
412 Seiten. Serie Piper 1126

In der Tradition des Abenteuerromans entwickelt Patrick White auf meisterhafte Weise das Porträt einer jungen Frau des 19. Jahrhunderts, die auf ihrer Odyssee nach einem Schiffbruch ihre von der Zivilisation unterdrückte Sinnlichkeit entdeckt.

Paul Theroux

Mein geheimes Leben

(My Secret History)

544 Seiten, gebunden, Schutzumschlag

Andrew Parent ist ein Mann, der alles doppelt hat: ein Haus und eine Ehefrau in London – ein Ferienhaus und eine Geliebte auf Cape Cod bei Boston. Und er hat zwei Leben: ein öffentliches als erfolgreicher Autor und Weltreisender – und ein geheimes Leben voller sexueller Abenteuer. »Arm geboren im reichen Amerika«, wächst der junge Andy in Medford, Massachusetts, auf: ein Ministrant in der katholischen Kirche des Städtchens, der sich von seiner Freundin in die Geheimnisse der Liebe einführen läßt. In den sechziger Jahren begegnen wir ihm als Lehrer des Peace Corps in Njassaland, dem heutigen Malawi – Afrika an der Schwelle zur Unabhängigkeit und gerade noch das sexuelle Paradies des weißen Mannes.
In den siebziger Jahren ist Andrew Parent ein bedeutender Schriftsteller geworden. Fortan ist er der Mann, der »von allem zwei« hat und zugleich geteilt ist: Liebhaber und distanzierter, einsamer Zuschauer, der seine Geliebten verrät, indem er sie in die fiktiven Heldinnen seiner Geschichte verwandelt.
In Andrew Parent hat sich Paul Theroux einen Doppelgänger geschaffen: ein Alter ego, das viel und doch nicht alles von Theroux' »geheimem Leben« preisgibt.